日本児童文学史事典

トピックス 1945-2015

日外アソシエーツ編集部編

日外アソシエーツ

A Cyclopedic Chronological Table of Children's Literature in Japan 1945-2015

Compiled by
Nichigai Associates, Inc.

©2016 by Nichigai Associates, Inc.
Printed in Japan

本書はディジタルデータでご利用いただくことができます。詳細はお問い合わせください。

●編集担当● 木村 月子

刊行にあたって

　日本における児童文学の歴史を遡ってみると、明治時代に絵雑誌「幼年画報」などが発刊され、大正期に児童雑誌「赤い鳥」「コドモノクニ」などで著名な児童文学作家や画家が活躍し、その後「キンダーブック」や「日本児童文庫」の刊行や多くの少年・少女雑誌の刊行などを経て、日本の児童文学史は発展を遂げていった。戦前までのそれは『日本児童文学史年表』（講座日本児童文学別巻　鳥越信編　明治書院 1975）に詳しい。

　本書は、1945年（昭和20年）から2015年（平成27年）までの71年間における日本の児童文学に関する出来事を収録した年表形式の事典である。著名作品の刊行、関連人物に関する話題、図書館事業などの啓蒙活動、児童文学出版事情、主な児童文学賞・ベストセラー作品の話題まで、幅広いテーマを収録し、第二次世界大戦後の日本の児童文学史を概観できる資料を目指した。巻末には人名索引、作品名索引、事項名索引を付し、利用の便をはかった。

　編集にあたっては誤りや遺漏のないよう努めたが、不十分な点もあるかと思われる。お気付きの点はご教示いただければ幸いである。

　本書が日本の児童文学史についての便利なデータブックとして多くの方々に活用されることを期待したい。

　2016年3月

　　　　　　　　　　　　　　　　　　　　　　　　日外アソシエーツ

目　次

凡　例 …………………………………………………… (6)

日本児童文学史事典―トピックス 1945-2015
　本　文 ………………………………………………… 1
　人名索引 ……………………………………………… 285
　作品名索引 …………………………………………… 341
　事項名索引 …………………………………………… 395

凡　　例

1．本書の内容

　　本書は、日本の児童文学に関する出来事を年月日順に掲載した記録事典である。

2．収録対象

　(1) 著名作品の刊行、関連人物に関する話題、図書館事業などの啓蒙活動、児童文学出版事情、主な児童文学賞・ベストセラー作品の話題など、日本の児童文学に関する重要なトピックとなる出来事を幅広く収録した。

　(2) 収録期間は1945年（昭和20年）から2015年（平成27年）までの71年間、収録項目は3,437件である。

3．排　列

　(1) 各項目を年月日順に排列した。
　(2) 日が不明な場合は各月の終わりに、月日とも不明または確定できないものは「この年」として各年の末尾に置いた。
　(3) 児童文学に関する賞は、各年の末尾に《この年の児童文学賞》として、賞名順に並べてまとめて表示した。

4．記載事項

　(1) 各項目は、分野、内容を簡潔に表示した見出し、本文記事で構成した。
　(2) 項目の表示にあたっては、各見出しの前に、以下のような分野を〔　〕で囲んで表示した。

　　児童文学一般，出版社関連，児童雑誌等，刊行・発表，表現問題，ベストセラー・話題本，学習関連，読書感想文，児童図書館、地域文庫，学校図書館，読み聞かせ活動，学会・団体，童謡・紙芝居・人形劇，児童文学賞，作家訃報，イベント関連

5．人名索引

(1) 本文に出現する人名または関連する人名を見出しとし、読みの五十音順に排列した。
(2) 同一見出しの中は年月日順に排列し、本文記事の所在は本文見出しと年月日で示した。

6．作品名索引

(1) 本文記事に現われる作品名または作品シリーズ名を見出しとし、読みの五十音順に排列した。
(2) 同一見出しの中は年月日順に排列し、本文記事の所在は本文見出しと年月日で示した。

7．事項名索引

(1) 本文記事に現れる用語、テーマ、団体名、児童文学賞などを事項名とし、読みの五十音順に排列した。
(2) 各事項の中は年月日順に排列し、本文記事の所在は、本文見出しと年月日で示した。

8．参考文献

本書の編集に際し、主に以下の資料を参考にした。

『絵本の事典』　中川素子他著　朝倉書店　2011.11
『おじいさんがかぶをうえました―月刊絵本こどものとも50年の歩み』　福音館書店　2005.12
『紙芝居文化史―資料で読み解く紙芝居の歴史』　石山幸弘著　萌文書林　2008.1
『現代児童文学の語るもの』　宮川健郎著　日本放送出版協会　1996.9（NHKブックス）
『児童図書館のあゆみ―児童図書館研究会50年史』　児童図書館研究会編　教育史料出版会　2004.3
『児童文学辞典』　白木茂他編　東京堂出版　1970
『児童文学の愉しみ20の物語―明治から平成へ』　北原泰邦，中野裕子共編　翰林書房　2014.8
『児童文学の魅力―いま読む100冊・日本編』　日本児童文学者協会編　文溪堂　1998.5

『新・こどもの本と読書の事典』　ポプラ社　2004.4
『新日本児童文学論』　堀尾幸平著　中部日本教育文化会　2002.4
『図説　子どもの本・翻訳の歩み事典』　子どもの本・翻訳の歩み研究会編
　　柏書房　2002.4
『増補改訂　にっぽんの子どもの詩』　渋谷清視著　あゆみ出版　1984.3
『日本学校図書館史』　芦屋清他編，塩見昇著　全国学校図書館協議会
　　1986.6（図書館学大系5）
『日本児童文学案内』　鳥越信著　理論社　1973
『日本児童文学大事典』　大阪国際児童文学館編　大日本図書　1993
『日本児童図書出版協会四十年史』　四十年史編集委員会編　日本児童図書出
　　版協会　1993.3
『日本児童図書出版協会のあゆみ』　記念誌編集委員会編　日本児童図書出版
　　協会　2003.1
『日本児童図書出版協会の六十年』　「日本児童図書出版協会の六十年」編集
　　委員会編　日本児童図書出版協会　2015.7
『年報こどもの図書館』　児童図書館研究会編　日本図書館協会
『はじめて学ぶ日本児童文学史』　鳥越信編著　ミネルヴァ書房　2001.4
『はじめて学ぶ日本の絵本史Ⅲ』　鳥越信編　ミネルヴァ書房　2002.7
「出版年鑑」出版ニュース社
「日本の子どもの文学」http://www.kodomo.go.jp/jcl/index.html　国立国会
　　図書館国際子ども図書館
データベース「bookplus」「whoplus」　日外アソシエーツ

1945年
（昭和20年）

9月　〔刊行・発表〕「石臼の歌」発表　9月、壺井栄による「石臼の歌」が、「少女倶楽部」に発表された。

10月　〔刊行・発表〕『さくら貝』刊行　10月、徳永寿美子著『さくら貝』が、東亜春秋社から刊行された。

11月　〔刊行・発表〕「昔の学校」発表　11月、壺井栄による「昔の学校」が、「少国民の友」に発表された。

11月　〔刊行・発表〕「峠の一本松」発表　11月、壺井栄による「峠の一本松」が、「少年倶楽部」11月12月合併号に発表された。

11月　〔刊行・発表〕「漂流記」発表　11月、小出正吾による「漂流記」が、「少年倶楽部」11月12月号に発表された。

11月　〔童謡・紙芝居・人形劇〕「ともだち会」発足　11月下旬、戦後初となる街頭紙芝居製作所「ともだち会」が発足。相馬泰三を代表とし、活劇ものの加太こうじ、マンガものの田代寛哉、脚本の松井光義、実演の鈴木勝丸、事務を扱う大鹿照雄が参加した。

12月　〔刊行・発表〕『谷間の池』刊行　12月、坪田譲治による『谷間の池』が、湘南書房から刊行された。

この年　〔出版社関連〕岩崎書店誕生　この年、児童書を専門とした出版社岩崎書店が誕生。1934年にフタバ書房より名を改めた慶應書房が前身。

1946年
（昭和21年）

1.10　〔童謡・紙芝居・人形劇〕「新日本画劇社」供給開始　1月10日、雄谷信乃武、雄谷茂の父子による街頭紙芝居製作所「新日本画劇社」が、東京都葛飾区堀切を拠点に供給を開始。これは戦後に新制作された街頭紙芝居の初実演で、紙芝居の製作は雄谷茂が担当した。出版業界が壊滅的状況であった中、紙芝居は子どもたちにとって格好の文化財となった。

1月　〔出版社関連〕昭和出版（ひかりのくに）創業　1月、昭和出版が創業。月刊教育絵本の『ヒカリノクニ』を創刊した。1970年7月に「ひかりのくに」に商号を変更。

2月　〔出版社関連〕世界文化社創業　2月、世界文化社が創業。週刊『子供マンガ新聞』を創刊した。

2月　〔刊行・発表〕『子供らのために』刊行　2月、中野重治著『子供らのために』が刊行

1946年（昭和21年）

された。

2月	〔学会・団体〕日本童話会創立　2月、日本童話会が創立された。
3.17	〔学会・団体〕日本児童文学者協会創立　3月17日、日本児童文学者協会が創立された。創立時の会員は39名で、朝日新聞東京本社にて総会が執り行われ、会結成の基本方針が定められた。発足当時の名称は「児童文学者協会」（1958年に社団法人となり名称変更）。5月、関西支部が発足、9月、機関誌『日本児童文学』が創刊された。
4月	〔出版社関連〕学習研究社が創立　4月、学習研究社が創立された。「小学三年の学習」「小学六年の学習」を刊行。
4月	〔児童雑誌等〕「コドモノハタ」創刊　4月、児童雑誌「コドモノハタ」が創刊された。
4月	〔児童雑誌等〕「子供の広場」創刊　4月、児童雑誌「子供の広場」が創刊された。
4月	〔児童雑誌等〕「赤とんぼ」創刊　4月、児童雑誌「赤とんぼ」が実業之日本社より創刊された。
4月	〔刊行・発表〕『にじが出た』刊行　4月、平塚武二著『にじが出た』が、国民図書刊行会から刊行された。
4月	〔刊行・発表〕『兄の声』刊行　4月、小川未明による『兄の声』が子供の広場より刊行された。
5月	〔児童雑誌等〕「童話」創刊　5月、日本童話会機関誌「童話」が創刊された。
5月	〔刊行・発表〕『貝殻と船の灯』刊行　5月、武田幸一著『貝殻と船の灯』が、宝雲舎から刊行された。
7月	〔児童雑誌等〕「少国民世界」創刊　7月、「少国民世界」が創刊された。
8.4	〔作家訃報〕村山籌子が亡くなる　8月4日、児童文学作家の村山籌子が亡くなる。42歳。旧姓、岡内。香川県高松市生まれ。自由学園高等科（1期生）卒。自由学園在学中、羽仁もと子に認められ、卒業後、婦人之友社に入社、記者として活動。のち同社の「子供之友」編集に携わり、寄稿家となる。1924年同誌に挿絵を描いていた村山知義と結婚。作品に「泣いてゐるお猫さん」「あめくん」「こほろぎの死」などがあり、没後「ママのおはなし」が刊行された。
8月	〔児童雑誌等〕「新児童文化」復刊　8月、「新児童文化」が復刊された。
8月	〔刊行・発表〕『牛荘の町』刊行　8月、小出正吾著『牛荘の町』が、増進堂から刊行された。
9月	〔児童雑誌等〕「日本児童文学」創刊　9月、児童文学者協会機関誌「日本児童文学」（第一次）が創刊された。1948年6月に終刊。
9月	〔刊行・発表〕「子供たちへの責任」発表　9月、小川未明による「子供たちへの責任」が、「日本児童文学1」に発表された。
9月	〔刊行・発表〕「児童文学者は何をなすべきか」発表　9月、関英雄による「児童文学者は何をなすべきか」が、「日本児童文学1」に発表された。
9月	〔刊行・発表〕『花を埋める』創作集　9月、新見南吉著『花を埋める』創作集が、中

		央出版社から刊行された。
9月	〔刊行・発表〕『和太郎さんと牛』刊行	9月、新見南吉著・巽聖歌編『和太郎さんと牛』が、中央出版社から刊行された。
9月	〔イベント関連〕児童推薦図書展覧会	9月、東京・日本橋の三越百貨店で、児童図書推薦展覧会が開催された。
10月	〔児童雑誌等〕「銀河」創刊	10月、児童雑誌「銀河」が新潮社から創刊された。編集顧問に山本有三。1949年8月に廃刊となった。
10月	〔刊行・発表〕『太鼓の鳴る村』刊行	10月、槇本楠郎著『太鼓の鳴る村』が、昭和出版から刊行された。
10月	〔童謡・紙芝居・人形劇〕日本紙芝居協会設立	10月、加太こうじ主導による「日本紙芝居協会」が設立された。代表に相馬泰三、事務局長には佐木秋夫が就任した。戦前の「日本教育紙芝居協会」が改称したもの。この設立により、対立的立場にあった街頭紙芝居系と教育紙芝居系とが一致、紙芝居業者団体も参加して民主主義運動の推進を目指すこととなった。
11月	〔刊行・発表〕『魔法の庭』刊行	11月、坪田譲治による『魔法の庭』が香柏書房より刊行された。
この年	〔刊行・発表〕「キンダーブック」再刊	この年、「キンダーブック」がフレーベル館から再刊された（創刊は1927年）。編集兼発行人は発田栄藏。
この年	〔童謡・紙芝居・人形劇〕教育画劇が創立	この年、教育紙芝居製作・出版の日本教育画劇社が創業。戦後、印刷紙芝居業の草分け的存在で、1951年に教育画劇として法人組織となった。1952年からは月刊の幼児用テキスト紙芝居や、世界名作・日本名作の紙芝居を世に送り出している。

1947年
（昭和22年）

1月	〔児童雑誌等〕「童話教室」創刊	1月、児童雑誌「童話教室」が創刊された。
1月	〔児童雑誌等〕「幼年ブック」創刊	1月、国民図書刊行会から「幼年ブック」が創刊された。
1月	〔刊行・発表〕『サバクの虹』刊行	1月、坪田譲治による『サバクの虹』が少国民世界より刊行された。
2月	〔刊行・発表〕『ノンちゃん雲に乗る』刊行	2月、石井桃子著『ノンちゃん雲に乗る』が、大地書房から刊行された。8歳の少女・ノンちゃんと、雲の上の世界に住むおじいさんとの交流を描くファンタジー。
3月	〔児童文学一般〕教育基本法、学校教育法公布	3月、教育基本法および学校教育法が公布された。

3月	〔刊行・発表〕『ニッポンノアマ』刊行　3月、平塚武二・文、小山内龍・画の『ニッポンノアマ』(少国民絵文庫)が刊行された。
3月~1948.2月	〔刊行・発表〕「ビルマの竪琴」連載　1947年3月から翌年2月にかけて、竹山道雄著「ビルマの竪琴」が童話雑誌「赤とんぼ」に連載された。
5月	〔児童雑誌等〕「えほんのくに」創刊　5月、まひる書房から「えほんのくに」が創刊された。
6.18	〔出版社関連〕小峰書店創立　6月18日、児童文学出版社小峰書店が創業(創業当時は未見社。1948年に小峰書店に改称)。
6月	〔刊行・発表〕『動物列車』刊行　6月、岡本良雄による『動物列車』が育英出版より刊行された。
7月	〔児童雑誌等〕「こどもの青空」発刊　7月、小峰書店より児童雑誌「こどもの青空」(子供の青空)が発刊された。
8月	〔刊行・発表〕『太陽よりも月よりも』刊行　8月、平塚武二による『太陽よりも月よりも』が講談社より刊行された。
9月	〔学会・団体〕児童図書選択事業開始　9月、児童文学者協会による児童図書選択事業が開始された。
10月	〔学会・団体〕日本読書組合「学級文庫部」発足　10月、日本読書組合「学級文庫部」が発足した。
11月	〔児童雑誌等〕「こどもペン」創刊　11月、児童雑誌「こどもペン」が、こどものまど社から創刊された。
12月	〔児童文学一般〕児童福祉法公布　12月、児童福祉法が公布された。
12月	〔学会・団体〕第1回推薦図書発表　12月、青少年文化懇親会により第1回推薦図書が発表された。
この年	〔児童文学一般〕児童図書の推薦・配給事業おこる　この年、学徒図書組合・学校文庫・日本教養組合などにより、児童図書の推薦・配給事業がおこった。物資の不足と輸送困難により、地方での図書の入手が困難であったため。
この年	〔出版社関連〕ポプラ社創業　この年、ポプラ社が創業。海野十三『地中魔』、高垣眸『怪盗黒頭巾』などを刊行した。翌年新宿区に移転、児童図書出版社となる。

1948年
(昭和23年)

2月	〔児童雑誌等〕「少年少女」創刊　2月、児童雑誌「少年少女」が、中央公論社から創刊された。1951年11月をもって終刊。
2月	〔刊行・発表〕「たまむしのずしの物語」発表　2月、雑誌「少年少女」(1巻1号)に平

塚武二による「たまむしのずしの物語」が掲載された。

2月	〔刊行・発表〕「ラクダイ横丁」発表　2月、雑誌「銀河」3巻2号に、岡本良雄による「ラクダイ横丁」が掲載された。
2月	〔刊行・発表〕『父の手紙』刊行　2月、与田準一著『父の手紙』が講談社から刊行された。
3月	〔児童雑誌等〕「世界のこども」創刊　3月、児童雑誌「世界のこども」が創刊された。
3月	〔童謡・紙芝居・人形劇〕民主紙芝居集団結成　3月、民主紙芝居集団が結成された。
4月	〔児童雑誌等〕「児童図書室」創刊　4月、児童雑誌「児童図書室」が創刊された。
4月	〔刊行・発表〕『コルプス先生汽車へ乗る』刊行　4月、筒井敬介による『コルプス先生汽車へ乗る』が季節社より刊行された。
5月	〔刊行・発表〕『ジローブーチン日記』刊行　5月、北畠八穂による『ジローブーチン日記』が新潮社より刊行された。
7月	〔刊行・発表〕『すこし昔のはなし』刊行　7月、国分一太郎による『すこし昔のはなし』が季節社より刊行された。
7月	〔学校図書館〕学校図書館協議会設置　7月、文部省は学校図書館協議会を設置した。
8.15	〔出版社関連〕さ・え・ら書房創立　8月15日、子どもの本の出版社さ・え・ら書房が創業。"さ・え・ら"とはフランス語で"ここかしこ"を意味している。「やさしい科学」「たのしい科学あそび」「さ・え・ら図書館 国語」シリーズなどを刊行。
8月	〔児童雑誌等〕「少年画報」創刊　8月、「少年画報」が創刊された。
8月	〔児童雑誌等〕「冒険活劇文庫」創刊　8月、「冒険活劇文庫」が創刊された。
12月	〔児童雑誌等〕「児童演劇」創刊　12月、児童雑誌「児童演劇」が創刊された。
この年	〔出版社関連〕評論社創業　この年、児童文学出版社の評論社が創業した。

1949年
（昭和24年）

1月	〔児童雑誌等〕「赤とんぼ」復刊　1月、前年10月に終刊した児童雑誌「赤とんぼ」が「子ども世界」と改題し復刊された。
1月	〔児童雑誌等〕「冒険王」創刊　1月、「冒険王」が創刊された。
1月	〔児童雑誌等〕「漫画王」創刊　1月、「漫画王」が創刊された。
2月	〔児童雑誌等〕「少女」創刊　2月、「少女」が創刊された。
3月	〔刊行・発表〕「童話教室」終刊　3月、「童話教室」が終刊した。
4月	〔刊行・発表〕「チャイルドブック」創刊　4月、「チャイルドブック」（発行者・高市

		次郎）が創刊された。
4月	〔刊行・発表〕『柿の木のある家』刊行	4月、壺井栄による『柿の木のある家』が山の木書房より刊行された。
4月	〔刊行・発表〕『小さな町の六』刊行	4月、与田準一による『小さな町の六』が中央公論社より刊行された。
4月～1950.10月	〔刊行・発表〕「生きている山脈」発表	4月～翌年10月にかけて、打木村治による「生きている山脈」が雑誌「少年少女」にて発表された。
8月	〔刊行・発表〕「銀河」終刊	8月、児童雑誌「銀河」が終刊した。
9月	〔児童雑誌等〕「おもしろブック」創刊	9月、児童雑誌「おもしろブック」が集英社より創刊。"明るく楽しい少年少女雑誌"をキャッチフレーズとした、同社初の雑誌。
10月	〔児童文学一般〕「日本の子ども」と「チャイルドブック」合併	10月、「日本のこども」と「チャイルドブック」が合併し、「日本のこども絵本チャイルドブック」として国民図書刊行会から刊行された。
10月	〔刊行・発表〕『ニールスの不思議な旅』刊行	10月、この年、スウェーデンのラーゲルレーヴ作『ニールスの不思議な旅』が、香川鉄蔵と山室静の訳により学陽書房から刊行された。
11月	〔刊行・発表〕『世界の絵本』刊行	11月、『世界の絵本』(新潮社)刊行開始。マロ原作・林芙美子著・須田寿絵『家なき子』(世界の絵本 中型版1)、12月には関屋五十二著・大貫松三等絵『日本一ずくし』(世界の絵本 大型版1)が刊行された。
この年	〔出版社関連〕あかね書房創立	この年、児童出版社あかね書房が岡本陸人により創業、「日本おとぎ文庫」全3巻を刊行した。
この年	〔刊行・発表〕「世界の絵本」刊行開始	この年、「世界の絵本」の刊行が開始。中級用16冊、初級用19冊が刊行された。
この年	〔学会・団体〕小川未明が日本児童文学者協会会長に	日本児童文学者協会の初代会長に小川未明が就任する。

1950年
（昭和25年）

2.27	〔学会・団体〕全国学校図書館協議会誕生	2月27日、全国の有志の教員により全国学校図書館協議会が結成。創立時の宣言は「学校図書館が民主的な思考と、自主的な意思と、高度な文化とを創造するため教育活動において重要な役割と任務をもっている」。主な活動は、学校図書館の整備充実を図り、学校図書館向けの資料選定・普及活動、学校図書館の活用、青少年の読書振興と普及を図るコンクールなど。
3月	〔児童雑誌等〕「少年少女の広場」終刊	3月、児童雑誌「少年少女の広場」が終刊した。「子供の広場」から改題されたもの。

3月	〔児童雑誌等〕「豆の木」創刊	3月、いぬいとみこ、神戸淳吉、長崎源之助、佐藤暁らによる児童文学の同人誌「豆の木」創刊。
3月	〔刊行・発表〕『彦次』刊行	3月、長崎源之助による『彦次』が豆の木より刊行された。
3月	〔刊行・発表〕『風船は空に』刊行	3月、塚原健二郎による『風船は空に』が中央公論社より刊行された。
5.25	〔作家訃報〕水谷まさるが亡くなる	5月25日、詩人・児童文学作家の水谷まさるが亡くなる。55歳。本名、水谷勝。東京生まれ。早稲田大学英文科卒。コドモ社編集部に入り、のち東京社に移る。「少女画報」を編集ののち、著述生活に。「地平線」「基調」の同人として活躍のかたわら童話、児童読物、童謡を多く発表。昭和3年「童話文学」を創刊し「犬のものがたり」「ブランコ」などを発表。10年刊行の『葉っぱのめがね』をはじめ『薄れゆく月』『お菓子の国』などの童話集がある。
5月	〔児童雑誌等〕「児童文学研究」創刊	5月、同人雑誌「児童文学研究」が創刊された。塚原亮一、松谷みよ子、槇本ナナ子らによる。
5月	〔刊行・発表〕「原始林あらし」発表	5月、前川康男による「原始林あらし」が「児童文学研究」に発表された。
6月	〔刊行・発表〕『巌窟王』刊行	6月、フランスのデュマ作『巌窟王』が、野村愛正の訳により講談社から「世界名作全集3」として刊行された。
9月	〔児童雑誌等,学校図書館〕「学校図書館」創刊	9月、「学校図書館」が創刊された。
10月	〔学会・団体〕日本綴方の会発足	10月、日本綴方の会が発足した。
11.26	〔作家訃報〕楠山正雄が亡くなる	11月26日、演劇評論家・児童文学者の楠山正雄が亡くなる。66歳。東京銀座(東京都中央区)生まれ。早稲田大学英文科卒。明治39年早稲田文学社に入り「文芸百科全書」を編集。42年読売新聞社に入り、44年冨山房に転社。44年「菊五郎と吉右衛門と」を発表して劇壇に認められ、以後演劇評論家として活躍。45年「シバヰ」を創刊し「死の前に」「油地獄」などの戯曲を発表。大正2年早大講師となり、4年辞任。芸術座の脚本部員となるが、8年芸術座が解体し、劇団から去る。その後「赤い鳥」などに児童文学を発表し、児童文学作家として活躍。「日本童話宝玉集」「歌舞伎評論」など数多くの著書がある。
11月〜	〔刊行・発表〕小川未明の全集刊行開始	11月より、『小川未明童話全集』が講談社から刊行された。全12巻。
12.25	〔刊行・発表〕『あしながおじさん』刊行	12月25日、アメリカのウェブスター作『あしながおじさん』が、遠藤寿子の訳により岩波書店から「少年文庫2」として刊行された。
12.25	〔刊行・発表〕岩波少年文庫刊行始まる	12月25日、岩波書店より児童文学文庫の「岩波少年文庫」が刊行開始。第1作目はスティーブンソン作・佐々木直次郎訳の『宝島』。
12月	〔児童雑誌等〕「少年少女」廃刊	12月、児童雑誌「少年少女」が廃刊した。
12月	〔刊行・発表〕『少年少女読物百種選定目録』刊行	12月、岩波書店編『少年少女読物百種選定目録』が刊行された。

この年　〔刊行・発表〕『ああ無情』刊行　この年、フランスのユゴー作『ああ無情』が、池田宣政の訳により講談社から「世界名作全集1」として刊行された。

1951年
（昭和26年）

1月	〔児童図書館、地域文庫〕PTA母親文庫開始	1月、長野県立図書館で、PTA母親文庫が開始された。
3月	〔刊行・発表〕『山びこ学校』刊行	3月、無着成恭編『山びこ学校』が刊行された。
5月	〔児童文学一般〕児童憲章制定	5月、児童憲章が制定された。
6月	〔刊行・発表〕『坂道』発表	6月、壺井栄著「坂道」が「少年少女」に発表された。
7月	〔児童雑誌等〕「びわの実」創刊	7月、同人雑誌「びわの実」が創刊された。永井萠二、前川康男、今西祐行、寺村輝夫ら早大童話会OBによる。
9月	〔児童雑誌等〕「月刊少女ブック」創刊	9月、集英社から「月刊少女ブック」が創刊された。
10月	〔児童雑誌等〕「文学教育」創刊	10月、「文学教育」が創刊された。
10月	〔刊行・発表〕『原爆の子』刊行	10月、長田新編『原爆の子』が刊行された。
11月	〔児童文学一般〕児童図書推薦の開始	11月、児童図書福祉審議会が児童図書推薦を開始。
11月	〔刊行・発表〕『貝になった子供』刊行	11月、松谷みよ子による『貝になった子供』があかね書房より刊行された。
11月	〔刊行・発表〕『小説三太物語』刊行	11月、青木茂による『小説三太物語』が光文社より刊行された。
11月	〔刊行・発表〕『川将軍』刊行	11月、前川康男による『川将軍』がびわの実より刊行された。
11月	〔刊行・発表〕『母のない子と子のない母と』刊行	11月、壺井栄による『母のない子と子のない母と』が光文社より刊行された。
この年	〔刊行・発表〕『家なき子』邦訳版刊行	この年、フランスのマロ作『家なき子』が、川端康成訳のあかね書房「世界名作物語選書10」、吉屋信子訳のあかね書房「世界絵文庫11」として刊行された。日本では、1901年に『まだ見ぬ親』（五来素川訳）の題で初訳。
この年	〔刊行・発表〕『青い鳥』邦訳版3件刊行	この年、ベルギーのメーテルリンク作『青い鳥』の邦訳が刊行された。3件の翻訳がなされ、若槻紫蘭訳の岩波書店「少年文庫19」、川端康成訳のあかね書房「世界絵文庫17」、若槻紫蘭訳の講談社「世界名作童話全集20」としてそれぞれ刊行された。「青い鳥」の日本初訳は明治時代となっている。

この年　〔刊行・発表〕『赤い鳥童話名作集』刊行　この年、小峰書店より『赤い鳥童話名作集』が刊行。「1・2年生」「3・4年生」「5・6年生」の全3冊で、鈴木三重吉十三回忌に坪田譲治、木内高音、与田凖一らが編者となって出版された。大正・昭和の日本の代表的童話雑誌「赤い鳥」より選んだ名作を収録した作品集。

この年　〔児童図書館、地域文庫〕みちを文庫開設　この年、作家・翻訳家の村岡花子が自宅の一角にて「みちを文庫ライブラリー」を開設。幼くして亡くなった自身の息子の名前をとって名付けられたもの。

《この年の児童文学賞》
　第1回（昭26年）児童文学者協会児童文学賞　岡本良雄の「ラクダイ横丁」、壺井栄の「柿の木のある家」。
　第1回（昭26年）児童文学者協会新人賞　松谷みよ子の「貝になった子供」。
　第1回（昭26年）毎日児童小説　【小学生向け】朱包玲の「おどりこものがたり」、【中学生向け】浅見信夫の「三面の曲」。

1952年
（昭和27年）

2月　〔出版社関連〕福音館書店創立　2月、福音館書店が石川県金沢市にて創立された。もとは1916年にカナダ人宣教師によりキリスト教関係の書店として創設された「福音館」で、その出版部門を独立させて設立。12月に東京都千代田区に移転した。

3月　〔児童図書館、地域文庫〕クローバー子ども図書館　3月、福島県の郡山で、金森好子によるクローバー子ども図書館が開館した。

4月　〔児童雑誌等〕「日本児童文学」復刊　4月、「日本児童文学」（第二次）が復刊された。1954年11月をもって終刊となった。

4月　〔刊行・発表〕『八郎』刊行　4月、斎藤隆介による『八郎』が人民文学より刊行された。

4月　〔イベント関連〕第1回全国文集コンクール開催　4月、児童文学者協会と日本作文の会の共催により、第1回全国文集コンクールが開催された。

8月　〔児童雑誌等〕「あかべこ」創刊　8月、東京学芸大学児童文学研究会による同人雑誌「あかべこ」が創刊された。

12月　〔刊行・発表〕『二十四の瞳』刊行　12月、壺井栄著『二十四の瞳』が、光文社から刊行された。

この年　〔児童雑誌等〕「よいこのくに」創刊　この年、雑誌「よいこのくに」が学習研究社から創刊された。

この年　〔刊行・発表〕『赤毛のアン』刊行　この年、カナダのモンゴメリ作『赤毛のアン』が、村岡花子の訳により三笠書房から刊行された。

この年 〔学会・団体〕「民話の会」発足　この年、木下順二の民話劇「夕鶴」の上演を契機として、「民話の会」が発足した。

《この年の児童文学賞》
第2回（昭和27年）児童文学者協会児童文学賞　該当作なし。
第2回（昭和27年）児童文学者協会新人賞　前川康男の「川将軍」「村の一番星」、さがわみちおの「鷹の子」。
第1回（昭和27年度）小学館児童出版文化賞　奈街三郎の「まいごのドーナツ」(幼年クラブ)、住井すゑの「みかん」(小学五年生)、土家由岐雄の「三びきのねこ」(幼年クラブ)、および安泰、井口文秀、渡辺郁子の一連の作品が受賞。
第2回（昭和27年）毎日児童小説　【小学生向け】高橋俊雄の「小鳥と少年たち」、【中学生向け】安藤美紀夫の「夏子のスケッチ・ブック」。

1953年
（昭和28年）

1月	〔児童雑誌等〕「麦」創刊	1月、同人雑誌「麦」が創刊された。香山美子、いぬいとみこらによる。
2月	〔刊行・発表〕『森は生きている』刊行	2月、岩波書店より、ソ連の詩人・マルシャークによる児童劇『森は生きている』が、湯浅芳子の訳により、「少年文庫52」として刊行された。
3月	〔刊行・発表〕『日本児童文学全集』刊行開始	3月、河出書房から『日本児童文学全集』の刊行が開始された。全12巻。
4月	〔児童雑誌等〕「長篇少年文学」創刊	4月、同人雑誌「長篇少年文学」が創刊された。関英雄、筒井敬介、猪野省三、後藤楢根らによる。
5月	〔刊行・発表〕『世界少年少女文学全集』刊行	5月、『世界少年少女文学全集』が創元社から刊行された。第1部50冊、第2部18冊からなる。
6月	〔児童雑誌等〕「火の国」創刊	6月、児童文学者協会北九州支部による同人雑誌「火の国」が創刊された。
7月	〔児童雑誌等〕「新人文学」創刊	7月、同人雑誌「新人文学」が創刊された。塚原亮一、青木利夫らによる。
8月	〔学校図書館〕学校図書館法公布	8月、学校図書館法が公布された。翌1954年4月に施行。
9月	〔刊行・発表〕「風信器」発表	9月、「童苑」にて大石真による「風信器」が発表された。
9月	〔学会・団体〕早大童話会が会誌改称	9月、早大童話会が会誌名を「少年文学」と改める。また「少年文学の旗の下に」と題したアピールが発表された。

10月	〔学会・団体〕第1回IBBY（国際児童図書評議会）開催　10月、第1回IBBY（国際児童図書評議会）がチューリッヒにて開催された。
12月	〔刊行・発表〕「ツグミ」発表　12月、「麦」にて乾富子による「ツグミ」が発表された。
12月	〔刊行・発表〕「岩波子どもの本」刊行開始　12月、『岩波子どもの本』の刊行が開始された。全24冊。
12月	〔刊行・発表〕「日本児童文庫」発刊　12月、「日本児童文庫」がアルスから発刊された。全50巻。
12月	〔刊行・発表〕『あくたれ童子ポコ』刊行　12月、北畠八穂による『あくたれ童子ポコ』が光文社より刊行された。
この年	〔児童雑誌等〕「母の友」創刊　この年、児童書出版社の福音館書店が、月刊雑誌「母の友」を創刊した。
この年	〔児童雑誌等〕児童雑誌の大判化　この年、児童雑誌が大判化し、雑誌は見るものとして変質していった。
この年	〔刊行・発表〕『ちびくろさんぼ』刊行　この年、バンナーマン著『ちびくろさんぼ』が、岩波書店から刊行された。
この年	〔学会・団体〕児童図書館研究会　この年、児童図書館研究会が設立。児童図書館に関わる研究を行い、読書環境の充実・発展を図ることを目的とした活動を行う。月刊で『こどもの図書館』を発行。各地でシンポジウムや講演会、実務講座などを開講。

《この年の児童文学賞》
　　第3回（昭28年）児童文学者協会児童文学賞　該当作なし。
　　第3回（昭28年）児童文学者協会新人賞　大石真の「風信器」。
　　第2回（昭28年度）小学館児童出版文化賞　永井鱗太郎の「お月さまをたべたやっこだこ」（一年の学習）、伊藤永之介の「五郎ぎつね」（小学五年生）、二反長半の「子牛の仲間」（小学五年生）、および鈴木寿雄、三芳悌吉、倉金章介の一連の作品に対して。
　　前期第1回（昭28年度）日本童話会賞　加藤輝男（氏の業績に対して）。
　　第3回（昭28年）毎日児童小説　【小学生向け】立花脩の「火の国の花」、【中学生向け】林黒土の「光の子」。

1954年
（昭和29年）

| 1.29 | 〔出版社関連〕鈴木出版創立　1月29日、鈴木雄善により鈴木出版が創立。幼児教育図書の出版、幼児教育関連教材などの製作と販売が主な事業。 |
| 1.29 | 〔作家訃報〕清水良雄が亡くなる　1月29日、洋画家・童画家の清水良雄が亡くなる。62歳。兵庫県生まれ。東京美術学校西洋画科（大正5年）卒。美校在学中の大正2年第 |

1954年（昭和29年）

7回文展に初入選、以後文展、帝展に出品。6～8年「西片町の家」「二人の肖像」「梨花」が連続特選、11年「肖像」で特選、13年帝展無鑑査、14年から審査員を数回務めた。昭和2年光風会会員となり同展にも出品した。20年広島県芦品郡に疎開、25年広島大学教育学部講師となった。「兄弟」「わが菜園」などの作品もあり、死後その遺志により主要作品と遺産が東京芸術大学に寄贈された。

1月	〔児童文学一般〕「世界児童文学良書百五十選」発表　1月、早大童話会が「世界児童文学良書百五十選」を発表した。
3.17	〔作家訃報〕赤川武助が亡くなる　3月17日、児童文学作家の赤川武助が亡くなる。47歳。島根県益田町生まれ。国学院大学中退後、「譚海」や「少年世界」「少年倶楽部」「少女倶楽部」など多くの少年少女雑誌に児童文学を発表。デ・アミーチス「クーオレ」中の「母を尋ねて三千里」の翻案、「源吾旅日記」で注目される。昭和16年、中支出征の体験を記した「僕の戦場日記」で第1回の野間文芸奨励賞を受賞。戦後は冒険もの、動物ものに転じ、「少年密林王」などを発表した。「僕の戦場日記」で野間文芸奨励賞（第1回）〔昭和16年〕受賞。
3月	〔刊行・発表〕『日本児童文学事典』刊行　3月、長谷川誠一編『日本児童文学事典』が刊行された。
4月	〔児童雑誌等〕「もんぺの子」創刊　4月、同人雑誌「もんぺの子」が創刊された。鈴木実、高橋徳義らによる。
4月	〔刊行・発表〕『風にのってきたメアリー・ポピンズ』刊行　4月、イギリスのトラヴァース作『風にのってきたメアリー・ポピンズ』が、林容吉の訳により岩波書店から「少年文庫75」として刊行された。
4月	〔学校図書館〕学校図書館法施行　4月、学校図書館法が施行された。
6月	〔刊行・発表〕『小川未明作品集』刊行　6月より、『小川未明作品集』が講談社から刊行開始となった。
6月	〔刊行・発表〕『少年の日』刊行　6月、坪田譲治による『少年の日』が新潮社より刊行された。
6月	〔刊行・発表〕『夜あけ朝あけ』刊行　6月、住井すゑによる『夜あけ朝あけ』が新潮社より刊行された。
6月	〔読書感想文〕第1回学校読書調査実施　6月、第1回学校読書調査が実施された。
7月	〔児童雑誌等〕「小さい仲間」創刊　7月、同人雑誌「小さい仲間」が創刊された。山中恒、古田足日、神宮輝夫、鳥越信らによる。
9月	〔児童雑誌等〕「しぐなる」創刊　9月、佐野美津男、北村順治による同人雑誌「しぐなる」が創刊された。
9月～	〔刊行・発表〕『日本幼年童話全集』刊行　9月より、『日本幼年童話全集』が河出書房から刊行開始。
10月	〔児童雑誌等〕「子どもの樹」創刊　10月、同人雑誌「子どもの樹」が創刊された。高橋健、松井荘也らによる。

10月　〔刊行・発表〕『ピーター・パン』刊行　10月、イギリスのバリー作『ピーター・パン』が、厨川圭子の訳により岩波書店から「少年文庫85」として刊行された。日本での初翻訳は大正時代となっている。

11月　〔児童雑誌等〕「はくぼく」創刊　11月、同人雑誌「はくぼく」が創刊された。横谷輝、渋谷清視らによる。

11月　〔児童雑誌等〕「馬車」創刊　11月、同人雑誌「馬車」が創刊された。上野瞭、片山悠、安藤美紀夫らによる。

12月～　〔刊行・発表〕『斎田喬児童劇選集』刊行　12月より、『斎田喬児童劇選集』が牧書店から刊行開始となった。

12月　〔刊行・発表〕『鉄の町の少年』刊行　12月、国分一太郎による『鉄の町の少年』が刊行された。

この年　〔出版社関連〕少年写真新聞社創業　この年、少年写真新聞社が創業。「少年写真ニュース」を小中学校対象に創刊した。誌面に「ゴジラ」の特撮を使用し、当時の子どもたちの関心を引いた。1964年、学校給食の普及に伴い「給食ニュース」、1968年には「保険ニュース」、その後「交通安全ニュース」「図書館教育ニュース」「理科教育ニュース」「心の健康ニュース」など時代のニーズに合わせて様々なニュースを創刊。

この年　〔児童雑誌等〕児童文学同人誌運動の隆盛　この年、児童文学同人誌運動が全国的に盛り上がりを見せた。「小さいなかま」「もんぺの子」「馬車」「はくぼく」などが創刊された。

この年　〔刊行・発表〕『坪田譲治全集』刊行　この年、『坪田譲治全集』が新潮社から刊行された。

この年～　〔刊行・発表〕『日本少年少女名作全集』刊行　この年より、『日本少年少女名作全集』が河出書房から刊行開始。

《この年の児童文学賞》
　第1回（昭29年）産経児童出版文化賞　【賞】朝日新聞社〔編〕の「少年朝日年鑑―昭和27年版」朝日新聞社、城戸幡太郎〔他編〕の「私たちの生活百科事典」（全17巻）生活百科刊行会、岩波書店〔編〕の「科学の学校」（全37冊）岩波書店、小川未明〔他編〕の「日本児童文学全集」（全12巻）河出書房、国分一太郎〔他編〕の「綴方風土記」（全8巻）平凡社、飯沢匡〔他製作〕の「ヘンデルとグレーテル」（トッパンのストーリーブック）他、E.B.ホワイト〔作〕・G.ウィリアムス〔画〕・鈴木哲子〔訳〕の「こぶたとくも」法政大学出版局、佐藤義美〔作〕の「あるいた雪だるま―初級童話」泰光堂、宮城音弥〔著〕・稗田一穂〔画〕の「眠りと夢」牧書店、A.ホワイト〔著〕・後藤富男〔訳〕の「埋もれた世界」岩波書店。
　第4回（昭29年）児童文学者協会児童文学賞　該当作なし。
　第4回（昭29年）児童文学者協会新人賞　いぬいとみこの「ツグミ」。
　第3回（昭29年度）小学館児童出版文化賞　落合聡三郎の「たんじょう会のおくりもの」（桜井書店）、茂田井武の「キンダーブック」に掲載した一連の作品。
　前期第2回（昭29年度）日本童話会賞　倉沢栄吉（氏の業績に対して）。
　第4回（昭29年）毎日児童小説　【小学生向け】中川晟の「むきをかえろ」、【中学生向け】

中川光の「指に目がある」。

1955年
（昭和30年）

1月　〔児童雑誌等〕「ぼくら」創刊　1月、児童雑誌「ぼくら」が創刊された。

1月　〔刊行・発表〕『三太の日記』刊行　1月、青木茂による『三太の日記』が鶴書房より刊行された。

2月　〔刊行・発表〕『風ぐるま』刊行　2月、太田博也による『風ぐるま』が福音館書店より刊行された。

2月　〔学校図書館〕第1回全国学校図書館指導者研修会開催　2月、第1回全国学校図書館指導者研修会が、東京都で開催された。

3月　〔刊行・発表〕『馬ぬすびと』刊行　3月、平塚武二による『馬ぬすびと』が青い鳥より刊行された。

4月　〔児童雑誌等〕「トナカイ村」創刊　4月、同人雑誌「トナカイ村」が創刊された。山本和夫、斎藤了一、加藤輝男らによる。

5.7　〔学会・団体〕日本児童文芸家協会発足　5月7日、児童文芸の純粋な職能団体として、児童文芸家協会が誕生。初代理事長は浜田広介。

5月　〔刊行・発表〕『ツバメの大旅行』刊行　5月、斎藤秋男編による『ツバメの大旅行』（中国児童文学選）が牧書房より刊行された。

5月～　〔刊行・発表〕『日本児童文学大系』刊行　5月より、菅忠道他の編集による『日本児童文学大系』が、三一書房から刊行開始。全6巻。

8月　〔児童雑誌等〕「日本児童文学」復刊　8月、「日本児童文学」（第三次）が復刊された。

11月　〔児童雑誌等〕「朝の笛」創刊　11月、「朝の笛」が創刊された。

11月　〔刊行・発表〕『ささぶね船長』刊行　11月、永井萠二による『ささぶね船長』が新潮社より刊行された。

11月　〔読書感想文〕青少年読書感想文コンクール始まる　11月、全国の児童生徒や勤労青少年を対象に、読書活動の振興等を目的とし、青少年読書感想文コンクールが開始。主催は全国学校図書館協議会と毎日新聞社で、各都道府県学校図書館協議会の協力を得て毎年開催。第8回（1962年度）より「課題図書」が制定された。

12月　〔児童文学賞（海外）〕「国際アンデルセン賞」制定　12月、国際児童図書評議会の主催による、「国際アンデルセン賞」が制定された。

この年　〔児童雑誌等〕「こどものせかい」創刊　この年、「こどものせかい」が至光社から創刊された。

この年　〔刊行・発表〕『現代児童文学事典』刊行　この年、古田綱武ほかの編集による『現代児童文学事典』が刊行された。

この年　〔刊行・発表〕『児童文学大系』刊行　この年、猪野省三ほかの編集による『児童文学大系』が刊行された。全6冊。

この年　〔刊行・発表〕『少年少女日本文学選集』刊行　この年、あかね書房が『少年少女日本文学選集』(全30巻)を刊行した。現代仮名遣い、当用漢字を初めて使用した画期的な作品として反響を呼んだ。

この年　〔刊行・発表〕『世界児童文学事典』刊行　この年、秋田雨雀の監修による『世界児童文学事典』が刊行された。

《この年の児童文学賞》

第2回(昭30年)産経児童出版文化賞　【賞】稲垣友美〔他編〕の「学校図書館文庫第1期」(全50巻)牧書店、高橋健二〔他編〕の「世界少年少女文学全集」(全32巻)東京創元社、吉野源三郎〔他編〕の「岩波の子どもの本」(全24冊)岩波書店、桑原万寿太郎〔他編〕の「ミツバチの世界」岩波書店、須長五郎の「日本人漂流ものがたり」毎日新聞社、堀江誠志郎〔著〕斎藤博之〔画〕の「山ではたらく人びと」筑摩書房。

第5回(昭30年)児童文学者協会児童文学賞　国分一太郎の「鉄の町の少年」。

第5回(昭30年)児童文学者協会新人賞　該当作なし。

第4回(昭30年度)小学館児童出版文化賞　鶴田知也の「ハッタラはわが故郷」(小学六年生)、中尾彰の「なかよし幼稚園」「にこにこたろちゃん」「ひつじさんとおしくら」(チャイルドブック)。

前期第3回(昭30年度)日本童話会賞　安部梧堂(氏の業績に対して)。

第5回(昭30年)毎日児童小説　【小学生向け】樋口貞子の「子犬のいる町」、【中学生向け】安藤美紀夫の「北風の中の歌」。

1956年
(昭和31年)

2月　〔刊行・発表〕『トコトンヤレ』刊行　2月、長崎源之助による『トコトンヤレ』が日本児童文学より刊行された。

4月　〔刊行・発表〕「こどものとも」刊行始まる　4月、福音館書店より「こどものとも」が刊行開始。第1号は、与田凖一・作、堀文子・画『ビップとちょうちょう』。翌月に刊行された第2号は宮沢賢治・原作、佐藤義美・原案、茂田井武・画『セロひきのゴーシュ』。

4月　〔刊行・発表〕『あかつきの子ら』刊行　4月、片山昌造による『あかつきの子ら』が福音館書店より刊行された。

4月　〔刊行・発表〕『そらのひつじかい』刊行　4月、今西祐行による『そらのひつじかい』

		が泰光堂より刊行された。
5月	〔刊行・発表〕『リンゴ畑の四日間』刊行	5月、国分一太郎による『リンゴ畑の四日間』が牧書房より刊行された。
7月	〔刊行・発表〕『おしくらまんじゅう』刊行	7月、筒井敬介による『おしくらまんじゅう』が朝日新聞社より刊行された。
7月	〔刊行・発表〕『かもしか学園』刊行	7月、戸川幸夫による『かもしか学園』が創元社より刊行された。
7月	〔刊行・発表〕『少年少女科学冒険全集』刊行	7月、『少年少女科学冒険全集』が講談社から刊行された。
8月	〔児童雑誌等〕「児童文芸」創刊	8月、「児童文芸」が日本児童文芸家協会から創刊された。
11.26	〔作家訃報〕小寺菊子が亡くなる	11月26日、小説家・児童文学作家の小寺菊子が亡くなる。74歳(生年諸説あり)。旧名、尾島キク。富山県富山市旅籠町生まれ。東京府教員養成所卒。富山市の薬舗・尾島家に生まれる。17歳の頃に一家離散で上京し、小学校教師、タイピストなど務める傍ら、作家を志し、同郷の作家・三島霜川の紹介で徳田秋声に師事。明治44年実父の犯罪に取材した「父の罪」が大阪朝日新聞社懸賞小説に入選し、連載されたことで作家としての基盤を確立した。岡田八千代、田村俊子と並び、"大正の三閨秀"の一人と称される。大正3年画家の小寺健吉と結婚。家庭環境を題材にした自伝的小説が多く、他の作品に「赤坂」「河原の対面」などがある。また40数編の少女小説作品を遺し、少女小説の草分け的存在の一人ともみなされている。
11月	〔児童雑誌等〕「学校図書館年鑑」創刊	11月、全国学校図書館協議会による「学校図書館年鑑」が、大日本図書から創刊された。
11月	〔刊行・発表〕「冒険小説北極星文庫」刊行	11月、「冒険小説北極星文庫」が平凡社から刊行された。全22冊。
12.31	〔作家訃報〕氏原大作が亡くなる	12月31日、児童文学作家の氏原大作が亡くなる。本名、原阜。51歳。山口県阿武郡地福村生まれ。小学校教員をしていたが、支那事変で出征し、昭和17年帰郷して、作家生活に入る。戦場での体験を記した「幼き者の旗」「いくさ土産」をはじめ、「少年倶楽部」などにも作品を発表。戦後も「花の木鉄道」などを発表した。「氏原大作全集」全4巻(条例出版)がある。
12月	〔刊行・発表〕『火星にさく花』刊行	12月、瀬川昌男による『火星にさく花』が講談社より刊行された。
この年	〔刊行・発表〕『床下の小人たち』刊行	この年、イギリスのメアリー・ノートン作『床下の小人たち』が、林容吉の訳により岩波書店から「少年文庫112」として刊行された。

《この年の児童文学賞》

第3回(昭31年)産経児童出版文化賞　【賞】朝日新聞社〔編〕の「たのしい観察─生きもののしらべかた」朝日新聞社、朝日新聞社〔編〕の「たのしい採集─標本のつくりか

た」朝日新聞社、坪田譲治〔他編〕の「日本のむかし話」(全6巻)実業之日本社、永井萠二〔作〕六浦光雄〔画〕の「さゝぶね船長」新潮社、那須辰造〔作〕大橋弥生〔画〕の「緑の十字架」同和春秋社、福田豊四郎〔著・画〕の「美しさはどこにでも」牧書店、【特別賞】平凡社児童百科事典編集部〔編〕の「児童百科事典」(全24巻)平凡社。

第6回(昭31年)児童文学者協会児童文学賞 菅忠道の「日本の児童文学」。

第6回(昭31年)児童文学者協会新人賞 今西祐行の「ゆみこのりす」、長崎源之助の「トコトンヤレ」「チャコベエ」、山中恒の「赤毛のポチ」。

第5回(昭31年度)小学館児童出版文化賞 小山勝清の「山犬少年」(中学生の友)、岩崎ちひろの「夕日」(ひかりのくに)。

第6回(昭31年)毎日児童小説 【小学生向け】角田光男の「南へ行く船」、【中学生向け】該当作なし。

1957年
(昭和32年)

1.8 〔作家訃報〕**吉田甲子太郎が亡くなる** 1月8日、児童文学作家・翻訳家の吉田甲子太郎が亡くなる。62歳。筆名、朝日壮吉。群馬県北甘楽郡生まれ。東京早稲田大学英文科卒。立教中学教員を経て、昭和7年明治大学教授に就任。児童文学者、翻訳家として幅広く活躍する。12年「日本少国民文庫」(全16巻)の編集にたずさわり、戦時中は日本少国民文化協会に関係して「少国民文化」などを編集。戦後は「銀河」の編集長などをつとめた。主な作品に「サランガの冒険」「源太の冒険」「兄弟いとこものがたり」などがある。

2.21 〔出版社関連〕**新日本出版社創立** 2月21日、新日本出版社が設立された。

3月 〔刊行・発表〕**『なかいながいペンギンの話』刊行** 3月、いぬいとみこによる『なかいながいペンギンの話』が宝文館書店より刊行された。ペンギンの兄弟ルルとキキの冒険を描く。

4月 〔童謡・紙芝居・人形劇〕**童心社「よいこの十二か月」シリーズ化** 4月、童心社は幼児向け紙芝居「よいこの十二か月」をシリーズ化。同社初の定期刊行物となり、各巻初版1800部で刊行された。

7月 〔刊行・発表〕**『ミノスケのスキー帽』刊行** 7月、白川しづえによる『ミノスケのスキー帽』が筑摩書房より刊行された。

7月 〔童謡・紙芝居・人形劇〕**街頭紙芝居製作所の栄光社、ともだち会が廃業** 7月、街頭紙芝居製作所の栄光社、ともだち会が、営業不振などの理由により廃業した。

8月 〔児童図書館、地域文庫〕**家庭文庫研究会設立** 8月、石井桃子、村岡花子、土屋滋子らが中心となり、「家庭文庫研究会」が設立された。

10.3 〔児童図書館、地域文庫〕**都立日比谷図書館に子ども室完成** 10月3日、東京都立日比谷図書館に子ども室が完成した。

10月	〔刊行・発表〕『山のトムさん』刊行	10月、石井桃子による『山のトムさん』が光文社より刊行された。
12月	〔児童雑誌等〕「キリスト教児童文学」創刊	12月、「キリスト教児童文学」が、キリスト教児童文化協会から創刊された。上沢謙二ほかの編集による。昭和34年の第10号まで刊行された。
12月	〔刊行・発表〕『コタンの口笛』刊行	12月、石森延男著『コタンの口笛』が東都書房より刊行された。第1部「あらしの歌」および第2部「光の歌」の2巻構成。アイヌ集落(コタン)に住む中学生の姉弟が、差別や逆境に立ち向かいながら成長する様が描かれる。
12月	〔刊行・発表〕『世界少女名作全集』刊行	12月、『世界少女名作全集』が偕成社から刊行された。全40冊。
12月	〔童謡・紙芝居・人形劇〕「日本童謡集」	12月、与田凖一による編さんで『日本童謡集』が刊行された。
この年	〔出版社関連〕童心社創立	この年、紙芝居出版社童心社が創立。その後、1960年には児童図書の出版も始める。
この年	〔刊行・発表〕『おしになった娘』刊行	この年、松谷みよ子著『おしになった娘』が刊行された。信州での民話の聞き書きを元にしたもの。
この年	〔刊行・発表〕『新日本少年少女文学全集』刊行	この年、ポプラ社から『新日本少年少女文学全集』(全40巻)が刊行された。
この年	〔刊行・発表〕『名探偵カッレくん』刊行	この年、スウェーデンのリンドグレーン作『名探偵カッレくん』が、尾崎義の訳により岩波書店から「少年文庫141」として刊行された。

《この年の児童文学賞》

第4回(昭32年)産経児童出版文化賞　【賞】「こどものとも」(全11冊)福音館書店、高島春雄・黒田長久〔著〕小林重三郎〔他画〕の「鳥類の図鑑」小学館、今泉篤男の「西洋の美術」小峰書店、谷川徹三〔他監修〕の「少年少女日本文学選集」(全30巻)あかね書房、浜田広介〔作〕安泰〔他画〕の「浜田広介童話選集」(全6巻)講談社、綿引まさ〔著〕伊原通夫〔画〕の「私たちの相談室3 友だちのことでこまることはありませんか?」東西文明社。

第7回(昭32年)児童文学者協会児童文学賞　該当作なし。

第7回(昭32年)児童文学者協会新人賞　杉みき子の「かくまきの歌」、宮口しづえの「ミノスケのスキー帽」。

第6回(昭32年度)小学館児童出版文化賞　打木村治の「夢のまのこと」(小学六年生)、渡辺三郎の「くもさん」(チャイルドブック)。

第7回(昭32年)毎日児童小説　【小学生向け】合原弘の「文太物語」、別所夏子の「アッサム王子」、【中学生向け】高木博の「黄金探検隊」。

1958年
(昭和33年)

1月	〔児童雑誌等〕「幼年ブック」改題	1月、集英社の「幼年ブック」が、「日の丸」と改題された。
2月	〔刊行・発表〕『天平の少年』刊行	2月、福田清人による『天平の少年』が講談社より刊行された。
3.1	〔児童図書館、地域文庫〕かつら文庫開設	3月1日、石井桃子が自宅にて「かつら文庫」を開設する。
6月	〔刊行・発表〕『白い帽子の丘』刊行	6月、佐々木たづによる『白い帽子の丘』が三十書房より刊行された。
6月	〔イベント関連〕「優良児童図書展」開催	6月、日本児童図書出版協会による「優良児童図書展」が、東京都で開催された。
8月	〔児童雑誌等〕「ひとみ」創刊	8月、少女雑誌「ひとみ」が秋田書店から創刊された。
8月	〔刊行・発表〕『風の中の瞳』刊行	8月、新田次郎による『風の中の瞳』が東都書房より刊行された。
9月	〔刊行・発表〕『ゲンと不動明王』刊行	9月、宮口しづえによる『ゲンと不動明王』が筑摩書房より刊行された。
9月	〔刊行・発表〕『少年少女世界文学全集』刊行	9月、『少年少女世界文学全集』が講談社から刊行された。全50巻。
9月	〔刊行・発表〕『世界児童文学全集』刊行	9月、『世界児童文学全集』が、あかね書房から刊行された。全30巻。
この年	〔児童文学一般〕児童図書日本センター創立	この年、児童図書日本センターが創立された。
この年	〔刊行・発表〕「怪盗ルパン全集」刊行	この年、ポプラ社から「怪盗ルパン全集」(全30巻)が刊行された。フランスのルブラン著の推理名作を少年少女向きに翻訳したもの。訳者は南洋一郎。
この年	〔刊行・発表〕『ツバメ号とアマゾン号』刊行	この年、イギリスのランサム作『ツバメ号とアマゾン号』上下巻が、岩田欣三と神宮輝夫の訳により岩波書店から「少年文庫171」「少年文庫172」として刊行された。
この年	〔童謡・紙芝居・人形劇〕貸本屋の人気が高まる	この年、紙芝居に代わり、貸本屋の漫画の人気が高まった。

《この年の児童文学賞》
　　第5回(昭和33年)産経児童出版文化賞　【賞】平凡社世界の子ども編集部〔編〕の「世界の子ども」(全15巻)平凡社、少年少女学習百科大事典編集部〔編〕の「少年少女学習百

科大事典 理科編」学習研究社、石森延男〔作〕鈴木義治〔画〕の「コタンの口笛」(全2冊)東都書房、福田清人〔作〕鴨下晃湖〔画〕の「天平の少年」講談社、市川禎男〔他著〕の「子どもの舞台美術—舞台装置・小道具・紛装・照明・効果」さ・え・ら書房、柳内達雄〔著〕島崎政太郎〔画〕の「私たちの詩と作文—みんなでやろう」国土社。

第7回(昭33年度)小学館児童出版文化賞　西山敏夫の「よこはま物語」(朝の笛)、太田大八の「いたずらうさぎ」(こどものとも)他。

第8回(昭33年)毎日児童小説　【小学生向け】勢田十三夫の「タヌキヅカに集まれ」、久保田昭三の「消えたカナリヤ」、【中学生向け】生源寺美子の「ふたつの顔」、遠矢町子の「高校の姉さん」。

第1回(昭33年)未明文学賞　石森延男の「コタンの口笛」(2冊)東都書房。

1959年
(昭和34年)

2月　〔刊行・発表〕『おしゃべりなたまごやき』刊行　2月、寺村輝夫作、長新太絵『おしゃべりなたまごやき』が刊行された。

4.27〜5.10〔児童文学一般〕「こどもの読書週間」開催　4月27日から5月10日にかけて、日本書籍出版協会児童部会が中心となり、初の「こどもの読書週間」が開催された。

6月　〔刊行・発表〕『迷子の天使』刊行　6月、石井桃子による『迷子の天使』が文芸春秋新社より刊行された。

8月　〔刊行・発表〕『だれも知らない小さな国』刊行　8月、佐藤さとる(佐藤暁)による『だれも知らない小さな国』が講談社より刊行された。

9月　〔刊行・発表〕『谷間の底から』刊行　9月、柴田道子による『谷間の底から』が東都書房より刊行された。

10月　〔刊行・発表〕『荒野の魂』刊行　10月、斎藤了一による『荒野の魂』が理論社より刊行された。

11月　〔刊行・発表〕『風と花の輪』刊行　11月、塚原健二郎による『風と花の輪』が理論社より刊行された。

12月　〔刊行・発表〕『木かげの家の小人たち』刊行　12月、いぬいとみこによる『木かげの家の小人たち』が中央公論社より刊行された。

《この年の児童文学賞》

第6回(昭34年)産経児童出版文化賞　【賞】前川文夫〔編〕の「夏の植物 秋・冬の植物 春の植物」誠文堂新光社、八杉龍一〔編〕の「人間の歴史」あかね書房、横有恒〔著〕福田豊四郎〔画〕の「ピッケルの思い出」牧書店、吉野源三郎〔著〕向井潤吉〔画〕の「エイブ・リンカーン」岩波書店、平野威馬雄〔作〕鈴木義治〔画〕の「レミは生きている」日本児童文庫刊行会、木下順二〔文〕吉井忠〔画〕の「日本民話選」岩波書店。

第8回（昭34年）児童文学者協会児童文学賞　該当作なし。

第8回（昭34年）児童文学者協会新人賞　岩崎京子の「さぎ」、森宣子の「サラサラ姫の物語」、立原えりかの「人魚のくつ」、小笹正子の「ネーとなかま」。

第8回（昭34年度）小学館児童出版文化賞　佐伯千秋の「燃えよ黄の花」（女学生の友）、柿本幸造の「みなと」「おやまのがっこう」「こだまごう」（一年の学習）。

第1回（昭34年）千葉児童文学賞　該当作なし。

第9回（昭34年）毎日児童小説　【小学生向け】木暮正夫の「光をよぶ歌」、安積大平の「ふたご山のマタギ少年」、【中学生向け】森一男の「コロボックルの橋」、海老原紳二の「青い海のかなたへ」。

第2回（昭34年）未明文学賞　該当作なし。

1960年
（昭和35年）

1月	〔児童雑誌等〕「少年ブック」創刊	1月、「少年ブック」が創刊された。「おもしろブック」から改題されたもの。
3月	〔刊行・発表〕『木馬がのった白い船』刊行	3月、立原えりかによる『木馬がのった白い船』が書肆ユリイカより刊行された。
4月	〔刊行・発表〕『とべたら本こ』刊行	4月、山中恒による『とべたら本こ』が理論社より刊行された。
4月	〔刊行・発表〕『子どもと文学』刊行	4月、『子どもと文学』が中央公論社から刊行された。石井桃子、いぬいとみこ、鈴木晋一、瀬田貞二、松居直、渡辺茂男ら通称「イスミ」グループが、国内の動向をまとめつつ、外国の児童文学界からの影響のもとに独自の見解を提示した。
4月	〔刊行・発表〕『大空に生きる』刊行	4月、椋鳩十による『大空に生きる』が牧書店より刊行された。
5月	〔刊行・発表〕『少年少女世界名作文学全集』刊行	5月、『少年少女世界名作文学全集』が、小学館から刊行された。全56巻。
5月	〔刊行・発表〕『図書委員ハンドブック』刊行	5月、『図書委員ハンドブック』が、全国学校図書館協議会から刊行された。
7月	〔刊行・発表〕『赤毛のポチ』刊行	7月、山中恒による『赤毛のポチ』が理論社より刊行された。
8月	〔刊行・発表〕『サムライの子』刊行	8月、山中恒による『サムライの子』が講談社より刊行された。
8月	〔刊行・発表〕『山が泣いてる』刊行	8月、鈴木実他による『山が泣いてる』が理論社より刊行された。

8月	〔刊行・発表〕『龍の子太郎』刊行　8月、松谷みよ子による『龍の子太郎』が講談社より刊行された。日本の民話を再創造した物語で、龍になって北の湖に住むという母をたずね、龍の子太郎が辿る長く苦しい旅を描く。
10月	〔刊行・発表〕『考えろ丹太！』刊行　10月、木島始による『考えろ丹太！』が理論社より刊行された。
10月	〔刊行・発表〕『山のむこうは青い海だった』刊行　10月、岐阜日日新聞に連載された今江祥智の『山のむこうは青い海だった』が理論社より出版された。戦後初期のユーモア児童文学。
この年	〔刊行・発表〕『少年少女世界ノンフィクション全集』刊行　この年、あかね書房が『少年少女世界ノンフィクション全集』(全12巻)を刊行した。
この年	〔作家訃報〕谷口武が亡くなる　この年、児童文学作家・教育者の谷口武が亡くなる。64歳。香川県三豊郡財田村生まれ。香川師範卒。大正13年小原国芳の求めに応じて上京。成城小学校、玉川学園の教師となる。その間イデア書院の児童図書や玉川学園出版部の「児童図書館叢書」の編集に携わる。昭和7年京都帝大で哲学と教育学を学ぶ。10年から20年にかけて和光学園の2代目校長を務める。戦後、和光中学の初代校長に就任。のち大阪府の教育界で活躍した。作品に「イエス・キリスト」「イソップ動物園」など。

《この年の児童文学賞》

第1回(昭35年)講談社児童文学新人賞　吉田比砂子の「雄介のたび」、松谷みよ子の「龍の子太郎」。

第7回(昭35年)産経児童出版文化賞　【特別出版賞】の「こどものとも」福音館書店、【賞】坂本遼〔作〕秋野卓美〔画〕の「きょうも生きて」(全2冊)東都書房、大谷省三の「自然をつくりかえる」牧書店、小峰書店編集部〔編〕の「目で見る学習百科事典」(全8巻)小峰書店、菅井準一の「科学の歴史」あかね書房、阿川弘之〔著〕萩原政男〔他写真〕の「なかよし特急」中央公論社、滑川道夫〔編〕の「少年少女つづり方作文全集」(全10巻)東京創元社。

第9回(昭35年)児童文学者協会児童文学賞　該当作なし。

第9回(昭35年)児童文学者協会新人賞　加藤明治の「鶴の声」(「日本児童文学」昭和34年4月号)、佐藤さとる(佐藤暁)の「だれも知らない小さな国」講談社、古田足日の「現代児童文学論」くろしお出版社。

第9回(昭35年度)小学館児童出版文化賞　新川和江の「季節の花詩集」(中学一年コース)、深沢邦朗の「なかよしぶらんこ」(ひかりのくに)、「ぞうのはなはなぜ長い」(幼稚園)他。

第10回(昭35年)毎日児童小説　【小学生向け】和久一美の「ひよこものがたり」、鈴木久雄の「風船ものがたり」、【中学生向け】田村武敦の「死球」。

第3回(昭35年)未明文学賞　塚原健二郎の「風と花の輪」理論社。

1961年
（昭和36年）

4月	〔刊行・発表〕『キューポラのある街』刊行	4月、早船ちよによる『キューポラのある街』が弥生書房より刊行された。
5.11	〔作家訃報〕小川未明が亡くなる	5月11日、小説家・児童文学作家で日本芸術院会員の小川未明が亡くなる。79歳。本名、小川健作。新潟県中頸城郡高田町（上越市）生まれ。早稲田大学英文科卒。明治38年「霰に霙」を発表して注目をあび、40年処女短編集「愁人」を刊行。さらに新浪漫主義の作家として「薔薇と巫女」「魯鈍な猫」などを発表。この間、早稲田文学社に入り、児童文学雑誌「少年文庫」を編集、43年には処女童話集「赤い船」を刊行した。大正に入ってからは社会主義に近づき短編集「路上の一人」「小作人の死」などを発表するが、昭和に入ってからは小説を断念して童話執筆に専念する。大正時代の童話に「牛女」「赤い蠟燭と人魚」「野薔薇」などの名作があり、昭和期には8年の長編童話「雪原の少年」をはじめ多くの童話集を出した。また「赤い雲」「赤い鳥」「海と太陽」などの童謡作品も発表し、詩集に「あの山越えて」がある。戦後の21年児童文学協会初代会長に就任。26年童話全集で日本芸術院賞を受賞し、28年には日本芸術院会員、また文化功労者に推された。「定本・小川未明童話全集」（全16巻 講談社）がある。墓地は小平霊園（東京）。
6月	〔刊行・発表〕『ぼくは王さま』刊行	6月、寺村輝夫著『ぼくは王さま』が、理論社から刊行された。
6月	〔刊行・発表〕『ぽけっとにいっぱい』刊行	6月、今江祥智による『ぽけっとにいっぱい』が理論社より刊行された。
9月	〔刊行・発表〕『ドリトル先生アフリカゆき』刊行	9月、ヒュー・ロフティングによる『ドリトル先生アフリカゆき』が岩波書店より刊行された。訳は井伏鱒二。「ドリトル先生シリーズ」の第1作で、動物と話のできる名医・ドリトル先生が、サルたちを疫病から救うためにアフリカへ向かうおはなし。
10月	〔刊行・発表〕『でかでか人とちびちび人』刊行	10月、立原えりかによる『でかでか人とちびちび人』が講談社より刊行された。
10月	〔刊行・発表〕『浮浪児の栄光』刊行	10月、佐野美津男による『浮浪児の栄光』が三一書房より刊行された。
11月	〔刊行・発表〕『ぬすまれた町』刊行	11月、古田足日による『ぬすまれた町』が理論社より刊行された。
11月	〔刊行・発表〕『北極のムーシカミーシカ』刊行	11月、いぬいとみこによる『北極のムーシカミーシカ』が理論社より刊行された。
12月	〔刊行・発表〕『ちびっこカムのぼうけん』刊行	12月、神沢利子による『ちびっこカムのぼうけん』が理論社より刊行された。
12月	〔刊行・発表〕『東京のサンタクロース』刊行	12月、砂田弘による『東京のサンタク

		ロース」が理論社より刊行された。
12月	〔刊行・発表〕	『白いりす』刊行　12月、安藤美紀夫による『白いりす』が講談社より刊行された。
この年	〔出版社関連〕	あすなろ書房創立　この年、児童文学出版社のあすなろ書房が創業する。同年、椋鳩十による『母と子の二十分間読書』を出版し、家庭教育書や児童書を柱に出版活動を行う。
この年	〔刊行・発表〕	「世界傑作絵本シリーズ」刊行開始　この年、児童書出版社の福音館書店が、物語絵本シリーズ「世界傑作絵本シリーズ」の刊行を開始。『100まんびきのねこ』『シナの五人きょうだい』が刊行された。

《この年の児童文学賞》

第2回（昭36年）講談社児童文学新人賞　西沢正太郎の「プリズム村誕生」、立原えりかの「ゆりとでかでか人とちびちび人のものがたり」。

第1回（昭36年）国際アンデルセン賞国内賞　松谷みよ子〔作〕久米宏一〔画〕の「龍の子太郎」講談社、佐藤さとる（佐藤暁）〔作〕若菜珪〔画〕の「だれも知らない小さな国」講談社、いぬいとみこ〔作〕吉井忠〔画〕の「木かげの家の小人たち」中央公論社。

第8回（昭36年）産経児童出版文化賞　【大賞】安倍能成〔他監修〕の「世界童話文学全集」（全18巻）講談社、【賞】新美南吉〔作〕坪田譲治〔他編〕市川禎男・立石鉄臣〔版画〕の「新美南吉童話全集」（全3巻）大日本図書、松谷みよ子〔作〕久米宏一〔画〕の「龍の子太郎」講談社、浜田広介〔作〕いわさきちひろ〔画〕の「あいうえおのほん―一字をおぼえはじめた子どものための」童心社、寺田和夫・石田英一郎〔著〕中西立太〔画〕の「人類の誕生」小学館、井尻正二の「地球のすがた」偕成社。

第10回（昭36年度）小学館児童出版文化賞　遠藤てるよの「なつかしの友」（中学生の友2年）、「うらない」（五年の学習）、「しんぶんはいたつ」（三年の学習）。

第1回（昭36年）日本児童文学者協会賞　鈴木実・高橋徳義・笹原俊雄・槇仙一郎・植松要作の「山が泣いてる」理論社。

第11回（昭36年）毎日児童小説　【小学生向け】最上二郎の「ギターをひく猟師」、北村けんじの「小さな駅のむくれっ子」、【中学生向け】涌田佑の「人形村の子どもたち」。

第4回（昭36年）未明文学賞　該当作なし。

1962年
（昭和37年）

1月	〔刊行・発表〕	「少年文学代表選集」刊行　1月、日本文芸家協会による「少年文学代表選集」1962年版が、あかね書房から刊行された。
3月	〔刊行・発表〕	『あり子の記』刊行　3月、香山美子による『あり子の記』が理論社より刊行された。
4月	〔児童雑誌等〕	「きりん」版元を移す　4月、大阪の版元から刊行されていた子どもの

詩の専門誌「きりん」が、通巻165号をもって版元を理論社に移動。1971年の通巻220号で休刊となった。

5.12 〔作家訃報〕秋田雨雀が亡くなる　5月12日、劇作家・小説家・児童文学作家・社会運動家の秋田雨雀が亡くなる。本名、秋田徳三。79歳。青森県南津軽郡黒石町（黒石市）生まれ。東京専門学校（現・早稲田大学）英文科卒。中学時代から島崎藤村の影響を受け詩を志す。東京専門学校在学中の明治37年詩集「黎明」を刊行。18篇を収め唯一の単行詩集となった。卒業後は島村抱月に認められて40年処女小説「同性の恋」を発表し、以後新進作家として活躍。イプセン会の書記をつとめ、戯曲への関心を深める。42年小山内薫の自由劇場に参加。大正2年には芸術座創立に参加するが、3年に脱退し、美術劇場を結成。以後、芸術座、先駆座などに参加。4年エロシェンコを知り、エスペラントを学ぶ。8年頃から童話を試みる。10年日本社会主義同盟に加わり、13年フェビアン協会を設立。昭和2年ソ連を訪れ、3年国際文化研究所長、4年プロレタリア科学研究所所長に就任。6年日本プロレタリア・エスペラント同盟を創立。9年新協劇団結成に参画し事務長となり、「テアトロ」を創刊。15年検挙される。戦後も活躍し、23年舞台芸術学院院長、24年共産党に入党、25年には日本児童文学者協会会長に就任した。代表作に「幻影と夜曲」「埋れた春」「国境の夜」「骸骨の舞跳」、童話集「東の子供へ」「太陽と花園」などがあり、ほかに「雨雀自伝」「秋田雨雀日記」（全5巻）がある。昭和35年に黒石市名誉市民となる。

5月 〔刊行・発表〕『うずしお丸の少年たち』刊行　5月、古田足日による『うずしお丸の少年たち』が講談社より刊行された。

8月 〔刊行・発表〕『豆つぶほどの小さな犬』刊行　8月、佐藤暁による『豆つぶほどの小さな犬』が講談社より刊行された。

9月 〔児童図書館、地域文庫〕「ありんこ文庫」開設　9月、東京都品川区に、有木昭久による「ありんこ文庫」が開設された。

9月 〔児童文学賞（海外）〕「龍の子太郎」国際アンデルセン賞佳作賞　9月、松谷みよ子作の『龍の子太郎』が、国際アンデルセン賞において佳作賞を受賞。ハンブルグで授賞式が行われた。

10.6 〔学会・団体〕日本児童文学学会設立　10月6日、日本児童文学学会設立。1981年11月には日本学術会議の「協力学術研究団体」に登録された。年に一回学会紀要「児童文学研究」を刊行。

10月 〔刊行・発表〕『ドブネズミ色の街』刊行　10月、木暮正夫による『ドブネズミ色の街』が理論社より刊行された。

10月 〔刊行・発表〕『巨人の風車』刊行　10月、吉田としによる『巨人の風車』が理論社より刊行された。

12月 〔児童雑誌等〕「少年クラブ」「少女クラブ」休刊　12月、児童雑誌「少年クラブ」「少女クラブ」が休刊となった。

12月 〔刊行・発表〕『いやいやえん』刊行　12月、福音館書店より中川李枝子による『いやいやえん』が刊行。4歳の保育園児が主人公の生き生きとした生活が綴られベストセラーに。

| 12月 | 〔刊行・発表〕『ぼくらの出航』刊行　12月、那須田稔による『ぼくらの出航』が講談社より刊行された。
| この年 | 〔刊行・発表〕「日本傑作絵本」刊行開始　この年、福音館書店から「日本傑作絵本」の刊行が開始された。
| この年 | 〔読書感想文〕第8回読書感想コン課題図書　この年（1962年度）の青少年読書感想文コンクールの課題図書。【小学校】『小公女（世界名作絵文庫2）』（村岡花子・編）あかね書房、『チベット旅行記（世界ジュニア・ノンフィクション全集12）』（河口慧海・著）講談社、『飛ぶ教室（ケストナー少年文学全集4）』（ケストナー）岩波書店。【中学校】『君たちの天分を生かそう』（松田道雄・著）筑摩書房、『古代文明の発見（世界の歴史ホームスクール版1）』（貝塚茂樹・著）中央公論社、『少年の海』（吉田とし・著）東都書房。【高等学校】『サラ・ベルナールの一生』（本庄桂輔・著）角川書店、『野火と春風は古城に闘う（中国現代文学選集12）』（李英儒・著）平凡社、『橋のない川（第1・2部）』（住井すゑ・著）新潮社。

《この年の児童文学賞》

第3回（昭37年）講談社児童文学新人賞　佐川茂の「ミルナの座敷」、米沢幸男の「少年オルフェ」。

第9回（昭37年）産経児童出版文化賞　【賞】早船ちよ〔作〕竹村捷〔画〕の「ポンのヒッチハイク」理論社、安藤美紀夫〔作〕山田三郎〔画〕の「白いりす」講談社、ザルテン〔作〕実吉健郎〔他訳〕の「ザルテン動物文学全集」（全7巻）白水社、安倍能成〔他監修〕の「少年少女世界伝記全集」（全15巻）講談社、畠山久尚〔他著〕の「地球の科学」小学館。

第11回（昭37年度）小学館児童出版文化賞　花岡大学の「ゆうやけ学校」理論社。

第2回（昭37年）日本児童文学者協会賞　早船ちよの「キューポラのある街」弥生書房。

第12回（昭37年）毎日児童小説　【小学生向け】五味兎史郎の「シロよ待ってろ」、青木良一の「コッコの鈴」、【中学生向け】田中彰の「少名彦」。

第5回（昭37年）未明文学賞　該当作なし。

1963年
（昭和38年）

| 2.6 | 〔作家訃報〕岡本良雄が亡くなる　2月6日、児童文学作家の岡本良雄が亡くなる。49歳。大阪府大阪市生まれ。早稲田大学卒。早大に入学した昭和10年、早大童話会機関誌「童苑」を創刊し「トンネル露地」を発表。13年大阪の製果会社に勤務し、そのかたわら大阪童話研究会の「子供と語る」を編集する。14年結成の新児童文学集団に参加し、15年上京する。17年「朝顔作りの英作」を刊行。プロレタリア児童文学に影響された生活童話作家として活躍した。戦後は日本児童文学者協会に参加。「八号館」で日本新人童話賞、「ラクダイ横丁」で児童文学者協会児童文学賞を受賞。ほかにも「安治川っ子」「イツモシズカニ」「三人の0点くん」「のっぽ探偵ちび探偵」な

どを発表。「岡本良雄童話全集」(全3巻 講談社)もある。

2月	〔刊行・発表〕『コーサラの王子』刊行　2月、吉田比砂子による『コーサラの王子』が講談社より刊行された。
3月	〔刊行・発表〕『春の目玉』刊行　3月、福田清人による『春の目玉』が講談社より刊行された。
5月	〔児童文学一般〕「児童白書」発表　5月、厚生省児童局が初の「児童福祉白書」を発表した。
5月	〔児童雑誌等〕「少女ブック」休刊　5月、児童雑誌「少女ブック」が休刊となった。
6月	〔刊行・発表〕『若草色の汽船』刊行　6月、石川光男による『若草色の汽船』が東都書房より刊行された。
7月	〔刊行・発表〕『つるのとぶ日』刊行　7月、子どもの家による『つるのとぶ日』が京都書房より刊行された。
7月	〔刊行・発表〕『エルマーのぼうけん』刊行　7月、福音館書店よりルース・スタイルス・ガネット作、ルース・クリスマン・ガネット絵による『エルマーのぼうけん』が刊行。少年エルマーがかわいそうなりゅうの子を助けに行こうとする冒険を描く。訳は渡辺茂男。「世界傑作童話シリーズ」の1冊。
8月	〔刊行・発表〕『日本児童文学案内』刊行　8月、鳥越信著『日本児童文学案内』が刊行された。
9月	〔刊行・発表〕『世界児童文学案内』刊行　9月、神宮輝夫著『世界児童文学案内』が刊行された。
10月	〔児童雑誌等〕「びわの実学校」創刊　10月、「びわの実学校」(びわの実文庫)が創刊された。1995年に終刊となった。
11月	〔刊行・発表〕『少年のこよみ』刊行　11月、大石真による『少年のこよみ』が三十書房より刊行された。
11月	〔刊行・発表〕『星の牧場』刊行　11月、庄野英二による『星の牧場』が理論社より刊行された。
12月	〔刊行・発表〕「ぐりとぐら」刊行　12月、福音館書店の「こどものとも」93号として、なかがわりえこ・おおむらゆりこよる「ぐりとぐら」が刊行。森へ出かけた野ねずみのぐりとぐらの姿を描き、ロングセラー作品となる。
12月	〔刊行・発表〕『孤島の野犬』刊行　12月、椋鳩十による『孤島の野犬』が牧書房より刊行された。
12月	〔刊行・発表〕『三月ひなのつき』刊行　12月、石井桃子による『三月ひなのつき』が福音館書店より刊行された。
この年	〔刊行・発表〕「おはなしのえほん」刊行開始　この年、至光社から単行絵本「おはなしのえほん」の刊行が開始された。
この年	〔読書感想〕第9回読書感想コン課題図書　この年(1963年度)の青少年読書感想文コンクールの課題図書。【小学校】『ねことオルガン(創作幼年童話)』(今西祐行・

文、久保雅勇・え）小峰書店、『ぼくらの出航（長編少年少女小説）』（那須田稔・著）講談社、『地球は青かった（20世紀の記録）』（ガガーリン、デューイ・著）あかね書房、『ジェイミーの冒険旅行』（テイラー・作）新潮社。【中学校】『パンのみやげ話』（石森延男・著）東都書房、『黄金のパラオ（岩波少年少女文学全集）』（ブルックナー・作）岩波書店、『日本人のこころ（新中学生全集）』（岡田章雄・著）筑摩書房。【高等学校】『くらしの中の日本探検』（犬養道子・著）中央公論社、『戦没学生の遺書にみる十五年戦争（カッパブックス）』（わだつみ会・編）光文社、『シルク・ロード（角川新書）』（深田久彌・著）角川書店、『怒りのぶどう（世界文学全集）』（スタインベック・作）河出書房新社、『春来る鬼』（須知徳平・著）毎日新聞社。

《この年の児童文学賞》

第1回（昭38年）NHK児童文学賞　【奨励賞】中川李枝子の「いやいやえん」、香山美子の「あり子の記」、吉田としの「巨人の風車」。

第4回（昭38年）講談社児童文学新人賞　岩崎京子の「しらさぎものがたり」、竹野栄の「ブチよしっかり渡れ」。

第2回（昭38年）国際アンデルセン賞国内賞　いぬいとみこ〔作〕、久米宏一〔画〕の「北極のムーシカミーシカ」理論社、浜田広介〔作〕深沢邦朗〔画〕の「ないた赤おに」集英社。

第10回（昭38年）産経児童出版文化賞　【大賞】「こどものとも」（昭和37年3月号〜38年2月号）福音館書店、【賞】吉田比砂子〔作〕油野誠一〔画〕の「コーサラの王子」講談社、中川李枝子〔作〕大村百合子〔画〕の「いやいやえん」福音館書店、エーリヒ・ケストナー〔作〕ワルター・トリヤーとホルスト・レムケ〔画〕高橋健二〔訳〕の「ケストナー少年文学全集」（全8巻）岩波書店、林寿郎〔編〕の「少年少女日本動物記」（全5巻）牧書店、武谷三男・星野芳郎の「物理の世界」講談社。

第12回（昭38年度）小学館児童出版文化賞　大石真の「見えなくなったクロ」（たのしい六年生）、万足卓の「おやだぬきとこだぬきの歌」朝日出版社、清水勝の「科学図説シリーズ『昆虫と植物』」小学館。

第3回（昭38年）日本児童文学者協会賞　香山美子の「あり子の記」理論社。

第1回（昭38年）野間児童文芸賞　石森延男の「パンのみやげ話」東都書房、【推奨作品賞】石川光男の「若草色の汽船」東都書房、中川李枝子の「いやいやえん」福音館書店。

第1回（昭38年）北陸児童文学賞　小納弘の「30番目の鴨」。

第13回（昭38年）毎日児童小説　【小学生向け】古泉龍一の「火の山と大猫」、蓮見和枝の「ふしあな物語」、【小学生向け（準入選）】津田和子の「土手下の家」、【中学生向け】該当作なし。

1964年
（昭和39年）

1月　〔刊行・発表〕『シラサギ物語』刊行　1月、岩崎京子による『シラサギ物語』が講談

		社より刊行された。
1月	〔児童図書館、地域文庫〕童心会図書館開設	1月、大分県中津市に、童心会図書館が開設された。
2月	〔刊行・発表〕『マアおばさんはネコがすき』刊行	2月、稲垣昌子による『マアおばさんはネコがすき』が理論社より刊行された。
2月	〔刊行・発表〕『火の瞳』刊行	2月、早乙女勝元による『火の瞳』が講談社より刊行された。
2月	〔刊行・発表〕『銀色ラッコのなみだ』刊行	2月、岡野薫子による『銀色ラッコのなみだ』が実業之日本社より刊行された。
3月	〔刊行・発表〕『ぴいちゃあしゃん』刊行	3月、乙骨淑子による『ぴいちゃあしゃん』が理論社より刊行された。
3月	〔刊行・発表〕『桃の木長者』刊行	3月、吉田タキノによる『桃の木長者』が理論社より刊行された。
4月	〔児童雑誌等〕「希望の友」創刊	4月、「希望の友」が創刊された。
4月	〔刊行・発表〕『ビルの山ねこ』刊行	4月、久保喬による『ビルの山ねこ』が新星書房より刊行された。
6月	〔刊行・発表〕『銀の触覚』刊行	6月、小林純一による『銀の触覚』が牧書房より刊行された。
6月	〔学会・団体〕児童文学に関する国際会議	6月、いぬいとみこが、チェコで開催された「児童文学に関する国際会議」に出席した。
7月	〔刊行・発表〕『ちいさいモモちゃん』刊行	7月、講談社より松谷みよ子による『ちいさいモモちゃん』が刊行された。その後、シリーズ化され1970年に2冊目『モモちゃんとプー』、1974年に3冊目『モモちゃんとアカネちゃん』が刊行。3冊目刊行当時、離婚というテーマを幼年童話に取り入れたことが話題となった。のちに全6冊としてがシリーズ刊行された。
8月	〔刊行・発表〕「少年探偵・江戸川乱歩全集」創刊	8月、ポプラ社から「少年探偵・江戸川乱歩全集」(全46巻)が刊行された。第1巻目は『怪人二十面相』。少年推理小説の決定版で、ベストセラーとなる。
9.6	〔作家訃報〕武田雪夫が亡くなる	9月6日、児童文学作家の武田雪夫が亡くなる。61歳。愛知県豊川市生まれ。立教大学英文科卒。立大在学中から創作童話を志し、昭和10年幼年童話協会を設立。著書に「踏切ジョン」「思ひ出の歌時計」「とかげのしっぽ」などがある。晩年は武蔵野市会議員をつとめた。
9月	〔刊行・発表〕『あほうの星』刊行	9月、長崎源之助による『あほうの星』が理論社より刊行された。
この年	〔刊行・発表〕『長くつ下のピッピ』刊行	この年、スウェーデンのリンドグレーン作『長くつ下のピッピ』が刊行された。大塚勇三の訳により岩波書店「リンドグレーン作品集1」として、尾崎義の訳により「長靴下のピッピちゃん」の題で講談社「少年

少女新世界文学全集27 北欧現代編」として刊行。

この年　〔読書感想文〕第10回読書感想コン課題図書　この年(1964年度)の青少年読書感想文コンクールの課題図書。【小学校】『まあちゃんと子ねこ』(壺井栄・文、鈴木寿雄・え)ポプラ社、『エルマーのぼうけん』(スタイルス・ガネット・作、クリスマン・ガネット・え)福音館書店、『宇宙旅行の話』(村山定男・著)偕成社、『銀色ラッコのなみだ』(岡野薫子・著)実業之日本社、『南の浜にあつまれ』(香川茂・著)東都書房。【中学校】『シラサギ物語』(岩崎京子・著)講談社、『シロクマ号となぞの鳥』(アーサー・ランサム)岩波書店、『黒部ダム物語』(前川康男・著)あかね書房、『エルザの子供たち』(ジョイ・アダムソン・著、藤原英司・訳)文藝春秋。【高等学校】『秀吉と利休』(野上弥生子・著)中央公論社、『ヒマラヤ』(徳岡孝夫・著)毎日新聞社、『アフリカ物語・ペリカンの生活と意見』(シュヴァイツァー・著)白水社。

《この年の児童文学賞》

第2回(昭39年)NHK児童文学賞　若谷和子の「小さい木馬」。

第5回(昭39年)講談社児童文学新人賞　福永令三の「クレヨン王国の十二か月」、赤座憲久の「大杉の地蔵」。

第11回(昭39年)産経児童出版文化賞　【大賞】高島春雄〔他著〕の「科学図説シリーズ」(全12巻)小学館、【賞】庄野英二〔作〕長新太〔画〕の「星の牧場」理論社、椋鳩十〔作〕須田寿〔画〕の「孤島の野犬」牧書店、岡野薫子〔作〕寺島龍一〔画〕の「銀色ラッコのなみだ―北の海の物語」実業之日本社、馬場のぼる〔作・画〕の「きつね森の山男」岩崎書店、古原和美の「ヒマラヤの旅―未知をさぐって」理論社。

第13回(昭39年度)小学館児童出版文化賞　山本和夫の「燃える湖」理論社、井江春代の「かえるのけろ」(ひかりのくに)他。

第1回(昭39年度)「童話」作品ベスト3賞　竹木良、間所ひさ子、渡辺和孝。

第4回(昭39年)日本児童文学者協会賞　庄野英二の「星の牧場」理論社、神宮輝夫の「世界児童文学案内」理論社。

後期第1回(昭39年度)日本童話会賞　間所ひさ子の詩(年間に発表された作品)。

第2回(昭39年)野間児童文芸賞　庄野英二の「星の牧場」理論社、松谷みよ子の「ちいさいモモちゃん」講談社。

第2回(昭39年)北陸児童文学賞　かつおきんや(高学年・中学生向けの一連の創作活動)。

第14回(昭39年)毎日児童小説　【小学生向け】中井純一の「鈴と赤い矢」、【中学生向け】浅香清の「少年の獅子」、浜野卓也の「みずほ太平記」。

1965年
(昭和40年)

1月　〔刊行・発表〕『チョコレート戦争』刊行　1月、大石真による『チョコレート戦争』が理論社より刊行された。濡れ衣を着せられた子どもたちが町のお菓子屋さんに闘いを挑むユーモラスなおはなし。挿画は北田卓史。

2月	〔刊行・発表〕『クレヨン王国の十二か月』刊行	2月、福永令三による『クレヨン王国の十二か月』が講談社より刊行された。
3.31	〔作家訃報〕水上不二が亡くなる	3月31日、児童文学作家の水上不二が亡くなる。61歳。宮城県気仙沼市生まれ。水産学校卒。小学校教師の傍ら詩作を続け、昭和3年上京。12年童話童謡雑誌「昆虫列車」を創刊。その後、童話も書き始め、戦後は「ら・て・れ」同人。主な作品に「海辺のおやしろ」「海のお星さま」「コロンブス」「六平アルバム」などがある。
4月	〔刊行・発表〕『せんせいけらいになれ』刊行	4月、灰谷健次郎著『せんせいけらいになれ』が、理論社から刊行された。
4月	〔児童図書館、地域文庫〕「ムーシカ文庫」開設	4月、東京都練馬区に、いぬいとみこによる「ムーシカ文庫」が開設された。
5月	〔刊行・発表〕『うみねこの空』刊行	5月、いぬいとみこによる『うみねこの空』が理論社より刊行された。
7.28	〔作家訃報〕江戸川乱歩が亡くなる	7月28日、推理作家の江戸川乱歩が亡くなる。70歳。本名、平井太郎。三重県名賀郡名張町（名張市）生まれ。早稲田大学政経学部〔大正5年〕卒。大正12年「二銭銅貨」を発表。以後「D坂の殺人事件」などを発表して、作家として認められる。14年処女短編集「心理試験」を刊行、また横溝正史らと「探偵趣味」を創刊。以後、探偵作家として活躍し、怪奇な謎と科学的推理による本格的推理小説の分野を開拓し、探偵・明智小五郎の生みの親として知られた。昭和22年日本探偵作家クラブが設立され初代会長となる。また21年に「宝石」を創刊し、編集する。26年評論集「幻影城」で日本探偵作家クラブ賞（現・日本推理作家協会賞）を受賞した。日本の推理小説の本格的確立を達成した功績は大きく、29年には江戸川乱歩賞が設定された。36年には紫綬褒章を受章。38年探偵作家クラブが推理作家協会と組織を改め、初代理事長に就任したが、翌40年に死去。代表作はほかに「パノラマ島奇譚」「陰獣」「怪人二十面相」「青銅の魔人」などがあり、「江戸川乱歩全集」（全25巻 講談社）、「江戸川乱歩全集」（全30巻 光文社）他が刊行される。また、「黒蜥蜴」「屋根裏の散歩者」「双生児」など多くの作品が映画化された。没後、平成13年自身に関する新聞や雑誌の記事を収集したスクラップブック「貼雑年譜」が復刻され、話題となる。
7月	〔刊行・発表〕『ももいろのきりん』刊行	7月、福音館書店より中川李枝子作の『ももいろのきりん』が刊行。ももいろの紙で作ったキリンと少女との冒険を描く。
8月	〔刊行・発表〕『青いスクラム』刊行	8月、西沢正太郎による『青いスクラム』が東都書房より刊行された。
8月	〔刊行・発表〕『目をさませトラゴロウ』刊行	8月、小沢正による『目をさませトラゴロウ』が理論社より刊行された。
9月	〔刊行・発表〕『星からおちた小さな人』刊行	9月、佐藤さとるによる『星からおちた小さな人』が講談社より刊行された。
10.14	〔作家訃報〕北川千代が亡くなる	10月14日、児童文学作家・小説家の北川千代が亡くなる。71歳。本名、高野千代。別名、江口千代。埼玉県大里郡大寄村（深谷市）生

まれ。三輪田高女〔明治44年〕中退。女学校在学中から「少女世界」「少女の友」に詩文を投稿、また「少女倶楽部」にも少女小説を発表した。大正2年「たかね」創刊に参加。4年社会主義作家江口渙と結婚、江口姓で少女小説や童話を書いた。8年「赤い鳥」に童話「世界同盟」を発表。10年赤瀾会にも参加、社会主義思想に基づくヒューマンな作品を書く。11年江口と離婚、昭和9年労働運動家高野松太郎と結婚した。作品は「帰らぬ兄」「蝕める花」「楽園の外」「絹糸の草履」「桃色の王女」「明るい室」「春やいづこ」など。44年その業績を記念した児童文学の"北川千代賞"が設けられ、また「北川千代児童文学全集」(全2巻 講談社)が刊行された。

11.9 〔作家訃報〕山内秋生が亡くなる　11月9日、児童文学作家の山内秋生が亡くなる。75歳。本名、山内秋生。福島県南会津生まれ。日本大学国文科中退。雑誌、新聞の記者のかたわら、巌谷小波に師事、おとぎばなしを書いた。大正元年、蘆谷蘆村らと少年文学研究会を創設。童話集に「螢のお宮」「星と語る」「とんぼの誕生」「父のふるさと」などがある。また小波とおとぎばなしの研究、整理に従事、小波没後「小波お伽選集」「こがね丸」「新八犬伝」などを刊行。児童文学史の研究「少年文学研究」もあり、講談社第1期「小川未明童話全集」の編集もした。

11月 〔児童雑誌等〕「読書運動通信」創刊　11月、日本図書館協会による「読書運動通信」が創刊された。年4回の発行。

12.19 〔児童図書館、地域文庫〕「すその文庫」開設　12月19日、山梨県で、井手絹枝による「すその文庫」が開設された。

12月 〔刊行・発表〕『まえがみ太郎』刊行　12月、松谷みよ子による『まえがみ太郎』が福音館書店より刊行された。

12月 〔刊行・発表〕『シラカバと少女』刊行　12月、那須田稔による『シラカバと少女』が実業之日本社より刊行された。

12月 〔刊行・発表〕『水つき学校』刊行　12月、加藤明治による『水つき学校』が東都書房より刊行された。

12月 〔刊行・発表〕『肥後の石工』刊行　12月、今西祐行による『肥後の石工』が実業之日本社より刊行された。九州地方にある、めがね橋づくりに命をかけて、弟子たちを育て上げた名職人の物語が描かれる。

この年 〔刊行・発表〕『ホビットの冒険』刊行　この年、イギリスのトールキン作『ホビットの冒険』が、瀬田貞二の訳により岩波書店から刊行された。

この年 〔読書感想文〕第11回読書感想コン課題図書　この年(1965年度)の青少年読書感想文コンクールの課題図書。【小学校】『カーチャと子わに』(ゲルネット・著)偕成社、『太郎とクロ』(椋鳩十・著)小峰書店、『くまのブウル』(リダ・著)福音館書店、『サーカスの小びと』(ケストナー・著)岩波書店、『ポールのあした』(山下喬子・著)講談社、『三びき荒野を行く』(バーンフォード・著)あかね書房。【中学校】『雲の中のにじ』(庄野英二・著)実業之日本社、『ピタゴラスから電子計算機まで』(板倉聖宣・著)国土社、『少年少女のために 文化論』(小幡泰正・著)牧書店。【高等学校】『落日の戦場』(伊藤桂一・著)講談社、『知られざる大地』(セミョノフ・著)学習研究社、『シャローム イスラエル』(石浜みかる・著)オリオン社。

この年　〔学会・団体〕童話教室開講　日本児童文学者協会が「新日本童話教室」を開講する。1971年開講の「第1期日本児童文学学校」の前身。

この年　〔イベント関連〕「子どもの本・百年展」開催　この年、「子どもの本・百年展」が開催された。

《この年の児童文学賞》

第3回（昭40年）NHK児童文学賞　【奨励賞】松谷みよ子の「ちいさいモモちゃん」講談社、稲垣昌子の「マアおばさんはネコがすき」理論社、岡野薫子の「銀色ラッコのなみだ」実業之日本社。

第6回（昭40年）講談社児童文学新人賞　岡村太郎の「いつか太陽の下で」、生源寺美子の「春をよぶ夢」。

第3回（昭40年）国際アンデルセン賞国内賞　石井桃子〔作〕、朝倉摂〔画〕の「三月ひなのつき」福音館書店、福田清人〔作〕寺島龍一〔画〕の「春の目玉」講談社、椋鳩十〔作〕須田寿〔画〕の「孤島の野犬」牧書店。

第12回（昭40年）産経児童出版文化賞　【大賞】アンデルセン〔作〕初山滋〔他画〕大畑末吉〔他編訳〕の「アンデルセン童話全集」（全8巻）講談社、【賞】賈芝・孫剣冰〔編〕赤羽末吉〔画〕君島久子〔訳〕の「白いりゅう黒いりゅう―中国のたのしいお話」岩波書店、松居直〔文〕赤羽末吉〔画〕の「ももたろう」福音館書店、岩波書店編集部〔編〕の「科学の事典」岩波書店、菅井準一〔著〕武部本一郎〔画〕の「アインシュタイン―原子力の父」偕成社、阿部襄の「貝の科学―なぎさでの研究30年」牧書店。

第14回（昭40年度）小学館児童出版文化賞　久保喬の「ビルの山ねこ」新星書房、中谷千代子の「かばくんのふね」「まいごのちろ」（こどものとも）、「おおきなくまさん」（ひかりのくに）、【特別賞】谷俊彦。

第2回（昭40年度）「童話」作品ベスト3賞　中村ときを、鈴木広、乾谷敦子。

第5回（昭40年）日本児童文学者協会賞　稲垣昌子の「マアおばさんはネコがすき」理論社、たかしよいちの「埋もれた日本」牧書店。

第2回（昭40年度）日本童話会賞　生源寺美子の「犬のいる家」。

第3回（昭40年）野間児童文芸賞　いぬいとみこの「うみねこの空」理論社、【推奨作品賞】おのちゅうこうの「風は思い出をささやいた」講談社、岡野薫子の「ヤマネコのきょうだい」実業之日本社。

第3回（昭40年）北陸児童文学賞　なおえみずほ。

第15回（昭40年）毎日児童小説　【小学生向け】柏谷学の「山は招く」、【中学生向け】福永令三の「明日君と今日子ちゃん」。

1966年
（昭和41年）

1月　〔刊行・発表〕『草の芽は青い』刊行　1月、生源寺美子による『草の芽は青い』が東都書房より刊行された。

1966年（昭和41年）

1月	〔刊行・発表〕『大どろぼうホッツェンプロッツ』刊行　1月、ドイツのプロイスラー作『大どろぼうホッツェンプロッツ』が、中村浩三の訳により偕成社から「世界の子どもの本15」として刊行された。
1月	〔刊行・発表〕『柳のわたとぶ国―二つの国の物語』刊行　1月、赤木由子による『柳のわたとぶ国―二つの国の物語』が理論社より刊行された。
2月	〔刊行・発表〕『ポイヤウンペ物語』刊行　2月、安藤美紀夫による『ポイヤウンペ物語』が講談社より刊行された。
2月	〔刊行・発表〕『宿題ひきうけ株式会社』刊行　2月、古田足日による『宿題ひきうけ株式会社』が理論社より刊行された。
4月	〔刊行・発表〕『セロひきのゴーシュ』刊行　4月、宮沢賢治・作、茂田井武・絵の『セロひきのゴーシュ』が福音館書店から刊行。現在まで版を重ねる同書の初版。
5月	〔刊行・発表〕『ライオンと魔女』刊行　5月、イギリスのC・S・ルイス作『ライオンと魔女』が、瀬田貞二の訳により岩波書店から「ナルニア国ものがたり1」として刊行された。
5月	〔刊行・発表〕『青い目のバンチョウ』刊行　5月、山中恒による『青い目のバンチョウ』が太平出版社より刊行された。
6月	〔学会・団体〕少年文芸作家クラブ　6月、少年文芸作家クラブが設立された。児童文学に携わる作家や翻訳家、画家などが集まり、"児童文学にエンターテイメントを！"を目指し活動。会報『少年文芸作家』を発行。
7月	〔刊行・発表〕『けんちゃんあそびましょ』刊行　7月、藤田圭雄による『けんちゃんあそびましょ』が講談社より刊行された。
7月	〔刊行・発表〕『秋の目玉』刊行　7月、福田清人による『秋の目玉』が講談社より刊行された。
8.24	〔児童図書館、地域文庫〕多摩平児童図書館開館　8月24日、東京都日野市に、多摩平児童図書館が開館した。都電の廃車を利用したものであった。
8月	〔出版社関連〕佼成出版社設立　8月、立正佼成会の出版部を前身とし、佼成出版社が株式会社として設立された。立正佼成会の機関紙誌だけでなく仏教書や人生書、児童書など幅広い分野の出版事業を手がける。
8月	〔刊行・発表〕『八月の太陽を』刊行　8月、乙骨淑子による『八月の太陽を』が理論社より刊行された。
9月	〔刊行・発表〕『おばあさんのひこうき』刊行　9月、佐藤さとるによる『おばあさんのひこうき』が小峰書店より刊行された。
10月	〔刊行・発表〕『雪の下のうた』刊行　10月、杉みき子による『雪の下のうた』が理論社より刊行された。
11.6	〔作家訃報〕斎藤五百枝が亡くなる　11月6日、挿絵画家の斎藤五百枝が亡くなる。84歳。千葉県長生郡一宮町生まれ。東京美術学校洋画科〔明治41年〕卒。白馬会洋画研究所に学び、岡田三郎助の指導を受けた。新聞のコマ絵などを描いていたが、

大正3年講談社の雑誌「少年倶楽部」に抜擢され、創刊号から表紙絵を描く。昭和2年から吉川英治の「龍虎八天狗」と佐藤紅緑の「あゝ玉杯に花うけて」の挿絵を同時に受け持ち、一時代を画した。他の代表作に佐藤紅緑「紅顔美談」「少年讃歌」、大仏次郎「鞍馬天狗」がある。昭和16年には野間挿絵奨励賞を受賞した。

11月	〔刊行・発表〕『まるはなてんぐとながはなてんぐ』刊行　11月、角田光男による『まるはなてんぐとながはなてんぐ』が実業之日本社より刊行された。
12月	〔児童雑誌等〕「少年倶楽部名作選」刊行　12月、「少年倶楽部名作選」が刊行され、人気を得た。
12月	〔刊行・発表〕『あるハンノキの話』刊行　12月、今西祐行による『あるハンノキの話』が実業之日本社より刊行された。
12月	〔刊行・発表〕『ぐるんぱのようちえん』刊行　12月、福音館書店より西内みなみ・堀内誠一の『ぐるんぱのようちえん』(こどものとも傑作集32)が刊行。
12月	〔刊行・発表〕『ロッタちゃんのひっこし』刊行　12月、スウェーデンの作家、アストリッド・リンドグレーンによる『ロッタちゃんのひっこし』が偕成社から刊行された。訳は山室静。やんちゃな少女ロッタちゃんの日常を描く。
12月	〔刊行・発表〕『海の日曜日』刊行　12月、今江祥智による『海の日曜日』が実業之日本社より刊行された。
この年	〔出版社関連〕こぐま社創立　この年、こぐま社が創立された。
この年	〔刊行・発表〕『あのこ』刊行　この年、今江祥智・文、宇野亜喜良・絵『あのこ』が、理論社から刊行された。
この年	〔刊行・発表〕『絵本と子ども』刊行　この年、絵本の見分け方や子どもへの与え方について説いた『絵本と子ども』が福音館書店から刊行された。渡辺茂男、松居直、瀬田貞二、中川正文、福知トシ、松岡享子ほかによる。
この年	〔読書感想文〕第12回読書感想コン課題図書　この年(1966年度)の青少年読書感想文コンクールの課題図書。【小学校】『けんはへっちゃら』(谷川俊太郎・著)あかね書房、『ムスティクのぼうけん』(ポール・ギュット・作)学習研究社、『フェージャかえっておいで』(ヴォロンコーワ・作)偕成社、『みどりのゆび』(モーリス・ドリュオン・作)岩波書店、『まえがみ太郎』(松谷みよ子・著)福音館書店、『水つき学校』(加藤明治・著)東都書房。【中学校】『肥後の石工』(今西祐行・著)実業之日本社、『うみねこの空』(いぬいとみこ・著)理論社、『渡辺崋山』(土方定一・著)国土社。【高等学校】『終りなき鎮魂歌』(藤井重夫・著)番町書房、『シュリーマン伝』(エーミール・ルートヴィヒ・著)白水社、『沈黙』(遠藤周作・著)新潮社。

《この年の児童文学賞》

　第4回(昭41年)NHK児童文学賞　【奨励賞】小沢正の「目をさませトラゴロウ」、今西祐行の「肥後の石工」、庄野英二の「雲の中のにじ」。

　第7回(昭41年)講談社児童文学新人賞　香山彬子の「シマフクロウの森」。

　第13回(昭41年)産経児童出版文化賞　【大賞】加藤陸奥雄の「少年少女日本昆虫記」(全5巻)牧書店、【賞】関口重甫〔他著〕の「さ・え・ら伝記ライブラリー」(全10巻)さ・

え・ら書房、山内義雄〔他編〕の「国際児童文学賞全集」(全12巻)あかね書房、アストリッド・リンドグレーン〔作〕桜井誠〔他編〕大塚勇三・尾崎義〔訳〕の「リンドグレーン作品集」(全12巻)岩波書店、生源寺美子〔作〕山下大五郎〔画〕の「草の芽は青い」講談社、安藤美紀夫〔作〕水四澄子〔画〕の「ポイヤウンペ物語」福音館書店。
第15回(昭和41年度)小学館児童出版文化賞　西沢正太郎の「青いスクラム」東都書房、福田庄助の「百羽のツル」実業之日本社、「そんごくう」盛光社。
第3回(昭41年度)「童話」作品ベスト3賞　乾谷敦子、渡辺和孝、日野多香子。
第6回(昭41年)日本児童文学者協会賞　今西祐行の「肥後の石工」実業之日本社、那須田稔の「シラカバと少女」実業之日本社、【短編賞(第1回)】和田登の「虫」(「とうげの旗」掲載)。
第1回(昭41年)日本児童文学者協会短篇賞　和田登の「虫」(「とうげの旗」掲載)。
第3回(昭41年度)日本童話会賞　乾谷敦子の「さざなみの都」。
第4回(昭41年)野間児童文芸賞　福田清人の「秋の目玉」講談社。
第4回(昭41年)北陸児童文学賞　藤井則行の「祭の宵に」。
第16回(昭41年)毎日児童小説　【小学生向け】兵藤郁造の「赤い郵便箱」、【中学生向け】加藤輝治の「ふりかえるな裕次」。

1967年
(昭和42年)

1.1	〔学会・団体〕「現代児童詩研究会」発足	1月1日、「現代児童詩研究会」が発足した。
2月	〔刊行・発表〕『だいくとおにろく』刊行	2月、福音館書店より松居直・再話、赤羽末吉・画による『だいくとおにろく』(こどものとも傑作集36)が刊行された。
2月	〔刊行・発表〕『シマフクロウの森』刊行	2月、香山彬子による『シマフクロウの森』が講談社より刊行された。
2月	〔刊行・発表〕『天使で大地はいっぱいだ』刊行	2月、後藤竜二による『天使で大地はいっぱいだ』が講談社より刊行された。
3.3	〔童謡・紙芝居・人形劇〕「日本人形劇人協会」発足	3月3日、「日本人形劇人協会」が発足した。
4月	〔児童文学一般〕日本親子読書センター創立	4月、日本親子読書センターが創立された。
4月	〔刊行・発表〕『いないいないばあ』刊行	4月、松谷みよ子・文、瀬川康男・絵による幼児絵本『いないいないばあ』が童心社より刊行された。『いいおかお』も同時刊行され、「松谷みよ子 あかちゃんの本」シリーズがスタート、赤ちゃん絵本としてロングセラー作品となる。
6月	〔刊行・発表〕『ヒョコタンの山羊』刊行	6月、長崎源之助による『ヒョコタンの山

6月	〔刊行・発表〕『王さまばんざい』刊行	6月、寺村輝夫による『王さまばんざい』が理論社より刊行された。
6月	〔児童図書館、地域文庫〕「松の実文庫」開設	6月、東京都中野区に、松岡享子による「松の実文庫」が開設された。
7月	〔児童文学一般〕江古田ひまわり文庫開設	7月、東京都練馬区に、江古田ひまわり文庫が開設された。
8月	〔児童図書館、地域文庫〕「わかば子ども文庫」開設	8月、埼玉県飯能市に、名倉克子による「わかば子ども文庫」が開設された。
9月	〔刊行・発表〕『ヤン』刊行	9月、前川康男による『ヤン』が実業之日本社より刊行された。
10.30	〔作家訃報〕伊藤貴麿が亡くなる	10月30日、小説家・児童文学作家・翻訳家の伊藤貴麿が亡くなる。本名、伊東利雄。74歳。兵庫県神戸生まれ、早稲田大学英文科卒。大正13年創刊の「文芸時代」同人となり、その年短編集「カステラ」を刊行。その前年「赤い鳥」に「水面亭の仙人」を発表してから、童話創作と中国童話の翻訳・翻案をする。昭和期に入って「童話文学」「児童文学」の同人となり、11年に第一童話集「龍」を刊行。この間、独学による中国文学研究もすすめ、16年初の全訳「西遊記」(上下)、18年「中華民国童話集・孔子さまと琴の音」を刊行した。戦後も児童文学活動をし、中国民話集「ほたんの女神」「錦の中の仙女」などを発表した。
10月	〔刊行・発表〕『くまのパディントン』刊行	10月、マイケル・ボンド作、ペギー・フォートナム絵による『くまのパディントン』が福音館書店から刊行された。訳は松岡享子。駅で見つけられたおかしな子グマが活躍するおはなし。
10月	〔児童図書館、地域文庫〕児童文学文庫開設	10月、東京都台東区の国立国会図書館の支部上野図書館内に、日本近代文学館児童文学文庫が開設された。
11月	〔刊行・発表〕『ベロ出しチョンマ』刊行	11月、斎藤隆介による『ベロ出しチョンマ』が理論社より刊行された。
12月	〔刊行・発表〕『トムは真夜中の庭で』刊行	12月、イギリスのピアス作『トムは真夜中の庭で』が、高杉一郎の訳により岩波書店から刊行された。
この年	〔刊行・発表〕「こどものくに」発刊	この年、鈴木出版が幼稚園向けの月刊保育絵本「こどものくに」を発刊。
この年	〔刊行・発表〕「国際版絵本」刊行開始	この年、至光社から単行絵本「国際版絵本」の刊行が開始された。
この年	〔刊行・発表〕『人形の家』刊行	この年、イギリスのゴッデン作『人形の家』が、瀬田貞二の訳により岩波書店から「おはなしの本」として刊行された。
この年	〔刊行・発表〕絵本・童話の選び方指南書	この年、鳥越信、森久保仙太郎による『3歳から6歳までの絵本と童話』が、誠文堂新光社から刊行された。日本における絵本の歴史と絵本の選び方をまとめたもの。

この年 〔読書感想文〕第13回読書感想コン課題図書　この年（1967年度）の青少年読書感想文コンクールの課題図書。【小学校】『おばあさんのひこうき』（佐藤さとる・著）小峰書店、『びりっかすの子ねこ』（ディヤング・著）偕成社、『チム・ラビットのぼうけん』（アトリー・作）童心社、『橋の下の子どもたち』（カールソン・著）学習研究社、『アグラへのぼうけん旅行』（ゾンマーフェルト・作）あかね書房、『天使で大地はいっぱいだ』（後藤竜二・著）講談社。【中学校】『海の日曜日』（今江祥智・著）実業之日本社、『ハンニバルの象つかい』（バウマン・作）岩波書店、『シンバと森の戦士の国』（野間寛二郎・著）理論社。【高等学校】『アマゾンの歌―日本人の記録―』（角田房子・著）毎日新聞社、『わがいのち月明に燃ゆ』（林尹夫・著）筑摩書房、『華岡青洲の妻』（有吉佐和子・著）新潮社。

この年 〔児童文学賞（海外）〕『ふしぎなたけのこ』世界原画展グランプリ　この年、瀬川康男・絵、松野正子・作『ふしぎなたけのこ』が、第1回BIB世界絵本原画展でグランプリを受賞した。

《この年の児童文学賞》

　　第8回（昭42年）講談社児童文学新人賞　該当作なし。

　　第4回（昭42年）国際アンデルセン賞国内賞　今西祐行〔作〕井口文秀〔画〕の「肥後の石工」実業之日本社、佐藤さとる〔作〕村上勉〔画〕の「おばあさんのひこうき」小峰書店、安藤美紀夫〔作〕水四澄子〔画〕の「ポイヤウンベ物語」福音館書店、古倫不子〔詞〕初山滋〔作版〕の「もず」至光社。

　　第14回（昭42年）産経児童出版文化賞　【大賞】与田準一〔作〕朝倉摂〔他画〕の「与田準一全集」（全6巻）大日本図書、【賞】藤本陽一〔著〕真鍋博〔画〕の「原子力への道を開いた人々」さ・え・ら書房、泉靖一の「インカ帝国の探検」あかね書房、クライブ・ステーブルズ・ルイス〔作〕ポーリン・ベインズ〔画〕瀬田貞二〔訳〕の「ナルニア国ものがたり」（全7巻）岩波書店、今江祥智〔作〕宇野亜喜良〔画〕の「海の日曜日」実業之日本社、香山彬子〔作〕木下公男〔画〕の「シマフクロウの森」講談社。

　　第16回（昭42年度）小学館児童出版文化賞　吉田としの「じぶんの星」（「小学四年生」～「小学五年生」）、村上勉の「おばあさんのひこうき」小峰書店、「宇宙からきたかんづめ」盛光社他。

　　第4回（昭42年度）「童話」作品ベスト3賞　木部恵司、宮入黎子、千川あゆ子。

　　第7回（昭42年）日本児童文学者協会賞　古田足日の「宿題ひきうけ株式会社」理論社、【短編賞（第2回）】山下夕美子の「二年2組はヒヨコのクラス」（「子どもの家」11・12号）。

　　第2回（昭42年）日本児童文学者協会短篇賞　山下夕美子の「二年2組はヒヨコのクラス」（「子どもの家」11・12号）。

　　第4回（昭42年度）日本童話会賞　中村ときをの「太陽はぼくたちのもの」。

　　第5回（昭42年）野間児童文芸賞　香川茂の「セトロの海」東都書房、佐藤さとるの「おばあさんのひこうき」小峰書店。

　　第5回（昭42年）北陸児童文学賞　橋本ときお（北陸地方の児童文学ほりおこし活動）。

　　第17回（昭42年）毎日児童小説　【小学生向け】中島千恵子の「まめだの三吉」、【中学生向け】岡杏一郎の「一月の河」。

1968年
（昭和43年）

1月　〔刊行・発表〕『くろ助』刊行　1月、来栖良夫による『くろ助』が岩崎書店より刊行された。

3月　〔刊行・発表〕『車のいろは空のいろ』　3月、ポプラ社があまんきみこによる『車のいろは空のいろ』を刊行。空いろのタクシー運転手"松井さん"を主人公としたファンタジーで、ベストセラー作品となる。

4月　〔刊行・発表〕『ああ！　五郎』刊行　4月、柚木象吉による『ああ！　五郎』が実業之日本社より刊行された。

4月　〔刊行・発表〕『二年2組はヒヨコのクラス』刊行　4月、山下夕美子による『二年2組はヒヨコのクラス』が理論社より刊行された。

4月　〔刊行・発表〕『二年間の休暇』刊行　4月、フランスのヴェルヌ作『二年間の休暇』が朝倉剛の訳により福音館書店から「古典童話」として刊行された。

4月　〔学会・団体〕科学読み物研究会　4月、子どもの科学読み物の普及の向上を目指し、科学読み物研究会が設立された。年10回、『子どもと科学読物』を発行。

6月　〔刊行・発表〕『あめのひのおるすばん』刊行　6月、岩崎ちひろによる『あめのひのおるすばん』が刊行された。

6月　〔刊行・発表〕『てんぷらぴりぴり』刊行　6月、大日本図書の「子ども図書館」シリーズの1冊として、詩人まど・みちおによる『てんぷらぴりぴり』が刊行された。

7月　〔刊行・発表〕『海へいった赤んぼ大将』刊行　7月、佐藤さとるによる『海へいった赤んぼ大将』が実業之日本社より刊行された。

8月　〔刊行・発表〕『くしゃみくしゃみ天のめぐみ』刊行　8月、松岡享子作、寺島龍一絵による『くしゃみくしゃみ天のめぐみ』が福音館書店より刊行された。いびきやおならなど人間の生理現象をテーマに描かれたユーモアあふれる構成。

9月　〔学会・団体〕大阪新児童文学会　9月、大阪新児童文学会が設立。児童文学の新しい批評や評論をめざし、年刊「児童文学評論」を発行。

10.25　〔作家訃報〕村岡花子が亡くなる　10月25日、児童文学作家・翻訳家の村岡花子が亡くなる。75歳。本名、村岡はな。山梨県甲府市生まれ。東洋英和女学院高等科卒。女学校在学中から童話を書き始める。卒業後、3年間甲府英和学校で教壇に立ったあと、教分館で婦人子ども向けの本の編集に携わる。昭和2年同人誌「火の鳥」を創刊し創作に励む。同年最初の翻訳、マーク・トウェインの「王子と乞食」を刊行し好評を得る。戦後は、モンゴメリの「赤毛のアン」（全10巻）などの名訳で知られたほか、東京婦人会館理事長、総理府行政監察委員、日本ユネスコ協会連盟副会長、NHK理事、キリスト教文化委員会婦人部委員などをつとめ、幅広く活躍した。ほかの訳書に、ポスター「喜びの本」、バーネット「小公子」「小公女」、オルコット「若

草物語」、ディケンズ「クリスマス・カロル」など多数。童話集に「紅い薔薇」「お山の雪」「桃色のたまご」「青いクツ」などがあり、随筆集に「母心抄」がある。東京・大森に"赤毛のアン記念館・村岡花子文庫"がある。

10月　〔刊行・発表〕『道子の朝』刊行　10月、砂田弘による『道子の朝』が盛光社より刊行された。

11月　〔刊行・発表〕『ちょんまげ手まり歌』刊行　11月、上野瞭による『ちょんまげ手まり歌』が理論社より刊行された。

12.16　〔作家訃報〕佐藤義美が亡くなる　12月16日、童謡詩人・童話作家の佐藤義美が亡くなる。63歳。大分県竹田市生まれ。早稲田大学文学部国文科卒、早稲田大学大学院修了。戦時中日本出版文化協会児童出版課の仕事にたずさわり、戦後日本児童文学者協会創立に参加。早くから童謡を「赤い鳥」などに投稿し、児童文学作家として活躍。「いぬのおまわりさん」「アイスクリームのうた」といった「ABCこどものうた」や「NHKうたのえほん」などラジオ・テレビ放送のための童謡も多数つくる。童謡集に「雀の木」、童話集に「あるいた 雪だるま」など、著書多数。「佐藤義美全集」（全6巻）がある。大分県竹田市には佐藤義美記念館がある。

12月　〔刊行・発表〕『みどりの川のぎんしょきしょき』刊行　12月、いぬいとみこによる『みどりの川のぎんしょきしょき』が実業之日本社より刊行された。

12月　〔刊行・発表〕『ゲンのいた谷』刊行　12月、長崎源之助による『ゲンのいた谷』が実業之日本社より刊行された。

12月　〔刊行・発表〕『モグラ原っぱのなかまたち』刊行　12月、古田足日による『モグラ原っぱのなかまたち』があかね書房より刊行された。

12月　〔刊行・発表〕『天文子守唄』刊行　12月、山中恒による『天文子守唄』が実業之日本社より刊行された。

この年　〔刊行・発表〕「ワンダーブック」創刊　この年、世界文化社から、幼稚園・保育園向け教材絵本「ワンダーブック」が創刊された。

この年　〔読書感想文〕第14回読書感想コン課題図書　この年（1968年度）の青少年読書感想文コンクールの課題図書。【小学校】『ちからたろう』（いまえよしとも・文、たじませいぞう・え）ポプラ社、『こびとのピコ』（寺村輝夫）大日本図書、『いたずらラッコのロッコ』（神沢利子）あかね書房、『うりんこの山』（北村けんじ）理論社、『チョウのいる丘』（那須田稔）講談社、『砂漠となぞの壁画』（たかしよいち）国土社。【中学校】『われらの村がしずむ』（ルフ・作）学習研究社、『くろ助』（来栖良夫）岩崎書店、『生命の神秘をさぐる―生物の謎にいどむ人々―』（シッペン）偕成社。【高等学校】『石狩平野』（船山馨）河出書房新社、『青年と人生を語ろう』（モーロワ）二見書房、『馬に乗った水夫』（ストーン）早川書房。

《この年の児童文学賞》

　　第9回（昭43年）講談社児童文学新人賞　松林清明の「火の子」。

　　第15回（昭43年）産経児童出版文化賞　【大賞】千葉省三〔作〕・関英雄〔他編〕・岡野和〔他画〕の「千葉省三童話全集」（全6巻）岩崎書店、【賞】馬場のぼる〔作・画〕の「11ぴきのねこ」こぐま社、大塚勇三〔再話〕・赤羽末吉〔画〕の「スーホの白い馬」福音

館書店、戸川幸夫〔著〕・石田武雄〔画〕の「戸川幸夫 子どものための動物物語」(全10巻) 国土社、前川康男〔作〕・久米宏一〔画〕の「ヤン」実業之日本社、山口三夫の「ロマン・ロランの生涯」理論社。

第17回(昭43年度)小学館児童出版文化賞　斎藤隆介の「ベロ出しチョンマ」理論社、瀬川康男の「やまんばのにしき」ポプラ社、「ジャックと豆のつる」岩波書店、「日本むかし話」講談社他。

第5回(昭43年度)「童話」作品ベスト3賞　川口志保子、笠原肇、金明悦子。

第1回(昭43年)新美南吉文学賞　後藤順一の「評伝・新美南吉」。

第8回(昭43年)日本児童文学者協会賞　長崎源之助の「ヒョコタンの山羊」理論社。

第1回(昭43年)日本児童文学者協会新人賞　宮下和男の「きょうまんさまの夜」福音館書店、あまんきみこの「車のいろは空のいろ」ポプラ社。

第5回(昭43年度)日本童話会賞　武川みづえの「ギターナ・ロマンティカ」。

第6回(昭43年)野間児童文芸賞　まどみちおの「てんぷらぴりぴり」大日本図書、【推奨作品賞】あまんきみこの「車のいろは空のいろ」ポプラ社、瀬尾七重の「ロザンドの木馬」講談社。

第6回(昭43年)北陸児童文学賞　該当作なし。

第18回(昭43年)毎日児童小説　【小学生向け】秋山周助の「風船学校」、【中学生向け】中島千恵子の「タブーの島」。

1969年
(昭和44年)

3月　〔刊行・発表〕『ほろびた国の旅』刊行　3月、三木卓による『ほろびた国の旅』が盛光社より刊行された。

3月　〔刊行・発表〕『寺町三丁目十一番地』刊行　3月、渡辺茂男による『寺町三丁目十一番地』が福音館書店より刊行された。

4月　〔刊行・発表〕『スイミー』刊行　4月、レオ・レオニ作、谷川俊太郎訳による『スイミー：ちいさなかしこいさかなのはなし』が刊行。広い海で仲間と暮らす小さな黒い魚スイミーの活躍を描く。

4月　〔刊行・発表〕『終りのない道』刊行　4月、永井明による『終りのない道』が実業之日本社より刊行された。

5.25　〔作家訃報〕酒井朝彦が亡くなる　5月25日、児童文学者の酒井朝彦が亡くなる。74歳。本名、酒井源一。長野県下伊那郡龍岡村(飯田市)生まれ。岐阜県中津川町早稲田大学英文科卒。大正9年「象徴」を創刊し「毛糸」を発表。10年研究社に入り「女学生」「中学生」を編集。11年「七つの地蔵の由来」を発表し、以後児童文学作家として活躍。昭和3年「童話文学」を創刊し「月夜をゆく川水」「雪夜の子馬」などを発表。10年「児童文学」を創刊し「ことこと虫」などを発表。作品集に「手のなかの

		虫」「山国の子ども」などがある。36年児童文学者協会会長。
5月	〔刊行・発表〕	『ふたりのイーダ』刊行　5月、松谷みよ子による『ふたりのイーダ』が講談社より刊行された。原爆の悲劇をテーマにしたストーリーで、母の田舎で人のように話し誰かを求めて動き回る不思議な木の椅子に出会った兄妹の体験を描く。
5月	〔刊行・発表〕	『ぽんこつマーチ』刊行　5月、阪田寛夫による『ぽんこつマーチ』が大日本図書より刊行された。「サッちゃん」「夕日がせなかをおしてくる」などが収録されている。
6.15	〔児童文学一般〕	「日本民話の会」設立　6月15日、「日本民話の会」が設立された。
6.15	〔学会・団体〕	「ねりま地域文庫読書サークル連絡会」発足　6月15日、「ねりま地域文庫読書サークル連絡会」が発足した。
6月	〔刊行・発表〕	『くまの子ウーフ』刊行　6月、神沢利子による『くまの子ウーフ』がポプラ社より刊行された。遊ぶことや食べること、考えることが好きなくまの子ウーフの日常を描く。
6月	〔刊行・発表〕	『浦上の旅人たち』刊行　6月、今西祐行による『浦上の旅人たち』が実業之日本社より刊行された。
6月	〔刊行・発表〕	『教室二〇五号』刊行　6月、大石真による『教室二〇五号』が実業之日本社より刊行された。
8月	〔児童雑誌等〕	「子どもの本棚」創刊　8月、月刊「子どもの本棚」が創刊された。
9月	〔刊行・発表〕	『魔神の海』刊行　9月、前川康男による『魔神の海』が講談社より刊行された。
10月	〔刊行・発表〕	「椋鳩十全集」刊行　10月、ポプラ社より「椋鳩十全集」が刊行開始。第一巻は『月の輪ぐま』、第二巻は『片耳の大シカ』。
10月	〔刊行・発表〕	『るすばん先生』刊行　10月、宮川ひろによる『るすばん先生』がポプラ社より刊行された。
11.25	〔刊行・発表〕	『王さまと九人のきょうだい』刊行　11月、岩波書店より『王さまと九人のきょうだい』が刊行された。中国の少数民族のあいだに伝わる民話で、絵は赤羽末吉。
11月	〔刊行・発表〕	『最後のクジラ舟』刊行　11月、川村たかしによる『最後のクジラ舟』が実業之日本社より刊行された。
12月	〔刊行・発表〕	『おかあさんの木』刊行　12月、大川悦生による『おかあさんの木』がポプラ社より刊行された。
12月	〔刊行・発表〕	『ぼくがぼくであること』刊行　12月、山中恒による『ぼくがぼくであること』が実業之日本社より刊行された。
12月	〔刊行・発表〕	『わたしのワンピース』刊行　12月、西巻茅子による『わたしのワンピース』が刊行された。
12月	〔刊行・発表〕	『ボクちゃんの戦場』刊行　12月、奥田継夫による『ボクちゃんの戦

	場」が理論社より刊行された。	
12月	〔刊行・発表〕『花さき山』刊行　12月、岩崎書店から斎藤隆介・滝平二郎による『花さき山』が刊行された。やさしいことをすると、美しい花が咲くという花さき山の感動の物語。滝平二郎の切り絵による挿画も話題となり、1971年11月に刊行された『モチモチの木』とともに、ロングセラー作品となる。	
12月	〔刊行・発表〕『鯉のいる村』刊行　12月、岩崎京子による『鯉のいる村』が新日本出版社より刊行された。	
この年	〔出版社関連〕ほるぷ出版創立　この年、児童図書出版社のほるぷ出版が創立した。	
この年	〔刊行・発表〕「かがくのとも」創刊　この年、児童書出版社の福音館書店が、月刊絵本「かがくのとも」を創刊した。	
この年	〔刊行・発表〕『クローディアの秘密』刊行　この年、アメリカのカニグズバーグ作『クローディアの秘密』が、松永ふみ子の訳により岩波書店から「少年少女の本8」として刊行された。	
この年	〔読書感想文〕第15回読書感想コン課題図書　この年(1969年度)の青少年読書感想文コンクールの課題図書。【小学校】『やまのこのはこぞう』(そや・きよし・作、岡田周子・絵)あかね書房、『さとるのじてんしゃ』(大石卓・作、北田卓史・え)小峰書店、『リコはおかあさん』(間所ひさこ)ポプラ社、『太陽の子と氷の魔女』(ウィテンゾン・作、田中かな子・訳)大日本図書、『ゲンのいた谷』(長崎源之助)実業之日本社、『大蔵永常』(筑波常治)国土社。【中学校】『死の艦隊・マゼラン航海記』(ホルスト・作、関楠生・訳)学習研究社、『天保の人びと』(かつおきんや)牧書店、『砂』(メイン・作、林克己・訳)岩波書店。【高等学校】『ある町の高い煙突』(新田次郎)文藝春秋、『われなお生きてあり』(福田須磨子)筑摩書房、『「岩宿」の発見』(相沢忠洋)講談社。	

《この年の児童文学賞》

第1回(昭44年)学研児童文学賞　【準入選】原田一美の「ホタルの歌」、林楯保の「北緯三十八度線」。

第10回(昭44年)講談社児童文学新人賞　該当作なし。

第5回(昭44年)国際アンデルセン賞国内賞　石森延男(氏の業績に対して)、太田大八(氏の業績に対して)。

第16回(昭44年)産経児童出版文化賞　【大賞】該当作なし、【賞】谷川俊太郎〔詩〕堀文子〔画〕の「き」至光社、松岡享子〔作〕寺島龍一〔画〕の「くしゃみ・くしゃみ・天のめぐみ」福音館書店、阿久根治子〔作〕渡辺学〔画〕の「やまとたける」福音館書店、ウィリアム・メイン〔作〕マージェリー・ジル〔画〕林克己〔訳〕の「砂」岩波書店、かつおきんやの「天保の人びと」牧書房。

第18回(昭44年度)小学館児童出版文化賞　山下夕美子の「二年2組はヒヨコのクラス」理論社、鈴木義治の「まちのせんたく」ひかりのくに昭和出版、「ネコのおしろ」研秀出版。

第11回(昭44年)千葉児童文学賞　松岡満三の「猿塚」。

第6回(昭44年度)「童話」作品ベスト3賞　大海茜、大熊義和、乾谷敦子。

第2回(昭44年)新美南吉文学賞　大石源三の「南吉文学散歩」日本児童文学。

第9回（昭44年）日本児童文学者協会賞　来栖良夫の「くろ助」岩崎書店、山中恒の「天文子守唄」理論社（辞退）。

第2回（昭44年）日本児童文学者協会新人賞　柚木象吉の「ああ！ 五郎」実業之日本社、鈴木悦夫の「祭りの日」（「たろう」2号（同人誌））。

第6回（昭44年度）日本童話会賞　石浦幸子の「ねんどのブーツ」（詩集）。

第7回（昭44年）野間児童文芸賞　宮脇紀雄の「山のおんごく物語」（自費出版）、今西祐行の「浦上の旅人たち」実業之日本社、【推奨作品賞】佐々木たづの「わたし日記を書いたの」講談社。

第19回（昭44年）毎日児童小説　【小学生向け】柏谷学の「山の合奏団」、【中学生向け】松尾礼子の「曲がり角」。

1970年
（昭和45年）

1月　〔刊行・発表〕『かくまきの歌』刊行　1月、杉みき子による『かくまきの歌』が学習研究社より刊行された。

2月　〔刊行・発表〕『グリックの冒険』刊行　2月、斎藤惇夫による『グリックの冒険』が牧書房より刊行された。飼いリスのグリックが野生リスに憧れ北の森を目指す冒険を描く。

2月　〔刊行・発表〕『大地の冬のなかまたち』刊行　2月、後藤竜二による『大地の冬のなかまたち』が講談社より刊行された。

3月　〔刊行・発表〕『もぐりの公紋さ』刊行　3月、岸武雄による『もぐりの公紋さ』があかね書房より刊行された。

3月　〔刊行・発表〕『わが母の肖像』刊行　3月、はまみつをによる『わが母の肖像』が実業之日本社より刊行された。

3月　〔刊行・発表〕『ロボット・カミイ』刊行　3月、古田足日・作、堀内誠一・絵による『ロボット・カミイ』が福音館書店より刊行された。紙のロボット"カミイ"が幼稚園で繰り広げる騒動を軸に、集団生活における子どもの心理が描かれる。

3月　〔刊行・発表〕『空中アトリエ』刊行　3月、武川みづえによる『空中アトリエ』が実業之日本社より刊行された。

3月　〔刊行・発表〕『大きい1年生と小さな2年生』刊行　3月、古田足日による『大きい1年生と小さな2年生』が偕成社から刊行された。泣き虫の1年生男子と、しっかり者の2年生女子のふれあいを元に描かれる友情と自立の物語。

4.12　〔学会・団体〕親子読書地域文庫連絡会　4月12日、親子読書地域文庫全国連絡会が設立。各地の文庫・親子読書会など、子どもと本を結ぶ活動をしている人・団体の交流や連携を目指して設立された。隔月刊で『子どもと読書』『会員つうしん』を発

		行している。
4月	〔刊行・発表〕	『かいぞくオネション』刊行　4月、山下明生による『かいぞくオネション』が偕成社より刊行された。
4月	〔刊行・発表〕	『こうさぎのぼうけん』刊行　4月、デンマークのV&C・ハンセン作『こうさぎのぼうけん』が、山内清子の訳により学習研究社から「新しい世界の幼年童話20」として刊行された。
4月	〔児童図書館、地域文庫〕	「親子読書地域文庫全国連絡会」結成　4月、親子読書地域文庫全国連絡会が結成された。
4月	〔学校図書館〕	学校図書館ブックセンター発足　4月、学校図書館ブックセンターが発足した。
5月	〔刊行・発表〕	『あかちゃんが生まれました』刊行　5月、長崎源之助による『あかちゃんが生まれました』が大日本図書より刊行された。
7月	〔刊行・発表〕	『科学のアルバム』刊行開始　7月、あかね書房から『科学のアルバム』(全104巻)の刊行が開始された。新しい写真図鑑として話題を呼びベストセラーとなった。
7月	〔児童図書館、地域文庫〕	「雨の日文庫」開設　7月、大阪府松原市に、中川徳子による「雨の日文庫」が開設された。
8月	〔刊行・発表〕	『かわいそうなぞう』刊行　8月、金の星社より土家由岐雄によるノンフィクション童話『かわいそうなぞう』が刊行された。太平洋戦争中に、上野動物園で三頭のゾウが殺された出来事を綴ったもの。
9月	〔刊行・発表〕	『江戸のおもちゃ屋』刊行　9月、来栖良夫による『江戸のおもちゃ屋』が岩崎書店より刊行された。
9月	〔刊行・発表〕	『真夏の旗』刊行　9月、三本卓による『真夏の旗』があかね書房より刊行された。
10月	〔刊行・発表〕	『かたあしだちょうのエルフ』刊行　10月、おのきがくによる『かたあしだちょうのエルフ』がポプラ社より刊行された。草原に住む動物の人気者、ダチョウのエルフの活躍を描く。
10月	〔刊行・発表〕	『マヤの一生』刊行　10月、椋鳩十による『マヤの一生』が大日本図書より刊行された。
11月	〔刊行・発表〕	『さらばハイウェイ』刊行　11月、砂田弘による『さらばハイウェイ』が偕成社より刊行された。
11月	〔刊行・発表〕	『はらがへったらじゃんけんぽん』刊行　11月、川北りょうじによる『はらがへったらじゃんけんぽん』が講談社より刊行された。
12月	〔刊行・発表〕	『ちょうちん屋のままッ子』刊行　12月、斎藤隆介による『ちょうちん屋のままッ子』が福音館書店より刊行された。
12月	〔児童図書館、地域文庫〕	障害児用文庫の開設　12月、小林静江が自宅で開いていた子ども文庫を、障害児用とした。

1970年（昭和45年）

この年　〔読書感想文〕第16回読書感想コン課題図書　この年（1970年度）の青少年読書感想文コンクールの課題図書。【小学校】『おにたのぼうし』（あまんきみこ・ぶん、いわさきちひろ・え）ポプラ社、『大きい1年生と小さな2年生』（古田足日）偕成社、『ふくろねずみのビリーおじさん』（バージェス・作、前田三恵子・訳）金の星社、『まがった時計』（吉田とし）国土社、『ワシリィのむすこ』（那須田稔）大日本図書、『魔神の海』（前川康男）講談社。【中学校】『浦上の旅人たち』（今西祐行）実業之日本社、『小さな魚』（ホガード・作、犬飼和雄・訳）冨山房、『祖国へのマズルカ』（プロシュキェヴィチ・作、吉上昭三・訳）学習研究社。【高等学校】『桜守』（水上勉）新潮社、『光る砂漠　矢沢宰詩集』（周郷博・編）童心社、『ベートーヴェンの人間像』（近衛秀麿）音楽之友社。

この年　〔児童図書館、地域文庫〕豆の木文庫開館　この年、児童文学者の長崎源之助が、神奈川県横浜市の自宅を開放し、私設図書館「豆の木文庫」を開館した。

《この年の児童文学賞》

第2回（昭45年）学研児童文学賞　【ノンフィクション・準入選】森のぶ子の「山かげの道」、永冶さか枝の「リッキーは何処」、【フィクション】皆川博子の「川人」。

第11回（昭45年）講談社児童文学新人賞　田中博の「遠い朝」、鈴木妙子の「ティンクの星」、新田祐一の「ともしび」。

第17回（昭45年）産経児童出版文化賞　【大賞】坪田譲治〔作〕小松久子〔画〕の「かっぱとドンコツ」講談社、【賞】渡辺茂男〔作〕太田大八〔画〕の「寺町3丁目11番地」福音館書店、野長瀬正夫〔作〕依光隆〔画〕の「あの日の空は青かった―野長瀬正夫少年少女詩集」金の星社、せなけいこ〔作・画〕の「いやだいやだの絵本」（全4巻）福音館書店、ハンス・ペテルソン〔作〕イロン・ヴィクランド〔他画〕大石真・鈴木徹郎〔訳〕の「ハンス・ペテルソン名作集」（全11巻）ポプラ社、かこさとし〔著〕北田卓史〔他画〕の「かこ・さとし　かがくの本」（全10巻）童心社。

第19回（昭45年度）小学館児童出版文化賞　武川みづえの「空中アトリエ」実業之日本社、小野木学の「おんどりと二枚のきんか」ポプラ社、「宇宙ねこの火星たんけん」岩崎書店。

第7回（昭45年度）「童話」作品ベスト3賞　大熊義和、村山桂子、金明悦子。

第3回（昭45年）新美南吉文学賞　北村けんじの「ハトと飛んだボク」（少年小説）大日本図書、山内清平の「南支那海」（歌集）短歌研究社。

第10回（昭45年）日本児童文学者協会賞　前川康男の「魔神の海」講談社。

第3回（昭45年）日本児童文学者協会新人賞　安房直子の「さんしょっ子」（短編）（「海賊」14号）、小西正保の「石井桃子論」（評論）他（「トナカイ村」春季号）。

第7回（昭45年度）日本童話会賞　藤昌秀の「竹うま」、橋本由子の「ムジナモ」。

第8回（昭45年）野間児童文芸賞　岩崎京子の「鯉のいる村」新日本出版社、【推奨作品賞】後藤竜二の「大地の冬のなかまたち」講談社。

第7回（昭45年）北陸児童文学賞　本間芳夫の「死なないルウ」。

第20回（昭45年）毎日児童小説　【小学生向け】わたりむつこの「ヘイ！　アラスカのともだち」、【中学生向け】永井順子の「風と光と花と」。

1971年
（昭和46年）

2.27　〔作家訃報〕岩崎純孝が亡くなる　2月27日、翻訳者・児童文学者・イタリア文学者の岩崎純孝が亡くなる。69歳。静岡県生まれ、東京外国語学校伊語科卒。東京外語卒業後、翻訳者、児童文学作家とし活躍。ボッカッチョ「デカメロン」、ダヌンツィオ「死の勝利」をはじめ、児童文学作品の翻訳に「ピノキオ」や「ビーバーの冒険」などがあり、創作童話に「沙漠の秘密」「馬と少年」などがある。

2月　〔刊行・発表〕『トンカチと花将軍』刊行　2月、舟崎克彦・舟崎靖子による『トンカチと花将軍』が福音館書店より刊行された。

2月　〔刊行・発表〕『小説の書き方』刊行　2月、吉田としによる『小説の書き方』があかね書房より刊行された。

3.1　〔作家訃報〕平塚武二が亡くなる　3月1日、児童文学作家の平塚武二が亡くなる。66歳。神奈川県横浜市中区末吉町生まれ。青山学院高等部英文科卒。松永延造の知遇を得て創作の手ほどきをうけ、昭和4年赤い鳥社に入社。「赤い鳥」に童話を書き始めたが同誌の廃刊で一時逼塞、17年「風と花びら」を上梓して童話作家としての地歩を確立した。戦後は「太陽よりも月よりも」など無国籍童話と呼ばれた風刺的な童話を書く一方、「玉むしのずしの物語」など唯美主義的な童話にも才能を示し、また"願望性虚言症"といわれるほど自分の願望と現実とを一緒にしてしまう性癖があり、児童文学界の奇人として知られた。小川未明、坪田譲治から現代児童文学が台頭するまでの狭間に活躍した地味だがすぐれた童話作家の一人。「平塚武二童話全集」（全6巻）がある。

3月　〔刊行・発表〕『春駒のうた』刊行　3月、宮川ひろによる『春駒のうた』が偕成社より刊行された。

3月　〔刊行・発表〕『千本松原』刊行　3月、岸武雄による『千本松原』があかね書房より刊行された。

3月　〔刊行・発表〕『東京っ子物語』刊行　3月、土家由岐雄による『東京っ子物語』が金の星社より刊行された。

4.10　〔児童図書館、地域文庫〕日野市多摩平児童図書館開設　4月10日、日野市多摩平児童図書館が開設された。

4月　〔刊行・発表〕『たんたのたんけん』刊行　4月、中川李枝子・作、山脇百合子・絵による『たんたのたんけん』が学研から刊行。不思議な地図と共に探検に向かった少年の姿を綴る。

4月　〔刊行・発表〕『赤い風船』刊行　4月、岩本敏男による『赤い風船』が理論社より刊行された。

5月　〔刊行・発表〕『小さなハチかい』刊行　5月、岩崎京子による『小さなハチかい』が福音館書店より刊行された。

6月	〔刊行・発表〕「国立国会図書館所蔵児童図書目録」刊行	6月、国立国会図書館の編集による「国立国会図書館所蔵児童図書目録」上巻が刊行された。1972年6月には、下巻が刊行された。
6月	〔刊行・発表〕『たたかいの人』刊行	6月、大石真による『たたかいの人』がフレーベル館より刊行された。
7月	〔児童文学一般〕ひまわり文庫発足	7月、神奈川県横浜市にひまわり文庫が発足した。
7月	〔児童雑誌等〕「子どもの本棚」創刊	7月、季刊「子どもの本棚」が創刊された。
7月	〔刊行・発表〕『ぼくらははだしで』刊行	7月、後藤竜二による『ぼくらははだしで』があかね書房より刊行された。
8月	〔児童雑誌等〕「親子読書」創刊	8月、親子読書・地域文庫全国連絡会の編集による「親子読書」が、岩崎書店から創刊された。後に「子どもと読書」に改題。
9月	〔刊行・発表〕『海辺のマーチ』刊行	9月、中野みち子による『海辺のマーチ』が理論社より刊行された。
9月～	〔刊行・発表〕『戦争児童文学傑作選』刊行	9月より、日本児童文学者協会編『戦争児童文学傑作選』(全5巻)が小峰書店より刊行された。
10月	〔児童雑誌等〕「児童文学研究」創刊	10月、日本児童文学会による「児童文学研究」が創刊された。
10月	〔刊行・発表〕『母と子の川』刊行	10月、菊地正による『母と子の川』が実業之日本社より刊行された。
11.20	〔児童文学一般〕汐見台文庫誕生	11月20日、神奈川県横浜市で、汐見台文庫が誕生した。
11月	〔刊行・発表〕『ねしょんべんものがたり』刊行	11月、椋鳩十による『ねしょんべんものがたり』が童心社より刊行された。
11月	〔刊行・発表〕『まぼろしの巨鯨シマ』刊行	11月、北村けんじによる『まぼろしの巨鯨シマ』が実業之日本社より刊行された。
12月	〔刊行・発表〕『ひとすじの道』刊行	12月、丸岡秀子による『ひとすじの道』が偕成社より刊行された。
12月	〔刊行・発表〕『もりのへなそうる』刊行	12月、渡辺茂男著『もりのへなそうる』が、福音館書店から刊行された。幼い兄弟と森にいるやさしいへんな怪獣"へなそうる"との交流を描く。
12月	〔刊行・発表〕『小さい心の旅』刊行	12月、関英雄による『小さい心の旅』が偕成社より刊行された。
12月	〔刊行・発表〕『鉄の街のロビンソン』刊行	12月、富盛菊枝による『鉄の街のロビンソン』があかね書房より刊行された。家族から離れ一人で生きる少年が、新しい経験を積みながら成長する姿を描く。
この年	〔読書感想文〕第17回読書感想コン課題図書	この年(1971年度)の青少年読書感想

文コンクールの課題図書。【小学校】『かたあしだちょうのエルフ』(おのきがく・ぶん・え)ポプラ社、『センナじいとくま』(松谷みよ子・文、井口文秀・え)童心社、『八月がくるたびに』(おおえひで・作)理論社、『春駒のうた』(宮川ひろ)偕成社、『千本松原』(岸武雄)あかね書房、『天正の少年使節』(松田翠鳳)小峰書店。【中学校】『もうひとりのぼく』(生源寺美子)毎日新聞社、『若き英雄―アレクサンダー大王の一生―』(河津千代)牧書店、『マンモスをたずねて―科学者の夢―』(井尻正二)筑摩書房。【高等学校】『中浜万次郎の生涯』(中浜明)冨山房、『花埋み』(渡辺淳一)河出書房新社、『日本人の意識構造』(会田雄次)講談社。

この年 〔児童図書館、地域文庫〕地域文庫運動が隆盛　この年、地域文庫運動が隆盛となった。

この年 〔学会・団体〕日本イギリス児童文学会　この年、日本イギリス児童文学会が誕生。英語圏の児童文学の研究者の為の学会で、年刊の学会誌「TINKER BELL：英語圏児童文学研究」を発行。また、「日本イギリス児童文学会会報」も発行している。

《この年の児童文学賞》

第1回(昭46年)青森県創作童話コンテスト　相馬直哉の「クラットのふしぎな冒険」、山形光弘の「かもめになった少女」、奈良美古都の「動物にされた子供たち」、吉岡由佳子の「ぴぴのたび」。

第1回(昭46年)赤い鳥文学賞　椋鳩十の「マヤの一生」大日本図書、および「モモちゃんとあかね」ポプラ社。

第3回(昭46年)学研児童文学賞　【ノンフィクション】羽生操の「太平洋のかけ橋」、【フィクション】永井順子の「海のあした」。

第12回(昭46年)講談社児童文学新人賞　上種ミスズの「天の車」、宇野和子の「ポケットの中の赤ちゃん」。

第6回(昭46年)国際アンデルセン賞国内賞　推薦せず。

第18回(昭46年)産経児童出版文化賞　【大賞】藤森栄一〔著〕脇谷紘〔画〕の「心の灯―考古学への情熱」筑摩書房、【賞】平沢弥一郎〔著〕中村猛男〔画〕の「足のうらをはかる」ポプラ社、斎藤隆介〔作〕滝平二郎〔画〕の「ちょうちん屋のままっ子」理論社、もりひさし〔作〕にしまきかやこ〔画〕の「ちいさなきいろいかさ」金の星社、ウォルター・デ・ラ・メア〔作〕小松崎邦雄〔画〕阿部知二〔訳〕の「旧約聖書物語」岩波書店、広島テレビ放送〔編〕小林勇〔画〕の「いしぶみ」ポプラ社。

第20回(昭46年度)小学館児童出版文化賞　おおえひでの「八月がくるたびに」理論社、池田浩彰の「ちっちゃな淑女たち」小学館。

第8回(昭46年度)「童話」作品ベスト3賞　木部恵司、笠原肇、川口志保子。

第4回(昭46年)新美南吉文学賞　牧野不二夫の「貝がらの歌―新美南吉物語」(戯曲)、平野ますみの「春のかくれんぼ」(童話集)主婦の友出版S.C.。

第11回(昭46年)日本児童文学者協会賞　砂田弘の「さらばハイウェイ」偕成社。

第4回(昭46年)日本児童文学者協会新人賞　佐藤通雅の「新美南吉童話論」牧書店、斎藤惇夫の「グリックの冒険」牧書店、川北りょうじの「はらがへったらじゃんけんぽん」講談社。

第8回(昭46年度)日本童話会賞　大谷正紀の「山の神舞」、佐々木赫子の「あしたは雨」。

第9回(昭46年)野間児童文芸賞　土家由岐雄の「東京っ子物語」東都書房、【推奨作品賞】

岸武雄の「千本松原」あかね書房、吉行理恵の「まほうつかいのくしゃんねこ」講談社。
第8回（昭46年）北陸児童文学賞　杉みき子の「人魚のいない海」。
第21回（昭46年）毎日児童小説　【小学生向け】川田進の「飼育園の仲間」、【中学生向け】林剛の「鈴の音」。

1972年
（昭和47年）

1月	〔刊行・発表〕『むくげとモーゼル』刊行	1月、しかたしんによる『むくげとモーゼル』が牧書房より刊行された。
2月	〔刊行・発表〕『地べたっこさま』刊行	2月、さねとうあきらによる『地べたっこさま』が理論社より刊行された。
4月	〔刊行・発表〕『明夫と良二』刊行	4月、片野潤三による『明夫と良二』が岩波書店より刊行された。明夫と良二の兄弟と、家族との日常を描く。
5月	〔刊行・発表〕『白いにぎりめし』刊行	5月、かつおきんやによる『白いにぎりめし』が偕成社より刊行された。
5月	〔刊行・発表〕『風と木の歌』刊行	5月、安房直子による『風と木の歌』が実業之日本社より刊行された。
5月	〔刊行・発表〕『冒険者たち』刊行	5月、斎藤惇夫による『冒険者たち』が牧書房より刊行された。イタチと戦う島ネズミを助けに向かうドブネズミのガンバと仲間たちの冒険ファンタジー。
6月	〔刊行・発表〕『くらやみの谷の小人たち』刊行	6月、いぬいとみこによる『くらやみの谷の小人たち』が福音館書店より刊行された。
6月	〔刊行・発表〕『こぐまのくまくん』刊行	6月、E・H・ミナリック作、モーリス・センダック絵による『こぐまのくまくん』が福音館書店より刊行された。訳は松岡享子。
7月	〔刊行・発表〕『大きな森の小さな家』刊行	7月、ローラ・インガルス・ワイルダー作、ガース・ウィリアムズ絵による『大きな森の小さな家』が福音館書店より刊行された。訳は恩地三保子。開拓時代のアメリカを舞台に、主人公ローラと家族たちがたくましく生きる姿を描いたシリーズ1作目。
7月	〔刊行・発表〕『堀のある村』刊行	7月、浜野卓也による『堀のある村』が岩崎書店より刊行された。
8月	〔刊行・発表〕『でんでんむしの競馬』刊行	8月、安藤美紀夫による『でんでんむしの競馬』が偕成社より刊行された。
8月	〔刊行・発表〕『オイノコは夜明けにほえる』刊行	8月、鈴木実による『オイノコは夜明けにほえる』が童心社より刊行された。

9月	〔刊行・発表〕『百様タイコ』刊行　9月、橋本ときおによる『百様タイコ』が牧書房より刊行された。
9月	〔学会・団体〕「松原市子ども文庫連絡会」発足　9月、大阪府松原市で、「松原市子ども文庫連絡会」が発足した。
10月	〔刊行・発表〕『うみのしろうま』刊行　10月、山下明生による『うみのしろうま』が実業之日本社より刊行された。
10月	〔刊行・発表〕『絵にかくとへんな家』刊行　10月、さとうまきこによる『絵にかくとへんな家』があかね書房より刊行された。
10月	〔学会・団体〕「よこはま文庫の会」発足　10月、神奈川県横浜市で、「よこはま文庫の会」が発足した。
11月	〔刊行・発表〕『かちかち山のすぐそばで』刊行　11月、筒井敬介による『かちかち山のすぐそばで』がフレーベル館より刊行された。
11月	〔刊行・発表〕『ふたりはともだち』刊行　11月、ローベル・作、三木卓・訳による『ふたりはともだち』が刊行された。
11月	〔刊行・発表〕『沖縄少年漂流記』刊行　11月、谷真介による『沖縄少年漂流記』が偕成社より刊行された。
11月	〔刊行・発表〕『銀のほのおの国』刊行　11月、神沢利子による『銀のほのおの国』が福音館書店より刊行された。
11月	〔刊行・発表〕『月夜のはちどう山』刊行　11月、はたたかしによる『月夜のはちどう山』が童心社より刊行された。
12月	〔刊行・発表〕『ぼくらは機関車太陽号』刊行　12月、古田足日による『ぼくらは機関車太陽号』が新日本出版社より刊行された。
12月	〔刊行・発表〕『赤い帆の舟』刊行　12月、久保喬による『赤い帆の舟』が偕成社より刊行された。
12月	〔児童図書館、地域文庫〕「世田谷親子読書連絡会」発足　12月、世田谷親子読書連絡会が発足した。
この年	〔児童雑誌等〕「キンダーブック」創刊　この年、「キンダーブック」がフレーベル館により創刊された。
この年	〔刊行・発表〕『チョコレート工場の秘密』刊行　この年、イギリスのダール作『チョコレート工場の秘密』が、田村隆一の訳により評論社から「児童図書館・文学の部屋」として刊行された。
この年	〔刊行・発表〕『宇宙戦争』刊行　この年、イギリスのウェルズ作『宇宙戦争』が、飯島淳秀の訳によりあかね書房から「少年少女世界SF文学全集16」として刊行された。
この年	〔読書感想文〕第18回読書感想コン課題図書　この年（1972年度）の青少年読書感想文コンクールの課題図書。【小学校】『モチモチの木』（斎藤隆介・作、滝平二郎・絵）岩崎書店、『ゆきごんのおくりもの』（長崎源之助・さく、岩崎ちひろ・え）新日本出版社、『つむじまがりへそまがり』（角田光男・作）国土社、『ウドンゲのなぞをとく』

（千国安之輔・文）大日本図書、『ひとりぼっちの政一』（橋本ときお・作）牧書店、『ホタルの歌』（原田一美・著）学習研究社。【中学校】『まぼろしの巨鯨シマ』（北村けんじ・作）理論社、『公害のはなし 医者のたたかい』（松谷富彦・著）ポプラ社、『ひとすじの道』（丸岡秀子・著）偕成社。【高等学校】『いのちを守る』（川上武・著）筑摩書房、『ジャガーのビッチュ』（アラン・カイユ・作、中村妙子・訳）新潮社、『世界の中の日本─国際化時代の課題─』（鯖田豊之・著）研究社。

この年　〔児童図書館、地域文庫〕「市電文庫わかめ号」誕生　この年、神奈川県横浜市で、「市電文庫わかめ号」が誕生。市電の廃車を譲り受け、利用したものであった。

この年　〔学会・団体〕「稲城子ども文庫連絡会」発足　この年、「稲城子ども文庫連絡会」が発足した。

この年　〔学会・団体〕「寝屋川子ども文庫連絡会」発足　この年、「寝屋川子ども文庫連絡会」が発足した。

《この年の児童文学賞》

第2回（昭47年）赤い鳥文学賞　庄野潤三の「明夫と良二」岩波書店、関英雄の「白い蝶の記」新日本出版社および「小さい心の旅」偕成社。

第4回（昭47年）学研児童文学賞　水上美佐雄の「まぼろしのちょう」。

第13回（昭47年）講談社児童文学新人賞　飯田栄彦の「燃えながら飛んだよ！」。

第19回（昭47年）産経児童出版文化賞　【大賞】北畠八穂〔作〕加藤精一〔画〕の「鬼を飼うゴロ」実業之日本社、【賞】関淳雄〔作〕武部本一郎〔画〕の「小さい心の旅」偕成社、チャールズ・キーピング〔作・画〕よごひろこ〔訳〕の「しあわせどうりのカナリヤ」らくだ出版デザイン、三戸サツエ〔著〕武部本一郎〔画〕の「幸島のサル─25年の観察記録」ポプラ社、北村けんじ〔作〕瀬川康男〔画〕の「まぼろしの巨鯨シマ」理論社、星野安三郎〔著〕箕田源二郎〔画〕の「憲法を考える」ポプラ社。

第1回（昭47年）児童文芸新人賞　小沢聡の「青空大将」月報産経出版社、若林利代の「かなしいぶらんこ」金の星社。

第21回（昭47年度）小学館児童出版文化賞　杉みき子の「小さな雪の町の物語」童心社、小坂しげるの「おりひめとけんぎゅう」（チャイルドブック）他、斎藤博之の「がわっぱ」岩崎書店他。

第9回（昭47年度）「童話」作品ベスト3賞　斉藤洋子、北川伸子、加藤多一。

第5回（昭47年）新美南吉文学賞　山本知都子の「海がめのくる浜」（少年小説）牧書店。

第12回（昭47年）日本児童文学者協会賞　関英雄の「小さい心の旅」偕成社、藤田圭雄の「日本童謡史」あかね書房。

第5回（昭47年）日本児童文学者協会新人賞　さねとうあきらの「地べたっこさま」理論社、菊地正の「母と子の川」実業之日本社、高木あきこの「たいくつな王様」（詩集）（自費出版）。

第9回（昭47年度）日本童話会賞　該当作なし、【奨励賞】田中信彦の「玄海の波さわぐとき」、木村セツ子の「曲だいこ」。

第10回（昭47年）野間児童文芸賞　北畠八穂の「鬼を飼うゴロ」実業之日本社、【推奨作品賞】さねとうあきらの「地べたっこさま」理論社、上種ミスズの「天の車」講談社。

第9回（昭47年）北陸児童文学賞　安田紀代子の「かずおのヘリコプター」。
第22回（昭47年）毎日児童小説　【小学生向け】塩沢清の「ころんでおきろ」、【中学生向け】舟山逸子の「ポプラの詩」。

1973年
（昭和48年）

1.20　〔児童文学一般〕キーツ氏を囲む会開催　1月20日、東京都日比谷図書館で、「エズラ・ジャック・キーツ氏を囲む会」が開催された。東京都公立図書館長協議会児童図書館研究会と、博報堂おはなしキャラバンの共催によるものであった。

2.12　〔作家訃報〕初山滋が亡くなる　2月12日、童画家・版画家の初山滋が亡くなる。75歳。10歳で狩野探令に大和絵を学び、11歳から着物の柄の下絵画工として丁稚奉公。後、風俗画家井川洗厓（せんがい）の弟子として挿絵の手ほどきを受ける。大正8年小川未明監修の童話雑誌「おとぎの世界」で北原白秋らの挿絵で頭角を現した。その画風は、甘く幻想的で詩情にあふれ、アール・ヌーボー的とも見られたが、師宣などの浮世絵の初山の摂取による独特のものであった。大正中期から第2次大戦後期にかけ、絵雑誌、童話雑誌、児童文学書に膨大な量の童画を執筆、優れた作品を残した。画集「初山滋作品集」、絵本「たべるトンちゃん」「もず」などがある。「もず」により国際アンデルセン賞国内賞を受賞した。

3月　〔刊行・発表〕『ぼくらは6年生』刊行　3月、黒木まさおによる『ぼくらは6年生』が偕成社より刊行された。

3月　〔刊行・発表〕『ぽっぺん先生の日曜日』刊行　3月、舟崎克彦著『ぽっぺん先生の日曜日』が、筑摩書房から刊行された。「なぞなぞの本」に入りこんでしまったぽっぺん先生のおはなし。

3月　〔刊行・発表〕『風にのる海賊たち』刊行　3月、後藤竜二による『風にのる海賊たち』が旺文社より刊行された。

3月　〔刊行・発表〕『野ゆき山ゆき』刊行　3月、与田準一による『野ゆき山ゆき』が大日本図書より刊行された。

4月　〔児童文学一般〕メルヘンハウス開店　4月、愛知県名古屋市に、日本初となる子どもの本の専門店「メルヘンハウス」が開店。雑誌や漫画、テレビ番組の絵本などは置かず、"子どもの優れた感性をきちんと考えた本屋"というコンセプトのもとに選びぬかれた絵本や童話を常時30,000冊用意。1982年からは絵本の定期便「ブッククラブ」のサービスを開始。

4月　〔刊行・発表〕『ふきまんぶく』刊行　4月、田島征三による『ふきまんぶく』が刊行された。

4月　〔刊行・発表〕『光車よ、まわれ！』刊行　4月、天沢退二郎による『光車よ、まわれ！』が筑摩書房より刊行された。

4月	〔イベント関連〕「日本児童文学展」開催	4月、日本近代文学館において、「日本児童文学展」が開催された。
5.4	〔児童図書館、地域文庫〕「山の木文庫」開設	5月4日、東京都世田谷区に、「山の木文庫」が開設された。代表は富本京子。
5月	〔児童雑誌等〕「月刊絵本」創刊	5月、「月刊絵本」が盛光社から創刊された。
5月	〔児童雑誌等〕「詩とメルヘン」創刊	5月、「詩とメルヘン」がサンリオ出版から創刊された。
5月	〔刊行・発表〕『燃えながら飛んだよ！』刊行	5月、飯田栄彦による『燃えながら飛んだよ！』が講談社より刊行された。
6月	〔児童雑誌等〕「子どもの館」創刊	6月、児童書出版社の福音館書店が、月刊雑誌「子どもの館」を創刊した。4月号（205号）「きいたぞきいたぞ」からは見返しと扉を備えた32頁となり、定価150円。1983年3月に第118号をもって休刊。
7.16	〔作家訃報〕中川静村が亡くなる	7月16日、詩人・児童文学作家・僧侶で浄念寺（浄土真宗本願寺派）元住職の中川静村が亡くなる。68歳。本名、中川至誠。奈良県橿原市新堂町生まれ。奈良師範第二部卒。師範学校卒業後、浄念寺住職となる。昭和3年「奈良県児童自由詩選」を編集。以後、童話や童謡の創作を続け、日本児童文芸家協会や詩童謡詩人協会などに参加、童謡集「麦の穂」および「詩帖」を刊行。また、「ブディスト・マガジン」に2年間にわたって仏典物語を執筆し、「大乗」「本願寺新報」などに宗教随想を寄稿した。作品は、詩集に「根の詩」「そよかぜの念仏」、童話集に「一ばんつよいのはだれだ」「お月さまにだすてがみ」など。
7月	〔児童雑誌等〕「月刊絵本の世界」創刊	7月、「月刊絵本の世界」がらくだ出版デザインから創刊された。
8月	〔刊行・発表〕『花咲か』刊行	8月、岩崎京子による『花咲か』が偕成社より刊行された。
8月	〔刊行・発表〕『龍宮へいったトミばあやん』刊行	8月、古世古利子による『龍宮へいったトミばあやん』が新日本出版社より刊行された。
9月	〔刊行・発表〕『からすのパンやさん』刊行	9月、かこさとし作・絵による『からすのパンやさん』が偕成社から刊行された。からすのパンやさんが作るさまざまなパンの登場や、パンやさん一家のユーモラスな姿も話題となり、ロングセラー作品となる。
9月	〔刊行・発表〕『きつねみちは天のみち』刊行	9月、あまんきみこによる『きつねみちは天のみち』が大日本図書より刊行された。
9月～	〔刊行・発表〕『講座日本児童文学』刊行	9月より、猪熊葉子ほかの編集による『講座日本児童文学』が刊行された。全8巻、別巻2。
10月	〔刊行・発表〕『ことばあそびうた』刊行	10月、谷川俊太郎による『ことばあそびうた』が福音館書店より刊行された。
10月	〔刊行・発表〕『じろはったん』刊行	10月、森はなによる『じろはったん』が牧書店より刊行された。

10月　〔刊行・発表〕『ぼんぼん』刊行　10月、今江祥智による『ぼんぼん』が理論社より刊行された。

11.13　〔作家訃報〕サトウハチローが亡くなる　11月13日、詩人・作詞家・児童文学作家のサトウハチローが亡くなる。70歳本名、佐藤八郎。筆名、陸奥速男・清水七郎・山野三郎・玉川映二・星野貞志・清水操六・並木せんざ。東京市牛込区（東京都新宿区）生まれ。立教中中退。小説家・佐藤紅緑の長男。早稲田、立教など8つの中学を転々、自由奔放な生活を送りながら詩を作り、大正8年西条八十に師事。15年処女詩集「爪色の雨」で詩人としての地位を確立。同時にユーモア小説家、軽演劇作者、童謡・歌謡曲の作詞家としても活躍。昭和29年童謡集「叱られ坊主」で芸術選奨文部大臣賞を受賞。32年野上彰らと木曜会を主宰して童謡復興運動に尽くし、雑誌「木曜手帖」を通じて後進の育成に努める。日本童謡協会会長、日本作詞家協会会長、日本音楽著作権協会会長を歴任。41年に紫綬褒章、48年に勲三等瑞宝章を受章。日本レコード大賞やNHK放送文化賞も受賞した。他の詩集に「僕等の詩集」、童謡に「うれしいひなまつり」「お山の杉の子」「ちいさい秋みつけた」、歌謡曲「麗人の唄」「二人は若い」「目ン無い千鳥」「リンゴの唄」「長崎の鐘」「悲しくてやりきれない」などがある。

11.17　〔作家訃報〕浜田広介が亡くなる　11月17日、児童文学作家の浜田広介が亡くなる。80歳。本名、浜田広助。山形県東置賜郡屋代村（高畠町）生まれ。早稲田大学英文科卒。米沢中学在学中、短歌グループ「果樹林社」を結成し、「秀才文壇」に短歌や小説を投稿。大正3年から「万朝報」に短編小説を投稿。6年、処女作童話「黄金の稲束」が大阪朝日新聞の「新作お伽噺」に入選、児童文学へ進むきっかけとなる。7年早大卒業後、春秋社の「トルストイ全集」の校正に従事。8年「良友」誌の編集者、作家となる。10年実業之日本社に入社。のち、関東大震災で退社、文筆活動に入る。東北人らしいねばりと誠実な人柄をもって大正、昭和の50年以上を約1000編におよぶ童話を書き続け、戦後の児童文学の盛況をもたらす先駆的役割をつとめた。代表作に「ないた赤おに」「椋鳥の夢」「大将の銅像」「ひろすけ童話読本」「ひらがな童話集」など。「ひらがな童話集」で児童文化賞、「りゅうの目の涙」で野間文芸奨励賞、「ひろすけ童話集」で芸能選奨文部大臣賞、「浜田広介童話選集」「あいうえおのほん一字をおぼえはじめた子どもたちのための」でサンケイ児童出版文化賞、「ないた赤おに」で国際アンデルセン賞国内賞（第2回）〔昭和38年〕を受賞。昭和30年日本児童文芸家協会を設立し、初代理事長、41年会長となり、没するまで児童文学の普及と創作活動を推進した。"ひろすけ童話"の全容は「ひろすけ幼年文学全集」（全12巻）と「浜田広介全集」（全12巻）にみることができる。平成元年功績を讃え、ひろすけ童話賞が創設された。

11月　〔刊行・発表〕『旅しばいのくるころ』刊行　11月、佐々木赫子による『旅しばいのくるころ』が偕成社より刊行された。

この年　〔刊行・発表〕『校本宮澤賢治全集』刊行開始　この年から1977年にかけ、『校本宮澤賢治全集』が筑摩書房から刊行された。

この年　〔読書感想文〕第19回読書感想コン課題図書　この年（1973年度）の青少年読書感想文コンクールの課題図書。【小学校】『小さな小さなキツネ』（すずきよしはる・え、ながさきげんのすけ・ぶん）国土社、『お月さんももいろ』（松谷みよ子・文、井口文秀・絵）ポプラ社、『はなれざるドド』（水原洋城・著、木村しゅうじ・絵）文研出版、『マキオのひとり旅』（生源寺美子・著）金の星社、『オイノコは夜明けにほえる』（鈴

木実・作)童心社、『白い大地』(吉田武三・著)さ・え・ら書房。【中学校】『堀のある村』(浜野卓也・作)岩崎書店、『原生林のコウモリ』(遠藤公男・著)学習研究社、『学問の花ひらいて―『蘭学事始』のなぞをさぐる―』(加藤文三・著)新日本出版社。【高等学校】『熱気球イカロス5号』(梅棹エリオ・著)中央公論社、『湖の魚』(白石芳一・著)岩波書店、『れくいえむ』(郷静子・著)文藝春秋。

この年　〔児童図書館、地域文庫〕「すずらん文庫」開設　この年、「すずらん文庫」が開設された。代表は渡辺順子。

《この年の児童文学賞》

第3回(昭48年)赤い鳥文学賞　安藤美紀夫の「でんでんむしの競馬」偕成社、【特別賞】松谷みよ子の「松谷みよ子全集」(全15巻)講談社。

第5回(昭48年)学研児童文学賞　該当作なし。

第4回(昭48年)共石創作童話賞　岡田淳の「タマノリムシ」、井口勢津子の「電話の小人」、堀とし子の「魔女の忘れもの」。

第14回(昭48年)講談社児童文学新人賞　金原徹郎の「ドベねこメチャラムニュ」。

第7回(昭48年)国際アンデルセン賞国内賞　筒井敬介の「かちかち山のすぐそばで」フレーベル館、寺村輝夫〔作〕・長新太〔絵〕の「おしゃべりなたまごやき」福音館書店。

第20回(昭48年)産経児童出版文化賞　【大賞】筒井敬介〔作〕瀬川康男〔画〕の「かちかち山のすぐそばで」フレーベル館、【賞】打木村治〔作〕市川禎男〔画〕の「天の園」(全6巻)実業之日本社、安藤美紀夫〔作〕福田庄助〔画〕の「でんでんむしの競馬」偕成社、菊池誠の「幸運な失敗―トランジスターの誕生」日本放送出版協会、宮脇昭〔著〕田中正三〔画〕の「人類最後の日―自然の復讐」筑摩書房、「世界の伝記」(全20巻)学習研究社。

第2回(昭48年)児童文芸新人賞　真鍋和子の「千本のえんとつ」ポプラ社。

第22回(昭48年度)小学館児童出版文化賞　安房直子の「風と木の歌」実業之日本社、赤坂三好の「十二さま」国土社他。

第10回(昭48年度)「童話」作品ベスト3賞　大谷正紀、野田道子、鈴木美也子。

第6回(昭48年)新美南吉文学賞　都島紫香の「名古屋児童文学史の研究」、中部日本放送制作班の「ランプと貝殻」(テレビドラマ)。

第13回(昭48年)日本児童文学者協会賞　久保喬の「赤い帆の舟」偕成社、安藤美紀夫の「でんでんむしの競馬」偕成社。

第6回(昭48年)日本児童文学者協会新人賞　さとうまきこの「絵にかくとへんな家」あかね書房、佐々木赫子の「旅しばいの二日間」(「てんぐ」2号)。

第10回(昭48年度)日本童話会賞　該当作なし、【奨励賞】篠塚かをりの幼年童話(年間に発表された作品)。

第11回(昭48年)野間児童文芸賞　与田準一の「野ゆき山ゆき」大日本図書、安藤美紀夫の「でんでんむしの競馬」偕成社、【推奨作品賞】田中博の「日の御子の国」講談社、山下明生の「うみのしろうま」実業之日本社。

第10回(昭48年)北陸児童文学賞　韓丘庸の「朝鮮半島の児童文学論」。

第23回(昭48年)毎日児童小説　【小学生向け】田辺美雪の「ナナの飼い主」、【中学生向

け】平野ますみの「千恵はきょう」。

1974年
（昭和49年）

1.31　〔児童文学一般〕「東京子ども図書館」発足　1月31日、「財団法人東京子ども図書館」が発足した。

1月　〔児童雑誌等〕「おはなしのろうそく」出版開始　1月、東京子ども図書館の編集・刊行による「おはなしのろうそく」の出版が開始された。

3月　〔刊行・発表〕『ぽっぺん先生と帰らずの沼』刊行　3月、舟崎克彦による『ぽっぺん先生と帰らずの沼』が筑摩書房より刊行された。

5.1～14　〔児童文学一般〕第16回こどもの読書週間　5月1日から14日にかけて、「第16回こどもの読書週間」が実施された。

6月　〔刊行・発表〕『モモちゃんとアカネちゃん』刊行　6月、松谷みよ子著『モモちゃんとアカネちゃん』が、講談社から刊行された。

6月　〔刊行・発表〕『十三湖のばば』刊行　6月、鈴木喜代春による『十三湖のばば』が偕成社より刊行された。

6月　〔刊行・発表〕『兎の眼』刊行　6月、灰谷健次郎著『兎の眼』が、理論社から刊行された。周囲の人々の力を借りながら、子どもたちに強く向き合う新任教師の姿を描く。

7月　〔刊行・発表〕「おばけえほん」シリーズ　7月、せなけいこによる「せなけいこ おばけえほんシリーズ」が童心社から刊行開始。『ばけものづかい』『ひとつめのくに』などが出版された。

7月　〔刊行・発表〕『雨の動物園』刊行　7月、舟崎克彦による『雨の動物園』が偕成社より刊行された。

8.8　〔作家訃報〕いわさきちひろが亡くなる　8月8日、童画家・絵本作家のいわさきちひろが亡くなる。55歳。本名、松本知弘。別名、岩崎ちひろ・岩崎千尋。旧姓、岩崎。福井県武生市生まれ。東京都出身。東京府立第六高女卒。大正8年東京に移り、高女時代から岡田三郎助に油絵を学び、のち中谷泰に師事。昭和21年人民新聞編集部に入り、同年日本共産党入党。22年「わるいキツネその名はライネッケ」出版。25年松本善明（共産党中央委員、衆院議員）と結婚。32年絵本「ひとりでできるよ」を出版、淡いムードの童画が人気を得た。挿絵を描きながら童画集「戦火のなかの子どもたち」「こどものしあわせ画集」、自伝的絵本「わたしのえほん」などを出し、43年「あめのひのおるすばん」で型破りな"絵で展開する絵本"時代の先鞭をつけた。48年「ことりのくるひ」でボローニャ国際児童図書展グラフィック賞を受賞。作品の大部分は「いわさきちひろ絵本美術館」（東京都練馬区）に収蔵され公開されている。「安曇野ちひろ美術館」（長野県北安曇郡松川村）もある。

1974年（昭和49年）

8月	〔刊行・発表〕「ねずみくんのチョッキシリーズ」　8月、ポプラ社がなかえよしを・上野紀子による「ねずみくんのチョッキ」シリーズを刊行。第1巻目は『ねずみくんのチョッキ』。
9月	〔刊行・発表〕『はんぶんちょうだい』刊行　9月、山下明生による『はんぶんちょうだい』が小学館より刊行された。
10月	〔刊行・発表〕『巣立つ日まで』刊行　10月、菅生治による『巣立つ日まで』がポプラ社より刊行された。
11.1	〔刊行・発表〕『おしいれのぼうけん』刊行　この年、童心社から古田足日による『おしいれのぼうけん』が刊行。表紙に黒色を使用しており、話題を呼んだ。子どもたちの姿を捉えた冒険ファンタジーでロングセラーとなる。
11月	〔刊行・発表〕『ジンタの音』刊行　11月、小出正吾による『ジンタの音』が偕成社より刊行された。
12.28	〔作家訃報〕加藤輝男が亡くなる　12月28日、児童文学作家の加藤輝男が亡くなる。64歳。別名、加藤てる緒。東京生まれ。山梨師範卒。小学校教師を経て新聞記者となり「毎日小学生新聞」などを編集し、昭和40年に退社。そのかたわら児童文学作家として活躍し、16年「旗を振る朝」を刊行。戦後は「トナカイ村」を主宰する。他の著書に「青空の子供たち」「ころげたやしのみ」「陽の照る椰子林」「残されたマスク」などがある。
12月	〔刊行・発表〕『生きることの意味』刊行　12月、高史明による『生きることの意味』が筑摩書房より刊行された。
この年	〔出版社関連〕BL出版設立　この年、ブックローン株式会社の販売商品を企画製作する部門として、BL出版が設立された。
この年	〔読書感想文〕第20回読書感想コン課題図書　この年（1974年度）の青少年読書感想文コンクールの課題図書。【小学校低学年】『いさごむしのよっ子ちゃん』（早船ちよ・ぶん、市川禎男・え）新日本出版社、『そりになったブナの木』（たばたせいいち・え、かんざわとしこ・ぶん）国土社、『とうげのおおかみ』（今西祐行）金の星社、『ドロバチのアオムシがり』（岩田久仁雄）文研出版。【小学校高学年】『はしれ！おく目号』（沖井千代子）実業之日本社、『じろはったん』（森はな）牧書店、『長鼻くんといううなぎの話』（イオシーホフ・作、福井研介ほか・訳）講談社、『ひれから手へ』（アンソニー・ラビエリ・著・画、山田大介・訳）福音館書店。【中学校】『花咲か』（岩崎京子）偕成社、『愛の旅だち』（ペイトン・作、掛川恭子・訳）岩波書店、『スポーツの夜明け』（城丸章夫・永井博・著）新日本出版社。【高等学校】『闘(とう)』（幸田文）新潮社、『いかに学ぶべきか』（佐藤忠男）大和出版、『ユーラシア大陸思索行』（色川大吉）平凡社。
この年	〔学会・団体〕JBBY設立　国際児童図書評議会（IBBY）の「子どもの本を通して国際理解を」という理念に共鳴し、子どもの本に関連する国際交流を通じ、子どもの本の本質を高め、読書活動を促進する目的のもとにJBBYが設立された。下中邦彦が会長に就任、翌年JBBY第1回総会が開催され、国際セミナーなどを開催。

《この年の児童文学賞》

　　第4回（昭49年）赤い鳥文学賞　舟崎克彦の「ぽっぺん先生と帰らずの沼」筑摩書房。

第15回（昭49年）講談社児童文学新人賞　柏葉幸子の「気ちがい通りのリナ」、橘達子の「水曜日には朝がある」。

第21回（昭49年）産経児童出版文化賞　【大賞】岸田衿子〔作〕中谷千代子〔画〕の「かえってきたきつね」講談社、【賞】遠藤寛子〔作〕箕田源二郎〔画〕の「算法少女」岩崎書店、山中恒〔作〕井上洋介〔画〕の「三人泣きばやし」福音館書店、キャスリーン・マイケル・ペイトン〔作〕ビクター・G.アンプラス〔画〕掛川恭子〔訳〕の「フランバーズ屋敷の人びと」（全3巻）岩波書店、タカシマシズエ〔作・画〕前川純子〔訳〕の「強制収容所の少女」冨山房、栗原康〔著〕勝又進〔画〕の「かくされた自然—ミクロの生態学」筑摩書房。

第3回（昭49年）児童文芸新人賞　川田進の「たろうの日記」金の星社、松岡一枝の「里の子日記」自費出版。

第23回（昭49年度）小学館児童出版文化賞　小林清之介の「野鳥の四季」小峰書店、梶山俊夫の「あほろくの川だいこ」ポプラ社。

第1回（昭49年）創作絵本新人賞　【最優秀賞】木住野利明〔作・絵〕の「ひっくりかえる」、【優秀賞】小林こと〔作〕菊池恭子〔絵〕の「しめった月夜の話」、こなかしゅうじの「かわいいピイ子ちゃん」他2編、【特別賞】永橋朝子の「三毛ねこのおりがみ」、二木佐紀の「チューリップとけんか」。

第11回（昭49年度）「童話」作品ベスト3賞　大熊義和、笠原肇、葛西貴史。

第7回（昭49年）新美南吉文学賞　宇野正一の「私の新美南吉」、浜野卓也の「新美南吉の世界」新評論。

第14回（昭49年）日本児童文学者協会賞　今江祥智の「ぼんぼん」理論社、岩崎京子の「花咲か」偕成社。

第7回（昭49年）日本児童文学者協会新人賞　黒木まさおの「ぼくらは6年生」理論社、森はなの「じろはったん」牧書店、清水真砂子の「石井桃子論」（「日本の児童文学作家3」明治書院）。

第11回（昭49年度）日本童話会賞　【A賞】宮入黎子の「野菜のうた」「動物園の朝」（他、年間に発表した詩）、【B賞】久地良の「はさみでじょきじょき」、【B賞奨励賞】村岡豊喜の「まゆげのさんぽ」、みよしようたの「野ぶどう」（詩）。

第12回（昭49年）野間児童文芸賞　坪田譲治の「ねずみのいびき」講談社、【推奨作品賞】宮口しづえの「箱火ばちのおじいさん」筑摩書房。

第24回（昭49年）毎日児童小説　【小学生向け】馬嶋満の「義尚おじさん」、【中学生向け】永井順子の「遠洋育ち」。

1975年
（昭和50年）

1月　〔刊行・発表〕『屋根裏の遠い旅』刊行　1月、那須正幹による『屋根裏の遠い旅』が偕成社より刊行された。

1975年（昭和50年）

1月　〔刊行・発表〕『動物のうた』刊行　1月、まど・みちおによる『動物のうた』が銀河社より刊行された。

3.6　〔児童雑誌等〕「小学時代」創刊　3月6日、旺文社が子どもの教育を考える母親の雑誌「小学時代」を創刊する。

3月　〔刊行・発表〕『植物のうた』刊行　3月、まど・みちおによる『植物のうた』が銀河社より刊行された。

4.5　〔作家訃報〕那須辰造が亡くなる　4月5日、小説家・児童文学者・翻訳家・能楽鑑賞家の那須辰造が亡くなる。70歳。和歌山県田辺市生まれ。東京帝大仏文科卒。第10次「新思潮」や「文芸レビュー」など多くの同人雑誌に創作を発表するかたわら、ラルボー、マッシス、フルニエなどを翻訳紹介する。昭和8年短篇集「釦つけする家」を刊行、以後児童文学作家として活躍。「うぐひす」「次郎兵衛物語」「哀傷日記」「緑の十字架」などを発表。「緑の十字架」ではサンケイ児童出版文化賞を受賞。その他の著書に「松尾芭蕉」「那須辰造著作集」（全3巻　講談社）などがある。

4月　〔刊行・発表〕『ちゃぷちゃっぷんの話』刊行　4月、上崎美恵子による『ちゃぷちゃっぷんの話』がほるぷ出版より刊行された。

5.1～14〔児童文学一般〕第17回こどもの読書週間　5月1日から14日にかけて、「第17回こどもの読書週間」が実施された。

5.25　〔作家訃報〕横山銀吉が亡くなる　5月25日、編集者・児童文学作家の横山銀吉が亡くなる。88歳。本名、横山寿篤。別名、横山夏樹。広島県生まれ。広島師範卒。小学校教師などを経て、大正8年斎藤佐次郎とともに童話雑誌「金の船」を創刊する。横山銀吉の名で童話を書き、人形劇などの活動もした。また横山夏樹の筆名で少女小説を書き、作品に「教室の花」「思い出の丘」などがある。

5月　〔刊行・発表〕『おとうさんがいっぱい』刊行　5月、三田村信行による『おとうさんがいっぱい』が理論社より刊行された。

5月　〔刊行・発表〕『長い冬の物語』刊行　5月、鶴見正夫による『長い冬の物語』があかね書房より刊行された。

6月　〔刊行・発表〕『かさ』刊行　6月、太田大八による『かさ』（ジョイフルえほん傑作集10）が刊行された。

6月　〔刊行・発表〕『向こう横町のおいなりさん』刊行　6月、長崎源之助による『向こう横町のおいなりさん』が偕成社より刊行された。

7.10　〔児童文学一般〕「長崎市子ども文庫」制度開始　7月10日、「長崎市子ども文庫」制度が開始。12月には、長崎市社会教育課の呼びかけにより「長崎市子ども文庫」が発足した。

7.10　〔児童図書館、地域文庫〕出版社が子ども館贈呈　7月10日、青森県黒石市で、ほるぷ出版が黒石市に「黒石ほるぷ子ども館」を贈呈した。

7月　〔刊行・発表〕『ウネのてんぐ笑い』刊行　7月、松田司郎による『ウネのてんぐ笑い』が理論社より刊行された。

7月　〔刊行・発表〕『マザーグースのうた』刊行　7月、谷川俊太郎の訳による『マザー

7月	〔刊行・発表〕『算数病院事件』刊行	7月、後藤竜二による『算数病院事件』が新日本出版社より刊行された。
7月	〔刊行・発表〕『雪と雲の歌』刊行	7月、市川信夫による『雪と雲の歌』がポプラ社より刊行された。
9月	〔刊行・発表〕『帰らぬオオワシ』刊行	9月、遠藤公男による『帰らぬオオワシ』が偕成社より刊行された。
9月	〔作家訃報〕松井英子が亡くなる	9月、児童文学作家の松井英子が亡くなる。60歳。本名、小池秀子。三重県鈴鹿市生まれ。三重県立飯南高女卒、帝国医師薬専門学校中退。井野川潔、早船ちよに師事し、小説および児童文学の創作を始める。主な作品に「ひとりぼっち」「いちばん美しく」「ミキの赤い手ぶくろ」など。
10.1	〔児童雑誌等〕「こどもの本」創刊	10月1日、日本児童図書出版協会が新刊情報誌「こどもの本」を創刊する。月刊で、発行部数2万部。
10.14〜15	〔児童文学一般〕第1回国際児童図書選定顧問会議	10月14日から15日にかけて、ほるぷ出版が第1回国際児童図書選定顧問会議を開催。出席者はアメリカから招聘されたマン・ペロウスキーら。
10月	〔刊行・発表〕『霧のむこうのふしぎな町』刊行	10月、柏葉幸子による『霧のむこうのふしぎな町』が講談社より刊行された。「霧の谷」ですごす小学六年生の少女の夏を描くファンタジー。
12月	〔刊行・発表〕『きみはサヨナラ族か』刊行	12月、森忠明による『きみはサヨナラ族か』が金の星社より刊行された。
12月	〔刊行・発表〕『まほうのベンチ』刊行	12月、上崎美恵子による『まほうのベンチ』が小峰書店より刊行された。
12月	〔刊行・発表〕『サッちゃん』刊行	12月、阪田寛夫による『サッちゃん』が刊行された。
12月	〔刊行・発表〕『マキコは泣いた』刊行	12月、吉田比砂子による『マキコは泣いた』が理論社より刊行された。
12月	〔刊行・発表〕『虹のたつ峰をこえて』刊行	12月、新開ゆり子による『虹のたつ峰をこえて』がほるぷ出版より刊行された。
この年	〔刊行・発表〕『ウォーターシップダウンのうさぎたち』刊行	この年、イギリスのファンタジー作家リチャード・アダムスによる『ウォーターシップダウンのうさぎたち』が刊行された。訳は神宮輝夫。
この年	〔読書感想文〕第21回読書感想コン課題図書	この年(1975年度)の青少年読書感想文コンクールの課題図書。【小学校低学年】『風の神とオキクルミ』(萱野茂・ぶん、斎藤博之・え)小峰書店、『おしいれのぼうけん』(ふるたたるひ・さく、たばたせいいち・え)童心社、『ぼくと化け姉さん』(しかたしん・作、石倉欣二・画)金の星社、『イシダイしまごろう』(菅能琇一・著、渡辺可久・絵)文研出版。【小学校高学年】『ありがとうチモシー』(T・テイラー・作、白木茂・訳)あかね書房、『白い川の白い

町』(山口裕一・作、北島新平・絵)アリス館牧新社、『十三湖のばば』(鈴木喜代春・著、山口晴温・絵)偕成社、『黒つちがもえた』(大竹三郎・文、古屋勉・絵)大日本図書。【中学校】『巣立つ日まで』(菅生浩・作、鈴木義治・え)ポプラ社、『木曽の杣うた』(小野春夫・著)岩崎書店、『美術の心をたずねて』(箕田源二郎・著)新日本出版社。【高等学校】『アラスカ物語』(新田次郎・著)新潮社、『私の青春ノート』(樋口恵子・著)ポプラ社、『生きることの意味』(高史明・著)筑摩書房。

この年　〔児童図書館、地域文庫〕「子ども文庫助成事業」開始　この年、伊藤忠記念財団による「子ども文庫助成事業」が開始された。

この年　〔児童図書館、地域文庫〕小樽市「障害児文庫」開設　この年、北海道の小樽市立図書館が、市立量徳小学校内に「障害児文庫」を開設した。

《この年の児童文学賞》

第5回(昭50年)赤い鳥文学賞　松谷みよ子の「モモちゃんとアカネちゃん」講談社、佐藤義美の「佐藤義美全集」(全6巻)同刊行会。

第16回(昭50年)講談社児童文学新人賞　該当作なし。

第22回(昭50年)産経児童出版文化賞　【大賞】山本和夫〔作〕鈴木義治〔画〕の「海と少年─山本和夫少年詩集」理論社、【賞】舟崎克彦〔作・画〕の「雨の動物園」偕成社、神沢利子〔作〕山脇百合子〔画〕の「あひるのバーバちゃん」偕成社、高史明〔著〕水野二郎〔画〕の「生きることの意味─ある少年のおいたち」筑摩書房、大竹三郎〔著〕古屋勉〔画〕の「黒つちがもえた」大日本図書、錦三郎〔著〕市川禎男・佐藤広喜〔画〕栗林慧〔他写真〕の「空を飛ぶクモ」学習研究社。

第4回(昭50年)児童文芸新人賞　矢崎節夫の「二十七ばん目のはこ」高橋書店。

第24回(昭50年度)小学館児童出版文化賞　山下明生の「はんぶんちょうだい」小学館、赤羽末吉の「ほうまん池のカッパ」銀河社他。

第2回(昭50年)創作絵本新人賞　【最優秀賞】宮本忠夫〔作・絵〕の「おじさんの青いかさ」、【特別賞】宮本忠夫の「しりもちぺったん」「めりーごーらんど」「ごんべえとからす」「えんとつにのぼったふうちゃん」。

第12回(昭50年度)「童話」作品ベスト3賞　大熊義和、荒木千春子、平塚ウタ子。

第8回(昭50年)新美南吉文学賞　勅使逸雄の「現代っ子とお話」(児童文学研究)、若林宏の「若林ひろし一幕戯曲集」(私家版)。

第15回(昭50年)日本児童文学者協会賞　高史明の「生きることの意味」筑摩書房、【特別賞】横谷輝の「児童文学論集第二巻児童文学への問いかけ」偕成社。

第8回(昭50年)日本児童文学者協会新人賞　灰谷健次郎の「兎の眼」理論社、菅生浩の「巣立つ日まで」ポプラ社。

第12回(昭50年度)日本童話会賞　【A賞】加藤多一の「白いエプロン白いやぎ」、【B賞】沼田光代の「ひつじをかぞえるひわちゃん」、【B賞奨励賞】愛川ゆき子の「あたまグループとビジョンバさん」、早野洋子の「そっくりパン」。

第13回(昭50年)野間児童文芸賞　小出正吾の「ジンタの音」偕成社、【推奨作品賞】間所ひさこの「山が近い日」理論社、飯田栄彦の「飛べよ、トミー！」講談社。

第25回(昭50年)毎日児童小説　【小学生向け】井上夕香の「ハムスター物語」、【中学生向け】佐原進の「虹を紡ぐ妖精」。

1976年
（昭和51年）

1月	〔刊行・発表〕『お菓子放浪記』刊行	1月、西村滋による『お菓子放浪記』が理論社より刊行された。
1月	〔児童図書館、地域文庫〕伊藤忠記念財団が助成	1月、伊藤忠記念財団が、日本児童図書センター設立のために650万円を助成した。
2月	〔刊行・発表〕『トビウオは木にとまったか』刊行	2月、菊池俊による『トビウオは木にとまったか』がアリス館より刊行された。
2月	〔刊行・発表〕『闇と光の中』刊行	2月、日野多香子による『闇と光の中』が理論社より刊行された。
2月	〔刊行・発表〕『死の国からのバトン』刊行	2月、松谷みよ子による『死の国からのバトン』が偕成社より刊行された。
2月	〔刊行・発表〕『小さなぼくの家』刊行	2月、野長瀬正夫による『小さなぼくの家』が講談社より刊行された。
2月	〔刊行・発表〕『誰もしらない』刊行	2月、谷川俊太郎による『誰もしらない』が刊行された。
4.15～7.15	〔ベストセラー・話題本〕「子どもの本ベストセラー100選」	4月15日から7月15日にかけて、日書連主催の子どもの本増売運動「子どもの本ベストセラー100選」が実施された。
4.23	〔出版社関連〕岩波書店と福音館書店が提携	4月23日、岩波書店と福音館書店、日販を窓口として、学校販売を中心に提携する。
4月	〔児童図書館、地域文庫〕「明治生命子ども文庫」開設	4月、「明治生命子ども文庫」が、明治生命の一部の事業所に併設された。
5月	〔刊行・発表〕『TN君の伝記』刊行	5月、なだいなだによる『TN君の伝記』が福音館書店より刊行された。
5月	〔刊行・発表〕『はらぺこあおむし』刊行	5月、エリック・カール作、もりひさし訳による仕掛け絵本『はらぺこあおむし』が、偕成社から刊行された。
5月	〔刊行・発表〕『牛をつないだ椿の木』刊行	5月、新見南吉著『牛をつないだ椿の木』が、中央出版社から刊行された。
5月	〔刊行・発表〕『少年動物誌』刊行	5月、河合雅雄による『少年動物誌』が福音館書店より刊行された。
6月	〔刊行・発表〕『はせがわくんきらいや』刊行	6月、長谷川集平による『はせがわくんきらいや』が刊行。ヒ素入りミルク事件の被害者である"はせがわくん"との交流を描いた作品。

1976年（昭和51年）

7月	〔児童雑誌等〕「ありす」創刊　7月、アリス館から「ありす」が創刊された。
8月	〔刊行・発表〕「ノンタン」誕生　8月、偕成社よりキヨノサチコによる「ノンタン」シリーズ第1作目となる『ノンタン ぶらんこのせて』が刊行。その後「ノンタンあそぼうよ」シリーズとして多くのノンタン作品が誕生した。
8月	〔刊行・発表〕『白赤たすき小○の旋風』刊行　8月、後藤竜二による『白赤たすき小○の旋風』が講談社より刊行された。
9.6	〔児童雑誌等〕「小学時代5年生」創刊　9月6日、旺文社が京王プラザで感謝の会を開催。その席上において、「小学時代5年生」の創刊などを発表する。
9月	〔刊行・発表〕『ゲド戦記』刊行開始　9月、アーシュラ・K.ル＝グウィンによる「ゲド戦記」シリーズの第一巻『影との戦い』が岩波書店より刊行された。翻訳は清水真砂子。主人公のゲドの少年〜青年期の物語で、自らの力を過信したゲドが、「影」と対峙する姿を描いたファンタジー。
9月	〔刊行・発表〕『チッチゼミ鳴く木の下で』刊行　9月、皿海達哉による『チッチゼミ鳴く木の下で』が講談社より刊行された。
9月	〔刊行・発表〕『モモ』刊行　9月、ドイツのエンデ作『モモ』が、大島かおりの訳により岩波書店から「少年少女の本37」として刊行された。時間どろぼうとぬすまれた時間を人間にとりかえしてくれた少女の不思議な物語。
9月	〔刊行・発表〕『樹によりかかれば』刊行　9月、和田茂による『樹によりかかれば』が信濃教育会出版部より刊行された。
10月	〔刊行・発表〕『とおるがとおる』刊行　10月、谷川俊太郎による『とおるがとおる』があかね書房より刊行された。
10月	〔刊行・発表〕『わたし』刊行　10月、福音館書店より谷川俊太郎・ぶん、長新太・えによる『わたし』（「かがくのとも」91号）が刊行された。
10月	〔刊行・発表〕『兄貴』刊行　10月、今江祥智による『兄貴』が理論社より刊行された。
10月	〔刊行・発表〕『日本宝島』刊行　10月、上野瞭による『日本宝島』が理論社より刊行された。
10月	〔イベント関連〕E・コルウェル講演会開催　10月、E・コルウェルが、東京子ども図書館の招聘により各地で講演会を行った。
11.24〜	〔表現問題〕ピノキオ回収騒動　11月24日、「障害者差別の出版物を許さない、まず『ピノキオ』を洗う会」が結成され、出版社に回収を求めた。27日にはこの問題が新聞報道され、名古屋市立図書館が「ピノキオ」を書架から外すように指示。12月、回収の要求に対して、図書館問題研究会が反対を表明。翌1977年9月、名古屋市立図書館内に「ピノキオ問題検討小委員会」が設置された。1978年8月、同図書館に「ピノキオ検討のための別置実行委員会」が発足し、10月には市内図書館および自動車図書館に「ピノキオコーナー」が開設された。1979年10月、名古屋市立図書館では、「ピノキオ」が書架に戻ることとなった。
11月	〔刊行・発表〕「中国の古典文学」刊行　11月、さ・え・ら書房より「中国の古典文学」シリーズ刊行開始、『史記（上）』が刊行された。12月には『西遊記（上）』が刊

		行、1978年までに全14巻が刊行された。
11月	〔刊行・発表〕『流れのほとり』刊行	11月、神沢利子による『流れのほとり』が福音館書店より刊行された。
11月	〔刊行・発表〕『竜のいる島』刊行	11月、たかしよいちによる『竜のいる島』がアリス館牧新社より刊行された。
12月	〔刊行・発表〕『ふしぎなかぎばあさん』刊行	12月、手島悠介著『ふしぎなかぎばあさん』が、岩崎書店から刊行された。
12月	〔刊行・発表〕『夏時間』刊行	12月、奥田継夫による『夏時間』が偕成社より刊行された。
12月	〔刊行・発表〕『石切り山の人びと』刊行	12月、竹崎有斐による『石切り山の人びと』が偕成社より刊行された。
この年	〔出版社関連〕汐文社創業	この年、子どもの本の出版社である汐文社が創業。その後、2013年12月にKADOKAWAグループに入った。
この年	〔刊行・発表〕「たのしい・しかけえほん」シリーズ刊行	この年、「たのしい・しかけえほん」シリーズが、大日本絵画巧芸美術（社名は後に、大日本絵画と変更）から刊行された。
この年	〔刊行・発表〕『寺村輝夫のとんち話・むかし話』刊行	この年、あかね書房から寺村輝夫・ヒサクニヒコによる『寺村輝夫のとんち話・むかし話』(全15巻)が刊行され、ベストセラーとなった。
この年	〔読書感想文〕第22回読書感想コン課題図書	この年（1976年度）の青少年読書感想文コンクールの課題図書。【小学校低学年】『つりばしわたれ』(長崎源之助・作、鈴木義治・絵)岩崎書店、『おしらさま』(菊池敬一・文、丸木俊・絵)小峰書店、『しろいセーターのおとこの子』(杉みき子・文、村山陽・絵)金の星社、『先生のつうしんぼ』(宮川ひろ・作)偕成社。【小学校高学年】『のどか森の動物会議』(ロルンゼン・著、山口四郎・訳)あかね書房、『小さなぼくの家：詩集』(野長瀬正夫・作)講談社、『海上アルプス』(椋鳩十・著)ポプラ社、『セキレイの歌』(小笠原昭夫・著)文研出版。【中学校】『虹のたつ峰をこえて』(新開ゆり子・作)アリス館牧新社、『お菓子放浪記』(西村滋・作)理論社、『文人の知恵にいどむ』(楠本政助・著)筑摩書房。【高等学校】『北の海』(井上靖・著)中央公論社、『落語と私』(桂米朝・著)ポプラ社、『生きるための自由』(石川達三・著)新潮社。
この年	〔作家訃報〕山田健二が亡くなる	童話作家の山田健二が亡くなる。73歳。東京都港区生まれ。旅順工科大学卒。南満州鉄道会社の土木関係やその他の仕事の傍ら、童話の創作に励む。昭和9年童話集「高梁の花環」を出版。ついで10年「慰安車」、13年「少年義勇軍」を出版する。石森延男につぐ植民地児童文学作家となった。戦後は埼玉県草加幼稚園長を務めた。

《この年の児童文学賞》

第6回（昭51年）赤い鳥文学賞　上崎美恵子の「魔法のベンチ」ポプラ社および「ちゃぷちゃっぷんの話」旺文社、野長瀬正夫の「詩集・小さなぼくの家」講談社、【特別賞】都築益世〔他〕の「国土社の詩の本」(全18巻)国土社。

第7回（昭51年）共石創作童話賞　河野裕子の「きつねのたんじょうび」、堀内梨枝の「桜の花びら」、牧野那智子の「うちのないかたつむり」。

第17回（昭51年）講談社児童文学新人賞　福川祐司の「ダケのこだまよ」。

第23回（昭51年）産経児童出版文化賞　【大賞】佐藤有恒〔他著〕の「科学のアルバム」（全50巻別巻2巻）あかね書房、【賞】まどみちお〔作〕倉持健〔他写真〕の「まど・みちお詩集」（全6巻）銀河社、上崎美恵子〔作〕井上洋介〔画〕の「ちゃぷちゃっぷんの話」旺文社、エリナー・ファージョン〔作〕エドワード・アーディゾーニ〔他画〕石井桃子〔訳〕の「ファージョン作品集」（全6巻）岩波書店、儀間比呂志〔作・画〕の「鉄の子カナヘイ」岩波書店、楠本政助の「縄文人の知恵にいどむ」筑摩書房。

第5回（昭51年）児童文芸新人賞　竹田道子の「父のさじ」実業之日本社、ひしいのりこの「おばけのゆらとねこのにゃあ」理論社。

第25回（昭51年度）小学館児童出版文化賞　吉田比砂子の「マキコは泣いた」理論社、久米宏一の「やまんば」岩崎書店、「黒潮三郎」金の星社。

第3回（昭51年）創作絵本新人賞　【最優秀賞】該当作なし、【優秀賞】長谷川集平〔作・絵〕の「はせがわくんきらいや」、松本椿山〔作・絵〕の「のやまへゆこう」。

第18回（昭51年）千葉児童文学賞　堀雅子の「ひろしくんとおひさま」。

第13回（昭51年度）「童話」作品ベスト3賞　早野洋子、松田範祐、愛川ゆき子。

第9回（昭51年）新美南吉文学賞　原昌の「児童文学の笑い」（評論）牧書店、堀幸平の「ガララに盗まれた神の笛」（子どもミュージカルドラマ）。

第16回（昭51年）日本児童文学者協会賞　鳥越信の「日本児童文学史年表Ⅰ」明治書院、まどみちおの「植物のうた」銀河社。

第9回（昭51年）日本児童文学者協会新人賞　柏葉幸子の「霧のむこうのふしぎな町」講談社、遠藤公男の「帰らぬオオワシ」偕成社。

第1回（昭51年）日本児童文芸家協会賞　宮脇紀雄の「ねこの名はヘイ」国土社。

第13回（昭51年度）日本童話会賞　【A賞】大谷正紀の「ネンネン山物語」、【B賞】折口てつおの「大きなわらじ」、【B賞奨励賞】白浜杏子の「ひもが一本」。

第14回（昭51年）野間児童文芸賞　野長瀬正夫の「小さなぼくの家」（詩集）講談社、【推奨作品賞】河合雅雄の「少年動物誌」福音館書店。

第26回（昭51年）毎日児童小説　【小学生向け】塩沢清の「月と日と星とホイホイホイ」、【中学生向け】内藤美智子の「信子の一年」。

1977年
（昭和52年）

1月　〔刊行・発表〕『朝はだんだん見えてくる』刊行　1月、岩瀬成子著『朝はだんだん見えてくる』が理論社より刊行された。

2月　〔刊行・発表〕『雪ぼっこ物語』刊行　2月、生源寺美子による『雪ぼっこ物語』が童

		心社より刊行された。
3.10	〔ベストセラー・話題本〕	子どもの図書ベストセラー100選　3月10日、日書連主催による「児童図書増売運動」の選定図書「子どもの図書ベストセラー100選」が決定する。
3月	〔刊行・発表〕	『星に帰った少女』刊行　3月、末吉暁子による『星に帰った少女』が偕成社より刊行された。12歳の誕生日を迎えた少女が、お宮の境内で出会った不思議な少女との時代を超えたふれあいを描く。
4月	〔刊行・発表〕	『はじめてのおつかい』刊行　4月、筒井頼子・さく、林明子・えによる『はじめてのおつかい』（こどものとも傑作集）が福音館書店より刊行された。5歳の少女がはじめておつかいに行く様子がいきいきと綴られる。
5月	〔刊行・発表〕	『馬でかければ』刊行　5月、みずかみかずよによる『馬でかければ』が葦書房より刊行された。
6月	〔刊行・発表〕	『お父さんのラッパばなし』刊行　6月、瀬田貞二による『お父さんのラッパばなし』が福音館書店より刊行された。
7.5	〔作家訃報〕	二反長半が亡くなる　7月5日、小説家・児童文学作家の二反長半が亡くなる。69歳。大阪府茨木市生まれ。法政大学高等師範部国漢科卒。女学校教師をつとめていたが、昭和9年上京し「星座」同人となって児童文学を執筆。14年少年文芸懇話会を結成し「少年文学」を創刊。16年「桜の国の少年」を刊行。以後も児童文学作家として幅広く活躍し、「大地に立つ子」「自転車と犬」「子牛の仲間」「うかれバイオリン」や評論集「児童文学の展望」などの著書がある。また、実父で阿片王として知られた二反長音蔵の伝記「戦争と日本阿片史 阿片王二反長音蔵の生涯」もある。「子牛の仲間」で小学館文化賞を受賞した。平成1年には児童文化功労者を受賞。
7月	〔刊行・発表〕	『優しさごっこ』刊行　7月、今江祥智による『優しさごっこ』が理論社より刊行された。
8.5	〔作家訃報〕	白木茂が亡くなる　8月5日、児童文学翻訳家・児童文学作家の白木茂が亡くなる。67歳。本名、小森賢六郎。青森県生まれ。日本大学英文科卒。日大在学中から翻訳に従事し、昭和10年時事新報短篇小説に応募した「地下室の住人」が入選する。クルーティ「回転する車輪」など多くの作品を翻訳し、戦後は児童文学に専念。「ジェットと機関車」「原始少年ヤマヒコ」などの作品のほか、デイ・ヤング「ビリーと雄牛」などの訳書も数多い。またアンデルセン賞国内選考委員など、児童文学の面で幅広く活躍した。平成1年には児童文化功労者を受賞。
8月	〔刊行・発表〕	『ふとんかいすいよく』刊行　8月、山下明生による『ふとんかいすいよく』があかね書房より刊行された。
9.10	〔学会・団体〕	いわさきちひろ絵本美術館開館　9月10日、東京都練馬区にいわさきちひろ絵本美術館が誕生。現館長はタレントの黒柳徹子。いわさきちひろの作品を中心に約3000冊が収録されている。1997年に長野県に「安曇野ちひろ美術館」が開館、東京所在の館名を「ちひろ美術館・東京」と改称した。
9月	〔刊行・発表〕	「ぴょこたん」シリーズ　9月、あかね書房よりこのみひかるによる『なぞなぞあそび1 おはようぴょこたん』が刊行。なぞなぞが好きな男の子ウサギの

"ぴょこたん"が主人公で、その後なぞなぞ以外にも迷路やパズルなどの種類も加わり、「あたまのたいそうシリーズ」として数多くの本が出版される。

10月　〔刊行・発表〕『街の赤ずきんたち』刊行　10月、大石真による『街の赤ずきんたち』が講談社より刊行された。

10月　〔刊行・発表〕『白いとんねる』刊行　10月、杉みき子による『白いとんねる』が偕成社より刊行された。

11月　〔刊行・発表〕『お蘭と竜太』刊行　11月、しかたしんによる『お蘭と竜太』が金の星社より刊行された。

11月　〔刊行・発表〕『ふくろう』刊行　11月、宮崎学著『ふくろう』が福音館書店から刊行された。かがくのほんシリーズの1冊。

11月　〔刊行・発表〕『山へいく牛』刊行　11月、川村たかしによる『山へいく牛』が偕成社より刊行された。

11月　〔刊行・発表〕『東海道鶴見村』刊行　11月、岩崎京子による『東海道鶴見村』が偕成社より刊行された。

11月　〔刊行・発表〕『日本児童文学大系』刊行　11月、大藤幹夫ほかの編集による『日本児童文学大系』が、ほるぷ出版から刊行された。全30巻。

12.16　〔作家訃報〕今井誉次郎が亡くなる　12月16日、綴方教育研究家・児童文学作家の今井誉次郎が亡くなる。筆名、江馬泰。71歳。岐阜県生まれ。岐阜師範学校（現・岐阜大）卒。昭和5年、岐阜市加納小学校兼岐阜県女子師範訓導を依頼退職して上京。雑誌「綴方生活」「綴方読本」などの編集に従事し、綴方、児童文学、労働運動に関わる。その後、東京の小学校に勤務、20年西多摩郡成木村の疎開学園で敗戦。21年「明るい学校」の創刊に参加。25年「農村社会科カリキュラムの実践」で毎日出版文化賞受賞。27年退職後、日本作文の会初代委員長を務めた。著書はほかに「新しい村の少年たち」「帰らぬ教え子」「国語教育論」「教育生活50年」、童話「たぬきの学校」などがある。

12月　〔刊行・発表〕『ガラスのうさぎ』刊行　12月、高木敏子による自伝ノンフィクション童話『ガラスのうさぎ』が金の星社より刊行された。挿絵は武部本一郎。1945年3月10日の東京大空襲で母や妹を、その後の米軍攻撃で父を失った少女の姿を描く。

12月　〔刊行・発表〕『トンネル山の子どもたち』刊行　12月、長崎源之助による『トンネル山の子どもたち』が偕成社より刊行された。

12月　〔刊行・発表〕『天の赤馬』刊行　12月、斎藤隆介による『天の赤馬』が岩崎書店より刊行された。

12月　〔刊行・発表〕『北へ行く旅人たち―新十津川物語』刊行　12月、川村たかしによる『北へ行く旅人たち―新十津川物語』が偕成社より刊行された。

この年　〔刊行・発表〕「年少版こどものとも」創刊　この年、児童書出版社の福音館書店が、月刊絵本「年少版こどものとも」を創刊した。創刊号は『どうすればいいのかな？』。

この年　〔刊行・発表〕『もこ もこもこ』刊行　この年、谷川俊太郎・文、元永定正・絵『もこ もこもこ』が、文研出版から刊行された。

この年　〔読書感想文〕第23回読書感想コン課題図書　この年（1977年度）の青少年読書感想文コンクールの課題図書。【小学校低学年】『わたしのぼうし』（さのようこ・作・絵）ポプラ社、『もずのこども』（おのきがく・文・絵）講談社、『くろべのツンコぎつね』（大割輝明・作、井口文秀・絵）小峰書店、『ふしぎなかぎばあさん』（手島悠介・作）岩崎書店。【小学校高学年】『ワーシャとまほうのもくば』（プロコフィエバ・作、宮川やすえ・訳）金の星社、『雪ぼっこ物語』（生源寺美子・作）童心社、『ひきがえる』（三芳悌吉・文・絵）福音館書店、『たおされたカシの木：キノコのちから』（吉見昭一・著）文研出版。【中学校】『石切り山の人びと』（竹崎有斐・作）偕成社、『兄貴』（今江祥智・作）理論社、『白赤だすき小○の旗風』（後藤竜二・作）講談社。【高等学校】『道の花』（水上勉・作）新潮社、『TN君の伝記』（なだいなだ・著）福音館書店、『高校生の山河』（岩渕国雄・著）高校生文化研究会。

この年　〔作家訃報〕中村新太郎が亡くなる　児童文学作家・評論家の中村新太郎が亡くなる。別名、日野信夫。茨城県北相馬郡小文間村（取手市）生まれ。茨城師範学校卒。郷里での教師生活を経て、上京して出版社で働く。著書に短編小説集「村の風俗」「教育文学論」がある。戦後は日本共産党茨城県委員、県委員長などを務める。30年ごろから著述業に入って児童文学評論、伝記、歴史物語などで活躍。代表作に「天平の虹」などがある。

《この年の児童文学賞》

第7回（昭52年）赤い鳥文学賞　庄野英二の「アルファベット群島」偕成社、木暮正夫の「また七ぎつね自転車にのる」小峰書店。

第1回（昭52年）石森延男児童文学奨励賞　【小学校低学年向き】比江島重孝の「山の村からついて来た花」、【小学校高学年向き】原田一美の「がんばれパンダっ子」、中学生向きは、該当作なし。

第1回（昭52年）絵本評論賞　【最優秀賞】該当作なし、【優秀賞】井上徹の「谷川俊太郎について」、千代原真智子の「あけるな」、国松俊英の「佐野洋子の世界」。

第8回（昭52年）共石創作童話賞　【最優秀賞】横山みさきの「島になったとんびのペロ」、【優秀賞】五十嵐とみの「ぼくのかっぱ」、東野文恵の「大男のあやとり」。

第18回（昭52年）講談社児童文学新人賞　野火晃の「虎」。

第1回（昭52年）「子ども世界」絵本と幼低学年童話賞　わしおとしこ〔作〕古川日出夫〔絵〕の「そうじきトルン」ポプラ社。

第24回（昭52年）産経児童出版文化賞　【大賞】たかしよいち〔作〕太田大八〔画〕の「竜のいる島」アリス館、【賞】竹崎有斐〔作〕北島新平〔画〕の「石切り山の人びと」偕成社、平塚益徳〔他編〕の「チャイルド・クラフト―ひろがるわたしの世界」（全15巻）フィールド・エンタープライジズ・インターナショナル、宮脇紀雄〔作〕井口文秀〔画〕の「おきんの花かんざし」金の星社、山本藤枝〔著〕新井五郎〔画〕の「細川ガラシャ夫人」さ・え・ら書房、江沢洋の「だれが原子をみたか」岩波書店。

第6回（昭52年）児童文芸新人賞　末吉暁子の「星に帰った少女」偕成社、千江豊夫の「ほおずきまつり」アリス館牧新社。

第26回（昭52年度）小学館児童出版文化賞　竹崎有斐の「石切りの山の人びと」偕成社、安野光雅の「野の花と小人たち」岩崎書店他。

第4回（昭52年）創作絵本新人賞　【最優秀賞】該当作なし、【優秀賞】かわばたまことの

「ぴかぴかぷつん」「つちにゅうどう」「こじきぼうず」、やまもとちづこの「ゆめひょうたん」「かいたろうとほらがい」「おばあさんとひよどり」。

第19回（昭52年）千葉児童文学賞　大木よし子の「クロスケのぼうけん」。

第14回（昭52年度）「童話」作品ベスト3賞　白井三香子、石井由昌、折口てつお。

第10回（昭52年）新美南吉文学賞　河合弘の「君はわが胸のここに生きて—友南吉との対話」（小説）、山田洋の「伊吹」（句集）。

第1回（昭52年）日本児童文学学会賞　藤田圭雄の「解題 戦後日本童謡史」東京書籍、鳥越信の「日本児童文学史年表Ⅱ」明治書院、【奨励賞】勝尾金弥の「黎明期の歴史児童文学」アリス館。

第17回（昭52年）日本児童文学者協会賞　後藤竜二の「白赤だすき小〇の旗風」講談社、竹崎有斐の「石切り山の人びと」偕成社、冨田博之の「日本児童演劇史」東京書籍。

第10回（昭52年）日本児童文学者協会新人賞　菊池俊の「トビウオは木にとまったか」アリス館牧新社、日野多香子の「闇と光の中」理論社、和田茂の「樹によりかかれば」（少年詩集）信濃教育出版部。

第2回（昭52年）日本児童文芸家協会賞　神沢利子の「流れのほとり」福音館書店。

第14回（昭52年度）日本童話会賞　【A賞】竹下文子の「月売りの話」、【B賞】おりもとみずほの「絵はがき」（詩）、【B賞奨励賞】西村彼呂子の「カラスのスイカ」、塚本良子の「おじいちゃんのはちまき」。

第15回（昭52年）野間児童文芸賞　生源寺美子の「雪ぼっこ物語」童心社、今江祥智の「兄貴」理論社、【推奨作品賞】皿海達哉の「チッチゼミの鳴く木の下で」講談社。

第27回（昭52年）毎日児童小説　【小学生向け】矢野憲一の「ぼくは小さなサメ博士」、【中学生向け】長谷川美智子の「さらば太陽の都」。

第1回（昭52年）毎日童話新人賞　【最優秀賞】山田正志の「おおかみようちえんにいく」。

1978年
（昭和53年）

1月	〔刊行・発表〕『ひとりぼっちの動物園』刊行　1月、灰谷健次郎による『ひとりぼっちの動物園』があかね書房より刊行された。
2月	〔刊行・発表〕『それいけズッコケ三人組』刊行　2月、那須正幹作『ズッコケ三人組』シリーズ第1巻『それいけズッコケ三人組』がポプラ社より刊行された。小学六年生の男子三人組を主人公としたシリーズで、ロングセラー作品となる。
2月	〔刊行・発表〕『砂の音はとうさんの声』刊行　2月、赤座憲久による『砂の音はとうさんの声』が小峰書店より刊行された。
2月	〔刊行・発表〕『草の根こぞう仙吉』刊行　2月、赤木由子による『草の根こぞう仙吉』が、そしえてより刊行された。
3月	〔刊行・発表〕『おかあさんだいっきらい』刊行　3月、安藤美紀夫による『おかあさ

んだいっきらい』が童心社より刊行された。

3月　〔刊行・発表〕『坂をのぼれば』刊行　3月、皿海達哉による『坂をのぼれば』がPHP研究所より刊行された。

3月　〔刊行・発表〕『潮風の学校』刊行　3月、後藤竜二による『潮風の学校』が新日本出版社より刊行された。

3月　〔刊行・発表〕『風の鳴る家』刊行　3月、岸武雄による『風の鳴る家』が偕成社より刊行された。

3月　〔刊行・発表〕『北風をみた子』刊行　3月、あまんきみこによる『北風をみた子』が大日本図書より刊行された。

3月　〔刊行・発表〕『夜のかげぼうし』刊行　3月、宮川ひろによる『夜のかげぼうし』が講談社より刊行された。

4.1～　〔イベント関連〕「事典まつり」　4月1日から6月にかけて、ほるぷ出版が「事典まつり」を実施する。

4.1　〔児童文学賞（海外）〕『安野光雅の画集』にボローニャ国際児童図書展大賞　4月1日、イタリアの第15回ボローニャ国際児童図書展において、講談社『安野光雅の画集』が大賞、偕成社『あかちゃんのわらべうた』（松谷みよ子著）がグラフィック賞を受賞する。

4.22　〔作家訃報〕山元護久が亡くなる　4月22日、児童文学作家・放送作家の山元護久が亡くなる。43歳。本名、山元大護。京都生まれ。早稲田大学独文科卒。在学中「早大童話会」で活躍し、童話同人誌「ぷう」を創刊。大学卒業後は、童話創作のほか、子ども向けテレビ番組の台本執筆や構成に携わった。NHKの「ひょっこりひょうたん島」「おかさんといっしょ」、フジ「ママと遊ぼうピンポンパン」など幼児番組の黄金期を築いた一人。童話の代表作に「その手にのるなクマ」「はしれロボット」などがある。

4月　〔刊行・発表〕「青葉学園物語」シリーズ刊行　4月、ポプラ社より吉本直志郎による「青葉学園物語」シリーズが刊行開始。4月に『青葉学園物語右向け、左！』、12月には『青葉学園物語さよならは半分だけ』が刊行。作者が過ごした原爆孤児のための養護施設をモデルに、施設に住む少年少女達の物語でベストセラーとなった。

4月　〔刊行・発表〕『スッパの小平太』刊行　4月、岩本敏男による『スッパの小平太』が福音館書店より刊行された。

4月　〔刊行・発表〕『合言葉は手ぶくろの片っぽ』刊行　4月、乙骨淑子による『合言葉は手ぶくろの片っぽ』が岩波書店より刊行された。

5.1～14　〔児童文学一般〕第20回こどもの読書週間　5月1日から14日にかけて、「第20回こどもの読書週間」が実施された。標語は「本はみんなのおともだち」。

5月　〔刊行・発表〕『少年のブルース』刊行　5月、那須正幹による『少年のブルース』が偕成社より刊行された。

6月　〔刊行・発表〕『茂作じいさん』刊行　6月、小林純一による『茂作じいさん』が教育出版センターより刊行された。

8月	〔刊行・発表〕『おかしな金曜日』刊行	8月、国松俊英による『おかしな金曜日』が偕成社より刊行された。
9月	〔刊行・発表〕『アフリカのシュバイツァー』刊行	9月、寺村輝夫による『アフリカのシュバイツァー』が童心社より刊行された。
9月	〔刊行・発表〕『太陽の子』刊行	9月、灰谷健次郎による『太陽の子』が理論社より刊行された。
10.28	〔学会・団体〕全国児童文学同人誌連絡会(季節風)	10月28日、全国児童文学同人誌連絡会が発足。"相互合評を大切にして、書き続けよう"という意図の元始まった団体。
11月	〔刊行・発表〕『いないいないばあや』刊行	11月、神沢利子による『いないいないばあや』が岩波書店より刊行された。
11月	〔刊行・発表〕『原野にとぶ橇』刊行	11月、加藤多一による『原野にとぶ橇』が偕成社より刊行された。
11月	〔刊行・発表〕『光の消えた日』刊行	11月、いぬいとみこによる『光の消えた日』が岩波書店より刊行された。
この年	〔児童文学一般〕国際理事に日本人	この年、IBBY(国際児童図書評議会)の国際理事に渡辺茂男が選出された。1981年には国際選挙管理委員会委員長となる。
この年	〔出版社関連〕福田出版に社名変更	この年、株式会社図鑑の北隆館が株式会社福田出版に社名変更する。
この年	〔読書感想文〕第24回読書感想コン課題図書	この年(1978年度)の青少年読書感想文コンクールの課題図書。【小学校低学年】『ふんふんなんだかいいにおい』(にしまきかやこ・え・ぶん)こぐま社、『こぎつねコンとこだぬきポン』(松野正子・文、二俣英五郎・画)童心社、『ふとんかいすいよく』(山下明生・作)あかね書房、『砂の音はとうさんの声』(赤座憲久・作)小峰書店。【小学校高学年】『やまんばおゆき』(浜野卓也・作)国土社、『二死満塁(ツーダン・フルベース)』(砂田弘・作)ポプラ社、『天の赤馬』(斎藤隆介・作)岩崎書店、『目がみえなくても』(吉田比砂子・作)講談社。【中学校】『リーパス:ある野ウサギの物語』(B・B・著、掛川恭子・訳)福音館書店、『ガラスのうさぎ』(高木敏子・作)金の星社、『人類誕生のなぞをさぐる:アフリカの大森林とサルの生態』(河合雅雄・著)大日本図書。【高等学校】『時の扉』(辻邦生・著)毎日新聞社、『めだかの列島』(今井美沙子・著)筑摩書房、『日本人の笑い』(深作光貞・著)玉川大学出版部。

《この年の児童文学賞》

第8回(昭53年)赤い鳥文学賞　宮川ひろの「夜のかげぼうし」講談社、【特別賞】巽聖歌の「巽聖歌作品集」(上・下)巽聖歌作品集刊行会。

第2回(昭53年)石森延男児童文学奨励賞　【小学校低学年向き】安孫子ミチの「つよしとお友だち」、山田トキコの「ヒデちゃん」、谷本邦子の「おかあさんは」、【小学校高学年向き】牧野薫の「せんだん香るところ」、水上美佐雄の「ありん子ちゃん」、津田仁の「赤い霜柱」、小山勇の「かあさん早く見つけて」、三田村博史の「鳩と少年」、【中学生向き】阿尾時男の「ブランカの海」、衛本成美の「小さな記念碑」、佐藤州男の「五郎の出発」、塩井豊子の「青春の詩」。

第2回（昭53年）絵本評論賞　【最優秀賞】該当作なし、【優秀賞】石田久代の「マリー・ホール・エッツ―その一人称とファンタジーの世界」、西山昇の「わく・枠・惑…シュレーダー」、小沢一恵の「絵本と時代」。

第1回（昭53年）旺文社児童文学賞　皿海達哉の「坂をのぼれば」PHP研究所。

第1回（昭53年）旺文社児童文学翻訳賞　清水正和・訳の「神秘の島」（ジュール・ベルヌ著）福音館書店。

第9回（昭53年）共石創作童話賞　【最優秀賞】中井久美子の「波のり海賊船」、【優秀賞】平正夫の「目かくし鬼」、大島伸子の「サンタクロスケのプレゼント」。

第19回（昭53年）講談社児童文学新人賞　大原耕の「海からきたイワン」、牧原辰の「小さな冒険者たち」。

第25回（昭53年）産経児童出版文化賞　【大賞】久米旺生〔他訳〕の「中国の古典文学」（全14巻）さ・え・ら書房、【賞】舟崎靖子〔作〕、舟崎克彦〔画〕の「ひろしのしょうばい」偕成社、浜野卓也〔作〕、箕田源二郎〔画〕の「やまんばおゆき」国土社、五味太郎〔作・画〕の「かくしたのだあれ たべたのだあれ」文化出版局、半谷高久〔著〕、榎本幸一郎〔画〕の「ゴミとたたかう」小峰書店、中村登流〔著〕、鈴木吉男〔他画〕の「森と鳥」小学館。

第7回（昭53年）児童文芸新人賞　木村幸子の「二年生の小さなこいびと」ポプラ社、鶴岡千代子の「白い虹」教育出版センター。

第27回（昭53年度）小学館児童出版文化賞　灰谷健次郎の「ひとりぼっちの動物園」あかね書房、司修の「はなのゆびわ」文研出版他。

第5回（昭53年）創作絵本新人賞　【最優秀賞】該当作なし、【優秀賞】三井小夜子〔作・絵〕の「じゅうたん」。

第20回（昭53年）千葉児童文学賞　該当作なし。

第15回（昭53年度）「童話」作品ベスト3賞　加藤孝子、守谷美佐子、堀英男。

第11回（昭53年）新美南吉文学賞　平松哲夫の「一番星にいちばん近い丘」（童話集）童話人社、山崎初枝の「植物記」（歌集）。

第2回（昭53年）日本児童文学学会賞　編纂委員会編の「校本宮沢賢治全集」（全14巻）筑摩書房、【奨励賞】二上洋一の「少年小説の系譜」幻影城。

第18回（昭53年）日本児童文学者協会賞　斎藤隆介の「天の赤馬」岩崎書店、長崎源之助の「トンネル山の子どもたち」偕成社。

第11回（昭53年）日本児童文学者協会新人賞　岩瀬成子の「朝はだんだん見えてくる」理論社、末吉暁子の「星に帰った少女」偕成社。

第3回（昭53年）日本児童文芸家協会賞　打木村治の「大地の園（第1部〜第4部）」偕成社。

第15回（昭53年度）日本童話会賞　【A賞】大坪かず子の「おしゅん」、【B賞】内海智子の「空とぶにわとり」、【B賞奨励賞】ふじいまもるの「スズメの王様」。

第1回（昭53年）日本の絵本賞 絵本にっぽん賞　【絵本にっぽん大賞】宮崎学〔写真・文〕の「ふくろう」福音館書店、【絵本にっぽん賞】田島征彦〔文・絵〕の「じごくのそうべえ」童心社、宮本忠夫〔作・絵〕の「えんとつにのぼったふうちゃん」ポプラ社、さとうわきこ〔作〕二俣英五郎〔絵〕の「とりかえっこ」ポプラ社。

第16回（昭53年）野間児童文芸賞　川村たかしの「山へいく牛」偕成社、【推奨作品賞】赤

木由子の「草の根こぞう仙吉」そしえて。
- **第28回（昭53年）毎日児童小説**　【小学生向け】大和史郎の「百頭目のくま」、【中学生向け】小野紀美子の「十三歳の出発」。
- **第2回（昭53年）毎日童話新人賞**　【最優秀賞】佐竹啓子の「ゆみちゃんのでんわ」、吉橋通夫の「たんば太郎」。

1979年
（昭和54年）

1月	〔刊行・発表〕『はるにれ』刊行	1月、姉崎一馬著『はるにれ』が、福音館書店から刊行された。
1月	〔刊行・発表〕『春よこい』刊行	1月、はまみつをによる『春よこい』が偕成社より刊行された。
1月	〔イベント関連〕「戦争体験の記録」募集	1月、草土文化・日本子どもを守る会・日本児童文学者協会が国際児童年を記念して「戦争体験の記録」を募集。同年、入選作が『語りつぐ戦争体験』全10巻として草土文化から刊行された。
2月	〔刊行・発表〕「小さなおばけシリーズ」刊行	ポプラ社より角野栄子による「小さなおばけシリーズ」が刊行開始。第1作目は2月に刊行された、おばけのアッチが主役の『スパゲッティがたべたいよう』。
2月	〔刊行・発表〕『ジャンボコッコの伝記』刊行	2月、さねとうあきらによる『ジャンボコッコの伝記』が小学館より刊行された。
3.15〜4.8	〔イベント関連〕「児童図書まつり」	3月15日から4月8日にかけて、国際児童年を記念して、日本児童図書出版協会が池袋サンシャイン・シティのアルパホールにおいて「児童図書まつり」を開催。児童書2万5000冊の展示即売会、原画展、サイン会などが催された。
3月	〔刊行・発表〕『ばけもの千両』刊行	3月、菊地正による『ばけもの千両』が偕成社より刊行された。
3月	〔刊行・発表〕『花ぶさとうげ』刊行	3月、岸武雄による『花ぶさとうげ』が講談社より刊行された。
5.4〜6	〔イベント関連〕「世界と日本の10,000点児童図書フェア」	5月4日から6日にかけて、日販創立30周年および国際児童年を記念して、名古屋市で「世界と日本の10,000点児童図書フェア」が開催された。
5.21〜8.31	〔イベント関連〕「親と子の楽しい児童書フェア」	5月21日から8月31日にかけて、八重洲ブックセンターが国際児童年を記念して「親と子の楽しい児童書フェア」を開催する。
5月	〔刊行・発表〕『じいと山のコボたち』刊行	5月、平方浩介による『じいと山のコボ

		たち』が童心社より刊行された。
5月	〔刊行・発表〕『なきむし魔女先生』刊行	5月、浅川じゅんによる『なきむし魔女先生』が講談社より刊行された。
5月	〔刊行・発表〕『雪はちくたく』刊行	5月、長崎源之助による『雪はちくたく』が銀河社より刊行された。
5月~1982.3月	〔刊行・発表〕個人全集ブーム	5月から1980年2月にかけて、『庄野英二全集』全11巻(偕成社)が刊行された。また、1980年1月から81年11月にかけて『今江祥智の本』全22巻(理論社)、1980年6月から81年5月にかけて『校定新美南吉全集』全12巻(大日本図書)、1982年1月から12月にかけて『斎藤隆介全集』全12巻(岩崎書店)、1982年1月から83年4月にかけて『かつおきんや作品集』全18巻(偕成社)、1982年3月に『寺村輝夫全集』全20巻(ポプラ社)および『大石真児童文学全集』全16巻(ポプラ社)が刊行される。この間、1981年3月には1969年10月刊行開始の『椋鳩十全集』(ポプラ社)全26巻(第1期12巻・第2期14巻)が完結するなど、この頃、個人全集ブームとなる。
6.1	〔学会・団体〕国際児童文庫協会発足	6月1日、国際児童文庫協会(International Children's Bunko Association)が設立。本を通じ、子どもたちに読書欲や読書週間をつけること、外国語の本の読み聞かせやことば遊びなどを通じて外国語能力を維持向上、国際感覚を身につけることを目的としている。
6.10~8.31	〔ベストセラー・話題本〕「子どもの本ベストセラー150選」	6月10日から8月31日にかけて、第4回日書連主催子どもの本増売運動「子どもの本ベストセラー150選」が実施された。この年より、100選から150選に拡大。
7.26	〔出版社関連〕ヤングアダルト出版会設立総会	7月26日、ヤングアダルト出版会の設立総会が開催された。東販が出版社16社の協力を得て設立したもの。
7.26~8月	〔イベント関連〕「世界の布の絵本・さわる絵本展」	7月26日から8月にかけて、国際児童年を記念して、偕成社が東京・名古屋・大阪・沖縄・札幌で「世界の布の絵本・さわる絵本展」を開催する。
7月	〔刊行・発表〕『ゆうれいがいなかったころ』刊行	7月、岩本敏男による『ゆうれいがいなかったころ』が偕成社より刊行された。
8月	〔刊行・発表〕『ニムオロ原野の片隅から』刊行	8月、高田勝による『ニムオロ原野の片隅から』が福音館書店より刊行された。
10月	〔刊行・発表〕『おかあさんの生まれた家』刊行	10月、前川康男による『おかあさんの生まれた家』が講談社より刊行された。
10月	〔刊行・発表〕『フォア文庫』創刊	10月、岩崎書店・金の星社・童心社・理論社が共同企画として『フォア文庫』を創刊する。複数の出版社が協力して文庫を創刊するのは出版界初の試み。
11月	〔児童文学一般〕企業が児童書寄付	11月、松下電器が国際児童年を記念し、国内の小学校に児童書各25冊を贈る活動を行う。
11月	〔刊行・発表〕『さる・るるる』刊行	11月、五味太郎による『さる・るるる』が刊行

された。

11月　〔刊行・発表〕『にほんご』刊行　11月、安野光雅、大岡信、谷川俊太郎、松居直の編集による『にほんご』が、福音館書店から刊行された。「小学一年生のための国語教科書を想定して」のあとがきを元とし、日本語の楽しさや豊かさを体感できる教材をおさめたもの。

11月　〔刊行・発表〕『故郷』刊行　11月、後藤竜二による『故郷』が偕成社より刊行された。

11月　〔刊行・発表〕『鶴見十二景』刊行　11月、岩崎京子による『鶴見十二景』が偕成社より刊行された。

12月　〔刊行・発表〕『ひろしの歌がきこえる』刊行　12月、伊沢由美子による『ひろしの歌がきこえる』が講談社より刊行された。

12月　〔刊行・発表〕『私のアンネ＝フランク』刊行　12月、松谷みよ子による『私のアンネ＝フランク』が偕成社より刊行された。

この年　〔児童文学一般〕「ユネスコ・ライブラリー100」開始　この年、日本ユネスコ協会連盟が、「世界とともに歩む子どもたちへ——ユネスコ・ライブラリー100」を開始。国際理解のための100冊の本を、全国の子どもに寄贈する企画。1995年に終了した。

この年　〔児童文学一般〕「国際児童年」　この年、「国際児童年」が実施された。1959年11月20日に採択された「児童の権利に関する宣言」の20周年記念として、1976年に国連総会で決議されたもの。国際児童年を記念して全国各地で児童図書の展示即売会が開催され、好調な売れ行きを示す。従来の展示即売会が取次各社による定期的行事であったのに対し、この年は各都道府県の書店組合・個々の書店などによる展示即売会も多数催された。内容的にも、従来は学校図書館を主な対象としていたのに対し、子どもを含む一般読者をも対象とするものが多く、展示図書も創作や絵本が多く見られた。

この年　〔児童文学一般〕ろう学校生徒への読み聞かせ開始　この年、江東区立城東図書館で、ろう学校幼稚部の生徒への絵本の読み聞かせが開始された。

この年　〔児童雑誌等〕「月刊 絵本とおはなし」創刊　この年、「月刊 絵本とおはなし」が、偕成社から創刊された。1983年に「MOE」と改題し、1992には発行元が白泉社に変更された。

この年　〔読書感想文〕第25回読書感想コン課題図書　この年（1979年度）の青少年読書感想文コンクールの課題図書。【小学校低学年】『とうきちとむじな』（松谷みよ子・文、村上勉・絵）フレーベル館、『くさいろのマフラー』（後藤竜二・文、岡野和・絵）草土文化、『ちびぞうトト』（モスキン・作、ネグリ・絵、おのかずこ・やく）評論社、『のうさぎにげろ』（伊藤政顕・ぶん、滝波明生・え）新日本出版社。【小学校高学年】『おかあさんだいっきらい』（安藤美紀夫・作）童心社、『さよならは半分だけ：青葉学園物語』（吉本直志郎・作）ポプラ社、『荒野にネコは生きぬいて』（グリフィス・作、前田三恵子・訳）文研出版、『川は生きている：自然と人間』（富山和子・著）講談社。【中学校】『太陽の子』（灰谷健次郎・作）理論社、『広野の旅人たち：新十津川物語』（川村たかし・著）偕成社、『太陽の絵筆：熱情の画家ゴッホ』（藤沢友一・作）岩崎書店。【高等学校】『ベル・リア：戦火の中の犬』（バンフォード・作、中村妙子・訳）評

論社、『一絃の琴』(宮尾登美子・著) 講談社、『法隆寺を支えた木』(西岡常一小原二郎・著) 日本放送出版協会。

この年 〔児童図書館、地域文庫〕三康図書館が児童図書の一般公開を開始　この年、三康文化研究所付属三康図書館が、増上寺境内で児童図書約52000冊の一般公開を開始。

この年 〔作家訃報〕永井明が亡くなる　児童文学作家の永井明が亡くなる。58歳。栃木県佐野市生まれ。幼児小児マヒにかかり歩行不能となる。肢体不自由児施設柏学園で小学校教育を受ける。キリスト教児童文学作家として多くの聖書物語を書いた。著書に「キリスト」「聖パウロ」「私の心のイエス」など。

《この年の児童文学賞》

第9回(昭54年)赤い鳥文学賞　はまみつをの「春よこい」偕成社、小林純一の「少年詩集・茂作じいさん」教育出版センター。

第3回(昭54年)石森延男児童文学奨励賞　小学校低学年向きは、該当作なし、【小学校高学年向き】東尾嘉之の「つぼにはいったトランペット吹き」、箱山富美子の「雪山」、水上美佐雄の「水たまりの空」、荻原靖弘の「露国ミハイル之墓」、【中学生向き】東尾嘉之の「なにを賭けたか, 賭けようか」。

第2回(昭54年)旺文社児童文学賞　川崎洋の「ぼうしをかぶったオニの子」あかね書房、後藤竜二の「故郷」偕成社。

第2回(昭54年)旺文社児童文学翻訳賞　大久保貞子・訳の「忘れ川をこえた子どもたち」(マリア・グリーペ著) 冨山房。

第10回(昭54年)共石創作童話賞　【最優秀賞】中島博男の「花くらべ」、【優秀賞】左近蘭子の「子ぎつねの運動ぐつ」、矢部美智代の「子犬と手袋」、【児童賞】上村浩代の「パワパワとパフパフ」、福島和恵の「まみちゃんとまほうのランドセル」、【児童特別賞】川崎徳士の「パンの町」。

第1回(昭54年)クレヨンハウス絵本大賞　各賞とも該当作なし。

第1回(昭54年)講談社絵本新人賞　該当作なし、【佳作】川村麻子の「くもりときどきはれのちあめ」、司咲子の「おおきなき」、藤縄涼子の「うちゅうじん」、目崎典子の「なんだか似ている」。

第20回(昭54年)講談社児童文学新人賞　該当作なし、【佳作】奥山かずおの「木の上の少年」、黒江ゆにの「鬼を見た」、守道子の「帰ってきたネコ」。

第26回(昭54年)産経児童出版文化賞　【大賞】千国安之輔〔著・写真〕の「オトシブミ」偕成社、【賞】皿海達哉〔作〕杉浦範茂〔画〕の「坂をのぼれば」PHP研究所、福田清人〔作〕田代三善〔画〕の「長崎キリシタン物語」講談社、あまんきみ子〔作〕長谷川知子〔画〕の「ひつじぐものむこうに」文研出版、伊東光晴の「君たちの生きる社会」筑摩書房、富山和子〔著〕中村千尋〔画〕の「川は生きている—自然と人間」講談社、【美術賞】杉田豊〔作・画〕の「ねずみのごちそう」講談社。

第8回(昭54年)児童文芸新人賞　広瀬寿子の「小さなジュンのすてきな友だち」あかね書房。

第28回(昭54年度)小学館児童出版文化賞　岸武雄の「花ぶさとうげ」講談社、さねとうあきらの「ジャンボコッコの伝説」小学館、杉浦範茂の「ふるやのもり」フレーベル館他。

第6回（昭54年）創作絵本新人賞　【最優秀賞】織田信生〔作・絵〕の「いまむかしうそかまことか」、【優秀賞】奥谷敏彦の「とうちゃんはかまやき」。

第21回（昭54年）千葉児童文学賞　鶴巻祥行の「鬼が泣いた」。

第16回（昭54年度）「童話」作品ベスト3賞　金明悦子の「ふいっとさんのまほう」、加藤多一の「かたっぽうの青い手ぶくろ」、笠原肇の「団地まつりの日」。

第12回（昭54年）新美南吉文学賞　服部勇次の「郷土のわらべ歌」（愛知 正・続、三重、岐阜 全4巻）中部音楽創作連盟、吉田弘の「知多のむかし話」愛知県郷土資料刊行会。

第3回（昭54年）日本児童文学学会賞　恩田逸夫（宮沢賢治研究の業績に対して）。

第19回（昭54年）日本児童文学者協会賞　神沢利子の「いないいないばあや」岩波書店。

第12回（昭54年）日本児童文学者協会新人賞　山里るりの「野ばらのうた」偕成社、吉本直志郎の「右むけ、左！」「さよならは半分だけ」（「青葉学園物語」所収）ポプラ社。

第1回（昭54年）「日本児童文学」創作コンクール　北原宗積の「あしか」（詩）他。

第4回（昭54年）日本児童文芸家協会賞　野長瀬正夫の「小さな愛のうた」（詩集）金の星社。

第16回（昭54年度）日本童話会賞　【A賞】該当作なし、【A賞佳作奨励賞】折口てつおの「摩利支天夜話」、【B賞】草谷桂子の「トンネルのむこう」。

第2回（昭54年）日本の絵本賞 絵本にっぽん賞　【絵本にっぽん大賞】井口文秀〔文・絵〕の「ふうれんこのはくちょうじいさん」小峰書店、【絵本にっぽん賞】石亀泰郎〔写真・文〕の「イエペはぼうしがだいすき」文化出版局、瀬田貞二〔作〕林明子〔絵〕の「きょうはなんのひ？」福音館書店、安野光雅の「天動説の絵本」福音館書店、【特別賞】やしまたろう〔文・絵〕の「からすたろう」偕成社。

第17回（昭54年）野間児童文芸賞　神沢利子の「いないいないばあや」岩波書店、【推奨作品賞】竹下文子の「星とトランペット」講談社。

第29回（昭54年）毎日児童小説　【小学生向け】楳木和恵の「おれとぼく」、【中学生向け】葉村すみえの「七坂七曲がりの月」。

第3回（昭54年）毎日童話新人賞　【最優秀賞】松沢睦実の「マノおじさんとねむりりゅう」。

第1回（昭54年）路傍の石文学賞　灰谷健次郎の「兎の眼」「太陽の子」。

1980年
（昭和55年）

1月　〔刊行・発表〕『ぼくらは海へ』刊行　1月、那須正幹による『ぼくらは海へ』が偕成社より刊行された。

1月　〔刊行・発表〕『青い目の星座』刊行　1月、和田登による『青い目の星座』がほるぷ出版より刊行された。

2.18　〔出版社関連〕BBYP第2回総会　2月18日、児童図書専門書店が中心となり、BBYP第2回総会が渋谷青年館で開催される。

2月	〔刊行・発表〕『歌よ川をわたれ』刊行	2月、沖井千代子による『歌よ川をわたれ』が講談社より刊行された。
2月	〔刊行・発表〕『高空10000メートルのかなたで』刊行	2月、香川茂による『高空10000メートルのかなたで』が、ほるぷ出版より刊行された。
2〜11月	〔刊行・発表〕『はなはなみんみ物語』刊行	2〜11月、わたりむつこによる『はなはなみんみ物語』がリブリオ出版より刊行された。巨人の木の中に住むはなはなとみんみら小人たちの生活を描く。
3.23	〔作家訃報〕亀山龍樹が亡くなる	3月23日、児童文学作家・翻訳家で日本児童文芸家協会元理事、少年文芸作家クラブ元会長の亀山龍樹が亡くなる。57歳。本名、亀山次郎。佐賀県佐賀市生まれ。東京大学印度哲学科卒。英米児童文学の中で、特にSFや推理小説などの紹介に尽力。訳書に「ぼくらのジャングル街」「名探偵ホームズ（全12巻）」「ハリスおばさんパリへ行く」、創作に「宇宙海賊パプ船長」など多数。「世界の伝記」でサンケイ児童出版文化賞を受賞。
3月	〔刊行・発表〕『トラジイちゃんの冒険』刊行	3月、阪田寛夫による『トラジイちゃんの冒険』が小学館より刊行された。
3月	〔刊行・発表〕『光と風と雲と樹と』刊行	3月、今西祐行による『光と風と雲と樹と』が小学館より刊行された。
4.25	〔作家訃報〕尾関岩治が亡くなる	4月25日、児童文学者・評論家で岡山女子短期大学元教授の尾関岩治が亡くなる。83歳。筆名、尾関岩二。岡山県赤坂郡周匝村生まれ。同志社大学英文科卒。大正9年毎日新聞学芸部入社。薄田泣菫部長の下で「サンデー毎日」の創刊に参画。昭和6年大阪時事新報（現・サンケイ新聞）入社、論説委員。30年から47年まで岡山女子短大教授、児童文化を講じた。児童文学作家として、童話、翻案、絵本など多彩な活動を展開、童話「お話のなる樹」「フェアリーのお姫様と鍵」「希望の馬」「ハッサンの黒ばら」などを発表。また、児童文学研究の分野でも多くの評論を残し、「童心芸術概論」「児童文学の理論と実際」「児童文化入門」などの著書がある。
4月	〔刊行・発表〕『さくらんぼクラブにクロがきた』刊行	4月、古田足日による『さくらんぼクラブにクロがきた』が岩崎書店より刊行された。学童保育所に住みついたクロ犬と子どもたちのふれあいを描く。
5月	〔児童図書館、地域文庫〕広島市こども図書館開館	5月、広島市こども図書館が開館した。
6月	〔刊行・発表〕『おれたちのはばたきを聞け』刊行	6月、堀直子による『おれたちのはばたきを聞け』が童心社より刊行された。
6月	〔刊行・発表〕『ひろしまのピカ』刊行	6月、丸木俊による『ひろしまのピカ』が小峰書店より刊行される。原爆の悲惨さを鋭いタッチで綴り、日本で初めてM・L・バッチェルダー賞（アメリカ図書館協会）を受賞。
6月	〔刊行・発表〕『校定新美南吉全集』刊行	6月、大日本図書が創立90周年を記念し、与田凖一ほかの編集による『校定新美南吉全集』が刊行された。全12巻。
6月	〔刊行・発表〕『七つばなし百万石』刊行	6月、かつおきんやによる『七つばなし百

		万石』が偕成社より刊行された。
6月	〔刊行・発表〕『忘れられた島へ』刊行	6月、長崎源之助による『忘れられた島へ』が偕成社より刊行された。
7.14	〔作家訃報〕池田宣政が亡くなる	7月14日、児童文学作家で児童文芸協会元顧問の池田宣政が亡くなる。筆名、南洋一郎・萩江信正。本名、池田宜政。87歳。東京府東秋留(現・秋川市)生まれ。青山師範学校卒。給仕をしながら正則英語学校夜学で英語を、青山師範学校時代は独語を独習。小学校教員の大正15年「なつかしき丁抹の少年」(単行本「桜ん坊の思ひ出」)を少年倶楽部に投稿。以後少年小説作家として次々と作品を発表。「リンカーン物語」「偉人野口英世」などの伝記もの、南洋一郎の名で「吼える密林」「緑の無人島」などの冒険小説、翻訳の「怪盗ルパン全集」、さらに萩江信正の名でスポーツ物語など旺盛な執筆活動を続けた。そのほか、「南洋一郎全集」(全12巻・ポプラ社)が刊行されている。
7月	〔刊行・発表〕『花吹雪のごとく』刊行	7月、竹崎有斐による『花吹雪のごとく』が福音館書店より刊行された。
7月	〔刊行・発表〕『放課後の時間割』刊行	7月、岡田淳による『放課後の時間割』が偕成社より刊行された。
8.13	〔作家訃報〕乙骨淑子が亡くなる	8月13日、児童文学作家の乙骨淑子が亡くなる。51歳。東京・神田生まれ。桜蔭高女専攻科卒。上野図書館に勤め、昭和28年結婚。このころより児童文学の創作を始め、30年「こだま児童文学会」に入会。39年最初の長編「ぴいちゃあしゃん」を刊行、サンケイ児童出版文化賞を受賞。以後、社会的なテーマに取り組み、骨太の少年少女小説を書きつづけた。ほかに「八月の太陽を」「合言葉は手ぶくろの片っぽ」「十三歳の夏」「ピラミッド帽子よ、さようなら」などの作品がある。
9月	〔刊行・発表〕『はれときどきぶた』刊行	9月、矢玉四郎による『はれときどきぶた』が岩崎書店より刊行された。
9月	〔刊行・発表〕『キャベツくん』刊行	9月、長新太作『キャベツくん』が文研出版より刊行された。
10月	〔刊行・発表〕『わたしいややねん』刊行	10月、吉村敬子作、松下香住絵『わたしいややねん』が、偕成社から刊行された。
10月	〔ベストセラー・話題本〕『子どもの本ロングセラー・リスト』発行	10月、日書連選定『子どもの本ロングセラー・リスト』が発行され、全国の書店1万2000店に配布される。収録図書719点、発行部数3万部。
11.15	〔学会・団体〕日本アンデルセン協会	11月15日、日本アンデルセン協会が発足。アンデルセン、デンマーク語、デンマーク文化の研究を通して、日本とデンマークの文化交流の促進を図る。「アンデルセン研究」を年1回発行。会長は高橋健二。
11月	〔刊行・発表〕『思い出のマーニー』刊行	11月、ジョーン・G・ロビンソンの『思い出のマーニー』が岩波書店から刊行される。アンナと不思議な少女・マーニーとのふれあいを描く。
12月	〔刊行・発表〕『昼と夜のあいだ』刊行	12月、川村たかしによる『昼と夜のあいだ』

が偕成社より刊行された。

この年　〔刊行・発表〕「青い鳥文庫」創刊　この年、講談社より小中学生向け児童文学叢書「青い鳥文庫」が創刊された。ファンタジーやミステリー、友情ものから、ノンフィクションまで多岐なジャンルにわたる。

この年　〔刊行・発表〕くもん出版設立　この年、公文数学研究センターが出版部としてくもん出版を設立した。

この年　〔読書感想文〕第26回読書感想コン課題図書　この年（1980年度）の青少年読書感想文コンクールの課題図書。【小学校低学年】『おへんろさん』（宮脇紀雄・ぶん、井口文秀・え）小峰書店、『郵便局員ねこ』（ゲイル・E・ヘイリー・さく、あしのあき・やく）ほるぷ出版、『くまうちの日までに』（岸武雄・作）金の星社、『草むらの小さな友だち』（小川宏・写真・文）新日本出版社。【小学校高学年】『雪はちくたく』（長崎源之助・作、鈴木義治・絵）銀河社、『SOS地底より』（伊東信・作）ポプラ社、『ヨーンの道』（下嶋哲朗・文・絵）理論社、『ダイコンをそだてる』（須之部淑男・文、村田道紀・絵）岩波書店。【中学校】『青い目の星座』（和田登・作）岩崎書店、『六月のゆり』（バーバラ・スマッカー・作、いしいみつる・訳）ぬぷん児童図書出版、『北海道の牧場で』（岡部彰・著）福音館書店。【高等学校】『かあさんは魔女じゃない』（ライフ・エスパ・アナセン・作、木村由利子・訳）偕成社、『母ふたりの記』（豊田穣・著）三笠書房、『1945年8月6日：ヒロシマは語りつづける』（伊東壮・著）岩波書店。

この年　〔作家訃報〕若林勝が亡くなる　児童文学作家の若林勝が亡くなる。46歳。北海道函館市生まれ。炭鉱の町赤平で教師をつとめる傍ら、創作を始める。東京で出版社に勤務したのち、執筆に専念した。昭和45年「ズリ山」を発表。ほかの作品に「炭鉱よいつまでも」など。

この年　〔児童文学賞（海外）〕国際アンデルセン賞受賞　この年、絵本画家・作家の赤羽末吉が、国際アンデルセン賞の画家賞を受賞。

《この年の児童文学賞》

　　第10回（昭55年）赤い鳥文学賞　宮口しづえの「宮口しづえ童話全集」（全8巻）筑摩書房。

　　第4回（昭55年）石森延男児童文学奨励賞　【小学校低学年向き】植田千香子の「おばあさんのオカリナ」、【小学校高学年向き】藤井まさみの「あら草のジャン」、窪田富美の「ふう太の贈り物」、【中学生向き】佐藤州男の「呼び声」。

　　第1回（昭55年）絵本とおはなし新人賞　【絵本部門（優秀賞）】該当作なし、【絵本部門（推奨）】米田かよの「あかいサンダル」「くいしんぼうウサギ」、【童話部門（優秀賞）】加藤ますみの「ポン太のじどうはんばいき」、【童話部門（推奨）】鈴木利恵子の「ラビ、逃げないで!!」、平田圭子の「きいろい、ふわふわ」。

　　第3回（昭55年）旺文社児童文学賞　あまんきみこの「こがねの舟」ポプラ社。

　　第3回（昭55年）旺文社児童文学翻訳賞　該当作なし。

　　第11回（昭55年）共石創作童話賞　【最優秀賞】中井和子の「雨の中を　とこ・とこ・とこ」、【優秀賞】野原よう子の「小さなブレザー」、吉村陽子の「絵本を冷蔵庫に入れると？」。

　　第2回（昭55年）クレヨンハウス絵本大賞　【大賞】該当作なし、【最優秀作品賞】該当作なし、【優秀作品賞】やすおかみなみ〔作・絵〕の「月夜」、永森ひろみの「プルック

おじさん」、奏芳子の「ゆうやけのうま」。

第2回(昭55年)講談社絵本新人賞　佐々木潔の「ゆき」、【佳作】うらさわかずひろの「海の夏・秋・冬そして春」、やまだよーいちの「いつもおなじじゃつまらない」。

第21回(昭55年)講談社児童文学新人賞　池原はなの「狐っ子」、森百合子の「サヤカの小さな青いノート」。

第27回(昭55年)産経児童出版文化賞　【大賞】該当作なし、【賞】宮脇紀雄〔作〕村上豊〔画〕の「かきの木いっぽんみが三つ」金の星社、わたりむつ子〔作〕本庄ひさ子〔画〕の「はなはなみんみ物語」リブリオ出版、高橋健〔作〕松永禎郎〔画〕の「しろふくろうのまんと」小峰書店、小池タミ子〔作〕の「東書児童劇シリーズ・民話劇集」東京書籍、城田安幸の「君は進化を見るか―虫たちの語るもの」岩崎書店、デビット・マコーレイ〔著〕飯田喜四郎〔訳〕の「カテドラル―最も美しい大聖堂のできあがるまで」岩波書店、【美術賞】大川悦生〔作〕石倉欣二〔画〕の「たなばたむかし」ポプラ社。

第9回(昭55年)児童文芸新人賞　大原興三郎の「海からきたイワン」講談社、河野貴子の「机のなかのひみつ」偕成社。

第29回(昭55年度)小学館児童出版文化賞　今西祐行の「光と風と雲と樹と」小学館、香川茂の「高空10000メートルのかなたで」アリス館牧新社、原田泰治の「わたしの信州、草ぶえの詩」講談社。

第22回(昭55年)千葉児童文学賞　該当作なし。

第17回(昭55年度)「童話」作品ベスト3賞　平塚ウタ子の「ひぐれもりからきたえかきさん」、松田範祐の「キツネくんの手品」、松村昌一の「星の子ホシタル」。

第13回(昭55年)新美南吉文学賞　伊藤敬子の「写生の鬼・俳人鈴木花蓑」(評伝)中日新聞本社、赤座憲久の「雪と泥沼」(少年小説)小峰書店。

第4回(昭55年)日本児童文学学会賞　該当作なし、【奨励賞】鈴木徹郎の「アンデルセン―その虚像と実像」東京書籍。

第20回(昭55年)日本児童文学者協会賞　松谷みよ子の「私のアンネ=フランク」偕成社。

第13回(昭55年)日本児童文学者協会新人賞　浅川じゅんの「なきむし魔女先生」講談社、伊沢由美子の「ひろしの歌がきこえる」講談社。

第2回(昭55年)「日本児童文学」創作コンクール　石見まき子の「バースるーむパーティ」。

第5回(昭55年)日本児童文芸家協会賞　今西祐行の「光と風と雲と樹と」小学館、香山彬子の「とうすけさん 笛をふいて！」講談社。

第17回(昭55年度)日本童話会賞　【A賞】草谷桂子の「豆がはぜるのは」、【A賞佳作奨励賞】竹中真理子の「おし入れのたっくん」、谷大次郎の「村の一日」(詩)他、【B賞】該当作なし、【B賞佳作奨励賞】谷野道子の「サンタクロースにプレゼントしたら」、よこやまてるこの「何処サ行く？ ざしきわらしコサマ」。

第3回(昭55年)日本の絵本賞 絵本にっぽん賞　【絵本にっぽん大賞】丸木俊〔文・絵〕の「ひろしまのピカ」小峰書店、【絵本にっぽん賞】寺村輝夫〔文〕和歌山静子〔絵〕杉浦範茂〔デザイン〕の「あいうえおうさま」理論社、梅田俊作〔文〕梅田佳子〔絵〕の「ばあちゃんのなつやすみ」岩崎書店、平塚武二〔文〕太田大八〔絵〕の「絵本玉虫厨子の物語」童心社。

第18回(昭55年)野間児童文芸賞　長崎源之助の「忘れられた島へ」偕成社、阪田寛夫の

「トラジイちゃんの冒険」講談社、【推奨作品賞】大原興三郎の「海からきたイワン」講談社。
第30回（昭55年）毎日児童小説　【小学生向け】風間信子の「つよしのつけた通信簿」、【中学生向け】長谷川美智子の「早春の巣立ち」。
第4回（昭55年）毎日童話新人賞　【最優秀賞】浅川由貴の「一年生になった王さま」。
第2回（昭55年）路傍の石文学賞　川村たかしの「山へ行く牛」「新十津川物語」などの作品に対して。
第1回（昭55年）わが子におくる創作童話　石井冨代の「けん太のひろったもの」。

1981年
（昭和56年）

1月　〔刊行・発表〕『ピラミッド帽子よ、さようなら』刊行　1月、乙骨淑子による『ピラミッド帽子よ、さようなら』が理論社より刊行された。

1月　〔刊行・発表〕『安全地帯』刊行　1月、菊池鮮による『安全地帯』が理論社より刊行された。

2月　〔児童文学賞（海外）〕岩崎徹太賞創設　2月、学校図書館振興財団主催の学校図書館賞に、岩崎徹太賞（岩崎書店）が創設される。

3月　〔刊行・発表〕『千葉省三童話全集』刊行　3月、『千葉省三童話全集』が岩崎書店から刊行された。全6巻。

3月　〔刊行・発表〕『六つのガラス玉』刊行　3月、舟崎靖子による『六つのガラス玉』があかね書房より刊行された。

3月　〔ベストセラー・話題本〕『窓ぎわのトットちゃん』刊行　3月、黒柳徹子著の自伝的エッセイ『窓ぎわのトットちゃん』が講談社から刊行される。発売から約2ヶ月半でミリオンセラーとなり、4ヶ月で200万部、同年中に430万部を突破。終戦直後に刊行された『日米会話手帳』を抜き、史上空前のベストセラーとなる。10月3日、出版・感謝の会が東京・日比谷の帝国ホテルで開催される。

4.7　〔出版社関連〕ひさかたチャイルド創立　4月7日、児童図書出版社のひさかたチャイルドが創立。幼稚園・保育園への直販型月刊保育絵本「チャイルドブック」を出版するチャイルド本社の姉妹会社。「チャイルドブック」で支持された絵本を中心に市販ルートで販売する。

4.10　〔作家訃報〕石川光男が亡くなる　4月10日、児童文学作家の石川光男が亡くなる。62歳。東京都新宿区生まれ、立正大学宗教科中退。昭和14年、陸軍技術本部で製図手をしたあと、児童文学研究所に入り、児童雑誌「ルーペ」などの編集に従事した。18年応召、特務艦「白沙」に乗船して魚雷攻撃を受けるが九死に一生を得る。21年復員。新潮社出版部に入社し、児童雑誌「銀河」編集、出版部次長などをつとめ、35年退社。47年にはジュニア・ノンフィクション作家協会設立に参加し、児童文学の

1981年（昭和56年）

新生面を開拓した。著書に「若草色の汽船」「正義に生きる」「血と砂」など。「若草色の汽船」で野間児童文芸賞奨励作品賞（第1回）〔昭和38年〕を受賞。

5.1～14　〔児童文学一般〕**第23回こどもの読書週間**　5月1日から14日にかけて、「第23回こどもの読書週間」が実施される。標語は「よい子よい本よい家庭」。

5月　〔刊行・発表〕**『海とオーボエ』刊行**　5月、吉田定一による『海とオーボエ』がかど創房より刊行された。

7.11～8.10　〔イベント関連〕**「夏休み大児童書フェア」**　7月11日から8月10日にかけて、三省堂書店神田本店において「夏休み大児童書フェア」が開催される。児童書6000冊の展示、絵本原画展、サイン会の他、工作指導教室・紙芝居などの特別催事が15日間にわたり実施される。

7月　〔児童雑誌等〕**「亜空間」創刊**　7月、「亜空間」が、児童文学創作集団から創刊された。

7月　〔刊行・発表〕**『ズボン船長さんの話』刊行**　7月、角野栄子による『ズボン船長さんの話』が福音館書店より刊行された。

8月　〔刊行・発表〕**『ようこそおまけの時間に』刊行**　8月、岡田淳による『ようこそおまけの時間に』が偕成社より刊行された。

9月　〔児童雑誌等〕**「季刊児童文学批評」創刊**　9月、「季刊児童文学批評」が児童文学批評の会から創刊された。

9月　〔刊行・発表〕**『遠い野ばらの村』刊行**　9月、安房直子による『遠い野ばらの村』が筑摩書房より刊行された。

9月　〔刊行・発表〕**『屋根うらべやにきた魚』刊行**　9月、山下明生による『屋根うらべやにきた魚』が岩波書店より刊行された。

9月　〔刊行・発表〕**『東京どまん中セピア色』刊行**　9月、日比茂樹による『東京どまん中セピア色』が小学館より刊行された。

11.5～7　〔イベント関連〕**海外初の「日本児童図書展示会」**　11月5日から7日にかけて、ニューヨーク市の日本倶楽部において海外初の「日本児童図書展示会─世界と日本のこどもの本10,000点フェア」が開催される。子どものために夢のある本を揃えることが目的で、主催はニューヨーク児童図書展示推進委員会・日本児童図書出版協会。

11月　〔刊行・発表〕**『イギリスとアイルランドの昔話』刊行**　11月、ジョン・D・バトンによる『イギリスとアイルランドの昔話』が福音館書店より刊行される。訳は石井桃子。「ジャックとマメの木」「三びきの子ブタ」など語り継がれてきたイギリスやアイルランドの昔話が収録されている。

12月　〔刊行・発表〕**『かれ草色の風をありがとう』刊行**　12月、伊沢由美子による『かれ草色の風をありがとう』が講談社より刊行された。

この年　〔出版社関連〕**アリス館創立**　この年、児童文学出版社のアリス館が創業。赤ちゃん絵本やお話・自然絵本など以外にも、大人向けの出版事業も行う。

この年　〔児童雑誌等〕**「飛ぶ教室」創刊**　この年、児童文学の総合誌「飛ぶ教室」が、光村図書から創刊された。1995年に終刊。

― 84 ―

この年　〔読書感想文〕第27回読書感想コン課題図書　この年（第27回コンクール（1981年））の青少年読書感想文コンクールの課題図書。【小学校低学年】『トイレにいっていいですか』（寺村輝夫・作、和歌山静子・絵）あかね書房、『なんやななちゃんなきべそしゅんちゃん』（灰谷健次郎・作、坪谷令子・絵）文研出版、『ひろしまのピカ』（丸木俊・え・文）小峰書店、『むささびのおやこ』（今泉吉晴・ぶん、田中豊美・え）新日本出版社。【小学校高学年】『さくらんぼクラブにクロがきた』（古田足日・作）岩崎書店、『いたずらっ子オーチス』（ベバリィ・クリアリー・作、松岡享子・訳）学習研究社、『長いながい道』（竹内恒之・作）偕成社、『ゾウさんの遺言』（亀井一成・著）ポプラ社。【中学校】『波浮の平六』（来栖良夫・作）ほるぷ出版、『ばらの心は海をわたった』（岡本文良・作）PHP研究所、『太平洋漂流実験50日』（斎藤実・著）童心社。【高等学校】『春の道標』（黒井千次・作）新潮社、『虹の翼』（吉村昭・作）文藝春秋、『地球はふるえる』（根本順吉・著）筑摩書房。

この年　〔児童図書館、地域文庫〕「あいのみ文庫」開設　この年、埼玉県越谷市の文教大学図書館が、「あいのみ文庫」を開設。地域の子どもたちのためのもので、学生とボランティアによって運営された。

この年　〔児童図書館、地域文庫〕「わんぱく文庫」開設　この年、視覚障害児のための「わんぱく文庫」が、大阪市西区の盲人情報文化センター内に開設された。

この年　〔児童図書館、地域文庫〕「第2すずらん文庫」開設　この年、障害児のための「第2すずらん文庫」が開設された。代表は渡辺順子。

《この年の児童文学賞》
　　第11回（昭56年）赤い鳥文学賞　岩本敏男の「からすがカアカア鳴いている」偕成社。
　　第4回（昭56年）旺文社児童文学賞　角野栄子の「ズボン船長さんの話」福音館書店。
　　第4回（昭56年）旺文社児童文学翻訳賞　かんざきいわお・訳の「さよなら、おじいちゃん…ぼくはそっといった」（ドネリー著）さ・え・ら書房、沢登君恵・訳の「金色の影」（ガーフィールド＆ブリッシェン著）ぬぷん児童図書出版。
　　第1回（昭56年）カネボウ・ミセス童話大賞　北原樹の「くろねこパコのびっくりシチュー」、【優秀賞】佐々潤子の「赤いくし」、和田安里子の「えどいちの夢どろぼう」、原田英子の「ひろ君のおばけたいじ」。
　　第12回（昭56年）共石創作童話賞　【最優秀賞】大和千津の「生まれたてのかんづめ」、【優秀賞】大矢美保子の「ブルックスのおきゃくさま」、三浦幸司の「やまんばが走る」、【最優秀児童賞】池田弥生の「月見そば」、【児童賞】久利恵子の「不思議な電話」。
　　第3回（昭56年）クレヨンハウス絵本大賞　【大賞】該当作なし、【最優秀作品賞】榛葉蒼子の「おヨメさんの夢」、【優秀作品賞】加藤孝子の「ぼくらのたのしみ」、成島まさみの「魔法使いの帽子」、高橋由為子の「ねむりひつじのほしへ」。
　　第2回（昭56年）月刊絵本とおはなし新人賞　【絵本部門（優秀賞）】三島木正子の「やさいばたけで」、【絵本部門（推奨）】秦芳子の「ゆうくんのぶわぶわふうせん」、寺山圭子の「あっぷるぱいにあつまったありさん」、【童話部門（優秀賞）】平野京子の「魔法のつえ」、【童話部門（推奨）】生田きよみの「さんすうなんかだいきらい」、松本梨江の「らっしゃい！」。
　　第3回（昭56年）講談社絵本新人賞　該当作なし、【佳作】藤井エビの「げんきです」、山

1981年（昭和56年）

崎典子の「かえるかば」、山田勝広の「あした天気になあーれ」。

第22回（56年）講談社児童文学新人賞　該当作なし、【佳作】梅田直子の「バアちゃんとあたし」、半沢周三の「海を翔ぶ悸」、竹見嶺の「あかい雨跡」。

第28回（56年）産経児童出版文化賞　【大賞】やなぎやけいこ〔作〕大野隆也〔画〕の「はるかなる黄金帝国」旺文社、【賞】西岡常一・宮上茂隆〔著〕穂積和夫〔画〕の「法隆寺―世界最古の木造建築」草思社、神沢利子〔作〕宮本忠夫〔画〕の「ゆきがくる？」銀河社、高橋健の「自然観察ものがたり―自然のなかの動物たち」（全10巻）講談社、長野県作文教育研究協議会〔編〕の「信濃子ども詩集 27集」（全4冊）詩集編集事務局、マヤ・ヴォイチェホフスカ〔作〕清水真砂子〔訳〕の「夜が明けるまで」岩波書店、【美術賞】クライド・ロバート・ブラ〔作〕市川里美〔画〕舟崎靖子〔訳〕の「はしって！アレン」偕成社。

第10回（56年）児童文芸新人賞　長久真砂子の「明るいあした」郷学舎、おおたにひろこの「ちゅうしゃなんかこわくない」太平出版社。

第30回（56年度）小学館児童出版文化賞　田島征彦の「火の笛―祇園祭絵巻」童心社、「ありがとう」理論社。

第23回（昭56年）千葉児童文学賞　該当作なし。

第18回（56年度）「童話」作品ベスト3賞　平尾勝彦の「まほうの木のみ」、池谷晶子の「テーラーさんなんとかしてえ」、塚本良子の「アトランティスの海」。

第14回（56年）新美南吉文学賞　井上寿彦の「みどりの森は猫電通り」（童話）講談社、石浜勝二の「沿線」（句集）環礁俳句会。

第5回（56年）日本児童文学学会賞　校定新美南吉全集編集委員会編の「校定新美南吉全集」（全12巻）大日本図書、【奨励賞】上野浩道の「芸術教育運動の研究」風間書房。

第21回（56年）日本児童文学者協会賞　かつおきんやの「七つばなし百万石」偕成社、川村たかしの「昼と夜のあいだ」偕成社。

第14回（56年）日本児童文学者協会新人賞　岡田淳の「放課後の時間割」偕成社、堀直子の「おれたちのはばたきを聞け」童心社。

「日本児童文学」創刊300号記念論文（昭56）　佐藤宗子の「再話の倫理と論理―フィリップ短編の受容」、【佳作】宮川健郎の「宮沢賢治『風の又三郎』紀行―"二重の風景"への旅」、森下みさ子の「安野光雅のABC」、播磨俊之の「「子どもの論理」論再考―序論」。

第3回（56年）「日本児童文学」創作コンクール　該当作なし、【佳作】星つづみの「落下さん」、和田規子の「太古のばんさん会」（詩）。

第6回（56年）日本児童文芸家協会賞　おのちゅうこうの「風にゆれる雑草」講談社、【特別賞】渋沢青花の「大正の『日本少年』と『少女の友』」千人社。

第18回（56年度）日本童話会賞　【A賞】白井三香子の「さよなら，うみねこ」、【A賞奨励賞】井奈波美也の「ひがさ村のスイカ騒動」、【B賞】該当作なし。

第4回（56年）日本の絵本賞 絵本にっぽん賞　【絵本にっぽん大賞】長新太〔文・絵〕の「キャベツくん」文研出版、【絵本にっぽん賞】わかやまけん〔文・絵〕の「おばけのどろんどろんとぴかぴかおばけ」ポプラ社、鈴木良武〔文〕松岡達堪〔絵〕の「アマゾンのネプチューンカブト」サンマーク出版、武田英子〔文〕清水耕蔵〔絵〕の「八方にらみねこ」講談社。

第19回（昭56年）野間児童文芸賞　前川康男の「かわいそうな自動車の話」偕成社、【推奨作品賞】吉田定一の「海とオーボエ」かど創房。
第31回（昭56年）毎日児童小説　【小学生向け】大和史郎の「養豚の好きな史代さん」、【中学生向け】永井順子の「風はさわぐ」。
第5回（昭56年）毎日童話新人賞　【最優秀賞】武谷千保美の「あけるなよ，このひき出し」。
第3回（昭56年）路傍の石文学賞　竹崎有斐の「花吹雪のごとく」等に対して。
第2回（昭56年）わが子におくる創作童話　青木典子の「もらった十分間」。

1982年
（昭和57年）

1.3　〔作家訃報〕北村寿夫が亡くなる　1月3日、劇作家・児童文学作家・小説家の北村寿夫が亡くなる。86歳。本名、北村寿雄。東京市麹町区六番町（現・東京都千代田区）生まれ。早稲田大学文学部英文科中退。学生時代から小山内薫に師事し、「劇と評論」の同人となって戯曲を発表。一方、大正9年創刊の「童話」の常連寄稿者としても活躍。その後童話、戯曲、小説から離れ、昭和8年ごろから放送劇に取り組み、11年日本放送協会文芸部主事となり、草創期のラジオドラマの作・演出を手がけた。戦後は人気ラジオドラマ「向う三軒両隣り」の共作者の一人として活躍。また27年4月から5年間続いた「笛吹童子」「紅孔雀」などの人気ラジオ・ドラマ・シリーズ「新諸国物語」の作者として子供たちを熱狂させた。ほかの著書に、童話劇集「おもちゃ箱」「蝶々のお手紙」、童話劇「チョビ助物語」、「北村寿夫放送劇脚本集」などがある。昭和32年にNHK放送文化賞を受賞。

1月　〔刊行・発表〕『どろぼう天使』刊行　1月、しかたしんによる『どろぼう天使』がポプラ社より刊行された。

1月　〔刊行・発表〕『まなざし』刊行　1月、横沢彰による『まなざし』が新日本出版社より刊行された。

1月　〔刊行・発表〕『斎藤隆介全集』刊行　1月、『斎藤隆介全集』が岩崎書店から刊行された。全12巻。

1月　〔刊行・発表〕工藤直子少年詩集が刊行　1月、工藤直子による『てつがくのライオン：工藤直子少年詩集』が理論社より刊行される。

2月　〔刊行・発表〕『北の天使南の天使』刊行　2月、吉本直志郎による『北の天使南の天使』がポプラ社より刊行された。

3.5　〔作家訃報〕小林純一が亡くなる　3月5日、児童文学作家・童謡詩人の小林純一が亡くなる。70歳。東京・新宿生まれ。中央大学経済学科中退。北原白秋に師事。東京市、日本出版文化協会、日本少国民文化協会などに勤務のかたわら、第二次「赤い鳥」「チクタク」などに童謡の投稿を続けた。戦後は文筆に専念。また日本童謡協会、日本児童文学者協会設立に尽力し、理事長、常任理事を務めた。昭和54年少年

詩集「茂作じいさん」で第9回赤い鳥文学賞受賞。「少年詩集・茂作じいさん」「レコード・みつばちぶんぶん」「小林純一・芥川也寸志遺作集 こどものうた」のそれぞれで日本童謡賞を受賞。ほかに作品集「太鼓が鳴る鳴る」「銀の触角」、童謡集「あひるのぎょうれつ」「みつばちぶんぶん」などがある。

3.6　〔児童文学賞（海外）〕『小人たちの誘い』にエルバ賞　3月6日、イタリアのボローニャ国際児童図書展において、中村都夢による『小人たちの誘い』（偕成社）がエルバ賞を受賞する。

3.8　〔作家訃報〕角山勝義が亡くなる　3月8日、詩人・児童文学作家で日本児童文学者協会元会長、日本児童ペンクラブ元会長の角山勝義が亡くなる。71歳。新潟県大和町生まれ。帝国石油、労働基準局、熊谷組に勤務。与田凖一の「チチノキ」同人となり、のち「子どもの詩研究」に詩を発表。創作童話を志し小川未明に師事する。「風と裸」同人。著書に小説「雲の子供」、郷土の民話集「民話の四季」（全4巻）、童謡集「みぞれ」などがある。

3.18　〔作家訃報〕北畠八穂が亡くなる　3月18日、詩人・小説家・児童文学作家の北畠八穂が亡くなる。78歳。本名、北畠美代。青森県青森市莨町生まれ。実践女学校高等女学部国文専攻科〔大正12年〕中退。高等女学校時代から文学に関心を抱き、実践女子大学に進んだが、カリエスのため退学する。20歳頃から詩作を始め、堀辰雄らとの交友の中で「歴程」「四季」などに作品を発表。病床生活中に川端康成らを知り、深田久弥と結婚するが、敗戦直後に離婚。昭和20年「自在人」を発表し、23年「もう一つの光を」を刊行。21年「十二歳の半年」で童話を発表し、47年「鬼を飼うゴロ」で野間児童文芸賞およびサンケイ児童出版文化賞を受賞。童話集として「ジロウ・ブーチン日記」「りんご一つ」「耳のそこのさかな」などがあり、その多くは郷里の津軽地方に題材を求めた。「北畠八穂児童文学全集」（講談社）がある。

3.27　〔作家訃報〕青木茂が亡くなる　3月27日、児童文学作家の青木茂が亡くなる。84歳。東京市芝区麻布本村町（現・東京都港区）生まれ。麻布中学校〔明治43年〕中退。中学中退後、農園での花作りを生業としながら童話を書き、大正7年「詩人の夢」を発表し、9年「智と力兄弟の話」を刊行。昭和6年「児童文学」同人となり、19年「大空の鏡」を刊行。戦後も21年「大海の口笛」を刊行し、25年NHKの連続ラジオドラマ「三太物語」で全国的に知名度を高めた。他の主な作品に「赤い心臓のミイラ」「三太の日記」などがある。なお、戦時中に町工場をつくり、金属化学技術の特技で技術院最高賞〔昭和19年〕を受賞。昭和49年には久留島武彦文化賞を受賞。

3月　〔刊行・発表〕『ひげよ、さらば』刊行　3月、上野瞭による『ひげよ、さらば』が理論社より刊行された。

4月　〔刊行・発表〕『落穂ひろい』刊行　4月、福音館書店が瀬田貞二による『落穂ひろい』を刊行。社の30周年記念出版事業。

5.1　〔児童文学一般〕第24回こどもの読書週間　5月1日、「第24回こどもの読書週間」が開始される。

5.1　〔イベント関連〕「児童書1万点フェア」　5月1日、日販が大阪で「児童書1万点フェア」を開催する。

5月　〔刊行・発表〕『ハッピーバースデー』刊行　5月、さとうまきこによる『ハッピー

		バースデー』が講談社より刊行された。
5月	〔刊行・発表〕『炎のように鳥のように』刊行	5月、皆川博子による『炎のように鳥のように』が偕成社より刊行された。
6.6	〔学会・団体〕ふきのとう文庫開館	6月6日、札幌市にふきのとう文庫が開館。13000冊以上の蔵書のうち、児童書は約12000冊。また、障害児用に工夫された布製の本屋拡大写本などの展示がある。
6月	〔刊行・発表〕『椋鳩十の本』刊行	6月、『椋鳩十の本』が理論社から刊行された。全26巻。
7.7	〔作家訃報〕坪田譲治が亡くなる	7月7日、児童文学作家・小説家の坪田譲治が亡くなる。92歳。岡山県御野郡石井村島田（岡山市）生まれ。早稲田大学英文科卒。小川未明に師事して児童文化の創作に努め、昭和2年鈴木三重吉主宰の「赤い鳥」に童話「河童の話」を発表してデビュー。10年「改造」に発表した短編小説「お化けの世界」が出世作に。11年中編小説「風の中の子供」を朝日新聞に、13年長編小説「子供の四季」を都新聞に連載して文壇に登場、15年には「善太と三平」がベストセラーとなった。戦後は「魔性のもの」などを発表。30年「坪田譲治全集」（全8巻）で芸術院賞受賞、39年芸術院会員となる。38年には童話雑誌「びわの実学校」を創刊。他の著書に童話集「魔法」「狐狩り」「かっぱとドンコツ」「ねずみのいびき」、「坪田譲治全集」（全12巻 新潮社）、「坪田譲治童話全集」（全12巻・別巻1 岩崎書店）などがある。「坪田譲治全集」は日本芸術院賞、「子供の四季」で新潮社文芸賞、編書「日本のむかし話（全6巻）」でサンケイ児童出版文化賞、編書「新美南吉童話全集（全3巻）」でサンケイ児童出版文化賞、「かっぱとドンコツ」でサンケイ児童出版文化賞、「ねずみのいびき」で野間児童文芸賞、編書「びわの実学校」で巌谷小波文芸賞を受賞。そのほか、毎日出版文化賞や朝日賞も受賞した。
7月	〔刊行・発表〕「こまったさん」シリーズ刊行	あかね書房より寺村輝夫・岡本颯子による『おはなしりょうりきょうしつ』（全10巻）の刊行が始まる。「こまったさん」シリーズで、第1作目は7月刊行の『こまったさんのスパゲティ』。他にカレーライス、ハンバーグ、シチューなどの料理を取り上げベストセラーとなった。
7月	〔刊行・発表〕『おおやさんはねこ』刊行	7月、三木卓による『おおやさんはねこ』が福音館書店より刊行された。
7月	〔刊行・発表〕『風の十字路』刊行	7月、安藤美紀夫による『風の十字路』が旺文社より刊行された。
8月	〔児童文学一般〕入院児童へのサービス開始	8月、品川区立図書館が、入院中の児童に対するサービスを開始した。
8月	〔刊行・発表〕『ちいちゃんのかげおくり』刊行	8月、あまんきみこによる戦争絵本『ちいちゃんのかげおくり』が刊行される。
9.21	〔学会・団体〕宮沢賢治記念館開館	9月21日、岩手県花巻市に宮沢賢治記念館が誕生した。
9月	〔刊行・発表〕『おばあちゃん』刊行	9月、谷川俊太郎・文、三輪滋・絵『おばあちゃん』が、ばるん舎から刊行された。

10月	〔刊行・発表〕『ごめんねムン』刊行　10月、おほまことによる『ごめんねムン』が小峰書店より刊行された。
10月	〔刊行・発表〕『はなのあなのはなし』刊行　10月、福音館書店より、やぎゅうげんいちろうによる『はなのあなのはなし』(かがくのとも傑作集)が刊行される。
11月	〔刊行・発表〕『わたしが妹だったとき』刊行　11月、佐野洋子による『わたしが妹だったとき』が偕成社より刊行された。
11月	〔刊行・発表〕『ガンバとカワウソの冒険』刊行　11月、斎藤惇夫による『ガンバとカワウソの冒険』が岩波書店より刊行された。
12月	〔刊行・発表〕「十二歳シリーズ」刊行　12月、ポプラ社より薫くみこによる「十二歳シリーズ」が刊行開始。第1作目は『十二歳の合い言葉』。不安定な年齢の少女達が主人公の少女小説。中島潔による儚げな挿絵も話題を呼んだ。
12月	〔刊行・発表〕『はるかな鐘の音』刊行　12月、堀内純子による『はるかな鐘の音』が講談社より刊行された。
12月	〔刊行・発表〕『少年たち』刊行　12月、後藤竜二による『少年たち』が講談社より刊行された。
この年	〔読書感想文〕第28回読書感想コン課題図書　この年(1982年度)の青少年読書感想文コンクールの課題図書。【小学校低学年】『けんぽうは1年生』(岸武雄・作、二俣英五郎・絵)ポプラ社、『こんこんさまにさしあげそうろう』(森はな・さく、梶山俊夫・え)PHP研究所、『おばあちゃんの犬ジョータン』(安藤美紀夫・作)岩崎書店、『オコジョのすむ谷』(増田戻樹・写真・文)あかね書房。【小学校高学年】『きみはダックス先生がきらいか』(灰谷健次郎・さく)大日本図書、『わんぱくタイクの大あれ三学期』(ジーン・ケンプ・作、松本亨子・訳)評論社、『峠を越えて』(菊地澄子・作)小学館、『さと子の日記』(鈴木聡子・著)ひくまの出版。【中学校】『家出：12歳の夏』(M・D・バウアー・作、平賀悦子・訳)文研出版、『とねと鬼丸』(浜野卓也・作)講談社、『運命は扉をたたく：ベートーヴェン物語』(ひのまどか・作)リブリオ出版。【高等学校】『いのち生まれるとき』(早船ちよ・作)理論社、『つかのまの二十歳(はたち)』(畑山博・著)集英社、『いくさ世(ゆう)を生きて：沖縄戦の女たち』(真尾悦子・著)筑摩書房。
この年	〔児童図書館、地域文庫〕保健所文庫「おひさま文庫」開設　この年、東京都練馬区の石神井保険相談所で、初めての保健所文庫である「おひさま文庫」が開設された。

《この年の児童文学賞》

　　第12回(昭57年)赤い鳥文学賞　矢崎節夫の「ほしとそらのしたで」フレーベル館、【特別賞】の「校定新美南吉全集」(全12巻)大日本図書。

　　第2回(昭57年)カネボウ・ミセス童話大賞　岡沢真知子の「くまさんのくびかざり」、【優秀賞】永松輝子の「寒山さん拾得さん」、松岡節の「もしもしどろぼうくん」。

　　第13回(昭57年)共石創作童話賞　【一般の部】〈最優秀賞〉江口純子の「クスクス放送局」、〈優秀賞〉杉本滝子の「鈴の音が聞こえる」、京谷亮子の「夜汽車にのった花嫁」、【児童の部】〈児童賞〉河竹千春の「宇宙船部品3・VZ」、〈児童賞〉高瀬理香子の「動物は小人」。

第4回（昭57年）クレヨンハウス絵本大賞　【大賞】該当作なし、【最優秀作品賞】該当作なし、【優秀作品賞】加藤タカコの「森はしづかな昼さがり」。

第3回（昭57年）月刊絵本とおはなし新人賞　【絵本部門（優秀賞）】該当作なし、【絵本部門（推奨）】しばはらちの「みんなにげたよ！」、たなかなおきの「とおい国から」、山田ゆみ子の「なんになるの」、【童話部門（優秀賞）】松林純子の「二年四組へようこそ」、【童話部門（推奨）】須藤さちえの「ねこ月の三十二日」、吉田純子の「つみきの『る』は、るびぃの『る』」。

第4回（昭57年）講談社絵本新人賞　井上直久の「イバラードの旅」、【佳作】米川祐子の「太陽さん―たいようSUN」、脇谷園子の「すすめ！　おんぼろローラースケートぐつ」。

第23回（昭57年）講談社児童文学新人賞　三輪裕子の「子どもたち山へ行く」。

第6回（昭57年）「子ども世界」絵本と幼低学年童話賞　該当作なし。

第29回（昭57年）産経児童出版文化賞　【大賞】角野栄子〔作〕の「大どろぼうブラブラ氏」講談社、【賞】伊沢由美子〔作〕の「かれ草色の風をありがとう」講談社、ジーン・ケンプ〔作〕松本亨子〔訳〕の「わんぱくタイクの大あれ三学期」評論社、いぬいとみこ〔作〕つかさおさむ〔画〕の「雪の夜の幻想」童心社、大内延介〔作〕の「決断するとき」筑摩書房、海部宣男〔文〕原誠〔絵〕の「時間のけんきゅう」岩波書店、【美術賞】姉崎一馬〔写真〕の「はるにれ」福音館書店。

第11回（昭57年）児童文芸新人賞　白井三香子の「さようならうみねこ」小学館、三宅知子の「空のまどをあけよう」チャイルド本社、武谷千保美の「あけるなよこのひき出し」TBSブリタニカ。

第31回（昭57年度）小学館児童出版文化賞　伊沢由美子の「かれ草色の風をありがとう」講談社、浜野卓也の「とねと鬼丸」講談社、村上豊の「かっぱどっくり」第一法規出版、「ぞうのはなはなぜながい」チャイルド本社。

第24回（昭57年）千葉児童文学賞　川村一夫の「はさみ」、滝沢よし子の「そば食い狸」。

第15回（昭57年）新美南吉文学賞　小栗一男の「薔薇ならば―新美南吉伝」（小説）檸檬社、浜田美泉の「冬芽・第三集」（句集）。

第6回（昭57年）日本児童文学学会賞　瀬田貞二の「落穂ひろい―日本の子どもの文化をめぐる人びと」（上・下）福音館書店、【奨励賞】該当作なし、【特別賞】渋沢青花の「大正の「日本少年」と「少女の友」―編集の思い出」千人社。

第22回（昭57年）日本児童文学者協会賞　該当作なし。

第15回（昭57年）日本児童文学者協会新人賞　北原樹の「くろねこパコのびっくりシチュー」文化出版局。

第4回（昭57年）「日本児童文学」創作コンクール　伊藤しほりの「夜のコスモス」、檜きみこの「煮干しの夢」（詩）。

第7回（昭57年）日本児童文芸家協会賞　森一歩の「帰ってきた鼻まがり」学校図書。

第19回（昭57年度）日本童話会賞　【A賞】三保みずえの「いえばよかった」他の詩篇、【A賞奨励賞】井奈波美也の「ひがさ村は雪景色」、谷大次郎の「たぬきのはなび」（詩）、【A賞新人賞】八束澄子の「西から来たあいつ」、森川満寿代の「ワニパン」。

第5回（昭57年）日本の絵本賞 絵本にっぽん賞　【絵本にっぽん大賞】森はな〔作〕梶山俊夫〔絵〕の「こんこんさまにさしあげそうろう」PHP研究所、【絵本にっぽん賞】川

端誠の「鳥の島」文化出版局、増田戻樹の「オコジョのすむ谷」あかね書房、手島圭三郎〔絵・文〕の「しまふくろうのみずうみ」福武書店。

第5回（昭57年）日本の絵本賞 絵本にっぽん新人賞　岡田ゆたかの「ぼくの町」、【佳作】該当作なし。

第20回（昭57年）野間児童文芸賞　安房直子の「遠いのばらの村」筑摩書房、【推奨作品賞】さとうまきこの「ハッピーバースデー」あかね書房、伊沢由美子の「かれ草色の風をありがとう」講談社。

第1回（昭57年）「婦人と暮らし」童話賞　若林ハルミの「知りたがりやの雪んこ」、山内弘美の「ボロつなぎはゆめつなぎ」。

第32回（昭57年）毎日児童小説　【小学生向け（準入選）】畑中弘子の「はじめてのホームラン」、浅見美穂子の「壁の向こうに」、【中学生向け】みづしま志穂の「好きだった風 風だったきみ」。

第6回（昭57年）毎日童話新人賞　【最優秀賞】丸井裕子の「ハイエナ・ガルのレストラン」。

第4回（昭57年）路傍の石文学賞　倉本聡の「北の国から」の脚本、またシナリオをすぐれた読みものにした功績。

第3回（昭57年）わが子におくる創作童話　太田えみこの「ぼくが二人」。

1983年
（昭和58年）

2月	〔刊行・発表〕『どきん』刊行	2月、谷川俊太郎による『どきん』が理論社より刊行された。
2月	〔刊行・発表〕『家族』刊行	2月、吉田としによる『家族』が理論社より刊行された。
2月	〔刊行・発表〕『私のよこはま物語』刊行	2月、長崎源之助による『私のよこはま物語』が偕成社より刊行された。
2月	〔刊行・発表〕『父母の原野』刊行	2月、更科源蔵による『父母の原野』が偕成社より刊行された。
3月	〔刊行・発表〕「くまのアーネストおじさん」シリーズ	3月、BL出版からガブリエル・バンサンによる「くまのアーネストおじさん」シリーズの刊行が開始された。
4.17	〔作家訃報〕斎藤田鶴子が亡くなる	4月17日、児童文学作家の斎藤田鶴子が亡くなる。48歳。本名、田村タヅ子。神奈川県生まれ。早稲田大学教育学部英文学科卒。小峰書店編集部勤務ののち結婚。湘南たんぽぽの会を創立。昭和44年「ちごんぼ峠」で第6回日本童話会賞を受賞。童話集に「空から来た子」がある。
4月	〔刊行・発表〕『きのうのわたしがかけていく』刊行	4月、泉さち子による『きのうのわたしがかけていく』がアリス館より刊行された。
4月	〔刊行・発表〕『びんの中の子どもたち』刊行	4月、大海赫による『びんの中の子ど

もたち』が偕成社より刊行された。

4月	〔読み聞かせ活動〕「親子読書」が「子どもと読書」と改題　4月、親子読書・地域文庫全国連絡会編集による機関誌「親子読書」が「子どもと読書」と改題された。
5.1	〔イベント関連〕「子どもの読書推進キャンペーン」　5月1日、日販労組が「第25回こどもの読書週間」に合わせて「こどもの読書推進キャンペーン」を実施する。
5.31	〔作家訃報〕川竹嵯峨夫が亡くなる　5月31日、児童文学作家の川竹嵯峨夫が亡くなる。65歳。本名、川竹政次。高知県生まれ。早稲田大学文学部中退。
6月	〔刊行・発表〕『夕日がせなかをおしてくる』刊行　6月、阪田寛夫・詩、高畠純・絵による『夕日がせなかをおしてくる』が刊行される。
7.11	〔児童文学一般〕「児童図書に強くなる研修会」　7月11日、日書連・児童図書出版協会の共催により、「児童図書に強くなる研修会」が東京・千駄ヶ谷の日本青年館で開催される。続いて10月24日に大阪で開催され、136人が参加。
7月	〔刊行・発表〕「14ひきのシリーズ」刊行　7月、童心社からいわむらかずおによる「14ひきのシリーズ」が刊行開始。第1作目は7月刊行の『14ひきのひっこし』で、14匹のねずみ一家の大家族が送る日々の暮らしを描き、ロングセラーとなる。のちに『14ひきのあさごはん』『14ひきのやまいも』など続編が誕生した。
7月	〔刊行・発表〕『かむさはむにだ』刊行　7月、村中李衣による『かむさはむにだ』が偕成社より刊行された。
7月	〔刊行・発表〕『堤防のプラネタリウム』刊行　7月、皿海達哉による『堤防のプラネタリウム』があかね書房より刊行された。
8月	〔刊行・発表〕『つむじ風のマリア』刊行　8月、堀直子による『つむじ風のマリア』が小学館より刊行された。
8月	〔刊行・発表〕『とうさん、ぼく戦争をみたんだ』刊行　8月、安藤美紀夫による『とうさん、ぼく戦争をみたんだ』が新日本出版社より刊行された。
8月	〔刊行・発表〕『にげだした兵隊』刊行　8月、竹崎有斐による『にげだした兵隊』が岩崎書店より刊行された。
8月	〔刊行・発表〕『ゆかりのたんじょうび』刊行　8月、渡辺茂男による『ゆかりのたんじょうび』が福音館書店より刊行された。
8月	〔刊行・発表〕『友情のスカラベ』刊行　8月、さとうまきこによる『友情のスカラベ』が講談社より刊行された。
9月	〔刊行・発表〕『ぽたぽた』刊行　9月、三木卓による『ぽたぽた』が筑摩書房より刊行された。
10月	〔刊行・発表〕『じゃんけんポンじゃきめられない』刊行　10月、伊東信による『じゃんけんポンじゃきめられない』がポプラ社より刊行された。
10月	〔刊行・発表〕『初恋クレイジーパズル』刊行　10月、加藤純子による『初恋クレイジーパズル』がポプラ社より刊行された。

11月　〔児童雑誌等〕「モエ（MOE）」誕生　11月、偕成社から出版されていた「月刊絵本とおはなし」が、「モエ（MOE）」と改題された。

11月　〔刊行・発表〕『すきなあの子にバカラッチ』刊行　11月、吉本直志郎による『すきなあの子にバカラッチ』がポプラ社より刊行された。

11月　〔刊行・発表〕『へんしん！　スグナクマン』刊行　11月、川北亮司による『へんしん！　スグナクマン』が草炎社より刊行された。

12.11　〔作家訃報〕斎藤佐次郎が亡くなる　12月11日、児童文学作家の斎藤佐次郎が亡くなる。90歳。幼名あぐり、佐助。筆名、三宅房子。東京市本郷区根津宮永町（東京都文京区）生まれ。早稲田大学英文科卒。父は防水布の製造家として成功しており、五男として生まれる。明治33年小学2年の時に父が亡くなり、佐次郎を襲名。やがて早稲田大学の英文科に進み、卒業論文ではイプセンを取り上げた。一方、釈宗演の仏典講義にも傾倒し、仏教を根本とする哲学を学ぼうと東洋大学の聴講生にもなった。大正7年家族と避暑に訪れた大磯で小説家の横山美智子と知り合い、その夫・横山寿篤から児童雑誌の出版を持ちかけられて承諾。8年横山と共同でキンノツノ社を起こして童話童謡雑誌「金の船」を創刊。島崎藤村と有島生馬を監修に、挿絵に岡本帰一を迎え、野口雨情、若山牧水、沖野岩三郎、西条八十らを主要執筆者として擁した同誌は、児童画・幼年詩・綴方・童話・童謡などの募集も行い、山本鼎が児童画、牧水が幼年詩、雨情が童謡の選者を担当。また、「四丁目の犬」「十五夜お月（さん）」「七つの子」「青い眼の人形」「證城寺の狸囃」といった今日でも歌い継がれている童謡をいくつも送り出し、鈴木三重吉の「赤い鳥」と並んで大正期の児童文学運動、自由画や童謡運動を牽引した。自身も三宅房子などの筆名を用いて童話を執筆。11年横山と決別して「金の船」を個人経営とし、社名を金の船社、誌名を「金の星」と改め、12年には社名をさらに金の星社とした。その後、円本ブームなどにより苦しい経営を余儀なくされ、昭和4年同誌を終刊。7年金の星社を株式会社に改組して再建。以後、児童書出版社として一定の地位を築いた。56年会長。53年日本児童文学者協会の終身名誉会員に推された。38年に日本児童文芸家協会児童文化功労者受章、42年に勲四等瑞宝章受章、58年に久留島武彦文化賞を受章。

12.30　〔作家訃報〕川上四郎が亡くなる　12月30日、童画家の川上四郎が亡くなる。94歳。新潟県長岡市生まれ。東京美術学校西洋画科〔大正2年〕卒。中学校の図画教師を経て、大正5年児童雑誌のコドモ社に入社。雑誌「童話」の挿絵、表紙絵を全面的に任され、以後童画一筋。美しいタッチの児童画で児童出版美術を芸術的に高めた。昭和2年日本童画家協会の創立に参加。17年に野間挿絵奨励賞、45年に久留島武彦文化賞を受章した。

12月　〔刊行・発表〕『好きだった風　風だったきみ』刊行　12月、みずしま志穂による『好きだった風　風だったきみ』がポプラ社より刊行された。

12月　〔刊行・発表〕『同級生たち』刊行　12月、佐々木赫子による『同級生たち』が偕成社より刊行された。

この年　〔読書感想文〕第29回読書感想コン課題図書　この年（1983年度）の青少年読書感想文コンクールの課題図書。【小学校低学年】『おやつがほーいどっさりほい』（梅田俊作、佳子・さく）新日本出版社、『ちいちゃんのかげおくり』（あまんきみこ・作、上野紀子・絵）あかね書房、『びゅんびゅんごまがまわったら』（宮川ひろ・作、林明

子・絵）童心社、『こいぬがうまれるよ』（ジョアンナ・コール・文、つぼいいくみ・訳、ジェローム・ウェクスラー・写真）福音館書店。【小学校高学年】『火よう日のごちそうはひきがえる』（ラッセル・E・エリクソン・作、佐藤凉子・訳、ローレンス・D・フィオリ・画）評論社、『とびだせバカラッチ隊』（吉本直志郎・作、中島きよし・絵）ポプラ社、『みつばちの家族は50000びき』（木村光良・作、金尾恵子・絵）文研出版、『ことばの海へ雲にのって』（岡本文良・作、高田勲・絵）PHP研究所。【中学校】『七人めのいとこ』（安藤美紀夫・著、こさかしげる・絵）偕成社、『九〇〇日の包囲の中で』（イワノフ・作、宮島綾子・訳、パホーモフ・画）岩崎書店、『北海道の夜明け：常紋トンネルを掘る』（小池喜孝・著）国土社。【高等学校】『家族』（吉田とし・作）理論社、『明日：一九四五年八月八日・長崎』（井上光晴・著）集英社、『ぼくが世の中に学んだこと』（鎌田慧・著）筑摩書房。

この年　〔児童図書館、地域文庫〕日本語文庫「こりす文庫」開設　この年、イギリスで、世界初の日本語文庫「こりす文庫」が開設された。

この年　〔童謡・紙芝居・人形劇〕『おおきく おおきく おおきくなあれ』　この年、童心社がまついのりこによる紙芝居『おおきく おおきく おおきくなあれ』を刊行。子ども参加型の紙芝居。

《この年の児童文学賞》

第13回（昭58年）赤い鳥文学賞　いぬいとみこの「山んば見習いのむすめ」福音館書店、杉みき子の「小さな町の風景」偕成社。

第3回（昭58年）カネボウ・ミセス童話大賞　吉田春代の「いなりのかみとほらふきごいち」。

第14回（昭58年）共石創作童話賞　【一般の部】〈最優秀賞〉若尾葉子の「青いリュックサック」、〈優秀賞〉、久井ひろ子の「おおかみくんはお母さん」、和田栄子の「ぼくの海」、【児童の部】〈児童賞〉田林清美の「空を飛んだひろし君」、設楽聡子の「不思議な鏡」。

第5回（昭58年）クレヨンハウス絵本大賞　【大賞】該当作なし、【最優秀作品賞】該当作なし、【優秀作品賞】阪上吉英の「パノラマアイランド」、川瀬紀子の「だれが赤い実をたべたか」、榛葉苔子の「星いっぱいの夜の空」。

第4回（昭58年）月刊絵本とおはなし新人賞　【絵本部門（優秀賞）】該当作なし、【絵本部門（推奨）】浜本やすゆきの「ぼくのひみつ」、TETSUの「とってもてんき」、原田ヒロミの「まだまだ」、【童話部門（優秀賞）】該当作なし、【童話部門（推奨）】坂井のぶ子の「ペローとバッフェル」、竹内紘子の「ネズミとおナキばあさん」、小泉玻瑠美の「メジロ」。

第5回（昭58年）講談社絵本新人賞　野村高昭の「ばあちゃんのえんがわ」、【佳作】上野新司の「くいしんぼうな王様」、寺下翠の「スモモ畑の春」。

第24回（昭58年）講談社児童文学新人賞　該当作なし、【佳作】牧原あかりの「くまのレストランの謎」、杉山里子の「徹と五匹のうりっこたち」。

第7回（昭58年）「子ども世界」絵本と幼低学年童話賞　津山児童文化の会の「椿女房」いろえんぴつグループ。

第30回（昭58年）産経児童出版文化賞　【大賞】安野光雅の「はじめてであう すうがくの絵本」（全3冊）福音館書店、【賞】いぬいとみこの「山んば見習いのむすめ」福音館書

店、武鹿悦子の「詩集ねこぜんまい」かど創房、君島久子の「中国の神話」筑摩書房、小林千登勢の「お星さまのレール」金の星社、庫本正〔著〕藪内正幸〔画〕の「コウモリ」福音館書店、【美術賞】林明子〔絵〕の「おふろだいすき」福音館書店。

第12回（昭58年）児童文芸新人賞　神戸俊平の「ぼくのキキのアフリカ・サファリ」旺文社、薫くみこの「十二歳の合い言葉」ポプラ社、鈴木浩彦の「グランパのふしぎな薬」偕成社。

第32回（昭58年度）小学館児童出版文化賞　あまんきみこの「ちいちゃんのかげおくり」あかね書房、丸木俊・丸木位里の「みなまた海の声」小峰書店。

第1回（昭58年）〔宝塚ファミリーランド〕童話コンクール　【一般】玉岡美智子の「もも色のゾウ」。

第25回（昭58年）千葉児童文学賞　該当作なし。

第1回（昭58年）新美南吉児童文学賞　佐藤洋子の「私が妹だったとき」偕成社、北川幸比古の「むずかしい本」いかだ社。

第16回（昭58年）新美南吉文学賞　三宅千代の「夕映えの雲」（小説）、浅野彬の「今様美濃の語り部たち」（童話）。

第7回（昭58年）日本児童文学学会賞　金田一春彦の「十五夜お月さん――本居長世　人と作品」三省堂、【奨励賞】落合幸二の「ロビンソン・クルーソーの世界」岩波ブックセンター信山社発行（自費出版）、三宅興子・島式子・畠山兆子の「児童文学はじめの一歩」世界理想社。

第23回（昭58年）日本児童文学者協会賞　上野瞭の「ひげよ,さらば」理論社、後藤竜二の「少年たち」講談社、【特別賞】瀬田貞二の「落穂ひろい」（上・下）福音館書店。

第16回（昭58年）日本児童文学者協会新人賞　横沢彰の「まなざし」新日本出版社、工藤直子の「てつがくのライオン」（詩集）理論社。

第5回（昭58年）「日本児童文学」創作コンクール　なみしまさかえの「金魚博士」、山根幸子の「貝もたったひとつ」、尾崎美紀の「せんたくバサミ」（詩）。

第20回（昭58年度）日本童話会賞　【A賞】大坪かず子の「コタロー日記」、【A賞奨励賞】くらたここのみの「へっくし」（詩）、【A賞新人賞】森本寿枝の「ほしぞらサイクリング」。

第6回（昭58年）日本の絵本賞　絵本にっぽん賞　【絵本にっぽん大賞】山下明生〔作〕杉浦範茂〔絵〕の「まつげの海のひこうせん」偕成社、【絵本にっぽん賞】金田卓文〔文〕金田常代〔絵〕の「ロミラのゆめ――ヒマラヤの少女のはなし」偕成社、吉田遠志〔文・絵〕の「まいご」福武書店、いわむらかずお〔作〕上條喬久〔ブックデザイン〕の「14ひきのあさごはん」童心社。

第6回（昭58年）日本の絵本賞　絵本にっぽん新人賞　該当作なし、【佳作】南有田秋徳の「リゲルのふしぎな旅」。

第21回（昭58年）野間児童文芸賞　斎藤惇夫の「ガンバとカワウソの冒険」岩波書店、【推奨作品賞】堀内純子の「はるかな鐘の音」講談社。

第2回（昭58年）「婦人と暮らし」童話賞　南史子の「ぼくねこになりたいよ」。

第1回（昭58年）ほのぼの童話館創作童話募集　【一般】中島博男の「おねしょで握手」。

第33回（昭58年）毎日児童小説　【小学生向け】沢田徳子の「夜明けの箱舟」、【中学生向け】竹内紘子の「ボートピープル」。

第7回（昭58年）毎日童話新人賞　【最優秀賞】みづしま志穂の「つよいぞポイポイ　きみはヒーロー」。

第5回（昭58年）路傍の石文学賞　黒柳徹子の「窓ぎわのトットちゃん」、菅生浩の「子守学校の女先生」をふくむ三部作。

第4回（昭58年）わが子におくる創作童話　中川あき子の「アクマのツバはネコがすき」。

1984年
（昭和59年）

1.31　〔作家訃報〕比江島重孝が亡くなる　1月31日、児童文学作家で生目小学校（宮崎市）元校長の比江島重孝が亡くなる。59歳。宮崎県児湯郡新富町生まれ。大邱師範卒。戦後、内地に引き揚げ、昭和24年から第一妻小学校教諭をふり出しに、宮崎、茶臼原、穂北、桑野内、上新田、通山、宮崎東、生目の各小学校に勤務。教べんを執る傍ら、童話文学の創作活動と県内民話の採集を行い、著書には「山の分校シリーズ」（全六巻）「かっぱ小僧」「神様と土ぐも」、民話集「日向の民話1、2集」や、宮崎の民話を解説した「ふるさと民話考」などがある。昭和52年に宮崎県文化賞と石森延男児童文学奨励賞を受賞した。

2月　〔刊行・発表〕『おときときつねと栗の花』刊行　2月、松谷みよ子による『おときときつねと栗の花』が偕成社より刊行された。

2月　〔刊行・発表〕『とべないカラスととばないカラス』刊行　2月、舟崎靖子による『とべないカラスととばないカラス』がポプラ社より刊行された。

2月　〔刊行・発表〕『金子みすゞ全集』刊行　2月、与田準一ほか編による『金子みすゞ全集』がJULAから刊行される。

5.1～14　〔児童文学一般〕第26回こどもの読書週間　5月1日から14日にかけて、「第26回こどもの読書週間」が実施される。標語は「小さな本から　大きな夢が」。

5.5　〔児童図書館、地域文庫〕「大阪国際児童文学館」開設　5月5日、大阪国際児童文学館が開館した。石井桃子が開館記念講演を行った。

5月　〔刊行・発表〕『のはらうた』刊行　5月、工藤直子による『のはらうた1』が刊行。虫、植物、動物などが物語の中で活躍する作品。

6.7　〔イベント関連〕「1986年子どもの本世界大会」実行委員会発足　6月7日、日本国際児童図書評議会が1986年8月に東京で開催される「1986年子どもの本世界大会」の実行委員会を発足させる。

6.13　〔児童図書館、地域文庫〕「小児病棟文庫」開設　6月13日、国立仙台病院に「小児病棟文庫」が開設された。

6月　〔刊行・発表〕『ともだちは海のにおい』刊行　6月、工藤直子による『ともだちは海のにおい』が理論社より刊行された。

7月	〔児童雑誌等〕「季節風」創刊　7月、「季節風」が全国児童文学同人誌連絡会から創刊された。
7月	〔刊行・発表〕『小さいベッド』刊行　7月、村中李衣による『小さいベッド』が偕成社より刊行された。
8月	〔児童図書館、地域文庫〕「日切こども図書館」開設　8月、愛媛県松山市の善勝寺に、「日切こども図書館」が開設された。
9月	〔児童雑誌等〕「海外児童文学通信」創刊　9月、「海外児童文学通信」が、ぬぷん児童図書出版から創刊された。
10.10	〔作家訃報〕和田義雄が亡くなる　10月10日、児童文学作家で北海道文学館元常任理事の和田義雄が亡くなる。70歳。北海道旭川市生まれ。沼南高卒。北海道児童文学界の生き字引的存在。旧満州から復員後、児童雑誌「北の子供」を編集、のち児童文学同人誌「森の仲間」を主宰、創作を続けた。作品集に「雪の花が咲いた」「月の夜のママ」など。豆本『ぷやら新書』（全50巻）の編集発行などでも知られた。昭和52年に札幌市民文化奨励賞を受賞した。
11月	〔刊行・発表〕『六年目のクラス会』刊行　11月、那須正幹による『六年目のクラス会』がポプラ社より刊行された。
12月	〔刊行・発表〕『銀のうさぎ』刊行　12月、最上一平による『銀のうさぎ』が新日本出版社より刊行された。
12月	〔刊行・発表〕『太陽の牙』刊行　12月、浜たかやによる『太陽の牙』が偕成社より刊行された。
この年	〔読書感想文〕第30回読書感想コン課題図書　この年（1984年度）の青少年読書感想文コンクールの課題図書。【小学校低学年】『ちびねこミッシェル』（東君平・文、和歌山静子・絵）童心社、『お父さんのかさはこの子です』（山下明生・作、岩村和朗・絵）ひくまの出版、『へんしん！　スグナクマン』（川北亮司・作）草炎社、『ゆうびんサクタ山へいく』（いぬいとみこ・作）理論社。【小学校高学年】『ぼくら三人にせ金づくり』（赤木由子・作）小峰書店、『投げろ魔球！　カッパ怪投手』（川村たかし・作）ポプラ社、『ジャングルの少年』（チボール・セケリ・作、高杉一郎・訳）福音館書店、『ぼく日本人なの？』（手島悠介・文、善元幸夫・協力）ほるぷ出版。【中学校】『トラベラー：小さな開拓者』（アン・ドルー・作、越智道雄・訳）金の星社、『にげだした兵隊：原一平の戦争』（竹崎有斐・作）岩崎書店、『インディラとともに：上野動物園ゾウ係の飼育記録』（川口幸男・著）大日本図書。【高等学校】『だれが君を殺したのか』（イリーナ・コルシュノウ・作、上田真而子・訳）岩波書店、『冒険する頭：新しい科学の世界』（西村肇・著）筑摩書房、『鳴潮のかなたに』（山崎朋子・著）文藝春秋。
この年	〔児童図書館、地域文庫〕点訳絵本の「岩田文庫」創設　この年、大阪府大阪市で、岩田美津子による点訳絵本文庫「岩田文庫」が創設された。国内初の郵送による貸出文庫であった。
この年	〔児童文学賞（海外）〕国際アンデルセン賞受賞　この年、画家の安野光雅が国際アンデルセン賞の画家賞を受賞。

《この年の児童文学賞》

第14回（昭59年）赤い鳥文学賞　舟崎靖子の「とべないカラスととばないカラス」ポプラ社。

第4回（昭59年）カネボウ・ミセス童話大賞　鈴木幸子の「ふしぎな日記帳」、【優秀賞】鈴木鍈子の「もんたのはなよめ」、田中八重子の「チビの努力も水のあわ」、青山史の「天狗がくれた四つの玉」。

第15回（昭59年）共石創作童話賞　【一般の部】〈最優秀賞〉尾崎喜代美の「黒ブタ「ヤン」のお話」、〈優秀賞〉菅原朋子の「ねこの手、かします」、佐伯和恵の「シンプルママの誕生日プレゼント」、【児童の部】〈児童賞〉松岡久美子の「鳥になったけい子ちゃん」、高野誠の「パンのゆめ」。

第6回（昭和59年）クレヨンハウス絵本大賞　【大賞】該当作なし、【最優秀作品賞】該当作なし、【優秀作品賞】杉山伸の「ごめんねペケ」、後藤裕子の「MISSマリリンの休日」、中神幸子の「ぼくの好きな昼さがりの冒険」。

第5回（昭59年）月刊MOE新人賞賞　【絵本部門（優秀賞）】うちべけいの「はらぺこのごきぶりくんのひとりごと」、【絵本部門（推奨）】荒牧幸子の「おーいうさぎさーんどこにいるの」、脇谷節子の「ぼくのおはなし」、【童話部門（優秀賞）】森住ゆきの「小鳥の冬」、【童話部門（推奨）】暁蓮花の「毛皮のコート」、永倉真耶の「猫に守り星はない」。

第6回（昭59年）講談社絵本新人賞　該当作なし、【佳作】伊東美貴の「もしもおばあちゃんが」、桑原宏二の「トコ・トコ・トコ」、鈴木純子の「魔法使いと魔法の玉」。

第25回（昭59年）講談社児童文学新人賞　和田英昭の「山のあなた」、【佳作】井口直子の「オクスケ事務所,本日開店！」。

第8回（昭59年）「子ども世界」絵本と幼低学年童話賞　該当作なし。

第31回（昭59年）産経児童出版文化賞　【大賞】該当作なし、【賞】堀直子の「つむじ風のマリア」小学館、岡田淳の「雨やどりはすべり台の下で」偕成社、角野栄子〔作〕牧野鈴子〔絵〕の「おはいんなさい えりまきに」金の星社、森秀人の「釣りの夢・魚の夢」筑摩書房、森清見〔編〕の「街の自然12カ月 めぐろの動植物ガイド」東京都目黒区、テュイ・ド・ロイ・ムーア〔著〕八杉龍一〔訳〕の「神秘の島ガラパゴス」小学館、【美術賞】吉田遠志〔絵・文〕の「まいご 動物絵本シリーズ2 アフリカ」福武書店。

第13回（昭59年）児童文芸新人賞　越智田一男の「北国の町」教育報道社、芝田勝茂の「虹へのさすらいの旅」福音館書店、丸井裕子の「くやしっぽ」講談社。

第33回（昭59年度）小学館児童出版文化賞　日比茂樹の「白いパン」小学館、長新太の「みんなびっくり」こぐま社、「ぞうのたまごのたまごやき」福音館書店。

第2回（昭59年）〔宝塚ファミリーランド〕童話コンクール　【一般】山本俊介の「まよなかの世界」。

第1回（昭59年）「小さな童話」大賞　中村敦子の「おにゆり」。

第26回（昭59年）千葉児童文学賞　松井安俊の「朱色のトキ」、鈴木康之の「宇宙への旅」。

第2回（昭59年）新美南吉児童文学賞　佐々木赫子の「同級生たち」偕成社。

第1回（昭59年）ニッサン童話と絵本のグランプリ　【童話】新倉智子の「チラカスぞう」、【絵本】宮崎博和の「ワニ君の大きな足」。

第8回（昭59年）日本児童文学学会賞　関英雄の「体験的児童文学史 前編・大正の果実」

理論社、【奨励賞】佐藤宗子の「『家なき子』の旅」東大・比較文化研究第22輯、【特別賞】与田凖一〔編〕の「金子みすゞ全集」(全3巻) JULA出版局。

第24回(昭59年)日本児童文学者協会賞　佐々木赫子の「同級生たち」偕成社。

第17回(昭59年)日本児童文学者協会新人賞　みづしま志穂の「好きだった風 風だったきみ」ポプラ社、村中李衣の「かむさはむにだ」偕成社。

第6回(昭59年)「日本児童文学」創作コンクール　緒方輝明の「お母さんは,ちち親」、渟雛子の「ふか場 早春」(詩)。

第8回(昭59年)日本児童文芸家協会賞　遠藤公男の「ツグミたちの荒野」講談社。

第21回(昭59年度)日本童話会賞　【A賞】内海智子の「ハツネちゃんの海底旅行」、【A賞奨励賞】成本和子の「赤ちゃんの組曲」(詩)、【A賞新人賞】坂根美佳の「パパへの手紙」、【A賞新人奨励賞】大西亥一郎の「ベートーベンはうちゅうネコ」。

第7回(昭59年)日本の絵本賞 絵本にっぽん賞　【絵本にっぽん大賞】阪田寛夫〔詩〕織茂恭子〔絵〕の「ちさとじいたん」佑学社、【絵本にっぽん賞】舟崎靖子〔作〕渡辺洋二〔絵〕の「やいトカゲ」あかね書房、舟崎克彦〔作〕村上豊〔絵〕の「はかまだれ」ひくまの出版、島崎保久〔原作〕関屋敏隆〔版画と文〕の「馬のゴン太旅日記」小学館。

第7回(昭59年)日本の絵本賞 絵本にっぽん新人賞　大塚伸行〔作・絵〕の「ヨーサクさん」、【佳作】津田耕〔作・絵〕の「ひげをそったライオン」、安藤昭彦〔作・絵〕の「ふしぎなたいこ」。

第22回(昭59年)野間児童文芸賞　竹崎有斐の「にげだした兵隊―原一平の戦争」岩崎書店、三木卓の「ぽたぽた」筑摩書房、【推奨作品賞】日比茂樹の「白いパン」小学館。

第1回(昭59年)福島正実記念SF童話賞　該当作なし、【優秀賞】永田良江の「こちらは古親こうかん車です」、【奨励賞】尾辻紀子の「飛ぶフタバ」、小坂井緑の「ドリーム」。

第3回(昭59年)「婦人と暮らし」童話賞　堀恵の「ママのベットは魔法のベット」他。

第2回(昭59年)ほのぼの童話館創作童話募集　【一般】西川紀子の「かばんの五郎さん」。

第34回(昭59年)毎日児童小説　【小学生向け】都留有三の「パパがさらわれた」、【中学生向け】井上瑠音の「緑屋敷に吹く風は」、【特別賞】蜂屋誠一の「タイム・ウォーズ」。

第8回(昭59年)毎日童話新人賞　【最優秀賞】舟木玲子の「ぶーぶーブースカロボットカー」。

第6回(昭59年)路傍の石文学賞　角野栄子の「わたしのママはしずかさん」偕成社および「ズボン船長さんの話」福音館書店。

第5回(昭59年)わが子におくる創作童話　和田栄子の「けんこうえほん」。

1985年
(昭和60年)

1月　〔刊行・発表〕『魔女の宅急便』刊行　1月、角野栄子による『魔女の宅急便』が福音館書店より刊行された。

1月	〔作家訃報〕猪野省三が亡くなる　1月、児童文学者の猪野省三が亡くなる。79歳。栃木県鹿沼町生まれ、宇都宮中学校卒。中学卒業後、代用教員をしていたが、昭和2年上京して太平洋画会研究所の画学生となる。のち日本プロレタリア芸術連盟に参加し、3年「ドンドンやき」を発表。以後プロレタリア児童文学作家として活躍。戦後も児童文学者として幅広く活躍。著書に「希望の百円さつ」「ジュニアの夢」「化石原人の告白」などがある。
3月	〔刊行・発表〕『絵で見る 日本の歴史』刊行　3月、西村繁男による『絵で見る 日本の歴史』が福音館書店より刊行。石器時代から現在までの歴史が描かれている。
4月	〔刊行・発表〕『きいろいばけつ』刊行　4月、森山京著『きいろいばけつ』が、あかね書房から刊行された。きつねの子どもが、橋のたもとで見つけたきいろいばけつへの想いを温かく描く。
4月	〔刊行・発表〕『東京石器人戦争』刊行　4月、さねとうあきらによる『東京石器人戦争』が理論社より刊行された。
4月	〔刊行・発表〕『二分間の冒険』刊行　4月、岡田淳による『二分間の冒険』が偕成社から刊行される。龍退治の冒険に向かう少年の姿を描く。
5.1	〔イベント関連〕「読書推進キャンペーン」　5月1日、日販労組が「第27回こどもの読書週間」行事として「読書推進キャンペーン」を実施する。
5.23	〔イベント関連〕「1986年子どもの本世界大会」概要発表　5月23日、日本国際児童図書評議会が「1986年子どもの本世界大会」の概要を東京・渋谷の青年会館において発表する。
5月	〔刊行・発表〕『海のコウモリ』刊行　5月、山下明生による『海のコウモリ』が理論社より刊行された。
5月	〔刊行・発表〕『電話がなっている』刊行　5月、川島誠による『電話がなっている』が国土社より刊行された。
6.1～10	〔イベント関連〕中国初の「日本児童図書展」　6月1日から10日にかけて、日本児童図書出版協会が中国で初の「日本児童図書展」を北京および広州において開催し、展示図書8000冊・総合目録小学校用100部を寄贈。
7.17～8.16	〔イベント関連〕「本―それはこどもの夢を育む源」展　7月17日から8月16日にかけて、日本児童図書出版協会が国際科学技術博覧会（つくば'85）パピルスプラザにおいて、児童図書展「本―それはこどもの夢を育む源」を開催する。出版社88社が6477点を出品した他、イベント「親と子の楽しいあそび」、松戸市おはなしキャラバンによる「人形劇・紙芝居」などが実施され、入館者は2万2291人に達した。
7月	〔刊行・発表〕『日の出マーケットのマーチ』刊行　7月、木暮正夫による『日の出マーケットのマーチ』があかね書房より刊行された。
9月	〔刊行・発表〕『昔、そこに森があった』刊行　9月、飯田栄彦による『昔、そこに森があった』が理論社より刊行された。
9月	〔刊行・発表〕『風の音をきかせてよ』刊行　9月、泉啓子による『風の音をきかせてよ』がアリス館より刊行された。

1985年（昭和60年）

9月	〔刊行・発表〕『夜の子どもたち』刊行	9月、芝田勝茂による『夜の子どもたち』が福音館書店より刊行された。
10.30	〔作家訃報〕斎藤隆介が亡くなる	10月30日、児童文学作家の斎藤隆介が亡くなる。68歳。本名、斎藤隆勝。別名、佐井東隆・大槻大介。東京都渋谷区青山生まれ。明治大学文学部文芸科卒。北海道新聞記者を経て、昭和20年7月秋田へ疎開し、秋田魁新聞社会部デスクとして入社。33年秋田より帰京、新制作座の演出などに携わる。一方、少年時代より作家を志し、映画や放送の台本を執筆したのち、25年に初めて斎藤隆介の筆名で短編「八郎」を発表。38～43年日教組機関誌「教育新聞」に短編童話を連載。43年民衆のヒューマニズムを描いた処女童話集『ベロ出しチョンマ』が第17回小学館文学賞を受賞。以後、サンケイ児童出版文化賞受賞の「ちょうちん屋のままっ子」、日本児童文学者協会賞受賞の「天の赤馬」はじめ「立ってみなさい」「ゆき」など優れた童話を次々に発表。ほかに、画家・滝平二郎とのコンビによる絵本「花さき山」「モチモチの木」、ノンフィクション「職人衆昔ばなし」「続職人衆昔ばなし」、「斎藤隆介全集」（全12巻 岩崎書店）などがある。
10月	〔刊行・発表〕『さっちゃんのまほうのて』刊行	10月、田畑精一・先天性四肢障害児父母の会作『さっちゃんのまほうのて』が、偕成社から刊行された。
10月	〔イベント関連〕エリック・カール講演と原画展	10月、偕成社が東京・池袋の西武百貨店において「エリック・カール講演と原画展」を開催する。
10月～	〔刊行・発表〕『少年少女児童文学館』刊行	10月から、講談社より『少年少女児童文学館』が刊行された。全24巻。
10月～	〔イベント関連〕日本の子どもの文学展開催	10月から、神奈川近代文学館で日本の子どもの文学展が開催された。
11.3	〔児童図書館、地域文庫〕「松本記念児童図書館」開館	11月3日、大分県別府市に、「松本記念児童図書館」（通称・おじいさんのもり）が開館。故・松本得一の遺志によるもの。
12月	〔刊行・発表〕『のんびり転校生事件』刊行	12月、後藤竜二による『のんびり転校生事件』が新日本出版社より刊行された。
12月	〔刊行・発表〕『ママの黄色い子象』刊行	12月、末吉暁子による『ママの黄色い子象』が講談社より刊行された。
12月	〔刊行・発表〕『少年時代の画集』刊行	12月、森忠明による『少年時代の画集』が講談社より刊行された。
12月	〔刊行・発表〕『草原―ぼくと子っこ牛の大地』刊行	12月、加藤多一による『草原―ぼくと子っこ牛の大地』があかね書房より刊行された。
この年	〔児童雑誌等〕「たくさんのふしぎ」創刊	この年、福音館書店が、月刊「たくさんのふしぎ」を創刊した。創刊号は「いっぽんの鉛筆のむこうに」。
この年	〔刊行・発表〕『あさ One morning』刊行	この年、舟越カンナ・文、井沢洋二・絵『あさ One morning』が刊行された。1986年にボローニャ国際児童図書展グラフィック賞、1987年には第34回サンケイ児童出版文化賞を受賞した。

この年 〔読書感想文〕第31回読書感想コン課題図書　この年（1985年度）の青少年読書感想文コンクールの課題図書。【小学校低学年】『ぼく、お月さまとはなしたよ』（フランク・アッシュ・え・ぶん、山口文夫・やく）評論社、『おじいちゃんだいすき』（W・ハラント・作、C・O・ディモウ・絵、若林ひとみ・訳）あかね書房、『長いしっぽのポテトおじさん』（上崎美恵子・作）岩崎書店、『がんばれ ひめねずみ』（今泉吉晴・ぶん、田中豊美・え）新日本出版社。【小学校高学年】『子ねこをつれてきたノラねこ』（メアリー・リトル・作、定松正・訳）さ・え・ら書房、『大きな木の下で』（クレイトン・ベス・作、犬飼千澄・訳）ぬぷん児童図書出版、『馬のゴン太旅日記』（島崎保久・原作、関屋敏隆・版画・文）小学館、『星になったチロ：イヌの天文台長』（藤井旭・作）ポプラ社。【中学校】『少年たちの原野』（更科源蔵・著）偕成社、『おき去りにされた猫』（C・アドラー・作、足沢良子・訳）金の星社、『まるごと好きです』（工藤直子・作）筑摩書房。【高等学校】『地の音』（小檜山博・著）集英社、『わが家は森の中』（玉木英幸・著）理論社、『ああダンプ街道』（佐久間充・著）岩波書店。

《この年の児童文学賞》

　　第15回（昭60年）赤い鳥文学賞　山本和夫の「シルクロードが走るゴビ砂漠」かど創房。

　　第5回（昭60年）カネボウ・ミセス童話大賞　いかいみつえの「おじいちゃんのひみつ」。

　　第16回（昭60年）共石創作童話賞　【一般の部】〈最優秀賞〉武政博の「カモメの宅急便」、〈優秀賞〉加賀ひとみの「ぼく，トラネコとサッカーをしたんだ」、細川真澄の「たこやき星」、【児童の部】〈児童賞〉平沢里央の「季節の話」、本多泰理の「おはしにばけたきつね」、牛尾元法の「ライオンの銀歯」。

　　第7回（昭60年）クレヨンハウス絵本大賞　【大賞】該当作なし、【最優秀作品賞】大森真貴乃の「どろぼうとおまわりさん」、【優秀作品賞】谷岡美香の「ぼくはふつかめのいちねんせい」、加藤育代の「おばあちゃんだいすき」。

　　第6回（昭60年）月刊MOE童話大賞　【童話大賞】長井るり子の「わたしのママはママハハママ」、【童話賞】吉田浩の「吉田ひろしクラブ」、たかねみちこの「カーテン」。

　　第7回（昭60年）講談社絵本新人賞　該当作なし、【佳作】岩永義弘の「かえらなくっちゃ！」、鈴木純子の「桃太郎オニのお話」、仲光敦子の「花の国・春の歌」、村田一夫の「マンボウそらのたび」、M.ラトーナとS.バードソングの「I don't want to clean my room」。

　　第26回（昭60年）講談社児童文学新人賞　原あやめの「さと子が見たこと」、【佳作】いずみだまきこの「ぼくにおじいちゃんがいた」、かずき一夫の「アリスの森」。

　　第9回（昭60年）「子ども世界」絵本と幼低学年童話賞　該当作なし。

　　第32回（昭60年）産経児童出版文化賞　【大賞】日本作文の会〔編〕の「日本の子どもの詩」（全47巻）岩崎書店、【賞】工藤直子の「ともだちは海のにおい」理論社、村中李衣の「小さいベッド」偕成社、いせひでこ〔絵〕末吉暁子〔作〕の「だっくんあそぼうよシリーズ」（3冊）ブック・ローン出版、小山重郎の「よみがえれ黄金（クガニー）の島」筑摩書房、南光重毅の「身近な植物の一生」（既刊5冊）誠文堂新光社、【美術賞】中谷貞彦〔編〕の「詩情のどうぶつたち」小学館。

　　第14回（昭60年）児童文芸新人賞　阿部よしこの「なぞの鳥屋敷」金の星社、佐藤州男の「海辺の町から」理論社、竹川正夫の「美しい宇宙」（私家版）。

　　第34回（昭60年度）小学館児童出版文化賞　角野栄子の「魔女の宅急便」福音館書店、いわむらかずおの「14ひきのやまいも」童心社、「ねずみのいもほり」ひさかたチャイ

ルド。

第3回（昭60年）〔宝塚ファミリーランド〕童話コンクール　【一般】小松加代子の「花の笛」。

第2回（昭60年）「小さな童話」大賞　荒井ますみの「サメのいない海」。

第27回（昭60年）千葉児童文学賞　木村正子の「西日長屋のノラ」、たかねみちこの「光る町」。

第1回（昭60年度）坪田譲治文学賞　太田治子の「心映えの記」中央公論社。

第3回（昭60年）新美南吉児童文学賞　安房直子の「風のローラースケート」筑摩書房、宮川ひろの「つばき地ぞう」国土社。

第2回（昭60年）ニッサン童話と絵本のグランプリ　【童話】尾崎美紀の「まさかのさかな」、【絵本】大西ひろみの「ふたをとったらびんのなか」。

第9回（昭60年）日本児童文学学会賞　鈴木重三・木村八重子・中野三敏・肥田晧三の「近世子どもの絵本集」岩波書店、【奨励賞】本田和子・皆川美恵子・森下みさ子の「わたしたちの『江戸一』」新曜社。

第25回（昭60年）日本児童文学者協会賞　関英雄の「体験的児童文学史」（前・後編）理論社、【特別賞】竹中郁の「子ども闘牛士」理論社。

第18回（昭60年）日本児童文学者協会新人賞　浜たかやの「太陽の牙」偕成社、最上一平の「銀のうさぎ」新日本出版社、尾上尚子の「そらいろのビー玉」（詩集）教育出版センター。

第7回（昭60年）「日本児童文学」創作コンクール　つちだのりの「くりーむぱん」（短編）、荒木せいおの「状況と主体」（評論）、白根厚子の「じゃがいも」（詩）。

第9回（昭60年）日本児童文芸家協会賞　上崎美恵子の「だぶだぶだいすき」秋書房。

第22回（昭60年度）日本童話会賞　【A賞】小川秋子の「おんぼろミニカーのトップくん」、【A賞奨励賞】花井巴意の「小さな死」他、【A賞新人賞】稲垣恵雄の「幼年生活」、【B賞】該当作なし、【B賞奨励賞】上野喜美子の「ぼくと公園」、料治真弓の「あこがれの星」。

第8回（昭60年）日本の絵本賞　絵本にっぽん賞　【絵本にっぽん大賞】西村繁男の「絵で見る　日本の歴史」福音館書店、【絵本にっぽん賞】渡辺有一の「はしれ、きたかぜ号」童心社、竹下文子〔作〕いせひでこ〔絵〕の「むぎわらぼうし」講談社、甲斐信枝の「雑草のくらし―あき地の五年間」福音館書店。

第8回（昭60年）日本の絵本賞　絵本にっぽん新人賞　大森真貴乃〔作・絵〕の「おばあちゃん」、【佳作】尾留川葉子〔作・絵〕の「ぶちんぼ」、降矢加代子〔作・絵〕の「おばあちゃんママと夏休み」。

第1回（昭60年）猫手大賞　童話部門　該当作なし、【準猫手賞】木津川園子の「ビスケット・ランド・ライブの夜に」、もとやまゆうほ（もとやまゆうこ）の「ある星のポンプ」。

第23回（昭60年）野間児童文芸賞　角野栄子の「魔女の宅急便」福音館、【推奨作品賞】和田英昭の「地図から消えた町」講談社。

第1回（昭60年）ノンフィクション児童文学賞　宮野慶子の「野犬ウーとエクセル」。

第2回（昭60年）福島正実記念SF童話賞　該当作なし、【奨励賞】黒田けいの「地しんなまずは宇宙人？」、畑中弘子の「スーパー塾の謎」。

第4回（昭60年）「婦人と暮らし」童話賞　井藤千代子。

第3回（昭60年）ほのぼの童話館創作童話募集　【一般】よこやまてるこの「神さんおぼこ」。
第35回（昭60年）毎日児童小説　【小学生向け】平井英理子の「ホップステップ海へ」、【中学生向け】大谷美和子の「遠い町」。
第9回（昭60年）毎日童話新人賞　【最優秀賞】左近蘭子の「かばはかせと たんていがえる」。
第7回（昭60年）路傍の石文学賞　西村滋の「母恋い放浪記」などの執筆活動に対して。
第6回（昭60年）わが子におくる創作童話　高久嬢の「うみにしずんだお月さま」。

1986年
（昭和61年）

1.16　〔児童雑誌等〕中一誌の宣伝開始　1月16日、旺文社が「中一時代」、学研が「中一コース」の宣伝を開始する。

2.11　〔作家訃報〕小出淡が亡くなる　2月11日、児童文学作家の小出淡が亡くなる。47歳。筆名、千江豊夫。東京都生まれ。早稲田大学卒。主な作品に「ほおずきまつり」「とんとんとめてくださいな」「ジャンジャカはかせとちびきょうりゅう」など。

2月　〔学校図書館〕小峰広恵賞創設　2月、学校図書館振興財団主催の学校図書館賞に、小峰広恵賞（小峰書店）が創設される。

2月〜　〔刊行・発表〕『国境』三部作刊行　2月より、しかたしん著『国境』三部作が、理論社から刊行された。

3月　〔刊行・発表〕『A DAY』刊行　3月、長崎夏海による『A DAY』がアリス館より刊行された。

3月　〔刊行・発表〕『たたけ勘太郎』刊行　3月、吉橋通夫による『たたけ勘太郎』が岩崎書店より刊行された。

3月　〔刊行・発表〕『火の王誕生』刊行　3月、浜たかやによる『火の王誕生』が偕成社より刊行された。

3月〜　〔刊行・発表〕『少年小説大系』刊行　3月から、三一書房より『少年小説大系』が刊行された。全12巻。

4月　〔刊行・発表〕『元気のさかだち』刊行　4月、三木卓による『元気のさかだち』が筑摩書房より刊行された。

4月　〔刊行・発表〕『三日月村の黒猫』刊行　4月、安房直子による『三日月村の黒猫』が偕成社より刊行された。

4月　〔刊行・発表〕『白鳥のふたごものがたり』刊行　4月、いぬいとみこによる『白鳥のふたごものがたり』が理論社より刊行された。

5.1〜14　〔児童文学一般〕第28回こどもの読書週間　5月1日から14日にかけて、「第28回こど

1986年（昭和61年）

もの読書週間」が実施される。標語は「あったかいね 本の世界」。期間中、日販労組がこどもの読書推進キャンペーンを展開する。

5.30 〔イベント関連〕「第20回IBBY世界大会」開催要項発表　5月30日、日本国際児童図書評議会が「第20回IBBY（国際児童図書評議会）世界大会」の開催要項などを東京・青山のこどもの城において発表する。

5月 〔刊行・発表〕『ふたつの家のちえ子』刊行　5月、今村葦子による『ふたつの家のちえ子』が評論社より刊行された。祖父母の家と母の家で育つ少女の成長を描く。

6月 〔刊行・発表〕『ねこのポチ』刊行　6月、岩本敏男による『ねこのポチ』がPHP研究所より刊行された。

6月 〔刊行・発表〕『我利馬の船出』刊行　6月、灰谷健次郎による『我利馬の船出』が理論社より刊行された。

6月 〔刊行・発表〕『街かどの夏休み』刊行　6月、木暮正夫による『街かどの夏休み』があかね書房より刊行された。

8.18～23 〔イベント関連〕「第20回IBBY世界大会」開催　8月18日から23日にかけて、「第20回IBBY世界大会」が東京・青山のこどもの城において開催される。テーマは「なぜ書くか、なぜ読むか」。また、「IBBY記念子どもの本世界展」が東京・池袋の西武百貨店で開催される。

9.30 〔作家訃報〕横山美智子が亡くなる　9月30日、小説家・児童文学作家の横山美智子が亡くなる。81歳。広島県尾道市生まれ。尾道高女卒。少女時代から「少女の友」に童話を投稿、昭和9年大阪朝日新聞の懸賞小説で「緑の地平線」が一等に入り、流行作家となる。その後は主に少女小説作家として活躍、代表作に「級の光」（昭和2年）、「嵐の小夜曲（セレナーデ）」（昭和5年）など。また野口雨情などを育てた童話雑誌「金の船」の主宰者でもあった。広島県尾道市に、おのみち文学の館「文学記念室」（高垣眸・横山美智子・行友李風記念室）がある。

10.24～11.9 〔イベント関連〕「世界の絵本展」「翻訳本とその原書展」　10月24日から11月9日にかけて、日本児童図書出版協会が6月7日の大分市コミュニティセンター開館を記念して「世界の絵本展」「翻訳本とその原書展」を開催する。同協会会員19社が外国語作品の日本語訳本および原書235組、日本語作品の海外翻訳本および原書86組を出展。

10月 〔児童雑誌等〕「月刊子ども」創刊　10月、「月刊子ども」がクレヨンハウスから創刊された。

11.18 〔作家訃報〕宮脇紀雄が亡くなる　11月18日、児童文学作家で日本児童文芸家協会元理事の宮脇紀雄が亡くなる。79歳。岡山県川上郡成羽町生まれ。岡山県山間の農家に生まれ、農業を手伝った後、岡山市で書店を開業。昭和10年29歳で文学をめざし単身上京、坪田譲治の門をたたく。30年日本児童文芸家協会が創立され加入。「山のおんごく物語」で野間児童文芸賞、「ねこの名はヘイ」で日本児童文芸家協会賞、「おきんの花かんざし」「かきの木いっぽんみが三つ」で産経児童出版文化賞を受賞。54年には児童文化功労賞を受賞した。随筆集に「わが鶏肋の記」がある。

11月 〔児童雑誌等〕「音楽広場」創刊　11月、「音楽広場」がクレヨンハウスから創刊された。

11月	〔刊行・発表〕「冒険小説・北極星文庫」刊行	11月、「冒険小説・北極星文庫」が平凡社から刊行された。
12月	〔刊行・発表〕『はだかの山脈』刊行	12月、木暮正夫による『はだかの山脈』が小峰書店より刊行された。
12月	〔刊行・発表〕『ぼくのお姉さん』刊行	12月、丘修三による『ぼくのお姉さん』が偕成社より刊行された。
12月	〔刊行・発表〕『学校ウサギをつかまえろ』刊行	12月、岡田淳による『学校ウサギをつかまえろ』が偕成社より刊行された。
この年	〔読書感想文〕第32回読書感想コン課題図書	この年(1986年度)の青少年読書感想文コンクールの課題図書。【小学校低学年】『きいろいばけつ』(もりやまみやこ・作、つちだよしはる・絵)あかね書房、『やさしいたんぽぽ』(安房直子・ぶん、南塚直子・え)小峰書店、『はしれ、きたかぜ号』(渡辺有一・作)童心社、『ハチのおかあさん』(小川宏・著)新日本出版社。【小学校高学年】『まぼろしの4番バッター』(竹崎有斐・作)ひくまの出版、『海のコウモリ』(山下明生・作)理論社、『生きるんだ！ 名犬パール』(赤木由子・作)ポプラ社、『橋をかける：川と水とくらし』(大竹三郎・著)大日本図書。【中学校】『ヨーンじいちゃん』(ペーター・ヘルトリング・作、上田真而子・訳)偕成社、『遙かなりローマ』(今西祐行・作)岩崎書店、『アメリカ風だより』(千野境子・著)国土社。【高等学校】『ニングル』(倉本聰・著)理論社、『異郷の歌』(岡松和夫・著)文藝春秋、『バルセロナ石彫り修業』(外尾悦郎)筑摩書房。
この年	〔イベント関連〕IBBY東京大会	この年、IBBY(国際児童図書評議会)の国際大会が東京で開催された。

《この年の児童文学賞》

第16回(昭61年)赤い鳥文学賞　山下明生の「海のコウモリ」理論社。

第1回(昭61年)家の光童話賞　細屋満実の「どんどんべろべろ」、【優秀賞】鈴木久子の「みつばちのミーコ」、高橋三枝子の「赤いくつときつねの子」、井藤千代子の「夕だち」、古宮久美の「はかせのつくったくすり」。

第6回(昭61年)カネボウ・ミセス童話大賞　かねこかずこの「ペンキやさんの青い空」。

第17回(昭61年)共石創作童話賞　【一般の部】〈最優秀賞〉諸隈のぞみの「夢のタネ, 手品のタネ」、〈優秀賞〉小林朋子の「きのう見た夢」、川島千尋の「かばしま先生のかくれんぼ」、【児童の部】〈児童賞〉松井沙矢子の「にじ色のぼうし屋」、水田千穂の「プーとブーと肉屋さんの話」、都築一郎の「先生の正体」。

第8回(昭61年)クレヨンハウス絵本大賞　【大賞】該当作なし、【最優秀作品賞】武田美穂の「あしたえんそく」、【優秀作品賞】武田美穂の「ぼくのきんぎょやつらがねらう」、杉山伸の「すすめみつごのおばけたち」。

第7回(昭61年)月刊MOE童話大賞　【童話大賞】該当作なし、【童話賞】原田みどりの「二人のカオル」、山口真奈の「ある日とつぜん宇宙人」、天野はるみの「ぼくとピースけと友だち」。

第8回(昭61年)講談社絵本新人賞　上岡淳子の「ぼくおしっこできないの」、【佳作】滝川幾雄の「らくがき」、津田耕の「じゃがいもくん」、古沢陽子の「わたしはサラリーマン」、溝渕優の「みちくさくまさん」、宮野幸の「らいおんクリーニング」。

第27回（昭61年）講談社児童文学新人賞　斉藤洋の「ルドルフとイッパイアッテナ」、【佳作】加本宇七の「ボクの大人フレンド」、篠田静江の「お習字ごっこ」。

第10回（昭61年）「子ども世界」絵本と幼低学年童話賞　該当作なし。

第33回（昭61年）産経児童出版文化賞　【大賞】松田道雄〔他著〕の「ちくま少年図書館」（全100巻）筑摩書房、【賞】さねとうあきらの「東京石器人戦争」理論社、猪熊葉子〔訳〕フィリッパ・ピアス〔作〕の「まよなかのパーティー」冨山房、いわむらかずおの「ひとりぼっちのさいしゅうれっしゃ」偕成社、佐藤早苗の「くぎ丸二世号のひみつ」大日本図書、岩波書店編集部〔編〕の「岩波ジュニア科学講座」（全10巻）岩波書店、【美術賞】小野州一〔絵〕の「にれの町」金の星社。

第15回（昭61年）児童文芸新人賞　絵原研一郎の「宇宙連邦危機いっぱつ」金の星社、野口すみ子の「おとうさんの伝説」文研出版。

第35回（昭61年度）小学館児童出版文化賞　まど・みちおの「しゃっくりうた」理論社、小野州一の「にれの町」金の星社。

第4回（昭61年）〔宝塚ファミリーランド〕童話コンクール　【一般】幸田美佐子の「ふたりばあちゃん」。

第3回（昭61年）「小さな童話」大賞　石井睦美の「五月のはじめ，日曜日の朝」。

第28回（昭61年）千葉児童文学賞　該当作なし。

第2回（昭61年度）坪田譲治文学賞　今村葦子の「ふたつの家のちえ子」評論社。

第4回（昭61年）新美南吉児童文学賞　伊沢由美子の「あしたもあ・そ・ほ」偕成社。

第3回（昭61年）ニッサン童話と絵本のグランプリ　【童話】中島博男の「へらなかった石けん」、【絵本】岡本芳美の「あまのじゃく」。

第10回（昭61年）日本児童文学学会賞　該当作なし、【奨励賞】佐藤通雅「日本児童文学の成立序説」大和書房、【特別賞】木坂俊平「関西の童謡運動史」（「こどものうた」6～39号連載）。

第26回（昭61年）日本児童文学者協会賞　飯田栄彦の「昔，そこに森があった」理論社、加藤多一の「草原―ぼくと子っこ牛の大地」あかね書房。

第19回（昭61年）日本児童文学者協会新人賞　泉啓子の「風の音をきかせてよ」アリス館。

第8回（昭61年）「日本児童文学」創作コンクール　丘修三の「こおろぎ」、高橋恵子の「おばあさん」（詩）。

第10回（昭61年）日本児童文芸家協会賞　該当作なし。

第23回（昭61年度）日本童話会賞　【A賞】生駒茂の「シクラメン・ブラームス」、【A賞新人賞】上野喜美子の「秋にみつけた話」。

第9回（昭61年）日本の絵本賞 絵本にっぽん賞　【絵本にっぽん賞】内田麟太郎〔文〕長新太〔絵〕の「さかさまライオン」童心社、あまんきみこ〔文〕渡辺洋二〔絵〕の「ぽんぽん山の月」文研出版、【特別賞】シビル・ウェタシンへ〔作〕猪熊葉子〔訳〕の「かさどろぼう」福武書店、C・V.オールズバーグ〔絵・文〕村上春樹〔訳〕の「西風号の遭難」河出書房新社。

第9回（昭61年）日本の絵本賞 絵本にっぽん新人賞　横塚法子〔作・絵〕の「ゆみちゃんちの5ひきのねこ」、【佳作】石井勉〔作・絵〕の「カル」。

第2回（昭61年）猫手大賞 童話部門　該当作なし。

第24回（昭61年）野間児童文芸賞　末吉暁子の「ママの黄色い子象」講談社、今村葦子の「ふたつの家のちえ子」評論社。

第3回（昭61年）福島正実記念SF童話賞　該当作なし、【優秀賞】龍尾洋一の「タッくんのトンネル」、【奨励賞】むらたつひこの「キリコのUFOうさぎ大事件」。

第5回（昭61年）「婦人と暮らし」童話賞　三谷亮子の「相談所の電話がなる」、今橋真理子の「三太のこれから」。

第4回（昭61年）ほのぼの童話館創作童話募集　【一般】山岸恵美子の「たべてしまいました」。

第36回（昭61年）毎日児童小説　【小学生向け】山室和子の「星祭りに帆船は飛んだ」、【中学生向け】末田洋子の「ここに私がいるの」。

第10回（昭61年）毎日童話新人賞　【最優秀賞】寮美千子の「ねっけつビスケットチビスケくん」。

第8回（昭61年）路傍の石文学賞　今西祐行の「マタルペシュパ物語」（第1部「名栗川少年期」　第2部「留辺蘂の春」）などの作品。

1987年
（昭和62年）

3月	〔刊行・発表〕『ルビー色の旅』刊行	3月、堀内純子による『ルビー色の旅』が講談社より刊行された。
3月	〔刊行・発表〕『遠い水の伝説』刊行	3月、浜たかやによる『遠い水の伝説』が偕成社より刊行された。
4.30～5.3	〔イベント関連〕「5月5日こどもに本を贈る日」	4月30日から5月3日にかけて、東販新従業員組合が「5月5日こどもに本を贈る日」キャンペーンを全国的に展開する。
5月	〔刊行・発表〕『ルドルフとイッパイアッテナ』刊行	5月、斉藤洋による『ルドルフとイッパイアッテナ』が講談社より刊行された。黒猫ルドルフと、ボスネコイッパイアッテナとのふれあいを描く。
5月	〔児童図書館、地域文庫〕大学に児童図書館開設	5月、徳島県鳴門市の鳴門教育大学付属図書館に児童図書館が開設される。「生涯学習の基盤整備」の一環とし、開かれた大学が幼児・児童のためにその施設と情報・機能を有効活用する方策を地域の状況に応じて進めていくこと、地域に広く開放することにより、将来教員になろうとする学部生や現職教員である大学院生に実践的な教育・研究の機会を与えることが主な目的。大学の学生や地域のボランティアによるストーリーテリング、絵本や紙芝居の読み聞かせ、人形劇などの活動も行う。
6月	〔刊行・発表〕『ぐみ色の涙』刊行	6月、最上一平による『ぐみ色の涙』が新日本出版社より刊行された。
6月	〔刊行・発表〕『とまり木をください』刊行	6月、松谷みよ子による『とまり木をく

		ださい』が筑摩書房より刊行された。
7月	〔刊行・発表〕『つまさきだちの季節』刊行	7月、ポプラ社から折原みとのデビュー作『つまさきだちの季節』が刊行された。「ときめき時代シリーズ」として、その後『まぶしさをだきしめて』『あいつまであと2秒』『旅立つ日』が刊行。
7月	〔刊行・発表〕『扉のむこうの物語』刊行	7月、岡田淳による『扉のむこうの物語』が偕成社より刊行された。
8.1	〔作家訃報〕山本知都子が亡くなる	8月1日、児童文学作家の山本知都子が亡くなる。61歳。愛知県生まれ。愛知第一師範附属臨時教員養成所修了。作品に『海がめのくる浜』「小さい小さいこいものがたり」(共著)「花まつりのてんぐ」(共著)など。
8月	〔刊行・発表〕『はじまりはイカめし！』刊行	8月、山末やすえによる『はじまりはイカめし！』が秋書房より刊行された。
9月	〔刊行・発表〕『あたしをさがして』刊行	9月、岩瀬成子による『あたしをさがして』が理論社より刊行された。
9月	〔刊行・発表〕『海のメダカ』刊行	9月、皿海達哉による『海のメダカ』が偕成社より刊行された。
10.8	〔作家訃報〕石井作平が亡くなる	10月8日、児童文学作家の石井作平が亡くなる。57歳。NHK勤務のかたわら、日本児童ペンクラブの事務所を自宅に置き、「多摩川のむかしばなし」「砧村のむかしばなし」などで周辺の歴史を綴った。
10月	〔刊行・発表〕『さんまマーチ』刊行	10月、上條さなえによる『さんまマーチ』が国土社より刊行された。
11月	〔刊行・発表〕「かいけつゾロリ」シリーズ	11月、ポプラ社から原ゆたかによる「かいけつゾロリ」シリーズが刊行開始。第1作目は『かいけつゾロリのドラゴンたいじ』。
11月	〔刊行・発表〕『えっちゃんとこねこムー』刊行	11月、ポプラ社から江崎雪子の『えっちゃんとこねこムー』が刊行。病気の少女と迷子猫ムーとのふれあいを描く。
12月	〔刊行・発表〕「ウォーリー」シリーズ刊行	フレーベル館から「ウォーリー」シリーズの刊行が始まる。シリーズ第1巻目は12月に刊行された『ウォーリーをさがせ！』で、イギリス人イラストレーター、マーティン・ハンドフォードによる絵本。あらゆるものが描かれた渾沌とした絵の中からウォーリーや仲間たちを探すというスタイルの本で、大人気となる。
12月	〔刊行・発表〕『のんカン行進曲』刊行	12月、寺村輝夫による『のんカン行進曲』が理論社より刊行された。
12月	〔刊行・発表〕『わかったさん』シリーズ刊行	12月、あかね書房から寺村輝夫・永井郁子による『わかったさんのおかしシリーズ』(全10巻)の刊行がはじまる。第1作目は『わかったさんのクッキー』。他にドーナツ、アップルパイ、ショートケーキなどをテーマに刊行され、ベストセラーとなった。
12月	〔刊行・発表〕『世界少女名作全集』刊行	12月、『世界少女名作全集』が偕成社から刊行された。全40巻。

この年　〔読書感想文〕第33回読書感想コン課題図書　この年（1987年度）の青少年読書感想文コンクールの課題図書。【小学校低学年】『おばけになったアサガオのたね』（日比茂樹・作）草土文化、『まいこはまいごじゃありません』（菊地ただし・作）草炎社、『かみなり雲がでたぞ』（最上一平・さく）新日本出版社、『わすれられないおくりもの』（スーザン・バーレイ・さく・え、小川仁央・やく）評論社。【小学校高学年】『ねこのポチ』（岩本敏男・作）PHP研究所、『新ちゃんがないた！』（佐藤州男・作）文研出版、『ある池のものがたり』（三芳悌吉・さく）福音館書店、『大地震が学校をおそった』（手島悠介・文）学習研究社。【中学校】『冬のイニシアル』（竹田まゆみ・著）偕成社、『鳥が、また歌う日』（M・トールバート・作、渡辺南都子・訳）金の星社、『深海6000メートルの謎にいどむ』（小林和男・著）ポプラ社。【高等学校】『ゼルマの詩集：強制収容所で死んだユダヤ人少女』（ゼルマ・M・アイジンガー、秋山宏・訳・解説）岩波書店、『我利馬の船出』（灰谷健次郎・作）理論社、『白夜の国のヴァイオリン弾き』（小野寺誠・著）新潮社。

この年　〔イベント関連〕「国際アンデルセン賞受賞図書展」巡回展示　この年、国際日本児童図書評議会が、「国際アンデルセン賞受賞図書展」を国内で巡回展示。これ以降、随時開催された。

《この年の児童文学賞》

　第17回（昭62年）赤い鳥文学賞　該当作なし。

　第2回（昭62年）家の光童話賞　石神悦子の「まくらのピクニック」、【優秀賞】高橋早苗の「やっぱり,すききらいが,すき」、東條泰子の「もぐらのたんこぶ」、石川洋子の「おんぶライオン」、岡村梨枝子の「タブさんのめざまし時計」。

　第7回（昭62年）カネボウ・ミセス童話大賞　今野和子の「だって,ボクの妹だもん」。

　第18回（昭62年）共石創作童話賞　【一般の部】〈最優秀賞〉谷本美弥子の「とうめいパパ」、〈優秀賞〉武馬美恵子の「めだまやきのおよめさん」、高橋三枝子の「昼下がりの一両電車」、【児童の部】〈児童賞〉大山菜穂子の「まほうのほうき」、高山裕美の「キツネくんのさがしもの」。

　第9回（昭62年）クレヨンハウス絵本大賞　【大賞】該当作なし、【最優秀作品賞】磯貝由子の「ぼくがばく」、【優秀作品賞】田村勝彦の「ギネスじじい」、中西伸司の「おさかなくんもうたべていいかい」。

　第8回（昭62年）月刊MOE童話大賞　【童話大賞】街原めえりの「エムおばさんとくま」、【童話賞】吉田桂子の「おはらい箱」、阿佐川麻里の「ここは別の場所」。

　第9回（昭62年）講談社絵本新人賞　該当作なし、【佳作】安芸真奈の「そらのでんき」、阿部真理子の「南の島から」、内田純子の「みつあみ」、長崎小百合の「ぼくんちのポチ」、中山忍の「せんたくものをパンパンパン」、半田陽子の「壬生のざしき」。

　第28回（昭62年）講談社児童文学新人賞　新庄節美の「夏休みだけ探偵団　二丁目の犬小屋盗難事件」、【佳作】片倉美登の「ぼくたちは●ほたる○」、川崎満知子の「ぼくは童話ジョッキー（D・J）」。

　第11回（昭和62年）「子ども世界」絵本と幼低学年童話賞　山崎香織の「ゴウくんのぼうけんりょこう」。

　第34回（昭62年）産経児童出版文化賞　【大賞】松野正子の「りょうちゃんとさとちゃんのおはなし」（全5巻）大日本図書、【賞】いぬいとみこの「白鳥のふたごものがたり」（1

～3巻］理論社、越智道雄〔訳〕の「遠い日の歌がきこえる」冨山房、井沢洋二〔絵〕の「あさ」ジー・シー・プレス、萌樹舎〔編〕の「シリーズ日本の伝統工芸」（全12巻）リブリオ出版、二谷英生〔構成〕小川宏〔他写真〕の「ファーブル写真昆虫記」（全12巻）岩崎書店、【美術賞】ガブリエル・バンサンの「アンジュール」「たまご」ブックローン出版。

第16回（昭62年）児童文芸新人賞　いわままりこの「ねこがパンツをはいたなら」岩崎書店、江崎雪子の「こねこムーのおくりもの」ポプラ社。

第36回（昭62年度）小学館児童出版文化賞　倉本聰の「北の国から'87 初恋」理論社、スズキコージの「エンソくんきしゃにのる」福音館書店。

第5回（昭62年）〔宝塚ファミリーランド〕童話コンクール　【一般】駒来慎の「さよなら，まつかぜ」。

第4回（昭62年）「小さな童話」大賞　江國香織の「草之丞の話」。

第29回（昭62年）千葉児童文学賞　北沢真理子の「なまはげの夜」。

第3回（昭62年度）坪田譲治文学賞　丘修三の「ぼくのお姉さん」偕成社。

第5回（昭62年）新美南吉児童文学賞　森忠明の「へびいちごをめしあがれ」草土文化、丘修三の「ぼくのお姉さん」偕成社。

第4回（昭62年）ニッサン童話と絵本のグランプリ　【童話】神田千砂の「月夜のバス」、【絵本】立野恵子の「蒲公英（たんぽぽ）」。

第11回（昭62年）日本児童文学学会賞　該当作なし、【奨励賞】永田桂子の「絵本観・玩具観の変遷」高文堂出版社、セント・ニコラス研究会の「アメリカの児童雑誌『セント・ニコラス』の研究」セント・ニコラス研究会、佐藤光一の「少年詩少女詩の研究」日大一高研究紀要第4～7号。

第27回（昭62年）日本児童文学者協会賞　岡田淳の「学校ウサギをつかまえろ」偕成社、木暮正夫の「街かどの夏休み」旺文社。

第20回（昭62年）日本児童文学者協会新人賞　丘修三の「ぼくのお姉さん」偕成社。

第9回（昭62年）「日本児童文学」創作コンクール　福井和の「B面」、海沼松世の「ひぐらしがないている」（詩）、清水恒の「はじめてならったかんじ」（詩）。

第11回（昭62年）日本児童文芸家協会賞　瀬尾七重の「さようなら葉っぱこ」講談社。

第24回（昭62年度）日本童話会賞　【A賞】該当作なし、【A賞奨励賞】滝沢敦子の「父ちゃんはおまわりさん」、【A賞新人賞】鈴木京子の「ぞうの鼻ブラシ」。

第10回（昭62年）日本の絵本賞 絵本にっぽん賞　【絵本にっぽん大賞】瀬川康男の「ほうし」福音館書店、【絵本にっぽん賞】なかえよしを〔作〕上野紀子〔絵〕の「いたずらララちゃん」ポプラ社、斎藤隆介〔作〕滝平二郎〔絵〕の「ソメコとオニ」岩崎書店、三芳悌吉〔作〕の「ある池のものがたり」福音館書店。

第10回（昭62年）日本の絵本賞 絵本にっぽん新人賞　該当作なし、【佳作】該当作なし、【奨励賞】柴田朝絵の「イチゴケーキとそらいろのドレス」。

第3回（昭62年）猫手大賞 童話部門　福島孝子の「ネコの洋服店」。

第25回（昭62年）野間児童文芸賞　堀内純子の「ルビー色の旅」講談社、三輪裕子の「ぼくらの夏は山小屋で」講談社。

第2回（昭62年）ノンフィクション児童文学賞　該当作なし。

第4回(昭62年)福島正実記念SF童話賞　オカダヨシエの「もうひとつの星」、【佳作】森本有紀の「ブルーなクジラ」、吉田仁子の「おじさんのふしぎな店」。

第6回(昭62年)「婦人と暮らし」童話賞　藤田富美恵の「ほうずきにんぎょう」、上之薗喜美子の「虹のぼうし」。

第5回(昭62年)ほのぼの童話館創作童話募集　【一般】田渕まゆみの「どきどき,ヒョンの散髪」。

第37回(昭62年)毎日児童小説　【小学生向け】高山久由の「ちひろの見た家」、【中学生向け】長尾健一の「海賊とみかんと北斗七星」。

第11回(昭62年)毎日童話新人賞　【最優秀賞】八木紀子の「ようふくなおしはまかせなさい」。

第9回(昭62年)路傍の石文学賞　いぬいとみこの「光の消えた日」「白鳥のふたごものがたり」などの作品、【幼少年文学賞】松野正子の「森のうそくいどり」「しゃぼんだまにのって」などの作品。

1988年
(昭和63年)

1.16　〔作家訃報〕植松要作が亡くなる　1月16日、児童文学作家の植松要作が亡くなる。56歳。山形県北村山郡東根町生まれ、村山農学校卒。祖父の代から経営する果樹園が戦時中に海軍に接収され、移転したリンゴ園が戦後、在日米軍に接収されたため、「大高根基地反対闘争」に参加。この経緯を4人の仲間と執筆した「山が泣いている」で日本児童文学者協会賞を受賞した。ほかに「りんごのうた」「野うさぎ村の戦争」「さくらんぼひとつ」などがある。「山が泣いている」で日本児童文学者協会賞(第1回)〔昭和36年〕を受賞。

1.17　〔作家訃報〕桑原自彊が亡くなる　1月17日、僧侶・児童文学作家で永平寺元顧問、瑞光寺元住職の桑原自彊が亡くなる。87歳。新潟県駒沢大学卒。曹洞宗議会議員を経て大本山永平寺顧問、全国童話人協会顧問。母校の駒澤大学児童教育サークルの草分けで童話や絵話などの創作活動を続け、全国を講演。昭和47年これらをまとめた「ゲンコツ大王」を出版。62年にも一代記「八十八年上きげん」を出版した。

1.29　〔作家訃報〕花岡大学が亡くなる　1月29日、児童文学作家の花岡大学が亡くなる。78歳。本名、花岡大岳。幼名、如是。別名、秉田新二郎。大阪府大阪市生まれ。奈良県吉野郡大淀町龍谷大学文学部史学科卒。大阪市で小学校の代用教員をしていたが、昭和11年毎日新聞が出していた児童雑誌「大毎コドモ」に書いた童話が好評で童話作家となる。同年上原弘毅と童話作家連盟(のち童話作家クラブと改称)を結成し、「童話作家」を発行。14年新児童文学集団に参加し、童話集「月夜の牛車」(16年)で認められる。戦後は旺盛な創作活動を展開するかたわら、京都女子大学教授、奈良文化女子短期大学教授を歴任。昭和36年「かたすみの満月」で未明文学賞奨励賞、昭和37年「ゆうやけ学校」で小学館文学賞を受賞。この間、仏典童話に境地を拓き、48年その活動の場として、個人雑誌「まゆーら(くじゃく)」を創刊。「花岡大

学童話文学全集」(全6巻 法蔵館)「花岡大学仏典童話全集」(全8巻 法蔵館)「続花岡大学仏典童話全集」(全2巻 法蔵館)がある。正力松太郎賞、仏教伝道文化賞、サンケイ児童出版文化賞、西本願寺門主賞も受賞した。

1月	〔刊行・発表〕『おやすみなさいコッコさん』刊行　1月、片山健による『おやすみなさいコッコさん』が刊行される。
2月	〔刊行・発表〕『のぞみとぞぞみちゃん』刊行　2月、ときありえによる『のぞみとぞぞみちゃん』が理論社より刊行された。
3月	〔作家訃報〕金田常代が亡くなる　3月、絵本画家・児童文学作家でひまわり子供のアトリエ元主宰の金田常代が亡くなる。茨城県生まれ。茨城師範教員養成所。小学校、幼稚園の教師を経て、学校教育を離れた自由な感性を育てるため、子供たちのためのアトリエを開く。アジア各地を旅し、子供をテーマにした絵を描き、インド、ネパール、パキスタンで作品展を開く。絵本「ロミラのゆめ―ヒマラヤの少女のはなし」で日本の絵本賞絵本にっぽん賞を受賞。
4月	〔刊行・発表〕『児童文学事典』刊行　4月、日本児童文学学会編『児童文学事典』が刊行された。
5.3	〔読み聞かせ活動〕読書推進運動を展開　5月3日、日販が母と子の読み聞かせ「小さな本 大きな夢」をスローガンに読書推進運動を展開する。
5.3～	〔イベント関連〕「本と遊ぼうこどもワールド」　5月3日から5日にかけて、日販「児童図書展」全国開催10周年を記念して、大阪市において優良児童図書展示会「本と遊ぼうこどもワールド」が開催される。続いて7月22日から24日にかけて福岡市・名古屋市で、29日から31日にかけて仙台市・松山市で、30日から8月1日にかけて千葉市で開催。
5月	〔刊行・発表〕『夏休みだけ探偵団』刊行　5月、新庄節美による『夏休みだけ探偵団1 二丁目の犬小屋盗難事件』が講談社より刊行された。
5月	〔作家訃報〕西川紀子が亡くなる　5月、児童文学作家の西川紀子が亡くなる。兵庫県生まれ。京都府立大学卒。昭和45年より「小さな窓の会」同人として活躍。後、児童文学学校第1期生を終え、「木の会」を結成した。主な作品に「わたしのしゅうぜん横町」「花はなーんの花」「しりたがりやの魔女」「かしねこ屋ジロさん」など。「少女の四季」で北川千代賞を受賞した。
6月	〔刊行・発表〕『14歳―Fight』刊行　6月、後藤竜二による『14歳―Fight』が岩崎書店より刊行された。
6月	〔刊行・発表〕『海野十三全集』刊行　6月、『海野十三全集』が三一書房から刊行された。全13巻。
6月	〔刊行・発表〕『京のかさぐるま』刊行　6月、吉橋通夫による『京のかさぐるま』が岩崎書店より刊行された。
7.2	〔学会・団体〕日本こどもの本学会創立総会　7月2日、日本こどもの本学会の創立総会が東京・四谷の上智会館において開催される。
7月	〔刊行・発表〕「てのり文庫」創刊　7月、学習研究社・国土社・小峰書店・大日本図

7月	〔刊行・発表〕『屋根裏部屋の秘密』刊行	7月、松谷みよ子による『屋根裏部屋の秘密』が偕成社より刊行された。
7月	〔刊行・発表〕『月夜に消える』刊行	7月、佐々木赫子による『月夜に消える』が小峰書店より刊行された。
7月	〔刊行・発表〕『昆虫記』刊行	7月、今森光彦著『昆虫記』が、福音館書店から刊行された。
8月	〔刊行・発表〕『空色勾玉』刊行	8月、福武書店から荻原規子による『空色勾玉』が刊行。日本神話をモチーフにしたファンタジー小説。
9.13	〔作家訃報〕赤木由子が亡くなる	9月13日、児童文学作家の赤木由子が亡くなる。60歳。本名、千代谷菊。山形県西田川郡豊浦村(鶴岡市)生まれ、旧満州出身。鞍山常磐高女(中国)〔昭和19年〕を卒業。昭和28年頃から文学活動を開始、文芸雑誌、業界紙の記者を経て、本格的な創作活動にはいる。53年児童文学研究会(後にあめんぼの会と改称)を発足させる。56年には少女時代を中国で過した体験から、侵略戦争の正体を少女の眼を通して追求した大河小説「二つの国の物語」三部作を15年かかって完結させた。ほかに障害児問題を扱った「はだかの天使」(児童福祉文学賞奨励賞〔昭和44年〕)や「草の根こぞう仙吉」(野間児童文芸賞(第16回)〔昭和53年〕)などがある。
9.28	〔作家訃報〕吉田としが亡くなる	9月28日、児童文学作家の吉田としが亡くなる。63歳。旧姓、渡辺。静岡県富士市生まれ。日本女子大学国文科〔昭和23年〕中退。昭和23年立原えりからと「だ・かぽ」を創刊。同年、処女作「追憶に君住む限り」を発表。児童文学作家として活躍し、36年「少年の海」を刊行、38年「巨人の風車」でNHK児童文学賞奨励賞を受賞し、42年には「じぶんの星」で小学館文学賞を受賞。この他の作品に「星ふたつ」「おはよう真知子」など。またジュニアロマンでも「青いノオト」「フィフティーン」などの作品があり、「吉田としジュニアロマン選集」(全10巻)、「吉田とし青春ロマン選集」(全5巻)にまとめられている。
10月	〔刊行・発表〕『びりっかすの神さま』刊行	10月、岡田淳による『びりっかすの神さま』が偕成社から刊行。ビリの成績になった人だけに見える神様をめぐるユニークなおはなし。
10月	〔刊行・発表〕『葉っぱのフレディ』刊行	10月、童話屋から『葉っぱのフレディ―いのちの旅』が刊行される。死についてのテーマのもとに葉っぱのフレディが大きな木の枝に誕生してからのお話で、アメリカの著名な哲学者レオ・バスカーリアによる作品。
10月〜	〔刊行・発表〕『現代児童文学作家対談』刊行	10月から、神宮輝夫著『現代児童文学作家対談』が刊行された。全10巻。
11月	〔刊行・発表〕『ミッドナイト・ステーション』刊行	11月、八束澄子による『ミッドナイト・ステーション』が岩崎書店より刊行された。
12.7〜15	〔イベント関連〕「青少年によい本をすすめる運動」	12月7日から15日にかけて、愛知書店組合が「青少年によい本をすすめる運動」を展開し、県下の学校に4173冊を寄贈する。

12月　〔刊行・発表〕『犬散歩めんきょしょう』刊行　12月、古田足日による『犬散歩めんきょしょう』が偕成社より刊行された。

12月　〔刊行・発表〕『十四歳の妖精たち』刊行　12月、小川千歳による『十四歳の妖精たち』が岩崎書店より刊行された。

12月　〔刊行・発表〕『風にふかれて』刊行　12月、丘修三による『風にふかれて』が偕成社より刊行された。

12月～　〔表現問題〕「ちびくろサンボ」問題　12月、絵本『ちびくろサンボ』における差別的表現が指摘され、大手出版社が一斉に絶版とした。同書は多くの出版社から刊行されており、この前後に全てが絶版となった。これを受けて、各地で学習会が開催された。1989年2月6日、品川区立大崎図書館で学習会「ちびくろサンボ問題」が持たれ、約50名が参加、同年7月には子どもの本の明日を考える会が「シンポジウム・『ちびくろサンボ』はどこへいったの？」を開催。1990年8月、日本図書館協会から『「ちびくろサンボ」問題を考える―シンポジウム記録』が、径書房から『「ちびくろサンボ」絶版を考える』が刊行された。10月、長野県長野市が市内の学校や図書館に対し、「ちびくろサンボ」絵本などの廃棄・焼却を依頼。長野市立図書館では閲覧制限の措置が取られた。11月には、長野市が、市内の保育園・幼稚園・家庭にも同様の依頼を行った。長野市のこうした対応には、批判的報道が続いた。同月、図書館問題研究会が『「ちびくろサンボの」絶版・廃棄を考える集い』を開催。12月には、長野市は絵本などの廃棄・焼却依頼を撤回した。またこの年、杉尾敏明・棚橋美代子著「ちびくろさんぼとピノキオ」が、1992年11月には同著者による『焼かれた「ちびくろさんぼ」』が、いずれも青木書店から刊行された。

この年　〔読書感想文〕第34回読書感想コン課題図書　この年（1988年度）の青少年読書感想文コンクールの課題図書。【小学校低学年】『天の火をぬすんだウサギ』（ジョアンナ・トゥロートン・さく、山口文生・やく）評論社、『えっちゃんとこねこムー』（江崎雪子・さく）ポプラ社、『おかではたらくロバのポチョ』（浅野庸子・文、浅野輝雄・絵）文化出版局、『雨のにおい 星の声』（赤座憲久・ぶん、鈴木義治・え）小峰書店。【小学校高学年】『ルドルフとイッパイアッテナ』（斎藤洋・作）講談社、『小犬の裁判はじめます』（今関信子・作）童心社、『望郷：中国残留孤児の父・山本慈昭』（和田登・作）くもん出版、『生物の消えた島』（田川日出夫・文、松岡達英・絵）福音館書店。【中学校】『紅いろの馬車：伊東マンショと少年寒吉の物語』（松永伍一・著）偕成社、『桜草をのせた汽車』（ジリアン・クロス・作、安藤紀子・訳）ぬぷん児童図書出版、『ぼくは野鳥のレンジャーだ』（大畑孝二・作）ひくまの出版。【高等学校】『月の狩人：アマゾンでみたわたしだけの夢』（ジクリト・ホイク・作、酒寄進一・訳）福武書店、『ボクの学校は山と川』（矢口高雄・著）白水社、『地球に何がおきているか：異常気象いよいよ本番』（根本順吉・著）筑摩書房。

《この年の児童文学賞》

第18回（昭63年）赤い鳥文学賞　岡田淳の「扉のむこうの物語」理論社。

第3回（昭63年）家の光童話賞　山崎なずなの「まほうのガラスびん」、【優秀賞】神谷登志子の「プズーのお店」、胸永京子の「しりとり電車のおきゃくはだあれ」、丸橋久美子の「のらネコ早朝会議」、尾崎美紀の「神さまにないしょで」。

第1回（昭63年）いちごえほん童話と絵本グランプリ　【童話（グランプリ）】梅林裕子の

「赤い手ぶくろ」、絵本（グランプリ）は、該当作なし、【絵本（優秀賞）】井上優子の「まあちゃんのお弁当箱」。

第8回（昭63年）カネボウ・ミセス童話大賞　藤田富美恵の「うんどう会にはトピックス！」。

第19回（昭63年）共石創作童話賞　【一般の部】〈最優秀賞〉和田栄子の「あっ」、〈優秀賞〉服部幸雄の「長い，ながあい，ふとん」、甕岡裕美子の「ドアを描いたら」、【児童の部】〈児童賞〉堤沙理の「車のなるふしぎな木」、河田明子の「とんだ一日」。

第10回（昭63年）クレヨンハウス絵本大賞　【大賞】該当者なし、【優秀作品賞】木村良雄の「朝おきたら」、広瀬克也の「おとうさんびっくり」、【優良作品賞】柏谷悦子の「床屋でもらった最後のガムは」、鈴木由起の「LET'S ALPHABET」。

第9回（昭63年）月刊MOE童話大賞　【童話大賞】増田明子の「くしゃみくしゃくしゃ―ぼくの日記」、阿佐川麻里の「やがて，まあるく」。

第10回（昭63年）講談社絵本新人賞　会田文子の「サーカスへいったねこ」、【佳作】阿部真理子の「うみでもりでマンモ！」、内田純子の「わたしのあおいくつ」、溝渕優の「ぽち」、等門じんの「ガルルのたねまき」、若杉裕子の「ぺちゃほっぺ」。

第29回（昭63年）講談社児童文学新人賞　該当作なし、【佳作】白阪実世子の「ふしぎなともだち ジャック・クローバー」、新藤銀子の「ぼくがイルカにのった少年になる日まで」、近藤尚子の「ぼくの屋上にカンガルーがやってきた」。

第12回（昭63年）「子ども世界」絵本と幼低学年童話賞　該当作なし。

第35回（昭63年）産経児童出版文化賞　【大賞】清水清〔文・写真〕の「植物たちの富士登山」あかね書房、【賞】本田創造の「私は黒人奴隷だった」岩波書店、ネストリンガー〔作〕若林ひとみ〔訳〕の「みんなの幽霊ローザ」岩波書店、赤座憲久〔文〕鈴木義治〔絵〕の「雨のにおい星の声」小峰書店、保坂展人・金山福子の「やだもん！」小学館、佐野洋子の「わたしいる」童話屋、【美術賞】小松均〔画〕武市八十雄〔文・構成〕の「ぼくのむら」至光社。

第17回（昭63年）児童文芸新人賞　糸賀美賀子の「坂田くんにナイスピッチ」あかね書房、角田雅子の「ゆきと弥助」岩崎書店、戸田和代の「ないないねこのなくしもの」くもん出版。

第37回（昭63年度）小学館児童出版文化賞　谷川俊太郎の「いちねんせい」小学館、井上洋介の「ぶんぶくちゃがま」ミキハウス、「ねずみのしっぱい」こどものくに。

第6回（昭63年）〔宝塚ファミリーランド〕童話コンクール　【一般】三枝寛子の「改札口をぬけて」。

第5回（昭63年）「小さな童話」大賞　野原あきの「木馬がまわる」。

第30回（昭63年）千葉児童文学賞　渡辺千賀生の「赤い自転車走った」。

第4回（昭63年度）坪田譲治文学賞　笹山久三の「四万十川―あつよしの夏」河出書房新社。

第6回（昭63年）新美南吉児童文学賞　赤座憲久の「雨のにおい星の声」小峰書店。

第5回（昭63年）ニッサン童話と絵本のグランプリ　【童話】張山秀一の「ぞうのかんづめ」、【絵本】鈴木純子の「サンタクロースのいちばん最後のプレゼント」。

第12回（昭63年）日本児童文学学会賞　該当作なし、【奨励賞】岩橋郁郎の「少年倶楽部と読者たち」ゾーオン社刊・刀水書房発売、谷悦子の「まど・みちお 詩と童謡」創元社。

第28回（昭63年）日本児童文学者協会賞　皿海達哉の「海のメダカ」偕成社。

第21回（昭63年）日本児童文学者協会新人賞　原のぶ子の「シゲちゃんが猿になった」新日本出版社、佐藤宗子の「『家なき子』の旅」平凡社。

第10回（昭63年）「日本児童文学」創作コンクール　平野厚の「ラ・マルセイエーズ」、小椋貞子の「おじいちゃん」（詩）。

第12回（昭63年）日本児童文芸家協会賞　鈴木喜代春の「津軽の山歌物語」国土社。

第1回（昭63年）日本児童文芸家協会創作作品募集　【幼年童話（最優秀作）】古木和子の「柿の実はおちたよ」、【高学年童話（最優秀作）】該当作なし、【童謡（最優秀作）】西村祐見子の「はっぱとぼく」。

第25回（昭63年度）日本童話会賞　【A賞】佐藤ユミ子の「跳べ！　友美」、【A賞奨励賞】上野喜美子の「緑の声」。

第11回（昭63年）日本の絵本賞 絵本にっぽん賞　【絵本にっぽん賞】赤座憲久〔文〕鈴木義治〔絵〕の「雨のにおい星の声」小峰書店、田中かな子〔訳〕スズキコージ〔画〕の「ガラスめだまときんのつののヤギ」福音館書店、田島征三〔作〕の「とべバッタ」偕成社、【特別賞】ハーウィン・オラム〔文〕きたむらさとし〔絵・訳〕の「ぼくはおこった」佑学社。

第11回（昭63年）日本の絵本賞 絵本にっぽん新人賞　該当作なし、【佳作】かどのこうすけの「一本足始末記」、もうりまさみちの「ももの里」。

第4回（昭63年）猫手大賞 童話部門　該当作なし。

第26回（昭63年）野間児童文芸賞　谷川俊太郎の「はだか」筑摩書房、【新人賞】いせひでこの「マキちゃんのえにっき」講談社、斉藤洋の「ルドルフともだちひとりだち」講談社。

第5回（昭63年）福島正実記念SF童話賞　該当作なし、【優秀賞】むらたつひこの「ピカピカピカリは光の子」、もとやまゆうほの「ともだちはむきたまごがお」、望月花江の「貨物船バースーム号のぼうけん・2 アステロイドのセイレーン」。

第6回（昭63年）ほのぼの童話館創作童話募集　【一般】藤本たか子の「サメ太のしんさつ」。

第38回（昭63年）毎日児童小説　【小学生向け】鈴木美智子の「サウスポー」、【中学生向け】山野ひろをの「ようこそ海風荘へ」。

第12回（昭63年）毎日童話新人賞　【最優秀賞】山内将史の「とんでもないぞう」。

第1回（昭63年）リブラン創作童話募集　【最優秀賞】結城千秋の「ジャングルレストラン」、【優秀賞】秋田大三郎の「てっちゃんの空色のビー玉、吉村照子の「もくばのたいじゅうそくてい」。

第10回（昭63年）路傍の石文学賞　今江祥智の「ぼんぼん」「兄貴」「おれたちのおふくろ」「牧歌」の自分史4部作と多年の児童文学への貢献、浜田けい子の「まぼろしの難波宮」、【幼少年文学賞】今村葦子の「ふたつの家のちえ子」「あほうどり」「良夫とかな子」などの作品。

1989年
（昭和64年/平成元年）

3月　〔刊行・発表〕『ざわめきやまない』刊行　3月、高田桂子による『ざわめきやまない』が理論社より刊行された。

4.1　〔イベント関連〕「5月5日こどもに本を贈る日」　4月1日、東販が「5月5日こどもに本を贈る日」キャンペーンを開始する。

4.8　〔学会・団体〕絵本・児童文学研究センター　4月8日、絵本・児童文学研究センター発足。子供の健全な人格形成および国民一般の生涯学習の観点より、絵本・児童文学の振興およびその普及・活用を図り、各種の事業に取り組む。理事長は工藤左千夫。年1回、「会報」「ドーン」を発行。

4月　〔児童図書館、地域文庫〕宇都宮信用金庫の「わくわく文庫」開設　4月、宇都宮信用金庫が、栃木県宇都宮市内の4ヵ所に「わくわく文庫」を開設した。

5.1　〔児童文学一般〕「こどもの読書推進キャンペーン」実行委員会が本を寄贈　5月1日、「こどもの読書推進キャンペーン」実行委員会が児童施設に本を寄贈する。

5.4　〔作家訃報〕近藤健が亡くなる　5月4日、児童文学作家の近藤健が亡くなる。75歳。秋田県山本郡八竜町鵜川生まれ。日本大学専門部法律科卒。成人向け小説を書いていたが、昭和34年米軍基地周辺の子供を描いた少年少女小説「はだかっ子」を発表しサンケイ児童出版文化賞を受賞。これが映画化されて以後、児童文学者となった。他に「一本道」「山びこの声」などがある。所沢市元教育委員長。

5.25　〔児童図書館、地域文庫〕浜田広介記念館開館　5月25日、山形県の高畠町に、まほろば・童話の里浜田広介記念館が誕生。約3500冊の蔵書のほか、児童文学作家の浜田広介関連資料などを収蔵。

6.1　〔表現問題〕「お話宝玉選」絶版・回収　6月1日、小学館より刊行の「お話宝玉選（全3巻）」に対し、差別用語があるとの指摘があり、絶版・回収の措置がとられた。

6.1　〔児童図書館、地域文庫〕くんぺい童話館開館　6月1日、山梨県の小淵沢町にくんぺい童話館が誕生。『のぼるはがんばる』『おはようどうわ』で知られる童話作家・東君平の作品などを展示。

6.13.～8.23　〔イベント関連〕「本と遊ぼうこどもワールド」　6月13日から23日にかけて、日販創業40周年を記念して、同社東京支店において母と子の読み聞かせ児童図書大展示会「本と遊ぼうこどもワールド」が開催される。続いて7月21日から23日にかけて札幌市・名古屋市、28日から30日にかけて松山市・鹿児島市、8月19日から23日にかけて岡山市で開催。

6.14　〔作家訃報〕森はなが亡くなる　6月14日、児童文学作家の森はなが亡くなる。80歳。兵庫県但馬生まれ。明石女子師範学校卒。小学校教員を32年間勤めた後、51歳で執筆活動に入る。「じろはったん」で昭和49年度児童文学者協会新人賞受賞。50年夫を失ったのを機に本格的な作家活動に入り、57年「こんこんさまにさしあげそうろう」

で第5回絵本にっぽん大賞を受賞。59年には加古川文化賞を受賞した。

7.2 〔作家訃報〕**石川勇が亡くなる**　7月2日、画家・児童文学作家の石川勇が亡くなる。66歳。

7月 〔刊行・発表〕**『パパさんの庭』刊行**　7月、三輪裕子による『パパさんの庭』が講談社より刊行された。

8.8 〔作家訃報〕**入江好之が亡くなる**　8月8日、詩人・児童文学作家で北書房元代表の入江好之が亡くなる。本名、入江好行。81歳。北海道小樽市生まれ、旭川師範学校卒。在学中の大正11年詩誌「北斗星」を創刊。13年旭川師範出身者と詩誌「青光」を創刊。昭和11年第一詩集「あしかび」を刊行。教師として綴方教育に力を入れたが、弾圧を受け、教職を追われて18年満州へ渡る。シベリア抑留を経て、24年帰国。31年北海道詩人協会を創立し、20年間事務局長をつとめた。日本児童文学者協会北海道支部長。戦後の詩集に「凍る季節」「花と鳥と少年」がある。一方、北書房を経営し道内詩人の詩集などを数多く出版した。昭和53年に北海道文化賞を受賞した。

8月 〔刊行・発表〕**『つめたいよるに』刊行**　8月、江國香織著『つめたいよるに』が、理論社から刊行された。

11月 〔刊行・発表〕**『海辺の家の秘密』刊行**　11月、大塚篤子による『海辺の家の秘密』が岩崎書店より刊行された。

11月 〔刊行・発表〕**『五月のはじめ、日曜日の朝』刊行**　11月、石井睦美による『五月のはじめ、日曜日の朝』が岩崎書店より刊行された。

12月 〔刊行・発表〕**『お父さんのバックドロップ』刊行**　12月、中島らもによる『お父さんのバックドロップ』が学研より刊行された。

12月 〔刊行・発表〕**『桂子は風のなかで』刊行**　12月、宮川ひろによる『桂子は風のなかで』が岩崎書店より刊行された。

12月 〔刊行・発表〕**『木を植えた男』刊行**　この年、あすなろ書房よりジャン・ジオノ著、フレデリック・バック絵による『木を植えた男』が刊行。翻訳は寺岡襄。南フランスの荒野を緑の森に蘇らせた男の物語。

この年 〔刊行・発表〕**ミドルティーン向け文庫創刊ラッシュ**　この年、角川書店「スニーカー文庫」、徳間書店「徳間文庫パステルシリーズ」、双葉社「いちご文庫」、学習研究社「レモン文庫」など、ミドルティーン向けの文庫が相次いで創刊される。15歳前後のいちご世代・団塊ジュニアの読書ニーズにマッチする本作りが特徴で、既存の集英社「集英社文庫コバルトシリーズ」や講談社「ティーンズハート講談社X文庫」とともに文庫のシェア拡大・競争激化を招く。

この年 〔ベストセラー・話題本〕**ティーンズ向け文庫が好調**　この年、ミドルティーン向け文庫から多くのベストセラーが登場する。水野良著『ロードス島戦記』（角川書店スニーカー文庫）全4巻が累計150万部を突破した他、花井愛子著『アフターバレンタイン』（ティーンズハート講談社X文庫）が初版30万部、折原みと著『桜の下で逢いましょう』（同）が初版25万部を記録し、集英社文庫コバルトシリーズの氷室冴子・藤本ひとみも安定した人気を維持。

この年 〔読書感想文〕**第35回読書感想コン課題図書**　この年（1989年度）の青少年読書感想

文コンクールの課題図書。【小学校低学年】『こぶたがずんずん』(渡辺一枝・ぶん、長新太・え)あすなろ書房、『ぼくはおこった』(ハーウィン・オラム・文、きたむらさとし・絵・訳)佑学社、『子だぬきタンタ化け話』(森山京・作)教育画劇、『地面の下のいきもの』(松岡達英・え、大野正男・ぶん)福音館書店。【小学校高学年】『ブーちゃんの秋』(最上一平・作)新日本出版社、『海からとどいたプレゼント』(上崎美恵子・作)岩崎書店、『緑色の休み時間：広太のイギリス旅行』(三輪裕子・作)講談社、『鶴になったおじさん』(高橋良治・文)偕成社。【中学校】『きらめきのサフィール』(澤田徳子・作)くもん出版、『孤島の冒険』(N・ヴヌーコフ・作、島原落穂・訳)童心社、『雪はじゃまものか？：新・雪国ものがたり』(鈴木哲・著)ポプラ社。【高等学校】『四万十川：あつよしの夏』(笹山久三・著)河出書房新社、『谷は眠っていた：富良野塾の記録』(倉本聰・著)理論社、『ゴンベッサよ永遠に：幻の化石魚シーラカンス物語』(末広陽子・著)小学館。

この年 〔作家訃報〕ふくしまやすが亡くなる　児童文学作家のふくしまやすが亡くなる。本名、福島雍男。埼玉県生まれ。早稲田大学政治経済学部卒。詩の創作のほか、評論も手がける。詩集に「ドラムカンのふね」。

この年 〔作家訃報〕鈴木三枝子が亡くなる　児童文学作家の鈴木三枝子が亡くなる。65歳。東京生まれ。自由学園高等科専門部。主な作品に「わが友テペ」「コロンブス」「幼児の科学」(1～5)などがある。

《この年の児童文学賞》

第19回(平1年)赤い鳥文学賞　浜たかやの「風,草原をはしる」偕成社、【特別賞】長崎源之助の「長崎源之助全集」(全20巻)偕成社。

第4回(平1年度)家の光童話賞　福井和美の「おばけカンカン」、【優秀賞】、医王田恵子の「サンタクロースがゆうかいされた！」、池谷信子の「かぜひきパジャマ」、木内貴久子の「しろいたんぽぽ」、黒岩真由美の「おとうとはつらいぜ」。

第2回(平1年)いちごえほん童話と絵本グランプリ　【童話】さだのまみの「ペンギン・サマー」、【絵本】橋本知佳の「ねずみくんのともだち」。

第9回(平1年)カネボウ・ミセス童話大賞　吉原晶子の「ふとんだぬきのぼうけん」。

第20回(平1年)共石創作童話賞　【一般の部】〈最優秀賞〉天白恭子の「おとうさんのカバン」、〈優秀賞〉建入登美の「きねんしゃしん」、原田雅江の「プレゼント」、【児童の部】〈児童賞〉林雅敏の「先生になったぼく」、坂口知美の「にじのはし」、吉井良子の「ハチのすに入ったはかせ」。

第11回(平1年)クレヨンハウス絵本大賞　該当作なし、【最優秀作品賞】木村良雄の「僕のお父さん」、【優秀作品賞】鈴木英治の「すいか」、若杉裕子の「おとうさんのあかい目」、内田カズヒロの「かえりみち」。

第10回(平1年)月刊MOE童話大賞　【童話大賞】佐藤多佳子の「サマータイム」、【童話賞】やまちかずひろの「のろいのしっぽ」、芦辺隆の「バウア・デ・バウア」。

第11回(平1年)講談社絵本新人賞　シルビア・マドーニの「CUMULUS ET NUAGES (キュムルスと雲たち)」、【佳作】等門じんの「だちょう,はしる。」、木村良雄の「ジンジン ジン」、細川かおりの「僕ってなあに？」。

第30回(平1年)講談社児童文学新人賞　松原きみ子の「よめなシャンプー」、【佳作】山

辺直子の「海王伝」、田中まる子の「二人合わせて三百歳」、はやみねかおるの「怪盗道化師(ピエロ)」。

第1回(平1年)国民文化祭児童文学賞　【金賞】木村清実(芹沢清実)の「脱走のエチュード」、【銀賞】金子誠治の「多喜子」。

第13回(平1年)「子ども世界」絵本と幼低学年童話賞　林原たまえ〔作〕横井大侑〔え〕の「あさってのあゆこ」(けやき書房)。

第36回(平1年)産経児童出版文化賞　【大賞】川村たかしの「新十津川物語」(全10巻 偕成社)、【賞】神沢利子〔詩〕の「おやすみなさいまたあした」(のら書店)、マーグリート・ポーランド〔著〕さくまゆみこ〔訳〕の「カマキリと月」(福音館書店)、矢内原忠雄〔編著〕の「矢内原先生の聖書物語」(新地書房)、愛知・岐阜物理サークル〔編著〕の「いきいき物語 わくわく実験」(新生出版)、西尾元充の「空から地下を探るには？」(筑摩書房)、【美術賞】司修〔絵〕網野善彦〔文〕の「河原にできた中世の町」(岩波書店)。

第18回(平1年)児童文芸新人賞　エム・ナマエの「UFOりんごと宇宙ネコ」あかね書房、宇田川優子の「ふたりだけのひとりぼっち」ポプラ社、大谷美和子の「ようこそスイング家族」講談社。

第38回(平1年度)小学館児童出版文化賞　佐々木赫子の「月夜に消える」小峰書店、熊田千佳慕の「『熊田千佳慕リトルワールド』シリーズ」創育、田島征三の「とべバッタ」偕成社。

第1回(平1年)新・北陸児童文学賞　富永敏治の「サーモンピンクの旗はひらめく」(「小さい旗」84号)。

第7回(平1年)〔宝塚ファミリーランド〕童話コンクール　【一般】金丸宏子の「世界一しあわせなバス」。

第6回(平1年)「小さな童話」大賞　牧野節子の「桐下駄」。

第31回(平1年)千葉児童文学賞　該当作なし。

第5回(平1年度)坪田譲治文学賞　有吉玉青の「身がわり―母・有吉佐和子との日日」(新潮社)。

第7回(平1年)新美南吉児童文学賞　羽曽部忠の「けやきの空」かど創房。

第1回(平1年)新美南吉童話賞　【最優秀賞】吉田達子の「カエルじぞう」、【一般の部】〈優秀賞〉武田てる子の「金色のペンダント」、谷本聡の「あいちゃんのウインク星」、〈特別賞〉山下雅子の「ゆうくんがいてよかったね」、渡辺好子の「病気になったおばあちゃん」、横田有紀子の「おかあちゃんのべんと」、〈佳作〉秋田大三郎の「でかおくんをかーりた」、田中黎子の「ついてきたヤマビコ」、菅沼良子の「ふたつの卵」、【児童生徒の部】〈優秀賞〉中根裕希子の「ナキチャンマンの変身」、佐藤容子の「石の力」、衛藤美奈子の「赤いリボンの町とむぎわらぼうしのお山」、〈特別賞〉加賀谷勇典の「くまときつねとさかな」、〈佳作〉間瀬康子の「うららか森の動物たち」、稲生恵子の「うさぎのとった月のかけら」。

第6回(平1年)ニッサン童話と絵本のグランプリ　童話は、吉村健二の「ともこちゃんの誕生日」、絵本は、石崎正次の「いねむりのすきな月」。

第13回(平1年)日本児童文学学会賞　滑川道夫の「児童文学の軌跡」(理論社)、【奨励賞】中村悦子の「幼年絵雑誌の世界」(高文堂出版社)、【特別賞】上笙一郎の「日本児童史の開拓」(小峰書店)、森洋子の「ブリューゲルの"子供の遊戯"」(未来社)。

第29回（平1年）日本児童文学者協会賞　川村たかしの「新十津川物語」（全10巻）偕成社、吉橋通夫の「京のかざぐるま」岩崎書店。

第22回（平1年）日本児童文学者協会新人賞　荻原規子の「空色勾玉」福武書店、ときありえの「のぞみとぞぞみちゃん」理論社。

第11回（平1年）「日本児童文学」創作コンクール　長屋雅子の「火男」、川崎洋子の「福岡県穂波村」（詩）。

第13回（平1年）日本児童文芸家協会賞　赤座憲久の「かかみ野の土」「かかみ野の空」小峰書店。

第2回（平1年）日本児童文芸家協会創作作品募集　【幼年童話（最優秀作）】豊嶋かをりの「ふりかえり清水」、阿部里佳の「くまとうげ」、高学年童話（最優秀作）は、該当者なし、【童謡（最優秀作）】山口やすしの「キャベツ」。

第1回（平1年）日本動物児童文学賞　松村哲夫の「名犬 明智君」、【優秀賞】井上こみちの「元気で！ ロディ」、勝田紫津子の「キツネパンができたわけ」。

第26回（平1年度）日本童話会賞　【A賞】笠原肇の「あばよ, 甲子園」、【奨励賞】園部あさいの「イルミネーション・ハウス」、【B賞】藤本たか子の「かあさん人魚にならないで」、【奨励賞】末永いつの「ムラサキツユクサの森から」。

第12回（平1年）日本の絵本賞 絵本にっぽん賞　【絵本にっぽん大賞】該当作なし、【絵本にっぽん賞】やすいすえこ〔作〕福田岩緒〔絵〕の「がたたん たん」（ひさかたチャイルド）、那須正幹〔ぶん〕西村繁男〔え〕の「ぼくらの地図旅行」（福音館書店）、スズキコージ〔作〕の「やまのディスコ」（架空社）。

第12回（平1年）日本の絵本賞 絵本にっぽん新人賞　該当作なし、【佳作】安間由紀子の「ぶかだこあがれ」、小泉澄夫の「99コのくびわをしたワンちゃん」。

第27回（平1年）野間児童文芸賞　あまんきみこの「おっこちゃんとタンタンうさぎ」、三輪裕子の「パパさんの庭」、【新人賞】該当作なし。

第1回（平1年）浜屋・よみうり仏教童話大賞　【一般の部】片山正美の「まねっこたぬきとおしゃれなきつね」、【仏教関係者の部】岩本龍飛の「ちょうちょうが舞う寺」。

第6回（平1年）福島正実記念SF童話賞　八起正道の「じしんえにっき」、【佳作】武馬美恵子の「さよならはショパンで」。

第7回（平1年）ほのぼの童話館創作童話募集　【一般の部】〈ほのぼの大賞〉岡本美和の「木馬」、【児童の部】〈ほのぼの児童大賞〉井上淳の「パパの会社はどこ」。

第39回（平1年）毎日児童小説　小学生向けは、坂上万里子の「ぼくたちの夏」、中学生向けは、小本小笛の「木の花」。

第13回（平1年）毎日童話新人賞　【最優秀賞】山内将史の「とんでもないぞう」。

第2回（平1年）リブラン創作童話募集　松本周子の「パパとボクの素敵な秘密」。

第1回（平1年）琉球新報児童文学賞　【短編児童小説】樋口謙一の「ガメラの南の島の夢」、【創作昔ばなし】田平としおの「プカプカがきらいでプカプカになったカプカプの神さま」。

第11回（平1年）路傍の石文学賞　舟崎克彦の「ぽっぺん先生」シリーズ、【幼少年文学賞】森山京の「きつねのこ」シリーズ。

1990年
（平成2年）

- **3.17** 〔作家訃報〕**安藤美紀夫が亡くなる** 3月17日、児童文学作家・イタリア児童文学研究家、日本女子大学家政学部児童学科元教授の安藤美紀夫が亡くなる。60歳。本名、安藤一郎。京都府京都市生まれ。京都大学文学部イタリア文学科卒。北海道の高校に18年間勤めたのち、日本女子大に転じる。はじめ、イタリア児童文学研究家として論文・翻訳を発表していたが、北海道の自然を描いた創作「白いりす」により創作活動を開始。同作はサンケイ児童出版文化賞を受賞。以後、研究者と作家を兼ねる。ほかの作品に「ポイヤウンベ物語」「プチコット村へいく」「でんでんむしの競馬」「おばあちゃんの犬ジョータン」「風の十字路」など。研究書に「世界児童文学ノート」(1～3)「児童文化」、訳書にアミーチス「クオーレ―愛の学校」ペトリーニ「緑のほのお少年団」コッローディ「ピノッキオのぼうけん」などがある。「ピノッキオとクオーレ」で高山賞、「ポイヤウンベ物語」でサンケイ児童出版文化賞と国際アンデルセン賞国内賞、「でんでんむしの競馬」でサンケイ児童出版文化賞、日本児童文学者協会賞、野間児童文芸賞、赤い鳥文学賞を受賞。

- **3月** 〔刊行・発表〕**『眠れない子』刊行** 3月、大石真による『眠れない子』が講談社より刊行された。

- **4.26** 〔作家訃報〕**川口半平が亡くなる** 4月26日、児童文学作家・教育者の川口半平が亡くなる。93歳。岐阜県徳山村生まれ。岐阜県師範学校卒。訓導、長良国民学校長、岐阜県視学官など歴任。その間生活綴方運動にも尽力した。戦後は村長、岐阜県議、県教育長などを歴任したが、昭和36年後輩に呼びかけて「岐阜児童文学研究会」を結成した。47年児童誌「コボたち」を創刊。主な作品に「山のコボたち」「なみだをふけ門太」などのほか、郷土の歴史物語が数多くある。

- **5.9** 〔イベント関連〕**第15回児童書展示会** 5月9日、「第15回児童書展示会」が全国4会場で開始される。

- **5.29** 〔作家訃報〕**打木村治が亡くなる** 5月29日、小説家・児童文学作家の打木村治が亡くなる。本名、打木保。86歳。埼玉県生まれ。早稲田大学政治経済学部経済学科卒。大学卒業後、しばらく大蔵省に勤める。昭和10年「喉仏」、11年「晩春騒」「或る手工業者」を発表して作家となり、「部落史」「支流を集めて」「光をつくる人々」など農民小説を発表。戦後は「農民文学」の創刊に加わる一方で児童文学も著し、「生きている山脈」「夢のまのこと」などを発表。「夢のまのこと」で日本児童文芸家協会賞を受賞。47年刊行の自伝的大河小説「天の園」(全6巻)では芸術選奨、サンケイ児童出版文化賞を受賞した。昭和49年に勲四等瑞宝章受賞。その後、「大地の園」(全4巻)で日本児童文芸家協会賞を受賞した。

- **5月** 〔児童文学一般〕**「葉祥明美術館」開館** 5月、神奈川県鎌倉市に、「葉祥明美術館」が開館した。

- **6.8** 〔作家訃報〕**赤羽末吉が亡くなる** 6月8日、赤羽末吉が亡くなる。80歳。東京出身。

順天中卒。戦後満州から帰国、図案の仕事、舞踏劇の美術などを経て、50歳の時「かさじぞう」で絵本作家としてデビュー。日本児童出版美術家連盟に所属。作風は大和絵風、水墨風のものを麻紙に不透明水彩、岩絵の具で表現。日本独特の風土の追究、日本の伝統的な墨絵と大和絵の世界を追究した。国際アンデルセン賞画家賞はじめ数多くの賞を受賞し海外でも高い評価を受けた。平成10年3月全原画約6000点がいわさきちひろ美術館に寄贈される。主な著書に「私の絵本ろん」、絵本に「スーホの白い馬」「したきりすずめ」「そら、にげろ」などがある。

6.16　〔学会・団体〕椋鳩十文学記念館開館　6月16日、鹿児島県姶良市に椋鳩十文学記念館が誕生。約1万冊（うち児童書は5000冊）の蔵書のほかに、椋鳩十の著書、関係資料などを収蔵する。

6月　〔刊行・発表〕『クヌギ林のザワザワ荘』刊行　6月、富安陽子による『クヌギ林のザワザワ荘』があかね書房より刊行された。

6月　〔刊行・発表〕『ムーミン谷の彗星』刊行　6月、トーベ・ヤンソンの『ムーミン谷の彗星』が講談社より刊行された。「ムーミン童話全集」シリーズ第1作目。

6月　〔刊行・発表〕『走りぬけて、風』刊行　6月、伊沢由美子による『走りぬけて、風』が講談社より刊行された。

7.19～23　〔イベント関連〕「'90東京ブックフェア」　7月19日から23日にかけて、日本児童図書出版協会が「'90東京ブックフェア」において「子どもの本・ひまわり館」を開設し、児童書の展示即売を実施。入場者アンケート（関心を持った展示、出版を希望する本）も行われ、約1000通の回答が寄せられる。

7月　〔刊行・発表〕『ふるさとは、夏』刊行　7月、芝田勝茂による『ふるさとは、夏』が福音館書店より刊行された。

7月　〔刊行・発表〕『サマータイム』刊行　7月、佐藤多佳子による『サマータイム』がMOE出版より刊行された。

7月　〔学会・団体〕絵本の森美術館開館　7月、長野県軽井沢町に「軽井沢絵本の森美術館」が誕生。絵本の原画や欧米諸国の絵本の初版本などがコレクションされている。

8月　〔刊行・発表〕『お引越し』刊行　8月、ひこ・田中による『お引越し』が福武書店より刊行された。

8月　〔表現問題〕『「ちびくろサンボ」の絶版を考える』刊行　8月、径書房編集部編『「ちびくろサンボ」の絶版を考える』（径書房）が刊行される。世界的ベストセラー絵本であるヘレン・バンナーマン著『ちびくろサンボ』が黒人差別にあたるとして抗議を受け、1988年に岩波書店など11社が同書を一斉に絶版とした事件を検証したもので、差別表現や言葉狩りの問題に絡んで話題となる。

9.4　〔作家訃報〕大石真が亡くなる　9月4日、児童文学作家の大石真が亡くなる。64歳。本名、大石まこと。埼玉県北足立郡白子村（和光市）生まれ。早稲田大学文学部英文科卒。小峰書店勤務の傍ら、早大童話会OBの「びわの実」に童話を発表。昭和28年「風信器」で日本児童文学者協会新人賞、38年「見えなくなったクロ」で小学館文学賞を受けた。42年小峰書店を編集長で退職。作品は主として学校の児童を描くことが多いが、「ふしぎなつむじ風」に見るような奔放な空想とユーモアが渾然一体と

なっているのが特徴。昭和45年「ハンス・ペテルソン名作集」でサンケイ児童出版文化賞を受賞。「眠れない子」で野間児童文芸賞、日本児童文学者協会特別賞を受賞した。ほかに「チョコレート戦争」「くいしんぼ行進曲」「たっちゃんとトムとチム」「教室205号」「大石真児童文学全集」(全16巻)など、訳書にジャック・ロンドン「野生の呼び声」などがある。「びわの実学校」同人。

9月 〔刊行・発表〕『こうばしい日々』刊行　9月、江國香織による『こうばしい日々』があかね書房より刊行された。

10.8 〔作家訃報〕小出正吾が亡くなる　10月8日、児童文学作家の小出正吾が亡くなる。93歳。静岡県三島市生まれ。早稲田大学商学部卒。明治43年受洗。早大卒後、大洋商会に入社し大正11年インドネシアへ赴任。11年帰国し「聖フランシスと小さき兄弟」を出版。昭和2年短篇童話集「ろばの子」を刊行。5年明治学院中等部と日本基督教日曜学校主事を兼任し、月刊誌「日曜学校の友」主筆として活躍。10年明治学院大学教授となる。14年「たあ坊」により第2回童話作家協会賞を受賞。戦後は三島市に戻り、三島市教育委員長、三島文化協会総代などを務める。37年、41年AA作家会議に出席。41〜45年まで日本児童文学者協会会長。代表作に「大きな虹」「風船虫」「のろまなローラ」「天使のとんでいる絵」、翻訳に「ドブリィ」などがある。「ジンタの音」により野間児童文芸賞を受賞。そのほか、放送文化賞、児童文化功労者、キリスト教功労者などを受賞。

11.2 〔児童雑誌等〕『中一時代』休刊　11月2日、旺文社が『中一時代』など4誌の休刊を決定する。

11.3 〔学会・団体〕小さな絵本美術館開館　11月3日、長野県岡谷市に「小さな絵本美術館」が開館。児童書約3000冊が収録されており、1997年7月には分館として八ヶ岳館が開館した。

12.31 〔作家訃報〕水島あやめが亡くなる　12月31日、脚本家・児童文学作家の水島あやめが亡くなる。87歳。本名、高野千年。新潟県南魚沼郡六日町(南魚沼市)生まれ。日本女子大学卒。新潟県の裕福な家に生まれ、大正10年上京。日本女子大学在学中に本格的に小説を書き始め、映画会社の小笠原プロダクションで脚本を学ぶ。14年初めて書いた脚本「水平の母」が公開され、我が国初の女性映画脚本家としてデビュー。同年松竹キネマに入社、30本近くの脚本を書いたが、のち児童文学に転向。昭和14年「小公女」を翻訳、15年少女小説集「友情の小径」を発表、その叙情性と感傷性で女性に人気を博した。他の作品に「母への花束」「乙女椿」などがある。

12月 〔刊行・発表〕『まがればまがりみち』刊行　12月、福音館書店より井上洋介の「まがればまがりみち」(『こどものとも』417号)が刊行される。

12月 〔刊行・発表〕『グッバイバルチモア』刊行　12月、那須田淳による『グッバイバルチモア』が理論社より刊行された。

12月 〔刊行・発表〕『サツキの町のサツキ作り』刊行　12月、岩崎京子による『サツキの町のサツキ作り』が岩崎書店より刊行された。

この年 〔児童雑誌等〕絵本ジャーナル「PeeBoo」創刊　この年、太田大八が編集人代表となった雑誌「PeeBoo」が、ブックローンから創刊された。「絵本に関わるすべての人が、Convenience Squareとして、討論や研究、勉強の場とする」ことを目的とし

たもの。1998年11月20日に発行された第30号にて休刊。

この年 〔読書感想文〕第36回読書感想コン課題図書　この年（1990年度）の青少年読書感想文コンクールの課題図書。【小学校低学年】『うさぎのくれたバレエシューズ』（安房直子・文、南塚直子・絵）小峰書店、『とざんでんしゃとモンシロチョウ』（長崎源之助・作、村上勉・絵）あかね書房、『ぼくのじしんえにっき』（八起正道・作）岩崎書店、『よもぎだんご』（さとうわきこ・さく）福音館書店。【小学校高学年】『わすれるもんか！』（佐藤州男・作）文研出版、『ボルピィ物語』（那須田淳・作）ひくまの出版、『雨あがりのウエディング』（矢部美智代・作）講談社、『きっと明日は：雪子、20年の闘病記』（江崎雪子・著）ポプラ社。【中学校】『鳥と少年』（アーリン・ベダーセン・作、山内清子・訳）佑学社、『時をさまようタック』（ナタリー・バビット・作、小野和子・訳）評論社、『動物と話せる男：宮崎学のカメラ人生』（塩澤実信・文）理論社。【高等学校】『野ばら』（長野まゆみ・著）河出書房新社、『ミクロの恐竜学』（福田芳生・著）筑摩書房、『日本人ごっこ』（吉岡忍・著）文藝春秋。

《この年の児童文学賞》

第20回（平2年）赤い鳥文学賞　長谷川集平の「見えない絵本」（理論社）、【特別賞】阪田寛夫の「まどさんのうた」（童話屋）。

第5回（平2年度）家の光童話賞　さとうきくこの「笹だんごおくれ」、【優秀賞】中野智樹の「水色のボタン」、いずみしょうこ（本名・泉彰子）の「オバケのせんたく」、みちひろセイコ（本名・加藤誠子）の「ほらふきじいちゃん」、石田ひとみの「しっぽの冒険」。

第3回（平2年）いちごえほん童話と絵本グランプリ　童話は、橘しのぶの「雨あがり」、絵本は、沢田あきこの「ニンジンのパイよりも」。

第10回（平2年）カネボウ・ミセス童話大賞　中尾三十里の「かいじゅうパパ」。

第21回（平2年）共石創作童話賞　【一般の部】〈最優秀賞〉内田浩示の「しまうま」、〈優秀賞〉中原紀子の「たまご摘み」、熊谷美晴の「三十秒遅れたバス」、【児童の部】〈児童賞〉西村明日香の「こちら119番」、森田里子の「くまさんの毛皮」、藤原敦子の「あおむしのぼうけん」。

第12回（平2年）クレヨンハウス絵本大賞　該当作なし、【最優秀作品賞】相野谷由起の「ヒヤシンス・ホリディ」、【優秀作品賞】坂井洋子の「ぽんぽんだんちのこどもたち」、若杉裕子の「ぼくがニコだよ」。

第12回（平2年）講談社絵本新人賞　白鳥晶子の「ゆめ」、【佳作】木村良雄の「シイク」、松本令子の「おほしさまみつけた」、橋本裕子の「ぬすまれたおさかな」、藤本智彦の「ゴブリンのバスストップ」。

第31回（平2年）講談社児童文学新人賞　森絵都の「リズム」、林たかしの「ウソつきのススメ」。

第14回（平2年）「子ども世界」絵本と幼低学年童話賞　白倉隆一〔作〕田中皓也〔え〕の「つるぶえ」（けやき書房）。

第37回（平2年）産経児童出版文化賞　【大賞】神沢利子の「タランの白鳥」（福音館書店）、【JR賞】比嘉富子の「白旗の少女」（講談社）、【賞】杉田豊〔絵・文〕の「みんなうたってる」（至光社）、はまみつをの「赤いヤッケの駅長さん」（小峰書店）、千世まゆ子の「百年前の報道カメラマン」（講談社）、石井象二郎〔文〕の「わたしの研究 イラガのマユのなぞ」（偕成社）、吉田秀樹〔著〕津田櫓冬〔イラスト〕「うごくかがく」編集委

員会〔構成・文〕の「うごくかがく『くっつく』」(ほるぷ出版)、【美術賞】村上征夫〔絵〕リース・ダグラス・モートン〔文〕の「きつね THE FOX」(くもん出版)。

第19回（平2年）児童文芸新人賞　泉久恵の「マリヤムの秘密の小箱」(旺文社)、大塚篤子の「海辺の家の秘密」(岩崎書店)。

第39回（平2年度）小学館児童出版文化賞　森山京の「あしたもよかった」小峰書店、山村輝夫の「遠い日に村のうた」北海道新聞社。

第2回（平2年）新・北陸児童文学賞　関谷ただしの「げた箱の中の神さま」(てんぐ33号)。

第8回（平2年）〔宝塚ファミリーランド〕童話コンクール　【小学生の部】田井祐子の「海の色の傘」、【一般の部】〈特賞〉吉村健二の「大男の耳の中」。

第7回（平2年）「小さな童話」大賞　ほりけいの「リラックス」。

第32回（平2年）千葉児童文学賞　該当作なし。

第6回（平2年度）坪田譲治文学賞　川重茂子の「おどる牛」(文研出版)。

第8回（平2年）新美南吉児童文学賞　石井睦美の「五月のはじめ、日曜日の朝」(岩崎書店)。

第2回（平2年）新美南吉童話賞　【最優秀賞】笹川奎治の「おとうさんのつくえ」、【一般の部】〈優秀賞〉、原田雅江の「トン・トン・まえ」、〈特別賞〉森本寿枝の「カエルのまつり」、小笠原由実の「きつねの初めての友達」、〈佳作〉坂田月代の「ささゆり文庫のおきゃくさま」、尾崎美紀の「あかんべゴリラ」、【児童生徒の部】〈特別賞〉関麻里子の「お母さんの宝物」、幅千里の「青い列車」、土屋栄子の「ワニの一生」、〈佳作〉松井大始の「かぶとむしになったあさ」。

第7回（平2年）ニッサン童話と絵本のグランプリ　童話は、藤本たか子の「ワニとごうとう」、絵本は、奥井ゆみ子の「Sanata clausの素敵な道具の絵本」。

第14回（平2年）日本児童文学学会賞　本田和子の「フィクションとしての子ども」(新曜社)、【奨励賞】ニューファンタジーの会の「翔くロビン（イギリス女流児童文学作家の系譜1）」(透土社)、竹内オサムの「マンガと児童文学の「あいだ」」(大日本図書)、【特別賞】光吉夏弥の「絵本図書館―世界の絵本作家たち」(ブック・グローブ社)。

第30回（平2年）日本児童文学者協会賞　宮川ひろの「桂子は風のなかで」(岩崎書店)。

第23回（平2年）日本児童文学者協会新人賞　大塚篤子の「海辺の家の秘密」(岩崎書店)。

第12回（平2年）「日本児童文学」創作コンクール　太田豪志の「たったひとりのサイクリング」、鈴木レイ子の「おかえりなさい」(詩)。

第14回（平2年）日本児童文芸家協会賞　手島悠介の「かぎばあさんシリーズ（全10巻）」(岩崎書店)。

第3回（平2年）〔日本児童文芸家協会〕創作コンクール　幼年童話は、相川幸穂子の「あしたトンカツ,あさってライオン」、高学年童話は、野添草葉雄の「オッチャンの神様」、童謡は、該当作なし。

第2回（平2年）日本動物児童文学賞　該当作なし、【優秀賞】真野純子の「カオルのいた夏休み」、鈴木友子の「キキとララ」、大木正行の「清くんとサケの子銀太」。

第27回（平2年度）日本童話会賞　【A賞】中島あやこの「童話」に発表した諸作品、【新人賞】神谷扶美代の「童話」8月増刊号所載の作品集。

第13回（平2年）日本の絵本賞 絵本にっぽん賞　【絵本にっぽん大賞】冨成忠夫〔写真〕茂木透〔写真〕長新太〔文〕の「ふゆめがっしょうだん」(福音館書店)、【絵本にっぽ

ん賞】野村たかあき〔作・絵〕の「おじいちゃんのまち」(講談社)、いとうひろし〔さく〕の「ルラルさんのにわ」(ほるぷ出版)、【絵本にっぽん賞特別賞】ジャン・ジオノ〔原作〕フレデリック・バック〔絵〕寺岡襄〔訳〕の「木を植えた男」(あすなろ書房)。

第13回(平2年)日本の絵本賞 絵本にっぽん新人賞 堀葉月の「うしろのしょうめん」、【佳作】藤本ともひこの「うみのちかみち」。

第28回(平2年)野間児童文芸賞 大石真の「眠れない子」、村中李衣の「おねいちゃん」、【新人賞】石原てるこの「友だち貸します」。

第2回(平2年)浜屋・よみうり仏教童話大賞 小関真理子の「緑の風」。

第1回(平2年)ひろすけ童話賞 あまんきみこの「だあれもいない？」(講談社)。

第7回(平2年)福島正実記念SF童話賞 丸岡和子の「ママはドラキュラ？」。

第8回(平2年)ほのぼの童話館創作童話募集 【一般の部】〈ほのぼの大賞〉秋山伸一の「ちょうちょうになった村長さん」、【児童の部】〈ほのぼの児童大賞〉竹谷徹雄の「狸の歯医者さん」。

第40回(平2年)毎日児童小説 小学生向けは、植松二郎の「ペンフレンド」、中学生向けは、中野晃輔の「おれたちの夏」。

第14回(平2年)毎日童話新人賞 【最優秀賞】西山あつ子の「ドンはかせとおばあさん」。

第3回(平2年)リブラン創作童話募集 松本真望の「たんていカバさん今日も行く」。

第2回(平2年)琉球新報児童文学賞 短編児童小説は、当間律子の「おばあちゃん好いかげんにしてよ」、創作昔ばなしは、兼久博子の「たからの実る雲の木」。

第12回(平2年)路傍の石文学賞 高田桂子の「ざわめきやまない」(理論社)、【幼少年文学賞】長新太の「ヘンテコどうぶつ日記」(理論社)「トリとボク」(あかね書房) などの作品。

1991年
(平成3年)

1月 〔刊行・発表〕『夏のこどもたち』刊行 1月、川島誠による『夏のこどもたち』がマガジンハウスより刊行された。

3.5 〔作家訃報〕山下清三が亡くなる 3月5日、児童文学作家・詩人の山下清三が亡くなる。84歳。本名、山下清盛。鳥取県鳥取市生まれ。倉吉市文化保護委員を努めた。児童文学に「日本の鬼ども」(全5巻)「日本の動物たち」(全2巻)「山陰の子供」「鳥取県の民話」、詩集に「花粉とパイプ」「白銀の大山」など。

3.13 〔作家訃報〕平尾勝彦が亡くなる 3月13日、児童文学作家の平尾勝彦が亡くなる。岡山県吉備郡久代村(総社市)生まれ。岡山県師範学校卒。戦中に教師となり、徴兵され航空戦艦・伊勢に乗り組む。教職復帰後児童文学を執筆、岡山県文学選奨童話部門審査員を務め、昭和49年から岡山児童文学会会長。岡山女子短大の非常勤講師として児童文学について講議も行う。岡山児童文学会の会誌「松ぼっくり」に自らの戦争体験をもとに「両棲(りょうせい)生物青い巨獣」を連載、平成3年死去後の

1991年（平成3年）

「平尾勝彦追悼号」まで続いた。4年妻により自費出版され、平和教育の教材にと倉敷市などの小、中学校に寄贈された。

3月	〔刊行・発表〕『ユックリとジョジョニ』刊行　3月、荒井良二による『ユックリとジョジョニ』が、ほるぷ出版から刊行された。
4.17	〔刊行・発表〕『パレット文庫』創刊発表　4月17日、小学館がティーンズ向け文庫『パレット文庫』の企画を発表する。
5月	〔刊行・発表〕『おさるのまいにち』刊行　5月、いとうひろしによる『おさるのまいにち』が講談社より刊行される。
5月	〔作家訃報〕塩沢清が亡くなる　5月、児童文学作家の塩沢清が亡くなる。63歳。山梨県生まれ。明治大学文学部文芸科卒。郷里で中学校教師、小学校校長をするかたわら、「地域子ども会」や「子ども劇団」を組織して、青少年文化運動に取り組む。その後、児童文学の創作を試みる。著書に「ガキ大将行進曲」「五年五組の秀才くん」など。昭和58年・59年に山梨県芸術祭児童文学の部芸術祭賞を受賞。
6.20	〔イベント関連〕「こどもの本総合フェア」　6月20日、東販九州支店が「こどもの本総合フェア」を西日本新聞会館において開催する。
7.1	〔イベント関連〕「本と遊ぼうこどもワールド」　7月1日、日販が児童書フェア「本と遊ぼうこどもワールド」を同社東京支店において開催する。
7.8	〔作家訃報〕小春久一郎が亡くなる　7月8日、詩人・児童文学作家の小春久一郎が亡くなる。78歳。本名、今北正一。大阪府大阪市出身。昭和10年木坂俊平らと大阪童謡芸術協会を設立。詩、曲、踊り一体の童謡運動を起こし、雑誌「童謡芸術」を19年まで発行。20年から雑誌「ひかりのくに」に童謡、童話を多数発表。49年こどものうたの会を結成、のち雑誌「こどものうた」発行。童謡集に「動物園」「おほしさまとんだ」などがある。「かばさん」で毎日童謡賞優秀賞、「ぼくはおばけ」で三木露風賞新しい童謡コンクール優秀賞を受賞。
7月	〔児童雑誌等〕「梅花児童文学」創刊　7月、「梅花児童文学」が、梅花女子大学児童文学会から創刊された。
7月	〔刊行・発表〕『学校へ行く道はまよい道』刊行　7月、古田足日による『学校へ行く道はまよい道』が草土文化より刊行された。
8.1	〔学会・団体〕けんぶち絵本の館開館　8月1日、北海道上川郡剣淵町に「北海道けんぶち絵本の館」が誕生。2004年6月1日に移転した。
8.10	〔学会・団体〕黒姫童話館開館　8月10日、長野県上水内軍信濃町に「黒姫童話館」が開館。児童書8,000点や、松谷みよ子、ミヒャエル・エンデに関する資料、信州の民話・児童文学に関する資料などがコレクションされている。
10月	〔刊行・発表〕『遠くへいく川』刊行　10月、加藤多一による『遠くへいく川』があかね書房より刊行された。
10月	〔刊行・発表〕『風の城』刊行　10月、三田村信行による『風の城』がほるぷ出版より刊行された。
11.6	〔作家訃報〕堀尾青史が亡くなる　11月6日、児童文学作家・紙芝居作家の堀尾青史が

亡くなる。77歳。本名、堀尾勉。兵庫県高砂市生まれ。明治大学中退。昭和13年日本教育紙芝居協会設立に参加し、機関紙「教育紙芝居」の編集に従事。紙芝居「うづら」「芭蕉」「どこへいくのかな」などの脚本も手がけ後継者指導にもあたる。44年城戸幡太郎らと「子どもの文化研究所」を設立し、62年より所長をつとめる。（財）文民教育協会理事長。また、宮沢賢治研究者としても知られ、宮沢賢治賞も受賞した。主な著書に「銀河の旅人」「松葉づえの少女」「ブタのブリアン大かつやく」「年譜 宮沢賢治伝」、共編に「父が語る太平洋戦争」「宮沢賢治童話全集」などがある。

11月　〔刊行・発表〕「ますだくん」シリーズ　11月、ポプラ社より武田美穂による『となりのせきのますだくん』が刊行。引っ込み思案なみほちゃんが隣の席にいるますだくんと織り成す日常を描き、ロングセラーとなる。その後、1995年には続編としてますだくん視点から描かれた『ますだくんのランドセル』も刊行された。

11月　〔刊行・発表〕『カモメの家』刊行　11月、山下明生による『カモメの家』が理論社より刊行された。

12.9　〔刊行・発表〕『すみれ島』刊行　12月、今西祐行作、松永禎郎絵による『すみれ島』が偕成社より刊行される。特攻隊の兵士たちと小学生の交流を描く。

この年　〔ベストセラー・話題本〕『ウォーリーをさがせ』大ヒット　この年、絵本『ウォーリーをさがせ』が大ヒットした。

この年　〔読書感想文〕第37回読書感想コン課題図書　この年（1991年度）の青少年読書感想文コンクールの課題図書。【小学校低学年】『ねこ いると いいなあ』（さのようこ・さく・え）小峰書店、『アンナの赤いオーバー』（ハリエット・ジーフェルト・ぶん、アニタ・ローベル・え、松川真弓・やく）評論社、『エリちゃんでておいで』（あまんきみこ・作）佼成出版社、『糸でいきる虫たち』（松山史郎小川宏・文・写真）大日本図書。【小学校高学年】『ぼくらのカマキリくん』（いずみだまきこ・文）童心社、『山のいのち』（立松和平・作、伊勢英子・絵）ポプラ社、『走りぬけて、風』（伊沢由美子・作）講談社、『魔術師のくだものづくり』（岡本文良・作）くもん出版。【中学校】『高志と孝一：てんとう虫が見た青春』（篠田勝夫・作）ほるぷ出版、『床下の古い時計』（K・ピアソン・作、足沢良子・訳）金の星社、『おーい、コンペートー』（中田友一・著）あかね書房。【高等学校】『いちご同盟』（三田誠広・著）河出書房新社、『やすらかに今はねむり給え』（林京子・著）講談社、『トンボ王国へようこそ』（杉村光俊一井弘行・著）岩波書店。

この年　〔作家訃報〕水藤春夫が亡くなる　児童文学作家・児童文学研究家の水藤春夫が亡くなる。75歳。岡山県岡山市生まれ。早稲田大学文学部国文科卒。昭和13年早大卒業後、中央公論社に入社、戦争直後まで勤務。在学中、早大童話会に参加、岡本良雄とともに童話の創作と評論に活躍。同郷の坪田譲治に師事し、譲治論をライフワークとする。「坪田譲治全集」（全8巻）を編さん校訂した。戦後25〜57年東京書籍に勤務。童話雑誌「びわの実学校」の創刊（38年）以来の編集同人。著書に童話集「いたちときつね」「一ぽんのわらしべ」「わらしべ長者」、昔話再話「ねずみのすもう」、「岡山の伝説」（共著）などがある。

《この年の児童文学賞》
　　第21回（平3年）赤い鳥文学賞　清水たみ子の「詩集・かたつむりの詩」（かど書房）、【特

1991年（平成3年）

別賞】今西祐行の「今西祐行全集」（偕成社）。

第6回（平3年度）家の光童話賞　寺沢恵子の「たまごとメロン」、【優秀賞】瀬尾貴子の「うれしいことがあったら」、草間さほの「ねこさんのおうちへ ようこそ」、岡由岐子の「コロッケ」、松山清子の「雨のきらいなカサ」。

第4回（平3年）いちごえほん童話と絵本グランプリ　童話は、ふじきゆうこの「男の子になったゆみちゃん」、絵本は、光太侗の「ふしぎなえいがかん」。

第11回（平3年）カネボウ・ミセス童話大賞　石神悦子の「お客さまはひいおばあちゃん」。

第22回（平3年）共石創作童話賞　【一般の部】〈最優秀賞〉神田和子の「なまえまちがえた」、〈優秀賞〉小野山隆の「ぼくの好きな先生」、鈴木美樹の「カバン」、【児童の部】〈児童賞〉荻奈津子の「ドジなはかせとう明人間」、波間亜樹の「ムラサキのハンカチ」、井上淳の「へんちくちく音機」。

第13回（平3年）クレヨンハウス絵本大賞　該当作なし、【最優秀作品賞】該当作なし、【優秀作品賞】鈴木英治の「すいすいすいまあ」、若杉裕子の「土のたんけんか」。

第1回（平3年度）けんぶち絵本の里大賞　水野二郎〔絵〕林原玉枝〔文〕の「おばあさんのスープ」（女子パウロ会）、【びばからす賞】みやざきひろかずの「ワニくんとかわいい木」（BL出版）、舟崎克彦〔作〕小沢摩純〔絵〕の「おやすみなさいサンタクロース」（理論社）、森山京〔作〕土田義晴〔絵〕の「おばあさんのメリークリスマス」（国土社）、森山京〔作〕木村裕一〔作・絵〕の「いろいろおばけ」（ポプラ社）。

第13回（平3年）講談社絵本新人賞　藤本智彦の「こうへいみませんでしたか」、【佳作】ただからひまりの「しっぽがほしいこねこくん」、内田智恵の「おさかなさん」、秋山匡の「すなのいぬ」、細川かおりの「おつとめ品」。

第32回（平3年）講談社児童文学新人賞　たつみや章の「ぼくの・稲荷山戦記」、【佳作】金野とよ子の「雨ふり横丁はいつも大さわぎ」、宮野素美子の「そよ風姫の冒険」。

第15回（平3年）「子ども世界」絵本と幼低学年童話賞　鈴木みち子〔作〕、黒田祥子〔え〕の「いいてがみですよ！」（けやき書房）。

第38回（平3年）産経児童出版文化賞　【大賞】徳田雄洋〔作〕村井宗二〔絵〕の「はじめて出会うコンピュータ科学」（全8冊 岩波書店）、【JR賞】吉田敦彦の「日本人の心のふるさと」（ポプラ社）、【賞】石崎正次〔作・絵〕の「いねむりのすきな月」（ブックローン出版）、芝田勝茂の「ふるさとは、夏」（福音館書店）、ジクリト・ホイク〔作〕酒寄進一〔訳〕の「砂漠の宝」（福武書店）、江國香織の「こうばしい日々」（あかね書房）、イギリス放送〔編〕山中恒〔監訳〕の「ぼくの町は戦場だった」（平凡社）、【美術賞】クヴィエタ・パツォウスカー〔絵〕アネリース・シュヴァルツ〔文〕池内紀〔訳〕の「ふしぎないきもの」（ほるぷ出版）。

第20回（平3年）児童文芸新人賞　いとうひろしの「マンホールからこんにちは」（福武書店）。

第40回（平3年度）小学館児童出版文化賞　富安陽子の「クヌギ林のザワザワ荘」あかね書房、川原田徹の「かぼちゃごよみ」福音館書店、たむらしげるの「メタフィジカル・ナイツ」架空社。

第3回（平3年）新・北陸児童文学賞　大谷芙耶子の「コーンフレーク弁当」（北海道児童文学75号）。

第9回（平3年）（宝塚ファミリーランド）童話コンクール　【小学生の部】竹間ゆう子の

「ヘンテコ村の古時計」、【一般の部】〈特賞〉坪井純子の「ワニの話」。

第8回(平3年)「小さな童話」大賞　遠山洋子の「わたしが子どもだったとき(2)」。

第33回(平3年)千葉児童文学賞　井田天男の「おねしょこいのぼり」。

第7回(平3年度)坪田譲治文学賞　江國香織の「こうばしい日々」(あかね書房)。

第9回(平3年)新美南吉児童文学賞　日比茂樹の「少年釣り師・住谷陽平」(偕成社)、高橋忠治の「りんろろん―高橋忠治詩集」(かど創房)。

第3回(平3年)新美南吉童話賞　【最優秀賞】笹森美保子の「ポコ太くんゆうびんです」、【一般の部】〈優秀賞〉長谷川たえ子の「ご用聞き五郎さん」、〈佳作〉吉田典子の「古いノート」、久保英樹の「白い花を咲かせる木」、松井節子の「しゃしゃん坊」、【小学生高学年の部】〈優秀賞〉吉岡杏那の「とらになった女の子」、【小学生低学年の部】〈優秀賞〉岡戸優の「パトロール犬チビ」、〈特別賞〉村田好章の「救急車は風に吹かれて」、大橋由佳の「ともちゃんにお気に入り」、畑雅明の「森のレポーター」、鈴木里奈の「洋服ダンスの中の国」、立川瑠衣の「ルンといっしょにあそぼ」。

第8回(平3年)ニッサン童話と絵本のグランプリ　童話は、増本勲の「ライオンの考えごと」、絵本は、光太侗の「夢に浮かぶ島」。

第1回(平3年度)日本アンデルセン親子童話大賞　【グランプリ(絵本部門)】鳥居悠・鳥居敏子の「くろねこのおにいちゃんといもうとのとらねこのルル」。

第15回(平3年)日本児童文学学会賞　石沢小枝子の「フランス児童文学の研究」(久山社)、【奨励賞】畑中圭一の「童謡論の系譜」(東京書籍)。

第31回(平3年)日本児童文学者協会賞　該当作なし、【特別賞】大石真の「眠れない子」(講談社)。

第24回(平3年)日本児童文学者協会新人賞　富安陽子の「クヌギ林のザワザワ荘」(あかね書房)。

第13回(平3年)「日本児童文学」創作コンクール　浅野竜の「みかん」、藤川幸之助の「ぼくの漁り火」(詩)。

第15回(平3年)日本児童文芸家協会賞　高橋宏幸の「マンモス少年ヤム」「ローランの王女」「オオカミ王ぎん星」(小峰書店)。

第4回(平3年)〈日本児童文芸家協会〉創作コンクール　【幼年童話】該当作なし、【高学年童話】あらいちかの「友だちって,なんだ？」、【詩・童謡】石原一輝の「空になりたい」。

第3回(平3年)日本動物児童文学賞　つだあこやの「いちごのすきなムー」、【優秀賞】秋山博子の「夏をくれたメリー」、工藤葉子の「マークの森」。

第28回(平3年度)日本童話会賞　【A賞】該当作なし、【奨励賞】計良ふき子の「冬眠電車」、【新人賞】高橋誼の「徳兵衛さんの野外水族館」。

第14回(平3年)日本の絵本賞 絵本にっぽん賞　【絵本にっぽん大賞】今村葦子〔作〕遠藤てるよ〔絵〕の「ぶな森のキッキ」(童心社)、【絵本にっぽん賞】山下洋輔〔ぶん〕元永定正〔え〕中辻悦子〔構成〕の「もけらもけら」(福音館書店)、武田美穂〔作・絵〕の「ふしぎのおうちはドキドキなのだ」(ポプラ社)、【絵本にっぽん賞特別賞】マイケル・ローゼン〔再話〕ヘレン・オクセンバリー〔絵〕山口文生〔訳〕の「きょうはみんなでクマがりだ」(評論社)。

第14回(平3年)日本の絵本賞 絵本にっぽん新人賞　小倉宗の「タンポポ日曜日」、【佳作】

横山由紀子の「いじっぱりなカエルのトーマス」。

第29回（平3年）野間児童文芸賞　今村葦子の「かがりちゃん」（講談社）、森忠明の「ホーン峰まで」（くもん出版）、【新人賞】大谷美和子の「きんいろの木」（講談社）、中沢晶子の「ジグソーステーション」（汐文社）。

第3回（平3年）浜屋・よみうり仏教童話大賞　【金賞】古田敦子の「蜘蛛」、【銀賞】ネルソン泰子の「おしょうさんと小さなどろぼう」。

第2回（平3年）ひろすけ童話賞　安房直子の「小夜の物語―花豆の煮えるまで」（海賊第2期創刊号）。

フェリシモ童話大賞（平3年）　【優秀賞】高木剛の「逆立ちのできるロバ」、小川英子の「雲の子　水の子」。

第8回（平3年）福島正実記念SF童話賞　竹下龍之介の「天才えりちゃん金魚を食べた」。

第1回（平3年）ぶんけい創作児童文学賞　武宮閣之の「魔の四角形―見知らぬ町へ」、【佳作】升井純子の「爪の中の魚」、中村真里子の「明日にとどく」、【学生短編賞】松葉薫の「一月の朝」。

第1回（平3年）星の都絵本大賞　【星の都絵本大賞部門】〈大賞〉木村良雄の「星の工場」、〈奨励賞〉大沢睦の「星のつかまえ方」、祖父江長良の「おひさまのためいき」、青野由美子の「星の子」、上村保雄の「ほしうり」、【親と子の手づくり絵本コンテスト部門】〈特選〉岩本紘和・岩本紗世子・岩本勝子の「おほしさまみつけた」、池上至弘・池上和子の「ふるさと銀河線の四季」、中野真理子・近藤和子の「夜空のクリスマスにかんぱい」。

第9回（平3年）ほのぼの童話館創作童話募集　【一般の部】〈ほのぼの大賞〉中村和枝の「おかあちゃんの仕事病」、【児童の部】〈ほのぼの児童大賞〉菅沼晴香の「もものせいと小さなもも」。

第41回（平3年）毎日児童小説　小学生向けは、該当作なし、中学生向けは、山本久美子の「ニュームーン」。

第15回（平3年）毎日童話新人賞　【最優秀賞】村山早紀の「ちいさいえりちゃん」。

第1回（平3年）椋鳩十児童文学賞　石原てるこの「DOWNTOWN通信　友だち貸します」（ポプラ社）、ひこ・田中の「お引越し」（福武書店）。

第4回（平3年）リブラン創作童話募集　田中修の「ビルの谷間の小さな家」。

第3回（平3年）琉球新報児童文学賞　短編児童小説は、武富良祐の「赤い屋根のレストラン」、創作昔ばなしは、該当作なし。

第13回（平3年）路傍の石文学賞　長田弘の「深呼吸の必要」「心の中にもっている問題」（晶文社）、【幼少年文学賞】斎藤洋の「ルドルフとイッパイアッテナ」「ペンギンハウスのメリークリスマス」（講談社）。

1992年
（平成4年）

1.3　〔作家訃報〕武田亜公が亡くなる　1月3日、児童文学作家・童謡詩人の武田亜公が亡

くなる。85歳。本名、武田義雄。秋田県仙北郡協和村生まれ。小学校高等科卒。製材工出身で、昭和の初め労働運動に参加しながら、プロレタリア童謡詩人として活躍。戦後郷里で農業を営み、文化運動にたずさわる。童謡集「小さい同志」童話集「山の上の町」「武田亜公童話全集」などがある。

1月 〔刊行・発表〕『やさしく川は流れて』刊行　1月、生源寺美子による『やさしく川は流れて』がポプラ社より刊行された。

2.15 〔刊行・発表〕『ままです すきです すてきです』刊行　この年、谷川俊太郎文・タイガー立石絵のしりとり遊び幼児絵本『ままです すきです すてきです』(福音館書店)が刊行される。

2月 〔刊行・発表〕『カレンダー』刊行　2月、ひこ・田中による『カレンダー』が福武書店より刊行された。

3.24 〔作家訃報〕深沢省三が亡くなる　3月24日、洋画家の深沢省三が亡くなる。93歳。岩手県盛岡市生まれ。東京美術学校油絵科〔大正12年〕卒。東京美術学校では藤島武二教室で学ぶ。昭和2年武井武雄らと日本童画家協会を創立。雑誌「赤い鳥」で童画を担当。13年から8年間、従軍作家として蒙古に滞在。その間蒙古美術研究所を設立して指導にあたる。23年岩手県立美術工芸学校設立に参加。31年岩手大学教授、のち早稲田大学講師をつとめた。動物画を得意とし個性豊かな童画の世界を確立。63年11月「深沢省三・童画の世界七十年」展を東京で開催。

3月 〔刊行・発表〕『アンデルセン童話集』刊行　3月、福音館書店が『アンデルセン童話集』(全4巻)を刊行。社の40周年記念出版事業で、5月には「復刊童話全15冊」も同じく記念出版された。

4.11 〔作家訃報〕柴野民三が亡くなる　4月11日、児童文学作家・童謡詩人の柴野民三が亡くなる。82歳。東京・京橋生まれ。錦城商卒。昭和4年私立大橋図書館に勤務し、児童図書室を担当。北原白秋に師事し、童謡誌「チチノキ」同人として詩作する。7年有賀連らと「チクタク」を創刊。10年大橋図書館を退職し、「お話の木」「コドモノヒカリ」を編集。14年「童話精神」を、22年「こどもペン」「少年ペン」を創刊し、24年から児童文学者として著述生活に入る。童謡の代表作に「秋」「冬空」「そら」などがあり、著書は童話集「まいごのありさん」「ねずみ花火」「コロのぼうけん」「ひまわり川の大くじら」、童謡集「かまきりおばさん」などがある。昭和36年、共作の「東京のうた」で芸術祭賞奨励賞を受賞。

4.13 〔作家訃報〕三越左千夫が亡くなる　4月13日、詩人・児童文学作家の三越左千夫が亡くなる。75歳。本名、三津越幸助。千葉県香取郡大倉村(佐原市大倉)生まれ。旧制中卒。雑誌記者などを経て詩作に専念する。「薔薇科」などの同人となり、童謡・童詩誌「きつつき」を主宰。またNHK「音楽夢くらべ」の詩の選と補選を12年間する。詩集に「柘榴の花」「夜の鶴」などがあり、童話に「あの町この町、日が暮れる」「ぼくはねこじゃない」「かあさんかあさん」などがある。

4月 〔刊行・発表〕『アカネちゃんのなみだの海』刊行　4月、松谷みよ子による『アカネちゃんのなみだの海』が講談社より刊行された。

5月 〔刊行・発表〕『でんぐりん』刊行　5月、正道かほるによる『でんぐりん』があかね書房より刊行された。

5月	〔刊行・発表〕『夏の庭』刊行	5月、湯本香樹実の『夏の庭 : The friends』が福武書店より刊行される。同年、相米慎二監督により映画化もされた。
5月	〔刊行・発表〕『番ねずみのヤカちゃん』刊行	5月、R・ウィルバー作、大社玲子絵、松岡享子訳による『番ねずみのヤカちゃん』が福音館書店より刊行される。見つからないよう静かに暮らすネズミ一家の末っ子、ヤカちゃんのやかましさをめぐり様々な騒動が描かれる。
7月	〔刊行・発表〕『ぼくの・稲荷山戦記』刊行	7月、たつみや章による『ぼくの・稲荷山戦記』が講談社より刊行された。
9月	〔刊行・発表〕『まど・みちお全詩集』刊行	9月、まど・みちお著、伊藤英治編による『まど・みちお全詩集』が理論社から刊行。
9月	〔刊行・発表〕『亀八』刊行	9月、舟崎靖子による『亀八』が偕成社より刊行された。
9月	〔イベント関連〕エリック・カール来日	9月、アメリカの絵本作家エリック・カールが偕成社の招きで来日。全国5ヶ所で原画展および講演会を開催する。
11.28	〔作家訃報〕そややすこが亡くなる	11月28日、児童文学作家・詩人のそややすこが亡くなる。58歳。本名、征矢泰子。筆名、三村章子・高村章子。京都府京都市生まれ。京都大学仏文科卒。昭和34年三村章子の筆名で小説「人形の歌」を発表、映画化される。童話に「とべ、ぼくのつばくろ・さんぽ」「おばあさんのナムクシャかぼちゃ」、ジュニア・ロマンに「さよなら初恋」（高村章子名義）、詩集に「砂時計」「網引き」「てのひら」「すこしゆっくり」などがある。「すこしゆっくり」で現代詩女流賞を受賞した。
11月	〔刊行・発表〕『ディズニーものしりランド』刊行開始	11月、学習研究社が『ディズニーものしりランド』全12巻の刊行を開始する。幼児から小学3年生までを対象とする、絵本・図鑑・学習百科事典を一つにしたシリーズで、ミッキーマウスなどの人気キャラクターが案内役を務める構成。
12月	〔刊行・発表〕『極悪飛童』刊行	12月、牧野節子による『極悪飛童』が文渓堂より刊行された。
この年	〔刊行・発表〕環境問題の本の刊行相次ぐ	この年、環境問題の本が相次いで刊行される。主な物に図書館向けの『地球環境白書』全6巻（学習研究社）、『かんきょう絵本』全10巻（ポプラ社）、『やさしい図解 地球があぶない』全8巻（偕成社）、一般児童向けのウィリアム・ジャスパソン文『森はだれがつくったのだろう』（童話屋）、仁科明子文『地球さんへの贈り物』（メディアファクトリー）、ポリット作『がんばれエコマン 地球を救え！』など。
この年	〔刊行・発表〕地図の本の刊行相次ぐ	この年、地図の本が相次いで刊行される。主なものに『21世紀こども地図館』（小学館）、『ピクチャーアトラスシリーズ 絵でみる世界大地図』（同朋社出版）、『こちら地図探偵団』全4巻（筑摩書房）など。
この年	〔ベストセラー・話題本〕ベトナム戦争の本が話題に	この年、統合双生児の分離手術を受けたベトナムのグエン・ドクが8月に来日したことなどもあり、松谷みよ子文・井口文秀絵『ベトちゃんドクちゃんからのてがみ』（童心社 1991年3月刊行）、早乙女勝元著『再会ベトナムのダーちゃん』（大月書店 1992年7月刊行）など、ベトナム

戦争や平和をテーマにした図書が話題となる。

この年　〔読書感想文〕第38回読書感想コン課題図書　この年（1992年度）の青少年読書感想文コンクールの課題図書。【小学校低学年】『ぼくは一ねんせいだぞ！』（ふくだいわお・さく）童心社、『となりのせきのますだくん』（武田美穂・作・絵）ポプラ社、『夕やけ色のトンネルで』（北原宗積・作）岩崎書店、『あめんぼがとんだ』（高家博成・ぶん、横内襄・え）新日本出版社。【小学校高学年】『コロッケ天使』（上條さなえ・作）学習研究社、『ひとりぼっちのロビンフッド』（飯田栄彦・作）理論社、『峠をこえたふたりの夏』（三輪裕子・作）あかね書房、『北の森にヒグマを追って：ヒグマ研究にかけた情熱』（青井俊樹・文）大日本図書。【中学校】『きんいろの木』（大谷美和子・作）講談社、『ひとりだけのコンサート』（ペーター＝ヘルトリング・作、上田真而子・訳）偕成社、『南の島へいこうよ』（門田修・著）筑摩書房。【高等学校】『空のない星』（レオニー・オソウスキー・作、吉原高志・訳）福武書店、『黒船』（吉村昭・著）中央公論社、『The Sense of Wonder：センス・オブ・ワンダー』（レイチェル・カーソン・著、上遠恵子・訳）佑学社。

《この年の児童文学賞》

第22回（平4年）赤い鳥文学賞　加藤多一の「遠くへいく川」（くもん出版）。

第7回（平4年度）家の光童話賞　沢田俊子の「さむがりやはよっといで」、【優秀賞】ねぎしれいこの「おばあさんのじてんしゃ」、米谷康代の「貫川（ぬきがわ）の河童」、田中真理子の「愛ちゃんの贈り物」。

第1回（平4年）小川未明文学賞　【大賞】浜祥子の「おじいさんのすべり台」、【優秀賞】星野有三の「パン焼きコンクール」、井上夕香の「魔女の子モッチ」。

第12回（平4年）カネボウ・ミセス童話大賞　渡辺とみの「なべのふた」。

第23回（平4年）共石創作童話賞　【一般の部】〈最優秀賞〉船見みゆきの「ミッカメラ」、〈優秀賞〉尾上直子の「之朗のゆううつ」、田中幸世の「テストをたべたヤギ」、【児童の部】〈児童賞〉西谷和也の「作文の種」、檜山直美の「ゆみことラッパすいせん」、石川沙織の「あなたに会えてうれしいよ」。

第14回（平4年）クレヨンハウス絵本大賞　該当作なし、【最優秀作品賞】木村良雄の「大うさぎの夜」、【優秀作品賞】広瀬剛の「慣用句物語」、春田香歩の「だっこれっしゃ」、奥村憲司の「くそおやじ」、今野順子の「REM」。

第2回（平4年度）けんぶち絵本の里大賞　いもとようこの「ぼくはきみがすき」（至光社）、【びばからす賞】武田美穂の「となりのせきのますだくん」（ポプラ社）、宮沢賢治〔原作〕方緒良〔絵〕の「雪わたり」（三起商行）、みやざきひろかずの「ワニくんのながーいよる」（ブックローン出版）、五味太郎の「さる・るるる one more」（絵本館）。

第14回（平4年）講談社絵本新人賞　秋山匡の「ふしぎなカーニバル」、佳昨は、やまもとひまりの「王様のたまごやき」、橋本裕子の「あいたた山の22の木」、あまのみゆきの「まんげつのおとしもの」。

第33回（平4年）講談社児童文学新人賞　にしざきしげるの「カワウソのすむ海」、【佳作】ますだあきこの「スペースマイマイあらわる！」、天野月夫の「リョウ,影野村で」、本田昌子の「万里子へ」。

第16回（平4年）「子ども世界」絵本と幼低学年童話賞　該当作なし。

第39回（平4年）産経児童出版文化賞　【大賞】木下順二〔作〕瀬川康男〔絵〕の「絵巻物語」（全9巻　ほるぷ出版）、【JR賞】今井美沙子〔作〕今井祝雄〔写真〕の「わたしの仕事」（全10巻　理論社）、【賞】岩瀬成子〔作〕味戸ケイコ〔絵〕の「『うそじゃないよ』」と谷川くんはいった」（PHP研究所）、ヴィリ・フェーアマン〔作〕中村浩三〔訳〕中村采女〔訳〕の「少女ルーカスの遠い旅」（偕成社）、河合雅雄の「小さな博物誌」（筑摩書房）、奥本大三郎〔訳・解説〕の「ファーブル昆虫記」（全8巻　集英社）、石井象二郎〔文〕つだかつみ〔絵〕の「わたしの研究アリに知恵はあるか？」（偕成社）、【美術賞】スタシス・エイドリゲビシウス〔絵〕クルト・バウマン〔再話〕さいとうひろし〔訳〕の「ペロー童話　ながぐつをはいたねこ」（ほるぷ出版）。

第21回（平4年）児童文芸新人賞　美田徹の「アカギツネとふしぎなスプレー」（旺文社）、岩田道夫の「雪の教室」（国土社）、中田よう子の「ウエルカム！　スカイブルーへ」（金の星社）。

第41回（平4年度）小学館児童出版文化賞　池沢夏樹の「南の島のティオ」楡出版、岩瀬成子の「『うそじゃないよ』と谷川くんはいった」PHP研究所、伊藤秀男の「海の夏」ほるぷ出版。

第4回（平4年）新・北陸児童文学賞　吉本有紀子の「ふるるるるっふるう」（扉創刊号）。

第10回（平4年）〔宝塚ファミリーランド〕童話コンクール　【小学生の部】中野真理子の「ハハハ，はがぬけたよ」、【一般の部】〈特賞〉清水直美の「うす緑のはがき」。

第9回（平4年）「小さな童話」大賞　伏見京子の「菜の花のぬれた日」。

第34回（平4年）千葉児童文学賞　樫田鶴子の「空のひつじ」。

第8回（平4年度）坪田譲治文学賞　立松和平の「卵洗い」（講談社）。

第1回（平4年度）東北電力夢見る子供童話賞　【絵本部門】永井桃子の「ウサギの畑」、【児童文学部門】石神悦子の「満月，満月，そっこぬけ」。

第10回（平4年）新美南吉児童文学賞　野本淳一の「短針だけの時計」（国土社）。

第4回（平4年）新美南吉童話賞　【最優秀賞（文部大臣奨励賞）】羽月由起子の「かいぬしもとむ」、【一般の部】〈優秀賞〉東島賀代子の「かばのおしり」、〈特別賞〉渡辺仁美の「ゆびわうさぎ」、高田裕子の「恋をしたバイオリン」、斎藤至子の「夏まつり」、迫田宏子の「せみの子しん吉」、沢田俊之の「大きなくつした小さなくつした」、水野きみの「かあちゃんのにおい」、【中学生の部】〈優秀賞〉榊原亜依の「さか上がり」、【小学生高学年の部】〈優秀賞〉橘川春奈の「公園でのおばあさん」、〈特別賞〉綿田千花の「青い貝の思い出」、【小学生低学年の部】〈優秀賞〉水谷文宣の「たのしい森のなかまたち」、〈特別賞〉杉森美香の「たこといかとくらげの話」。

第9回（平4年）ニッサン童話と絵本のグランプリ　童話は、虹月真由美（本名・門林真由美）の「春のかんむり」、絵本は、松川真樹子の「うみからのてがみ」。

第2回（平4年度）日本アンデルセン親子童話大賞　【グランプリ（絵本部門）】北田悠・北田佳子の「ひっこしのおてつだい」。

第16回（平4年）日本児童文学学会賞　植田敏郎の「巌谷小波とドイツ文学―の源」（大日本図書）、〔奨励賞〕藤本芳則の「巌谷小波お伽作品目録稿」（私家版）、中川素子の「絵本はアート―ひらかれた絵本論をめざして」（教育出版センター）。

第32回（平4年）日本児童文学者協会賞　山下明生の「カモメの家」（理論社）。

第25回（平4年）日本児童文学者協会新人賞　上橋菜穂子の「月の森に，カミよ眠れ」（偕成社）、横川寿美子の「初潮という切り札」（JICC出版局）。

第14回（平4年）「日本児童文学」創作コンクール　伊藤政弘の「波」（詩）。

第16回（平4年）日本児童文芸家協会賞　該当作なし。

第5回（平4年）〔日本児童文芸家協会〕創作コンクール　幼年童話は、該当作なし、高学年童話は、該当作なし、詩・童謡は、該当作なし、単行本は、辻本よう子（木之下のり子）の「風のふく道」、由良正の「保津川の夜明け」。

第4回（平4年）日本動物児童文学賞　井沢賢の「鶴と少年」、【優秀賞】笹川奎治の「おれ、ウサギ係長」、池田浩子の「ガラクタ置き場のたからもの」。

第15回（平4年）日本の絵本賞　絵本にっぽん賞　【絵本にっぽん賞】武田美穂〔作・絵〕の「となりのせきのますだくん」（ポプラ社）、太田大八〔さく・え〕の「だいちゃんとうみ」（福音館書店）、【絵本にっぽん賞特別賞】アン・ジョナス〔作〕角野栄子〔訳〕の「あたらしいおふとん」（あかね書房）、デヴィッド・ウィーズナー〔作〕当麻ゆか〔訳〕の「かようびのよる」（福武書店）。

第15回（平4年）日本の絵本賞　絵本にっぽん新人賞　山田ゆみ子の「さくら展望台」、【佳作】田中篤の「ぼくの大漁小学校」。

第30回（平4年）野間児童文芸賞　松谷みよ子の「アカネちゃんのなみだの海」（講談社）、山下明生の「カモメの家」（理論社）、【新人賞】岡田なおこの「薫ing」（岩崎書店）。

第4回（平4年）浜屋・よみうり仏教童話大賞　【金賞】沢田俊子の「石ころじぞう」、【銀賞】土屋明子の「健太の気持ち」。

第3回（平4年）ひろすけ童話賞　上甲彰の「独行船（どっこうせん）」、〈入選〉平手清恵の「アダンの海」、菅原康の「ホッチャレ焦れ唄」、【佳作】山下悦夫の「灯台視察船羅州丸」、伊良波弥の「鮫釣り」。

第9回（平4年）福島正実記念SF童話賞　馬場真理子の「パパがワニになった日」、武馬美恵子の「めいたんていワープくん」、【佳作】本田昌子の「未完成ライラック」。

第2回（平4年）ぶんけい創作児童文学賞　平純夏の「風を感じて」、【佳作】梅田真理の「夢色の風にふかれて」、浜野悦博の「電子モンスター」、【学生短編賞】大川ゆかりの「名前のない羊」。

第10回（平4年）ほのぼの童話館創作童話募集　【一般の部】〈ほのぼの大賞〉後藤美穂の「キツネのおばあちゃん」、【児童の部】〈ほのぼの児童大賞〉玉井芳英の「スイカのタネから出た話」。

第42回（平4年）毎日児童小説　小学生向けは、梅田真理の「おばあちゃんの小さな庭で」、中学生向けは、該当作なし。

第16回（平4年）毎日童話新人賞　【最優秀賞】亀谷みどりの「かめやまくんちのでんわおばけ」。

第2回（平4年）椋鳩十児童文学賞　森絵都の「リズム」（講談社）、【出版文化賞】講談社の「リズム」の出版に対して。

第5回（平4年）リブラン創作童話募集　盛田英恵の「アロエの物語」。

第4回（平4年）琉球新報児童文学賞　短編児童小説は、前田よし子の「小さな歌の物語」、創作昔ばなしは、前田典子の「うさえる国物語」。

第14回(平4年)路傍の石文学賞　長谷川集平の「石とダイヤモンド」(講談社)「鉛筆デッサン小池さん」(筑摩書房)、【幼少年文学賞】いとうひろしの「おさるのまいにち」「おさるはおさる」(講談社)。

1993年
(平成5年)

- 2.5　〔刊行・発表〕『やまからにげてきた　ゴミをぽいぽい』刊行　2月5日、田島征三共同制作『やまからにげてきた　ゴミをぽいぽい』が、童心社から刊行された。

- 2.25　〔作家訃報〕安房直子が亡くなる　2月25日、児童文学作家の安房直子が亡くなる。50歳。本名、峰岸直子。東京都生まれ。日本女子大学国文科卒。山室静に師事し、児童文学同人誌「海賊」に参加。昭和45年「さんしょっ子」で日本児童文学者協会新人賞(第3回)〔昭和45年〕、48年童話集「風と木の歌」で小学館文学賞受賞(第22回)〔昭和48年〕。他に童話集「北風のわすれたハンカチ」「白いおうむの森」「風のローラースケート」がある。また、「遠いのばらの村」で野間児童文芸賞(第20回)〔昭和57年〕、「風のローラースケート」で新美南吉児童文学賞(第3回)〔昭和60年〕、「小夜の物語」でひろすけ童話賞(第2回)〔平成3年〕、「花豆の煮えるまで」で赤い鳥文学賞(特別賞　第24回)〔平成6年〕を受賞。

- 3.10　〔学会・団体〕子どもと本の出会いの会発足　3月10日、子どもと本の出会いの会が発足する。子どもの読書離れ対策を目的とするもので、会長は井上ひさし。

- 3.25　〔作家訃報〕深沢紅子が亡くなる　3月25日、洋画家の深沢紅子が亡くなる。90歳。本名、深沢コウ。岩手県盛岡市生まれ。盛岡高女卒、東京女子美術学校〔大正12年〕卒。12歳から日本画を習い、在学中に油絵に転向、そのまま洋画家として歩む。大正14年二科展に初入選し、デビュー。昭和11年一水会、23年女流画家協会創立に参加。画風は水彩画に近い透明感がある。昭和初期より「子供之友」に童画を描き、巽聖歌や石井桃子との絵本がある。夫・深沢省三とともに日本児童文芸家協会による児童文化功労者として表彰された。代表作に「少女像」、著書に「絵のある詩集」「追憶の詩人達」がある。平成8年軽井沢と盛岡に深沢紅子野の花美術館が開館。

- 3月　〔刊行・発表〕『豆の煮えるまで』刊行　3月、安房直子による『豆の煮えるまで』が偕成社より刊行された。

- 4.15　〔イベント関連〕日販がボローニャ国際児童図書展に出展　4月15日、日販がイタリアのボローニャ国際児童図書展に出展する。

- 5.1　〔児童文学一般〕第35回こどもの読書週間　5月1日、「第35回こどもの読書週間」が開始される。

- 5.19　〔学校図書館〕「学校図書館の充実をめざす緊急学習会」　5月19日、学図協・児童出版が「学校図書館の充実をめざす緊急学習会」を東京・毎日新聞社において開催する。

- 5月　〔刊行・発表〕『半分のふるさと』刊行　5月、イ・サンクムによる『半分のふるさと』

6.30	〔刊行・発表〕『魔女の宅急便その2』刊行	6月30日、角野栄子著『魔女の宅急便その2 キキと新しい魔法』(福音館書店)が刊行される。
7月	〔ベストセラー・話題本〕恐竜ブーム	7月、スティーブン・スピルバーグ監督の映画『ジュラシック・パーク』が公開される。これを契機に恐竜ブームとなり、『きょうりゅうほねほねくんシリーズ』(あかね書房)、『きいろい恐竜くん』(フジテレビ出版)、『ジュラシック・パーク よみがえる恐竜の秘密』などの新刊本の他、既刊本も好調な売れ行きを示す。
9.6	〔作家訃報〕永井萠二が亡くなる	9月6日、児童文学作家の永井萠二が亡くなる。73歳。東京生まれ。島根県早稲田大学文学部社会学科卒。在学中、早大童話会に所属し「童苑」や「童話会」に作品を発表。昭和21年朝日新聞社に入社。「週刊朝日」記者、編集委員などを経て、聖徳学園短期大学教授に就任。のち青山学院女子短期大学講師を務める。この間、30年「ささぶね船長」を刊行し、31年サンケイ児童出版文化賞を受賞。「びわの実学校」同人。他の作品に「赤まんま」「雑草の歌」「サンアンツンの孤児」「子鹿物語」などがある。日本児童文化功労賞を受賞した。
9.17	〔作家訃報〕竹崎有斐が亡くなる	9月17日、児童文学作家の竹崎有斐が亡くなる。70歳。京都府京都市生まれ。熊本県熊本市早稲田大学高等師範部国漢科卒。昭和17年大学入学と同時に早大童話会入会。18年出征し、20年9月復員。23年小峰書店に入社。48年より文筆活動に入る。この間、40年から「びわの実学校」に作品を発表、44年同人となる。52年「石切り山の人びと」でサンケイ児童出版文化賞、小学館文学賞、日本児童文学者協会賞の3つの賞を受賞。「花吹雪のごとく」で路傍の石文学賞、「にげだした兵隊—原一平の戦争」で野間児童文芸賞を受賞。ほかに、「火をふけゴロ八」「のら犬ノラさん」など多数の作品がある。
9.30	〔刊行・発表〕『ゆめからゆめんぼ』刊行	9月30日、矢玉四郎著の「はれぶたシリーズ」第5弾『ゆめからゆめんぼ』(岩崎書店)が刊行される。
10月	〔刊行・発表〕『これは王国のかぎ』刊行	10月、荻原規子による『これは王国のかぎ』が理論社より刊行された。
10月	〔刊行・発表〕『日本児童文学大事典』刊行	10月、大日本図書創立100周年記念事業として『日本児童文学大事典』全3巻が刊行される。
11.26	〔作家訃報〕庄野英二が亡くなる	11月26日、児童文学作家・小説家の庄野英二が亡くなる。78歳。山口県萩町(萩市)生まれ。大阪府大阪市出身。帝塚山関西学院大学文学部哲学科卒。在学中、坪田譲治の「お化けの世界」に感動し、坪田家を訪れ、文学の目を開かれる。昭和12年陸軍に入隊し、中国・南方を転戦、21年大尉で復員。23年帝塚山学院に勤務。中等部、高等部、短大を経て、帝塚山学院大学教授となり、57年〜平成元年学長。一方、昭和22年から本格的な創作活動に入り、30年第一童話集「子供のデッキ」を刊行。以後、童話、小説、随筆、紀行と精力的に書きすすめる。「星の牧場」にて野間児童文芸賞、日本児童文学者協会賞、サンケイ児童出版文化賞を受賞。「雲の中のにじ」にてNHK児童文学賞、「アルファベット群島」で赤い鳥文学賞を受賞。随筆「ロッテルダムの灯」にて日本エッセイストクラブ賞を受賞。そのほかに童話「うみがめ丸漂流記」、小説「ユングフラウの月」、自伝「鶏冠詩人

伝」など。「庄野英二全集」(全11巻 偕成社)がある。"びわの実学校"同人。大阪府芸術賞、巌谷小波文芸賞も受賞した。

11月 〔刊行・発表〕『いわしくん』刊行　11月、菅原たくやによる『いわしくん』が文化出版局から刊行される。海にいたいわしが食事となって男の子に食べられ…と生態系に初めて触れる子どもにわかりやすく綴られる。

11月 〔刊行・発表〕古田足日の全集刊行　11月、童心社より『全集 古田足日こどもの本』(全13巻・別巻)が刊行された。古田足日の35年にわたる集大成で、2015年には復刻版も刊行された。

12.9 〔児童文学一般〕子どもと本の議員連盟設立　12月9日、子どもと本の議員連盟が設立される。会長鳩山邦夫、事務局長肥田美代子。1994年4月27日、憲政記念館において同連盟設立記念フォーラム「子どもと本の今日と明日のために」が開催される。

12月 〔刊行・発表〕『うそつきト・モ・ダ・チ』刊行　12月、高山栄子による『うそつきト・モ・ダ・チ』がポプラ社より刊行された。

12月 〔刊行・発表〕『クラスメイト』刊行　12月、ときありえによる『クラスメイト』が文渓堂より刊行された。

12月 〔刊行・発表〕『青春航路ふぇにっくす丸』刊行　12月、八束澄子による『青春航路ふぇにっくす丸』が文渓堂より刊行された。

この年 〔刊行・発表〕児童全集の刊行相次ぐ　この年、児童全集の刊行が相次ぐ。主な物に『岩波世界児童文学全集』全30巻(岩波書店)、『全集古田足日子どもの本』全13巻・別巻1巻(童心社)、『小川未明名作選集』全6巻(ぎょうせい)、『ジュニア自然図鑑』全10巻(実業之日本社)、『21世紀こども百科 21世紀こども人物館』(小学館)など。

この年 〔ベストセラー・話題本，イベント関連〕ピーターラビット生誕100周年　この年、ピーターラビット生誕100周年。福音館書店が『復刻版ピーターラビットの絵本』全3巻セットをイギリスから直輸入し、書店店頭で大規模なブックフェアを開催する。

この年 〔読書感想文〕第39回読書感想コン課題図書　この年(1993年度)の青少年読書感想文コンクールの課題図書。【小学校低学年】『おみせやさん』(かどのえいこ・ぶん、たばたせいいち・え)童心社、『うちのなまくらさん』(ポール・ジェラティ・さく、せなあいこ・やく)評論社、『子うしのハナベエ日記』(金田喜兵衛・作)ひくまの出版、『しまふくろう』(山本純郎神沢利子・ぶん、山本純郎・写真)福音館書店。【小学校高学年】『ボク、ただいまレンタル中』(長崎源之助・作)ポプラ社、『にじ色のガラスびん』(M・ピクマル・作、南本史・訳)あかね書房、『森は呼んでいる』(及川和男・作)岩崎書店、『動物園出前しまーす』(川内松男・文・写真)国土社。【中学校】『夏の庭：The Friends』(湯本香樹実・作)福武書店、『真夜中の森で』(R・カーヴェン・作、若林千鶴・訳)金の星社、『森林はなぜ必要か』(只木良也・著)小峰書店。【高等学校】『もうひとつの家族』(キャサリン=パターソン・作、岡本浜江・訳)偕成社、『森の365日：宮崎学のフクロウ谷日記』(宮崎学・著)理論社、『幻のオリンピック』(川成洋・著)筑摩書房。

この年 〔学校図書館〕「学校図書館図書整備新5ヶ年計画」　この年、文部省が「学校図書館図書標準」を制定し、「学校図書館図書整備新5ヶ年計画」を発表する。1993年度か

ら97年度までの5年間に総額約500億円を地方財政措置し、学校図書館の蔵書を1.5倍に増加させる内容。

《この年の児童文学賞》

第24回（平5年）JOMO童話賞　【一般の部】〈最優秀賞〉谷中智子の「遠い街へむかう電車で」、〈優秀賞〉飛田泉の「穴」、橋本美幸の「カエルのなみだ」、〈佳作〉下城さちの「たまごのたまご」、儀満敏彦の「トカゲのスポーツ店」、山口正恵の「もくれんとこま」、佐藤一行の「ぽぽのおくりもの」、大住美春の「立ちあがれ 大きな木」、坂本晋の「赤い化粧水」、中尾虎秀の「ぼくのクビ」、竹中真理子の「ひぐらしエンピツ」、和田尚之の「潮騒の街」、本木勝人の「三月 ネコ月 ネコないた」、【児童の部】〈児童賞〉高崎倫子の「ヤギの変身」、芳野真央の「お月さまのお店屋さん」、川辺三央の「空のラーメン屋」。

第23回（平5年）赤い鳥文学賞　堀内純子の「ふたりの愛子」(小峰書店)。

第8回（平5年度）家の光童話賞　沢田俊子の「さむがりやはよっといで」、【優秀賞】ねぎしれいこの「おばあさんのじてんしゃ」、米谷康代の「貫川の河童」、田中真理子の「愛ちゃんの贈り物」。

第2回（平5年）小川未明文学賞　【大賞】山下勇の「ウミガメケン太の冒険」、【優秀賞】佐々木真水の「イルカのいない海」、鈴木由美の「父さんの贈り物」。

第13回（平5年）カネボウ・ミセス童話大賞　加来安代の「おなべがにげた」。

第15回（平5年）クレヨンハウス絵本大賞　該当作なし、【最優秀作品賞】該当作なし、【優秀作品賞】月田恵美の「どこまでもつづくよ」、やまもとたかしの「どっかり橋狂奏曲（ラプソディー）」。

第3回（平5年度）けんぶち絵本の里大賞　マルカム・バード〔作・絵〕岡部史〔訳〕の「魔女図鑑～魔女になるための11のレッスン」(金の星社)、【びばからす賞】木曽秀夫の「ひとくちばくり」(文渓堂)、津田直美の「犬の生活」(河合楽器製作所出版事業部)、みやざきひろかずの「ワニくんのえにっき」(ブックローン出版)、ニック・バドワース〔作〕はやしまみ〔訳〕の「ゆきのふるよる」(金の星社)。

第15回（平5年）講談社絵本新人賞　田中ゆかりの「グリーン・グリーン・ソング」、【佳作】松村牧夫の「ふしぎなすいぞくかん」、成田雅子の「猫の紳士」、山下ケンジの「なつのひ」。

第34回（平5年）講談社児童文学新人賞　小川英子の「ピアニャン」、【佳作】吉村健二の「あけぼの丸と僕」、小川みなみの「今度ワープするとき」。

第1回（平5年）小梅童話賞　小田有希子の「錆姫」、【入賞】阿砂利好美・にしでしずこ・平野親子・伊藤瑞恵・斉藤亜矢子。

第17回（平5年）「子ども世界」絵本と幼低学年童話賞　該当作なし。

第40回（平5年）産経児童出版文化賞　【大賞】まどみちお〔作〕伊藤英治〔編〕の「まど・みちお全詩集」(理論社)、【JR賞】池内了〔文〕小野かおる〔絵〕の「お父さんが話してくれた宇宙の歴史（全4冊）」(岩波書店)、【賞】遊子〔文・絵〕の「だんまりくらべ」(すずき出版)、舟崎靖子〔作〕かみやしん〔絵〕の「亀八」(偕成社)、レオン・ガーフィールド〔作〕斉藤健一〔訳〕中釜浩一郎〔絵〕の「見習い物語」(福武書店)、広河隆一〔文・写真〕の「チェルノブイリから―ニーナ先生と子どもたち」(小学館)、日本野鳥の会〔編〕水谷高英〔他絵〕の「みる野鳥記（全10巻）」(あすなろ書房)、【美術賞】かみやしん〔絵〕まどみちお・阪田寛夫〔作〕の「まどさんとさかたさんのこと

ばあそび」(小峰書店)。

第22回(平5年)児童文芸新人賞　湯本香樹実の「夏の庭」(福武書店)、正道かほるの「でんぐりん」(あかね書房)。

第42回(平5年度)小学館児童出版文化賞　丘修三の「少年の日々」偕成社、斎藤隆夫の「まほうつかいのでし」こどものとも。

第11回(平5年)〔宝塚ファミリーランド〕童話コンクール　【小学生の部】谷本まゆこの「まいごの海ガメの話」、【一般の部】岩田早苗の「聞き上手」。

第10回(平5年)「小さな童話」大賞　三上日登美の「冬になるといつも」。

第35回(平5年)千葉児童文学賞　牧野はまゑの「バスとお地蔵様」。

第9回(平5年度)坪田譲治文学賞　李相琴(イ・サンクム)の「半分のふるさと―私が日本にいたときのこと」(福音館書店)。

第11回(平5年)新美南吉児童文学賞　真田亀久代の「まいごのひと真田亀久代詩集」(かど創房)。

第5回(平5年)新美南吉童話賞　【最優秀賞(文部大臣奨励賞)】清水礼子の「宿題屋」、【一般の部】〈優秀賞〉河合道子の「浜茶屋の青い風鈴」、〈特別賞〉加藤敏博の「橋」、高島宏美の「いたずら地蔵」、畠山あえかの「夢屋」、長谷部奈美江の「ぼくのストーブ」、藤田直樹の「元気うさぎ」、【中学生の部】〈優秀賞〉小川知宏の「きんかんレストラン」、〈特別賞〉小林みずほの「やまんばひとりぼっち」、【小学生高学年の部】〈優秀賞〉國分綾子の「なめくじとかたつむり」、〈特別賞〉名村麻紗子の「りさちゃんと松の木」、稲垣意地子の「不思議なマグカップ」、【小学生低学年の部】〈優秀賞〉鯉江直子の「なおこちゃんのおとなのは」、鯉江康弘の「きょうはなに色」。

第10回(平5年)ニッサン童話と絵本のグランプリ　童話は、立花あさこ、絵本は、スエリ・ピニョの「まじょだ！」。

第17回(平5年)日本児童文学学会賞　矢崎節夫の「童謡詩人…金子みすゞの生涯」(JULA出版)、〔奨励賞〕岡本定男の「子ども文化の水脈―近代日本児童文化史研究論考」(近代文芸社)。

第33回(平5年)日本児童文学者協会賞　舟崎靖子の「亀八」(偕成社)、清水真砂子の「子どもの本のまなざし」(宝島社)。

第26回(平5年)日本児童文学者協会新人賞　正道かほるの「でんぐりん」(あかね書房)、湯本香樹実の「夏の庭―The Friends」(福武書店)。

第15回(平5年)「日本児童文学」創作コンクール　寺山富三の「海のむこうでぼくが泣いている」、なかおみどりの「アカタテハの火」(詩)。

第17回(平5年)日本児童文芸家協会賞　藤崎康夫の「沖縄の心を染める」(くもん出版)。

第6回(平5年)〔日本児童文芸家協会〕創作コンクール　幼年童話は、横手恵子の「ようこの運動会」、高学年童話は、該当作なし、詩・童謡は、該当作なし、単行本は、津島節子の「水の中のたいこの音」、黒沢知子の「鬼の腕輪」。

第5回(平5年)日本動物児童文学賞　平戸美幸の「桜の木の下で」、【優秀賞】井上猛の「金色の鳩」、橋村あさこの「サツキ、ありがとう」。

第31回(平5年)野間児童文芸賞　山中恒の「とんでろじいちゃん」(旺文社)、【新人賞】李相琴の「半分のふるさと」(福音館書店)。

第5回（平5年）浜屋・よみうり仏教童話大賞　【金賞】松本修の「きつね草」、【銀賞】片田和広の「人間になった鬼」。

第4回（平5年）ひろすけ童話賞　今村葦子の「まつぼっくり公園のふるいブランコ」（理論社）。

第10回（平5年）福島正実記念SF童話賞　黒田けいの「きまぐれなカミさま」、【佳作】かわはらゆうじの「キャルパサに帰りたい」、内田浩示の「にんげんのたまご」、池田かずこの「だんだらものがたり」。

第3回（平5年）ぶんけい創作児童文学賞　該当作なし、【佳作】佐久間智子の「鳥の話」、田口修司の「ケンちゃんの魔法」、【学生短編賞】小沢すみ子の「うり虫」。

第2回（平5年）星の都絵本大賞　【星の都絵本大賞部門】〈大賞〉えびなみつるの「遠いクリスマス」、〈奨励賞〉なぎ風子の「おとなってめんどうだなあ」、岡万記・池本孝慈の「星のおくりもの」、山田真奈未の「ぴかぴかのもと」、【親と子の手づくり絵本コンテスト部門】〈特選〉松本麻美・松本裕子の「エレベーターの大ぼうけん」、柴日航・柴日郁代の「わっくんのまんまる」、松井夕記・松井千代香の「こねこのミーとおつきさま」。

第11回（平5年）ほのぼの童話館創作童話募集　【一般の部】〈ほのぼの児童大賞〉秋田谷説子の「二十歳のぼく」、【児童の部】〈ほのぼの児童大賞〉重富奈々絵の「ほっかほっかのパパパパパンツ」。

第43回（平5年）毎日児童小説　小学生向きは、まつうらのぶこの「ガンバエイト ぼくたち サポーター」、中学生向きは、該当作なし。

第17回（平5年）毎日童話新人賞　【最優秀賞】麻生かづこの「ぞうのくしゃみでおおさわぎ」。

第3回（平5年）椋鳩十児童文学賞　もとやまゆうほの「パパにあいたい日もあるさ」（ポプラ社）。

第5回（平5年）琉球新報児童文学賞　短編児童小説は、該当作なし、創作昔ばなしは、森山高史の「りゅうのしおふき」。

第15回（平5年）路傍の石文学賞　山下明生の「カモメの家」（理論社）、【幼少年文学賞】岡田淳の「びりっかすの神さま」（偕成社）「星モグラ サンジの伝説」（理論社）。

1994年
（平成6年）

1月　〔児童雑誌等〕「びわの実学校」廃刊　1月、童話雑誌「びわの実学校」が廃刊となった。

1月　〔刊行・発表〕『フォア文庫愛蔵版』刊行　1月、フォア文庫の会（岩崎書店・金の星社・童心社・理論社の4社による協力出版）がフォア文庫15周年記念出版として『フォア文庫愛蔵版』全40巻を刊行する。

2.1　〔出版社関連〕児童図書十社の会設立20周年会　2月1日、児童図書十社の会が設立20周年会を東京・市ヶ谷のアルカディア市ヶ谷において開催する。あかね書房・岩崎書店・偕成社・学習研究社・金の星社・国土社・小峰書店・童心社・ポプラ社・理論

2.27	〔作家訃報〕藤原一生が亡くなる	2月27日、児童文学作家の藤原一生が亡くなる。69歳。本名、藤原一生。東京市深川（現・東京都江東区）生まれ。小卒。小学校を卒業し、印刷所に就職。昭和19年陸軍に入隊、中国大陸へ。20年復員。書店勤務などを経て、児童文学作家に。一方、昭和50年日本けん玉協会を設立。会長を務め、統一ルールの制定や段級制度の導入など、けん玉の普及に力を尽し、平成2年少年少女全日本けん玉道選手権大会を開催。著書にスラム街で育ち、教会に預けられた少年の頃の体験をもとに書きロングセラーとなった「あかい目―ぼくのイエスさま」や「イエスの目」「タロ・ジロは生きていた」など。

1994年（平成6年）　　　　　　　　　　　　　　　　　　　　日本児童文学史事典

2.27　〔作家訃報〕藤原一生が亡くなる　2月27日、児童文学作家の藤原一生が亡くなる。69歳。本名、藤原一生。東京市深川（現・東京都江東区）生まれ。小卒。小学校を卒業し、印刷所に就職。昭和19年陸軍に入隊、中国大陸へ。20年復員。書店勤務などを経て、児童文学作家に。一方、昭和50年日本けん玉協会を設立。会長を務め、統一ルールの制定や段級制度の導入など、けん玉の普及に力を尽し、平成2年少年少女全日本けん玉道選手権大会を開催。著書にスラム街で育ち、教会に預けられた少年の頃の体験をもとに書きロングセラーとなった「あかい目―ぼくのイエスさま」や「イエスの目」「タロ・ジロは生きていた」など。

社の児童書専門出版社10社が、学校・公共図書館への図書の紹介を共同で行うことを目的に設立したもの。

2.27　〔作家訃報〕藤原一生が亡くなる　2月27日、児童文学作家の藤原一生が亡くなる。69歳。本名、藤原一生。東京市深川（現・東京都江東区）生まれ。小卒。小学校を卒業し、印刷所に就職。昭和19年陸軍に入隊、中国大陸へ。20年復員。書店勤務などを経て、児童文学作家に。一方、昭和50年日本けん玉協会を設立。会長を務め、統一ルールの制定や段級制度の導入など、けん玉の普及に力を尽し、平成2年少年少女全日本けん玉道選手権大会を開催。著書にスラム街で育ち、教会に預けられた少年の頃の体験をもとに書きロングセラーとなった「あかい目―ぼくのイエスさま」や「イエスの目」「タロ・ジロは生きていた」など。

2月　〔刊行・発表〕『うっかりウサギのう～んと長かった1日』刊行　2月、二宮由紀子による『うっかりウサギのう～んと長かった1日』が文渓堂より刊行された。

3.5　〔学会・団体〕ワイルドスミス絵本美術館開館　3月5日、静岡県伊東市にワイルドスミス絵本美術館が開館。イギリスの絵本作家、ブライアン・ワイルドスミスの絵本原画『マザーグース』『ワイルドスミスのABC』『うさぎとかめ』などのほか、約1000点を収蔵。

3.18　〔刊行・発表〕『子どものための世界文学の森』刊行　3月、集英社が『子どものための世界文学の森』全24巻を刊行する。

3.21　〔作家訃報〕門司秀子が亡くなる　3月21日、児童文学作家・エッセイストの門司秀子が亡くなる。81歳。福岡県福岡市女学校中退。昭和56年随筆集「わたしの人名簿」を自費出版。57年には金婚式を喜寿と古希で迎える記念に続編「夕映えの海」を出版した。

4.7　〔イベント関連〕日販がボローニャ国際児童図書展に出展　4月7日、日販がイタリアのボローニャ国際児童図書展に出展する。

4月　〔刊行・発表〕「アンネの日記 完全版」出版　4月、「アンネの日記 完全版」が文藝春秋から出版された。

4月　〔刊行・発表〕『ゆびぬき小路の秘密』刊行　4月、小風みちによる『ゆびぬき小路の秘密』が福音館書店より刊行された。

4月　〔刊行・発表〕『西の魔女が死んだ』刊行　4月、楡出版より梨木香歩の『西の魔女が死んだ』が刊行。2005年にラジオドラマ化され、また長崎俊一監督により映画化されて2008年6月に公開された。

5.1　〔児童文学一般〕第36回こどもの読書週間　5月1日、「第36回こどもの読書週間」が開始される。

5.16　〔イベント関連〕「'94明日をみつめる子供のための優良図書展示会」　5月16日、トーハンが「'94明日をみつめる子供のための優良図書展示会」を全国20支店において開催する。

5.17　〔作家訃報〕大蔵宏之が亡くなる　5月17日、児童文学作家の大蔵宏之が亡くなる。85歳。本名、大蔵新蔵。奈良県生まれ。関西大学中退。大阪市東区史編纂係を経て、NHKに勤務。青少年部主管などを務めた。かたわら「新児童文学」などを創刊し、

		昭和18年童話集「お父さんの戦友」を刊行。以後児童文学作家として活躍し「戦争っ子」「ぼくは負けない」「朝の太陽」「光ったお星さま」「ひこいちとんちばなし」などの著書がある。
5月	〔刊行・発表〕『ボクサー志願』刊行	5月、皿海達哉による『ボクサー志願』が偕成社より刊行された。
6.5	〔学会・団体〕新美南吉記念館開館	6月5日、愛知県半田市に新美南吉記念館が誕生。約9000点の蔵書(うち約3000点が児童書)のほか、「ごんぎつね」の作者である新美南吉の自筆原稿などの展示品がある。
7.5	〔作家訃報〕宮口しづえが亡くなる	7月5日、児童文学作家の宮口しづえが亡くなる。86歳。長野県北佐久郡小諸町(小諸市)生まれ。松本女子師範卒。昭和32年短編童話集「ミノスケのスキー帽」を処女出版し、日本児童文学者協会新人賞を受賞。その後、「ゲンと不動明王」で小川未明文学賞奨励賞、「箱火ばちのおじいさん」で野間児童文芸賞推奨作品賞、「宮口しづえ童話全集」(全8巻)で赤い鳥文学賞を受賞。46～53年信州児童文学会長を務めた。他の作品に「山の終バス」「ゲンとイズミ」がある。
7.10	〔刊行・発表〕『14ひきのこもりうた』刊行	7月10日、いわむらかずお作の絵本『14ひきのシリーズ』の第9巻『14ひきのこもりうた』(童心社)が刊行される。
7.23	〔イベント関連〕「子どもの本ブックフェア」	7月23日、「子どもの本ブックフェア」が京都・四条通の京都山一証券ビルにおいて開始される。
7月	〔刊行・発表〕『黒ねこサンゴロウ1 旅のはじまり』刊行	7月、竹下文子作、鈴木まもる絵による『黒ねこサンゴロウ1 旅のはじまり』が偕成社から刊行される。少年と黒猫サンゴロウの冒険ファンタジー。
8.5	〔イベント関連〕「日本児童図書展」	8月5日、「日本児童図書展」が岡山市のRSKメディアコムにおいて開催される。
8.9	〔イベント関連〕「トーハン大阪支店こどもの本ブックフェア」	8月9日、「トーハン大阪支店こどもの本ブックフェア」が吹田市の万博公園において開催される。
8.26	〔イベント関連〕「トーハン名古屋支店子どもの本ブックフェア」	8月26日、「トーハン名古屋支店子どもの本ブックフェア」が名古屋国際センタービルにおいて開始される。
8月	〔刊行・発表〕『夏の鼓動』刊行	8月、長崎夏海による『夏の鼓動』が偕成社より刊行された。
8月	〔児童図書館、地域文庫〕大島町絵本館開館	8月、富山県大島町に、大島町絵本館が開館した。
8月	〔学会・団体〕射水市大島絵本館設立	8月、富山県射水市に「射水市大島絵本館」が設立された。
9月	〔刊行・発表〕『神沢利子コレクション』	9月、あかね書房創立45周年記念出版として『神沢利子コレクション』全5巻が刊行される。30年以上にわたる作家活動の中から、幼年童話・短編を中心に採録したもの。
10.5	〔作家訃報〕佐藤州男が亡くなる	10月5日、児童文学作家の佐藤州男が亡くなる。新

1994年（平成6年）

潟県村上市生まれ。30年にわたる教職のうち、最後の10数年間は障害児教育にたずさわる。昭和55年筋萎縮症のため教職をはなれ、著作生活にはいる。「行こうぜ」で講談社児童文学新人賞佳作、「海辺の町から」で日本児童文芸家協会新人賞」を受賞。著作はほかに「新ちゃんがないた！」「死んでたまるか！」「ゴクツブシの天使」など。

10.26　〔児童図書館、地域文庫〕子どもと本の議員連盟第2回総会　10月26日、子どもと本の議員連盟第2回総会が開催され、児童書の収集・研究を目的とする国際子ども図書館設立を呼びかける。

10月　〔刊行・発表〕『ディズニー名作ライブラリー』刊行　10月、窪田僚ほか文『ディズニー名作ライブラリー』（講談社）全2巻が刊行される。

10月　〔刊行・発表〕『松谷みよ子の本』刊行開始　10月、『松谷みよ子の本 第1巻 モモちゃんとアカネちゃんのお話』（講談社）が刊行される。全10巻別巻1巻で、収録作品数は1000編。

10月　〔刊行・発表〕『地獄堂霊界通信ワルガキ、幽霊にびびる！』刊行　10月、香月日輪による『地獄堂霊界通信ワルガキ、幽霊にびびる！』がポプラ社より刊行された。

11月　〔刊行・発表〕『21世紀こどもクラシック』刊行開始　11月、小学館が『21世紀こどもクラシック 第1巻 コンサートは楽しい』を刊行する。全5巻のCD付きブックシリーズ。

11月　〔刊行・発表〕『お江戸の百太郎乙松、宙に舞う』刊行　11月、那須正幹による『お江戸の百太郎乙松、宙に舞う』が岩崎書店より刊行された。

11月　〔刊行・発表〕『ばけものつかい』刊行　この年、川端誠による落語絵本『ばけものつかい』が、クレヨンハウスから刊行された。シリーズとして刊行され、2008年には13冊目となる『ひとめあがり』が刊行された。

11月　〔刊行・発表〕『宇宙のみなしご』刊行　11月、森絵都による『宇宙のみなしご』が講談社より刊行された。

12月　〔刊行・発表〕『おさる日記』刊行　12月、和田誠による『おさる日記』が偕成社より刊行された。

12月　〔刊行・発表〕『ズッコケ三人組と学校の怪談』刊行　12月、累計1400万部の大ベストセラーである那須正幹作「それいけ！ ズッコケ三人組シリーズ」の第30巻『ズッコケ三人組と学校の怪談』（ポプラ社）が刊行される。

この年　〔出版社関連〕徳間書店が児童書参入　この年、徳間書店が創立40周年記念事業の一環として児童書編集部門を設置し、絵本・児童文学書出版に参入する。5月、第一弾としてアメリカのユリ・シュルヴィッツ作『あるげつようびのあさ』など絵本4点を刊行。

この年　〔刊行・発表，イベント関連〕いわさきちひろ没後20周年　この年、いわさきちひろ没後20周年を記念し、出版社11社協賛によりブックフェアが開催される。また、記念出版として『いわさきちひろの絵本』全7巻（偕成社）、『いわさきちひろ画集』（毎日新聞社）が刊行される。

この年　〔読書感想文〕第40回読書感想コン課題図書　この年（1994年度）の青少年読書感想

日本児童文学史事典

文コンクールの課題図書。【小学校低学年】『はたらきもののあひるどん』(マーティン・ワッデル・さく、ヘレン・オクセンバリー・え、せなあいこ・やく)評論社、『大どろぼう くまさん』(ふりやかよこ・作・絵)教育画劇、『こひつじクロ』(エリザベス・ショー・作・絵、ゆりよう子・訳)岩崎書店、『どんどんのびる草』(村山幸三郎・ぶん、伏原納知子・え)新日本出版社。【小学校高学年】『アニーとおばあちゃん』(ミスカ・マイルズ・作、ピーター・パーノール・絵、北面ジョーンズ和子・訳)あすなろ書房、『星のまつり』(最上一平・文)童心社、『少年の海』(横山充男・作)文研出版、『あばれ天竜を恵みの流れに：治山治水に生涯をささげた金原明善』(赤座憲久・作)PHP研究所。【中学校】『メイおばちゃんの庭』(C・ライラント・作、斎藤倫子・訳)あかね書房、『きわめいて川は流れる』(生源寺美子・作)ポプラ社、『夜明けへの道』(岡本文良・作)金の星社。【高等学校】『わたしの生まれた部屋』(ポール・フライシュマン・作、谷口由美子・訳)偕成社、『ミラクル』(辻仁成・文、望月通陽・絵)講談社、『解剖学教室へようこそ』(養老孟司・著)筑摩書房。

この年 〔児童文学賞(海外)〕まど・みちおが国際アンデルセン賞　この年、詩人のまど・みちおが国際アンデルセン賞の作家賞を受賞した。

《この年の児童文学賞》

第25回(平6年) JOMO童話賞　【一般の部】〈最優秀賞〉山田泰司の「ねこまくら屋」、〈優秀賞〉中田恵美の「フライパン」、梨本愛の「海と町のあいだで」、〈佳作〉足助一美の「ありた一家がやってきた」、桜庭京子の「メニューの空白」、林由香の「じゃまなおひるね」、土井マチ子の「おっとっとまんじゅう」、川口桃子の「きょうも雨ふり」、有澤由美子の「てれやの木村さん」、佐藤のぞみの「おさるのふきん」、松浦南の「チョコレートにご用心」、村上優子の「おまもり」、有谷幸弘の「百獣の王おとうさんカバ」、【児童の部】〈児童賞〉橘川春奈の「本屋のおばさん」、青山裕加の「きえたゾウ」、長谷川由季の「ハサミくんとめんぼうちゃんとバンドエードくんの冒険」。

第24回(平6年)赤い鳥文学賞　該当作なし、【特別賞】安房直子の「花豆の煮えるまで」(偕成社)。

第9回(平6年度)家の光童話賞　川口桃子の「海の音楽会」、【優秀賞】朝倉久美子の「かめさんプール、うみへいく」、三輪孝子の「子ギツネの黄色い石」、織田春美の「ばあちゃんのえんがわで」。

第3回(平6年)小川未明文学賞　【大賞】高見ゆかりの「さかなのきもち」、【優秀賞】鈴木ムクの「神サマ、出テオイデ」、小林紀美子の「アレックス先生によろしく」。

第14回(平6年)カネボウ・ミセス童話大賞　よもぎ律子の「けいこ先生のほけんしつ」。

第16回(平6年)クレヨンハウス絵本大賞　該当作なし、【最優秀作品賞】該当作なし、【優秀作品賞】北山由利子の「いちごジャム半分」、こじましほの「にょろろろー」。

第4回(平6年度)けんぶち絵本の里大賞　千住博の「星のふる夜に」(冨山房)、【びばからす賞】山崎陽子〔文〕いもとようこ〔絵〕の「うさぎのぴこぴこ」(至光社)、ねじめ正一〔文〕荒井良二〔絵〕の「ひゃくえんだま」(鈴木出版)、大垣友紀恵の「空とぶクジラ」(汐文社)、長野ヒデ子の「おかあさんがおかあさんになった日」(童心社)。

第16回(平6年)講談社絵本新人賞　山下ケンジの「しろへびでんせつ」、【佳作】酒井紀子の「ノミのいのちのちいさなおみせ」、あまのみゆきの「きょうりゅうとダイヤモンド」、成田雅子の「ふしぎなあかいはこ」、国玉瑞穂の「あまみのつるイチゴ」。

第35回（平6年）講談社児童文学新人賞　武井岳史の「やっぱし　アウトドア？」、【佳作】該当作なし。

第2回（平6年）小梅童話賞　【大賞】斉藤綾の「風」、【優秀賞】後藤美穂の「銀河鉄道からす座特急」、荒木智子の「なっちゃん、おもいっきり！」、大山比砂子の「しあわせの道」、武林淳子の「夏の日」、林篤子の「シリウスのアメ細工」。

第18回（平6年）「子ども世界」絵本と幼低学年童話賞　該当作なし。

第41回（平6年）産経児童出版文化賞　【大賞】野村路子の「テレジンの小さな画家たち」（偕成社）、【JR賞】イ・サンクム〔著〕帆足次郎〔絵〕の「半分のふるさと―私が日本にいたときのこと」（福音館書店）、【賞】落合恵子〔作〕和田誠〔絵〕の「そらをとんだたまごやき」（クレヨンハウス）、荻原規子〔作〕中川千尋〔絵〕の「これは王国のかぎ」（理論社）、いせひでこ〔作〕の「グレイがまってるから」（理論社）、土方正志〔文〕長倉洋海〔解説〕の「ユージン・スミス―楽園へのあゆみ」（佑学社）、柳沢桂子〔文〕朝倉まり〔絵〕の「お母さんが話してくれた生命の歴史（全4巻）」（岩波書店）、【美術賞】長新太〔作〕の「こんなことってあるかしら？」（クレヨンハウス）、【フジテレビ賞】薫くみこ〔作〕みきゆきこ〔絵〕の「風と夏と11歳―青奈とかほりの物語」（ポプラ社）、【ニッポン放送賞】佐藤多佳子〔作〕伊藤重夫〔絵〕の「ハンサム・ガール」（理論社）。

第23回（平6年）児童文芸新人賞　木之下のり子の「あすにむかって、容子」（文渓堂）、横山充男の「少年の海」（文研出版）。

第43回（平6年度）小学館児童出版文化賞　松谷みよ子の「あの世からの火」偕成社、大竹伸朗の「ジャリおじさん」こどものとも。

第5回（平6年）新・北陸児童文学賞　木下あこやの「くばられた時間」「ばらぼっぽ」10号。

第12回（平6年）〔宝塚ファミリーランド〕童話コンクール　【小学生の部】〈特賞〉日下部萌子の「ぼくだってねこになる」、【一般の部】〈特賞〉中村令子の「森のショーウィンドー」。

第11回（平6年）「小さな童話」大賞　【大賞】安東みきえの「ふゆのひだまり」、【今江賞】安東みきえの「いただきます」、【山下賞】橋本香折の「ジョーカー」、【落合賞】山田理花の「ギーの親指」、【工藤賞】むぎわらゆらの「最後の観覧車」、【佳作】谷本美弥子の「お父さんの海」、麻生かづこの「卒業写真」、渡辺頼子の「おいちゃん」、大柳喜美枝の「はないちもんめ」、鳥丸入江の「たえばあの駅」、【奨励賞】寂寥美雪（本名＝星一枝）の「糸紡ぎ」、鳳鏡（本名＝大高今日子）の「消えた日々」。

第36回（平6年）千葉児童文学賞　該当作なし。

第10回（平6年度）坪田譲治文学賞　森詠の「オサムの朝」（集英社）。

第12回（平6年）新美南吉児童文学賞　高山栄子の「うそつきト・モ・ダ・チ」。

第6回（平6年）新美南吉童話賞　【最優秀賞（文部大臣奨励賞）】土手康子の「ネコの手かします」、【一般の部】〈優秀賞〉横山てる子の「トウエモン」、〈特別賞〉村上ときみの「お祭りの夜に」、小西るり子の「アクア・メロディ」、【中学生の部】〈優秀賞〉寺尾紅美の「はらぺこ金魚」、〈特別賞〉桑原由美子の「空に落ちる日　地球の童話」、【小学生高学年の部】〈優秀賞〉水谷文宣の「愛の消しゴム」、〈特別賞〉国分綾子の「かえるのお母さん」、【小学生低学年の部】〈優秀賞〉小川峯正の「ぼく、じてんしゃにのれたよ」、〈特別賞〉宮下響子の「金の助は泳げない!?」。

第11回（平6年）ニッサン童話と絵本のグランプリ　童話は、さえぐさひろこ、絵本は、高

野敦子の「平原の家から」。

第3回(平6年度)日本アンデルセン親子童話大賞　【グランプリ】田代郁子,田代沙織の「夢みだけを食ったじいちゃん」、【メルヘン賞】池田芳実,池田依代,池田光児、【ドリーム賞】山本洋子・山本春佳、渡辺浩子・渡辺育巳。

第18回(平6年)日本児童文学学会賞　該当作なし、【特別賞】大阪国際児童文学館〔編〕の「日本児童文学大事典」、江戸子ども文化研究会〔編〕の「浮世絵のなかの子どもたち」、【奨励賞】横川寿美子の「『赤毛のアン』の挑戦」。

第34回(平6年)日本児童文学者協会賞　八束澄子の「青春航路ふぇにっくす丸」(文渓堂)。

第27回(平6年)日本児童文学者協会新人賞　李相琴(イ・サンクム)「半分のふるさと―私が日本にいたときのこと」(福音館書店)、越水利江子の「風のラヴソング」(岩波書店)。

第16回(平6年)「日本児童文学」創作コンクール　武政博の「太刀魚・台風の法則」(詩)、【佳作】森谷桂子の「ひみつ」。

第18回(平6年)日本児童文芸家協会賞　大原興三郎の「なぞのイースター島」(PHP研究所)。

第6回(平6年)日本動物児童文学賞　【大賞】鈴木昭二の「帰れ、深い森の中へ」、【優秀賞】北野教子の「常さんと片耳」、下田美紀の「ポニーのジロ」。

第32回(平6年)野間児童文芸賞　後藤竜二の「野心あらためず」(講談社)、【新人賞】緒島英二の「うさぎ色の季節」(ポプラ社)、小風さちの「ゆびぬき小路の秘密」(福音館書店)。

第6回(平6年)浜屋・よみうり仏教童話大賞　【金賞】城田満寿美。

第5回(平6年)ひろすけ童話賞　北村けんじの「しいの木のひみつのはなし」(草土文化)。

第11回(平6年)福島正実記念SF童話賞　藤本たか子の「みらいからきたカメときょうりゅう」。

第4回(平6年)ぶんけい創作児童文学賞　該当作なし、【佳作】三枝理恵の「ひとしずくの森をどうぞ」、武政博の「ニホンカワウソのいる川」、福田隆浩の「金色のうろこ」、【学生短編賞】錦織友子の「兄ちゃんへの仕返し」。

第12回(平6年)ほのぼの童話館創作童話募集　【一般の部】〈ほのぼの大賞〉笠原磨里子の「森さんのえんび服」、【児童の部】〈ほのぼの児童大賞〉曽宮真代の「ノンおばさんとモグリン」。

第44回(平6年)毎日児童小説　小学生向きは、くにかたまなぶの「みかん」、中学生向きは、竹内真の「三年五組・ザ・ムービー」。

第18回(平6年)毎日童話新人賞　【最優秀新人賞】伊東ひさ子の「ジョンはかせ　どうぶつびょういん」。

第4回(平6年)椋鳩十児童文学賞　村山早紀の「ちいさいえりちゃん」。

第6回(平6年)琉球新報児童文学賞　短編児童小説は、大嶺則子の「フェンス」、山里幹直の「沖縄病にうなされて」。

第16回(平6年)路傍の石文学賞　那須正幹の「さぎ師たちの空」ポプラ社、【幼少年文学賞】きたやまようこの「りっぱな犬になる方法」理論社、「じんぺいの絵日記」あかね書房、【文学賞特別賞】まどみちおの「まど・みちお全詩集」理論社。

1995年
（平成7年）

- 1.16 〔作家訃報〕大友康匠が亡くなる　1月16日、児童文学作家・漫画家の大友康匠が亡くなる。61歳。本名、大友義康。神奈川県横浜市生まれ。鶴見高卒。国分暢夫、松下一雄、大城のぼる、手塚治虫らの指導を受け、のち洋画研究所で学び絵本作家に転向。絵本作家の妻と共同で「ノンタン・あそぼうよシリーズ」を出版して人気作家となる。他の作品に「こどもえじてん」「ぴこりんみみりん絵本シリーズ」など。

- 1月 〔児童文学一般〕阪神淡路大震災被災地に児童書を寄贈　1月、日本児童図書出版協会が、阪神淡路大震災の「被災地の子どもたちに本を送る会」に協力し、松谷みよ子のメッセージを添えて会員各社からの寄贈本を贈呈する。

- 1月 〔刊行・発表〕『ごきげんなすてご』刊行　1月、いとうひろしによる『ごきげんなすてご』が徳間書店より刊行される。弟を迎えることになった小さな姉の心の葛藤を描いた幼年童話。

- 2月 〔学会・団体〕斑尾高原絵本美術館開館　2月、長野県飯山市に斑尾高原絵本美術館が開館した。

- 3.8 〔児童文学一般〕本を送る運動代表決まる　3月8日、「被災地の子どもたちに本を送る運動」の現地連絡会が大阪で会合を持ち、鈴木勲・全国学校図書館協議会会長が代表に就任する。

- 3.10 〔イベント関連〕「東京都平和の日」　3月10日、あかね書房・岩崎書店・金の星社・理論社の4社、共同で「東京都平和の日」を記念してフェアを開催する。

- 3月 〔刊行・発表〕『ふしぎなおばあちゃん×12』刊行　3月、柏葉幸子による『ふしぎなおばあちゃん×12』が講談社青い鳥文庫より刊行された。

- 3月 〔刊行・発表〕『ブータン』刊行　3月、太田大八による『ブータン』がこぐま社より刊行。豚のブータンと飼い主とのふれあいを描く。

- 3月 〔刊行・発表〕『明るいほうへ：金子みすゞ童謡集』刊行　3月、金子みすゞ・著、矢崎節夫・選による『明るいほうへ：金子みすゞ童謡集』が刊行される。

- 4.6 〔児童文学一般〕被災地の子どもたちに本を贈る会の寄贈図書が4万冊突破　4月6日、「被災地の子どもたちに本を贈る会」が記者会見を行い、寄贈図書が73社から4万3864冊に達したことを発表。

- 4.6 〔イベント関連〕'95ボローニャ国際児童図書展　4月6日、イタリアの'95ボローニャ国際児童図書展が開催され、日販が1ブースを出展する。

- 4月 〔イベント関連〕日本図書館協会が講演会を開催　4月、日本図書館協会が早稲田大学において「スペンサー・G・ショウ博士講演会―ストーリーテリングの心」を開催した。

- 6.13 〔作家訃報〕福田清人が亡くなる　6月13日、小説家・児童文学作家・評論家で日本

日本児童文学史事典　　　　　　　　　　　　　　　　　　　　　　　　1995年（平成7年）

児童文芸家協会元会長の福田清人が亡くなる。90歳。長崎県上波佐見村生まれ。東京帝国大学国文学科卒。東大在学中から小説を発表し、昭和4年第一書房に入社、「セルパン」等の編集長を務める。「新思潮」「文芸レビュー」などの同人雑誌に参加し、8年第1短編集「河童の巣」を刊行、以後「脱出」「生の彩色」などを刊行。戦後、児童文学に転じ、30年日本児童文芸家協会を結成、37年には滑川道夫らと日本児童文学学会を設立した。代表作に「岬の少年たち」、サンケイ児童出版文化賞受賞の「天平の少年」、自伝的3部作の国際アンデルセン賞国内賞受賞「春の目玉」野間児童文芸賞受賞「秋の目玉」「暁の目玉」、サンケイ児童出版文化賞受賞「長崎キリシタン物語」「咸臨丸物語」など。その一方で近代文学研究者としても活躍し、日本大学、実践女子大学、立教大学などの教授を務め、「硯友社の文学運動」「国木田独歩」「俳人石井露月の生涯」「近代の日本文学史」「写生文派の研究」「夏目漱石読本」や「児童文学・研究と創作」などを刊行した。「福田清人著作集」（全3巻　冬樹社）がある。50年、勲四等旭日小綬章を受章。55年には波佐見町名誉町民となった。

6.21　〔作家訃報〕徳永和子が亡くなる　6月21日、児童文学作家の徳永和子が亡くなる。57歳。東京生まれ。九州大学文学部心理学科卒。子供が3歳の時に幼稚園から借りてきた絵本に魅せられ、以来児童文学の世界に。近所の主婦8人で持ち回りの読み聞かせの会を結成し、続いて図書館から200冊の本を借り、「しおかぜ文庫」を開設。52年2月北九州市に本拠地を置く児童文学誌「小さい旗」に参加し、56年幼い頃の体験をもとに描いた絵本「いえなかったありがとう」を発表。61年荒れる中学生とマスコミのあり方を書いた小説「報道」を発表。

6月　〔刊行・発表〕『トーマスのテレビシリーズ』刊行　6月、イギリスの幼児向けテレビ番組『きかんしゃトーマス』の新シリーズであるW.オードリー作『トーマスのテレビシリーズ』全8巻が刊行される。

7.29　〔イベント関連〕「児童図書展」　7月29日、日販が「児童図書展」を名古屋で開催。自由価格本フェアも行われる。

7月　〔刊行・発表〕『グフグフグフフ』刊行　7月、上野瞭による『グフグフグフフ』があかね書房より刊行された。

8.25　〔イベント関連〕「子どもの本フェア」　8月25日、トーハンが「子どもの本フェア」を名古屋で開催する。

9.7　〔作家訃報〕鶴見正夫が亡くなる　9月7日、童謡詩人・児童文学作家の鶴見正夫が亡くなる。69歳。新潟県村上市生まれ。早稲田大学政治経済学部卒。大学時代から童謡を作り始め、のち童話、児童文学も手がける。小学館、国会図書館勤務を経て、昭和35年から文筆に専念。38年から11年間阪田寛夫らと「6の会」を結成、「あめふりくまのこ」「おうむ」などの名曲を生み出す。創作に「最後のサムライ」「日本海の詩」「鮭のくる川」「長い冬の物語」など。「あめふりくまのこ」で日本童謡賞を受賞。赤い鳥文学賞、ジュニア・ノンフィクション文学賞、サトウハチロー賞、童謡コンクール文部大臣奨励賞なども受賞した。

9月　〔刊行・発表〕『いたずらおばあさん』刊行　9月、高楼方子による『いたずらおばあさん』がフレーベル館より刊行された。

10.1　〔刊行・発表〕『日本の昔話』刊行　10月1日、小澤俊夫再話・赤羽末吉絵『日本の昔

話』全5巻（福音館書店）が刊行される。親子でコミュニケーションできるお話の本。

10.25 〔刊行・発表〕『一日一話・読み聞かせ おはなし366』 10月25日、『一日一話・読み聞かせ おはなし366』全2巻（小学館）が刊行される。世界名作・世界民話80話、日本昔話52話、節分・ひな祭り・七五三など季節の行事のお話40話のほか、動物・植物・星座・遊び・占い・おまじないなど、子供に読んであげたい様々なジャンルのお話を網羅したシリーズ。

10月 〔刊行・発表〕『ぶたばあちゃん』刊行 10月、マーガレット・ワイルドによる『ぶたばあちゃん』があすなろ書房より刊行。孫娘とぶたばあちゃんとの別れの日々を綴る。

11月 〔刊行・発表〕『銀色の日々』刊行 11月、次良丸忍による『銀色の日々』が小峰書店より刊行された。

12.11 〔作家訃報〕渋谷重夫が亡くなる 12月11日、児童文学作家・詩人の渋谷重夫が亡くなる。69歳。神奈川県横浜市生まれ。神奈川師範（現・横浜国立大学）卒。神奈川県内の公立学校長を歴任。傍ら、日本児童文学者協会などに所属し童話を発表。作品に童話「空とぶ大どろぼう」「事件だ！ それいけ忍者部隊」、詩集「ねむりのけんきゅう」「きいろい木馬」「海からのおくりもの」「卒業生に贈る詩集〈1～7〉」など。

12月 〔刊行・発表〕『ギンヤンマ飛ぶ空』刊行 12月、北村けんじによる『ギンヤンマ飛ぶ空』が小峰書店より刊行された。

12月 〔刊行・発表〕『マサヒロ』刊行 12月、田中文子による『マサヒロ』が解放出版社より刊行された。

12月～ 〔表現問題〕アイヌへの表現問題 12月、古田足日の『宿題ひきうけ株式会社』に、アイヌ民族に対する不適切な表現があるとの指摘がなされた。翌年9月には、出版元である理論社が『宿題ひきうけ株式会社』の新版を刊行した。

この年 〔児童雑誌等〕「子ども世界」終刊 この年、「子ども世界」が終刊となった。

この年 〔刊行・発表〕『ディズニーブック』など刊行 この年、講談社が『ディズニーブック』全13巻、『ディズニーはじめて百科』全1巻2分冊を刊行する。

この年 〔刊行・発表〕いじめ問題の本の刊行相次ぐ この年、いじめ問題に関する書籍が相次いで刊行される。主な物に小浜逸郎ほか編『間違いだらけのいじめ論議』（宝島社）、大沼孝次著『イジメを完全に撃退する方法』（東洋館出版社）、『いじめのサインを読む』（ぎょうせい）、尾木直樹著『いじめ その発見と新しい克服法』（学陽書房）、自殺した子どもの遺書を収録した『いじめ・自殺・遺書』（草土文化）など。

この年 〔刊行・発表〕戦後50年記念企画 この年、戦後50年。一般向けとして那須正幹文・西村繁男絵『絵で読む 広島の原爆』（福音館書店）、日本作文の会編『子どもの作文で綴る戦後50年』（大月書店）、図書館向けとして『まんがで見る日本の戦後』全10巻（岩崎書店）、和歌森太郎ほか編『語りつごうアジア・太平洋戦争』全10巻など、多くの記念企画が刊行される。

この年 〔読書感想文〕第41回読書感想コン課題図書 この年（1995年度）の青少年読書感想文コンクールの課題図書。【小学校低学年】『おばあちゃんがいるといいのにな』（松田素子・作、石倉欣二・絵）ポプラ社、『ゆめをにるなべ』（茂市久美子・作）教育画劇、『オーレ！ ぼくのジェーリーグ』（菊地ただし・作）草炎社、『やぶかのはなし』

（栗原毅・ぶん、長新太・え）福音館書店、【小学校高学年】『おじいちゃんは荷車にのって』（グードルン・パウゼバンク・作、遠山明子・訳）徳間書店、『サッコがいく』（泉啓子・作）童心社、『キツネ山の夏休み』（富安陽子・著）あかね書房、『ふところにいだく生命の水・富士の自然』（近田文弘・西川肇・著）大日本図書。【中学校】『愛と悲しみの12歳』（E・ダイヤーク・作、久米穣・訳）文研出版、『宇宙のみなしご』（森絵都・著）講談社、『一本の樹からはじまった』（土岐小百合・著）アリス館。【高等学校】『その時が来るまで』（マーサ・ハンフリーズ・著、槙朝子・訳）ほるぷ出版、『白磁の人』（江宮隆之・著）河出書房新社、『百年前の二十世紀：明治・大正の未来予測』（横田順彌・著）筑摩書房。

《この年の児童文学賞》

第26回（平7年）JOMO童話賞　【一般の部】〈最優秀賞〉渡邊美江子の「すすけた看板」、〈優秀賞〉中村浩幸の「スーパー水道会社」、富吉宮子の「雨の月曜日」、〈佳作〉鬼頭由美の「ねずみ印のひっこし社」、山岸亮一の「かわいい魔女」、伊沢明子の「海からのたより」、藤田雅也の「月当番」、田代郁子の「たこ焼きとんだ」、溝口文の「あいつ」、三枝寛子の「さかなのボタン」、野島正の「あか毛糸のばあちゃんとオオカミ」、高橋真理の「かみなりオムレツ」、大谷隆介の「山ねこと赤いくつ」、【児童の部】〈児童賞〉堀下直樹の「たくちゃんのおなら」、佐原智也の「きりんのマフラー」、佐藤絵梨子の「平成江戸物語」。

第25回（平7年）赤い鳥文学賞　大洲秋登の「ドミノたおし」（かど創房）。

第10回（平7年度）家の光童話賞　小形みちるの「ヒコウキ雲をおいかけて」、【優秀賞】武田てる子の「おばやんとゆうびんうけ」、山田美佐の「モグラくんのてがみ」、斉藤シズエの「小牛のクロタン」、古屋貞子の「でしにして」。

第4回（平7年）小川未明文学賞　【大賞】小林礼子の「ガールフレンド」、【優秀賞】高村紀代華の「水晶樹の眠る森」、中村真里子の「エイリアンアパートにいらっしゃい」。

第15回（平7年）カネボウ・ミセス童話大賞　ながまつようこの「おまけはおばけ」。

第1回（平7年度）熊野の里・児童文学賞　【大賞】福明子の「花咲かじっちゃん」。

第17回（平7年）クレヨンハウス絵本大賞　該当作なし、【最優秀作品賞】該当作なし、【優秀作品賞】ぜんまなみの「ビバ・エヴリバディ」。

第5回（平7年度）けんぶち絵本の里大賞　松田素子〔文〕石倉欣二〔絵〕の「おばあちゃんがいるといいのにな」（ポプラ社）、〔びばからす賞〕ふくだすぐるの「ちゅ」（岩崎書店）、みやにしたつやの「うんこ」（鈴木出版）、いわむらかずおの「14ひきのこもりうた」（童心社）、薫くみこ〔文〕さとうゆうこ〔絵〕の「ゆきの日のさがしもの」（ポプラ社）。

第17回（平7年）講談社絵本新人賞　該当作なし、【佳作】狩野真子・吉田えり・青山邦彦。

第36回（平7年）講談社児童文学新人賞　魚住直子の「非バランス」、【佳作】笹生陽子の「ジャンボ・ジェットの飛ぶ街で」、坂元純の「ぼくのフェラーリ」。

第3回（平7年）小梅童話賞　【大賞】辰見眞左美の「ブラックブラックは学校ネコ」、【優秀賞】大野麻子の「母さんの笑顔」、増永亜紀の「『ジャックと豆の木』の豆の木」、斎藤千絵の「雪の夜のお客さん」、望月雅子の「かおりちゃんの大ぼうけん」、吉村博子の「ひよこがとびだした」。

第42回（平7年）産経児童出版文化賞　【大賞】今森光彦〔写真・文〕の「世界昆虫記」（福

音館書店)、【JR賞】木村裕一〔作〕あべ弘士〔絵〕の「あらしのよるに」(講談社)、【賞】いとうひろし〔作・絵〕の「おさるになるひ」(講談社)、村田稔〔著〕の「車イスから見た街」(岩波書店)、野添憲治〔著〕の「塩っぱい河をわたる」(福音館書店)、遠山柾雄〔著〕の「世界の砂漠を緑に」(講談社)、于大武〔絵〕唐亜明〔文〕の「西遊記」(講談社)、【美術賞】ロイ悦子〔作〕小沢良吉〔絵〕の「青いてぶくろのプレゼント」(岩崎書店)、【フジテレビ賞】バーリー・ドハティ〔著〕中川千尋〔訳〕の「ディア ノーバディ」(新潮社)、【ニッポン放送賞】森絵都〔著〕の「宇宙のみなしご」(講談社)。

第1回(平7年)児童文学ファンタジー大賞　【大賞】梨木香歩の「裏庭」(理論社)、【佳作】樋口千重子の「タートル・ストーリー」(理論社)。

第24回(平7年)児童文芸新人賞　杉本深由紀の「トマトのきぶん」(教育出版センター)。

第44回(平7年度)小学館児童出版文化賞　梨木香歩の「西の魔女が死んだ」(楡出版)、さめやゆきの「ガドルフの百合」MOE。

第6回(平7年)新・北陸児童文学賞　丹治明子の「徳田中華店のびっくりお年玉」「大きなポケット」29号。

第13回(平7年)〔宝塚ファミリーランド〕童話コンクール　【小学生の部】〈特賞〉森野はる美の「本当のサンタクロース」、【一般の部】〈特賞〉柳川昌和の「忘れられたオモチャのお店」。

第12回(平7年)「小さな童話」大賞　【大賞】麻田茂都(本名=棚橋亜左子)の「夏の日」、橋本香折の「ぼくにぴったりの仕事」、【今江賞】森由美子の「ルナティックな夢」、【山下賞】小本小笛の「お風呂」、【落合賞】草野たきの「教室の祭り」、【工藤賞】目野由希の「今日は何の日」、【佳作】安藤由紀子の「月曜日のピクニック」、紙谷清子の「バツバツ」、中山みどりの「ケリーさんの庭で」、福地園子の「霧が晴れるとき」、藤原栄子の「日暮れの山入り」。

第37回(平7年)千葉児童文学賞　青柳いづみの「私たちの猫、もらって」。

第11回(平7年度)坪田譲治文学賞　阿部夏丸の「泣けない魚たち」(ブロンズ新社)。

第13回(平7年)新美南吉児童文学賞　梨木香歩の「西の魔女が死んだ」(楡出版)。

第7回(平7年)新美南吉童話賞　【最優秀賞(文部大臣奨励賞)】福原薫の「花しょうぶ」、【一般の部】〈優秀賞(半田市長賞)〉土ケ内照子の「タッペイがゆく」、〈特賞(中埜酢店賞)〉沢田俊子の「おいで野原へ」、〈特別賞(七番組賞)〉竹中博美の「おしゃべりな傘」、〈特別賞(中部電力賞)〉遠藤律子の「二匹のかたつむり」、〈佳作〉横山てるこの「やっ八道祖神」、楠茂宣の「あたたかい木」、【中学生の部】〈優秀賞(半田青年会議所賞)〉伊藤史篤の「贈り物」、〈特別賞(伊東賞)〉岩田美子の「紅」、〈佳作〉小笠原里沙の「FULL MOON」、出口由佳の「ねこふんじゃった」、【小学生高学年の部】〈優秀賞(新美南吉記念館賞)〉延島みおの「海からの招待状」、〈特別賞(中埜酒造賞)〉角谷陽子の「花たちの競争」、〈佳作〉市橋恭介の「ふしぎなふしぎなふうとう」、高橋知里の「あめあめかぞく」、【小学生低学年の部】〈優秀賞(中日新聞社賞)〉高部友暁の「ニワトリのコケは転校生」、〈佳作〉上田浩子の「お日さまのアトピー」、中根多恵の「子うさぎフローラ」。

第12回(平7年)ニッサン童話と絵本のグランプリ　童話は、坂本のこの「本はやくにたつ」、絵本は、スオミセツコの「ないしょなんだけどね」。

第1回(平7年)日本絵本賞　【日本絵本大賞】あきやまただし〔作・絵〕の「はやくねてよ」岩崎書店、【日本絵本賞】松田素子〔作〕石倉欣二〔絵〕の「おばあちゃんがいる

といいのにな」ポプラ社、八板康麿〔写真・文〕杉浦範茂〔絵・構成〕の「スプーンぼしとおっぱいぼし」福音館書店、【日本絵本賞翻訳絵本賞】ピーター・アーマー〔作〕アンドリュー・シャケット〔絵〕二宮由紀子〔訳〕の「だれか、そいつをつかまえろ」ブックローン出版。

第19回（平7年）日本児童文学学会賞　該当作なし、【特別賞】佐藤光一の「日本の少年詩・少女詩」（大空社）、【奨励賞】桑原三郎・松井千恵〔監修〕の「巌谷小波『十亭叢書』の註解」（ゆまに書房）。

第35回（平7年）日本児童文学者協会賞　那須正幹の「お江戸の百太郎 乙松、宙に舞う」（岩崎書店）。

第28回（平7年）日本児童文学者協会新人賞　香月日輪の「地獄堂霊界通信 ワルガキ、幽霊にびびる！」（ポプラ社）、梨木香歩の「西の魔女が死んだ」（楡出版）。

第17回（平7年）「日本児童文学」創作コンクール　広島裕美子の「ギシギシ門」、【佳作】うざとなおこの「あかちゃん」（詩）、西村祥子の「がんばれ風」。

第19回（平7年）日本児童文芸家協会賞　川村たかしの「天の太鼓」（文渓堂）。

第7回（平7年）〔日本児童文芸家協会〕創作コンクール　幼年童話は、中村令子の「おしゃべりな水たまり」、中学年童話は、該当作なし、高学年童話は、該当作なし、詩・童話は、該当作なし、長編は、該当作なし。

第7回（平7年）日本動物児童文学賞　【大賞】宮本武彦の「先生になった三平クン」、【優秀賞】大久保悟朗の「ごめんねチビ」、坂井悦子の「チャックが私にくれたもの」。

第33回（平7年）野間児童文芸賞　岡田淳の「こそあどの森の物語」（1～3巻 理論社）、【新人賞】森絵都の「宇宙のみなしご」（講談社）。

第7回（平7年）浜屋・よみうり仏教童話大賞　【金賞】阿部美智代。

第6回（平7年）ひろすけ童話賞　上崎美恵子の「ルビー色のホテル」（PHP研究所）。

第12回（平7年）福島正実記念SF童話賞　竹内宏通の「ボンベ星人がやってきた」。

第5回（平7年）ぶんけい創作児童文学賞　岡沢ゆみの「ヤング・リーヴス・ブギー」、【佳作】小坂麻佐美の「オヤッツーをさがせ」。

第3回（平7年）星の都絵本大賞　【星の都絵本大賞部門】青井芳美〔絵〕小池桔理子〔文〕の「ちっぽけな栗の星」、〈奨励賞〉永井桃子〔絵〕永井慧子〔文〕の「ヌヌヌラ川の話」、佐々木彩乃〔絵・文〕の「ぬうるちゃんときょうりゅう」、【親と子の手づくり絵本コンテスト部門】〈特選〉河本文香（子）・河本聡介（親）の「ペンギンのペンちゃん」、高田侑希（子）・高田昭子（親）の「おしょうこまのとうみん」。

第13回（平7年）ほのぼの童話館創作童話募集　【一般の部】〈ほのぼの大賞〉牧田洋子の「はいけいおじいさん」、【児童の部】〈ほのぼの児童大賞〉曽宮真代の「ノンおばさんと砂の卵」。

第45回（平7年）毎日児童小説　小学生向きは、佐藤妃七子の「ぼくが心を置いた場所」、中学生向きは、該当作なし。

第19回（平7年）毎日童話新人賞　【最優秀賞】上坂宗万の「パンツ、パンツ、パンツ」。

第1回（平7年）椋鳩十記念 伊那谷童話大賞　【大賞】木下容子の「まほうのエレベーター」、【準大賞】宮下幸の「赤いくつ」、【熊谷元一賞】山川行夫の「夏の朝」、【北島新平賞】岡庭穂波の「順とならんで『かきくけこ』」。

第5回（平7年）椋鳩十児童文学賞　西崎茂の「海にむかう少年」。
第17回（平7年）路傍の石文学賞　岩瀬成子の「迷い鳥とぶ」（理論社）「ステゴザウルス」（マガジンハウス）、【幼少年文学賞】竹下文子の「黒ねこサンゴロウ〈1〉旅のはじまり」「黒ねこサンゴロウ〈2〉キララの海へ」（偕成社）。

1996年
（平成8年）

1月　〔刊行・発表〕『ごめん』刊行　1月、ひこ・田中による『ごめん』が偕成社より刊行された。

1月　〔刊行・発表〕『天の瞳』刊行　1月、灰谷健次郎による『天の瞳 幼年編1・2』が新潮社より刊行される。周囲の大人に見守られながら成長する保育園児の少年の姿が描かれる。1997年に起きた神戸小6男児殺害事件で、新潮社の写真週刊誌が逮捕された中学3年生の少年の顔写真を掲載したことに灰谷が抗議。数多くの作品の出版契約を結んできた同社から「兎の眼」「太陽の子」など自著全ての版権を引き揚げ、幼年編の続編「少年編」は角川書店より刊行された。

1月　〔刊行・発表〕『日本の民話えほん』刊行　1月、教育画劇から『日本の民話えほん』（全30巻）の刊行がスタート。日本の民話に、一流の絵本画家が絵をつけたシリーズが話題となった。

2月　〔刊行・発表〕『ぼくたちのコンニャク先生』刊行　2月、星川ひろ子著『ぼくたちのコンニャク先生』が、小学館から刊行された。

2月　〔児童図書館、地域文庫〕土屋児童文庫が閉庫　2月、土屋児童文庫が閉庫。蔵書は神戸市の「もみの木文庫」へ移管された。

3.15　〔刊行・発表〕「いぬいとみこ記念文庫」開設　3月15日、「いぬいとみこ記念文庫」が、山口県の柳井市立図書館に開設された。

3月　〔刊行・発表〕『ジュニア文学館 宮沢賢治』刊行　3月、三好京三・早乙女勝元・栗原敦編著『写真・絵画集 ジュニア文学館 宮沢賢治』（日本図書センター）全3巻が刊行される。図書館向けのシリーズで、対象年齢は小学校高学年以上。

4.2　〔イベント関連〕国際子どもの本の日　4月2日、「国際子どもの本の日」が実施される。1966年にミュンヘン国際児童図書館創設者・第1回国際アンデルセン賞名誉賞受賞者のイエラ・レップマンがハンス・クリスチャン・アンデルセンの誕生日である4月2日を国際子どもの本の日とすることを提唱し、1967年にIBBY（国際児童図書評議会）が正式に制定したもの。1969年より加盟各国が順番にポスターおよびメッセージを作成しており、この年は日本（ポスター小野かおる、メッセージ渡辺茂男）が担当。また、シンポジウム「こども・ことば・そうぞう」などのイベントが開催される。

4.12　〔作家訃報〕関英雄が亡くなる　4月12日、児童文学作家・批評家の関英雄が亡くなる。84歳。愛知県名古屋市中区生まれ。立正商卒。少年時代より児童文学作家を志

し、「童話」や「童話文学」などに作品を投稿する。夜間学校卒業後、読売新聞社、都新聞社勤務を経て、昭和16年帝国教育出版社に入社し、絵雑誌「コドモノヒカリ」の編集にあたる。17年第一童話集「北国の犬」を刊行。戦後、21年に新世界社に入社し「子供の広場」の編集に従事。編集した「千葉省三童話全集」でサンケイ児童出版文化賞大賞を受賞。25年以降執筆に専念。この間、21年に児童文学者協会創立発起人となり、40年以降理事長を務める。著書「小さい心の旅」で日本児童文学者協会賞、「白い蝶の記」「小さい心の旅」で赤い鳥文学賞、「体験的児童文学史 前編・大正の果実」で日本児童文学学会賞と巌谷小波文芸賞、日本児童文学者協会賞を受賞した。著書はほかに評論集「新編児童文学論」などがある。平成3年には勲四等瑞宝章を受賞した。

4.13 〔作家訃報〕秋田大三郎が亡くなる　4月13日、児童文学作家・小学校教師の秋田大三郎がなくなる。東京生まれ。法政大学高等師範部歴史地理科を卒業。小学校教師として勤務するかたわら、全国生活指導研究協議会、少年少女組織を育てる全国センター、江戸川子育て教育センターなどにかかわる。退職後は、創作活動の傍ら地域の公園で紙芝居を行う。著書に「楽しさは子どもの主食です〈秋田大三郎教育ノート2〉」、児童文学に「てっちゃんの空色のビー玉」(第1回リブラン創作童話優秀賞受賞)などがある。

4月 〔刊行・発表〕『ふしぎ・びっくりこども図鑑』刊行開始　4月、学研が『ふしぎ・びっくりこども図鑑』全8巻の刊行を開始する。幼児が抱く小さな疑問に答える頭脳開発図鑑で、第1回配本は「くさばな」。

4月 〔刊行・発表〕『学校の怪談大事典』刊行　4月、日本民話の会学校の怪談編集委員会著・前嶋昭人絵『学校の怪談大事典』(ポプラ社)が刊行される。1995年に映画『学校の怪談』が公開されるなど、小学生を中心にブームとなっていた学校の怪談を本格的な事典として集大成したもの。

5.1 〔児童文学一般〕第38回こどもの読書週間　5月1日、「第38回こどもの読書週間」が開始される。標語は「読む 知る 考える 君も三冠王」。

5.25 〔作家訃報〕山本和夫が亡くなる　5月25日、詩人・児童文学作家・小説家の山本和夫が亡くなる。89歳。福井県小浜市生まれ。東洋大学倫理学東洋文学科卒。大学時代から詩作を始め「白山詩人」「三田文学」などに関係し、昭和13年刊行の「戦争」で文芸汎論詩集賞を受賞。以後「仙人と人間との間」「花のある村」「花咲く日」「亜細亜の旗」などの詩集や、童話集「戦場の月」「大将の馬」を刊行。戦時中は陸軍将校として中国で過ごす。戦後は東洋大学で児童文学を講じ、児童文学作家として活躍。「トナカイ」創刊に参加、「魔法」同人。小浜市に"山本和夫文庫"を設立し、読書運動に尽力。福井県立若狭歴史民俗資料館館長も務めた。他の著書に小説「一茎の葦」「青衣の姑娘」、児童文学「町をかついできた子」「燃える湖」「海と少年—山本和夫少年詩集」「シルクロードが走るゴビ砂漠」、詩集「峠をゆく」「ゲーテの椅子」「影と共に」、評論「国木田独歩研究ノート」「子規ノート」「芭蕉ノート」などがあり、詩人、作家、評論家として幅広く活躍。「燃える湖」で小学館文学賞、「海と少年」でサンケイ児童出版文化賞大賞、「シルクロードが走るゴビ砂漠」で赤い鳥文学賞を受賞した。

6月 〔刊行・発表〕『ぼくのポチブルてき生活』刊行　6月、きたやまようこによる『ぼくのポチブルてき生活』が偕成社から刊行される。犬のポチブルが書く様々な手紙か

6月	〔刊行・発表〕『ぼくらのサイテーの夏』刊行	6月、笹生陽子による『ぼくらのサイテーの夏』が偕成社より刊行された。
6月	〔刊行・発表〕『フレーベル館のこどもずかん』刊行開始	6月、『フレーベル館のこどもずかん』(フレーベル館)の刊行が開始される。幼児向けながら本格的な図鑑。第1回配本は『むし』『はなきのみ』『さかなみずべのいきもの』『いぬ』『ねこうさぎハムスター』の5点。
7月	〔刊行・発表〕『精霊の守り人』刊行	7月、上橋菜穂子著『精霊の守り人』が、偕成社から刊行された。短槍使いの女主人公・バルサを軸に描かれる壮大なスケールのファンタジー。"守り人シリーズ"として、その後2007年までに全10巻が刊行された。
7月～10月	〔刊行・発表〕『怪談レストラン』刊行開始	7月から10月にかけて、松谷みよ子責任編集『怪談レストラン』全5巻(童心社)が刊行される。小学生を中心にブームとなっていた学校の怪談の舞台をレストランに移した新シリーズ。その後2007年までに50巻を刊行。小学校で行われている「朝の読書」運動と共に児童から支持されベストセラーとなる。
9月～10月	〔刊行・発表〕『脚本集・宮沢賢治童話劇場』刊行	9月、日本演劇教育連盟編『脚本集・宮沢賢治童話劇場 1 風の又三郎』が刊行される。10月、『2 銀河鉄道の夜』『3 セロ弾きのゴーシュ』を刊行。
10.10	〔作家訃報〕池田澄子が亡くなる	10月10日、歌人・児童文学作家の池田澄子が亡くなる。74歳。東京都千代田区生まれ。10代から「少女画報」や「少女の友」などに詩や童話を投稿するなど文学に熱中する。戦中で同人誌が解体し、戦後結婚、育児などで文学から遠ざかる。昭和40年頃、短歌の同人誌に入会。同年会社を経営していた夫が網膜はく離で闘病生活に入り、のち失明。夫の会社への送迎のほか、社長秘書、会計、経理監査などを務め、57年退職。平成元年乳がんの手術を受ける。その時のガン告知の問題や夫との日々の思いをつづり、2年歌集「透きとほる窓」を出版。「白路」所属。児童文学作家としても「波の子チャップ」などがあり、「立川のむかし話」の編集も手がける。他の著書に「愛の点字図書館長」。9年立川公園に歌碑が建立された。
10.16	〔学校図書館〕学校図書館整備推進委員会発足	10月16日、学校図書館整備推進委員会が発足し、笠原良郎・全国学校図書館協議会専務理事が代表に就任。
10.30	〔刊行・発表〕『21世紀こども英語館』刊行	10月30日、『21世紀こども百科 21世紀こども英語館』(小学館)が刊行される。子ども向けとしては初のCD付き英語図鑑。
11月	〔刊行・発表〕『裏庭』刊行	11月、梨木香歩による『裏庭』が理論社より刊行された。古い洋館の裏庭をめぐり、少女の心の冒険を描く。
12.18	〔作家訃報〕吉田瑞穂が亡くなる	12月18日、詩人・教育者・児童文学作家の吉田瑞穂が亡くなる。98歳。佐賀県生まれ。佐賀師範卒。佐賀県の教員となり、大正15年上京。昭和33年に杉並区の小学校長を退職するまでの41年間を教員としてすごす。作文教育、ことに児童詩教育に業績を残す。著書に「小学生詩の本」「小学生作文の本」がある。詩人としては椎の木社に参加し、7年「僕の画布」を刊行、ほかに51年

に芸術選奨文部大臣賞を受賞した「しおまねきと少年」や「海辺の少年期」「空から来た人」などがある。校長退職後は杉並区立済美教育研究所に勤務。また57年まで大和女子短期大学講師もつとめた。

12月 〔刊行・発表〕「宿題ひきうけ株式会社」新版　12月、古田足日による『宿題ひきうけ株式会社』の新版が理論社から刊行される。旧版では、アイヌ民族差別につながる表現があると指摘されていた。

12月 〔刊行・発表〕『バッテリー』刊行　12月、あさのあつこ著『バッテリー』が、教育画劇から刊行された。

この年 〔児童雑誌等〕「こどものとも復刻版」刊行　この年、福音館書店が、「こどものとも」500号記念として「こどものとも復刻版」を刊行。1～50号、51～100号が刊行された。

この年 〔ベストセラー・話題本〕『あかちゃんの本』1000万部突破　この年、松谷みよ子著『あかちゃんの本』(童心社)が1000万部を突破し、記念フェアが全国の主要書店で開催される。

この年 〔ベストセラー・話題本〕『ぐりとぐら』100刷　この年、中川李枝子著『ぐりとぐら』(福音館書店)が100刷を達成する。初版刊行は1947年で、部数はソフトカバーの普及本との累計で350万部を突破。

この年 〔ベストセラー・話題本〕寺村輝夫著書累計1500万部突破　この年、『ぼくは王さま』『こまったさん』など寺村輝夫の著書が累計1500万部を突破する。これを記念して、理論社が『寺村輝夫全童話』全8巻・別巻2巻を企画するとともに、全国フェアを開催。11月、第1巻『寺村輝夫のぼくは王さまはじめの全1冊』が刊行される。

この年 〔読書感想文〕第42回読書感想コン課題図書　この年(1996年度)の青少年読書感想文コンクールの課題図書。【小学校低学年】『ゆずちゃん』(肥田美代子・作、石倉欣二・絵)ポプラ社、『かんすけさんとふしぎな自転車』(松野正子・作)大日本図書、『でんでら竜がでてきたよ』(おのりえん・作)理論社、『いもむしのうんち』(林長閑・監修)アリス館。【小学校高学年】『ふうちゃんのハーモニカ』(西野綾子・作)ひくまの出版、『帰ってきたナチ：紀州犬 愛の物語』(水上美佐雄・作)学習研究社、『さよならの日のねずみ花火』(今関信子・作)国土社、『お米は生きている』(富山和子・著)講談社。【中学校】『みんなの木かげ』(内海隆一郎・作)PHP研究所、『わたしを置いていかないで』(I・スコーテ・作、今井冬美・訳)金の星社、『嵐の大地 パタゴニア』(関野吉晴・著)小峰書店。【高等学校】『ザ・ギバー：記憶を伝える者』(ロイス・ローリー・作、掛川恭子・訳)講談社、『イチロー物語』(佐藤健・著)毎日新聞社、『コルチャック先生』(近藤康子・著)岩波書店。

この年 〔作家訃報〕おおえひでが亡くなる　おおえひでが亡くなる。84歳。本名、大江ヒデ。長崎県西彼杵郡高浜村生まれ。高小卒。小説家・大江賢次と結婚後、児童文学の創作を始め、昭和36年処女作「南の風の物語」で第5回未明文学奨励賞を受賞した。「八月がくるたびに」は小学館文学賞を受賞。ほかに「ベレ帽おじいさん」「りよおばあさん」などがある。

この年 〔作家訃報〕石垣幸代が亡くなる　児童文学作家の石垣幸代が亡くなる。45歳。沖縄県宮古島久松生まれ。小さい頃から、祖母の昔話を聞いて育つ。昭和53年夫と1歳の長男とアジア、中近東諸国を経て、陸路ヨーロッパへ旅行。帰国後は沖縄県石垣島

に居を構え、絵本などを発表した。共著に「はまうり」「サシバ舞う空」がある。「サシバ舞う空」で小学館児童出版文化賞（第51回）〔平成14年〕を受賞。

《この年の児童文学賞》

第27回（平8年）JOMO童話賞　【一般の部】〈最優秀賞〉松原めぐみの「サーカスのたね」、〈優秀賞〉水落晴美の「デッドヒート」、松井直子の「海までもう少し」、〈佳作〉泉智子の「ハルオさんのひみつのガールフレンド」、佐藤奈月の「ポストに届いた夏」、喜多嶋毅の「お父さんの狂四郎」、石川敬の「クマさんとキャベツ姫」、原田規子の「おばけボランティア」、竹田臣作の「電車の中で」、鈴木朗子の「かっちゃんの小さな旅」、中野由貴の「五月のローズランドリー」、多田朋子の「ヒデヨシのひみつ」、佐野一好の「しかたがねェなァ」、〈児童賞〉杉浦和隆の「おばあちゃんが死んだ日」、吉山皓子の「転きん先は火星」、西村美雪の「みゆきのふとんやさん」。

第26回（平8年）赤い鳥文学賞　茶木滋の「めだかの学校」（岩崎書店）。

第11回（平8年度）家の光童話賞　丹羽さだの「花馬」、【優秀賞】末繁昌也の「百年りんご」、本木勝人の「月見サーカス」、牧野芳恵の「おふろへどうぞ」、森田文の「テントにきたおきゃく」。

第5回（平8年）小川未明文学賞　【大賞】安達省吾の「アルビダの木」、【優秀賞】遠藤美枝子の「スージーさんとテケテンテン」、五十嵐愛の「三日おくれの新学期」。

第16回（平8年）カネボウ・ミセス童話大賞　広瀬麻紀の「招待状はヤドカリ」。

第18回（平8年）クレヨンハウス絵本大賞　該当作なし、【最優秀作品賞】該当作なし、【優秀作品賞】該当作なし。

第6回（平8年）けんぶち絵本の里大賞　星川ヒロ子の「ぼくたちのコンニャク先生」（小学館）、【びばからす賞】ふりやかよこの「おばあちゃんのしまで」（文研出版）、星野道夫の「ナヌークの贈りもの」（小学館）、長澤靖〔文〕児玉辰春〔絵〕の「まっ黒なおべんとう」（新日本出版）。

第18回（平8年）講談社絵本新人賞　笹尾俊一の「ハワイの3にんぐみ」、【佳作】狩野真子の「ふたごの子やぎ」、工藤紀子の「コバンツアーかぶしきがいしゃ」、串井徹男の「そらをとぶ日」。

第37回（平8年）講談社児童文学新人賞　真知子の「ポーラをさがして」、【佳作】米内沢子の「クマゲラの眠る夏」、白金由美子の「星のむこうは魔女の国」。

第4回（平8年）小梅童話賞　【大賞】山下三恵の「信楽タヌキは起きている」、【優秀賞】岡田翠の「月夜見亭」、五塔あきこの「O・S・A・R・Uこちらオサルの放送局」、豊永梨恵の「月のしずくのカクテル」、原尚子の「いちょうとくるみ」、兎山なつみの「友だちレター」。

第43回（平8年）産経児童出版文化賞　【大賞】富山和子の「お米は生きている」（講談社）、【JR賞】たつみや章の「水の伝説」（講談社）、【賞】O.R.メリング〔作〕井辻朱美〔訳〕の「歌う石」（講談社）、宇治勲の「てんてんてん　ゆきあかり」（至光社）、小野かおるの「オンロックがやってくる」（福音館書店）、那須正幹〔文〕西村繁男〔絵〕の「絵で読む　広島の原爆」（福音館書店）、スティーブ・パーカー〔著〕鈴木将〔ほか訳〕の「世界を変えた科学者」（全8冊　岩波書店）、【美術賞】宮沢賢治〔作〕伊勢英子〔絵〕の「水仙月の四月」（偕成社）、【理想教育財団科学賞】長谷川博の「風にのれ！　アホウドリ」（フレーベル館）、【フジテレビ賞】小林豊の「せかいいち　うつくしい　ぼくの村」（ポプ

ラ社)、【ニッポン放送賞】小口尚子・福岡鮎美〔文〕の「子どもによる子どものための『子どもの権利条約』」(小学館)。

第2回(平8年)児童文学ファンタジー大賞　【大賞】該当者なし、【佳作】伊藤遊の「なるかみ」。

第25回(平8年)児童文芸新人賞　江副信子の「神々の島のマムダ」(福音館書店)、岸本進一の「ノックアウトのその後で」(理論社)。

第45回(平8年度)小学館児童出版文化賞　今江祥智・片山健の「でんでんだいこ いのち」(童心社)、長谷川博の「風にのれ！ アホウドリ」(フレーベル館)。

第7回(平8年)新・北陸児童文学賞　山本悦子の「WA・O・N」「ももたろう」2号。

第14回(平8年)〔宝塚ファミリーランド〕童話コンクール　【小学生の部】〈特賞〉新稲文乃の「もりのだいとうりょう」、【一般の部】〈特賞〉八木優子の「ねむれないよるに」。

第13回(平8年)「小さな童話」大賞　【大賞】山川みか子の「オレンジとグレープフルーツと」、【今江賞】たつみさとこ(本名＝巽聡子)の「朝餉の時」、【山下賞】むぎわらゆら(本名＝味曽野唯香)の「〈ソ〉〈ラ〉」、【落合賞】小本小笛の「たんじょうきねんび」、【角野賞】のはらちぐさ(本名＝藤原千草)の「公園のブランコで」、【佳作】かいどじゅん(本名＝塚本荀子)の「ののこちゃん」、草野たき(本名＝滝沢昌美)の「一週間」、飛田いづみの「話してちょー！」、藤田ちづるの「ふゆのチョウ」、松井秀子の「螢」、【奨励賞】菊沖薫の「こうもりおばあさん」、幸田美佐子の「真夜中のお客さん」。

第38回(平8年)千葉児童文学賞　該当作なし。

第12回(平8年度)坪田譲治文学賞　渡辺毅の「ぼくたちの〈日露〉戦争」(邑書林)。

第14回(平8年)新美南吉児童文学賞　次良丸忍の「銀色の日々」(小峰書店)。

第8回(平8年)新美南吉童話賞　【最優秀賞(文部大臣奨励賞)】橋谷桂子の「みーんなみんなドクドクドックン」、【一般の部】〈優秀賞(半田市長賞)〉朝比奈蓉子の「真夜中のプール」、〈特別賞(中埜酢店賞)〉武政博の「ミカドアゲハ蝶のいる町」、〈特別賞(中部電力賞)〉原田規子の「いもうとのくつ」、〈佳作〉北村富士子の「細い細い三日月の夜」、門倉暁の「地蔵になった殿様」、樽谷東子の「おこったトマト」、【中学生の部】〈優秀賞(半田青年会議所賞)〉三浦真佳の「ひまわり」、〈特別賞(伊東賞)〉間瀬絵理奈の「お月様のプレゼント」、【小学生高学年の部】〈優秀賞(ごんぎつねの会賞)〉桐谷昌樹の「ちっちゃないのち」、〈特別賞(中埜酒造賞)〉茶谷恵美子の「ちょうちょからの贈り物」、〈佳作〉倉品直希の「ぼうしでタイム・スリップ」、【小学生低学年の部】〈優秀賞(中日新聞社賞)〉平川詩織の「星のかけら」、〈佳作〉福澤香南美の「なつのゆき」、山田梢絵の「五ひきの子うさぎ」。

第13回(平8年)ニッサン童話と絵本のグランプリ　童話は、横田明子の「ば、い、お、り、ん」、絵本は、小林治子の「またふたりで」。

第2回(平8年)日本絵本賞　【日本絵本大賞】該当作なし、【日本絵本賞】長野ヒデ子〔作〕の「せとうちたいこさんデパートいきタイ」童心社、沢田としき〔作〕の「アフリカの音」講談社、星川ひろ子〔写真・文〕の「ぼくたちのコンニャク先生」小学館、【日本絵本賞翻訳絵本賞】ミヒャエル・グレイニェク〔絵・文〕いずみちほこ〔訳〕の「お月さまってどんなあじ？」セーラー出版。

第20回(平8年)日本児童文学学会賞　三宅興子の「イギリスの絵本の歴史」(岩崎美術社)、【特別賞】斎藤佐次郎〔著〕宮崎芳彦〔編〕の「斎藤佐次郎・児童文学史」(金の星

社)、【奨励賞】安藤恭子の「宮沢賢治〈力〉の構造」(朝文社)、師岡愛子〔編〕の「ルイザ・メイ・オルコット」(表現社)。

第36回(平8年)日本児童文学者協会賞　北村けんじの「ギンヤンマ飛ぶ」(小峰書店)。

第29回(平8年)日本児童文学者協会新人賞　田中文子の「マサヒロ」(解放出版社)。

第18回(平8年)「日本児童文学」創作コンクール　伊藤由美の「流れ星、やっ!」、【佳作】いとうゆうこの「オレンジ色のふるさと」(詩)、藤林一正の「バナナ」(詩)。

第20回(平8年)日本児童文芸家協会賞　大谷美和子の「またね」(くもん出版)、【特別賞】岡本浜江。

第8回(平8年)日本動物児童文学賞　【大賞】奥田省一の「おばけやなぎとコムラサキ」、【優秀賞】杉山佳奈代の「ゾウのいない動物園」、武良竜彦の「ルルの旅」。

第34回(平8年)野間児童文芸賞　森山京の「まねやのオイラ 旅ねこ道中」(講談社)、【新人賞】上橋菜穂子の「精霊の守り人」(偕成社)。

第8回(平8年)浜屋・よみうり仏教童話大賞　【金賞】長谷川洋子。

第7回(平8年)ひろすけ童話賞　松居スーザンの「ノネズミと風のうた」(あすなろ書房)。

第13回(平8年)福島正実記念SF童話賞　大塚菜生の「ぼくのわがまま電池」。

第6回(平8年)ぶんけい創作児童文学賞　小沢真理子の「きっと, 鳥日和―1970年―」、【佳作】村田マチネの「手切川の秘密」。

第14回(平8年)ほのぼの童話館創作童話募集　【一般の部】〈ほのぼの大賞〉後藤みわこの「のびるマンション」、【児童の部】〈ほのぼの児童大賞〉舟木玲の「あいちゃんの赤い糸」。

第46回(平8年)毎日児童小説　小学生向きは、風木一人の「王の腹から銀を打て」、中学生向きは、該当作なし。

第20回(平8年)毎日童話新人賞　【最優秀賞】阿部雅代の「ふとっちょてんちょうさんはおおいそがし」。

第2回(平8年)椋鳩十記念 伊那谷童話大賞　【大賞】小林正子の「町の子・山の子」、【準大賞】篠田佳余の「十四歳の休暇」、【特別賞】塩澤正敏の「仏像を彫るおじいさん」、【熊谷元一賞】木下容子の「銀色のつばさ」、【北島新平賞】篠田佳余の「十四歳の休暇」。

第6回(平8年)椋鳩十児童文学賞　阿部夏丸の「泣けない魚たち」。

第8回(平8年)琉球新報児童文学賞　創作昔ばなしは、大城喜一郎の「赤いサンシン」、短編児童小説は、具志肇の「不思議チャイムでてんやわんや」。

第18回(平8年)路傍の石文学賞　神沢利子、【幼少年文学賞】高楼方子の「へんてこもりにいこうよ」(偕成社)「いたずらおばあさん」(フレーベル館)。

1997年
(平成9年)

1.1　〔児童文学一般〕国際子ども図書館準備室発足　1月1日、国立国会図書館に、国際子ども図書館準備室が発足する。

日本児童文学史事典　　　　　　　　　　　　　　1997年（平成9年）

1月　〔刊行・発表〕『少年H』刊行　1月、妹尾河童著『少年H』が講談社から刊行された。

2.3　〔作家訃報〕与田凖一が亡くなる　2月3日、児童文学者で詩人の与田凖一が亡くなる。91歳。高小卒後、18歳から4年間小学校教師をしながら雑誌「赤い鳥」に童話や童謡を投稿。昭和3年上京、北原白秋門下に。5年から「赤い鳥」「コドモノヒカリ」などの編集を担当し、8年初の童謡集「旗・蜂・雲」を出版。25年から10年間日本女子大学児童科の講師をつとめ、37年日本児童文学者協会会長に就任。サンケイ児童出版文化大賞、野間児童文芸賞ほか受賞多数。代表作は「五十一番めのザボン」「十二のきりかぶ」など。「与田凖一全集」（全6巻）がある。

2月〜4月　〔刊行・発表〕『ワイルドスミスのちいさな絵本』刊行　2月から4月にかけて、ブライアン・ワイルドスミス、レベッカ・ワイルドスミス作、香山美子絵の幼児向け絵本『ワイルドスミスのちいさな絵本』全6巻（フレーベル館）が刊行される。

3.10　〔学校図書館〕「21世紀の子どもの読書環境を考える」　3月10日、学校図書館整備推進会議緊急フォーラム「21世紀の子どもの読書環境を考える―新たな学校図書館充実施策を求めて」が星陵会館において開催され、肥田美代子・釜本邦彦ら多数の国会議員を含む428人が参加。

4.19　〔学会・団体〕安曇野ちひろ美術館開館　4月19日、長野県の安曇野に安曇野ちひろ美術館が誕生。

5.1　〔児童文学一般〕第39回こどもの読書週間　5月1日、「第39回こどもの読書週間」が開始される。標語は「ヨンデクレ！　君のヒーローは出番まち」。

5.11　〔学会・団体〕絵本学会設立　5月11日、絵本学会が創立。絵本学の確立を目的とし、絵本の研究に関心のあるすべての人が様々な活動を展開。会長は三宅興子。

5月　〔刊行・発表〕『ステレオサウンド・ピアノ・カラオケえほん』刊行　5月、『音のでる絵本シリーズ 20 ステレオサウンド・ピアノ・カラオケえほん』（ポプラ社）が刊行される。カラオケえほんとピアノえほんを一緒にした企画。

5月　〔刊行・発表〕『歯みがきつくって億万長者』刊行　5月、ジーン・メリルによる『歯みがきつくって億万長者』が偕成社より刊行される。

5月　〔刊行・発表〕『新きょうのおはなしなあに』刊行　5月、ひかりのくに創立50周年記念出版として『新きょうのおはなしなあに』全4巻が刊行される。

5月　〔刊行・発表〕エルマーがポケット版に　5月、福音館書店がルース・スタイルス・ガネット作、ルース・クリスマン・ガネット絵『ポケット版　エルマーのぼうけん』全3冊セットを限定発売する。7月5日のアニメ映画『エルマーの冒険』公開を契機とする企画。

6.11　〔学校図書館〕「改正学校図書館法」公布・施行　6月11日、「改正学校図書館法」が公布・施行される。学校図書館に司書教諭の配置を義務付ける内容で、5月12日に衆議院、6月3日に参議院で可決されたもの。

6.16　〔作家訃報〕住井すゑが亡くなる　6月16日、小説家・児童文学作家の住井すゑが亡くなる。95歳。本名、犬田すゑ。奈良県磯城郡平野村（田原本町）生まれ。原元高女卒。小学校教員資格認定試験に合格。大正8年に上京して講談社の編集記者となるが、女性社員差別に抗議して1年で退社。10年「相剋」で作家としてデビューし、以

降作家活動に専念。同年農民文学者・犬田卯と結婚、4人の子を育てながら農民文学運動を続けた。昭和5年「大地にひらく」、18年「大地の倫理」を刊行。戦後は児童文学を書き始め、27年の「みかん」で小学館文学賞を受賞。29年の「夜あけ朝あけ」は毎日出版文化賞を受賞し、映画化・劇化され評判となる。33年から大河小説「橋のない川」(6部)に取り組む。その後、自庭にミニ映画館兼学習舎・抱樸舎を開き、文化交流の場とする。「橋のない川」は知られざるロングセラーで、中国語や英語にも翻訳刊行され、水平社70周年記念で東陽一監督により再映画化された。平成4年「橋のない川」(第7巻)が刊行されるが、未完のまま9年老衰で死去。他の著書に「向い風」「長久保赤水」「野づらは星あかり」「わたしの少年少女物語」(全3巻)、エッセイ「牛久沼のほとり」、自伝「愛といのちと」(共著)、「住井すゑ対話集」(全3巻)、「住井すゑ作品集」(全8巻)がある。

6月	〔刊行・発表〕『でんしゃにのって』刊行	6月、アリス館よりとよたかずひこ作『でんしゃにのって』が刊行。主人公の少女・うららちゃんが乗る電車に様々な動物が乗ってくる。
7.12	〔児童図書館、地域文庫〕「八ヶ岳小さな絵本美術館」開館	7月12日、長野県に「八ヶ岳小さな絵本美術館」が開館した。
8.1	〔イベント関連〕「子どもの本ブックフェア」	8月1日、トーハンによる「子どもの本ブックフェア」が広島および名古屋で開催される。
8.8	〔イベント関連〕「'97児童図書展示会」	8月8日、日販による「'97児童図書展示会」が北九州国際会場で開催される。5月以来東京・名古屋・福島・静岡で開催された展示会を含め、来場者数は延べ2万2623人を記録。
8月	〔刊行・発表〕『アベコベさん』刊行	8月、フランセスカサイモン作、ケレンラドロー絵による『アベコベさん』が文化出版局から刊行。訳は青山南。すべてが「あべこべ」な一家の姿が綴られる。
9.2	〔作家訃報〕上崎美恵子が亡くなる	9月2日、児童文学作家の上崎美恵子が亡くなる。72歳。本名、上崎美枝子。福島県二本松市生まれ。青山女学院高等女学部卒、和洋女子大学卒。国立中野療養所で闘病中、アンデルセンなどに強い感動を受け、昭和35年ごろから童話を書き始める。52年処女長編「星からきた犬」を「中学生文学」に連載。代表作に赤い鳥文学賞を受賞した「まほうのベンチ」やサンケイ児童出版文化賞を受賞した「ちゃぷちゃっぷんの話」、日本児童文芸家協会賞受賞の「だぶだふだいすき」、ひろすけ童話賞受賞の「ルビー色のホテル」、そのほか「長いシッポのポテトおじさん」「海がうたう歌」などがある。
9.19	〔刊行・発表〕『世界の名作』刊行開始	9月19日、小学館が『世界の名作』全18巻の刊行を開始する。第1回配本はジェームズ・バリ原作、早野美智代文、小沢摩純絵『1 ピーター・パン』。
9月	〔刊行・発表〕『ラヴ・ユー・フォーエバー』刊行	9月、岩崎書店からアメリカの作家ロバート・マンチによる『ラヴ・ユー・フォーエバー』が刊行。親子の愛情のきずなを静かに語り、全米でベストセラーとなった作品で、日本でも話題となった。
10.16	〔刊行・発表〕『痛快 世界の冒険文学』刊行開始	10月16日、講談社が『痛快 世界の冒険文学』全24巻の刊行を開始する。第1回配本は『十五少年漂流記』。

10月	〔刊行・発表〕『アルマジロのしっぽ』刊行　10月、岩瀬成子による『アルマジロのしっぽ』が刊行される。
10月	〔刊行・発表〕『イグアナくんのおじゃまな毎日』刊行　10月、佐藤多佳子による『イグアナくんのおじゃまな毎日』が刊行される。
10月	〔刊行・発表〕『サウンドセンサー絵本』　10月、やまわききょう作・やまぐちみねやす絵『サウンドセンサー絵本』全2巻(偕成社)が刊行される。絵本にセンサーを当てると動物の鳴き声や乗物の出す音などが聞こえるという企画。
11.26	〔児童図書館、地域文庫〕東京子ども図書館新館　11月26日、東京子ども図書館(東京都中野区)に新館がオープン。
11月	〔刊行・発表〕『松田瓊子全集』刊行　11月、『松田瓊子全集』が大空社から刊行された。
12.6	〔学校図書館, 学会・団体〕日本学校図書館学会発足　12月6日、日本学校図書館学会が発足する。
12.10	〔児童文学一般〕「第33回日販よい本いっぱい文庫」贈呈式　12月10日、日販が「第33回日販よい本いっぱい文庫」の贈呈式を同社本社において挙行する。児童養護・障害・医療施設などに児童書を寄贈する活動で、1964年に創業15周年記念行事として始まったもの。この年は全国330施設に児童書6万0110冊が寄贈される。
12月	〔刊行・発表〕『ポケットコニーちゃん』刊行　1月、きはらようすけ作『ポケットコニーちゃん』全4巻(主婦と生活社)が刊行される。テレビ番組『ポンキッキーズ』の人気キャラクターであるコニーちゃんを題材とする赤ちゃん向けのミニ絵本。
この年	〔刊行・発表〕知育絵本の刊行相次ぐ　この年、『あたまをつよくする』シリーズ(学習研究社)、『ぴったりなあに？』全4巻(世界文化社)、『あれあれかわったよ』など、遊びを通して知能を育てる知育絵本が相次いで刊行される。
この年	〔読書感想文〕第43回読書感想コン課題図書　この年(1997年度)の青少年読書感想文コンクールの課題図書。【小学校低学年】『ぼくの村にサーカスがきた』(小林豊・作・絵)ポプラ社、『おかぐら』(脇明子・ぶん、小野かおる・え)福音館書店、『ちきゅうのなかみ』(長崎夏海・作、篠崎三朗・絵)小峰書店、『天使のいる教室』(宮川ひろ・作、ましませつこ・画)童心社。【小学校高学年】『あいたかったよ、カネチン』(林洋子・作、吉見礼司・絵)岩崎書店、『ジスランさんとうそつきお兄ちゃん』(ブリジット・スマッジャ・作、末松氷海子・訳、小泉るみ子・絵)文研出版、『あきかんカンカラカンコン』(渋谷愛子・作、山野辺進・画)学習研究社、『ブータンの朝日に夢をのせて：ヒマラヤの王国で真の国際協力をとげた西岡京治の物語』(木暮正夫・作、こぐれけんじろう・絵)くもん出版。【中学校】『時を超えた記憶：ラスコーの夢』(J・フェリス・作、若林千鶴・訳、宇野亜喜良・画)金の星社、『ちいさなちいさな王様』(アクセル・ハッケ・作、ミヒャエル・ゾーヴァ・絵、那須田淳木本栄・共訳)講談社、『ナガサキに翔ぶ：ふりそでの少女像をつくった中学生たち』(山脇あさ子・著)新日本出版社。【高等学校】『豚の死なない日』(ロバート・ニュートン・ペック・著、金原瑞人・訳)白水社、『私は13歳だった：一少女の戦後史』(樋口恵子・著)筑摩書房、『砂糖の世界史』(川北稔・著)岩波書店。

《この年の児童文学賞》

第28回（平9年）JOMO童話賞　【一般の部】〈最優秀賞〉藤井かおりの「お母さんのぎゅっ」、〈優秀賞〉横田明子の「おねえちゃんが、ゾウになった」、有本隆の「サキちゃんのタコやき」、〈佳作〉木下あこやの「るすでん」、黒澤樹理の「夏休みさん」、丸野まゆみの「あじさいの上に降った星」、小胎英司の「千歳の湯」、萩原木綿子の「くすりネコ」、上紀男の「ハエトリガミの悩み」、富井明子の「キツネの提灯」、うざとなおこの「月とホタル」、川越厚子の「空色の魚」、中田亘の「星になった恋」、【児童の部】〈児童賞〉雨宮美奈帆の「学校が歩いた日」、苗村亜衣の「空とぶ金魚の大パーティー」、西川知里の「いたずら好きの花よめさん」。

第1回（平9年）愛と夢の童話コンテスト　【グランプリ】山岸亮一の「花の海、花いろの風」、【審査委員長賞】山岸亮一の「花の海、花いろの風」、【優秀賞】小林庸子の「王様の息子は王様？」、井上恵子の「静かな村の夢」、樋渡ますみの「ヒュウドロ・パッパ」。

第27回（平9年）赤い鳥文学賞　荻原規子の「薄紅天女」。

第12回（平9年度）家の光童話賞　嶋野靖子の「しょいなわうどん」、【優秀賞】福明子の「てんどこてんどこ」、藤井佳奈の「おばあちゃんのおはぎ」、石正奈央の「てるてるぼうずもつらいよ」、太田智美の「おばあちゃんのひみつ」。

第6回（平9年）小川未明文学賞　【大賞】北岡克子の「風の鳴る夜」、【優秀賞】梅原賢二の「トラブル昆虫記」、伊藤遊の「フシギ稲荷」。

第17回（平9年）カネボウ・ミセス童話大賞　上野恵子の「フライパンとダンス」。

第2回（平9年度）熊野の里・児童文学賞　【大賞】中尾三土里の「さいなら 天使」。

第19回（平9年）クレヨンハウス絵本大賞　該当作なし、【最優秀作品賞】該当作なし、【優秀作品賞】こばやしゆかこの「おおきなまる」、ほりなおこの「まるマル コンパスの穴」。

第7回（平9年）けんぶち絵本の里大賞　葉祥明の「イルカの星」（佼成出版社）、【びばからす賞】宮西達也の「おとうさんはウルトラマン」（学習研究社）、木村裕一の「きょうりゅうだあ！」（小学館）、濱田廣介〔文〕いもとようこ〔絵〕の「たぬきのちょうちん」（白泉社）。

第19回（平9年）講談社絵本新人賞　串井てつおの「トカゲのすむ島」、【佳作】足立寿美子の「わたしのそばかす」。

第38回（平9年）講談社児童文学新人賞　風野潮の「ビートキッズ」、【佳作】河原潤子の「蝶々、とんだ」。

第5回（平9年）小梅童話賞　【大賞】斎藤優美の「レウォルフと小さなはっぱ」、【優秀賞】寺田さゆみの「みじ色の羽のねこ」、野正由紀子の「みずちの神」、川口桃子の「かさのむこうに」、佐川庸子の「フクロウと月」、黒田志保子の「なれない！」。

第44回（平9年）産経児童出版文化賞　【大賞】香原知志の「生きている海 東京湾」（講談社）、【JR賞】ひこ・田中の「ごめん」（偕成社）、【賞】ドディー・スミス〔文〕熊谷鉱司〔訳〕の「ダルメシアン」（文渓堂）、スーザン・ジェファーズ〔絵〕徳岡久生〔訳〕中西敏夫〔訳〕の「ブラザー イーグル シスター スカイ」（JULA出版局）、遠山繁年〔画〕の「宮沢賢治挽歌画集 永訣の朝」（偕成社）、長倉洋海〔写真・文〕の「人間が好き」（福音館書店）、佐々木瑞枝〔著〕の「日本語ってどんな言葉？」（筑摩書房）、【美術賞】戸川幸夫〔原作〕戸川文〔文〕関屋敏隆〔型染版画〕の「オホーツクの海に生きる」（ポプラ社）、【理想教育財団賞】大場信義〔著〕の「森の新聞(4) ホタルの里」（フレーベル

館)、【フジテレビ賞】ラッセル・フリードマン〔著〕千葉茂樹〔訳〕の「ちいさな労働者」(あすなろ書房)、【ニッポン放送賞】上橋菜穂子〔作〕の「精霊の守り人」(偕成社)。

第3回(平9年)児童文学ファンタジー大賞　【大賞】伊藤遊の「鬼の橋」(福音館書店)、【佳作】該当者なし。

第26回(平9年)児童文芸新人賞　藤牧久美子の「ふしぎなゆきだるま」、笹生陽子の「ぼくらのサイテーの夏」、タカシトシコの「魔法使いが落ちてきた夏」。

第1回(平9年)自由国民社ホームページ絵本大賞　おくむらりつこの「ぞうくんは花もよう」。

第46回(平9年度)小学館児童出版文化賞　内田麟太郎・荒井良二の「うそつきのつき」文溪堂、茂木宏子の「お父さんの技術が日本を作った!」小学館。

第8回(平9年)新・北陸児童文学賞　赤羽じゅんこの「おとなりは魔女」「ももたろう」5号。

第1回(平9年)創作ファンタジー創作童話大賞　【ファンタジー】〈大賞〉中田えみの「『SCENT』セント」、〈優秀賞〉北野玲の「フェアリー・ナッツ」、小林冨紗子の「ぽんぽんフェリーの乗り場で」、〈佳作〉風木一人の「ボナ物語」、土ケ内照子の「コケ丸、テンヤワンヤ」、〈特別賞〉みのわたつおの「王様になった少年たち」、【童話】〈大賞〉古賀悦子の「はじまりのうた」、〈優秀賞〉鈴木久美子の「リレー」、梅原賢二の「ヘソノゴマがなおします」、〈佳作〉吉田行里の「椅子物語」、星野幸雄の「おーっ、おーっ、おったまげ」、武田容子の「いちょう並木の古本屋さん」、【ファンタジー】〈社長賞〉大條和雄の「津軽三味線 始祖 仁太坊の一生」。

第15回(平9年)〔宝塚ファミリーランド〕童話コンクール　【小学生の部】〈特賞〉関りんの「バーバーひめとじゃんけんジャングル」、【一般の部】〈特賞〉山口隆夫の「カゼをひいた町」。

第14回(平9年)「小さな童話」大賞　【大賞】橋本香折の「トーマスの別宅」、【今江賞】酒井薫(本名=吉村博子)の「山羊のレストランの新メニュー」、【山下賞】横田明子の「線香花火」、【落合賞】佐藤亮子の「カマキリが飛んだ日」、【角野賞】まきたようこ(本名=牧田洋子)の「ジェシカ」、【佳作】佐藤京子の「風をさがして」、長嶋美江子の「おせっかいな田村」、西尾薫の「あずき休庵 野望を燃やす」、藤田ちづる(本名=藤田千鶴)の「夕暮れの道」、村瀬一樹(本名=堀籠直美)の「風の手」、【奨励賞】石毛智子の「おべんとうをとどけに」、沢田俊子の「い・の・ち」。

第39回(平9年)千葉児童文学賞　該当作なし。

第13回(平9年度)坪田譲治文学賞　角田光代の「ぼくはきみのおにいさん」(河出書房新社)。

第15回(平9年)新美南吉児童文学賞　富安陽子の「小さなスズメ姫」シリーズ(偕成社)。

第9回(平9年)新美南吉童話賞　【最優秀賞(文部大臣奨励賞)】成瀬武史の「ホライチのがま口」、【一般の部】〈優秀賞(半田市長賞)〉宮下明浩の「囚人の木」、〈特別賞(中埜酢店賞)〉高柳寛一の「ネズミの二郎」、〈佳作〉飯泉利恵子の「竹とんぼ」、石田昌子の「ぼく・はやく・ねむらなくちゃ」、【中学生の部】〈優秀賞(新美南吉顕彰会賞)〉青木優美の「はばたけ 青空へ!!」、〈優秀賞(半田青年会議所賞)〉神戸明子の「ヤナギのかんむり」、〈特別賞(中部電力賞)〉三浦真佳の「春」、【小学生高学年の部】〈優秀賞(ごんぎつねの会賞)〉中村友美の「金色の羽」、〈特別賞(伊東賞)〉松尾拓実の「さぼりん」、〈佳

作〉小原麻由の「きつねの化けくらべ」、簗場愛の「きつねがくれた花かざり」、【小学生低学年の部】〈優秀賞（中日新聞社賞）〉井上稚菜の「ふしぎなかっぱいけ」、〈特別賞（中埜酒造賞）〉品川浩太郎の「ありのたからもの」、〈佳作〉石橋美帆の「みみちゃんのかくれんぼ」、黒柳陽子の「やさいしサメ」。

第14回（平9年）ニッサン童話と絵本のグランプリ　童話は、西村まり子の「ポレポレ」、絵本は、原田優子の「リリ」。

第3回（平9年）日本絵本賞　【大賞】梅田俊作〔作・絵〕梅田佳子〔作・絵〕の「しらんぷり」ポプラ社、【日本絵本賞】山本直英〔作〕片山健〔作〕の「からだっていいな」童心社、和田誠〔作〕の「ねこのシジミ」ほるぷ出版、【翻訳絵本賞】ヴァーナ・アーダマ〔文〕マーシャ・ブラウン〔絵〕松岡享子〔訳〕の「ダチョウのくびはなぜながい？」冨山房、【読者賞】葉祥明〔絵〕柳瀬房子〔文〕の「地雷でなく花をください」自由国民社。

第21回（平9年）日本児童文学学会賞　該当者なし、【特別賞】弥吉菅一、【奨励賞】仲村修の「韓国・朝鮮児童文学評論集」（明石書店）、加藤理の「〈めんこ〉の文化史」（久山社）。

第37回（平9年）日本児童文学者協会賞　該当作なし。

第30回（平9年）日本児童文学者協会新人賞　笹生陽子の「ぼくらのサイテーの夏」（講談社）。

第19回（平9年）「日本児童文学」創作コンクール　山本章子の「パカタ」、【佳作】竹内紘子の「ばあちゃん」（詩）、目黒強の「〈癒しの物語〉から〈場の物語〉へ」。

第21回（平9年）日本児童文芸家協会賞　天沼春樹の「水に棲む猫」（パロル舎）。

第8回（平9年）〔日本児童文芸家協会〕創作コンクール　全部門該当作なし。

第9回（平9年）日本動物児童文学賞　【大賞】奥山智子の「となりのゴン」、【優秀賞】小林紀美子の「ぼくとピジョーと」、竹内福代の「モォーじいちゃんとクロ」。

第35回（平9年）野間児童文芸賞　あさのあつこの「バッテリー」（教育画劇）、【新人賞】ひろたみをの「ジグザグ　トラック家族」（講談社）。

第9回（平9年）浜屋・よみうり仏教童話大賞　【金賞】橋谷桂子。

第8回（平9年）ひろすけ童話賞　戸田和代の「きつねのでんわボックス」（金の星社）。

第14回（平9年）福島正実記念SF童話賞　中松まるはの「お手本ロボット」。

第7回（平9年）ぶんけい創作児童文学賞　該当作なし、【佳作】橋本憲範の「テレビでらら」、森谷桂子の「ユリの花笑み」。

第4回（平9年）星の都絵本大賞　【星の都絵本大賞部門】大井淳子の「ネタのはなし」、【自由創作部門】〈特選〉たなかあつしの「夢彫りじいさん」、〈入選〉スエリ・ピニョの「おかあさんのおめめがかなしいとおもったら」、光明尚美の「ひとつぶのえんどうまめ」、永井桃子〔絵〕永井慧子〔文〕の「とおりゃんせ」、おきたももの「まりちゃんえにっき」、山本夏菜の「考える女の子」、【親と子の手づくり絵本部門】〈特選〉佐久間海土〔絵〕佐久間スエリ〔文〕の「おうさますいどうがこわれました」、小林彩葉〔絵〕小林阿津子〔文〕の「けっくんのあひるとうさぎ」、〈入選〉和田彩花・萌花〔絵〕和田琴美〔文〕の「みんなちきゅうがだいすき」、西坂宗一郎〔絵〕西坂三佐紀〔文〕の「みち」、池田早織の「すいか王さまのあたらしいしろ」、【かがく絵本部門】〈特選〉すぎもとちほの「わたしの庭でおきたこと」、〈入選〉野口武泰の「星あそび」。

第15回（平9年）ほのぼの童話館創作童話募集　【一般の部】〈ほのぼの大賞〉亀谷みどりの「不思議な穴」、【児童の部】〈ほのぼの児童大賞〉徳川静香の「3丁目のルンルンおばさん」。

第47回（平9年）毎日児童小説　【小学生向き】〈最優秀賞〉風木一人の「王の腹から銀を打て」、〈優秀賞〉稲葉洋子の「東京迷い道」、大庭桂の「夢屋ものがたり」、【中学生向き】〈最優秀賞〉該当作なし、〈優秀賞〉鈴木ひろみの「自画像」、佐藤泰之の「宇宙色のスケッチブック」。

第21回（平9年）毎日童話新人賞　【最優秀賞】まなべたよこの「こがらし　ふくよは　こりぷった」。

第3回（平9年）椋鳩十記念　伊那谷童話大賞　【大賞】久保田香里の「ひかるたてぶえ」、【準大賞】塩澤正敏の「尾賀先生とおれたち」、【熊谷元一賞】小林裕和の「べっこうの珠」、【北島新平賞】塩澤正敏の「尾賀先生とおれたち」。

第7回（平9年）椋鳩十児童文学賞　坂元純の「ぼくのフェラーリ」。

第9回（平9年）琉球新報児童文学賞　短編児童小説は、玉城久美の「森から来たリョウガ」、創作昔ばなしは、坂下宙子の「ダテハゼとテッポウエビ」。

第19回（平9年）路傍の石文学賞　三木卓の「イヌのヒロシ」（理論社）、【幼少年文学賞】松居スーザンの「森のおはなし」「はらっぱのおはなし」（あかね書房）。

1998年
（平成10年）

1.25　〔作家訃報〕鈴木隆が亡くなる　1月25日、児童文学作家の鈴木隆が亡くなる。78歳。岡山県玉野市生まれ。早稲田大学文学部独文科卒。坪田譲治に師事して童話を書く。主な作品に「はやかご次郎助」「マッチのバイオリン」「はらまき大砲」など。青春小説「けんかえれじい」は昭和41年鈴木清順監督により映画化された。

2月　〔刊行・発表〕『つるばら村のパン屋さん』刊行　2月、茂市久美子作、中村悦子絵による『つるばら村シリーズ(1)つるばら村のパン屋さん』が講談社より刊行。つるばら村のパン屋さんをめぐるファンタジー作品。

2月〜9月　〔刊行・発表〕『せかいのポップアップえほん』刊行　2月から9月にかけて、仕掛け絵本『せかいのポップアップえほん』シリーズ全5巻（ポプラ社）が刊行される。

3.27　〔作家訃報〕大川悦生が亡くなる　3月27日、児童文学作家の大川悦生が亡くなる。67歳。本名、大川悦生。長野県更級郡生まれ。早稲田大学文学部仏文科卒。"民話を語る会"を主宰し、民話の研究及び伝承に尽力。東京都原爆被害者団体協議会後援会世話人も務めた。昭和55年に「たなばたむかし」でサンケイ児童出版文化賞を受賞。平成11年、広島の原爆を通して平和の尊さを訴えた作品「はとよ　ひろしまの空を」がアニメ映画化され、絵本にもなった。主な著書に「おかあさんの木」「子どもがはじめてであう民話」（全10巻）「へっこきじっさま一代記」「広島・長崎からの伝言」など多数。

| 4.3 | 〔作家訃報〕佐々木たづが亡くなる　4月3日、児童文学作家の佐々木たづが亡くなる。65歳。本名、佐々木多津。東京生まれ。駒場高中退。高校時代、18歳のとき緑内障のため失明。昭和31年童話創作を志し、野村胡堂に師事。33年「白い帽子の丘」を刊行し、児童福祉文化賞を受賞。その後、「ロバータさあ歩きましょう」で日本エッセイストクラブ賞とアンデルセン賞特別優良作品賞、「わたし日記を書いたの」で野間児童文芸賞推奨作品賞を受賞。ほかに「こわっぱのかみさま」「キヨちゃんのまほう」などがある。|

| 4.25 | 〔学会・団体〕いわむらかずお絵本の丘美術館設立　4月25日、栃木県那須郡那珂町に作家のいわむらかずおの作品をコレクションする「いわむらかずお絵本の丘美術館」が設立された。|

| 4月 | 〔イベント関連〕「絵本原画の世界」　4月、福音館書店が宮城県立美術館において「絵本原画の世界」を開催する。同社刊行の月刊絵本『こどものとも』の原画展で、この他にも各地で『こどものとも』500号記念原画展を開催。|

| 6月 | 〔刊行・発表〕『さわってあそぼう ふわふわあひる』刊行　6月、M.ヴァン・フリート作の仕掛け絵本『さわってあそぼう ふわふわあひる』(あかね書房)が刊行される。色々な手触りを楽しみながら、色・形・動物の名前を覚える企画。|

| 7.15 | 〔学習関連〕朝の読書544校に　7月15日、「朝の読書推進運動」実施校が全国で544校に達したことが明らかになる。|

| 7.25 | 〔イベント関連〕「'98こどもの本ブックフェア」京都で開催　7月25日、トーハンによる「'98こどもの本ブックフェア」が京都市下京区の京都三井ホールにおいて開催される。来場者数5527人。|

| 7月 | 〔刊行・発表〕『カラフル』刊行　7月、森絵都による『カラフル』が理論社から刊行される。|

| 7月 | 〔刊行・発表〕『ゴリラにっき』刊行　8月、あべ弘士による『ゴリラにっき』が小学館から刊行される。|

| 8.1 | 〔イベント関連〕「'98こどもの本ブックフェア」名古屋で開催　8月1日、トーハンによる「'98こどもの本ブックフェア」が名古屋の中小企業振興会館において開催される。|

| 8.19 | 〔イベント関連〕「本と遊ぼう！ 子どもワールド'98」　8月19日、日販による「本と遊ぼう！ 子どもワールド'98」が山形県郷土館(愛称・文翔館)において開催される。|

| 8月 | 〔刊行・発表〕手話落語絵本『みそ豆』刊行　8月、点訳シートの付いた手話落語絵本『みそ豆』が、自分流文庫から刊行された。|

| 10.23 | 〔作家訃報〕久保喬が亡くなる　10月23日、児童文学作家・小説家の久保喬が亡くなる。91歳。本名、久保隆一郎。愛媛県宇和島市生まれ。東洋大学東洋文学科〔昭和9年〕中退。松山商卒業後時計商に従事していたが、上京して東洋大学に進む。その間「国民文学」同人を経て、太宰治らと同人雑誌「青い花」を創刊。大学中退後は教養社に勤め、「少年文学」に参加して、昭和16年「光の国」を刊行。以後児童文学作家として活躍し、40年「ビルの山ねこ」で小学館文学賞を、48年「赤い帆の舟」で日本児童文学者協会賞を受賞。その他の作品に「星の子波の子」「ネロネロの子ら」「少年の石」「海はいつも新しい」「少年は海へ」などがある。|

10月	〔刊行・発表〕『にんきもののひけつ』刊行	10月、森絵都作、武田美穂絵による『にんきもののひけつ』が童心社より刊行される。
10月	〔刊行・発表〕『バースデー・メロディ・ブック』刊行	10月、仕掛け絵本『バースデー・メロディ・ブック』全4巻(偕成社)が刊行される。1歳児から4歳児までの誕生日プレゼント用に考えられた企画で、最終ページを開くと「ハッピー・バースデー・トゥー・ユー」のメロディが流れる仕組み。
10月	〔刊行・発表〕『鬼の橋』刊行	10月、伊藤遊・作、太田大八・画による『鬼の橋』が刊行される。
10月	〔刊行・発表〕『日本のむかしばなし』刊行	10月、瀬田貞二による『日本のむかしばなし』がのら書店より刊行。「花咲かじい」「ねずみのすもう」など13編が収録されている。
11月	〔刊行・発表〕『いつでも会える』刊行	11月、菊田まりこ作『いつでも会える』が、学習研究社から刊行。翌年の1999年にはボローニャ国際児童図書展特別賞を受賞した。
12.8	〔イベント関連〕「子ども読書年」フォーラム	12月8日、「子ども読書年」記念フォーラムが、子ども読書年実行委員会の主催により開催された。
この年	〔児童文学一般〕教文館に子どもの本の店	この年、東京・銀座にある書店教文館が、ロングセラーを中心とした「子どもの本のみせナルニア国」を新設。
この年	〔ベストセラー・話題本〕子ども向け絵本が大人に人気	この年、アメリカ人哲学者レオ・バスカーリア作『葉っぱのフレディ』(童話屋)やロバート・マンチ作『ラブ・ユー・フォーエバー』(岩崎書店)をはじめとする子ども向け絵本がビジネスマンや育児に悩む母親らの間で人気を博すなど、大人と子どもの本のボーダーレス化現象が顕著になる。
この年	〔読書感想文〕第44回読書感想コン課題図書	この年(1998年度)の青少年読書感想文コンクールの課題図書。【小学校低学年】『からだっていいな』(山本直英・片山健・さく)童心社、『なぞなぞライオン』(佐々木マキ・作)理論社、『ミナクローと公平じいさん』(最上二郎・作、宮本忠夫・絵)草炎社、『オタマジャクシの尾はどこへきえた』(山本かずとし・ぶん、畑中富美子・え)大日本図書。【小学校高学年】『ぼくの一輪車は雲の上』(山口理・作、末崎茂樹・絵)文研出版、『シンタのあめりか物語』(八束澄子・作、小泉るみ子・絵)新日本出版社、『しらんぷり』(梅田俊作佳子・作・絵)ポプラ社、『車いすからこんにちは』(嶋田泰子・著、風川恭子・絵)あかね書房。【中学校】『ハッピーバースデー:命かがやく瞬間(とき)』(青木和雄・作、加藤美紀・画)金の星社、『ハロウィーンの魔法』(ルーマ・ゴッデン・作、渡辺南都子・訳、堀川理万子・絵)偕成社、『夢をつなぐ:全盲の金メダリスト河合純一物語』(澤井希代治・著)ひくまの出版。【高等学校】『小川は川へ、川は海へ』(スコット・オデール・作、柳井薫・訳)小峰書店、『うわの空で』(スザンナ・タマーロ・著、泉典子・訳)草思社、『トットちゃんとトットちゃんたち』(黒柳徹子・著)講談社。
この年	〔読み聞かせ活動,イベント関連〕「第4土曜日は、こどもの本の日」	この年の秋、日本書店商業組合連合会・日本児童図書出版協会・日本出版取次協会・出版文化産業振興財団(JPIC)が中心となり、「第4土曜日は、こどもの本の日」キャンペーンを開始する。子どもの読書離れ対策として、書店などが中心となり、各地で読み聞か

この年　〔作家訃報〕保永貞夫が亡くなる　詩人・児童文学作家の保永貞夫が亡くなる。79歳。東京都生まれ。アテネ・フランセ卒。佐藤一英、那須辰造に師事し、詩学・国文学・児童文学などを学ぶ。主著に詩集「タマリスク」、ノンフィクション児童図書「七人の日本人漂流民」や伝記「聖徳太子」「新渡戸稲造」「コロンブス」などがある。翻訳にも活躍。

この年　〔イベント関連〕「子供時代の読書の思い出」講演　この年、国際児童図書評議会（IBBY）第26回世界大会がインドのニューデリーで開催され、皇后美智子が「子供時代の読書の思い出」と題するビデオによる基調講演を行う。この講演がNHKで放映されて大きな反響を呼び、新潮社が講演中で紹介された『日本少国民文庫 世界名作選』第1巻・第2巻を復刊。また、講演内容は『橋をかける』の題ですえもりブックスから刊行される。

《この年の児童文学賞》

第29回（平10年）JOMO童話賞　【一般の部】〈最優秀賞〉鳰崎智子の「歌うライオン」、〈優秀賞〉五十嵐敬美の「ふしぎなどろぼう」、倉田久の「あっと驚く温泉の素」、〈佳作〉渡辺葉子の「セシルカット」、田村秀子の「小さないちごジャム屋」、古川有理子の「お母さんの秘密兵器」、鈴木芳江の「和傘ものがたり」、半澤由紀の「ガーデニング」、吉村健二の「迷子の手紙」、佐藤真実子の「いつかリュウになる日」、浜尾まさひろの「コウモリガサの一番星」、後藤みわこの「ゴーゴー！ レッカマン」、松田めぐみの「電車の通る町」、【児童の部】〈児童賞〉真下郁未の「おさげの好きなライオン」、中嶋麻依の「あっちゃんの赤いぼうし」、加藤典の「ふしぎなプール」。

第2回（平10年）愛と夢の童話コンテスト　【グランプリ】櫛谷麻子の「吹雪の村の翼ジャコウ牛」、【審査委員長特別賞】平野果子の「鬼羅の歌」、【優秀賞】該当作なし。

第28回（平10年）赤い鳥文学賞　森忠明の「グリーン・アイズ」。

第13回（平10年度）家の光童話賞　馬原三千代の「きこえてくるよ」、【優秀賞】後藤みわこの「おばあちゃんのペンギン」、太田智美の「実りの良い田んぼ」、村上ときみの「夕焼けしりとり」、金光千代子の「いちご三つ」。

第33回（平10年度）エクソンモービル児童文化賞　細川真理子。

第7回（平10年）小川未明文学賞　【大賞】中尾三十里の「あいつさがし」、【優秀賞】石田はじめの「はるかなる隣人」、まごころのりおの「ロトルの森」。

第18回（平10年）カネボウ・ミセス童話大賞　橋谷桂子の「コッコばあさんのおひっこし」。

第20回（平10年）クレヨンハウス絵本大賞　該当作なし、【最優秀作品賞】該当作なし、【優秀作品賞】いまいやすこの「おばあちゃんちは、ぼくのはだらけ」」、菊池亜紀子の「クックケーククッキング」、ほりなおこの「あらあらロボット君」。

第8回（平10年）けんぶち絵本の里大賞　宮西達也の「帰ってきたおとうさんはウルトラマン」（学習研究社）、【びばからす賞】クリスチャン・R.ラッセン〔絵・文〕小梨直〔翻訳〕の「海の宝もの」（小学館）、葉祥明〔絵・文〕リッキー・ニノミヤ〔訳〕の「森が海をつくる」（自由国民社）、かこさとし〔文〕いもとようこ〔絵〕の「きつねのきんた」（白泉社）。

第20回（平10年）講談社絵本新人賞　足立寿美子の「かみをきってみようかな」、【佳作】

第39回(平10年)講談社児童文学新人賞　梨屋アリエの「でりばりぃAGE」、【佳作】該当作なし。

第6回(平10年)小梅童話賞　【大賞】大庭千佳の「サンタクロースさんへ」、【優秀賞】川本沙織の「きせつ社の社長あらわれる」、甘松直子の「そよ風の吹く日には、きっと…」、北川チハルの「夏空のスイセン」、関根陽子の「ペルドルの森」、鈴木彩の「蘭一らん一」。

第45回(平10年)産経児童出版文化賞　【大賞】マリア・オーセイミ〔著〕落合恵子〔訳〕の「子どもたちの戦争」(講談社)、【JR賞】リーラ・バーグ〔作〕幸田敦子〔訳〕の「わんぱくピート」(あかね書房)、【賞】佐藤多佳子〔作〕の「イグアナくんのおじゃまな毎日」(偕成社)、ラスカル〔文〕I.シャトゥラール〔絵〕中井珠子〔訳〕の「はじめてのたまご売り」(BL出版)、シャーロット・ヴォーグ〔作〕小島希里〔訳〕の「ねこのジンジャー」(偕成社)、森田ゆり〔作〕の「あなたが守るあなたの心・あなたのからだ」(童話館出版)、深石隆司〔文・写真〕の「沖縄のホタル」(沖縄出版)、【美術賞】太田大八〔画〕中田由美子〔訳〕の「絵本西遊記」(童心社)、【理想教育財団賞】西条八束・村上哲生の「湖の世界をさぐる」(小峰書店)、【フジテレビ賞】柏葉幸子〔作〕の「ミラクル・ファミリー」(講談社)、【ニッポン放送賞】ガブリエル・バンサン〔作〕もりひさし〔訳〕の「おてがみです」(BL出版)。

第4回(平10年)児童文学ファンタジー大賞　該当者なし、【奨励賞】奥村敏明の「あかねさす入り日の国の物語」、古市卓也の「鍵の秘密」。

第27回(平10年)児童文芸新人賞　小川みなみの「新しい森」講談社、浜野えつひろの「少年カニスの旅」パロル舎。

第2回(平10年)自由国民社ホームページ絵本大賞　ほりこしまもるの「星流祭(せいりゅうさい)」。

第47回(平10年度)小学館児童出版文化賞　矢島稔の「黒いトノサマバッタ」偕成社、結城昌子の「小学館あーとぶっく」小学館。

第9回(平10年)新・北陸児童文学賞　立石寿人の「ジングルが聞こえる」(「小さい旗」103号)。

第2回(平10年)創作ファンタジー創作童話大賞　【ファンタジー】〈大賞〉阿部喜和子の「きりん」、〈優秀賞〉伊藤むねおの「からす」、〈佳作〉斎藤さやかの「ラムネ色の奇麗なわけ」、小林可代の「金色の草原」、【童話】〈大賞〉該当作なし、〈優秀賞〉岡えりなの「雪の日」、沢田英史の「こわがりコモレビ」、〈佳作〉土ケ内照子の「おじいちゃんのヤリナオシ・カプセル」、睦月の「さとし君ちのお正月」。

第16回(平10年)〔宝塚ファミリーランド〕童話コンクール　【小学生の部】〈特賞〉藪田潮美の「ごみレストラン」、【一般の部】〈特賞〉中村浩幸の「コウタのいとでんわ」。

第15回(平10年)「小さな童話」大賞　【大賞】島村木綿子の「うさぎのラジオ」、【落合賞】野口麻衣子の「冷蔵庫」、【角野賞】中尾三十里(本名=馬場みどり)の「藤沢の乱」、【俵賞】ササキヒロコ(本名=佐々木裕子)の「洗たくもの日和」、【山本賞】たつみさとこ(本名=巽聡子)の「おべんとうをもって」、【佳作】安藤由紀子の「わたしに なる」、石山利沙(本名=村田さおり)の「はかのれいたち」、椎原清子(本名=塚本荀子)の「風見ぶたの冒険」、原田乃梨(本名=原田規子)の「きつねうどん」、猫春眠(本名=藤山泉)の「小袖」、【奨励賞】井上真梨子の「森のおてんきやさん」、近藤朝恵の「トキコ」、

第1回（平10年）ちゅうでん児童文学賞　【大賞】寺尾幸子の「バックホーム」、【優秀賞】山内ゆうじの「カメの話」。

第16回（平10年）新美南吉児童文学賞　さなともこの「ポーラをさがして」(講談社)。

第10回（平10年）新美南吉童話賞　【最優秀賞（文部大臣奨励賞）】ほりゆきこ（ペンネーム）の「大好き、忘れんぼう先生」、〈一般の部〉〈優秀賞（半田市長賞）〉三枝寛子の「すずらん写真館」、〈特別賞（中埜酢店賞）〉森本ひさえの「いそがなくっちゃ、いそがなくっちゃ」、〈特別賞（中部電力賞）〉中尾三十里（ペンネーム）の「ナルミサウルス」、〈佳作〉駒井洋子の「忘れもの」、〈中学生の部〉〈優秀賞（新美南吉顕彰会賞）〉谷川聖の「スイカの冒険」、〈優秀賞（半田青年会議所賞）〉伊藤君佳の「母の声─心を開いて」、〈特別賞（伊東賞）〉小川由有の「小さなSL」、〈佳作〉丸野玲奈の「なにして遊ぶ？」、〈小学生高学年の部〉〈優秀賞（ごんぎつねの会賞）〉竹内尚俊の「本屋のおばあさん」、〈特別賞（中埜酒造賞）〉松尾拓実の「でか太郎」、〈佳作〉長沼亜由の「ぼくのおばあちゃん」、【小学生低学年の部】〈優秀賞（中日新聞社賞）〉水野円香の「月をわっちゃった」、〈佳作〉高井俊宏の「いいな、いいな。」、橋田有真の「ふしぎなふうせんの木」、徳川静香の「ゆきちゃんとみみちゃん」。

第4回（平10年）日本絵本賞　【大賞】長谷川摂子〔再話〕片山健〔絵〕の「きつねにょうぼう」福音館書店、【日本絵本賞】まど・みちお〔詩〕南塚直子〔絵〕の「キリンさん」小峰書店、長新太〔作〕の「ゴムあたまポンたろう」童心社、【翻訳絵本賞】ユリ・シュルヴィッツ〔作〕さくまゆみこ〔訳〕の「ゆき」あすなろ書房、【読者賞】いとうひろし〔作〕の「くもくん」ポプラ社、【選考委員特別賞】梅田俊作〔作・絵〕梅田佳子〔作・絵〕の「14歳とタウタウさん」ポプラ社。

第22回（平10年）日本児童文学学会賞　【奨励賞】河原和枝の「子ども観の近代」(中央公論社)、中村悦子・岩崎真理子〔編〕の「『コドモノクニ』総目次」上・下、【特別賞】桑原三郎。

第1回（平10年）「日本児童文学」作品奨励賞　【佳作】清野志津子の「797、797」(詩)、加藤丈夫の「竹馬」(詩)。

第38回（平10年）日本児童文学者協会賞　佐藤多佳子の「イグアナくんのおじゃまな毎日」(偕成社)。

第31回（平10年）日本児童文学者協会新人賞　錦織友子の「ねこかぶりデイズ」(小峰書店)。

第22回（平10年）日本児童文芸家協会賞　岡信子の「花・ねこ・子犬・しゃぼん玉」(旺文社)。

第10回（平10年）日本動物児童文学賞　【大賞】長島一郎の「すて猫をひろってから」、【優秀賞】工藤さゆりの「ヘナチョコと出会ったぼく」、森山恵の「おばあちゃんとミュウ」、【奨励賞】井嶋敦子の「カモシカとぼくと」、綾部光の「白い犬」、後藤文正の「にわとりが…」、伊藤和子の「麦わら色の猫」、奥山智子の「モモのいる教室」。

第36回（平10年）野間児童文芸賞　森絵都の「つきのふね」。

第1回（平10年）パッ！と短編童話賞　【最優秀賞】赤城礼子の「フェルナンブーコの木」、【優秀賞】葉月かおるの「最後の乗客」、安藤由希の「あの娘（こ）」、【奨励賞】斎藤輝昭の「ピアノ」、中島康（ペンネーム）の「さとみちゃんとみなこちゃん」、楢館奈津子の「グラスのきおく」、鮎澤ゆう子の「グランドクロス」、上坂和美の「オルゴール」、

吉田光恵の「すばらしき人生」、小林恵子の「どんなおと？」、橋本美代子の「特別なお祭り」、川島和幸の「霧の海で交わす船の汽笛信号」、山口順子の「おとなのへんじ」。

第10回（平10年）浜屋・よみうり仏教童話大賞　【金賞】石古美穂子。

第9回（平10年）ひろすけ童話賞　瀬尾七重の「さくらの花でんしゃ」（PHP研究所）。

第15回（平10年）福島正実記念SF童話賞　石田ゆうこの「100年目のハッピーバースデー」。

第16回（平10年）ほのぼの童話館創作童話募集　【一般の部】〈ほのぼの大賞〉川口のりよの「トト、トト、トン。」、【児童の部】〈ほのぼの児童大賞〉沢辺慎太郎の「ザリこうのおはか」。

第48回（平10年）毎日児童小説　【小学生向き】〈最優秀賞〉山村基毅の「じぶんじゃ、生きてるつもりで」、〈優秀賞〉渡辺啓子の「アンバランス」、中野千春の「僕たち、がんばらナインズ」、【中学生向き】〈最優秀賞〉石浜じゅんこの「私は真行（マユキ）」、〈優秀賞〉坂本のこの「ハーブ・ガーデン」。

第22回（平10年）毎日童話新人賞　【最優秀新人賞】市岡ゆかりの「ぴこぴこどうぶつびょういん」。

第4回（平10年）椋鳩十記念 伊那谷童話大賞　【大賞】熊谷千世子の「おにぎりの詩」、【特別賞】若穂由紀子の「かおれ 夢の白い花」、【熊谷元一賞】こうほなみの「ぼくたちの椿森」、【北島新平賞】錫谷和子の「おつかいたぬくん」。

第8回（平10年）椋鳩十児童文学賞　岡沢ゆみの「バイ・バイー11歳の旅立ち」（文渓堂）。

第10回（平10年）琉球新報児童文学賞　短編児童小説は、もりおみずき（本名＝友利昭子）の「お母さんごっこ」、創作昔ばなしは、ぐしともこ（本名＝具志智子）の「シブイのはなし」。

第20回（平10年）路傍の石文学賞　森絵都の「アーモンド入りチョコレートのワルツ」講談社、【幼少年文学賞】該当者なし、【文学賞特別賞】小宮山量平の「千曲川―そして、明日の海へ」理論社。

1999年
（平成11年）

1月　〔刊行・発表〕『100人が感動した100冊の絵本 1978-97』刊行　1月、小野明の選出による「100人が感動した100冊の絵本 1978—97」（別冊太陽）が、平凡社から刊行された。

2.18　〔学習関連〕朝の読書が1000校突破　2月18日、「朝の読書」の実践校が全国で1000校を突破した。

2月　〔刊行・発表〕『オックスフォード 世界児童文学百科』刊行　2月、ハンフリー・カーペンター、マリ・プリチャード著『オックスフォード 世界児童文学百科』が原書房から刊行される。作家・作品・物語の主人公・挿絵絵画家など2000項目以上を収録し、作品の情景や創作・出版の事情なども記述。

1999年（平成11年）

3月　〔刊行・発表〕「えほん世界のおはなし」刊行　3月、講談社から「えほん世界のおはなし」が刊行開始。第一回配本は『ブレーメンのおんがくたい』『3びきの子ぶた』の2冊。全国約4800の幼稚園・保育園の先生へのアンケートを敢行、「21世紀の子どもたちに伝えたいお話」20話を厳選し、海外の作家も含め、世界の一流画家が描くイラストレーションを採用した。

3月　〔童謡・紙芝居・人形劇〕「第1回出前紙芝居大学」開催　3月、沖縄で「第1回出前紙芝居大学」が開催された。事務局は童心社。

5.1～14　〔児童文学一般〕こどもの読書週間　5月1日より、こどもの読書週間がスタート。14日まで開催。

6.6　〔作家訃報〕菊池敬一が亡くなる　6月6日、児童文学作家・郷土史家の菊池敬一が亡くなる。79歳。筆名、池敬。岩手県横川目村（北上市）生まれ。岩手師範学校本科卒。富農の跡取り息子として生まれる。岩手師範在学中、歴史学者の森嘉兵衛の教えを受け、大きな影響を受けた。昭和19年応召、終戦でシベリアに抑留。22年復員。教職の傍ら、文筆活動に入り、抑留体験を題材にした小説を執筆。39年先輩作家の大牟羅良との共著で、近隣に住む戦争未亡人への聞き取りをまとめた「あの人は帰ってこなかった」を発表、社会的反響を呼んだ。55年定年退職し、作家活動に専念。63年東北学研究グループ・北天塾を結成、機関誌「北天塾」を発行し、"東北学"の研究と確立に尽くした。他の作品に児童文学「北天の星よ輝け」「故郷の星」「かっぱの目は星の色」、「七〇〇〇通の軍事郵便」「北国農民の物語」「ものいわぬ農民」「シベリア捕虜記」「おしらさま」などがある。

6月　〔刊行・発表〕『ウエズレーの国』刊行　6月、ポール・フライシュマン作『ウエズレーの国』があすなろ書房より刊行。新しい文明を作り出そうとするウエズレーの挑戦を描く。

6月　〔刊行・発表〕『ストライプ』刊行　6月、デヴィッド・シャノンによる『ストライプ たいへん！ しまもようになっちゃった』がらんか社より刊行される。

7.3　〔作家訃報〕土家由岐雄が亡くなる　7月3日、児童文学作家の土家由岐雄が亡くなる。95歳。本名、土屋由岐雄。東京都文京区生まれ。東京工科学校採鉱冶金科卒。小卒後三菱の給仕として働くが、大正11年三菱の給費で東京工科学校採鉱冶金科を卒業、シンガポール支店勤務。その間にも童話や詩を発表。子供の世界を子供の心でうたう俳句 "童句" という新しいジャンルを開く。代表作の「東京っ子物語」で野間児童文芸賞受賞。実話に基づき創作した「かわいそうなぞう」は英訳もされ、100万部を超えるベストセラーとなった。「三びきのこねこ」では小学館文学賞、「東京っ子物語」で野間児童文芸賞を受賞。他の作品に「人形天使」など多数。61年5月埼玉県狭山市の子供動物園に童句碑が建立された。

7月　〔読み聞かせ活動〕「全国訪問おはなし隊」キャラバンスタート　7月、講談社の「全国訪問おはなし隊」キャラバンが福島県からスタートする。絵本を積んだキャラバンカーで各都道府県を1ヶ月単位で巡回、月に約50の幼稚園や保育園、小学校や図書館、書店などを訪問し、おはなし会開催などの活動を行う。

8月　〔刊行・発表〕『森の絵本』刊行　8月、長田弘・作、荒井良二・絵による『森の絵本』が刊行される。

9.11	〔作家訃報〕西村安子が亡くなる　9月11日、児童文学作家の西村安子が亡くなる。65歳。愛媛県生まれ。昭和女子大学英米文学科中退。著書に「公害の子ら」「ねんどのなみだ」「心ふくらむおはなし〈6年生〉」(共著)がある。
9月	〔刊行・発表〕『おはなしポケット』刊行　9月、フォア文庫の会(岩崎書店・金の星社・童心社・理論社の4社による協力出版)、フォア文庫20周年記念出版として『おはなしポケット』全8巻を刊行する。
9月	〔刊行・発表〕『十一月の扉』刊行　9月、高楼方子による『十一月の扉』がリブリオ出版から刊行される。
9月	〔刊行・発表〕米でベストセラーの絵本版　9月、アメリカでベストセラーとなったリサ・マコートによる『子どものこころのチキンスープ』の絵本版がポプラ社より刊行される。
10.2	〔作家訃報〕香山彬子が亡くなる　10月2日、児童文学作家の香山彬子が亡くなる。75歳。東京生まれ。東京女子医科大学卒。医師を志したが、闘病生活で断念し、児童文学に専念。主な作品に「金色のライオン」「シマフクロウの森」「ぷいぷい島シリーズ」「おばけのたらんたんたん」「ふかふかウサギシリーズ」(全5巻)、テレビ脚本に「オーロラ天使」「ライオンのえりまき」、ラジオ脚本に「山のコダマと白い鹿」。ほかにトーベ・ヤンソン「彫刻家の娘」などの翻訳もある。「シマフクロウの森」で講談社児童文学新人賞、サンケイ児童出版文化賞を受賞。「とうすけさん　笛をふいて！」で日本児童文芸家協会賞を受賞。平成10年、作品の原稿や挿絵の原画など約800点を世田谷文学館(東京)に寄贈した。
10.12	〔学習関連〕朝の読書が2000校突破　10月12日、「朝の読書」の実践校が全国で2005校となった。
10月	〔刊行・発表〕『クマよ』刊行　10月、星野道夫著『クマよ』が、福音館書店から刊行された。
10月	〔刊行・発表〕『完訳　グリム童話集』刊行　10月、筑摩書房より『完訳　グリム童話集　決定版』(全7巻)が刊行開始。第一巻は「狼と七匹の子やぎ」「ヘンゼルとグレーテル」「ラプンツェル」など約20篇が収録。グリム兄弟が改訂し続けたグリム童話の決定版第七版の完全翻訳で、小学校上級以上に向けて編集され、野村泫が翻訳を手がけている。
11.7	〔作家訃報〕藤田圭雄が亡くなる　11月7日、童謡詩人・研究家・児童文学作家・作詞家の藤田圭雄が亡くなる。93歳。東京市牛込区(東京都新宿区)生まれ。早稲田大学文学部独文科卒。平凡社大百科事典編集部を経て、昭和8年中央公論社入社。編集者として「綴方読本」などを編み、戦時下の綴方教育に貢献した。21年実業之日本社に移って「赤とんぼ」を創刊、「ビルマの竪琴」を世に出したことでも知られる。23年中央公論社に復帰し「少年少女」「中央公論」「婦人公論」各編集部長、出版部長、取締役を歴任。日本児童文学者協会名誉会長、日本童謡協会名誉会長、川端康成記念館館長、川端康成記念会理事長を歴任。一方、読売新聞社主催の"全国小・中学校作文コンクール"の創設にも携わり、長年審査員を務めた。著書は、ライフワークともいうべき「日本童謡史」のほか、「解題戦後日本童謡年表」、童謡集「地球の病気」「ぼくは海賊」、童話集「けんちゃんあそびましょ」「山が燃える日」、絵本「ふた

つのたいよう」「ひとりぼっちのねこ」「チンチン電車の走る街」、随筆集「ハワイの虹」など多数。「日本童謡史」で日本児童文学者協会賞と巌谷小波文芸賞特別賞、「解題戦後日本童謡年表」で日本児童文学学会賞、そのほか日本童謡賞、サトウハチロー賞も受賞し、昭和63年に勲四等旭日小綬章を受章した。

11.16 〔作家訃報〕中島千恵子が亡くなる　11月16日、児童文学作家・放送作家の中島千恵子が亡くなる。75歳。京都府京都市同志社大学文学部卒。長浜市立図書館館長を経て、滋賀文教短期大学教授をつとめた。著書に「三吉ダヌキの八面相」(毎日児童小説入選の「まめだの三吉」改作)「近江の民話」「近江のわらべうた」「タブーの島」「おはなぎつね」、ラジオ作品に「山にあるいのち」「日本海」などがある。「タブーの島」は毎日児童小説入選。

11月　〔刊行・発表〕『怪盗紳士』刊行　11月、モリス・ルブランの『怪盗紳士』がポプラ社より刊行。訳は南洋一郎。ルパン初見参の物語。

12月　〔刊行・発表〕『ハリー・ポッターと賢者の石』刊行　12月、イギリスのJ・K・ローリング作『ハリー・ポッターと賢者の石』が、松岡佑子の訳により静山社から刊行された。

この年　〔読書感想文〕第45回読書感想コン課題図書　この年(1999年度)の青少年読書感想文コンクールの課題図書。【小学校低学年】『ゴムあたまポンたろう』(長新太・作)童心社、『ボールのまじゅつしウィリー』(アンソニー・ブラウン・さく、久山太市・やく)評論社、『キツネのまいもん屋』(富安陽子・さく、篠崎三朗・え)新日本出版社。【小学校中学年】『あやとりひめ：五色の糸の物語』(森山京・作、飯野和好・絵)理論社、『コカリナの海：小さな木の笛の物語』(鈴木ゆき江・作、小泉るみ子・絵)ひくまの出版、『クロクサアリのひみつ：行列するのはなぜ？』(山口進・写真・文)アリス館。【小学校高学年】『ヨースケくん：小学生はいかに生きるべきか』(那須正幹・作、はたこうしろう・絵)ポプラ社、『ザリガニ同盟』(今村葦子・作、山野辺進・画)学習研究社、『だんまりレナーテと愛犬ルーファス』(リブ・フローデ・作、木村由利子・訳、本庄ひさ子・絵)文研出版。【中学校】『種をまく人』(ポール・フライシュマン・著、片岡しのぶ・訳)あすなろ書房、『鬼の橋』(伊藤遊・作、太田大八・画)福音館書店、『最後のトキ ニッポニア・ニッポン：トキ保護にかけた人びとの記録』(国松俊英・著)金の星社。【高等学校】『ゴッドハンガーの森』(ディック・キング＝スミス・作、金原瑞人・訳)講談社、『自由をわれらに：アミスタッド号事件』(ウォルター・ディーン・マイヤーズ・作、金原瑞人・訳)小峰書店、『目玉かかしの秘密』(城田安幸・著)筑摩書房。

この年　〔読み聞かせ活動〕読み聞かせで『つりばしゆらゆら』　この年、女優の中井貴恵が主催する「大人と子供のための読みきかせの会」で森山京・土田義晴による『つりばしゆらゆら』『あのこにあえた』『きいろいばけつ』が使用されたことについてメディアで話題となった。

この年　〔読み聞かせ活動〕読み聞かせ活動盛ん　この年、全国各地で出版文化産業振興財団が、ボランティア・グループなどによる読み聞かせのイベントが各地で盛んに行われた。

《この年の児童文学賞》

第30回(平11年度) JOMO童話賞　【一般の部】〈最優秀賞〉高橋幸良の「へっちゃらぴょん」、〈優秀賞〉瀬尾洋の「とうちゃんのヘルメット」、間見燿子の「おばあさんの桜の花のひざかけ」、〈特別賞〉石本眞由美の「スイカ畑のかくれんぼ」、【児童の部】〈優秀賞〉前嶋陽子の「ぽかぽかの冬の風」、高田絢沙の「ブタ時計」、安藤文菜の「雨の日」、〈特別賞〉渡辺芙有の「おじいちゃんのねがい」。

第3回(平11年)愛と夢の童話コンテスト　【グランプリ】花谷健一の「天狗姫」、【審査委員長特別選賞】花谷健一の「天狗姫」、【優秀賞】山岸亮一の「その夏の風」、三枝寛子の「ハゼル・ベベと青いケシの花」、倉谷京子の「老婦人とマネキン人形」、渡辺稔雄の「月へ旅した王さま」。

第29回(平11年)赤い鳥文学賞　桜井信夫の「ハテルマ シキナ―よみがえりの島・波照間」かど創房。

第14回(平11年度)家の光童話賞　【家の光童話賞】宇和川喬子の「赤いマント」、【優秀賞】池田直子の「ともくんと折り紙バッタ」、木下種子の「手紙がきたよ」、堀米薫の「ジュルリン！　ドジョウ大臣殿」、信原和夫の「そうたくんからの便り」。

第34回(平11年度)エクソンモービル児童文化賞　太田大八。

第8回(平11年)小川未明文学賞　【大賞】ミキオ・Eの「おけちゅう」、【優秀賞】高森千穂の「レールの向こうの町から」、池田みゆきの「瞳に星が宿る時」。

第3回(平11年度)熊野の里・児童文学賞　池川恵子の「海辺のボタン工場」。

第9回(平11年度)けんぶち絵本の里大賞　菊田まりこの「いつでも会える」学習研究社、【びばからす賞】ジェニファー・デイビス〔作〕ローラ・コーネル〔絵〕の「あなたが生まれるまで」小学館、井上夕香・葉祥明の「星空のシロ」国土社、いとうひろしの「くもくん」ポプラ社。

第21回(平11年)講談社絵本新人賞　牛窪良太の「ガボンバのバット」、【佳作】おきたももの「カバンの好きな？　バイオレット」。

第40回(平11年)講談社児童文学新人賞　草野たきの「透きとおった糸をのばして」。

第7回(平11年)小梅童話賞　【大賞】菅野清香の「空をかじったねずみ！」、【優秀賞】鈴沢玲美の「きりんの海」、田村緑の「マリンソーダの夏休み」、谷原麻子の「てるてるぼうず」、楢原明理の「とかげがくれたすてきな色」、前田真希の「夢屋」。

第46回(平11年)産経児童出版文化賞　【大賞】アリソン・レスリー・ゴールド〔著〕さくまゆみこ〔訳〕の「もうひとつの『アンネの日記』」講談社、【JR賞】窪島誠一郎〔著〕の「『無言館』ものがたり」講談社、【賞】森絵都〔作〕の「カラフル」理論社、ミシェル・マゴリアン〔作〕小山尚子〔訳〕の「イングリッシュローズの庭で」徳間書店、ヴィクター・マルティネス〔作〕さくまゆみこ〔訳〕の「オーブンの中のオウム」講談社、内田莉莎子〔文〕ワレンチン・ゴルディチューク〔絵〕の「わらのうし」福音館書店、ボー・ズベドベリ〔文・写真〕オスターグレン晴子〔訳〕の「わたしたちのトビアス学校へいく」偕成社、【美術賞】アイリーン・ハース〔作・絵〕渡辺茂男〔訳〕の「サマータイム ソング」福音館書店、【理想教育財団賞】矢島稔〔著〕の「黒いトノサマバッタ」偕成社、【フジテレビ賞】角田光代〔作〕の「キッドナップ・ツアー」理論社、【ニッポン放送賞】はらだゆうこ〔作・絵〕の「リリ」BL出版。

第5回(平11年)児童文学ファンタジー大賞　該当者なし、【奨励賞】小林栗奈の「ダック

1999年（平成11年）

スフント・ビスケット」、佐々木拓哉の「古い地図の村で」。

第28回（平11年）児童文芸新人賞　松原由美子の「双姫湖のコッポたち」小峰書店。

第48回（平11年度）小学館児童出版文化賞　末吉暁子の「雨ふり花さいた」偕成社、あべ弘士の「ゴリラにっき」小学館。

第10回（平11年）新・北陸児童文学賞　長谷川たえ子の「『おしゃべり』の出前します」（「牛」36号）。

第3回（平11年）創作ファンタジー創作童話大賞　【ファンタジー】〈大賞〉坦城江蓮の「闇を磨きあげる者」、〈佳作〉長島槇子の「誘惑神」、【童話】〈大賞〉田尻絵理子の「ヤムおじさんのかばん」、〈佳作〉さかもとあつきの「ブルーはともだち」。

第17回（平11年）〔宝塚ファミリーランド〕童話コンクール　【小学生の部】〈特賞〉羽間紫央里の「クリーニングやさんのせっけん」、【一般の部】〈特賞〉高橋麗の「ねこの郵便やさん」。

第16回（平11年）「小さな童話」大賞　【大賞】西山文子の「風船おじさん」、【落合恵子賞】上村フミコの「おやつの時間です」、【角野栄子賞】加藤聡美の「ネコムズ探偵事務所」、【俵万智賞】ノイハウス聖子の「猫がほしいモニカ～南の海の巻」、【山本容子賞】唯野由美子の「ごめんくなんしょ」、〈佳作〉合田奈央の「大工大ゲン」、荒井寛子の「ジン＆ラム★ドリーム」、後藤みわこの「みどりのテラダサウルス」、つるりかこの「サツマイモ」、原真美の「また あした」、【奨励賞】大塚貴絵の「森のやさしさ」、千桐英理の「しっぽのいっぽ」。

第2回（平11年）ちゅうでん児童文学賞　【大賞】安藤由希の「世界のはじまるところ」、【優秀賞】広畑澄人の「金魚と勇魚」、石黒田恵子の「おかえりなさい」。

第15回（平11年度）坪田譲治文学賞　阿川佐和子の「ウメ子」小学館。

第17回（平11年）新美南吉児童文学賞　にしわきしんすけの「日めくりのすきま」文渓堂。

第11回（平11年）新美南吉童話賞　【最優秀賞（文部大臣奨励賞）】田苗恵の「杏っ子ものがたり ～夏」、【一般の部】〈優秀賞（半田市長賞）〉なつの由紀の「ジュン君の朝日」、〈特別賞（ミツカン賞）〉美月レイの「町のへそ」、〈特別賞（中部電力株式会社賞）〉上紀男の「ケンちゃんのお仕事」、〈特別賞（伊東合資会社賞）〉金沢秀城の「芽生え」、〈佳作〉市川千尋の「黒のフェリペ」、【中学生の部】〈優秀賞（社団法人半田青年会議所賞）〉竹内尚俊の「大仏の子」、〈優秀賞（新美南吉顕彰会賞）〉村木智子の「続 手ぶくろを買いに」、〈特別賞（中埜酒造株式会社賞）〉加藤愛の「海の星の物語」、〈佳作〉沢潤の「金貨の袋」、新美智之の「夏の日」、【小学生高学年の部】〈優秀賞（ごんぎつねの会賞）〉松尾拓実の「リモコン」、〈佳作〉井上稚菜の「おじいちゃんとチョコパン」、柳潤子の「たん生日には」、【小学生低学年の部】〈優秀賞（中日新聞社賞）〉横田みなみの「ひいおじいちゃんの黒電話」、〈佳作〉橋田有真の「クレセント 月のかけら」。

第16回（平11年）ニッサン童話と絵本のグランプリ　童話は、該当作なし、【絵本】朝倉知子の「夜風魚の夜」。

第5回（平11年）日本絵本賞　【大賞】水口博也〔写真・文〕の「マッコウの歌：しろいおおきなともだち」小学館、【日本絵本賞】内田麟太郎〔文〕西村繁男〔絵〕の「がたごと がたごと」童心社、谷川晃一〔作〕の「かずあそび ウラパン・オコサ」童心社、【翻訳絵本賞】エリック・カール〔さく〕佐野洋子〔やく〕の「こんにちは あかぎつね！」偕成社、【読者賞】該当作なし。

— 182 —

第23回(平11年)日本児童文学学会賞　内ケ崎有里子の「江戸期昔話絵本の研究と資料」三弥井書店、【奨励賞】游珮芸の「植民地台湾の児童文化」明石書店、【特別賞】児童文学資料研究(同人・大藤幹夫、上田信道、藤本芳則)。

第2回(平11年)「日本児童文学」作品奨励賞　【作品奨励賞】塩谷潤子の「花火が終わった帰り道」、【佳作】中川恵子の「ねじ　おてだま」〈詩〉。

第39回(平11年)日本児童文学者協会賞　あさのあつこの「バッテリー2」教育画劇、桜井信夫の「ハテルマ　シキナ―よみがえりの島・波照間」かど創房。

第32回(平11年)日本児童文学者協会新人賞　岡田依世子の「霧の流れる川」講談社。

第23回(平11年)日本児童文芸家協会賞　吉田比砂子の「すっとこどっこい」アテネ社。

第9回(平11年度)〔日本児童文芸家協会〕創作コンクール　【幼年部門】〈最優秀賞〉深山さくらの「ほわほわとんだ、わたげがとんだ」、【中学年部門】〈最優秀賞〉該当作なし、【高学年部門】〈最優秀賞〉該当作なし、【長編部門】〈最優秀賞〉該当作なし、【童謡・少年詩部門】〈最優秀賞〉該当作なし。

第11回(平11年)日本動物児童文学賞　【大賞】石川良子の「フルート奏者レオさんと、その犬」、【優秀賞】片平幸三の「学校のオオハクチョウ」、井上陽子の「巣立ち応援歌」、【奨励賞】篠田佳余の「ぴーちゃんからのおくりもの」、津留良枝の「本日もセイテンなり！」、小瀧さゆりの「イギリスから来た犬―Voice of the wind―」、渡辺哲夫の「猫とゲートボール」、長島槙子の「見えないねこかっていい」。

第37回(平11年)野間児童文芸賞　たつみや章の「月神の統べる森で」。

第10回(平11年)ひろすけ童話賞　森山京の「パンやのくまちゃん」あかね書房。

第16回(平11年)福島正実記念SF童話賞　神季佑多の「わらいゴマまわれ！」。

第5回(平11年)星の都絵本大賞　坂部直子の「もぐちゃんともくもく」、【自由創作部門】〈特選〉該当作なし、〈入選〉ひぐちともこの「4こうねんのぼく」、楠堂葵の「プレゼントをあげましょう」、中村規恵の「月夜の古机」、今井雄の「うみのゆうびんやさん」、【かがく絵本部門】〈特選〉スエリ・ピニョの「みず　みず」、〈入選〉近藤亜紀子の「空いろのたね」、松本宗子の「水はかわる」、【親と子の手づくり絵本部門】〈特選〉濱崎航貴〔絵〕濱崎宣子〔文〕の「ばっかしやから」、〈入選〉キラキラッ子ママプラザ絵本サークルの「星のぼうやの大ぼうけん」、谷口遥奈の「おさるのバナナや」、〈佳作〉上田瑞穂〔絵〕上田雅代〔文〕の「じんたろさん」、さくまかいと・さくまたみおの「ぐちゃぐちゃバンバン」、横田真教の「何がかくれているのかな」、玉川真吾の「虫」。

第17回(平11年)ほのぼの童話館創作童話募集　【一般の部】〈ほのぼの大賞〉中村令子の「白くま冷蔵庫」、【児童の部】〈ほのぼの児童大賞〉徳川静香の「あくしゅでダンス」。

第49回(平11年)毎日児童小説　【小学生向き】〈最優秀賞〉大井美矢子の「モンゴルの空が見える」、〈優秀賞〉後藤みわこの「ふたつめの太陽」、寺尾幸子の「宇宙人コルク」、【中学生向き】〈最優秀賞〉安田裕子の「ヴーチウインド～潮の香り」、〈優秀賞〉川崎洋子の「原人の足跡」。

第23回(平11年)毎日童話新人賞　【最優秀新人賞】川田みどりの「空とぶねずみ」。

第5回(平11年)椋鳩十記念　伊那谷童話大賞　【大賞】塩澤正敏の「おれたちの勲章」、【準大賞】こうほなみの「じゃんけんはグー」、【特別賞】本田好の「さるすべりの花を忘れない」、【熊谷元一賞】高島由美の「ゴウが沸いた」、【北島新平賞】せきざわみなえの「いたいのいたいのとんでゆけ」。

第9回(平11年)椋鳩十児童文学賞　風野潮の「ビート・キッズ―Beat Kids」講談社。

第11回(平11年)琉球新報児童文学賞　【短編小説】津嘉山ながとの「おじいちゃんの背中」、上條晶の「おばあちゃんのこいのぼり」、創作昔ばなしは、該当作なし。

第21回(平11年)路傍の石文学賞　江國香織の「ぼくの小鳥ちゃん」あかね書房、佐藤多佳子の「イグアナくんのおじゃまな毎日」偕成社、【幼少年文学賞】該当作なし。

2000年
(平成12年)

1.3　〔作家訃報〕山口勇子が亡くなる　1月3日、小説家・児童文学作家の山口勇子が亡くなる。83歳。広島県広島市生まれ。広島女学院専門学校中退。戦後、原爆孤児の救援活動に参加したことから、"戦争と人間"をテーマとした創作をはじめ、広島の同人誌「子どもの家」に参加。その後、原水爆禁止日本協議会代表理事となり反核運動にとりくむ一方、日本民主主義文学同盟に所属して創作活動もつづける。東京・上野公園のモニュメント「原爆の火」設立の発起人にもなった。主な作品に「少女期」「かあさんの野菊」「人形マリー」「おこりじぞう」「原爆の火の長い旅」「ヒロシマの火」などがあり、「荒れ地野ばら」で多喜二・百合子賞を受賞した。

2月　〔刊行・発表〕『はじめての名作おはなし絵本』刊行　2月、『はじめての名作おはなし絵本』全12巻(くもん出版社)が刊行される。『ももたろう』『あかずきん』などアンケート調査で人気の高かった作品を収録した企画。

3.10　〔刊行・発表〕『オリジナル版 星の王子さま』刊行　サン＝テグジュペリ生誕100年を記念して、3月10日に岩波書店が『オリジナル版 星の王子さま』を刊行する。作者が生前目にした唯一の版といわれる英語版初版本を底本とするもの。

3.31　〔児童図書館、地域文庫〕国際子ども図書館推進議員連盟最後の総会　3月31日、約1ヶ月後の国際子ども図書館開館を前に、国際子ども図書館推進議員連盟の最後の総会が東京・永田町の参議院議員会館において開催される。

4.16　〔作家訃報〕山主敏子が亡くなる　4月16日、児童文学作家の山主敏子が亡くなる。92歳。本名、瀬川敏子。東京生まれ。青山女学院専攻部英文科卒。昭和11年同盟通信社(共同通信社の前身)入社。20年より共同通信社文化部勤務、次長を経て論説委員、37年退社。27年ごろから児童文学の仕事をはじめ、新聞、雑誌に短編童話を発表。のち著述に専念。50年～平成2年日本児童文芸家協会理事長、のち顧問に。著書に「十代の悩みに答えて」「大西部開拓史」、伝記「クレオパトラ」「北条政子」、訳書に「若草物語」「あしながおじさん」「名犬ラッシー」「大きな森の小さな家」など。平成1年に児童文化功労者を受賞した。

4.18　〔学習関連〕朝の読書4541校に　4月18日、「朝の読書推進運動」実施校が4541校に達したことが明らかになる。

5.2　〔イベント関連〕「第1回上野の森子どもフェスタ」　5月2日、子どもの読書推進会議・出版文化産業振興財団共催により、「第1回上野の森子どもフェスタ」が東京・

上野公園において開催され、児童書出版社27社が出展。チャリティ・ブック・フェスティバル（絵本・児童書などのチャリティ販売）、全国訪問おはなし隊in上野公園、読みきかせ・おはなし会、講演会などが実施されるイベントで、この年は絵本作家中川ひろたからが講演を行う。

5.5 〔児童図書館、地域文庫〕国際子ども図書館開館　5月5日、子どもの日に合わせ、国際子ども図書館が東京・上野公園に開館する。国立国会図書館の支部図書館であり、日本初の児童書専門国立図書館。

6.8 〔イベント関連〕「子どもの本ブックフェア」　6月8日、トーハンによる「子どもの本ブックフェア」が福岡市の西日本新聞会館において開催される。

7.20 〔イベント関連〕「子どもの本ワールド」　7月20日、子ども読書年を記念して、「子どもの本ワールド」が東京・品川区のゲートシティ大崎において開催される。

7.25 〔学習関連〕朝の読書4053校に　7月25日、「朝の読書推進運動」実施校が4053校に達したことが明らかになる。

7.28 〔イベント関連〕「2000年子どもの本ブックフェア」　7月28日、中部トーハン会など主催の「2000年子どもの本ブックフェア」が名古屋の中小企業振興会館において開催される。

7月 〔刊行・発表〕『おじいちゃんのおじいちゃんのおじいちゃんのおじいちゃん』刊行　7月、長谷川義史『おじいちゃんのおじいちゃんのおじいちゃんのおじいちゃん』が、BL出版から刊行された。

8.5 〔読み聞かせ活動〕「全国訪問おはなし隊」が福岡に　8月5日、講談社の「全国訪問おはなし隊」キャラバンが福岡・金文堂のアニマート原店で読み聞かせ会を開催する。

8.19 〔イベント関連〕「本と遊ぼう！　子どもワールド2000」　8月19日、日販による「本と遊ぼう！　子どもワールド2000児童図書展示会」が横浜産貿ホールにおいて開催される。

9.14 〔刊行・発表〕『ハリー・ポッターと秘密の部屋』刊行　9月14日、J.K.ローリング著ハリー・ポッターシリーズ第2巻『ハリー・ポッターと秘密の部屋』が静山社から刊行される。10月12日、ハリー・ポッター・シリーズ刊行を記念した感謝会が東京ドームホテルにおいて開催される。第1作『ハリー・ポッターと賢者の石』に続き、第2巻もミリオンセラーを達成。

9月 〔刊行・発表〕『世界のむかしばなし』刊行　9月、瀬田貞二による『世界のむかしばなし』がのら書店より刊行。「七人さきのおやじさま」「小さなおうち」など14編が収録。

10月 〔刊行・発表〕『幼児のためのよみきかせおはなし集』刊行　10月、西本鶏介編著『幼児のためのよみきかせおはなし集』（ポプラ社）の刊行が開始される。『ながぐつをはいた猫』『おやゆびひめ』など世界と日本の名作を、読み聞かせ用に簡易な文章でまとめた企画。

11.4 〔児童文学一般〕「ブックスタート国際シンポジウム」開催　11月4日、「ブックスタート国際シンポジウム」が、国立博物館平成館で開催された。ブリティッシュ・カウンシルと子ども読書推進会議の共催によるもの。

11.7　〔児童文学一般〕ブックスタートの試験的開始　11月7日、東京都杉並区の保健センターで、ブックスタートが試験的に開始された。絵本などの入ったブックスタート・パックが、健診を受けた乳幼児の親子250組に配られた。

11月　〔刊行・発表〕『メイシーちゃんのえほん』シリーズ刊行　11月、ルーシー・カズンズ作の仕掛け絵本『メイシーちゃんのえほん』シリーズ（偕成社）の第1巻『メイシーちゃんのクリスマス』が刊行される。ツリーがキラキラ光りプレゼントが飛び出してくるなど、手の込んだ仕掛けで人気シリーズとなる。

11月　〔表現問題〕「ハリー・ポッター」表現問題　11月、静山社から刊行されている『ハリー・ポッターと秘密の部屋』（J・K・ローリング作 松岡佑子訳）に、差別表現が見られるとの指摘がなされた。12月、市民団体「口唇・口蓋裂友の会」が各公共図書館に「貸出しに関するお願い」の文書を送付。静山社側は、この件に関し著者と共に協議、市民団体に該当箇所を削除する旨の回答を行い、改訂版を発行した。

この年　〔刊行・発表〕岩波少年文庫が創刊50年　この年、『岩波少年文庫』（岩波書店）が創刊50周年を迎え、これを契機に新たな判型にリニューアルされる。ゆったりと読みやすいよう左右の幅を7mm広げ、背表紙はツートンカラーで、ピンク系（小学生〜）・ブルー系（中学生〜）の2種類を基本とし、シリーズ物には特別な色を使用。

この年　〔読書感想文〕第46回読書感想コン課題図書　この年（2000年度）の青少年読書感想文コンクールの課題図書。【小学校低学年】『かずあそび ウラパン・オコサ』（谷川晃一・作）童心社、『ふしぎなともだち』（サイモン・ジェームズ・さく、小川仁央・やく）評論社、『ライギョのきゅうしょく』（阿部夏丸・作、村上康成・絵）講談社。【小学校中学年】『黒ねこのおきゃくさま』（ルース・エインズワース・作、荒このみ・訳、山内ふじ江・絵）福音館書店、『ざしきわらし一郎太の修学旅行』（柏葉幸子・作、岡本順・絵）あかね書房、『富士山大ばくはつ』（かこさとし・作）小峰書店。【小学校高学年】『教室：6年1組がこわれた日』（斉藤栄美・作、武田美穂・絵）ポプラ社、『カモメがおそう島：巨大石像物語』（ロベルト・ピウミーニ・作、高畠恵美子・訳、末崎茂樹・絵）文研出版、『ぼくは農家のファーブルだ：トマトを守る小さな虫たち』（谷本雄治・著）岩崎書店。【中学校】『きいちゃん』（山元加津子・著、多田順・絵）アリス館、『スウィート・メモリーズ』（ナタリー・キンシー＝ワーノック・作、金原瑞人・訳、ささめやゆき・絵）金の星社、『森よ生き返れ』（宮脇昭・著）大日本図書。【高等学校】『片目のオオカミ』（ダニエル・ペナック・作、末松氷海子・訳）白水社、『弁護士 渥美雅子』（板倉久子・著）理論社、『ロビンソン・クルーソーを探して』（高橋大輔・著）新潮社。

この年　〔イベント関連〕各地で「子ども読書年」　この年、各地で「子ども読書年」の関連行事が盛んに行われた。

《この年の児童文学賞》

　　第31回（平12年度）JOMO童話賞　【一般の部】〈最優秀賞〉森本寿枝の「ブナ林のおっかあ」、〈優秀賞〉山下進一の「握りばさみ」、松木直子の「ティム、タム、タム」、【児童の部】〈最優秀賞〉三島遥の「ふしぎなはさみ」、〈優秀賞〉石橋直子の「おらあたぬきだあと水泳教室」、老藤真紀の「おばあちゃんのトマト」。

　　第4回（平12年）愛と夢の童話コンテスト　【グランプリ】山田修治の「約束」、【審査委員長特別選賞】星野富士男の「ふう」、【優秀賞】後藤みわこの「花びら、踊る」、篠辺

真希子の「おばあちゃんのふるさと」。

第30回（平12年）赤い鳥文学賞　二宮由紀子の「ハリネズミのプルプル シリーズ」文渓堂、【特別賞】丸木俊。

第15回（平12年度）家の光童話賞　【家の光童話賞】佐々木陽子の「おむかえはちいちゃん」、【優秀賞】松尾静明の「くちうるさいオウムはいりませんか」、松田進の「かまくらっこ」、相米悦子の「うさぎおじさんのとらっく」、鍛治屋智子の「きじばとのふうふ」。

第35回（平12年度）エクソンモービル児童文化賞　谷川俊太郎。

第9回（平12年）小川未明文学賞　【大賞】奥山かずおの「のどしろの海」、【優秀賞】山口タオの「地球のかけら」、上仲まさみの「明かりの向こう側」。

第10回（平12年度）けんぶち絵本の里大賞　みやにしたつや〔作・絵〕の「パパはウルトラセブン」学習研究社、【びばからす賞】つちだのぶこ〔作・絵〕の「でこちゃん」PHP研究所、いもとようこ〔作・絵〕の「とんとんとんのこもりうた」講談社、マーカス・フィスター〔作〕谷川俊太郎〔訳〕の「にじいろのさかなとおおくじら」講談社。

第22回（平12年）講談社絵本新人賞　該当作なし、【佳作】高島尚子の「くまくんとちびくまちゃん」。

第41回（平12年）講談社児童文学新人賞　渡辺わらんの「ボーソーとんがりネズミ」、【佳作】橋村明可梨の「魔女と小人がいた夏」。

第8回（平12年）小梅童話賞　【大賞】早坂幸の「お父さまとこぶた」、【優秀賞】川崎倫子の「スーのすてきなぼうけん」、向井千恵の「ドロップ・ドロップ」、樋口てい子の「ぼくとゴキブリのシンクロびより」、笹田奈緒美の「さおりちゃんのせなか」、吉次優美の「鬼の手」。

第23回（平12年度）子どもたちに聞かせたい創作童話　【第1部・特選】該当者なし、【第2部・特選】和木亮子の「卒業生ロード」。

第47回（平12年）産経児童出版文化賞　【大賞】ジュリアス・レスター〔文〕ロッド・ブラウン〔絵〕片岡しのぶ〔訳〕の「あなたがもし奴隷だったら…」あすなろ書房、【JR賞】新川和江〔著〕みやがわよりこ〔画〕の「いつもどこかで」大日本図書、【賞】ルイス・サッカー〔作〕幸田敦子〔訳〕の「穴」講談社、市川憲平〔文〕今井桂三〔絵〕の「タガメはなぜ卵をこわすのか？」偕成社、真鍋和子〔著〕の「シマが基地になった日」金の星社、小松義夫〔著〕の「地球生活記」福音館書店、高柳芳恵〔文〕村山純子〔絵〕の「葉の裏で冬を生きぬくチョウ」偕成社、【美術賞】マックス・ボリガー〔文〕チェレスティーノ・ピアッティ〔絵〕いずみちほこ〔訳〕の「金のりんご」徳間書店、【フジテレビ賞】高楼方子〔著〕の「十一月の扉」リブリオ出版、【ニッポン放送賞】ヴァージニア・ユウワー・ウルフ〔作〕こだまともこ〔訳〕の「レモネードを作ろう」徳間書店。

第6回（平12年）児童文学ファンタジー大賞　該当作なし、【佳作】該当作なし、【奨励賞】森谷桂子の「海のかなた」。

第29回（平12年）児童文芸新人賞　みおちづるの「ナシスの塔の物語」ポプラ社、河原潤子の「蝶々、とんだ」講談社。

第49回（平12年度）小学館児童出版文化賞　飯野和好の「ねぎぼうずのあさたろう その1」福音館書店、伊藤たかみの「ミカ！」理論社。

第11回（平12年）新・北陸児童文学賞　馬原三千代の「秋の空すみわたり」（「小さい旗」

109号)。

第4回(平12年)創作ファンタジー創作童話大賞　【ファンタジー】〈大賞〉冬木洋子の「〈金の光月〉の旅人」、〈佳作〉中村真里子の「赤い実を食べた」、【童話】〈大賞〉該当作なし、〈佳作〉山川進の「心一はなにをしたか」。

第18回(平12年)〔宝塚ファミリーランド〕童話コンクール　【小学生の部】〈特賞〉木村美月の「バナナくんどこからきたの」、【一般の部】〈特賞〉幸清聡の「へんてこなぎょうれつ」。

第17回(平12年)「小さな童話」大賞　【大賞】長谷川洋子の「インスタント・シー」、【落合恵子賞】五嶋千夏の「さくらおに」、【角野栄子賞】伊藤淳子の「ベンチの下のタカギ」、【俵万智賞】宮田そらの「たましいのダンス」、【山本容子賞】荒井寛子の「バトル」、【佳作】伊藤檀の「冬の、リンゴ」、緒原凛の「椅子の上の人魚」、中尾三十里の「金魚の呼吸」、広瀬円香の「真里とチョキ」、福明子の「ほろん」、【奨励賞】井上満紀の「聖徳太子の猫」、保科靖子の「まちがい電話」。

第3回(平12年)ちゅうでん児童文学賞　【大賞】該当作なし、【優秀賞】小林礼子の「あたりまえの不思議」、中川知子の「そのとしの秋」、鑰廣みどりの「角、一本」。

第16回(平12年度)坪田譲治文学賞　上野哲也の「ニライカナイの空で」講談社。

第18回(平12年)新美南吉児童文学賞　花形みつる〔作〕垂石真子〔絵〕の「サイテーなあいつ」講談社。

第12回(平12年)新美南吉童話賞　【最優秀賞(文部大臣奨励賞)】該当作なし、【一般の部】〈優秀賞(半田市長賞)〉大槻哲郎の「めじるしの石」、〈特別賞(中部電力株式会社賞)〉森夏子の「悲しみがなくなるコース」、〈特別賞(中埜酒造株式会社賞)〉田原明美の「洗えないあらいぐま」、〈特別賞(ミツカン賞)〉伊藤紀代の「ひょんの笛」、〈佳作〉小山弘一の「笹舟流し」、【中学生の部】〈優秀賞(新美南吉顕彰会賞)〉竹内尚俊の「かあちゃん」、〈優秀賞(社団法人半田青年会議所賞)〉榊原和美の「メール・メッセージ」、〈佳作〉山中美潮の「七年目の手紙」、石川綾子の「ピンクゴリラ」、【小学生高学年の部】〈優秀賞(ごんぎつねの会賞)〉吉田萌の「おばあちゃんのセーター」、〈佳作〉宮内真理の「花火」、鈴木まり子の「命の色」、【小学生低学年の部】〈優秀賞(中日新聞社賞)〉宮地璃子の「きもちをつたえたかったモルモット」、〈佳作〉星川暖佳の「海のぼうけん」。

第17回(平12年)ニッサン童話と絵本のグランプリ　【童話】西村文の「さようなら、ピー太」、【絵本】白鳥洋一の「ゆきおとこのバカンス」。

第24回(平12年)日本児童文学学会賞　勝尾金弥の「伝記児童文学のあゆみ—1891から1945年」ミネルヴァ書房、【奨励賞】和田典子の「三木露風 赤とんぼの情景」神戸新聞総合出版センター、【特別賞】中京大学文化科学研究所。

第3回(平12年)「日本児童文学」作品奨励賞　【作品奨励賞】該当作なし、【佳作】崎山美穂の「かえるのめ」〈詩〉、戸田昭子の「サーシャ・サーシャ」、松浦南の「スーちゃんに座布団一枚！」。

第40回(平12年)日本児童文学者協会賞　上橋菜穂子の「闇の守り人」偕成社、長崎夏海の「トゥインクル」小峰書店。

第33回(平12年)日本児童文学者協会新人賞　河原潤子の「蝶々、とんだ」講談社。

第24回(平12年)日本児童文芸家協会賞　横山充男の「光っちょるぜよ！ぼくら」文研出版。

第12回（平12年）日本動物児童文学賞　【大賞】田中かなたの「一緒にいようよ スタ坊」、【優秀賞】吉岡啓一の「ぼくのうちにコロがやってくる」、藤原静子の「じゅんちゃんとまほうつかいのおばあさん」、【奨励賞】松浦幸義の「竹輪のゴンタ」、あびこ一の「ベルナー」、玉樹悠の「タコの千太」、山岸恵一の「ジョニーの物語」、笠井冴子の「ナゴヤ」。

第38回（平12年）野間児童文芸賞　那須正幹の「ズッコケ三人組のバック・トゥ・ザ・フューチャー」。

第11回（平12年）ひろすけ童話賞　神季佑多の「わらいゴマまわれ！」岩崎書店。

第17回（平12年）福島正実記念SF童話賞　後藤みわこの「ママがこわれた」。

第18回（平12年）ほのぼの童話館創作童話募集　【一般の部】〈ほのぼの大賞〉山口隆夫の「雨の日のお客さま」、【児童の部】〈ほのぼの児童大賞〉内藤貴博の「村の小さな救急隊」。

第50回（平12年）毎日児童小説　【小学生向き】〈最優秀賞〉河俣規世佳の「おれんじ屋のきぬ子さん」、〈優秀賞〉西尾厚美の「ヒラ耳のおびかちゃん」、北村富士子の「まひるはくもり空」、【中学生向き】〈最優秀賞〉竹内紘子の「まぶらいの島（魂の島）」、〈優秀賞〉小田有希子の「チム・チム・チェリー」、古口裕子の「風のなかに…」。

第24回（平12年）毎日童話新人賞　【最優秀新人賞】西岡圭見の「はずかしがりやのポッポおばさん」。

第6回（平12年）椋鳩十記念 伊那谷童話大賞　【大賞】清水悦子の「父さんの曲」、【準大賞】しもはらとしひこの「ひがんさの山」、【特別賞】清田洋子の「夢の小径のエリとマイ」、【熊谷元一賞】しもはらとしひこの「ひがんさの山」、【北島新平賞】林博子の「さかなになった日」。

第10回（平12年）椋鳩十児童文学賞　みおちづるの「ナシスの塔の物語」ポプラ社。

第12回（平12年）琉球新報児童文学賞　【短編小説】備瀬毅の「蝶の手紙」、砂川ひろ子の「ネコのしっぽと空色のかさ」、創作昔ばなしは、該当作なし。

第22回（平12年）路傍の石文学賞　角田光代の「キッドナップ・ツアー」理論社、五味太郎の「ときどきの少年」ブロンズ新社、【幼少年文学賞】該当作なし。

2001年
（平成13年）

2.6　〔学習関連〕朝の読書5277校に　2月6日、「朝の読書推進運動」実施校が5277校に達したことが明らかになる。

2.15　〔学会・団体〕国際デジタル絵本学会設立　2月15日、国際デジタル絵本学会設立。絵本を通じ、子どもたちの相互理解を図り、絵本の制作や翻訳を通じて国際交流を促進、また、身体障害者向けの絵本の開発や提供活動を行う。

2月　〔刊行・発表〕『おはなしよんで』刊行　2月、『おはなしよんで』全6冊（教学研究社）が刊行される。3歳児から6歳児を対象に、親子のコミュニケーション・ツールとして企画された新しい形式の絵本。日本昔話とおけいこが1冊になっており、登場人物のシールとカードが付属するというもの。

2001年（平成13年）

3.26　〔学校図書館〕「21世紀の教育をひらく学校図書館」　3月26日、学校図書館整備推進会議など共催による「21世紀の教育をひらく学校図書館」フォーラムが日本出版会館において開催される。

3月　〔刊行・発表〕『学年別・新おはなし文庫』創刊　3月、偕成社が『学年別・新おはなし文庫』を創刊する。40年以上の歴史を有し、『イソップどうわ』などをラインナップに持つ『学年別・おはなし文庫』の新編集版。

3月　〔作家訃報〕髙橋俊雄が亡くなる　3月、児童文学作家の髙橋俊雄が亡くなる。88歳。静岡県生まれ。静岡県立青年学校教員養成所卒。昭和7年静岡県駿東郡高根尋常小学校訓導。浜松市教育委員会指導課指導主事、浜松市教育委員会社会教育課長、浜松市青少年保護センター所長等を歴任し、48年浜松市東小学校校長を最後に退職。一方、27年第2回毎日児童小説賞に「小鳥と少年たち」が第1位となり、毎日小学生新聞に連載した。32年日本童話会浜松支部に参加、支部誌「どうわ」に作品を発表。のち、「小鳥と少年たち」を「野の鳥のように」と改題して刊行。

4.7　〔作家訃報〕馬場のぼるが亡くなる　4月7日、漫画家・絵本作家の馬場のぼるが亡くなる。73歳。本名、馬場登。青森県三戸郡三戸町生まれ。福岡中（岩手県）〔昭和20年〕卒。戦時中は土浦海軍航空隊に入隊。昭和24年上京。25年少年漫画雑誌「おもしろブック」の「ポストくん」でデビュー。月刊誌を中心に「ブウタン」「山から来た河童」「ポコタン」などユーモラスな、のびのある独特の描線で次々とヒットを飛ばす。31年「ブウタン」で第1回小学館児童漫画賞を受賞。33年漫画集団に入会。45年から59年まで14年に渡り、日本経済新聞に「バクさん」を連載。一方、絵本作家としては「11ぴきのねこ」（42年）「きつね森の山男」（49年）など出版。「11ぴきのねこ」シリーズ全6巻は250万部を超すロングセラーとなる。外国語にも翻訳され、60年「11ぴきのねこマラソン大会」がボローニャ国際児童図書展エルバ大賞を受賞するなど国際的にも評価を得た。ほかに「おおかみがんばれ」「アリババと40人の盗賊」「ブドウ畑のアオさん」など。58年群馬県での"あかぎ国体"で、動物マスコット「ぐんまちゃん」を制作。平成7年紫綬褒章を受章した。

4月　〔刊行・発表〕『絵本版 世界の名作』刊行　4月、世界文化社が創立55周年特別販売企画として『絵本版世界の名作』全12巻の刊行を開始する。5歳児から小学年低学年を対象とし、『青い鳥』『フランダースの犬』など優しさと思いやりの心を育む名作を絵本化したもの。

4月　〔読み聞かせ活動〕日本版「ブックスタート」開始　4月、日本版「ブックスタート」プロジェクトが東京・杉並区において試験実施される。ブックスタートは「赤ちゃんと本を通して楽しい時間を分かち合う」ことを応援する運動で、1992年にイギリス・バーミンガムで始まり、2000年の子ども読書年を契機に日本に紹介された。『ブックスタート・ニュースレター』の発行などを行う。

5.3〜5　〔イベント関連〕「第2回上野の森親子フェスタ」　5月3日から5日にかけて、子どもの読書推進会議・出版文化産業振興財団共催により、「第2回上野の森親子フェスタ」が東京・上野公園噴水池広場において開催される。この年は作家佐野真一による記念講演会「読書の愉しみ」が精養軒において行われる。

5月　〔刊行・発表〕『ちいさなおはなしえほん』刊行　5月、宮本忠夫作・絵『ちいさなおはなしえほん』（ポプラ社）の刊行が開始される。ハンディサイズの名作絵本シリー

		ズで、第1回配本は『うーとんのぽきぽきぽん』『うーとんのぐるぐるぐー』『うーとんのごろごろごん』の3点。ハードカバーながら、600円の低価格で発売される。
5月	〔刊行・発表〕『コールデコットの絵本』刊行	5月、福音館書店創立50周年記念出版として『コールデコットの絵本』が刊行される。
5月	〔刊行・発表〕『ネコのタクシー』刊行	5月、南部和也作、さとうあや絵による『ネコのタクシー』が福音館書店より刊行。運転手トムによるネコタクシーのおはなし。
6.6	〔作家訃報〕来栖良夫が亡くなる	6月6日、児童文学作家の来栖良夫が亡くなる。85歳。旧姓木村。茨城県稲敷郡江戸崎町生まれ。江戸崎農学校卒、青年学校教員養成所。昭和11年茨城県下の小学校教師となる。16年生活綴方事件で検挙される。18年応召し、21年中国より帰国。同年新世界社に就職し、「子供の広場」編集部に入り、児童文学を始める。44年「くろ助」で日本児童文学者協会賞を受賞。児童文学における歴史小説の名手として知られ、代表作に「おばけ雲」「江戸のおもちゃ」「文政丹後ばなし」「波浮の平六」「村いちばんのさくらの木」のほか、「来栖良夫児童文学全集」(全10巻 岩崎書店)などがある。25年日本作文の会の創立に参加、のち日本児童文学者協会理事長、日本子どもを守る会副会長などを務めた。昭和56年に中央児童福祉審議会賞を受賞。
6月	〔刊行・発表〕『ぼくはアフリカにすむキリンといいます』刊行	6月、岩佐めぐみによる『ぼくはアフリカにすむキリンといいます』が偕成社から刊行。お互いの存在を知らないキリンとペンギンによる手紙のやりとりの様子をユーモラスに描く。
6月	〔児童図書館、地域文庫〕大阪国際児童文学館、見直し報道	6月、大阪府の財政難のために、大阪国際児童文学館が大幅な見直しを図られると報道。文学館の存続などを求め、「育てる会」が署名運動を開始する。
8月	〔刊行・発表〕『絵本アニメ世界名作劇場』刊行	8月、『絵本アニメ世界名作劇場』全12巻(ぎょうせい)が刊行される。人気テレビアニメ『世界名作劇場』放映当時のセル画を用いた絵本で、ラインナップは『赤毛のアン』『トムソーヤーの冒険』など。
9月	〔刊行・発表〕『国際版ディズニーおはなし絵本館』刊行	9月、ウォルト・ディズニー生誕100年を記念して、講談社が『国際版ディズニーおはなし絵本館』全16巻の刊行を開始する。初めて読み聞かせをする親にも分かりやすい構成とした他、使用する全てのイラストが描き下ろしという豪華企画で話題となる。
9月～12月	〔童謡・紙芝居・人形劇〕紙芝居関連事業が相次ぐ	9月、童心社が「オランダ紙芝居文化講座」を開催する。10月には「日本・ベトナム紙芝居交流の会訪日団歓迎・交流会」を開催し、12月には紙芝居文化の会を創立。
10.25	〔学習関連〕朝の読書7270校に	10月25日、「朝の読書推進運動」実施校が7270校に達したことが明らかになる。
10月	〔刊行・発表〕『くれよんのくろくん』刊行	10月、童心社からなかやみわによる『くれよんのくろくん』が刊行。100万部を越えるベストセラーとなり、2004年には『くろくんとふしぎなともだち』、2009年には『くろくんとなぞのおばけ』、2015年には『くろくんたちとおえかきえんそく』が刊行される。
10月	〔刊行・発表〕『ガラスのうま』刊行	10月、征矢清作、林明子絵による『ガラスのう

ま』が偕成社から刊行される。ガラスの馬を追う男の子の姿をえがいたファンタジー。

10月～2002.5月 〔出版社関連〕**福音館書店創立50周年**　10月、福音館書店が創立50周年記念出版として『ぼくらのなまえはぐりとぐら』を刊行する。2002年2月には『ぐりとぐらのおおそうじ』『ぐりとぐらのあいうえお』、5月には『みつけたよ！　自然のたからもの』を刊行。また、同年2月に創立50周年記念誌『福音館書店50年のあゆみ』を刊行したほか、2001年10月から02年5月にかけて創立50周年記念講演会を全国7ヶ所で開催。

11.13　〔学習関連〕**朝の読書7465校に**　11月13日、朝の読書推進協議会の調査により、「朝の読書推進運動」実施校が7465校に達したことが明らかになる。

12.5　〔児童文学一般〕**「子ども読書活動推進法」成立**　12月5日、「子どもの読書活動の推進に関する法律」(子ども読書活動推進法、法律第154号) が国会で成立し、4月23日を「子ども読書の日」とすることが定められる。12月12日、公布・施行。同法に基づき、政府が2002年度からの5年間に地方交付税650億円を学校図書館の蔵書増加など読書推進策に充当する方針を打ち出す。

12.7　〔学会・団体〕**紙芝居文化の会**　12月7日、紙芝居文化の会が設立される。日本独自の文化財である紙芝居を愛する人、興味ある人など様々な人が交流する場として設けられた。紙芝居文化講座や会報発行、世界へ向けての英文会報の発行などの活動を行う。

この年　〔ベストセラー・話題本〕**「ノンタン25周年 2500万部突破記念フェア」**　この年、偕成社が「ノンタン25周年 2500万部突破記念フェア」を開催する。

この年　〔ベストセラー・話題本〕**『ハリー・ポッター』ブーム**　この年、映画『ハリー・ポッターと賢者の石』の12月1日公開が決定し、J.K.ローリング著の原作『ハリー・ポッターシリーズ』(静山社) の人気も沸騰。第1巻から第3巻までの既刊3冊累計で1000万部に迫る大ブームとなる。また、関連本も多数刊行され、中でも『ハリー・ポッター アートブック』(河出書房新社) が年末商戦に向けたギフト本として人気を博す。

この年　〔ベストセラー・話題本〕**『指輪物語』ブーム**　この年、2002年春に映画化されるJ.R.R.トールキン著の古典的名作ファンタジー『指輪物語』3部作 (評論社) が、新装版・愛蔵版・文庫版いずれも大増刷され、ブームとなる。

この年　〔ベストセラー・話題本〕**ファンタジー・ブーム**　この年、『ハリー・ポッターシリーズ』『指輪物語』映画化を契機に世界的なファンタジー・ブームとなり、『ダレン・シャン 奇怪なサーカス』(小学館)、『ネシャン・サーガ』3部作 (あすなろ書房)、『大魔法使いクレストマンシー』シリーズ (徳間書店)、『マインド・スパイラル』シリーズ (あかね書房) などの海外ファンタジー作品が続々と翻訳刊行される。

この年　〔読書感想文〕**第47回読書感想コン課題図書**　この年 (2001年度) の青少年読書感想文コンクールの課題図書。【小学校低学年】『でこちゃん』(つちだのぶこ・さく・え) PHP研究所、『バンザイ！ なかやまくん』(太田京子・作、宮本忠夫・絵) 草炎社、『かさぶたくん』(やぎゅうげんいちろう・さく) 福音館書店。【小学校中学年】『ソリちゃんのチュソク』(イ・オクベ・絵と文、みせけい・訳) セーラー出版、『アディオス ぼくの友だち』(上條さなえ・作、相沢るつ子・絵) 学習研究社、『ぼくらは知床探険隊』(関屋敏隆・文・型染版画) 岩崎書店。【小学校高学年】『チロと秘密の男の子

（河原潤子・作、本庄ひさ子・絵）あかね書房、『少年たちの夏』（横山充男・作、村上豊・絵）ポプラ社、『森のスケーター ヤマネ』（湊秋作・著、金尾恵子・絵）文研出版。【中学校】『ローワンと魔法の地図』（エミリー・ロッダ・作、さくまゆみこ・訳、佐竹美保・絵）あすなろ書房、『坂本竜馬：飛べ！ペガスス』（古川薫・著）小峰書店、『君たちへの遺産 白神山地』（齋藤宗勝・著）アリス館。【高等学校】『旅路の果て：モンゴメリーの庭で』（メアリー・フランシス・コーディ・作、田中奈津子・訳）講談社、『映画少年・淀川長治』（荒井魏・著）岩波書店、『そして、奇跡は起こった！：シャクルトン隊、全員生還』（ジェニファー・アームストロング・著、灰島かり・訳）評論社。

この年　〔読み聞かせ活動〕「全国訪問おはなし隊」キャラバン全国一巡　この年、講談社の「全国訪問おはなし隊」キャラバンが全国一巡を達成する。1999年7月の福島を起点に、各地の幼稚園・保育園・小学校・地域ボランティアなどの協力を得ての快挙。

この年　〔読み聞かせ活動〕子どもの読書推進活動が活発化　この年、絵本を介して子育てを支援する「ブックスタート」がNPO組織として本格的に活動を開始。この他にも講談社の「全国訪問おはなし隊」キャラバンが全国一巡を達成し、書店における読み聞かせ会「おはなしマラソン」や学校における「朝の読書推進運動」が全国的な広がりをみせるなど、子どもの読書推進活動が盛んに行われる。

《この年の児童文学賞》

第32回（平13年）JOMO童話賞　【心のふれあい部門 一般の部】〈最優秀賞〉碓井亜希子の「大きな忘れ物」、〈優秀賞〉金井秀雄の「オトメの翼」、小島洋子の「くちべにきんぎょ」、【心のふれあい部門 児童の部】〈最優秀賞〉本田しおんの「しおんのむらさきグローブ」、〈優秀賞〉山田若奈の「まっくら こわい」、横山ユウ子の「かなちゃんのぬいぐるみ」、【自然とのふれあい部門】〈最優秀賞〉岩井まさ代の「三十一枚目の田んぼ」、〈優秀賞〉森川徹の「ボクの物語」、加藤佳代子の「お日さまの雨やどり」。

第5回（平13年）愛と夢の童話コンテスト　【グランプリ】佐々木悦子の「サキの赤い石」、【審査委員長特別選賞】佐藤良子の「ちはやの宝箱」、【優秀賞】金山優美の「勇気を抱きしめて」、山田修治の「コマ」。

第31回（平13年）赤い鳥文学賞　はたちよしこの「またすぐに会えるから」大日本図書、【特別賞】あまんきみこの「車のいろは空のいろ シリーズ」ポプラ社。

第16回（平13年度）家の光童話賞　【家の光童話賞】鈴木ゆき江の「のうのうさま」、【優秀賞】堀米薫の「鉢巻白菜とねずみくんのお話」、神谷朋衣の「やってきたお手伝いねこ」、杉本深由紀の「ゆうびーん！」、千葉ひろみの「タスケのとうもろこし」。

第36回（平13年度）エクソンモービル児童文化賞　大原れいこ。

第10回（平13年）小川未明文学賞　【大賞】津島節子の「目をつぶれば、きつねの世界」、【優秀賞】梅原賢二の「Oh！ 父さん」、杏有記の「風・吹いた！」。

第11回（平13年）けんぶち絵本の里大賞　【絵本の里大賞】武田美穂〔作・絵〕の「すみっこおばけ」ポプラ社、【びばからす賞】福田岩緒〔作・絵〕の「おにいちゃんだから」文研出版、田村みえ〔作・絵〕の「キミに会いにきたよ」学習研究社、大塚敦子〔作・絵〕の「さよなら エルマおばあさん」小学館。

第23回（平13年）講談社絵本新人賞　該当作なし、【佳作】おきたももの「にげたおしゃべり」、髙島尚子の「まいごのうさぎ」。

第42回(平13年)講談社児童文学新人賞　椰月美智子の「十二歳」。

第9回(平13年)小梅童話賞　【大賞】小原麻由美の「じゃがいもレストランへいらっしゃい」、高橋みかの「しりとりプリン」、清水温子の「にわとりが空をとんだ日」、永井綾乃の「魔女」、新井悦子の「イタイノイタイノとんできた」、高橋奈津美の「約束の庭」。

第24回(平13年度)子どもたちに聞かせたい創作童話　【第1部・特選】星川遙の「サンタさんのおとしもの」、【第2部・特選】該当作なし。

第48回(平13年)産経児童出版文化賞　【大賞】スティーブ・ヌーン〔絵〕アン・ミラード〔文〕松沢あさか・高岡メルヘンの会〔訳〕の「絵で見る ある町の歴史」さ・え・ら書房、【JR賞】畠山重篤〔著〕カナヨ・スギヤマ〔絵〕の「漁師さんの森づくり」講談社、【賞】富安陽子〔作〕広瀬弦〔絵〕の「空へつづく神話」偕成社、ジャクリーン・ウィルソン〔作〕ニック・シャラット〔絵〕小竹由美子〔訳〕の「バイバイ わたしのおうち」偕成社、フィリップ・プルマン〔作〕西田紀子〔訳〕ピーター・ベイリー〔絵〕の「ぼく、ネズミだったの!」偕成社、野村圭佑〔編・著〕の「まわってめぐってみんなの荒川」どうぶつ社、ダーリ・メッツガー〔文〕マーガレット・シュトループ〔絵〕斎藤尚子〔訳〕の「こいぬのジョリーとあそぼうよ」徳間書店、【美術賞】ユーリー・ノルシュテイン〔作〕セルゲイ・コズロフ〔作〕ヤルブーソヴァ〔絵〕こじまひろこ〔訳〕の「きりのなかの はりねずみ」福音館書店、【フジテレビ賞】クヴィエタ・パツォウスカー〔作〕結城昌子〔訳・構成〕の「紙の町のおはなし」小学館、【ニッポン放送賞】丘修三〔作〕立花尚之介〔絵〕の「口で歩く」小峰書店。

第7回(平13年)児童文学ファンタジー大賞　該当作なし、【佳作】古市卓也の「いる家族 いない家族」、【奨励賞】該当作なし。

第30回(平13年)児童文芸新人賞　金治直美の「さらば、猫の手」岩崎書店、草野たきの「透きとおった糸をのばして」講談社、西村祐見子の「せいざのなまえ」JULA出版局。

第50回(平13年度)小学館児童出版文化賞　大塚敦子の「さよならエルマおばあさん」小学館、畠山重篤の「漁師さんの森づくり」講談社。

第12回(平13年)新・北陸児童文学賞　大西和子の「ひまわりの記憶」(「花」16号)。

第18回(平13年)「小さな童話」大賞　【大賞】井上瑞基の「おいしいりょう理」、【落合恵子賞】力丸のり子の「ロック ロック イェーィッ!」、【角野栄子賞】中村郁子の「ぶうこと どんぐりの木」、【俵万智賞】村上しいこの「とっておきの『し』」、【山本容子賞】藤原あずみの「月のミルク」、【佳作】大矢風子の「影屋清十郎の初恋」、神吉恵美の「ヴィッテさんは荒រにひとりぼっち」、楢村公子の「メッセンジャー雲」、松浦南の「お兄ちゃん電車」、山口玲の「化かしあいっこ」、【奨励賞】佐藤奈穂美の「ピンク・ジェリービーンズ」、たみおまゆみの「人魚おばさん」。

第4回(平13年)ちゅうでん児童文学賞　【大賞】該当作なし、【優秀賞】安藤由希の「飛行船」、浅野竜の「ナチュラル」、北川久乃の「夏がくれたおくりもの」。

第17回(平13年度)坪田譲治文学賞　川上健一の「翼はいつまでも」集英社。

第19回(平13年)新美南吉児童文学賞　最上一平の「ぬくい山のきつね」新日本出版社。

第13回(平13年)新美南吉童話賞　【最優秀賞(文部科学大臣奨励賞)】梅津敏昭の「かいじゅうがやってきた」、【一般の部】〈優秀賞(半田市長賞)〉石古美穂子の「線香花火」、〈特別賞(中部電力株式会社賞)〉寺尾幸子の「キツネとたんこぶ」、〈特別賞(中埜酒造株式会社賞)〉駒井洋子の「ひのき森」、〈特別賞(ミツカン賞)〉樫田鶴子の「アマヤドリ

の森」、〈佳作〉浪崎琵嵯の「金の仏さま」、【中学生の部】〈優秀賞（新美南吉顕彰会賞）〉田中綾乃の「神様がくれたお耳」、〈優秀賞（社団法人半田青年会議所賞）〉岩橋さやかの「王様の木」、〈特別賞（知多信用金庫賞）〉宮寺結花の「さかさまてるてる」、〈佳作〉大橋このみの「涙の海のカメ」、奥村利恵の「マーチの山で」、【小学生高学年の部】〈優秀賞（ごんぎつねの会賞）〉宮内真理の「おるすばん」、〈佳作〉新家玄樹の「ぼくを見ているおばあちゃん」、井上稚菜の「はる子と妹」、【小学生低学年の部】〈優秀賞（中日新聞社賞）〉大曽根彩乃の「春の原っぱ」、〈佳作〉石川世里菜の「転校生はライオンくん」。

第18回（平13年）ニッサン童話と絵本のグランプリ　【童話】小野靖子の「か」、【絵本】広井法子の「ミミヨッポ」。

第6回（平13年）日本絵本賞　【大賞】井上洋介の「でんしゃえほん」ビリケン出版、【日本絵本賞】石津ちひろ〔文〕ささめやゆき〔絵〕の「あしたうちに ねこがくるの」講談社、かやのしげる〔文〕いしくらきんじ〔絵〕の「パヨカカムイ：ユカラで村をすくったアイヌのはなし」小峰書店、【翻訳絵本賞】パオロ・グアルニエーリ〔文〕ビンバ・ランドマン〔絵〕せきぐちともこ〔訳〕の「ジョットという名の少年：羊がかなえてくれた夢」西村書店、【読者賞】武田美穂〔作・絵〕の「すみっこのおばけ」ポプラ社。

第25回（平13年）日本児童文学学会賞　該当作なし、【奨励賞】楠本君恵の「翻訳の国の『アリス』―ルイス・キャロル翻訳史・翻訳論」未知谷、藤本朝己の「昔話と昔話絵本の世界」日本エディタースクール。

第4回（平13年）「日本児童文学」作品奨励賞　【作品奨励賞】該当作なし、【佳作】可瑚真弓の「足」（詩）、後藤みわこの「犬の名前」。

第41回（平13年）日本児童文学者協会賞　最上一平の「ぬくい山のきつね」新日本出版社。

第34回（平13年）日本児童文学者協会新人賞　渋谷愛子の「わすれてもいいよ」学研、関今日子の「しろかきの季節」新風舎。

第25回（平13年）日本児童文芸家協会賞　該当作なし、【特別賞】久米みのる。

第10回（平13年度）〔日本児童文芸家協会〕創作コンクール　【童謡・少年詩部門】優秀賞一席は、ふうましのぶの「あかちゃん そらをとぶ」、優秀賞二席は、小原敏子の「つくしの たいそう」、優秀賞三席は、鈴木ゆかりの「まっすぐ」、【幼年部門】〈優秀賞〉北川チハルの「チコのまあにいちゃん」岩崎書店、【中学年部門】優秀賞二席は、森里紅利の「ピッカ邸のティッチレールおばさん」、優秀賞三席は、浅田宗一郎の「ストリートライブでびっくりたまご」、【高学年部門】〈優秀賞〉浅見理恵の「フコウヘイだっ！」。

第13回（平13年）日本動物児童文学賞　【大賞】藤村ひろみの「二匹の家族が教えてくれたこと」、【優秀賞】流氾の「子犬」、塚本啓子の「ごめんね、ポチ」、【奨励賞】谷口善一の「木炭バスと客馬車」、佐藤千鶴の「コタとこうた」、相馬典美の「水が染み込むように」、佐藤良彦の「がんばれ愛犬チェリー」、高山謙一の「ネロといた日々」。

第39回（平13年）野間児童文芸賞　花形みつるの「ぎりぎりトライアングル」講談社。

第12回（平13年）ひろすけ童話賞　矢部美智代の「なきむし はるのくん」PHP研究所。

第18回（平13年）福島正実記念SF童話賞　廣田衣世の「ぼくらの縁結び大作戦」。

第19回（平13年）ほのぼの童話館創作童話募集　【一般の部】〈ほのぼの大賞〉松本周子の「三枚のハガキ」、【児童の部】〈ほのぼの児童大賞〉桑名げんじの「はじまりは、ごんから」。

第51回（平13年）毎日児童小説　【小学生向き】〈最優秀賞〉芦葉盛晴の「てんぐっ子」、

〈優秀賞〉山田陽美の「がんばれ専業主夫！」、西村さとみの「グッバイ、雪女」、【中学生向き】〈最優秀賞〉浜野京子の「二人だけの秘密」、〈優秀賞〉平口まち子の「ぴあす」、佐藤郁絵の「天使のゆりかご」。

第25回（平13年）毎日童話新人賞　【最優秀新人賞】高橋環の「くまさんをよろしく」。

第7回（平13年）椋鳩十記念 伊那谷童話大賞　【大賞】林博子の「ガラスの壁」、【熊谷元一賞】宮下澄子の「阿島傘」、【北島新平賞】とうやあやの「雪まつりの朝」。

第11回（平13年）椋鳩十児童文学賞　安東みきえの「天のシーソー」理論社。

第13回（平13年）琉球新報児童文学賞　【短編小説】山城勝の「チーちゃんの誕生日」、創作昔ばなしは、該当作なし。

第23回（平13年）路傍の石文学賞　上橋菜穂子の「精霊の守り人」「闇の守り人」「夢の守り人」（「守り人」シリーズ3部作）偕成社。

2002年
（平成14年）

1.15　〔ベストセラー・話題本〕教文館に新刊コーナー　1月15日、東京都中央区銀座にある教文館で「子どもの本新刊コーナー」が開設された。

1.16　〔作家訃報〕いぬいとみこが亡くなる　1月16日、児童文学作家でムーシカ文庫元主宰のいぬいとみこが亡くなる。本名、乾富子。77歳。東京生まれ、日本女子大学国文科中退、平安女学院専攻部保育科卒。戦時中は東京・大森で、のち山口県柳井町（現・柳井市）で保育園に勤める。昭和21、2年ごろから創作を始め、「子どもの村」「童話」などに投稿。25年日本児童文学者協会新入会に入り、同時に神戸淳吉らと同人誌「豆の木」を創刊。同年岩波書店入社、「岩波少年文庫」など児童図書編集者として勤めながら創作を続ける。29年「つぐみ」で児童文学者協会新人賞を受賞。32年「ながいながいペンギンの話」を発表し、ロングセラーとなり、第11回毎日出版文化賞受賞。36年に「木かげの家の小人たち」38年に「北極のムーシカミーシカ」で国際アンデルセン賞国内賞を受賞。40年"ムーシカ文庫"を開き、「うみねこの空」で野間児童文芸賞を受賞。45年退社し、創作に専念。「雪の夜の幻想」「山んば見習いのむすめ」「白鳥のふたごものがたり」でサンケイ児童出版文化賞を三度受賞。「山んば見習いのむすめ」では赤い鳥文学賞も受賞した。62年、路傍の石文学賞を受賞。他の主な作品に「ふたごのこぐま」「木かげの家の小人たち」「光の消えた日」など。平成13年作品「光の消えた日」の舞台となった戦時保育園・ほまれ園のある柳井市尾ノ上に記念碑が建てられた。

1.21　〔作家訃報〕岸武雄が亡くなる　1月21日、児童文学作家の岸武雄が亡くなる。89歳。岐阜県揖斐郡藤橋村（揖斐川町）生まれ。岐阜師範卒。教職の傍ら、児童文学の創作に携わる。昭和34年岐阜児童文学研究会を結成、47年児童文学誌「コボたち」を仲間とともに創刊。61年岐阜教育大学教授を最後に教職を退き、文筆活動に専念する。学制百年記念教育功労賞、岐阜県教育功労者表彰、岐阜市表彰受賞。作品に宝暦治水を描いた「千本松原」で野間児童文芸推奨作品賞を受賞、平成4年にはアニメ化。

「花ぶさとうげ」で小学館文学賞を受賞。そのほかの代表作として「山の子どもとソーセージ」「幕末の科学者飯沼慾斎」「がんばれデメキン」などがある。

1.27　〔作家訃報〕上野瞭が亡くなる　1月27日、児童文学作家・評論家で同志社女子大学元名誉教授の上野瞭が亡くなる。73歳。京都府京都市生まれ。同志社大学文学部文化学科卒。昭和20年舞鶴海軍工廠に勤めた後、代用教員、21年立命館大学専門部を経て、同志社大学文化学科に編入、27年に卒業して平安高校に勤務。この間、25年に『童話集＝蟻』を出版。片山悠らの同人誌「馬車」に評論を執筆。42年に評論「戦後児童文学論」を出版して注目され、43年長編創作「ちょんまげ手まり歌」を出版。以後「わたしの児童文学ノート」(45年)「現代の児童文学」(47年)「ネバーランドの発想」(49年)「われらの時代のピーターパン」(53年)「アリスたちの麦わら帽子」(59年)など児童文学評論集をつぎつぎと執筆。49年から同志社女子大学で児童文化を担当した。創作としては「ひげよ、さらば」「さらば、おやじどの」「もしもし、こちらライオン」「日本宝島」などの他、大人向けの長編小説「砂の上のロビンソン」(平成元年映画化)「アリスの穴の中で」「三軒目のドラキュラ」、エッセイ集「ただいま故障中」他がある。「ひげよ、さらば」で日本児童文学者協会賞(第23回)〔昭和58年〕を受賞。平成5年に京都新聞五大賞文化賞を受賞。

1月　〔刊行・発表〕『ほこらの神さま』刊行　1月、富安陽子による『ほこらの神さま』が偕成社より刊行される。

2.27　〔刊行・発表〕『あらしのよるに』完結　2月27日、木村裕一著・あべ弘士絵『あらしのよるに』シリーズ第6巻『ふぶきのあした』(講談社)が刊行される。山羊のメイと狼のガブの奇妙な友情を描いた絵本で、1994年10月の『あらしのよるに』刊行以来8年をかけて完結し、累計100万部を突破。

2月　〔刊行・発表〕『「中つ国」歴史地図』刊行　2月、カレン・ウィン・フォンスタッド著『「中つ国」歴史地図―トールキン世界のすべて』(評論社)が刊行される。映画化されて世界的ブームとなったJ.R.R.トールキン著『指輪物語』の関連本。

3.13　〔作家訃報〕原田耕作が亡くなる　3月13日、児童文学作家で全国教職員文芸協会元会長の原田耕作が亡くなる。78歳。東京都生まれ。明治大学文学部文学科卒。公立学校に勤める傍ら、教職員の文芸誌「文芸広場」を中心に童話や小説を書く。全国教職員文芸協会会長も務めた。武者小路実篤、福田清人に師事。著書に「びっくりする日」「花の咲く木」「おたあ・ジュリア」「君がラメーかね」などがある。

3.30　〔学習関連〕朝の読書8230校に　3月30日、「朝の読書推進運動」実施校が8230校に達したことが明らかになる。

3月　〔刊行・発表〕『総合百科事典 ポプラディア』刊行　3月、ポプラ社創業55周年記念出版として『総合百科事典 ポプラディア』全12巻が刊行される。

3月～6月　〔刊行・発表〕小学館創立80周年　3月、小学館が創立80周年記念企画として『ママお話きかせて』全2巻を刊行する。6月には『小学館の図鑑NEO』シリーズを刊行開始。

4.23　〔児童文学一般〕「子ども読書の日」スタート　4月23日、初の「子ども読書の日」。2001年12月12日に公布された「子どもの読書活動の推進に関する法律」により、4月23日が「子ども読書の日」に制定されてから初の実施。

2002年（平成14年）

4月	〔刊行・発表〕「ぞうのエルマー」シリーズ	4月、BL出版よりデビッド・マッキー「ぞうのエルマー」シリーズの刊行が開始。世界20か国以上で愛されている人気キャラクターが、シリーズとして復刊したもの。日本語訳はきたむらさとし。
5.3	〔イベント関連〕「第3回上野の森親子フェスタ」	5月3日、子どもの読書推進会議・出版文化産業振興財団共催により、「第3回上野の森親子フェスタ」が東京・上野公園中央噴水池広場において開催される。この年は絵本作家とよたかずひこらが講演を行う。
5.5	〔児童図書館、地域文庫〕国際子ども図書館全面開館	5月5日、東京・上野公園の国際子ども図書館が全面開館。1906年に帝国図書館として建築され、国立国会図書館支部上野図書館（通称・上野図書館）として利用されてきた建物を再生・利用したもので、地上3階・地下1階、敷地面積1909坪、延べ床面積2018坪。
5.11	〔作家訃報〕竹田まゆみが亡くなる	5月11日、児童文学作家の竹田まゆみが亡くなる。68歳。本名、竹田真瑠美。広島県広島市生まれ。広島県立女子短期大学国文科卒。中学校教師を経て、昭和44年広島県内の児童文学作家でつくる「こどもの家」に参加、創作を開始。46年「あしたへげんまん」でデビュー。のち実弟の那須正幹と同人誌「きょうだい」を創刊。小学生のとき広島市内から世羅に疎開し、被爆を逃れた経験から"ヒロシマ"を題材にした作品が多い。主な作品に「ガラスびんの夏」「風のみた街」「冬のイニシアル」「夕映えになるまでに」「ロクの菜の花畑」「ぼく」「ぼくは未来の七冠王」など。
5月	〔刊行・発表〕『ほんとうのことをいってもいいの？』刊行	5月、パトリシア・C・マキサックによる『ほんとうのことをいってもいいの？』がBL出版から刊行。
5月〜11月	〔刊行・発表〕『ドラゴンランス』刊行	5月から11月にかけて、マーガレット・ワイス&トレイシー・ヒックマン著『ドラゴンランス』シリーズ全6巻（アスキー刊・エンターブレイン発売）が刊行される。全世界で累計5000万部を突破した人気ファンタジー小説で、日本では1998年に富士見書房から『ドラゴンランス戦記』の名で刊行されたものの、長らく絶版になっていた。
7.20〜9.1	〔童謡・紙芝居・人形劇、イベント関連〕「紙芝居がやって来た」展が開催	7月20日〜9月1日、群馬県立土屋文明記念文学館で「紙芝居がやって来た」展が開催された。紙芝居の歴史を扱った展示や、展覧会に際して発行された図録に注目が集まった。2007年7月14日〜9月2日には、同館にて「紙芝居がやって来たⅡ」展が開催された。
7.23	〔学習関連〕朝の読書9650校に	7月23日、「朝の読書推進運動」実施校が9650校に達したことが明らかになる。
7月	〔作家訃報〕千川あゆ子が亡くなる	7月、児童文学作家・詩人の千川あゆ子が亡くなる。85歳。千葉県木更津市生まれ。少女時代は文学少女で「令女界」「若草」などに投稿。昭和22年日本女詩人会に入会、同時に「自由詩」の同人となる。40年日本児童文学者協会、日本童話会に入会する。56年詩誌「稜線」同人となる。詩集に「夜明けの音」「砥切りの音は消えても」「みやこわすれ」などがある。
7月	〔イベント関連〕「空とぶオートバイ・読書感想文コンクール」	7月、ひくまの出版がモンゴルとの共同文化事業「空とぶオートバイ・読書感想文コンクール」を開催。受賞した子ども達が日本・モンゴル両国を相互に訪問・交流する。

8.2	〔児童文学一般〕「子どもの読書活動の推進に関する基本計画」	8月2日、政府が「子どもの読書活動の推進に関する基本計画」を閣議決定する。また、文部科学省が「子どもの読書活動の推進に関する基本的な計画」を発表。今後5年間の施策に関する計画で、子どもが自主的に読書活動が出来る環境整備を推進することを基本理念に掲げる。
9月	〔刊行・発表〕『デルトラ・クエスト』刊行	9月、エミリー・ロッダ著のファンタジー小説『デルトラ・クエスト』全8巻(岩崎書店)の刊行が開始される。
10.11	〔刊行・発表〕『ハリネズミの本箱』創刊	10月11日、早川書房が児童書の新シリーズ『ハリネズミの本箱』を創刊する。海外の話題作や斬新なテーマの作品など、従来の児童書の枠を超えたラインナップが特徴。第1回配本はディーン・R.クーンツ著『ぬいぐるみ団オドキンズ』、ジョージア・ビング著『モリー・ムーンの世界でいちばん不思議な物語』の2点。
10.14	〔作家訃報〕前川康男が亡くなる	10月14日、児童文学作家の前川康男が亡くなる。80歳。東京都京橋区木挽町(中央区)生まれ。早稲田大学文学部独文科卒。昭和14年第一早稲田高等学院に入学、早大童話会で創作童話に没頭。学徒出陣の戦場体験が、以後の創作活動の根幹となる。25〜36年新潮社勤務。27年に「川将軍」で日本児童文学者協会新人賞を受賞。38年から坪田譲治主宰の「びわの実学校」(現・「びわの実ノート」)編集同人。43年に児童福祉文化賞奨励賞を、45年に「魔神の海」で第10回日本児童文学者協会賞を受賞し、現代日本児童文学の代表的リアリズム作家となる。56年「かわいそうな自動車の話」で第19回野間児童文芸賞を受賞。著書にサンケイ児童出版文化賞受章の「ヤン」「だんまり鬼十」など。平成3年に紫綬褒章、8年に勲四等旭日小綬章を受章。
10.23	〔刊行・発表〕『ハリー・ポッターと炎のゴブレット』刊行	10月23日、J.K.ローリング著ハリー・ポッターシリーズ第4巻『ハリー・ポッターと炎のゴブレット』(上下巻)が静山社から刊行され、初版部数230万部を記録する。
10月	〔刊行・発表〕『新版・ピーター・ラビットの絵本』刊行	10月、福音館書店が『ピーター・ラビットのおはなし』出版100周年記念として、『新版・ピーター・ラビットの絵本』全24巻を刊行する。
10月	〔イベント関連〕IBBY創立50周年記念大会	10月、国際児童図書評議会(IBBY)創立50周年記念大会がスイス・バーゼルにおいて開催され、皇后美智子がスピーチを行う。このスピーチは、翌2003年にすえもりブックスから刊行された『バーゼルより―子どもと本を結ぶ人たちへ』に収められている。
11.20	〔刊行・発表〕「岩波フォト絵本」刊行開始	11月20日、「岩波フォト絵本」(岩波書店)の刊行が開始される。思春期を迎える子どもと両親を対象に、写真が映し出す時間とそれぞれの暮らしや生き方をヴィジュアルにまとめた企画で、第1回配本は『チンドンひとすじ70年』『ガジュマルの木の下で』『わたしの呼び名は〈まあちゃん〉』。
11月	〔児童雑誌等〕絵本工房「Pooka」創刊	11月、学習研究社から絵本工房「Pooka」創刊号(2003年1号)が発刊された。
12.6	〔刊行・発表〕『オリジナル版 ホビットの冒険』刊行	12月6日、J.R.R.トールキン著『オリジナル版 ホビットの冒険』(岩波書店)が刊行される。映画化されて世界的ブー

ムとなった『指輪物語』の前日談にあたるファンタジー小説。

12月 〔刊行・発表〕『アバラット』刊行　12月、クライヴ・バーカー著のファンタジー小説『アバラット』4部作（ソニー・マガジン）の刊行が開始される。

この年 〔刊行・発表〕『あかちゃんのあそびえほん』シリーズ15周年記念フェア　この年、偕成社がきむらゆういち作『あかちゃんのあそびえほん』シリーズ10冊15周年記念フェアを開催する。

この年 〔ベストセラー・話題本〕ファンタジー・ブーム　この年、ファンタジー・ブームとなり、同年に映画が公開されたJ.R.R.トールキン著の古典的名作『指輪物語』をはじめ、各社の既刊長編ファンタジー小説が好調な売れ行きを示す。

この年 〔読書感想文〕第48回読書感想コン課題図書　この年（2002年度）の青少年読書感想文コンクールの課題図書。【小学校低学年】『けんかのきもち』（柴田愛子・文、伊藤秀男・絵）ポプラ社、『むしたちのうんどうかい』（得田之久・文、久住卓也・絵）童心社、『ヤギになっちゃうぞ』（最上一平・さく、石倉欣二・え）新日本出版社。【小学校中学年】『ねこたち町』（わしおとしこ・文、藤本四郎・絵）アリス館、『虹の谷のスーパーマーケット』（池川恵子・作、村上勉・絵）ひくまの出版、『ぼくのクジラ』（キャサリン・スコウルズ・作、百々佑利子・訳、広野多可子・絵）文研出版。【小学校高学年】『アンソニー：はまなす写真館の物語』（茂市久美子・作、黒井健・絵）あかね書房、『よみがえれ白いライオン』（マイケル・モーパーゴ・作、佐藤見果夢・訳、クリスチャン・バーミンガム・絵）評論社、『カブトエビの寒い夏』（谷本雄治・文、岡本順・絵）農山漁村文化協会。【中学校】『フクロウはだれの名を呼ぶ』（ジーン・クレイグヘッド・ジョージ・著、千葉茂樹・訳）あすなろ書房、『カナリーズ・ソング』（ジェニファー・アームストロング・作、金原瑞人石田文子・訳、朝倉めぐみ・画）金の星社、『クマ追い犬タロ』（米田一彦・著）小峰書店。【高等学校】『ビリー・ジョーの大地』（カレン・ヘス・作、伊藤比呂美・訳）理論社、『救急医、世界の災害現場へ』（山本保博・著）筑摩書房、『おかあさんになったアイ』（松沢哲郎・著）講談社。

《この年の児童文学賞》

第33回（平14年）JOMO童話賞　【一般の部】〈最優秀賞〉市川睦美の「風の少年」、〈優秀賞〉佐藤静の「山口さんと猫」、武田桂子の「自転車に乗って」、【児童の部】〈最優秀賞〉山宮颯の「ぼくはでんしんばしら」、〈優秀賞〉龍興彩香の「おさるのくつ下」、堀切梓沙の「草原のワニ君」。

第6回（平14年）愛と夢の童話コンテスト　【グランプリ】佐藤良子の「メモリーズ」、【審査委員長特別選賞】南保理恵子の「越後の男の子」、【優秀賞】石橋京子の「金の杉」、グラハム明美の「母の日のプレゼント」。

第32回（平14年）赤い鳥文学賞　沖井千代子の「空ゆく舟」小峰書店。

第17回（平14年度）家の光童話賞　【家の光童話賞】向田純子の「ねこはぐーぐーぐー」、【優秀賞】山本成美の「たんぽーくん」、吉村健二の「ねこペン」、田中のぶ子の「拾った苗もの」、小野貴美の「まいごタイフーンぼうや」。

第37回（平14年度）エクソンモービル児童文化賞　長新太。

第11回（平14年）小川未明文学賞　【大賞】青山季市の「ど・ん・ま・い」、【優秀賞】藤平恵里の「ナナとおはなしのたね」、吉木智の「カエルのなみだ」。

第1回（平14年）角川ビーンズ小説大賞　大賞は該当作なし、【優秀賞】「混ざりものの月」瑞山いつき（刊行時「スカーレット・クロス」）、【奨励賞・読者賞】「彩雲国綺譚」雪乃紗衣、【奨励賞】「呪われた七つの町のある祝福された一つの国の物語」喜多みどり。

第12回（平14年）けんぶち絵本の里大賞　【絵本の里大賞】なかやみわ〔作・絵〕の「くれよんのくろくん」童心社、【びばからす賞】クリスチャン・メルベイユ〔文〕ジョス・ゴフィン〔絵〕乙武洋匡〔訳〕の「かっくん どうしてぼくだけしかくいの？」講談社、柴田愛子〔作〕伊藤秀男〔絵〕の「けんかのきもち」ポプラ社、田村みえ〔作・絵〕の「えがおのむこうで」学習研究社。

第24回（平14年）講談社絵本新人賞　藤川智子の「むしゃむしゃ武者」、【佳作】おきたもの「うーさん もちもち カンパニー」、中谷靖彦の「へんてこおるすばん」。

第43回（平14年）講談社児童文学新人賞　該当作なし、【佳作】しんやひろゆきの「チェンジ」、長谷川花菱の「キス・キス・キス」。

第10回（平14年）小梅童話賞　【大賞】該当作なし、【優秀賞】浜田華練の「メガネの神様」、小林真子の「こびとさんと一緒に」、ほんだみゆきの「おばあちゃん屋さん」、山下奈美の「とまと・キングの涙」、沖中恵美の「ただいま考え虫」。

第25回（平14年度）子どもたちに聞かせたい創作童話　【第1部・特選】倉本采の「ほのぼの村に秋がきて」、【第2部・特選】該当作なし。

第49回（平14年）産経児童出版文化賞　【大賞】ヘニング・マンケル〔作〕オスターグレン晴子〔訳〕の「炎の秘密」講談社、【JR賞】ヘルマン・シュルツ〔作〕渡辺広佐〔訳〕の「川の上で」徳間書店、【賞】伊藤遊〔作〕太田大八〔画〕の「えんの松原」福音館書店、ホリー・ホビー〔作〕二宮由紀子〔訳〕の「クリスマスはきみといっしょに」BL出版、リチャード・ペック〔著〕斎藤倫子〔訳〕の「シカゴよりこわい町」東京創元社、島村英紀〔著〕の「地震と火山の島国」岩波書店、寺田志桜里〔文・絵〕の「平和のたからもの」くもん出版、【美術賞】ジョン・ラングスタッフ〔再話〕フョードル・ロジャンコフスキー〔絵〕の「かえるだんなのけっこんしき」光村教育図書、【フジテレビ賞】竹内とも代〔作〕ささめやゆき〔絵〕の「不思議の風ふく島」小峰書店、【ニッポン放送賞】カレン・ヘス〔作〕伊藤比呂美〔訳〕の「ビリー・ジョーの大地」理論社。

第8回（平14年）児童文学ファンタジー大賞　該当作なし、【佳作】該当作なし、【奨励賞】桐敷葉の「ニノ」。

第31回（平14年）児童文芸新人賞　渡辺わらんの「ボーソーとんがりネズミ」講談社、三津麻子の「どえらいでぇ！　ミヤちゃん」福音館書店。

第51回（平14年度）小学館児童出版文化賞　秋野和子・石垣幸代・秋野亥左牟の「サシバ舞う空」福音館書店、佐野洋子の「ねえ とうさん」小学館。

第13回（平14年）新・北陸児童文学賞　蒔悦子の「月の子」（「15期星」18号）。

第19回（平14年）「小さな童話」大賞　【大賞】川島えつこの「十一月のへび」、【落合恵子賞】原田乃梨の「いごこちのいい場所」、【角野栄子賞】駒井洋子の「あした行き」、【俵万智賞】ほんだみゆきの「たわわ」、【山本容子賞】荒井寛子の「夏の縁側」、【佳作】葵井七輝の「パパはコートがうまくたためない」、宇津木美紀子の「本の虫」、大野圭子の「輝き金星」、星川遙の「まっしろい手紙」、山本成美の「鍋山の神ん湯」、【奨励賞】川口真理子の「猫ッ風の夜」、萬桜林の「しわくちゃぶたくん」。

第5回（平14年）ちゅうでん児童文学賞　【大賞】小森香折の「ニコルの塔」、【優秀賞】小

川直美の「さらば」、【奨励賞】井上一枝の「ブルー・スプリング」、清水愛の「ペニー・レイン」。

第1回(平14年)長編児童文学新人賞　【入選】松本祐子の「金色の月の夜に……」、【佳作】中里奈央の「ぼくがサンタクロースになるまで」、狩生玲子の「ジョギングとあんぱん」、緑川聖司の「晴れた日は、図書館へいこう」。

第18回(平14年度)坪田譲治文学賞　いしいしんじの「麦ふみクーツェ」理論社。

第20回(平14年)新美南吉児童文学賞　征矢清〔作〕林明子〔絵〕の「ガラスのうま」偕成社。

第14回(平14年)新美南吉童話賞　【最優秀賞(文部科学大臣奨励賞)】丸毛昭二郎の「イチタのペラペラ」、【一般の部】〈優秀賞(半田市長賞)〉いとうさえみの「水曜日のカラス」、〈特別賞(中部電力株式会社賞)〉山野大輔の「夏の思い出は…コロネ!?」、〈特別賞(ミッカン賞)〉岩田えりこの「タイム・ラグ」、〈特別賞(知多信用金庫賞)〉河合真平の「とうもろこし」、〈佳作〉吉田由貴子の「いのち」、武藤恵一の「あおい真珠」、【中学生の部】〈優秀賞(社団法人半田青年会議所賞)〉石川紀実の「竹トンボ」、〈特別賞(新美南吉顕彰会賞)〉山岡亜由美の「ぼくがベルを鳴らすとき」、〈佳作〉早川里沙の「昔物語」、阿知波憲の「心のひげ」、【小学生高学年の部】〈優秀賞(ごんぎつねの会賞)〉井上瑞基の「たろうのおにぎり」、〈佳作〉広瀬絵里加の「いも虫くっぺの成長期」、江頭明日花の「南の島のおじいさん楽団」、【小学生低学年の部】〈優秀賞(中日新聞社賞)〉福井雅人の「ボールうさぎ」、〈佳作〉坂井百合奈の「なみちゃんとふしぎなビー玉」、永柳朱梨の「7ひき目のくの字しっぽ」。

第19回(平14年)ニッサン童話と絵本のグランプリ　【童話】該当作なし、〈優秀賞1席〉屋島みどりの「ネコひげアンテナ」、【絵本】中新井純子の「しろしろのチョーク」。

第7回(平14年)日本絵本賞　【大賞】柴田愛子〔文〕伊藤秀男〔絵〕の「けんかのきもち」ポプラ社、【日本絵本賞】とよたかずひこ〔さく・え〕の「どんどこ もんちゃん」童心社、佐野洋子〔作〕の「ねえとうさん」小学館、【翻訳絵本賞】マーガレット・ワイルド〔文〕ロン・ブルックス〔絵〕寺岡襄〔訳〕の「キツネ」BL出版、【読者賞】デイビッド・シャノン〔さく〕小川仁央〔やく〕の「だめよ、デイビッド!」評論社。

第26回(平14年)日本児童文学学会賞　米沢嘉博の「藤子不二雄論—Fと『A』の方程式」河出書房新社、【奨励賞】加藤康子・松村倫子の「幕末・明治の絵双六」国書刊行会、【特別賞】該当作なし。

第5回(平14年)「日本児童文学」作品奨励賞　【作品奨励賞】みねちえの「まささん」、【佳作】なかざわりえの「雪」〈詩〉。

第42回(平14年)日本児童文学者協会賞　沖井千代子の「空ゆく舟」小峰書店、花形みつるの「ぎりぎりトライアングル」講談社。

第35回(平14年)日本児童文学者協会新人賞　伊藤遊の「えんの松原」福音館書店。

第26回(平14年)日本児童文芸家協会賞　竹内もと代の「不思議の風ふく島」小峰書店、【特別賞】浜野卓也の「さよなら友だち」小峰書店をはじめとする200冊以上の著作に対して。

第14回(平14年)日本動物児童文学賞　【大賞】たけつよしの「浦山のキツネ」、【優秀賞】大谷泰之の「ちび」、長岡弘樹の「アラスカの約束」、【奨励賞】高木ナヤック法子の「ラッキー〜犬を救った少女の話〜」、宮内勝子の「らっぴいが来た日」、川崎惠夫の

「ゴンタとサザンカ」、ゆうきあいの「ひばんば」、三河一生の「夜のお客様」。

第40回（平14年）野間児童文芸賞　征矢清の「ガラスのうま」偕成社。

第13回（平14年）ひろすけ童話賞　さだまさしの「おばあちゃんのおにぎり」くもん出版。

第19回（平14年）福島正実記念SF童話賞　服部千春の「グッバイ！　グランパ」。

第20回（平14年）ほのぼの童話館創作童話募集　【一般の部】〈ほのぼの大賞〉山下寿朗の「若い人千名ぼ集」、【児童の部】〈ほのぼの児童大賞〉髙尾奈央の「ふしぎなしゃぼん玉」。

第26回（平14年）毎日童話新人賞　【最優秀新人賞】江積久子の「おにぎりのすきな　わかとのさま」。

第8回（平14年）椋鳩十記念 伊那谷童話大賞　【大賞】金松すみ子の「さよばあちゃんのりんご」、【準大賞】白瀬郁子の「おじいちゃん、わすれないよ」、【特別賞】しもはらとしひこの「山脈はるかに」、【熊谷元一賞】白瀬郁子の「おじいちゃん、わすれないよ」、【審査委員賞】岩尾淳子の「天使のシャーベット」。

第12回（平14年）椋鳩十児童文学賞　河俣規世佳の「おれんじ屋のきぬ子さん」あかね書房。

第1回（平14年度）森林（もり）のまち童話大賞　【大賞】ほんだみゆきの「竜つきの森」、【審査委員賞】〈立松和平賞〉水谷すま子の「森のホラホラミーヤ」、〈西本鶏介賞〉慶野寿子の「森の絵手紙」、〈角野栄子賞〉中原正夫の「栗の行列」、〈木暮正夫賞〉酒井知子の「スイカ」、〈清水真砂子賞〉松本周子の「泣くおじさん」、【佳作】伊藤弘子の「広森北団地への旅」、一戸徹の「森の盆踊り」、岡本直美の「春はおおいそがし」、福尾久美の「しいたけ森のおきゃくさま」、酒井政美の「お引越し」、苅田澄子の「森のかほり屋」、【市内奨励賞】熊野佳奈の「ぐんちゃんのさざれいし」。

第14回（平14年）琉球新報児童文学賞　【短編小説】上原利彦の「マナブのある朝の出来事」、創作昔ばなしは、該当作なし。

2003年
（平成15年）

3.18　〔学習関連〕朝の読書1万2124校に　3月18日、「朝の読書推進運動」実施校が1万2124校に達したことが明らかになる。

3.20　〔刊行・発表〕『アースシーの風』刊行　3月20日、アーシュラ・K.ル＝グウィンによるゲド戦記シリーズ『アースシーの風』（岩波書店）が刊行された。原語版第1巻が1968年、日本語版第1巻が1976年に刊行された古典的ファンタジー小説の傑作。

3月　〔刊行・発表〕『この絵本が好き！』刊行　3月、別冊太陽編集部による『この絵本が好き！』が、平凡社から刊行された。過去1年間の絵本動向と、アンケートによる絵本の評価をまとめたもの。

3月　〔作家訃報〕村上昭美が亡くなる　3月、児童文学作家で外国絵本のおはなし会元代表の村上昭美が亡くなる。52歳。埼玉県生まれ。結婚を機に徳島県に移り住む。徳島県郷土女性学級文芸コース講師、民生委員や児童委員、めばえ保育園理事、外国

絵本のおはなし会の代表などを務める傍ら、徳島新聞阿波圏にコラムや童話を執筆。乳幼児から小学生に絵本の読み聞かせなども行った。寂聴塾塾生。著書に「みじかいお話」「わすれないよおとうさんのことば」など。

4.23　〔読み聞かせ活動〕日販が全国で読み聞かせ会　4月23日、「第45回こどもの読書週間」に合わせ、日販が全国の取引書店164店で読み聞かせ会を実施する。

5.3　〔イベント関連〕「第4回上野の森親子フェスタ」　5月3日、子どもの読書推進会議・出版文化産業振興財団共催により、「第4回上野の森親子フェスタ」が東京・上野公園において開催される。この年は絵本作家那須正幹らが講演を行う。

5.15　〔刊行・発表〕『青い鳥文庫fシリーズ』創刊　5月15日、講談社が『青い鳥文庫fシリーズ』を創刊する。青い鳥文庫は1980年に創刊された小中学生向けの人気シリーズで、fシリーズ第1弾は松原秀行著の痛快冒険ファンタジー『竜太と青い薔薇』上下巻。

5.24　〔学会・団体〕黒井健絵本ハウス開館　5月24日、山梨県北杜市に「黒井健絵本ハウス」が誕生。絵本作家黒井健の作品を展示する。

6.11　〔学習関連〕朝の読書1万3228校に　6月11日、「朝の読書推進運動」実施校が1万3228校に達したことが明らかになる。8月27日には1万4200校、10月7日には1万4475校になったことが明らかに。

6.11　〔イベント関連〕「子どもの本ブックフェア」　6月11日、「子どもの本ブックフェア」が福岡・エルガーラホールにおいて開催される。来場者数は7369人。

6月　〔刊行・発表〕『ユウキ』刊行　6月、伊藤遊による『ユウキ』が福音館書店より刊行される。"ユウキ"という名の転校生の姿がケイタの目線で綴られる。

7.7　〔作家訃報〕山本藤枝が亡くなる　7月7日、女性史研究家・児童文学作家・詩人の山本藤枝が亡くなる。92歳。本名、山本フジエ。筆名、露木陽子和歌山県伊都郡かつらぎ町生まれ。東京女高師文科卒。尾上柴舟の歌誌「水甕」に参加。18歳ごろより詩作を始め、「詩集」「詩佳人」に参加。戦中から戦後にかけては露木陽子の筆名で少女小説や伝記などを執筆。昭和35年ごろから女性史の研究に取り組んだ。著書に「日本の女性史」(全4巻・共著)「黄金の釘を打ったひと―歌人・与謝野晶子の生涯」、詩集「近代の眸」、児童文学「雪割草」「手風琴の物語」「飛鳥はふぶき」「細川ガラシャ夫人」などがある。「細川ガラシャ夫人」によりサンケイ児童出版文化賞を受賞した。

7.19～28　〔イベント関連〕「本と遊ぼう こどもワールド」　7月19日、日販の「本と遊ぼうこどもワールド」が鹿児島総合卸商業団地協同組合会館において開始される。23日には名古屋市公会堂で、26日には青森市男女共同参画プラザで開始される。28日までの累計来場者数は1万5067人。

8.10　〔作家訃報〕浜野卓也が亡くなる　8月10日、児童文学作家・文芸評論家の浜野卓也が亡くなる。77歳。静岡県御殿場市生まれ。早稲田大学文学部国文科卒。中学、高校教師を務め、上野高教頭を最後に退職。山口女子大学教授、日本大学芸術学部講師、日本児童文学学会代表理事などを歴任。教職の傍ら、創作活動に励み、児童文学における歴史小説の代表的作家として活躍した。主な著書に「やまんばおゆき」「とねと鬼丸」「五年二組の宿題戦争」「五年二組の秘密クラブ」「堀のある村」などの創作の他、評論に「新美南吉の世界」「立原道造……はれなき哀しみの詩」「戦後児童

文学作品論」「童話にみる近代作家の原点」など多数。「みずほ太平記」で毎日児童小説、「新美南吉の世界」で新美南吉文学賞、「やまんばおゆき」でサンケイ児童出版文化賞、「とねと鬼丸」で小学館文学賞、平成9年には児童文化功労者賞を受賞した。平成15年には勲四等旭日小綬章を受章した。

10.10　〔刊行・発表〕『ぐりとぐらとすみれちゃん』刊行　10月10日、なかがわりえこ作・やまわきゆりこ絵『ぐりとぐらとすみれちゃん』（福音館書店）が刊行される。1963年に第1作『ぐりとぐら』が『こどものとも』93号に発表され、1967年に単行本が刊行された人気シリーズの第7作で、この時点でのシリーズ累計部数は1000万部以上。

10.25　〔児童文学一般〕「子ども読書推進フォーラム」　10月25日、「子ども読書推進フォーラム」が開催される。

10.26　〔作家訃報〕北彰介が亡くなる　10月26日、児童文学作家、児童文化運動家の北彰介が亡くなる。76歳。本名、山田昭一。青森県青森市生まれ。青森師範学校卒。青森市内の中学校教師、青森市婦人青少年課長、青森市民図書館副館長などを歴任し、昭和55年退職。一方、口演童話に興味を持ち、地方に根ざした文化活動に取り組む。35年青森県児童文学研究会を発足。青森中央学院大学講師、県文化振興会議理事なども務めた。平成7年に青森県文化賞を受賞。主な作品に小学3年全国版国語教科書に採択された「せかいいちのはなし」の他、「へえ六がんばる」「青森県むかしむかしえほん」「けんか山」「なんげえ　むがしっこしかへがな」などがある。

10月　〔刊行・発表〕『仮名手本忠臣蔵』刊行　10月、『仮名手本忠臣蔵』がポプラ社から刊行された。

10月　〔刊行・発表〕『魔女の絵本』刊行　10月、江國香織訳『魔女の絵本』全3巻（小峰書店）が刊行される。魔女の修行をする女の子カプチーヌを中心とする物語を描いた絵本で、『カプチーヌ』『小さな魔女のカプチーヌ』はタンギー・グレバン作、カンタン・グレバン絵、『しつれいですが、魔女さんですか』はエミリー・ホーン作、パヴィル・パヴラック絵。

10月　〔イベント関連〕メイシーちゃんフェア　10月、偕成社が「だいすき！　メイシーちゃんフェア」を開催する。ルーシー・カズンズ作の人気絵本『メイシーちゃん』シリーズのキャンペーンで、絵本に貼られたシールを送ると抽選で2000人に「メイシーちゃんぬいぐるみえほん」が当たるというもの。

11.3　〔作家訃報〕横笛太郎が亡くなる　11月3日、児童文学作家の横笛太郎が亡くなる。65歳。本名、石橋徳保。兵庫県神戸市生まれ。佐野高卒。児童文学の文筆活動の傍ら、紙芝居や歌遊びを行う"てのひらげきじょう"を主宰し、全国で公演活動を続けた。代表作に「沖縄むかしあったとさ」「ほらふきどんでん小僧」「小さいどろぼう」などがある。

11.22　〔イベント関連〕「子どもの本フェスティバルinおおさか」　11月22日、活字文化推進会議など共催により「子どもの本フェスティバルinおおさか」が大阪ビジネスパークツイン21において開催される。

11.26　〔刊行・発表〕『マドンナ絵本シリーズ』刊行開始　11月26日、集英社が『マドンナ絵本シリーズ』の刊行を開始。世界的なベストセラーとなったシリーズの日本語版で、第1回配本は江國香織訳『イングリッシュ　ローズィズ』。

2003年（平成15年）

11月	〔刊行・発表〕『かいけつゾロリとなぞのまほう少女』刊行　11月、原ゆたか作・絵『かいけつゾロリとなぞのまほう少女』（ポプラ社）が刊行される。人気シリーズ『かいけつゾロリ』の第34作で、キャラクターのバッジやフィギュアが付録に付けられ、話題となる。
11月	〔ベストセラー・話題本〕『13歳のハローワーク』刊行　11月、村上龍著・はまのゆか絵『13歳のハローワーク』が幻冬舎から刊行される。130万部を超えるベストセラーとなり、小中高計8000校以上で教材として採用されるなど、社会現象となる。
12月	〔刊行・発表〕『ぼくの見た戦争』刊行　12月、写真絵本『ぼくの見た戦争』（ポプラ社）が刊行される。戦場カメラマン高橋邦典が撮影したイラク戦争の写真を収録した書で、新聞で全ページ広告を打ったこともあり、教育関係者・親などの間で話題となる。2004年度日本絵本賞大賞を受賞し、全国学校図書館協議会第27回選定「よい絵本」に選出される。
12月	〔刊行・発表〕『バーティミアス』刊行　12月、イギリスの作家ジョナサン・ストラウド作のファンタジー小説『バーティミアス―サマルカンドの秘宝』（理論社）が刊行される。イギリス・アメリカで同時刊行され、世界21ヶ国で刊行が決まった3部作の第1弾。
12月	〔読書感想文〕「朝の読書」1万5000校突破　12月、「朝の読書推進運動」実施校が1万5000校を超えたことが明らかになる。
この年	〔ベストセラー・話題本〕『ダレン・シャン』300万部突破　この年、ファンタジー小説『ダレン・シャン』シリーズ第7・8・9巻（小学館）が刊行され、シリーズ累計300万部を突破。
この年	〔ベストセラー・話題本〕『デルトラ・クエスト』178万部　この年、ファンタジー小説『デルトラ・クエスト』シリーズ第2期全3巻（岩崎書店）が刊行され、2002年刊行の第1期全8巻との累計で178万部に達する。'04年には280万部を突破。
この年	〔ベストセラー・話題本〕ファンタジー・ブーム続く　この年、2001年の『ハリー・ポッターシリーズ』『指輪物語』映画化を契機とするファンタジー・ブームが衰える気配を見せず、『ネシャン・サーガ』シリーズ（あすなろ書房）、『鏡の中の迷宮』全3巻（あすなろ書房）全3巻、『サークル・オブ・マジック』（小学館）、『セブンタワー』シリーズ（小学館）、『マジック+ツリーハウス』シリーズ（メディアファクトリー）、『魔法使いハウルと火の悪魔』（徳間書店）、『エンジェル・アカデミー　聖なる鎖の絆』（金の星社）など、海外ファンタジー小説が好調な売れ行きを示す。
この年	〔学習関連〕第49回読書感想コン課題図書　この年（2003年度）の青少年読書感想文コンクールの課題図書。【小学校低学年】『ワニほうのこいのぼり』（内田麟太郎・文、高畠純・絵）文溪堂、『おばあちゃんすごい！』（中川ひろたか・文、村上康成・絵）童心社、『いのちは見えるよ』（及川和男・作、長野ヒデ子・絵）岩崎書店。【小学校中学年】『ドングリ山のやまんばあさん』（富安陽子・作、大島妙子・絵）理論社、『そして、カエルはとぶ！』（広瀬寿子・作、渡辺洋二・絵）国土社、『ダンゴムシ』（今森光彦・文・写真）アリス館。【小学校高学年】『トウモロコシが実るころ』（ドロシー・ローズ・作、長滝谷富貴子・訳、小泉るみ子・絵）文研出版、『おじいちゃんの桜の木』（アンジェラ・ナネッティ・作、アンナ・バルブッソ、エレナ・バルブッソ・絵、

— 206 —

長野徹・訳）小峰書店、『ハンナのかばん：アウシュビッツからのメッセージ』（カレン・レビン・著、石岡史子・訳）ポプラ社。【中学校】『水底の棺』（中川なをみ・作、村上豊・画）くもん出版、『ホワイト・ピーク・ファーム』（バーリー・ドハーティ・著、斎藤倫子・訳）あすなろ書房、『ドッグ・シェルター：犬と少年たちの再出航（たびだち）』（今西乃子・著、浜田一男・写真）金の星社。【高等学校】『エミリーへの手紙』（キャムロン・ライト・著、小田島則子小田島恒志・訳）日本放送出版協会、『難民少年』（ベンジャミン・ゼファニア・作、金原瑞人小川美紀・共訳）講談社、『ラフカディオ・ハーン：日本のこころを描く』（河島弘美・著）岩波書店。

この年　〔読み聞かせ活動〕「いつもいっしょによみたいね」　この年、アリス館・岩崎書店・学習研究社・フレーベル館・文研出版が結成した「おはなしサポートの会」が、読み聞かせ良好書をセットにした「いつもいっしょによみたいね」を店頭で展開する。

《この年の児童文学賞》

第34回（平15年）JOMO童話賞　【一般の部】〈最優秀賞〉大槻哲郎の「あずさ号の小さなお客」、〈優秀賞〉大原啓子の「海にふる雪」、今釜涼子の「ヘルメットもぐら」、【児童の部】〈最優秀賞〉湯野悠希の「青空キャンバス」、〈優秀賞〉持田碧海の「けいすけとじいちゃんのがんばれかいご物語」、寺地美奈子の「月までとどくやさしい木」。

第7回（平15年）愛と夢の童話コンテスト　グランプリは、該当作なし、【審査委員長特別選賞】該当作なし、【優秀賞】後藤英記の「お日さんは東から」、風戸清乃の「旅人のふしぎなかばん」、信原和夫の「走れ！　ガゼル」、金山優美の「鬼火ヶ原」。

第33回（平15年）赤い鳥文学賞　広瀬寿子の「そして、カエルはとぶ！」国土社。

第18回（平15年度）家の光童話賞　【家の光童話賞】細野睦美の「玄関のまめ太」、【優秀賞】よこてけいこの「かくれんぼ」、田中良子の「お日さまのこども」、宮本誠一の「お月さまとゆず」、高木尚子の「七夕さまへお願い」。

第38回（平15年度）エクソンモービル児童文化賞　山中恒。

第12回（平15年）小川未明文学賞　【大賞】今井恭子の「たぶん、私って、すごーくラッキー」、【優秀賞】廣田衣世の「はっけよい、マメ太」、杏有記の「ブルーモンキー」。

第2回（平15年度）角川ビーンズ小説大賞　【大賞】該当作なし、【優秀賞】「悪魔の皇子」深草小夜子、【奨励賞】「八枚の奇跡」本田緋兎美、【読者賞】「王国物語」雨川恵。

第1回（平15年）北日本児童文学賞　【最優秀賞】緑川真喜子の「ごくらく観音おんせん」、【優秀賞】石川太幸の「さようならカア公」、本木勝人の「陣兵衛太鼓」。

第13回（平15年）けんぶち絵本の里大賞　【絵本の里大賞】宮西達也〔作・絵〕の「おまえうまそうだな」ポプラ社、【びばからす賞】上野修一〔作・絵〕の「まる」ふきのとう文庫、中川ひろたか〔作〕大島妙子〔絵〕の「歯がぬけた」PHP研究所、田村みえ〔作・絵〕の「キミといっしょに」学習研究社。

第44回（平15年）講談社児童文学新人賞　該当作なし、【佳作】佐藤恵の「Days～デイズ～」、片川優子の「佐藤さん」。

第26回（平15年度）子どもたちに聞かせたい創作童話　【第1部・特選】テトリア（本名＝市川勝芳）の「はね、きりん」、【第2部・特選】該当作なし。

第50回（平15年）産経児童出版文化賞　【大賞】ベッテ・ウェステラ〔作〕ハルメン・ファン・ストラーテン〔絵〕野坂悦子〔訳〕の「おじいちゃん わすれないよ」金の星社、

【JR賞】マリー・メイイェル〔作〕インゲラ・ペーテション〔絵〕とやままり〔訳〕の「森の中のフロイド 町を行くフロイド」さ・え・ら書房、【賞】今森光彦〔著〕の「里山を歩こう」岩波書店、小原秀雄〔著〕の「ゾウの歩んできた道」岩波書店、中川雄太〔作〕の「雄太昆虫記」くもん出版、栗林慧〔写真・文〕の「アリになったカメラマン」講談社、笹生陽子〔著〕の「楽園のつくりかた」講談社、【美術賞】山下明生〔作〕しまだしほ〔絵〕の「海のやくそく」佼成出版社、【フジテレビ賞】ロディー・ドイル〔作〕ブライアン・アジャール〔絵〕伊藤菜摘子〔訳〕の「ギグラーがやってきた！」偕成社、【ニッポン放送賞】鶴見正夫〔著〕司修〔絵〕の「ぼくの良寛さん」理論社。

第9回（平15年）児童文学ファンタジー大賞　該当作なし、【佳作】朽木祥の「かはたれ」、【奨励賞】該当作なし。

第32回（平15年）児童文芸新人賞　北川チハルの「チコのまあにいちゃん」岩崎書店、松成真理子の「まいごのどんぐり」童心社。

第52回（平15年度）小学館児童出版文化賞　今泉吉晴の「シートン」福音館書店、上橋菜穂子の「神の守り人 来訪編・帰還編」偕成社、森絵都の「DIVE!! 1～4」講談社。

第14回（平15年）新・北陸児童文学賞　西山香子の「ゆっくりコーヒータイム」（「新潟児童文学」84号）。

第20回（平15年）「小さな童話」大賞　【大賞】幸田裕子の「お・ば・け」、【落合恵子賞】松森佳子の「風の歌」、【角野栄子賞】岡村かなの「ある夜、ある街で」、【俵万智賞】千桐英理の「おまめのおとうと」、【山本容子賞】藤島恵子の「シャモと追い羽根」、【佳作】ありす実花の「月の缶詰」、和泉真紀の「本屋に降りた天使」、佐藤万珠の「せせり」、とざわゆりこの「皿のはしっこ」、葉喰たみ子の「ひらひら」、【奨励賞】久保田さちこの「天神様の家庭教師」、原田乃梨の「さかな月夜」。

第6回（平15年度）ちゅうでん児童文学賞　【大賞】安藤由希の「キス」、【優秀賞】該当作品なし。

第2回（平15年）長編児童文学新人賞　【入選】福田隆浩の「私のお気に入りの場所」、【佳作】安田夏奈の「みかん」、小宮山智子の「朝顔の色」。

第19回（平15年度）坪田譲治文学賞　長谷川摂子の「人形の旅立ち」福音館書店。

第21回（平15年）新美南吉児童文学賞　唯野由美子の「ミックスジュース」小峰書店。

第15回（平15年）新美南吉童話賞　【最優秀賞（文部科学大臣奨励賞）】七海冨久子の「くまあります」、【一般の部】〈優秀賞（半田市長賞）〉中野由貴の「月とオーケストラ」、〈特別賞（中部電力株式会社賞）〉三原道子の「びしょぬれのライオン」、〈特別賞（ミツカン賞）〉季巳明代の「居酒屋『ひょうたん』」、〈特別賞（知多信用金庫賞）〉高畠ひろきの「あしたはなにいろ」、〈佳作〉吉村健二の「おしばいの出前します」、吉川知保の「おとぎや」、【中学生の部】〈優秀賞（社団法人半田青年会議所賞）〉山内真央の「おばあさんの染物屋さん」、〈特別賞（新美南吉顕彰会賞）〉野田拓弥の「魔法の黄色いグローブ」、〈佳作〉井上稚菜の「オゴルー箱」、下郷沙季の「すいか」、鈴木恵里加の「雪―SNOW―」、【小学生高学年の部】〈優秀賞（ごんぎつねの会賞）〉菊池俊匠の「おつきさまいなくなる」、〈佳作〉山崎明穂の「ペンちゃんとスケート」、水戸美優の「森のいちだいじ」、【小学生低学年の部】〈優秀賞（中日新聞社賞）〉和田夏実の「せんぷうきくん」、〈佳作〉原茉由の「にじの岩」。

第20回（平15年）ニッサン童話と絵本のグランプリ　童話は、該当作なし、優秀賞1席は、

福島聡の「はいけい、たべちゃうぞ」、【絵本】成田聡子の「かかしごん」。

第8回（平15年）日本絵本賞　【大賞】塩野米松〔文〕村上康成〔絵〕の「なつのいけ」ひかりのくに、【日本絵本賞】宮本忠夫〔文・絵〕の「さらば、ゆきひめ」童心社、大西暢夫〔写真・文〕の「おばあちゃんは木になった」ポプラ社、【翻訳絵本賞】ジャニス・レヴィ〔作〕クリス・モンロー〔絵〕もん〔訳〕の「パパのカノジョは」岩崎書店、【読者賞】さとうけいこ〔さく〕さわだとしき〔え〕の「てではなそうきらきら」小学館。

第27回（平15年）日本児童文学学会賞　井辻朱美の「ファンタジーの魔法空間」岩波書店、【特別賞】鳥越信「はじめて学ぶ日本の絵本史Ⅰ、Ⅱ、Ⅲ」（ミネルヴァ書房）の企画・編集にたいして、スーザン・J.ネイピア〔著〕神山京子〔訳〕の「現代日本のアニメ『AKIRA』から『千と千尋の神隠し』まで」中央公論新社、【奨励賞】該当作なし。

第6回（平15年）「日本児童文学」作品奨励賞　【作品奨励賞】里吉美穂の「背泳」〈詩〉、もりきよしおの「西瓜」〈詩〉。

第43回（平15年）日本児童文学者協会賞　岡田なおこの「ひなこちゃんと歩く道」童心社、中川なをみの「水底の棺」くもん出版。

第36回（平15年）日本児童文学者協会新人賞　今西乃子の「ドッグ・シェルター ―犬と少年たちの再出航―」金の星社、李慶子の「バイバイ。」アートン。

第1回（平15年）日本児童文学評論新人賞　【入選】相川美恵子の「『うすらでかぶつ』にみる読みの開き方――一九七〇年代の入口をふりかえる」、【佳作】藤本恵の「錯綜する物語―薫くみ子『十二歳の合い言葉』の魅力」。

第27回（平15年）日本児童文芸家協会賞　広瀬寿子の「まぼろしの忍者」小峰書店、【特別賞】エムナマエ。

第11回（平15年）〔日本児童文芸家協会〕創作コンクール　【童謡・少年詩部門】〈優秀賞〉永井群子の「また あした」、間部香代の「せんかんやまと」、【佳作】あかしけいこの「秋」、きむらよしえの「ぽか」、よぎすがこの「だいじょうぶさぁ」、谷口和彦の「引っ越しました」、【幼年部門】〈優秀賞〉該当作なし、【佳作】赤木きよみの「ぼく、おばあちゃんに なりたいねん」、岩崎まさえの「となりんちの風鈴」、さとうあゆみの「ぼくのできること」、吉井ちなみの「ひまわりとチョコレート」、【中学年部門】〈優秀賞〉該当作なし、【佳作】麻生かづこの「おばけスカウト」、田部智子の「しかめっつらの目医者さん」、深田幸太郎の「遊星チャンネル」、高森美和子の「ライオン・ビーンズ」、【高学年部門】優秀賞 文部科学大臣奨励賞受賞作品は、山中真秀の「ピイカン」、浅田宗一郎の「さるすべりランナーズ」、【佳作】うたしろの「歯」、【ノンフィクション部門】〈優秀賞〉該当作なし、【佳作】青木雅子の「乙女の灯台」。

第15回（平15年）日本動物児童文学賞　【大賞】野原なつみの「ネコぎらいおばさんとおしゃべりなネコ」、【優秀賞】高杜利樹の「サッちゃんとアータン」、上村貞子の「ごめんね、ポチ」、【奨励賞】別司芳子の「幸せのミノガメ」、叶昌彦の「チビと健太」、田端智子の「となりのダイゴロウ」、谷門展法の「希望の光は、ある」、中野治男の「おじいさんの愛犬」。

第41回（平15年）野間児童文芸賞　いとうひろしの「おさるのもり」講談社。

第14回（平15年）ひろすけ童話賞　阿部夏丸の「オタマジャクシのうんどうかい」講談社。

第20回（平15年）福島正実記念SF童話賞　ながたみかこの「宇宙ダコ ミシェール」。

第9回（平15年）椋鳩十記念 伊那谷童話大賞　【大賞】福明子の「やんも―光る命の物語

一」、【準大賞】こうほなみの「あしたは旅立つ、やれ忙しや」、【特別賞】松森佳子の「太陽のかけら」、【熊谷元一賞】河合真平の「お紺と守の助」。
第13回（平15年）椋鳩十児童文学賞　佐川芳枝の「寿司屋の小太郎」ポプラ社。
第15回（平15年）琉球新報児童文学賞　【短編小説】興那覇直美の「お星さまのひみつ」、【創作昔ばなし】黒島毅の「にこにこ王国とぷりぷり王国」。

2004年
（平成16年）

1.22～31　〔童謡・紙芝居・人形劇〕「紙芝居・むかしといま」開催　1月22日～31日、山梨大学附属図書館の主催による「紙芝居・むかしといま」が開催された。久保雅勇らが出席。群馬県立土屋文明記念文学館所蔵の街頭紙芝居「鞍馬天狗」が、初めて館外に貸出された。

2月　〔刊行・発表〕『ライオンボーイ』刊行開始　2月、ジズー・コダー著『ライオンボーイ』3部作の第1弾『消えた両親の謎』（PHP研究所）が刊行される。近未来のロンドンを舞台にしたファンタジー小説。

3月　〔刊行・発表〕童心社から戦争体験集　3月、童心社から『わたしたちのアジア・太平洋戦争』が刊行される。長期間の取材を元に、被害者だけでなく加害者からの視点でも編集された戦争体験集。

4.13　〔作家訃報〕佐藤一美が亡くなる　4月13日、児童文学作家の佐藤一美が亡くなる。68歳。本名、村木一美。鹿児島県生まれ。東京女子大学文理学部数理学科卒。三菱原子力工業勤務を経て、日本児童文学学校、ノンフィクション講座に学ぶ。平成2年「夢の地下鉄冒険列車」でデビュー。アイガモによる米作りブームの先駆けになった「アイガモ家族」など、現地調査・取材を重ねたノンフィクション作品で活躍した。他の作品に「シェパード犬カロー号」などがある。

4.23～5.12　〔児童文学一般〕第46回こどもの読書週間　4月23日から5月12日にかけて、「第46回こどもの読書週間」が実施される。

4月　〔刊行・発表〕「アシェット婦人画報社の絵本」創刊　4月、アシェット婦人画報社が「アシェット婦人画報社の絵本」を創刊する。同社が有する世界37ヶ国のネットワークを活かし、日本未紹介の作品を刊行するもので、第1回配本はエリック・ピュイバレ作・絵『月と少年』、フロランス・グラジア作、イザベル・シャルリー絵『ワニのアリステール』の2点。

4月　〔刊行・発表〕『にいるぶっくす』創刊　4月、ソニー・マガジンズが初の絵本レーベル『にいるぶっくす』を創刊する。ラインナップはオリジナル絵本、翻訳絵本、知育・認識絵本など多岐にわたり、刊行ペースは毎月5点。

4～9月　〔刊行・発表〕『カロリーヌ プチ絵本』　4月から9月にかけて、ピエール・プロブスト作の幼児向け絵本『カロリーヌ プチ絵本』全12巻（BL出版）が刊行される。小さ

5.3～5　〔イベント関連〕「第5回上野の森親子フェスタ」　5月3日から5日にかけて、子どもの読書推進会議・出版文化産業振興財団共催により、「第5回上野の森親子フェスタ」が東京・上野公園において開催される。この年は絵本作家角野栄子らが講演を行う。

6月　〔刊行・発表〕『ごきげんいかが がちょうおくさん』刊行　6月、ミリアム・クラーク・ポター作、河本祥子絵による『ごきげんいかががちょうおくさん』が福音館書店から刊行される。訳は松岡享子。かわりもののがちょうおくさんがくりひろげるゆかいな騒動のおはなし。

7.25　〔イベント関連〕「子どもの本ブックフェア」　7月25日、トーハンの「子どもの本ブックフェア」が京都産業会館で開催される。この年は計4会場で開催され、累計来場者数は1207人。

7～11月　〔刊行・発表〕『てのひらむかしばなし』刊行　7月から11月にかけて、幼児向け絵本『てのひらむかしばなし』全10巻(岩波書店)が刊行される。日本昔話を題材に、長谷川摂子の語りを活かした文に、各巻ごとに異なる人気漫画家が絵をつけたもので、幼児の手に合わせた小サイズの絵本。

8.6　〔刊行・発表〕『子ども版 声に出して読みたい日本語』刊行開始　8月6日、斎藤孝作『子ども版 声に出して読みたい日本語』(草思社)の刊行が開始される。「斎藤メソッド」に基づいて作られた、楽しくて可愛い画期的な知育絵本シリーズで、第1回配本は『宮沢賢治』『俳句』『論語』の3点。

8.6　〔イベント関連〕「本と遊ぼう こどもワールド2004」　8月6日、日販の「本と遊ぼう こどもワールド2004」が名古屋市公会堂において開催される。来場者数は8586人。

8.10　〔読書感想文〕朝の読書1万7167校に　8月10日、「朝の読書推進運動」実施校が1万7167校に達したことが明らかになる。

8.23　〔読み聞かせ活動〕「全国訪問おはなし隊」5周年　8月23日、講談社の「本とあそぼう 全国訪問おはなし隊」活動開始5年・全国縦断5555会場達成記念イベントが群馬県安中市の後閑小学校において開催される。

8.30　〔作家訃報〕三浦清史が亡くなる　8月30日、児童文学作家の三浦清史が亡くなる。74歳。本名、三浦清。別名、おきたかし。北海道旭川市生まれ。国学院大学卒。児童文学、小説、伝記、随筆、音楽評論と多分野にわたって執筆。萌芽会を主宰。著書は「地球ミステリー探検」「ディズニー」「チャップリン」「国連極秘スクランブル計画」「落ちこぼれの偉人たち」「ショッキング二十世紀」「谷へ落ちたライオン」「幼稚園にきた宇宙人」、小説「宇宙戦艦ヤマト」「わが青春のアルカディア」など多数。

9.1　〔刊行・発表〕『ハリー・ポッターと不死鳥の騎士団』刊行　9月1日、J.K.ローリング著ハリー・ポッターシリーズ第5巻『ハリー・ポッターと不死鳥の騎士団』が静山社から刊行される。初版部数は290万部で、出版界最多記録を更新。

9.3　〔作家訃報〕島田ばくが亡くなる　9月3日、児童文学作家・詩人の島田ばくが亡くなる。80歳。本名、島田守明。東京大森高小卒。東京・大森を舞台に詩や童話を発表。著書に「日溜り中に」「なぎさの天使」「父の音」「リボンの小箱」など。平成7年に児童文化功労賞(第34回)を受賞。

9月	〔刊行・発表〕「しつけ絵本シリーズ」刊行開始	9月、本間正樹作「しつけ絵本シリーズ」全10巻(佼成出版社)の刊行が開始される。第1回配本は『あいたいきもち』『かみなりコゴロウ』『こぎつねキッコ』『ひとりじめ』の4点。
9月	〔刊行・発表〕『おでんおんせんにいく』刊行	9月、中川ひろたか作、長谷川義史絵による『おでんおんせんにいく』が佼成出版社から刊行。おでん親子が温泉に行く様子がユーモラスに描かれる。
9月	〔刊行・発表〕『シンドバッドの冒険』刊行	9月、斉藤洋によるアラビアン・ナイト『シンドバッドの冒険』が偕成社より刊行される。
10月	〔刊行・発表〕「中山千夏の絵本」刊行開始	10月、中山千夏作「中山千夏の絵本」シリーズ(自由国民社)の刊行が開始される。第1回配本は長谷川義史絵『となりのイカン』、ささめやゆき絵『いきている』、山下勇三絵『へんなの』の3点。
10月	〔刊行・発表〕『ぼくとチマチマ』刊行	10月、荒井良二による『ぼくとチマチマ』『バスにのって』が、学習研究社から学研おはなし絵本として刊行された。
10月~12月	〔刊行・発表〕『ビジュアルブック』シリーズ刊行	10月から12月にかけて、新日本出版社より『ビジュアルブック 語り伝えるヒロシマ・ナガサキ』が刊行される。戦後・被爆60年の記念出版で、戦争と平和をテーマとしたシリーズ企画。その後、『語り伝える沖縄』『語り伝える空襲』『語り伝える東京大空襲』などシリーズ化された。
11月	〔刊行・発表〕「ドラゴン・スレイヤー・アカデミー」刊行開始	11月、ケイト・マクミュラン作「ドラゴン・スレイヤー・アカデミー」シリーズ全10巻の第1巻『ドラゴンたいじ一年生』・第2巻『ママゴンのしかえし』(岩崎書店)が刊行される。小学生向けのファンタジー小説で、以後、隔月で2冊ずつ刊行。
11月	〔刊行・発表〕『ゴーレムの眼』刊行	11月、ジョナサン・ストラウド著「バーティミアス」シリーズ第2巻『ゴーレムの眼』(理論社)が刊行される。イギリスで人気のファンタジー小説。
12.17	〔ベストセラー・話題本〕「ダレン・シャン」シリーズ完結	12月17日、「ダレン・シャン」シリーズ完結巻(第12巻)『運命の息子』(小学館)が刊行。累計420万部を突破した人気ファンタジー小説。
12.21	〔作家訃報〕今西祐行が亡くなる	12月21日、児童文学作家で日本近代文学館元評議員の今西祐行が亡くなる。81歳。大阪府中河内郡縄手村(東大阪市六万寺町)生まれ。早稲田大学文学部仏文科卒。早稲田高等学院在学中の昭和17年早大童話会に入会、坪田譲治や岡本良雄らの知遇を得、機関誌『童話会』に処女作「ハコちゃん」を発表。早大進学後、学徒出陣。20年8月被爆直後の広島で兵士として救護活動に従事。戦後復学し、22年卒業後、出版社に勤務。31年「ゆみこのりす」で児童文学者協会新人賞受賞。34年より創作活動に専念。童話雑誌「びわの実学校」編集同人。広島での救護活動経験が創作活動の最大のモチーフとなり、「あるハンノキの話」「ヒロシマのうた」「ゆみ子とつばめのおはか」などの作品が生まれた。41年には「肥後の石工」によりNHK児童文学賞、日本児童文学者協会賞、国際アンデルセン賞国内賞を受賞。また、44年より神奈川県藤野町で暮らし、62年からは同町に文化・教育活動の場・私立菅井農業小学校を開校、地域文化の向上・発展にも尽くした。他の作品に「一つの花」「浦上の旅人たち」「光と風と雲と樹と」「マタルペシュパ物

語」などの他、「今西祐行全集」(全15巻 偕成社)がある。平成3年に芸術選奨文部大臣賞、平成4年に紫綬褒章、11年に勲四等旭日小綬章受賞。

12月 〔刊行・発表〕「ランプの精」刊行開始　12月、P.B.カー著『ランプの精 イクナートンの冒険』(集英社)が刊行される。ファンタジー小説「ランプの精」3部作の第1作。

12月 〔ベストセラー・話題本〕「ズッコケ三人組」シリーズ完結　12月、那須正幹作「ズッコケ三人組」シリーズ第50巻『ズッコケ三人組の卒業式』(ポプラ社)が刊行された。1978年に第1巻『それいけズッコケ三人組』が刊行されたロングセラー・シリーズの完結巻で、累計部数は2100万部。

この年 〔児童文学一般〕こどもの本WAVE設立　この年、絵本作家である太田大八を中心に、こどもの本WAVEが設立された。「こどもの本好きな人たちみんなが手をつなぎ大きな波を起こそう」というスローガンのもと、東京を拠点に活動を行った。

この年 〔ベストセラー・話題本〕「ぐりとぐら」150刷　この年、児童書出版社の福音館書店が刊行した『ぐりとぐら』(こどものとも傑作選)が150刷となった。

この年 〔読書感想文〕第50回読書感想コン課題図書　この年(2004年度)の青少年読書感想文コンクールの課題図書。【小学校低学年】『しゅくだい』(宗正美子・原案、いもとようこ 文・絵)岩崎書店、『きつねのかみさま』(あまんきみこ・作、酒井駒子・絵)ポプラ社、『このはのおかね、つかえます』(茂市久美子・作、土田義晴・絵)佼成出版社。【小学校中学年】『ちびねこグルのぼうけん』(アン・ピートリ・さく、古川博巳黒沢優子・やく、大社玲子・え)福音館書店、『ずいとん先生と化けの玉』(那須正幹・文、長谷川義史・絵)童心社、『よみがえれ、えりもの森』(本木洋子・文、高田三郎・絵)新日本出版社。【小学校高学年】『すてねこタイガーと家出犬スポット』(リブ・フローデ・作、木村由利子・訳、かみやしん・絵)文研出版、『海で見つけたこと』(八束澄子・作、沢田としき・絵)講談社、『救出：日本・トルコ友情のドラマ』(木暮正夫・文、相澤るつ子・絵)アリス館。【中学校】『エドウィナからの手紙』(スーザン・ボナーズ・作、もきかずこ・訳、ナカムラユキ・画)金の星社、『モギ：ちいさな焼きもの師』(リンダ・スー・パーク・著、片岡しのぶ・訳)あすなろ書房、『食べ物と自然の秘密』(西谷大・著)小峰書店。【高等学校】『オレンジガール』(ヨースタイン・ゴルデル・著、猪苗代秀徳・訳)日本放送出版協会、『博士の愛した数式』(小川洋子・著)新潮社、『正伝野口英世』(北篤・著)毎日新聞社。

《この年の児童文学賞》

第35回(平16年度)JOMO童話賞　【一般の部】〈最優秀賞〉小林純奈の「三代目『へい、らっしゃい！』」、〈優秀賞〉高野美紀の「夜桜のいたずら」、市川勝芳の「山彦のがっこう」、【児童の部】〈最優秀賞〉小嶋智紗の「少年とかしの木」、〈優秀賞〉小牧悠里の「ぼくのへのへのもへじ」、木村明衣の「お天気の種」。

第8回(平16年)愛と夢の童話コンテスト　グランプリは、該当作なし、【審査委員長特別選賞】該当作なし、【優秀賞】斉藤理恵の「せみの空」、横手恵子の「ケーキ屋、大介さんのクリスマス」、星野富士男の「炎とほおむら」、【奨励賞】青木慧の「心のメガネ」、成沢優香の「リターン」、河月裕美の「大きい赤ちゃん小さい赤ちゃん」、風戸清恵の「手のひらの勲章」、工藤綾の「大人ゲーム」、信原和夫の「笙」、岩井みのりの「蟬のぬけがら」、小西ときこの「最終バスの客」、山下寿朗の「はらぺこポスト」、中塩浩光の「木こりの伝助」。

第34回（平16年）赤い鳥文学賞　長谷川摂子の「人形の旅立ち」福音館書店。
第19回（平16年度）家の光童話賞　【家の光童話賞】原さき子の「大きくて、ちっちゃくて、やわらかくて、かたくて、あまくて、ちょっとしょっぱい、よもぎもち」、【優秀賞】鷹木梢の「たくあんがっそうきょく」、吉川真知子の「でてこい、くしゃみ」、雲居たかこの「畑のいす」、永崎みさとの「あなたも一度おりてみて」。
第39回（平16年度）エクソンモービル児童文化賞　越部信義。
第13回（平16年）小川未明文学賞　【大賞】中山聖子の「夏への帰り道」、【優秀賞】山本ひろしの「君だけの物語」、小松原宏子の「ぼくの朝」。
第3回（平16年）角川ビーンズ小説大賞　【優秀賞】栗原ちひろの「即興オペラ・世界旅行者」、月本ナシオの「花に降る千の翼」、【奨励賞＆読者賞】村田栞の「魂の捜索人（ゼーレ・ズーヒア）」。
第2回（平16年）北日本児童文学賞　【最優秀賞】野澤恵美の「天の川をこえて」、【優秀賞】富須田葉呂比の「夏休みと弟と子犬」、坂本幹太の「虹の向こう」。
第14回（平16年）けんぶち絵本の里大賞　【絵本の里大賞】内田麟太郎〔文〕長谷川義史〔絵〕の「かあちゃんかいじゅう」ひかりのくに、【びばからす賞】田村みえ〔文・絵〕の「げんきですか？」学習研究社、どうまえあやこ〔文〕いしぐろのりこ〔絵〕の「三本足のロッキー」碧天舎、田村みえ〔文・絵〕の「あしたも晴れるよ」学習研究社、宮西達也〔文・絵〕の「パパはウルトラセブン みんなのおうち」学習研究社、ルイス・トロンダイム〔文・絵〕の「Mister O（ミスター・オー）」講談社。
第51回（平16年）産経児童出版文化賞　【大賞】ハッドン・マーク〔著〕小尾芙佐〔訳〕の「夜中に犬に起こった奇妙な事件」早川書房、【JR賞】プラット・リチャード〔文〕リデル・クリス〔絵〕長友恵子〔訳〕の「中世の城日誌」岩波書店、【美術賞】オルロフ・ウラジーミル〔原作〕田中潔〔訳〕オリシヴァング・ヴァレンチン〔絵〕の「ハリネズミと金貨」偕成社、【フジテレビ賞】香月日輪〔著〕の「妖怪アパートの幽雅な日常(1)」講談社、【ニッポン放送賞】菊永謙〔詩〕八島正明〔絵〕大井さちこ〔絵〕の「原っぱの虹」いしずえ。
第10回（平16年）児童文学ファンタジー大賞　該当作なし、【佳作】奥村敏明の「観音行」、【奨励賞】本城和子の「はざまの森」、藤江じゅんの「冬の龍」福音館書店。
第33回（平16年）児童文芸新人賞　糸永えつこの「はる なつ あき ふゆ もうひとつ」銀の鈴社、梨屋アリエの「ピアニッシシモ」講談社。
第53回（平16年度）小学館児童出版文化賞　神沢利子〔作〕G.D.パヴリーシン〔絵〕の「鹿よ おれの兄弟よ」福音館書店。
第15回（平16年）新・北陸児童文学賞　つちもととしえの「卵のカラ・はじけて」（「つのぶえ」159号）。
第22回（平16年度）「小さな童話」大賞　【大賞】奥原弘美の「スイカのすい子」、【落合恵子賞】藤田ちづるの「白」、【角野栄子賞】松井則子の「ワニをさがしに」、【俵万智賞】長江優子の「よっちゃん、かえして。」、【山本容子賞】豊川遼馬の「ぼくたちのありあなたんけん」、【佳作】飯田佐和子の「ぼくの家出」、井口純子の「クリスマスケーキ」、小川美篤の「セミが二度笑った夏の日」、平賀多恵の「兄弟タヌキの化け地蔵」、山崎明穂の「春のバレエと桜の木」、【奨励賞】長谷川礼奈の「掌にキリン」、吉村健二の「クイズに答えて南の島へ」。

第45回(平16年)千葉児童文学賞　藤島勇生の「三代目」。

第7回(平16年度)ちゅうでん児童文学賞　【大賞】該当作品なし、【優秀賞】網代雅代の「声」、【奨励賞】御田祐美子の「天使のはしご」。

第20回(平16年度)坪田譲治文学賞　那須田淳の「ペーターという名のオオカミ」小峰書店。

第22回(平16年)新美南吉児童文学賞　小森香折の「ニコルの塔」BL出版。

第16回(平16年)新美南吉童話賞　【最優秀賞(文部科学大臣奨励賞)】松永あやみの「ママからのプレゼント」、【一般の部】〈優秀賞(半田市長賞)〉桜木夢の「おじいさんのこうもり傘」、〈特別賞(中部電力株式会社賞)〉平澤めぐみの「花束になった木」、〈特別賞(ミツカン賞)〉森本多恵子の「やぎがかえってきた」、〈特別賞(知多信用金庫賞)〉菊池紀子の「狐雪(こゆき)」、〈佳作〉南島栄の「四歳のプライド」、船越のりの「ありと豆の木」、宇野光範の「根あがり樫」、【中学生の部】〈優秀賞(社団法人半田青年会議所賞)〉井上稚菜の「おべんとう」、〈特別賞(新美南吉顕彰会賞)〉榊間涼子の「雨」、〈佳作〉毛受琢登の「竜に出会った子供たち」、竹内芙美の「口笛とヘビ」、【小学生高学年の部】〈優秀賞(ごんぎつねの会賞)〉外山愛美の「不思議な歌」、〈佳作〉榊原未帆の「虹色のスカート」、大石佳奈の「夢の小びん」、【小学生低学年の部】〈優秀賞(中日新聞社賞)〉森優希の「がんばれ！　トマトン」、〈佳作〉家田江梨の「夏の帰り道」。

第21回(平16年度)ニッサン童話と絵本のグランプリ　【童話の部】山下奈美の「7ページ目 ないしょだよ」、【絵本の部】丸岡慎一の「白い道」。

第9回(平16年)日本絵本賞　【大賞】高橋邦典〔写真・文〕の「ぼくの見た戦争：2003年イラク」ポプラ社、【日本絵本賞】越野民雄〔文〕高畠純〔絵〕の「オー・スッパ」講談社、ヤールブソワ・フランチェスカ〔絵〕ノルシュティン・ユーリー〔構成〕こじまひろこ〔訳〕の「きつねとうさぎ：ロシアの昔話」福音館書店、あまんきみこ〔作〕酒井駒子〔絵〕の「きつねのかみさま」ポプラ社、【読者賞(山田養蜂場賞)】なかがわちひろ〔作〕の「天使のかいかた」理論社。

第28回(平16年)日本児童文学学会賞　【学会賞】該当作なし、【奨励賞】米村みゆきの「宮沢賢治を創った男たち」青弓社、谷暎子の「占領下の児童書検閲 資料編—プランゲ文庫・児童読み物に探る」新読書社、【特別賞】加藤康子の「幕末・明治豆本集成」国書刊行会、四方田犬彦の「白土三平論」作品社。

第7回(平16年)「日本児童文学」作品奨励賞　塩島スズ子の「らーめん」。

第44回(平16年)日本児童文学者協会賞　伊藤遊の「ユウキ」福音館書店、【特別賞】砂田弘の「砂田弘評論集成」てらいんく。

第37回(平16年)日本児童文学者協会新人賞　村上しいこの「かめきちのおまかせ自由研究」岩崎書店、本間ちひろの「いいねこだった(詩集)」書肆楽々。

第28回(平16年)日本児童文芸家協会賞　井上こみちの「カンボジアに心の井戸を」学習研究社、こやま峰子の「しっぽのクレヨン」他・三部作〔朔社版〕、【協会賞特別賞】北村けんじ。

第16回(平16年)日本動物児童文学賞　【大賞】久原弘の「クロスにのって〜ウミガメ物語〜」、【優秀賞】柴田圭史郎の「国吉―我が家に天使がやってきた―」、見泰子の「ヒロトとガリガリ」、【奨励賞】渡辺昭子の「お花になった、のらちゃん」、宮崎貞夫の「あずみは馬とともだち」、小此木晶子の「Z」、堀江律子の「あっちゃんとすずめっ子」、

しがみねくみこの「名なしの猫ちゃん」。
第42回（平16年）野間児童文芸賞　上橋菜穂子の「狐笛のかなた」。
第15回（平16年）ひろすけ童話賞　ねじめ正一の「まいごのことり」佼成出版社。
第21回（平16年）福島正実記念SF童話賞　【大賞】山田陽美の「ゆうれいレンタル株式会社」、【佳作】ごとうあつこの「さかさませかい」、荒井寛子の「ぼくたちのカッコわりい夏」。
第10回（平16年）椋鳩十記念 伊那谷童話大賞　【大賞】原田康法の「ひまわりは咲いている」、【準大賞】なかやま聖子の「だいふくネコ」、熊谷元一賞】よだあきの「灰色の犬」。
第14回（平16年）椋鳩十児童文学賞　長谷川摂子の「人形の旅立ち」福音館書店。
第16回（平16年）琉球新報児童文学賞　創作昔ばなしは、該当者なし、【短編児童小説】富山陽子の「スイートメモリー」。

2005年
（平成17年）

1.8　〔作家訃報〕筒井敬介が亡くなる　1月8日、児童文学作家・劇作家の筒井敬介が亡くなる。87歳。本名、小西理夫。東京市（東京都）神田（千代田区）生まれ。慶応義塾大学経済学部〔昭和16年〕中退。学生時代から劇団東童文芸演出部員として活躍し、青麦座演劇研究所設立にも参加。戦後児童文学の創作に専念。傍ら、昭和23年NHK契約作家となり、「バス通り裏」などラジオ・テレビ脚本の制作にも携わった。「名付けてサクラ」で芸術祭賞奨励賞、「お姉さんといっしょ」でベネチア国際映画祭教育部門グランプリ、「婚約未定旅行」で芸術祭賞文部大臣奨励賞、「ゴリラの学校」「何にでもなれる時間」で斎田喬戯曲賞、「かちかち山のすぐそばで」で国際アンデルセン賞国内賞やサンケイ児童出版文化賞、「筒井敬介児童劇集」で巌谷小波文芸賞を受賞。昭和61年に紫綬褒章、平成4年に勲四等旭日小綬章を受章した。著書は他に「コルプス先生汽車へのる」「かちかち山のすぐそばで」「じんじろべえ」などがある。

1.22　〔児童文学一般〕星の王子さま、翻訳出版権消失　1月22日、岩波書店が保有していたサン・テグジュペリ著『星の王子さま』の翻訳出版権が消失。これを受けて、宝島社（倉橋由美子訳）・集英社（池澤夏樹訳）・論創社・中央公論新社・みすず書房・八坂書房・コアマガジンなど、各社から新訳本が相次いで刊行される。

1月　〔刊行・発表〕『ハッピーノート』刊行　1月、草野たきによる『ハッピーノート』が福音館書店より刊行される。

3.28　〔刊行・発表〕『ルーンロード』シリーズ　3月28日、デイヴィッド・ファーランド著『大地の王の再来 ルーンロード1』上下巻（角川書店）が刊行される。アメリカで600万部を記録したファンタジー小説。

4.23　〔児童文学一般〕「子どもの読書活動推進フォーラム」　4月23日、文部科学省主催による子ども読書の日記念「子どもの読書活動推進フォーラム」が国立オリンピック記念青少年総合センターにおいて開催される。

4月	〔刊行・発表〕『絵本 アンネ・フランク』刊行	4月、ジョゼフィーン・プールによる『絵本 アンネ・フランク』があすなろ書房より刊行。「アンネの日記」が書かれた背景などを描いた伝記絵本。
4月	〔刊行・発表〕ロアルド・ダールコレクション	4月、評論社からロアルド・ダール作「ロアルド・ダールコレクション」Part1が刊行された。クェンティン・ブレイク絵による『チョコレート工場の秘密』など全10巻のシリーズ。
5.3~5	〔イベント関連〕「第6回上野の森親子フェスタ」	5月3日から5日にかけて、子どもの読書推進会議・出版文化産業振興財団共催により、「第5回上野の森親子フェスタ」が東京・上野公園において開催される。読者謝恩価格本フェア「チャリティ・ブック・フェスティバル」の売上は例年の1.5倍、過去最高となる2400万円。また、この年は絵本作家石津ちひろらが講演を行う。
5月	〔刊行・発表〕『おともださにナリマ小』刊行	5月、たかどのほうこ作、にしむらあつこ絵による『おともださにナリマ小』がフレーベル館から刊行される。
6.25	〔作家訃報〕長新太が亡くなる	6月25日、絵本作家・漫画家の長新太が亡くなる。77歳。本名、東京都大田区生まれ。蒲田工卒。映画の看板描きの仕事を手伝いながら漫画を描きはじめ、昭和22年「東京日日新聞」漫画コンクールで1等に入選。23年同社の嘱託となり、同紙に「ロング・スカート」を連載。筆名は編集部が勝手に付けたもので、「ロング・スカート」のロング「長」、新人の「新」、太く大きく成長せよとの意の「太」にちなむ。25年児童書「新聞ができるまで」(文・竹田貞夫)のイラストを初めて担当。30年独立。絵本作家の堀内誠一との出会いから、33年初の絵本「がんばれさるのさらんくん」(文・中川正文)を手がけ、34年2作目となる「おしゃべりなたまごやき」(文・寺村輝夫)により文芸春秋漫画賞を受賞。48年には同作の改訂版で国際アンデルセン賞国内賞を得た他、52年「はるですよ ふくろうおばさん」で講談社出版文化賞絵本賞、平成11年「ゴムあたまポンたろう」で日本絵本賞を受けるなど、受賞多数。この間、独立漫画派や年東京イラストレーターズクラブなどに参加。素朴でユーモラスな描線を持ち味に、ナンセンスを基調とした大胆で自由な発想の作品を描いて絵本の世界に衝撃を与え、幅広いファンに親しまれた。絵本や漫画、イラストレーション以外にエッセイも手がけ、生涯に400冊にのぼる著作を残した。他の作品に絵本「ぼくのくれよん」「ちへいせんのみえるところ」「キャベツくん」「おなら」「ごろごろ にゃーん」「つきよのかいじゅう」「ムニャムニャゆきのバス」、〈なんじゃもんじゃ博士〉シリーズ、エッセイ集に「海のビー玉」「ユーモアの発見」などがある。平成6年には紫綬褒章を受章した。
6月	〔刊行・発表〕『すきまのおともだちたち』刊行	6月、江國香織著『すきまのおともだちたち』が白泉社より刊行された。
6月	〔刊行・発表〕『クロニクル 千古の闇』シリーズ刊行開始	6月、ミシェル・ペイヴァー作『オオカミ族の少年』(評論社)が刊行され、好調な売れ行きを示す。2006年6月映画公開が決定したファンタジー小説『クロニクル 千古の闇』全6巻の第1巻。後に映画化が白紙撤回される。
7.7~10	〔イベント関連〕「東京国際ブックフェア」	7月7日から10日にかけて、「東京国際ブックフェア」が東京ビッグサイトにおいて開催され、児童書の展示即売が実施される。また、2004年12月26日に発生したスマトラ島沖地震で被災した子ども達を支

援するため、「スマトラ子ども支援チャリティ・原画販売」が企画され、画家69人が提供した原画114点を販売。売上と募金の計58万5921円が日本国際児童図書評議会を通じて寄付される。

7.16 〔作家訃報〕中川健蔵が亡くなる　7月16日、児童文学作家・翻訳家の中川健蔵が亡くなる。76歳。筆名、中川雅裕。大阪府大阪市生まれ。奈良県大和高田市同志社大学文学部英文科卒。福音館書店在職中に庄野英二の勧めにより児童文学を書き始める。昭和34年こどものとも社を創業。45年有限に改組。55年頃から絵本の翻訳も手がけた。翻訳同人誌「メリーゴーラウンド」主宰。主な著書に「てんまのとらやん」「日本アラビアンナイト」、訳書にモーリス・センダック「7ひきのいたずらかいじゅう」、デニーズ・トレッソ「うさぎのくに」など。

7.24～26 〔イベント関連〕「子どもの本ブックフェア」開催　7月24日から26日にかけて、トーハンの「子どもの本ブックフェア」が京都市の京都勧業会館において開催される。来場者数は5208人。7月29日から31日にかけては岡山市のコンアベックス岡山において開催される。来場者数は5619人。

7.30～8.8 〔イベント関連〕「本とあそぼう子供ワールド」　7月30日から8月8日にかけて、日販の「本と遊ぼう子供ワールド 優良児童図書展示会」が山形市のナナ・ビーンズおよび鹿児島県において開催される。

8.10 〔学習関連〕朝の読書2万校突破　8月10日、「朝の読書推進運動」実施校が2万0005校、実施率51％に達したことが明らかになる。トーハンが事務局的な役割を担い、本格的実施開始から約10年が経つ運動で、授業開始10分前に生徒らが持ってきた本を自由に読むというもの。子供の読書離れが問題視されるようになって久しく、学校図書館の蔵書数が文科省の定める基準を大きく下回る状況下での快挙達成で、今後の読書推進運動に大きな可能性を示す。

8月 〔刊行・発表〕『くっついた』刊行　8月、イラストレーターの三浦太郎による『くっついた』が、こぐま社から刊行された。

8月 〔刊行・発表〕『しずくちゃん5 がっこうはたのしいな』刊行　8月、ぎぼりつこ作の幼児向けキャラクター絵本『しずくちゃん5 がっこうはたのしいな』（岩崎書店）が刊行される。同巻も売れ行きは好調で、シリーズ累計160万部を突破。

8月 〔刊行・発表〕『綱渡りの男』刊行　8月、モーディカイ・ガースティンによる『綱渡りの男』が小峰書店より刊行。2棟ある世界貿易センタービル間に渡した綱の上を、地上400mの高さで綱渡りをした男の実話。2004年コールデコット賞受賞作品。

9月 〔イベント関連〕ルーシー・カズンズ来日　9月、偕成社や岩崎書店などから刊行されている人気絵本「メイシーちゃん」シリーズの著者ルーシー・カズンズが来日し、各地の書店でサイン会などが開催される。

10.1 〔児童文学一般〕図書カードに一本化　10月1日、全国共通図書券の発行が終了し、全国共通図書カードに一本化される。図書券は1960年12月に図書・雑誌の販売促進を目的に日本図書普及株式会社により発行が開始され、1990年12月には図書カード発行が開始されていた。

10.8 〔作家訃報〕早船ちよが亡くなる　10月8日、小説家・児童文学作家・児童文化運動

家で美作女子大学元教授の早船ちよが亡くなる。91歳。岐阜県吉城郡古川町（飛騨市）生まれ。岐阜県高山市高山女子小学校高等科卒。高等科時代「綴方読本」に毎月、詩、作文を投稿。学校卒業後、小学校準教員検定試験に合格。飛騨毎日新聞社社員、看護婦見習、東洋レーヨン、片倉製糸など製糸工場勤務を経験。昭和8年上京、9年井野川潔と結婚。16年文学同人誌「山脈」（現・「新作家」）を創刊。戦時中、夫の郷里・埼玉県川口市戸塚に疎開、戦後は浦和に住む。37年"児童文化の会"を創立し、代表、「新児童文化」（のち「子ども世界」）を創刊（245号で休刊）。同年「ポンのヒッチハイク」でサンケイ児童出版文化賞を受賞。「母と子」に連載した、川口市を舞台に鋳物職人の娘・ジュンの成長を描いた「キューポラのある街」（6部作）は日本児童文学者協会賞を受賞し、吉永小百合がジュンを演じた映画も評判を呼んだ。昭和37年には厚生大臣賞を受賞。他の作品に「ちさ・女の歴史」「トーキョー夢の島」「いのち生まれる時」「世界の民話」（6部作）「早船ちよ幼年童話集」（全10巻）などがある。岐阜県飛騨市に早船ちよ館がある。

10.8 〔イベント関連〕「第3回子どもの本まつりinとうきょう」 10月8日、「第3回子どもの本まつりinとうきょう」が東京・上野公園において開催される。

10.11 〔作家訃報〕小池タミ子が亡くなる 10月11日、児童文学作家・放送作家の小池タミ子が亡くなる。77歳。本名、冨田タミ子。東京都生まれ。東京都教員養成所〔昭和19年〕修了。東京都の小学校教師のかたわら演劇教育の研究をつづけ、その後作家活動に入り、児童劇脚本、童話、童謡などを書く。昭和30年ごろからNHKテレビ・ラジオの児童・婦人・教育番組に執筆。また41～43年テレビ朝日の劇遊び「なにになろうか」を構成。主な著書に「童話劇20選」で日本児童演劇協会賞、「東書児童劇シリーズ・民話劇集」でサンケイ児童出版文化賞を受賞。平成5年にO夫人児童演劇賞を受賞した。ほかにも「幼児の劇あそび」、童話劇集「きつねはひとりでおにごっこ」「地獄のあばれん坊」、絵本「きみほんとのわにかい」「おばけユーラ」などを発表。

10月 〔刊行・発表〕ポプラポケット文庫創刊 10月、ポプラ社から『ポプラポケット文庫』が創刊される。

11月 〔刊行・発表〕『ぐらぐらの歯』刊行 11月、ドロシー・エドワーズ作、酒井駒子絵による『ぐらぐらの歯』が福音館書店より刊行。訳は渡辺茂男。おてんばな妹が引き起こす騒動が姉の目線でユーモラスに綴られている。

12.20 〔刊行・発表〕『チャレンジミッケ！』刊行開始 12月20日、ウォルター・ウィック作のかくれんぼ絵本『チャレンジミッケ！ 1 おもちゃばこ』（小学館）が刊行される。

この年 〔刊行・発表〕「こどものとも」50周年 この年、福音館書店から刊行の月刊絵本「こどものとも」が、50周年を迎えた。『月刊絵本「こどものとも」50周年の歩み おじいさんがかぶをうえました』が出版された。

この年 〔刊行・発表〕ファンタジー小説の翻訳相次ぐ この年、『フェアリー・レルム』全10巻（童心社）、『アモス・ダラゴン』全12巻（竹書房）、『ドラゴンラージャ』全12巻（岩崎書店）、『いたずら魔女のノシーとマーム』シリーズ全6巻（小峰書店）など、海外ファンタジー小説の翻訳刊行が相次ぎ、数年来のブームとなっていたファンタジーが一大ジャンルとして定着したことを印象づける。

この年 〔ベストセラー・話題本〕「うさこちゃん」生誕50年 この年、オランダ人作家

2005年（平成17年）　　　　　　　　　　　　　　　　　　　　日本児童文学史事典

ディック・ブルーナの絵本の主人公「うさこちゃん（原語版ではナインチェ・プラウス、講談社版ではミッフィー）」生誕50年を記念し、福音館書店が12年ぶりの翻訳の新刊を刊行する。1冊は世界同時発売された『うさこちゃんのおたんじょうびプレゼント50』で、大型絵本と双六や五目並べなど50種類のゲームがセットになったもの。もう1冊は『うさこちゃんとあかちゃんセット』。

この年　〔ベストセラー・話題本〕「ナルニア国物語」増刷　この年、映画「ナルニア国物語 第1章 ライオンと魔女」が2006年3月に日本で公開されることが決定し、C.S.ルイス著の原作小説も好調な売れ行きを示す。発行元の岩波書店では「岩波少年文庫」などの既刊本を増刷したほか、『カラー版 ナルニア国物語』全7巻を新たに刊行し、全巻購読者プレゼントなどの映画化記念キャンペーンを展開。

この年　〔ベストセラー・話題本〕『子ぎつねヘレンがのこしたもの』15万部突破　この年、2006年3月公開の映画「子ぎつねヘレン」の原作、竹田津実著『子ぎつねヘレンがのこしたもの』（偕成社 1999年5月刊行 ハードカバー版）が15万部を突破。9月、『偕成社文庫』版が緊急出版される。

この年　〔ベストセラー・話題本〕アンデルセン生誕200年　この年、ハンス・クリスチャン・アンデルセンの生誕200年。これを記念し、2004年12月から05年4月にかけて評論社が『あなたの知らないアンデルセン』全4巻を刊行。中でもデンマーク語からの新訳『影』が異色作として話題になる。

この年　〔ベストセラー・話題本，イベント関連〕『にじいろのさかな』100万部に　この年、マーカス・フィスター作『にじいろのさかな』シリーズ（講談社）が日本語版刊行10周年を迎えるとともに、累計100万部を突破。これを記念して絵本原画展が開催される。

この年　〔読書感想文〕第51回読書感想コン課題図書　この年（2005年度）の青少年読書感想文コンクールの課題図書。【小学校低学年】『ないた』（中川ひろたか・作、長新太・絵）金の星社、『バスをおりたら・・・』（小泉るみ子・作・絵）ポプラ社、『ひ・み・つ』（たばたせいいち・〔著〕）童心社、『アリからみると』（桑原隆一・文、栗林慧・写真）福音館書店。【小学校中学年】『かげまる』（矢部美智代・作、狩野富貴子・絵）毎日新聞社、『いえでででんしゃはこしょうちゅう？』（あさのあつこ・作、佐藤真紀子・絵）新日本出版社、『犬ぞりの少年』（J・R・ガーディナー・作、久米穣・訳、かみやしん・絵）文研出版、『スズメの大研究：人間にいちばん近い鳥のひみつ』（国松俊英・文、関口シュン・絵）PHP研究所。【小学校高学年】『歩きだす夏』（今井恭子・作、岡本順・絵）学習研究社、『空のてっぺん銀色の風』（ひろはたえりこ・作、せきねゆき・絵）小峰書店、『ぼくらはみんな生きている：都市動物観察記』（佐々木洋・文・写真）講談社、『アレクセイと泉のはなし』（本橋成一・写真と文）アリス館。【中学校】『秘密の道をぬけて』（ロニー・ショッター・著、千葉茂樹・訳）あすなろ書房、『魔の海に炎たつ：鬼が瀬物語』（岡崎ひでたか・作、小林豊・画）くもん出版、『甦れ、ブッポウソウ』（中村浩志・著）山と渓谷社。【高等学校】『村田エフェンディ滞土録』（梨木香歩・著）角川書店、『天国の五人』（ミッチ・アルボム・著、小田島則子小田島恒志・訳）日本放送出版協会、『アフガニスタンに住む彼女からあなたへ：望まれる国際協力の形』（山本敏晴・著）白水社。

《この年の児童文学賞》

　　第36回（平17年度）JOMO童話賞　【一般の部】〈最優秀賞〉小林純子の「イタズラばあ

— 220 —

さん」、〈優秀賞〉萩野谷みかの「扉をあけて」、本多あゆみの「りんご」、【児童の部】〈最優秀賞〉戸井公一朗の「大仏様の大阪旅行」、〈優秀賞〉野村真理の「雨のさんぽ」、重松朝妃の「ユウの一人部屋」。

第9回(平17年)愛と夢の童話コンテスト　【グランプリ】青木佐知子の「風になった機関車」、【審査委員長特別選賞】該当作なし、【優秀賞】金子隆の「聞く耳人形」、山本智美の「海を渡る風」、【奨励賞】京不羈の「柿の実ひとつ」、斉藤理恵の「れんげ畑のロボット」、山本智美の「扉の向こう」、豊福征子の「いたずらっ子バンザイ」、高野さやかの「ぐるぐる自転車」、グレアム明美の「海にさよなら」、後藤陽一(藍うえお)の「三途の川流し」、小柳美千世の「房すぐりの実」。

第35回(平17年)赤い鳥文学賞　李錦玉の詩集「いちど消えたものは」てらいんく。

第20回(平17年度)家の光童話賞　【家の光童話賞】堀米薫の「わらしべ布団の夜」、【優秀賞】山本成美の「みどり色のブー太」、みやざわともこの「月夜の満月堂」、季巳明代の「おじいさんとネコ」、馬場久恵の「森のおいしいレストラン」。

第40回(平17年度)エクソンモービル児童文化賞　松谷みよ子。

第14回(平17年)小川未明文学賞　【大賞】志津谷元子の「春への坂道」、【優秀賞】新村としこの「エレーナとオオカミ」、小川直美の「ご存知、あじさい園でございます」。

第4回(平17年)角川ビーンズ小説大賞　【優秀賞】和泉朱希の「二度目の太陽」、【奨励賞】薙野ゆいらの「神語りの茶会」、伊藤たつきの「アラバーナの海賊達」、【読者賞】清家未森の「身代わり伯爵の冒険」。

第3回(平17年)北日本児童文学賞　【最優秀賞】桃通ユイの「海を見る少年」、【優秀賞】うつぎみきこの「ブレンドファミリー」、なかいじゅんこの「まぼろしいけ」。

第15回(平17年)けんぶち絵本の里大賞　【絵本の里大賞】真珠まりこ〔文・絵〕の「もったいないばあさん」講談社、【びばからす賞】ひだのかな代〔文・絵〕の「ねこがさかなをすきになったわけ」新風舎、いとうえみこ〔文〕伊藤泰寛〔絵〕の「うちにあかちゃんがうまれるの」ポプラ社、いもとようこ〔文・絵〕の「つきのよるに」岩崎書店。

第27回(平17年)講談社絵本新人賞　かがくいひろしの「おもちのきもち」。

第46回(平17年)講談社児童文学新人賞　菅野雪虫の「天山の巫女ソニン(1)黄金の燕」、【佳作】まはら三桃の「カラフルな闇」。

第52回(平17年)産経児童出版文化賞　【大賞】小林克〔監修〕の「昔のくらしの道具事典」岩崎書店、【JR賞】フレンチ・ジャッキー〔作〕さくまゆみこ〔訳〕の「ヒットラーのむすめ」鈴木出版、【美術賞】ローゼン・マイケル〔作〕ブレイク・クェンティン〔絵〕谷川俊太郎〔訳〕の「悲しい本」あかね書房、【フジテレビ賞】沢田俊子〔文〕の「盲導犬不合格物語」学習研究社、【ニッポン放送賞】もとしたいづみ〔文〕あべ弘士〔絵〕の「どうぶつ ゆうびん」講談社。

第11回(平17年)児童文学ファンタジー大賞　該当作なし、【佳作】該当作なし、【奨励賞】田中彩子の「白線」。

第34回(平17年)児童文芸新人賞　浅田宗一郎の「さるすべりランナーズ」岩崎書店、童みどりの「月のかおり」らくだ出版。

第54回(平17年度)小学館児童出版文化賞　あさのあつこの「バッテリー」全6巻(教育画劇)。

第23回(平17年度)「小さな童話」大賞　【大賞】水沢いおりの「月とペンギン」、【落合恵子賞】里吉美穂の「手のひらの三角形」、【角野栄子賞】松岡春樹の「歯医者さんを待ちながら」、【俵万智賞】桜まどかの「ドンナとマルシロ」、【山本容子賞】ありす実花の「洗濯びより」、【佳作】大津孝子の「母ちゃん牛はまったくもう〜」、大原啓の「森の祭り」、大見真子の「長いねっこのその先は……」、川溝裕子の「マーブルケーキの味」、藤田ちづるの「春のカレンダー」、【奨励賞】おおぎやなぎちかの「エンペラーのしっぽ」、藤島恵子の「迎え豆、送り豆」。

第46回(平17年)千葉児童文学賞　奥原弘美の「無口な犬のハナコ」。

第8回(平17年度)ちゅうでん児童文学賞　【大賞】島田三郎の「照常寺のみどパン小僧」、【優秀賞】小林智代美の「鬼瓦は空に昇る」、若本恵二の「忍者ニンジン」、【奨励賞】永峰由梨の「プレパラートの夏」。

第21回(平17年度)坪田譲治文学賞　伊藤たかみの「ぎぶそん」ポプラ社。

第23回(平17年)新美南吉児童文学賞　やえがしなおこの「雪の林」ポプラ社。

第17回(平17年)新美南吉童話賞　【最優秀賞(文部科学大臣奨励賞)】山本成美の「万蔵山温泉へごしょうたい」、【一般の部】〈優秀賞(半田市長賞)〉近藤貴美代の「耕ちゃんとじいちゃんの風船」、〈特別賞(中部電力株式会社賞)〉小川美篤の「松の湯の妖怪たち」、〈特別賞(ミツカン賞)〉村上ときみの「がんこ者のそば屋」、〈特別賞(知多信用金庫賞)〉新田恵実子の「一パーセントフクロウ」、〈佳作〉木内恭子の「キッチンボード」、三野誠子の「まるまるの贈り物」、【中学生の部】〈優秀賞(社団法人半田青年会議所賞)〉水野由梨の「ひとりぼっちの子だぬき」、〈特別賞(新美南吉顕彰会賞)〉松田美穂の「座敷童子と遊んだ日」、〈佳作〉鈴木詩歩の「笑顔の旗」、都築舞の「トマトのちはれ」、【小学生高学年の部】〈優秀賞(ごんぎつねの会賞)〉近藤彩映の「木は見ていた。」、〈佳作〉治山桃子の「やさしいブランコ」、北田悠季の「金魚の金太の大冒険」、【小学生低学年の部】〈優秀賞(中日新聞社賞)〉高橋里佳の「まいごのたまちゃん」、〈佳作〉大見真子の「こうたのふしぎなぼうけん」。

第22回(平17年度)ニッサン童話と絵本のグランプリ　【童話の部】佐藤まどかの「大切な足ヒレ」、【絵本の部】千葉三奈子の「ハルとカミナリ」。

第10回(平17年)日本絵本賞　【大賞】中川ひろたか〔作〕長新太〔絵〕の「ないた」金の星社、【日本絵本賞】宮川ひろ〔作〕こみねゆら〔絵〕の「さくら子の誕生日」童心社、今江祥智〔文〕長谷川義史〔絵〕の「いろはにほへと」BL出版、【翻訳絵本賞】バンダー・ジー・ルース〔文〕インノチェンティ・ロベルト〔絵〕柳田邦男〔訳〕の「エリカ 奇跡のいのち」講談社、【読者賞(山田養蜂場賞)】ラム・ケイト〔文〕ジョンソン・エイドリアン〔絵〕石津ちひろ〔訳〕の「あらまっ！」小学館。

第29回(平17年)日本児童文学学会賞　【学会賞】該当作なし、【奨励賞】浅岡靖央の「児童文化とは何であったか」つなん出版、中野晴行の「マンガ産業論」筑摩書房、【特別賞】筒井清忠の「西條八十」中央公論新社〈中公叢書〉。

第8回(平17年)「日本児童文学」作品奨励賞　該当作なし。

第45回(平17年)日本児童文学者協会賞　さとうまきこの「4つの初めての物語」ポプラ社、【特別賞】那須正幹の「ズッコケ三人組」シリーズ(ポプラ社)。

第38回(平17年)日本児童文学者協会新人賞　新藤悦子の「青いチューリップ」講談社、齋木喜美子の「近代沖縄における児童文化・児童文学の研究」風間書房。

第2回（平17年）日本児童文学評論新人賞　【入選】目黒強の「マルチメディアという場所 ―中景なき時代における児童文学の模索―」、【佳作】内川朗子の「登校拒否を描いた児童文学の中の『学校へ行く道は迷い道』」、諸星典子の「ホログラフィとしての作品世界 ―梨木香歩『からくりからくさ』試論―」。

第29回（平17年）日本児童文芸家協会賞　越水利江子の「あした、出会った少年」ポプラ社。

第17回（平17年）日本動物児童文学賞　【大賞】中山小志摩の「ほろ」、【優秀賞】加藤英津子の「雑種犬のプライド」、三村愛の「ザリガニぼうやと子どもたち」、【奨励賞】小松勉の「ロック」、飯森美代子の「エサを探しに」、富士木花の「リタイア犬・ロミオ」、陸奥賢の「アカリとスワ」、馬場大三郎の「ナナと良太」。

第43回（平17年）野間児童文芸賞　吉橋通夫の「なまくら」。

第16回（平17年）ひろすけ童話賞　宮川ひろの「きょうはいい日だね」PHP研究所。

第22回（平17年）福島正実記念SF童話賞　【大賞】石井キヨシの「ぼくが地球をすくうのだ」、【佳作】麻生かづこの「地獄におちた!!」、さとうあゆみの「からかさおばけのぴょん太」、西村さとみの「あやかし姫の鏡」。

第15回（平17年）椋鳩十児童文学賞　やえがしなおこの「雪の林」ポプラ社。

第2回（平17年度）森林（もり）のまち童話大賞　【大賞】小川美篤の「森にきた転校生です、よろしく」、【審査員賞】〈西本鶏介賞〉宮澤朝子の「ちゃっかりタクシー」、〈立松和平賞〉甲斐博の「オリガのお茶会」、〈角野栄子賞〉鈴木文孝の「やまんびこ」、〈木暮正夫賞〉堀米薫の「姫神山のトシ」、〈清水真砂子賞〉河合真平の「時間かかりますがよろしいでしょうか」、【佳作】鈴木恵子の「神さまのしごと」、徳竹雅子の「山びこやっちゃん」、山本緑の「初めての遠足」、中崎千枝の「杉から生まれたきだくん」。

第17回（平17年）琉球新報児童文学賞　創作昔ばなしは、該当者なし、【短編児童小説】石垣貴子の「心の色」、糸数貴子の「中国からの絵ハガキ」。

2006年
（平成18年）

1月　〔刊行・発表〕『ホームランを打ったことのない君に』刊行　1月、長谷川集平による『ホームランを打ったことのない君に』が理論社より刊行。野球を通じて描かれる夢や心の交流を描く。

2.24　〔刊行・発表〕『ヒストリアン』刊行　2月24日、エリザベス・コストヴァ作『ヒストリアン』全2巻（NHK出版）が刊行される。吸血鬼ドラキュラの真実を追う歴史ミステリー小説で、アメリカで累計100万部を突破し、39ヶ国で出版された作品。

3.24　〔作家訃報〕菊地ただしが亡くなる　3月24日、児童文学作家で僧侶の菊地ただしが亡くなる。78歳。本名、菊地正。法名、大玄正道。東京都生まれ。立川専門学校経済科卒、東京都臨時教員養成所卒。小学校教師を経て、日本児童教育専門学校教師。傍ら、文芸同人誌「作家群」「文苑」「文化」に、小説・シナリオ・詩歌を発表。昭和

35年頃から児童文学の創作を始める。塚原健二郎、平塚武二らに師事し、多摩児童文学会「子どもの町」同人として作品を発表。51年に得度して臨済宗の禅僧となり、4年間の雲水修業で休筆していたが、57年復帰。日本児童文学者協会新人賞受賞の「母と子の川」のほか、代表作に「野火の夜明け」「美しき季節」「おしゃかさま」「ヒロシマの子守唄」「まいこはまいごじゃありません」など。

3月	〔刊行・発表〕『ヒギンスさんととけい』刊行	3月、パット・ハッチンスによる『ヒギンスさんととけい』がほるぷ出版から刊行される。
4.26	〔出版社関連〕ポプラ社がジャイブを買収	4月26日、ポプラ社が玩具メーカー「タカラ」の子会社で『カラフル文庫』や少年誌『月刊コミックラッシュ』などを発行するジャイブの全株式を取得し、子会社化する。
4月	〔刊行・発表〕『シルバーチャイルド』刊行開始	4月、クリフ・マニッシュ作『シルバーチャイルド1 ミロと6人の守り手』(理論社)が刊行される。特殊能力を授かった子ども達の闘いを描いた3部作の第1作。
4月	〔ベストセラー・話題本，イベント関連〕「あおむしとエリック・カールの世界」展	4月、エリック・カール作『はらぺこあおむし』日本語訳刊行30周年を記念し、偕成社が「あおむしとエリック・カールの世界」展を開催する。
5.17	〔刊行・発表〕『ハリー・ポッターと謎のプリンス』刊行	5月17日、J.K.ローリングによるハリー・ポッターシリーズ第6巻『ハリー・ポッターと謎のプリンス』(上下巻)が静山社から刊行される。初版部数は200万部。
5.21	〔作家訃報〕寺村輝夫が亡くなる	5月21日、児童文学作家の寺村輝夫が亡くなる。77歳。東京市(東京都)本郷区(文京区)生まれ。早稲田大学専門部政治経済科卒。旧制中学3年を修了した16歳の時に海軍予科練習生を志願。海軍航空隊に入り、終戦時には特攻隊員として出撃を待った。戦後、早大専門部に入り、早大童話会に所属して童話の道に入る。卒業後、出版社に勤める傍ら童話を書き、昭和36年処女出版の「ぼくは王さま」で毎日出版文化賞を受賞、童話作家の地位を築いた。独自の文体で読者の心をとらえ、日本の児童文学としては珍しいナンセンス・テールの分野を確立。44年文筆生活に入り、〈王さま〉シリーズをはじめとする幼年童話を中心に、旺盛な創作活動を展開した。絵本「おしゃべりなたまごやき」で国際アンデルセン賞優良賞を受賞。その後も「あいうえおうさま」で絵本にっぽん賞、「おおきなちいさいぞう」で講談社出版文化賞絵本賞を受賞。一方、47年より自宅を開放して"王さま文庫"を開設、57年からは童話雑誌「のん」を主宰・発行するなど、後進の育成にも努めた。また、文京保育専門学校講師を経て、保育科教授、のち文京女子大学人間学部(現・文京学院大学)教授。坪田譲治主宰「びわの実学校」編集同人。昭和59年には巌谷小波文芸賞、平成12年には児童文化功労者賞を受賞した。ナンセンス童話のほか、「アフリカのシュバイツァー」などのノンフィクション作品も書く。主な作品に「ぼくは王さま全集」(全10巻)「ちいさな王さまシリーズ」(全10巻)「かいぞくポケットシリーズ」「寺村輝夫のむかしばなし」(全15巻)、「寺村輝夫童話全集」(全20巻 ポプラ社)などがある。卵が大好きで、卵料理家を自認した。
5.22	〔刊行・発表〕『こども哲学シリーズ』刊行開始	5月22日、オスカー・ブルニフィエ文『こども哲学シリーズ』全7巻(朝日出版社)の刊行が開始される。日本語版の監修は重松清が担当。

5.24	〔刊行・発表〕『オオトリ国記伝』刊行開始	5月24日、リアン・ハーン作『オオトリ国記伝1 魔物の闇』(主婦の友社)が刊行される。欧米で大ヒットし、ピーターパン賞などの児童文学賞を受賞したサムライファンタジー。
5月	〔刊行・発表〕「みんなのうた絵本」刊行開始	5月、『NHKみんなのうた』45周年を記念したCD付き絵本『NHKみんなのうた絵本』シリーズ(童話屋)の刊行が開始される。第1回配本の収録曲は1巻(和田誠絵)が「誰も知らない」「4人目の王さま」、2巻(久里洋二絵)が「森の熊さん」「クラリネットをこわしちゃった」、3巻(月岡貞夫絵)が「北風小僧の寒太郎」「サラマンドラ」。
7月	〔刊行・発表〕『西のはての年代記』刊行開始	7月、『ゲド戦記』の著者アーシュラ・K.ル=グウィンの新作『西のはての年代記1 ギフト』(河出書房新社)が刊行される。「ギフト」と呼ばれる力を継いだ少年の葛藤と成長を描いたファンタジー3部作の第1巻。
8.31	〔イベント関連〕「子どもの本ブックフェア」	8月31日、トーハンの「子どもの本ブックフェア」が福岡・京都・岡山・熊本の4会場において開催される。累計来場者数は2万2508人。
8月	〔刊行・発表〕『あかりをけして』刊行	8月、アーサー・ガイサートによる『あかりをけして』がBL出版より刊行。
8月	〔刊行・発表〕『トモ、ぼくは元気です』刊行	8月、香坂直による『トモ、ぼくは元気です』が講談社より刊行される。夏休みを祖父母宅で過ごすことになった少年の成長を描く。
9.1	〔刊行・発表〕『ラビリンス』刊行	9月1日、ケイト・モス作『ラビリンス』上下巻(ソフトバンククリエイティブ)が刊行される。世界30ヶ国で出版された歴史ミステリー小説。
9.10	〔刊行・発表〕『霧のむこうのふしぎな町』新装版	9月、柏葉幸子による『霧のむこうのふしぎな町』が新装版となって講談社から刊行された。
9.16~18	〔イベント関連〕「第4回子どもの本まつりinとうきょう」	9月16日から18日にかけて、子供の読書推進会議・出版文化産業振興財団主催により「第4回子供の本まつりinとうきょう」が東京・上野公園において開催され、児童書の割引販売・セミナーなどが実施される。
9月	〔刊行・発表〕『うしろの正面』刊行	9月、小森香折・作、佐竹美保・絵による『うしろの正面』が岩崎書店より刊行される。
9月	〔刊行・発表〕『おへそのあな』刊行	9月、長谷川義史『おへそのあな』が、BL出版から刊行された。
9月	〔刊行・発表〕『びくびくビリー』刊行	9月、アンソニー・ブラウンによる『びくびくビリー』が評論社から刊行。訳は灰島かり。とてもしんぱい屋さんの少年は、ある日心配を引き受けてくれる人形をもらう。国際アンデルセン賞受賞作。
9~11月	〔刊行・発表〕『レインボーマジック』刊行	9月から11月にかけて、デイジー・メドウ作『レインボーマジック』(ゴマブックス)全7巻が刊行される。イギリスで700万部を突破したファンタジー作品で、主な対象は小学1年から3年生。

2006年(平成18年)

10.4 〔刊行・発表〕『エリオン国物語』刊行開始　10月4日、パトリック・カーマン作『エリオン国物語1 アレクサと秘密の扉』(アスペクト)が刊行される。12歳の少女の冒険と友情を描いたミステリー・ファンタジーで、全米で110万部を突破し、20ヶ国でベストセラーとなった作品。

10.15 〔刊行・発表〕『おでかけばいばいのほん』刊行　10月15日、はせがわせつこ文・やぎゅうげんいちろう絵『おでかけばいばいのほん』全3巻(福音館書店)が刊行される。日常の何気ない事柄をテーマに、リズミカルで心地よい言葉にユーモアたっぷりの絵を添えた内容で、画期的な赤ちゃん絵本として話題になる。

11.23 〔作家訃報〕灰谷健次郎が亡くなる　11月23日、児童文学作家の灰谷健次郎が亡くなる。72歳。兵庫県神戸市生まれ。大阪学芸大学(現・大阪教育大学)卒。神戸市に七人きょうだいの三男として生まれる。溶接工などをしながら定時制高校に通い、大阪学芸大学(現・大阪教育大学)に学ぶ。昭和31年卒業後は神戸市で小学校教師を務める一方、児童詩誌「きりん」の編集に携わり、詩や小説を書き始める。40年同誌に連載した「詩のコクバン」を「せんせいけらいになれ」として出版。47年退職して沖縄やアジアを放浪し、49年ゴミ焼却場の中の長屋に住みながらも希望を失わない子どもと若い女性教師の交流を描いた「兎の眼」を刊行し、日本児童文学者協会新人賞を受賞。同作は児童文学として書かれながら広く大人の読者も獲得し、200万部に達するベストセラーとなり、国際アンデルセン賞特別優良作品に選ばれた。53年には神戸の琉球料理店に生まれた少女が父の心の病を乗り越え、太平洋戦争と沖縄戦に想いを深めていく「太陽の子」を出版、ともに代表作として名高く、映画化もされた。また、「兎の眼」「太陽の子」により路傍の石文学賞を受賞した。その後も絵本「ろくべえまってろよ」(絵・長新太)、大河小説「天の瞳」などの作品を発表、ひたむきに生きる子どもたちとそれを見守る大人たちの姿を通して、人間のこころの優しさを描き、広範な読者を得た。58年新しい保育園づくりをめざして、神戸市北部に太陽の子保育園を作り、その経営母体の社会福祉法人・太陽の会理事長も務めた。他の著書に「ひとりぼっちの動物園」「我利馬の船出」「海の図」「はるかニライ・カナイ」「優しさという階段」「島物語」などや、全集「灰谷健次郎の本」(全24巻 理論社)「灰谷健次郎の発言」(全8巻 岩波書店)がある。

11.29 〔刊行・発表〕「世界名作おはなし絵本シリーズ」刊行開始　11月29日、「世界名作おはなし絵本シリーズ」全24巻(小学館)の刊行が開始される。主な対象は4歳から6歳児で、第1回配本は末吉暁子文・中島潔絵『マッチ売りの少女』、寺村輝夫文・永井郁子絵『しらゆきひめ』など6冊。

12.8 〔ベストセラー・話題本〕『ミリオンぶっく』配布　12月8日、トーハンがミリオンセラーの絵本73点を選定した増売企画を全国の書店2000店で開始する。選定図書を『ミリオンぶっく』と名付けて売り場展開するとともに、同名のパンフレットを店頭配布。

12月 〔刊行・発表〕童心社創業50周年　12月、童心社創業50周年記念企画として、「松谷みよ子 むかしむかし」第1集全5巻がセット販売される。『おむすびころりん』『ももたろう』『かさじぞう』『こぶとり』『したきりすずめ』を収録した本格派昔話集。

この年 〔刊行・発表〕『よみきかせおはなし絵本』刊行　この年、読書推進運動の盛り上がりもあり、千葉幹夫編「CDできくよみきかせおはなし絵本」(成美堂出版)シリーズが

好評を博す。同書の刊行は第1巻（読み手・久保純子）が2005年8月3日、第2巻（読み手・西村由紀）が8月26日、第3巻（読み手・雅姫）が12月5日。

この年　〔刊行・発表〕子ども向け政治関連本　この年、7月20日刊行の井上ひさし著・いわさきちひろ絵『井上ひさしの 子どもにつたえる日本国憲法』（講談社）、9月10日刊行の長谷部尚子著『14歳からの政治』（ゴマブックス）など、子ども向けの政治関連本が話題となる。

この年　〔ベストセラー・話題本〕「ノンタン」シリーズ30周年　この年、キヨノサチコ作の絵本「ノンタン」シリーズ（偕成社）が30周年を迎えるとともに、累計2700万部を突破。これを記念し偕成社が6月に第19作『ノンタンでかでかありがとう』を出版し、7月には全国の書店で「ありがとう ノンタン30周年フェア」を開催。

この年　〔ベストセラー・話題本〕『アンパンマン』5000万部突破　この年、100周年を迎えたフレーベル館が、やなせたかし作『アンパンマン』シリーズ5000万部突破を記念して『アンパンマンすごろくブック』『アンパンマンのおしゃべりとけい』『アンパンマンどうようカラオケ』を刊行する。

この年　〔読書感想文〕第52回読書感想コン課題図書　この年（2006年度）の青少年読書感想文コンクールの課題図書。【小学校低学年】『どんなかんじかなあ』（中山千夏・ぶん、和田誠・え）自由国民社、『ビーズのてんとうむし』（最上一平・作、山本祐司・絵）童心社、『とくべつないちにち』（イヴォンヌ・ヤハテンベルフ・作、野坂悦子・訳）講談社、『あかちゃんてね』（星川ひろ子・著、星川治雄・著）小学館。【小学校中学年】『わたしたちの帽子』（高楼方子・作、出久根育・絵）フレーベル館、『ダニエルのふしぎな絵』（バーバラ・マクリントック・作、福本友美子・訳）ほるぷ出版、『ロボママ』（エミリー・スミス・作、もりうちすみこ・訳、村山鉢子・絵）文研出版、『イシガメの里』（松久保見作・文・写真）小峰書店。【小学校高学年】『紅玉』（後藤竜二・文、高田三郎・絵）新日本出版社、『うそつき大ちゃん』（阿部夏丸・著、村上豊・装画・挿絵）ポプラ社、『こんにちはアグネス先生：アラスカの小さな学校で』（K・ヒル・作、宮木陽子・訳、朝倉めぐみ・絵）あかね書房、『ライト兄弟はなぜ飛べたのか：紙飛行機で知る成功のひみつ』（土佐幸子・著）さ・え・ら書房。【中学校】『空色の地図』（梨屋アリエ・作）金の星社、『少年は戦場へ旅立った』（ゲイリー・ポールセン・著、林田康一・訳）あすなろ書房、『走れ！ やすほ にっぽん縦断地雷教室』（上泰歩・文、ピースボート・編、なみへい・絵）国土社。【高等学校】『その日のまえに』（重松清・著）文藝春秋、『オリーブの海』（ケヴィン・ヘンクス・著、代田亜香子・訳）白水社、『オシムの言葉：フィールドの向こうに人生が見える』（木村元彦・著）集英社インターナショナル。

《この年の児童文学賞》

第37回（平18年度）JOMO童話賞　【一般の部】〈最優秀賞〉黒岩寿子の「たった一度のホームラン」、〈優秀賞〉伊藤未来の「気のいい死神」、小野美奈子の「ちかちゃんのハガキ」、【児童の部】〈最優秀賞〉古橋拓弥の「何でも教えるロボット」、〈優秀賞〉高見直輝の「くじらの電車」、高野那奈の「お米ちゃん」。

第10回（平18年）愛と夢の童話コンテスト　【グランプリ】山崎香織の「とうさんの海」、【審査委員長特別選賞】該当作なし、【優秀賞】志村米子の「カーネーションの花束」、佐藤静の「川田帽子店」、豊福征子の「同級生」、【奨励賞】青木裕美の「夏休みの日記」、

里洋子の「甘い汗」、吉本有紀子の「白いハンカチ」、田辺和代の「山姥の笛」、山中基義の「海おとめ」、どいたけしの「ともだちはロボット」。

第36回（平18年）赤い鳥文学賞　高楼方子の「わたしたちの帽子」フレーベル館。

第21回（平18年度）家の光童話賞　【家の光童話賞】星正晴の「しあわせバケツ」、【優秀賞】神崎真愛の「空、おゆずりします。」、杉野篤志の「森のシェフは楽じゃない」、位坂恭子の「ねぼけがえるにきをつけろ」、日下部知代子の「ごくらく」。

第41回（平18年度）エクソンモービル児童文化賞　演劇集団円　円・こどもステージ。

第15回（平18年）小川未明文学賞　【大賞】山下三恵の「ジジ」、【優秀賞】山下奈美の「アイ・アム・アンクル」、もりいずみの「ニイハオ！　ミンミン」。

第5回（平18年）角川ビーンズ小説大賞　【優秀賞＆読者賞】千世明の「ディーナザード」、【優秀賞】西本紘奈の「蒼闇深くして金暁を招ぶ」、【奨励賞】葵ゆうの「蠱使い・ユリウス」。

第4回（平18年）北日本児童文学賞　【最優秀賞】吉村健二の「のぼり綱、くだり綱」、【優秀賞】阪口正博の「スローランニング」、権藤力也の「星探し」。

第16回（平18年）けんぶち絵本の里大賞　【絵本の里大賞】真珠まりこ〔文・絵〕の「もったいないばあさんがくるよ！」講談社、【びばからす賞】西本鶏介〔文〕長谷川義史〔絵〕の「おじいちゃんのごくらくごくらく」鈴木出版、堀川真〔文・絵〕の「北海道わくわく地図えほん」北海道新聞社、豊島加純〔文〕マイケル・グレイニエツ〔絵〕こやま峰子〔絵〕の「いのちのいろえんぴつ」教育画劇。

第28回（平18年）講談社絵本新人賞　たかしまなおこの「つぎはぎ　おばあさん　きょうもおおいそがし」。

第47回（平18年）講談社児童文学新人賞　該当者なし、【佳作】長江優子の「タイドプール」、樫崎茜の「ファントムペイン」。

第53回（平18年）産経児童出版文化賞　【大賞】マクメナミー・サラ〔作〕いしいむつみ〔訳〕の「ジャックのあたらしいヨット」BL出版、【JR賞】荻原規子〔作〕の「風神秘抄」徳間書店、【美術賞】フリーマン・ドン〔作〕やましたはるお〔訳〕の「とんでとんで　サンフランシスコ」BL出版、【フジテレビ賞】後藤健二の「ダイヤモンドより平和がほしい」汐文社、【ニッポン放送賞】熊谷元一〔絵・文〕の「じいちゃんの子どものころ」冨山房インターナショナル。

第12回（平18年）児童文学ファンタジー大賞　該当作なし、【佳作】田中彩子の「宿神」。

第35回（平18年）児童文芸新人賞　朽木祥の「かはたれ」福音館書店、野本瑠美の「みたいな　みたいな　冬の森」（私家版）。

第55回（平18年度）小学館児童出版文化賞　荻原規子の「風神秘抄」徳間書店、高楼方子の「わたしたちの帽子」フレーベル館。

第47回（平18年）千葉児童文学賞　該当作なし。

第9回（平18年度）ちゅうでん児童文学賞　【大賞】若本恵二の「時の扉をくぐり」、【優秀賞】上野知子の「金色の約束」、【奨励賞】加藤智恵子の「黄緑のスティック　ピンクのステッチ」、久保英樹の「とおこさちうた」。

第22回（平18年度）坪田譲治文学賞　関口尚の「空をつかむまで」集英社。

第24回（平18年）新美南吉児童文学賞　きどのりこの「パジャマガール」くもん出版。

第18回(平18年)新美南吉童話賞　【最優秀賞(文部科学大臣奨励賞)】水野良恵の「毛糸のおでかけ」、【一般の部】〈優秀賞(半田市長賞)〉新井肇の「たんぽぽネズミ」、〈特別賞(中部電力株式会社賞)〉中尾美佐子の「カヨばあさんのふしぎなくつ」、〈特別賞(ミツカン賞)〉田邉和代の「石の卵」、〈特別賞(知多信用金庫賞)〉せきあゆみの「はるさんの手紙」、〈佳作〉藤野勲の「ポストのふしぎ」、加藤典子の「オラ雷だもんな」、【中学生の部】〈優秀賞(社団法人半田青年会議所賞)〉水野由基の「色えんぴつをひろって」、〈特別賞(新美南吉顕彰会賞)〉天野澪の「ふしぎなまんげきょう」、〈佳作〉德永京華の「不思議な友達」、【小学生高学年の部】〈優秀賞(ごんぎつねの会賞)〉藤原淳寛の「連れてってよ」、〈佳作〉太田冴香の「とんまのすけとどろぼう」、治山桃子の「小さな葉っぱの最後の物語」、【小学生低学年の部】〈優秀賞(中日新聞社賞)〉水谷天音の「ひらがなむらのようせい」、〈佳作〉谷川莉理花の「お茶目なりょうちゃんあわぶくぶく」、篠田智也の「うさぎになったゆうた」。

第23回(平18年度)ニッサン童話と絵本のグランプリ　【童話】大槻瞳の「ホタルの川」、【絵本】富田真矢の「スイカぼうず」。

第11回(平18年)日本絵本賞　【大賞】ブラートフ・ミハイル〔再話〕出久根育〔文・絵〕の「マーシャと白い鳥：ロシアの民話」偕成社、【日本絵本賞】中山千夏〔ぶん〕和田誠〔え〕の「どんなかんじかなあ」自由国民社、荒井良二〔著〕の「ルフランルフラン」プチグラパブリッシング、【翻訳絵本賞】マクノートン・コリン〔文〕きたむらさとし〔絵〕柴田元幸〔訳〕の「ふつうに学校にいくふつうの日」小峰書店、【読者賞(山田養蜂場賞)】カイラー・マージェリー〔作〕S・D・シンドラー〔絵〕黒宮純子〔訳〕の「しゃっくりがいこつ」セーラー出版。

第30回(平18年)日本児童文学学会賞　【学会賞】該当作なし、【奨励賞】永嶺重敏の「怪盗ジゴマと活動写真の時代」新潮社、【特別賞】鶴見良次の「マザー・グースとイギリス近代」岩波書店、松田司郎の「宮沢賢治 存在の解放(ビッグバン)へ」洋々社。

第9回(平18年)「日本児童文学」作品奨励賞　末松恵の「星に願いを」。

第46回(平18年)日本児童文学者協会賞　荻原規子の「風神秘抄」徳間書店、長谷川潮の「児童文学のなかの障害者」ぶどう社。

第39回(平18年)日本児童文学者協会新人賞　朽木祥の「かはたれ―散在ガ池の河童猫」福音館書店。

第30回(平18年)日本児童文芸家協会賞　芝田勝茂の「ドーム郡シリーズ3 真実の種、うその種」小峰書店。

第12回(平18年)〔日本児童文芸家協会〕創作コンクール　【童謡・少年詩部門】〈優秀賞〉加治一美の「やさしい目」、永井群子の「バッタ」、〈佳作〉井嶋敦子の「森いっぱいのちから」、高橋道子の「気づいて」、池田侑里子の「ソラトウミノウタ」、やまとかわとの「自転車のうた」、【幼年部門】〈優秀賞〉田中正洋の「サツマイモのそつぎょうしき」、〈佳作〉亀井睦美の「はちみつねこ」、麻生かづこの「てんしのはしご」、川崎隆志の「あばよ！ とココロは目をとじた」、【中学年部門】〈優秀賞〉該当作なし、〈佳作〉赤木きよみの「赤いバンダナのワカ」、伊藤実知子の「コンペイトウ・ノイローゼ」、小此木晶子の「オレと村田くんのコト」、嘉瀬陽介の「R」、【高学年部門】〈優秀賞・文部科学大臣奨励賞〉秋木真の「ラン！」、〈佳作〉矢野悦子の「十郎岩の夏」、網引美恵の「だいつうさん」、【ノンフィクション部門】〈優秀賞〉該当作なし、〈佳作〉岩崎まさえの「昭和の足音を聞きながら―私の公会堂ものがたり―」。

第18回（平18年）日本動物児童文学賞　【大賞】小松美香の「空、そら、ソラ！」、【優秀賞】内侍原伊織の「アカウミガメの奇蹟」、こうまるみずほの「サトミとの夏」、【奨励賞】太田真由美の「由記ちゃんとみつ」、青木雅子の「山のメイちゃん」、小此木晶子の「こころのごみ箱」、石川兼彦の「ネコおばさんと三人の仲間」、浜田尚子の「リンゴ園の天使たち」。

第44回（平18年）野間児童文芸賞　八束澄子の「わたしの、好きな人」。

第17回（平18年）ひろすけ童話賞　村上しいこの「れいぞうこのなつやすみ」PHP研究所。

第23回（平18年）福島正実記念SF童話賞　【大賞】千東正子の「ヌルロン星人をすくえ！」、小野靖子の「恋するトンザエモン」、【佳作】佐藤佳代の「ご近所の神さま」、おおぎやなぎちかの「七月七日まで七日」。

第16回（平18年）椋鳩十児童文学賞　香坂直の「走れ、セナ！」講談社。

第18回（平18年）琉球新報児童文学賞　創作昔ばなしは、該当者なし、【短編児童小説】新垣勤子の「小さないのちの帆をはって」、月長海詩の「幽霊のお客さま」。

2007年
（平成19年）

1.10　〔作家訃報〕木暮正夫が亡くなる　1月10日、児童文学作家の木暮正夫が亡くなる。67歳。群馬県前橋市生まれ。前橋商（定時制）卒。高校卒業後、上京。昭和34年「光をよぶ歌」で毎日児童小説コンクールで1席に入選。37年「ドブネズミ色の街」でデビュー。52年「また七ぎつね自転車にのる」で赤い鳥文学賞、62年「街かどの夏休み」で日本児童文学者協会賞を受賞。他に「二人のからくり師」「時計は生きていた」「二ちょうめのおばけやしき」「街かどの夏休み」「三ちょうめのおばけ事件」「県別ふるさと童話館」（全50巻 編集）などの作品がある。日本児童文学者協会理事長、平成18年会長を歴任した。

2月　〔刊行・発表〕『子ネズミチヨロの冒険』刊行　2月、さくらいともかによる『子ネズミチヨロの冒険』が偕成社から刊行される。

3.10　〔イベント関連〕石井桃子100歳　3月10日、『ノンちゃん雲に乗る』の著者で『クマのプーさん』の翻訳などで知られる児童文学者石井桃子が100歳となる。これを記念し、岩波書店・福音館書店合同でフェアが開催される。

3月　〔刊行・発表〕フレーベル館100周年　3月、フレーベル館創立100周年を記念し、関田克孝文・監修『のりもの絵本―木村定男の世界』全2巻が刊行される。乗物画家木村定男の作品を集大成したもので、第1回島秀雄記念優秀著作賞を受賞。

3月　〔刊行・発表〕ポプラ社創業60周年　3月、ポプラ社創業60周年記念出版として、パペット付き豪華特別BOX『角野栄子のちいさなどうわたち』全6巻セットが刊行される。

4.23～5.12　〔児童文学一般〕第49回こどもの読書週間　4月23日から5月12日にかけて、「第49回こどもの読書週間」が実施される。

4.27	〔イベント関連〕「おはなしマラソン読み聞かせキャンペーン」	4月27日、日販が「第49回こどもの読書週間」に合わせ、「おはなしマラソン読み聞かせキャンペーン」を全国の書店226点において展開する。
4月	〔刊行・発表〕『としょかんライオン』刊行	4月、ミシェル・ヌードセン作、ケビン・ホークス絵、福本友美子訳による『としょかんライオン』が岩崎書店から刊行。ある日、図書館にライオンがやって来る。図書館を通じて出会いや心の交流について描く。
5.3~5	〔イベント関連〕第8回上野の森親子フェスタ	5月3日から5日にかけて、子どもの読書推進会議・出版文化産業振興財団共催により、「第8回上野の森親子フェスタ」が東京・上野公園において開催される。チャリティ・ブック・フェスティバルの売上が2985万円に達したほか、この年は童話作家角野栄子らが講演を行う。
5月	〔刊行・発表〕『本のチカラ』刊行	5月、『本のチカラ』第1期全8巻（日本標準）が刊行される。小学校低学年向けのビアンキ作内田莉莎子訳いたやさとし絵『ビアンキの動物ものがたり』、中学年向けの那須正幹作見山博絵『赤いカブトムシ』、高学年向けの吉橋通夫作なかはまさおり絵『京のかざぐるま』など、いつまでも読み継いでもらいたい良書を復刊する事業。
6~11月	〔刊行・発表〕『キョーレツ科学者・フラニー』刊行	6月、ジム・ベントン作『キョーレツ科学者・フラニー』シリーズ（あかね書房）第1・2・3巻が刊行される。アメリカで人気の小学生向けSFコメディー小説で、11月までに全6巻が刊行される。
7.10~12.27	〔刊行・発表〕『瀬戸内寂聴おはなし絵本』刊行	7月10日、『瀬戸内寂聴おはなし絵本』（講談社）として、『幸せさがし』『月のうさぎ』が刊行される。9月13日には『針つくりの花むこさん』、12月27日には『おばあさんの馬』を刊行。アジア各国の説話や物語を平易な日本語で再話したシリーズ。
7月	〔刊行・発表〕『くちぶえ番長』刊行	7月、重松清による『くちぶえ番長』が新潮社より刊行される。小学四年生の子どもたちの友情を描く。
7月	〔刊行・発表〕『日本昔ばなし』刊行開始	7月、『日本昔ばなし』第1巻『三まいのおふだ』（くもん出版）が刊行される。昔話研究の第一人者である小澤俊夫・筑波大学名誉教授の再話、気鋭の版画家である金井田英津子の挿絵によるシリーズで、12月に第2巻『ねずみのよめいり』が刊行される。
7月	〔イベント関連〕リンドグレーン生誕100年	7月、『長くつ下のピッピ』の作者リンドグレーンの生誕100年を記念し、岩波書店がフェアを開始。新刊『やねの上のカールソンだいかつやく』を刊行するとともに、小中学生を対象に「ピッピたちへ手紙を書こう！」キャンペーンを展開する。
7~8月	〔刊行・発表〕『ワンダーブックお話傑作選』刊行	7月から8月にかけて、『ワンダーブックお話傑作選』（世界文化社）が刊行される。『１４さいからの豊かな心を育てるお話』『２４さいからの夢と感動いっぱいのお話』『３４さいからの想像力を育てるお話』『４４さいからのやさしさと友情を育てるお話』の全4巻で、読み聞かせに適した傑作を集めた絵本シリーズ。
8.1~12.1	〔刊行・発表〕『与謝野晶子 児童文学全集』刊行	8月1日から12月1日にかけて、

『与謝野晶子 児童文学全集』全6巻（春陽堂書店）が刊行される。

8.21 〔作家訃報〕北村けんじが亡くなる　8月21日、児童文学作家の北村けんじが亡くなる。77歳。本名、北村憲司。三重県生まれ。三重大学学芸学部養成科卒。教師の傍ら児童文学の創作を始める。昭和25年日本児童文学者協会新入会、のち「新人会」「子どもと文学」を経て、中部児童文学会の設立に参加。平成2年3月母校の小学校校長を最後に退職。三重児童文学の会会長、三重芸術文化協会評議員などを務めた。代表作に「うりんこの山」「ハトと飛んだぼく」「まぼろしの巨鯨シマ」「トモカヅキのいる海」「なきむしクラスの1とうしょう」「ふたりぼっちのおるすばん」「くちぶえふいた子だあれ」「ぼくがサムライになった日」「ギンヤンマ飛ぶ空」などがある。「小さな駅のむくれっ子」で毎日児童小説、「ハトと飛んだぼく」で新美南吉文学賞、「まぼろしの巨鯨シマ」でサンケイ児童出版文化賞、「しいの木ひみつの話」でひろすけ童話賞、「ギンヤンマ飛ぶ空」で日本児童文学者協会賞を受賞のほか、三重県文化奨励賞や日本児童文学者協会賞、児童文化功労賞、三重県文化賞大賞、日本児童文芸家協会賞を受賞。

9.6 〔作家訃報〕藤田博保が亡くなる　9月6日、児童文学作家の藤田博保が亡くなる。83歳。筆名、蒔田広。青森県北津軽郡鶴田町生まれ。仙台高工土木科中退。中学教師をの傍ら、児童文学を執筆。昭和40年「十六歳」と48年「嫁の位置」で地上文学賞を受賞。50年には講談社児童文学新人賞（佳作）。55年から執筆活動に専念。他の作品に「情っぱりとシャモ」「ネプタの一番太鼓」「音の旅人」などがある。

9.15 〔イベント関連〕第5回子供の本まつりinとうきょう　9月15日、子供の読書推進会議・出版文化産業振興財団主催により「第5回子供の本まつりinとうきょう」が東京・上野公園において開催される。

9.20 〔刊行・発表〕「フーさんシリーズ」刊行開始　9月20日、ハンヌ・マケラ作『フーさん』（国書刊行会）が刊行される。フィンランドの大ベストセラー「フーさんシリーズ」第1作で、100ヶ国語に翻訳された児童文学の傑作。

9月 〔刊行・発表〕『おしりかじり虫うたとおどりのほん』刊行　9月、うるまでるび『おしりかじり虫うたとおどりのほん』（主婦と生活社）が刊行される。『NHK みんなのうた』で大人気となった歌を絵本化したもの。

9月 〔刊行・発表〕『おはようスーちゃん』刊行　9月、ジョーン・G・ロビンソン作・絵による『おはようスーちゃん』がアリス館より刊行。訳は中川李枝子。両親と住む少女スーちゃんの何気ない日常生活があたたかく綴られる。

9月 〔刊行・発表〕『ルリユールおじさん』が話題に　9月、『ルリユールおじさん』（いせひでこ作・絵 理論社）が刊行された。NHKで紹介され、話題の絵本となる。同年、を受賞。

10.24 〔児童文学一般〕文字・活字文化推進機構創立記念総会　10月24日、文字・活字文化推進機構の創立記念総会が学術総合センター一橋記念講堂において開催される。出席者は582人。「子供の読書活動推進法」「文字・活字文化振興法」の具体化を目的とする団体で、会長は資生堂名誉会長の福原義春。

10月 〔刊行・発表〕『チームふたり』刊行　10月、吉野万理子による『チームふたり』が学研より刊行される。卓球部キャプテンの大地が、部活のこと、家庭のことなどで悩

む中成長する姿を描く。

11.10 〔作家訃報〕槇晧志が亡くなる　11月10日、詩人・児童文学作家・美術評論家の槇晧志が亡くなる。83歳。本名、今田光秋。青森県生まれ。山口県国学院大学中退。海軍予備学生応召中に戦傷。戦後、文筆活動に入り、現代詩、ラジオドラマ、児童図書、美術評論、史話など執筆。昭和30年宮沢章二と共に紅天社を設立、現代詩を中心とした「朱櫻」を創刊。のち多彩な同人によって綜合文芸誌の刊行につとめた。著書に詩集『善知鳥』、児童文学『とべ花よとんでおくれ』『おりづるのうた』などの他、『世界の文化遺産』『古代文化遺産・古代史考』『児童文学』『文章構成法』などがある。PL学園女子短期大学教授、山村女子短期大学教授・図書館長を経て、名誉教授。日本伝承史文学会理事長。

11.15 〔刊行・発表〕『ちょっとだけ』刊行　11月15日、瀧村有子作鈴木永子絵『ちょっとだけ』（福音館書店）が刊行される。赤ちゃんが生まれてお姉さんになった子どもの成長、母親の深い愛情を描いた絵本で、2008年にかけて話題となる。

11月 〔刊行・発表〕『マリと子犬の物語』刊行　11月、ひろはたえりこ文『マリと子犬の物語』が刊行される。同年公開の映画のノベライズで、2004年10月に起きたに新潟県中越地震での実話をもとにした物語。映画のヒットを受けてロングセラーとなる。

12.7 〔イベント関連〕第43回日販よい本いっぱい文庫　12月7日、日販が「第43回日販よい本いっぱい文庫」の贈呈式を挙行。この年は330施設に5万冊を寄贈し、活動開始以来の累計が163万冊に達する。

12.31〜 〔イベント関連〕「わが社のロングセラー展」　12月31日から翌年1月13日にかけて、「わが社のロングセラー展」が丸善丸の内本店において開催される。日本児童図書出版協会会員各社のロングセラー作品の展示販売会で、2月1日から29日にかけて丸善日本橋店でも開催。

12月 〔読み聞かせ活動〕全国訪問おはなし隊に菊池寛賞　12月、講談社の「全国訪問おはなし隊」が菊池寛賞を受賞する。

この年 〔刊行・発表〕ファンタジー・シリーズの刊行相次ぐ　この年、『ピーターと星の守護団』（主婦の友社）、『虹の妖精』（ゴマブックス）、『ウォーリアーズ』（小峰書店）、『ラークライト』（理論社）など、シリーズ物のファンタジー作品が相次いで刊行される。

この年 〔ベストセラー・話題本〕『100万回生きたねこ』発売30周年　この年、佐野洋子の絵本『100万回生きたねこ』（講談社）が発売30周年を迎える。1977年10月の刊行以来88刷・150万部突破のロングセラー。2013年には200万部を突破。

この年 〔ベストセラー・話題本〕『あかちゃんのあそびえほん』20周年　この年、きむらゆういち『あかちゃんのあそびえほん』シリーズ（偕成社）が20周年を迎え、10月に記念フェアが開催される。1998年12月に最初の3点が刊行され、愛子内親王の1歳の誕生日に愛読書として紹介され、話題となる。シリーズ15点で累計1000万部を突破。

この年 〔ベストセラー・話題本〕『いないいないばあ』40周年　この年、松谷みよ子『いないいないばあ』（童心社）が発売40周年を迎える。1967年4月に刊行され、400万部を突破したロングセラー。『のせてのせて』などを合わせたシリーズ9冊の累計は1300

万部。2015年には560万部を突破。

この年　〔読書感想文〕**第53回読書感想コン課題図書**　この年（2007年度）の青少年読書感想文コンクールの課題図書。【小学校低学年】『おじいちゃんのごくらくごくらく』（西本鶏介・作、長谷川義史・絵）鈴木出版、『ハキちゃんの「はっぴょうします」』（薫くみこ・さく、つちだのぶこ・え）佼成出版社、『ぼくのパパはおおおとこ：せかいいちのパパがいるひとみんなに』（カール・ノラック・文、イングリッド・ゴドン・絵、いずみちほこ・訳）セーラー出版、『はっぱじゃないよぼくがいる』（姉崎一馬・文・写真）アリス館。【小学校中学年】『りんごあげるね』（さえぐさひろこ・作、いしいつとむ・絵）童心社、『ピトゥスの動物園』（サバスティア・スリバス・著、宇野和美・訳、スギヤマカナヨ・絵）あすなろ書房、『ゆりかごは口の中：子育てをする魚たち』（桜井淳史・著）ポプラ社、『干し柿』（西村豊・写真・文）あかね書房。【小学校高学年】『七草小屋のふしぎなわすれもの』（島村木綿子・作、菊池恭子・絵）国土社、『両親をしつけよう！』（ピート・ジョンソン・作、岡本浜江・訳、ささめやゆき・絵）文研出版、『平和の種をまく：ボスニアの少女エミナ』（大塚敦子・写真・文）岩崎書店、『あきらめないこと、それが冒険だ：エベレストに登るのも冒険、ゴミ拾いも冒険！』（野口健・著）学習研究社。【中学校】『レネット：金色の林檎』（名木田恵子・作）金の星社、『一億百万光年先に住むウサギ』（那須田淳・作）理論社、『世界一おいしい火山の本：チョコやココアで噴火実験』（林信太郎・著）小峰書店。【高等学校】『てのひらの中の宇宙』（川端裕人・著）角川書店、『ぼくたちの砦』（エリザベス・レアード・作、石谷尚子・訳）評論社、『泣き虫しょったんの奇跡：サラリーマンから将棋のプロへ』（瀬川晶司・著）講談社。

《この年の児童文学賞》

　　第38回（平19年度）JOMO童話賞　【一般の部】〈最優秀賞〉佐藤史絵の「ゆいちゃんのほくろ」、〈優秀賞〉江口恵美の「変身」、小川壽美の「さざんか餅と桜餅」、【中学生の部】〈最優秀賞〉北村光の「盗っ人」、〈優秀賞〉中山愛理の「かもめホテル」、菊地祐実の「春の郵便屋さん」、【小学生以下の部】〈最優秀賞〉奈須ひなたの「空あります」〈優秀賞〉上野通明の「カマオ」、田村汐里の「きらきらぼうし」。

　　第37回（平19年）赤い鳥文学賞　佐藤さとるの「本朝奇談 天狗童子」あかね書房。

　　第22回（平19年度）家の光童話賞　【家の光童話賞】富ính直子の「たっちゃんたぬきのじてんしゃきょうそう」、〈優秀賞〉三野誠子の「シロムシとアオムシ」、山崎茂子の「土の中のおしゃべり」、犬飼由美恵の「なきむしベッド」、小川美篤の「ドレミファ ランドセル」。

　　第42回（平19年度）エクソンモービル児童文化賞　佐藤さとる。

　　第16回（平19年）小川未明文学賞　【大賞】山下奈美の「ヘア・スタイリストのなみだ」、【優秀賞】岩田千里の「ひらけ、空」、白川みことの「とべ、ネージュ！」。

　　第6回（平19年）角川ビーンズ小説大賞　【優秀賞&読者賞】九月文の「佐和山異聞」、【優秀賞】遠沢志希の「封印の女王」、【奨励賞】岐川新の「赤き月の廻ころ」。

　　第5回（平19年）北日本児童文学賞　【最優秀賞】麻丘絵夢の「ねこふんじゃった」、【優秀賞】秋津信太郎の「ファミリア」、西村すぐりの「コナツのおまもり」。

　　第17回（平19年）けんぶち絵本の里大賞　【絵本の里大賞】長谷川義史〔文・絵〕の「おへそのあな」BL出版、【びばからす賞】長谷川義史〔文・絵〕の「いいから いいから」

絵本館、ひだのかな代〔文・絵〕の「りんごりんごろりんごろりん」新風舎、安江リエ〔文〕池谷陽子〔絵〕の「つきよのさんぽ」福音館書店。

第29回（平19年）講談社絵本新人賞　にしもとやすこの「たこやきかぞく」、【佳作】重田紗矢香の「みせでいちばんおいしくりょうりをにこむことのできるなべ」、コマヤスカンの「マッコークジラ号、発進せよ」、りとうよういちろうの「みえっぱりおうじ デートへゆく」。

第48回（平19年）講談社児童文学新人賞　該当者なし、【佳作】ふくだたかひろの「熱風」、石川宏千花の「ユリエルとグレン」。

第54回（平19年）産経児童出版文化賞　【大賞】柏葉幸子〔作〕ささめやゆき〔絵〕の「牡丹さんの不思議な毎日」あかね書房、【JR賞】竹田津実〔著〕の「オホーツクの十二か月」福音館書店、【美術賞】原田大助〔文・絵〕の「ぼくのきもち」クレヨンハウス、【産経新聞社賞】高木あきこ〔作〕渡辺洋二〔絵〕の「どこかいいところ」理論社、【フジテレビ賞】宮本延春〔作〕の「未来のきみが待つ場所へ」講談社、【ニッポン放送賞】林信太郎〔著〕の「世界一おいしい火山の本」小峰書店、【翻訳作品賞】キャロル・ウィルキンソン〔作〕もきかずこ〔訳〕の「ドラゴンキーパー　最後の宮廷龍」金の星社。

第13回（平19年）児童文学ファンタジー大賞　該当作なし、【佳作】矢部直行の「半のら猫バツの旅」。

第36回（平19年）児童文芸新人賞　香坂直の「トモ、ぼくは元気です」講談社。

第56回（平19年度）小学館児童出版文化賞　今森光彦の「おじいちゃんは水のにおいがした」偕成社、市川宣子の「ケイゾウさんは四月がきらいです。」福音館書店。

第48回（平19年）千葉児童文学賞　該当作なし。

第10回（平19年度）ちゅうでん児童文学賞　【大賞】該当作品なし、【優秀賞】脇本博美の「たくはつくん」、【奨励賞】小倉光子の「太陽と影」。

第6回（平19年）長編児童文学新人賞　【入選】該当作なし、【佳作】洗井しゅうの「セント・アンドリュー・クロスの旗のもとに」。

第23回（平19年度）坪田譲治文学賞　椰月美智子の「しずかな日々」講談社。

第25回（平19年）新美南吉児童文学賞　高木あきこの詩集「どこか いいところ」理論社。

第19回（平19年）新美南吉童話賞　【最優秀賞（文部科学大臣奨励賞）】粂綾の「しゃべるばけつ」、【一般の部】〈優秀賞（半田市長賞）〉西山香子の「お降りの方は」、〈特別賞（ミツカン賞）〉エースの「背中かき屋の太郎さん」、〈特別賞（知多信用金庫賞）〉川嶋里子の「だだ・だだ・だー」、〈特別賞（中部電力株式会社賞）〉森田文の「マタノゾキ」、〈佳作〉つきおかようたの「思い出屋」、下妻るいの「もうスピードでワニは…」、【中学生の部】〈優秀賞（社団法人半田青年会議所賞）〉井上瑞基の「おばあちゃん×15＝私」、〈特別賞（新美南吉顕彰会賞）〉北村光の「温泉のワニ」、〈佳作〉外山愛美の「古いラジオ」、田中佑里恵の「なかなおりホッチキス」、【小学生高学年の部】〈優秀賞（ごんぎつねの会賞）〉治山桃子の「地上に花が咲いたわけ」、〈佳作〉山本知奈実の「みのりの森の大事けん」、平野あかりの「石垣仙人」、【小学生低学年の部】〈優秀賞（中日新聞社賞）〉水谷天音の「にわとりのクックさんとお空のたまご」、〈佳作〉竹本圭佑の「ブルグの星」、岡本尚悟の「丸太に乗って来た茶々」。

第24回（平19年度）ニッサン童話と絵本のグランプリ　【童話の部】増井邦恵の「春になったら開けてください」、【絵本の部】H@Lの「モイモイのポッケ」。

第12回（平19年）日本絵本賞　【大賞】後藤竜二〔作〕武田美穂〔絵〕の「おかあさん、げんきですか。」ポプラ社、【日本絵本賞】ベン・シャーン〔絵〕アーサー・ビナード〔構成・文〕の「ここが家だ：ベン・シャーンの第五福竜丸」集英社、相野谷由起〔さく・え〕の「うさぎのさとうくん」小学館、長谷川集平〔作〕の「ホームランを打ったことのない君に」理論社、【読者賞（山田養蜂場賞）】後藤竜二〔作〕武田美穂〔絵〕の「おかあさん、げんきですか。」ポプラ社。

第31回（平19年）日本児童文学学会賞　【学会賞】畑中圭一の「日本の童謡―誕生から九〇年の歩み―」平凡社、【奨励賞】尾崎るみの「若松賤子―黎明期を駆け抜けた女性―」港の人、今田絵里香の「『少女』の社会史」勁草書房、【特別賞】私市保彦の「名編集者エッツェルと巨匠たち―フランス文学秘史―」新曜社。

第10回（平19年）「日本児童文学」作品奨励賞　もりおみずきの「遠い夏」。

第47回（平19年）日本児童文学者協会賞　草野たきの「ハーフ」ポプラ社。

第40回（平19年）日本児童文学者協会新人賞　菅野雪虫の「天山の巫女ソニン1 黄金の燕」講談社、鈴木レイ子の「冬をとぶ蝶（詩集）」てらいんく。

第3回（平19年）日本児童文学評論新人賞　【入選】該当作なし、【佳作】諸星典子の「グラデーションする世界の果て」、井上乃武の「ファンタジー児童文学の可能性に関する考察―小沢正・岡田淳論―」。

第31回（平19年）日本児童文芸家協会賞　名木田恵子の「レネット 金色の林檎」金の星社。

第19回（平19年）日本動物児童文学賞　【大賞】こうまるみずほの「君といっしょに」、【優秀賞】白川みことの「ハシブトガラスのゲン五郎」、石川純子の「機関車ノンちゃん」、【奨励賞】水野遼太の「バトン」、鳥羽登の「修行僧パチ」、小林隆子の「蓮田にもどりたがったウシガエル」、伊東真代の「砂時計」、井上雅博の「アカテ・・叫べ！ 命の森」。

第45回（平19年）野間児童文芸賞　椰月美智子の「しずかな日々」。

第18回（平19年）ひろすけ童話賞　薫くみこの「なつのおうさま」ポプラ社。

第24回（平19年）福島正実記念SF童話賞　【大賞】いしいゆみの「無人島で、よりよい生活！」、【佳作】加藤英津子の「となりの吸血鬼」。

第17回（平19年）椋鳩十児童文学賞　藤江じゅんの「冬の龍」福音館書店。

第19回（平19年）琉球新報児童文学賞　【創作昔ばなし】玉山広子の「天竺へ」、【短編児童小説】与那嶺愛子の「すうじの反乱」。

2008年
（平成20年）

1.30　〔刊行・発表〕『アンドルー・ラング世界童話集』刊行開始　1月30日、『アンドルー・ラング世界童話集』全12巻（東京創元社）の刊行が開始される。ブームが続くファンタジーの源とも言うべき世界中の昔話を集成・再話した古典童話集で、編者のアンドルー・ラングはヴィクトリア朝時代イギリスの古典学者・民俗学者。第1回配本は『あおいろの童話集』『あかいろの童話集』の2点。

2.1　〔刊行・発表〕『ビースト・クエスト』刊行　2月1日、アダム・ブレード作の冒険ファンタジー『ビースト・クエスト』1〜6巻（ゴマブックス）が同時刊行され、発売1ヶ月で40万部を突破する。

2.18　〔作家訃報〕長野京子が亡くなる　2月18日、児童文学作家・放送作家の長野京子が亡くなる。94歳。本名、長野京。北海道函館市生まれ。函館高女卒。札幌の小学校教師だった昭和14年に書いた短編小説が「婦人公論」に入選。子育ての傍ら、NHKや民放のラジオドラマ、童話を執筆。35年から18年間、札幌市婦人相談員も務めた。60年札幌市民文化奨励賞を受賞。著書に「黒ねこリィの話」「雪ふり峠」「ふたりだけのひみつ」「夕やけ牧場」「カモメ荘からの電話」、ラジオドラマに「二人の女」「風雪」などがある。北海道児童文学の会元代表。

2.20　〔刊行・発表〕『宇宙への秘密の鍵』刊行　2月20日、宇宙物理学者スティーヴン・ホーキングと娘のルーシー・ホーキングの共作『宇宙への秘密の鍵』（岩崎書店）が刊行される。少年ジョージの冒険物語を楽しみながら、宇宙の起源・太陽系・ブラックホールなど宇宙に関する最先端の知識が身につく児童向けスペース・ファンタジー・アドベンチャー。その後、同シリーズとして『宇宙に秘められた謎』『宇宙の誕生』『宇宙の法則』と刊行が続く。

2月　〔刊行・発表〕『辞書びきえほん』刊行開始　2月、百マス計算を応用した授業法「陰山メソッド」で知られる教育者の陰山英男が監修した『辞書びきえほん』シリーズ（ひかりのくに）の刊行が開始される。第1回配本は『国旗』『日本地図』の2点で、幼児からでも出来る「辞書引き」の入門書として話題になる。

3.7　〔刊行・発表〕『ちいさなあなたへ』刊行　3月7日、アリスン・マギー=ピーター・レイノルズ作『ちいさなあなたへ』（主婦の友社）が刊行される。母親であることの喜び・不安・苦しみ・寂しさや娘への愛情を描き、アメリカで話題となった絵本。

3.14　〔刊行・発表〕『青い鳥文庫 GO！GO！』創刊　3月14日、講談社の新レーベル『青い鳥文庫 GO！GO！』第1弾として、令丈ヒロ子・石崎洋司著、亜沙美・藤田香絵『おっことチョコの魔界ツアー』が刊行される。

4.2　〔作家訃報〕石井桃子が亡くなる　4月2日、児童文学作家・児童文化運動家・翻訳家の石井桃子が亡くなる。101歳。埼玉県浦和市（さいたま市）生まれ。浦和高女卒、日本女子大学英文科卒。昭和4年文芸春秋に入社。8年退社して新潮社で山本有三編による「日本少国民文庫」の編集に携わった。また首相を務めた犬養毅の蔵書整理を手伝うために犬養家に出入りするようになり、家族ぐるみの交際に発展。同年西園寺公一から犬養道子・康彦に贈られたA・A・ミルンの児童文学「クマのプーさん」と出会い、その翻訳を志して、15年岩波書店から出版した。同じ頃、犬養家の一部を借り、白林少年館を興してケネス・グレーアム「たのしい川辺」（中野好夫訳）、ヒュー・ロフティング「ドリトル先生『アフリカ行き』」（井伏鱒二訳）を出版している。22年に刊行した「ノンちゃん雲に乗る」はベストセラーとなり、25年第1回芸術選奨文部大臣賞を受賞、30年には鰐淵晴子と原節子の主演で映画化もされた。一方、25年岩波書店の嘱託となり、「岩波少年文庫」「岩波の子どもの本」の企画編集に携わった。29〜30年ロックフェラー財団の奨学金を受け、米国、カナダ、ヨーロッパに留学。32年からは家庭文庫研究会を始め、33年東京・荻窪の自宅に「かつら文庫」を開設。40年「子どもの図書館」として活動の記録をまとめ、子ども文庫

の普及に大きな影響を与えた。35年瀬田貞二、鈴木晋一、松居直、いぬいとみこ、渡辺茂男と著した評論集「子どもと文学」は、戦後の児童文学の理論的な発展に貢献した。59年第1回子ども文庫功労賞を、平成5年日本芸術院賞を受賞。9年日本芸術院会員。96歳でミルンの自伝「今からでは遅すぎる」を翻訳し、99歳で児童書の改訳を手がけるなど、最晩年まで旺盛な活動を続けた。確かな選択眼によりすぐれた海外の児童文学を紹介し、また自らの創作活動を通じて、我が国の子どもの本の世界を広げた功労者。他の作品に「山のトムさん」「ふしぎなたいこ」「幼ものがたり」「幻の朱い実」などがあり、ビアトリクス・ポターの〈ピーターラビット〉、ディック・ブルーナの〈うさこちゃん〉といったシリーズの翻訳でも有名。

4月	〔刊行・発表〕『なんでもただ会社』刊行	4月、ニコラ・ド・イルシングによる『なんでもただ会社』が日本標準社から刊行。少年がかけたいたずら電話が"なんでもただ会社"につながり引き起こされる騒動を描く。
5.3～5	〔イベント関連〕「第9回上野の森親子フェスタ」	5月3日から5日にかけて、子どもの読書推進会議・出版文化産業振興財団共催により、「第9回上野の森親子フェスタ」が東京・上野公園において開催される。主な催しはチャリティ・ブック・フェスティバル、絵本・童話作家きむらゆういちらによる講演など。
5月	〔ベストセラー・話題本〕『100かいだてのいえ』刊行	5月、いわいとしお作の創作絵本『100かいだてのいえ』(偕成社)が刊行される。25万部のロングセラーとなるが、書店店頭で子ども達が気に入って親に買ってもらうケースが多かった。2009年11月、続編『ちか100かいだてのいえ』が刊行される。
6月	〔刊行・発表〕『風の名前』刊行	6月、パトリック・ロスファス作『風の名前』上中下巻(白夜書房)が刊行される。20ヶ国以上で翻訳が決定したファンタジー小説。
7.23	〔刊行・発表〕『ハリー・ポッターと死の秘宝』刊行	7月23日、J.K.ローリング著ハリー・ポッターシリーズ第7巻(最終巻)『ハリー・ポッターと死の秘宝』(上下巻)が静山社から刊行される。初版部数は180万部。
8.15	〔作家訃報〕加藤秀が亡くなる	8月15日、児童文学作家の加藤秀が亡くなる。82歳。本名、加藤市郎。秋田県生まれ。秋田師範卒。小・中学校の教師生活を経て、児童書出版で知られる偕成社で17年間児童図書の編集を担当したが、昭和45年に退社。以後、作家活動に従事、科学物語を中心としてノンフィクションものを多く手がけた。著書に「心をうつ話・いじん物語〈4年生〉」「みちのく風流滑稽譚」「姿なき企業殺人」などがある。
9月	〔刊行・発表〕『しっぱいにかんぱい！』刊行	9月、宮川ひろ作、小泉るみ子絵による『しっぱいにかんぱい！』が童心社より刊行。運動会で失敗し、落ちこむ達也のおねえちゃんのために、周囲の人々が自分の失敗談を披露する。子どもをさりげなくサポートする姿が描かれ、「かんぱい！ シリーズ」として「うそ」「ずるやすみ」などが後に刊行された。
10.15	〔刊行・発表〕『ロンド国物語』刊行開始	10月15日、エミリー・ロッダ作『ロンド国物語1 オルゴールの秘密』(岩崎書店)が刊行される。人気シリーズ『デルトラ・クエスト』著者による、全9巻の子ども向け冒険ファンタジー小説。
10.16	〔刊行・発表〕『つみきのいえ』刊行	10月16日、加藤久仁生絵・平田研也文『つみき

のいえ』(白泉社)が刊行される。同月公開の短編アニメ映画を監督加藤・脚本平田が自ら絵本化したもので、映画が米国アカデミー賞短編アニメ賞など世界各国で多くの賞を受賞したこともあり、好調な売れ行きを示す。

10.21 〔作家訃報〕小島禄琅が亡くなる　10月21日、詩人・児童文学作家の小島禄琅が亡くなる。91歳。本名、小島録郎。愛知県東春日井郡小牧町(小牧市)生まれ。青年時代は詩・創作を書いて同人雑誌を遍歴。文芸誌「不同調」に「出産」、「作家」に「生命の課題」「朝鮮飴」「雪と塩鱒」などを発表。昭和48年愛知県職員を定年退職し、民間団体に就職。59年退職し、文学活動を再開、詩と童謡を執筆。著書に「海を越えた蝶—小島禄琅詩集」「運河沿いの道」「地球が好きだ」「指」「新・日本現代詩文庫〈7〉小島禄琅詩集」などがある。

11.18 〔作家訃報〕平林美佐男が亡くなる　11月18日、児童文学作家の平林美佐男が亡くなる。84歳。東京都生まれ。高小卒。家業の海苔製造業を継ぐが、昭和37年海苔場の埋め立てにより印刷会社に勤めた。勤めの傍ら、児童文学を中心に執筆活動を行った。著書に「海と口笛」「遠くなった海」などがある。

11月 〔刊行・発表〕『魔術師ニコロ・マキャベリ』刊行　11月、マイケル・スコット作『魔術師ニコロ・マキャベリ』(理論社)が刊行される。2007年11月に刊行され話題となった『錬金術師ニコラ・フラメル』に続く『アルケミスト』シリーズ第2巻。

この年 〔ベストセラー・話題本〕『じごくのそうべえ』100万部突破　この年、田島征彦作の絵本『じごくのそうべえ』シリーズ(童心社)全4冊が累計100万部を突破する。上方落語『地獄八景亡者戯』を題材にした第1巻『じごくのそうべえ』刊行は1978年5月で、30年をかけての快挙達成。

この年 〔ベストセラー・話題本〕『葉っぱのフレディ』10周年　この年、レオ・バスカーリア作、みらいなな訳『葉っぱのフレディ』(童話屋)が刊行10周年を迎えたことを機に、訳者と出版社が売上の一部を基金として、アマゾンの熱帯雨林を再生する植林事業を開始。同書は1998年10月に刊行され、大人も読む絵本としてメディアに取り上げられたほか、中学校の教科書に採用された。累計部数は110万部を突破。

この年 〔読書感想文〕第54回読書感想コン課題図書　この年(2008年度)の青少年読書感想文コンクールの課題図書。【小学校低学年】『ふしぎなキャンディーやさん』(みやにしたつや・作・絵)金の星社、『ぼくがラーメンたべてるとき』(長谷川義史・作・絵)教育画劇、『かわいいこねこをもらってください』(なりゆきわかこ・作、垂石眞子・絵)ポプラ社、『ちいさなあかちゃん、こんにちは！：未熟ってなあに』(リヒャルト・デ・レーウ、マーイケ・シーガル・作、ディック・ブルーナ・絵、野坂悦子・訳)講談社。【小学校中学年】『3年2組は牛を飼います』(木村セツ子・作、相沢るつ子・絵)文研出版、『ぼくのだいすきなケニアの村』(ケリー・クネイン・文、アナ・ファン・絵、小島希里・訳)BL出版、『花になった子どもたち』(ジャネット・テーラー・ライル・作、市川里美・画、多賀京子・訳)福音館書店、『今日からは、あなたの盲導犬』(日野多香子・文、増田勝正・写真)岩崎書店。【小学校高学年】『チームふたり』(吉野万理子・作、宮尾和孝・絵)学習研究社、『耳の聞こえない子がわたります』(マーリー・マトリン・作、日当陽子・訳、矢島眞澄・絵)フレーベル館、『ブルーバック』(ティム・ウィントン・作、小竹由美子・訳、橋本礼奈・画)さ・え・ら書房、『なぜ、めい王星は惑星じゃないの？：科学の進歩は宇宙の当たり前をかえて

いく』(布施哲治・著)くもん出版。【中学校】『となりのウチナーンチュ』(早見裕司・著)理論社、『曲芸師ハリドン』(ヤコブ・ヴェゲリウス・作、菱木晃子・訳)あすなろ書房、『天馬のように走れ：書聖・川村驥山物語』(那須田稔・著)ひくまの出版。【高等学校】『荷抜け』(岡崎ひでたか・著)新日本出版社、『兵士ピースフル』(マイケル・モーパーゴ・著、佐藤見果夢・訳)評論社、『オデッセイ号航海>記：クジラからのメッセージ』(ロジャー・ペイン・著、宮本貞雄・訳)角川学芸出版。

この年 〔作家訃報〕小沢正が亡くなる　児童文学作家の小沢正が亡くなる。71歳。東京都杉並区生まれ。早稲田大学教育学部卒。大学在学中は早大童話会に所属し、山元護久らと幼年童話研究誌「ぷう」を創刊。児童図書出版社で保育絵本の編集に携わったのち、昭和38年退社。文筆生活に入り、NHK幼児番組の放送台本などを執筆。三田村信行、杉山経一らと同人誌「蜂起」を創刊。「目をさませトラゴロウ」でNHK児童文学賞奨励賞を受賞。ほかに「まほうのチョーク」「三びきのたんてい」「のんびりこぶたとせかせかうさぎ」など作品多数。

この年 〔イベント関連〕フォア文庫30周年　この年、フォア文庫の会(岩崎書店・金の星社・童心社・理論社の4社による協力出版)がフォア文庫創刊30周年の記念フェアを開催する。この時点でのラインナップは750点以上、約3000万部。

《この年の児童文学賞》

第39回(平20年度)JOMO童話賞　【一般の部】〈最優秀賞〉中村洋子の「黄いろいぼく」、〈優秀賞〉宮坂宏美の「クマの木」、笠原光恵の「テーラーすみれのお客様」、【中学生の部】〈最優秀賞〉中山愛弥の「月うさぎ」、〈優秀賞〉大原映美の「秋雨丸」、市岡みずきの「梅のお話」、【小学生以下の部】〈最優秀賞〉小原ゆりえの「おれも明日はスーパーマン」、〈優秀賞〉松下さらの「旅するシャボン玉」、西原知奈津の「なつが変わった日」。

第38回(平20年)赤い鳥文学賞　たかしよいちの「天狗」ポプラ社、【特別賞】脇坂るみの「赤い鳥翔んだ―鈴木スズと父三重吉―」小峰書店。

第23回(平20年度)家の光童話賞　【家の光童話賞】田口きしゑの「おじぞうさまのみょうがぼち」、【優秀賞】あらいずかのりの「むじんちょくばいじょ」、青山祥子の「おじいちゃんはダイコンもり」、八重樫幸蔵の「ある日の牧場の情景」、鍋島利恵子の「風売りピップン」。

第43回(平20年度)エクソンモービル児童文化賞　今江祥智。

第17回(平20年)小川未明文学賞　【大賞】ながすみつきの「空と大地と虹色イルカ」、【優秀賞】森夏月の「七日七夜の朝に」、もりおみずきの「ティダピルマ」。

第7回(平20年)角川ビーンズ小説大賞　【審査員特別賞】三川みりの「シュガーアップル・フェアリーテイル―砂糖林檎妖精譚―」、【優秀賞&読者賞】岩城広海の「王子はただ今出稼ぎ中」、朝戸麻央の「アナベルと魔女の種」。

第6回(平20年)北日本児童文学賞　【最優秀賞】北詰渚の「ぼくは携帯犬ミルク」、【優秀賞】もりおみずきの「真夜中バースデー」、蒼沼洋人の「ちっち・ちっぷす」。

第18回(平20年)けんぶち絵本の里大賞　【絵本の里大賞】真珠まりこ〔文・絵〕の「もったいないばあさんもったいないことしてないかい？」講談社、【びばからす賞】長谷川義史〔文・絵〕の「いいから いいから(2)」絵本館、こんのひとみ〔文〕いもとようこ〔絵〕の「いつもいっしょに」金の星社、長谷川義史〔文・絵〕の「ぼくがラーメンたべてるとき」教育画劇。

第30回(平20年)講談社絵本新人賞　コマヤスカンの「てるてる王子　南へ」、【佳作】重田紗矢香の「まないたにりょうりをあげないこと」。

第49回(平20年)講談社児童文学新人賞　河合二湖の「バターサンドの夜、人魚の町で」、【佳作】如月涼の「サナギのしあわせ」。

第55回(平20年)産経児童出版文化賞　【大賞】広瀬寿子〔作〕ささめやゆき〔絵〕の「ぼくらは『コウモリ穴』をぬけて」あかね書房、【JR賞】池田啓〔文・写真〕の「コウノトリがおしえてくれた」フレーベル館、【美術賞】松谷みよ子〔文〕司修〔絵〕の「山をはこんだ九ひきの竜」佼成出版社、【産経新聞社賞】本多明の「幸子の庭」小峰書店、【フジテレビ賞】中島晶子〔作〕つるみゆき〔画〕の「牧場犬になったマヤ」ハート出版、【ニッポン放送賞】すとうあさえ〔文〕さいとうしのぶ〔絵〕の「子どもと楽しむ行事とあそびのえほん」のら書店、【翻訳作品賞】ユンソクチュン〔文〕イヨンギョン〔絵〕かみやにじ〔訳〕の「よじはん　よじはん」福音館書店。

第14回(平20年)児童文学ファンタジー大賞　該当作なし、【佳作】該当作なし、【奨励賞】廣嶋玲子の「あぐりこ」、本田昌子の「スコールでダンス」。

第37回(平20年)児童文芸新人賞　宮下恵茉の「ジジ　きみと歩いた」学習研究社。

第57回(平20年度)小学館児童出版文化賞　魚住直子の「Two Trains」学習研究社、長谷川義史の「ぼくがラーメンたべてるとき」教育画劇。

第49回(平20年)千葉児童文学賞　該当作なし、【佳作】黒川一歩の「節分の夜に」。

第11回(平20年度)ちゅうでん児童文学賞　【大賞】河野佳子の「二メートル」、【優秀賞】鎰廣みどりの「さくら」、谷中智子の「階段図書館」。

第7回(平20年)長編児童文学新人賞　【入選】該当作なし、【佳作】佐藤寛之の「それは〈罰〉から始まった」、重松彌佐の「夏の時計」。

第24回(平20年度)坪田譲治文学賞　瀬尾まいこの「戸村飯店　青春100連発」理論社。

第26回(平20年)新美南吉児童文学賞　本多明の「幸子の庭」小峰書店。

第20回(平20年)新美南吉童話賞　【最優秀賞(文部科学大臣奨励賞)】とだかずきの「かげつなぎ」、【一般の部】〈優秀賞(半田市長賞)〉黒田みこの「しましま」、〈特別賞(ミツカン賞)〉栗本大夢の「干柿と交換しておくれ」、〈特別賞(知多信用金庫賞)〉伴和久の「風鈴坂」、〈特別賞(中部電力株式会社賞)〉南河潤吉の「消えた鳥かご」、【佳作】尾臺照道の「目覚まし時計は朝ねぼう」、舟山雄也の「トンボのいのち」、【中学生の部】〈優秀賞(社団法人半田青年会議所賞)〉藤井巳菜海の「ねこのおだんごやさん」、〈特別賞(新美南吉顕彰会賞)〉塩田典子の「満月の夜に」、〈佳作〉榊原篤己の「じいちゃん」、鷹羽恵里の「生きている絵」、【小学生高学年の部】〈優秀賞(ごんぎつねの会賞)〉奥山絵梨香の「サンタクロースの国のペペ」、〈佳作〉帆足日菜待の「私はたんぽぽ　春のせい」、松久真悠の「きつねのおれい」、【小学生低学年の部】〈優秀賞(中日新聞社賞)〉柿林杏耶の「おふろってきもちいい」、〈佳作〉水谷天音の「まこちゃん家のれいぞう庫」、加藤里彩の「お母さんのせなか」、【その他の部】〈第20回記念賞〉木村明美の「じょうろのチョロ吉」。

第25回(平20年度)日産　童話と絵本のグランプリ　【童話の部】〈大賞〉あさばみゆきの「鉄のキリンの海わたり」、【絵本の部】〈大賞〉みやこしあきこ〔作・絵〕の「たいふうがくる」。

第13回(平20年)日本絵本賞　【大賞】及川賢治・竹内繭子〔作・絵〕の「よしおくんが

ぎゅうにゅうをこぼしてしまったおはなし」岩崎書店、【日本絵本賞】舟崎克彦〔作〕宇野亜喜良〔画〕の「悪魔のりんご」小学館、もとしたいづみ〔文〕石井聖岳〔絵〕の「ふってきました」講談社、長谷川義史〔作・絵〕の「ぼくがラーメンたべてるとき」教育画劇、【読者賞(山田養蜂場賞)】みやにしたつや〔作・絵〕の「ふしぎなキャンディーやさん」金の星社。

第32回(平20年)日本児童文学学会賞　【学会賞】該当作なし、【奨励賞】石原剛の「マーク・トウェインと日本—変貌するアメリカの象徴—」彩流社、石山幸弘の「紙芝居文化—資料で読み解く紙芝居の歴史—」萌文書林、【特別賞】加藤暁子の「日本の人形劇一八六七—二〇〇七」法政大学出版局。

第11回(平20年)「日本児童文学」作品奨励賞　瀧下映子の「海がはじまる」。

第48回(平20年)日本児童文学者協会賞　岩瀬成子の「そのぬくもりはきえない」偕成社、間中ケイ子の「猫町五十四番地(詩集)」てらいんく。

第41回(平20年)日本児童文学者協会新人賞　本多明の「幸子の庭」小峰書店。

第32回(平20年)日本児童文芸家協会賞　該当作なし。

第13回(平20年)〔日本児童文芸家協会〕創作コンクール　【童謡・少年詩部門】〈優秀賞〉片山ひとみの「ひそひそ話」、くろさみほの「ひとつ IN阿蘇」、西村友里の「大空」、〈佳作〉蒲原三恵子の「心のつばさ」、木元葉月の「冬将軍」、しおたとしこの「333のマーチ」、桃山みなみの「てのひらのまほう」、【幼年部門】〈優秀賞〉該当作なし、〈佳作〉安藤邦緒の「おはよう、フクゾーくん！」、皆実なみの「怪盗ナーンダ」、与田亜紀の「おかあさんって、いいね」、【中学年部門】〈優秀賞〉堀米薫の「牛太郎！　ぼくもやったるぜ！」、〈佳作〉赤城佐保の「ぼくという木」、いとうちえ美の「ゴジラもツバメも空を飛ぶ」、佐々木有子の「おへその　ひみつ」、【高学年部門】〈優秀賞・文部科学大臣賞〉中西翠の「クローバー」、〈佳作〉あびきみえの「スウィート・ビターチョコとミスタア・ノーマンと」、国元まゆみの「甲子園で会おう」、西村友里の「日だまり横丁の古本屋」、【ノンフィクション部門】〈優秀賞〉該当作なし、〈佳作〉該当作なし。

第20回(平20年)日本動物児童文学賞　【大賞】山田士朗の「プリン」、【優秀賞】滝上湧子の「サスケ　またいつか会おう」、佐藤良彦の「アフリカからのEメール」、【奨励賞】高村たかしの「レッツゴー　ロック」、高野麻由の「最初の一歩」、竹田弘の「子ガメ孵る日」、佐々木好美の「おばあちゃんとシロのあいだ」、中村君江の「ふりかえった犬」。

第46回(平20年)野間児童文芸賞　工藤直子の「のはらうた V」。

第19回(平20年)ひろすけ童話賞　深山さくらの「かえるのじいさまとあめんぼおはな」教育画劇。

第25回(平20年)福島正実記念SF童話賞　【大賞】友乃雪の「とんだトラブル!?　タイムトラベル」、【佳作】西美音の「ふしぎなスノードーム」、三木聖子の「おかっぱ川子」。

第1回(平20年)ポプラズッコケ文学賞　【大賞】該当作なし、【優秀賞】荒井寛子の「ジャック&クイーン」(「ナニワのMANZAIプリンセス」と改題し刊行)、【奨励賞】西村すぐりの「踊れ！　バイオリン」(「ぼくがバイオリンを弾く理由」と改題し刊行)、【特別奨励賞】両国龍英の「'08ホームズと竜の爪痕」、【審査員賞】小石ゆきの「ぼくら6年乙女組」、松島美穂子の「こちら、妖怪探偵局」、桂木九十九の「火の木」、川上途行の「橙色としゃべり言葉」。

第18回(平20年)椋鳩十児童文学賞　樫崎茜の「ボクシング・デイ」講談社。

第20回（平20年）琉球新報児童文学賞　【創作昔ばなし】あかつきりうんの「笛吹き」、編集児童小説は、該当者なし。

2009年
（平成21年）

1.20	〔出版社関連〕**小峰書店に梓会出版文化賞**　1月20日、小峰書店が2008年度（第24回）梓会出版文化賞を受賞する。加古里子著『伝承遊び考』（全4巻）の完結が、児童書の枠を超えた資料的価値の高い刊行であると評価された。	
2月	〔刊行・発表〕**『ぼくの庭にきた虫たち』刊行**　2月、佐藤信治著の写真絵本『ぼくの庭にきた虫たち』全5巻（農文協）が刊行される。自宅の庭で数十年にわたり、テントウムシ・アゲハチョウ・セミ・カタツムリ・カマキリといった身近な虫の暮らしや行動を子どもの目線で探求し続けた、命のドラマあふれる観察記。	
3.17	〔作家訃報〕**須知徳平が亡くなる**　3月17日、小説家・児童文学作家の須知徳平が亡くなる。87歳。本名、須知茂。筆名、佐川茂。岩手県盛岡市生まれ。国学院大学専門部卒。旧満州・吉林省の農事合作社勤務を経て、国学院大学専門部で折口信夫の講義を聴講した。卒業と同時に出征し、戦後、北海道、岩手県で中学・高校教師を歴任。のち盛岡大学文学部教授。昭和37年、デビュー作である小説「ミルナの座敷」で講談社児童文学新人賞を受賞。以後、児童文学作品を多く発表し、38年「春来る鬼」で第1回の吉川英治賞を受賞。他の作品に「アッカの斜塔」「人形は見ていた」「宮沢賢治」「新渡戸稲造」「北を守る馬」などがある。	
3.23	〔刊行・発表〕**『日本の絵本美術館』刊行**　3月23日、国際子ども図書館を考える全国連絡会が『日本の絵本美術館』を刊行する。	
3.24	〔作家訃報〕**佐藤真佐美が亡くなる**　3月24日、児童文学作家の佐藤真佐美が亡くなる。69歳。北海道生まれ。玉川大学文学部教育学科卒。図書館司書などを経て、著述と印刷業に携わる。昭和48年「マンガの世界」で北川千代賞を受賞。山梨学院短期大学、山梨英和短期大学や、山梨県内の児童文学勉強会・子ども文学探検隊の講師をはじめ、市川大門町議、市川三郷町議も務めた。著書に「ぼくらは地底王国探検隊」「甲斐むかし話の世界」「山梨学院大学箱根駅伝物語」などがある。	
4.23	〔児童文学一般〕**盲学校に大活字本寄贈**　4月23日、講談社・みつわ印刷が「子ども読書の日」に合わせ、『青い鳥文庫』中の20タイトルを大活字本とし、全国66の盲学校に寄贈することを発表する。	
4月	〔刊行・発表〕**「日本名作おはなし絵本」シリーズ刊行開始**　4月、「日本名作おはなし絵本」シリーズが、小学館から刊行を開始された。	
5.3～5	〔イベント関連〕**「第10回上野の森親子フェスタ」**　5月3日から5日にかけて、子どもの読書推進会議・出版文化産業振興財団共催により、「第10回上野の森親子フェスタ」が東京・上野公園において開催される。絵本・児童書などを2割引きで販売するチャリティ・ブック・フェスティバルの売上が2800万円に達したほか、この年は絵	

2009年（平成21年）

本作家黒川みつひろらが講演を行う。

5.16 〔作家訃報〕滝平二郎が亡くなる　5月16日、版画家・切り絵作家の滝平二郎が亡くなる。88歳。茨城県新治郡玉里村（小美玉市）生まれ。石岡農（現・石岡第一高）〔昭和13年〕卒。昭和14年18歳で初めて木版画を手がける。17年造形版画協会第2回展に初出品。応召して沖縄戦に従軍し、同地で陸軍少尉として敗戦を迎えた。21年復員。24年日本版画運動協会創立に参加。日本美術会にも参加して日本アンデパンダン展に出品。43年国際版画ビエンナーレ展に招待出品。童画グループ「車」同人。1960年代後半から切り絵を手がけ、児童文学作家・斎藤隆介の絵本「ベロ出しチョンマ」（42年）、「八郎」（42年）、「花さき山」（44年）、「モチモチの木」（46年）などの切り絵挿画で名高く、「花さき山」「モチモチの木」は100刷・100万部を超えるロングセラーとなった。45～53年朝日新聞日曜版フロントページの挿画を担当。霞ケ浦の水郷出身で、故郷の景観や風物をベースに詩情豊かな切り絵世界を生み出し、骨太な農民画の伝統を継いで、平和運動や民主運動にも積極的姿勢を示した。美術家平和会議代表委員。

5月 〔刊行・発表〕『おとうさんのちず』刊行　5月、ユリ・シュルヴィッツ作の『おとうさんのちず』があすなろ書房から刊行される。訳はさくまゆみこ。

6.19 〔刊行・発表〕「考える絵本」刊行開始　6月19日、「考える絵本」全10巻（大月書店）の刊行が開始される。小学校中学年以上を対象とするシリーズで、第1回配本は香山リカ文・益田ミリ絵『こころ』、谷川俊太郎文・かるべめぐみ絵『死』の2点。

7.8 〔刊行・発表〕「くらべる図鑑」刊行　7月8日、加藤由子・渡部潤一・中村尚が監修・指導の『小学館の図鑑NEO+ぷらす　くらべる図鑑』（小学館）が刊行される。RFIDタグを付けた責任販売・委託併用企画として発売され、好調な売れ行きを示す。

7月 〔刊行・発表〕「ことわざえほん」刊行開始　7月、いもとようこ作『いもとようこのことわざえほん』シリーズ第1弾『ねこにこばん』（金の星社）が刊行される。

7月 〔刊行・発表〕「しろくまちゃん」点字版刊行　7月、若山憲・森比左志・わだよしおみ作『てんじつき　さわるえほん　しろくまちゃんのほっとけーき』（こぐま社）が刊行される。『こぐまちゃんえほんシリーズ』全15冊中最高の人気作を点字付き絵本にしたもの。目が見える人も見えない人も同時に楽しめるように、文を点字併記としたほか、絵の部分にも透明な樹脂インクで特殊な隆起印刷を施し、話題となる。

8.25 〔刊行・発表〕「寺子屋シリーズ」刊行開始　8月25日、『寺子屋シリーズ』第1巻である西田知己著『親子で楽しむ　こども和算塾』（明治書院）が刊行される。ベストセラー『こども論語塾』の姉妹シリーズで、主な対象は6歳から12歳。江戸時代の子ども達が寺子屋で学んでいた「読み書き・そろばん」をベースに、日本の伝統文化が学べる企画。

9.21 〔作家訃報〕庄野潤三が亡くなる　9月21日、小説家の庄野潤三が亡くなる。88歳。大阪府大阪市住吉区生まれ。住吉中（旧制）卒、大阪外国語学校英語部卒、九州帝国大学法文学部東洋史学科卒。昭和18年、同人誌「まほろば」に処女作「雪・ほたる」を発表。同年大学を繰り上げ卒業、19年海軍予備学生となり海軍少尉に任官。20年8月伊豆半島の基地で敗戦を迎えた。復員後、今宮中学の歴史教師となり、21年島尾・林と同人誌「光耀」を創刊（3号で廃刊）。24年「新文学」に「愛撫」を発表して注目

を集める。大阪市立南高校教諭を経て、26年朝日放送に入社。28年東京支社に転勤となり上京、安岡章太郎、吉行淳之介、遠藤周作、阿川弘之らと親しく交わって"第三の新人"の一人に数えられ、同年第一作品集「愛撫」を刊行。30年4回目の候補となった「プールサイド小景」で第32回芥川賞を受賞。同年朝日放送を退社して文筆生活に入る。人間生活の日常における微妙な危機の相をとらえた作品に定評があり、自らの家庭を題材にとって、子どもや孫の成長や生活の細部を静かな筆致で描く独自の境地を拓き、「夕べの雲」「絵合せ」「明夫と良二」は、それぞれ40年読売文学賞、46年野間文学賞、47年毎日出版文化賞と赤い鳥を受けた。44年「紺野機業場」で芸術選奨文部大臣賞、47年日本芸術院賞。53年日本芸術院会員、ケニオン大学名誉文学博士(オハイオ州)。平成5年には勲三等瑞宝章を受賞。平成8年の「貝がらと海の音」からは、子どもが独立した老夫婦の日々の喜びを描き、18年の「星に願いを」に至るまで、「ピアノの音」「せきれい」「庭のつるばら」「鳥の水浴び」「うさぎのミミリー」「庭の小さなばら」「メジロの来る庭」「けい子ちゃんのゆかた」と毎年のように作品を書き継いで、最晩年まで執筆活動を続けた。他の著書に「ザボンの花」「浮き燈台」「流れ藻」「野鴨」「おもちゃ屋」「陽気なクラウン・オフィス・ロウ」「サヴォイ・オペラ」「世をへだてて」「インド綿の服」「文学交友録」などがある。

9月 〔刊行・発表〕『1つぶのおこめ』刊行　9月、デミ作、さくまゆみこ訳による『1つぶのおこめ』が光村教育図書より刊行。ケチな王さまをこらしめるために、倍の倍…という算数のひらめきによって村を救った女の子の物語。

9月 〔刊行・発表〕『雪だるまの雪子ちゃん』刊行　9月、江國香織著『雪だるまの雪子ちゃん』が刊行された。

10.7 〔刊行・発表〕『CDえほん まんが日本昔ばなし』刊行　10月7日、『CDえほん まんが日本昔ばなし』第1集全5巻(講談社)が刊行される。テレビアニメ『まんが日本昔ばなし』1400話あまりから20話を厳選し、CDには放映時の語りとBGM、主題歌を収録。セット販売は責任販売・時限再版で10月7日発売、各巻ごとの販売は新刊委託で11月5日発売とされ、書店経営安定化・返品減少に貢献。

10.15 〔ベストセラー・話題本〕『魔女の宅急便』完結　10月15日、角野栄子作『魔女の宅急便 その6 それぞれの旅立ち』(福音館書店)が刊行される。1985年1月25日の『魔女の宅急便』刊行以来24年目にして物語が完結し、キキは母となり双子の子どもが登場。

10.23 〔児童雑誌等〕『小学5年生』『小学6年生』休刊　10月23日、小学館が創業以来の学年誌について大幅な刷新を行うことを発表。『小学5年生』を3月号、『小学6年生』を2・3月合併号で休刊とし、2010年に新たな学習誌を創刊するとした。また、『小学1年生』から『小学4年生』の内容も抜本的に見直す。

10月 〔出版社関連〕あかね書房60周年企画　10月、あかね書房が60周年を迎え、記念して企画された山下明生による『日本の昔話えほん』(全10巻)が刊行された。

11.10 〔刊行・発表〕『なんでも！ いっぱい！ こども大図鑑』刊行　11月10日、ジュリー・フェリスほか編・米村でんじろう監修『なんでも！ いっぱい！ こども大図鑑』(河出書房新社)が刊行される。22ヶ国で刊行されたビジュアル百科で、日本でも13万部を突破。

11月 〔刊行・発表〕『ちか100かいだてのいえ』刊行　11月、いわいとしお作の創作絵本

	『ちか100かいだてのいえ』（偕成社）が刊行される。2008年5月に刊行され25万部のロングセラーとなった絵本『100かいだてのいえ』の続編で、書店店頭で拡販イベントが展開され、好調な売れ行きを示す。
11月	〔刊行・発表〕『ヒックとドラゴン』刊行　11月、小峰書店より『ヒックとドラゴン』の第一作目「伝説の怪物」が刊行。イギリスの児童文学作家クレシッダ・コーウェルによる冒険小説。
12.10	〔刊行・発表〕『あまんきみこセレクション』刊行　12月10日、『あまんきみこセレクション』全5巻（三省堂）が刊行される。著者の40年以上にわたる創作活動を過去最大規模で集大成したもので、国語教科書掲載作品を完全収録。
12月	〔刊行・発表〕「いまむかしえほん」刊行開始　12月、広松由希子文「いまむかしえほん」シリーズが、岩崎書店から刊行を開始された。
この年	〔読書感想文〕第55回読書感想コン課題図書　この年（2009年度）の青少年読書感想文コンクールの課題図書。【小学校低学年】『おこだでませんように』（くすのきしげのり・作、石井聖岳・絵）小学館、『しっぱいにかんぱい！』（宮川ひろ・作、小泉るみ子・絵）童心社、『ちょっとまって、きつねさん！』（カトリーン・シェーラー・作、関口裕昭・絵）光村教育図書、『てとてとてとて』（浜田桂子・さく）福音館書店。【小学校中学年】『そいつの名前はエメラルド』（竹下文子・作、鈴木まもる・画）金の星社、『風をおいかけて、海へ！』（高森千穂・作、なみへい・絵）国土社、『しあわせの子犬たち』（メアリー・ラバット・作、若林千鶴・訳、むかいながまさ・絵）文研出版、『オランウータンのジプシー：多摩動物公園のスーパーオランウータン』（黒鳥英俊・著）ポプラ社。【小学校高学年】『春さんのスケッチブック』（依田逸夫・作、藤本四郎・絵）汐文社、『ぼくの羊をさがして』（ヴァレリー・ハブズ・著、片岡しのぶ・訳）あすなろ書房、『ヨハネスブルクへの旅』（ビバリー・ナイドゥー・作、もりうちすみこ・訳、橋本礼奈・画）さ・え・ら書房、『マタギに育てられたクマ：白神山地のいのちを守って』（金治直美・文）佼成出版社。【中学校】『8分音符のプレリュード』（松本祐子・作）小峰書店、『時間をまきもどせ！』（ナンシー・エチメンディ・作、吉上恭太・訳、杉田比呂美・絵）徳間書店、『月のえくぼ（クレーター）を見た男：麻田剛立』（鹿毛敏夫・著、関屋敏隆・画）くもん出版。【高等学校】『縞模様のパジャマの少年』（ジョン・ボイン・作、千葉茂樹・訳）岩波書店、『夏から夏へ』（佐藤多佳子・著）集英社、『カレンダーから世界を見る』（中牧弘允・著）白水社。

《この年の児童文学賞》

　　第40回（平21年度）JX-ENEOS童話賞　【一般の部】〈最優秀賞〉木村秀子の「とこやさんの夢」、〈優秀賞〉山口智史の「かかしのジャック」、松本恵子の「中村さんの宿題」、【中学生の部】〈最優秀賞〉福澤麻里菜の「ポピーさん」、〈優秀賞〉小澤麗那の「たった一度の夏に」、清水美里の「雨の日の晴れ」、【小学生以下の部】〈最優秀賞〉一戸笙史の「どんぐりの実だった頃」、〈優秀賞〉野崎千波の「おにのワンピース」、吉田晃大の「そらときき」。

　　第39回（平21年）赤い鳥文学賞　森山京の「ハナと寺子屋のなかまたち―三八塾ものがたり」理論社。

　　第18回（平21年）小川未明文学賞　【大賞】市川洋介の「アンモナイトの森で」学研教育出版、【優秀賞】森川成美の「アオダイショウの日々」、白川みことの「ぼくらの宝島」。

第8回（平21年）角川ビーンズ小説大賞　【大賞】望月もらんの「風水天戯」、【奨励賞】夜野しずくの「ドラゴンは姫のキスで目覚める」、【読者賞】河合ゆうみの「花は桜よりも華のごとく」。

第7回（平21年）北日本児童文学賞　【最優秀賞】該当者なし、【優秀賞】岩田隆幸の「穴掘り」、【優秀賞】村上知矢の「ユウ君のラストパス」、古閑良子の「ハル」。

第19回（平21年）けんぶち絵本の里大賞　【絵本の里大賞】長谷川義史〔作〕の「いいからいいから（3）」絵本館、【びばからす賞】あべ弘士〔作〕の「エゾオオカミ物語」講談社、宮西達也〔作・絵〕の「あいしてくれてありがとう」ポプラ社、長谷川義史〔作〕の「てんごくのおとうちゃん」講談社。

第31回（平21年）講談社絵本新人賞　【佳作】米澤章憲の「夢次郎だるま」、阪吉章・阪幹子の「ザリザニポン」。

第50回（平21年）講談社児童文学新人賞　新木恵津子の「Our Smallest Adventures」、【佳作】陣崎草子の「草の上で愛を」。

第40回（平21年）講談社出版文化賞〔絵本賞〕　酒井駒子・湯本香樹実の「くまとやまねこ」。

第31回（平21年）子どもたちに聞かせたい創作童話　【第一部】〈特選〉ゆききよとしの「どうぶつとしょしつ」、〈入選1位〉原正和の「赤鬼からのおくりもの」、〈入選2位〉亀井むつみの「花を咲かせたワニ」、〈入選3位〉池田千歳の「ようちゃんととなりのお家」、〈佳作〉樋口朝子の「夏の王子様」、大川富美の「やみよの白へび」、古川裕子の「アッシーナとカルージャと宝のなる木」、【第二部】〈特選〉上野詠未の「じいちゃんとばあちゃんの秘密の花園」、〈入選1位〉三町公平の「羅漢さんのお顔」、〈入選2位〉仲原芽衣の「太郎主の木」、〈入選3位〉くどうえみの「本当のこと」、〈佳作〉岡輝明の「りんご村の一等賞」、広田明美の「「都」物語」、与田亜紀の「おとうさん、だいすき」、奨励賞（高校生対象）は、田之畑翔萌の「タイムカプセル」、一真の「アルフヘイム」、脇田優の「風のみちしるべ」、緋嘱の「雪兎と冬の妖精」、宇都小百合の「魔女の娘」。

第56回（平21年）産経児童出版文化賞　【大賞】須藤斎の「0.1ミリのタイムマシン」くもん出版、【JR賞】川嶋康男の「大きな手 大きな愛」農文協、【美術賞】まどみちお〔詩〕柚木沙弥郎〔絵〕の「せんねん まんねん」理論社、【産経新聞社賞】きたやまようこの「いぬうえくんがわすれたこと」あかね書房、【フジテレビ賞】竹下文子〔作〕田中六大〔絵〕の「ひらけ！ なんきんまめ」小峰書店、【ニッポン放送賞】杉山亮〔作〕おかべりか〔絵〕の「空を飛んだポチ」講談社、【翻訳作品賞】チェン・ジャンホン〔作・絵〕平岡敦〔訳〕の「この世でいちばんすばらしい馬」徳間書店、ジャン・ソーンヒル〔再話・絵〕青山南〔訳〕の「にげろ！ にげろ？」光村教育図書。

第15回（平21年）児童文学ファンタジー大賞　該当作なし、【佳作】おおぎやなぎちかの「しゅるしゅるぱん」。

第38回（平21年）児童文芸新人賞　久保田香里の「氷石」くもん出版。

第58回（平21年度）小学館児童出版文化賞　篠原勝之の「走れUMI」講談社、松岡達英の「野遊びを楽しむ 里山百年図鑑」小学館。

第12回（平21年度）ちゅうでん児童文学賞　【大賞】該当作なし、【優秀賞】澤井美穂の「図書室の夏」、荒木智子の「まおの時間」、久保英樹の「楓の森」。

第8回（平21年）長編児童文学新人賞　【入選】にしがきようこの「ピアチェーレ」、【佳

作】赤城佐保の「南風の祭り」、辻野陽子の「あずまや」。

第25回（平21年度）坪田譲治文学賞　濱野京子の「トーキョー・クロスロード」ポプラ社。

第44回（平21年度）東燃ゼネラル児童文化賞　神宮輝夫。

第27回（平21年）新美南吉児童文学賞　山中利子の「遠くて近いものたち」（詩集）〔てらいんく〕。

第21回（平21年）新美南吉童話賞　【最優秀賞（文部科学大臣賞）】住吉玲子の「つじこぞう」、【一般の部】〈優秀賞（半田市長賞）〉廣田晃士の「ホクロの世界」、〈特別賞（ミツカン賞）〉河野ちえこの「ポスト」、〈特別賞（知多信用金庫賞）〉川口秀子の「しごとが見つかっためざまし時計」、〈特別賞（中部電力株式会社賞）〉島前苓の「狐のラジオ」、〈佳作〉吉田敬子の「約束のシンの森」、瀬戸美佳の「おばぁの村の一本桜」、【中学生の部】〈優秀賞（社団法人半田青年会議所賞）〉浅井ひなのの「窓」、〈特別賞（新美南吉顕彰会賞）〉原田鈴香の「キツネの探し屋」、〈佳作〉小林志鳳の「ビー玉で空を飛んだコイ」、【小学生高学年の部】〈優秀賞（ごんぎつねの会賞）〉帆足星海の「星のおはじき」、〈佳作〉川合里穂の「おいぼれドア」、榎並慶子の「黒竜家の秘密」、帆足菜侍の「ガラスのキリン」、【小学生低学年の部】〈優秀賞（中日新聞社賞）〉榊原すずかの「四本の歯ブラシさん」、〈佳作〉加藤祐那の「ピンクのぼうし」、柿林杏耶の「おふろってきもちいい スポンジちゃん大ピンチ」。

第26回（平21年度）日産 童話と絵本のグランプリ　【童話の部】〈大賞〉田中きんぎょの「トンノの秘密のプレゼント」、【絵本の部】〈大賞〉宮﨑優〔作・絵〕宮﨑俊枝〔作・絵〕の「てんのおにまつり」。

第14回（平21年）日本絵本賞　【大賞】スズキコージ〔作・絵〕の「ブラッキンダー」イースト・プレス、【日本絵本賞】折原恵〔写真と文〕の「屋上のとんがり帽子」福音館書店、あきびんご〔作〕の「したのどうぶつえん」くもん出版、植田真〔作〕の「マーガレットとクリスマスのおくりもの」あかね書房、【読者賞（山田養蜂場賞）】村尾靖子〔文〕小林豊〔絵〕の「クラウディアのいのり」ポプラ社。

第33回（平21年）日本児童文学学会賞　該当作なし、【奨励賞】水間千恵の「女になった海賊と大人にならない子どもたち─ロビンソン変形譚のゆくえ─」玉川大学出版部、【特別賞】加古里子の「伝承遊び考（全四巻）」小峰書店。

第49回（平21年）日本児童文学者協会賞　高橋秀雄の「やぶ坂に吹く風」小峰書店。

第42回（平21年）日本児童文学者協会新人賞　川島えつこの「花火とおはじき」ポプラ社。

第4回（平21年）日本児童文学者協会評論新人賞　【入選】該当作なし、【佳作】渡邊章夫の「金子みすゞ論─空の向こう側」、内川朗子の「『空気』を描く児童文学─小学校中級向け作品から考える」。

第1回（平21年）「日本児童文学」投稿作品賞　五十嵐容子の「下界の春」（詩）、北原未夏子の「雑草」（創作）。

第33回（平21年）日本児童文芸家協会賞　朽木祥の「彼岸花はきつねのかんざし」学習研究社。

第21回（平21年）日本動物児童文学賞　【大賞】青木邦夫の「ヘルパー犬ゴロ」、【優秀賞】橘世理の「柴犬コロンの青空」、藤井仁司の「天国へのけむり」、【奨励賞】おかざきこまこの「夢といつまでも」、おっきなキューリの「ハナとボクと100の幸せ」、芦沢美樹の「ホッキョクグマと三角コーン」、小柳智佐子の「母の日のプレゼント」、季巳明代の

「プーちゃんのおうちへ、ようこそ」。

第47回(平21年)野間児童文芸賞　なかがわちひろの「かりんちゃんと十五人のおひなさま」。

第20回(平21年)ひろすけ童話賞　福明子の「ジンとばあちゃんとだんごの木」あるまじろ書店。

第26回(平21年)福島正実記念SF童話賞　【大賞】西美音の「妖精ピリリとの三日間」、野泉マヤの「きもだめし☆攻略作戦」。

第2回(平21年)ポプラズッコケ文学賞　【優秀賞】小浜ユリの「時間割のむこうがわ」。

第19回(平21年)椋鳩十児童文学賞　宮下すずかの「ひらがな だいぼうけん」偕成社。

第3回(平21年)森林(もり)のまち童話大賞　【大賞】仲井英之の「森のてんぐ屋さん」、【審査員賞】〈西本鶏介賞〉池ヶ谷政男の「月夜の森に海が来る」、〈立松和平賞〉津田清の「大蚊虫は生き残った」、〈角野栄子賞〉中崎千枝の「夕風のてんぐ」、〈那須田淳賞〉国府久美子の「森っ小僧の林太郎」、〈あさのあつこ賞〉松岡春樹の「ばあちゃんと天狗森」、【佳作】内田和花の「森の鯨」、庄司千恵の「トウレプとカムイたち」、加藤位知子の「まちにみどりを。ふしぎな森の種」、畠山京子の「森の妖精」、日髙博子の「やさしい風」、村田美和の「ブッポウソウ」。

第21回(平21年)琉球新報児童文学賞　【短編児童小説部門】なぐもゆきの「ステラ」、〈佳作〉当山清政の「亀助(かめすけ)じいさんとのフリータイム」、【創作むかし話部門】該当作なし、〈佳作〉組久美の「春のことでした」。

2010年
(平成22年)

1.30　〔作家訃報〕川村たかしが亡くなる　1月30日、児童文学作家の川村たかしが亡くなる。78歳。本名、川村隆。奈良県五条市生まれ。奈良学芸大学文科甲類漢文学卒。小・中・高校の教師を経て、昭和57年〜平成6年梅花女子大学教授。この間、花岡大学に師事し、「近畿児童文化」「童話」同人として創作活動も行う。季刊雑誌「亜空間」を主宰。「山へいく牛」で野間児童文芸賞、路傍の石文学賞、国際アンデルセン賞優良作品賞を受賞。「昼と夜のあいだ」で日本児童文学者協会賞を受賞。10年間かけて執筆した「新十津川物語」(全10巻)で路傍の石文学賞、産経児童出版文化賞、日本児童文学者協会賞を受賞。「天の太鼓」で日本児童文芸家協会賞を受賞した。平成13年には紫綬褒章を受賞。また、五条高校定時制野球部監督で、"もう一つの甲子園"の命名者でもある。

1月　〔刊行・発表〕『ゴハおじさんのゆかいなお話』刊行　1月、徳間書店から『ゴハおじさんのゆかいなお話 エジプトの民話』が刊行される。エジプトで何百年も語りつがれ人々に愛され続ける、ゆかいなゴハおじさんのお話。

2.18　〔作家訃報〕瀬川康男が亡くなる　2月18日、絵本画家の瀬川康男が亡くなる。77歳。愛知県岡崎市生まれ。日本画と洋画を学び、絵本作家として活躍。昭和42年松野正

子作の「ふしぎなたけのこ」でチェコスロバキアの世界絵本原画展グランプリを受賞するなど、海外でも高い評価を得た。自著「ほうし」で講談社出版文化賞絵本賞などを受賞。また、35年「きつねのよめいり」で初めて松谷みよ子とコンビを組んで以来、「ばけくらべ」「たべられたやまんば」などを共同制作。特に赤ちゃん向け絵本「いないいないばあ」「いいおかお」「もうねんね」「あなたはだあれ」などはロングセラーとなった。

3.16　〔刊行・発表〕『せいかつの図鑑』刊行　3月16日、流田直監修『小学館の子ども図鑑プレNEO 楽しく遊ぶ学ぶ せいかつの図鑑』(小学館)が刊行される。2009年7月刊行『小学館の図鑑NEO+ぷらす くらべる図鑑』に続いて計画販売制・委託販売制併用企画として発売された。

3月　〔刊行・発表〕「カドカワ学芸児童名作」創刊　3月、角川学芸出版が小学校中学年以上を対象とする児童向け読み物シリーズ「カドカワ学芸児童名作」を創刊する。第1弾は那須正幹『へんてこりんでステキなあいつ』、きむらゆういち『はじめまして人間たち ボクは山猫シュー』の2点で、いずれも描き下ろし作品。

4.4　〔作家訃報〕奥山一夫が亡くなる　4月4日、児童文学作家の奥山一夫が亡くなる。70歳。筆名、奥山かずお。旧樺太豊原生まれ。北海道旭川市出身。敗戦直前に北海道へ引き揚げ、旭川や札幌を経て、昭和39年根室へ。50年頃から児童文学に取り組み、54年「木の上の少年」で講談社児童文学新人賞佳作を受賞。56年「鮭を待つ少年」がテレビドラマ化される。平成12年「のどしろの海」で小川未明文学賞大賞を受け、アニメ映画化もされた。

4.30　〔作家訃報〕清水たみ子が亡くなる　4月30日、童謡詩人・児童文学作家の清水たみ子が亡くなる。95歳。本名、清水民。埼玉県生まれ。東京府立第五高女卒。小学2年の時に父に買ってもらった童話雑誌「赤い鳥」を愛読、昭和6年同誌が復刊すると北原白秋の指導を受け、児童自由詩や童謡を投稿し、入選を重ねた。同年童謡同人誌「チチノキ」に参加。14年帝国教育会出版部(現・チャイルド本社)に入社し、与田凖一、関英雄の下で児童図書の編集に従事。戦後は21年児童文学者協会設立に参加し、事務局員も兼任。新世界社で絵雑誌「コドモノハタ」の編集に携わった。27年より執筆に専念。50年詩集「あまのじゃく」で赤い鳥文学賞特別賞、日本童謡賞特別賞を、平成2年選詩集「かたつむりの詩」で赤い鳥文学賞、日本童謡賞を受けた。童謡に「雀の卵」「雨ふりアパート」「戦争とかぼちゃ」など、童謡集に「ぞうおばさんのお店」などがある。日本児童文芸家協会児童文化功労者表彰、下総皖一音楽賞を受賞。

5.3～5　〔イベント関連〕「第11回上野の森親子フェスタ」　5月3日から5日にかけて、子どもの読書推進会議・出版文化産業振興財団共催により、「第11回上野の森親子フェスタ」が東京・上野公園において開催される。この年は絵本作家きむらゆういちらが講演を行う。

5.5　〔学会・団体〕国際児童文学館が大阪へ　5月5日、国際児童文学館が、吹田市の大阪府立国際児童文学館から約70万点の資料を引き継ぎ、大阪府立中央図書館内に移転。

5月　〔刊行・発表〕『アリクイにおまかせ』刊行　5月、竹下文子作、堀川波絵による『アリクイにおまかせ』が小峰書店より刊行される。片付けが苦手な女の子とアリクイのおそうじやさんのおはなし。

— 250 —

6.11	〔刊行・発表〕『昆虫顔面図鑑』刊行	6月11日、海野和男『昆虫顔面図鑑 日本編』（実業之日本社）が刊行される。昆虫の顔をクローズアップしたユニークな図鑑。2011年6月9日、『世界編』が刊行された。
6.17	〔刊行・発表〕CD「日本昔ばなし」第2集販売	6月17日、『CDえほん まんが日本昔ばなし』第2集5冊（第6〜10巻）（講談社）が箱入りセットで刊行される。セット購入特典として専用CDケースと「ぬりえちょう」が付けられたこともあり、好調な売れ行きを示した。
6月	〔刊行・発表〕「NEO POCKET」刊行開始	6月、「小学館の図鑑 NEO POCKET」シリーズ（小学館）の刊行が開始される。新書判のハンディタイプで、調べる力・考える力を養い、21世紀をたくましく生きる知識・体力に出会うための図鑑。第1回配本は『昆虫』『植物』『魚』『恐竜』の4点。
6月	〔刊行・発表〕『ムカシのちょっといい未来』刊行	6月、田部智子の『ユウレイ通り商店街(1)ムカシのちょっといい未来』が福音館書店より刊行される。商店街シリーズ第一弾。
7.1	〔学校図書館〕学校図書館図書整備協会に改組	7月1日、学校図書館ブッククラブ（SLBC）が一般社団法人学校図書館図書整備協会（SLBA）に改組される。
7.3	〔作家訃報〕後藤竜二が亡くなる	7月3日、児童文学作家の後藤竜二が亡くなる。67歳。本名、後藤隆二。北海道美唄市生まれ。美唄東高卒、早稲田大学文学部英文科卒。早大入学と同時に早大少年文学会に入会。昭和41年村で働く子供を描いた「天使で大地はいっぱいだ」が講談社児童文学新人賞佳作に入選してデビュー。55年自伝小説「故郷」で旺文社児童文学賞、58年「少年たち」で日本児童文学者協会賞を受賞。そのほか、「大地の冬のなかまたち」で野間児童文芸推奨作品賞、「白赤だすき小○の旗風」で日本児童文学者協会賞、「野心あらためず」で野間児童文芸賞、「おかあさん、げんきですか。」で日本絵本賞を受賞。受験体制下の思春期にこだわり続けた。全国児童文学同人誌連絡会・季節風を結成し、代表。他の著書に「地平線の五人兄弟」「算数病院事件」「14歳—Fight」「紅玉」などのほか、幼年童話「1ねん1くみ1ばんワル」「キャプテンはつらいぜ」「12歳たちの伝説」などのシリーズがある。
7月	〔刊行・発表〕『雲のはしご』刊行	7月、梨屋アリエによる『雲のはしご』が岩崎書店より刊行される。
8.18	〔作家訃報〕櫻井信夫が亡くなる	8月18日、児童文学作家の櫻井信夫が亡くなる。78歳。東京都生まれ。国学院大学国文科卒。編集者、コピーライターなどを経て、詩作、児童文学創作を始める。平成11年少年長編叙事詩「ハテルマ シキナーよみがえりの島・波照間」で日本児童文学者協会賞、赤い鳥文学賞、三越左千夫少年詩賞を受賞。主な作品に「コンピューター人間」「げんばくとハマユウの花」「シカのくる分校」「わが子昭和新山」「もえよ稲むらの火」、詩集「雪と乳房」など。
8.27	〔刊行・発表〕『エレベーターは秘密のとびら』刊行	8月27日、三野誠子による『エレベーターは秘密のとびら』が岩崎書店から刊行。3人の少女が、不思議なエレベーターについて解明しようとする夏休みの体験を描くファンタジー。
8月	〔刊行・発表〕『ココロのヒカリ』刊行	8月、谷川俊太郎文・元永定正絵の幼児から小学校低学年向け絵本『ココロのヒカリ』（文研出版）が刊行される。

9月	〔刊行・発表〕「佐藤さとるファンタジー全集」刊行　9月、「佐藤さとるファンタジー全集」全16巻（講談社発行・復刊ドットコム発売）の刊行が開始される。「コロボックル物語」シリーズなど著者のファンタジー作品を網羅した全集。第1回配本は『だれも知らない小さな国』『豆つぶほどの小さな犬』の2点。
10.1	〔刊行・発表〕「ふうとはなの絵本」刊行開始　10月1日、いわむらかずお作『ふうとはなとうし』（童心社）が刊行される。野に生きる子うさぎ'ふう'と'はな'の驚きと発見に満ちた冒険の日々を描く「ふうとはなの絵本」シリーズの第1作。
10月	〔刊行・発表〕「いもとようこの絵本シリーズ」刊行　10月、立正佼成会から「いもとようこのシリーズ」（全10巻）の刊行が開始。くすのきしげのりの原作にいもとようこが絵を担当して生まれたシリーズ。第1巻は、くすのきしげのり原作『ぼくがおおきくなったら』（佼成出版社）。この他に『おばあちゃんのたんじょうび』『ダメ！』など、子ども達に伝えたい「大切なこと」を描いた作品を収録するシリーズで、2011年11月に全10巻が完結。
10月	〔刊行・発表〕『夏の記者』刊行　10月、福田隆浩による『夏の記者』が講談社から刊行された。
11.11	〔作家訃報〕若松みき江が亡くなる　11月11日、児童文学作家の若松みき江が亡くなる。73歳。千葉県我孫子市生まれ。昭和20年8歳の夏に旧満州で敗戦を迎え、母子5人での逃避行の末に帰国。その後、高校教師を経て、主婦の傍ら、創作活動に従事。平成17年自らの引き揚げ体験を自伝小説「約束の夏」にまとめ、第1回ふるさと自費出版大賞を受賞。18年には中国語に翻訳・出版された。江別児童文学の会「麻の実」代表。19年から3年間、北海道新聞「朝の食卓」筆者。
11月	〔刊行・発表〕「こども大図鑑」刊行　11月、キム・ブライアン監修『こども大図鑑 動物』（河出書房新社）が刊行される。小学校低学年以上向けの図鑑。
12.3	〔作家訃報〕伊藤英治が亡くなる　12月3日、編集者の伊藤英治が亡くなる。65歳。愛媛県西条市生まれ。書評紙「図書新聞」、雑誌「日本児童文学」を経て、編集プロダクション・恒人社に所属。松谷みよ子、椋鳩十、まど・みちおといった児童文学者・詩人の作品集を数多く編集した。編書に「椋鳩十の本」「乙骨淑子の本」「体験的児童文学史」「児童文学アニュアル」「まど・みちお全詩集」（産経児童出版文化賞大賞（第40回）受賞）「現代児童文学作家対談」などがある。にっけん児童図書出版文化賞（第2回）〔平成9年〕受賞。
12月	〔刊行・発表〕「学研の図鑑i」刊行開始　12月、『ニューワイド学研の図鑑』の幼児・小学生向け新シリーズ「ニューワイド学研の図鑑i（アイ）」（学研）の刊行が開始される。第1回配本は今泉忠明監修『いちばん！の図鑑』で、動物の走るスピード・山の高さなど、生き物や地球のいろいろな一番を収録。
12月	〔刊行・発表〕林真理子が児童書出版　12月、林真理子著『秘密のスイーツ』（ポプラ社）の一般書版と児童書版（いくえみ綾・絵）が同時刊行される。著者初の児童文学作品で、タイムトンネルで結ばれた現代の少女理沙と戦時下の少女雪子の心の交流を描く物語。
この年	〔読書感想文〕第56回読書感想コン課題図書　この年（2010年度）の青少年読書感想文コンクールの課題図書。【小学校低学年】『ミリーのすてきなぼうし』（きたむらさ

とし・作）BL出版、『とっておきの詩』（村上しいこ・作、市居みか・絵）PHP研究所、『むねとんとん』（さえぐさひろこ・作、松成真理子・絵）小峰書店、『いじわるなないしょオバケ』（ティエリー・ロブレヒト・作、フィリップ・ホーセンス・絵、野坂悦子・訳）文溪堂。【小学校中学年】『こぶとりたろう』（たかどのほうこ・作、杉浦範茂・絵）童心社、『点子ちゃん』（野田道子・作、太田朋・絵）毎日新聞社、『ともだちのしるしだよ』（カレン・リン・ウィリアムズ、カードラ・モハメッド・作、ダーグ・チャーカ・絵、小林葵・訳）岩崎書店、『やんちゃ子グマがやってきた！：森からのメッセージ』（あんずゆき・文）フレーベル館。【小学校高学年】『すみ鬼にげた』（岩城範枝・作、松村公嗣・絵）福音館書店、『建具職人の千太郎』（岩崎京子・作、田代三善・絵）くもん出版、『リキシャ★ガール』（ミタリ・パーキンス・作、ジェイミー・ホーガン・絵、永瀬比奈・訳）鈴木出版、『海は生きている』（富山和子・著）講談社。【中学校】『明日につづくリズム』（八束澄子・著）ポプラ社、『ビーバー族のしるし』（エリザベス・ジョージ・スピア・著、こだまともこ・訳）あすなろ書房、『奇跡のプレイボール：元兵士たちの日米野球』（大社充・著）金の星社。【高等学校】『風をつかまえて』（高嶋哲夫・著）日本放送出版協会、『ハサウェイ・ジョウンズの恋』（カティア・ベーレンス・著、鈴木仁子・訳）白水社、『インパラの朝：ユーラシア・アフリカ大陸684日』（中村安希・著）集英社。

《この年の児童文学賞》

第41回（平22年度）JX-ENEOS童話賞　【一般の部】〈最優秀賞〉小川由美の「川から吹く風」、〈優秀賞〉高橋冨美枝の「山姥」、〈優秀賞〉本間舞の「おれの父ちゃんは本」、【中学生の部】〈最優秀賞〉星結衣の「まゆと赤ばっぱ」、〈優秀賞〉西村未夢の「もし、何通りもの赤ずきんがあったら」、〈優秀賞〉池畑伊織の「誕生」、【小学生以下の部】〈最優秀賞〉豊川遼馬の「たねいも君のお話」、〈優秀賞〉花内幸太朗の「いも虫くんとバッタくん」、橋本美咲の「わたしは一りん車」。

第40回（平22年）赤い鳥文学賞　岩崎京子の「建具職人の千太郎」くもん出版。

第19回（平22年）小川未明文学賞　【大賞】滝井幸代の「レンタルロボット」学研教育出版、【優秀賞】小林旬子の「裸足でジャンプ」、熊谷千世子の「海を越えてアミーゴ」。

第1回（平22年）角川つばさ文庫小説賞　【一般部門】〈大賞〉床丸迷人の「四年霊組こわいもの係」、【こども部門】グランプリは、アイカの「ブタになったお姉ちゃん」、準グランプリは、鈴木萌の「伝えたいこと」、多田愛理の「空模様の翼」。

第9回（平22年）角川ビーンズ小説大賞　【奨励賞】睦月けいの「首（おびと）の姫と首なし騎士」、【読者賞】姫川いさらの「リーディング！」。

第8回（平22年）北日本児童文学賞　【最優秀賞】田村つねこの「竜のお産婆さん」、【優秀賞】松井美紀子の「まれにな」、珠咲健の「いざ、ジンジョウに！」。

第20回（平22年）けんぶち絵本の里大賞　【絵本の里大賞】宮西達也〔作・絵〕の「ちゅーちゅー」鈴木出版、【びばからす賞】真珠まりこ〔作〕の「もったいないばあさんのいただきます」講談社、サトシン〔文〕西村敏雄〔絵〕の「うんこ！」文溪堂、なかやみわ〔作・絵〕の「くろくんとなぞのおばけ」童心社。

第32回（平22年）講談社絵本新人賞　くせさなえの「ぼくとおはしくん」、【佳作】伊藤美惠の「てぃっしゅとしゅうちゃん」、田中泰宏の「はくぶつかんのりゅう」。

第51回（平22年）講談社児童文学新人賞　升井純子の「空打ちブルース」。

第41回（平22年）講談社出版文化賞〔絵本賞〕　【絵本賞】おくはらゆめの「くさをはむ」。

第32回（平22年）子どもたちに聞かせたい創作童話　【第一部】〈特選〉米倉倫子の「動物園ごいっこうさま」、〈入選1位〉清水みちえの「大助のくれた花束」、〈入選2位〉亀井睦美の「サンマが焼けたら」、〈入選3位〉上野詠未の「なわ電車でゴーゴーゴー」、〈佳作〉だいどうかなの「障子の穴」、原正和の「これでおわりのはっぱ」、山脇正郎の「小川に落ちたてんとう虫」、行田詠之介の「スーとスズスケ〜がんばれ！ まけるな！ スズメレース〜」、山本ななせの「水たまりのそこのお話」、【第二部】〈特選〉与田亜紀の「四角い小さな青い空」、〈入選1位〉たいらのひろんどの「まきストーブにあたりたかったタヌキ」、〈入選2位〉梓光一の「片手のカニ」、〈入選3位〉三町公平の「石見で育ったカライモ」、〈佳作〉秋野竜胆の「大浪池のむすめ」、田上直志の「不思議な手紙の物語」、藪幸伸の「風は遥かに」、溝上智世の「僕の世界」。

第57回（平22年）産経児童出版文化賞　【大賞】朽木祥の「風の靴」講談社、【JR賞】武田剛の「地球最北に生きる日本人」フレーベル館、【美術賞】岩城範枝〔作〕松村公嗣〔絵〕の「すみ鬼にげた」福音館書店、【産経新聞社賞】齊藤慶輔の「野生動物のお医者さん」講談社、【フジテレビ賞】小野恭靖〔作〕高部晴市〔絵〕の「さかさことばの えほん」鈴木書店、【ニッポン放送賞】村井康司〔編〕とくだみちよ〔絵〕の「てのひらの味 食べ物の俳句」岩崎書店、【翻訳作品賞】ベティ・G.バーニィ〔作〕清水奈緒子〔訳〕の「ササフラス・スプリングスの七不思議」評論社、シルヴィ・ネーマン〔文〕オリヴィエ・タレック〔絵〕平岡敦〔訳〕の「水曜日の本屋さん」光村教育図書。

第16回（平22年）児童文学ファンタジー大賞　該当作なし、【佳作】本田昌子の「夏の朝」、【奨励賞】小川英子の「くらひめさま」。

第39回（平22年）児童文芸新人賞　井上林子の「宇宙のはてから宝物」文研出版。

第59回（平22年度）小学館児童出版文化賞　柏葉幸子の「つづきの図書館」講談社、大西暢夫の「ぶた にく」幻冬舎エデュケーション。

第13回（平22年度）ちゅうでん児童文学賞　【大賞】該当作なし、【優秀賞】繁村摩里子の「夏の食卓」、【奨励賞】高野賢一の「でこちょろ」、春野いわしの「月の熊」。

第9回（平22年）長編児童文学新人賞　【入選】該当作なし、【佳作】くほひできの「あいつ」、辻本千春の「産婆の三子」。

第26回（平22年度）坪田譲治文学賞　佐川光晴の「おれのおばさん」集英社。

第45回（平22年度）東燃ゼネラル児童文化賞　今森光彦。

第28回（平22年）新美南吉児童文学賞　三輪裕子の「優しい音」小峰書店。

第22回（平22年）新美南吉童話賞　【最優秀賞（文部科学大臣賞）】浅井ひなのの「帰り道」、【一般の部】〈優秀賞（半田市長賞）〉森本ひさえの「がんばれ、タスカル！」、〈特別賞（ミツカン賞）〉草野昭子の「一つの願い」、〈特別賞（知多信用金庫賞）〉稲垣房子の「まほうの窓」、〈特別賞（中部電力株式会社賞）〉木村和子の「ホクロプラネタリウム」、〈佳作〉佐野由美子の「風の落とし物」、【中学生の部】〈優秀賞（社団法人半田青年会議所賞）〉澤田耕輔の「雨」、〈特別賞（新美南吉顕彰会賞）〉松本彩の「エレベーターの向日葵」、〈佳作〉山口朱音の「狐の学校」、吉元樹広の「あるオオカミのおはなし」、【小学生高学年の部】〈優秀賞（ごんぎつねの会賞）〉筒井健太の「お天気の神様」、〈佳作〉榊原すずかの「パパとわたしのボロ学校」、杉浦友香の「ピアノのようせい」、石川まこの「せいなちゃんとモグ」、【小学生低学年の部】〈優秀賞（中日新聞社賞）〉石川司の「池の

カメと川のカメ」、〈佳作〉加藤真彩の「カブリンとの夏の思い出」。

第27回（平22年度）日産 童話と絵本のグランプリ 　【童話の部】〈大賞〉いながきふさこの「あやとユキ」、【絵本の部】〈大賞〉松宮敬治〔作・絵〕の「うみのそこのてんし」。

第15回（平22年）日本絵本賞 　【大賞】嶋田忠〔文・写真〕の「カワセミ：青い鳥見つけた」新日本出版社、【日本絵本賞】きむらゆういち〔ぶん〕田島征三〔え〕の「オオカミのおうさま」偕成社、内田麟太郎〔文〕渡辺有一〔絵〕の「すやすやタヌキがねていたら」文研出版、【翻訳絵本賞】ユリ・シュルヴィッツ〔作〕さくまゆみこ〔訳〕の「おとうさんのちず」あすなろ書房、【読者賞（山田養蜂場賞）】イーヴォ・ロザーティ〔作〕ガブリエル・パチェコ〔絵〕田中桂子〔訳〕の「水おとこのいるところ」岩崎書店。

第34回（平22年）日本児童文学学会賞 　該当作なし、【奨励賞】金成妍の「越境する文学——朝鮮児童文学の生成と日本児童文学者による口演童話活動——」花書院、村瀬学の「長新太の絵本の不思議な世界——哲学する絵本——」晃洋書房、【特別賞】西田良子（これまでの業績に対して）、三宅興子〔編〕・香曽我部秀幸〔編〕の「大正期の絵本・絵雑誌の研究——少年のコレクションを通して——」翰林書房。

第50回（平22年）日本児童文学者協会賞 　魚住直子の「園芸少年」講談社、三田村信行の「風の陰陽師（全四巻）」ポプラ社。

第43回（平22年）日本児童文学者協会新人賞 　石川宏千花の「ユリエルとグレン（全三巻）」講談社。

第2回（平22年）「日本児童文学」投稿作品賞 　新井肇の「夏の羽根」（創作）。

第34回（平22年）日本児童文芸家協会賞 　該当作なし、【特別賞】山本省三の「『動物ふしぎ発見』シリーズ全5巻」くもん出版。

第14回（平22年）〔日本児童文芸家協会〕創作コンクールつばさ賞 　【童謡・少年詩部門】〈優秀賞〉吉田雨の「空」、〈佳作〉西村友里の「朝」、井嶋敦子の「銀河系のわたし」、くろさみほの「いのち」、【幼年部門】〈優秀賞〉ひろいれいこの「おひさまいろの てぶくろ」、松井ラフの「しろいじてんしゃ、おいかけて」、西山みち子の「はたけのまほうつかい」、〈佳作〉つつい恵の「石ころから伸びた芽」、鈴城琴音の「やまやまとはんぶんこ」、岩崎まさえの「しゅるしゅるしゅるる…」、【中学年部門】〈優秀賞・文部科学大臣賞〉幸原みのりの「ギッちゃんの飛んで来る空」、〈佳作〉泉りえ子の「かぶと虫のいた夏」、あびきみえの「ヘンタ」、西村さとみの「三分の一じいちゃん」、【高学年部門】〈優秀賞〉夏野森の「おはよう」、〈佳作〉嘉瀬陽介の「監督はニューハーフ」、里洋子の「雨模様の錬金術師」、吉田桃子の「九月のさくらは旅の途中」、【ノンフィクション部門】〈優秀賞〉該当作なし、〈佳作〉あだちわかなの「印刷屋の少女コト」、田村素子の「幻の馬」。

第22回（平22年）日本動物児童文学賞 　【大賞】中島晶子の「タヌキの来る家」、【優秀賞】春野洋治郎の「じっとみつめるんだ、太平！」、村上義人の「犬と歩く。」、【奨励賞】岩川和子の「愛ちゃんの遺言」、八田千代の「タケシと篤志～友情に仕切り目なんかないんだ！ ～」、田中清志の「都会のケリ」、倉本采の「おいでハピネス」、小玉美一の「走れ、ぼくのデン」。

第48回（平22年）野間児童文芸賞 　市川宣子の「きのうの夜、おとうさんがおそく帰った、そのわけは……」。

第21回（平22年）ひろすけ童話賞 　最上一平の「じぶんの木」岩崎書店。

第27回（平22年）福島正実記念SF童話賞 　【大賞】三野誠子の「エレベーターは秘密の

とびら」、【佳作】小谷有の「ヨルの森の真ん中の石」、西川由起子の「あすは火星におひっこし」。

第3回（平22年）ポプラズッコケ文学賞　【奨励賞】相原礼以奈の「人形たちの教室」。

第20回（平22年）椋鳩十児童文学賞　佐々木ひとみの「ぼくとあいつのラストラン」ポプラ社。

第22回（平22年）琉球新報児童文学賞　【短編児童小説部門】仲吉建夫の「デービッド・ジョーンズ三世」、〈佳作〉島尻勤子の「きんかん」、【創作むかし話部門】該当作なし、〈佳作〉組久美の「みるくーさん」。

2011年
（平成23年）

1.27　〔作家訃報〕岡上鈴江が亡くなる　1月27日、児童文学作家・随筆家・翻訳家で小川未明の二女の岡上鈴江が亡くなる。97歳。東京都生まれ。日本女子大学英文学科卒。外務省勤務を経て、作家活動に入る。創作童話「スウおばさん大すき」の他、児童書「陽だまりの家」、随筆集に「父小川未明」「父未明とわたし」など。英米児童文学の訳書に「小公女」「小公子」「すてきなまま母」「ポリーのねがい」「アルプスのハイジ」「赤毛のアン」などがある。

1～11月　〔刊行・発表〕『トリックアート図鑑』刊行　1月から11月にかけて、北岡明佳監修『トリックアート図鑑』全4巻（あかね書房）が刊行され、ベストセラーとなった。古典から最新作品まで様々なだまし絵・ふしぎ絵を満載。形や色のトリックを用いて実際とは違うものが見えてくる作りになっており、子供方大人まで楽しめる作品としてテレビで紹介されるなど、話題となる。

2.22　〔作家訃報〕はまみつをが亡くなる　2月22日、児童文学作家のはまみつをが亡くなる。77歳。本名、浜光雄。長野県塩尻市生まれ。信州大学教育学部卒。中学教師の傍ら、児童文学を執筆。文芸誌「ザザ」を経て、昭和31年和田登らと「とうげの旗」を創刊。編集長を務め、「信濃の民話」の編集を担当。54年「春よこい」で赤い鳥文学賞、平成2年「赤いヤッケの駅長さん」で産経児童出版文化賞を受賞した。11年に信濃の国大合唱フェスティバルin塩尻で上演されたオペラ「信濃今昔物語」の原作を執筆するなど、郷土に根ざした創作活動を続けた。他の著書に「子もりじぞう」「かぼちゃ戦争」「レンゲの季節」「アヒルよ空を飛べ！」「鬼の話」「森の王八面大王」などがある。「北をさす星」で信州児童文学会作品賞、「春よこい」で赤い鳥文学賞、「レンゲの季節」で塚原健二郎文学賞、「赤いヤッケの駅長さん」で産経児童出版文化賞を受賞した。

2.28　〔刊行・発表〕『子ども大冒険ずかん』刊行　2月28日、『子ども大冒険ずかん』全3巻（少年写真新聞社）が刊行される。小学生が対象で、物語と図鑑を組み合せ、楽しみながら様々な生活の技術が身につく企画。『サバイバル！　無人島で大冒険』では火起こし・水集め・食料確保など、無人島で生き抜くための技術を解説。残る2点は『ディスカバー！　世界の国ぐにで大冒険』『タイムスリップ！　江戸の町で大冒険』。

3.15　〔刊行・発表〕『できかた図鑑』刊行　3月15日、猪郷久義・武田康男・的川泰宣監修『できかた図鑑』(PHP研究所)が刊行される。山・海・宇宙・雪・紅葉・赤ちゃんなどができるプロセス、自然現象や生命現象の仕組みをリアルな絵と写真で紹介する、調べ学習や自由研究に適した図鑑。

3月　〔刊行・発表〕『チビ虫マービンは天才画家!』刊行　3月、エリース・ブローチによる『チビ虫マービンは天才画家!』が偕成社から刊行される。

3月　〔刊行・発表〕『神沢利子のおはなしの時間』刊行　3月、『神沢利子のおはなしの時間』全5巻(ポプラ社)が刊行される。『くまの子ウーフ』『うさぎのモコ』など、世代を超えて愛読されている傑作を厳選した童話集。

4.1　〔刊行・発表〕『日・中・韓 平和絵本』刊行開始　4月1日、童心社創業55周年記念出版『日・中・韓 平和絵本』第1期作品として、浜田桂子作『へいわって どんなこと?』、ヤオ・ホン作『京劇がきえた日』、イ・オクベ作『非武装地帯に春がくると』が刊行された。全12巻からなるシリーズで、訳林出版社(中国)・四季節出版社(韓国)との共同により、3ヶ国それぞれの国で、それぞれの言語で、12冊の絵本を刊行しあう試み。

4.3　〔作家訃報〕長崎源之助が亡くなる　4月3日、児童文学作家の長崎源之助が亡くなる。87歳。よこはま文庫の会元会長、豆の木文庫元主宰神奈川県横浜市生まれ。昭和16年浅野中(旧制)を中退。大野林火に俳句を師事するなど、戦時下でも文学に親しんでいたが、19年応召。21年復員して大村の海軍病院に入院、ここで原爆に遭った子どもたちと交流を持った。同年「童話」創刊号を手にして童話作家を志し、日本童話会に入会。24年平塚武二に師事。25年佐藤さとる、いぬいとみこらと同人誌「豆の木」を発刊。様々な職業を手がけながら執筆を続け、35年初の長編「ハトは見ている」を出版。43年から児童文学の創作に専念。45年から自宅で豆の木文庫を開設。47年よこはま文庫の会を創立。平成14年同会が野間読書推進賞を受賞。代表作に児童文学者協会新人賞受賞の「トコトンヤレ」「チャコベエ」、日本児童文学者協会賞受賞の「ヒョコタンの山羊」、日本児童文学者協会賞受賞の「トンネル山の子もたち」、野間児童文芸賞受賞の「忘れられた島へ」、赤い靴児童文化大賞受賞の「私のよこはま物語」、赤い鳥文学賞受賞の「長崎源之助全集」のほか「あほうの星」「ゲンのいた谷」「赤ちゃんが生まれました」「東京からきた女の子」などがあり、自伝「私の児童文学周辺」もある。横浜文化賞、神奈川文化賞も受賞した。

5.3~5　〔イベント関連〕「第12回上野の森親子フェスタ」　5月3日から5日にかけて、子どもの読書推進会議・出版文化産業振興財団共催により、「第12回上野の森親子フェスタ」が東京・上野公園において開催される。この年はチャリティ・ブック・フェスティバルを例年の20%引き販売から15%引きとし、差額の5%を東日本大震災の義援金に充当。また、絵本作家香川元太郎が講演を行う。

5.13　〔作家訃報〕清水達也が亡くなる　5月13日、児童文学作家の清水達也が亡くなる。77歳。静岡県榛原郡金谷町(島田市)生まれ。掛川西高卒。家山小学校教師、昭和39年静岡県立中央図書館、54年静岡県立教育研究所指導主事を経て、58年退職。その後、創作活動、親子読書運動を続ける。また、54年から静岡県子どもの本研究会代表。平成6年子どもの本の研究館・遊本館を設立した。著書に「母と子の対話のための読書」「火くいばあ」「ゆりの花と大やまめ」「明神さんの大やまめ」「どろ田の村の送り舟」「いたずらこぎつね」「いちごばたけでつかまえた」などがある。静岡県芸

術祭詩部門芸術祭賞、学校図書館功労賞（全国SLA）、静岡県読書推進功労賞、野間読書推進賞を受賞。

5月 〔刊行・発表〕『ともだちやもんな、ぼくら』刊行　5月、くすのきしげのり作、福田岩緒絵による『ともだちやもんな、ぼくら』がえほんの杜より刊行される。夏休みを過ごす3少年の友情を描く。

6.17 〔児童文学一般〕被災地支援活動発足　6月17日、日本国際児童図書評議会・日本ペンクラブ・日本出版クラブ・出版文化産業振興財団の4団体が合同で、東日本大震災被災地支援活動「子どもたちへ〈あしたの本〉プロジェクト」を発足させる。

6.17 〔刊行・発表〕「図鑑NEO＋」刊行　6月17日、加藤由子・馬場悠男・小野展嗣・川田伸一郎・福田博美監修『小学館の図鑑NEO＋ もっとくらべる図鑑』（小学館）が刊行される。生き物・建物・乗物・自然・時間の流れ・日本と世界など、独自の視点から様々な物を比較するユニークな図鑑。

6.24 〔刊行・発表〕『一生の図鑑』刊行　6月24日、岡島秀治・小宮輝之監修『ニューワイド学研の図鑑i 一生の図鑑』（学研）が刊行される。昆虫・動物・鳥などの生き物について、一生という過程の不思議さを子ども達に伝える図鑑。

7.11 〔作家訃報〕川口汐子が亡くなる　7月11日、児童文学作家・歌人の川口汐子が亡くなる。87歳。本名、川口志ほ子。別名、川口志保子。岡山県岡山市生まれ。京都府奈良女高師文科卒。昭和38年処女作「ロクの赤い馬」がモービル児童文学賞に佳作入選。以後童話をかく一方、45年から神戸常盤短期大学で児童文学の講義を受け持つ。のち兵庫女子短期大学教授。姫路市教育委員長も務めた。「童話」作品ベスト3賞、兵庫県文化賞、文部省地域文化功労賞を受賞。代表作に「十日間のお客」「三太の杉」「二つのハーモニカ」「よもたの扇」などがある。また、短歌は昭和16年「ごぎょう」に入会し中河幹子に師事、のち「をだまき」同人。「螺旋階段」「冬の壺」「たゆらきの山」などの歌集や総歌集「かの蒼きは何」、「花道遙」などの随筆がある。

7月 〔刊行・発表〕『よりみちパン！ セ』復刊　7月、イースト・プレスが『よりみちパン！ セ』シリーズの全巻復刊を開始。累計180万部突破のロングセラー・シリーズで、第1弾は小熊英二『増補改訂 日本という国』、養老孟司『バカなおとなにならない脳』、森達也『いのちの食べかた』など。

7月 〔刊行・発表〕『動く図鑑 MOVE』刊行　7月、『講談社の動く図鑑 MOVE』（講談社）の刊行が開始される。対象読者は小学生で、写真・イラスト・DVDによる動画を連動させることで生き物の本来の姿を躍動感たっぷりに伝える図鑑。第1回配本は『恐竜』『動物』『昆虫』の3点で、2015年までにMOVE13冊・MOVEコミックス6冊・特別号1冊の計20点が刊行され、累計120万部を突破。

8.6 〔イベント関連〕「世界をつなぐ子どもの本」開催　8月6日、国立国会図書館国際子ども図書館・日本国際児童図書評議会共催の「世界をつなぐ子どもの本—2010年国際アンデルセン賞・IBBYオナーリスト受賞図書展」が東京・上野公園の同図書館ホールにおいて開催される。

8月 〔刊行・発表〕『アンデルセン童話全集』刊行　8月、『アンデルセン童話全集1』（西村書店）が刊行される。国際アンデルセン賞受賞画家ドゥシャン・カーライと妻カミラ・シュタンツロヴァーの初の共同制作により、アンデルセン童話156編全ての挿絵

を描いた豪華絵本。全3巻で、2巻は2012年7月、3巻は2013年12月に刊行。

9.1 〔刊行・発表〕『地球をほる』刊行　9月、川端誠による『地球をほる』がBL出版から刊行される。地面を掘って地球の裏側へという発想の元、アメリカを目指す少年達の姿を描くアドベンチャー絵本。

9.29 〔作家訃報〕宮田正治が亡くなる　9月29日、児童文学作家の宮田正治が亡くなる。88歳。筆名、浦和太郎。埼玉県与野市（さいたま市）出身。埼玉師範卒。教職の傍ら、日本童話会に所属して児童文学の創作について学ぶ。昭和58年歴史小説「竜神の沼」で埼玉文芸賞を受賞。平成10年見沼文化の会を結成して代表を務めた。他の著書に「見沼の竜」「落日のニホンオオカミ」「ホタルの歌と見沼の竜」「見沼の竜と小さな神さまたち」などがある。

9月 〔刊行・発表〕「少年弁護士セオの事件簿」シリーズ　9月、アメリカの小説家で『ペリカン文書』や『法律事務所』などの原作者、ジョン・グリシャムが子供向けに執筆したジュニア・ミステリー「少年弁護士セオの事件簿」シリーズが、石崎洋司の翻訳により岩崎書店から刊行開始。第1作目は『なぞの目撃者』。13歳の少年が殺人事件のに挑んで行く姿を描き話題となった。その後、『誘拐ゲーム』、2012年には『消えた被告人』、2013年には『正義の黒幕』、2015年には『逃亡者の目』が続いて発表される。

10.13 〔作家訃報〕中川正文が亡くなる　10月13日、児童文学作家・児童文化研究家・人形劇演出家の中川正文が亡くなる。90歳。奈良県大和高田市龍谷大学文学部卒。大和高田市の浄土真宗本願寺派・善教寺に生まれる。昭和14年に童話作家クラブ、ついで新児童文学集団に参加し、童話、児童小説を発表。大学卒業後、大阪児童文化社に入社。25年京都女子大学児童学科専任講師、のち教授として児童文化論を講じ、61年退職。また、同年まで京都女子大学の人形劇・影絵の組織である子どもの劇場を主宰した。59年に開館した大阪国際児童文学館の運営にも尽くし、平成2～17年同館長。京都児童演劇研究所長、京都児童文化研究所長、京都人形劇協議会長なども歴任。著書に「児童文化」「青い林檎」「ごろはちだいみょうじん」「ねずみのおいしゃさま」「京都の伝説」「近江の伝説」「京わらべうた」「おやじとむすこ」「子どもにきらわれる12章」などがある。久留島武彦文化賞、京都府文化賞功労賞、ヒューマン大賞、博報賞、児童文化功労者賞などを受賞した。

10.18 〔作家訃報〕長谷川摂子が亡くなる　10月18日、児童文学作家の長谷川摂子が亡くなる。67歳。島根県平田市（出雲市）東京外国語大学フランス語科卒、東京大学大学院哲学科〔昭和44年〕中退。東京大学大学院哲学科を中退し、昭和45年結婚。46～52年公立保育園で保母をした後、哲学者の夫が営む学習塾で絵本の読み聞かせを行いながら、児童文学の創作活動を続けた。平成11年「きつねにょうほう」で日本絵本大賞を、16年「人形の旅立ち」で坪田譲治文学賞、椋鳩十児童文学賞を受賞。他の著書に「とんぼの目玉」「絵本が目をさますとき」「家郷のガラス絵」、絵本に「めっきらもっきらどおんどん」「きょだいなきょだいな」「たあんきぽおんきたんころりん」などがある。

10.26 〔刊行・発表〕『世界なるほど大百科』刊行　10月26日、スティーブン・スコッファム監修、ジョー・フルマン、イアン・グラハム、サリー・リーガン、イザベル・トマス著『いまがわかる！　世界なるほど大百科』（河出書房新社）が刊行される。福島原発・東京スカイツリー・南部スーダンなどの最新情報も収録した、「今、世界で何が

2011年（平成23年）

起きているのか」に迫るビジュアル百科。

10.28 〔児童文学一般〕課題図書の会が被災地へ寄付　10月28日、課題図書に選定された出版社で構成する「課題図書の会」が、東日本大震災被災地の学校図書館整備のために、売上金の一部100万円を寄付した。

11月 〔刊行・発表〕『アンデルセン童話名作集』刊行　11月、『豪華愛蔵版 アンデルセン童話名作集』（静山社）全2巻が刊行される。アンデルセン童話156作品の中から20作品を厳選し、1850年に刊行されたデンマーク初版本の挿絵51点を掲載した、布装・金箔押し・箱入りの美装本。

11月 〔刊行・発表〕『キッズペディア』刊行　11月、小学館創業90周年記念企画として、羽豆成二・深谷圭助ほか監修『こども大百科 キッズペディア』が刊行される。身近な生活から宇宙まで189テーマを収録し、教科書との対応を学年・教科で表示。

11月 〔刊行・発表〕『宇宙からきたかんづめ』刊行　11月、佐藤さとるによる『宇宙からきたかんづめ』がゴブリン書房から刊行される。宇宙からやって来たという不思議な「かんづめ」が語る様々な奇想天外なおはなしが綴られる。

12.21 〔作家訃報〕松野正子が亡くなる　12月21日、児童文学作家・翻訳家の松野正子が亡くなる。76歳。本名、小林正子。愛媛県新居浜市生まれ。早稲田大学第一文学部国文学科卒、コロンビア大学大学院図書館学科〔昭和35年〕修士課程修了。留学中、児童図書との関わりを持ち、創作活動に入る。梅花女子大学講師も務めた。「こぎつねコンとこだぬきポン」で児童福祉文化賞、「はじめてのおてつだい」でサンケイ児童出版文化賞、「りょうちゃんとさとちゃんのおはなし」で路傍の石幼少年文学賞、サンケイ児童出版文化賞大賞を受賞。ほかに「せかいいちのおんどり」「かぎのすきな王さま」「ももとこだぬき」「りょうちゃんとさとちゃんのおはなし」（全5巻）や、訳書「がんばれウィリー」「ジェイコブとフクロウ」などの多数の著書がある。昭和59年には高橋五山賞も受賞した。

この年 〔読書感想文〕第57回読書感想コン課題図書　この年（2011年度）の青少年読書感想文コンクールの課題図書。【小学校低学年】『ものすごくおおきなプリンのうえで』（二宮由紀子・ぶん、中新井純子・え）教育画劇、『がっこうかっぱのイケノオイ』（山本悦子・作、市居みか・絵）童心社、『アリクイにおまかせ』（竹下文子・作、堀川波・絵）小峰書店、『エディのやさいばたけ』（サラ ガーランド・さく、まきふみえ・やく）福音館書店。【小学校中学年】『ヤマトシジミの食卓』（吉田道子・作、大野八生・画）くもん出版、『わたしのとくべつな場所』（パトリシア・マキサック・文、ジェリー・ピンクニー・絵、藤原宏之・訳）新日本出版社、『忘れないよリトル・ジョッシュ』（マイケル・モーパーゴ・作、渋谷弘子・訳、牧野鈴子・絵）文研出版、『ホスピタルクラウン・Kちゃんが行く：笑って病気をぶっとばせ！』（あんずゆき・文）佼成出版社。【小学校高学年】『こども電車』（岡田潤・作挿画）金の星社、『天風（てんかぜ）の吹くとき』（福明子・作、小泉るみ子・絵）国土社、『犬どろぼう完全計画』（バーバラ・オコーナー・作、三辺律子・訳、かみやしん・絵）文溪堂、『クジラと海とぼく』（水口博也・文、しろ・絵）アリス館。【中学校】『聖夜』（佐藤多佳子・著）文藝春秋、『スピリットベアにふれた島』（ベン・マイケルセン・作、原田勝・訳）鈴木出版、『夢をつなぐ：山崎直子の四〇八八日』（山崎直子・著）角川書店。【高等学校】『野川』（長野まゆみ・著）河出書房新社、『マルカの長い旅』（ミリヤム・プレス

ラー・作、松永美穂・訳)徳間書店、『光が照らす未来：照明デザインの仕事』(石井幹子・著)岩波書店。

《この年の児童文学賞》

第42回(平23年度) JX-ENEOS童話賞　【一般の部】〈最優秀賞〉薗部桂の「ウサギ宅配便」、〈優秀賞〉斉藤隆の「貝の補聴器」、丸山美穂の「おててでんわ」、【中学生の部】〈最優秀賞〉溝渕智咲の「複眼の空」、〈優秀賞〉中嶋桃子の「ぼくは松の木」、破魔紋佳の「風のたより」、【小学生以下の部】〈最優秀賞〉井上雄太の「たてがみのないライオン」、〈優秀賞〉岸野桜子の「かくれんぼ」、岩崎誠の「六年間、なかよくしようね」。

第25回(平23年度) 家の光童話賞　【家の光童話賞】つかはらみさの「おいしいニンジンめしあがれ」(絵：澤田知恵子)、〈優秀賞〉阿部英子の「おやいもこいも」(絵：くすはら順子)、辻本典子の「いいことチョコレート」(絵：いとうゆりこ)、石橋愛子の「はるのうみ」(絵：庄司三智子)、川嶋里子の「五月の夜は大さわぎ」(絵：篠崎三朗)。

第20回(平23年) 小川未明文学賞　【大賞】もりいずみの「パンプキン・ロード」森島いずみ・学研教育出版、【優秀賞】山中真理子の「けやき」、大澤桃代の「アユミといっしょに」。

第10回(平23年) 角川ビーンズ小説大賞　【奨励賞】十色の「フロムヘル〜悪魔の子〜」、木更木春秋の「モノ好きな彼女と恋に落ちる99の方法」、【読者賞】ひなた茜の「女神と棺の手帳」。

第9回(平23年) 北日本児童文学賞　【最優秀賞】奥田謙治の「図書館のとびら」、【優秀賞】渋谷代志枝の「立山の水」、鈴木まり子の「星をつかまえに」。

第21回(平23年) けんぶち絵本の里大賞　【絵本の里大賞】宮西達也〔作・絵〕の「シニガミさん」えほんの杜、【びばからす賞】長谷川義史〔作〕の「いいからいいから(4)」絵本館、小菅正夫〔文〕堀川真〔絵〕の「いのちのいれもの」サンマーク出版、苅田澄子〔作〕西村繁男〔絵〕の「じごくのラーメンや」教育画劇、今西乃子〔文〕浜田一男〔写真〕の「小さないのち」金の星社、【アルパカ賞】かさいまり〔文〕よしながこうたく〔絵〕の「ばあちゃんのおなか」教育画劇。

第33回(平23年) 講談社絵本新人賞　定岡フミヤの「シールのかくれんぼ」、【佳作】さとうみかをの「ハムスターをかいに」、北村裕花の「おにぎり忍者」、しょうじりおの「くるまでおでかけ」。

第52回(平23年) 講談社児童文学新人賞　市川朔久子の「よるの美容院」、【佳作】みうらかれんの「夜明けの落語」。

第42回(平23年) 講談社出版文化賞〔絵本賞〕　【絵本賞】高畠純の「ふたりの ナマケモノ」。

子どもたちに聞かせたい創作童話 椋鳩十児童文学賞20回記念「ジュニア文芸賞」(平23年)　【小学生の部】〈1席〉坂井敏法の「百円玉は元気のもと」、〈2席〉假屋幸聖の「自然と共に〜浄水場で学んだ事〜」、〈3席〉南真琴の「ときめきと感動の4日間」、〈ジュニア賞〉児島美聡の「十人タワー」、【中学生の部】〈1席〉桑木栄美里の「自分を信じて」、〈2席〉木田夕菜の「未来へのロードマップ」、〈3席〉寺原真咲の「心に届いた言葉」、〈ジュニア賞〉鶴田健志の「心をひとつに」、【高校生の部】〈1席〉上栗美鈴の「一通のハガキ」、〈2席〉渡辺美友の「思いやり」、〈3席〉古江亜衣子の「彼女と出会って」、〈ジュニア賞〉岡積佑樹の「高校サッカーを終えて」。

第58回(平23年)産経児童出版文化賞　【大賞】大西暢夫〔写真・文〕の「ぶた にく」幻冬舎エデュケーション、【JR賞】伊藤充子〔作〕の「アヤカシ薬局閉店セール」偕成社、【美術賞】三浦太郎の「ちいさなおうさま」偕成社、【産経新聞社賞】益田ミリ〔作〕平澤一平〔絵〕の「はやくはやくっていわないで」ミシマ社、【フジテレビ賞】末吉暁子の「赤い髪のミウ」講談社、【ニッポン放送賞】わたりむつこ〔作〕でくねいく〔絵〕の「もりのおとぶくろ」のら書店、【翻訳作品賞】D.J-デイヴィーズ〔再話〕ファトゥーフ&アハマド〔絵〕千葉茂樹〔訳〕の「ゴハおじさんのゆかいなお話」徳間書店、H.ヤーニッシュ〔作〕H.バンシュ〔絵〕関口裕昭〔訳〕の「フリードリヒばあさん」光村教育図書。

第17回(平23年)児童文学ファンタジー大賞　該当作なし、【奨励賞】若本恵二の「ふらち者」、平野恭子の「淵と瀬」。

第40回(平23年)児童文芸新人賞　中西翠の「クローバー」講談社。

第60回(平23年度)小学館児童出版文化賞　佐藤多佳子の「聖夜」文藝春秋、帚木蓬生の「ソルハ」あかね書房。

第14回(平23年度)ちゅうでん児童文学賞　【大賞】阪口正博の「カントリーロード」、【優秀賞】髙森美由紀の「届け、ぼくの歌」。

第10回(平23年)長編児童文学新人賞　【入選】くぼひできの「カンナは夏に」、【佳作】きむらともおの「月とホットケーキ」。

第27回(平23年度)坪田譲治文学賞　まはら三桃の「鉄のしぶきがはねる」講談社。

第46回(平23年度)東燃ゼネラル児童文化賞　河合雅雄。

第23回(平23年)新美南吉童話賞　【最優秀賞(文部科学大臣賞)】神山真湖の「光る風、吹いた」、【一般の部】〈優秀賞(半田市長賞)〉福島聡の「おとかっぴ」、〈特別賞(ミツカン賞)〉中山忍の「ケータイの行方」、〈特別賞(知多信用金庫賞)〉柴敦子の「春一番のツツジ」、〈特別賞(中部電力株式会社賞)〉油屋順子の「雨傘の物語」、〈佳作〉館山智子の「透明なお化け」、青山由紀子の「てん」、【中学生の部】〈優秀賞(社団法人半田青年会議所賞)〉坂野桃子の「トベラ」、〈特別賞(新美南吉顕彰会賞)〉横田さくらの「ハリウッドからの贈り物」、〈佳作〉神戸はるかの「時間屋」、戸嶌奈々聖の「ライオンの涙」、【小学生高学年の部】〈優秀賞(ごんぎつねの会賞)〉筒井健太の「お天気デビル」、〈佳作〉飯塚友恵の「のりまき・おいなりの戦い」、豊川遼馬の「大きな海の小さないわし」、【小学生低学年の部】〈優秀賞(中日新聞社賞)〉加藤真彩の「長ぐつの右足くん」、〈佳作〉横井稜の「ママれっしゃ」、奥野希美の「たんぽぽのぼうけん」。

第28回(平23年度)日産 童話と絵本のグランプリ　【童話の部】〈大賞〉たきしたえいこの「ぐうたら道をはじめます」、【絵本の部】〈大賞〉ながおたくま〔作・絵〕の「ぴっちとりたまよなかのサーカス」。

第16回(平23年)日本絵本賞　【大賞】二宮由紀子〔ぶん〕中新井純子〔え〕の「ものすごくおおきなプリンのうえで」教育画劇、【日本絵本賞】たしろちさと〔さく〕の「5ひきのすてきなねずみ ひっこしだいさくせん」ほるぷ出版、杉山亮〔作〕軽部武宏〔絵〕の「のっぺらぼう」ポプラ社、【翻訳絵本賞】ジョン・バーニンガム〔ぶん・え〕福本友美子〔やく〕の「ひみつだから!」岩崎書店、【読者賞(山田養蜂場賞)】杉山亮〔作〕軽部武宏〔絵〕の「のっぺらぼう」ポプラ社。

第35回(平23年)日本児童文学学会賞　該当作なし、【奨励賞】高橋律子の「竹久夢二―社会現象としての〈夢二式〉」ブリュッケ(発行)星雲社(発売)、【特別賞】阿部紀子の

「『子供が良くなる講談社の絵本』の研究―解説と細目データベース」風間書房、「函館児童雑誌コレクション及び北海道児童雑誌データベース」作成委員会の「函館児童雑誌コレクション及び北海道児童雑誌データベース」、武藤清吾の「芥川龍之介編『近代日本文芸読本』と『国語』教科書教養実践の軌跡」渓水社。

第51回（平23年）日本児童文学者協会賞　石井睦美の「皿と紙ひこうき」講談社、吉田道子の「ヤマトシジミの食卓」くもん出版。

第44回（平23年）日本児童文学者協会新人賞　樫崎茜の「満月のさじかげん」講談社。

第3回（平23年）「日本児童文学」投稿作品賞　はらまさかずの「バクのラーメン」（創作）。

第35回（平23年）日本児童文芸家協会賞　大塚篤子の「おじいちゃんが、わすれても…」ポプラ社。

第23回（平23年）日本動物児童文学賞　【大賞】加藤英津子の「雨上がりの晴れた空」、【優秀賞】彩波さだこの「サザナミのゆめ」、石川純子の「二匹のムサシ」、【奨励賞】工藤洋一の「心の目」、堂前美紀の「さくら」、叶昌彦の「クロちゃんのくれたもの」、小川まゆみの「ぼくとコラの物語」、藤井弘子の「『虹の橋』で会えるまで」。

第49回（平23年）野間児童文芸賞　富安陽子の「盆まねき」。

第22回（平23年）ひろすけ童話賞　かつやかおりの「うずらのうーちゃんの話」福音館書店。

第28回（平23年）福島正実記念SF童話賞　【大賞】桜井まどかの「とどけ！夢へのストライク」、【佳作】こうまるみずほの「昆虫Gがやってきた！」。

第21回（平23年）椋鳩十児童文学賞　にしがきようこの「ピアチェーレ 風の歌声」小峰書店。

第23回（平23年）琉球新報児童文学賞　【短編児童小説部門】伊川紘子の「チョヤッカイと幸せの焼酎」、〈佳作〉金城和幸の「誰にも読まれない本」、【創作むかし話部門】該当作なし、〈佳作〉組久美の「ぶながや物語」。

2012年
（平成24年）

2月　〔刊行・発表〕『さんすうだいすき』復刊　2月、日本図書センターから『さんすうだいすき』（全10巻）が刊行される。1972年にほるぷ出版から刊行された遠山啓による本の復刊で、長新太・安野光雅らがイラストを担当している。

3.1　〔児童文学一般〕本の学校設立　3月1日、NPO法人本の学校が設立される。1992年に今井書店グループ創業120周年事業として構想が発表され、1995年に鳥取県米子市に設立されて以来、地域の人々の生涯読書の推進・出版界や図書館界のあるべき姿を問うシンポジウムやセミナー・出版業界人や書店人の研修講座などの活動を行ってきた本の学校を、本との出会いと知の地域づくりを目指す、著者から読者まで横断的な組織として独立させたもの。

3月　〔刊行・発表〕沢木耕太郎が児童書出版　3月、ノンフィクション作家の沢木耕太郎

による『月の少年』『わるいことがしたい！』が講談社から刊行された。自身初となる児童書。

4.1 〔学習関連〕初の「読書科」設置　4月1日、東京都江戸川区は2012年度より区内全公立小中学校（106校）の授業科目として、全国初の「読書科」を新設。

4.13 〔作家訃報〕小宮山量平が亡くなる　4月13日、出版人・児童文学作家の小宮山量平が亡くなる。95歳。長野県上田市生まれ。東京商科大学専門部（現・一橋大学）卒。東京商科大学専門部（現・一橋大学）在学中に雑誌「統制経済」を発行。昭和15年旭硝子に入社。22年雑誌「理論」を発行すると同時に理論社を設立し社長に就任。31年株式に改組し、50年会長となる。この間、24年に「近代経済学とマルクス主義経済学」「自然科学と社会科学の現代的交流」を刊行、当時の学生らによく読まれた。また、34年から創作児童文学の刊行を開始。同文学ブームの礎を築く一方、灰谷健次郎、今江祥智ら数多くの児童文学者を世に送った。へ平成10年に日本児童文芸家協会児童文化功労者を受賞。平成17年自身の編集者としての仕事ぶりを紹介するエディターズミュージアム（編集者の博物館）を開館。著書に路傍の石文学賞受賞の「千曲川」のほか、「編集者とは何か」「子どもの本をつくる」「出版の正像を求めて─戦後出版史の覚書」「昭和時代落穂拾い」などがある。

4.25 〔刊行・発表〕『宇宙の謎』刊行　4月25日、『宇宙の謎─65の発見物語』が岩波書店より刊行。天文学者ポール・マーディンによる、宇宙・文学・芸術などの関係などが綴られた大型本。

4月 〔刊行・発表〕3D図鑑刊行　4月、縣秀彦編著による『3D宇宙大図鑑 ARで手にとるようにわかる』が東京書籍より刊行。金環食用メガネ付きで、世界初の拡張現実（AR）機能を使った宇宙図鑑として話題に。

5月 〔刊行・発表〕『みさき食堂へようこそ』刊行　5月、香坂直による『みさき食堂へようこそ』が講談社より刊行される。

6月 〔刊行・発表〕福音館が60周年記念出版　6月、福音館書店より60周年記念企画として『絵本作家のアトリエ』（全3巻）の刊行を開始。第一巻は太田大八、山本忠敬、加古里子、山脇百合子ら10名をとりあげる。2006年から始まった「母の友」の連載の単行本化。人気絵本画家のアトリエを訪ねる。

7月 〔刊行・発表〕"はやぶさ"図鑑刊行　7月、偕成社より『小惑星探査機「はやぶさ」大図鑑』が刊行。小惑星イトカワから帰還した宇宙探査機はやぶさのプロジェクトマネージャー川口淳一郎による監修で、600点以上にのぼる写真と絵、CGイラストが収録されている。

8.31 〔作家訃報〕赤座憲久が亡くなる　8月31日、児童文学作家の赤座憲久が亡くなる。85歳。岐阜県各務原市生まれ。岐阜師範学校卒。昭和22年岐阜市加納小教諭、29年県立盲学校を経て、46年大垣女子短期大学助教授、51年教授。平成3年退任。この間、戦争や原爆、障害者などを題材に児童文学を執筆し、昭和37年「目の見えぬ子ら」で毎日出版文化賞、39年「大杉の地蔵」で講談社児童文学新人賞、55年「雪と泥沼」で新美南吉文学賞受賞、63年「雨のにおい 星の声」でサンケイ児童出版文化賞や新美南吉児童文学賞、平成元年「かかみ野の土」「かかみ野の空」で日本児童文芸家協会賞などを受賞。中部児童文学会などの会員、児童文学月刊誌「コボたち」の

監修委員。62年還暦を機に、「赤座憲久自選歌集」「多岐亡羊」「幼児の発想と童話の論理」の3冊を出し、総著作数を年齢と同じ60冊にした。平成24年85歳で亡くなる直前まで、日露戦争の日本海海戦を題材とした作品を執筆していた。他の著書に『ルツおはなしできる』『いっせいに花咲く街』『しらさぎ山のクマたち』『スミぬり教科書』『ふわり太平洋』『再考・新美南吉』『波照間からの旅立ち』などがある。

11.4 〔作家訃報〕**上坂高生が亡くなる** 11月4日、小説家・児童文学作家の上坂高生が亡くなる。85歳。兵庫県生まれ、兵庫師範本科卒、早稲田大学文学部〔昭和25年〕中退。公立小学校教師を33年間務める傍ら、創作活動に従事。「文芸誌「碑（いしぶみ）」編集発行責任者。『みち潮』で第1回小説新潮賞、『信彦と新しい仲間たち』で日本児童文芸家協会新人賞、『あかりのない夜』でジュニア・ノンフィクション賞を受賞し、平成13年には横浜文学賞を受賞した。代表作に『信彦と新しい仲間たち』『あかりのない夜』『近代建築のパイオニア』『空が落ちてくる』『閉塞前線』などがある。

11.19 〔作家訃報〕**福永令三が亡くなる** 11月19日、児童文学作家の福永令三が亡くなる。83歳。愛知県名古屋市東区主税町生まれ。第二早稲田高等学院卒、早稲田大学文学部国文学科卒。愛知県名古屋市で生まれ、昭和21年静岡県熱海市に転居。43～63年自然に親しむ心をもった児童を育てる目的で学習塾を経営した。一方、大学卒業後に文筆生活に入り、31年「赤い鴉」でオール読物新人賞を受賞、38年モービル児童文学賞、39年子ども向けファンタジー「クレヨン王国の十二か月」で講談社児童文学新人賞を受賞。〈クレヨン王国〉シリーズは500万部を超えるロングセラーとなり、「夢のクレヨン王国」のタイトルでテレビアニメ化もされた。平成16年には日本児童文芸家協会児童文化功労者を受賞した。

12月 〔刊行・発表〕**『オクサ・ポロック』刊行** 12月、西村書店より『オクサ・ポロック』（全6巻）の刊行が開始。フランスの図書館司書アンヌ・プリショタとサンドリーヌ・ヴォルフの共著となるファンタジーで、世界27カ国で翻訳される世界的ベストセラー。

この年 〔刊行・発表〕**ロングセラー記録更新** この年、古田足日・田畑精一による1986年に刊行された『おしいれのぼうけん』（童心社）が、夏に200万部を突破。1967年に同社から発売された松谷みよ子による『いないいないばあ』も秋に500万部に達した。これを受けて、全国の書店で記念フェアが開催された。また、白仁成昭・宮二郎による1980年刊行の『絵本 地獄』（風濤社）は、育児コミックでの紹介などをきっかけに売れ、累計33万部を記録した。

この年 〔読書感想文〕**第58回読書感想コン課題図書** この年（2012年度）の青少年読書感想文コンクールの課題図書。【小学校低学年】『ぼくがきょうりゅうだったとき』（まつおかたつひで・作・絵）ポプラ社、『またおいで』（もりやまみやこ・作、いしいつとむ・絵）あかね書房、『パンケーキをたべるサイなんていない？』（アンナ・ケンプ・ぶん、サラ・オギルヴィー・え、かどのえいこ・やく）BL出版、『へいわってどんなこと？』（浜田桂子・作）童心社。【小学校中学年】『ココロ屋』（梨屋アリエ・作、菅野由貴子・絵）文研出版、『チョコレートと青い空』（堀米薫・作、小泉るみ子・絵）そうえん社、『ここがわたしのおうちです』（アイリーン・スピネリ・文、マット・フェラン・絵、渋谷弘子・訳）さ・え・ら書房、『カモのきょうだいクリとゴマ』（なかがわちひろ・作・絵）アリス館。【小学校高学年】『心の森』（小手鞠るい・作）金の星社、『走れ！マスワラ』（グザヴィエ＝ローラン・プティ・作、浜辺貴絵・訳）PHP研

究所、『わたしのひかり』(モリー・バング・作、さくまゆみこ・訳)評論社、『ピアノはともだち：奇跡のピアニスト辻井伸行の秘密』(こうやまのりお・著)講談社。【中学校】『地をはう風のように』(高橋秀雄・作、森英二郎・画)福音館書店、『怪物はささやく』(パトリック・ネス・著、シヴォーン・ダウド・原案、池田真紀子・訳)あすなろ書房、『地球の声に耳をすませて：地震の正体を知り、命を守る』(大木聖子・著)くもん出版。【高等学校】『オン・ザ・ライン』(朽木祥・著)小学館、『ダーウィンと出会った夏』(ジャクリーン・ケリー・作、斎藤倫子・訳)ほるぷ出版、『パスタでたどるイタリア史』(池上俊一・著)岩波書店。

この年　〔作家訃報〕七尾純が亡くなる　この年、編集者・児童文学作家の七尾純が亡くなる。76歳。本名、伊藤喜郎。秋田県生まれ。玉川大学教育学科中退。児童施設指導員、学習雑誌の編集長を経て、昭和48年七尾企画を設立。以後、一貫して児童図書、児童雑誌の企画・執筆・編集に従事した。

《この年の児童文学賞》

　第43回(平24年度)JX-ENEOS童話賞　【一般の部】〈最優秀賞〉山野大輔の「キーーーーーーーーーーーーーリンだ!!」、〈優秀賞〉鈴木卓二の「黄門様のおくりもの」、戸泉妃美子の「今年の花火」、【中学生の部】〈最優秀賞〉飯島雪乃の「鈴の約束」、〈優秀賞〉酒井那菜の「春風便」、谷古紬の「ペトとザヴール」、【小学生以下の部】〈最優秀賞〉藤田桐也の「かみなりの子とスイカ」、〈優秀賞〉根本桜樺の「ふしぎなほし」、松尾碧大の「ひよこのピートと月のうさぎ」。

　第26回(平24年度)家の光童話賞　【家の光童話賞】福尾久美の「かさのいちろう」(絵：亀澤裕也)、【優秀賞】松島勝の「いろいろ」(絵：くまあやこ)、仲嶋恵利子・仲嶋壮の「虹色クジラ」(絵：竹内通雅)、和田一美の「かず坊と運動会」(絵：たかいひろこ)、相良絹子の「風のレストラン」(絵：秋里信子)。

　第21回(平24年)小川未明文学賞　【大賞】浅野竜の「木かげの秘密」学研教育出版、【優秀賞】島尻勤子の「『くすぐりの木』と『しめ殺しの木』」、うのはらかいの「じいちゃんが花をうえた日」。

　第11回(平24年)角川ビーンズ小説大賞　【奨励賞＆読者賞】永瀬さらさの「夢見る野菜の精霊歌～My Grandfathers'Clock～」、【奨励賞】山内マキの「外面姫と月影の誓約」。

　第10回(平24年)北日本児童文学賞　【最優秀賞】ゆきの「カラスのカーコとハーモニカ」、【優秀賞】岩田隆幸の「悲しみの木」、鈴木ゆき江の「ぼくと菜々ちゃんとやまももの木」。

　第22回(平24年)けんぶち絵本の里大賞　【絵本の里大賞】國森康弘〔写真・文〕の「恋ちゃんのはじめての看取り」農山漁村文化協会、【びばからす賞】長谷川義史〔作〕の「まわるおすし」ブロンズ新社、にしもとよう〔ぶん〕黒井健〔え〕の「うまれてきてくれてありがとう」童心社、長谷川義史〔作・絵〕の「ようちえんいやや」童心社、【アルパカ賞】のぶみ〔さく〕の「ぼく、仮面ライダーになる！フォーゼ編」講談社。

　第34回(平24年)講談社絵本新人賞　種村有希子の「きいの家出」、【佳作】澤野秋文の「家さがし茶丸」。

　第53回(平24年)講談社児童文学新人賞　該当作なし。

　第43回(平24年)講談社出版文化賞〔絵本賞〕　【絵本賞】コマヤスカンの「新幹線のたび～はやぶさ・のぞみ・さくらで日本縦断～」。

第33回（平24年）子どもたちに聞かせたい創作童話　【第一部】〈特選〉高森美由紀の「カボチャ」、〈入選1位〉田邉和代の「七けんのクモの服屋」、〈入選2位〉浪崎琵嵯の「おばあちゃんのいす」、〈入選3位〉出雲遙の「シドにつくったズンダもち」、〈佳作〉阿多昌司の「アカショウビンとルリカケス」、桑崎好美の「チュー吉とチュー太郎の宝探し」、田上直志の「兄ちゃんのプレゼント」、【奨励賞】雪野あざみの「天使の泉」、岡部達美の「タロウの思い出箱」、【第二部】〈特選〉三町公平の「二人のたからもの」、〈入選1位〉鳴沢海里の「遠い約束」、〈入選2位〉あらいずかのりの「きつねの石よろい」、〈入選3位〉仲程恵子の「木に抱きあげられた車」、〈佳作〉与田亜紀の「たおれた桜」、束央早久亜の「被災地からの手紙」、永峯光朗の「幸子の小物入れ」、【奨励賞】行田詠之介の「名探偵スーホームズとスズスケホームズマーリー婦人・人質大事件!?（前編）」。

第59回（平24年）産経児童出版文化賞　【大賞】荒井良二の「あさになったのでまどをあけますよ」偕成社、【JR賞】大木聖子の「地球の声に耳をすませて」くもん出版、【美術賞】埴沙萠〔写真・文〕の「きのこ ふわり胞子の舞」ポプラ社、【産経新聞社賞】畠山重篤の「鉄は魔法つかい」小学館、【フジテレビ賞】富安陽子の「盆まねき」偕成社、【ニッポン放送賞】蜂飼耳〔作〕牧野千穂〔絵〕の「うきわねこ」のら書店、【翻訳作品賞】ケイト・ペニントン〔作〕柳井薫〔訳〕の「エリザベス女王のお針子」徳間書店、マーガレット・H.メイソン〔文〕フロイド・クーパー〔絵〕もりうちすみこ〔訳〕の「おじいちゃんの手」光村教育図書。

第18回（平24年）児童文学ファンタジー大賞　該当作なし。

第41回（平24年）児童文芸新人賞　歌代朔の「シーラカンスとぼくらの冒険」あかね書房、堀米薫の「チョコレートと青い空」そうえん社。

第61回（平24年度）小学館児童出版文化賞　中田永一の「くちびるに歌を」小学館。

第15回（平24年度）ちゅうでん児童文学賞　【大賞】髙森美由紀の「咲くんだ また」、【優秀賞】久保英樹の「木漏れ日の迷路」、吉﨑みゆきの「ことば」、【奨励賞】みとみとみの「晴れ ときどき コモリ」。

第11回（平24年）長編児童文学新人賞　【入選】該当作なし、【佳作】きむらともおの「転校生タワリシチ」、浅見理恵の「猫たちのいる家」。

第28回（平24年度）坪田譲治文学賞　中脇初枝の「きみはいい子」ポプラ社。

第47回（平24年度）東燃ゼネラル児童文化賞　加古里子。

第24回（平24年）新美南吉童話賞　【最優秀賞（文部科学大臣賞）】秋野りゅうの『ビンに詰めた「ありがとう」』、【一般の部】〈優秀賞（愛知県教育委員会賞）〉つちやはるみの「あなたのそばで」、〈優秀賞（半田市長賞）〉ぼたんきょうすけの「黒ネコ新聞」、〈特別賞（ミツカン賞）〉松岡裕子の「手伝ってね、お父さん」、〈特別賞（知多信用金庫賞）〉永田裕美の「ドングリと森のなかま」、〈特別賞（中部電力株式会社賞）〉春間美幸の「ベランダ応援団」、〈佳作〉樋口正博の「宝くらべ」、細川みきの「星を探すおおかみ」、【中学生の部】〈優秀賞（社団法人半田青年会議所賞）〉林侑輝の「金星人と僕」、〈特別賞（新美南吉顕彰会賞）〉成田弘樹の「古道具の神様」、〈佳作〉間瀬輝の「みどりちゃん」、加藤輝の「十円玉の旅」、【小学生高学年の部】〈優秀賞（ごんぎつねの会賞）〉榊原すずかの「夕焼け虹の約束」、〈佳作〉大橋裕生の「キノコとおじさん」、杉田紘基の「凶・吉 兄弟物語」、【小学生低学年の部】〈優秀賞（中日新聞社賞）〉北村奈央実の「神さまの子ども」、〈佳作〉大橋遼士の「ちびやま にじ を みる」。

第29回（平24年度）日産 童話と絵本のグランプリ　【童話の部】〈優秀賞一席〉あさいゆ

うこの「わけありリンゴのアップルパイ」、〈優秀賞〉すずけんじの「げんこつ鬼」、橋口由紀子の「ホケチョビ」、稲垣岳の「桜の木とともに」、【絵本の部】〈大賞〉みやざきあけ美の「ゆみちゃんはねぞうのわるいこです」、〈優秀賞〉にしたにえりこの「ノマルとリンゴ」、きたえまこの「とこやのはなし」、ながやまただしの「ほたるの木」。

第17回 (平24年) 日本絵本賞　【大賞】みやこしあきこ〔著〕の「もりのおくのおちゃかいへ」偕成社、【日本絵本賞】伊藤遊〔作〕岡本順〔絵〕の「きつね、きつね、きつねがとおる」ポプラ社、二宮由紀子〔作〕スドウピウ〔絵〕の「へちまのへーたろー」教育画劇、【翻訳絵本賞】パトリック・マクドネル〔さく〕なかがわちひろ〔やく〕の「どうぶつがすき」あすなろ書房、【読者賞 (山田養蜂場賞)】鈴木のりたけ〔作・絵〕の「ぼくのトイレ」PHP研究所。

第36回 (平24年) 日本児童文学学会賞　該当作なし、【奨励賞】該当作なし、【特別賞】鷺只雄の「〈評伝〉壺井栄」翰林書房、桝居孝の「日本最初の少年少女雑誌『ちゑのあけぼの』の探索『鹿鳴館時代』の大阪、京都、神戸」かもがわ出版。

第52回 (平24年) 日本児童文学者協会賞　那須正幹の「ヒロシマ (三部作)『歩きだした日』『様々な予感』『めぐりくる夏』」ポプラ社。

第45回 (平24年) 日本児童文学者協会新人賞　如月かずさの「カエルの歌姫」講談社、奥山恵の「〈物語〉のゆらぎ―見切れない時代の児童文学」くろしお出版。

第5回 (平24年) 日本児童文学者協会評論新人賞　【入選】該当作なし、【佳作】芹沢清実の「体験から物語へ 学童疎開の児童文学を読み直す」、内川朗子の「物語の視界 『空気を読む』ことの描かれ方」。

第4回 (平24年)「日本児童文学」投稿作品賞　原結子の「東京タワー」(創作)。

第36回 (平24年) 日本児童文芸家協会賞　該当作なし。

第15回 (平24年) (日本児童文芸家協会) 創作コンクールつばさ賞　【童謡・詩部門】〈優秀賞〉該当作なし、〈佳作〉内藤省子の「家に帰る」、戸澤三二子の「牛も家族です」、丹羽きよみの「なべ」、【童話部門】〈優秀賞〉該当作なし、〈佳作〉大道優子の「おばあちゃんの手」、山本泉の「きょうりゅうじいさん」、音森ぽこの「お化けを背負った大どろぼう」、秋川イホの「ちどりが池のかっぱ」、【読み物部門】〈優秀賞・文部科学大臣賞〉国元アルカの「白瑠璃色に輝いて」、〈佳作〉今田絵里香の「人魚の棲む海」、江森葉子の「がくとしゅう―世界最初のエコロジスト 安藤昌益をめぐるものがたり」、平松詩子の「その先の青空」、和木亮子の「志村の子―おばば泣かせの仙太」。

第24回 (平24年) 日本動物児童文学賞　【大賞】沖義裕の「里山のシカ」、【優秀賞】髙森美由紀の「エリー、いっしょに歩き出そう」、叶昌彦の「ミーコの午後」、【奨励賞】芦沢美樹の「ロッキーとクリーム」、阿部羅かおるの「ソラマメの木」、栗栖ひろみの「猫おばさんのコーヒーショップ」、水沢稚津夫の「どこへいくの？ ～あるミニチュアダックスの兄弟の物語～」、高杜利樹の「約束、勇太のさくら」。

第50回 (平24年) 野間児童文芸賞　石崎洋司の「世界の果ての魔女学校」。

第23回 (平24年) ひろすけ童話賞　にしなさちこの「星ねこさんのおはなし ちいさなともだち」のら書店。

第29回 (平24年) 福島正実記念SF童話賞　【大賞】該当作なし、【佳作】城上黄名の「不思議商店街の時計おじさん」、すみのりの「わたしのスケルトン」。

第2回 (平24年) ポプラズッコケ文学新人賞　【大賞】奈雅月ありすの「ノブナガ、境川

を越える―ロボカップジュニアの陣」、【佳作】二枚矢コウの「姫隠町でつかまって」。

第22回（平24年）椋鳩十児童文学賞　小浜ユリの「むこうがわ行きの切符」ポプラ社。

第4回（平24年）森林（もり）のまち童話大賞　【大賞】石塚由加里の「かさこそ森の気取りやキツネ」、【審査員賞】〈西本鶏介賞〉半田嵩行の「大きな魚の森のなかで」、〈角野栄子賞〉乾初江の「ふしぎなショール」、〈那須田淳賞〉飛田和笑美の「まるさんの冒険ノート」、〈あさのあつこ賞〉木内夏美の「チョウゲンボウがきた森」、〈薫くみこ賞〉浅野亜紀の「夜の森をあんない」、【佳作】新貝直人の「犬のせなかに森ができた」、松井直子の「きみがいれば」、早本聡子の「ようこそ太陽の咲く森へ」、鈴井千佳代の「もりのかえる」、池谷晶子の「森のひみつきち」、山道暁恵の「コルコニの目は空の色」。

第24回（平24年）琉球新報児童文学賞　【短編児童小説部門】伊波祥子の「流れ星のリュウ」、諸見志津子の「イノーの秘密」、【創作むかし話部門】該当作なし、〈佳作〉なつイロの「ギリオニとリョウ」。

2013年
（平成25年）

1.8　〔作家訃報〕**宮川やすえが亡くなる**　1月8日、児童文学作家・翻訳家の宮川やすえが亡くなる。86歳。本名、宮川保栄。岡山県津山市生まれた。拓殖大学政経学部卒。在学中から外務省ロシア語研究会に学ぶ。ソビエト15共和国中、タジク・モルダビア共和国をのぞき、13共和国を読売旅行社のカメラマンと歴訪。昭和49年拓殖大学教授、のち名誉教授。50年に訳書のキルピチニコワ「ガラスにはいった太陽」でサンケイ新聞佳作賞を受賞。長年ロシア児童文学の紹介に努め、、プーシキン「金の魚」、ヤコブレフ「初恋物語」、ガリヤフキン「ぼくのだいすきなパパ」、プロコーフィエワ「ワーシャとまほうの木馬」、ヤコブレフ「初恋物語」などの訳書がある。62年にロシア共和国作家同盟名誉賞、平成1年に児童文化功労者賞を受賞した。

2.22　〔刊行・発表〕**『くふうの図鑑』刊行**　2月22日、鎌田和宏監修『楽しく遊ぶ学ぶ くふうの図鑑』（小学館）が刊行される。『プレNEO図鑑』シリーズ第7巻で、生活の中でのいざという時に役立つ84の「くふう」を収録するテーマ図鑑。

2～3月　〔刊行・発表〕**『漫画家たちの戦争』刊行**　2月から3月にかけて、中野晴行監修『漫画家たちの戦争』全6巻（金の星社）が刊行される。手塚治虫・ちばてつや・赤塚不二夫・水木しげる・中沢啓治・弘兼憲史・北条司・秋本治など様々な世代の人気漫画家たちによる、太平洋戦争を題材にした漫画を幅広く収録したシリーズで、新聞各紙などで紹介されて話題となる。

4月　〔刊行・発表〕**『2013年版児童図書総目録』公開**　4月下旬、日本児童図書出版協会が『2013年版児童図書総目録』をインターネット上に公開するとともに、同目録データのダウンロードサービスを開始。ユーザー登録者はダウンロード可能な内容の閲覧、CSV形式による一覧、PDFによる一覧および単票出力が可能。

4月　〔刊行・発表〕**『むらの英雄』刊行**　4月、渡辺茂男作、西村繁男絵による『むらの英

		雄』が瑞雲舎から刊行される。エチオピアの昔話を元に描かれている。
4〜5月	〔刊行・発表〕『からすのパンやさん』続編刊行	4月、かこさとし作・絵『からすのおかしやさん』『からすのやおやさん』(偕成社)が刊行される。1973年9月に刊行された人気絵本『からすのパンやさん』の40年ぶりの続編で、同作は毎年5万部以上が売れ続け、累計220万部を記録。5月には『からすのてんぷらやさん』『からすのそばやさん』が刊行される。
5.3	〔イベント関連〕「第14回上野の森親子フェスタ」	5月3日、子どもの読書推進会議・出版文化産業振興財団共催により、「第14回上野の森親子フェスタ」が東京・上野公園において開催される。チャリティ・ブック・フェスティバルの売上が過去最高となる3200万円に達したほか、この年は児童文学作家・画家あんびるやすこらが講演を行った。
6月	〔刊行・発表〕巨大イカの本刊行	6月、NHKスペシャル制作班編の『深海の超巨大イカ』が新日本出版社より刊行。10年追い続けたNHKスタッフ陣が、高感度深海用カメラでとらえた深海で生きる巨大イカの姿を映し出す写真絵本。
7.1	〔刊行・発表〕「怪談オウマガドキ学園」刊行	7月1日、怪談オウマガドキ学園編集委員会編、常光徹責任編集「怪談オウマガドキ学園」シリーズ(童心社)の刊行が開始される。大人気シリーズ「怪談レストラン」の姉妹版で、古今東西の民話をベースにした怖い話を12〜13話収録する。第1回配本は『1 真夜中の入学式』『2 放課後の謎メール』の2点。
7.19	〔刊行・発表〕「入門百科＋」創刊	7月19日、小学館が小学生向け実用入門書「入門百科＋(プラス)」シリーズを創刊する。第1弾は飯塚裕之著『プロの技全公開！ まんが家入門』、神みよこ著『めざせパティシエ！ スイーツ作り入門』、長谷和幸監修『テーブルマジック入門』、西野弘章監修『ゼロからのつり入門』の4点。
8.9	〔作家訃報〕ときありえが亡くなる	8月9日、児童文学作家のときありえが亡くなる。62歳。本名、青木康子。東京都生まれ。上智大学中退。パリ大学文学部に4年間留学。平成元年「のぞみとぞぞみちゃん」で日本児童文学者協会新人賞を受けた。他の著書に「小さいかみさまプッチ」などがある。
8.11	〔作家訃報〕はたかしが亡くなる	8月11日、児童文学作家のはたかしが亡くなる。91歳。本名、秦敬。愛媛県西条市早稲田大学専門部法律科卒。昭和21年西条高等実践女学校教諭となり、22年より西条市で小・中学校教師を務めた。のち桃山学院短期大学教授。一方、47年理論社から児童文学を出版。同人誌「ぷりずむ」を主宰するなど、愛媛県の児童文学活動で指導的な役割を担った。主な著書に「フジいさんのペンキ」「はちどう山あなほり商会」「ロビン・キャットはいつ帰る」「子てんぐハタキぼうとカラカラサウルス」などがある。平成4年に愛媛新聞賞を受賞。
9.21	〔作家訃報〕高田勝が亡くなる	9月21日、著述家・ナチュラリスト・児童文学作家の高田勝が亡くなる。68歳。愛知県名古屋市生まれ。東京都早稲田大学商学部卒。テレビ・コマーシャル制作会社、林業雑誌記者を経て、昭和47年"鳥漬け"になりたくて野鳥天国の根室に移住。牧夫生活などの後、50年より風蓮湖の近くで自然愛好者を対象に民宿・風露(ふうろ)荘を経営。60年北米大陸探鳥の旅に出、延べ130日間、総走行距離2万3000キロに及び、274種の鳥を観察した。その後も英国、北欧、中国、

アジア、南米各地へ探鳥ツアーのガイド、コーチとして出かけた。著書に「ニムオロ原野の片隅から」「ある日、原野で」「コンチネンタル・バーディング」「飛びたてシマフクロウ」、児童書「落としたのはだれ？」など。自然の賢明な利用を考える"根室ワイズユースの会"顧問も務めた。「雪の日記帳」「落としたのはだれ？」で吉村証子記念科学読物賞を受賞、平成4年には根室市文化奨励賞（科学・教育部門）を受賞した。

9月 〔刊行・発表〕「どろぼうがっこう」続編刊行　9月、かこさとし作・絵『どろぼうがっこうだいうんどうかい』『どろぼうがっこうぜんいんだつごく』（偕成社）が刊行される。1973年3月に刊行された絵本『どろぼうがっこう』の40年ぶりの続編。

9月 〔刊行・発表〕『きもち』刊行　9月、ジャナン・ケインによる『きもち』が少年写真新聞社より刊行される。自分を客観視するために様々な感情について知る絵本。

10.13 〔作家訃報〕やなせたかしが亡くなる　10月13日、漫画家・イラストレーター・作詞家・絵本作家のやなせたかしが亡くなる。94歳。本名、柳瀬嵩。東京都生まれ。高知県香美郡在所村（香美市）東京高等工芸学校（現・千葉大学工学部）図案科〔昭和14年〕卒。東京生まれ、大正13年に父の急死で高知県に転居する。東京高等工芸学校（現・千葉大学工学部）図案科を卒業後、兵役に就き、敗戦を中国大陸で迎える。昭和21年復員して高知新聞社に入社。22年上京し、三越宣伝部のデザイナーとなる。28年4コマのCM漫画「ビールの王様」を描き漫画家として活動を開始。NHKテレビのまんが学校にレギュラーとして出演。42年週刊朝日漫画賞に「ボオ氏」が入選。童画、絵本の世界でも活躍し、「詩とメルヘン」「いちごえほん」編集長を務める。44年「PHP」に大人向けの童話「アンパンマン」を発表。平成8年高知県香北町に、やなせたかし記念館アンパンマンミュージアムが開館。10年同館の隣に詩とメルヘン絵本館が開館。10月創刊の季刊誌「詩とファンタジー」の責任編集を務める。他の代表作に「メイ犬BON」「まんが学校」「無口なボオ氏」「やさしいライオン」「おむすびまん」、「星空やなせたかし画集」、詩集に「愛する歌」「やなせたかし全詩集」、童謡詩集に「希望の歌」、手記に「痛快！　第二の青春─アンパンマンとぼく」などがある。

11.12 〔刊行・発表〕『空のふしぎ図鑑』刊行　11月12日、武田康男監修『空のふしぎ図鑑』（PHP研究所）が刊行される。雲や虹、月の満ち欠け、水星など、自然現象に関する疑問に答えるテーマ図鑑。

この年 〔ベストセラー・話題本〕「プータン」シリーズ30周年　この年、「プータン」シリーズ発売30周年を記念し、ならさかともこ・絵、わだよしみ・文のしかけ絵本『プータン　いまなんじ？』（JULA出版局）が刊行される。

この年 〔読書感想文〕第59回読書感想コン課題図書　この年（2013年度）の青少年読書感想文コンクールの課題図書。【小学校低学年】『メガネをかけたら』（くすのきしげのり・作、たるいしまこ・絵）小学館、『なみだひっこんでろ』（岩瀬成子・作、上路ナオ子・絵）岩崎書店、『わたしのいちばんあのこの1ばん』（アリソン・ウォルチ・作、パトリス・バートン・絵、薫くみこ・訳）ポプラ社、『いっしょだよ』（小寺卓矢・写真・文）アリス館。【小学校中学年】『くりぃむパン』（濱野京子・作、黒須高嶺・絵）くもん出版、『ジャコのお菓子な学校』（ラッシェル・オスファステール・作、ダニエル遠藤みのり・訳、風川恭子・絵）文研出版、『こおり』（前野紀一・文、斉藤俊行・絵）福音館書店、『ゾウの森とポテトチップス』（横塚眞己人・しゃしんとぶん）そうえん社。【小学校高学年】『オムレツ屋へようこそ！』（西村友里・作、鈴木びんこ・絵）国土

社、『有松の庄九郎』(中川なをみ・作、こしだミカ・絵)新日本出版社、『はるかなるアフガニスタン』(アンドリュー・クレメンツ・著、田中奈津子・訳)講談社、『永遠に捨てない服が着たい：太陽の写真家と子どもたちのエコ革命』(今関信子・著)汐文社。【中学校】『チャーシューの月』(村中李衣・作、佐藤真紀子・絵)小峰書店、『フェリックスとゼルダ』(モーリス・グライツマン・著、原田勝・訳)あすなろ書房、『ぼくが宇宙人をさがす理由』(鳴沢真也・著)旬報社。【高等学校】『歌え！ 多摩川高校合唱部』(本田有明・著)河出書房新社、『ジョン万次郎海を渡ったサムライ魂』(マーギー・プロイス・著、金原瑞人・訳)集英社、『宇宙へ「出張」してきます：古川聡のISS勤務167日』(古川聡、林公代、毎日新聞科学環境部・著)毎日新聞社。

《この年の児童文学賞》

第44回(平25年度)JX-ENEOS童話賞　【一般の部】〈最優秀賞〉竹田まどかの「こがね色の昼休み」、〈優秀賞〉福谷博の「えいさとほいさ」、廣井礼子の「あかりや」、〈佳作〉齋藤隆の「サインボール」、宇佐美三夏の「おひざきょうだい」、上田智子の「おりづるノート」、山本洋子の「グッドラック」、小名木陽子の「落とし物の木」、【中学生の部】〈最優秀賞〉豊川遼馬の「これがぼくのじっちゃんだ！」、〈優秀賞〉岸萌佳の「出会いは桜色」、沓澤祥吾の「大嫌いで大好きな海」、〈佳作〉坂井敏法の「おじいちゃんは現在進行形」、安芸朋華の「紙飛行機」、【小学生以下の部】〈最優秀賞〉遠藤遼夏の「花びらの雪」、〈優秀賞〉金澤直輝の「ぼくってどこがいいの」、山上航平の「ふしぎなたまご」、〈佳作〉髙野涼の「はのきょうせいとようせい」、佐相知映里の「ふしぎなクレヨン」。

第27回(平25年度)家の光童話賞　【家の光童話賞】髙橋千賀子の「種まき桜と女の子」(絵：中沢正人)、【優秀賞】佐藤橙子の「ノンのいえで」(絵：塚本やすし)、阿部廣美の「こんこのばあちゃん」(絵：はせがわかこ)、栗原美幸の「木のぼりの木」(絵：長谷川知子)、真嶋朋子の「石ころころちゃん」(絵：みうらし～まる)。

第22回(平25年)小川未明文学賞　【大賞】宇佐美敬子の「影なし山のりん」、【優秀賞】こうまるみずほの「黒い子ネコと魔女おじさん」、高森美由紀の「春一番」。

第12回(平25年)角川ビーンズ小説大賞　【優秀賞】響咲いつきの「宮廷恋語り―お妃修業も楽じゃない―」、【奨励賞】中野之三雪の「陰冥道士～福山宮のカンフー少女とオネエ道士」、【読者賞】羽倉せいの「エターナル・ゲート」。

第11回(平25年)北日本児童文学賞　【最優秀賞】誉川昭の「カワウソ物語」、【優秀賞】山本静夫の「もう一人の友だち」、西野真弓の「ロケット×ロケット」。

第23回(平25年)けんぶち絵本の里大賞　【絵本の里大賞】ドリアン助川〔作〕あべ弘士〔絵〕の「クロコダイルとイルカ」(『じんじん』製作委員会)、【びばからす賞】くすのきしげのり〔作〕たるいしまこ〔絵〕の「メガネをかけたら」小学館、本橋成一〔写真・文〕の「うちは精肉店」農山漁村文化協会、長谷川義史〔作〕の「おかあちゃんがつくったる」講談社、【アルパカ賞】村山純子〔著〕の「さわるめいろ」小学館。

第35回(平25年)講談社絵本新人賞　加藤晶子の「てがみぼうやのゆくところ」、【佳作】奥野哉子の「あそこまで」、石川基子の「なんと！ ようひんてん」、森みちこの「ボクんちたてかえます」。

第54回(平25年)講談社児童文学新人賞　該当作なし、【佳作】安田夏菜の「あしたも、さんかく」、葦原かもの「トミエさんの真夜中ものがたり」。

第44回(平25年)講談社出版文化賞〔絵本賞〕　【絵本賞】アーサー・ビナード〔作〕岡

倉禎志〔写真〕の「さがしています」。

第34回（平25年）子どもたちに聞かせたい創作童話　【第一部】〈特選〉近藤鏡子の「ゆいちゃんのてぶくろ」、〈入選2位〉田邉和代の「デベソの家出」、〈入選2位〉土屋恵子の「しずくのまほう」、〈入選3位〉柳澤みの里の「ふとっちょボブリン　パンづくり」、〈佳作〉川元賀子の「カミナリちょこれいと」、金谷ゆかりの「ひゃくさいのおいわいに」、増田麻美の「うまれ風のうた」、〈奨励賞〉増本友恵の「好き嫌いな私」、伊集院凪紗の「かごしましろくま」、【第二部】〈特選〉秋野りゅうの「渡し舟の約束」、〈入選1位〉三町公平の「丈助さんの勇気」、〈入選2位〉あらいずかのりの「たった一つしかさかない花」、〈入選3位〉本田公成の「赤いクレヨンふうせん」、〈佳作〉青木良仁の「さよなら、ジュウベエ」、片山ひとみの「あったかアイスクリーム」、中美恵の「海犬と少女」、〈奨励賞〉井上はづきの「ある雨の日に」、下舞晴南の「三つの世界」。

第60回（平25年）産経児童出版文化賞　【大賞】山崎充哲の「タマゾン川」旬報社、【JR賞】あきびんごの「ゆうだち」偕成社、【美術賞】金関寿夫〔訳詩〕秋野亥左牟〔絵〕の「神々の母に捧げる詩」福音館書店、【産経新聞社賞】神田愛子の「まぼろしのノーベル賞」国土社、【フジテレビ賞】岡田淳の「願いのかなうまがり角」偕成社、【ニッポン放送賞】アーサー・ビナード〔作〕岡倉禎志〔写真〕の「さがしています」童心社、【翻訳作品賞】ケイト・メスナー〔著〕中井はるの〔訳〕の「木の葉のホームワーク」講談社、ジークリット・ツェーフェルト〔作〕はたさわゆうこ〔訳〕の「ぼくとヨシュと水色の空」徳間書店。

第19回（平25年）児童文学ファンタジー大賞　該当作なし、【佳作】もりおみずきの「かしかけ」、【奨励賞】三根生厚子の「花は山吹～ぼくの春休み～」、加部鈴子の「天明の祈り平成の夢」。

第42回（平25年）児童文芸新人賞　巣山ひろみの「逢魔が時のものがたり」学研教育出版。

第62回（平25年度）小学館児童出版文化賞　伊藤遊の「狛犬の佐助　迷子の巻」ポプラ社、鈴木のりたけの「しごとば　東京スカイツリー」ブロンズ新社。

第12回（平25年）長編児童文学新人賞　【入選】該当作なし、【佳作】しめのゆきの「真夜中のオデット」、せいのあつこの「パン食い」。

第48回（平25年度）東燃ゼネラル児童文化賞　角野栄子。

第25回（平25年）新美南吉童話賞　【最優秀賞（文部科学大臣賞）】街野海の「風船のあつまる場所」、【一般の部】〈優秀賞（愛知県教育委員会賞）〉山本早苗の「あばれんぼうのホースくん」、〈優秀賞（半田市長賞）〉坂口みちよの「さくらの丘」、〈特別賞（ミツカン賞）〉鈴木ゆき江の「花帆の一ばんすきなお話」、〈特別賞（知多信用金庫賞）〉林沙織の「すてきな贈り物」、〈佳作〉鳥居真知子の「赤い三輪車」、【中学生の部】〈優秀賞（公益社団法人半田青年会議所賞）〉山口拓登の「ぼくはマル」、〈特別賞（新美南吉顕彰会賞）〉鳥居沙帆の「まほうのえんぴつ」、〈佳作〉近藤萌花の「てんとう虫の悩み」、【小学生高学年の部】〈優秀賞（ごんぎつねの会賞）〉池邑燦の「ユウヤと雨」、〈佳作〉澤田紗知の「小さな小さなレストラン」、【小学生低学年の部】〈優秀賞（中日新聞社賞）〉倉田叶望の「海のおはなし」、〈佳作〉松葉侑子の「ぼくは大君の目ざまし時計」、【「幻の童話」部門（新美南吉生誕100年記念）】〈大賞（新美南吉生誕100年記念事業実行委員会賞）〉神山真湖の「泣いて笑って、笑って泣いて」、【「幻の童話」部門（一般）】〈優秀賞〉スギサトリキの「魂の行き先」、〈特別賞（中部電力株式会社賞）〉新井爽月の「コウちゃんとふしぎな歌」、〈特別賞（新美南吉記念館賞）〉なつの夕里の「真夜中の列車」、【「幻の童話」

部門(小中学生)〈優秀賞〉平井南帆の「取り戻した笑顔」。

第30回(平25年度)日産 童話と絵本のグランプリ 【童話の部】〈大賞〉なかじまゆうきの「カエルと王かん」、【絵本の部】〈大賞〉ながやまただしの「木(きぃ)ちゃん」。

第18回(平25年)日本絵本賞 【大賞】ミロコマチコ〔著〕の「オオカミがとぶひ」イースト・プレス、【日本絵本賞】城ノ内まつ子〔作〕大畑いくの〔絵〕の「しげるのかあちゃん」岩崎書店、おくはらゆめ〔作〕の「シルクハットぞくは よなかのいちじにやってくる」童心社、内田麟太郎〔文〕こみねゆら〔絵〕の「ともだち できたよ」文研出版、【読者賞(山田養蜂場賞)】tupera tupera〔作〕の「しろくまのパンツ」ブロンズ新社。

第19回(平26年)日本絵本賞 【大賞】樋勝朋巳〔文・絵〕「きょうはマラカスのひ：クネクネさんのいちにち」福音館書店、【日本絵本賞】高部晴市「あんちゃん」童心社、高畠那生「カエルのおでかけ」フレーベル館、【翻訳絵本賞】チョウンヨン〔さく〕ひろまつゆきこ〔やく〕「はしれ、トト！」文化学園文化出版局、【読者賞(山田養蜂場賞)】志茂田景樹〔文〕木島誠悟〔絵〕「キリンがくる日」ポプラ社。

第37回(平25年)日本児童文学学会賞 該当作なし、【奨励賞】相川美恵子の「児童読物の軌跡―戦争と子どもをつないだ表現」龍谷学会、【特別賞】久米依子の「『少女小説』の生成 ジェンダー・ポリティクスの世紀」青弓社。

第53回(平25年)日本児童文学者協会賞 村中李衣の「チャーシューの月」小峰書店。

第46回(平25年)日本児童文学者協会新人賞 いとうみくの「糸子の体重計」童心社。

第5回(平25年)「日本児童文学」投稿作品賞 白瀧慎里子の「体操服」(詩)。

第37回(平25年)日本児童文芸家協会賞 石崎洋司の「世界の果ての魔女学校」講談社。

第25回(平25年)日本動物児童文学賞 【大賞】石黒久人の「超救助犬リープ」、【優秀賞】本田真貴の「フクシマのねこ」、坂本亜紀子の「ぼくとクウの不思議な7日間」、【奨励賞】水野春彦の「いつか見る川」、木乃あいの「命をありがとう」、三田真登の「鈴の音が聞こえたら」、藤井弘子の「地球が住みか」、田中廣司の「ライオン日記」。

第51回(平25年)野間児童文芸賞 斉藤洋の「ルドルフとスノーホワイト」。

第24回(平25年)ひろすけ童話賞 市川宣子の「あまやどり」文研出版。

第30回(平25年)福島正実記念SF童話賞 【大賞】万乃華れんの「声蛍」、【佳作】太月ようのの「猫を、尾行」。

第3回(平25年)ポプラズッコケ文学新人賞 【大賞】星はいりの「焼き上がり5分前！」。

第23回(平25年)椋鳩十児童文学賞 石井和代の「山の子みや子」てらいんく。

第25回(平25年)琉球新報児童文学賞 【短編児童小説部門】なつイロの「おいらは石」、〈佳作〉仲間友美の「六年三組友達の歌」、【創作むかし話部門】該当作なし、〈佳作〉下地春義の「宝耳」。

2014年
（平成26年）

2.28 〔刊行・発表〕『よのなかの図鑑』刊行　2月28日、寺本潔監修『楽しく遊ぶ学ぶ よのなかの図鑑』（小学館）が刊行される。人や社会との関わりの中で子ども達が抱く「よのなか」への疑問に答える図鑑で、従来にない特色としてスマートフォンをかざすと動画や音声を楽しめる仕掛けを盛り込んだ。新聞・テレビなどで紹介され、話題となる。

3.14 〔ベストセラー・話題本〕「アナ雪」ブーム　3月14日、アニメ映画「アナと雪の女王」が公開され、大ヒット。サラ・ネイサン作『ディズニーアニメ小説版 100 アナと雪の女王』（偕成社）、『アナと雪の女王 角川アニメ絵本』（KADOKAWA）、斎藤妙子構成・文『アナと雪の女王 4～6歳向け』（講談社）、『アナと雪の女王 シール＆メモブック』（ポプラ社）など関連本も多数出版され、一大ブームとなった。

3.24 〔児童文学賞（海外）〕上橋菜穂子が国際アンデルセン賞　3月24日、上橋菜穂子が国際アンデルセン賞作家賞を受賞する。

4月 〔刊行・発表〕『ぼくはめいたんてい』シリーズ　4月、マージョリー・W・シャーマット作の「ぼくはめいたんてい」シリーズ刊行。絵を探すことになった、めいたんていのネートの姿を描く。多くの国で翻訳されるベストセラー作品。

5.3～5 〔イベント関連〕「第15回上野の森親子フェスタ」　5月3日から5日にかけて、子どもの読書推進会議・出版文化産業振興財団共催により、「第15回上野の森親子フェスタ」が東京・上野公園において開催される。チャリティ・ブック・フェスティバルの売上が過去最高となる3245万円に達したほか、この年は絵本・童話作家きむらゆういちらが講演を行った。

5.25 〔作家訃報〕高井省司が亡くなる　5月25日、児童文学作家の高井省司が亡くなる。93歳。秋田県生まれ。秋田師範卒。六郷東根小学校校長などを経て、昭和47年から8年間、千屋小学校校長。傍ら、児童文学作家としても活動した。著書に「石ころのうた」「愛いちもんめ」、童話に「ロンロンロンは山のうた」「それいけ、なっとうクラス」「とんでけ、しゅくだい虫」「ぼくらは四年、なっとうクラス」などがある。

6.3 〔児童図書館、地域文庫〕アーサー・ビナードが講演　6月3日、国際子ども図書館を考える全国連絡会が通常総会を開催し、詩人・エッセイスト・翻訳家のアーサー・ビナードが「児童文学ゴックン！」と題する記念講演を行う。

6.8 〔作家訃報〕古田足日が亡くなる　6月8日、児童文学作家・評論家の古田足日が亡くなる。86歳。愛媛県宇摩郡川之江町（四国中央市）生まれ。早稲田大学文学部露文科〔昭和29年〕中退。昭和28年早大童話会による宣言「少年文学宣言」の中心メンバーで、大学在学中から童話を書き始める。49～51年「日本児童文学」編集長、51～58年山口女子大学児童文化学科教授を務めた。平成9～14年日本児童文学者協会会長。主な作品に「宿題ひきうけ株式会社」「モグラ原っぱの仲間たち」「大きい1年生と小さな2年生」「ロボット・カミイ」、絵本「おしいれのぼうけん」（田畑精一と共著）な

ど。「宿題ひきうけ株式会社」では日本児童文学者協会賞を受賞。現代児童文学のオピニオン・リーダー的存在で評論集『現代児童文学論』『児童文学の旗』『児童文化とは何か』や、『全集古田足日子どもの本』（全13巻・別巻1 童心社）がある。『現代児童文学論』は日本児童文学者協会新人賞を、『全集古田足日子どもの本』は巖谷小波文芸賞を受賞した。

6.18　〔刊行・発表〕「図鑑NEO」新版刊行　6月18日、学習図鑑「小学館の図鑑NEO」シリーズ（小学館）のうち最も人気の高い『昆虫』『恐竜』『動物』3点の新版が刊行される。2002年の発売以来12年振りの大幅改訂で、新たに添付されたDVDの映像ナビゲーターに「ドラえもん」を起用。

6月　〔刊行・発表〕「図鑑LIVE」創刊　6月、「学研の図鑑LIVE」（学研）が創刊。幼児・小学生を対象とするDVD付きの学習図鑑シリーズで、第1弾は『昆虫』『動物』『恐竜』の3点。

6月　〔刊行・発表〕『うみの100かいだてのいえ』刊行　6月、いわいとしお作『うみの100かいだてのいえ』（偕成社）が刊行される。4年半ぶりの「100かいだてのいえ」シリーズ第3弾。

7月　〔刊行・発表〕『信じられない現実の大図鑑』刊行　7月、ドーリング・キンダースリー編著『信じられない現実の大図鑑』（東京書籍）が刊行される。初版部数は1万6000部だが、小中学校・公共図書館などから事前予約が殺到し、即4000部の重版が決定。

8.25　〔刊行・発表〕「ちくま評伝シリーズ」刊行開始　8月25日、「ちくま評伝シリーズ〈ポルトレ〉」第1期全15巻（筑摩書房）の刊行が開始される。同社初の伝記分野への参入で、類書の少ない中高生向けの近現代人物伝記シリーズ。第1回配本は『スティーブ・ジョブズ』『長谷川町子』『アルベルト・アインシュタイン』『マーガレット・サッチャー』『藤子・F・不二雄』の5点。

9.25　〔刊行・発表〕『鹿の王』刊行　9月25日、上橋菜穂子の国際アンデルセン賞受賞第一作として『鹿の王 上 生き残った者』『同 下 還って行く者』（KADOKAWA）が刊行される。

10.3　〔作家訃報〕最上二郎が亡くなる　10月3日、児童文学作家の最上二郎が亡くなる。82歳。福島県郡山市生まれ。福島大学学芸学部卒。元小学校教師で、大武館空手道場館長も務めた。昭和36年に「ギターをひく猟師」で毎日児童小説入選。著書に「マタギ少年記」「開国と安積艮斎」「女医服部けさ」などがある。

10.10　〔刊行・発表〕マララ関連本が話題に　10月10日、パキスタン出身の少女マララ・ユスフザイにノーベル平和賞が授与されることが発表される。17歳での受賞は史上最年少。本人の手記『マララ―教育のために立ち上がり、世界を変えた少女』（岩崎書店、10月31日刊行）、ヴィヴィアナ・マッツァ著『武器より一冊の本をください―少女マララ・ユスフザイの祈り』（金の星社、2013年11月刊行）などが話題となる。

10.23　〔作家訃報〕市川信夫が亡くなる　10月23日、児童文学作家で上越保健医療福祉専門学校元校長の市川信夫が亡くなる。81歳。新潟県高田市（上越市）生まれ。新潟大学教育学部卒。小学校教師となり、新潟県内の盲学校や養護学校で障害児教育に従事する一方、昭和31年坪田譲治に師事して童話雑誌「びわの実文庫」に短編童話を発表。平成元年勤務先で知り合った盲目の女性教師をモデルにした「ふみ子の海」を

出版、平成3年に日本福祉文化賞（出版物部門 第33回）を受賞、18年映画化された。また、民俗学者だった父・信次の遺志を継いで高田瞽女の研究にも携わり、高田瞽女の文化を保存・発信する会を設立、会長を務めた。他の著書に「雪と雲の歌」「蓮の愛」などがある。

10〜12月 〔刊行・発表〕『南極から地球環境を考える』刊行　10月から12月にかけて、国立極地研究所監修『南極から地球環境を考える』（丸善出版）が刊行される。児童向けのサイエンスシリーズで、『1 南極のひみつQ&A』『2 南極の自然・環境Q&A』『3 南極と北極のふしぎQ&A』の3巻構成。

11.6　〔刊行・発表〕『動物の見ている世界』刊行　11月6日、ギヨーム・デュプラ著『仕掛絵本図鑑 動物の見ている世界』（創元社）が刊行される。最新の研究成果に基づき、動物や昆虫の目に世界はどのように映っているのかを同じ光景を描き分けることで表現した、世界で初めての視覚絵本。

11.11　〔作家訃報〕井上夕香が亡くなる　11月11日、児童文学作家の井上夕香が亡くなる。本名、井上文子。79歳。東京都生まれ、慶応義塾大学文学部中退。昭和50年「ハムスター物語」で第25回毎日児童小説新人賞に入選しデビュー。52年「これがほんとの雑巾バケツ」（発明）で朝日新聞社賞。平成4年「魔女の子モッチ」で第1回小川未明文学賞。同作は中国でも翻訳されて好評を博した。12年「星空のシロ」（絵・葉祥明）で第9回けんぶち絵本の里大賞を受賞。他の著書に「実験犬シロのねがい」「ばっちゃん」「風のぱいよん」「ハナンのヒツジが生まれたよ」などがある。7年、13年JICAの環境問題海外ボランティアの夫と共にヨルダンに滞在。帰国後初めての大人向け作品として「イスラーム 魅惑の国ヨルダン」を刊行。17年「医療的ケア」が必要な4500人の子どもたちとその家族の願いを込めて「み〜んなそろって学校へ行きたい！」を出版した。その他に「魔女的孩子莫奇」（中国語）「ちびだこハッポン」「魔法のファンタジー」（評論集 共著）「イスラーム・魅惑の国ヨルダン」などを出版。「これがほんとの雑巾バケツ」で暮らしの発明展特賞朝日新聞社賞（第27回）〔昭和62年〕を受賞。

12.18　〔作家訃報〕稗田菫平が亡くなる　12月18日、詩人・児童文学作家の稗田菫平が亡くなる。88歳。本名、稗田金治。富山県西礪波郡子撫村（小矢部市）生まれ。氷見中（旧制）卒。昭和18年虹の会を結成して詩歌集「初笛」を発行。20年秋に小学校の教職に就いて創作活動を再開、22年「野薔薇」を創刊、23年処女詩集「花」を出版。郷土文芸誌「牧人」を主宰。富山近代文学研究会代表、富山現代詩人会会長、富山県児童文学協会会長を歴任、「富山県文学事典」の編集委員代表を務めるなど、富山県の文芸界に大きな足跡を残した。詩集「白鳥」「氷河の爪」「泉の嵐」などの他、「稗田菫平全集」など著書多数。富山県教育団体表彰、富山新聞文化賞、高志奨学財団翁久允賞、小矢部市文化功労表彰、富山県文化功労表彰を受賞した。

12.19　〔作家訃報〕香月日輪が亡くなる　12月19日、児童文学作家の香月日輪が亡くなる。51歳。本名、杉野史乃ぶ。和歌山県田辺市生まれ。聖ミカエル国際学校英語科卒。少女漫画の同人誌で創作活動を行う。児童文学「地獄堂と三人悪と幽霊と」が「童話の海」公募で佳作入選し、以後シリーズ化して出版。平成7年「ワルガキ、幽霊にびびる！」で日本児童文学者協会新人賞、16年「妖怪アパートの幽雅な日常〈1〉」で産経児童出版文化賞フジテレビ賞を受賞。幽霊や妖怪をユーモアあふれる文章で描

き、人気を博した。他の著書に「エル・シオン」シリーズ、「地獄堂霊界通信」シリーズ、「ファンム・アレース」シリーズ、「大江戸妖怪かわら版」シリーズ、「下町不思議物語」シリーズなどがある。

この年　〔ベストセラー・話題本〕「モモちゃん」刊行50年　この年、松谷みよ子による『ちいさいモモちゃん』(講談社)が刊行50年を迎えた。シリーズ6冊の累計は600万部を越え、ロングセラーとなる。

この年　〔ベストセラー・話題本〕トーベ・ヤンソン生誕100年　この年、「ムーミン」の生みの親であるトーベ・ヤンソンの生誕100年を記念して、多くのイベントが開催される。また、『ムーミン谷の絵辞典』(講談社)、『ムーミンキャラクター図鑑』(講談社)、『ムーミンのめくってあそぶおおきなえほん』(徳間書店)、『旅のスケッチ トーベ・ヤンソン初期短篇集』(筑摩書房)など新刊本の刊行が相次ぐ。

この年　〔読書感想文〕第60回読書感想コン課題図書　この年(2014年度)の青少年読書感想文コンクールの課題図書。【小学校低学年】『まよなかのたんじょうかい』(西本鶏介・作、渡辺有一・絵)鈴木出版、『どこかいきのバス』(井上よう子・作、くすはら順子・絵)文研出版、『ミルクこぼしちゃだめよ！』(スティーヴン・デイヴィーズ・文、クリストファー・コー・絵)ほるぷ出版、『ひまわり』(荒井真紀・文・絵)金の星社。【小学校中学年】『ともだちは、サティー！』(大塚篤子・作、タムラフキコ・絵)小峰書店、『ただいま！ マラング村：タンザニアの男の子のお話』(ハンナ・ショット・作、佐々木田鶴子・訳、齊藤木綿子・絵)徳間書店、『ちきゅうがウンチだらけにならないわけ』(松岡たつひで・さく)福音館書店、『よかたい先生：水俣から世界を見続けた医師─原田正純』(三枝三七子・文・絵)学研教育出版。【小学校高学年】『ふたり』(福田隆浩・著)講談社、『マッチ箱日記』(ポール・フライシュマン・文、バグラム・イバトゥーリン・絵、島式子、島玲子・訳)BL出版、『時をつなぐおもちゃの犬』(マイケル・モーパーゴ・作、マイケル・フォアマン・絵、杉田七重・訳)あかね書房、『カブトムシ山に帰る』(山口進・著)汐文社。【中学校】『星空ロック』(那須田淳・著)あすなろ書房、『語りつぐ者』(パトリシア・ライリー・ギフ・作、もりうちすみこ・訳)さ・え・ら書房、『ホタルの光は、なぞだらけ：光る生き物をめぐる身近な大冒険』(大場裕一・著)くもん出版。【高等学校】『アヴェ・マリアのヴァイオリン』(香川宜子・著)KADOKAWA、『路上のストライカー』(マイケル・ウィリアムズ・作、さくまゆみこ・訳)岩波書店、『生命とは何だろう？』(長沼毅・著)集英社インターナショナル。

《この年の児童文学賞》

第6回(平26年)Be絵本大賞　【大賞】なすかつら〔文〕KINA〔絵〕「泣けないサボテン」。

第45回(平26年)JX-ENEOS童話賞　【一般の部】〈最優秀賞〉石川栄一「小さな駅の待合室」、〈優秀賞〉小林弘尚「恋する、漬物石。」、金行春奈「あの世の注文」、【中学生の部】〈最優秀賞〉池田綾乃「流れ星に願いをこめて」、〈優秀賞〉豊田愛華「ぼくの幸せのぼうし」、大西真由「エリマキトカゲのエリー」、【小学生以下の部】〈最優秀賞〉関口舞香「一つのどんぐりと一枚のはっぱ」、〈優秀賞〉星下笑瑠「3年B組戦国時代」、坂本文芽「のびるおまんじゅう」。

第7回(平26年)MOE絵本屋さん大賞　安里有生〔詩〕長谷川義史〔絵〕「へいわってすてきだね」。

第29回（平26年度）家の光童話賞　ひろいれいこ「きいろい マフラー」。
第28回（平26年度）家の光童話賞　【家の光童話賞】阿江美穂「三ばばちゃんとヒョットデの葉とり」（絵・宮本ジジ）。
第23回（平26年）小川未明文学賞　【大賞】宮崎貞夫の「ななこ姉ちゃんのふるさと」（長編部門）、【優秀賞】別司芳子の「でこぼこ凸凹あいうえお」（長編部門）、井岡道子の「ママギャング」（長編部門）、うのはらかいの「天の網」（短編部門）。
第20回（平26年）おひさま大賞　西村もも「くまのコライオン ブース」。
第12回（平26年）北日本児童文学賞　【最優秀賞】藍沢羽衣「全国いっせいKYテスト」、【優秀賞】モーリッヒ・デ・アッキー「いつか、ゴジラの木の下で」、西野真弓「竜のうろこ」。
第24回（平26年）けんぶち絵本の里大賞　【大賞】tupera tupera「パンダ銭湯」絵本館、【びばからす賞】今西乃子〔文〕加納果林〔絵〕「きみがおしえてくれた。」新日本出版社、みやにしたつや〔作・絵〕「おかあさん だいすきだよ」金の星社、うさ〔さく・え〕「ぼくは 海になった」くもん出版、【アルパカ賞】有田奈央〔作・絵〕「おっぱいちゃん」ポプラ社。
第55回（平26年）講談社児童文学新人賞　該当作なし、【佳作】よしみやほう太「赤ふんどしのゲロウ」、春間美幸「それぞれの名前」。
第45回（平26年）講談社出版文化賞〔絵本賞〕　ミロコマチコ「てつぞうはね」ブロンズ新社。
第61回（平26年度）産経児童出版文化賞　【大賞】村山純子「さわるめいろ」小学館。
第47回（平26年）児童文学者協会新人賞　有沢佳映「かさねちゃんにきいてみな」講談社。
第20回（平26年）児童文学ファンタジー大賞　【大賞】【佳作】ともに該当作品なし、【奨励賞】井上晶子「こけし天国」、内藤昭恵「鳥寄せ小太郎」。
第43回（平26年）児童文芸新人賞　嘉成晴香「星空点呼 折りたたみ傘を探して」。
第63回（平26年）小学館児童出版文化賞　朽木祥「光のうつしえ 廣島 ヒロシマ 広島」、ミロコマチコ「ぼくのふとんはうみでできている」。
第16回（平26年）創作コンクールつばさ賞　【童謡・詩部門】〈優秀賞〉該当作なし、【童話部門】〈優秀賞〉「花とばしの日」つげみさお（文部科学大臣賞）、「はじめての悪手」萩原弓佳、【読み物部門】〈優秀賞〉該当作なし。
第56回（平26年度）千葉児童文学賞　すぎもとおうじろう「同じだね。」。
第13回（平26年）長編児童文学新人賞　該当者なし。
第30回（平26年度）坪田譲治文学賞　長崎夏海「クリオネのしっぽ」講談社。
第49回（平26年度）東燃ゼネラル児童文化賞　公益財団法人東京子ども図書館が受賞。
第26回（平26年）新美南吉童話賞　【最優秀賞（文部科学大臣賞）】しいなさいちが「つるっと神社」。
第31回（平26年度）日産 童話と絵本のグランプリ　【童話の部大賞】山本早苗「タンポポの金メダル」、【絵本の部大賞】たなかやすひろ「せかいのはての むこうがわ」。
第20回（平26年）日本絵本賞　【日本絵本賞大賞】たじまゆきひこ「ふしぎなともだち」くもん出版。

第38回(平26年)日本児童文学学会賞　【日本児童文学学会奨励賞】竹内美紀の『石井桃子の翻訳はなぜ子どもをひきつけるのか　「声を訳す」文体の秘密』ミネルヴァ書房、【日本児童文学学会特別賞】府川源一郎の『明治初等国語教科書と子ども読み物に関する研究　リテラシー形成メディアの教育文化史』ひつじ書房。

第54回(平26年)日本児童文学者協会賞　武鹿悦子「星」(詩集)岩崎書店。

第47回(平26年)日本児童文学者協会新人賞　有沢佳映「かさねちゃんにきいてみな」講談社。

第6回(平26年)日本児童文学者協会評論新人賞　内川朗子「「対等」への希求―二宮由紀子作品における関係性―」。

第38回(平26年)日本児童文芸家協会賞　該当者なし。

第26回(平26年)日本動物児童文学賞　【大賞】髙森美由紀「よっちゃん、ごはんだよ」、【優秀賞】松田好子「ウルフがおしえてくれたこと」、くれまさかず「夢のかけはし」、【奨励賞】尾崎潤「鳥たちの時間」、芦沢美樹「ミルティーがくれたコンパス」。

第52回(平26年度)野間児童文芸賞　岩瀬成子「あたらしい子がきて」。

第25回(平26年度)ひろすけ童話賞　西村友里「たっくんのあさがお」PHP研究所。

第31回(平26年)福島正実記念SF童話賞　白矢三恵「ぼくの一番星」。

第8回(平26年)文芸社えほん大賞　【絵本部門大賞】あんどうはるか「きみのおうちは」、【ストーリー部門大賞】初田たくみ「なくしものくじら」。

第4回(平26年)ポプラズッコケ文学新人賞　【大賞】蒼沼洋人の「さくらいろの季節」。

第24回(平26年)椋鳩十児童文学賞　有沢佳映「かさねちゃんにきいてみな」。本賞は今回で終了した。

第26回(平26年)琉球新報児童文学賞　【短編児童小説部門】野原誠喜「ジャーじいさんと船の家」が、【創作昔ばなし部門】あらかきいそこ「セミの組踊」。

第36回(平26年)講談社絵本新人賞　「ほしじいたけ ほしばあたけ」石川基子。

第5回(平26年)森林(もり)のまち童話大賞　木全美香「森のたね」(刊行タイトル「森ねこのふしぎなたね」ポプラ社)。

2015年
(平成27年)

2.28　〔作家訃報〕松谷みよ子が亡くなる　2月28日、児童文学作家の松谷みよ子が亡くなる。89歳。本名、松谷美代子。東京市神田区元岩井町(東京都千代田区岩本町)生まれ。東洋高女卒。父は弁護士の松谷与二郎で、4人姉兄(2男2女)の末っ子。長野県中野市への疎開を経て、昭和22年坪田譲治の門下となり、その紹介で23年から「童話教室」などに作品を発表。30年民話研究家の瀬川拓男と結婚、劇団「太郎座」を創設、のち離婚。26年「貝になった子供」で児童文学者協会新人賞受賞以来、「龍の子太郎」で講談社児童文学新人賞、サンケイ児童出版文化賞、国際アンデルセン賞優良賞、「ちいさいモモちゃん」で野間児童文芸賞、「モモちゃんとアカネちゃん」で

赤い鳥文学賞など次々と文学賞を受賞。全6巻となった〈モモちゃんとアカネちゃん〉シリーズは600万部、「いないいないばあ」から始まる赤ちゃん絵本シリーズ(全9巻)も500万部を超えるロングセラーとなった他、広島の被爆者を描いた「ふたりのイーダ」や広島の被爆ピアノを題材とした「ミサコの被爆ピアノ」、ナチスドイツのユダヤ人迫害や旧日本軍731部隊を取り上げた「私のアンネ＝フランク」「屋根裏部屋の秘密」など、過去の歴史と向き合った創作活動も続けた。坪田の主宰する童話雑誌「びわの実学校」第1号からの編集委員であり、平成9～19年師の遺志を継いで「びわの実ノート」を主宰、新人作家の育成にも努めた。また民話研究の第一人者でもあり松谷みよ子民話研究室を主宰、民話の採録作業は「現代民話考」(全12巻)に結実した。19年には半生を回想した「自伝 じょうちゃん」を刊行。他の著書に「朝鮮の民話〈上下〉」「ベトちゃんドクちゃんからのてがみ」「小説・捨てていく話」、詩集「とまり木をください」「若き日の詩」「松谷みよ子全集」(全15巻)「松谷みよ子の本」(全10巻 別巻1)などがある。NHK児童文学奨励賞、児童福祉文化賞奨励賞、ダイヤモンドレディ賞、エクソンモービル児童文化賞なども受賞した。

3.20 〔作家訃報〕今江祥智が亡くなる　3月20日、児童文学作家の今江祥智が亡くなる。83歳。大阪府大阪市生まれ、同志社大学英文学科卒。名古屋で中学校の英語教師を務め、昭和35年上京。福音館書店や理論社などで児童書の編集者生活を送る一方、創作活動に入り、同年「山のむこうは青い海だった」を刊行。43年関西に戻って京都の聖母女学院短期大学教授となり児童文学を講じる。42年「海の日曜日」でサンケイ児童出版文化賞および児童福祉文化賞を、49年「ぽんぽん」で日本児童文学者協会賞を、52年「兄貴」で野間児童文芸賞を受賞。55年離婚を描いた児童文学のはしりといわれる「優しさごっこ」がNHKでテレビドラマ化される。56年には児童文学誌「飛ぶ教室」の創刊に関わり、後進の育成にも力を入れた。従来の日本児童文学に欠けていた空想の楽しさを開拓し、幅広く活躍した。他に「持札公開〈上・下〉」「今江祥智の本」(全36巻別巻1 理論社)などを出版。63年に路傍の石文学賞、平成11年に紫綬褒章、17年に旭日小綬章受賞を受賞した。

4.7 〔ベストセラー・話題本〕『鹿の王』に本屋大賞　4月7日、2015年本屋大賞の発表会が東京都内で開催され、上橋菜穂子著『鹿の王』(KADOKAWA)が大賞を受賞。受賞時点での累計部数は100万部以上。

4.8 〔作家訃報〕髙橋克雄が亡くなる　4月8日、アニメーション作家・児童文学作家の髙橋克雄が亡くなる。82歳。長崎県長崎市大浦町生まれ。昭和24年頃から演劇・映画・人形劇を学び、33年東京中央人形劇場(現・東京中央プロダクション)を設立、同年第1作「かみなりんこ物語」を発表。以来、童話・民話・昔話に取材した児童映画を、人形劇、切り紙アニメ、立体アニメなど多様なスタイルで作り続けた。54年「野ばら」がブルガリアのバルナ国際映画祭でレオニード・モギー賞を受賞。同作は文部大臣賞、赤十字賞、児童福祉文化賞、芸術祭優秀賞も受賞した。児童文学も書き、平成18年には自らの原爆体験を下敷きにした「ナガサキのおばあちゃん」を発表した。主な作品に、映画「一寸法師」「かぐやひめ」、テレビ「メルヘンシリーズ」(NHK)、著書に「感じる世界―テレビ時代の子育て」「時を飛ぶUFO」などがある。

4.15 〔児童文学一般〕「黒柳徹子のコドモノクニ」放送開始　4月15日、BS朝日放送15周年記念番組「黒柳徹子のコドモノクニ～夢を描いた芸術家たち～」の放送開始。20世紀初頭、大正～昭和初期に発行された"20世紀の子どもたち"のために創られた絵雑

誌「コドモノクニ」に作品を投稿した芸術家の人生を辿る紀行番組。

6.1　〔作家訃報〕安達征一郎が亡くなる　6月1日、小説家・児童文学作家の安達征一郎が亡くなる。88歳。本名、森永勝己。東京都生まれ、鹿児島県大島郡瀬戸内町出身。両親は鹿児島県奄美大島の出身で、両親の出稼ぎ先の東京で生まれる。昭和初期の不況で両親と帰郷し、奄美大島や喜界島で少年時代を送った。15歳で上京し、敗戦を機に小説家を志した。戦後、宮崎日日新聞社に勤める傍ら、同人誌に参加。小説「憎しみの海」が東京で評価され、再び上京。「怨の儀式」で第70回、「日出づる海日沈む海」で第80回直木賞候補。また、〈てまひま船長〉〈少年探偵ハヤトとケン〉シリーズなどの児童文学も執筆。平成21年一連の南島小説を集めた短編集「憎しみの海・怨の儀式―安達征一郎南島小説集」を出版。他の著書に「島を愛した男」「祭りの海」「私本 西郷隆盛と千代香」「小さな島の小さな物語」などがある。

6.17　〔作家訃報〕徳田渙が亡くなる　6月17日、児童文学作家の徳田渙が亡くなる。94歳。沖縄県那覇市上之蔵町生まれ。沖縄県女子師範学校本科二部卒。戦前から教職に就くが、昭和19年対馬丸事件で教え子を失ったことから、一時教職を離れた。復職後は読書教育に力を注ぎ、昭和48年～平成9年沖縄県子どもの本研究会初代会長、昭和53～56年沖縄県学校図書館協議会会長を歴任。琉球新報児童文学賞の選考委員も務めた。著書に「くらやみのキジムナー」「またおいでよオーフダーガ」などがある。平成10年には琉球新報賞を受賞した。

8.4～23　〔イベント関連〕IBBYオナーリスト展　8月4日から23日にかけて、東京・上野の国際子ども図書館において、国際アンデルセン賞受賞者らの作品約170冊が展示される「世界をつなぐ子どもの本―2014年国際アンデルセン賞・IBBYオナーリスト図書展」が開催された。

この年　〔読書感想文〕第61回読書感想コン課題図書　この年（2015年度）の青少年読書感想文コンクールの課題図書。【小学校低学年】『あしたあさってしあさって』（もりやまみやこ・作、はた こうしろう・絵）小峰書店、『かあさんのしっぽっぽ』（村中李衣・作、藤原ヒロコ・絵）BL出版、『クレヨンからのおねがい！』（ドリュー・デイウォルト・文、オリヴァー・ジェファーズ・絵、木坂涼・訳）ほるぷ出版、『はこぶ』（鎌田歩・作・絵）教育画劇。【小学校中学年】『かぐやのかご』（塩野米松・作、はまのゆか・絵）佼成出版社、『パオズになったおひなさま』（佐和みずえ・著、宮尾和孝・絵）くもん出版、『お話きかせてクリストフ』（ニキ・コーンウェル・作、渋谷弘子・訳、中山成子・絵）文研出版、『ぼくはうちゅうじん：ちきゅうのふしぎ絵本』（中川ひろたか・ぶん、はたこうしろう・絵）アリス館。【小学校高学年】『ぼくの、ひかり色の絵の具』（西村すぐり・作、大野八生・絵）ポプラ社、『ぼくとテスの秘密の七日間』（アンナ・ウォルツ・作、野坂悦子・訳、きたむらさとし・絵）フレーベル館、『ちいさなちいさな：めにみえないびせいぶつのせかい』（ニコラ・デイビス・文、エミリー・サットン・絵、越智典子・訳、出川洋介・監修）ゴブリン書房、『レジェンド！：葛西紀明選手と下川ジャンプ少年団ものがたり』（城島充・著）講談社。【中学校】『夏の朝』（本田昌子・著、木村彩子・画）福音館書店、『ブロード街の12日間』（デボラ・ホプキンソン・著、千葉茂樹・訳）あすなろ書房、『うなぎ一億年の謎を追う』（塚本勝巳・著）学研教育出版。【高等学校】『希望の海へ』（マイケル・モーパーゴ・作、佐藤見果夢・訳）評論社、『マララ：教育のために立ち上がり、世界を変えた少女』（マララ・ユスフザイ、パトリシア・マコーミック・著、道傳愛子・訳）岩崎

書店、『ペンギンが教えてくれた物理のはなし』(渡辺佑基・著)河出書房新社。

《この年の児童文学賞》

第7回(平27年)Be絵本大賞　【大賞】呉藤結咲「ふかいかん」。

第46回(平27年)JX-ENEOS童話賞　【一般の部】〈最優秀賞〉佐用優子「残されたカレーライス」、〈優秀賞〉川崎紘子「マメさんの傘屋さん」、樋口佳「七十回目の夏」帆、【中学生の部】〈最優秀賞〉宮川愛実「うそとうどん」、〈優秀賞〉中原伊織「色鉛筆」、川俣穂菜美「オレンジ畑に風は吹いて」、【小学生以下の部】〈最優秀賞〉井口真緒「アジサイの咲く季節」、〈優秀賞〉渡邉晴香「カニおしょうさん」、高橋一「ぼくはチョウ おれは食う」。

第8回MOE絵本屋さん大賞2015　「りゆうがあります」ヨシタケシンスケ。

第30回(平27年度)家の光童話賞　「キンカンジャムの季節です」しげたにやすこ。

第24回(平27年)小川未明文学賞　【大賞】こうだゆうこの「四年ザシキワラシ組」、【優秀賞】中村おとぎの「野生の力がのりうつる」、江森葉子の「停車場通りのものがたり—みんな、生きた。昭和10年オムニバス」、水都の「夏休みの音色」。

第21回(平27年)おひさま大賞　喜湯本のづみの「ぽこぽう いちねんせい」。

第13回(平27年)北日本児童文学賞　【最優秀賞】こうご仁子「地下たびをはいたねこ」、【優秀賞】佐藤ゆみ子「花奈の剣」、たんぽぽあやん「ふんふんふん、しましましも」。

第25回(平27年)けんぶち絵本の里大賞　【大賞】真珠まりこ〔作・絵〕「もったいないばあさんのてんごくとじごくのはなし」講談社、【びばからす賞】安里有生〔詩〕・長谷川義史〔画〕「へいわってすてきだね」ブロンズ新社、宮西達也〔作・絵〕「トラネコとクロネコ」鈴木出版、谷川俊太郎〔詩〕、塚本やすし〔絵〕「しんでくれた」佼成出版社、【アルパカ賞】わたなべちなつ〔さく〕「ふしぎなにじ」福音館書店。

第56回(平27年)講談社児童文学新人賞　高橋雪子「ぼくたちのリアル」、【佳作】麦穂「さっ太の黒い仔馬」、みなと薫「夜露姫 狭霧丸」。

第46回(平27年)講談社出版文化賞〔絵本賞〕　石川えりこ「ボタ山であそんだころ」福音館書店。

第37回(平27年)講談社絵本新人賞　ひろたみどり・ひろただいさくの「ピカゴロウ」。

第62回(平27年度)産経児童出版文化賞　【大賞】岩瀬成子「きみは知らないほうがいい」文研出版。

第48回(平27年)児童文学者協会新人賞　斉藤倫「どろぼうのどろぼん」福音館書店。

第21回(平27年)児童文学ファンタジー大賞　【大賞】【佳作】ともに該当作品なし、【奨励賞】高北謙一郎「森のトロッコ、真夏の写真」。

第44回(平27年)児童文芸新人賞　高森美由起「いっしょにアんべ！」。

第64回(平27年)小学館児童出版文化賞　福田幸広〔写真〕ゆうきえつこ〔文〕「オオサンショウウオ」そうえん社、斉藤倫「どろぼうのどろぼん」福音館書店。

第14回(平27年)長編児童文学新人賞　この年の長編児童文学新人賞(第14回(平27年度))は、【入選】千葉朋代「脚葬」、【佳作】岩田なおみ「ヒッポと不思議な病院ダンジョン」、北山千尋「ビデオテープは再生不能」。

第31回(平27年度)坪田譲治文学賞　東直子「いとの森の家」ポプラ社。

第50回（平27年度）東燃ゼネラル児童文化賞　五味太郎。

第27回（平27年）新美南吉童話賞　【最優秀賞（文部科学大臣賞）】桐谷あきひこ「森の図書館」。

第39回（平27年度）日本児童文学学会賞　加藤理「「児童文化」の誕生と展開 大正自由教育時代の子どもの生活と文化」港の人、【奨励賞】大橋眞由美「近代日本の〈絵解きの空間〉―幼年用メディアを介した子どもと母親の国民化―」風間書房、【特別賞】千森幹子「表象のアリス テキストと図像に見る日本とイギリス」法政大学出版局。

第48回（平27年）日本児童文学者協会新人賞　斉藤倫「どろぼうのどろぽん」福音館書店。

第55回（平27年）日本児童文学者協会賞　朽木祥「あひるの手紙」佼成出版社。

第39回（平27年）日本児童文芸家協会賞　いとうみく「空へ」小峰書店。

第27回（平27年）日本動物児童文学賞　【大賞】矢代稔「アザラシ物語」、【優秀賞】山岡ヒロミ「家族になってくれてありがとう」、江馬則子「よわむしくんの決意」、【奨励賞】金井つね子「いのち ひきついで」、さいとうまどか「ユーカリの森」、森渓介「おばあちゃんの手押し車」、福永智彦「ひよこさんの願い」、柳澤みの里「リョウダンス・ペラヘラ」。

第53回（平27年度）野間児童文芸賞　村上しいこ「うたうとは小さないのちひろいあげ」講談社。

第26回（平27年度）ひろすけ童話賞　石井睦美「わたしちゃん」小峰書店。

第32回（平27年）福島正実記念SF童話賞　「おばけ道工事中」草野あきこ。

第9回（平27年）文芸社えほん大賞　【絵本部門大賞】きよたけいこ「あかずきんたろう」、【ストーリー部門大賞】篠原利佳「ねむり羊のウルル」。

第5回（平27年）ポプラズッコケ文学新人賞　【大賞】ささきかつお「モツ焼きウォーズ 立花屋の逆襲」。

第27回（平27年）琉球新報児童文学賞　【短編児童小説部門】長山しおり「美乃利（みのり）の季節」、【創作昔ばなし部門】該当作なし。

人名索引

【あ】

相沢 忠洋
　第15回読書感想コン課題図書　1969（この年）
相沢 るつ子
　第47回読書感想コン課題図書　2001（この年）
　第50回読書感想コン課題図書　2004（この年）
　第54回読書感想コン課題図書　2008（この年）
アイジンガー, ゼルマ・M.
　第33回読書感想コン課題図書　1987（この年）
会田 雄次
　第17回読書感想コン課題図書　1971（この年）
青井 俊樹
　第38回読書感想コン課題図書　1992（この年）
青木 和雄
　第44回読書感想コン課題図書　1998（この年）
青木 茂
　『小説三太物語』刊行　　　　　　1951.11月
　『三太の日記』刊行　　　　　　　　1955.1月
　青木茂が亡くなる　　　　　　　　1982.3.27
青木 利夫
　「新人文学」創刊　　　　　　　　　1953.7月
青山 南
　『アベコベさん』刊行　　　　　　　1997.8月
赤川 武助
　赤川武助が亡くなる　　　　　　　1954.3.17
赤木 由子
　『柳のわたとぶ国―二つの国の物語』
　　刊行　　　　　　　　　　　　　 1966.1月
　『草の根こぞう仙吉』刊行　　　　　1978.2月
　第30回読書感想コン課題図書　1984（この年）
　第32回読書感想コン課題図書　1986（この年）
　赤木由子が亡くなる　　　　　　　1988.9.13
赤座 憲久
　『砂の音はとうさんの声』刊行　　　1978.2月
　第24回読書感想コン課題図書　1978（この年）
　第34回読書感想コン課題図書　1988（この年）
　第40回読書感想コン課題図書　1994（この年）
　赤座憲久が亡くなる　　　　　　　 2012.8.31
縣 秀彦
　3D図鑑刊行　　　　　　　　　　　2012.4月

赤塚 不二夫
　『漫画家たちの戦争』刊行　　　　2013.2～03月
赤羽 末吉
　『だいくとおにろく』刊行　　　　　1967.2月
　『王さまと九人のきょうだい』刊行　1969.11.25
　国際アンデルセン賞受賞　　　　1980（この年）
　赤羽末吉が亡くなる　　　　　　　 1990.6.8
　『日本の昔話』刊行　　　　　　　　1995.10.1
秋田 雨雀
　『世界児童文学事典』刊行　　　1955（この年）
　秋田雨雀が亡くなる　　　　　　　 1962.5.12
秋田 大三郎
　秋田大三郎が亡くなる　　　　　　1996.4.13
秋本 治
　『漫画家たちの戦争』刊行　　　　2013.2～03月
秋山 宏
　第33回読書感想コン課題図書　1987（この年）
浅川 じゅん
　『なきむし魔女先生』刊行　　　　　1979.5月
朝倉 剛
　『二年間の休暇』刊行　　　　　　　1968.4月
朝倉 めぐみ
　第48回読書感想コン課題図書　2002（この年）
　第52回読書感想コン課題図書　2006（この年）
あさの あつこ
　『バッテリー』刊行　　　　　　　　1996.12月
　第51回読書感想コン課題図書　2005（この年）
浅野 輝雄
　第34回読書感想コン課題図書　1988（この年）
浅野 庸子
　第34回読書感想コン課題図書　1988（この年）
亜沙美
　『青い鳥文庫 GO！ GO！』創刊　2008.3.14
足沢 良子
　第31回読書感想コン課題図書　1985（この年）
　第37回読書感想コン課題図書　1991（この年）
あしの あき
　第26回読書感想コン課題図書　1980（この年）
安達 征一郎
　安達征一郎が亡くなる　　　　　　　2015.6.1
アダムス, リチャード
　『ウォーターシップダウンのうさぎた
　　ち』刊行　　　　　　　　　　1975（この年）
アダムソン, ジョイ
　第10回読書感想コン課題図書　1964（この年）

アッシュ, フランク
　　第31回読書感想コン課題図書　1985（この年）
アドラー, C.
　　第31回読書感想コン課題図書　1985（この年）
アトリー
　　第13回読書感想コン課題図書　1967（この年）
アナセン, ライフ・エスパ
　　第26回読書感想コン課題図書　1980（この年）
姉崎 一馬
　　『はるにれ』刊行　　　　　　1979.1月
　　第53回読書感想コン課題図書　2007（この年）
阿部 夏丸
　　第46回読書感想コン課題図書　2000（この年）
　　第52回読書感想コン課題図書　2006（この年）
あべ 弘士
　　『ゴリラにっき』刊行　　　　1998.7月
　　『あらしのよるに』完結　　　2002.2.27
天沢 退二郎
　　『光車よ、まわれ！』刊行　　1973.4月
あまん きみこ
　　『車のいろは空のいろ』　　　1968.3月
　　第16回読書感想コン課題図書　1970（この年）
　　『きつねみちは天のみち』刊行　1973.9月
　　『北風をみた子』刊行　　　　1978.3月
　　『ちいちゃんのかげおくり』刊行　1982.8月
　　第29回読書感想コン課題図書　1983（この年）
　　第37回読書感想コン課題図書　1991（この年）
　　第50回読書感想コン課題図書　2004（この年）
アームストロング, ジェニファー
　　第47回読書感想コン課題図書　2001（この年）
　　第48回読書感想コン課題図書　2002（この年）
荒 このみ
　　第46回読書感想コン課題図書　2000（この年）
荒井 魏
　　第47回読書感想コン課題図書　2001（この年）
荒井 真紀
　　第60回読書感想コン課題図書　2014（この年）
荒井 良二
　　『ユックリとジョジョニ』刊行　1991.3月
　　『森の絵本』刊行　　　　　　1999.8月
　　『ぼくとチマチマ』刊行　　　2004.10月
有木 昭久
　　「ありんこ文庫」開設　　　　1962.9月
有吉 佐和子
　　第13回読書感想コン課題図書　1967（この年）

アルボム, ミッチ
　　第51回読書感想コン課題図書　2005（この年）
安房 直子
　　『風と木の歌』刊行　　　　　1972.5月
　　『遠い野ばらの村』刊行　　　1981.9月
　　『三日月村の黒猫』刊行　　　1986.4月
　　第32回読書感想コン課題図書　1986（この年）
　　第36回読書感想コン課題図書　1990（この年）
　　安房直子が亡くなる　　　　　1993.2.25
　　『豆の煮えるまで』刊行　　　1993.3月
杏 有記
　　第56回読書感想コン課題図書　2010（この年）
　　第57回読書感想コン課題図書　2011（この年）
アンデルセン, ハンス・クリスチャン
　　国際子どもの本の日　　　　　1996.4.2
　　アンデルセン生誕200年　　　 2005（この年）
安藤 紀子
　　第34回読書感想コン課題図書　1988（この年）
安藤 美紀夫
　　「馬車」創刊　　　　　　　　1954.11月
　　『白いりす』刊行　　　　　　1961.12月
　　『ポイヤウンベ物語』刊行　　1966.2月
　　『でんでんむしの競馬』刊行　1972.8月
　　『おかあさんだいっきらい』刊行　1978.3月
　　第25回読書感想コン課題図書　1979（この年）
　　『風の十字路』刊行　　　　　1982.7月
　　第28回読書感想コン課題図書　1982（この年）
　　『とうさん、ぼく戦争をみたんだ』刊
　　　行　　　　　　　　　　　　1983.8月
　　第29回読書感想コン課題図書　1983（この年）
　　安藤美紀夫が亡くなる　　　　1990.3.17
安野 光雅
　　『にほんご』刊行　　　　　　1979.11月
　　国際アンデルセン賞受賞　　　1984（この年）
　　『さんすうだいすき』復刊　　2012.2月
あんびる やすこ
　　「第14回上野の森親子フェスタ」　2013.5.3

【い】

イ オクベ
　　第47回読書感想コン課題図書　2001（この年）
　　『日・中・韓 平和絵本』刊行開始　2011.4.1
イ サンクム
　　『半分のふるさと』刊行　　　1993.5月

飯島 淳秀
『宇宙戦争』刊行　　　　　　　1972（この年）
飯塚 裕之
「入門百科＋」創刊　　　　　　2013.7.19
飯田 栄彦
『燃えながら飛んだよ！』刊行　　1973.5月
『昔、そこに森があった』刊行　　1985.9月
第38回読書感想コン課題図書　1992（この年）
飯野 和好
第45回読書感想コン課題図書　1999（この年）
イオシーホフ
第20回読書感想コン課題図書　1974（この年）
いくえみ 綾
林真理子が児童書出版　　　　　2010.12月
井口 文秀
第17回読書感想コン課題図書　1971（この年）
第19回読書感想コン課題図書　1973（この年）
第23回読書感想コン課題図書　1977（この年）
第26回読書感想コン課題図書　1980（この年）
ベトナム戦争の本が話題に　　1992（この年）
池上 俊一
第58回読書感想コン課題図書　2012（この年）
池川 恵子
第48回読書感想コン課題図書　2002（この年）
池澤 夏樹
星の王子さま、翻訳出版権消失　2005.1.22
池田 澄子
池田澄子が亡くなる　　　　　　1996.10.10
池田 宣政
『ああ無情』刊行　　　　　　1950（この年）
池田宣政が亡くなる　　　　　　1980.7.14
池田 真紀子
第58回読書感想コン課題図書　2012（この年）
猪郷 久義
『できかた図鑑』刊行　　　　　2011.3.15
伊沢 由美子
『ひろしの歌がきこえる』刊行　　1979.12月
『かれ草色の風をありがとう』刊行　1981.12月
『走りぬけて、風』刊行　　　　　1990.6月
第37回読書感想コン課題図書　1991（この年）
井沢 洋二
『あさ One morning』刊行　　1985（この年）
石井 聖岳
第55回読書感想コン課題図書　2009（この年）

石井 作平
石井作平が亡くなる　　　　　　1987.10.8
石井 勉
第53回読書感想コン課題図書　2007（この年）
第58回読書感想コン課題図書　2012（この年）
石井 幹子
第57回読書感想コン課題図書　2011（この年）
いしい みつる
第26回読書感想コン課題図書　1980（この年）
石井 睦美
『五月のはじめ、日曜日の朝』刊行　1989.11月
石井 桃子
『ノンちゃん雲に乗る』刊行　　　1947.2月
家庭文庫研究会設立　　　　　　1957.8月
『山のトムさん』刊行　　　　　　1957.10月
かつら文庫開設　　　　　　　　1958.3.1
『迷子の天使』刊行　　　　　　1959.6月
『子どもと文学』刊行　　　　　　1960.4月
『三月ひなのつき』刊行　　　　　1963.12月
『イギリスとアイルランドの昔話』刊行　1981.11月
「大阪国際児童文学館」開設　　　1984.5.5
石井桃子100歳　　　　　　　　2007.3.10
石井桃子が亡くなる　　　　　　2008.4.2
石岡 史子
第49回読書感想コン課題図書　2003（この年）
石川 勇
石川勇が亡くなる　　　　　　　1989.7.2
石川 達三
第22回読書感想コン課題図書　1976（この年）
石川 光男
『若草色の汽船』刊行　　　　　1963.6月
石川光男が亡くなる　　　　　　1981.4.10
石倉 欣二
第21回読書感想コン課題図書　1975（この年）
第41回読書感想コン課題図書　1995（この年）
第42回読書感想コン課題図書　1996（この年）
第48回読書感想コン課題図書　2002（この年）
石崎 洋司
『青い鳥文庫 GO！ GO！』創刊　2008.3.14
「少年弁護士セオの事件簿」シリーズ　2011.9月
石津 ちひろ
「第6回上野の森親子フェスタ」　2005.5.3〜05
石田 文子
第48回読書感想コン課題図書　2002（この年）

石谷 尚子
　第53回読書感想コン課題図書　2007（この年）
石浜 みかる
　第11回読書感想コン課題図書　1965（この年）
石森 延男
　『コタンの口笛』刊行　　　　　1957.12月
　第9回読書感想コン課題図書　 1963（この年）
井尻 正二
　第17回読書感想コン課題図書　1971（この年）
泉 啓子
　『風の音をきかせてよ』刊行　　 1985.9月
　第41回読書感想コン課題図書　1995（この年）
泉 さち子
　『きのうのわたしがかけていく』刊行 1983.4月
いずみ ちほこ
　第53回読書感想コン課題図書　2007（この年）
泉 典子
　第44回読書感想コン課題図書　1998（この年）
いずみだ まきこ
　第37回読書感想コン課題図書　1991（この年）
伊勢 英子
　第37回読書感想コン課題図書　1991（この年）
　『ルリユールおじさん』が話題に　 2007.9月
板倉 聖宣
　第11回読書感想コン課題図書　1965（この年）
板倉 久子
　第46回読書感想コン課題図書　2000（この年）
いたや さとし
　『本のチカラ』刊行　　　　　　　2007.5月
一井 弘行
　第37回読書感想コン課題図書　1991（この年）
市居 みか
　第56回読書感想コン課題図書　2010（この年）
　第57回読書感想コン課題図書　2011（この年）
市川 禎男
　第20回読書感想コン課題図書　1974（この年）
市川 里美
　第54回読書感想コン課題図書　2008（この年）
市川 信夫
　『雪と雲の歌』刊行　　　　　　 1975.7月
　市川信夫が亡くなる　　　　　 2014.10.23
井手 絹枝
　「すその文庫」開設　　　　　　 1965.12.19

伊藤 英治
　『まど・みちお全詩集』刊行　　 1992.9月
　伊藤英治が亡くなる　　　　　 2010.12.3
伊藤 桂一
　第11回読書感想コン課題図書　1965（この年）
伊東 信
　第26回読書感想コン課題図書　1980（この年）
　『じゃんけんポンじゃきめられない』
　　刊行　　　　　　　　　　　 1983.10月
伊東 壮
　第26回読書感想コン課題図書　1980（この年）
伊藤 貴麿
　伊藤貴麿が亡くなる　　　　　 1967.10.30
伊藤 秀男
　第48回読書感想コン課題図書　2002（この年）
いとう ひろし
　『おさるのまいにち』刊行　　　 1991.5月
　『ごきげんなすてご』刊行　　　 1995.1月
伊藤 比呂美
　第48回読書感想コン課題図書　2002（この年）
伊藤 政顕
　第25回読書感想コン課題図書　1979（この年）
伊藤 遊
　『鬼の橋』刊行　　　　　　　 1998.10月
　第45回読書感想コン課題図書　1999（この年）
　『ユウキ』刊行　　　　　　　　 2003.6月
稲垣 昌子
　『マアおばさんはネコがすき』刊行　1964.2月
猪苗代 秀徳
　第50回読書感想コン課題図書　2004（この年）
いぬい とみこ
　「豆の木」創刊　　　　　　　　 1950.3月
　「麦」創刊　　　　　　　　　　 1953.1月
　「ツグミ」発表　　　　　　　 1953.12月
　『なかいながいペンギンの話』刊行 1957.3月
　『木かげの家の小人たち』刊行　1959.12月
　『子どもと文学』刊行　　　　　 1960.4月
　『北極のムーシカミーシカ』刊行 1961.11月
　児童文学に関する国際会議　　　 1964.6月
　「ムーシカ文庫」開設　　　　　 1965.4月
　『うみねこの空』刊行　　　　　 1965.5月
　第12回読書感想コン課題図書　1966（この年）
　『みどりの川のぎんしょきしょき』刊
　　行　　　　　　　　　　　　 1968.12月
　『くらやみの谷の小人たち』刊行　1972.6月
　『光の消えた日』刊行　　　　 1978.11月

第30回読書感想コン課題図書	1984（この年）
『白鳥のふたごものがたり』刊行	1986.4月
いぬいとみこが亡くなる	2002.1.16

犬飼 和雄
第16回読書感想コン課題図書	1970（この年）

犬飼 千澄
第31回読書感想コン課題図書	1985（この年）

犬養 道子
第9回読書感想コン課題図書	1963（この年）

猪野 省三
「長篇少年文学」創刊	1953.4月
『児童文学大系』刊行	1955（この年）
猪野省三が亡くなる	1985.1月

井上 ひさし
子どもと本の出会いの会発足	1993.3.10
子ども向け政治関連本	2006（この年）

井上 光晴
第29回読書感想コン課題図書	1983（この年）

井上 靖
第22回読書感想コン課題図書	1976（この年）

井上 夕香
井上夕香が亡くなる	2014.11.11

井上 よう子
第60回読書感想コン課題図書	2014（この年）

井上 洋介
『まがればまがりみち』刊行	1990.12月

猪熊 葉子
『講座日本児童文学』刊行	1973.9月〜

イバトゥーリン, バグラム
第60回読書感想コン課題図書	2014（この年）

今井 恭子
第51回読書感想コン課題図書	2005（この年）

今井 誉次郎
今井誉次郎が亡くなる	1977.12.16

今井 冬美
第42回読書感想コン課題図書	1996（この年）

今井 美沙子
第24回読書感想コン課題図書	1978（この年）

今泉 忠明
「学研の図鑑i」刊行開始	2010.12月

今泉 吉晴
第27回読書感想コン課題図書	1981（この年）
第31回読書感想コン課題図書	1985（この年）

今江 祥智
『山のむこうは青い海だった』刊行	1960.10月
『ぽけっとにいっぱい』刊行	1961.6月
『海の日曜日』刊行	1966.12月
『あのこ』刊行	1966（この年）
第13回読書感想コン課題図書	1967（この年）
第14回読書感想コン課題図書	1968（この年）
『ぼんぼん』刊行	1973.10月
『兄貴』刊行	1976.10月
『優しさごっこ』刊行	1977.7月
第23回読書感想コン課題図書	1977（この年）
今江祥智が亡くなる	2015.3.20

今関 信子
第34回読書感想コン課題図書	1988（この年）
第42回読書感想コン課題図書	1996（この年）
第59回読書感想コン課題図書	2013（この年）

今西 祐行
「びわの実」創刊	1951.7月
『そらのひつじかい』刊行	1956.4月
第9回読書感想コン課題図書	1963（この年）
『肥後の石工』刊行	1965.12月
『あるハンノキの話』刊行	1966.12月
第12回読書感想コン課題図書	1966（この年）
『浦上の旅人たち』刊行	1969.6月
第16回読書感想コン課題図書	1970（この年）
第20回読書感想コン課題図書	1974（この年）
『光と風と雲と樹と』刊行	1980.3月
第32回読書感想コン課題図書	1986（この年）
『すみれ島』刊行	1991.12.9
今西祐行が亡くなる	2004.12.21

今西 乃子
第49回読書感想コン課題図書	2003（この年）

今村 葦子
『ふたつの家のちえ子』刊行	1986.5月
第45回読書感想コン課題図書	1999（この年）

今森 光彦
『昆虫記』刊行	1988.7月
第49回読書感想コン課題図書	2003（この年）

いもと ようこ
第50回読書感想コン課題図書	2004（この年）
「ことわざえほん」刊行開始	2009.7月
「いもとようこの絵本シリーズ」刊行	2010.10月

入江 好之
入江好之が亡くなる	1989.8.8

イルシング, ニコラ・ド
『なんでもただ会社』刊行	2008.4月

色川 大吉
　　第20回読書感想コン課題図書　1974（この年）
いわい としお
　　『100かいだてのいえ』刊行　　　2008.5月
　　『ちか100かいだてのいえ』刊行　2009.11月
　　『うみの100かいだてのいえ』刊行　2014.6月
岩城 範枝
　　第56回読書感想コン課題図書　2010（この年）
岩佐 めぐみ
　　『ぼくはアフリカにすむキリンといい
　　　ます』刊行　　　　　　　　　　2001.6月
岩崎 京子
　　『シラサギ物語』刊行　　　　　　1964.1月
　　第10回読書感想コン課題図書　1964（この年）
　　『鯉のいる村』刊行　　　　　　　1969.12月
　　『小さなハチかい』刊行　　　　　1971.5月
　　『花咲か』刊行　　　　　　　　　1973.8月
　　第20回読書感想コン課題図書　1974（この年）
　　『東海道鶴見村』刊行　　　　　　1977.11月
　　『鶴見十二景』刊行　　　　　　　1979.11月
　　『サツキの町のサツキ作り』刊行　1990.12月
　　第56回読書感想コン課題図書　2010（この年）
岩崎 純孝
　　岩崎純孝が亡くなる　　　　　　　1971.2.27
いわさき ちひろ
　　『あめのひのおるすばん』刊行　　1968.6月
　　第16回読書感想コン課題図書　1970（この年）
　　第18回読書感想コン課題図書　1972（この年）
　　いわさきちひろが亡くなる　　　　1974.8.8
　　いわさきちひろ絵本美術館開館　　1977.9.10
　　いわさきちひろ没後20周年　　1994（この年）
　　安曇野ちひろ美術館開館　　　　　1997.4.19
　　子ども向け政治関連本　　　　2006（この年）
岩瀬 成子
　　『朝はだんだん見えてくる』刊行　1977.1月
　　『あたしをさがして』刊行　　　　1987.9月
　　『アルマジロのしっぽ』刊行　　　1997.10月
　　第59回読書感想コン課題図書　2013（この年）
岩田 欣三
　　『ツバメ号とアマゾン号』刊行　1958（この年）
岩田 久仁雄
　　第20回読書感想コン課題図書　1974（この年）
岩田 なおみ
　　第14回（平27年度）日本児童文学長編
　　　児童文学新人賞　　　　　　　2015（この年）

岩田 美津子
　　点訳絵本の「岩田文庫」創設　1984（この年）
イワノフ
　　第29回読書感想コン課題図書　1983（この年）
岩渕 国雄
　　第23回読書感想コン課題図書　1977（この年）
いわむら かずお
　　「14ひきのシリーズ」刊行　　　　1983.7月
　　第30回読書感想コン課題図書　1984（この年）
　　『14ひきのこもりうた』刊行　　　1994.7.10
　　いわむらかずお絵本の丘美術館設立 1998.4.25
　　「ふうとはなの絵本」刊行開始　　2010.10.1
岩本 敏男
　　『赤い風船』刊行　　　　　　　　1971.4月
　　『スッパの小平太』刊行　　　　　1978.4月
　　『ゆうれいがいなかったころ』刊行 1979.7月
　　『ねこのポチ』刊行　　　　　　　1986.6月
　　第33回読書感想コン課題図書　1987（この年）

【う】

ヴァン・フリート, M.
　　『さわってあそぼう ふわふわあひる』
　　　刊行　　　　　　　　　　　　　1998.6月
ウィック, ウォルター
　　『チャレンジミッケ！』刊行開始　2005.12.20
ウィテンゾン
　　第15回読書感想コン課題図書　1969（この年）
ウィリアムズ, ガース
　　『大きな森の小さな家』刊行　　　1972.7月
ウィリアムズ, カレン・リン
　　第56回読書感想コン課題図書　2010（この年）
ウィリアムズ, マイケル
　　第60回読書感想コン課題図書　2014（この年）
ウィルバー, R.
　　『番ねずみのヤカちゃん』刊行　　1992.5月
ウィントン, ティム
　　第54回読書感想コン課題図書　2008（この年）
ウェクスラー, ジェローム
　　第29回読書感想コン課題図書　1983（この年）
ヴェゲリウス, ヤコブ
　　第54回読書感想コン課題図書　2008（この年）

上路 ナオ子
　　第59回読書感想コン課題図書　2013（この年）
上田 真而子
　　第30回読書感想コン課題図書　1984（この年）
　　第32回読書感想コン課題図書　1986（この年）
　　第38回読書感想コン課題図書　1992（この年）
上野 紀子
　　「ねずみくんのチョッキシリーズ」　1974.8月
　　第29回読書感想コン課題図書　1983（この年）
上野 瞭
　　「馬車」創刊　　　　　　　　　　1954.11月
　　『ちょんまげ手まり歌』刊行　　　1968.11月
　　『日本宝島』刊行　　　　　　　　1976.10月
　　『ひげよ、さらば』刊行　　　　　1982.3月
　　『グフグフグフフ』刊行　　　　　1995.7月
　　上野瞭が亡くなる　　　　　　　　2002.1.27
上橋 菜穂子
　　『精霊の守り人』刊行　　　　　　1996.7月
　　上橋菜穂子が国際アンデルセン賞　2014.3.24
　　『鹿の王』刊行　　　　　　　　　2014.9.25
　　『鹿の王』に本屋大賞　　　　　　2015.4.7
ウェブスター
　　『あしながおじさん』刊行　　　　1950.12.25
植松 要作
　　植松要作が亡くなる　　　　　　　1988.1.16
ウェルズ
　　『宇宙戦争』刊行　　　　　　　　1972（この年）
ヴェルヌ
　　『二年間の休暇』刊行　　　　　　1968.4月
ウォルチ, アリソン
　　第59回読書感想コン課題図書　2013（この年）
ウォルツ, アンナ
　　第61回読書感想コン課題図書　2015（この年）
ヴォルフ, サンドリーヌ
　　『オクサ・ポロック』刊行　　　　2012.12月
ヴォロンコーワ
　　第12回読書感想コン課題図書　1966（この年）
氏原 大作
　　氏原大作が亡くなる　　　　　　　1956.12.31
打木 村治
　　「生きている山脈」発表　1949.4月～1950.10月
　　打木村治が亡くなる　　　　　　　1990.5.29
内田 莉莎子
　　『本のチカラ』刊行　　　　　　　2007.5月

内田 麟太郎
　　第49回読書感想コン課題図書　2003（この年）
内海 隆一郎
　　第42回読書感想コン課題図書　1996（この年）
羽豆 成二
　　『キッズペディア』刊行　　　　　2011.11月
ヴヌーコフ, N.
　　第35回読書感想コン課題図書　1989（この年）
宇野 亜喜良
　　『あのこ』刊行　　　　　　　　　1966（この年）
　　第43回読書感想コン課題図書　1997（この年）
宇野 和美
　　第53回読書感想コン課題図書　2007（この年）
梅棹 エリオ
　　第19回読書感想コン課題図書　1973（この年）
梅田 俊作
　　第29回読書感想コン課題図書　1983（この年）
　　第44回読書感想コン課題図書　1998（この年）
梅田 佳子
　　第29回読書感想コン課題図書　1983（この年）
　　第44回読書感想コン課題図書　1998（この年）
うるまでるび
　　『おしりかじり虫うたとおどりのほ
　　ん』刊行　　　　　　　　　　　　2007.9月
海野 和男
　　『昆虫顔面図鑑』刊行　　　　　　2010.6.11
海野 十三
　　ポプラ社創業　　　　　　　　　　1947（この年）

【え】

エインズワース, ルース
　　第46回読書感想コン課題図書　2000（この年）
江國 香織
　　『つめたいよるに』刊行　　　　　1989.8月
　　『こうばしい日々』刊行　　　　　1990.9月
　　『魔女の絵本』刊行　　　　　　　2003.10月
　　『マドンナ絵本シリーズ』刊行開始　2003.11.26
　　『すきまのおともだちたち』刊行　2005.6月
　　『雪だるまの雪子ちゃん』刊行　　2009.9月
江崎 雪子
　　『えっちゃんとこねこムー』刊行　1987.11月
　　第34回読書感想コン課題図書　1988（この年）
　　第36回読書感想コン課題図書　1990（この年）

【え】（続き）

エチメンディ, ナンシー
　第55回読書感想コン課題図書　2009（この年）
江戸川 乱歩
　江戸川乱歩が亡くなる　1965.7.28
エドワーズ, ドロシー
　『ぐらぐらの歯』刊行　2005.11月
江宮 隆之
　第41回読書感想コン課題図書　1995（この年）
エリクソン, ラッセル・E.
　第29回読書感想コン課題図書　1983（この年）
エンデ, ミヒャエル
　『モモ』刊行　1976.9月
　黒姫童話館開館　1991.8.10
遠藤 公男
　第19回読書感想コン課題図書　1973（この年）
　『帰らぬオオワシ』刊行　1975.9月
遠藤 周作
　第12回読書感想コン課題図書　1966（この年）
遠藤 寿子
　『あしながおじさん』刊行　1950.12.25

【お】

及川 和男
　第39回読書感想コン課題図書　1993（この年）
　第49回読書感想コン課題図書　2003（この年）
大石 卓
　第15回読書感想コン課題図書　1969（この年）
大石 真
　「風信器」発表　1953.9月
　『少年のこよみ』刊行　1963.11月
　『チョコレート戦争』刊行　1965.1月
　『教室二〇五号』刊行　1969.6月
　『たたかいの人』刊行　1971.6月
　『街の赤ずきんたち』刊行　1977.10月
　『眠れない子』刊行　1990.3月
　大石真が亡くなる　1990.9.4
大海 赫
　『びんの中の子どもたち』刊行　1983.4月
おおえ ひで
　第17回読書感想コン課題図書　1971（この年）
　おおえひでが亡くなる　1996（この年）

大岡 信
　『にほんご』刊行　1979.11月
大川 悦生
　『おかあさんの木』刊行　1969.12月
　大川悦生が亡くなる　1998.3.27
大蔵 宏之
　大蔵宏之が亡くなる　1994.5.17
大社 充
　第56回読書感想コン課題図書　2010（この年）
大社 玲子
　『番ねずみのヤカちゃん』刊行　1992.5月
　第50回読書感想コン課題図書　2004（この年）
大鹿 照雄
　「ともだち会」発足　1945.11月
大島 かおり
　『モモ』刊行　1976.9月
大島 妙子
　第49回読書感想コン課題図書　2003（この年）
太田 京子
　第47回読書感想コン課題図書　2001（この年）
太田 大八
　『かさ』刊行　1975.6月
　絵本ジャーナル「PeeBoo」創刊　1990（この年）
　『ブータン』刊行　1995.3月
　『鬼の橋』刊行　1998.10月
　第45回読書感想コン課題図書　1999（この年）
　こどもの本WAVE設立　2004（この年）
　福音館が60周年記念出版　2012.6月
太田 朋
　第56回読書感想コン課題図書　2010（この年）
太田 博也
　『風ぐるま』刊行　1955.2月
大竹 三郎
　第21回読書感想コン課題図書　1975（この年）
　第32回読書感想コン課題図書　1986（この年）
大谷 美和子
　第38回読書感想コン課題図書　1992（この年）
大塚 敦子
　第53回読書感想コン課題図書　2007（この年）
大塚 篤子
　『海辺の家の秘密』刊行　1989.11月
　第60回読書感想コン課題図書　2014（この年）
大友 康匠
　大友康匠が亡くなる　1995.1.16

大貫 松三
 『世界の絵本』刊行　　　　　　　1949.11月
大沼 孝次
 いじめ問題の本の刊行相次ぐ　　1995（この年）
大野 正男
 第35回読書感想コン課題図書　1989（この年）
大野 八生
 第57回読書感想コン課題図書　2011（この年）
 第61回読書感想コン課題図書　2015（この年）
大場 裕一
 第60回読書感想コン課題図書　2014（この年）
大畑 孝二
 第34回読書感想コン課題図書　1988（この年）
大藤 幹夫
 『日本児童文学大系』刊行　　　1977.11月
大村 百合子　⇔　山脇 百合子をも見よ
 「ぐりとぐら」刊行　　　　　　1963.12月
雄谷 茂
 「新日本画劇社」供給開始　　　1946.1.10
雄谷 信乃武
 「新日本画劇社」供給開始　　　1946.1.10
大割 輝明
 第23回読書感想コン課題図書　1977（この年）
丘 修三
 『ぼくのお姉さん』刊行　　　　1986.12月
 『風にふかれて』刊行　　　　　1988.12月
岡上 鈴江
 岡上鈴江が亡くなる　　　　　　2011.1.27
岡崎 ひでたか
 第51回読書感想コン課題図書　2005（この年）
 第54回読書感想コン課題図書　2008（この年）
小笠原 昭夫
 第22回読書感想コン課題図書　1976（この年）
岡島 秀治
 『一生の図鑑』刊行　　　　　　2011.6.24
岡田 章雄
 第9回読書感想コン課題図書　　1963（この年）
岡田 周子
 第15回読書感想コン課題図書　1969（この年）
岡田 淳
 『放課後の時間割』刊行　　　　1980.7月
 『ようこそおまけの時間に』刊行　1981.8月
 『二分間の冒険』刊行　　　　　1985.4月
 『学校ウサギをつかまえろ』刊行　1986.12月

『扉のむこうの物語』刊行　　　　1987.7月
『びりっかすの神さま』刊行　　　1988.10月
岡田 潤
 第57回読書感想コン課題図書　2011（この年）
岡野 薫子
 『銀色ラッコのなみだ』刊行　　1964.2月
 第10回読書感想コン課題図書　1964（この年）
岡野 和
 第25回読書感想コン課題図書　1979（この年）
岡部 彰
 第26回読書感想コン課題図書　1980（この年）
岡松 和夫
 第32回読書感想コン課題図書　1986（この年）
岡本 颯子
 「こまったさん」シリーズ刊行　1982.7月
岡本 順
 第46回読書感想コン課題図書　2000（この年）
 第48回読書感想コン課題図書　2002（この年）
 第51回読書感想コン課題図書　2005（この年）
岡本 浜江
 第39回読書感想コン課題図書　1993（この年）
 第53回読書感想コン課題図書　2007（この年）
岡本 文良
 第27回読書感想コン課題図書　1981（この年）
 第29回読書感想コン課題図書　1983（この年）
 第37回読書感想コン課題図書　1991（この年）
 第40回読書感想コン課題図書　1994（この年）
岡本 陸人
 あかね書房創立　　　　　　　　1949（この年）
岡本 良雄
 『動物列車』刊行　　　　　　　1947.6月
 「ラクダイ横丁」発表　　　　　1948.2月
 岡本良雄が亡くなる　　　　　　1963.2.6
小川 千歳
 『十四歳の妖精たち』刊行　　　1988.12月
小川 仁央
 第33回読書感想コン課題図書　1987（この年）
 第46回読書感想コン課題図書　2000（この年）
小川 宏
 第26回読書感想コン課題図書　1980（この年）
 第32回読書感想コン課題図書　1986（この年）
 第37回読書感想コン課題図書　1991（この年）
小川 美紀
 第49回読書感想コン課題図書　2003（この年）

小川 未明
『兄の声』刊行	1946.4月
「子供たちへの責任」発表	1946.9月
小川未明が日本児童文学者協会会長に	1949（この年）
小川未明が亡くなる	1961.5.11

小川 洋子
第50回読書感想コン課題図書	2004（この年）

尾木 直樹
いじめ問題の本の刊行相次ぐ	1995（この年）

沖井 千代子
第20回読書感想コン課題図書	1974（この年）
『歌よ川をわたれ』刊行	1980.2月

オギルヴィー，サラ
第58回読書感想コン課題図書	2012（この年）

荻原 規子
『空色勾玉』刊行	1988.8月
『これは王国のかぎ』刊行	1993.10月

オクセンバリー，ヘレン
第40回読書感想コン課題図書	1994（この年）

奥田 継夫
『ボクちゃんの戦場』刊行	1969.12月
『夏時間』刊行	1976.12月

奥山 一夫
奥山一夫が亡くなる	2010.4.4

オコーナー，バーバラ
第57回読書感想コン課題図書	2011（この年）

尾崎 義
『名探偵カッレくん』刊行	1957（この年）
『長くつ下のピッピ』刊行	1964（この年）

長田 新
『原爆の子』刊行	1951.10月

長田 弘
『森の絵本』刊行	1999.8月

小山内 龍
『ニッポンノアマ』刊行	1947.3月

小澤 俊夫
『日本の昔話』刊行	1995.10.1
『日本昔ばなし』刊行開始	2007.7月

小沢 正
『目をさませトラゴロウ』刊行	1965.8月
小沢正が亡くなる	2008（この年）

小沢 摩純
『世界の名作』刊行開始	1997.9.19

オスファステール，ラッシェル
第59回読書感想コン課題図書	2013（この年）

尾関 岩治
尾関岩治が亡くなる	1980.4.25

オソウスキー，レオニー
第38回読書感想コン課題図書	1992（この年）

小田島 恒志
第49回読書感想コン課題図書	2003（この年）
第51回読書感想コン課題図書	2005（この年）

小田島 則子
第49回読書感想コン課題図書	2003（この年）
第51回読書感想コン課題図書	2005（この年）

越智 典子
第61回読書感想コン課題図書	2015（この年）

越智 道雄
第30回読書感想コン課題図書	1984（この年）

乙骨 淑子
『ぴいちゃあしゃん』刊行	1964.3月
『八月の太陽を』刊行	1966.8月
『合言葉は手ぶくろの片っぽ』刊行	1978.4月
乙骨淑子が亡くなる	1980.8.13
『ピラミッド帽子よ，さようなら』刊行	1981.1月

オデール，スコット
第44回読書感想コン課題図書	1998（この年）

オードリー，W.
『トーマスのテレビシリーズ』刊行	1995.6月

小野 明
『100人が感動した100冊の絵本 1978-97』刊行	1999.1月

小野 かおる
国際子どもの本の日	1996.4.2
第43回読書感想コン課題図書	1997（この年）

小野 和子
第25回読書感想コン課題図書	1979（この年）
第36回読書感想コン課題図書	1990（この年）

おの きがく
『かたあしだちょうのエルフ』刊行	1970.10月
第17回読書感想コン課題図書	1971（この年）
第23回読書感想コン課題図書	1977（この年）

小野 春夫
第21回読書感想コン課題図書	1975（この年）

小野 展嗣
「図鑑NEO+」刊行	2011.6.17

おの りえん
　第42回読書感想コン課題図書　1996（この年）
小野寺 誠
　第33回読書感想コン課題図書　1987（この年）
小幡 泰正
　第11回読書感想コン課題図書　1965（この年）
小浜 逸郎
　いじめ問題の本の刊行相次ぐ　1995（この年）
小原 二郎
　第25回読書感想コン課題図書　1979（この年）
おぼ まこと
　『ごめんねムン』刊行　1982.10月
オラム, ハーウィン
　第35回読書感想コン課題図書　1989（この年）
折原 みと
　『つまさきだちの季節』刊行　1987.7月
　ティーンズ向け文庫が好調　1989（この年）
恩地 三保子
　『大きな森の小さな家』刊行　1972.7月

【か】

カー, P.B.
　「ランプの精」刊行開始　2004.12月
ガイサート, アーサー
　『あかりをけして』刊行　2006.8月
貝塚 茂樹
　第8回読書感想コン課題図書　1962（この年）
カイユ, アラン
　第18回読書感想コン課題図書　1972（この年）
カーヴェン, R.
　第39回読書感想コン課題図書　1993（この年）
ガガーリン
　第9回読書感想コン課題図書　1963（この年）
香川 元太郎
　「第12回上野の森親子フェスタ」　2011.5.3〜05
香川 茂
　第10回読書感想コン課題図書　1964（この年）
　『高空10000メートルのかなたで』刊行　1980.2月
香川 鉄蔵
　『ニールスの不思議な旅』刊行　1949.10月

香川 宜子
　第60回読書感想コン課題図書　2014（この年）
角田 房子
　第13回読書感想コン課題図書　1967（この年）
角山 勝義
　角山勝義が亡くなる　1982.3.8
鹿毛 敏夫
　第55回読書感想コン課題図書　2009（この年）
掛川 恭子
　第20回読書感想コン課題図書　1974（この年）
　第24回読書感想コン課題図書　1978（この年）
　第42回読書感想コン課題図書　1996（この年）
陰山 英男
　『辞書びきえほん』刊行開始　2008.2月
加古 里子
　『からすのパンやさん』刊行　1973.9月
　第46回読書感想コン課題図書　2000（この年）
　小峰書店に梓会出版文化賞　2009.1.20
　福音館が60周年記念出版　2012.6月
　『からすのパンやさん』続編刊行　2013.4〜05月
　「どろぼうがっこう」続編刊行　2013.9月
笠原 良郎
　学校図書館整備推進委員会発足　1996.10.16
梶山 俊夫
　第28回読書感想コン課題図書　1982（この年）
柏葉 幸子
　『霧のむこうのふしぎな町』刊行　1975.10月
　『ふしぎなおばあちゃん×12』刊行　1995.3月
　第46回読書感想コン課題図書　2000（この年）
　『霧のむこうのふしぎな町』新装版　2006.9.10
ガースティン, モーディカイ
　『綱渡りの男』刊行　2005.8月
カズンズ, ルーシー
　『メイシーちゃんのえほん』シリーズ
　　刊行　2000.11月
　メイシーちゃんフェア　2003.10月
　ルーシー・カズンズ来日　2005.9月
風川 恭子
　第44回読書感想コン課題図書　1998（この年）
　第59回読書感想コン課題図書　2013（この年）
カーソン, レイチェル
　第38回読書感想コン課題図書　1992（この年）
加太 こうじ
　「ともだち会」発足　1945.11月
　日本紙芝居協会設立　1946.10月

片岡 しのぶ
　第45回読書感想コン課題図書　1999（この年）
　第50回読書感想コン課題図書　2004（この年）
　第55回読書感想コン課題図書　2009（この年）
片野 潤三
　『明夫と良二』刊行　　　　　　1972.4月
片山 健
　『おやすみなさいコッコさん』刊行　1988.1月
片山 昌造
　『あかつきの子ら』刊行　　　　1956.4月
片山 悠
　「馬車」創刊　　　　　　　　1954.11月
かつお きんや
　第15回読書感想コン課題図書　1969（この年）
　『白いにぎりめし』刊行　　　　1972.5月
　『七つばなし百万石』刊行　　　1980.6月
桂 米朝
　第22回読書感想コン課題図書　1976（この年）
ガーディナー, J.R.
　第51回読書感想コン課題図書　2005（この年）
加藤 久仁生
　『つみきのいえ』刊行　　　　2008.10.16
加藤 純子
　『初恋クレイジーパズル』刊行　1983.10月
加藤 多一
　『原野にとぶ橇』刊行　　　　1978.11月
　『草原―ぼくと子っこ牛の大地』刊行
　　　　　　　　　　　　　　1985.12月
　『遠くへいく川』刊行　　　　　1991.10月
加藤 輝男
　「トナカイ村」創刊　　　　　　1955.4月
　加藤輝男が亡くなる　　　　　1974.12.28
加藤 秀
　加藤秀が亡くなる　　　　　　2008.8.15
加藤 文三
　第19回読書感想コン課題図書　1973（この年）
加藤 美紀
　第44回読書感想コン課題図書　1998（この年）
加藤 明治
　『水つき学校』刊行　　　　　　1965.12月
　第12回読書感想コン課題図書　1966（この年）
加藤 由子
　「くらべる図鑑」刊行　　　　　2009.7.8
　「図鑑NEO+」刊行　　　　　　2011.6.17

門田 修
　第38回読書感想コン課題図書　1992（この年）
角野 栄子
　「小さなおばけシリーズ」刊行　1979.2月
　『ズボン船長さんの話』刊行　　1981.7月
　『魔女の宅急便』刊行　　　　　1985.1月
　『魔女の宅急便その2』刊行　　1993.6.30
　第39回読書感想コン課題図書　1993（この年）
　「第5回上野の森親子フェスタ」　2004.5.3～05
　第8回上野の森親子フェスタ　　2007.5.3～05
　『魔女の宅急便』完結　　　　2009.10.15
　第58回読書感想コン課題図書　2012（この年）
金井田 英津子
　『日本昔ばなし』刊行開始　　　2007.7月
金尾 恵子
　第29回読書感想コン課題図書　1983（この年）
　第47回読書感想コン課題図書　2001（この年）
金治 直美
　第55回読書感想コン課題図書　2009（この年）
金森 好子
　クローバー子ども図書館　　　　1952.3月
カニグズバーグ
　『クローディアの秘密』刊行　　1969（この年）
金子 みすゞ
　『明るいほうへ：金子みすゞ童謡集』
　　刊行　　　　　　　　　　　1995.3月
金田 喜兵衛
　第39回読書感想コン課題図書　1993（この年）
金田 常代
　金田常代が亡くなる　　　　　　1988.3月
ガネット, ルース・クリスマン
　『エルマーのぼうけん』刊行　　1963.7月
　第10回読書感想コン課題図書　1964（この年）
　エルマーがポケット版に　　　　1997.5月
ガネット, ルース・スタイルス
　『エルマーのぼうけん』刊行　　1963.7月
　第10回読書感想コン課題図書　1964（この年）
　エルマーがポケット版に　　　　1997.5月
金原 瑞人
　第43回読書感想コン課題図書　1997（この年）
　第45回読書感想コン課題図書　1999（この年）
　第46回読書感想コン課題図書　2000（この年）
　第48回読書感想コン課題図書　2002（この年）
　第49回読書感想コン課題図書　2003（この年）
　第59回読書感想コン課題図書　2013（この年）

狩野 富貴子
　　第51回読書感想コン課題図書　2005（この年）
カーペンター, ハンフリー
　　『オックスフォード 世界児童文学百
　　科』刊行　　　　　　　　　　1999.2月
鎌田 歩
　　第61回読書感想コン課題図書　2015（この年）
鎌田 和宏
　　『くふうの図鑑』刊行　　　　 2013.2.22
鎌田 慧
　　第29回読書感想コン課題図書　1983（この年）
釜本 邦彦
　　「21世紀の子どもの読書環境を考え
　　る」　　　　　　　　　　　　1997.3.10
カーマン, パトリック
　　『エリオン国物語』刊行開始　 2006.10.4
神 みよこ
　　「入門百科＋」創刊　　　　　 2013.7.19
上坂 高生
　　上坂高生が亡くなる　　　　　2012.11.4
上沢 謙二
　　「キリスト教児童文学」創刊　 1957.12月
上條 さなえ
　　『さんまマーチ』刊行　　　　 1987.10月
　　第38回読書感想コン課題図書　1992（この年）
　　第47回読書感想コン課題図書　2001（この年）
上遠 恵子
　　第38回読書感想コン課題図書　1992（この年）
かみや しん
　　第50回読書感想コン課題図書　2004（この年）
　　第51回読書感想コン課題図書　2005（この年）
　　第57回読書感想コン課題図書　2011（この年）
上泰 歩
　　第52回読書感想コン課題図書　2006（この年）
亀井 一成
　　第27回読書感想コン課題図書　1981（この年）
亀山 龍樹
　　亀山龍樹が亡くなる　　　　　1980.3.23
萱野 茂
　　第21回読書感想コン課題図書　1975（この年）
香山 彬子
　　『シマフクロウの森』刊行　　 1967.2月
　　香山彬子が亡くなる　　　　　1999.10.2

香山 美子
　　「麦」創刊　　　　　　　　　 1953.1月
　　『あり子の記』刊行　　　　　 1962.3月
　　『ワイルドスミスのちいさな絵本』刊
　　行　　　　　　　　　 1997.2月〜04月
香山 リカ
　　「考える絵本」刊行開始　　　 2009.6.19
カーライ, ドゥシャン
　　『アンデルセン童話全集』刊行　2011.8月
ガーランド, サラ
　　第57回読書感想コン課題図書　2011（この年）
カール, エリック
　　『はらぺこあおむし』刊行　　 1976.5月
　　エリック・カール来日　　　　 1992.9月
　　「あおむしとエリック・カールの世
　　界」展　　　　　　　　　　　 2006.4月
カールソン
　　第13回読書感想コン課題図書　1967（この年）
かるべ めぐみ
　　「考える絵本」刊行開始　　　 2009.6.19
河合 雅雄
　　『少年動物誌』刊行　　　　　 1976.5月
　　第24回読書感想コン課題図書　1978（この年）
川内 松男
　　第39回読書感想コン課題図書　1993（この年）
川上 四郎
　　川上四郎が亡くなる　　　　　1983.12.30
川上 武
　　第18回読書感想コン課題図書　1972（この年）
川北 稔
　　第43回読書感想コン課題図書　1997（この年）
川北 亮司
　　『はらがへったらじゃんけんぽん』刊
　　行　　　　　　　　　　　　　1970.11月
　　『へんしん！スグナクマン』刊行　1983.11月
　　第30回読書感想コン課題図書　1984（この年）
河口 慧海
　　第8回読書感想コン課題図書　 1962（この年）
川口 汐子
　　川口汐子が亡くなる　　　　　2011.7.11
川口 淳一郎
　　"はやぶさ"図鑑刊行　　　　　2012.7月
川口 半平
　　川口半平が亡くなる　　　　　1990.4.26

川口 幸男
　第30回読書感想コン課題図書　1984（この年）
河島 弘美
　第49回読書感想コン課題図書　2003（この年）
川島 誠
　『電話がなっている』刊行　　1985.5月
　『夏のこどもたち』刊行　　　1991.1月
河津 千代
　第17回読書感想コン課題図書　1971（この年）
川田 伸一郎
　「図鑑NEO+」刊行　　　　　2011.6.17
川竹 嵯峨夫
　川竹嵯峨夫が亡くなる　　　　1983.5.31
川成 洋
　第39回読書感想コン課題図書　1993（この年）
川端 裕人
　第53回読書感想コン課題図書　2007（この年）
川端 誠
　『ばけものつかい』刊行　　　1994.11月
　『地球をほる』刊行　　　　　2011.9.1
川端 康成
　『家なき子』邦訳版刊行　　　1951（この年）
　『青い鳥』邦訳版3件刊行　　 1951（この年）
河原 潤子
　第47回読書感想コン課題図書　2001（この年）
川村 たかし
　『最後のクジラ舟』刊行　　　1969.11月
　『山へいく牛』刊行　　　　　1977.11月
　『北へ行く旅人たち―新十津川物語』
　　刊行　　　　　　　　　　　1977.12月
　第25回読書感想コン課題図書　1979（この年）
　『昼と夜のあいだ』刊行　　　1980.12月
　第30回読書感想コン課題図書　1984（この年）
　川村たかしが亡くなる　　　　2010.1.30
河本 祥子
　『ごきげんいかが がちょうおくさん』
　　刊行　　　　　　　　　　　2004.6月
神沢 利子
　『ちびっこカムのぼうけん』刊行　1961.12月
　第14回読書感想コン課題図書　1968（この年）
　『くまの子ウーフ』刊行　　　1969.6月
　『銀のほのおの国』刊行　　　1972.11月
　第20回読書感想コン課題図書　1974（この年）
　『流れのほとり』刊行　　　　1976.11月
　『いないいないばあや』刊行　1978.11月
　第39回読書感想コン課題図書　1993（この年）

　『神沢利子コレクション』　　1994.9月
菅能 琇一
　第21回読書感想コン課題図書　1975（この年）

【き】

木内 高音
　『赤い鳥童話名作集』刊行　　1951（この年）
菊田 まりこ
　『いつでも会える』刊行　　　1998.11月
菊池 恭子
　第53回読書感想コン課題図書　2007（この年）
菊池 敬一
　第22回読書感想コン課題図書　1976（この年）
　菊池敬一が亡くなる　　　　　1999.6.6
菊池 俊
　『トビウオは木にとまったか』刊行　1976.2月
菊地 澄子
　第28回読書感想コン課題図書　1982（この年）
菊池 鮮
　『安全地帯』刊行　　　　　　1981.1月
菊地 ただし
　第33回読書感想コン課題図書　1987（この年）
　第41回読書感想コン課題図書　1995（この年）
　菊地ただしが亡くなる　　　　2006.3.24
菊地 正
　『母と子の川』刊行　　　　　1971.10月
　『ばけもの千両』刊行　　　　1979.3月
木坂 涼
　第61回読書感想コン課題図書　2015（この年）
岸 武雄
　『もぐりの公紋さ』刊行　　　1970.3月
　『千本松原』刊行　　　　　　1971.3月
　第17回読書感想コン課題図書　1971（この年）
　『風の鳴る家』刊行　　　　　1978.3月
　『花ぶさとうげ』刊行　　　　1979.3月
　第26回読書感想コン課題図書　1980（この年）
　第28回読書感想コン課題図書　1982（この年）
　岸武雄が亡くなる　　　　　　2002.1.21
木島 始
　『考えろ丹太！』刊行　　　　1960.10月
城島 充
　第61回読書感想コン課題図書　2015（この年）

北 篤
　　第50回読書感想コン課題図書　2004（この年）
北 彰介
　　北彰介が亡くなる　　　　　　2003.10.26
北岡 明佳
　　『トリックアート図鑑』刊行　　2011.1～11月
北川 千代
　　北川千代が亡くなる　　　　　　1965.10.14
北島 新平
　　第21回読書感想コン課題図書　1975（この年）
北田 卓史
　　第15回読書感想コン課題図書　1969（この年）
北畠 八穂
　　『ジローブーチン日記』刊行　　1948.5月
　　『あくたれ童子ポコ』刊行　　　1953.12月
　　北畠八穂が亡くなる　　　　　　1982.3.18
北原 宗積
　　第38回読書感想コン課題図書　1992（この年）
北村 けんじ
　　第14回読書感想コン課題図書　1968（この年）
　　『まぼろしの巨鯨シマ』刊行　　1971.11月
　　第18回読書感想コン課題図書　1972（この年）
　　『ギンヤンマ飛ぶ空』刊行　　　1995.12月
　　北村けんじが亡くなる　　　　　2007.8.21
きたむら さとし
　　第35回読書感想コン課題図書　1989（この年）
　　「ぞうのエルマー」シリーズ　　2002.4月
　　第56回読書感想コン課題図書　2010（この年）
　　第61回読書感想コン課題図書　2015（この年）
北村 順治
　　「しぐなる」創刊　　　　　　　1954.9月
北村 寿夫
　　北村寿夫が亡くなる　　　　　　1982.1.3
北山 千尋
　　第14回（平27年度）日本児童文学長編
　　　児童文学新人賞　　　　　　　2015（この年）
きたやま ようこ
　　『ぼくのポチブルてき生活』刊行　1996.6月
木下 順二
　　「民話の会」発足　　　　　　　1952（この年）
きはら ようすけ
　　『ポケットコニーちゃん』刊行　1997.12月
ギフ, パトリシア・ライリー
　　第60回読書感想コン課題図書　2014（この年）

ぎぼ りつこ
　　『しずくちゃん5 がっこうはたのしい
　　　な』刊行　　　　　　　　　　2005.8月
木村 彩子
　　第61回読書感想コン課題図書　2015（この年）
木村 定男
　　フレーベル館100周年　　　　　2007.3月
木村 しゅうじ
　　第19回読書感想コン課題図書　1973（この年）
木村 セツ子
　　第54回読書感想コン課題図書　2008（この年）
木村 光良
　　第29回読書感想コン課題図書　1983（この年）
木村 元彦
　　第52回読書感想コン課題図書　2006（この年）
きむら ゆういち
　　『あらしのよるに』完結　　　　2002.2.27
　　『あかちゃんのあそびえほん』シリー
　　　ズ15周年記念フェア　　　　　2002（この年）
　　『あかちゃんのあそびえほん』20周年
　　　　　　　　　　　　　　　　　2007（この年）
　　「第9回上野の森親子フェスタ」　2008.5.3～05
　　「カドカワ学芸児童名作」創刊　2010.3月
　　「第11回上野の森親子フェスタ」2010.5.3～05
　　「第15回上野の森親子フェスタ」2014.5.3～05
木村 由利子
　　第26回読書感想コン課題図書　1980（この年）
　　第45回読書感想コン課題図書　1999（この年）
　　第50回読書感想コン課題図書　2004（この年）
木本 栄
　　第43回読書感想コン課題図書　1997（この年）
ギュット, ポール
　　第12回読書感想コン課題図書　1966（この年）
キヨノ サチコ
　　「ノンタン」誕生　　　　　　　1976.8月
　　「ノンタン」シリーズ30周年　　2006（この年）
キング＝スミス, ディック
　　第45回読書感想コン課題図書　1999（この年）
キンシー＝ワーノック, ナタリー
　　第46回読書感想コン課題図書　2000（この年）
キンダースリー, ドーリング
　　『信じられない現実の大図鑑』刊行　2014.7月

【く】

グェン・ドク
 ベトナム戦争の本が話題に 1992（この年）
クェンティン, ブレイク
 ロアルド・ダールコレクション 2005.4月
草野 たき
 『ハッピーノート』刊行 2005.1月
くすのき しげのり
 第55回読書感想コン課題図書 2009（この年）
 「いもとようこの絵本シリーズ」刊行
   2010.10月
 『ともだちやもんな、ぼくら』刊行 2011.5月
 第59回読書感想コン課題図書 2013（この年）
くすはら 順子
 第60回読書感想コン課題図書 2014（この年）
久住 卓也
 第48回読書感想コン課題図書 2002（この年）
楠本 政助
 第22回読書感想コン課題図書 1976（この年）
楠山 正雄
 楠山正雄が亡くなる 1950.11.26
朽木 祥
 第58回読書感想コン課題図書 2012（この年）
工藤 左千夫
 絵本・児童文学研究センター 1989.4.8
工藤 直子
 工藤直子少年詩集が刊行 1982.1月
 『のはらうた』刊行 1984.5月
 『ともだちは海のにおい』刊行 1984.6月
 第31回読書感想コン課題図書 1985（この年）
国松 俊英
 『おかしな金曜日』刊行 1978.8月
 第45回読書感想コン課題図書 1999（この年）
 第51回読書感想コン課題図書 2005（この年）
クネイン, ケリー
 第54回読書感想コン課題図書 2008（この年）
久保 純子
 『よみきかせおはなし絵本』刊行
   2006（この年）
久保 喬
 『ビルの山ねこ』刊行 1964.4月
 『赤い帆の舟』刊行 1972.12月
 久保喬が亡くなる 1998.10.23
久保 雅勇
 第9回読書感想コン課題図書 1963（この年）
 「紙芝居・むかしといま」開催 2004.1.22～31
窪田 僚
 『ディズニー名作ライブラリー』刊行
   1994.10月
久米 穣
 第41回読書感想コン課題図書 1995（この年）
 第51回読書感想コン課題図書 2005（この年）
グライツマン, モーリス
 第59回読書感想コン課題図書 2013（この年）
グラジア, フロランス
 「アシェット婦人画報社の絵本」創刊 2004.4月
倉橋 由美子
 星の王子さま、翻訳出版権消失 2005.1.22
グラハム, イアン
 『世界なるほど大百科』刊行 2011.10.26
倉本 聰
 第32回読書感想コン課題図書 1986（この年）
 第35回読書感想コン課題図書 1989（この年）
久里 洋二
 「みんなのうた絵本」刊行開始 2006.5月
クリアリー, ベバリィ
 第27回読書感想コン課題図書 1981（この年）
グリシャム, ジョン
 「少年弁護士セオの事件簿」シリーズ 2011.9月
栗林 慧
 第51回読書感想コン課題図書 2005（この年）
栗原 敦
 『ジュニア文学館 宮沢賢治』刊行 1996.3月
栗原 毅
 第41回読書感想コン課題図書 1995（この年）
グリフィス
 第25回読書感想コン課題図書 1979（この年）
厨川 圭子
 『ピーター・パン』刊行 1954.10月
来栖 良夫
 『くろ助』刊行 1968.1月
 第14回読書感想コン課題図書 1968（この年）
 『江戸のおもちゃ屋』刊行 1970.9月
 第27回読書感想コン課題図書 1981（この年）
 来栖良夫が亡くなる 2001.6.6

グレバン, カンタン
    『魔女の絵本』刊行　　　　　　2003.10月
グレバン, タンギー
    『魔女の絵本』刊行　　　　　　2003.10月
クレメンツ, アンドリュー
    第59回読書感想コン課題図書　2013（この年）
黒井 健
    第48回読書感想コン課題図書　2002（この年）
    黒井健絵本ハウス開館　　　　　2003.5.24
黒井 千次
    第27回読書感想コン課題図書　1981（この年）
黒川 みつひろ
    「第10回上野の森親子フェスタ」2009.5.3～05
黒木 まさお
    『ぼくらは6年生』刊行　　　　　1973.3月
黒沢 優子
    第50回読書感想コン課題図書　2004（この年）
クロス, ジリアン
    第34回読書感想コン課題図書　1988（この年）
黒須 高嶺
    第59回読書感想コン課題図書　2013（この年）
黒鳥 英俊
    第55回読書感想コン課題図書　2009（この年）
黒柳 徹子
    いわさきちひろ絵本美術館開館　1977.9.10
    『窓ぎわのトットちゃん』刊行　　1981.3月
    第44回読書感想コン課題図書　1998（この年）
    「黒柳徹子のコドモノクニ」放送開始 2015.4.15
桑原 自彊
    桑原自彊が亡くなる　　　　　　1988.1.17
桑原 隆一
    第51回読書感想コン課題図書　2005（この年）
薫 くみこ
    「十二歳シリーズ」刊行　　　　　1982.12月
    第53回読書感想コン課題図書　2007（この年）
    第59回読書感想コン課題図書　2013（この年）
クーンツ, ディーン・R.
    『ハリネズミの本箱』創刊　　　　2002.10.11

【け】

ケイン, ジャナン
    『きもち』刊行　　　　　　　　2013.9月

ケストナー, エーリヒ
    第8回読書感想コン課題図書　　1962（この年）
    第11回読書感想コン課題図書　1965（この年）
ケリー, ジャクリーン
    第58回読書感想コン課題図書　2012（この年）
ゲルネット
    第11回読書感想コン課題図書　1965（この年）
ケレンラドロー
    『アベコベさん』刊行　　　　　　1997.8月
ケンプ, アンナ
    第58回読書感想コン課題図書　2012（この年）
ケンプ, ジーン
    第28回読書感想コン課題図書　1982（この年）

【こ】

コー, クリストファー
    第60回読書感想コン課題図書　2014（この年）
小池 タミ子
    小池タミ子が亡くなる　　　　　2005.10.11
小池 喜孝
    第29回読書感想コン課題図書　1983（この年）
小泉 るみ子
    第43回読書感想コン課題図書　1997（この年）
    第44回読書感想コン課題図書　1998（この年）
    第45回読書感想コン課題図書　1999（この年）
    第49回読書感想コン課題図書　2003（この年）
    第51回読書感想コン課題図書　2005（この年）
    『しっぱいにかんぱい！』刊行　　2008.9月
    第55回読書感想コン課題図書　2009（この年）
    第57回読書感想コン課題図書　2011（この年）
    第58回読書感想コン課題図書　2012（この年）
小出 正吾
    「漂流記」発表　　　　　　　　1945.11月
    『牛荘の町』刊行　　　　　　　1946.8月
    『ジンタの音』刊行　　　　　　1974.11月
    小出正吾が亡くなる　　　　　　1990.10.8
小出 淡
    小出淡が亡くなる　　　　　　　1986.2.11
郷 静子
    第19回読書感想コン課題図書　1973（この年）
高 史明
    『生きることの意味』刊行　　　　1974.12月
    第21回読書感想コン課題図書　1975（この年）

コーウェル, クレシッダ
 『ヒックとドラゴン』刊行　　　　2009.11月
香坂 直
 『トモ、ぼくは元気です』刊行　　2006.8月
 『みさき食堂へようこそ』刊行　　2012.5月
上崎 美恵子
 『ちゃぷちゃっぷんの話』刊行　　1975.4月
 『まほうのベンチ』刊行　　　　　1975.12月
 第31回読書感想コン課題図書　　1985（この年）
 第35回読書感想コン課題図書　　1989（この年）
 上崎美恵子が亡くなる　　　　　　1997.9.2
香月 日輪
 『地獄堂霊界通信ワルガキ、幽霊にび
 びる！』刊行　　　　　　　　　　1994.10月
 香月日輪が亡くなる　　　　　　　2014.12.19
幸田 文
 第20回読書感想コン課題図書　　1974（この年）
神戸 淳吉
 「豆の木」創刊　　　　　　　　　1950.3月
こうやま のりお
 第58回読書感想コン課題図書　　2012（この年）
小風 さち
 『ゆびぬき小路の秘密』刊行　　　1994.4月
国分 一太郎
 『すこし昔のはなし』刊行　　　　1948.7月
 『鉄の町の少年』刊行　　　　　　1954.12月
 『リンゴ畑の四日間』刊行　　　　1956.5月
小熊 英二
 『よりみちパン！セ』復刊　　　　2011.7月
こぐれ けんじろう
 第43回読書感想コン課題図書　　1997（この年）
木暮 正夫
 『ドブネズミ色の街』刊行　　　　1962.10月
 『日の出マーケットのマーチ』刊行　1985.7月
 『街かどの夏休み』刊行　　　　　1986.6月
 『はだかの山脈』刊行　　　　　　1986.12月
 第43回読書感想コン課題図書　　1997（この年）
 第50回読書感想コン課題図書　　2004（この年）
 木暮正夫が亡くなる　　　　　　　2007.1.10
小坂 しげる
 第29回読書感想コン課題図書　　1983（この年）
こしだ ミカ
 第59回読書感想コン課題図書　　2013（この年）
小島 希里
 第54回読書感想コン課題図書　　2008（この年）

小島 禄琅
 小島禄琅が亡くなる　　　　　　　2008.10.21
コストヴァ, エリザベス
 『ヒストリアン』刊行　　　　　　2006.2.24
古世 古利子
 『龍宮へいったトミばあやん』刊行　1973.8月
コダー, ジズー
 『ライオンボーイ』刊行開始　　　2004.2月
小竹 由美子
 第54回読書感想コン課題図書　　2008（この年）
こだま ともこ
 第56回読書感想コン課題図書　　2010（この年）
ゴッデン, ルーマ
 『人形の家』刊行　　　　　　　　1967（この年）
 第44回読書感想コン課題図書　　1998（この年）
コーディ, メアリー・フランシス
 第47回読書感想コン課題図書　　2001（この年）
小手鞠 るい
 第58回読書感想コン課題図書　　2012（この年）
小寺 菊子
 小寺菊子が亡くなる　　　　　　　1956.11.26
小寺 卓矢
 第59回読書感想コン課題図書　　2013（この年）
後藤 楢根
 「長篇少年文学」創刊　　　　　　1953.4月
後藤 竜二
 『天使で大地はいっぱいだ』刊行　1967.2月
 第13回読書感想コン課題図書　　1967（この年）
 『大地の冬のなかまたち』刊行　　1970.2月
 『ぼくらははだしで』刊行　　　　1971.7月
 『風にのる海賊たち』刊行　　　　1973.3月
 『算数病院事件』刊行　　　　　　1975.7月
 『白赤たすき小○の旋風』刊行　　1976.8月
 第23回読書感想コン課題図書　　1977（この年）
 『潮風の学校』刊行　　　　　　　1978.3月
 『故郷』刊行　　　　　　　　　　1979.11月
 第25回読書感想コン課題図書　　1979（この年）
 『少年たち』刊行　　　　　　　　1982.12月
 『のんびり転校生事件』刊行　　　1985.12月
 『14歳―Fight』刊行　　　　　　1988.6月
 第52回読書感想コン課題図書　　2006（この年）
 後藤竜二が亡くなる　　　　　　　2010.7.3
ゴドン, イングリッド
 第53回読書感想コン課題図書　　2007（この年）

近衛 秀麿
　　第16回読書感想コン課題図書　1970（この年）
このみ ひかる
　　「ぴょこたん」シリーズ　　　1977.9月
小林 葵
　　第56回読書感想コン課題図書　2010（この年）
小林 静江
　　障害児用文庫の開設　　　　　1970.12月
小林 純一
　　『銀の触覚』刊行　　　　　　1964.6月
　　『茂作じいさん』刊行　　　　1978.6月
　　小林純一が亡くなる　　　　　1982.3.5
小林 豊
　　第43回読書感想コン課題図書　1997（この年）
　　第51回読書感想コン課題図書　2005（この年）
小林 和男
　　第33回読書感想コン課題図書　1987（この年）
小春 久一郎
　　小春久一郎が亡くなる　　　　1991.7.8
小檜山 博
　　第31回読書感想コン課題図書　1985（この年）
五味 太郎
　　『さる・るるる』刊行　　　　1979.11月
小宮 輝之
　　『一生の図鑑』刊行　　　　　2011.6.24
小宮山 量平
　　小宮山量平が亡くなる　　　　2012.4.13
小森 香折
　　『うしろの正面』刊行　　　　2006.9月
コール, ジョアンナ
　　第29回読書感想コン課題図書　1983（この年）
コルウェル, E.
　　E・コルウェル講演会開催　　1976.10月
コルシュノウ, イリーナ
　　第30回読書感想コン課題図書　1984（この年）
ゴルデル, ヨースタイン
　　第50回読書感想コン課題図書　2004（この年）
コーンウェル, ニキ
　　第61回読書感想コン課題図書　2015（この年）
近藤 健
　　近藤健が亡くなる　　　　　　1989.5.4
近藤 康子
　　第42回読書感想コン課題図書　1996（この年）

【 さ 】

三枝 三七子
　　第60回読書感想コン課題図書　2014（この年）
斎藤 秋男
　　『ツバメの大旅行』刊行　　　1955.5月
斎藤 惇夫
　　『グリックの冒険』刊行　　　1970.2月
　　『冒険者たち』刊行　　　　　1972.5月
　　『ガンバとカワウソの冒険』刊行　1982.11月
斎藤 五百枝
　　斎藤五百枝が亡くなる　　　　1966.11.6
斉藤 栄美
　　第46回読書感想コン課題図書　2000（この年）
斎藤 佐次郎
　　斎藤佐次郎が亡くなる　　　　1983.12.11
斎藤 妙子
　　「アナ雪」ブーム　　　　　　2014.3.14
斎藤 孝
　　『子ども版 声に出して読みたい日本
　　　語』刊行開始　　　　　　　2004.8.6
斎藤 田鶴子
　　斎藤田鶴子が亡くなる　　　　1983.4.17
斉藤 俊行
　　第59回読書感想コン課題図書　2013（この年）
斎藤 博之
　　第21回読書感想コン課題図書　1975（この年）
斎藤 倫子
　　第40回読書感想コン課題図書　1994（この年）
　　第49回読書感想コン課題図書　2003（この年）
　　第58回読書感想コン課題図書　2012（この年）
斎藤 実
　　第27回読書感想コン課題図書　1981（この年）
齋藤 宗勝
　　第47回読書感想コン課題図書　2001（この年）
齊藤 木綿子
　　第60回読書感想コン課題図書　2014（この年）
斉藤 洋
　　『ルドルフとイッパイアッテナ』刊行　1987.5月
　　第34回読書感想コン課題図書　1988（この年）
　　『シンドバッドの冒険』刊行　2004.9月

斎藤 隆介
『八郎』刊行	1952.4月
『ベロ出しチョンマ』刊行	1967.11月
『花さき山』刊行	1969.12月
『ちょうちん屋のままッ子』刊行	1970.12月
第18回読書感想コン課題図書	1972(この年)
『天の赤馬』刊行	1977.12月
第24回読書感想コン課題図書	1978(この年)
斎藤隆介が亡くなる	1985.10.30

斎藤 了一
「トナカイ村」創刊	1955.4月
『荒野の魂』刊行	1959.10月

さえぐさ ひろこ
第53回読書感想コン課題図書	2007(この年)
第56回読書感想コン課題図書	2010(この年)

早乙女 勝元
『火の瞳』刊行	1964.2月
ベトナム戦争の本が話題に	1992(この年)
『ジュニア文学館 宮沢賢治』刊行	1996.3月

酒井 朝彦
酒井朝彦が亡くなる	1969.5.25

酒井 駒子
第50回読書感想コン課題図書	2004(この年)
『ぐらぐらの歯』刊行	2005.11月

阪田 寛夫
『ぽんこつマーチ』刊行	1969.5月
『サッちゃん』刊行	1975.12月
『トラジイちゃんの冒険』刊行	1980.3月
『夕日がせなかをおしてくる』刊行	1983.6月

酒寄 進一
第34回読書感想コン課題図書	1988(この年)

佐木 秋夫
日本紙芝居協会設立	1946.10月

佐久間 充
第31回読書感想コン課題図書	1985(この年)

さくま ゆみこ
第47回読書感想コン課題図書	2001(この年)
『おとうさんのちず』刊行	2009.5月
『1つぶのおこめ』刊行	2009.9月
第58回読書感想コン課題図書	2012(この年)
第60回読書感想コン課題図書	2014(この年)

桜井 淳史
第53回読書感想コン課題図書	2007(この年)

桜井 信夫
櫻井信夫が亡くなる	2010.8.18

さくらい ともか
『子ネズミチヨロの冒険』刊行	2007.2月

笹生 陽子
『ぼくらのサイテーの夏』刊行	1996.6月

佐々木 赫子
『旅しばいのくるころ』刊行	1973.11月
『同級生たち』刊行	1983.12月
『月夜に消える』刊行	1988.7月

佐々木 たづ
『白い帽子の丘』刊行	1958.6月
佐々木たづが亡くなる	1998.4.3

佐々木 田鶴子
第60回読書感想コン課題図書	2014(この年)

佐々木 直次郎
岩波少年文庫刊行始まる	1950.12.25

佐々木 洋
第51回読書感想コン課題図書	2005(この年)

佐々木 マキ
第44回読書感想コン課題図書	1998(この年)

ささめや ゆき
第46回読書感想コン課題図書	2000(この年)
「中山千夏の絵本」刊行開始	2004.10月
第53回読書感想コン課題図書	2007(この年)

笹山 久三
第35回読書感想コン課題図書	1989(この年)

佐竹 美保
第47回読書感想コン課題図書	2001(この年)
『うしろの正面』刊行	2006.9月

定松 正
第31回読書感想コン課題図書	1985(この年)

サットン, エミリー
第61回読書感想コン課題図書	2015(この年)

さとう あや
『ネコのタクシー』刊行	2001.5月

佐藤 一美
佐藤一美が亡くなる	2004.4.13

佐藤 州男
第33回読書感想コン課題図書	1987(この年)
第36回読書感想コン課題図書	1990(この年)
佐藤州男が亡くなる	1994.10.5

佐藤 健
第42回読書感想コン課題図書	1996(この年)

佐藤 さとる
「豆の木」創刊	1950.3月
『だれも知らない小さな国』刊行	1959.8月

『豆つぶほどの小さな犬』刊行　　　1962.8月
『星からおちた小さな人』刊行　　　1965.9月
『おばあさんのひこうき』刊行　　　1966.9月
第13回読書感想コン課題図書　1967（この年）
『海へいった赤んぼ大将』刊行　　　1968.7月
『宇宙からきたかんづめ』刊行　　　2011.11月

佐藤 信治
『ぼくの庭にきた虫たち』刊行　　　2009.2月

佐藤 多佳子
『サマータイム』刊行　　　　　　　1990.7月
『イグアナくんのおじゃまな毎日』刊行
　　　　　　　　　　　　　　　　　1997.10月
第55回読書感想コン課題図書　2009（この年）
第57回読書感想コン課題図書　2011（この年）

佐藤 忠男
第20回読書感想コン課題図書　1974（この年）

サトウ ハチロー
サトウハチローが亡くなる　　　　1973.11.13

佐藤 真紀子
第51回読書感想コン課題図書　2005（この年）
第59回読書感想コン課題図書　2013（この年）

さとう まきこ
『絵にかくとへんな家』刊行　　　1972.10月
『ハッピーバースデー』刊行　　　　1982.5月
『友情のスカラベ』刊行　　　　　　1983.8月

佐藤 真佐美
佐藤真佐美が亡くなる　　　　　　2009.3.24

佐藤 見果夢
第48回読書感想コン課題図書　2002（この年）
第54回読書感想コン課題図書　2008（この年）
第61回読書感想コン課題図書　2015（この年）

佐藤 義美
「こどものとも」刊行始まる　　　　1956.4月
佐藤義美が亡くなる　　　　　　　1968.12.16

佐藤 凉子
第29回読書感想コン課題図書　1983（この年）

さとう わきこ
第36回読書感想コン課題図書　1990（この年）

さねとう あきら
『地べたっこさま』刊行　　　　　　1972.2月
『ジャンボコッコの伝記』刊行　　　1979.2月
『東京石器人戦争』刊行　　　　　　1985.4月

佐野 真一
「第2回上野の森親子フェスタ」　　2001.5.3～05

佐野 美津男
「しぐなる」創刊　　　　　　　　　1954.9月

『浮浪児の栄光』刊行　　　　　　1961.10月

佐野 洋子
第23回読書感想コン課題図書　1977（この年）
『わたしが妹だったとき』刊行　　1982.11月
第37回読書感想コン課題図書　1991（この年）
『100万回生きたねこ』発売30周年
　　　　　　　　　　　　　　　2007（この年）

鯖田 豊之
第18回読書感想コン課題図書　1972（この年）

皿海 達哉
『チッチゼミ鳴く木の下で』刊行　1976.9月
『坂をのぼれば』刊行　　　　　　1978.3月
『堤防のプラネタリウム』刊行　　1983.7月
『海のメダカ』刊行　　　　　　　1987.9月
『ボクサー志願』刊行　　　　　　1994.5月

更科 源蔵
『父母の原野』刊行　　　　　　　1983.2月
第31回読書感想コン課題図書　1985（この年）

佐和 みずえ
第61回読書感想コン課題図書　2015（この年）

澤井 希代治
第44回読書感想コン課題図書　1998（この年）

沢木 耕太郎
沢木耕太郎が児童書出版　　　　　2012.3月

澤田 徳子
第35回読書感想コン課題図書　1989（この年）

沢田 としき
第50回読書感想コン課題図書　2004（この年）

サン＝テグジュペリ
『オリジナル版 星の王子さま』刊行　2000.3.10
星の王子さま、翻訳出版権消失　　2005.1.22

三辺 律子
第57回読書感想コン課題図書　2011（この年）

【し】

ジィーフェルト, ハリエット
第37回読書感想コン課題図書　1991（この年）

ジェファーズ, オリヴァー
第61回読書感想コン課題図書　2015（この年）

ジェームズ, サイモン
第46回読書感想コン課題図書　2000（この年）

シェーラー, カトリーン
　第55回読書感想コン課題図書　2009 (この年)
ジェラティ, ポール
　第39回読書感想コン課題図書　1993 (この年)
塩沢 清
　塩沢清が亡くなる　1991.5月
塩澤 実信
　第36回読書感想コン課題図書　1990 (この年)
ジオノ, ジャン
　『木を植えた男』刊行　1989.12月
塩野 米松
　第61回読書感想コン課題図書　2015 (この年)
しかた しん
　『むくげとモーゼル』刊行　1972.1月
　第21回読書感想コン課題図書　1975 (この年)
　『お蘭と竜太』刊行　1977.11月
　『どろぼう天使』刊行　1982.1月
　『国境』三部作刊行　1986.2月〜
シーガル, マーイケ
　第54回読書感想コン課題図書　2008 (この年)
重松 清
　『こども哲学シリーズ』刊行開始　2006.5.22
　第52回読書感想コン課題図書　2006 (この年)
　『くちぶえ番長』刊行　2007.7月
シッペン
　第14回読書感想コン課題図書　1968 (この年)
篠崎 三朗
　第43回読書感想コン課題図書　1997 (この年)
　第45回読書感想コン課題図書　1999 (この年)
篠田 勝夫
　第37回読書感想コン課題図書　1991 (この年)
柴田 愛子
　第48回読書感想コン課題図書　2002 (この年)
芝田 勝茂
　『夜の子どもたち』刊行　1985.9月
　『ふるさとは、夏』刊行　1990.7月
柴田 道子
　『谷間の底から』刊行　1959.9月
柴野 民三
　柴野民三が亡くなる　1992.4.11
渋谷 愛子
　第43回読書感想コン課題図書　1997 (この年)
渋谷 清視
　「はくぼく」創刊　1954.11月

渋谷 重夫
　渋谷重夫が亡くなる　1995.12.11
渋谷 弘子
　第57回読書感想コン課題図書　2011 (この年)
　第58回読書感想コン課題図書　2012 (この年)
　第61回読書感想コン課題図書　2015 (この年)
島 式子
　第60回読書感想コン課題図書　2014 (この年)
島 玲子
　第60回読書感想コン課題図書　2014 (この年)
島崎 保久
　第31回読書感想コン課題図書　1985 (この年)
島田 ばく
　島田ばくが亡くなる　2004.9.3
嶋田 泰子
　第44回読書感想コン課題図書　1998 (この年)
島原 落穂
　第35回読書感想コン課題図書　1989 (この年)
島村 木綿子
　第53回読書感想コン課題図書　2007 (この年)
清水 達也
　清水達也が亡くなる　2011.5.13
清水 たみ子
　清水たみ子が亡くなる　2010.4.30
清水 真砂子
　『ゲド戦記』刊行開始　1976.9月
清水 良雄
　清水良雄が亡くなる　1954.1.29
下嶋 哲朗
　第26回読書感想コン課題図書　1980 (この年)
下中 邦彦
　JBBY設立　1974 (この年)
ジャスパソン, ウィリアム
　環境問題の本の刊行相次ぐ　1992 (この年)
シャノン, デイビッド
　『ストライプ』刊行　1999.6月
シャーマット, マージョリー・W.
　『ぼくはめいたんてい』シリーズ　2014.4月
シャルリー, イザベル
　「アシェット婦人画報社の絵本」創刊　2004.4月
シュヴァイツァー
　第10回読書感想コン課題図書　1964 (この年)
須知 徳平
　第9回読書感想コン課題図書　1963 (この年)

須知徳平が亡くなる	2009.3.17
シュタンツロヴァー, カミラ	
『アンデルセン童話全集』刊行	2011.8月
シュルヴィッツ, ユリ	
徳間書店が児童書参入	1994（この年）
『おとうさんのちず』刊行	2009.5月
ショー, エリザベス	
第40回読書感想コン課題図書	1994（この年）
生源寺 美子	
『草の芽は青い』刊行	1966.1月
第17回読書感想コン課題図書	1971（この年）
第19回読書感想コン課題図書	1973（この年）
『雪ぼっこ物語』刊行	1977.2月
第23回読書感想コン課題図書	1977（この年）
『やさしく川は流れて』刊行	1992.1月
第40回読書感想コン課題図書	1994（この年）
常光 徹	
「怪談オウマガドキ学園」刊行	2013.7.1
正道 かほる	
『でんぐりん』刊行	1992.5月
庄野 英二	
『星の牧場』刊行	1963.11月
第11回読書感想コン課題図書	1965（この年）
庄野英二が亡くなる	1993.11.26
ジョージ, ジーン・クレイグヘッド	
第48回読書感想コン課題図書	2002（この年）
ショッター, ロニー	
第51回読書感想コン課題図書	2005（この年）
ショット, ハンナ	
第60回読書感想コン課題図書	2014（この年）
ジョンソン, ピート	
第53回読書感想コン課題図書	2007（この年）
白石 芳一	
第19回読書感想コン課題図書	1973（この年）
白川 しづえ	
『ミノスケのスキー帽』刊行	1957.7月
白木 茂	
第21回読書感想コン課題図書	1975（この年）
白木茂が亡くなる	1977.8.5
白仁 成昭	
ロングセラー記録更新	2012（この年）
しろ	
第57回読書感想コン課題図書	2011（この年）

次良丸 忍	
『銀色の日々』刊行	1995.11月
代田 亜香子	
第52回読書感想コン課題図書	2006（この年）
城田 安幸	
第45回読書感想コン課題図書	1999（この年）
城丸 章夫	
第20回読書感想コン課題図書	1974（この年）
新開 ゆり子	
『虹のたつ峰をこえて』刊行	1975.12月
第22回読書感想コン課題図書	1976（この年）
神宮 輝夫	
「小さい仲間」創刊	1954.7月
『ツバメ号とアマゾン号』刊行	1958（この年）
『世界児童文学案内』刊行	1963.9月
『ウォーターシップダウンのうさぎたち』刊行	1975（この年）
『現代児童文学作家対談』刊行	1988.10月～
新庄 節美	
『夏休みだけ探偵団』刊行	1988.5月

【 す 】

水藤 春夫	
水藤春夫が亡くなる	1991（この年）
末崎 茂樹	
第44回読書感想コン課題図書	1998（この年）
第46回読書感想コン課題図書	2000（この年）
末広 陽子	
第35回読書感想コン課題図書	1989（この年）
末松 氷海子	
第43回読書感想コン課題図書	1997（この年）
第46回読書感想コン課題図書	2000（この年）
末吉 暁子	
『星に帰った少女』刊行	1977.3月
『ママの黄色い子象』刊行	1985.12月
「世界名作おはなし絵本シリーズ」刊行開始	2006.11.29
菅 忠道	
『日本児童文学大系』刊行	1955.5月～
菅野 由貴子	
第58回読書感想コン課題図書	2012（この年）
菅原 たくや	
『いわしくん』刊行	1993.11月

杉 みき子
『雪の下のうた』刊行　　　　　1966.10月
『かくまきの歌』刊行　　　　　1970.1月
第22回読書感想コン課題図書　1976（この年）
『白いとんねる』刊行　　　　　1977.10月

杉浦 範茂
第56回読書感想コン課題図書　2010（この年）

杉田 七重
第60回読書感想コン課題図書　2014（この年）

杉田 比呂美
第55回読書感想コン課題図書　2009（この年）

杉村 光俊
第37回読書感想コン課題図書　1991（この年）

スギヤマ カナヨ
第53回読書感想コン課題図書　2007（この年）

周郷 博
第16回読書感想コン課題図書　1970（この年）

菅生 浩
『巣立つ日まで』刊行　　　　　1974.10月
第21回読書感想コン課題図書　1975（この年）

スコウルズ, キャサリン
第48回読書感想コン課題図書　2002（この年）

スコット, マイケル
『魔術師ニコロ・マキャベリ』刊行　2008.11月

スコッファム, スティーブン
『世界なるほど大百科』刊行　　2011.10.26

スコーテ, I.
第42回読書感想コン課題図書　1996（この年）

鈴木 勲
本を送る運動代表決まる　　　　1995.3.8

鈴木 永子
『ちょっとだけ』刊行　　　　　2007.11.15

鈴木 勝丸
「ともだち会」発足　　　　　　1945.11月

鈴木 喜代春
『十三湖のばば』刊行　　　　　1974.6月
第21回読書感想コン課題図書　1975（この年）

鈴木 聡子
第28回読書感想コン課題図書　1982（この年）

鈴木 晋一
『子どもと文学』刊行　　　　　1960.4月

鈴木 仁子
第56回読書感想コン課題図書　2010（この年）

鈴木 哲
第35回読書感想コン課題図書　1989（この年）

鈴木 寿雄
第10回読書感想コン課題図書　1964（この年）

鈴木 びんこ
第59回読書感想コン課題図書　2013（この年）

鈴木 まもる
『黒ねこサンゴロウ1 旅のはじまり』
　刊行　　　　　　　　　　　　1994.7月
第55回読書感想コン課題図書　2009（この年）

鈴木 三重吉
『赤い鳥童話名作集』刊行　　　1951（この年）

鈴木 三枝子
鈴木三枝子が亡くなる　　　　　1989（この年）

鈴木 実
「もんぺの子」創刊　　　　　　1954.4月
『山が泣いてる』刊行　　　　　1960.8月
『オイノコは夜明けにほえる』刊行　1972.8月
第19回読書感想コン課題図書　1973（この年）

鈴木 雄善
鈴木出版創立　　　　　　　　　1954.1.29

鈴木 ゆき江
第45回読書感想コン課題図書　1999（この年）

鈴木 義治
第19回読書感想コン課題図書　1973（この年）
第21回読書感想コン課題図書　1975（この年）
第22回読書感想コン課題図書　1976（この年）
第26回読書感想コン課題図書　1980（この年）
第34回読書感想コン課題図書　1988（この年）

鈴木 隆
鈴木隆が亡くなる　　　　　　　1998.1.25

須田 寿
『世界の絵本』刊行　　　　　　1949.11月

スタインベック
第9回読書感想コン課題図書　　1963（この年）

スティーブンソン
岩波少年文庫刊行始まる　　　　1950.12.25

ストラウド, ジョナサン
『バーティミアス』刊行　　　　2003.12月
『ゴーレムの眼』刊行　　　　　2004.11月

ストーン
第14回読書感想コン課題図書　1968（この年）

砂田 弘
『東京のサンタクロース』刊行　1961.12月
『道子の朝』刊行　　　　　　　1968.10月

『さらばハイウェイ』刊行　　　　1970.11月
　　第24回読書感想コン課題図書　1978 (この年)
須之部 淑男
　　第26回読書感想コン課題図書　1980 (この年)
スピア, エリザベス・ジョージ
　　第56回読書感想コン課題図書　2010 (この年)
スピネリ, アイリーン
　　第58回読書感想コン課題図書　2012 (この年)
スピルバーグ, スティーブン
　　恐竜ブーム　　　　　　　　　　1993.7月
スマッカー, バーバラ
　　第26回読書感想コン課題図書　1980 (この年)
スマッジャ, ブリジット
　　第43回読書感想コン課題図書　1997 (この年)
住井 すゑ
　　『夜あけ朝あけ』刊行　　　　　1954.6月
　　第8回読書感想コン課題図書　　1962 (この年)
　　住井すゑが亡くなる　　　　　　1997.6.16
スミス, エミリー
　　第52回読書感想コン課題図書　2006 (この年)
スリバス, サバスティア
　　第53回読書感想コン課題図書　2007 (この年)

【 せ 】

瀬川 晶司
　　第53回読書感想コン課題図書　2007 (この年)
瀬川 昌男
　　『火星にさく花』刊行　　　　　1956.12月
瀬川 康男
　　『いないいないばあ』刊行　　　1967.4月
　　『ふしぎなたけのこ』世界原画展グラ
　　　　ンプリ　　　　　　　　　　1967 (この年)
　　瀬川康男が亡くなる　　　　　　2010.2.18
関 楠生
　　第15回読書感想コン課題図書　1969 (この年)
関 英雄
　　「児童文学者は何をなすべきか」発表 1946.9月
　　「長篇少年文学」創刊　　　　　1953.4月
　　『小さい心の旅』刊行　　　　　1971.12月
　　関英雄が亡くなる　　　　　　　1996.4.12
関口 シュン
　　第51回読書感想コン課題図書　2005 (この年)

関口 裕昭
　　第55回読書感想コン課題図書　2009 (この年)
関田 克孝
　　フレーベル館100周年　　　　　2007.3月
せきね ゆき
　　第51回読書感想コン課題図書　2005 (この年)
関野 吉晴
　　第42回読書感想コン課題図書　1996 (この年)
関屋 五十二
　　『世界の絵本』刊行　　　　　　1949.11月
関屋 敏隆
　　第31回読書感想コン課題図書　1985 (この年)
　　第47回読書感想コン課題図書　2001 (この年)
　　第55回読書感想コン課題図書　2009 (この年)
セケリ, チボール
　　第30回読書感想コン課題図書　1984 (この年)
瀬田 貞二
　　『子どもと文学』刊行　　　　　1960.4月
　　『ホビットの冒険』刊行　　　　1965 (この年)
　　『ライオンと魔女』刊行　　　　1966.5月
　　『絵本と子ども』刊行　　　　　1966 (この年)
　　『お父さんのラッパばなし』刊行 1977.6月
　　『落穂ひろい』刊行　　　　　　1982.4月
　　『日本のむかしばなし』刊行　　1998.10月
　　『世界のむかしばなし』刊行　　2000.9月
せな あいこ
　　第39回読書感想コン課題図書　1993 (この年)
　　第40回読書感想コン課題図書　1994 (この年)
せな けいこ
　　「おばけえほん」シリーズ　　　1974.7月
妹尾 河童
　　『少年H』刊行　　　　　　　　1997.1月
ゼファニア, ベンジャミン
　　第49回読書感想コン課題図書　2003 (この年)
セミョノフ
　　第11回読書感想コン課題図書　1965 (この年)
千川 あゆ子
　　千川あゆ子が亡くなる　　　　　2002.7月
千国 安之輔
　　第18回読書感想コン課題図書　1972 (この年)
センダック, モーリス
　　『こぐまのくまくん』刊行　　　1972.6月

【そ】

ゾーヴァ, ミヒャエル
　第43回読書感想コン課題図書　1997（この年）
相馬 泰三
　「ともだち会」発足　1945.11月
　日本紙芝居協会設立　1946.10月
征矢 清
　第15回読書感想コン課題図書　1969（この年）
　『ガラスのうま』刊行　2001.10月
そや やすこ
　そややすこが亡くなる　1992.11.28
ゾンマーフェルト
　第13回読書感想コン課題図書　1967（この年）

【た】

タイガー立石
　『ままです すきです すてきです』刊行　1992.2.15
ダイヤーク, E.
　第41回読書感想コン課題図書　1995（この年）
ダウド, シヴォーン
　第58回読書感想コン課題図書　2012（この年）
多賀 京子
　第54回読書感想コン課題図書　2008（この年）
高井 省司
　高井省司が亡くなる　2014.5.25
高家 博成
　第38回読書感想コン課題図書　1992（この年）
高垣 眸
　ポプラ社創業　1947（この年）
高木 敏子
　『ガラスのうさぎ』刊行　1977.12月
　第24回読書感想コン課題図書　1978（この年）
たかし よいち
　第14回読書感想コン課題図書　1968（この年）
　『竜のいる島』刊行　1976.11月
高嶋 哲夫
　第56回読書感想コン課題図書　2010（この年）

高杉 一郎
　『トムは真夜中の庭で』刊行　1967.12月
　第30回読書感想コン課題図書　1984（この年）
高田 勲
　第29回読書感想コン課題図書　1983（この年）
高田 桂子
　『ざわめきやまない』刊行　1989.3月
高田 三郎
　第50回読書感想コン課題図書　2004（この年）
　第52回読書感想コン課題図書　2006（この年）
高田 勝
　『ニムオロ原野の片隅から』刊行　1979.8月
　高田勝が亡くなる　2013.9.21
高楼 方子
　『いたずらおばあさん』刊行　1995.9月
　『十一月の扉』刊行　1999.9月
　『おともださにナリマ小』刊行　2005.5月
　第52回読書感想コン課題図書　2006（この年）
　第56回読書感想コン課題図書　2010（この年）
高橋 克雄
　高橋克雄が亡くなる　2015.4.8
高橋 邦典
　『ぼくの見た戦争』刊行　2003.12月
高橋 健
　「子どもの樹」創刊　1954.10月
高橋 健二
　日本アンデルセン協会　1980.11.15
高橋 大輔
　第46回読書感想コン課題図書　2000（この年）
高橋 徳義
　「もんぺの子」創刊　1954.4月
高橋 俊雄
　高橋俊雄が亡くなる　2001.3月
高橋 秀雄
　第58回読書感想コン課題図書　2012（この年）
高橋 良治
　第35回読書感想コン課題図書　1989（この年）
高畠 恵美子
　第46回読書感想コン課題図書　2000（この年）
高畠 純
　『夕日がせなかをおしてくる』刊行　1983.6月
　第49回読書感想コン課題図書　2003（この年）
高森 千穂
　第55回読書感想コン課題図書　2009（この年）

高山 栄子
　『うそつきト・モ・ダ・チ』刊行　　1993.12月
田川 日出夫
　第34回読書感想コン課題図書　1988（この年）
滝平 二郎
　『花さき山』刊行　　　　　　　　1969.12月
　第18回読書感想コン課題図書　1972（この年）
　滝平二郎が亡くなる　　　　　　　2009.5.16
滝波 明生
　第25回読書感想コン課題図書　1979（この年）
瀧村 有子
　『ちょっとだけ』刊行　　　　　　2007.11.15
竹内 恒之
　第27回読書感想コン課題図書　1981（この年）
武川 みづえ
　『空中アトリエ』刊行　　　　　　 1970.3月
竹崎 有斐
　『石切り山の人びと』刊行　　　　1976.12月
　第23回読書感想コン課題図書　1977（この年）
　『花吹雪のごとく』刊行　　　　　 1980.7月
　『にげだした兵隊』刊行　　　　　 1983.8月
　第30回読書感想コン課題図書　1984（この年）
　第32回読書感想コン課題図書　1986（この年）
　竹崎有斐が亡くなる　　　　　　　1993.9.17
竹下 文子
　『黒ねこサンゴロウ1 旅のはじまり』
　　刊行　　　　　　　　　　　　　1994.7月
　第55回読書感想コン課題図書　2009（この年）
　『アリクイにおまかせ』刊行　　　 2010.5月
　第57回読書感想コン課題図書　2011（この年）
武田 亜公
　武田亜公が亡くなる　　　　　　　1992.1.3
武田 幸一
　『貝殻と船の灯』刊行　　　　　　 1946.5月
竹田 まゆみ
　第33回読書感想コン課題図書　1987（この年）
　竹田まゆみが亡くなる　　　　　　2002.5.11
武田 美穂
　「ますだくん」シリーズ　　　　　 1991.11月
　第38回読書感想コン課題図書　1992（この年）
　『にんきもののひけつ』刊行　　　1998.10月
　第46回読書感想コン課題図書　2000（この年）
武田 康男
　『できかた図鑑』刊行　　　　　　 2011.3.15
　『空のふしぎ図鑑』刊行　　　　　2013.11.12

武田 雪夫
　武田雪夫が亡くなる　　　　　　　1964.9.6
高市 次郎
　「チャイルドブック」創刊　　　　 1949.4月
竹山 道雄
　「ビルマの竪琴」連載　　1947.3月～1948.2月
武部 本一郎
　『ガラスのうさぎ』刊行　　　　　 1977.12月
田島 征三
　第14回読書感想コン課題図書　1968（この年）
　『ふきまんぶく』刊行　　　　　　 1973.4月
　『やまからにげてきた ゴミをぽいぽ
　　い』刊行　　　　　　　　　　　 1993.2.5
田島 征彦
　『じごくのそうべえ』100万部突破
　　　　　　　　　　　　　　　2008（この年）
田代 寛哉
　「ともだち会」発足　　　　　　　1945.11月
田代 三善
　第56回読書感想コン課題図書　2010（この年）
多田 順
　第46回読書感想コン課題図書　2000（この年）
只木 良也
　第39回読書感想コン課題図書　1993（この年）
立原 えりか
　『木馬がのった白い船』刊行　　　 1960.3月
　『でかでか人とちびちび人』刊行　1961.10月
たつみや 章
　『ぼくの・稲荷山戦記』刊行　　　 1992.7月
立松 和平
　第37回読書感想コン課題図書　1991（この年）
田中 かな子
　第15回読書感想コン課題図書　1969（この年）
田中 豊美
　第27回読書感想コン課題図書　1981（この年）
　第31回読書感想コン課題図書　1985（この年）
田中 奈津子
　第47回読書感想コン課題図書　2001（この年）
　第59回読書感想コン課題図書　2013（この年）
田中 文子
　『マサヒロ』刊行　　　　　　　　 1995.12月
田部 智子
　『ムカシのちょっといい未来』刊行　2010.6月
谷 真介
　『沖縄少年漂流記』刊行　　　　　 1972.11月

ダニエル遠藤 みのり
　第59回読書感想コン課題図書　2013（この年）
谷川 晃一
　第46回読書感想コン課題図書　2000（この年）
谷川 俊太郎
　第12回読書感想コン課題図書　1966（この年）
　『スイミー』刊行　1969.4月
　『ことばあそびうた』刊行　1973.10月
　『マザーグースのうた』刊行　1975.7月
　『誰もしらない』刊行　1976.2月
　『とおるがとおる』刊行　1976.10月
　『わたし』刊行　1976.10月
　『もこ もこもこ』刊行　1977（この年）
　『にほんご』刊行　1979.11月
　『おばあちゃん』刊行　1982.9月
　『どきん』刊行　1983.2月
　『ままです すきです すてきです』刊行　1992.2.15
　「考える絵本」刊行開始　2009.6.19
　『ココロのヒカリ』刊行　2010.8月
谷口 武
　谷口武が亡くなる　1960（この年）
谷口 由美子
　第40回読書感想コン課題図書　1994（この年）
谷本 雄治
　第46回読書感想コン課題図書　2000（この年）
　第48回読書感想コン課題図書　2002（この年）
たばた せいいち
　第20回読書感想コン課題図書　1974（この年）
　第21回読書感想コン課題図書　1975（この年）
　『さっちゃんのまほうのて』刊行　1985.10月
　第39回読書感想コン課題図書　1993（この年）
　第51回読書感想コン課題図書　2005（この年）
　ロングセラー記録更新　2012（この年）
玉木 英幸
　第31回読書感想コン課題図書　1985（この年）
タマーロ, スザンナ
　第44回読書感想コン課題図書　1998（この年）
タムラ フキコ
　第60回読書感想コン課題図書　2014（この年）
田村 隆一
　『チョコレート工場の秘密』刊行　1972（この年）
ダール, ロアルド
　『チョコレート工場の秘密』刊行　1972（この年）

　ロアルド・ダールコレクション　2005.4月
垂石 真子
　第54回読書感想コン課題図書　2008（この年）
　第59回読書感想コン課題図書　2013（この年）

【ち】

近田 文弘
　第41回読書感想コン課題図書　1995（この年）
千野 境子
　第32回読書感想コン課題図書　1986（この年）
千葉 茂樹
　第48回読書感想コン課題図書　2002（この年）
　第51回読書感想コン課題図書　2005（この年）
　第55回読書感想コン課題図書　2009（この年）
　第61回読書感想コン課題図書　2015（この年）
ちば てつや
　『漫画家たちの戦争』刊行　2013.2～03月
千葉 朋代
　第14回（平27年度）日本児童文学長編児童文学新人賞　2015（この年）
千葉 幹夫
　『よみきかせおはなし絵本』刊行　2006（この年）
チャーカ, ダーグ
　第56回読書感想コン課題図書　2010（この年）
長 新太
　『おしゃべりなたまごやき』刊行　1959.2月
　『わたし』刊行　1976.10月
　『キャベツくん』刊行　1980.9月
　第35回読書感想コン課題図書　1989（この年）
　第41回読書感想コン課題図書　1995（この年）
　第45回読書感想コン課題図書　1999（この年）
　長新太が亡くなる　2005.6.25
　第51回読書感想コン課題図書　2005（この年）
　『さんすうだいすき』復刊　2012.2月

【つ】

塚原 健二郎
　『風船は空に』刊行　1950.3月
　『風と花の輪』刊行　1959.11月

塚原 亮一
　「児童文学研究」創刊　　　　　　1950.5月
　「新人文学」創刊　　　　　　　　1953.7月
塚本 勝巳
　第61回読書感想コン課題図書　2015(この年)
月岡 貞夫
　「みんなのうた絵本」刊行開始　　2006.5月
筑波 常治
　第15回読書感想コン課題図書　1969(この年)
辻 邦生
　第24回読書感想コン課題図書　1978(この年)
辻 仁成
　第40回読書感想コン課題図書　1994(この年)
つちだ のぶこ
　第47回読書感想コン課題図書　2001(この年)
　第53回読書感想コン課題図書　2007(この年)
土田 義晴
　第32回読書感想コン課題図書　1986(この年)
　読み聞かせで『つりばしゆらゆら』
　　　　　　　　　　　　　　　1999(この年)
　第50回読書感想コン課題図書　2004(この年)
土屋 滋子
　家庭文庫研究会設立　　　　　　　1957.8月
土家 由岐雄
　『かわいそうなぞう』刊行　　　　1970.8月
　『東京っ子物語』刊行　　　　　　1971.3月
　土家由岐雄が亡くなる　　　　　　1999.7.3
筒井 敬介
　『コルプス先生汽車へ乗る』刊行　1948.4月
　「長篇少年文学」創刊　　　　　　1953.4月
　『おしくらまんじゅう』刊行　　　1956.7月
　『かちかち山のすぐそばで』刊行　1972.11月
　筒井敬介が亡くなる　　　　　　　2005.1.8
筒井 頼子
　『はじめてのおつかい』刊行　　　1977.4月
角田 光男
　『まるはなてんぐとながはなてんぐ』
　　刊行　　　　　　　　　　　　1966.11月
　第18回読書感想コン課題図書　1972(この年)
つぼい いくみ
　第29回読書感想コン課題図書　1983(この年)
壺井 栄
　「石臼の歌」発表　　　　　　　　1945.9月
　「昔の学校」発表　　　　　　　　1945.11月
　「峠の一本松」発表　　　　　　　1945.11月
　『柿の木のある家』刊行　　　　　1949.4月
　『坂道』発表　　　　　　　　　　1951.6月
　『母のない子と子のない母と』刊行　1951.11月
　『二十四の瞳』刊行　　　　　　　1952.12月
　第10回読書感想コン課題図書　1964(この年)
坪田 譲治
　『谷間の池』刊行　　　　　　　　1945.12月
　『魔法の庭』刊行　　　　　　　　1946.11月
　『サバクの虹』刊行　　　　　　　1947.1月
　『赤い鳥童話名作集』刊行　　　1951(この年)
　『少年の日』刊行　　　　　　　　1954.6月
　坪田譲治が亡くなる　　　　　　　1982.7.7
坪谷 令子
　第27回読書感想コン課題図書　1981(この年)
鶴見 正夫
　『長い冬の物語』刊行　　　　　　1975.5月
　鶴見正夫が亡くなる　　　　　　　1995.9.7

【て】

デイヴィーズ, スティーヴン
　第60回読書感想コン課題図書　2014(この年)
デイウォルト, ドリュー
　第61回読書感想コン課題図書　2015(この年)
ディズニー, ウォルト
　『国際版ディズニーおはなし絵本館』
　　刊行　　　　　　　　　　　　2001.9月
デイビス, ニコラ
　第61回読書感想コン課題図書　2015(この年)
ディモウ, C.O.
　第31回読書感想コン課題図書　1985(この年)
ディヤング
　第13回読書感想コン課題図書　1967(この年)
テイラー, T.
　第21回読書感想コン課題図書　1975(この年)
テイラー, ロバート・L.
　第9回読書感想コン課題図書　　1963(この年)
出川 洋介
　第61回読書感想コン課題図書　2015(この年)
出久根 育
　第52回読書感想コン課題図書　2006(この年)
手島 悠介
　『ふしぎなかぎばあさん』刊行　　1976.12月
　第23回読書感想コン課題図書　1977(この年)

第30回読書感想コン課題図書	1984（この年）		遠山 明子	
第33回読書感想コン課題図書	1987（この年）		第41回読書感想コン課題図書	1995（この年）

手塚 治虫
『漫画家たちの戦争』刊行　　　　2013.2〜03月

デミ
『1つぶのおこめ』刊行　　　　　　2009.9月

デューイ
第9回読書感想コン課題図書　　1963（この年）

デュプラ, ギヨーム
『動物の見ている世界』刊行　　　2014.11.6

デュマ
『巌窟王』刊行　　　　　　　　　1950.6月

寺岡 襄
『木を植えた男』刊行　　　　　　1989.12月

寺島 龍一
『くしゃみくしゃみ天のめぐみ』刊行　1968.8月

寺村 輝夫
「びわの実」創刊　　　　　　　　1951.7月
『おしゃべりなたまごやき』刊行　　1959.2月
『ぼくは王さま』刊行　　　　　　1961.6月
『王さまばんざい』刊行　　　　　1967.6月
第14回読書感想コン課題図書　　1968（この年）
『寺村輝夫のとんち話・むかし話』刊
　行　　　　　　　　　　　　　1976（この年）
『アフリカのシュバイツァー』刊行　1978.9月
第27回読書感想コン課題図書　　1981（この年）
「こまったさん」シリーズ刊行　　1982.7月
『のんカン行進曲』刊行　　　　　1987.12月
『わかったさん』シリーズ刊行　　1987.12月
寺村輝夫著書累計1500万部突破
　　　　　　　　　　　　　　　1996（この年）
寺村輝夫が亡くなる　　　　　　2006.5.21
「世界名作おはなし絵本シリーズ」刊
　行開始　　　　　　　　　　　2006.11.29

寺本 潔
『よのなかの図鑑』刊行　　　　　2014.2.28

【と】

道傳 愛子
第61回読書感想コン課題図書　　2015（この年）

トゥロートン, ジョアンナ
第34回読書感想コン課題図書　　1988（この年）

遠山 明子
第41回読書感想コン課題図書　　1995（この年）

遠山 啓
『さんすうだいすき』復刊　　　　2012.2月

戸川 幸夫
『かもしか学園』刊行　　　　　　1956.7月

とき ありえ
『のぞみとぞぞみちゃん』刊行　　1988.2月
『クラスメイト』刊行　　　　　　1993.12月
ときありえが亡くなる　　　　　2013.8.9

土岐 小百合
第41回読書感想コン課題図書　　1995（この年）

徳岡 孝夫
第10回読書感想コン課題図書　　1964（この年）

得田 之久
第48回読書感想コン課題図書　　2002（この年）

徳田 溟
徳田溟が亡くなる　　　　　　　2015.6.17

徳永 和子
徳永和子が亡くなる　　　　　　1995.6.21

徳永 寿美子
『さくら貝』刊行　　　　　　　　1945.10月

土佐 幸子
第52回読書感想コン課題図書　　2006（この年）

外尾 悦郎
第32回読書感想コン課題図書　　1986（この年）

ドハティ, バーリー
第49回読書感想コン課題図書　　2003（この年）

トマス, イザベル
『世界なるほど大百科』刊行　　　2011.10.26

富本 京子
「山の木文庫」開設　　　　　　　1973.5.4

富盛 菊枝
『鉄の街のロビンソン』刊行　　　1971.12月

富安 陽子
『クヌギ林のザワザワ荘』刊行　　1990.6月
第41回読書感想コン課題図書　　1995（この年）
第45回読書感想コン課題図書　　1999（この年）
『ほこらの神さま』刊行　　　　　2002.1月
第49回読書感想コン課題図書　　2003（この年）

富山 和子
第25回読書感想コン課題図書　　1979（この年）
第42回読書感想コン課題図書　　1996（この年）
第56回読書感想コン課題図書　　2010（この年）

とよた かずひこ
　『でんしゃにのって』刊行　　　　1997.6月
　「第3回上野の森親子フェスタ」　2002.5.3
豊田 穣
　第26回読書感想コン課題図書　1980（この年）
トラヴァース
　『風にのってきたメアリー・ポピンズ』刊行　　　　　　　　1954.4月
鳥越 信
　「小さい仲間」創刊　　　　　　1954.7月
　『日本児童文学案内』刊行　　　1963.8月
　絵本・童話の選び方指南書　1967（この年）
ドリュオン, モーリス
　第12回読書感想コン課題図書　1966（この年）
ドルー, アン
　第30回読書感想コン課題図書　1984（この年）
トールキン, J.R.R.
　『ホビットの冒険』刊行　　1965（この年）
　『指輪物語』ブーム　　　　2001（この年）
　『「中つ国」歴史地図』刊行　　2002.2月
　『オリジナル版 ホビットの冒険』刊行
　　　　　　　　　　　　　　　2002.12.6
　ファンタジー・ブーム　　　2002（この年）
トールバート, M.
　第33回読書感想コン課題図書　1987（この年）

【な】

ナイドゥー, ビヴァリー
　第55回読書感想コン課題図書　2009（この年）
中新井 純子
　第57回読書感想コン課題図書　2011（この年）
永井 明
　『終りのない道』刊行　　　　　1969.4月
　永井明が亡くなる　　　　　1979（この年）
永井 郁子
　『わかったさん』シリーズ刊行　1987.12月
　「世界名作おはなし絵本シリーズ」刊行開始　　　　　　　　　　2006.11.29
中井 貴恵
　読み聞かせで『つりばしゆらゆら』
　　　　　　　　　　　　　1999（この年）
永井 萠二
　「びわの実」創刊　　　　　　　1951.7月

『ささぶね船長』刊行　　　　　1955.11月
　永井萠二が亡くなる　　　　　　1993.9.6
なかえ よしを
　「ねずみくんのチョッキシリーズ」　1974.8月
中川 健蔵
　中川健蔵が亡くなる　　　　　　2005.7.16
中川 静村
　中川静村が亡くなる　　　　　　1973.7.16
なかがわ ちひろ
　第58回読書感想コン課題図書　2012（この年）
中川 徳子
　「雨の日文庫」開設　　　　　　1970.7月
中川 なをみ
　第49回読書感想コン課題図書　2003（この年）
　第59回読書感想コン課題図書　2013（この年）
中川 ひろたか
　「第1回上野の森子どもフェスタ」　2000.5.2
　第49回読書感想コン課題図書　2003（この年）
　『おでんおんせんにいく』刊行　2004.9月
　第51回読書感想コン課題図書　2005（この年）
　第61回読書感想コン課題図書　2015（この年）
中川 正文
　『絵本と子ども』刊行　　　1966（この年）
　中川正文が亡くなる　　　　　2011.10.13
中川 李枝子
　『いやいやえん』刊行　　　　　1962.12月
　「ぐりとぐら」刊行　　　　　　1963.12月
　『ももいろのきりん』刊行　　　1965.7月
　『たんたのたんけん』刊行　　　1971.4月
　『ぐりとぐら』100刷　　　1996（この年）
　『ぐりとぐらとすみれちゃん』刊行　2003.10.10
　『おはようスーちゃん』刊行　　2007.9月
長崎 源之助
　「豆の木」創刊　　　　　　　　1950.3月
　『彦次』刊行　　　　　　　　　1950.3月
　『トコトンヤレ』刊行　　　　　1956.2月
　『あほうの星』刊行　　　　　　1964.9月
　『ヒョコタンの山羊』刊行　　　1967.6月
　『ゲンのいた谷』刊行　　　　　1968.12月
　第15回読書感想コン課題図書　1969（この年）
　『あかちゃんが生まれました』刊行　1970.5月
　豆の木文庫開館　　　　　　1970（この年）
　第18回読書感想コン課題図書　1972（この年）
　第19回読書感想コン課題図書　1973（この年）
　『向こう横町のおいなりさん』刊行　1975.6月
　第22回読書感想コン課題図書　1976（この年）

『トンネル山の子どもたち』刊行　　1977.12月
『雪はちくたく』刊行　　　　　　　1979.5月
『忘れられた島へ』刊行　　　　　　1980.6月
第26回読書感想コン課題図書　1980（この年）
『私のよこはま物語』刊行　　　　　1983.2月
第36回読書感想コン課題図書　1990（この年）
第39回読書感想コン課題図書　1993（この年）
長崎源之助が亡くなる　　　　　　2011.4.3
長崎　俊一
　『西の魔女が死んだ』刊行　　　　1994.4月
長崎　夏海
　『A DAY』刊行　　　　　　　　1986.3月
　『夏の鼓動』刊行　　　　　　　　1994.8月
　第43回読書感想コン課題図書　1997（この年）
中沢　啓治
　『漫画家たちの戦争』刊行　　　2013.2〜03月
中島　潔
　「十二歳シリーズ」刊行　　　　　1982.12月
　第29回読書感想コン課題図書　1983（この年）
　「世界名作おはなし絵本シリーズ」刊
　　行開始　　　　　　　　　　　2006.11.29
中島　千恵子
　中島千恵子が亡くなる　　　　　1999.11.16
中島　らも
　『お父さんのバックドロップ』刊行　1989.12月
永瀬　比奈
　第56回読書感想コン課題図書　2010（この年）
中田　友一
　第37回読書感想コン課題図書　1991（この年）
長滝谷　富貴子
　第49回読書感想コン課題図書　2003（この年）
長沼　毅
　第60回読書感想コン課題図書　2014（この年）
長野　京子
　長野京子が亡くなる　　　　　　2008.2.18
中野　重治
　『子供らのために』刊行　　　　　1946.2月
長野　徹
　第49回読書感想コン課題図書　2003（この年）
中野　晴行
　『漫画家たちの戦争』刊行　　　2013.2〜03月
長野　ヒデ子
　第49回読書感想コン課題図書　2003（この年）
長野　まゆみ
　第36回読書感想コン課題図書　1990（この年）

第57回読書感想コン課題図書　2011（この年）
中野　みち子
　『海辺のマーチ』刊行　　　　　　1971.9月
中浜　明
　第17回読書感想コン課題図書　1971（この年）
なかはま　さおり
　『本のチカラ』刊行　　　　　　　2007.5月
中牧　弘允
　第55回読書感想コン課題図書　2009（この年）
中村　安希
　第56回読書感想コン課題図書　2010（この年）
中村　悦子
　『つるばら村のパン屋さん』刊行　1998.2月
中村　浩三
　『大どろぼうホッツェンプロッツ』刊
　　行　　　　　　　　　　　　　1966.1月
中村　新太郎
　中村新太郎が亡くなる　　　　1977（この年）
中村　妙子
　第18回読書感想コン課題図書　1972（この年）
　第25回読書感想コン課題図書　1979（この年）
中村　都夢
　『小人たちの誘い』にエルバ賞　　1982.3.6
中村　尚
　「くらべる図鑑」刊行　　　　　　2009.7.8
中村　浩志
　第51回読書感想コン課題図書　2005（この年）
ナカムラ　ユキ
　第50回読書感想コン課題図書　2004（この年）
なかや　みわ
　『くれよんのくろくん』刊行　　　2001.10月
中山　成子
　第61回読書感想コン課題図書　2015（この年）
中山　千夏
　「中山千夏の絵本」刊行開始　　　2004.10月
　第52回読書感想コン課題図書　2006（この年）
流田　直
　『せいかつの図鑑』刊行　　　　　2010.3.16
名木田　恵子
　第53回読書感想コン課題図書　2007（この年）
名倉　克子
　「わかば子ども文庫」開設　　　　1967.8月
梨木　香歩
　『西の魔女が死んだ』刊行　　　　1994.4月

『裏庭』刊行	1996.11月	第55回読書感想コン課題図書	2009(この年)
第51回読書感想コン課題図書	2005(この年)	ならさか ともこ	
梨屋 アリエ		「ブータン」シリーズ30周年	2013(この年)
第52回読書感想コン課題図書	2006(この年)	なりゆき わかこ	
『雲のはしご』刊行	2010.7月	第54回読書感想コン課題図書	2008(この年)
第58回読書感想コン課題図書	2012(この年)	鳴沢 真也	
那須 辰造		第59回読書感想コン課題図書	2013(この年)
那須辰造が亡くなる	1975.4.5	南部 和也	
那須 正幹		『ネコのタクシー』刊行	2001.5月
『屋根裏の遠い旅』刊行	1975.1月		
『それいけズッコケ三人組』刊行	1978.2月	【に】	
『少年のブルース』刊行	1978.5月		
『ぼくらは海へ』刊行	1980.1月	新美 南吉	
『六年目のクラス会』刊行	1984.11月	『花を埋める』創作集	1946.9月
『お江戸の百太郎乙松、宙に舞う』刊行	1994.11月	『和太郎さんと牛』刊行	1946.9月
『ズッコケ三人組と学校の怪談』刊行		『牛をつないだ椿の木』刊行	1976.5月
	1994.12月	新美南吉記念館開館	1994.6.5
戦後50年記念企画	1995(この年)	西内 みなみ	
第45回読書感想コン課題図書	1999(この年)	『ぐるんぱのようちえん』刊行	1966.12月
「第4回上野の森親子フェスタ」	2003.5.3	西岡 常一	
「ズッコケ三人組」シリーズ完結	2004.12月	第25回読書感想コン課題図書	1979(この年)
第50回読書感想コン課題図書	2004(この年)	西川 紀子	
『本のチカラ』刊行	2007.5月	西川紀子が亡くなる	1988.5月
「カドカワ学芸児童名作」創刊	2010.3月	西沢 正太郎	
那須田 淳		『青いスクラム』刊行	1965.8月
『グッバイバルチモア』刊行	1990.12月	西田 知己	
第36回読書感想コン課題図書	1990(この年)	「寺子屋シリーズ」刊行開始	2009.8.25
第43回読書感想コン課題図書	1997(この年)	西谷 大	
第53回読書感想コン課題図書	2007(この年)	第50回読書感想コン課題図書	2004(この年)
第60回読書感想コン課題図書	2014(この年)	仁科 明子	
那須田 稔		環境問題の本の刊行相次ぐ	1992(この年)
『ぼくらの出航』刊行	1962.12月	西野 綾子	
第9回読書感想コン課題図書	1963(この年)	第42回読書感想コン課題図書	1996(この年)
『シラカバと少女』刊行	1965.12月	西野 弘章	
第14回読書感想コン課題図書	1968(この年)	「入門百科＋」創刊	2013.7.19
第16回読書感想コン課題図書	1970(この年)	西巻 茅子	
第54回読書感想コン課題図書	2008(この年)	『わたしのワンピース』刊行	1969.12月
なだ いなだ		第24回読書感想コン課題図書	1978(この年)
『TN君の伝記』刊行	1976.5月	にしむら あつこ	
第23回読書感想コン課題図書	1977(この年)	『おともださにナリマ小』刊行	2005.5月
七尾 純		西村 繁男	
七尾純が亡くなる	2012(この年)	『絵で見る 日本の歴史』刊行	1985.3月
ナネッティ,アンジェラ		戦後50年記念企画	1995(この年)
第49回読書感想コン課題図書	2003(この年)		
なみへい			
第52回読書感想コン課題図書	2006(この年)		

『むらの英雄』刊行　　　　　　2013.4月
西村 滋
　『お菓子放浪記』刊行　　　　　1976.1月
　第22回読書感想コン課題図書　1976（この年）
西村 すぐり
　第61回読書感想コン課題図書　2015（この年）
西村 肇
　第30回読書感想コン課題図書　1984（この年）
西村 安子
　西村安子が亡くなる　　　　　　1999.9.11
西村 由紀
　『よみきかせおはなし絵本』刊行
　　　　　　　　　　　　　　　2006（この年）
西村 豊
　第53回読書感想コン課題図書　2007（この年）
西村 友里
　第59回読書感想コン課題図書　2013（この年）
西本 鶏介
　『幼児のためのよみきかせおはなし
　　集』刊行　　　　　　　　　　2000.10月
　第53回読書感想コン課題図書　2007（この年）
　第60回読書感想コン課題図書　2014（この年）
二反長 半
　二反長半が亡くなる　　　　　　1977.7.5
新田 次郎
　『風の中の瞳』刊行　　　　　　1958.8月
　第15回読書感想コン課題図書　1969（この年）
　第21回読書感想コン課題図書　1975（この年）
二宮 由紀子
　『うっかりウサギのう〜んと長かった
　　1日』刊行　　　　　　　　　1994.2月
　第57回読書感想コン課題図書　2011（この年）

【ぬ】

ヌードセン, ミシェル
　『としょかんライオン』刊行　　2007.4月

【ね】

ネイサン, サラ
　「アナ雪」ブーム　　　　　　　2014.3.14

ネグリ
　第25回読書感想コン課題図書　1979（この年）
ネス, パトリック
　第58回読書感想コン課題図書　2012（この年）
根本 順吉
　第27回読書感想コン課題図書　1981（この年）
　第34回読書感想コン課題図書　1988（この年）

【の】

野上 弥生子
　第10回読書感想コン課題図書　1964（この年）
野口 健
　第53回読書感想コン課題図書　2007（この年）
野坂 悦子
　第52回読書感想コン課題図書　2006（この年）
　第54回読書感想コン課題図書　2008（この年）
　第56回読書感想コン課題図書　2010（この年）
　第61回読書感想コン課題図書　2015（この年）
野田 道子
　第56回読書感想コン課題図書　2010（この年）
ノートン, メアリー
　『床下の小人たち』刊行　　　　1956（この年）
野長瀬 正夫
　『小さなぼくの家』刊行　　　　1976.2月
　第22回読書感想コン課題図書　1976（この年）
野間 寛二郎
　第13回読書感想コン課題図書　1967（この年）
野村 愛正
　『巌窟王』刊行　　　　　　　　1950.6月
ノラック, カール
　第53回読書感想コン課題図書　2007（この年）

【は】

灰島 かり
　第47回読書感想コン課題図書　2001（この年）
　『びくびくビリー』刊行　　　　2006.9月
灰谷 健次郎
　『せんせいけらいになれ』刊行　1965.4月
　『兎の眼』刊行　　　　　　　　1974.6月
　『ひとりぼっちの動物園』刊行　1978.1月

『太陽の子』刊行	1978.9月	長谷川摂子が亡くなる	2011.10.18
第25回読書感想コン課題図書	1979（この年）	**長谷川 義史**	
第27回読書感想コン課題図書	1981（この年）	『おじいちゃんのおじいちゃんのおじいちゃんのおじいちゃん』刊行	2000.7月
第28回読書感想コン課題図書	1982（この年）	『おでんおんせんにいく』刊行	2004.9月
『我利馬の船出』刊行	1986.6月	「中山千夏の絵本」刊行開始	2004.10月
第33回読書感想コン課題図書	1987（この年）	第50回読書感想コン課題図書	2004（この年）
『天の瞳』刊行	1996.1月	『おへそのあな』刊行	2006.9月
灰谷健次郎が亡くなる	2006.11.23	第53回読書感想コン課題図書	2007（この年）
バウアー, M.D.		第54回読書感想コン課題図書	2008（この年）
第28回読書感想コン課題図書	1982（この年）	**長谷部 尚子**	
パウゼバンク, グードルン		子ども向け政治関連本	2006（この年）
第41回読書感想コン課題図書	1995（この年）	**はた こうしろう**	
バウマン		第45回読書感想コン課題図書	1999（この年）
第13回読書感想コン課題図書	1967（この年）	第61回読書感想コン課題図書	2015（この年）
パヴラック, パヴィル		**はた たかし**	
『魔女の絵本』刊行	2003.10月	『月夜のはちどう山』刊行	1972.11月
バーカー, クライヴ		はたたかしが亡くなる	2013.8.11
『アバラット』刊行	2002.12月	**パターソン, キャサリン**	
パーキンス, ミタリ		第39回読書感想コン課題図書	1993（この年）
第56回読書感想コン課題図書	2010（この年）	**畑中 富美子**	
パーク, リンダ・スー		第44回読書感想コン課題図書	1998（この年）
第50回読書感想コン課題図書	2004（この年）	**畑山 博**	
バージェス		第28回読書感想コン課題図書	1982（この年）
第16回読書感想コン課題図書	1970（この年）	**バック, フレデリック**	
橋本 ときお		『木を植えた男』刊行	1989.12月
『百様タイコ』刊行	1972.9月	**ハッケ, アクセル**	
第18回読書感想コン課題図書	1972（この年）	第43回読書感想コン課題図書	1997（この年）
橋本 礼奈		**発田 栄蔵**	
第54回読書感想コン課題図書	2008（この年）	「キンダーブック」再刊	1946（この年）
第55回読書感想コン課題図書	2009（この年）	**ハッチンス, パット**	
バスカーリア, レオ		『ヒギンスさんととけい』刊行	2006.3月
『葉っぱのフレディ』刊行	1988.10月	**初山 滋**	
子ども向け絵本が大人に人気	1998（この年）	初山滋が亡くなる	1973.2.12
『葉っぱのフレディ』10周年	2008（この年）	**鳩山 邦夫**	
長谷 和幸		子どもと本の議員連盟設立	1993.12.9
「入門百科＋」創刊	2013.7.19	**パトン, ジョン・D.**	
長谷川 集平		『イギリスとアイルランドの昔話』刊行	1981.11月
『はせがわくんきらいや』刊行	1976.6月	**バートン, パトリス**	
『ホームランを打ったことのない君に』刊行	2006.1月	第59回読書感想コン課題図書	2013（この年）
長谷川 誠一		**花井 愛子**	
『日本児童文学事典』刊行	1954.3月	ティーンズ向け文庫が好調	1989（この年）
長谷川 摂子		**花岡 大学**	
『てのひらむかしばなし』刊行	2004.7〜11月	花岡大学が亡くなる	1988.1.29
『おでかけばいばいのほん』刊行	2006.10.15		

パーノール, ピーター
　　第40回読書感想コン課題図書　1994（この年）
馬場 のぼる
　　馬場のぼるが亡くなる　　　　2001.4.7
馬場 悠男
　　「図鑑NEO+」刊行　　　　　2011.6.17
バビット, ナタリー
　　第36回読書感想コン課題図書　1990（この年）
ハブズ, ヴァレリー
　　第55回読書感想コン課題図書　2009（この年）
パホーモフ
　　第29回読書感想コン課題図書　1983（この年）
浜 たかや
　　『太陽の牙』刊行　　　　　　1984.12月
　　『火の王誕生』刊行　　　　　1986.3月
　　『遠い水の伝説』刊行　　　　1987.3月
はま みつを
　　『わが母の肖像』刊行　　　　1970.3月
　　『春よこい』刊行　　　　　　1979.1月
　　はまみつをが亡くなる　　　　2011.2.22
浜田 一男
　　第49回読書感想コン課題図書　2003（この年）
浜田 桂子
　　第55回読書感想コン課題図書　2009（この年）
　　『日・中・韓 平和絵本』刊行開始　2011.4.1
　　第58回読書感想コン課題図書　2012（この年）
浜田 広介
　　日本児童文芸家協会発足　　　1955.5.7
　　浜田広介が亡くなる　　　　　1973.11.17
　　浜田広介記念館開館　　　　　1989.5.25
浜野 京子
　　第59回読書感想コン課題図書　2013（この年）
浜野 卓也
　　『堀のある村』刊行　　　　　1972.7月
　　第19回読書感想コン課題図書　1973（この年）
　　第24回読書感想コン課題図書　1978（この年）
　　第28回読書感想コン課題図書　1982（この年）
　　浜野卓也が亡くなる　　　　　2003.8.10
はまの ゆか
　　『13歳のハローワーク』刊行　2003.11月
　　第61回読書感想コン課題図書　2015（この年）
浜辺 貴絵
　　第58回読書感想コン課題図書　2012（この年）
バーミンガム, クリスチャン
　　第48回読書感想コン課題図書　2002（この年）

林 明子
　　『はじめてのおつかい』刊行　1977.4月
　　第29回読書感想コン課題図書　1983（この年）
　　『ガラスのうま』刊行　　　　2001.10月
林 尹夫
　　第13回読書感想コン課題図書　1967（この年）
林 公代
　　第59回読書感想コン課題図書　2013（この年）
林 京子
　　第37回読書感想コン課題図書　1991（この年）
林 克己
　　第15回読書感想コン課題図書　1969（この年）
林 信太郎
　　第53回読書感想コン課題図書　2007（この年）
林 長閑
　　第42回読書感想コン課題図書　1996（この年）
林 芙美子
　　『世界の絵本』刊行　　　　　1949.11月
林 真理子
　　林真理子が児童書出版　　　　2010.12月
林 容吉
　　『風にのってきたメアリー・ポピンズ』刊行　　　　　　　　1954.4月
　　『床下の小人たち』刊行　　　1956（この年）
林 洋子
　　第43回読書感想コン課題図書　1997（この年）
林田 康一
　　第52回読書感想コン課題図書　2006（この年）
早野 美智代
　　『世界の名作』刊行開始　　　1997.9.19
早船 ちよ
　　『キューポラのある街』刊行　1961.4月
　　第20回読書感想コン課題図書　1974（この年）
　　第28回読書感想コン課題図書　1982（この年）
　　早船ちよが亡くなる　　　　　2005.10.8
早見 裕司
　　第54回読書感想コン課題図書　2008（この年）
原 ゆたか
　　「かいけつゾロリ」シリーズ　1987.11月
　　『かいけつゾロリとなぞのまほう少女』刊行　　　　　　　2003.11月
原田 一美
　　第18回読書感想コン課題図書　1972（この年）
原田 耕作
　　原田耕作が亡くなる　　　　　2002.3.13

原田 勝
　　第57回読書感想コン課題図書　2011（この年）
　　第59回読書感想コン課題図書　2013（この年）
ハラント, W.
　　第31回読書感想コン課題図書　1985（この年）
バリ, ジェームズ
　　『ピーター・パン』刊行　　　　1954.10月
　　『世界の名作』刊行開始　　　　1997.9.19
バルブッソ, アンナ
　　第49回読書感想コン課題図書　2003（この年）
バルブッソ, エレナ
　　第49回読書感想コン課題図書　2003（この年）
バーレイ, スーザン
　　第33回読書感想コン課題図書　1987（この年）
ハーン, リアン
　　『オオトリ国記伝』刊行開始　　　2006.5.24
バング, モリー
　　第58回読書感想コン課題図書　2012（この年）
バンサン, ガブリエル
　　「くまのアーネストおじさん」シリーズ　　　　　　　　　　　　　　1983.3月
ハンセン, ヴィル
　　『こうさぎのぼうけん』刊行　　1970.4月
ハンセン, カーラ
　　『こうさぎのぼうけん』刊行　　1970.4月
ハンドフォード, マーティン
　　「ウォーリー」シリーズ刊行　　1987.12月
バンナーマン, ヘレン
　　『ちびくろさんぼ』刊行　　1953（この年）
　　『「ちびくろサンボ」の絶版を考える』
　　刊行　　　　　　　　　　　　1990.8月
バーンフォード, シーラ
　　第11回読書感想コン課題図書　1965（この年）
　　第25回読書感想コン課題図書　1979（この年）
ハンフリーズ, マーサ
　　第41回読書感想コン課題図書　1995（この年）

【ひ】

ピアス, フィリッパ
　　『トムは真夜中の庭で』刊行　　1967.12月

ピアソン, K.
　　第37回読書感想コン課題図書　1991（この年）
ビアンキ
　　『本のチカラ』刊行　　　　　　2007.5月
ピウミーニ, ロベルト
　　第46回読書感想コン課題図書　2000（この年）
比江島 重孝
　　比江島重孝が亡くなる　　　　1984.1.31
稗田 菫平
　　稗田菫平が亡くなる　　　　　2014.12.18
東 君平
　　第30回読書感想コン課題図書　1984（この年）
　　くんぺい童話館開館　　　　　　1989.6.1
樋口 恵子
　　第21回読書感想コン課題図書　1975（この年）
　　第43回読書感想コン課題図書　1997（この年）
ピクマル, M.
　　第39回読書感想コン課題図書　1993（この年）
ひこ・田中
　　『お引越し』刊行　　　　　　　1990.8月
　　『カレンダー』刊行　　　　　　1992.2月
　　『ごめん』刊行　　　　　　　　1996.1月
ヒサ クニヒコ
　　『寺村輝夫のとんち話・むかし話』刊
　　行　　　　　　　　　　　1976（この年）
久山 太市
　　第45回読書感想コン課題図書　1999（この年）
土方 定一
　　第12回読書感想コン課題図書　1966（この年）
菱木 晃子
　　第54回読書感想コン課題図書　2008（この年）
肥田 美代子
　　子どもと本の議員連盟設立　　1993.12.9
　　第42回読書感想コン課題図書　1996（この年）
　　「21世紀の子どもの読書環境を考える」　　　　　　　　　　　　　1997.3.10
ヒックマン, トレイシー
　　『ドラゴンランス』刊行　　2002.5月〜11月
ピートリ, アン
　　第50回読書感想コン課題図書　2004（この年）
日当 陽子
　　第54回読書感想コン課題図書　2008（この年）
ビナード, アーサー
　　アーサー・ビナードが講演　　　2014.6.3

日野 多香子
　『闇と光の中』刊行　　　　　　　　1976.2月
　第54回読書感想コン課題図書　2008（この年）
ひの まどか
　第28回読書感想コン課題図書　1982（この年）
日比 茂樹
　『東京どまん中セピア色』刊行　　　1981.9月
　第33回読書感想コン課題図書　1987（この年）
氷室 冴子
　ティーンズ向け文庫が好調　　1989（この年）
ピュイバレ, エリック
　「アシェット婦人画報社の絵本」創刊 2004.4月
平尾 勝彦
　平尾勝彦が亡くなる　　　　　　　1991.3.13
平賀 悦子
　第28回読書感想コン課題図書　1982（この年）
平方 浩介
　『じいと山のコボたち』刊行　　　　1979.5月
平田 研也
　『つみきのいえ』刊行　　　　　　2008.10.16
平塚 武二
　『にじが出た』刊行　　　　　　　　1946.4月
　『ニッポンノアマ』刊行　　　　　　1947.3月
　『太陽よりも月よりも』刊行　　　　1947.8月
　「たまむしのずしの物語」発表　　　1948.2月
　『馬ぬすびと』刊行　　　　　　　　1955.3月
　平塚武二が亡くなる　　　　　　　　1971.3.1
平林 美佐男
　平林美佐男が亡くなる　　　　　　2008.11.18
ヒル, K.
　第52回読書感想コン課題図書　2006（この年）
弘兼 憲史
　『漫画家たちの戦争』刊行　　　2013.2〜03月
広瀬 寿子
　第49回読書感想コン課題図書　2003（この年）
広野 多珂子
　第48回読書感想コン課題図書　2002（この年）
ひろはた えりこ
　第51回読書感想コン課題図書　2005（この年）
　『マリと子犬の物語』刊行　　　　　2007.11月
広松 由希子
　「いまむかしえほん」刊行開始　　　2009.12月
ビング, ジョージア
　『ハリネズミの本箱』創刊　　　　2002.10.11

ピンクニー, ジェリー
　第57回読書感想コン課題図書　2011（この年）

【ふ】

ファーランド, デイヴィッド
　『ルーンロード』シリーズ　　　　2005.3.28
フアン, アナ
　第54回読書感想コン課題図書　2008（この年）
フィオリ, ローレンス・D.
　第29回読書感想コン課題図書　1983（この年）
フィスター, マーカス
　『にじいろのさかな』100万部に　2005（この年）
フェラン, マット
　第58回読書感想コン課題図書　2012（この年）
フェリス, ジュリー
　第43回読書感想コン課題図書　1997（この年）
　『なんでも！ いっぱい！ こども大図
　　鑑』刊行　　　　　　　　　　　2009.11.10
フォアマン, マイケル
　第60回読書感想コン課題図書　2014（この年）
フォートナム, ペギー
　『くまのパディントン』刊行　　　　1967.10月
フォンスタッド, カレン・ウィン
　『「中つ国」歴史地図』刊行　　　　2002.2月
深作 光貞
　第24回読書感想コン課題図書　1978（この年）
深沢 紅子
　深沢紅子が亡くなる　　　　　　　　1993.3.25
深沢 省三
　深沢省三が亡くなる　　　　　　　　1992.3.24
深田 久彌
　第9回読書感想コン課題図書　1963（この年）
深谷 圭助
　『キッズペディア』刊行　　　　　　2011.11月
福 明子
　第57回読書感想コン課題図書　2011（この年）
福井 研介
　第20回読書感想コン課題図書　1974（この年）
ふくしま やす
　ふくしまやすが亡くなる　　　　1989（この年）

福田 岩緒
    第38回読書感想コン課題図書　1992（この年）
    『ともだちやもんな、ぼくら』刊行　2011.5月
福田 清人
    『天平の少年』刊行　　　　　　　1958.2月
    『春の目玉』刊行　　　　　　　　1963.3月
    『秋の目玉』刊行　　　　　　　　1966.7月
    福田清人が亡くなる　　　　　　　1995.6.13
福田 須磨子
    第15回読書感想コン課題図書　1969（この年）
福田 隆浩
    『夏の記者』刊行　　　　　　　　2010.10月
    第60回読書感想コン課題図書　2014（この年）
福田 博美
    「図鑑NEO+」刊行　　　　　　　2011.6.17
福田 芳生
    第36回読書感想コン課題図書　1990（この年）
福知 トシ
    『絵本と子ども』刊行　　　　　　1966（この年）
福永 令三
    『クレヨン王国の十二か月』刊行　1965.2月
    福永令三が亡くなる　　　　　　　2012.11.19
福原 義春
    文字・活字文化推進機構創立記念総
    　　会　　　　　　　　　　　　　2007.10.24
福本 友美子
    第52回読書感想コン課題図書　2006（この年）
    『としょかんライオン』刊行　　　2007.4
藤井 旭
    第31回読書感想コン課題図書　1985（この年）
藤井 重夫
    第12回読書感想コン課題図書　1966（この年）
藤沢 友一
    第25回読書感想コン課題図書　1979（この年）
藤田 香
    『青い鳥文庫 GO！GO！』創刊　2008.3.14
藤田 圭雄
    『けんちゃんあそびましょ』刊行　1966.7月
    藤田圭雄が亡くなる　　　　　　　1999.11.7
藤田 博保
    藤田博保が亡くなる　　　　　　　2007.9.6
伏原 納知子
    第40回読書感想コン課題図書　1994（この年）
藤本 四郎
    第48回読書感想コン課題図書　2002（この年）

    第55回読書感想コン課題図書　2009（この年）
藤本 ひとみ
    ティーンズ向け文庫が好調　　　　1989（この年）
藤原 英司
    第10回読書感想コン課題図書　1964（この年）
藤原 一生
    藤原一生が亡くなる　　　　　　　1994.2.27
藤原 ヒロコ
    第61回読書感想コン課題図書　2015（この年）
藤原 宏之
    第57回読書感想コン課題図書　2011（この年）
布施 哲治
    第54回読書感想コン課題図書　2008（この年）
二俣 英五郎
    第24回読書感想コン課題図書　1978（この年）
    第28回読書感想コン課題図書　1982（この年）
プティ, グザヴィエ=ローラン
    第58回読書感想コン課題図書　2012（この年）
舟越 カンナ
    『あさ One morning』刊行　　　　1985（この年）
舟崎 克彦
    『トンカチと花将軍』刊行　　　　1971.2月
    『ぽっぺん先生の日曜日』刊行　　1973.3月
    『ぽっぺん先生と帰らずの沼』刊行　1974.3月
    『雨の動物園』刊行　　　　　　　1974.7月
舟崎 靖子
    『トンカチと花将軍』刊行　　　　1971.2月
    『六つのガラス玉』刊行　　　　　1981.3月
    『とべないカラスととばないカラス』
    　　刊行　　　　　　　　　　　　1984.2月
    『亀八』刊行　　　　　　　　　　1992.9月
船山 馨
    第14回読書感想コン課題図書　1968（この年）
ブライアン, キム
    『こども大図鑑』刊行　　　　　　2010.11月
フライシュマン, ポール
    第40回読書感想コン課題図書　1994（この年）
    『ウエズレーの国』刊行　　　　　1999.6月
    第45回読書感想コン課題図書　1999（この年）
    第60回読書感想コン課題図書　2014（この年）
ブラウン, アンソニー
    第45回読書感想コン課題図書　1999（この年）
    『びくびくビリー』刊行　　　　　2006.9月
フランセスカサイモン
    『アベコベさん』刊行　　　　　　1997.8月

プリショタ, アンヌ
　『オクサ・ポロック』刊行　　　2012.12月
プリチャード, マリ
　『オックスフォード 世界児童文学百
　　科』刊行　　　　　　　　　1999.2月
ふりや かよこ
　第40回読書感想コン課題図書　1994（この年）
プール, ジョゼフィーン
　『絵本 アンネ・フランク』刊行　2005.4月
古川 薫
　第47回読書感想コン課題図書　2001（この年）
古川 聡
　第59回読書感想コン課題図書　2013（この年）
古川 博巳
　第50回読書感想コン課題図書　2004（この年）
古田 足日
　「小さい仲間」創刊　　　　　　1954.7月
　『ぬすまれた町』刊行　　　　　1961.11月
　『うずしお丸の少年たち』刊行　1962.5月
　『宿題ひきうけ株式会社』刊行　1966.2月
　『モグラ原っぱのなかまたち』刊行 1968.12月
　『ロボット・カミイ』刊行　　　1970.3月
　『大きい1年生と小さな2年生』刊行 1970.3月
　第16回読書感想コン課題図書　1970（この年）
　『ぼくらは機関車太陽号』刊行　1972.12月
　『おしいれのぼうけん』刊行　　1974.11.1
　第21回読書感想コン課題図書　1975（この年）
　『さくらんぼクラブにクロがきた』刊
　　行　　　　　　　　　　　　1980.4月
　第27回読書感想コン課題図書　1981（この年）
　『犬散歩めんきょしょう』刊行　1988.12月
　『学校へ行く道はまよい道』刊行 1991.7月
　古田足日の全集刊行　　　　　　1993.11月
　アイヌへの表現問題　　　　　　1995.12月～
　「宿題ひきうけ株式会社」新版　1996.12月
　ロングセラー記録更新　　　　　2012（この年）
　古田足日が亡くなる　　　　　　2014.6.8
古田 綱武
　『現代児童文学事典』刊行　　　1955（この年）
ブルックナー
　第9回読書感想コン課題図書　　1963（この年）
ブルーナ, ディック
　「うさこちゃん」生誕50年　　　2005（この年）
　第54回読書感想コン課題図書　2008（この年）
ブルニフィエ, オスカー
　『こども哲学シリーズ』刊行開始　2006.5.22

フルマン, ジョー
　『世界なるほど大百科』刊行　　2011.10.26
古屋 勉
　第21回読書感想コン課題図書　1975（この年）
プレスラー, ミリヤム
　第57回読書感想コン課題図書　2011（この年）
ブレード, アダム
　『ビースト・クエスト』刊行　　2008.2.1
プロイス, マーギー
　第59回読書感想コン課題図書　2013（この年）
プロイスラー
　『大どろぼうホッツェンプロッツ』刊
　　行　　　　　　　　　　　　1966.1月
プロコフィエバ
　第23回読書感想コン課題図書　1977（この年）
プロシュキェヴィチ
　第16回読書感想コン課題図書　1970（この年）
ブローチ, エリース
　『チビ虫マービンは天才画家！』刊行 2011.3月
フローデ, リブ
　第45回読書感想コン課題図書　1999（この年）
　第50回読書感想コン課題図書　2004（この年）
プロブスト, ピエール
　『カロリーヌ プチ絵本』　　　2004.4～09月

【へ】

ペイヴァー, ミシェル
　『クロニクル 千古の闇』シリーズ刊行
　　開始　　　　　　　　　　　2005.6月
ペイトン
　第20回読書感想コン課題図書　1974（この年）
ヘイリー, ゲイル・E.
　第26回読書感想コン課題図書　1980（この年）
ペイン, ロジャー
　第54回読書感想コン課題図書　2008（この年）
ヘス, カレン
　第48回読書感想コン課題図書　2002（この年）
ベス, クレイトン
　第31回読書感想コン課題図書　1985（この年）
ベダーセン, アーリン
　第36回読書感想コン課題図書　1990（この年）

ペック, ロバート・ニュートン
　　第43回読書感想コン課題図書　1997（この年）
ペナック, ダニエル
　　第46回読書感想コン課題図書　2000（この年）
ヘルトリング, ペーター
　　第32回読書感想コン課題図書　1986（この年）
　　第38回読書感想コン課題図書　1992（この年）
ベーレンス, カティア
　　第56回読書感想コン課題図書　2010（この年）
ベロウスキー, マン
　　第1回国際児童図書選定顧問会議
　　　　　　　　　　　　1975.10.14～15
ヘンクス, ケヴィン
　　第52回読書感想コン課題図書　2006（この年）
ベントン, ジム
　　『キョーレツ科学者・フラニー』刊行
　　　　　　　　　　　　2007.6～11月

【ほ】

ホイク, ジクリト
　　第34回読書感想コン課題図書　1988（この年）
ボイン, ジョン
　　第55回読書感想コン課題図書　2009（この年）
北条 司
　　『漫画家たちの戦争』刊行　　2013.2～03月
ホガード
　　第16回読書感想コン課題図書　1970（この年）
ホーガン, ジェイミー
　　第56回読書感想コン課題図書　2010（この年）
ホーキング, スティーヴン
　　『宇宙への秘密の鍵』刊行　　　　2008.2.20
ホーキング, ルーシー
　　『宇宙への秘密の鍵』刊行　　　　2008.2.20
ホークス, ケビン
　　『としょかんライオン』刊行　　　2007.4月
北面ジョーンズ 和子
　　第40回読書感想コン課題図書　1994（この年）
星川 治雄
　　第52回読書感想コン課題図書　2006（この年）
星川 ひろ子
　　『ぼくたちのコンニャク先生』刊行　1996.2月

第52回読書感想コン課題図書　2006（この年）
星野 道夫
　　『クマよ』刊行　　　　　　　　　1999.10月
ホーセンス, フィリップ
　　第56回読書感想コン課題図書　2010（この年）
ポター, ミリアム・クラーク
　　『ごきげんいかが がちょうおくさん』
　　刊行　　　　　　　　　　　　　2004.6月
ボナーズ, スーザン
　　第50回読書感想コン課題図書　2004（この年）
ホプキンソン, デボラ
　　第61回読書感想コン課題図書　2015（この年）
堀 直子
　　『おれたちのはばたきを聞け』刊行　1980.6月
　　『つむじ風のマリア』刊行　　　　1983.8月
堀 文子
　　「こどものとも」刊行始まる　　　1956.4月
堀内 純子
　　『はるかな鐘の音』刊行　　　　1982.12月
　　『ルビー色の旅』刊行　　　　　　1987.3月
堀内 誠一
　　『ぐるんぱのようちえん』刊行　1966.12月
　　『ロボット・カミイ』刊行　　　　1970.3月
堀尾 青史
　　堀尾青史が亡くなる　　　　　　1991.11.6
堀川 波
　　『アリクイにおまかせ』刊行　　　2010.5月
　　第57回読書感想コン課題図書　2011（この年）
堀川 理万子
　　第44回読書感想コン課題図書　1998（この年）
堀米 薫
　　第58回読書感想コン課題図書　2012（この年）
ポリット
　　環境問題の本の刊行相次ぐ　　1992（この年）
ホルスト
　　第15回読書感想コン課題図書　1969（この年）
ポールセン, ゲイリー
　　第52回読書感想コン課題図書　2006（この年）
ホーン, エミリー
　　『魔女の絵本』刊行　　　　　　2003.10月
本庄 桂輔
　　第8回読書感想コン課題図書　　1962（この年）
本庄 ひさ子
　　第45回読書感想コン課題図書　1999（この年）

第47回読書感想コン課題図書　2001（この年）
本田 有明
　　　第59回読書感想コン課題図書　2013（この年）
本田 昌子
　　　第61回読書感想コン課題図書　2015（この年）
ボンド, マイケル
　　　『くまのパディントン』刊行　　1967.10月
本間 正樹
　　　「しつけ絵本シリーズ」刊行開始　2004.9月

【ま】

マイケルセン, ベン
　　　第57回読書感想コン課題図書　2011（この年）
マイヤーズ, ウォルター・ディーン
　　　第45回読書感想コン課題図書　1999（この年）
マイルズ, ミスカ
　　　第40回読書感想コン課題図書　1994（この年）
前川 康男
　　　「原始林あらし」発表　　　　　1950.5月
　　　「びわの実」創刊　　　　　　　1951.7月
　　　『川将軍』刊行　　　　　　　　1951.11月
　　　第10回読書感想コン課題図書　1964（この年）
　　　『ヤン』刊行　　　　　　　　　1967.9月
　　　『魔神の海』刊行　　　　　　　1969.9月
　　　第16回読書感想コン課題図書　1970（この年）
　　　『おかあさんの生まれた家』刊行　1979.10月
　　　前川康男が亡くなる　　　　　　2002.10.14
前嶋 昭人
　　　『学校の怪談大事典』刊行　　　1996.4月
前田 三恵子
　　　第16回読書感想コン課題図書　1970（この年）
　　　第25回読書感想コン課題図書　1979（この年）
前野 紀一
　　　第59回読書感想コン課題図書　2013（この年）
真尾 悦子
　　　第28回読書感想コン課題図書　1982（この年）
マギー, アリスン
　　　『ちいさなあなたへ』刊行　　　2008.3.7
槇 朝子
　　　第41回読書感想コン課題図書　1995（この年）
槇 晧志
　　　槇晧志が亡くなる　　　　　　　2007.11.10

まき ふみえ
　　　第57回読書感想コン課題図書　2011（この年）
マキサック, パトリシア・C.
　　　『ほんとうのことをいってもいい
　　　　の？』刊行　　　　　　　　　2002.5月
　　　第57回読書感想コン課題図書　2011（この年）
牧野 鈴子
　　　第57回読書感想コン課題図書　2011（この年）
牧野 節子
　　　『極悪飛童』刊行　　　　　　　1992.12月
槇本 楠郎
　　　『太鼓の鳴る村』刊行　　　　　1946.10月
槇本 ナナ子
　　　「児童文学研究」創刊　　　　　1950.5月
マクミュラン, ケイト
　　　「ドラゴン・スレイヤー・アカデ
　　　　ミー」刊行開始　　　　　　　2004.11月
マクリントック, バーバラ
　　　第52回読書感想コン課題図書　2006（この年）
マケラ, ハンヌ
　　　「フーさんシリーズ」刊行開始　2007.9.20
マコート, リサ
　　　米でベストセラーの絵本版　　　1999.9月
マコーミック, パトリシア
　　　第61回読書感想コン課題図書　2015（この年）
雅姫
　　　『よみきかせおはなし絵本』刊行
　　　　　　　　　　　　　　　　　　2006（この年）
ましま せつこ
　　　第43回読書感想コン課題図書　1997（この年）
増田 勝正
　　　第54回読書感想コン課題図書　2008（この年）
益田 ミリ
　　　「考える絵本」刊行開始　　　　2009.6.19
増田 戻樹
　　　第28回読書感想コン課題図書　1982（この年）
松井 英子
　　　松井英子が亡くなる　　　　　　1975.9月
松井 荘也
　　　「子どもの樹」創刊　　　　　　1954.10月
松居 直
　　　『子どもと文学』刊行　　　　　1960.4月
　　　『絵本と子ども』刊行　　　　　1966（この年）
　　　『だいくとおにろく』刊行　　　1967.2月

『にほんご』刊行	1979.11月
松井 則子	
『おおきく おおきく おおきくなあれ』	
	1983（この年）
松井 光義	
「ともだち会」発足	1945.11月
松岡 享子	
『絵本と子ども』刊行	1966（この年）
「松の実文庫」開設	1967.6月
『くまのパディントン』刊行	1967.10月
『くしゃみくしゃみ天のめぐみ』刊行	1968.8月
『こぐまのくまくん』刊行	1972.6月
第27回読書感想コン課題図書	1981（この年）
『番ねずみのヤカちゃん』刊行	1992.5月
『ごきげんいかが がちょうおくさん』	
刊行	2004.6月
松岡 達英	
第34回読書感想コン課題図書	1988（この年）
第35回読書感想コン課題図書	1989（この年）
第58回読書感想コン課題図書	2012（この年）
第60回読書感想コン課題図書	2014（この年）
松岡 佑子	
『ハリー・ポッターと賢者の石』刊行	
	1999.12月
「ハリー・ポッター」表現問題	2000.11月
松川 真弓	
第37回読書感想コン課題図書	1991（この年）
マッキー, デビッド	
「ぞうのエルマー」シリーズ	2002.4月
松久保 晃作	
第52回読書感想コン課題図書	2006（この年）
松沢 哲郎	
第48回読書感想コン課題図書	2002（この年）
松成 真理子	
第56回読書感想コン課題図書	2010（この年）
松下 香住	
『わたしいややねん』刊行	1980.10月
松田 司郎	
『ウネのてんぐ笑い』刊行	1975.7月
松田 翠鳳	
第17回読書感想コン課題図書	1971（この年）
松田 道雄	
第8回読書感想コン課題図書	1962（この年）
松田 素子	
第41回読書感想コン課題図書	1995（この年）

松谷 富彦	
第18回読書感想コン課題図書	1972（この年）
松谷 みよ子	
「児童文学研究」創刊	1950.5月
『貝になった子供』刊行	1951.11月
『おしになった娘』刊行	1957（この年）
『龍の子太郎』刊行	1960.8月
「龍の子太郎」国際アンデルセン賞佳	
作賞	1962.9月
『ちいさいモモちゃん』刊行	1964.7月
『まえがみ太郎』刊行	1965.12月
第12回読書感想コン課題図書	1966（この年）
『いないいないばあ』刊行	1967.4月
『ふたりのイーダ』刊行	1969.5月
第17回読書感想コン課題図書	1971（この年）
第19回読書感想コン課題図書	1973（この年）
『モモちゃんとアカネちゃん』刊行	1974.6月
『死の国からのバトン』刊行	1976.2月
『安野光雅の画集』にボローニャ国際	
児童図書展大賞	1978.4.1
『私のアンネ＝フランク』刊行	1979.12月
第25回読書感想コン課題図書	1979（この年）
『おときときつねと栗の花』刊行	1984.2月
『とまり木をください』刊行	1987.6月
『屋根裏部屋の秘密』刊行	1988.7月
『アカネちゃんのなみだの海』刊行	1992.4月
ベトナム戦争の本が話題に	1992（この年）
『松谷みよ子の本』刊行開始	1994.10月
阪神淡路大震災被災地に児童書を寄	
贈	1995.1月
『怪談レストラン』刊行開始	1996.7月～10月
『あかちゃんの本』1000万部突破	
	1996（この年）
『いないいないばあ』40周年	2007（この年）
ロングセラー記録更新	2012（この年）
「モモちゃん」刊行50年	2014（この年）
松谷みよ子が亡くなる	2015.2.28
マッツァ, ヴィヴィアナ	
マララ関連本が話題に	2014.10.10
松永 伍一	
第34回読書感想コン課題図書	1988（この年）
松永 禎郎	
『すみれ島』刊行	1991.12.9
松永 ふみ子	
『クローディアの秘密』刊行	1969（この年）
松永 美穂	
第57回読書感想コン課題図書	2011（この年）

松野 正子
　『ふしぎなたけのこ』世界原画展グランプリ　　　　　　　　　　　1967（この年）
　第24回読書感想コン課題図書　1978（この年）
　第42回読書感想コン課題図書　1996（この年）
　松野正子が亡くなる　　　　　2011.12.21
松原 秀行
　『青い鳥文庫fシリーズ』創刊　　2003.5.15
松村 公嗣
　第56回読書感想コン課題図書　2010（この年）
松本 亨子
　第28回読書感想コン課題図書　1982（この年）
松本 得一
　「松本記念児童図書館」開館　　1985.11.3
松本 祐子
　第55回読書感想コン課題図書　2009（この年）
松山 史郎
　第37回読書感想コン課題図書　1991（この年）
マーディン, ポール
　『宇宙の謎』刊行　　　　　　　2012.4.25
まど みちお
　『てんぷらぴりぴり』刊行　　　1968.6月
　『動物のうた』刊行　　　　　　1975.1月
　『植物のうた』刊行　　　　　　1975.3月
　『まど・みちお全詩集』刊行　　1992.9月
　まど・みちおが国際アンデルセン賞
　　　　　　　　　　　　　　　1994（この年）
的川 泰宣
　『できかた図鑑』刊行　　　　　2011.3.15
間所 ひさ子
　第15回読書感想コン課題図書　1969（この年）
マトリン, マーリー
　第54回読書感想コン課題図書　2008（この年）
マニッシュ, クリフ
　『シルバーチャイルド』刊行開始　2006.4月
丸岡 秀子
　『ひとすじの道』刊行　　　　　1971.12月
　第18回読書感想コン課題図書　1972（この年）
丸木 俊
　第22回読書感想コン課題図書　1976（この年）
　『ひろしまのピカ』刊行　　　　1980.6月
　第27回読書感想コン課題図書　1981（この年）
マルシャーク
　『森は生きている』刊行　　　　1953.2月

マロ
　『世界の絵本』刊行　　　　　　1949.11月
　『家なき子』邦訳版刊行　　　　1951（この年）
マンチ, ロバート
　『ラヴ・ユー・フォーエバー』刊行　1997.9月
　子ども向け絵本が大人に人気　　1998（この年）

【み】

三浦 清史
　三浦清史が亡くなる　　　　　　2004.8.30
三浦 太郎
　『くっついた』刊行　　　　　　2005.8月
三木 卓
　『ほろびた国の旅』刊行　　　　1969.3月
　『真夏の旗』刊行　　　　　　　1970.9月
　『ふたりはともだち』刊行　　　1972.11月
　『おおやさんはねこ』刊行　　　1982.7月
　『ぽたぽた』刊行　　　　　　　1983.9月
　『元気のさかだち』刊行　　　　1986.4月
みずかみ かずよ
　『馬でかければ』刊行　　　　　1977.5月
水上 勉
　第16回読書感想コン課題図書　1970（この年）
　第23回読書感想コン課題図書　1977（この年）
水上 不二
　水上不二が亡くなる　　　　　　1965.3.31
水木 しげる
　『漫画家たちの戦争』刊行　　　2013.2〜03月
水口 博也
　第57回読書感想コン課題図書　2011（この年）
水島 あやめ
　水島あやめが亡くなる　　　　　1990.12.31
みづしま 志穂
　『好きだった風 風だったきみ』刊行　1983.12月
水谷 まさる
　水谷まさるが亡くなる　　　　　1950.5.25
水野 良
　ティーンズ向け文庫が好調　　　1989（この年）
水原 洋城
　第19回読書感想コン課題図書　1973（この年）
みせ けい
　第47回読書感想コン課題図書　2001（この年）

箕田 源二郎
　　第21回読書感想コン課題図書　1975(この年)
三田 誠広
　　第37回読書感想コン課題図書　1991(この年)
三田村 信行
　　『おとうさんがいっぱい』刊行　　1975.5月
　　『風の城』刊行　　　　　　　　　1991.10月
美智子(皇后)
　　「子供時代の読書の思い出」講演
　　　　　　　　　　　　　　　　1998(この年)
　　IBBY創立50周年記念大会　　　　2002.10月
三越 左千夫
　　三越左千夫が亡くなる　　　　　　1992.4.13
水上 美佐雄
　　第42回読書感想コン課題図書　1996(この年)
皆川 博子
　　『炎のように鳥のように』刊行　　1982.5月
湊 秋作
　　第47回読書感想コン課題図書　2001(この年)
南 洋一郎
　　「怪盗ルパン全集」刊行　　　　1958(この年)
　　『怪盗紳士』刊行　　　　　　　　1999.11月
南塚 直子
　　第32回読書感想コン課題図書　1986(この年)
　　第36回読書感想コン課題図書　1990(この年)
南本 史
　　第39回読書感想コン課題図書　1993(この年)
ミナリック,E.H.
　　『こぐまのくまくん』刊行　　　　1972.6月
三野 誠子
　　『エレベーターは秘密のとびら』刊行　2010.8.27
宮 二郎
　　ロングセラー記録更新　　　　　2012(この年)
宮尾 和孝
　　第54回読書感想コン課題図書　2008(この年)
　　第61回読書感想コン課題図書　2015(この年)
宮尾 登美子
　　第25回読書感想コン課題図書　1979(この年)
宮川 ひろ
　　『るすばん先生』刊行　　　　　　1969.10月
　　『春駒のうた』刊行　　　　　　　1971.3月
　　第17回読書感想コン課題図書　1971(この年)
　　第22回読書感想コン課題図書　1976(この年)
　　『夜のかげぼうし』刊行　　　　　1978.3月
　　第29回読書感想コン課題図書　1983(この年)

　　『桂子は風のなかで』刊行　　　　1989.12月
　　第43回読書感想コン課題図書　1997(この年)
　　『しっぱいにかんぱい！』刊行　　2008.9月
　　第55回読書感想コン課題図書　2009(この年)
宮川 やすえ
　　第23回読書感想コン課題図書　1977(この年)
　　宮川やすえが亡くなる　　　　　　2013.1.8
宮木 陽子
　　第52回読書感想コン課題図書　2006(この年)
宮口 しづえ
　　『ゲンと不動明王』刊行　　　　　1958.9月
　　宮口しづえが亡くなる　　　　　　1994.7.5
三宅 興子
　　絵本学会設立　　　　　　　　　　1997.5.11
宮崎 学
　　『ふくろう』刊行　　　　　　　　1977.11月
　　第39回読書感想コン課題図書　1993(この年)
宮沢 賢治
　　「こどものとも」刊行始まる　　　1956.4月
　　『セロひきのゴーシュ』刊行　　　1966.4月
宮島 綾子
　　第29回読書感想コン課題図書　1983(この年)
宮田 正治
　　宮田正治が亡くなる　　　　　　　2011.9.29
宮西 達也
　　第54回読書感想コン課題図書　2008(この年)
見山 博
　　『本のチカラ』刊行　　　　　　　2007.5月
宮本 貞雄
　　第54回読書感想コン課題図書　2008(この年)
宮本 忠夫
　　第44回読書感想コン課題図書　1998(この年)
　　『ちいさなおはなしえほん』刊行　2001.5月
　　第47回読書感想コン課題図書　2001(この年)
宮脇 昭
　　第46回読書感想コン課題図書　2000(この年)
宮脇 紀雄
　　第26回読書感想コン課題図書　1980(この年)
　　宮脇紀雄が亡くなる　　　　　　　1986.11.28
三好 京三
　　『ジュニア文学館 宮沢賢治』刊行　1996.3月
三芳 悌吉
　　第23回読書感想コン課題図書　1977(この年)
　　第33回読書感想コン課題図書　1987(この年)

みらい なな
 『葉っぱのフレディ』10周年 2008（この年）
三輪 滋
 『おばあちゃん』刊行 1982.9月
三輪 裕子
 『パパさんの庭』刊行 1989.7月
 第35回読書感想コン課題図書 1989（この年）
 第38回読書感想コン課題図書 1992（この年）

【む】

むかい ながまさ
 第55回読書感想コン課題図書 2009（この年）
椋 鳩十
 『大空に生きる』刊行 1960.4月
 あすなろ書房創立 1961（この年）
 『孤島の野犬』刊行 1963.12月
 第11回読書感想コン課題図書 1965（この年）
 『マヤの一生』刊行 1970.10月
 『ねしょんべんものがたり』刊行 1971.11月
 第22回読書感想コン課題図書 1976（この年）
無着 成恭
 『山びこ学校』刊行 1951.3月
宗正 美子
 第50回読書感想コン課題図書 2004（この年）
村岡 花子
 みちを文庫開設 1951（この年）
 『赤毛のアン』刊行 1952（この年）
 家庭文庫研究会設立 1957.8月
 第8回読書感想コン課題図書 1962（この年）
 村岡花子が亡くなる 1968.10.25
村上 昭美
 村上昭美が亡くなる 2003.3月
村上 康成
 第46回読書感想コン課題図書 2000（この年）
 第49回読書感想コン課題図書 2003（この年）
村上 しいこ
 第56回読書感想コン課題図書 2010（この年）
村上 勉
 第25回読書感想コン課題図書 1979（この年）
 第36回読書感想コン課題図書 1990（この年）
 第48回読書感想コン課題図書 2002（この年）
村上 豊
 第47回読書感想コン課題図書 2001（この年）

 第49回読書感想コン課題図書 2003（この年）
 第52回読書感想コン課題図書 2006（この年）
村上 龍
 『13歳のハローワーク』刊行 2003.11月
村田 道紀
 第26回読書感想コン課題図書 1980（この年）
村中 李衣
 『かむさはむにだ』刊行 1983.7月
 『小さいベッド』刊行 1984.7月
 第59回読書感想コン課題図書 2013（この年）
 第61回読書感想コン課題図書 2015（この年）
村山 陽
 第22回読書感想コン課題図書 1976（この年）
村山 籌子
 村山籌子が亡くなる 1946.8.4
村山 幸三郎
 第40回読書感想コン課題図書 1994（この年）
村山 定男
 第10回読書感想コン課題図書 1964（この年）
村山 鉢子
 第52回読書感想コン課題図書 2006（この年）

【め】

メイン
 第15回読書感想コン課題図書 1969（この年）
メーテルリンク
 『青い鳥』邦訳版3件刊行 1951（この年）
メドウ, デイジー
 『レインボーマジック』刊行 2006.9〜11月
メリル, ジーン
 『歯がみがきつくって億万長者』刊行 1997.5月

【も】

茂市 久美子
 第41回読書感想コン課題図書 1995（この年）
 『つるばら村のパン屋さん』刊行 1998.2月
 第48回読書感想コン課題図書 2002（この年）
 第50回読書感想コン課題図書 2004（この年）
最上 一平
 『銀のうさぎ』刊行 1984.12月

『ぐみ色の涙』刊行	1987.6月	森 忠明	
第33回読書感想コン課題図書	1987（この年）	『きみはサヨナラ族か』刊行	1975.12月
第35回読書感想コン課題図書	1989（この年）	『少年時代の画集』刊行	1985.12月
第40回読書感想コン課題図書	1994（この年）	森 達也	
第48回読書感想コン課題図書	2002（この年）	『よりみちパン！セ』復刊	2011.7月
第52回読書感想コン課題図書	2006（この年）	森 はな	

最上 二郎
第44回読書感想コン課題図書　1998（この年）
最上二郎が亡くなる　2014.10.3

もき かずこ
第50回読書感想コン課題図書　2004（この年）

モス, ケイト
『ラビリンス』刊行　2006.9.1

モスキン
第25回読書感想コン課題図書　1979（この年）

茂田井 武
「こどものとも」刊行始まる　1956.4月
『セロひきのゴーシュ』刊行　1966.4月

望月 通陽
第40回読書感想コン課題図書　1994（この年）

本木 洋子
第50回読書感想コン課題図書　2004（この年）

元永 定正
『もこ もこもこ』刊行　1977（この年）
『ココロのヒカリ』刊行　2010.8月

本橋 成一
第51回読書感想コン課題図書　2005（この年）

モーパーゴ, マイケル
第48回読書感想コン課題図書　2002（この年）
第54回読書感想コン課題図書　2008（この年）
第57回読書感想コン課題図書　2011（この年）
第60回読書感想コン課題図書　2014（この年）
第61回読書感想コン課題図書　2015（この年）

モハメッド, カードラ
第56回読書感想コン課題図書　2010（この年）

百々 佑利子
第48回読書感想コン課題図書　2002（この年）

森 英二郎
第58回読書感想コン課題図書　2012（この年）

森 絵都
『宇宙のみなしご』刊行　1994.11月
第41回読書感想コン課題図書　1995（この年）
『カラフル』刊行　1998.7月
『にんきもののひけつ』刊行　1998.10月

森 はな
『じろはったん』刊行　1973.10月
第20回読書感想コン課題図書　1974（この年）
第28回読書感想コン課題図書　1982（この年）
森はなが亡くなる　1989.6.14

森 比左志
『はらぺこあおむし』刊行　1976.5月
「しろくまちゃん」点字版刊行　2009.7月

もりうち すみこ
第52回読書感想コン課題図書　2006（この年）
第55回読書感想コン課題図書　2009（この年）
第60回読書感想コン課題図書　2014（この年）

森久保 仙太郎
絵本・童話の選び方指南書　1967（この年）

森山 京
『きいろいばけつ』刊行　1985.4月
第32回読書感想コン課題図書　1986（この年）
第35回読書感想コン課題図書　1989（この年）
第45回読書感想コン課題図書　1999（この年）
読み聞かせで『つりばしゆらゆら』
　1999（この年）
第58回読書感想コン課題図書　2012（この年）
第61回読書感想コン課題図書　2015（この年）

モーロワ
第14回読書感想コン課題図書　1968（この年）

モンゴメリ
『赤毛のアン』刊行　1952（この年）

門司 秀子
門司秀子が亡くなる　1994.3.21

【や】

ヤオ ホン
『日・中・韓 平和絵本』刊行開始　2011.4.1

八起 正道
第36回読書感想コン課題図書　1990（この年）

やぎゅう げんいちろう
『はなのあなのはなし』刊行　1982.10月
第47回読書感想コン課題図書　2001（この年）

『おでかけばいばいのほん』刊行　2006.10.15
矢口 高雄
　第34回読書感想コン課題図書　1988（この年）
矢崎 節夫
　『明るいほうへ：金子みすゞ童謡集』
　　刊行　　　　　　　　　　　　1995.3月
矢島 眞澄
　第54回読書感想コン課題図書　2008（この年）
保永 貞夫
　保永貞夫が亡くなる　　　　　1998（この年）
矢玉 四郎
　『はれときどきぶた』刊行　　　　1980.9月
　『ゆめからゆめんぼ』刊行　　　　1993.9.30
八束 澄子
　『ミッドナイト・ステーション』刊行
　　　　　　　　　　　　　　　　1988.11月
　『青春航路ふぇにっくす丸』刊行　1993.12月
　第44回読書感想コン課題図書　1998（この年）
　第50回読書感想コン課題図書　2004（この年）
　第56回読書感想コン課題図書　2010（この年）
柳井 薫
　第44回読書感想コン課題図書　1998（この年）
やなせ たかし
　『アンパンマン』5000万部突破　2006（この年）
　やなせたかしが亡くなる　　　　2013.10.13
ヤハテンベルフ, イヴォンヌ
　第52回読書感想コン課題図書　2006（この年）
矢部 美智代
　第36回読書感想コン課題図書　1990（この年）
　第51回読書感想コン課題図書　2005（この年）
山内 秋生
　山内秋生が亡くなる　　　　　1965.11.9
山内 清子
　『こうさぎのぼうけん』刊行　　　1970.4月
　第36回読書感想コン課題図書　1990（この年）
山内 ふじ江
　第46回読書感想コン課題図書　2000（この年）
山口 理
　第44回読書感想コン課題図書　1998（この年）
山口 四郎
　第22回読書感想コン課題図書　1976（この年）
山口 進
　第45回読書感想コン課題図書　1999（この年）
　第60回読書感想コン課題図書　2014（この年）

山口 晴温
　第21回読書感想コン課題図書　1975（この年）
山口 文生
　第31回読書感想コン課題図書　1985（この年）
　第34回読書感想コン課題図書　1988（この年）
やまぐち みねやす
　『サウンドセンサー絵本』　　　　1997.10月
山口 裕一
　第21回読書感想コン課題図書　1975（この年）
山口 勇子
　山口勇子が亡くなる　　　　　　2000.1.3
山崎 朋子
　第30回読書感想コン課題図書　1984（この年）
山崎 直子
　第57回読書感想コン課題図書　2011（この年）
山下 明生
　『かいぞくオネション』刊行　　　1970.4月
　『うみのしろうま』刊行　　　　　1972.10月
　『はんぶんちょうだい』刊行　　　1974.9月
　『ふとんかいすいよく』刊行　　　1977.8月
　第24回読書感想コン課題図書　1978（この年）
　『屋根うらべやにきた魚』刊行　　1981.9月
　第30回読書感想コン課題図書　1984（この年）
　『海のコウモリ』刊行　　　　　　1985.5月
　第32回読書感想コン課題図書　1986（この年）
　『カモメの家』刊行　　　　　　　1991.11月
　あかね書房60周年企画　　　　　2009.10月
山下 喬子
　第11回読書感想コン課題図書　1965（この年）
山下 清三
　山下清三が亡くなる　　　　　　1991.3.5
山下 勇三
　「中山千夏の絵本」刊行開始　　　2004.10月
山下 夕美子
　『二年2組はヒヨコのクラス』刊行　1968.4月
山末 やすえ
　『はじまりはイカめし！』刊行　　1987.8月
山田 健二
　山田健二が亡くなる　　　　　　1976（この年）
山田 大介
　第20回読書感想コン課題図書　1974（この年）
山中 恒
　「小さい仲間」創刊　　　　　　　1954.7月
　『とべたら本こ』刊行　　　　　　1960.4月
　『赤毛のポチ』刊行　　　　　　　1960.7月

『サムライの子』刊行	1960.8月
『青い目のバンチョウ』刊行	1966.5月
『天文子守唄』刊行	1968.12月
『ぼくがぼくであること』刊行	1969.12月

山主 敏子

山主敏子が亡くなる	2000.4.16

山野辺 進

第43回読書感想コン課題図書	1997（この年）
第45回読書感想コン課題図書	1999（この年）

山室 静

『ニールスの不思議な旅』刊行	1949.10月
『ロッタちゃんのひっこし』刊行	1966.12月

山本 悦子

第57回読書感想コン課題図書	2011（この年）

山本 和夫

「トナカイ村」創刊	1955.4月
山本和夫が亡くなる	1996.5.25

山元 加津子

第46回読書感想コン課題図書	2000（この年）

山本 かずとし

第44回読書感想コン課題図書	1998（この年）

山本 純郎

第39回読書感想コン課題図書	1993（この年）

山本 忠敬

福音館が60周年記念出版	2012.6月

山本 知都子

山本知都子が亡くなる	1987.8.1

山本 敏晴

第51回読書感想コン課題図書	2005（この年）

山本 直英

第44回読書感想コン課題図書	1998（この年）

山本 藤枝

山本藤枝が亡くなる	2003.7.7

山元 護久

山元護久が亡くなる	1978.4.22

山本 保博

第48回読書感想コン課題図書	2002（この年）

山本 祐司

第52回読書感想コン課題図書	2006（この年）

山本 有三

「銀河」創刊	1946.10月

山脇 あさ子

第43回読書感想コン課題図書	1997（この年）

やまわき きょう

『サウンドセンサー絵本』	1997.10月

山脇 百合子

『たんたのたんけん』刊行	1971.4月
『ぐりとぐらとすみれちゃん』刊行	2003.10.10
福音館が60周年記念出版	2012.6月

ヤンソン, トーベ

『ムーミン谷の彗星』刊行	1990.6月
トーベ・ヤンソン生誕100年	2014（この年）

【ゆ】

湯浅 芳子

『森は生きている』刊行	1953.2月

ユゴー

『ああ無情』刊行	1950（この年）

ユスフザイ, マララ

マララ関連本が話題に	2014.10.10
第61回読書感想コン課題図書	2015（この年）

柚木 象吉

『ああ！五郎』刊行	1968.4月

湯本 香樹実

『夏の庭』刊行	1992.5月
第39回読書感想コン課題図書	1993（この年）

ゆり よう子

第40回読書感想コン課題図書	1994（この年）

【よ】

養老 孟司

第40回読書感想コン課題図書	1994（この年）
『よりみちパン！セ』復刊	2011.7月

横内 襄

第38回読書感想コン課題図書	1992（この年）

横沢 彰

『まなざし』刊行	1982.1月

横田 順彌

第41回読書感想コン課題図書	1995（この年）

横塚 眞己人

第59回読書感想コン課題図書	2013（この年）

横笛 太郎

横笛太郎が亡くなる	2003.11.3

横谷 輝
 「はくぼく」創刊 1954.11月
横山 銀吉
 横山銀吉が亡くなる 1975.5.25
横山 美智子
 横山美智子が亡くなる 1986.9.30
横山 充男
 第40回読書感想コン課題図書 1994（この年）
 第47回読書感想コン課題図書 2001（この年）
吉上 恭太
 第55回読書感想コン課題図書 2009（この年）
吉上 昭三
 第16回読書感想コン課題図書 1970（この年）
吉岡 忍
 第36回読書感想コン課題図書 1990（この年）
吉田 甲子太郎
 吉田甲子太郎が亡くなる 1957.1.8
吉田 定一
 『海とオーボエ』刊行 1981.5月
吉田 タキノ
 『桃の木長者』刊行 1964.3月
吉田 武三
 第19回読書感想コン課題図書 1973（この年）
吉田 とし
 『巨人の風車』刊行 1962.10月
 第8回読書感想コン課題図書 1962（この年）
 第16回読書感想コン課題図書 1970（この年）
 『小説の書き方』刊行 1971.2月
 『家族』刊行 1983.2月
 第29回読書感想コン課題図書 1983（この年）
 吉田としが亡くなる 1988.9.28
吉田 比砂子
 『コーサラの王子』刊行 1963.2月
 『マキコは泣いた』刊行 1975.12月
 第24回読書感想コン課題図書 1978（この年）
吉田 瑞穂
 吉田瑞穂が亡くなる 1996.12.18
吉田 道子
 第57回読書感想コン課題図書 2011（この年）
吉野 万理子
 『チームふたり』刊行 2007.10月
 第54回読書感想コン課題図書 2008（この年）
吉橋 通夫
 『たたけ勘太郎』刊行 1986.3月
 『京のかさぐるま』刊行 1988.6月

『本のチカラ』刊行 2007.5月
吉原 高志
 第38回読書感想コン課題図書 1992（この年）
吉見 昭一
 第23回読書感想コン課題図書 1977（この年）
吉見 礼司
 第43回読書感想コン課題図書 1997（この年）
吉村 昭
 第27回読書感想コン課題図書 1981（この年）
 第38回読書感想コン課題図書 1992（この年）
吉村 敬子
 『わたしいややねん』刊行 1980.10月
吉本 直志郎
 「青葉学園物語」シリーズ刊行 1978.4月
 第25回読書感想コン課題図書 1979（この年）
 『北の天使南の天使』刊行 1982.2月
 『すきなあの子にバカラッチ』刊行 1983.11月
 第29回読書感想コン課題図書 1983（この年）
善元 幸夫
 第30回読書感想コン課題図書 1984（この年）
吉屋 信子
 『家なき子』邦訳版刊行 1951（この年）
依田 逸夫
 第55回読書感想コン課題図書 2009（この年）
与田 準一
 『父の手紙』刊行 1948.2月
 『小さな町の六』刊行 1949.4月
 『赤い鳥童話名作集』刊行 1951（この年）
 「こどものとも」刊行始まる 1956.4月
 「日本童謡集」 1957.12月
 『野ゆき山ゆき』刊行 1973.3月
 『校定新美南吉全集』刊行 1980.6月
 『金子みすゞ全集』刊行 1984.2月
 与田準一が亡くなる 1997.2.3
米田 一彦
 第48回読書感想コン課題図書 2002（この年）
米村 でんじろう
 『なんでも！いっぱい！こども大図鑑』刊行 2009.11.10

【ら】

ライト，キャムロン
 第49回読書感想コン課題図書 2003（この年）

ライラント,C.
　　第40回読書感想コン課題図書　1994（この年）
ライル,ジャネット・テーラー
　　第54回読書感想コン課題図書　2008（この年）
ラーゲルレーヴ
　　『ニールスの不思議な旅』刊行　　1949.10月
ラバット,メアリー
　　第55回読書感想コン課題図書　2009（この年）
ラビエリ,アンソニー
　　第20回読書感想コン課題図書　1974（この年）
ラング,アンドルー
　　『アンドルー・ラング世界童話集』刊
　　　行開始　　　　　　　　　　　2008.1.30
ランサム
　　『ツバメ号とアマゾン号』刊行　1958（この年）
　　第10回読書感想コン課題図書　1964（この年）

【り】

李 英儒
　　第8回読書感想コン課題図書　1962（この年）
リーガン,サリー
　　『世界なるほど大百科』刊行　　2011.10.26
リダ
　　第11回読書感想コン課題図書　1965（この年）
リトル,メアリー
　　第31回読書感想コン課題図書　1985（この年）
リンドグレーン,アストリッド
　　『名探偵カッレくん』刊行　　1957（この年）
　　『長くつ下のピッピ』刊行　　1964（この年）
　　『ロッタちゃんのひっこし』刊行　1966.12月
　　リンドグレーン生誕100年　　　　2007.7月

【る】

ル=グウィン,アーシュラ・K.
　　『ゲド戦記』刊行開始　　　　　　1976.9月
　　『アースシーの風』刊行　　　　　2003.3.20
　　『西のはての年代記』刊行開始　　2006.7月
ルイス,C.S.
　　『ライオンと魔女』刊行　　　　　1966.5月
　　「ナルニア国物語」増刷　　　2005（この年）

ルートヴィヒ,エーミール
　　第12回読書感想コン課題図書　1966（この年）
ルフ
　　第14回読書感想コン課題図書　1968（この年）
ルブラン,モリス
　　『怪盗紳士』刊行　　　　　　　　1999.11月

【れ】

レアード,エリザベス
　　第53回読書感想コン課題図書　2007（この年）
令丈 ヒロ子
　　『青い鳥文庫 GO！GO！』創刊　2008.3.14
レイノルズ,ピーター
　　『ちいさなあなたへ』刊行　　　　2008.3.7
レーウ,リヒャルト・デ
　　第54回読書感想コン課題図書　2008（この年）
レオニ,レオ
　　『スイミー』刊行　　　　　　　　1969.4月
レップマン,イエラ
　　国際子どもの本の日　　　　　　　1996.4.2
レビン,カレン
　　第49回読書感想コン課題図書　2003（この年）

【ろ】

ローズ,ドロシー
　　第49回読書感想コン課題図書　2003（この年）
ロスファス,パトリック
　　『風の名前』刊行　　　　　　　　2008.6月
ロッダ,エミリー
　　第47回読書感想コン課題図書　2001（この年）
　　『デルトラ・クエスト』刊行　　　2002.9月
　　『ロンド国物語』刊行開始　　　2008.10.15
ロビンソン,ジョーン・G.
　　『思い出のマーニー』刊行　　　　1980.11月
　　『おはようスーちゃん』刊行　　　2007.9月
ロフティング,ヒュー
　　『ドリトル先生アフリカゆき』刊行　1961.9月
ロブレヒト,ティエリー
　　第56回読書感想コン課題図書　2010（この年）

ローベル, アニタ
　　第37回読書感想コン課題図書　1991（この年）
ローベル, アーノルド
　　『ふたりはともだち』刊行　　　　1972.11月
ローリー, ロイス
　　第42回読書感想コン課題図書　1996（この年）
ローリング, J.K.
　　『ハリー・ポッターと賢者の石』刊行
　　　　　　　　　　　　　　　　　1999.12月
　　『ハリー・ポッターと秘密の部屋』刊
　　　行　　　　　　　　　　　　　2000.9.14
　　「ハリー・ポッター」表現問題　2000.11月
　　『ハリー・ポッター』ブーム　2001（この年）
　　『ハリー・ポッターと炎のゴブレッ
　　　ト』刊行　　　　　　　　　　2002.10.23
　　『ハリー・ポッターと不死鳥の騎士
　　　団』刊行　　　　　　　　　　　2004.9.1
　　『ハリー・ポッターと謎のプリンス』
　　　刊行　　　　　　　　　　　　　2006.5.17
　　『ハリー・ポッターと死の秘宝』刊行　2008.7.23
ロルンゼン
　　第22回読書感想コン課題図書　1976（この年）

【わ】

ワイス, マーガレット
　　『ドラゴンランス』刊行　　2002.5月～11月
ワイルダー, ローラ・インガルス
　　『大きな森の小さな家』刊行　　　　1972.7月
ワイルド, マーガレット
　　『ぶたばあちゃん』刊行　　　　　　1995.10月
ワイルドスミス, ブライアン
　　ワイルドスミス絵本美術館開館　　1994.3.5
　　『ワイルドスミスのちいさな絵本』刊
　　　行　　　　　　　　　　　1997.2月～04月
ワイルドスミス, レベッカ
　　『ワイルドスミスのちいさな絵本』刊
　　　行　　　　　　　　　　　1997.2月～04月
若槻 紫蘭
　　『青い鳥』邦訳版3件刊行　　1951（この年）
若林 千鶴
　　第39回読書感想コン課題図書　1993（この年）
　　第43回読書感想コン課題図書　1997（この年）
　　第55回読書感想コン課題図書　2009（この年）

若林 ひとみ
　　第31回読書感想コン課題図書　1985（この年）
若林 勝
　　若林勝が亡くなる　　　　　　1980（この年）
若松 みき江
　　若松みき江が亡くなる　　　　　2010.11.11
和歌森 太郎
　　戦後50年記念企画　　　　　　1995（この年）
若山 憲
　　「しろくまちゃん」点字版刊行　　2009.7月
和歌山 静子
　　第27回読書感想コン課題図書　1981（この年）
　　第30回読書感想コン課題図書　1984（この年）
脇 明子
　　第43回読書感想コン課題図書　1997（この年）
わしお としこ
　　第48回読書感想コン課題図書　2002（この年）
和田 茂
　　『樹によりかかれば』刊行　　　　　1976.9月
和田 登
　　『青い目の星座』刊行　　　　　　　1980.1月
　　第26回読書感想コン課題図書　1980（この年）
　　第34回読書感想コン課題図書　1988（この年）
和田 誠
　　『おさる日記』刊行　　　　　　　1994.12月
　　「みんなのうた絵本」刊行開始　　2006.5月
　　第52回読書感想コン課題図書　2006（この年）
和田 義雄
　　和田義雄が亡くなる　　　　　　1984.10.10
わだ よしおみ
　　「しろくまちゃん」点字版刊行　　2009.7月
わだ よしみ
　　「ブータン」シリーズ30周年　2013（この年）
渡辺 可久
　　第21回読書感想コン課題図書　1975（この年）
渡辺 一枝
　　第35回読書感想コン課題図書　1989（この年）
渡辺 茂男
　　『子どもと文学』刊行　　　　　　　1960.4月
　　『エルマーのぼうけん』刊行　　　　1963.7月
　　『絵本と子ども』刊行　　　　1966（この年）
　　『寺町三丁目十一番地』刊行　　　　1969.3月
　　『もりのへなそうる』刊行　　　　1971.12月
　　国際理事に日本人　　　　　　1978（この年）
　　『ゆかりのたんじょうび』刊行　　　1983.8月

国際子どもの本の日	1996.4.2
『ぐらぐらの歯』刊行	2005.11月
『むらの英雄』刊行	2013.4月

渡部 潤一
「くらべる図鑑」刊行	2009.7.8

渡辺 淳一
第17回読書感想コン課題図書	1971（この年）

渡辺 順子
「すずらん文庫」開設	1973（この年）
「第2すずらん文庫」開設	1981（この年）

渡辺 南都子
第33回読書感想コン課題図書	1987（この年）
第44回読書感想コン課題図書	1998（この年）

渡辺 有一
第32回読書感想コン課題図書	1986（この年）
第60回読書感想コン課題図書	2014（この年）

渡辺 佑基
第61回読書感想コン課題図書	2015（この年）

渡辺 洋二
第49回読書感想コン課題図書	2003（この年）

わたり むつこ
『はなはなみんみ物語』刊行	1980.2～11月

ワッデル, マーティン
第40回読書感想コン課題図書	1994（この年）

作品名索引

【あ】

ああ！五郎
　『ああ！五郎』刊行　　　　　　　　1968.4月
ああダンプ街道
　第31回読書感想コン課題図書　1985（この年）
ああ無情
　『ああ無情』刊行　　　　　　　1950（この年）
合言葉は手ぶくろの片っぽ
　『合言葉は手ぶくろの片っぽ』刊行　1978.4月
あいたいきもち
　「しつけ絵本シリーズ」刊行開始　　2004.9月
あいたかったよ、カネチン
　第43回読書感想コン課題図書　1997（この年）
あいつまであと2秒
　『つまさきだちの季節』刊行　　　　1987.7月
愛と悲しみの12歳
　第41回読書感想コン課題図書　1995（この年）
愛の旅だち
　第20回読書感想コン課題図書　1974（この年）
アヴェ・マリアのヴァイオリン
　第60回読書感想コン課題図書　2014（この年）
青いスクラム
　『青いスクラム』刊行　　　　　　　1965.8月
青い鳥
　『青い鳥』邦訳版3件刊行　　　1951（この年）
　『馬ぬすびと』刊行　　　　　　　　1955.3月
　『絵本版 世界の名作』刊行　　　　 2001.4月
青い目の星座
　『青い目の星座』刊行　　　　　　　1980.1月
　第26回読書感想コン課題図書　1980（この年）
青い目のバンチョウ
　『青い目のバンチョウ』刊行　　　　1966.5月
あおいろの童話集
　『アンドルー・ラング世界童話集』刊
　　行開始　　　　　　　　　　　　2008.1.30
青葉学園物語さよならは半分だけ
　「青葉学園物語」シリーズ刊行　　　1978.4月
　第25回読書感想コン課題図書　1979（この年）
青葉学園物語シリーズ
　「青葉学園物語」シリーズ刊行　　　1978.4月

青葉学園物語右向け、左！
　「青葉学園物語」シリーズ刊行　　　1978.4月
あおむしとエリック・カールの世界
　「あおむしとエリック・カールの世
　　界」展　　　　　　　　　　　　2006.4月
赤いカブトムシ
　『本のチカラ』刊行　　　　　　　　2007.5月
赤い鳥童話名作集
　『赤い鳥童話名作集』刊行　　　1951（この年）
赤い風船
　『赤い風船』刊行　　　　　　　　　1971.4月
赤い帆の舟
　『赤い帆の舟』刊行　　　　　　　 1972.12月
あかいろの童話集
　『アンドルー・ラング世界童話集』刊
　　行開始　　　　　　　　　　　　2008.1.30
赤毛のアン
　『赤毛のアン』刊行　　　　　　1952（この年）
　『絵本アニメ世界名作劇場』刊行　　2001.8月
赤毛のポチ
　『赤毛のポチ』刊行　　　　　　　　1960.7月
あかずきん
　『はじめての名作おはなし絵本』刊行　2000.2月
あかちゃんが生まれました
　『あかちゃんが生まれました』刊行　1970.5月
あかちゃんてね
　第52回読書感想コン課題図書　2006（この年）
あかちゃんのあそびえほんシリーズ
　『あかちゃんのあそびえほん』シリー
　　ズ15周年記念フェア　　　　2002（この年）
　『あかちゃんのあそびえほん』20周年
　　　　　　　　　　　　　　　2007（この年）
あかちゃんの本
　『あかちゃんの本』1000万部突破
　　　　　　　　　　　　　　　1996（この年）
あかちゃんの本シリーズ
　『いないいないばあ』刊行　　　　　1967.4月
あかちゃんのわらべうた
　『安野光雅の画集』にボローニャ国際
　　児童図書展大賞　　　　　　　　1978.4.1
あかつきの子ら
　『あかつきの子ら』刊行　　　　　　1956.4月
赤とんぼ
　「赤とんぼ」創刊　　　　　　　　　1946.4月
　「ビルマの竪琴」連載　　1947.3月〜1948.2月

- 343 -

「赤とんぼ」復刊	1949.1月	あなたの知らないアンデルセン	
アカネちゃんのなみだの海		アンデルセン生誕200年	2005（この年）
『アカネちゃんのなみだの海』刊行	1992.4月	アナと雪の女王	
あかべこ		「アナ雪」ブーム	2014.3.14
「あかべこ」創刊	1952.8月	兄貴	
あかりをけして		『兄貴』刊行	1976.10月
『あかりをけして』刊行	2006.8月	第23回読書感想コン課題図書	1977（この年）
明るいほうへ		アニーとおばあちゃん	
『明るいほうへ：金子みすゞ童謡集』刊行	1995.3月	第40回読書感想コン課題図書	1994（この年）
明夫と良二		兄の声	
『明夫と良二』刊行	1972.4月	『兄の声』刊行	1946.4月
あきかんカンカラカンコン		あのこ	
第43回読書感想コン課題図書	1997（この年）	『あのこ』刊行	1966（この年）
秋の目玉		あのこにあえた	
『秋の目玉』刊行	1966.7月	読み聞かせで『つりばしゆらゆら』	1999（この年）
あきらめないこと、それが冒険だ		アバラット	
第53回読書感想コン課題図書	2007（この年）	『アバラット』刊行	2002.12月
亜空間		あばれ天竜を恵みの流れに	
「亜空間」創刊	1981.7月	第40回読書感想コン課題図書	1994（この年）
あくたれ童子ポコ		アフガニスタンに住む彼女からあなたへ	
『あくたれ童子ポコ』刊行	1953.12月	第51回読書感想コン課題図書	2005（この年）
アグラへのぼうけん旅行		アフターバレンタイン	
第13回読書感想コン課題図書	1967（この年）	ティーンズ向け文庫が好調	1989（この年）
あさ One morning		アフリカのシュバイツァー	
『あさ One morning』刊行	1985（この年）	『アフリカのシュバイツァー』刊行	1978.9月
朝の笛		アフリカ物語・ペリカンの生活と意見	
「朝の笛」創刊	1955.11月	第10回読書感想コン課題図書	1964（この年）
朝はだんだん見えてくる		アベコベさん	
『朝はだんだん見えてくる』刊行	1977.1月	『アベコベさん』刊行	1997.8月
あしたあさってしあさって		あほうの星	
第61回読書感想コン課題図書	2015（この年）	『あほうの星』刊行	1964.9月
あしながおじさん		アマゾンの歌	
『あしながおじさん』刊行	1950.12.25	第13回読書感想コン課題図書	1967（この年）
アースシーの風		あまんきみこセレクション	
『アースシーの風』刊行	2003.3.20	『あまんきみこセレクション』刊行	2009.12.10
あたしをさがして		雨あがりのウエディング	
『あたしをさがして』刊行	1987.9月	第36回読書感想コン課題図書	1990（この年）
あたまをつよくするシリーズ		雨の動物園	
知育絵本の刊行相次ぐ	1997（この年）	『雨の動物園』刊行	1974.7月
新しい世界の幼年童話20		雨のにおい 星の声	
『こうさぎのぼうけん』刊行	1970.4月	第34回読書感想コン課題図書	1988（この年）
アディオス ぼくの友だち		あめのひのおるすばん	
第47回読書感想コン課題図書	2001（この年）	『あめのひのおるすばん』刊行	1968.6月

アメリカ風だより
　　第32回読書感想コン課題図書　　1986（この年）
あめんぼがとんだ
　　第38回読書感想コン課題図書　　1992（この年）
アモス・ダラゴン
　　ファンタジー小説の翻訳相次ぐ　2005（この年）
あやとりひめ
　　第45回読書感想コン課題図書　　1999（この年）
嵐の大地 パタゴニア
　　第42回読書感想コン課題図書　　1996（この年）
あらしのよるにシリーズ
　　『あらしのよるに』完結　　　　2002.2.27
アラスカ物語
　　第21回読書感想コン課題図書　　1975（この年）
ありがとうチモシー
　　第21回読書感想コン課題図書　　1975（この年）
アリからみると
　　第51回読書感想コン課題図書　　2005（この年）
アリクイにおまかせ
　　『アリクイにおまかせ』刊行　　2010.5月
　　第57回読書感想コン課題図書　　2011（この年）
あり子の記
　　『あり子の記』刊行　　　　　　1962.3月
ありす
　　「ありす」創刊　　　　　　　　1976.7月
有松の庄九郎
　　第59回読書感想コン課題図書　　2013（この年）
ある池のものがたり
　　第33回読書感想コン課題図書　　1987（この年）
歩きだす夏
　　第51回読書感想コン課題図書　　2005（この年）
あるげつようびのあさ
　　徳間書店が児童書参入　　　　　1994（この年）
アルケミストシリーズ
　　『魔術師ニコロ・マキャベリ』刊行　2008.11月
あるハンノキの話
　　『あるハンノキの話』刊行　　　1966.12月
アルマジロのしっぽ
　　『アルマジロのしっぽ』刊行　　1997.10月
ある町の高い煙突
　　第15回読書感想コン課題図書　　1969（この年）
あれあれかわったよ
　　知育絵本の刊行相次ぐ　　　　　1997（この年）

アレクセイと泉のはなし
　　第51回読書感想コン課題図書　　2005（この年）
安全地帯
　　『安全地帯』刊行　　　　　　　1981.1月
アンソニー
　　第48回読書感想コン課題図書　　2002（この年）
アンデルセン研究
　　日本アンデルセン協会　　　　　1980.11.15
アンデルセン童話集
　　『アンデルセン童話集』刊行　　1992.3月
アンデルセン童話全集
　　『アンデルセン童話全集』刊行　2011.8月
アンデルセン童話名作集
　　『アンデルセン童話名作集』刊行　2011.11月
アンドルー・ラング世界童話集
　　『アンドルー・ラング世界童話集』刊
　　　行開始　　　　　　　　　　　2008.1.30
アンナの赤いオーバー
　　第37回読書感想コン課題図書　　1991（この年）
アンネの日記 完全版
　　「アンネの日記 完全版」出版　　1994.4月
安野光雅の画集
　　『安野光雅の画集』にボローニャ国際
　　　児童図書展大賞　　　　　　　1978.4.1
アンパンマンシリーズ
　　『アンパンマン』5000万部突破　2006（この年）
アンパンマンすごろくブック
　　『アンパンマン』5000万部突破　2006（この年）
アンパンマンどうようカラオケ
　　『アンパンマン』5000万部突破　2006（この年）
アンパンマンのおしゃべりとけい
　　『アンパンマン』5000万部突破　2006（この年）

【い】

いいおかお
　　『いないいないばあ』刊行　　　1967.4月
家出：12歳の夏
　　第28回読書感想コン課題図書　　1982（この年）
いえででんしゃはこしょうちゅう？
　　第51回読書感想コン課題図書　　2005（この年）
家なき子
　　『世界の絵本』刊行　　　　　　1949.11月

- 345 -

『家なき子』邦訳版刊行　　　1951(この年)
いかに学ぶべきか
　　第20回読書感想コン課題図書　1974(この年)
怒りのぶどう
　　第9回読書感想コン課題図書　1963(この年)
いきている
　　「中山千夏の絵本」刊行開始　　2004.10月
生きている山脈
　　「生きている山脈」発表　1949.4月〜1950.10月
異郷の歌
　　第32回読書感想コン課題図書　1986(この年)
イギリスとアイルランドの昔話
　　『イギリスとアイルランドの昔話』刊
　　　行　　　　　　　　　　　　1981.11月
生きることの意味
　　『生きることの意味』刊行　　　1974.12月
　　第21回読書感想コン課題図書　1975(この年)
生きるための自由
　　第22回読書感想コン課題図書　1976(この年)
生きるんだ！ 名犬バール
　　第32回読書感想コン課題図書　1986(この年)
イグアナくんのおじゃまな毎日
　　『イグアナくんのおじゃまな毎日』刊
　　　行　　　　　　　　　　　　1997.10月
いくさ世を生きて
　　第28回読書感想コン課題図書　1982(この年)
いさごむしのよっ子ちゃん
　　第20回読書感想コン課題図書　1974(この年)
石臼の歌
　　「石臼の歌」発表　　　　　　　1945.9月
イシガメの里
　　第52回読書感想コン課題図書　2006(この年)
石狩平野
　　第14回読書感想コン課題図書　1968(この年)
石切りの山の人びと
　　『石切り山の人びと』刊行　　　1976.12月
　　第23回読書感想コン課題図書　1977(この年)
イシダイしまごろう
　　第21回読書感想コン課題図書　1975(この年)
いじめ・自殺・遺書
　　いじめ問題の本の刊行相次ぐ　1995(この年)
イジメを完全に撃退する方法
　　いじめ問題の本の刊行相次ぐ　1995(この年)

いじめ その発見と新しい克服法
　　いじめ問題の本の刊行相次ぐ　1995(この年)
いじめのサインを読む
　　いじめ問題の本の刊行相次ぐ　1995(この年)
いじわるなないしょオバケ
　　第56回読書感想コン課題図書　2010(この年)
いたずらおばあさん
　　『いたずらおばあさん』刊行　　1995.9月
いたずらっ子オーチス
　　第27回読書感想コン課題図書　1981(この年)
いたずら魔女のノシーとマームシリーズ
　　ファンタジー小説の翻訳相次ぐ　2005(この年)
いたずらラッコのロッコ
　　第14回読書感想コン課題図書　1968(この年)
一億百万光年先に住むウサギ
　　第53回読書感想コン課題図書　2007(この年)
一絃の琴
　　第25回読書感想コン課題図書　1979(この年)
いちご同盟
　　第37回読書感想コン課題図書　1991(この年)
一日一話・読み聞かせ おはなし366
　　『一日一話・読み聞かせ おはなし
　　　366』　　　　　　　　　　1995.10.25
いちばん！ の図鑑
　　「学研の図鑑i」刊行開始　　　2010.12月
イチロー物語
　　第42回読書感想コン課題図書　1996(この年)
いっしょだよ
　　第59回読書感想コン課題図書　2013(この年)
いつでも会える
　　『いつでも会える』刊行　　　　1998.11月
いっぽんの鉛筆のむこうに
　　「たくさんのふしぎ」創刊　　　1985(この年)
一本の樹からはじまった
　　第41回読書感想コン課題図書　1995(この年)
いつもいっしょによみたいね
　　「いつもいっしょによみたいね」2003(この年)
糸でいきる虫たち
　　第37回読書感想コン課題図書　1991(この年)
いないいないばあ
　　『いないいないばあ』刊行　　　1967.4月
　　『いないいないばあ』40周年　2007(この年)
　　ロングセラー記録更新　　　　2012(この年)

いないいないばあや
　『いないいないばあや』刊行　　　1978.11月
犬散歩めんきょしょう
　『犬散歩めんきょしょう』刊行　　1988.12月
犬ぞりの少年
　第51回読書感想コン課題図書　2005（この年）
犬どろぼう完全計画
　第57回読書感想コン課題図書　2011（この年）
井上ひさしの 子どもにつたえる日本国憲法
　子ども向け政治関連本　　　2006（この年）
いのち生まれるとき
　第28回読書感想コン課題図書　1982（この年）
いのちを守る
　第18回読書感想コン課題図書　1972（この年）
いのちの食べかた
　『よりみちパン！セ』復刊　　　2011.7月
いのちは見えるよ
　第49回読書感想コン課題図書　2003（この年）
今江祥智の本
　個人全集ブーム　　1979.5月～1982.3月
いまがわかる！ 世界なるほど大百科
　『世界なるほど大百科』刊行　　2011.10.26
いまむかしえほんシリーズ
　「いまむかしえほん」刊行開始　2009.12月
いもとようこのことわざえほんシリーズ
　「ことわざえほん」刊行開始　　2009.7月
いもとようこのシリーズ
　「いもとようこの絵本シリーズ」刊行
　　　　　　　　　　　　　　　　2010.10月
いもむしのうんち
　第42回読書感想コン課題図書　1996（この年）
いやいやえん
　『いやいやえん』刊行　　　　　1962.12月
いわさきちひろ画集
　いわさきちひろ没後20周年　1994（この年）
いわさきちひろの絵本
　いわさきちひろ没後20周年　1994（この年）
いわしくん
　『いわしくん』刊行　　　　　　1993.11月
「岩宿」の発見
　第15回読書感想コン課題図書　1969（この年）
岩波世界児童文学全集
　児童全集の刊行相次ぐ　　　1993（この年）

イングリッシュ ローズィズ
　『マドンナ絵本シリーズ』刊行開始 2003.11.26
インディラとともに
　第30回読書感想コン課題図書　1984（この年）
インパラの朝
　第56回読書感想コン課題図書　2010（この年）

【う】

ウエズレーの国
　『ウエズレーの国』刊行　　　　1999.6月
ウォーターシップダウンのうさぎたち
　『ウォーターシップダウンのうさぎた
　　ち』刊行　　　　　　　　1975（この年）
ウォーリアーズ
　ファンタジー・シリーズの刊行相次
　　ぐ　　　　　　　　　　　2007（この年）
ウォーリーをさがせ
　「ウォーリー」シリーズ刊行　　1987.12月
　『ウォーリーをさがせ』大ヒット
　　　　　　　　　　　　　　1991（この年）
うさぎとかめ
　ワイルドスミス絵本美術館開館　1994.3.5
うさぎのくれたバレエシューズ
　第36回読書感想コン課題図書　1990（この年）
兎の眼
　『兎の眼』刊行　　　　　　　　1974.6月
うさぎのモコ
　『神沢利子のおはなしの時間』刊行 2011.3月
うさこちゃん
　「うさこちゃん」生誕50年　2005（この年）
牛をつないだ椿の木
　『牛をつないだ椿の木』刊行　　1976.5月
うしろの正面
　『うしろの正面』刊行　　　　　2006.9月
うずしお丸の少年たち
　『うずしお丸の少年たち』刊行　1962.5月
うそつき大ちゃん
　第52回読書感想コン課題図書　2006（この年）
うそつきト・モ・ダ・チ
　『うそつきト・モ・ダ・チ』刊行　1993.12月
歌え！ 多摩川高校合唱部
　第59回読書感想コン課題図書　2013（この年）

歌よ川をわたれ
　『歌よ川をわたれ』刊行　　　1980.2月
うちのなまくらさん
　第39回読書感想コン課題図書　1993（この年）
宇宙へ「出張」してきます
　第59回読書感想コン課題図書　2013（この年）
宇宙への秘密の鍵
　『宇宙への秘密の鍵』刊行　　2008.2.20
宇宙からきたかんづめ
　『宇宙からきたかんづめ』刊行　2011.11月
宇宙戦争
　『宇宙戦争』刊行　　　　　　1972（この年）
宇宙に秘められた謎
　『宇宙への秘密の鍵』刊行　　2008.2.20
宇宙の誕生
　『宇宙への秘密の鍵』刊行　　2008.2.20
宇宙の謎
　『宇宙の謎』刊行　　　　　　2012.4.25
宇宙の法則
　『宇宙への秘密の鍵』刊行　　2008.2.20
宇宙のみなしご
　『宇宙のみなしご』刊行　　　1994.11月
　第41回読書感想コン課題図書　1995（この年）
宇宙旅行の話
　第10回読書感想コン課題図書　1964（この年）
うっかりウサギのう〜んと長かった1日
　『うっかりウサギのう〜んと長かった
　　1日』刊行　　　　　　　　1994.2月
ウドンゲのなぞをとく
　第18回読書感想コン課題図書　1972（この年）
うーとんのぐるぐるぐー
　『ちいさなおはなしえほん』刊行　2001.5月
うーとんのごろごろごん
　『ちいさなおはなしえほん』刊行　2001.5月
うーとんのぽきぽきぽん
　『ちいさなおはなしえほん』刊行　2001.5月
うなぎ一億年の謎を追う
　第61回読書感想コン課題図書　2015（この年）
ウネのてんぐ笑い
　『ウネのてんぐ笑い』刊行　　1975.7月
馬でかければ
　『馬でかければ』刊行　　　　1977.5月
馬に乗った水夫
　第14回読書感想コン課題図書　1968（この年）

馬ぬすびと
　『馬ぬすびと』刊行　　　　　1955.3月
馬のゴン太旅日記
　第31回読書感想コン課題図書　1985（この年）
海へいった赤んぼ大将
　『海へいった赤んぼ大将』刊行　1968.7月
海からとどいたプレゼント
　第35回読書感想コン課題図書　1989（この年）
海で見つけたこと
　第50回読書感想コン課題図書　2004（この年）
海とオーボエ
　『海とオーボエ』刊行　　　　1981.5月
うみねこの空
　『うみねこの空』刊行　　　　1965.5月
　第12回読書感想コン課題図書　1966（この年）
うみの100かいだてのいえ
　『うみの100かいだてのいえ』刊行　2014.6月
海のコウモリ
　『海のコウモリ』刊行　　　　1985.5月
　第32回読書感想コン課題図書　1986（この年）
うみのしろうま
　『うみのしろうま』刊行　　　1972.10月
海の日曜日
　『海の日曜日』刊行　　　　　1966.12月
　第13回読書感想コン課題図書　1967（この年）
海のメダカ
　『海のメダカ』刊行　　　　　1987.9月
海辺の家の秘密
　『海辺の家の秘密』刊行　　　1989.11月
海辺のマーチ
　『海辺のマーチ』刊行　　　　1971.9月
海は生きている
　第56回読書感想コン課題図書　2010（この年）
浦上の旅人たち
　『浦上の旅人たち』刊行　　　1969.6月
　第16回読書感想コン課題図書　1970（この年）
裏庭
　『裏庭』刊行　　　　　　　　1996.11月
うりんこの山
　第14回読書感想コン課題図書　1968（この年）
うわの空で
　第44回読書感想コン課題図書　1998（この年）
海野十三全集
　『海野十三全集』刊行　　　　1988.6月

運命の息子
　　「ダレン・シャン」シリーズ完結　2004.12.17
運命は扉をたたく
　　第28回読書感想コン課題図書　1982（この年）

【え】

永遠に捨てない服が着たい
　　第59回読書感想コン課題図書　2013（この年）
映画少年・淀川長治
　　第47回読書感想コン課題図書　2001（この年）
えっちゃんとこねこムー
　　『えっちゃんとこねこムー』刊行　1987.11月
　　第34回読書感想コン課題図書　1988（この年）
エディのやさいばたけ
　　第57回読書感想コン課題図書　2011（この年）
絵で読む　広島の原爆
　　戦後50年記念企画　1995（この年）
エドウィナからの手紙
　　第50回読書感想コン課題図書　2004（この年）
江戸のおもちゃ屋
　　『江戸のおもちゃ屋』刊行　1970.9月
絵にかくとへんな家
　　『絵にかくとへんな家』刊行　1972.10月
絵本アニメ世界名作劇場
　　『絵本アニメ世界名作劇場』刊行　2001.8月
絵本　アンネ・フランク
　　『絵本　アンネ・フランク』刊行　2005.4月
絵本原画の世界
　　「絵本原画の世界」　1998.4月
絵本作家のアトリエ
　　福音館が60周年記念出版　2012.6月
絵本　地獄
　　ロングセラー記録更新　2012（この年）
えほん世界のおはなし
　　「えほん世界のおはなし」刊行　1999.3月
絵本と子ども
　　『絵本と子ども』刊行　1966（この年）
えほんのくに
　　「えほんのくに」創刊　1947.5月
絵本版世界の名作
　　『絵本版　世界の名作』刊行　2001.4月

エミリーへの手紙
　　第49回読書感想コン課題図書　2003（この年）
エリオン国物語
　　『エリオン国物語』刊行開始　2006.10.4
エリちゃんでておいで
　　第37回読書感想コン課題図書　1991（この年）
エルザの子供たち
　　第10回読書感想コン課題図書　1964（この年）
エルマーのぼうけん
　　『エルマーのぼうけん』刊行　1963.7月
　　第10回読書感想コン課題図書　1964（この年）
　　エルマーがポケット版に　1997.5月
ポケット版　エルマーのぼうけん
　　エルマーがポケット版に　1997.5月
エレベーターは秘密のとびら
　　『エレベーターは秘密のとびら』刊行　2010.8.27
エンジェル・アカデミー　聖なる鎖の絆
　　ファンタジー・ブーム続く　2003（この年）

【お】

おーい、コンペートー
　　第37回読書感想コン課題図書　1991（この年）
オイノコは夜明けにほえる
　　『オイノコは夜明けにほえる』刊行　1972.8月
　　第19回読書感想コン課題図書　1973（この年）
黄金のパラオ
　　第9回読書感想コン課題図書　1963（この年）
王さまと九人のきょうだい
　　『王さまと九人のきょうだい』刊行　1969.11.25
王さまばんざい
　　『王さまばんざい』刊行　1967.6月
お江戸の百太郎　乙松、宙に舞う
　　『お江戸の百太郎乙松、宙に舞う』刊行　1994.11月
大石真児童文学全集
　　個人全集ブーム　1979.5月〜1982.3月
オオカミ族の少年
　　『クロニクル　千古の闇』シリーズ刊行開始　2005.6月
大きい1年生と小さな2年生
　　『大きい1年生と小さな2年生』刊行　1970.3月
　　第16回読書感想コン課題図書　1970（この年）

おおきく おおきく おおきくなあれ
　『おおきく おおきく おおきくなあれ』
　　　　　　　　　　　　　　　1983（この年）
大きな木の下で
　第31回読書感想コン課題図書　1985（この年）
大きな森の小さな家
　『大きな森の小さな家』刊行　　1972.7月
大蔵永常
　第15回読書感想コン課題図書　1969（この年）
大空に生きる
　『大空に生きる』刊行　　　　　1960.4月
オオトリ国記伝
　『オオトリ国記伝』刊行開始　　2006.5.24
大どろぼう くまさん
　第40回読書感想コン課題図書　1994（この年）
大どろぼうホッツェンプロッツ
　『大どろぼうホッツェンプロッツ』刊
　　行　　　　　　　　　　　　1966.1月
おおやさんはねこ
　『おおやさんはねこ』刊行　　　1982.7月
おかあさんだいっきらい
　『おかあさんだいっきらい』刊行　1978.3月
　第25回読書感想コン課題図書　1979（この年）
おかあさんになったアイ
　第48回読書感想コン課題図書　2002（この年）
おかあさんの生まれた家
　『おかあさんの生まれた家』刊行　1979.10月
おかあさんの木
　『おかあさんの木』刊行　　　　1969.12月
おかぐら
　第43回読書感想コン課題図書　1997（この年）
おかしな金曜日
　『おかしな金曜日』刊行　　　　1978.8月
お菓子放浪記
　『お菓子放浪記』刊行　　　　　1976.1月
　第22回読書感想コン課題図書　1976（この年）
おかではたらくロバのポチョ
　第34回読書感想コン課題図書　1988（この年）
小川は川へ、川は海へ
　第44回読書感想コン課題図書　1998（この年）
小川未明作品集
　『小川未明作品集』刊行　　　　1954.6月
小川未明童話全集
　小川未明の全集刊行開始　　　　1950.11月〜

小川未明名作選集
　児童全集の刊行相次ぐ　　　　　1993（この年）
おき去りにされた猫
　第31回読書感想コン課題図書　1985（この年）
沖縄少年漂流記
　『沖縄少年漂流記』刊行　　　　1972.11月
オクサ・ポロック
　『オクサ・ポロック』刊行　　　2012.12月
オコジョのすむ谷
　第28回読書感想コン課題図書　1982（この年）
おこだでませんように
　第55回読書感想コン課題図書　2009（この年）
お米は生きている
　第42回読書感想コン課題図書　1996（この年）
おさる日記
　『おさる日記』刊行　　　　　　1994.12月
おさるのまいにち
　『おさるのまいにち』刊行　　　1991.5月
おじいさんのもり
　「松本記念児童図書館」開館　　1985.11.3
おじいちゃんだいすき
　第31回読書感想コン課題図書　1985（この年）
**おじいちゃんのおじいちゃんのおじいちゃん
のおじいちゃん**
　『おじいちゃんのおじいちゃんのおじ
　　いちゃんのおじいちゃん』刊行　2000.7月
おじいちゃんのごくらくごくらく
　第53回読書感想コン課題図書　2007（この年）
おじいちゃんの桜の木
　第49回読書感想コン課題図書　2003（この年）
おじいちゃんは荷車にのって
　第41回読書感想コン課題図書　1995（この年）
おしいれのぼうけん
　『おしいれのぼうけん』刊行　　1974.11.1
　第21回読書感想コン課題図書　1975（この年）
　ロングセラー記録更新　　　　　2012（この年）
おしくらまんじゅう
　『おしくらまんじゅう』刊行　　1956.7月
おしになった娘
　『おしになった娘』刊行　　　　1957（この年）
オシムの言葉
　第52回読書感想コン課題図書　2006（この年）
おしゃべりなたまごやき
　『おしゃべりなたまごやき』刊行　1959.2月

おしらさま
　　第22回読書感想コン課題図書　1976（この年）
おしりかじり虫うたとおどりのほん
　　『おしりかじり虫うたとおどりのほ
　　ん』刊行　　　　　　　　　2007.9月
オタマジャクシの尾はどこへきえた
　　第44回読書感想コン課題図書　1998（この年）
落穂ひろい
　　『落穂ひろい』刊行　　　　　1982.4月
お月さんももいろ
　　第19回読書感想コン課題図書　1973（この年）
オックスフォード 世界児童文学百科
　　『オックスフォード 世界児童文学百
　　科』刊行　　　　　　　　　1999.2月
おっことチョコの魔界ツアー
　　『青い鳥文庫 GO！ GO！』創刊　2008.3.14
おでかけばいばいのほん
　　『おでかけばいばいのほん』刊行　2006.10.15
オデッセイ号航海記
　　第54回読書感想コン課題図書　2008（この年）
おでんおんせんにいく
　　『おでんおんせんにいく』刊行　2004.9月
おとうさんがいっぱい
　　『おとうさんがいっぱい』刊行　1975.5月
お父さんのかさはこの子です
　　第30回読書感想コン課題図書　1984（この年）
おとうさんのちず
　　『おとうさんのちず』刊行　　2009.5月
お父さんのバックドロップ
　　『お父さんのバックドロップ』刊行　1989.12月
お父さんのラッパばなし
　　『お父さんのラッパばなし』刊行　1977.6月
おとときつねと栗の花
　　『おとときつねと栗の花』刊行　1984.2月
音のでる絵本シリーズ
　　『ステレオサウンド・ピアノ・カラオ
　　ケえほん』刊行　　　　　　1997.5月
おともださにナリマ小
　　『おともださにナリマ小』刊行　2005.5月
おにたのぼうし
　　第16回読書感想コン課題図書　1970（この年）
鬼の橋
　　『鬼の橋』刊行　　　　　　　1998.10月
　　第45回読書感想コン課題図書　1999（この年）

おばあさんの馬
　　『瀬戸内寂聴おはなし絵本』刊行
　　　　　　　　　　　　2007.7.10～12.27
おばあさんのひこうき
　　『おばあさんのひこうき』刊行　1966.9月
　　第13回読書感想コン課題図書　1967（この年）
おばあちゃん
　　『おばあちゃん』刊行　　　　1982.9月
おばあちゃんがいるといいのにな
　　第41回読書感想コン課題図書　1995（この年）
おばあちゃんすごい！
　　第49回読書感想コン課題図書　2003（この年）
おばあちゃんの犬ジョータン
　　第28回読書感想コン課題図書　1982（この年）
おばあちゃんのたんじょうび
　　「いもとようこの絵本シリーズ」刊行
　　　　　　　　　　　　　　2010.10月
おばけになったアサガオのたね
　　第33回読書感想コン課題図書　1987（この年）
お話きかせてクリストフ
　　第61回読書感想コン課題図書　2015（この年）
おはなしのえほん
　　「おはなしのえほん」刊行開始　1963（この年）
おはなしの本
　　『人形の家』刊行　　　　　　1967（この年）
おはなしのろうそく
　　「おはなしのろうそく」出版開始　1974.1月
お話宝玉選
　　「お話宝玉選」絶版・回収　　1989.6.1
おはなしポケット
　　『おはなしポケット』刊行　　1999.9月
おはなしよんで
　　『おはなしよんで』刊行　　　2001.2月
おはなしりょうりきょうしつ
　　「こまったさん」シリーズ刊行　1982.7月
おはようスーちゃん
　　『おはようスーちゃん』刊行　2007.9月
おはようどうわ
　　くんぺい童話館開館　　　　　1989.6.1
お引越し
　　『お引越し』刊行　　　　　　1990.8月
おへそのあな
　　『おへそのあな』刊行　　　　2006.9月

おへんろさん
　　第26回読書感想コン課題図書　1980（この年）
おみせやさん
　　第39回読書感想コン課題図書　1993（この年）
おむすびころりん
　　童心社創業50周年　　　　　　2006.12月
オムレツ屋へようこそ！
　　第59回読書感想コン課題図書　2013（この年）
思い出のマーニー
　　『思い出のマーニー』刊行　　　1980.11月
親子で楽しむ こども和算塾
　　「寺子屋シリーズ」刊行開始　　2009.8.25
おやすみなさいコッコさん
　　『おやすみなさいコッコさん』刊行　1988.1月
おやつがほーいどっさりほい
　　第29回読書感想コン課題図書　1983（この年）
おやゆびひめ
　　『幼児のためのよみきかせおはなし
　　　集』刊行　　　　　　　　　　2000.10月
オランウータンのジプシー
　　第55回読書感想コン課題図書　2009（この年）
お蘭と竜太
　　『お蘭と竜太』刊行　　　　　　1977.11月
オリーブの海
　　第52回読書感想コン課題図書　2006（この年）
オーレ！ ぼくらのジェーリーグ
　　第41回読書感想コン課題図書　1995（この年）
おれたちのはばたきを聞け
　　『おれたちのはばたきを聞け』刊行　1980.6月
オレンジガール
　　第50回読書感想コン課題図書　2004（この年）
終りなき鎮魂歌
　　第12回読書感想コン課題図書　1966（この年）
終りのない道
　　『終りのない道』刊行　　　　　1969.4月
オン・ザ・ライン
　　第58回読書感想コン課題図書　2012（この年）
音楽広場
　　「音楽広場」創刊　　　　　　　1986.11月

【か】

かあさんのしっぽっぽ
　　第61回読書感想コン課題図書　2015（この年）
かあさんは魔女じゃない
　　第26回読書感想コン課題図書　1980（この年）
会員つうしん
　　親子読書地域文庫連絡会　　　　1970.4.9
貝殻と船の灯
　　『貝殻と船の灯』刊行　　　　　1946.5月
かいけつゾロリ
　　「かいけつゾロリ」シリーズ　　1987.11月
　　『かいけつゾロリとなぞのまほう少
　　　女』刊行　　　　　　　　　　2003.11月
海上アルプス
　　第22回読書感想コン課題図書　1976（この年）
怪人二十面相
　　「少年探偵・江戸川乱歩全集」創刊　1964.8月
かいぞくオネション
　　『かいぞくオネション』刊行　　1970.4月
怪談オウマガドキ学園シリーズ
　　「怪談オウマガドキ学園」刊行　2013.7.1
怪談レストランシリーズ
　　『怪談レストラン』刊行開始　　1996.7月〜10月
　　「怪談オウマガドキ学園」刊行　2013.7.1
怪盗黒頭巾
　　ポプラ社創業　　　　　　　　　1947（この年）
怪盗紳士
　　『怪盗紳士』刊行　　　　　　　1999.11月
怪盗ルパン全集
　　「怪盗ルパン全集」刊行　　　　1958（この年）
貝になった子供
　　『貝になった子供』刊行　　　　1951.11月
怪物はささやく
　　第58回読書感想コン課題図書　2012（この年）
解剖学教室へようこそ
　　第40回読書感想コン課題図書　1994（この年）
帰ってきたナチ
　　第42回読書感想コン課題図書　1996（この年）
科学のアルバム
　　『科学のアルバム』刊行開始　　1970.7月

かがくのとも
　「かがくのとも」創刊　　　　　　1969（この年）
かがくのほんシリーズ
　『ふくろう』刊行　　　　　　　　1977.11月
鏡の中の迷宮
　ファンタジー・ブーム続く　　　　2003（この年）
柿の木のある家
　『柿の木のある家』刊行　　　　　1949.4月
角野栄子のちいさなどうわたち
　ポプラ社創業60周年　　　　　　　2007.3月
かくまきの歌
　『かくまきの歌』刊行　　　　　　1970.1月
学問の花ひらいて
　第19回読書感想コン課題図書　　　1973（この年）
かぐやのかご
　第61回読書感想コン課題図書　　　2015（この年）
影
　アンデルセン生誕200年　　　　　2005（この年）
影との戦い
　『ゲド戦記』刊行開始　　　　　　1976.9月
かげまる
　第51回読書感想コン課題図書　　　2005（この年）
かさ
　『かさ』刊行　　　　　　　　　　1975.6月
風ぐるま
　『風ぐるま』刊行　　　　　　　　1955.2月
かさじぞう
　童心社創業50周年　　　　　　　　2006.12月
かさぶたくん
　第47回読書感想コン課題図書　　　2001（この年）
ガジュマルの木の下で
　「岩波フォト絵本」刊行開始　　　2002.11.20
かずあそび　ウラパン・オコサ
　第46回読書感想コン課題図書　　　2000（この年）
火星にさく花
　『火星にさく花』刊行　　　　　　1956.12月
風をおいかけて、海へ！
　第55回読書感想コン課題図書　　　2009（この年）
風をつかまえて
　第56回読書感想コン課題図書　　　2010（この年）
風と木の歌
　『風と木の歌』刊行　　　　　　　1972.5月

風にのってきたメアリー・ポピンズ
　『風にのってきたメアリー・ポピンズ』刊行　　　　　　　　　　　1954.4月
風にのる海賊たち
　『風にのる海賊たち』刊行　　　　1973.3月
風にふかれて
　『風にふかれて』刊行　　　　　　1988.12月
風の音をきかせてよ
　『風の音をきかせてよ』刊行　　　1985.9月
風の神とオキクルミ
　第21回読書感想コン課題図書　　　1975（この年）
風の十字路
　『風の十字路』刊行　　　　　　　1982.7月
風の城
　『風の城』刊行　　　　　　　　　1991.10月
風の中の瞳
　『風の中の瞳』刊行　　　　　　　1958.8月
風の名前
　『風の名前』刊行　　　　　　　　2008.6月
風の鳴る家
　『風の鳴る家』刊行　　　　　　　1978.3月
風の又三郎
　『脚本集・宮沢賢治童話劇場』刊行
　　　　　　　　　　　　　　1996.9月～10月
家族
　『家族』刊行　　　　　　　　　　1983.2月
　第29回読書感想コン課題図書　　　1983（この年）
かたあしだちょうのエルフ
　『かたあしだちょうのエルフ』刊行　1970.10月
　第17回読書感想コン課題図書　　　1971（この年）
片耳の大シカ
　「椋鳩十全集」刊行　　　　　　　1969.10月
片目のオオカミ
　第46回読書感想コン課題図書　　　2000（この年）
語りつぐ戦争体験
　「戦争体験の記録」募集　　　　　1979.1月
語りつぐ者
　第60回読書感想コン課題図書　　　2014（この年）
語りつごうアジア・太平洋戦争
　戦後50年記念企画　　　　　　　　1995（この年）
かちかち山のすぐそばで
　『かちかち山のすぐそばで』刊行　1972.11月
カーチャと子わに
　第11回読書感想コン課題図書　　　1965（この年）

かつおきんや作品集
　　個人全集ブーム　　　　　　1979.5月～1982.3月
学研の図鑑LIVE
　　「図鑑LIVE」創刊　　　　　　　　　　2014.6月
学校ウサギをつかまえろ
　　『学校ウサギをつかまえろ』刊行　　1986.12月
学校へ行く道はまよい道
　　『学校へ行く道はまよい道』刊行　　1991.7月
がっこうかっぱのイケノオイ
　　第57回読書感想コン課題図書　2011（この年）
学校の怪談大事典
　　『学校の怪談大事典』刊行　　　　　1996.4月
仮名手本忠臣蔵
　　『仮名手本忠臣蔵』刊行　　　　　 2003.10月
カナリーズ・ソング
　　第48回読書感想コン課題図書　2002（この年）
カプチーヌ
　　『魔女の絵本』刊行　　　　　　　2003.10月
カブトエビの寒い夏
　　第48回読書感想コン課題図書　2002（この年）
カブトムシ山に帰る
　　第60回読書感想コン課題図書　2014（この年）
かみなり雲がでたぞ
　　第33回読書感想コン課題図書　1987（この年）
かみなりコゴロウ
　　「しつけ絵本シリーズ」刊行開始　　2004.9月
かむさはむにだ
　　『かむさはむにだ』刊行　　　　　　1983.7月
亀八
　　『亀八』刊行　　　　　　　　　　　1992.9月
かもしか学園
　　『かもしか学園』刊行　　　　　　　1956.7月
カモのきょうだいクリとゴマ
　　第58回読書感想コン課題図書　2012（この年）
カモメがおそう島
　　第46回読書感想コン課題図書　2000（この年）
カモメの家
　　『カモメの家』刊行　　　　　　　 1991.11月
火よう日のごちそうはひきがえる
　　第29回読書感想コン課題図書　1983（この年）
ガラスのうさぎ
　　『ガラスのうさぎ』刊行　　　　　 1977.12月
　　第24回読書感想コン課題図書　1978（この年）

ガラスのうま
　　『ガラスのうま』刊行　　　　　　 2001.10月
からすのおかしやさん
　　『からすのパンやさん』続編刊行　2013.4～05月
からすのパンやさん
　　『からすのパンやさん』刊行　　　　1973.9月
　　『からすのパンやさん』続編刊行　2013.4～05月
からすのやおやさん
　　『からすのパンやさん』続編刊行　2013.4～05月
からだっていいな
　　第44回読書感想コン課題図書　1998（この年）
カラフル
　　『カラフル』刊行　　　　　　　　　1998.7月
我利馬の船出
　　『我利馬の船出』刊行　　　　　　　1986.6月
　　第33回読書感想コン課題図書　1987（この年）
かれ草色の風をありがとう
　　『かれ草色の風をありがとう』刊行　1981.12月
カレンダー
　　『カレンダー』刊行　　　　　　　　1992.2月
カレンダーから世界を見る
　　第55回読書感想コン課題図書　2009（この年）
カロリーヌ プチ絵本
　　『カロリーヌ プチ絵本』　　　　2004.4～09月
かわいいこねこをもらってください
　　第54回読書感想コン課題図書　2008（この年）
かわいそうなぞう
　　『かわいそうなぞう』刊行　　　　　1970.8月
川将軍
　　『川将軍』刊行　　　　　　　　　 1951.11月
川は生きている
　　第25回読書感想コン課題図書　1979（この年）
考える絵本
　　「考える絵本」刊行開始　　　　　2009.6.19
考えろ丹太！
　　『考えろ丹太！』刊行　　　　　　 1960.10月
かんきょう絵本
　　環境問題の本の刊行相次ぐ　　1992（この年）
巌窟王
　　『巌窟王』刊行　　　　　　　　　　1950.6月
神沢利子のおはなしの時間
　　『神沢利子のおはなしの時間』刊行　2011.3月
神沢利子コレクション
　　『神沢利子コレクション』　　　　　1994.9月

かんすけさんとふしぎな自転車
　　第42回読書感想コン課題図書　1996（この年）
ガンバとカワウソの冒険
　　『ガンバとカワウソの冒険』刊行　　1982.11月
がんばれエコマン　地球を救え！
　　環境問題の本の刊行相次ぐ　　1992（この年）
がんばれ ひめねずみ
　　第31回読書感想コン課題図書　1985（この年）

【 き 】

きいたぞきいたぞ
　　「子どもの館」創刊　　　　　　　1973.6月
きいちゃん
　　第46回読書感想コン課題図書　2000（この年）
きいろい恐竜くん
　　恐竜ブーム　　　　　　　　　　　1993.7月
きいろいばけつ
　　『きいろいばけつ』刊行　　　　　1985.4月
　　第32回読書感想コン課題図書　1986（この年）
　　読み聞かせで『つりばしゆらゆら』
　　　　　　　　　　　　　　　　　1999（この年）
消えた両親の謎
　　『ライオンボーイ』刊行開始　　　2004.2月
木を植えた男
　　『木を植えた男』刊行　　　　　　1989.12月
きかんしゃトーマス
　　『トーマスのテレビシリーズ』刊行　1995.6月
奇跡のプレイボール
　　第56回読書感想コン課題図書　2010（この年）
木曽の杣うた
　　第21回読書感想コン課題図書　1975（この年）
北風をみた子
　　『北風をみた子』刊行　　　　　　1978.3月
北の海
　　第22回読書感想コン課題図書　1976（この年）
北の天使南の天使
　　『北の天使南の天使』刊行　　　　1982.2月
北の森にヒグマを追って
　　第38回読書感想コン課題図書　1992（この年）
北へ行く旅人たち
　　『北へ行く旅人たち―新十津川物語』
　　　刊行　　　　　　　　　　　　　1977.12月

きっと明日は
　　第36回読書感想コン課題図書　1990（この年）
きつねのかみさま
　　第50回読書感想コン課題図書　2004（この年）
キツネのまいもん屋
　　第45回読書感想コン課題図書　1999（この年）
きつねみちは天のみち
　　『きつねみちは天のみち』刊行　　1973.9月
キツネ山の夏休み
　　第41回読書感想コン課題図書　1995（この年）
樹によりかかれば
　　『樹によりかかれば』刊行　　　　1976.9月
きのうのわたしがかけていく
　　『きのうのわたしがかけていく』刊行　1983.4月
希望の海へ
　　第61回読書感想コン課題図書　2015（この年）
君たちへの遺産　白神山地
　　第47回読書感想コン課題図書　2001（この年）
君たちの天分を生かそう
　　第8回読書感想コン課題図書　　1962（この年）
きみはサヨナラ族か
　　『きみはサヨナラ族か』刊行　　　1975.12月
きみはダックス先生がきらいか
　　第28回読書感想コン課題図書　1982（この年）
きもち
　　『きもち』刊行　　　　　　　　　2013.9月
脚本集・宮沢賢治童話劇場 1 風の又三郎
　　『脚本集・宮沢賢治童話劇場』刊行
　　　　　　　　　　　　　　　1996.9月〜10月
キャベツくん
　　『キャベツくん』刊行　　　　　　1980.9月
救急医、世界の災害現場へ
　　第48回読書感想コン課題図書　2002（この年）
救出：日本・トルコ友情のドラマ
　　第50回読書感想コン課題図書　2004（この年）
牛荘の町
　　『牛荘の町』刊行　　　　　　　　1946.8月
九〇〇日の包囲の中で
　　第29回読書感想コン課題図書　1983（この年）
キューポラのある街
　　『キューポラのある街』刊行　　　1961.4月
今日からは、あなたの盲導犬
　　第54回読書感想コン課題図書　2008（この年）

京劇がきえた日
 『日・中・韓 平和絵本』刊行開始 2011.4.1
教室：6年1組がこわれた日
 第46回読書感想コン課題図書 2000（この年）
教室二〇五号
 『教室二〇五号』刊行 1969.6月
京のかさぐるま
 『京のかさぐるま』刊行 1988.6月
 『本のチカラ』刊行 2007.5月
きょうりゅうほねほねくんシリーズ
 恐竜ブーム 1993.7月
曲芸師ハリドン
 第54回読書感想コン課題図書 2008（この年）
巨人の風車
 『巨人の風車』刊行 1962.10月
キョーレツ科学者・フラニーシリーズ
 『キョーレツ科学者・フラニー』刊行
  2007.6～11月
帰らぬオオワシ
 『帰らぬオオワシ』刊行 1975.9月
きらめきのサフィール
 第35回読書感想コン課題図書 1989（この年）
霧のむこうのふしぎな町
 『霧のむこうのふしぎな町』刊行 1975.10月
 『霧のむこうのふしぎな町』新装版 2006.9.10
きりん
 「きりん」版元を移す 1962.4月
きわめいて川は流れる
 第40回読書感想コン課題図書 1994（この年）
きんいろの木
 第38回読書感想コン課題図書 1992（この年）
銀色の日々
 『銀色の日々』刊行 1995.11月
銀色ラッコのなみだ
 『銀色ラッコのなみだ』刊行 1964.2月
 第10回読書感想コン課題図書 1964（この年）
銀河鉄道の夜
 『脚本集・宮沢賢治童話劇場』刊行
  1996.9月～10月
金子みすゞ全集
 『金子みすゞ全集』刊行 1984.2月
銀のうさぎ
 『銀のうさぎ』刊行 1984.12月

銀の触覚
 『銀の触覚』刊行 1964.6月
銀のほのおの国
 『銀のほのおの国』刊行 1972.11月
ギンヤンマ飛ぶ
 『ギンヤンマ飛ぶ空』刊行 1995.12月

【く】

空中アトリエ
 『空中アトリエ』刊行 1970.3月
くさいろのマフラー
 第25回読書感想コン課題図書 1979（この年）
草の根こぞう仙吉
 『草の根こぞう仙吉』刊行 1978.2月
草の芽は青い
 『草の芽は青い』刊行 1966.1月
草むらの小さな友だち
 第26回読書感想コン課題図書 1980（この年）
くしゃみ・くしゃみ・天のめぐみ
 『くしゃみくしゃみ天のめぐみ』刊行 1968.8月
クジラと海とぼく
 第57回読書感想コン課題図書 2011（この年）
くちぶえ番長
 『くちぶえ番長』刊行 2007.7月
くっついた
 『くっついた』刊行 2005.8月
グッバイバルチモア
 『グッバイバルチモア』刊行 1990.12月
クヌギ林のザワザワ荘
 『クヌギ林のザワザワ荘』刊行 1990.6月
グフグフグフフ
 『グフグフグフフ』刊行 1995.7月
くまうちの日までに
 第26回読書感想コン課題図書 1980（この年）
クマ追い犬タロ
 第48回読書感想コン課題図書 2002（この年）
くまのアーネストおじさんシリーズ
 「くまのアーネストおじさん」シリーズ 1983.3月
くまの子ウーフ
 『くまの子ウーフ』刊行 1969.6月
 『神沢利子のおはなしの時間』刊行 2011.3月

くまのパディントン
　『くまのパディントン』刊行　　　　1967.10月
くまのブウル
　第11回読書感想コン課題図書　1965（この年）
クマよ
　『クマよ』刊行　　　　　　　　　　1999.10月
ぐみ色の涙
　『ぐみ色の涙』刊行　　　　　　　　1987.6月
雲の中のにじ
　第11回読書感想コン課題図書　1965（この年）
雲のはしご
　『雲のはしご』刊行　　　　　　　　2010.7月
ぐらぐらの歯
　『ぐらぐらの歯』刊行　　　　　　　2005.11月
くらしの中の日本探検
　第9回読書感想コン課題図書　1963（この年）
クラスメイト
　『クラスメイト』刊行　　　　　　　1993.12月
鞍馬天狗
　「紙芝居・むかしといま」開催　2004.1.22～31
くらやみの谷の小人たち
　『くらやみの谷の小人たち』刊行　　1972.6月
くりぃむパン
　第59回読書感想コン課題図書　2013（この年）
グリックの冒険
　『グリックの冒険』刊行　　　　　　1970.2月
ぐりとぐら
　「ぐりとぐら」刊行　　　　　　　　1963.12月
　「ぐりとぐら」100刷　　　　　1996（この年）
　「ぐりとぐら」150刷　　　　　2004（この年）
ぐりとぐらとすみれちゃん
　『ぐりとぐらとすみれちゃん』刊行　2003.10.10
ぐりとぐらのあいうえお
　福音館書店創立50周年　2001.10月～2002.5月
ぐりとぐらのおおそうじ
　福音館書店創立50周年　2001.10月～2002.5月
グリム童話集決定版
　『完訳 グリム童話集』刊行　　　　　1999.10月
車いすからこんにちは
　第44回読書感想コン課題図書　1998（この年）
車のいろは空のいろ
　『車のいろは空のいろ』　　　　　　1968.3月
ぐるんぱのようちえん
　『ぐるんぱのようちえん』刊行　　　1966.12月

クレヨン王国の十二か月
　『クレヨン王国の十二か月』刊行　　1965.2月
クレヨンからのおねがい！
　第61回読書感想コン課題図書　2015（この年）
くれよんのくろくん
　『くれよんのくろくん』刊行　　　　2001.10月
クロクサアリのひみつ
　第45回読書感想コン課題図書　1999（この年）
くろくんたちとおえかきえんそく
　『くれよんのくろくん』刊行　　　　2001.10月
くろくんとなぞのおばけ
　『くれよんのくろくん』刊行　　　　2001.10月
くろくんとふしぎなともだち
　『くれよんのくろくん』刊行　　　　2001.10月
くろ助
　『くろ助』刊行　　　　　　　　　　1968.1月
　第14回読書感想コン課題図書　1968（この年）
黒つちがもえた
　第21回読書感想コン課題図書　1975（この年）
クローディアの秘密
　『クローディアの秘密』刊行　　1969（この年）
クロニクル 千古の闇
　『クロニクル 千古の闇』シリーズ刊行
　　開始　　　　　　　　　　　　　　2005.6月
黒ねこサンゴロウ
　『黒ねこサンゴロウ1 旅のはじまり』
　　刊行　　　　　　　　　　　　　　1994.7月
黒ねこのおきゃくさま
　第46回読書感想コン課題図書　2000（この年）
黒船
　第38回読書感想コン課題図書　1992（この年）
黒部ダム物語
　第10回読書感想コン課題図書　1964（この年）
くろべのツンコぎつね
　第23回読書感想コン課題図書　1977（この年）

【け】

桂子は風のなかで
　『桂子は風のなかで』刊行　　　　　1989.12月
月刊絵本
　「月刊絵本」創刊　　　　　　　　　1973.5月
月刊絵本「こどものとも」50周年の歩み お

じいさんがかぶをうえました
　「こどものとも」50周年　　　2005（この年）
ゲド戦記
　『ゲド戦記』刊行開始　　　　　　1976.9月
　『アースシーの風』刊行　　　　2003.3.20
けんかのきもち
　第48回読書感想コン課題図書　2002（この年）
元気のさかだち
　『元気のさかだち』刊行　　　　　1986.4月
原始林あらし
　「原始林あらし」発表　　　　　　1950.5月
原生林のコウモリ
　第19回読書感想コン課題図書　1973（この年）
現代児童文学作家対談
　『現代児童文学作家対談』刊行　1988.10月～
現代児童文学事典
　『現代児童文学事典』刊行　　1955（この年）
けんちゃんあそびましょ
　『けんちゃんあそびましょ』刊行　1966.7月
ゲンと不動明王
　『ゲンと不動明王』刊行　　　　　1958.9月
ゲンのいた谷
　『ゲンのいた谷』刊行　　　　　　1968.12月
　第15回読書感想コン課題図書　1969（この年）
原爆の子
　『原爆の子』刊行　　　　　　　　1951.10月
けんぼうは1年生
　第28回読書感想コン課題図書　1982（この年）
原野にとぶ橇
　『原野にとぶ橇』刊行　　　　　　1978.11月
けんはへっちゃら
　第12回読書感想コン課題図書　1966（この年）

【こ】

こいぬがうまれるよ
　第29回読書感想コン課題図書　1983（この年）
小犬の裁判はじめます
　第34回読書感想コン課題図書　1988（この年）
鯉のいる村
　『鯉のいる村』刊行　　　　　　　1969.12月
公害のはなし　医者のたたかい
　第18回読書感想コン課題図書　1972（この年）

紅玉
　第52回読書感想コン課題図書　2006（この年）
高空10000メートルのかなたで
　『高空10000メートルのかなたで』刊
　行　　　　　　　　　　　　　　　1980.2月
高校生の山河
　第23回読書感想コン課題図書　1977（この年）
こうさぎのぼうけん
　『こうさぎのぼうけん』刊行　　　1970.4月
講座日本児童文学
　『講座日本児童文学』刊行　　　1973.9月～
子うしのハナベエ日記
　第39回読書感想コン課題図書　1993（この年）
講談社の動く図鑑 MOVE
　『動く図鑑 MOVE』刊行　　　　2011.7月
校定新美南吉全集
　個人全集ブーム　　　1979.5月～1982.3月
　『校定新美南吉全集』刊行　　　　1980.6月
こうばしい日々
　『こうばしい日々』刊行　　　　　1990.9月
校本宮沢賢治全集
　『校本宮澤賢治全集』刊行開始　1973（この年）
荒野にネコは生きぬいて
　第25回読書感想コン課題図書　1979（この年）
荒野の魂
　『荒野の魂』刊行　　　　　　　　1959.10月
こおり
　第59回読書感想コン課題図書　2013（この年）
木かげの家の小人たち
　『木かげの家の小人たち』刊行　　1959.12月
五月のはじめ、日曜日の朝
　『五月のはじめ、日曜日の朝』刊行　1989.11月
コカリナの海
　第45回読書感想コン課題図書　1999（この年）
ごきげんいかががちょうおくさん
　『ごきげんいかが がちょうおくさん』
　刊行　　　　　　　　　　　　　　2004.6月
ごきげんなすてご
　『ごきげんなすてご』刊行　　　　1995.1月
こぎつねキッコ
　「しつけ絵本シリーズ」刊行開始　2004.9月
こぎつねコンとこだぬきポン
　第24回読書感想コン課題図書　1978（この年）

子ぎつねヘレン
　『子ぎつねヘレンがのこしたもの』15
　万部突破　　　　　　　　　　2005（この年）
故郷
　『故郷』刊行　　　　　　　　　1979.11月
極悪飛童
　『極悪飛童』刊行　　　　　　　1992.12月
こぐまちゃんえほんシリーズ
　「しろくまちゃん」点字版刊行　2009.7月
こぐまのくまくん
　『こぐまのくまくん』刊行　　　1972.6月
国立国会図書館所蔵児童図書目録 上巻
　「国立国会図書館所蔵児童図書目録」
　刊行　　　　　　　　　　　　1971.6月
ここがわたしのおうちです
　第58回読書感想コン課題図書　2012（この年）
こころ
　「考える絵本」刊行開始　　　　2009.6.19
ココロのヒカリ
　『ココロのヒカリ』刊行　　　　2010.8月
心の森
　第58回読書感想コン課題図書　2012（この年）
ココロ屋
　第58回読書感想コン課題図書　2012（この年）
コーサラの王子
　『コーサラの王子』刊行　　　　1963.2月
古代文明の発見
　第8回読書感想コン課題図書　　1962（この年）
子だぬきタンタ化け話
　第35回読書感想コン課題図書　1989（この年）
コタンの口笛
　『コタンの口笛』刊行　　　　　1957.12月
こちら地図探偵団
　地図の本の刊行相次ぐ　　　　1992（この年）
国境 三部作
　『国境』三部作刊行　　　　　　1986.2月〜
ゴッドハンガーの森
　第45回読書感想コン課題図書　1999（この年）
古典童話
　『二年間の休暇』刊行　　　　　1968.4月
孤島の冒険
　第35回読書感想コン課題図書　1989（この年）
孤島の野犬
　『孤島の野犬』刊行　　　　　　1963.12月

ことばあそびうた
　『ことばあそびうた』刊行　　　1973.10月
ことばの海へ雲にのって
　第29回読書感想コン課題図書　1983（この年）
子ども世界
　「赤とんぼ」復刊　　　　　　　1949.1月
　「子ども世界」終刊　　　　　　1995（この年）
こども大図鑑 動物
　『こども大図鑑』刊行　　　　　2010.11月
こども大百科 キッズペディア
　『キッズペディア』刊行　　　　2011.11月
子ども大冒険ずかん
　『子ども大冒険ずかん』刊行　　2011.2.28
子供たちへの責任
　「子供たちへの責任」発表　　　1946.9月
こども哲学シリーズ
　『こども哲学シリーズ』刊行開始　2006.5.22
こども電車
　第57回読書感想コン課題図書　2011（この年）
子どものこころのチキンスープ
　米でベストセラーの絵本版　　　1999.9月
子どもの作文で綴る戦後50年
　戦後50年記念企画　　　　　　1995（この年）
子どものための世界文学の森
　『子どものための世界文学の森』刊行　1994.3.18
子どもの図書ベストセラー100選
　子どもの図書ベストセラー100選　1977.3.10
子ども版 声に出して読みたい日本語
　『子ども版 声に出して読みたい日本
　語』刊行開始　　　　　　　　2004.8.6
子供らのために
　『子供らのために』刊行　　　　1946.2月
こども論語塾
　「寺子屋シリーズ」刊行開始　　2009.8.25
子ネズミチヨロの冒険
　『子ネズミチヨロの冒険』刊行　2007.2月
この絵本が好き！
　『この絵本が好き！』刊行　　　2003.3月
このはのおかね、つかえます
　第50回読書感想コン課題図書　2004（この年）
ゴハおじさんのゆかいなお話
　『ゴハおじさんのゆかいなお話』刊行　2010.1月
こひつじクロ
　第40回読書感想コン課題図書　1994（この年）

- 359 -

こびとのピコ
　第14回読書感想コン課題図書　1968（この年）
こぶたがずんずん
　第35回読書感想コン課題図書　1989（この年）
こぶとり
　童心社創業50周年　　　　　2006.12月
こぶとりたろう
　第56回読書感想コン課題図書　2010（この年）
こまったさんシリーズ
　「こまったさん」シリーズ刊行　1982.7月
　寺村輝夫著書累計1500万部突破
　　　　　　　　　　　　　　1996（この年）
ゴムあたまポンたろう
　第45回読書感想コン課題図書　1999（この年）
ごめん
　『ごめん』刊行　　　　　　　1996.1月
ごめんねムン
　『ごめんねムン』刊行　　　　1982.10月
ゴリラにっき
　『ゴリラにっき』刊行　　　　1998.7月
コルチャック先生
　第42回読書感想コン課題図書　1996（この年）
コールデコットの絵本
　『コールデコットの絵本』刊行　2001.5月
コルプス先生汽車へ乗る
　『コルプス先生汽車へ乗る』刊行　1948.4月
これは王国のかぎ
　『これは王国のかぎ』刊行　　1993.10月
ゴーレムの眼
　『ゴーレムの眼』刊行　　　　2004.11月
コロッケ天使
　第38回読書感想コン課題図書　1992（この年）
コロボックル物語シリーズ
　「佐藤さとるファンタジー全集」刊行　2010.9月
ごんぎつね
　新美南吉記念館開館　　　　　1994.6.5
こんこんさまにさしあげそうろう
　第28回読書感想コン課題図書　1982（この年）
昆虫顔面図鑑 日本編
　『昆虫顔面図鑑』刊行　　　　2010.6.11
昆虫記
　『昆虫記』刊行　　　　　　　1988.7月
こんにちはアグネス先生
　第52回読書感想コン課題図書　2006（この年）

ゴンベッサよ永遠に
　第35回読書感想コン課題図書　1989（この年）

【さ】

さ・え・ら図書館 国語
　さ・え・ら書房創立　　　　　1948.8.15
ザ・ギバー
　第42回読書感想コン課題図書　1996（この年）
再会ベトナムのダーちゃん
　ベトナム戦争の本が話題に　　1992（この年）
最後のクジラ舟
　『最後のクジラ舟』刊行　　　1969.11月
最後のトキ ニッポニア・ニッポン
　第45回読書感想コン課題図書　1999（この年）
斎田喬児童劇選集
　『斎田喬児童劇選集』刊行　　1954.12月～
斎藤隆介全集
　個人全集ブーム　　　　1979.5月～1982.3月
　『斎藤隆介全集』刊行　　　　1982.1月
西遊記
　「中国の古典文学」刊行　　　1976.11月
坂をのぼれば
　『坂をのぼれば』刊行　　　　1978.3月
サーカスの小びと
　第11回読書感想コン課題図書　1965（この年）
坂道
　『坂道』発表　　　　　　　　1951.6月
坂本竜馬：飛べ！ ペガスス
　第47回読書感想コン課題図書　2001（この年）
さくら貝
　『さくら貝』刊行　　　　　　1945.10月
桜草をのせた汽車
　第34回読書感想コン課題図書　1988（この年）
桜の下で逢いましょう
　ティーンズ向け文庫が好調　　1989（この年）
桜守
　第16回読書感想コン課題図書　1970（この年）
さくらんぼクラブにクロがきた
　『さくらんぼクラブにクロがきた』刊行　　　　　　　　　　　　　　　1980.4月
　第27回読書感想コン課題図書　1981（この年）

サークル・オブ・マジック
　　ファンタジー・ブーム続く　　2003（この年）
ささぶね船長
　　『ささぶね船長』刊行　　　　　1955.11月
ざしきわらし一郎太の修学旅行
　　第46回読書感想コン課題図書　2000（この年）
サツキの町のサツキ作り
　　『サツキの町のサツキ作り』刊行　1990.12月
サッコがいく
　　第41回読書感想コン課題図書　1995（この年）
サッちゃん
　　『サッちゃん』刊行　　　　　　1975.12月
さっちゃんのまほうのて
　　『さっちゃんのまほうのて』刊行　1985.10月
佐藤さとるファンタジー全集
　　「佐藤さとるファンタジー全集」刊行　2010.9月
砂糖の世界史
　　第43回読書感想コン課題図書　1997（この年）
さと子の日記
　　第28回読書感想コン課題図書　1982（この年）
さとるのじてんしゃ
　　第15回読書感想コン課題図書　1969（この年）
サバイバル！　無人島で大冒険
　　『子ども大冒険ずかん』刊行　　2011.2.28
砂漠となぞの壁画
　　第14回読書感想コン課題図書　1968（この年）
サバクの虹
　　『サバクの虹』刊行　　　　　　1947.1月
サマータイム
　　『サマータイム』刊行　　　　　1990.7月
サムライの子
　　『サムライの子』刊行　　　　　1960.8月
さよならの日のねずみ花火
　　第42回読書感想コン課題図書　1996（この年）
サラ・ベルナールの一生
　　第8回読書感想コン課題図書　　1962（この年）
さらばハイウェイ
　　『さらばハイウェイ』刊行　　　1970.11月
ザリガニ同盟
　　第45回読書感想コン課題図書　1999（この年）
さる・るるる
　　『さる・るるる』刊行　　　　　1979.11月

さわってあそぼう　ふわふわあひる
　　『さわってあそぼう　ふわふわあひる』
　　刊行　　　　　　　　　　　　　1998.6月
ざわめきやまない
　　『ざわめきやまない』刊行　　　1989.3月
三月ひなのつき
　　『三月ひなのつき』刊行　　　　1963.12月
さんすうだいすき
　　『さんすうだいすき』復刊　　　2012.2月
算数病院事件
　　『算数病院事件』刊行　　　　　1975.7月
三太の日記
　　『三太の日記』刊行　　　　　　1955.1月
三びき荒野を行く
　　第11回読書感想コン課題図書　1965（この年）
三びきの子ブタ
　　『イギリスとアイルランドの昔話』刊
　　行　　　　　　　　　　　　　　1981.11月
三まいのおふだ
　　『日本昔ばなし』刊行開始　　　2007.7月
さんまマーチ
　　『さんまマーチ』刊行　　　　　1987.10月

【し】

死
　　「考える絵本」刊行開始　　　　2009.6.19
幸せさがし
　　『瀬戸内寂聴おはなし絵本』刊行
　　　　　　　　　　　　　2007.7.10〜12.27
しあわせの子犬たち
　　第55回読書感想コン課題図書　2009（この年）
じいと山のコボたち
　　『じいと山のコボたち』刊行　　1979.5月
ジェイミーの冒険旅行
　　第9回読書感想コン課題図書　　1963（この年）
潮風の学校
　　『潮風の学校』刊行　　　　　　1978.3月
仕掛絵本図鑑　動物の見ている世界
　　『動物の見ている世界』刊行　　2014.11.6
鹿の王
　　『鹿の王』刊行　　　　　　　　2014.9.25
　　『鹿の王』に本屋大賞　　　　　2015.4.7

し か ん

時間をまきもどせ！
　第55回読書感想コン課題図書　2009（この年）
史記
　「中国の古典文学」刊行　　　　　1976.11月
子ぎつねヘレンがのこしたもの
　『子ぎつねヘレンがのこしたもの』15
　万部突破　　　　　　　　　　2005（この年）
地獄堂霊界通信 ワルガキ、幽霊にびびる！
　『地獄堂霊界通信 ワルガキ、幽霊にび
　びる！』刊行　　　　　　　　　1994.10月
じごくのそうべえ
　『じごくのそうべえ』100万部突破
　　　　　　　　　　　　　　　2008（この年）
地獄八景亡者戯
　『じごくのそうべえ』100万部突破
　　　　　　　　　　　　　　　2008（この年）
辞書びきえほんシリーズ
　『辞書びきえほん』刊行開始　　　2008.2月
しずくちゃん5 がっこうはたのしいな
　『しずくちゃん5 がっこうはたのしい
　な』刊行　　　　　　　　　　　 2005.8月
ジスランさんとうそつきお兄ちゃん
　第43回読書感想コン課題図書　1997（この年）
したきりすずめ
　童心社創業50周年　　　　　　　 2006.12月
七人さきのおやじさま
　『世界のむかしばなし』刊行　　　2000.9月
しつけ絵本シリーズ
　「しつけ絵本シリーズ」刊行開始　2004.9月
しっぱいにかんぱい！
　『しっぱいにかんぱい！』刊行　　2008.9月
　第55回読書感想コン課題図書　2009（この年）
しつれいですが、魔女さんですか
　『魔女の絵本』刊行　　　　　　 2003.10月
児童図書館・文学の部屋
　『チョコレート工場の秘密』刊行
　　　　　　　　　　　　　　　1972（この年）
児童図書総目録
　『2013年版児童図書総目録』公開　2013.4月
児童文学事典
　『児童文学事典』刊行　　　　　　1988.4月
児童文学者は何をなすべきか
　「児童文学者は何をなすべきか」発表　1946.9月
児童文学大系
　『児童文学大系』刊行　　　　　1955（この年）

シナの五人きょうだい
　「世界傑作絵本シリーズ」刊行開始
　　　　　　　　　　　　　　　1961（この年）
子ねこをつれてきたノラねこ
　第31回読書感想コン課題図書　1985（この年）
死の艦隊・マゼラン航海記
　第15回読書感想コン課題図書　1969（この年）
死の国からのバトン
　『死の国からのバトン』刊行　　　1976.2月
しまふくろう
　第39回読書感想コン課題図書　1993（この年）
シマフクロウの森
　『シマフクロウの森』刊行　　　　1967.2月
縞模様のパジャマの少年
　第55回読書感想コン課題図書　2009（この年）
四万十川：あつよしの夏
　第35回読書感想コン課題図書　1989（この年）
地面の下のいきもの
　第35回読書感想コン課題図書　1989（この年）
ジャガーのヒッチ
　第18回読書感想コン課題図書　1972（この年）
ジャコのお菓子な学校
　第59回読書感想コン課題図書　2013（この年）
写真・絵画集成 ジュニア文学館 宮沢賢治
　『ジュニア文学館 宮沢賢治』刊行　1996.3月
ジャックとマメの木
　『イギリスとアイルランドの昔話』刊
　行　　　　　　　　　　　　　　1981.11月
シャローム イスラエル
　第11回読書感想コン課題図書　1965（この年）
ジャングルの少年
　第30回読書感想コン課題図書　1984（この年）
じゃんけんポンじゃきめられない
　『じゃんけんポンじゃきめられない』
　刊行　　　　　　　　　　　　　1983.10月
ジャンボコッコの伝記
　『ジャンボコッコの伝記』刊行　　1979.2月
十一月の扉
　『十一月の扉』刊行　　　　　　　1999.9月
自由をわれらに
　第45回読書感想コン課題図書　1999（この年）
十五少年漂流記
　『痛快 世界の冒険文学』刊行開始　1997.10.16

十三湖のばば
　『十三湖のばば』刊行　　　　　　1974.6月
　第21回読書感想コン課題図書　1975（この年）
十二歳の合い言葉
　「十二歳シリーズ」刊行　　　　　1982.12月
十四歳の妖精たち
　『十四歳の妖精たち』刊行　　　　1988.12月
しゅくだい
　第50回読書感想コン課題図書　2004（この年）
宿題ひきうけ株式会社
　『宿題ひきうけ株式会社』刊行　　1966.2月
　アイヌへの表現問題　　　　　　1995.12月～
　「宿題ひきうけ株式会社」新版　　1996.12月
ジュニア自然図鑑
　児童全集の刊行相次ぐ　　　　1993（この年）
ジュラシック・パーク
　恐竜ブーム　　　　　　　　　　　1993.7月
シュリーマン伝
　第12回読書感想コン課題図書　1966（この年）
小学館の図鑑NEOシリーズ
　小学館創立80周年　　　　2002.3月～06月
　「くらべる図鑑」刊行　　　　　　2009.7.8
　『せいかつの図鑑』刊行　　　　　2010.3.16
　「NEO POCKET」刊行開始　　　2010.6月
　「図鑑NEO+」刊行　　　　　　　2011.6.17
　『くふうの図鑑』刊行　　　　　　2013.2.22
　「図鑑NEO」新版刊行　　　　　　2014.6.18
小公女
　第8回読書感想コン課題図書　1962（この年）
小人たちの誘い
　『小人たちの誘い』にエルバ賞　　1982.3.6
小説三太物語
　『小説三太物語』刊行　　　　　　1951.11月
小説の書き方
　『小説の書き方』刊行　　　　　　1971.2月
商店街シリーズ
　『ムカシのちょっといい未来』刊行　2010.6月
正伝野口英世
　第50回読書感想コン課題図書　2004（この年）
少年H
　『少年H』刊行　　　　　　　　　1997.1月
少年倶楽部名作選
　「少年倶楽部名作選」刊行　　　　1966.12月
少年時代の画集
　『少年時代の画集』刊行　　　　　1985.12月

少年少女科学冒険全集
　『少年少女科学冒険全集』刊行　　1956.7月
少年少女児童文学館
　『少年少女児童文学館』刊行　　1985.10月～
少年少女新世界文学全集27 北欧現代編
　『長くつ下のピッピ』刊行　　1964（この年）
少年少女世界SF文学全集16
　『宇宙戦争』刊行　　　　　　1972（この年）
少年少女世界ノンフィクション全集
　『少年少女世界ノンフィクション全
　　集』刊行　　　　　　　　　1960（この年）
少年少女世界文学全集
　『少年少女世界文学全集』刊行　　1958.9月
少年少女世界名作文学全集
　『少年少女世界名作文学全集』刊行　1960.5月
少年少女日本文学選集
　『少年少女日本文学選集』刊行　1955（この年）
少年少女のために 文化論
　第11回読書感想コン課題図書　1965（この年）
少年少女読物百種選定目録
　『少年少女読物百種選定目録』刊行　1950.12月
少年小説大系
　『少年小説大系』刊行　　　　　1986.3月～
少年たち
　『少年たち』刊行　　　　　　　　1982.12月
少年たちの原野
　第31回読書感想コン課題図書　1985（この年）
少年たちの夏
　第47回読書感想コン課題図書　2001（この年）
少年探偵・江戸川乱歩全集
　「少年探偵・江戸川乱歩全集」創刊　1964.8月
少年動物誌
　『少年動物誌』刊行　　　　　　　1976.5月
少年の海
　第8回読書感想コン課題図書　1962（この年）
　第40回読書感想コン課題図書　1994（この年）
少年のこよみ
　『少年のこよみ』刊行　　　　　　1963.11月
少年の日
　『少年の日』刊行　　　　　　　　1954.6月
少年のブルース
　『少年のブルース』刊行　　　　　1978.5月
少年は戦場へ旅立った
　第52回読書感想コン課題図書　2006（この年）

少年文学代表選集
 「少年文学代表選集」刊行　　　　1962.1月
少年弁護士セオの事件簿シリーズ
 「少年弁護士セオの事件簿」シリーズ　2011.9月
庄野英二全集
 個人全集ブーム　　　1979.5月～1982.3月
小惑星探査機「はやぶさ」大図鑑
 "はやぶさ"図鑑刊行　　　　　　　2012.7月
植物のうた
 『植物のうた』刊行　　　　　　　　1975.3月
ジョン万次郎海を渡ったサムライ魂
 第59回読書感想コン課題図書　2013（この年）
シラカバと少女
 『シラカバと少女』刊行　　　　　1965.12月
シラサギ物語
 『シラサギ物語』刊行　　　　　　1964.1月
 第10回読書感想コン課題図書　1964（この年）
しらゆきひめ
 「世界名作おはなし絵本シリーズ」刊
 行開始　　　　　　　　　　　2006.11.29
知られざる大地
 第11回読書感想コン課題図書　1965（この年）
しらんぷり
 第44回読書感想コン課題図書　1998（この年）
シルク・ロード
 第9回読書感想コン課題図書　1963（この年）
シルバーチャイルド
 『シルバーチャイルド』刊行開始　2006.4月
白い川の白い町
 第21回読書感想コン課題図書　1975（この年）
しろいセーターのおとこの子
 第22回読書感想コン課題図書　1976（この年）
白い大地
 第19回読書感想コン課題図書　1973（この年）
白いとんねる
 『白いとんねる』刊行　　　　　　1977.10月
白いにぎりめし
 『白いにぎりめし』刊行　　　　　1972.5月
白い帽子の丘
 『白い帽子の丘』刊行　　　　　　1958.6月
白いりす
 『白いりす』刊行　　　　　　　　1961.12月
シロクマ号となぞの鳥
 第10回読書感想コン課題図書　1964（この年）

じろはったん
 『じろはったん』刊行　　　　　　1973.10月
 第20回読書感想コン課題図書　1974（この年）
ジローブーチン日記
 『ジローブーチン日記』刊行　　　1948.5月
深海6000メートルの謎にいどむ
 第33回読書感想コン課題図書　1987（この年）
深海の超巨大イカ
 巨大イカの本刊行　　　　　　　　2013.6月
新きょうのおはなしなあに
 『新きょうのおはなしなあに』刊行　1997.5月
信じられない現実の大図鑑
 『信じられない現実の大図鑑』刊行　2014.7月
シンタのあめりか物語
 第44回読書感想コン課題図書　1998（この年）
ジンタの音
 『ジンタの音』刊行　　　　　　　1974.11月
新ちゃんがないた！
 第33回読書感想コン課題図書　1987（この年）
シンドバッドの冒険
 『シンドバッドの冒険』刊行　　　2004.9月
新日本少年少女文学全集
 『新日本少年少女文学全集』刊行
 　　　　　　　　　　　　　　1957（この年）
シンバと森の戦士の国
 第13回読書感想コン課題図書　1967（この年）
森林はなぜ必要か
 第39回読書感想コン課題図書　1993（この年）
人類誕生のなぞをさぐる
 第24回読書感想コン課題図書　1978（この年）

【す】

ずいとん先生と化けの玉
 第50回読書感想コン課題図書　2004（この年）
スイミー
 『スイミー』刊行　　　　　　　　1969.4月
スウィート・メモリーズ
 第46回読書感想コン課題図書　2000（この年）
好きだった風 風だったきみ
 『好きだった風 風だったきみ』刊行　1983.12月
すきなあの子にバカラッチ
 『すきなあの子にバカラッチ』刊行　1983.11月

すきまのおともだちたち
　『すきまのおともだちたち』刊行　　2005.6月
すこし昔のはなし
　『すこし昔のはなし』刊行　　　　　1948.7月
スズメの大研究
　第51回読書感想コン課題図書　2005（この年）
巣立つ日まで
　『巣立つ日まで』刊行　　　　　　1974.10月
　第21回読書感想コン課題図書　1975（この年）
スッパの小平太
　『スッパの小平太』刊行　　　　　　1978.4月
すてねこタイガーと家出犬スポット
　第50回読書感想コン課題図書　2004（この年）
ストライプ　たいへん！　しまもようになっちゃった
　『ストライプ』刊行　　　　　　　　1999.6月
砂
　第15回読書感想コン課題図書　1969（この年）
砂の音はとうさんの声
　『砂の音はとうさんの声』刊行　　　1978.2月
　第24回読書感想コン課題図書　1978（この年）
スパゲッティがたべたいよう
　「小さなおばけシリーズ」刊行　　　1979.2月
スピリットベアにふれた島
　第57回読書感想コン課題図書　2011（この年）
スポーツの夜明け
　第20回読書感想コン課題図書　1974（この年）
ズボン船長さんの話
　『ズボン船長さんの話』刊行　　　　1981.7月
すみ鬼にげた
　第56回読書感想コン課題図書　2010（この年）
すみれ島
　『すみれ島』刊行　　　　　　　　1991.12.9

【せ】

青春航路ふぇにっくす丸
　『青春航路ふぇにっくす丸』刊行　　1993.12月
青年と人生を語ろう
　第14回読書感想コン課題図書　1968（この年）
生物の消えた島
　第34回読書感想コン課題図書　1988（この年）

生命とは何だろう？
　第60回読書感想コン課題図書　2014（この年）
生命の神秘をさぐる
　第14回読書感想コン課題図書　1968（この年）
聖夜
　第57回読書感想コン課題図書　2011（この年）
精霊の守り人
　『精霊の守り人』刊行　　　　　　　1996.7月
世界傑作絵本シリーズ
　「世界傑作絵本シリーズ」刊行開始
　　　　　　　　　　　　　　　1961（この年）
世界傑作童話シリーズ
　『エルマーのぼうけん』刊行　　　　1963.7月
世界児童文学案内
　『世界児童文学案内』刊行　　　　　1963.9月
世界児童文学事典
　『世界児童文学事典』刊行　　　1955（この年）
世界児童文学全集
　『世界児童文学全集』刊行　　　　　1958.9月
世界児童文学良書百五十選
　「世界児童文学良書百五十選」発表　1954.1月
世界少女名作全集
　『世界少女名作全集』刊行　　　　 1957.12月
　『世界少女名作全集』刊行　　　　 1987.12月
世界少年少女文学全集
　『世界少年少女文学全集』刊行　　　1953.5月
世界の絵本
　『世界の絵本』刊行　　　　　　　 1949.11月
　「世界の絵本」刊行開始　　　　1949（この年）
世界の子どもの本
　『大どろぼうホッツェンプロッツ』刊行　　　　　　　　　　　　　　　　　1966.1月
世界の中の日本
　第18回読書感想コン課題図書　1972（この年）
せかいのポップアップえほん
　『せかいのポップアップえほん』刊行
　　　　　　　　　　　　　　1998.2月〜09月
世界のむかしばなし
　『世界のむかしばなし』刊行　　　　2000.9月
世界の名作
　『世界の名作』刊行開始　　　　　1997.9.19
世界一おいしい火山の本
　第53回読書感想コン課題図書　2007（この年）

世界名作おはなし絵本シリーズ
　「世界名作おはなし絵本シリーズ」刊
　　行開始　　　　　　　　　2006.11.29
世界名作劇場
　『絵本アニメ世界名作劇場』刊行　2001.8月
世界名作全集
　『巌窟王』刊行　　　　　　　1950.6月
　『ああ無情』刊行　　　　　1950（この年）
世界名作童話全集
　『青い鳥』邦訳版3件刊行　　1951（この年）
世界名作物語選集
　『家なき子』邦訳版刊行　　　1951（この年）
セキレイの歌
　第22回読書感想コン課題図書　1976（この年）
瀬戸内寂聴おはなし絵本
　『瀬戸内寂聴おはなし絵本』刊行
　　　　　　　　　　　　2007.7.10〜12.27
せなけいこ　おばけえほんシリーズ
　「おばけえほん」シリーズ　　　1974.7月
セブンタワーシリーズ
　ファンタジー・ブーム続く　　2003（この年）
ゼルマの詩集
　第33回読書感想コン課題図書　1987（この年）
ゼロからのつり入門
　「入門百科＋」創刊　　　　　　2013.7.19
セロひきのゴーシュ
　「こどものとも」刊行始まる　　　1956.4月
　『セロひきのゴーシュ』刊行　　　1966.4月
　『脚本集・宮沢賢治童話劇場』刊行
　　　　　　　　　　　　　1996.9月〜10月
全集　古田足日こどもの本
　古田足日の全集刊行　　　　　　1993.11月
　児童全集の刊行相次ぐ　　　　1993（この年）
センス・オブ・ワンダー
　第38回読書感想コン課題図書　1992（この年）
せんせいけらいになれ
　『せんせいけらいになれ』刊行　　1965.4月
先生のつうしんぼ
　第22回読書感想コン課題図書　1976（この年）
戦争児童文学傑作選
　『戦争児童文学傑作選』刊行　　　1971.9月〜
戦争体験の記録
　「戦争体験の記録」募集　　　　　1979.1月
センナじいとくま
　第17回読書感想コン課題図書　1971（この年）

戦没学生の遺書にみる十五年戦争
　第9回読書感想コン課題図書　1963（この年）
千本松原
　『千本松原』刊行　　　　　　　1971.3月
　第17回読書感想コン課題図書　1971（この年）

【そ】

そいつの名前はエメラルド
　第55回読書感想コン課題図書　2009（この年）
草原
　『草原―ぼくと子っこ牛の大地』刊行
　　　　　　　　　　　　　　　1985.12月
総合百科事典　ポプラディア
　『総合百科事典　ポプラディア』刊行　2002.3月
ゾウさんの遺言
　第27回読書感想コン課題図書　1981（この年）
ぞうのエルマーシリーズ
　「ぞうのエルマー」シリーズ　　　2002.4月
ゾウの森とポテトチップス
　第59回読書感想コン課題図書　2013（この年）
祖国へのマズルカ
　第16回読書感想コン課題図書　1970（この年）
そして、カエルはとぶ！
　第49回読書感想コン課題図書　2003（この年）
そして、奇跡は起こった！
　第47回読書感想コン課題図書　2001（この年）
その日のまえに
　第52回読書感想コン課題図書　2006（この年）
その時が来るまで
　第41回読書感想コン課題図書　1995（この年）
空色の地図
　第52回読書感想コン課題図書　2006（この年）
空色勾玉
　『空色勾玉』刊行　　　　　　　1988.8月
空のてっぺん銀色の風
　第51回読書感想コン課題図書　2005（この年）
空のない星
　第38回読書感想コン課題図書　1992（この年）
そらのひつじかい
　『そらのひつじかい』刊行　　　　1956.4月
空のふしぎ図鑑
　『空のふしぎ図鑑』刊行　　　　2013.11.12

ソリちゃんのチュソク
　　第47回読書感想コン課題図書　2001（この年）
そりになったブナの木
　　第20回読書感想コン課題図書　1974（この年）
それいけ！　ズッコケ三人組シリーズ
　　『それいけズッコケ三人組』刊行　　1978.2月
　　『ズッコケ三人組と学校の怪談』刊行
　　　　　　　　　　　　　　　　　1994.12月
　　「ズッコケ三人組」シリーズ完結　2004.12月

【た】

だいくとおにろく
　　『だいくとおにろく』刊行　　　　1967.2月
太鼓の鳴る村
　　『太鼓の鳴る村』刊行　　　　　　1946.10月
ダイコンをそだてる
　　第26回読書感想コン課題図書　1980（この年）
大地震が学校をおそった
　　第33回読書感想コン課題図書　1987（この年）
大地の王の再来
　　『ルーンロード』シリーズ　　　　2005.3.28
大地の冬のなかまたち
　　『大地の冬のなかまたち』刊行　　　1970.2月
太平洋漂流実験50日
　　第27回読書感想コン課題図書　1981（この年）
大魔法使いクレストマンシーシリーズ
　　ファンタジー・ブーム　　　　2001（この年）
タイムスリップ！　江戸の町で大冒険
　　『子ども大冒険ずかん』刊行　　　2011.2.28
太陽の絵筆
　　第25回読書感想コン課題図書　1979（この年）
太陽の牙
　　『太陽の牙』刊行　　　　　　　　1984.12月
太陽の子
　　『太陽の子』刊行　　　　　　　　1978.9月
　　第25回読書感想コン課題図書　1979（この年）
太陽の子と氷の魔女
　　第15回読書感想コン課題図書　1969（この年）
太陽よりも月よりも
　　『太陽よりも月よりも』刊行　　　　1947.8月
ダーウィンと出会った夏
　　第58回読書感想コン課題図書　2012（この年）

たおされたカシの木
　　第23回読書感想コン課題図書　1977（この年）
高志と孝一
　　第37回読書感想コン課題図書　1991（この年）
宝島
　　岩波少年文庫刊行始まる　　　　　1950.12.25
たくさんのふしぎ
　　「たくさんのふしぎ」創刊　　　1985（この年）
ただいま！　マラング村
　　第60回読書感想コン課題図書　2014（この年）
たたかいの人
　　『たたかいの人』刊行　　　　　　　1971.6月
たたけ勘太郎
　　『たたけ勘太郎』刊行　　　　　　　1986.3月
龍の子太郎
　　『龍の子太郎』刊行　　　　　　　　1960.8月
　　「龍の子太郎」国際アンデルセン賞佳
　　　作賞　　　　　　　　　　　　　　1962.9月
建具職人の千太郎
　　第56回読書感想コン課題図書　2010（この年）
ダニエルのふしぎな絵
　　第52回読書感想コン課題図書　2006（この年）
谷は眠っていた
　　第35回読書感想コン課題図書　1989（この年）
谷間の池
　　『谷間の池』刊行　　　　　　　　1945.12月
谷間の底から
　　『谷間の底から』刊行　　　　　　　1959.9月
種をまく人
　　第45回読書感想コン課題図書　1999（この年）
たのしい・しかけえほんシリーズ
　　「たのしい・しかけえほん」シリーズ
　　　刊行　　　　　　　　　　　　1976（この年）
たのしい科学あそび
　　さ・え・ら書房創立　　　　　　　1948.8.15
楽しく遊ぶ学ぶ
　　『くふうの図鑑』刊行　　　　　　2013.2.22
　　『よのなかの図鑑』刊行　　　　　2014.2.28
旅路の果て
　　第47回読書感想コン課題図書　2001（この年）
旅しばいのくるころ
　　『旅しばいのくるころ』刊行　　　1973.11月
旅立つ日
　　『つまさきだちの季節』刊行　　　　1987.7月

旅のスケッチ トーベ・ヤンソン初期短篇集
　　トーベ・ヤンソン生誕100年　2014（この年）
食べ物と自然の秘密
　　第50回読書感想コン課題図書　2004（この年）
たまむしのずしの物語
　　「たまむしのずしの物語」発表　1948.2月
ダメ！
　　「いもとようこの絵本シリーズ」刊行
　　　　　　　　　　　　　　　　2010.10月
だれが君を殺したのか
　　第30回読書感想コン課題図書　1984（この年）
誰もしらない
　　『誰もしらない』刊行　　　　1976.2月
だれも知らない小さな国
　　『だれも知らない小さな国』刊行　1959.8月
　　「佐藤さとるファンタジー全集」刊行　2010.9月
ダレン・シャン
　　ファンタジー・ブーム　　　　2001（この年）
　　『ダレン・シャン』300万部突破　2003（この年）
　　「ダレン・シャン」シリーズ完結　2004.12.17
太郎とクロ
　　第11回読書感想コン課題図書　1965（この年）
ダンゴムシ
　　第49回読書感想コン課題図書　2003（この年）
たんたのたんけん
　　『たんたのたんけん』刊行　　1971.4月
だんまりレナーテと愛犬ルーファス
　　第45回読書感想コン課題図書　1999（この年）

【ち】

小さい心の旅
　　『小さい心の旅』刊行　　　　1971.12月
小さいなかま
　　児童文学同人誌運動の隆盛　　1954（この年）
小さいベッド
　　『小さいベッド』刊行　　　　1984.7月
ちいさいモモちゃん
　　『ちいさいモモちゃん』刊行　1964.7月
　　「モモちゃん」刊行50年　　　2014（この年）
ちいさなあかちゃん、こんにちは！
　　第54回読書感想コン課題図書　2008（この年）

ちいさなあなたへ
　　『ちいさなあなたへ』刊行　　2008.3.7
小さなおうち
　　『世界のむかしばなし』刊行　2000.9月
小さなおばけシリーズ
　　「小さなおばけシリーズ」刊行　1979.2月
ちいさなおはなしえほん
　　『ちいさなおはなしえほん』刊行　2001.5月
小さな魚
　　第16回読書感想コン課題図書　1970（この年）
ちいさなちいさな
　　第61回読書感想コン課題図書　2015（この年）
ちいさなちいさな王様
　　第43回読書感想コン課題図書　1997（この年）
小さな小さなキツネ
　　第19回読書感想コン課題図書　1973（この年）
小さなハチかい
　　『小さなハチかい』刊行　　　1971.5月
小さなぼくの家
　　『小さなぼくの家』刊行　　　1976.2月
　　第22回読書感想コン課題図書　1976（この年）
小さな本 大きな夢
　　読書推進運動を展開　　　　　1988.5.3
小さな魔女のカプチーヌ
　　『魔女の絵本』刊行　　　　　2003.10月
小さな町の六
　　『小さな町の六』刊行　　　　1949.4月
ちいちゃんのかげおくり
　　『ちいちゃんのかげおくり』刊行　1982.8月
　　第29回読書感想コン課題図書　1983（この年）
地をはう風のように
　　第58回読書感想コン課題図書　2012（この年）
ちか100かいだてのいえ
　　『100かいだてのいえ』刊行　　2008.5月
　　『ちか100かいだてのいえ』刊行　2009.11月
ちからたろう
　　第14回読書感想コン課題図書　1968（この年）
地球をほる
　　『地球をほる』刊行　　　　　2011.9.1
ちきゅうがウンチだらけにならないわけ
　　第60回読書感想コン課題図書　2014（この年）
地球環境白書
　　環境問題の本の刊行相次ぐ　　1992（この年）

地球さんへの贈り物
　環境問題の本の刊行相次ぐ　　1992（この年）
地球に何がおきているか
　第34回読書感想コン課題図書　1988（この年）
地球の声に耳をすませて
　第58回読書感想コン課題図書　2012（この年）
ちきゅうのなかみ
　第43回読書感想コン課題図書　1997（この年）
地球は青かった（20世紀の記録）
　第9回読書感想コン課題図書　　1963（この年）
地球はふるえる
　第27回読書感想コン課題図書　1981（この年）
ちくま評伝シリーズ「ポルトレ」
　「ちくま評伝シリーズ」刊行開始　2014.8.25
父の手紙
　『父の手紙』刊行　　　　　　　1948.2月
地中魔
　ポプラ社創業　　　　　　　　1947（この年）
チッチゼミ鳴く木の下で
　『チッチゼミ鳴く木の下で』刊行　1976.9月
地の音
　第31回読書感想コン課題図書　1985（この年）
千葉省三童話全集
　『千葉省三童話全集』刊行　　　1981.3月
ちびくろさんぼ
　『ちびくろさんぼ』刊行　　　1953（この年）
ちびぞうトト
　第25回読書感想コン課題図書　1979（この年）
チビ虫マービンは天才画家！
　『チビ虫マービンは天才画家！』刊行　2011.3月
ちびっこカムのぼうけん
　『ちびっこカムのぼうけん』刊行　1961.12月
ちびねこグルのぼうけん
　第50回読書感想コン課題図書　2004（この年）
ちびねこミッシェル
　第30回読書感想コン課題図書　1984（この年）
地べたっこさま
　『地べたっこさま』刊行　　　　1972.2月
チベット旅行記
　第8回読書感想コン課題図書　　1962（この年）
チム・ラビットのぼうけん
　第13回読書感想コン課題図書　1967（この年）
チームふたり
　『チームふたり』刊行　　　　　2007.10月

　第54回読書感想コン課題図書　2008（この年）
チャーシューの月
　第59回読書感想コン課題図書　2013（この年）
ちゃぷちゃっぷんの話
　『ちゃぷちゃっぷんの話』刊行　1975.4月
チャーリーとチョコレート工場
　ロアルド・ダールコレクション　2005.4月
チャレンジミッケ！
　『チャレンジミッケ！』刊行開始　2005.12.20
中国の古典文学
　「中国の古典文学」刊行　　　　1976.11月
中山千夏の絵本シリーズ
　「中山千夏の絵本」刊行開始　　2004.10月
ちょうちん屋のままッ子
　『ちょうちん屋のままッ子』刊行　1970.12月
チョウのいる丘
　第14回読書感想コン課題図書　1968（この年）
チョコレート工場の秘密
　『チョコレート工場の秘密』刊行
　　　　　　　　　　　　　　　1972（この年）
　ロアルド・ダールコレクション　2005.4月
チョコレート戦争
　『チョコレート戦争』刊行　　　1965.1月
チョコレートと青い空
　第58回読書感想コン課題図書　2012（この年）
ちょっとだけ
　『ちょっとだけ』刊行　　　　　2007.11.15
ちょっとまって、きつねさん！
　第55回読書感想コン課題図書　2009（この年）
ちょんまげ手まり歌
　『ちょんまげ手まり歌』刊行　　1968.11月
チロと秘密の男の子
　第47回読書感想コン課題図書　2001（この年）
チンドンひとすじ70年
　「岩波フォト絵本」刊行開始　　2002.11.20
沈黙
　第12回読書感想コン課題図書　1966（この年）

【つ】

痛快 世界の冒険文学
　『痛快 世界の冒険文学』刊行開始　1997.10.16

つかのまの二十歳 (はたち)
　　第28回読書感想コン課題図書　1982 (この年)
月と少年
　　「アシェット婦人画報社の絵本」創刊　2004.4月
月のうさぎ
　　『瀬戸内寂聴おはなし絵本』刊行
　　　　　　　　　　　　　　2007.7.10～12.27
月のえくぼ (クレーター) を見た男
　　第55回読書感想コン課題図書　2009 (この年)
月の狩人
　　第34回読書感想コン課題図書　1988 (この年)
月の少年
　　沢木耕太郎が児童書出版　　　　　2012.3月
月の輪ぐま
　　「椋鳩十全集」刊行　　　　　　　1969.10月
月夜に消える
　　『月夜に消える』刊行　　　　　　1988.7月
月夜のはちどう山
　　『月夜のはちどう山』刊行　　　　1972.11月
ツグミ
　　「ツグミ」発表　　　　　　　　　1953.12月
二死満塁 (ツーダン・フルベース)
　　第24回読書感想コン課題図書　1978 (この年)
綱渡りの男
　　『綱渡りの男』刊行　　　　　　　2005.8月
ツバメ号とアマゾン号
　　『ツバメ号とアマゾン号』刊行　1958 (この年)
ツバメの大旅行
　　『ツバメの大旅行』刊行　　　　　1955.5月
坪田譲治全集
　　『坪田譲治全集』刊行　　　　　1954 (この年)
つまさきだちの季節
　　『つまさきだちの季節』刊行　　　1987.7月
つみきのいえ
　　『つみきのいえ』刊行　　　　　　2008.10.16
つむじ風のマリア
　　『つむじ風のマリア』刊行　　　　1983.8月
つむじまがりへそまがり
　　第18回読書感想コン課題図書　1972 (この年)
つめたいよるに
　　『つめたいよるに』刊行　　　　　1989.8月
つりばしゆらゆら
　　読み聞かせで『つりばしゆらゆら』
　　　　　　　　　　　　　　　　1999 (この年)

つりばしわたれ
　　第22回読書感想コン課題図書　1976 (この年)
鶴になったおじさん
　　第35回読書感想コン課題図書　1989 (この年)
つるのとぶ日
　　『つるのとぶ日』刊行　　　　　　1963.7月
つるばら村シリーズ
　　『つるばら村のパン屋さん』刊行　1998.2月
鶴見十二景
　　『鶴見十二景』刊行　　　　　　　1979.11月

【て】

ディスカバー！ 世界の国ぐにで大冒険
　　『子ども大冒険ずかん』刊行　　　2011.2.28
ディズニーアニメ小説版100 アナと雪の女王
　　「アナ雪」ブーム　　　　　　　　2014.3.14
ディズニーおはなし絵本館
　　『国際版ディズニーおはなし絵本館』
　　　刊行　　　　　　　　　　　　　2001.9月
ディズニーはじめて百科
　　『ディズニーブック』など刊行　1995 (この年)
ディズニーブック
　　『ディズニーブック』など刊行　1995 (この年)
ディズニー名作ライブラリー
　　『ディズニー名作ライブラリー』刊行
　　　　　　　　　　　　　　　　　1994.10月
ディズニーものしりランド
　　『ディズニーものしりランド』刊行開
　　　始　　　　　　　　　　　　　　1992.11月
堤防のプラネタリウム
　　『堤防のプラネタリウム』刊行　　1983.7月
でかでか人とちびちび人
　　『でかでか人とちびちび人』刊行　1961.10月
できかた図鑑
　　『できかた図鑑』刊行　　　　　　2011.3.15
でこちゃん
　　第47回読書感想コン課題図書　2001 (この年)
てつがくのライオン
　　工藤直子少年詩集が刊行　　　　　1982.1月
鉄の町の少年
　　『鉄の町の少年』刊行　　　　　　1954.12月

鉄の街のロビンソン
　『鉄の街のロビンソン』刊行　　　1971.12月
てとてとてとて
　第55回読書感想コン課題図書　2009（この年）
てのひらの中の宇宙
　第53回読書感想コン課題図書　2007（この年）
てのひらむかしばなし
　『てのひらむかしばなし』刊行　2004.7〜11月
テーブルマジック入門
　「入門百科＋」創刊　　　　　　　2013.7.19
寺子屋シリーズ
　「寺子屋シリーズ」刊行開始　　　2009.8.25
寺町三丁目十一番地
　『寺町三丁目十一番地』刊行　　　 1969.3月
寺村輝夫全集
　個人全集ブーム　　　　　1979.5月〜1982.3月
寺村輝夫全童話
　寺村輝夫著書累計1500万部突破
　　　　　　　　　　　　　　　　1996（この年）
寺村輝夫のとんち話・むかし話
　『寺村輝夫のとんち話・むかし話』刊行
　　　　　　　　　　　　　　　　1976（この年）
寺村輝夫のぼくは王さまはじめの全1冊
　寺村輝夫著書累計1500万部突破
　　　　　　　　　　　　　　　　1996（この年）
デルトラ・クエスト
　『デルトラ・クエスト』刊行　　　　2002.9月
　『デルトラ・クエスト』178万部　2003（この年）
　『ロンド国物語』刊行開始　　　　 2008.10.15
でんぐりん
　『でんぐりん』刊行　　　　　　　　1992.5月
天国の五人
　第51回読書感想コン課題図書　2005（この年）
点子ちゃん
　第56回読書感想コン課題図書　2010（この年）
てんじつき さわるえほん しろくまちゃんの
ほっとけーき
　「しろくまちゃん」点字版刊行　　　2009.7月
天使で大地はいっぱいだ
　『天使で大地はいっぱいだ』刊行　　1967.2月
　第13回読書感想コン課題図書　1967（この年）
天使のいる教室
　第43回読書感想コン課題図書　1997（この年）
でんしゃにのって
　『でんしゃにのって』刊行　　　　　1997.6月

伝承遊び考
　小峰書店に梓会出版文化賞　　　　2009.1.20
天正の少年使節
　第17回読書感想コン課題図書　1971（この年）
伝説の怪物
　『ヒックとドラゴン』刊行　　　　　2009.11月
でんでら竜がでてきたよ
　第42回読書感想コン課題図書　1996（この年）
でんでんむしの競馬
　『でんでんむしの競馬』刊行　　　　1972.8月
天の赤馬
　『天の赤馬』刊行　　　　　　　　 1977.12月
　第24回読書感想コン課題図書　1978（この年）
天の火をぬすんだウサギ
　第34回読書感想コン課題図書　1988（この年）
天の瞳
　『天の瞳』刊行　　　　　　　　　　1996.1月
天風（てんかぜ）の吹くとき
　第57回読書感想コン課題図書　2011（この年）
てんぷらぴりぴり
　『てんぷらぴりぴり』刊行　　　　　1968.6月
天平の少年
　『天平の少年』刊行　　　　　　　　1958.2月
天保の人びと
　第15回読書感想コン課題図書　1969（この年）
天馬のように走れ
　第54回読書感想コン課題図書　2008（この年）
天文子守唄
　『天文子守唄』刊行　　　　　　　 1968.12月
電話がなっている
　『電話がなっている』刊行　　　　　1985.5月

【と】

トイレにいっていいですか
　第27回読書感想コン課題図書　1981（この年）
闘（とう）
　第20回読書感想コン課題図書　1974（この年）
童苑
　「風信器」発表　　　　　　　　　　1953.9月
東海道鶴見村
　『東海道鶴見村』刊行　　　　　　 1977.11月

とうきちとむじな
　第25回読書感想コン課題図書　1979（この年）
同級生たち
　『同級生たち』刊行　　　　　　1983.12月
東京石器人戦争
　『東京石器人戦争』刊行　　　　1985.4月
東京っ子物語
　『東京っ子物語』刊行　　　　　1971.3月
東京どまん中セピア色
　『東京どまん中セピア色』刊行　1981.9月
東京のサンタクロース
　『東京のサンタクロース』刊行　1961.12月
峠をこえたふたりの夏
　第38回読書感想コン課題図書　1992（この年）
峠を越えて
　第28回読書感想コン課題図書　1982（この年）
峠の一本松
　「峠の一本松」発表　　　　　　1945.11月
とうげのおおかみ
　第20回読書感想コン課題図書　1974（この年）
とうさん、ぼく戦争をみたんだ
　『とうさん、ぼく戦争をみたんだ』刊
　　行　　　　　　　　　　　　1983.8月
どうすればいいのかな？
　「年少版こどものとも」創刊　1977（この年）
動物園出前しまーす
　第39回読書感想コン課題図書　1993（この年）
動物と話せる男
　第36回読書感想コン課題図書　1990（この年）
動物のうた
　『動物のうた』刊行　　　　　　1975.1月
動物列車
　『動物列車』刊行　　　　　　　1947.6月
トウモロコシが実るころ
　第49回読書感想コン課題図書　2003（この年）
遠いのばらの村
　『遠い野ばらの村』刊行　　　　1981.9月
遠い水の伝説
　『遠い水の伝説』刊行　　　　　1987.3月
遠くへいく川
　『遠くへいく川』刊行　　　　　1991.10月
とおるがとおる
　『とおるがとおる』刊行　　　　1976.10月

時を超えた記憶
　第43回読書感想コン課題図書　1997（この年）
時をさまようタック
　第36回読書感想コン課題図書　1990（この年）
時をつなぐおもちゃの犬
　第60回読書感想コン課題図書　2014（この年）
時の扉
　第24回読書感想コン課題図書　1978（この年）
ときめき時代シリーズ
　『つまさきだちの季節』刊行　　1987.7月
どきん
　『どきん』刊行　　　　　　　　1983.2月
とくべつないちにち
　第52回読書感想コン課題図書　2006（この年）
どこかいきのバス
　第60回読書感想コン課題図書　2014（この年）
トコトンヤレ
　『トコトンヤレ』刊行　　　　　1956.2月
とざんでんしゃとモンシロチョウ
　第36回読書感想コン課題図書　1990（この年）
図書委員ハンドブック
　『図書委員ハンドブック』刊行　1960.5月
としょかんライオン
　『としょかんライオン』刊行　　2007.4月
ドッグ・シェルター
　第49回読書感想コン課題図書　2003（この年）
とっておきの詩
　第56回読書感想コン課題図書　2010（この年）
トットちゃんとトットちゃんたち
　第44回読書感想コン課題図書　1998（この年）
トナカイ村
　「トナカイ村」創刊　　　　　　1955.4月
となりのイカン
　「中山千夏の絵本」刊行開始　　2004.10月
となりのウチナーンチュ
　第54回読書感想コン課題図書　2008（この年）
となりのせきのますだくん
　「ますだくん」シリーズ　　　　1991.11月
　第38回読書感想コン課題図書　1992（この年）
とねと鬼丸
　第28回読書感想コン課題図書　1982（この年）
トビウオは木にとまったか
　『トビウオは木にとまったか』刊行　1976.2月

とびだせバカラッチ隊
　　第29回読書感想コン課題図書　　1983（この年）
扉のむこうの物語
　　『扉のむこうの物語』刊行　　　　1987.7月
飛ぶ教室
　　第8回読書感想コン課題図書　　1962（この年）
　　「飛ぶ教室」創刊　　　　　　　1981（この年）
ドブネズミ色の街
　　『ドブネズミ色の街』刊行　　　1962.10月
とべたら本こ
　　『とべたら本こ』刊行　　　　　　1960.4月
とべないカラスととばないカラス
　　『とべないカラスととばないカラス』
　　　　刊行　　　　　　　　　　　　1984.2月
トーマスのテレビシリーズ
　　『トーマスのテレビシリーズ』刊行　1995.6月
とまり木をください
　　『とまり木をください』刊行　　　1987.6月
トムソーヤーの冒険
　　『絵本アニメ世界名作劇場』刊行　2001.8月
トムは真夜中の庭で
　　『トムは真夜中の庭で』刊行　　1967.12月
トモ、ぼくは元気です
　　『トモ、ぼくは元気です』刊行　　2006.8月
ともだちのしるしだよ
　　第56回読書感想コン課題図書　　2010（この年）
ともだちは、サティー！
　　第60回読書感想コン課題図書　　2014（この年）
ともだちは海のにおい
　　『ともだちは海のにおい』刊行　　1984.6月
ともだちやもんな、ぼくら
　　『ともだちやもんな、ぼくら』刊行　2011.5月
ドラゴン・スレイヤー・アカデミーシリーズ
　　「ドラゴン・スレイヤー・アカデ
　　　ミー」刊行開始　　　　　　　2004.11月
ドラゴンたいじ一年生
　　「ドラゴン・スレイヤー・アカデ
　　　ミー」刊行開始　　　　　　　2004.11月
ドラゴンラージャ
　　ファンタジー小説の翻訳相次ぐ　2005（この年）
ドラゴンランスシリーズ
　　『ドラゴンランス』刊行　　　2002.5月〜11月
トラジイちゃんの冒険
　　『トラジイちゃんの冒険』刊行　　1980.3月

トラベラー
　　第30回読書感想コン課題図書　　1984（この年）
鳥が、また歌う日
　　第33回読書感想コン課題図書　　1987（この年）
トリックアート図鑑
　　『トリックアート図鑑』刊行　　2011.1〜11月
鳥と少年
　　第36回読書感想コン課題図書　　1990（この年）
ドリトル先生アフリカゆき
　　『ドリトル先生アフリカゆき』刊行　1961.9月
ドロバチのアオムシがり
　　第20回読書感想コン課題図書　　1974（この年）
どろぼうがっこうぜんいんだつごく
　　「どろぼうがっこう」続編刊行　　2013.9月
どろぼう天使
　　『どろぼう天使』刊行　　　　　　1982.1月
ドーン
　　絵本・児童文学研究センター　　1989.4.8
トンカチと花将軍
　　『トンカチと花将軍』刊行　　　　1971.2月
ドングリ山のやまんばあさん
　　第49回読書感想コン課題図書　　2003（この年）
どんどんのびる草
　　第40回読書感想コン課題図書　　1994（この年）
どんなかんじかなあ
　　第52回読書感想コン課題図書　　2006（この年）
トンネル山の子どもたち
　　『トンネル山の子どもたち』刊行　1977.12月
トンボ王国へようこそ
　　第37回読書感想コン課題図書　　1991（この年）

【 な 】

ないた
　　第51回読書感想コン課題図書　　2005（この年）
長いしっぽのポテトおじさん
　　第31回読書感想コン課題図書　　1985（この年）
なかいながいペンギンの話
　　『なかいながいペンギンの話』刊行　1957.3月
長いながい道
　　第27回読書感想コン課題図書　　1981（この年）
長い冬の物語
　　『長い冬の物語』刊行　　　　　　1975.5月

ながぐつをはいた猫
　『幼児のためのよみきかせおはなし
　　集』刊行　　　　　　　　2000.10月
長くつ下のピッピ
　『長くつ下のピッピ』刊行　1964（この年）
　リンドグレーン生誕100年　　2007.7月
長靴下のピッピちゃん
　『長くつ下のピッピ』刊行　1964（この年）
ナガサキに翔ぶ
　第43回読書感想コン課題図書　1997（この年）
「中つ国」歴史地図
　『「中つ国」歴史地図』刊行　2002.2月
長鼻くんといううなぎの話
　第20回読書感想コン課題図書　1974（この年）
中浜万次郎の生涯
　第17回読書感想コン課題図書　1971（この年）
流れのほとり
　『流れのほとり』刊行　　　1976.11月
泣き虫しょったんの奇跡
　第53回読書感想コン課題図書　2007（この年）
なきむし魔女先生
　『なきむし魔女先生』刊行　1979.5月
投げろ魔球！　カッパ怪投手
　第30回読書感想コン課題図書　1984（この年）
なぜ、めい王星は惑星じゃないの？
　第54回読書感想コン課題図書　2008（この年）
なぞなぞあそび1　おはようぴょこたん
　「ぴょこたん」シリーズ　　1977.9月
なぞなぞライオン
　第44回読書感想コン課題図書　1998（この年）
夏から夏へ
　第55回読書感想コン課題図書　2009（この年）
夏時間
　『夏時間』刊行　　　　　　1976.12月
夏の朝
　第61回読書感想コン課題図書　2015（この年）
夏の記者
　『夏の記者』刊行　　　　　2010.10月
夏の鼓動
　『夏の鼓動』刊行　　　　　1994.8月
夏のこどもたち
　『夏のこどもたち』刊行　　1991.1月
夏の庭：The Friends
　『夏の庭』刊行　　　　　　1992.5月

第39回読書感想コン課題図書　1993（この年）
夏休みだけ探偵団　二丁目の犬小屋盗難事件
　『夏休みだけ探偵団』刊行　1988.5月
七草小屋のふしぎなわすれもの
　第53回読書感想コン課題図書　2007（この年）
七つばなし百万石
　『七つばなし百万石』刊行　1980.6月
七人めのいとこ
　第29回読書感想コン課題図書　1983（この年）
なみだひっこんでろ
　第59回読書感想コン課題図書　2013（この年）
ナルニア国ものがたり
　『ライオンと魔女』刊行　　1966.5月
　「ナルニア国物語」増刷　　2005（この年）
南極から地球環境を考える
　『南極から地球環境を考える』刊行
　　　　　　　　　　　　　2014.10〜12月
なんでも！　いっぱい！　こども大図鑑
　『なんでも！　いっぱい！　こども大図
　　鑑』刊行　　　　　　　　2009.11.10
なんでもただ会社
　『なんでもただ会社』刊行　2008.4月
難民少年
　第49回読書感想コン課題図書　2003（この年）
なんやななちゃんなきべそしゅんちゃん
　第27回読書感想コン課題図書　1981（この年）

【に】

にいるぶっくす
　『にいるぶっくす』創刊　　2004.4月
にげだした兵隊
　『にげだした兵隊』刊行　　1983.8月
　第30回読書感想コン課題図書　1984（この年）
にじ色のガラスびん
　第39回読書感想コン課題図書　1993（この年）
にじいろのさかなシリーズ
　『にじいろのさかな』100万部に　2005（この年）
にじが出た
　『にじが出た』刊行　　　　1946.4月
虹のたつ峰をこえて
　『虹のたつ峰をこえて』刊行　1975.12月
　第22回読書感想コン課題図書　1976（この年）

虹の谷のスーパーマーケット
　　第48回読書感想コン課題図書　2002（この年）
虹の翼
　　第27回読書感想コン課題図書　1981（この年）
西のはての年代記
　　『西のはての年代記』刊行開始　　2006.7月
西の魔女が死んだ
　　『西の魔女が死んだ』刊行　　　　1994.4月
虹の妖精
　　ファンタジー・シリーズの刊行相次
　　　　ぐ　　　　　　　　　　　2007（この年）
二十四の瞳
　　『二十四の瞳』刊行　　　　　　1952.12月
日・中・韓 平和絵本
　　『日・中・韓 平和絵本』刊行開始　2011.4.1
日本一ずくし
　　『世界の絵本』刊行　　　　　　1949.11月
ニッポンノアマ
　　『ニッポンノアマ』刊行　　　　　1947.3月
荷抜け
　　第54回読書感想コン課題図書　2008（この年）
二分間の冒険
　　『二分間の冒険』刊行　　　　　　1985.4月
日本傑作絵本
　　「日本傑作絵本」刊行開始　　1962（この年）
にほんご
　　『にほんご』刊行　　　　　　　1979.11月
日本児童文学案内
　　『日本児童文学案内』刊行　　　　1963.8月
日本児童文学事典
　　『日本児童文学事典』刊行　　　　1954.3月
日本児童文学全集
　　『日本児童文学全集』刊行開始　　1953.3月
日本児童文学大系
　　『日本児童文学大系』刊行　　　1955.5月～
　　『日本児童文学大系』刊行　　　　1977.11月
日本児童文学大事典
　　『日本児童文学大事典』刊行　　　1993.10月
日本少国民文庫 世界名作選
　　「子供時代の読書の思い出」講演
　　　　　　　　　　　　　　　1998（この年）
日本少年少女名作全集
　　『日本少年少女名作全集』刊行
　　　　　　　　　　　　1954（この年）～

日本人ごっこ
　　第36回読書感想コン課題図書　1990（この年）
日本人の意識構造
　　第17回読書感想コン課題図書　1971（この年）
日本人のこころ
　　第9回読書感想コン課題図書　1963（この年）
日本人の笑い
　　第24回読書感想コン課題図書　1978（この年）
日本宝島
　　『日本宝島』刊行　　　　　　　1976.10月
増補改訂 日本という国
　　『よりみちパン！セ』復刊　　　　2011.7月
日本童謡集
　　「日本童謡集」　　　　　　　　1957.12月
日本の絵本美術館
　　『日本の絵本美術館』刊行　　　2009.3.23
日本の民話えほん
　　『日本の民話えほん』刊行　　　　1996.1月
日本のむかしばなし
　　『日本のむかしばなし』刊行　　　1998.10月
日本の昔話
　　『日本の昔話』刊行　　　　　　1995.10.1
日本の昔話えほん
　　あかね書房60周年企画　　　　　2009.10月
絵で見る 日本の歴史
　　『絵で見る 日本の歴史』刊行　　1985.3月
日本昔ばなし
　　『日本昔ばなし』刊行開始　　　　2007.7月
日本名作おはなし絵本シリーズ
　　「日本名作おはなし絵本」シリーズ刊
　　　　行開始　　　　　　　　　　2009.4月
日本幼年童話全集
　　『日本幼年童話全集』刊行　　　1954.9月～
ニムオロ原野の片隅から
　　『ニムオロ原野の片隅から』刊行　1979.8月
入門百科＋（プラス）シリーズ
　　「入門百科＋」創刊　　　　　　2013.7.19
ニューワイド学研の図鑑
　　「学研の図鑑i」刊行開始　　　　2010.12月
　　『一生の図鑑』刊行　　　　　　2011.6.24
ニールスの不思議な旅
　　『ニールスの不思議な旅』刊行　　1949.10月
にんきもののひけつ
　　『にんきもののひけつ』刊行　　　1998.10月

- 375 -

人形の家
　『人形の家』刊行　　　　　　1967（この年）
ニングル
　第32回読書感想コン課題図書　1986（この年）

【ぬ】

ぬいぐるみ団オドキンズ
　『ハリネズミの本箱』創刊　　　2002.10.11
ぬすまれた町
　『ぬすまれた町』刊行　　　　　1961.11月

【ね】

ねこいるといいなあ
　第37回読書感想コン課題図書　1991（この年）
ねこたち町
　第48回読書感想コン課題図書　2002（この年）
ねことオルガン（創作幼年童話）
　第9回読書感想コン課題図書　　1963（この年）
ねこにこばん
　「ことわざえほん」刊行開始　　2009.7月
ネコのタクシー
　『ネコのタクシー』刊行　　　　2001.5月
ねこのポチ
　『ねこのポチ』刊行　　　　　　1986.6月
　第33回読書感想コン課題図書　1987（この年）
ネシャン・サーガ
　ファンタジー・ブーム　　　　　2001（この年）
　ファンタジー・ブーム続く　　　2003（この年）
ねしょんべんものがたり
　『ねしょんべんものがたり』刊行　1971.11月
ねずみくんのチョッキシリーズ
　「ねずみくんのチョッキシリーズ」1974.8月
ねずみのよめいり
　『日本昔ばなし』刊行開始　　　2007.7月
熱気球イカロス5号
　第19回読書感想コン課題図書　1973（この年）
眠れない子
　『眠れない子』刊行　　　　　　1990.3月

【の】

のうさぎにげろ
　第25回読書感想コン課題図書　1979（この年）
野川
　第57回読書感想コン課題図書　2011（この年）
のせてのせて
　『いないいないばあ』40周年　　2007（この年）
のぞみとぞぞみちゃん
　『のぞみとぞぞみちゃん』刊行　1988.2月
のどか森の動物会議
　第22回読書感想コン課題図書　1976（この年）
のはらうた
　『のはらうた』刊行　　　　　　1984.5月
野火と春風は古城に闘う
　第8回読書感想コン課題図書　　1962（この年）
のぼるはがんばる
　くんぺい童話館開館　　　　　　1989.6.1
のりもの絵本
　フレーベル館100周年　　　　　2007.3月
のんカン行進曲
　『のんカン行進曲』刊行　　　　1987.12月
ノンタン
　「ノンタン」誕生　　　　　　　1976.8月
　「ノンタン25周年 2500万部突破記念
　　フェア」　　　　　　　　　　2001（この年）
　「ノンタン」シリーズ30周年　　2006（この年）
ノンちゃん雲に乗る
　『ノンちゃん雲に乗る』刊行　　1947.2月
のんびり転校生事件
　『のんびり転校生事件』刊行　　1985.12月

【は】

パオズになったおひなさま
　第61回読書感想コン課題図書　2015（この年）
バカなおとなにならない脳
　『よりみちパン！セ』復刊　　　2011.7月
ハキちゃんの「はっぴょうします」
　第53回読書感想コン課題図書　2007（この年）

白磁の人
　　第41回読書感想コン課題図書　1995（この年）
白赤たすき小〇の旋風
　　『白赤たすき小〇の旋風』刊行　　1976.8月
　　第23回読書感想コン課題図書　1977（この年）
博士の愛した数式
　　第50回読書感想コン課題図書　2004（この年）
白鳥のふたごものがたり
　　『白鳥のふたごものがたり』刊行　　1986.4月
はくぼく
　　「はくぼく」創刊　　　　　　　　1954.11月
　　児童文学同人誌運動の隆盛　　1954（この年）
ばけものづかい
　　「おばけえほん」シリーズ　　　　1974.7月
ばけもの千両
　　『ばけもの千両』刊行　　　　　　1979.3月
ばけものつかい
　　『ばけものつかい』刊行　　　　　1994.11月
はこぶ
　　第61回読書感想コン課題図書　2015（この年）
ハサウェイ・ジョウンズの恋
　　第56回読書感想コン課題図書　2010（この年）
橋をかける
　　「子供時代の読書の思い出」講演
　　　　　　　　　　　　　　　　　1998（この年）
橋をかける：川と水とくらし
　　第32回読書感想コン課題図書　1986（この年）
橋の下の子どもたち
　　第13回読書感想コン課題図書　1967（この年）
橋のない川
　　第8回読書感想コン課題図書　1962（この年）
はじまりはイカめし！
　　『はじまりはイカめし！』刊行　　1987.8月
はじめてのおつかい
　　『はじめてのおつかい』刊行　　　1977.4月
はじめての名作おはなし絵本
　　『はじめての名作おはなし絵本』刊行　2000.2月
はじめまして人間たち ボクは山猫シュー
　　「カドカワ学芸児童名作」創刊　　2010.3月
馬車
　　「馬車」創刊　　　　　　　　　　1954.11月
　　児童文学同人誌運動の隆盛　　1954（この年）
走りぬけて、風
　　『走りぬけて、風』刊行　　　　　1990.6月

　　第37回読書感想コン課題図書　1991（この年）
走れ！ マスワラ
　　第58回読書感想コン課題図書　2012（この年）
走れ！ やすほ にっぽん縦断地雷教室
　　第52回読書感想コン課題図書　2006（この年）
はしれ、きたかぜ号
　　第32回読書感想コン課題図書　1986（この年）
はしれ！ おく目号
　　第20回読書感想コン課題図書　1974（この年）
バスをおりたら・・・
　　第51回読書感想コン課題図書　2005（この年）
パスタでたどるイタリア史
　　第58回読書感想コン課題図書　2012（この年）
バースデー・メロディ・ブック
　　『バースデー・メロディ・ブック』刊
　　　行　　　　　　　　　　　　　　1998.10月
バスにのって
　　『ぼくとチマチマ』刊行　　　　　2004.10月
はせがわくんきらいや
　　『はせがわくんきらいや』刊行　　1976.6月
バーゼルより
　　IBBY創立50周年記念大会　　　2002.10月
はだかの山脈
　　『はだかの山脈』刊行　　　　　　1986.12月
はたらきもののあひるどん
　　第40回読書感想コン課題図書　1994（この年）
八月がくるたびに
　　第17回読書感想コン課題図書　1971（この年）
八月の太陽を
　　『八月の太陽を』刊行　　　　　　1966.8月
ハチのおかあさん
　　第32回読書感想コン課題図書　1986（この年）
八郎
　　『八郎』刊行　　　　　　　　　　1952.4月
初恋クレイジーパズル
　　『初恋クレイジーパズル』刊行　　1983.10月
バッテリー
　　『バッテリー』刊行　　　　　　　1996.12月
はっぱじゃないよぼくがいる
　　第53回読書感想コン課題図書　2007（この年）
葉っぱのフレディ
　　『葉っぱのフレディ』刊行　　　　1988.10月
　　子ども向け絵本が大人に人気　1998（この年）
　　『葉っぱのフレディ』10周年　　2008（この年）

はつひ

ハッピーノート
 『ハッピーノート』刊行 2005.1月
ハッピーバースデー
 『ハッピーバースデー』刊行 1982.5月
ハッピーバースデー：命がかがやく瞬間
 第44回読書感想コン課題図書 1998（この年）
バーティミアスシリーズ
 『バーティミアス』刊行 2003.12月
 『ゴーレムの眼』刊行 2004.11月
花埋み
 第17回読書感想コン課題図書 1971（この年）
花を埋める創作集
 『花を埋める』創作集 1946.9月
華岡青洲の妻
 第13回読書感想コン課題図書 1967（この年）
花咲か
 『花咲か』刊行 1973.8月
 第20回読書感想コン課題図書 1974（この年）
花さき山
 『花さき山』刊行 1969.12月
花になった子どもたち
 第54回読書感想コン課題図書 2008（この年）
はなのあなのはなし
 『はなのあなのはなし』刊行 1982.10月
はなはなみんみ物語
 『はなはなみんみ物語』刊行 1980.2〜11月
花ぶさとうげ
 『花ぶさとうげ』刊行 1979.3月
花吹雪のごとく
 『花吹雪のごとく』刊行 1980.7月
はなれざるドド
 第19回読書感想コン課題図書 1973（この年）
パパさんの庭
 『パパさんの庭』刊行 1989.7月
母と子の川
 『母と子の川』刊行 1971.10月
母と子の二十分間読書
 あすなろ書房創立 1961（この年）
母のない子と子のない母と
 『母のない子と子のない母と』刊行 1951.11月
母ふたりの記
 第26回読書感想コン課題図書 1980
波浮の平六
 第27回読書感想コン課題図書 1981（この年）

歯みがきつくって億万長者
 『歯みがきつくって億万長者』刊行 1997.5月
はらがへったらじゃんけんぽん
 『はらがへったらじゃんけんぽん』刊行 1970.11月
ばらの心は海をわたった
 第27回読書感想コン課題図書 1981（この年）
はらぺこあおむし
 『はらぺこあおむし』刊行 1976.5月
 「あおむしとエリック・カールの世界」展 2006.4月
ハリー・ポッターシリーズ
 『ハリー・ポッターと賢者の石』刊行 1999.12月
 『ハリー・ポッターと秘密の部屋』刊行 2000.9.14
 『ハリー・ポッター』ブーム 2001（この年）
 ファンタジー・ブーム 2001（この年）
 『ハリー・ポッターと炎のゴブレット』刊行 2002.10.23
 ファンタジー・ブーム続く 2003（この年）
 『ハリー・ポッターと不死鳥の騎士団』刊行 2004.9.1
 『ハリー・ポッターと謎のプリンス』刊行 2006.5.17
 『ハリー・ポッターと死の秘宝』刊行 2008.7.23
 「ハリー・ポッター」表現問題 2000.11月
針つくりの花むこさん
 『瀬戸内寂聴おはなし絵本』刊行 2007.7.10〜12.27
ハリネズミの本箱
 『ハリネズミの本箱』創刊 2002.10.11
遙かなりローマ
 第32回読書感想コン課題図書 1986（この年）
はるかな鐘の音
 『はるかな鐘の音』刊行 1982.12月
はるかなるアフガニスタン
 第59回読書感想コン課題図書 2013（この年）
春来る鬼
 第9回読書感想コン課題図書 1963（この年）
春駒のうた
 『春駒のうた』刊行 1971.3月
 第17回読書感想コン課題図書 1971（この年）
春さんのスケッチブック
 第55回読書感想コン課題図書 2009（この年）

バルセロナ石彫り修業
　　第32回読書感想コン課題図書　1986（この年）
はるにれ
　　『はるにれ』刊行　　　　　　　　1979.1月
春の道標
　　第27回読書感想コン課題図書　1981（この年）
春の目玉
　　『春の目玉』刊行　　　　　　　　1963.3月
春よこい
　　『春よこい』刊行　　　　　　　　1979.1月
はれときどきぶた
　　『はれときどきぶた』刊行　　　　1980.9月
ハロウィーンの魔法
　　第44回読書感想コン課題図書　1998（この年）
パンケーキをたべるサイなんていない？
　　第58回読書感想コン課題図書　2012（この年）
バンザイ！　なかやまくん
　　第47回読書感想コン課題図書　2001（この年）
ハンナのかばん
　　第49回読書感想コン課題図書　2003（この年）
ハンニバルの象つかい
　　第13回読書感想コン課題図書　1967（この年）
番ねずみのヤカちゃん
　　『番ねずみのヤカちゃん』刊行　　1992.5月
パンのみやげ話
　　第9回読書感想コン課題図書　　1963（この年）
はんぶんちょうだい
　　『はんぶんちょうだい』刊行　　　1974.9月
半分のふるさと
　　『半分のふるさと』刊行　　　　　1993.5月

【ひ】

ひ・み・つ
　　第51回読書感想コン課題図書　2005（この年）
ピアノはともだち
　　第58回読書感想コン課題図書　2012（この年）
ビアンキの動物ものがたり
　　『本のチカラ』刊行　　　　　　　2007.5月
ぴいちゃあしゃん
　　『ぴいちゃあしゃん』刊行　　　　1964.3月
光車よ、まわれ！
　　『光車よ、まわれ！』刊行　　　　1973.4月

光と風と雲と樹と
　　『光と風と雲と樹と』刊行　　　　1980.3月
光の消えた日
　　『光の消えた日』刊行　　　　　　1978.11月
光が照らす未来
　　第57回読書感想コン課題図書　2011（この年）
光る砂漠　矢沢宰詩集
　　第16回読書感想コン課題図書　1970（この年）
ひきがえる
　　第23回読書感想コン課題図書　1977（この年）
ヒギンスさんととけい
　　『ヒギンスさんととけい』刊行　　2006.3月
ピクチャーアトラスシリーズ　絵でみる世界大地図
　　地図の本の刊行相次ぐ　　　　　　1992（この年）
びくびくビリー
　　『びくびくビリー』刊行　　　　　2006.9月
ひげよ、さらば
　　『ひげよ、さらば』刊行　　　　　1982.3月
彦次
　　『彦次』刊行　　　　　　　　　　1950.3月
肥後の石工
　　『肥後の石工』刊行　　　　　　　1965.12月
　　第12回読書感想コン課題図書　1966（この年）
被災地の子どもたちに本を送る会
　　阪神淡路大震災被災地に児童書を寄贈　　　　　　　　　　　　　　1995.1月
　　被災地の子どもたちに本を贈る会の寄贈図書が4万冊突破　　　　　1995.4.6
ビジュアルブック　語り伝えるヒロシマ・ナガサキ
　　『ビジュアルブック』シリーズ刊行
　　　　　　　　　　　　　　　　2004.10月〜12月
美術の心をたずねて
　　第21回読書感想コン課題図書　1975（この年）
ビースト・クエスト
　　『ビースト・クエスト』刊行　　　2008.2.1
ヒストリアン
　　『ヒストリアン』刊行　　　　　　2006.2.24
ビーズのてんとうむし
　　第52回読書感想コン課題図書　2006（この年）
ピーター・パン
　　『ピーター・パン』刊行　　　　　1954.10月
　　『世界の名作』刊行開始　　　　　1997.9.19

ピーター・ラビットの絵本
　ピーターラビット生誕100周年　1993（この年）
　『新版・ピーター・ラビットの絵本』
　　刊行　　　　　　　　　　　2002.10月
ピタゴラスから電子計算機まで
　第11回読書感想コン課題図書　1965（この年）
ピーターと星の守護団
　ファンタジー・シリーズの刊行相次
　　ぐ　　　　　　　　　　　　2007（この年）
ヒックとドラゴン
　『ヒックとドラゴン』刊行　　 2009.11月
ぴったりなあに？
　知育絵本の刊行相次ぐ　　　　1997（この年）
ビップとちょうちょう
　「こどものとも」刊行始まる　 1956.4月
秀吉と利休
　第10回読書感想コン課題図書　1964（この年）
ピトゥスの動物園
　第53回読書感想コン課題図書　2007（この年）
ひとすじの道
　『ひとすじの道』刊行　　　　1971.12月
　第18回読書感想コン課題図書　1972（この年）
ひとつめのくに
　「おばけえほん」シリーズ　　 1974.7月
ひとみ
　「ひとみ」創刊　　　　　　　1958.8月
ひとめあがり
　『ばけものつかい』刊行　　　1994.11月
ひとりじめ
　「しつけ絵本シリーズ」刊行開始　2004.9月
ひとりだけのコンサート
　第38回読書感想コン課題図書　1992（この年）
ひとりぼっちの動物園
　『ひとりぼっちの動物園』刊行　1978.1月
ひとりぼっちの政一
　第18回読書感想コン課題図書　1972（この年）
ひとりぼっちのロビンフッド
　第38回読書感想コン課題図書　1992（この年）
火の王誕生
　『火の王誕生』刊行　　　　　1986.3月
ピノキオ
　ピノキオ回収騒動　　　　　　1976.11.24〜
火の国
　「火の国」創刊　　　　　　　1953.6月

日の出マーケットのマーチ
　『日の出マーケットのマーチ』刊行　1985.7月
火の瞳
　『火の瞳』刊行　　　　　　　1964.2月
ビーバー族のしるし
　第56回読書感想コン課題図書　2010（この年）
非武装地帯に春がくると
　『日・中・韓 平和絵本』刊行開始　2011.4.1
ヒマラヤ
　第10回読書感想コン課題図書　1964（この年）
ひまわり
　第60回読書感想コン課題図書　2014（この年）
秘密のスイーツ
　林真理子が児童書出版　　　　2010.12月
秘密の道をぬけて
　第51回読書感想コン課題図書　2005（この年）
百年前の二十世紀
　第41回読書感想コン課題図書　1995（この年）
白夜の国のヴァイオリン弾き
　第33回読書感想コン課題図書　1987（この年）
百様タイコ
　『百様タイコ』刊行　　　　　1972.9月
びゅんびゅんごまがまわったら
　第29回読書感想コン課題図書　1983（この年）
漂流記
　「漂流記」発表　　　　　　　1945.11月
ヒョコタンの山羊
　『ヒョコタンの山羊』刊行　　1967.6月
ピラミッド帽子よ、さようなら
　『ピラミッド帽子よ、さようなら』刊
　　行　　　　　　　　　　　　1981.1月
ビリー・ジョーの大地
　第48回読書感想コン課題図書　2002（この年）
びりっかすの神さま
　『びりっかすの神さま』刊行　1988.10月
びりっかすの子ねこ
　第13回読書感想コン課題図書　1967（この年）
昼と夜のあいだ
　『昼と夜のあいだ』刊行　　　1980.12月
ビルの山ねこ
　『ビルの山ねこ』刊行　　　　1964.4月
ビルマの竪琴
　「ビルマの竪琴」連載　　　　1947.3月〜1948.2月

ひれから手へ
　　第20回読書感想コン課題図書　1974（この年）
ひろしの歌がきこえる
　　『ひろしの歌がきこえる』刊行　　1979.12月
ひろしまのピカ
　　『ひろしまのピカ』刊行　　　　　1980.6月
　　第27回読書感想コン課題図書　1981（この年）
広野の旅人たち
　　第25回読書感想コン課題図書　1979（この年）
野ばら
　　第36回読書感想コン課題図書　1990（この年）
野ゆき山ゆき
　　『野ゆき山ゆき』刊行　　　　　　1973.3月
びんの中の子どもたち
　　『びんの中の子どもたち』刊行　　1983.4月

【 ふ 】

風信器
　　「風信器」発表　　　　　　　　　1953.9月
風船は空に
　　『風船は空に』刊行　　　　　　　1950.3月
ふうちゃんのハーモニカ
　　第42回読書感想コン課題図書　1996（この年）
ふうとはなとうし
　　「ふうとはなの絵本」刊行開始　　2010.10.1
ふうとはなの絵本シリーズ
　　「ふうとはなの絵本」刊行開始　　2010.10.1
風と花の輪
　　『風と花の輪』刊行　　　　　　　1959.11月
フェアリー・レルム
　　ファンタジー小説の翻訳相次ぐ　2005（この年）
フェージャかえっておいで
　　第12回読書感想コン課題図書　1966（この年）
フェリックスとゼルダ
　　第59回読書感想コン課題図書　2013（この年）
ふきまんぶく
　　『ふきまんぶく』刊行　　　　　　1973.4月
武器より一冊の本をください
　　マララ関連本が話題に　　　　　　2014.10.10
福音館書店50年のあゆみ
　　福音館書店創立50周年　2001.10月～2002.5月

ふくろう
　　『ふくろう』刊行　　　　　　　　1977.11月
フクロウはだれの名を呼ぶ
　　第48回読書感想コン課題図書　2002（この年）
ふくろねずみのビリーおじさん
　　第16回読書感想コン課題図書　1970（この年）
フーさんシリーズ
　　「フーさんシリーズ」刊行開始　　2007.9.20
ふしぎ・びっくりこども図鑑
　　『ふしぎ・びっくりこども図鑑』刊行
　　　開始　　　　　　　　　　　　　1996.4月
ふしぎなおばあちゃん×12
　　『ふしぎなおばあちゃん×12』刊行　1995.3月
ふしぎなかぎばあさん
　　『ふしぎなかぎばあさん』刊行　　1976.12月
　　第23回読書感想コン課題図書　1977（この年）
ふしぎなキャンディーやさん
　　第54回読書感想コン課題図書　2008（この年）
ふしぎなたけのこ
　　『ふしぎなたけのこ』世界原画展グラ
　　　ンプリ　　　　　　　　　　　　1967（この年）
ふしぎなともだち
　　第46回読書感想コン課題図書　2000（この年）
富士山大ばくはつ
　　第46回読書感想コン課題図書　2000（この年）
ふたつの家のちえ子
　　『ふたつの家のちえ子』刊行　　　1986.5月
二年2組はヒヨコのクラス
　　『二年2組はヒヨコのクラス』刊行　1968.4月
二年間の休暇
　　『二年間の休暇』刊行　　　　　　1968.4月
豚の死なない日
　　第43回読書感想コン課題図書　1997（この年）
ぶたばあちゃん
　　『ぶたばあちゃん』刊行　　　　　1995.10月
ふたり
　　第60回読書感想コン課題図書　2014（この年）
ふたりのイーダ
　　『ふたりのイーダ』刊行　　　　　1969.5月
ふたりはともだち
　　『ふたりはともだち』刊行　　　　1972.11月
ブータン
　　『ブータン』刊行　　　　　　　　1995.3月

- 381 -

ブータンシリーズ
　「プータン」シリーズ30周年　　2013（この年）
ブータンの朝日に夢をのせて
　第43回読書感想コン課題図書　1997（この年）
ブーちゃんの秋
　第35回読書感想コン課題図書　1989（この年）
ふところにいだく生命の水・富士の自然
　第41回読書感想コン課題図書　1995（この年）
ふとんかいすいよく
　『ふとんかいすいよく』刊行　　　1977.8月
　第24回読書感想コン課題図書　1978（この年）
ふぶきのあした
　『あらしのよるに』完結　　　　2002.2.27
父母の原野
　『父母の原野』刊行　　　　　　 1983.2月
冬のイニシアル
　第33回読書感想コン課題図書　1987（この年）
フランダースの犬
　『絵本版 世界の名作』刊行　　　 2001.4月
ふるさとは、夏
　『ふるさとは、夏』刊行　　　　 1990.7月
ブルーバック
　第54回読書感想コン課題図書　2008（この年）
フレーベル館のこどもずかん
　『フレーベル館のこどもずかん』刊行
　　開始　　　　　　　　　　　　1996.6月
ブレーメンのおんがくたい
　「えほん世界のおはなし」刊行　　1999.3月
浮浪児の栄光
　『浮浪児の栄光』刊行　　　　　1961.10月
ブロード街の12日間
　第61回読書感想コン課題図書　2015（この年）
プロの技全公開！　まんが家入門
　「入門百科＋」創刊　　　　　　2013.7.19
文人の知恵にいどむ
　第22回読書感想コン課題図書　1976（この年）
ふんふんなんだかいいにおい
　第24回読書感想コン課題図書　1978（この年）

【へ】

兵士ピースフル
　第54回読書感想コン課題図書　2008（この年）

へいわってどんなこと？
　『日・中・韓 平和絵本』刊行開始　2011.4.1
　第58回読書感想コン課題図書　2012（この年）
平和の種をまく
　第53回読書感想コン課題図書　2007（この年）
ベートーヴェンの人間像
　第16回読書感想コン課題図書　1970（この年）
ベトちゃんドクちゃんからのてがみ
　ベトナム戦争の本が話題に　　　1992（この年）
紅いろの馬車
　第34回読書感想コン課題図書　1988（この年）
ベル・リア
　第25回読書感想コン課題図書　1979（この年）
ベロ出しチョンマ
　『ベロ出しチョンマ』刊行　　　1967.11月
ペンギンが教えてくれた物理のはなし
　第61回読書感想コン課題図書　2015（この年）
弁護士 渥美雅子
　第46回読書感想コン課題図書　2000（この年）
へんしん！　スグナクマン
　『へんしん！　スグナクマン』刊行　1983.11月
　第30回読書感想コン課題図書　1984（この年）
へんてこりんでステキなあいつ
　「カドカワ学芸児童名作」創刊　　2010.3月
へんなの
　「中山千夏の絵本」刊行開始　　2004.10月

【ほ】

ポイヤウンベ物語
　『ポイヤウンベ物語』刊行　　　　1966.2月
放課後の時間割
　『放課後の時間割』刊行　　　　 1980.7月
望郷
　第34回読書感想コン課題図書　1988（この年）
冒険王
　「冒険王」創刊　　　　　　　　　1949.1月
冒険する頭
　第30回読書感想コン課題図書　1984（この年）
冒険者たち
　『冒険者たち』刊行　　　　　　 1972.5月
法隆寺を支えた木
　第25回読書感想コン課題図書　1979（この年）

ぼく、お月さまとはなしたよ
　　第31回読書感想コン課題図書　1985（この年）
ボク、ただいまレンタル中
　　第39回読書感想コン課題図書　1993（この年）
ぼくが宇宙人をさがす理由
　　第59回読書感想コン課題図書　2013（この年）
ぼくがおおきくなったら
　　「いもとようこの絵本シリーズ」刊行
　　　　　　　　　　　　　　　　2010.10月
ぼくがきょうりゅうだったとき
　　第58回読書感想コン課題図書　2012（この年）
ぼくがぼくであること
　　『ぼくがぼくであること』刊行　1969.12月
ぼくが世の中に学んだこと
　　第29回読書感想コン課題図書　1983（この年）
ぼくがラーメンたべてるとき
　　第54回読書感想コン課題図書　2008（この年）
ボクサー志願
　　『ボクサー志願』刊行　　　　 1994.5月
ぼくたちのコンニャク先生
　　『ぼくたちのコンニャク先生』刊行　1996.2月
ぼくたちの砦
　　第53回読書感想コン課題図書　2007（この年）
ボクちゃんの戦場
　　『ボクちゃんの戦場』刊行　　 1969.12月
ぼくとチマチマ
　　『ぼくとチマチマ』刊行　　　 2004.10月
ぼくとテスの秘密の七日間
　　第61回読書感想コン課題図書　2015（この年）
ぼくと化け姉さん
　　第21回読書感想コン課題図書　1975（この年）
ぼく日本人なの？
　　第30回読書感想コン課題図書　1984（この年）
ぼくの、ひかり色の絵の具
　　第61回読書感想コン課題図書　2015（この年）
ぼくの・稲荷山戦記
　　『ぼくの・稲荷山戦記』刊行　 1992.7月
ぼくの一輪車は雲の上
　　第44回読書感想コン課題図書　1998（この年）
ぼくのお姉さん
　　『ぼくのお姉さん』刊行　　　 1986.12月
ボクの学校は山と川
　　第34回読書感想コン課題図書　1988（この年）

ぼくのクジラ
　　第48回読書感想コン課題図書　2002（この年）
ぼくのじしんえにっき
　　第36回読書感想コン課題図書　1990（この年）
ぼくのだいすきなケニアの村
　　第54回読書感想コン課題図書　2008（この年）
ぼくの庭にきた虫たち
　　『ぼくの庭にきた虫たち』刊行　2009.2月
ぼくのパパはおおおとこ
　　第53回読書感想コン課題図書　2007（この年）
ぼくの羊をさがして
　　第55回読書感想コン課題図書　2009（この年）
ぼくのポチブルてき生活
　　『ぼくのポチブルてき生活』刊行　1996.6月
ぼくの見た戦争
　　『ぼくの見た戦争』刊行　　　 2003.12月
ぼくの村にサーカスがきた
　　第43回読書感想コン課題図書　1997（この年）
ぼくはアフリカにすむキリンといいます
　　『ぼくはアフリカにすむキリンといい
　　　ます』刊行　　　　　　　　 2001.6月
ぼくは一ねんせいだぞ！
　　第38回読書感想コン課題図書　1992（この年）
ぼくはうちゅうじん
　　第61回読書感想コン課題図書　2015（この年）
ぼくは王さま
　　『ぼくは王さま』刊行　　　　 1961.6月
　　寺村輝夫著書累計1500万部突破
　　　　　　　　　　　　　　　　1996（この年）
ぼくはおこった
　　第35回読書感想コン課題図書　1989（この年）
ぼくは農家のファーブルだ
　　第46回読書感想コン課題図書　2000（この年）
ぼくはめいたんていシリーズ
　　『ぼくはめいたんてい』シリーズ　2014.4月
ぼくは野鳥のレンジャーだ
　　第34回読書感想コン課題図書　1988（この年）
ぼくら三人にせ金づくり
　　第30回読書感想コン課題図書　1984（この年）
ぼくらのカマキリくん
　　第37回読書感想コン課題図書　1991（この年）
ぼくらのサイテーの夏
　　『ぼくらのサイテーの夏』刊行　1996.6月

ぼくらの出航
『ぼくらの出航』刊行　　　　　1962.12月
第9回読書感想コン課題図書　1963（この年）
ぼくらのなまえはぐりとぐら
福音館書店創立50周年　2001.10月～2002.5月
ぼくらは6年生
『ぼくらは6年生』刊行　　　　　1973.3月
ぼくらは海へ
『ぼくらは海へ』刊行　　　　　1980.1月
ぼくらは機関車太陽号
『ぼくらは機関車太陽号』刊行　1972.12月
ぼくらは知床探険隊
第47回読書感想コン課題図書　2001（この年）
ぼくらははだしで
『ぼくらははだしで』刊行　　　　1971.7月
ぼくらはみんな生きている
第51回読書感想コン課題図書　2005（この年）
ポケットコニーちゃん
『ポケットコニーちゃん』刊行　　1997.12月
ぽけっとにいっぱい
『ぽけっとにいっぱい』刊行　　　1961.6月
ほこらの神さま
『ほこらの神さま』刊行　　　　　2002.1月
干し柿
第53回読書感想コン課題図書　2007（この年）
星からおちた小さな人
『星からおちた小さな人』刊行　　1965.9月
星空ロック
第60回読書感想コン課題図書　2014（この年）
星に帰った少女
『星に帰った少女』刊行　　　　　1977.3月
星になったチロ
第31回読書感想コン課題図書　1985（この年）
星の王子さま
『オリジナル版 星の王子さま』刊行　2000.3.10
星の王子さま、翻訳出版権消失　2005.1.22
星の牧場
『星の牧場』刊行　　　　　　　　1963.11月
星のまつり
第40回読書感想コン課題図書　1994（この年）
ホスピタルクラウン・Kちゃんが行く
第57回読書感想コン課題図書　2011（この年）
ぼたぼた
『ぼたぼた』刊行　　　　　　　　1983.9月

ホタルの歌
第18回読書感想コン課題図書　1972（この年）
ホタルの光は、なぞだらけ
第60回読書感想コン課題図書　2014（この年）
北海道の牧場で
第26回読書感想コン課題図書　1980（この年）
北海道の夜明け
第29回読書感想コン課題図書　1983（この年）
北極のムーシカミーシカ
『北極のムーシカミーシカ』刊行　1961.11月
ぽっぺん先生と帰らずの沼
『ぽっぺん先生と帰らずの沼』刊行　1974.3月
ぽっぺん先生の日曜日
『ぽっぺん先生の日曜日』刊行　　1973.3月
炎のように鳥のように
『炎のように鳥のように』刊行　　1982.5月
ホビットの冒険
『ホビットの冒険』刊行　　　　1965（この年）
『オリジナル版 ホビットの冒険』刊行
　　　　　　　　　　　　　　　2002.12.6
ホームランを打ったことのない君に
『ホームランを打ったことのない君に』刊行　　　　　　　　　　　2006.1月
堀のある村
『堀のある村』刊行　　　　　　　1972.7月
第19回読書感想コン課題図書　1973（この年）
ポールのあした
第11回読書感想コン課題図書　1965（この年）
ボールのまじゅつしウィリー
第45回読書感想コン課題図書　1999（この年）
ボルピィ物語
第36回読書感想コン課題図書　1990（この年）
ほろびた国の旅
『ほろびた国の旅』刊行　　　　　1969.3月
ホワイト・ピーク・ファーム
第49回読書感想コン課題図書　2003（この年）
ぽんこつマーチ
『ぽんこつマーチ』刊行　　　　　1969.5月
ほんとうのことをいってもいいの？
『ほんとうのことをいってもいいの？』刊行　　　　　　　　　　　　2002.5月
本のチカラ
『本のチカラ』刊行　　　　　　　2007.5月
ぼんぼん
『ぼんぼん』刊行　　　　　　　　1973.10月

【ま】

マアおばさんはネコがすき
　『マアおばさんはネコがすき』刊行　1964.2月
まあちゃんと子ねこ
　第10回読書感想コン課題図書　1964（この年）
迷子の天使
　『迷子の天使』刊行　1959.6月
まいこはまいごじゃありません
　第33回読書感想コン課題図書　1987（この年）
マインド・スパイラルシリーズ
　ファンタジー・ブーム　2001（この年）
まえがみ太郎
　『まえがみ太郎』刊行　1965.12月
　第12回読書感想コン課題図書　1966（この年）
まがった時計
　第16回読書感想コン課題図書　1970（この年）
まがればまがりみち
　『まがればまがりみち』刊行　1990.12月
マキオのひとり旅
　第19回読書感想コン課題図書　1973（この年）
マキコは泣いた
　『マキコは泣いた』刊行　1975.12月
マザーグース
　ワイルドスミス絵本美術館開館　1994.3.5
マザーグースのうた
　『マザーグースのうた』刊行　1975.7月
マサヒロ
　『マサヒロ』刊行　1995.12月
マジック＋ツリーハウスシリーズ
　ファンタジー・ブーム続く　2003（この年）
魔術師ニコロ・マキャベリ
　『魔術師ニコロ・マキャベリ』刊行　2008.11月
魔術師のくだものづくり
　第37回読書感想コン課題図書　1991（この年）
魔女の絵本
　『魔女の絵本』刊行　2003.10月
魔女の宅急便
　『魔女の宅急便』刊行　1985.1月
　『魔女の宅急便その2』刊行　1993.6.30
　『魔女の宅急便』完結　2009.10.15

魔神の海
　『魔神の海』刊行　1969.9月
　第16回読書感想コン課題図書　1970（この年）
またおいで
　第58回読書感想コン課題図書　2012（この年）
マタギに育てられたクマ
　第55回読書感想コン課題図書　2009（この年）
間違いだらけのいじめ論議
　いじめ問題の本の刊行相次ぐ　1995（この年）
街かどの夏休み
　『街かどの夏休み』刊行　1986.6月
街の赤ずきんたち
　『街の赤ずきんたち』刊行　1977.10月
松田瓊子全集
　『松田瓊子全集』刊行　1997.11月
松谷みよ子の本
　『松谷みよ子の本』刊行開始　1994.10月
マッチ売りの少女
　「世界名作おはなし絵本シリーズ」刊
　　行開始　2006.11.29
マッチ箱日記
　第60回読書感想コン課題図書　2014（この年）
まど・みちお全詩集
　『まど・みちお全詩集』刊行　1992.9月
窓ぎわのトットちゃん
　『窓ぎわのトットちゃん』刊行　1981.3月
マドンナ絵本シリーズ
　『マドンナ絵本シリーズ』刊行開始　2003.11.26
まなざし
　『まなざし』刊行　1982.1月
真夏の旗
　『真夏の旗』刊行　1970.9月
魔の海に炎たつ
　第51回読書感想コン課題図書　2005（この年）
まぶしさをだきしめて
　『つまさきだちの季節』刊行　1987.7月
魔法使いハウルと火の悪魔
　ファンタジー・ブーム続く　2003（この年）
魔法の庭
　『魔法の庭』刊行　1946.11月
まほうのベンチ
　『まほうのベンチ』刊行　1975.12月
まぼろしの4番バッター
　第32回読書感想コン課題図書　1986（この年）

幻のオリンピック
　　第39回読書感想コン課題図書　1993（この年）
まぼろしの巨鯨シマ
　　『まぼろしの巨鯨シマ』刊行　　1971.11月
　　第18回読書感想コン課題図書　1972（この年）
ママ　お話きかせて
　　小学館創立80周年　　　　　2002.3月～06月
ママゴンのしかえし
　　「ドラゴン・スレイヤー・アカデ
　　ミー」刊行開始　　　　　　　　　2004.11月
ままです すきです すてきです
　　『ままです すきです すてきです』刊
　　行　　　　　　　　　　　　　　1992.2.15
ママの黄色い子象
　　『ママの黄色い子象』刊行　　　1985.12月
豆つぶほどの小さな犬
　　『豆つぶほどの小さな犬』刊行　1962.8月
　　「佐藤さとるファンタジー全集」刊行　2010.9月
豆の煮えるまで
　　『豆の煮えるまで』刊行　　　　1993.3月
マヤの一生
　　『マヤの一生』刊行　　　　　　1970.10月
真夜中の森で
　　第39回読書感想コン課題図書　1993（この年）
まよなかのたんじょうかい
　　第60回読書感想コン課題図書　2014（この年）
マララ
　　マララ関連本が話題に　　　　2014.10.10
　　第61回読書感想コン課題図書　2015（この年）
マリと子犬の物語
　　『マリと子犬の物語』刊行　　　2007.11月
マルカの長い旅
　　第57回読書感想コン課題図書　2011（この年）
まるごと好きです
　　第31回読書感想コン課題図書　1985（この年）
まるはなてんぐとながはなてんぐ
　　『まるはなてんぐとながはなてんぐ』
　　刊行　　　　　　　　　　　　　1966.11月
漫画家たちの戦争
　　『漫画家たちの戦争』刊行　　2013.2～03月
まんがで見る日本の戦後
　　戦後50年記念企画　　　　　　1995（この年）
マンモスをたずねて
　　第17回読書感想コン課題図書　1971（この年）

【み】

三日月村の黒猫
　　『三日月村の黒猫』刊行　　　　1986.4月
ミクロの恐竜学
　　第36回読書感想コン課題図書　1990（この年）
みさき食堂へようこそ
　　『みさき食堂へようこそ』刊行　2012.5月
湖の魚
　　第19回読書感想コン課題図書　1973（この年）
水つき学校
　　『水つき学校』刊行　　　　　　1965.12月
　　第12回読書感想コン課題図書　1966（この年）
みそ豆
　　手話落語絵本『みそ豆』刊行　　1998.8月
道子の朝
　　『道子の朝』刊行　　　　　　　1968.10月
道の花
　　第23回読書感想コン課題図書　1977（この年）
みつけたよ！　自然のたからもの
　　福音館書店創立50周年　2001.10月～2002.5月
ミッドナイト・ステーション
　　『ミッドナイト・ステーション』刊行
　　　　　　　　　　　　　　　　　1988.11月
みつばちの家族は50000びき
　　第29回読書感想コン課題図書　1983（この年）
緑色の休み時間
　　第35回読書感想コン課題図書　1989（この年）
みどりの川のぎんしょきしょき
　　『みどりの川のぎんしょきしょき』刊
　　行　　　　　　　　　　　　　　1968.12月
みどりのゆび
　　第12回読書感想コン課題図書　1966（この年）
ミナクローと公平じいさん
　　第44回読書感想コン課題図書　1998（この年）
水底の棺
　　第49回読書感想コン課題図書　2003（この年）
南の島へいこうよ
　　第38回読書感想コン課題図書　1992（この年）
南の浜にあつまれ
　　第10回読書感想コン課題図書　1964（この年）

ミノスケのスキー帽
　『ミノスケのスキー帽』刊行　　　1957.7月
耳の聞こえない子がわたります
　第54回読書感想コン課題図書　2008(この年)
宮沢賢治
　『子ども版 声に出して読みたい日本
　語』刊行開始　　　　　　　　2004.8.6
明日：一九四五年八月八日・長崎
　第29回読書感想コン課題図書　1983(この年)
明日につづくリズム
　第56回読書感想コン課題図書　2010(この年)
ミラクル
　第40回読書感想コン課題図書　1994(この年)
ミリーのすてきなぼうし
　第56回読書感想コン課題図書　2010(この年)
ミルクこぼしちゃだめよ！
　第60回読書感想コン課題図書　2014(この年)
みんなの木かげ
　第42回読書感想コン課題図書　1996(この年)

【む】

昔、そこに森があった
　『昔、そこに森があった』刊行　　1985.9月
昔の学校
　「昔の学校」発表　　　　　　　1945.11月
むかしむかし
　童心社創業50周年　　　　　　　2006.12月
向こう横町のおいなりさん
　『向こう横町のおいなりさん』刊行　1975.6月
むくげとモーゼル
　『むくげとモーゼル』刊行　　　　1972.1月
椋鳩十全集
　「椋鳩十全集」刊行　　　　　　1969.10月
　個人全集ブーム　　　　1979.5月～1982.3月
椋鳩十の本
　『椋鳩十の本』刊行　　　　　　　1982.6月
むささびのおやこ
　第27回読書感想コン課題図書　1981(この年)
むしたちのうんどうかい
　第48回読書感想コン課題図書　2002(この年)
ムスティクのぼうけん
　第12回読書感想コン課題図書　1966(この年)

六つのガラス玉
　『六つのガラス玉』刊行　　　　　1981.3月
むねとんとん
　第56回読書感想コン課題図書　2010(この年)
ムーミンキャラクター図鑑
　トーベ・ヤンソン生誕100年　2014(この年)
ムーミン谷の絵辞典
　トーベ・ヤンソン生誕100年　2014(この年)
ムーミン谷の彗星
　『ムーミン谷の彗星』刊行　　　　1990.6月
ムーミンのめくってあそぶおおきなえほん
　トーベ・ヤンソン生誕100年　2014(この年)
村田エフェンディ滞土録
　第51回読書感想コン課題図書　2005(この年)
むらの英雄
　『むらの英雄』刊行　　　　　　　2013.4月

【め】

メイおばちゃんの庭
　第40回読書感想コン課題図書　1994(この年)
メイシーちゃんシリーズ
　『メイシーちゃんのえほん』シリーズ
　　刊行　　　　　　　　　　　　2000.11月
　メイシーちゃんフェア　　　　　2003.10月
　ルーシー・カズンズ来日　　　　2005.9月
名探偵カッレくん
　『名探偵カッレくん』刊行　　1957(この年)
鳴潮のかなたに
　第30回読書感想コン課題図書　1984(この年)
目をさませトラゴロウ
　『目をさませトラゴロウ』刊行　　1965.8月
メガネをかけたら
　第59回読書感想コン課題図書　2013(この年)
目がみえなくても
　第24回読書感想コン課題図書　1978(この年)
めざせパティシエ！　スイーツ作り入門
　「入門百科＋」創刊　　　　　　2013.7.19
めだかの列島
　第24回読書感想コン課題図書　1978(この年)
目玉かかしの秘密
　第45回読書感想コン課題図書　1999(この年)

【も】

もうひとつの家族
　　第39回読書感想コン課題図書　1993（この年）
もうひとりのぼく
　　第17回読書感想コン課題図書　1971（この年）
燃えながら飛んだよ！
　　『燃えながら飛んだよ！』刊行　　1973.5月
モギ：ちいさな焼きもの師
　　第50回読書感想コン課題図書　2004（この年）
木馬がのった白い船
　　『木馬がのった白い船』刊行　　1960.3月
モグラ原っぱのなかまたち
　　『モグラ原っぱのなかまたち』刊行　1968.12月
もぐりの公紋さ
　　『もぐりの公紋さ』刊行　　1970.3月
もこ もこもこ
　　『もこ もこもこ』刊行　　1977（この年）
茂作じいさん
　　『茂作じいさん』刊行　　1978.6月
もずのこども
　　第23回読書感想コン課題図書　1977（この年）
モチモチの木
　　『花さき山』刊行　　1969.12月
　　第18回読書感想コン課題図書　1972（この年）
ものすごくおおきなプリンのうえで
　　第57回読書感想コン課題図書　2011（この年）
モモ
　　『モモ』刊行　　1976.9月
ももいろのきりん
　　『ももいろのきりん』刊行　　1965.7月
ももたろう
　　『はじめての名作おはなし絵本』刊行　2000.2月
　　童心社創業50周年　　2006.12月
モモちゃんとアカネちゃん
　　『モモちゃんとアカネちゃん』刊行　1974.6月
　　『松谷みよ子の本』刊行開始　　1994.10月
桃の木長者
　　『桃の木長者』刊行　　1964.3月
モリー・ムーンの世界でいちばん不思議な
　　物語
　　『ハリネズミの本箱』創刊　　2002.10.11

森の365日
　　第39回読書感想コン課題図書　1993（この年）
森の絵本
　　『森の絵本』刊行　　1999.8月
森のスケーター ヤマネ
　　第47回読書感想コン課題図書　2001（この年）
もりのへなそうる
　　『もりのへなそうる』刊行　　1971.12月
森は生きている
　　『森は生きている』刊行　　1953.2月
森はだれがつくったのだろう
　　環境問題の本の刊行相次ぐ　　1992（この年）
森は呼んでいる
　　第39回読書感想コン課題図書　1993（この年）
森よ生き返れ
　　第46回読書感想コン課題図書　2000（この年）
もんぺの子
　　「もんぺの子」創刊　　1954.4月
　　児童文学同人誌運動の隆盛　　1954（この年）

【や】

ヤギになっちゃうぞ
　　第48回読書感想コン課題図書　2002（この年）
やさしい科学
　　さ・え・ら書房創立　　1948.8.15
やさしい図解 地球があぶない
　　環境問題の本の刊行相次ぐ　　1992（この年）
やさしいたんぽぽ
　　第32回読書感想コン課題図書　1986（この年）
やさしく川は流れて
　　『やさしく川は流れて』刊行　　1992.1月
優しさごっこ
　　『優しさごっこ』刊行　　1977.7月
やすらかに今はねむり給え
　　第37回読書感想コン課題図書　1991（この年）
柳のわたとぶ国
　　『柳のわたとぶ国―二つの国の物語』
　　　刊行　　1966.1月
屋根裏の遠い旅
　　『屋根裏の遠い旅』刊行　　1975.1月
屋根うらべやにきた魚
　　『屋根うらべやにきた魚』刊行　　1981.9月

屋根裏部屋の秘密
　『屋根裏部屋の秘密』刊行　　　1988.7月
やねの上のカールソンだいかつやく
　リンドグレーン生誕100年　　　2007.7月
やぶかのはなし
　第41回読書感想コン課題図書　1995（この年）
山が泣いてる
　『山が泣いてる』刊行　　　　　1960.8月
やまからにげてきた ゴミをぽいぽい
　『やまからにげてきた ゴミをぽいぽ
　　い』刊行　　　　　　　　　　1993.2.5
ヤマトシジミの食卓
　第57回読書感想コン課題図書　2011（この年）
山のいのち
　第37回読書感想コン課題図書　1991（この年）
やまのこのはこぞう
　第15回読書感想コン課題図書　1969（この年）
山のトムさん
　『山のトムさん』刊行　　　　　1957.10月
山のむこうは青い海だった
　『山のむこうは青い海だった』刊行　1960.10月
山びこ学校
　『山びこ学校』刊行　　　　　　1951.3月
山へいく牛
　『山へいく牛』刊行　　　　　　1977.11月
やまんばおゆき
　第24回読書感想コン課題図書　1978（この年）
闇と光の中
　『闇と光の中』刊行　　　　　　1976.2月
ヤン
　『ヤン』刊行　　　　　　　　　1967.9月
やんちゃ子グマがやってきた！
　第56回読書感想コン課題図書　2010（この年）

【ゆ】

ユウキ
　『ユウキ』刊行　　　　　　　　2003.6月
友情のスカラベ
　『友情のスカラベ』刊行　　　　1983.8月
夕鶴
　「民話の会」発足　　　　　　　1952（この年）

夕日がせなかをおしてくる
　『夕日がせなかをおしてくる』刊行　1983.6月
郵便局員ねこ
　第26回読書感想コン課題図書　1980（この年）
ゆうびんサクタ山へいく
　第30回読書感想コン課題図書　1984（この年）
夕やけ色のトンネルで
　第38回読書感想コン課題図書　1992（この年）
ゆうれいがいなかったころ
　『ゆうれいがいなかったころ』刊行　1979.7月
ユウレイ通り商店街
　『ムカシのちょっといい未来』刊行　2010.6月
床下の小人たち
　『床下の小人たち』刊行　　　　1956（この年）
床下の古い時計
　第37回読書感想コン課題図書　1991（この年）
ゆかりのたんじょうび
　『ゆかりのたんじょうび』刊行　1983.8月
ゆきごんのおくりもの
　第18回読書感想コン課題図書　1972（この年）
雪だるまの雪子ちゃん
　『雪だるまの雪子ちゃん』刊行　2009.9月
雪と雲の歌
　『雪と雲の歌』刊行　　　　　　1975.7月
雪の下のうた
　『雪の下のうた』刊行　　　　　1966.10月
雪はじゃまものか？
　第35回読書感想コン課題図書　1989（この年）
雪はちくたく
　『雪はちくたく』刊行　　　　　1979.5月
　第26回読書感想コン課題図書　1980（この年）
雪ぼっこ物語
　『雪ぼっこ物語』刊行　　　　　1977.2月
　第23回読書感想コン課題図書　1977（この年）
ゆずちゃん
　第42回読書感想コン課題図書　1996（この年）
ユックリとジョジョニ
　『ユックリとジョジョニ』刊行　1991.3月
ゆびぬき小路の秘密
　『ゆびぬき小路の秘密』刊行　　1994.4月
指輪物語
　『指輪物語』ブーム　　　　　　2001（この年）
　ファンタジー・ブーム　　　　　2001（この年）
　『「中つ国」歴史地図』刊行　　2002.2月

- 389 -

『オリジナル版 ホビットの冒険』刊行
　　　　　　　　　　　　　2002.12.6
ファンタジー・ブーム　　　2002（この年）
ファンタジー・ブーム続く　2003（この年）
夢をつなぐ：全盲の金メダリスト河合純一物語
　第44回読書感想コン課題図書　1998（この年）
夢をつなぐ：山崎直子の四〇八八日
　第57回読書感想コン課題図書　2011（この年）
ゆめをにるなべ
　第41回読書感想コン課題図書　1995（この年）
ゆめからゆめんぼ
　『ゆめからゆめんぼ』刊行　1993.9.30
ユーラシア大陸思索行
　第20回読書感想コン課題図書　1974（この年）
ゆりかごは口の中
　第53回読書感想コン課題図書　2007（この年）

【よ】

夜明けへの道
　第40回読書感想コン課題図書　1994（この年）
よいこの十二か月
　童心社「よいこの十二か月」シリーズ化
　　　　　　　　　　　　　1957.4月
ようこそおまけの時間に
　『ようこそおまけの時間に』刊行　1981.8月
幼児のためのよみきかせおはなし集
　『幼児のためのよみきかせおはなし集』刊行　2000.10月
よかたい先生
　第60回読書感想コン課題図書　2014（この年）
与謝野晶子 児童文学全集
　『与謝野晶子 児童文学全集』刊行
　　　　　　　　　　　2007.8.1～12.1
ヨースケくん
　第45回読書感想コン課題図書　1999（この年）
ヨハネスブルクへの旅
　第55回読書感想コン課題図書　2009（この年）
よみがえれ、えりもの森
　第50回読書感想コン課題図書　2004（この年）
甦れ、ブッポウソウ
　第51回読書感想コン課題図書　2005（この年）

よみがえれ白いライオン
　第48回読書感想コン課題図書　2002（この年）
よもぎだんご
　第36回読書感想コン課題図書　1990（この年）
よりみちパン！ セシリーズ
　『よりみちパン！ セ』復刊　2011.7月
夜あけ朝あけ
　『夜あけ朝あけ』刊行　1954.6月
夜のかげぼうし
　『夜のかげぼうし』刊行　1978.3月
夜の子どもたち
　『夜の子どもたち』刊行　1985.9月
ヨーンじいちゃん
　第32回読書感想コン課題図書　1986（この年）
ヨーンの道
　第26回読書感想コン課題図書　1980（この年）

【ら】

ライオンと魔女
　『ライオンと魔女』刊行　1966.5月
　「ナルニア国物語」増刷　2005（この年）
ライオンボーイ
　『ライオンボーイ』刊行開始　2004.2月
ライギョのきゅうしょく
　第46回読書感想コン課題図書　2000（この年）
ライト兄弟はなぜ飛べたのか
　第52回読書感想コン課題図書　2006（この年）
ラヴ・ユー・フォーエバー
　『ラヴ・ユー・フォーエバー』刊行　1997.9月
落語と私
　第22回読書感想コン課題図書　1976（この年）
落日の戦場
　第11回読書感想コン課題図書　1965（この年）
ラクダイ横丁
　「ラクダイ横丁」発表　1948.2月
ラークライト
　ファンタジー・シリーズの刊行相次ぐ　2007（この年）
ラビリンス
　『ラビリンス』刊行　2006.9.1
ラブ・ユー・フォーエバー
　子ども向け絵本が大人に人気　1998（この年）

ラフカディオ・ハーン
　　第49回読書感想コン課題図書　2003（この年）
ランプの精 イクナートンの冒険
　　「ランプの精」刊行開始　　　　2004.12月

【り】

リキシャ★ガール
　　第56回読書感想コン課題図書　2010（この年）
リコはおかあさん
　　第15回読書感想コン課題図書　1969（この年）
リーパス
　　第24回読書感想コン課題図書　1978（この年）
龍宮へいったトミばあやん
　　『龍宮へいったトミばあやん』刊行　1973.8月
竜太と青い薔薇
　　『青い鳥文庫fシリーズ』創刊　2003.5.15
竜のいる島
　　『竜のいる島』刊行　　　　　1976.11月
両親をしつけよう！
　　第53回読書感想コン課題図書　2007（この年）
りんごあげるね
　　第53回読書感想コン課題図書　2007（この年）
リンゴ畑の四日間
　　『リンゴ畑の四日間』刊行　　　1956.5月
リンドグレーン作品集
　　『長くつ下のピッピ』刊行　　1964（この年）

【る】

るすばん先生
　　『るすばん先生』刊行　　　　1969.10月
ルドルフとイッパイアッテナ
　　『ルドルフとイッパイアッテナ』刊行　1987.5月
　　第34回読書感想コン課題図書　1988（この年）
ルビー色の旅
　　『ルビー色の旅』刊行　　　　1987.3月
ルリユールおじさん
　　『ルリユールおじさん』が話題に　2007.9月

【れ】

レインボーマジック
　　『レインボーマジック』刊行　2006.9～11月
れくいえむ
　　第19回読書感想コン課題図書　1973（この年）
レジェンド！
　　第61回読書感想コン課題図書　2015（この年）
レネット 金色の林檎
　　第53回読書感想コン課題図書　2007（この年）
レモン文庫
　　ミドルティーン向け文庫創刊ラッシュ　1989（この年）
錬金術師ニコラ・フラメル
　　『魔術師ニコロ・マキャベリ』刊行　2008.11月

【ろ】

ロアルド・ダールコレクション
　　ロアルド・ダールコレクション　2005.4月
六月のゆり
　　第26回読書感想コン課題図書　1980（この年）
六年目のクラス会
　　『六年目のクラス会』刊行　　1984.11月
路上のストライカー
　　第60回読書感想コン課題図書　2014（この年）
ロッタちゃんのひっこし
　　『ロッタちゃんのひっこし』刊行　1966.12月
ロードス島戦記
　　ティーンズ向け文庫が好調　1989（この年）
ロビンソン・クルーソーを探して
　　第46回読書感想コン課題図書　2000（この年）
ロボット・カミイ
　　『ロボット・カミイ』刊行　　　1970.3月
ロボママ
　　第52回読書感想コン課題図書　2006（この年）
ローワンと魔法の地図
　　第47回読書感想コン課題図書　2001（この年）

論語
　『子ども版　声に出して読みたい日本
　　語』刊行開始　　　　　　　　2004.8.6
ロンド国物語
　『ロンド国物語』刊行開始　　　2008.10.15

【わ】

ワイルドスミスのABC
　ワイルドスミス絵本美術館開館　　1994.3.5
ワイルドスミスのちいさな絵本
　『ワイルドスミスのちいさな絵本』刊
　　行　　　　　　　　　　　1997.2月〜04月
わがいのち月明に燃ゆ
　第13回読書感想コン課題図書　1967（この年）
若き英雄
　第17回読書感想コン課題図書　1971（この年）
若草色の汽船
　『若草色の汽船』刊行　　　　　　1963.6月
わが社のロングセラー展
　「わが社のロングセラー展」　　2007.12.31〜
わかったさんのおかしシリーズ
　『わかったさん』シリーズ刊行　　1987.12月
わが母の肖像
　『わが母の肖像』刊行　　　　　　1970.3月
わが家は森の中
　第31回読書感想コン課題図書　1985（この年）
ワーシャとまほうのもくば
　第23回読書感想コン課題図書　1977（この年）
ワシリィのむすこ
　第16回読書感想コン課題図書　1970（この年）
忘れないよリトル・ジョッシュ
　第57回読書感想コン課題図書　2011（この年）
忘れられた島へ
　『忘れられた島へ』刊行　　　　　1980.6月
わすれられないおくりもの
　第33回読書感想コン課題図書　1987（この年）
わすれるもんか！
　第36回読書感想コン課題図書　1990（この年）
わたし
　『わたし』刊行　　　　　　　　　1976.10月
わたしいややねん
　『わたしいややねん』刊行　　　　1980.10月

わたしを置いていかないで
　第42回読書感想コン課題図書　1996（この年）
わたしが妹だったとき
　『わたしが妹だったとき』刊行　　1982.11月
わたしたちのアジア・太平洋戦争
　童心社から戦争体験集　　　　　　2004.3月
わたしたちの帽子
　第52回読書感想コン課題図書　2006（この年）
私のアンネ＝フランク
　『私のアンネ＝フランク』刊行　　1979.12月
わたしのいちばんあのこの1ばん
　第59回読書感想コン課題図書　2013（この年）
わたしの生まれた部屋
　第40回読書感想コン課題図書　1994（この年）
私の青春ノート
　第21回読書感想コン課題図書　1975（この年）
わたしのとくべつな場所
　第57回読書感想コン課題図書　2011（この年）
わたしのひかり
　第58回読書感想コン課題図書　2012（この年）
わたしのぼうし
　第23回読書感想コン課題図書　1977（この年）
私のよこはま物語
　『私のよこはま物語』刊行　　　　1983.2月
わたしの呼び名は「まあちゃん」
　「岩波フォト絵本」刊行開始　　2002.11.20
わたしのワンピース
　『わたしのワンピース』刊行　　　1969.12月
私は13歳だった
　第43回読書感想コン課題図書　1997（この年）
渡辺崋山
　第12回読書感想コン課題図書　1966（この年）
和太郎さんと牛
　『和太郎さんと牛』刊行　　　　　1946.9月
ワニのアリステール
　「アシェット婦人画報社の絵本」創刊　2004.4月
ワニぼうのこいのぼり
　第49回読書感想コン課題図書　2003（この年）
わるいことがしたい！
　沢木耕太郎が児童書出版　　　　　2012.3月
われなお生きてあり
　第15回読書感想コン課題図書　1969（この年）
われらの村がしずむ
　第14回読書感想コン課題図書　1968（この年）

ワンダーブックお話傑作選
　『ワンダーブックお話傑作選』刊行
　　　　　　　　　　　　2007.7〜08月
わんぱくタイクの大あれ三学期
　第28回読書感想コン課題図書　1982（この年）

【 英数 】

1つぶのおこめ
　『1つぶのおこめ』刊行　　　2009.9月
3D宇宙大図鑑　ARで手にとるようにわかる
　3D図鑑刊行　　　　　　　　2012.4月
3歳から6歳までの絵本と童話
　絵本・童話の選び方指南書　1967（この年）
3年2組は牛を飼います
　第54回読書感想コン課題図書　2008（この年）
3びきの子ぶた
　「えほん世界のおはなし」刊行　1999.3月
5月5日こどもに本を贈る日
　「5月5日こどもに本を贈る日」1987.4.30〜05.3
　「5月5日こどもに本を贈る日」　1989.4.1
8分音符のプレリュード
　第55回読書感想コン課題図書　2009（この年）
13歳のハローワーク
　『13歳のハローワーク』刊行　2003.11月
14歳―Fight
　『14歳―Fight』刊行　　　　　1988.6月
14歳からの政治
　子ども向け政治関連本　　2006（この年）
14ひきのシリーズ
　「14ひきのシリーズ」刊行　　1983.7月
　『14ひきのこもりうた』刊行　1994.7.10
21世紀こどもクラシック
　『21世紀こどもクラシック』刊行開始
　　　　　　　　　　　　　　1994.11月
21世紀こども地図館
　地図の本の刊行相次ぐ　　1992（この年）
21世紀こども百科
　児童全集の刊行相次ぐ　　1993（この年）
　『21世紀こども英語館』刊行　1996.10.30
100かいだてのいえ
　『100かいだてのいえ』刊行　　2008.5月
　『ちか100かいだてのいえ』刊行　2009.11月

　『うみの100かいだてのいえ』刊行　2014.6月
100人が感動した100冊の絵本
　『100人が感動した100冊の絵本 1978-97』刊行　　　　　　　1999.1月
100万回生きたねこ
　『100万回生きたねこ』発売30周年
　　　　　　　　　　　　　　2007（この年）
100まんびきのねこ
　「世界傑作絵本シリーズ」刊行開始
　　　　　　　　　　　　　　1961（この年）
1945年8月6日
　第26回読書感想コン課題図書　1980（この年）
A DAY
　『A DAY』刊行　　　　　　　1986.3月
CDえほん　まんが日本昔ばなし
　『CDえほん　まんが日本昔ばなし』刊行　　　　　　　　　　2009.10.7
　CD「日本昔ばなし」第2集発売　2010.6.17
CDできくよみきかせおはなし絵本
　『よみきかせおはなし絵本』刊行
　　　　　　　　　　　　　　2006（この年）
NHK みんなのうた
　「みんなのうた絵本」刊行開始　2006.5月
　『おしりかじり虫うたとおどりのほん』刊行　　　　　　　　2007.9月
NHKみんなのうた絵本シリーズ
　「みんなのうた絵本」刊行開始　2006.5月
SOS地底より
　第26回読書感想コン課題図書　1980（この年）
TINKER BELL
　日本イギリス児童文学会　1971（この年）
TN君の伝記
　『TN君の伝記』刊行　　　　　1976.5月
　第23回読書感想コン課題図書　1977（この年）

事項名索引

【あ】

愛知・岐阜物理サークル
　第36回（平1年）産経児童出版文化賞
　　　　　　　　　　　　　　1989（この年）
愛知県郷土資料刊行会
　第12回（昭54年）新美南吉文学賞
　　　　　　　　　　　　　　1979（この年）
愛知県半田市
　新美南吉記念館開館　　　　1994.6.5
愛知書店組合
　「青少年によい本をすすめる運動」
　　　　　　　　　　　　1988.12.7～15
愛と夢の童話コンテスト
　第1回（平9年）愛と夢の童話コンテスト
　　　　　　　　　　　　　　1997（この年）
　第2回（平10年）愛と夢の童話コンテスト
　　　　　　　　　　　　　　1998（この年）
　第3回（平11年）愛と夢の童話コンテスト
　　　　　　　　　　　　　　1999（この年）
　第4回（平12年）愛と夢の童話コンテスト
　　　　　　　　　　　　　　2000（この年）
　第5回（平13年）愛と夢の童話コンテスト
　　　　　　　　　　　　　　2001（この年）
　第6回（平14年）愛と夢の童話コンテスト
　　　　　　　　　　　　　　2002（この年）
　第7回（平15年）愛と夢の童話コンテスト
　　　　　　　　　　　　　　2003（この年）
　第8回（平16年）愛と夢の童話コンテスト
　　　　　　　　　　　　　　2004（この年）
　第9回（平17年）愛と夢の童話コンテスト
　　　　　　　　　　　　　　2005（この年）
　第10回（平18年）愛と夢の童話コンテスト
　　　　　　　　　　　　　　2006（この年）
あいのみ文庫
　「あいのみ文庫」開設　　　1981（この年）
青い鳥文庫
　「青い鳥文庫」創刊　　　　1980（この年）
　『ふしぎなおばあちゃん×12』刊行　1995.3月
　盲学校に大活字本寄贈　　　2009.4.23
青い鳥文庫fシリーズ
　『青い鳥文庫fシリーズ』創刊　2003.5.15
青い鳥文庫 GO！GO！
　『青い鳥文庫 GO！GO！』創刊　2008.3.14

青森県黒石市
　出版社が子ども館贈呈　　　1975.7.10
青森県創作童話コンテスト
　第1回（昭46年）青森県創作童話コンテスト
　　　　　　　　　　　　　　1971（この年）
赤い鳥文学賞
　第1回（昭46年）赤い鳥文学賞　1971（この年）
　第2回（昭47年）赤い鳥文学賞　1972（この年）
　第3回（昭48年）赤い鳥文学賞　1973（この年）
　第4回（昭49年）赤い鳥文学賞　1974（この年）
　第5回（昭50年）赤い鳥文学賞　1975（この年）
　第6回（昭51年）赤い鳥文学賞　1976（この年）
　第7回（昭52年）赤い鳥文学賞　1977（この年）
　第8回（昭53年）赤い鳥文学賞　1978（この年）
　第9回（昭54年）赤い鳥文学賞　1979（この年）
　第10回（昭55年）赤い鳥文学賞　1980（この年）
　第11回（昭56年）赤い鳥文学賞　1981（この年）
　第12回（昭57年）赤い鳥文学賞　1982（この年）
　第13回（昭58年）赤い鳥文学賞　1983（この年）
　第14回（昭59年）赤い鳥文学賞　1984（この年）
　第15回（昭60年）赤い鳥文学賞　1985（この年）
　第16回（昭61年）赤い鳥文学賞　1986（この年）
　第17回（昭62年）赤い鳥文学賞　1987（この年）
　第18回（昭63年）赤い鳥文学賞　1988（この年）
　第19回（平1年）赤い鳥文学賞　1989（この年）
　第20回（平2年）赤い鳥文学賞　1990（この年）
　第21回（平3年）赤い鳥文学賞　1991（この年）
　第22回（平4年）赤い鳥文学賞　1992（この年）
　第23回（平5年）赤い鳥文学賞　1993（この年）
　第24回（平6年）赤い鳥文学賞　1994（この年）
　第25回（平7年）赤い鳥文学賞　1995（この年）
　第26回（平8年）赤い鳥文学賞　1996（この年）
　第27回（平9年）赤い鳥文学賞　1997（この年）
　第28回（平10年）赤い鳥文学賞　1998（この年）
　第29回（平11年）赤い鳥文学賞　1999（この年）
　第30回（平12年）赤い鳥文学賞　2000（この年）
　第31回（平13年）赤い鳥文学賞　2001（この年）
　第32回（平14年）赤い鳥文学賞　2002（この年）
　第33回（平15年）赤い鳥文学賞　2003（この年）
　第34回（平16年）赤い鳥文学賞　2004（この年）
　第35回（平17年）赤い鳥文学賞　2005（この年）
　第36回（平18年）赤い鳥文学賞　2006（この年）
　第37回（平19年）赤い鳥文学賞　2007（この年）
　第38回（平20年）赤い鳥文学賞　2008（この年）
　第39回（平21年）赤い鳥文学賞　2009（この年）
　第40回（平22年）赤い鳥文学賞　2010（この年）

明石書店
 第21回（平9年）日本児童文学学会賞
        1997（この年）
 第23回（平11年）日本児童文学学会賞
        1999（この年）

アカデミー賞
 『つみきのいえ』刊行 2008.10.16

あかね書房
 あかね書房創立   1949（この年）
 『貝になった子供』刊行 1951.11月
 『家なき子』邦訳版刊行 1951（この年）
 『青い鳥』邦訳版3件刊行 1951（この年）
 『少年少女日本文学選集』刊行 1955（この年）
 第4回（昭32年）産経児童出版文化賞
        1957（この年）
 『世界児童文学全集』刊行 1958.9月
 第6回（昭34年）産経児童出版文化賞
        1959（この年）
 『少年少女世界ノンフィクション全
  集』刊行   1960（この年）
 第7回（昭35年）産経児童出版文化賞
        1960（この年）
 「少年文学代表選集」刊行 1962.1月
 第8回読書感想コン課題図書 1962（この年）
 第9回読書感想コン課題図書 1963（この年）
 第10回読書感想コン課題図書 1964（この年）
 第11回読書感想コン課題図書 1965（この年）
 第12回読書感想コン課題図書 1966（この年）
 第13回（昭41年）産経児童出版文化賞
        1966（この年）
 第13回読書感想コン課題図書 1967（この年）
 第14回（昭42年）産経児童出版文化賞
        1967（この年）
 『モグラ原っぱのなかまたち』刊行 1968.12月
 第14回読書感想コン課題図書 1968（この年）
 第15回読書感想コン課題図書 1969（この年）
 『もぐりの公紋さ』刊行 1970.3月
 『科学のアルバム』刊行開始 1970.7月
 『真夏の旗』刊行   1970.9月
 『小説の書き方』刊行   1971.2月
 『千本松原』刊行   1971.3月
 『ぼくらははだしで』刊行 1971.7月
 『鉄の街のロビンソン』刊行 1971.12月
 第17回読書感想コン課題図書 1971（この年）
 第9回（昭46年）野間児童文芸賞 1971（この年）
 『絵にかくとへんな家』刊行 1972.10月
 『宇宙戦争』刊行   1972（この年）
 第12回（昭47年）日本児童文学者協会
  賞   1972（この年）

 第6回（昭48年）日本児童文学者協会
  新人賞   1973（この年）
 『長い冬の物語』刊行   1975.5月
 第21回読書感想コン課題図書 1975（この年）
 『とおるがとおる』刊行 1976.10月
 『寺村輝夫のとんち話・むかし話』刊
  行   1976（この年）
 第22回読書感想コン課題図書 1976（この年）
 第23回（昭51年）産経児童出版文化賞
        1976（この年）
 『ふとんかいすいよく』刊行 1977.8月
 「ぴょこたん」シリーズ 1977.9月
 『ひとりぼっちの動物園』刊行 1978.1月
 第24回読書感想コン課題図書 1978（この年）
 第27回（昭53年度）小学館児童出版文
  化賞   1978（この年）
 第2回（昭54年）旺文社児童文学賞
        1979（この年）
 第8回（昭54年）児童文芸新人賞 1979（この年）
 『六つのガラス玉』刊行 1981.3月
 第27回読書感想コン課題図書 1981（この年）
 「こまったさん」シリーズ刊行 1982.7月
 第28回読書感想コン課題図書 1982（この年）
 第20回（昭57年）野間児童文芸賞
        1982（この年）
 第5回（昭57年）日本の絵本賞 絵本
  にっぽん賞   1982（この年）
 『堤防のプラネタリウム』刊行 1983.7月
 第29回読書感想コン課題図書 1983（この年）
 第32回（昭58年度）小学館児童出版文
  化賞   1983（この年）
 第7回（昭59年）日本の絵本賞 絵本
  にっぽん賞   1984（この年）
 『きいろいばけつ』刊行 1985.4月
 『日の出マーケットのマーチ』刊行 1985.7月
 『草原―ぼくと子っこ牛の大地』刊行
        1985.12月
 第31回読書感想コン課題図書 1985（この年）
 『街かどの夏休み』刊行 1986.6月
 第32回読書感想コン課題図書 1986（この年）
 第10回（昭61年）日本児童文学学会賞
        1986（この年）
 第26回（昭61年）日本児童文学者協会
  賞   1986（この年）
 『わかったさん』シリーズ刊行 1987.12月
 第17回（昭63年）児童文芸新人賞
        1988（この年）
 第35回（昭63年）産経児童出版文化賞
        1988（この年）

第18回(平1年)児童文芸新人賞　1989(この年)
『クヌギ林のザワザワ荘』刊行　　　1990.6月
『こうばしい日々』刊行　　　　　　1990.9月
第36回読書感想コン課題図書　1990(この年)
第12回(平2年)路傍の石文学賞　1990(この年)
『遠くへいく川』刊行　　　　　　1991.10月
第37回読書感想コン課題図書　1991(この年)
第24回(平3年)日本児童文学者協会
　新人賞　　　　　　　　　　1991(この年)
第38回(平3年)産経児童出版文化賞
　　　　　　　　　　　　　　1991(この年)
第40回(平3年度)小学館児童出版文
　化賞　　　　　　　　　　　1991(この年)
第7回(平3年度)坪田譲治文学賞
　　　　　　　　　　　　　　1991(この年)
『でんぐりん』刊行　　　　　　　　1992.5月
第38回読書感想コン課題図書　1992(この年)
第15回(平4年)日本の絵本賞　絵本
　にっぽん賞　　　　　　　　1992(この年)
恐竜ブーム　　　　　　　　　　　　1993.7月
第39回読書感想コン課題図書　1993(この年)
第22回(平5年)児童文芸新人賞　1993(この年)
第26回(平5年)日本児童文学者協会
　新人賞　　　　　　　　　　1993(この年)
児童図書十社の会設立20周年会　　1994.2.1
『神沢利子コレクション』　　　　　1994.9月
第40回読書感想コン課題図書　1994(この年)
第16回(平6年)路傍の石文学賞　1994(この年)
「東京都平和の日」　　　　　　　 1995.3.10
『グフグフグフフ』刊行　　　　　　1995.7月
第41回読書感想コン課題図書　1995(この年)
第19回(平9年)路傍の石文学賞　1997(この年)
『さわってあそぼう　ふわふわあひる』
　刊行　　　　　　　　　　　　　1998.6月
第44回読書感想コン課題図書　1998(この年)
第45回(平10年)産経児童出版文化賞
　　　　　　　　　　　　　　1998(この年)
第10回(平11年)ひろすけ童話賞
　　　　　　　　　　　　　　1999(この年)
第21回(平11年)路傍の石文学賞
　　　　　　　　　　　　　　1999(この年)
第46回読書感想コン課題図書　2000(この年)
ファンタジー・ブーム　　　　2001(この年)
第47回読書感想コン課題図書　2001(この年)
第48回読書感想コン課題図書　2002(この年)
第12回(平14年)椋鳩十児童文学賞
　　　　　　　　　　　　　　2002(この年)
第52回(平17年)産経児童出版文化賞
　　　　　　　　　　　　　　2005(この年)

第52回読書感想コン課題図書　2006(この年)
『キョーレツ科学者・フラニー』刊行
　　　　　　　　　　　　　　2007.6～11月
第53回読書感想コン課題図書　2007(この年)
第37回(平19年)赤い鳥文学賞　2007(この年)
第54回(平19年)産経児童出版文化賞
　　　　　　　　　　　　　　2007(この年)
第55回(平20年)産経児童出版文化賞
　　　　　　　　　　　　　　2008(この年)
あかね書房60周年企画　　　　　　2009.10月
第14回(平21年)日本絵本賞　2009(この年)
第56回(平21年)産経児童出版文化賞
　　　　　　　　　　　　　　2009(この年)
『トリックアート図鑑』刊行　　2011.1～11月
第60回(平23年度)小学館児童出版文
　化賞　　　　　　　　　　　2011(この年)
第58回読書感想コン課題図書　2012(この年)
第41回(平24年)児童文芸新人賞
　　　　　　　　　　　　　　2012(この年)
第60回読書感想コン課題図書　2014(この年)

秋書房
第9回(昭60年)日本児童文芸家協会
　賞　　　　　　　　　　　　1985(この年)
『はじまりはイカめし！』刊行　　　1987.8月

秋田書店
「ひとみ」創刊　　　　　　　　　　1958.8月

朝の読書
朝の読書544校に　　　　　　　　 1998.7.15
朝の読書が1000校突破　　　　　　1999.2.18
朝の読書が2000校突破　　　　　 1999.10.12
朝の読書4541校に　　　　　　　　2000.4.18
朝の読書4053校に　　　　　　　　2000.7.25
朝の読書5277校に　　　　　　　　 2001.2.6
朝の読書7270校に　　　　　　　 2001.10.25
朝の読書7465校に　　　　　　　 2001.11.13
子どもの読書推進活動が活発化　2001(この年)
朝の読書8230校に　　　　　　　　2002.3.30
朝の読書9650校に　　　　　　　　2002.7.23
朝の読書1万2124校に　　　　　　 2003.3.18
朝の読書1万3228校に　　　　　　 2003.6.11
「朝の読書」1万5000校突破　　　 2003.12月
朝の読書1万7167校に　　　　　　 2004.8.10
朝の読書2万校突破　　　　　　　 2005.8.10

朝の笛
第7回(昭33年度)小学館児童出版文
　化賞　　　　　　　　　　　1958(この年)

朝日出版社
　第12回（昭和38年度）小学館児童出版文
　　化賞　　　　　　　　　1963（この年）
　『こども哲学シリーズ』刊行開始　2006.5.22
朝日新聞社
　第1回（昭29年）産経児童出版文化賞
　　　　　　　　　　　　　1954（この年）
　『おしくらまんじゅう』刊行　　1956.7月
　第3回（昭31年）産経児童出版文化賞
　　　　　　　　　　　　　1956（この年）
アシェット婦人画報社
　「アシェット婦人画報社の絵本」創刊　2004.4月
葦書房
　『馬でかければ』刊行　　　　　1977.5月
アスキー
　『ドラゴンランス』刊行　　2002.5月～11月
梓会出版文化賞
　小峰書店に梓会出版文化賞　　　2009.1.20
あすなろ書房
　あすなろ書房創立　　　　　1961（この年）
　『木を植えた男』刊行　　　　1989.12月
　第35回読書感想コン課題図書　1989（この年）
　第13回（平2年）日本の絵本賞 絵本
　　にっぽん賞　　　　　　　1990（この年）
　第40回（平5年）産経児童出版文化賞
　　　　　　　　　　　　　1993（この年）
　第40回読書感想コン課題図書　1994（この年）
　『ぶたばあちゃん』刊行　　　　1995.10月
　第7回（平8年）ひろすけ童話賞　1996（この年）
　第44回（平9年）産経児童出版文化賞
　　　　　　　　　　　　　1997（この年）
　第4回（平10年）日本絵本賞　1998（この年）
　『ウエズレーの国』刊行　　　　1999.6月
　第45回読書感想コン課題図書　1999（この年）
　第47回（平12年）産経児童出版文化賞
　　　　　　　　　　　　　2000（この年）
　ファンタジー・ブーム　　　2001（この年）
　第47回読書感想コン課題図書　2001（この年）
　第48回読書感想コン課題図書　2002（この年）
　ファンタジー・ブーム続く　　2003（この年）
　第49回読書感想コン課題図書　2003（この年）
　第50回読書感想コン課題図書　2004（この年）
　『絵本 アンネ・フランク』刊行　　2005.4月
　第51回読書感想コン課題図書　2005（この年）
　第52回読書感想コン課題図書　2006（この年）
　第53回読書感想コン課題図書　2007（この年）
　第54回読書感想コン課題図書　2008（この年）
　『おとうさんのちず』刊行　　　　2009.5月

　第55回読書感想コン課題図書　2009（この年）
　第56回読書感想コン課題図書　2010（この年）
　第15回（平22年）日本絵本賞　2010（この年）
　第58回読書感想コン課題図書　2012（この年）
　第17回（平24年）日本絵本賞　2012（この年）
　第59回読書感想コン課題図書　2013（この年）
　第60回読書感想コン課題図書　2014（この年）
　第61回読書感想コン課題図書　2015（この年）
アスペクト
　『エリオン国物語』刊行開始　　2006.10.4
安曇野ちひろ美術館
　安曇野ちひろ美術館開館　　　　1997.4.19
アテネ社
　第23回（平11年）日本児童文芸家協会
　　賞　　　　　　　　　　1999（この年）
雨の日文庫
　「雨の日文庫」開設　　　　　　1970.7月
アリス館
　『トビウオは木にとまったか』刊行　1976.2月
　『ありす』創刊　　　　　　　　1976.7月
　第1回（昭52年）日本児童文学学会賞
　　　　　　　　　　　　　1977（この年）
　第24回（昭52年）産経児童出版文化賞
　　　　　　　　　　　　　1977（この年）
　アリス館創立　　　　　　　1981（この年）
　『きのうのわたしがかけていく』刊行　1983.4月
　『風の音をきかせてよ』刊行　　　1985.9月
　『A DAY』刊行　　　　　　　1986.3月
　第19回（昭61年）日本児童文学者協会
　　新人賞　　　　　　　　1986（この年）
　第41回読書感想コン課題図書　1995（この年）
　第42回読書感想コン課題図書　1996（この年）
　『でんしゃにのって』刊行　　　　1997.6月
　第45回読書感想コン課題図書　1999（この年）
　第46回読書感想コン課題図書　2000（この年）
　第47回読書感想コン課題図書　2001（この年）
　第48回読書感想コン課題図書　2002（この年）
　「いつもいっしょによみたいね」2003（この年）
　第49回読書感想コン課題図書　2003（この年）
　第50回読書感想コン課題図書　2004（この年）
　第51回読書感想コン課題図書　2005（この年）
　『おはようスーちゃん』刊行　　　2007.9月
　第53回読書感想コン課題図書　2007（この年）
　第57回読書感想コン課題図書　2011（この年）
　第58回読書感想コン課題図書　2012（この年）
　第59回読書感想コン課題図書　2013（この年）
　第61回読書感想コン課題図書　2015（この年）

アリス館牧新社
　第21回読書感想コン課題図書　1975（この年）
　『竜のいる島』刊行　　　　　　1976.11月
　第22回読書感想コン課題図書　1976（この年）
　第10回（昭52年）日本児童文学者協会
　　新人賞　　　　　　　　　　1977（この年）
　第6回（昭52年）児童文芸新人賞　1977（この年）
　第29回（昭55年度）小学館児童出版文
　　化賞　　　　　　　　　　　1980（この年）

ありんこ文庫
　「ありんこ文庫」開設　　　　　1962.9月

アルス
　「日本児童文庫」発刊　　　　　1953.12月

あるまじろ書店
　第20回（平21年）ひろすけ童話賞
　　　　　　　　　　　　　　　2009（この年）

【い】

家の光童話賞
　第1回（昭61年）家の光童話賞　1986（この年）
　第2回（昭62年）家の光童話賞　1987（この年）
　第3回（昭63年）家の光童話賞　1988（この年）
　第4回（平1年度）家の光童話賞　1989（この年）
　第5回（平2年度）家の光童話賞　1990（この年）
　第6回（平3年度）家の光童話賞　1991（この年）
　第7回（平4年度）家の光童話賞　1992（この年）
　第8回（平5年度）家の光童話賞　1993（この年）
　第9回（平6年度）家の光童話賞　1994（この年）
　第10回（平7年度）家の光童話賞　1995（この年）
　第11回（平8年度）家の光童話賞　1996（この年）
　第12回（平9年度）家の光童話賞　1997（この年）
　第13回（平10年度）家の光童話賞
　　　　　　　　　　　　　　　1998（この年）
　第14回（平11年度）家の光童話賞
　　　　　　　　　　　　　　　1999（この年）
　第15回（平12年度）家の光童話賞
　　　　　　　　　　　　　　　2000（この年）
　第16回（平13年度）家の光童話賞
　　　　　　　　　　　　　　　2001（この年）
　第17回（平14年度）家の光童話賞
　　　　　　　　　　　　　　　2002（この年）
　第18回（平15年度）家の光童話賞
　　　　　　　　　　　　　　　2003（この年）
　第19回（平16年度）家の光童話賞
　　　　　　　　　　　　　　　2004（この年）
　第20回（平17年度）家の光童話賞
　　　　　　　　　　　　　　　2005（この年）
　第21回（平18年度）家の光童話賞
　　　　　　　　　　　　　　　2006（この年）
　第22回（平19年度）家の光童話賞
　　　　　　　　　　　　　　　2007（この年）
　第23回（平20年度）家の光童話賞
　　　　　　　　　　　　　　　2008（この年）
　第25回（平23年度）家の光童話賞
　　　　　　　　　　　　　　　2011（この年）
　第26回（平24年度）家の光童話賞
　　　　　　　　　　　　　　　2012（この年）
　第27回（平25年度）家の光童話賞
　　　　　　　　　　　　　　　2013（この年）
　第28回（平26年度）家の光童話賞
　　　　　　　　　　　　　　　2014（この年）

いかだ社
　第1回（昭58年）新美南吉児童文学賞
　　　　　　　　　　　　　　　1983（この年）

イギリス放送
　第38回（平3年）産経児童出版文化賞
　　　　　　　　　　　　　　　1991（この年）

育英出版
　『動物列車』刊行　　　　　　　1947.6月

いしずえ
　第51回（平16年）産経児童出版文化賞
　　　　　　　　　　　　　　　2004（この年）

石森延男児童文学奨励賞
　第1回（昭52年）石森延男児童文学奨
　　励賞　　　　　　　　　　　1977（この年）
　第2回（昭53年）石森延男児童文学奨
　　励賞　　　　　　　　　　　1978（この年）
　第3回（昭54年）石森延男児童文学奨
　　励賞　　　　　　　　　　　1979（この年）
　第4回（昭55年）石森延男児童文学奨
　　励賞　　　　　　　　　　　1980（この年）

イースト・プレス
　第14回（平21年）日本絵本賞　2009（この年）
　『よりみちパン！セ』復刊　　　2011.7月
　第18回（平25年）日本絵本賞　2013（この年）

イスミグループ
　『子どもと文学』刊行　　　　　1960.4月

いちごえほん童話と絵本グランプリ
　第1回（昭63年）いちごえほん童話と
　　絵本グランプリ　　　　　　1988（この年）
　第2回（平1年）いちごえほん童話と絵
　　本グランプリ　　　　　　　1989（この年）

いちこ　　　　　　　　　　　事項名索引　　　　　　　　　日本児童文学史事典

第3回（平2年）いちごえほん童話と絵
　　本グランプリ　　　　　　1990（この年）
第4回（平3年）いちごえほん童話と絵
　　本グランプリ　　　　　　1991（この年）

いちご文庫
　ミドルティーン向け文庫創刊ラッ
　　シュ　　　　　　　　　　1989（この年）

伊藤忠記念財団
　「子ども文庫助成事業」開始　1975（この年）
　伊藤忠記念財団が助成　　　　1976.1月

稲城子ども文庫連絡会
　「稲城子ども文庫連絡会」発足　1972（この年）

いぬいとみこ記念文庫
　「いぬいとみこ記念文庫」開設　1996.3.15

今井書店
　本の学校設立　　　　　　　　2012.3.1

射水市大島絵本館
　射水市大島絵本館設立　　　　1994.8月

いろえんぴつグループ
　第7回（昭58年）「子ども世界」絵本と
　　幼低学年童話賞　　　　　1983（この年）

岩崎書店
　岩崎書店誕生　　　　　　1945（この年）
　第11回（昭39年）産経児童出版文化賞
　　　　　　　　　　　　　1964（この年）
　『くろ助』刊行　　　　　　1968.1月
　第14回読書感想コン課題図書　1968（この年）
　第15回（昭43年）産経児童出版文化賞
　　　　　　　　　　　　　1968（この年）
　『花さき山』刊行　　　　　1969.12月
　第9回（昭44年）日本児童文学者協会
　　賞　　　　　　　　　　1969（この年）
　『江戸のおもちゃ屋』刊行　　1970.9月
　第19回（昭45年度）小学館児童出版文
　　化賞　　　　　　　　　1970（この年）
　「親子読書」創刊　　　　　1971.8月
　『堀のある村』刊行　　　　1972.7月
　第18回読書感想コン課題図書　1972（この年）
　第21回（昭47年度）小学館児童出版文
　　化賞　　　　　　　　　1972（この年）
　第19回読書感想コン課題図書　1973（この年）
　第21回（昭49年）産経児童出版文化賞
　　　　　　　　　　　　　1974（この年）
　第21回読書感想コン課題図書　1975（この年）
　『ふしぎなかぎばあさん』刊行　1976.12月
　第22回読書感想コン課題図書　1976（この年）

第25回（昭51年度）小学館児童出版文
　　化賞　　　　　　　　　1976（この年）
『天の赤馬』刊行　　　　　1977.12月
第23回読書感想コン課題図書　1977（この年）
第26回（昭52年度）小学館児童出版文
　　化賞　　　　　　　　　1977（この年）
第24回読書感想コン課題図書　1978（この年）
第18回（昭53年）日本児童文学者協会
　　賞　　　　　　　　　　1978（この年）
個人全集ブーム　　　　　　1979.5月〜1982.3月
『フォア文庫』創刊　　　　1979.10月
第25回読書感想コン課題図書　1979（この年）
『さくらんぼクラブにクロがきた』刊
　　行　　　　　　　　　　1980.4月
『はれときどきぶた』刊行　　1980.9月
第26回読書感想コン課題図書　1980（この年）
第27回（昭55年）産経児童出版文化賞
　　　　　　　　　　　　　1980（この年）
第3回（昭55年）日本の絵本賞　絵本
　　にっぽん賞　　　　　　1980（この年）
岩崎徹太賞創設　　　　　　1981.2月
『千葉省三童話全集』刊行　　1981.3月
第27回読書感想コン課題図書　1981（この年）
『斎藤隆介全集』刊行　　　　1982.1月
第28回読書感想コン課題図書　1982（この年）
『にげだした兵隊』刊行　　　1983.8月
第29回読書感想コン課題図書　1983（この年）
第30回読書感想コン課題図書　1984（この年）
第22回（昭59年）野間児童文芸賞
　　　　　　　　　　　　　1984（この年）
第31回読書感想コン課題図書　1985（この年）
第32回（昭60年）産経児童出版文化賞
　　　　　　　　　　　　　1985（この年）
『たたけ勘太郎』刊行　　　　1986.3月
第32回読書感想コン課題図書　1986（この年）
第10回（昭62年）日本の絵本賞　絵本
　　にっぽん賞　　　　　　1987（この年）
第16回（昭62年）児童文芸新人賞
　　　　　　　　　　　　　1987（この年）
第34回（昭62年）産経児童出版文化賞
　　　　　　　　　　　　　1987（この年）
『14歳—Fight』刊行　　　　1988.6月
『京のかさぐるま』刊行　　　1988.6月
『ミッドナイト・ステーション』刊行　1988.11月
『十四歳の妖精たち』刊行　　1988.12月
第17回（昭63年）児童文芸新人賞
　　　　　　　　　　　　　1988（この年）
『海辺の家の秘密』刊行　　　1989.11月
『五月のはじめ、日曜日の朝』刊行　1989.11月

『桂子は風のなかで』刊行	1989.12月	第32回(平15年)児童文芸新人賞	2003(この年)
第35回読書感想コン課題図書	1989(この年)	第8回(平15年)日本絵本賞	2003(この年)
第29回(平1年)日本児童文学者協会賞	1989(この年)	「ドラゴン・スレイヤー・アカデミー」刊行開始	2004.11月
『サツキの町のサツキ作り』刊行	1990.12月	第50回読書感想コン課題図書	2004(この年)
第36回読書感想コン課題図書	1990(この年)	第37回(平16年)日本児童文学者協会新人賞	2004(この年)
第14回(平2年)日本児童文芸家協会賞	1990(この年)	『しずくちゃん5 がっこうはたのしいな』刊行	2005.8月
第19回(平2年)児童文芸新人賞	1990(この年)	ルーシー・カズンズ来日	2005.9月
第23回(平2年)日本児童文学者協会新人賞	1990(この年)	ファンタジー小説の翻訳相次ぐ	2005(この年)
第30回(平2年)日本児童文学者協会賞	1990(この年)	第15回(平17年)けんぶち絵本の里大賞	2005(この年)
第8回(平2年)新美南吉児童文学賞	1990(この年)	第34回(平17年)児童文芸新人賞	2005(この年)
第38回読書感想コン課題図書	1992(この年)	第52回(平17年)産経児童出版文化賞	2005(この年)
第30回(平4年)野間児童文芸賞	1992(この年)	『うしろの正面』刊行	2006.9月
第39回読書感想コン課題図書	1993(この年)	『としょかんライオン』刊行	2007.4月
『フォア文庫愛蔵版』刊行	1994.1月	第53回読書感想コン課題図書	2007(この年)
児童図書十社の会設立20周年会	1994.2.1	『宇宙への秘密の鍵』刊行	2008.2.20
『お江戸の百太郎乙松、宙に舞う』刊行	1994.11月	『ロンド国物語』刊行開始	2008.10.15
第40回読書感想コン課題図書	1994(この年)	フォア文庫30周年	2008(この年)
「東京都平和の日」	1995.3.10	第54回読書感想コン課題図書	2008(この年)
戦後50年記念企画	1995(この年)	第13回(平20年)日本絵本賞	2008(この年)
第1回(平7年)日本絵本賞	1995(この年)	「いまむかしえほん」刊行開始	2009.12月
第35回(平7年)日本児童文学者協会賞	1995(この年)	『雲のはしご』刊行	2010.7月
第42回(平7年)産経児童出版文化賞	1995(この年)	『エレベーターは秘密のとびら』刊行	2010.8.27
第5回(平7年度)けんぶち絵本の里大賞	1995(この年)	第56回読書感想コン課題図書	2010(この年)
第26回(平8年)赤い鳥文学賞	1996(この年)	第15回(平22年)日本絵本賞	2010(この年)
『ラヴ・ユー・フォーエバー』刊行	1997.9月	第21回(平22年)ひろすけ童話賞	2010(この年)
第43回読書感想コン課題図書	1997(この年)	第57回(平22年)産経児童出版文化賞	2010(この年)
子ども向け絵本が大人に人気	1998(この年)	「少年弁護士セオの事件簿」シリーズ	2011.9月
『おはなしポケット』刊行	1999.9月	第16回(平23年)日本絵本賞	2011(この年)
第46回読書感想コン課題図書	2000(この年)	第59回読書感想コン課題図書	2013(この年)
第11回(平12年)ひろすけ童話賞	2000(この年)	第18回(平25年)日本絵本賞	2013(この年)
第47回読書感想コン課題図書	2001(この年)	マララ関連本が話題に	2014.10.10
第10回(平13年度)〔日本児童文芸家協会〕創作コンクール	2001(この年)	第61回読書感想コン課題図書	2015(この年)
第30回(平13年)児童文芸新人賞	2001(この年)	**いわさきちひろ絵本美術館**	
「いつもいっしょによみたいね」	2003(この年)	いわさきちひろ絵本美術館開館	1977.9.10
『デルトラ・クエスト』178万部	2003(この年)	**岩崎徹太賞**	
第49回読書感想コン課題図書	2003(この年)	岩崎徹太賞創設	1981.2月
		岩崎美術社	
		第20回(平8年)日本児童文学学会賞	1996(この年)

岩田文庫
点訳絵本の「岩田文庫」創設　1984（この年）

岩手県花巻市
宮沢賢治記念館開館　　　　　1982.9.21

岩波子どもの本
「岩波子どもの本」刊行開始　　1953.12月

岩波少年文庫
岩波少年文庫刊行始まる　　　　1950.12.25
岩波少年文庫が創刊50年　　　　2000（この年）
「ナルニア国物語」増刊　　　　2005（この年）

岩波書店
『少年少女読物百種選定目録』刊行　1950.12月
岩波少年文庫刊行始まる　　　　1950.12.25
『あしながおじさん』刊行　　　1950.12.25
『青い鳥』邦訳版3件刊行　　　1951（この年）
『ちびくろさんぼ』刊行　　　　1953（この年）
『風にのってきたメアリー・ポピンズ』刊行　　　　　　　　　1954.4月
『ピーター・パン』刊行　　　　1954.10月
第1回（昭29年）産経児童出版文化賞
　　　　　　　　　　　　　　1954（この年）
第2回（昭30年）産経児童出版文化賞
　　　　　　　　　　　　　　1955（この年）
『床下の小人たち』刊行　　　　1956（この年）
『名探偵カッレくん』刊行　　　1957（この年）
『ツバメ号とアマゾン号』刊行　1958（この年）
第6回（昭34年）産経児童出版文化賞
　　　　　　　　　　　　　　1959（この年）
『ドリトル先生アフリカゆき』刊行　1961.9月
第8回読書感想コン課題図書　　1962（この年）
第10回（昭38年）産経児童出版文化賞
　　　　　　　　　　　　　　1963（この年）
第9回読書感想コン課題図書　　1963（この年）
『長くつ下のピッピ』刊行　　　1964（この年）
第10回読書感想コン課題図書　 1964（この年）
『ホビットの冒険』刊行　　　　1965（この年）
第11回読書感想コン課題図書　 1965（この年）
第12回（昭40年）産経児童出版文化賞
　　　　　　　　　　　　　　1965（この年）
『ライオンと魔女』刊行　　　　1966.5月
第12回読書感想コン課題図書　 1966（この年）
第13回（昭41年）産経児童出版文化賞
　　　　　　　　　　　　　　1966（この年）
『トムは真夜中の庭で』刊行　　1967.12月
『人形の家』刊行　　　　　　　1967（この年）
第13回読書感想コン課題図書　 1967（この年）
第14回（昭42年）産経児童出版文化賞
　　　　　　　　　　　　　　1967（この年）

第17回（昭43年度）小学館児童出版文化賞
　　　　　　　　　　　　　　1968（この年）
『王さまと九人のきょうだい』刊行　1969.11.25
第15回読書感想コン課題図書　 1969（この年）
第16回（昭44年）産経児童出版文化賞
　　　　　　　　　　　　　　1969（この年）
第18回（昭46年）産経児童出版文化賞
　　　　　　　　　　　　　　1971（この年）
『明夫と良二』刊行　　　　　　1972.4月
第2回（昭47年）赤い鳥文学賞　1972（この年）
第19回読書感想コン課題図書　 1973（この年）
第20回読書感想コン課題図書　 1974（この年）
第21回（昭49年）産経児童出版文化賞
　　　　　　　　　　　　　　1974（この年）
岩波書店と福音館書店が提携　　1976.4.23
『モモ』刊行　　　　　　　　　1976.9月
第23回（昭51年）産経児童出版文化賞
　　　　　　　　　　　　　　1976（この年）
第24回（昭52年）産経児童出版文化賞
　　　　　　　　　　　　　　1977（この年）
『合言葉は手ぶくろの片っぽ』刊行　1978.4月
『いないいないばあや』刊行　　1978.11月
『光の消えた日』刊行　　　　　1978.11月
第17回（昭54年）野間児童文芸賞
　　　　　　　　　　　　　　1979（この年）
第19回（昭54年）日本児童文学者協会賞
　　　　　　　　　　　　　　1979（この年）
『思い出のマーニー』刊行　　　1980.11月
第26回読書感想コン課題図書　 1980（この年）
第27回（昭55年）産経児童出版文化賞
　　　　　　　　　　　　　　1980（この年）
『屋根うらべやにきた魚』刊行　1981.9月
第28回（昭56年）産経児童出版文化賞
　　　　　　　　　　　　　　1981（この年）
『ガンバとカワウソの冒険』刊行　1982.11月
第29回（昭57年）産経児童出版文化賞
　　　　　　　　　　　　　　1982（この年）
第21回（昭58年）野間児童文芸賞
　　　　　　　　　　　　　　1983（この年）
第30回読書感想コン課題図書　 1984（この年）
第31回読書感想コン課題図書　 1985（この年）
第9回（昭60年）日本児童文学学会賞
　　　　　　　　　　　　　　1985（この年）
第33回（昭61年）産経児童出版文化賞
　　　　　　　　　　　　　　1986（この年）
第33回読書感想コン課題図書　 1987（この年）
第35回（昭63年）産経児童出版文化賞
　　　　　　　　　　　　　　1988（この年）
第36回（平1年）産経児童出版文化賞
　　　　　　　　　　　　　　1989（この年）

第37回読書感想コン課題図書　1991（この年）
　　第38回（平3年）産経児童出版文化賞
　　　　　　　　　　　　　　　1991（この年）
　　児童全集の刊行相次ぐ　　　1993（この年）
　　第40回（平5年）産経児童出版文化賞
　　　　　　　　　　　　　　　1993（この年）
　　第27回（平6年）日本児童文学者協会
　　　新人賞　　　　　　　　　1994（この年）
　　第41回（平6年）産経児童出版文化賞
　　　　　　　　　　　　　　　1994（この年）
　　第42回（平7年）産経児童出版文化賞
　　　　　　　　　　　　　　　1995（この年）
　　第42回読書感想コン課題図書　1996（この年）
　　第43回（平8年）産経児童出版文化賞
　　　　　　　　　　　　　　　1996（この年）
　　第43回読書感想コン課題図書　1997（この年）
　　『オリジナル版 星の王子さま』刊行　2000.3.10
　　第47回読書感想コン課題図書　2001（この年）
　　「岩波フォト絵本」刊行開始　　　　2002.11.20
　　『オリジナル版 ホビットの冒険』刊行
　　　　　　　　　　　　　　　　　　2002.12.6
　　第49回（平14年）産経児童出版文化賞
　　　　　　　　　　　　　　　2002（この年）
　　『アースシーの風』刊行　　　　　　2003.3.20
　　第49回読書感想コン課題図書　2003（この年）
　　第27回（平15年）日本児童文学学会賞
　　　　　　　　　　　　　　　2003（この年）
　　第50回（平15年）産経児童出版文化賞
　　　　　　　　　　　　　　　2003（この年）
　　『てのひらむかしばなし』刊行　2004.7〜11月
　　第51回（平16年）産経児童出版文化賞
　　　　　　　　　　　　　　　2004（この年）
　　星の王子さま、翻訳出版権消失　　2005.1.22
　　「ナルニア国物語」増刷　　　2005（この年）
　　第30回（平18年）日本児童文学学会賞
　　　　　　　　　　　　　　　2006（この年）
　　石井桃子100歳　　　　　　　　　　2007.3.10
　　リンドグレーン生誕100年　　　　　2007.7月
　　第55回読書感想コン課題図書　2009（この年）
　　第57回読書感想コン課題図書　2011（この年）
　　第58回読書感想コン課題図書　2012（この年）
　　第60回読書感想コン課題図書　2014（この年）
岩波書店編集部
　　第12回（昭40年）産経児童出版文化賞
　　　　　　　　　　　　　　　1965（この年）
　　第33回（昭61年）産経児童出版文化賞
　　　　　　　　　　　　　　　1986（この年）
岩波フォト絵本
　　「岩波フォト絵本」刊行開始　　　　2002.11.20

岩波ブックセンター
　　第7回（昭58年）日本児童文学学会賞
　　　　　　　　　　　　　　　1983（この年）
いわむらかずお絵本の丘美術館
　　いわむらかずお絵本の丘美術館設立　1998.4.25

【う】

上野の森親子フェスタ
　　「第1回上野の森子どもフェスタ」　　2000.5.2
　　「第2回上野の森親子フェスタ」　2001.5.3〜05
　　「第3回上野の森親子フェスタ」　　　2002.5.3
　　「第4回上野の森親子フェスタ」　　　2003.5.3
　　「第5回上野の森親子フェスタ」　2004.5.3〜05
　　「第6回上野の森親子フェスタ」　2005.5.3〜05
　　第8回上野の森親子フェスタ　　　2007.5.3〜05
　　「第9回上野の森親子フェスタ」　2008.5.3〜05
　　「第10回上野の森親子フェスタ」　2009.5.3〜05
　　「第11回上野の森親子フェスタ」　2010.5.3〜05
　　「第12回上野の森親子フェスタ」　2011.5.3〜05
　　「第14回上野の森親子フェスタ」　　　2013.5.3
　　「第15回上野の森親子フェスタ」　2014.5.3〜05
上野の森子どもフェスタ
　　「第1回上野の森子どもフェスタ」　　2000.5.2
牛36号
　　第10回（平11年）新・北陸児童文学賞
　　　　　　　　　　　　　　　1999（この年）
うたしろ
　　第11回（平15年）〔日本児童文芸家協
　　　会〕創作コンクール　　　　2003（この年）
宇宙探査機はやぶさ
　　"はやぶさ"図鑑刊行　　　　　　　　2012.7月
宇都宮信用金庫
　　宇都宮信用金庫の「わくわく文庫」開
　　　設　　　　　　　　　　　　　　1989.4月

【え】

栄光社
　　街頭紙芝居製作所の栄光社、ともだ
　　　ち会が廃業　　　　　　　　　　1957.7月

エクソンモービル児童文化賞
　第33回（平10年度）エクソンモービル
　　児童文化賞　　　　　　1998（この年）
　第34回（平11年度）エクソンモービル
　　児童文化賞　　　　　　1999（この年）
　第35回（平12年度）エクソンモービル
　　児童文化賞　　　　　　2000（この年）
　第36回（平13年度）エクソンモービル
　　児童文化賞　　　　　　2001（この年）
　第37回（平14年度）エクソンモービル
　　児童文化賞　　　　　　2002（この年）
　第38回（平15年度）エクソンモービル
　　児童文化賞　　　　　　2003（この年）
　第39回（平16年度）エクソンモービル
　　児童文化賞　　　　　　2004（この年）
　第40回（平17年度）エクソンモービル
　　児童文化賞　　　　　　2005（この年）
　第41回（平18年度）エクソンモービル
　　児童文化賞　　　　　　2006（この年）
　第42回（平19年度）エクソンモービル
　　児童文化賞　　　　　　2007（この年）
　第43回（平20年度）エクソンモービル
　　児童文化賞　　　　　　2008（この年）
江古田ひまわり文庫
　江古田ひまわり文庫開設　　1967.7月
エズラ・ジャック・キーツ氏を囲む会
　キーツ氏を囲む会開催　　　1973.1.20
江戸子ども文化研究会
　第18回（平6年）日本児童文学学会賞
　　　　　　　　　　　　　1994（この年）
愛媛県松山市
　「日切こども図書館」開設　　1984.8月
絵本学会
　絵本学会設立　　　　　　　1997.5.11
絵本館
　第2回（平4年度）けんぶち絵本の里大
　　賞　　　　　　　　　　1992（この年）
　第17回（平19年）けんぶち絵本の里大
　　賞　　　　　　　　　　2007（この年）
　第18回（平20年）けんぶち絵本の里大
　　賞　　　　　　　　　　2008（この年）
　第19回（平21年）けんぶち絵本の里大
　　賞　　　　　　　　　　2009（この年）
　第21回（平23年）けんぶち絵本の里大
　　賞　　　　　　　　　　2011（この年）
絵本工房「Pooka」
　絵本工房「Pooka」創刊　　2002.11月

絵本・児童文学研究センター
　絵本・児童文学研究センター　1989.4.8
えほんの杜
　『ともだちやもんな、ぼくら』刊行　2011.5月
　第21回（平23年）けんぶち絵本の里大
　　賞　　　　　　　　　　2011（この年）
絵本とおはなし
　「月刊 絵本とおはなし」創刊　1979（この年）
　「モエ（MOE）」誕生　　　　1983.11月
絵本の世界
　「月刊絵本の世界」創刊　　　1973.7月
絵本評論賞
　第1回（昭52年）絵本評論賞　1977（この年）
　第2回（昭53年）絵本評論賞　1978（この年）
エリック・カール講演と原画展
　エリック・カール講演と原画展　1985.10月
エルバ賞
　『小人たちの誘い』にエルバ賞　1982.3.6
演劇集団円 円・こどもステージ
　第41回（平18年度）エクソンモービル
　　児童文化賞　　　　　　2006（この年）
エンターブレイン
　『ドラゴンランス』刊行　　2002.5月～11月

【お】

旺文社
　『風にのる海賊たち』刊行　　1973.3月
　「小学時代」創刊　　　　　　1975.3.6
　「小学時代5年生」創刊　　　1976.9.6
　第23回（昭51年）産経児童出版文化賞
　　　　　　　　　　　　　1976（この年）
　第6回（昭51年）赤い鳥文学賞　1976（この年）
　第28回（昭56年）産経児童出版文化賞
　　　　　　　　　　　　　1981（この年）
　『風の十字路』刊行　　　　　1982.7月
　第12回（昭58年）児童文芸新人賞
　　　　　　　　　　　　　1983（この年）
　中一誌の宣伝開始　　　　　1986.1.16
　第27回（昭62年）日本児童文学者協会
　　賞　　　　　　　　　　1987（この年）
　『中一時代』休刊　　　　　　1990.11.2
　第19回（平2年）児童文芸新人賞　1990（この年）
　第21回（平4年）児童文芸新人賞　1992（この年）
　第31回（平5年）野間児童文芸賞　1993（この年）

第22回（平10年）日本児童文芸家協会賞　　　　　　　　　　1998（この年）
旺文社児童文学賞
　第1回（昭53年）旺文社児童文学賞　　　　　　　　　　1978（この年）
　第1回（昭53年）旺文社児童文学翻訳賞　　　　　　　　　　1978（この年）
　第2回（昭54年）旺文社児童文学賞　　　　　　　　　　1979（この年）
　第2回（昭54年）旺文社児童文学翻訳賞　　　　　　　　　　1979（この年）
　第3回（昭55年）旺文社児童文学賞　　　　　　　　　　1980（この年）
　第3回（昭55年）旺文社児童文学翻訳賞　　　　　　　　　　1980（この年）
　第4回（昭56年）旺文社児童文学賞　　　　　　　　　　1981（この年）
　第4回（昭56年）旺文社児童文学翻訳賞　　　　　　　　　　1981（この年）
大分県別府市
　「松本記念児童図書館」開館　　1985.11.3
大分市コミュニティセンター
　「世界の絵本展」「翻訳本とその原書展」　　　　　　　　1986.10.24～11.9
大阪国際児童文学館　→　国際児童文学館を見よ
大阪新児童文学会
　大阪新児童文学会　　　　　　1968.9月
大阪府立中央図書館
　国際児童文学館が大阪へ　　　2010.5.5
大島町絵本館
　大島町絵本館開館　　　　　　1994.8月
大空社
　第19回（平7年）日本児童文学学会賞　　　　　　　　　　1995（この年）
大月書店
　ベトナム戦争の本が話題に　1992（この年）
　戦後50年記念企画　　　　　1995（この年）
小川未明文学賞
　第1回（平4年）小川未明文学賞　1992（この年）
　第2回（平5年）小川未明文学賞　1993（この年）
　第3回（平6年）小川未明文学賞　1994（この年）
　第4回（平7年）小川未明文学賞　1995（この年）
　第5回（平8年）小川未明文学賞　1996（この年）
　第6回（平9年）小川未明文学賞　1997（この年）
　第7回（平10年）小川未明文学賞 1998（この年）
　第8回（平11年）小川未明文学賞 1999（この年）
　第9回（平12年）小川未明文学賞 2000（この年）
　第10回（平13年）小川未明文学賞 2001（この年）
　第11回（平14年）小川未明文学賞 2002（この年）
　第12回（平15年）小川未明文学賞 2003（この年）
　第13回（平16年）小川未明文学賞 2004（この年）
　第14回（平17年）小川未明文学賞 2005（この年）
　第15回（平18年）小川未明文学賞 2006（この年）
　第16回（平19年）小川未明文学賞 2007（この年）
　第17回（平20年）小川未明文学賞 2008（この年）
　第18回（平21年）小川未明文学賞 2009（この年）
　第19回（平22年）小川未明文学賞 2010（この年）
　第20回（平23年）小川未明文学賞 2011（この年）
　第21回（平24年）小川未明文学賞 2012（この年）
　第22回（平25年）小川未明文学賞 2013（この年）
　第23回（平26年）小川未明文学賞 2014（この年）
　第24回（平27年）小川未明文学賞 2015（この年）
沖縄出版
　第45回（平10年）産経児童出版文化賞　　　　　　　　　1998（この年）
小樽市立図書館
　小樽市「障害児文庫」開設　　1975（この年）
小樽市立量徳小学校
　小樽市「障害児文庫」開設　　1975（この年）
大人と子供のための読みきかせの会
　読み聞かせで『つりばしゆらゆら』　　　　　　　　　　1999（この年）
おはなしサポートの会
　「いつもいっしょによみたいね」2003（この年）
おはなしマラソン
　子どもの読書推進活動が活発化 2001（この年）
　「おはなしマラソン読み聞かせキャンペーン」　　　　　　　　2007.4.27

おひさま文庫
　保健所文庫「おひさま文庫」開設
　　　　　　　　　　　　1982（この年）
おもしろブック
　「おもしろブック」創刊　　　1949.9月
　「少年ブック」創刊　　　　　1960.1月
親子読書
　「親子読書」創刊　　　　　　1971.8月
　「親子読書」が「子どもと読書」と改
　　題　　　　　　　　　　　　1983.4月
親子読書・地域文庫全国連絡会
　親子読書地域文庫連絡会　　1970.4.12
　「親子読書地域文庫全国連絡会」結成　1970.4月
　「親子読書」創刊　　　　　　1971.8月
　「親子読書」が「子どもと読書」と改
　　題　　　　　　　　　　　　1983.4月
親と子の楽しい児童書フェア
　「親と子の楽しい児童書フェア」
　　　　　　　　　　1979.5.21～08.31
オランダ紙芝居文化講座
　紙芝居関連事業が相次ぐ　2001.9月～12月
オリオン社
　第11回読書感想コン課題図書　1965（この年）
音楽之友社
　第16回読書感想コン課題図書　1970（この年）

【か】

海外児童文学通信
　「海外児童文学通信」創刊　　1984.9月
偕成社
　『世界少女名作全集』刊行　　1957.12月
　第8回（昭36年）産経児童出版文化賞
　　　　　　　　　　　　1961（この年）
　第10回読書感想コン課題図書　1964（この年）
　第11回読書感想コン課題図書　1965（この年）
　第12回（昭40年）産経児童出版文化賞
　　　　　　　　　　　　1965（この年）
　『大どろぼうホッツェンプロッツ』刊
　　行　　　　　　　　　　　　1966.1月
　『ロッタちゃんのひっこし』刊行　1966.12月
　第12回読書感想コン課題図書　1966（この年）
　第13回読書感想コン課題図書　1967（この年）
　第14回読書感想コン課題図書　1968（この年）
　『大きい1年生と小さな2年生』刊行　1970.3月

『かいぞくオネション』刊行　　1970.4月
『さらばハイウェイ』刊行　　　1970.11月
第16回読書感想コン課題図書　1970（この年）
『春駒のうた』刊行　　　　　　1971.3月
『ひとすじの道』刊行　　　　　1971.12月
『小さい心の旅』刊行　　　　　1971.12月
第17回読書感想コン課題図書　1971（この年）
第11回（昭46年）日本児童文学者協会
　賞　　　　　　　　　　　1971（この年）
『白いにぎりめし』刊行　　　　1972.5月
『でんでんむしの競馬』刊行　　1972.8月
『沖縄少年漂流記』刊行　　　　1972.11月
『赤い帆の舟』刊行　　　　　　1972.12月
第18回読書感想コン課題図書　1972（この年）
第12回（昭47年）日本児童文学者協会
　賞　　　　　　　　　　　1972（この年）
第19回（昭47年）産経児童出版文化賞
　　　　　　　　　　　　1972（この年）
第2回（昭47年）赤い鳥文学賞　1972（この年）
『ぼくらは6年生』刊行　　　　1973.3月
『花咲か』刊行　　　　　　　　1973.8月
『からすのパンやさん』刊行　　1973.9月
『旅しばいのくるころ』刊行　　1973.11月
第11回（昭48年）野間児童文芸賞
　　　　　　　　　　　　1973（この年）
第13回（昭48年）日本児童文学者協会
　賞　　　　　　　　　　　1973（この年）
第20回（昭48年）産経児童出版文化賞
　　　　　　　　　　　　1973（この年）
第3回（昭48年）赤い鳥文学賞　1973（この年）
『十三湖のばば』刊行　　　　　1974.6月
『雨の動物園』刊行　　　　　　1974.7月
『ジンタの音』刊行　　　　　　1974.11月
第20回読書感想コン課題図書　1974（この年）
第14回（昭49年）日本児童文学者協会
　賞　　　　　　　　　　　1974（この年）
『屋根裏の遠い旅』刊行　　　　1975.1月
『向こう横町のおいなりさん』刊行　1975.6月
『帰らぬオオワシ』刊行　　　　1975.9月
第21回読書感想コン課題図書　1975（この年）
第13回（昭50年）野間児童文芸賞
　　　　　　　　　　　　1975（この年）
第15回（昭50年）日本児童文学者協会
　賞　　　　　　　　　　　1975（この年）
第22回（昭50年）産経児童出版文化賞
　　　　　　　　　　　　1975（この年）
『死の国からのバトン』刊行　　1976.2月
『はらぺこあおむし』刊行　　　1976.5月
「ノンタン」誕生　　　　　　　1976.8月

『夏時間』刊行　　　　　　　　1976.12月
『石切り山の人びと』刊行　　　1976.12月
第22回読書感想コン課題図書　1976（この年）
第9回（昭51年）日本児童文学者協会
　　新人賞　　　　　　　　　1976（この年）
『星に帰った少女』刊行　　　　 1977.3月
『白いとんねる』刊行　　　　　1977.10月
『山へいく牛』刊行　　　　　　1977.11月
『東海道鶴見村』刊行　　　　　1977.11月
『トンネル山の子どもたち』刊行　1977.12月
『北へ行く旅人たち―新十津川物語』
　　刊行　　　　　　　　　　　1977.12月
第23回読書感想コン課題図書　1977（この年）
第17回（昭52年）日本児童文学者協会
　　賞　　　　　　　　　　　1977（この年）
第24回（昭52年）産経児童出版文化賞
　　　　　　　　　　　　　　1977（この年）
第26回（昭52年度）小学館児童出版文
　　化賞　　　　　　　　　　1977（この年）
第6回（昭52年）児童文芸新人賞　1977（この年）
第7回（昭52年）赤い鳥文学賞　1977（この年）
『風の鳴る家』刊行　　　　　　 1978.3月
『安野光雅の画集』にボローニャ国際
　　児童図書展大賞　　　　　　1978.4.1
『少年のブルース』刊行　　　　 1978.5月
『おかしな金曜日』刊行　　　　 1978.8月
『原野にとぶ橇』刊行　　　　　1978.11月
第11回（昭53年）日本児童文学者協会
　　新人賞　　　　　　　　　1978（この年）
第16回（昭53年）野間児童文芸賞
　　　　　　　　　　　　　　1978（この年）
第18回（昭53年）日本児童文学者協会
　　賞　　　　　　　　　　　1978（この年）
第25回（昭53年）産経児童出版文化賞
　　　　　　　　　　　　　　1978（この年）
第3回（昭53年）日本児童文芸家協会
　　賞　　　　　　　　　　　1978（この年）
『春よこい』刊行　　　　　　　 1979.1月
『ばけもの千両』刊行　　　　　 1979.3月
個人全集ブーム　　　　1979.5月～1982.3月
「世界の布の絵本・さわる絵本展」
　　　　　　　　　　　　1979.7.26～08月
『ゆうれいがいなかったころ』刊行　1979.7月
『故郷』刊行　　　　　　　　　1979.11月
『鶴見十二景』刊行　　　　　　1979.11月
『私のアンネ＝フランク』刊行　1979.12月
「月刊絵本とおはなし」創刊　1979（この年）
第25回読書感想コン課題図書　1979（この年）

第12回（昭54年）日本児童文学者協会
　　新人賞　　　　　　　　　1979（この年）
第26回（昭54年）産経児童出版文化賞
　　　　　　　　　　　　　　1979（この年）
第2回（昭54年）旺文社児童文学賞
　　　　　　　　　　　　　　1979（この年）
第2回（昭54年）日本の絵本賞　絵本
　　にっぽん賞　　　　　　　1979（この年）
第9回（昭54年）赤い鳥文学賞　1979（この年）
『ぼくらは海へ』刊行　　　　　 1980.1月
『七つばなし百万石』刊行　　　 1980.6月
『忘れられた島へ』刊行　　　　 1980.6月
『放課後の時間割』刊行　　　　 1980.7月
『わたしややねん』刊行　　　　1980.10月
『昼と夜のあいだ』刊行　　　　1980.12月
第26回読書感想コン課題図書　1980（この年）
第18回（昭55年）野間児童文芸賞
　　　　　　　　　　　　　　1980（この年）
第20回（昭55年）日本児童文学者協会
　　賞　　　　　　　　　　　1980（この年）
第9回（昭55年）児童文芸新人賞　1980（この年）
『ようこそおまけの時間に』刊行　 1981.8月
第27回読書感想コン課題図書　1981（この年）
第11回（昭56年）赤い鳥文学賞　1981（この年）
第14回（昭56年）日本児童文学者協会
　　新人賞　　　　　　　　　1981（この年）
第19回（昭56年）野間児童文芸賞
　　　　　　　　　　　　　　1981（この年）
第21回（昭56年）日本児童文学者協会
　　賞　　　　　　　　　　　1981（この年）
第28回（昭56年）産経児童出版文化賞
　　　　　　　　　　　　　　1981（この年）
『小人たちの誘い』にエルバ賞　 1982.3.6
『炎のように鳥のように』刊行　 1982.5月
『わたしが妹だったとき』刊行　1982.11月
『私のよこはま物語』刊行　　　 1983.2月
『父母の原野』刊行　　　　　　 1983.2月
『びんの中の子どもたち』刊行　 1983.4月
『かむさはむにだ』刊行　　　　 1983.7月
「モエ（MOE）」誕生　　　　　　1983.11月
『同級生たち』刊行　　　　　　1983.12月
第29回読書感想コン課題図書　1983（この年）
第12回（昭58年）児童文芸新人賞
　　　　　　　　　　　　　　1983（この年）
第13回（昭58年）赤い鳥文学賞　1983（この年）
第1回（昭58年）新美南吉児童文学賞
　　　　　　　　　　　　　　1983（この年）
第6回（昭58年）日本の絵本賞　絵本
　　にっぽん賞　　　　　　　1983（この年）

『おとときつねと栗の花』刊行　　1984.2月
『小さいベッド』刊行　　　　　　1984.7月
『太陽の牙』刊行　　　　　　　　1984.12月
第17回(昭59年)日本児童文学者協会
　　新人賞　　　　　　　　　1984(この年)
第24回(昭59年)日本児童文学者協会
　　賞　　　　　　　　　　　1984(この年)
第2回(昭59年)新美南吉児童文学賞
　　　　　　　　　　　　　　1984(この年)
第31回(昭59年)産経児童出版文化賞
　　　　　　　　　　　　　　1984(この年)
第6回(昭59年)路傍の石文学賞　1984(この年)
『二分間の冒険』刊行　　　　　　1985.4月
『さっちゃんのまほうのて』刊行　1985.10月
エリック・カール講演と原画展　　1985.10月
第31回読書感想コン課題図書　　1985(この年)
第18回(昭60年)日本児童文学者協会
　　新人賞　　　　　　　　　1985(この年)
第32回(昭60年)産経児童出版文化賞
　　　　　　　　　　　　　　1985(この年)
『火の王誕生』刊行　　　　　　　1986.3月
『三日月村の黒猫』刊行　　　　　1986.4月
『ぼくのお姉さん』刊行　　　　　1986.12月
『学校ウサギをつかまえろ』刊行　1986.12月
第32回読書感想コン課題図書　　1986(この年)
第33回(昭61年)産経児童出版文化賞
　　　　　　　　　　　　　　1986(この年)
第4回(昭61年)新美南吉児童文学賞
　　　　　　　　　　　　　　1986(この年)
『遠い水の伝説』刊行　　　　　　1987.3月
『扉のむこうの物語』刊行　　　　1987.7月
『海のメダカ』刊行　　　　　　　1987.9月
『世界少女名作全集』刊行　　　　1987.12月
第33回読書感想コン課題図書　　1987(この年)
第20回(昭62年)日本児童文学者協会
　　新人賞　　　　　　　　　1987(この年)
第27回(昭62年)日本児童文学者協会
　　賞　　　　　　　　　　　1987(この年)
第3回(昭62年度)坪田譲治文学賞
　　　　　　　　　　　　　　1987(この年)
第5回(昭62年)新美南吉児童文学賞
　　　　　　　　　　　　　　1987(この年)
『屋根裏部屋の秘密』刊行　　　　1988.7月
『びりっかすの神さま』刊行　　　1988.10月
『犬散歩めんきょしょう』刊行　　1988.12月
『風にふかれて』刊行　　　　　　1988.12月
第34回読書感想コン課題図書　　1988(この年)
第11回(昭63年)日本の絵本賞　絵本
　　にっぽん賞　　　　　　　1988(この年)

第28回(昭63年)日本児童文学者協会
　　賞　　　　　　　　　　　1988(この年)
第35回読書感想コン課題図書　　1989(この年)
第19回(平1年)赤い鳥文学賞　　1989(この年)
第29回(平1年)日本児童文学者協会
　　賞　　　　　　　　　　　1989(この年)
第36回(平1年)産経児童出版文化賞
　　　　　　　　　　　　　　1989(この年)
第38回(平1年度)小学館児童出版文
　　化賞　　　　　　　　　　1989(この年)
第37回(平2年)産経児童出版文化賞
　　　　　　　　　　　　　　1990(この年)
『すみれ島』刊行　　　　　　　　1991.12.9
第21回(平3年)赤い鳥文学賞　　1991(この年)
第9回(平3年)新美南吉児童文学賞
　　　　　　　　　　　　　　1991(この年)
『亀八』刊行　　　　　　　　　　1992.9月
エリック・カール来日　　　　　　1992.9月
環境問題の本の刊行相次ぐ　　　1992(この年)
第38回読書感想コン課題図書　　1992(この年)
第25回(平4年)日本児童文学者協会
　　新人賞　　　　　　　　　1992(この年)
第39回(平4年)産経児童出版文化賞
　　　　　　　　　　　　　　1992(この年)
『豆の煮えるまで』刊行　　　　　1993.3月
第39回読書感想コン課題図書　　1993(この年)
第15回(平5年)路傍の石文学賞　1993(この年)
第33回(平5年)日本児童文学者協会
　　賞　　　　　　　　　　　1993(この年)
第40回(平5年)産経児童出版文化賞
　　　　　　　　　　　　　　1993(この年)
第42回(平5年度)小学館児童出版文
　　化賞　　　　　　　　　　1993(この年)
児童図書十社の会設立20周年会　　1994.2.1
『ボクサー志願』刊行　　　　　　1994.5月
『黒ねこサンゴロウ1 旅のはじまり』
　　刊行　　　　　　　　　　1994.7月
『夏の鼓動』刊行　　　　　　　　1994.8月
『おさる日記』刊行　　　　　　　1994.12月
いわさきちひろ没後20周年　　　1994(この年)
第40回読書感想コン課題図書　　1994(この年)
第24回(平6年)赤い鳥文学賞　　1994(この年)
第41回(平6年)産経児童出版文化賞
　　　　　　　　　　　　　　1994(この年)
第43回(平6年度)小学館児童出版文
　　化賞　　　　　　　　　　1994(この年)
第17回(平7年)路傍の石文学賞　1995(この年)
『ごめん』刊行　　　　　　　　　1996.1月
『ぼくのポチブルてき生活』刊行　1996.6月

『ぼくらのサイテーの夏』刊行　　1996.6月
『精霊の守り人』刊行　　1996.7月
第18回（平8年）路傍の石文学賞　1996（この年）
第34回（平8年）野間児童文芸賞　1996（この年）
第43回（平8年）産経児童出版文化賞
　　　　　　　　　　　　　1996（この年）
『歯みがきつくって億万長者』刊行　1997.5月
『サウンドセンサー絵本』　　1997.10月
第44回（平9年）産経児童出版文化賞
　　　　　　　　　　　　　1997（この年）
『バースデー・メロディ・ブック』刊
　行　　　　　　　　　　　　1998.10月
第44回読書感想コン課題図書　1998（この年）
第38回（平10年）日本児童文学者協会
　賞　　　　　　　　　　　1998（この年）
第45回（平10年）産経児童出版文化賞
　　　　　　　　　　　　　1998（この年）
第47回（平10年度）小学館児童出版文
　化賞　　　　　　　　　　1998（この年）
第21回（平11年）路傍の石文学賞
　　　　　　　　　　　　　1999（この年）
第46回（平11年）産経児童出版文化賞
　　　　　　　　　　　　　1999（この年）
第48回（平11年度）小学館児童出版文
　化賞　　　　　　　　　　1999（この年）
第5回（平11年）日本絵本賞　1999（この年）
第40回（平12年）日本児童文学者協会
　賞　　　　　　　　　　　2000（この年）
第47回（平12年）産経児童出版文化賞
　　　　　　　　　　　　　2000（この年）
『学年別・新おはなし文庫』創刊　　2001.3月
『ぼくはアフリカにすむキリンといい
　ます』刊行　　　　　　　　2001.6月
『ガラスのうま』刊行　　　　2001.10月
「ノンタン25周年 2500万部突破記念
　フェア」　　　　　　　　2001（この年）
第23回（平13年）路傍の石文学賞
　　　　　　　　　　　　　2001（この年）
第48回（平13年）産経児童出版文化賞
　　　　　　　　　　　　　2001（この年）
『ほこらの神さま』刊行　　　2002.1月
『あかちゃんのあそびえほん』シリー
　ズ15周年記念フェア　　　2002（この年）
第20回（平14年）新美南吉児童文学賞
　　　　　　　　　　　　　2002（この年）
第40回（平14年）野間児童文芸賞
　　　　　　　　　　　　　2002（この年）
メイシーちゃんフェア　　　　2003.10月
第50回（平15年）産経児童出版文化賞
　　　　　　　　　　　　　2003（この年）
第52回（平15年度）小学館児童出版文
　化賞　　　　　　　　　　2003（この年）
『シンドバッドの冒険』刊行　　2004.9月
第51回（平16年）産経児童出版文化賞
　　　　　　　　　　　　　2004（この年）
ルーシー・カズンズ来日　　　2005.9月
『子ぎつねヘレンのこしたもの』15
　万部突破　　　　　　　　2005（この年）
「あおむしとエリック・カールの世
　界」展　　　　　　　　　　2006.4月
「ノンタン」シリーズ30周年　2006（この年）
第11回（平18年）日本絵本賞　2006（この年）
『子ネズミチヨロの冒険』刊行　2007.2月
『あかちゃんのあそびえほん』20周年
　　　　　　　　　　　　　2007（この年）
第56回（平19年度）小学館児童出版文
　化賞　　　　　　　　　　2007（この年）
『100かいだてのいえ』刊行　　2008.5月
第48回（平20年）日本児童文学者協会
　賞　　　　　　　　　　　2008（この年）
『ちか100かいだてのいえ』刊行　2009.11月
第19回（平21年）椋鳩十児童文学賞
　　　　　　　　　　　　　2009（この年）
第15回（平22年）日本絵本賞　2010（この年）
『チビ虫マービンは天才画家！』刊行　2011.3月
第58回（平23年）産経児童出版文化賞
　　　　　　　　　　　　　2011（この年）
"はやぶさ"図鑑刊行　　　　　2012.7月
第17回（平24年）日本絵本賞　2012（この年）
第59回（平24年）産経児童出版文化賞
　　　　　　　　　　　　　2012（この年）
『からすのパンやさん』続編刊行　2013.4〜05月
「どろぼうがっこう」続編刊行　2013.9月
第60回（平25年）産経児童出版文化賞
　　　　　　　　　　　　　2013（この年）
「アナ雪」ブーム　　　　　　2014.3.14

偕成社文庫
『子ぎつねヘレンのこしたもの』15
　万部突破　　　　　　　　2005（この年）

海賊
第3回（昭45年）日本児童文学者協会
　新人賞　　　　　　　　　1970（この年）
第2回（平3年）ひろすけ童話賞　1991（この年）

怪談オウマガドキ学園編集委員会
『怪談オウマガドキ学園』刊行　　2013.7.1

街頭紙芝居製作所「新日本画劇社」
「新日本画劇社」供給開始　　1946.1.10

街頭紙芝居製作所「ともだち会」
　「ともだち会」発足　　　　　　1945.11月
　街頭紙芝居製作所の栄光社、ともだ
　　ち会が廃業　　　　　　　　　1957.7月
解放出版社
　『マサヒロ』刊行　　　　　　　1995.12月
　第29回（平8年）日本児童文学者協会
　　新人賞　　　　　　　　　1996（この年）
科学読み物研究会
　科学読み物研究会　　　　　　　1968.4月
架空社
　第12回（平1年）日本の絵本賞 絵本
　　にっぽん賞　　　　　　　1989（この年）
　第40回（平3年度）小学館児童出版文
　　化賞　　　　　　　　　　1991（この年）
学習研究社
　学習研究社が創立　　　　　　　1946.4月
　「よいこのくに」創刊　　　1952（この年）
　第5回（昭33年）産経児童出版文化賞
　　　　　　　　　　　　　1958（この年）
　第11回読書感想コン課題図書　1965（この年）
　第12回読書感想コン課題図書　1966（この年）
　第13回読書感想コン課題図書　1967（この年）
　第14回読書感想コン課題図書　1968（この年）
　第15回読書感想コン課題図書　1969（この年）
　『かくまきの歌』刊行　　　　　1970.1月
　『こうさぎのぼうけん』刊行　　1970.4月
　第16回読書感想コン課題図書　1970（この年）
　『たんたのたんけん』刊行　　　1971.4月
　第18回読書感想コン課題図書　1972（この年）
　第19回読書感想コン課題図書　1973（この年）
　第20回（昭48年）産経児童出版文化賞
　　　　　　　　　　　　　1973（この年）
　第22回（昭50年）産経児童出版文化賞
　　　　　　　　　　　　　1975（この年）
　第27回読書感想コン課題図書　1981（この年）
　中一誌の宣伝開始　　　　　　1986.1.16
　第33回読書感想コン課題図書　1987（この年）
　「てのり文庫」創刊　　　　　　1988.7月
　『お父さんのバックドロップ』刊行　1989.12月
　ミドルティーン向け文庫創刊ラッ
　　シュ　　　　　　　　　　1989（この年）
　『ディズニーものしりランド』刊行開
　　始　　　　　　　　　　　1992.11月
　環境問題の本の刊行相次ぐ　1992（この年）
　第38回読書感想コン課題図書　1992（この年）
　児童図書十社の会設立20周年会　1994.2.1

　『ふしぎ・びっくりこども図鑑』刊行
　　開始　　　　　　　　　　　1996.4月
　第42回読書感想コン課題図書　1996（この年）
　第43回読書感想コン課題図書　1997（この年）
　第7回（平9年）けんぶち絵本の里大賞
　　　　　　　　　　　　　1997（この年）
　知育絵本の刊行相次ぐ　　　1997（この年）
　『いつでも会える』刊行　　　　1998.11月
　第8回（平10年）けんぶち絵本の里大
　　賞　　　　　　　　　　　1998（この年）
　第45回読書感想コン課題図書　1999（この年）
　第9回（平11年度）けんぶち絵本の里
　　大賞　　　　　　　　　　1999（この年）
　第10回（平12年度）けんぶち絵本の里
　　大賞　　　　　　　　　　2000（この年）
　第47回読書感想コン課題図書　2001（この年）
　第11回（平13年）けんぶち絵本の里大
　　賞　　　　　　　　　　　2001（この年）
　第34回（平13年）日本児童文学者協会
　　新人賞　　　　　　　　　2001（この年）
　絵本工房「Pooka」創刊　　　　2002.11月
　第12回（平14年）けんぶち絵本の里大
　　賞　　　　　　　　　　　2002（この年）
　「いつもいっしょによみたいね」2003（この年）
　第13回（平15年）けんぶち絵本の里大
　　賞　　　　　　　　　　　2003（この年）
　『ぼくとチマチマ』刊行　　　　2004.10月
　第14回（平16年）けんぶち絵本の里大
　　賞　　　　　　　　　　　2004（この年）
　第28回（平16年）日本児童文芸家協会
　　賞　　　　　　　　　　　2004（この年）
　第51回読書感想コン課題図書　2005（この年）
　第52回（平17年）産経児童出版文化賞
　　　　　　　　　　　　　2005（この年）
　『チームふたり』刊行　　　　　2007.10月
　第53回読書感想コン課題図書　2007（この年）
　第54回読書感想コン課題図書　2008（この年）
　第37回（平20年）児童文芸新人賞
　　　　　　　　　　　　　2008（この年）
　第57回（平20年度）小学館児童出版文
　　化賞　　　　　　　　　　2008（この年）
　第33回（平21年）日本児童文芸家協会
　　賞　　　　　　　　　　　2009（この年）
　「学研の図鑑i」刊行開始　　　2010.12月
　『一生の図鑑』刊行　　　　　　2011.6.24
　「図鑑LIVE」創刊　　　　　　 2014.6月
学図協・児童出版
　「学校図書館の充実をめざす緊急学習
　　会」　　　　　　　　　　　1993.5.19

学徒図書組合
児童図書の推薦・配給事業おこる
1947（この年）

学年別・新おはなし文庫
『学年別・新おはなし文庫』創刊　2001.3月

学年別・おはなし文庫
『学年別・新おはなし文庫』創刊　2001.3月

学陽書房
『ニールスの不思議な旅』刊行　1949.10月
いじめ問題の本の刊行相次ぐ　1995（この年）

鹿児島県姶良市
椋鳩十文学記念館開館　1990.6.16

風間書房
第5回（昭56年）日本児童文学学会賞
1981（この年）
第38回（平17年）日本児童文学者協会
新人賞　2005（この年）
第35回（平23年）日本児童文学学会賞
2011（この年）

貸出文庫
点訳絵本の「岩田文庫」創設　1984（この年）

貸本屋
貸本屋の人気が高まる　1958（この年）

課題図書の会
課題図書の会が被災地へ寄付　2011.10.28

学研教育出版
第18回（平21年）小川未明文学賞
2009（この年）
第19回（平22年）小川未明文学賞
2010（この年）
第20回（平23年）小川未明文学賞
2011（この年）
第21回（平24年）小川未明文学賞
2012（この年）
第42回（平25年）児童文芸新人賞
2013（この年）
第60回読書感想コン課題図書　2014（この年）
第61回読書感想コン課題図書　2015（この年）

学研児童文学賞
第1回（昭44年）学研児童文学賞　1969（この年）
第2回（昭45年）学研児童文学賞　1970（この年）
第3回（昭46年）学研児童文学賞　1971（この年）
第4回（昭47年）学研児童文学賞　1972（この年）
第5回（昭48年）学研児童文学賞　1973（この年）

学校教育法
教育基本法、学校教育法公布　1947.3月

学校読書調査
第1回学校読書調査実施　1954.6月

学校図書
第7回（昭57年）日本児童文芸家協会
賞　1982（この年）

学校図書館
「学校図書館」創刊　1950.9月
「改正学校図書館法」公布・施行　1997.6.11
「子ども読書活動推進法」成立　2001.12.5
朝の読書2万校突破　2005.8.10

学校図書館協議会
学校図書館協議会設置　1948.7月

学校図書館賞
岩崎徹太賞創設　1981.2月
小峰広恵賞創設　1986.2月

学校図書館振興財団
岩崎徹太賞創設　1981.2月
小峰広恵賞創設　1986.2月

学校図書館整備推進委員会
学校図書館整備推進委員会発足　1996.10.16

学校図書館整備推進会議
「21世紀の子どもの読書環境を考え
る」　1997.3.10
「21世紀の教育をひらく学校図書館」2001.3.26

学校図書館図書整備協会
学校図書館図書整備協会に改組　2010.7.1

学校図書館図書整備新5ヶ年計画
「学校図書館図書整備新5ヶ年計画」
1993（この年）

学校図書館図書標準
「学校図書館図書整備新5ヶ年計画」
1993（この年）

学校図書館年鑑
「学校図書館年鑑」創刊　1956.11月

学校図書館の充実をめざす緊急学習会
「学校図書館の充実をめざす緊急学習
会」　1993.5.19

学校図書館ブッククラブ
学校図書館図書整備協会に改組　2010.7.1

学校図書館ブックセンター
学校図書館ブックセンター発足　1970.4月

学校図書館文庫
第2回（昭30年）産経児童出版文化賞
1955（この年）

かつこ

学校図書館法
　学校図書館法公布　　　　　　　1953.8月
　学校図書館法施行　　　　　　　1954.4月
　「改正学校図書館法」公布・施行　1997.6.11
学校文庫
　児童図書の推薦・配給事業おこる
　　　　　　　　　　　　　1947（この年）
活字文化推進会議
　「子どもの本フェスティバルinおおさ
　　か」　　　　　　　　　　2003.11.22
かつら文庫
　かつら文庫開設　　　　　　　　1958.3.1
カドカワ学芸児童名作
　「カドカワ学芸児童名作」創刊　　2010.3月
角川学芸出版
　第54回読書感想コン課題図書　2008（この年）
　「カドカワ学芸児童名作」創刊　　2010.3月
角川書店
　第8回読書感想コン課題図書　　1962（この年）
　第9回読書感想コン課題図書　　1963（この年）
　ミドルティーン向け文庫創刊ラッ
　　シュ　　　　　　　　　　1989（この年）
　『天の瞳』刊行　　　　　　　　1996.1月
　『ルーンロード』シリーズ　　　2005.3.28
　第51回読書感想コン課題図書　2005（この年）
　第53回読書感想コン課題図書　2007（この年）
　第57回読書感想コン課題図書　2011（この年）
角川つばさ文庫小説賞
　第1回（平22年）角川つばさ文庫小説
　　賞　　　　　　　　　　　2010（この年）
角川ビーンズ小説大賞
　第3回（平16年）角川ビーンズ小説大
　　賞　　　　　　　　　　　2004（この年）
　第4回（平17年）角川ビーンズ小説大
　　賞　　　　　　　　　　　2005（この年）
　第5回（平18年）角川ビーンズ小説大
　　賞　　　　　　　　　　　2006（この年）
　第6回（平19年）角川ビーンズ小説大
　　賞　　　　　　　　　　　2007（この年）
　第7回（平20年）角川ビーンズ小説大
　　賞　　　　　　　　　　　2008（この年）
　第8回（平21年）角川ビーンズ小説大
　　賞　　　　　　　　　　　2009（この年）
　第9回（平22年）角川ビーンズ小説大
　　賞　　　　　　　　　　　2010（この年）
　第10回（平23年）角川ビーンズ小説大
　　賞　　　　　　　　　　　2011（この年）
　第11回（平24年）角川ビーンズ小説大
　　賞　　　　　　　　　　　2012（この年）
　第12回（平25年）角川ビーンズ小説大
　　賞　　　　　　　　　　　2013（この年）
かど創房
　『海とオーボエ』刊行　　　　　1981.5月
　第19回（昭56年）野間児童文芸賞
　　　　　　　　　　　　　1981（この年）
　第30回（昭58年）産経児童出版文化賞
　　　　　　　　　　　　　1983（この年）
　第15回（昭60年）赤い鳥文学賞　1985（この年）
　第7回（平1年）新美南吉児童文学賞
　　　　　　　　　　　　　1989（この年）
　第21回（平3年）赤い鳥文学賞　1991（この年）
　第9回（平3年）新美南吉児童文学賞
　　　　　　　　　　　　　1991（この年）
　第11回（平5年）新美南吉児童文学賞
　　　　　　　　　　　　　1993（この年）
　第25回（平7年）赤い鳥文学賞　1995（この年）
　第29回（平11年）赤い鳥文学賞　1999（この年）
　第39回（平11年）日本児童文学者協会
　　賞　　　　　　　　　　　1999（この年）
神奈川近代文学館
　日本の子どもの文学展開催　　1985.10月〜
神奈川県鎌倉市
　「葉祥明美術館」開館　　　　　1990.5月
カネボウ・ミセス童話大賞
　第1回（昭56年）カネボウ・ミセス童
　　話大賞　　　　　　　　　1981（この年）
　第2回（昭57年）カネボウ・ミセス童
　　話大賞　　　　　　　　　1982（この年）
　第3回（昭58年）カネボウ・ミセス童
　　話大賞　　　　　　　　　1983（この年）
　第4回（昭59年）カネボウ・ミセス童
　　話大賞　　　　　　　　　1984（この年）
　第5回（昭60年）カネボウ・ミセス童
　　話大賞　　　　　　　　　1985（この年）
　第6回（昭61年）カネボウ・ミセス童
　　話大賞　　　　　　　　　1986（この年）
　第7回（昭62年）カネボウ・ミセス童
　　話大賞　　　　　　　　　1987（この年）
　第8回（昭63年）カネボウ・ミセス童
　　話大賞　　　　　　　　　1988（この年）
　第9回（平1年）カネボウ・ミセス童話
　　大賞　　　　　　　　　　1989（この年）
　第10回（平2年）カネボウ・ミセス童
　　話大賞　　　　　　　　　1990（この年）
　第11回（平3年）カネボウ・ミセス童
　　話大賞　　　　　　　　　1991（この年）

第12回(平4年)カネボウ・ミセス童
　話大賞　　　　　　　1992(この年)
第13回(平5年)カネボウ・ミセス童
　話大賞　　　　　　　1993(この年)
第14回(平6年)カネボウ・ミセス童
　話大賞　　　　　　　1994(この年)
第15回(平7年)カネボウ・ミセス童
　話大賞　　　　　　　1995(この年)
第16回(平8年)カネボウ・ミセス童
　話大賞　　　　　　　1996(この年)
第17回(平9年)カネボウ・ミセス童
　話大賞　　　　　　　1997(この年)
第18回(平10年)カネボウ・ミセス童
　話大賞　　　　　　　1998(この年)

紙芝居
『おおきく おおきく おおきくなあれ』
　　　　　　　　　　　1983(この年)

紙芝居・むかしといま
「紙芝居・むかしといま」開催　2004.1.22〜31

紙芝居がやって来た展
「紙芝居がやって来た」展が開催
　　　　　　　　　　2002.7.20〜09.1

紙芝居文化の会
紙芝居関連事業が相次ぐ　2001.9月〜12月
紙芝居文化の会　　　　　　2001.12.7

かもがわ出版
第36回(平24年)日本児童文学学会賞
　　　　　　　　　　　2012(この年)

カラフル文庫
ポプラ社がジャイブを買収　2006.4.26

軽井沢絵本の森美術館
絵本の森美術館開館　　　　1990.7月

河合楽器製作所出版事業部
第3回(平5年度)けんぶち絵本の里大
　賞　　　　　　　　　1993(この年)

河出書房
『日本児童文学全集』刊行開始　1953.3月
『日本幼年童話全集』刊行　　1954.9月〜
第1回(昭29年)産経児童出版文化賞
　　　　　　　　　　　1954(この年)
『日本少年少女名作全集』刊行
　　　　　　　　　　　1954(この年)

河出書房新社
第9回読書感想コン課題図書　1963(この年)
第14回読書感想コン課題図書　1968(この年)
第17回読書感想コン課題図書　1971(この年)

第9回(昭61年)日本の絵本賞 絵本
　にっぽん賞　　　　　1986(この年)
第4回(昭63年度)坪田譲治文学賞
　　　　　　　　　　　1988(この年)
第35回読書感想コン課題図書　1989(この年)
第36回読書感想コン課題図書　1990(この年)
第37回読書感想コン課題図書　1991(この年)
第41回読書感想コン課題図書　1995(この年)
第13回(平9年度)坪田譲治文学賞
　　　　　　　　　　　1997(この年)
『ハリー・ポッター』ブーム　2001(この年)
第26回(平14年)日本児童文学学会賞
　　　　　　　　　　　2002(この年)
『西のはての年代記』刊行開始　2006.7月
『なんでも！いっぱい！こども大図
　鑑』刊行　　　　　　2009.11.10
『こども大図鑑』刊行　　　　2010.11月
『世界なるほど大百科』刊行　2011.10.26
第57回読書感想コン課題図書　2011(この年)
第59回読書感想コン課題図書　2013(この年)
第61回読書感想コン課題図書　2015(この年)

翰林書房
第34回(平22年)日本児童文学学会賞
　　　　　　　　　　　2010(この年)
第36回(平24年)日本児童文学学会賞
　　　　　　　　　　　2012(この年)

【き】

季刊児童文学批評
「季刊児童文学批評」創刊　　1981.9月

菊池寛賞
全国訪問おはなし隊に菊池寛賞　2007.12月

季節社
『コルプス先生汽車へ乗る』刊行　1948.4月
『すこし昔のはなし』刊行　　1948.7月

季節風
「季節風」創刊　　　　　　1984.7月

北日本児童文学賞
第1回(平15年)北日本児童文学賞
　　　　　　　　　　　2003(この年)
第2回(平16年)北日本児童文学賞
　　　　　　　　　　　2004(この年)
第3回(平17年)北日本児童文学賞
　　　　　　　　　　　2005(この年)

きふに　　　　　　　　事項名索引　　　　　　　日本児童文学史事典

第4回（平18年）北日本児童文学賞
　　　　　　　　　　2006（この年）
第5回（平19年）北日本児童文学賞
　　　　　　　　　　2007（この年）
第6回（平20年）北日本児童文学賞
　　　　　　　　　　2008（この年）
第7回（平21年）北日本児童文学賞
　　　　　　　　　　2009（この年）
第8回（平22年）北日本児童文学賞
　　　　　　　　　　2010（この年）
第9回（平23年）北日本児童文学賞
　　　　　　　　　　2011（この年）
第10回（平24年）北日本児童文学賞
　　　　　　　　　　2012（この年）
第11回（平25年）北日本児童文学賞
　　　　　　　　　　2013（この年）
岐阜日日新聞
　『山のむこうは青い海だった』刊行　1960.10月
希望の友
　「希望の友」創刊　　　　　　　　1964.4月
久山社
　第15回（平3年）日本児童文学学会賞
　　　　　　　　　　1991（この年）
　第21回（平9年）日本児童文学学会賞
　　　　　　　　　　1997（この年）
教育画劇
　第35回読書感想コン課題図書　1989（この年）
　第40回読書感想コン課題図書　1994（この年）
　第41回読書感想コン課題図書　1995（この年）
　『日本の民話えほん』刊行　　　　1996.1月
　『バッテリー』刊行　　　　　　　1996.12月
　第35回（平9年）野間児童文芸賞　1997（この年）
　第39回（平11年）日本児童文学者協会
　　賞　　　　　　　　　　　　　1999（この年）
　第54回（平17年度）小学館児童出版文
　　化賞　　　　　　　　　　　　2005（この年）
　第16回（平18年）けんぶち絵本の里大
　　賞　　　　　　　　　　　　　2006（この年）
　第54回読書感想コン課題図書　2008（この年）
　第13回（平20年）日本絵本賞　2008（この年）
　第18回（平20年）けんぶち絵本の里大
　　賞　　　　　　　　　　　　　2008（この年）
　第19回（平20年）ひろすけ童話賞
　　　　　　　　　　　　　　　　2008（この年）
　第57回（平20年度）小学館児童出版文
　　化賞　　　　　　　　　　　　2008（この年）
　第57回読書感想コン課題図書　2011（この年）
　第16回（平23年）日本絵本賞　2011（この年）

第21回（平23年）けんぶち絵本の里大
　　賞　　　　　　　　　　　　　2011（この年）
第17回（平24年）日本絵本賞　2012（この年）
第61回読書感想コン課題図書　2015（この年）
教育基本法
　教育基本法、学校教育法公布　　　1947.3月
教育出版センター
　『茂作じいさん』刊行　　　　　　1978.6月
　第7回（昭53年）児童文芸新人賞　1978（この年）
　第9回（昭54年）赤い鳥文学賞　1979（この年）
　第16回（平4年）日本児童文学学会賞
　　　　　　　　　　1992（この年）
　第24回（平7年）児童文芸新人賞　1995（この年）
教育報道社
　第13回（昭59年）児童文芸新人賞
　　　　　　　　　　1984（この年）
教学研究社
　『おはなしよんで』刊行　　　　　2001.2月
ぎょうせい
　児童全集の刊行相次ぐ　　　　1993（この年）
　いじめ問題の本の刊行相次ぐ　1995（この年）
　『絵本アニメ世界名作劇場』刊行　2001.8月
共石創作童話賞
　第4回（昭48年）共石創作童話賞　1973（この年）
　第7回（昭51年）共石創作童話賞　1976（この年）
　第8回（昭52年）共石創作童話賞　1977（この年）
　第9回（昭53年）共石創作童話賞　1978（この年）
　第10回（昭54年）共石創作童話賞
　　　　　　　　　　1979（この年）
　第11回（昭55年）共石創作童話賞
　　　　　　　　　　1980（この年）
　第12回（昭56年）共石創作童話賞
　　　　　　　　　　1981（この年）
　第13回（昭57年）共石創作童話賞
　　　　　　　　　　1982（この年）
　第14回（昭58年）共石創作童話賞
　　　　　　　　　　1983（この年）
　第15回（昭59年）共石創作童話賞
　　　　　　　　　　1984（この年）
　第16回（昭60年）共石創作童話賞
　　　　　　　　　　1985（この年）
　第17回（昭61年）共石創作童話賞
　　　　　　　　　　1986（この年）
　第18回（昭62年）共石創作童話賞
　　　　　　　　　　1987（この年）
　第19回（昭63年）共石創作童話賞
　　　　　　　　　　1988（この年）
　第20回（平1年）共石創作童話賞　1989（この年）

第21回（平2年）共石創作童話賞　1990（この年）
第22回（平3年）共石創作童話賞　1991（この年）
第23回（平4年）共石創作童話賞　1992（この年）
京都書房
　『つるのとぶ日』刊行　　　　　　　1963.7月
教文館
　教文館に子どもの本の店　1998（この年）
　教文館に新刊コーナー　　　　　2002.1.15
キラキラッ子ママプラザ絵本サークル
　第5回（平11年）星の都絵本大賞　1999（この年）
キリスト教児童文学
　「キリスト教児童文学」創刊　　　1957.12月
銀河
　「銀河」創刊　　　　　　　　　　1946.10月
　「ラクダイ横丁」発表　　　　　　 1948.2月
　「銀河」終刊　　　　　　　　　　 1949.8月
銀河社
　『動物のうた』刊行　　　　　　　 1975.1月
　『植物のうた』刊行　　　　　　　 1975.3月
　第24回（昭50年度）小学館児童出版文
　　化賞　　　　　　　　　　1975（この年）
　第16回（昭51年）日本児童文学者協会
　　賞　　　　　　　　　　　1976（この年）
　第23回（昭51年）産経児童出版文化賞
　　　　　　　　　　　　　　1976（この年）
　『雪はちくたく』刊行　　　　　　 1979.5月
　第26回読書感想コン課題図書　1980（この年）
　第28回（昭56年）産経児童出版文化賞
　　　　　　　　　　　　　　1981（この年）
近代文芸社
　第17回（平5年）日本児童文学学会賞
　　　　　　　　　　　　　　1993（この年）
キンダーブック
　「キンダーブック」再刊　1946（この年）
　「キンダーブック」創刊　1972（この年）
銀の鈴社
　第33回（平16年）児童文芸新人賞
　　　　　　　　　　　　　　2004（この年）
金の星社
　『かわいそうなぞう』刊行　　　　 1970.8月
　第16回読書感想コン課題図書　1970（この年）
　第17回（昭45年）産経児童出版文化賞
　　　　　　　　　　　　　　1970（この年）
　『東京っ子物語』刊行　　　　　　 1971.3月
　第18回（昭46年）産経児童出版文化賞
　　　　　　　　　　　　　　1971（この年）
　第1回（昭47年）児童文芸新人賞　1972（この年）

第19回読書感想コン課題図書　1973（この年）
第20回読書感想コン課題図書　1974（この年）
第3回（昭49年）児童文芸新人賞　1974（この年）
『きみはサヨナラ族か』刊行　　　 1975.12月
第21回読書感想コン課題図書　1975（この年）
第22回読書感想コン課題図書　1976（この年）
第25回（昭51年度）小学館児童出版文
　化賞　　　　　　　　　　1976（この年）
『お蘭と竜太』刊行　　　　　　　 1977.11月
『ガラスのうさぎ』刊行　　　　　 1977.12月
第23回読書感想コン課題図書　1977（この年）
第24回（昭52年）産経児童出版文化賞
　　　　　　　　　　　　　1977（この年）
第24回読書感想コン課題図書　1978（この年）
『フォア文庫』創刊　　　　　　　 1979.10月
第26回読書感想コン課題図書　1980（この年）
第27回（昭55年）産経児童出版文化賞
　　　　　　　　　　　　　1980（この年）
第30回（昭58年）産経児童出版文化賞
　　　　　　　　　　　　　1983（この年）
第30回読書感想コン課題図書　1984（この年）
第31回（昭59年）産経児童出版文化賞
　　　　　　　　　　　　　1984（この年）
第31回読書感想コン課題図書　1985（この年）
第14回（昭60年）児童文芸新人賞
　　　　　　　　　　　　　1985（この年）
第15回（昭61年）児童文芸新人賞
　　　　　　　　　　　　　1986（この年）
第33回（昭61年）産経児童出版文化賞
　　　　　　　　　　　　　1986（この年）
第35回（昭61年度）小学館児童出版文
　化賞　　　　　　　　　　1986（この年）
第33回読書感想コン課題図書　1987（この年）
第37回読書感想コン課題図書　1991（この年）
第21回（平4年）児童文芸新人賞　1992（この年）
第39回読書感想コン課題図書　1993（この年）
第3回（平5年度）けんぶち絵本の里大
　賞　　　　　　　　　　　1993（この年）
『フォア文庫愛蔵版』刊行　　　　1994.1月
児童図書十社の会設立20周年会　1994.2.1
第40回読書感想コン課題図書　1994（この年）
「東京都平和の日」　　　　　　　1995.3.10
第42回読書感想コン課題図書　1996（この年）
第20回（平8年）日本児童文学学会賞
　　　　　　　　　　　　　1996（この年）
第43回読書感想コン課題図書　1997（この年）
第8回（平9年）ひろすけ童話賞　1997（この年）
第44回読書感想コン課題図書　1998（この年）
『おはなしポケット』刊行　　　　 1999.9月

第45回読書感想コン課題図書	1999(この年)	第34回読書感想コン課題図書	1988(この年)
第46回読書感想コン課題図書	2000(この年)	第17回(昭63年)児童文芸新人賞	
第47回(平12年)産経児童出版文化賞			1988(この年)
	2000(この年)	第35回読書感想コン課題図書	1989(この年)
第48回読書感想コン課題図書	2002(この年)	第37回(平2年)産経児童出版文化賞	
ファンタジー・ブーム続く	2003(この年)		1990(この年)
第49回読書感想コン課題図書	2003(この年)	第37回読書感想コン課題図書	1991(この年)
第36回(平15年)日本児童文学者協会		第29回(平3年)野間児童文芸賞	1991(この年)
新人賞	2003(この年)	第22回(平4年)赤い鳥文学賞	1992(この年)
第50回(平15年)産経児童出版文化賞		第17回(平5年)日本児童文芸家協会	
	2003(この年)	賞	1993(この年)
第50回読書感想コン課題図書	2004(この年)	第20回(平8年)日本児童文芸家協会	
第51回読書感想コン課題図書	2005(この年)	賞	1996(この年)
第10回(平17年)日本絵本賞	2005(この年)	第43回読書感想コン課題図書	1997(この年)
第52回読書感想コン課題図書	2006(この年)	『はじめての名作おはなし絵本』刊行 2000.2月	
第53回読書感想コン課題図書	2007(この年)	第13回(平14年)ひろすけ童話賞	
第31回(平19年)日本児童文芸家協会			2002(この年)
賞	2007(この年)	第49回(平14年)産経児童出版文化賞	
第54回(平19年)産経児童出版文化賞			2002(この年)
	2007(この年)	第49回読書感想コン課題図書	2003(この年)
フォア文庫30周年	2008(この年)	第43回(平15年)日本児童文学者協会	
第54回読書感想コン課題図書	2008(この年)	賞	2003(この年)
第13回(平20年)日本絵本賞	2008(この年)	第50回(平15年)産経児童出版文化賞	
第18回(平20年)けんぶち絵本の里大			2003(この年)
賞	2008(この年)	第51回読書感想コン課題図書	2005(この年)
「ことわざえほん」刊行開始	2009.7月	第24回(平18年)新美南吉児童文学賞	
第55回読書感想コン課題図書	2009(この年)		2006(この年)
第56回読書感想コン課題図書	2010(この年)	『日本昔ばなし』刊行開始	2007.7月
第57回読書感想コン課題図書	2011(この年)	第54回読書感想コン課題図書	2008(この年)
第21回(平23年)けんぶち絵本の里大		第55回読書感想コン課題図書	2009(この年)
賞	2011(この年)	第14回(平21年)日本絵本賞	2009(この年)
第58回読書感想コン課題図書	2012(この年)	第38回(平21年)児童文芸新人賞	
『漫画家たちの戦争』刊行	2013.2〜03月		2009(この年)
マララ関連本が話題に	2014.10.10	第56回(平21年)産経児童出版文化賞	
第60回読書感想コン課題図書	2014(この年)		2009(この年)
		第56回読書感想コン課題図書	2010(この年)
		第34回(平22年)日本児童文芸家協会	
【く】		賞	2010(この年)
		第40回(平22年)赤い鳥文学賞	2010(この年)
		第57回読書感想コン課題図書	2011(この年)
熊野の里・児童文学賞		第51回(平23年)日本児童文学者協会	
第1回(平7年度)熊野の里・児童文学		賞	2011(この年)
賞	1995(この年)	第58回読書感想コン課題図書	2012(この年)
第2回(平9年度)熊野の里・児童文学		第59回(平24年)産経児童出版文化賞	
賞	1997(この年)		2012(この年)
第3回(平11年度)熊野の里・児童文		第59回読書感想コン課題図書	2013(この年)
学賞	1999(この年)	第60回読書感想コン課題図書	2014(この年)
くもん出版		第61回読書感想コン課題図書	2015(この年)
くもん出版設立	1980(この年)		

公文数学研究センター
　くもん出版設立　　　　　　　1980（この年）
クレヨンハウス
　「月刊子ども」創刊　　　　　　1986.10月
　「音楽広場」創刊　　　　　　　1986.11月
　『ばけものつかい』刊行　　　　1994.11月
　第41回（平6年）産経児童出版文化賞
　　　　　　　　　　　　　　　1994（この年）
　第54回（平19年）産経児童出版文化賞
　　　　　　　　　　　　　　　2007（この年）
クレヨンハウス絵本大賞
　第1回（昭54年）クレヨンハウス絵本
　　大賞　　　　　　　　　　　1979（この年）
　第2回（昭55年）クレヨンハウス絵本
　　大賞　　　　　　　　　　　1980（この年）
　第3回（昭56年）クレヨンハウス絵本
　　大賞　　　　　　　　　　　1981（この年）
　第4回（昭57年）クレヨンハウス絵本
　　大賞　　　　　　　　　　　1982（この年）
　第5回（昭58年）クレヨンハウス絵本
　　大賞　　　　　　　　　　　1983（この年）
　第6回（昭和59年）クレヨンハウス絵
　　本大賞　　　　　　　　　　1984（この年）
　第7回（昭60年）クレヨンハウス絵本
　　大賞　　　　　　　　　　　1985（この年）
　第8回（昭61年）クレヨンハウス絵本
　　大賞　　　　　　　　　　　1986（この年）
　第9回（昭62年）クレヨンハウス絵本
　　大賞　　　　　　　　　　　1987（この年）
　第10回（昭63年）クレヨンハウス絵本
　　大賞　　　　　　　　　　　1988（この年）
　第11回（平1年）クレヨンハウス絵本
　　大賞　　　　　　　　　　　1989（この年）
　第12回（平2年）クレヨンハウス絵本
　　大賞　　　　　　　　　　　1990（この年）
　第13回（平3年）クレヨンハウス絵本
　　大賞　　　　　　　　　　　1991（この年）
　第14回（平4年）クレヨンハウス絵本
　　大賞　　　　　　　　　　　1992（この年）
　第15回（平5年）クレヨンハウス絵本
　　大賞　　　　　　　　　　　1993（この年）
　第16回（平6年）クレヨンハウス絵本
　　大賞　　　　　　　　　　　1994（この年）
　第17回（平7年）クレヨンハウス絵本
　　大賞　　　　　　　　　　　1995（この年）
　第18回（平8年）クレヨンハウス絵本
　　大賞　　　　　　　　　　　1996（この年）
　第19回（平9年）クレヨンハウス絵本
　　大賞　　　　　　　　　　　1997（この年）

　第20回（平10年）クレヨンハウス絵本
　　大賞　　　　　　　　　　　1998（この年）
黒井健絵本ハウス
　黒井健絵本ハウス開館　　　　　2003.5.24
黒石ほるぷ子ども館
　出版社が子ども館贈呈　　　　　1975.7.10
くろしお出版
　第9回（昭35年）児童文学者協会新人
　　賞　　　　　　　　　　　　1960（この年）
　第45回（平24年）日本児童文学者協会
　　新人賞　　　　　　　　　　2012（この年）
クローバー子ども図書館
　クローバー子ども図書館　　　　1952.3月
黒姫童話館
　黒姫童話館開館　　　　　　　　1991.8.10
くんぺい童話館
　くんぺい童話館開館　　　　　　1989.6.1
群馬県立土屋文明記念文学館
　「紙芝居がやって来た」展が開催
　　　　　　　　　　　　　2002.7.20〜09.1

【け】

慶應書房
　岩崎書店誕生　　　　　　　　1945（この年）
溪水社
　第35回（平23年）日本児童文学学会賞
　　　　　　　　　　　　　　　2011（この年）
勁草書房
　第31回（平19年）日本児童文学学会賞
　　　　　　　　　　　　　　　2007（この年）
月刊MOE童話大賞
　第1回（昭55年）絵本とおはなし新人
　　賞　　　　　　　　　　　　1980（この年）
　第2回（昭56年）月刊絵本とおはなし
　　新人賞　　　　　　　　　　1981（この年）
　第3回（昭57年）月刊絵本とおはなし
　　新人賞　　　　　　　　　　1982（この年）
　第4回（昭58年）月刊絵本とおはなし
　　新人賞　　　　　　　　　　1983（この年）
　第5回（昭59年）月刊MOE新人賞賞
　　　　　　　　　　　　　　　1984（この年）
　第6回（昭60年）月刊MOE童話大賞
　　　　　　　　　　　　　　　1985（この年）

第7回（昭61年）月刊MOE童話大賞
　　　　　　　　　　1986（この年）
第8回（昭62年）月刊MOE童話大賞
　　　　　　　　　　1987（この年）
第9回（昭63年）月刊MOE童話大賞
　　　　　　　　　　1988（この年）
第10回（平1年）月刊MOE童話大賞
　　　　　　　　　　1989（この年）

月報産経出版社
第1回（昭47年）児童文芸新人賞　1972（この年）

けやき書房
第13回（平1年）「子ども世界」絵本と
　幼低学年童話賞　　1989（この年）
第14回（平2年）「子ども世界」絵本と
　幼低学年童話賞　　1990（この年）
第15回（平3年）「子ども世界」絵本と
　幼低学年童話賞　　1991（この年）

幻影城
第2回（昭53年）日本児童文学学会賞
　　　　　　　　　　1978（この年）

研究社
第18回読書感想コン課題図書　1972（この年）

研秀出版
第18回（昭44年度）小学館児童出版文
　化賞　　　　　　　1969（この年）

現代児童詩研究会
「現代児童詩研究会」発足　　1967.1.1

幻冬舎
『13歳のハローワーク』刊行　2003.11月

幻冬舎エデュケーション
第59回（平22年度）小学館児童出版文
　化賞　　　　　　　2010（この年）
第58回（平23年）産経児童出版文化賞
　　　　　　　　　　2011（この年）

けんぶち絵本の里大賞
第1回（平3年度）けんぶち絵本の里大
　賞　　　　　　　　1991（この年）
第2回（平4年度）けんぶち絵本の里大
　賞　　　　　　　　1992（この年）
第3回（平5年度）けんぶち絵本の里大
　賞　　　　　　　　1993（この年）
第4回（平6年度）けんぶち絵本の里大
　賞　　　　　　　　1994（この年）
第5回（平7年度）けんぶち絵本の里大
　賞　　　　　　　　1995（この年）
第6回（平8年）けんぶち絵本の里大賞
　　　　　　　　　　1996（この年）

第7回（平9年）けんぶち絵本の里大賞
　　　　　　　　　　1997（この年）
第8回（平10年）けんぶち絵本の里大
　賞　　　　　　　　1998（この年）
第9回（平11年度）けんぶち絵本の里
　大賞　　　　　　　1999（この年）
第10回（平12年度）けんぶち絵本の里
　大賞　　　　　　　2000（この年）
第11回（平13年）けんぶち絵本の里大
　賞　　　　　　　　2001（この年）
第12回（平14年）けんぶち絵本の里大
　賞　　　　　　　　2002（この年）
第13回（平15年）けんぶち絵本の里大
　賞　　　　　　　　2003（この年）
第14回（平16年）けんぶち絵本の里大
　賞　　　　　　　　2004（この年）
第15回（平17年）けんぶち絵本の里大
　賞　　　　　　　　2005（この年）
第16回（平18年）けんぶち絵本の里大
　賞　　　　　　　　2006（この年）
第17回（平19年）けんぶち絵本の里大
　賞　　　　　　　　2007（この年）
第18回（平20年）けんぶち絵本の里大
　賞　　　　　　　　2008（この年）
第19回（平21年）けんぶち絵本の里大
　賞　　　　　　　　2009（この年）
第20回（平22年）けんぶち絵本の里大
　賞　　　　　　　　2010（この年）
第21回（平23年）けんぶち絵本の里大
　賞　　　　　　　　2011（この年）
第22回（平24年）けんぶち絵本の里大
　賞　　　　　　　　2012（この年）
第23回（平25年）けんぶち絵本の里大
　賞　　　　　　　　2013（この年）
第24回（平26年）けんぶち絵本の里大
　賞　　　　　　　　2014（この年）
第25回（平27年）けんぶち絵本の里大
　賞　　　　　　　　2015（この年）

【こ】

コアマガジン
星の王子さま、翻訳出版権消失　2005.1.22

郷学舎
第10回（昭56年）児童文芸新人賞
　　　　　　　　　　1981（この年）

高校生文化研究会
第23回読書感想コン課題図書　1977（この年）
口唇・口蓋裂友の会
「ハリー・ポッター」表現問題　2000.11月
佼成出版社
佼成出版社設立　1966.8月
第37回読書感想コン課題図書　1991（この年）
第7回（平9年）けんぶち絵本の里大賞
　　　　　　　　　　　　　1997（この年）
第50回（平15年）産経児童出版文化賞
　　　　　　　　　　　　　2003（この年）
「しつけ絵本シリーズ」刊行開始　2004.9月
『おでんおんせんにいく』刊行　2004.9月
第50回読書感想コン課題図書　2004（この年）
第15回（平16年）ひろすけ童話賞
　　　　　　　　　　　　　2004（この年）
第53回読書感想コン課題図書　2007（この年）
第55回（平20年）産経児童出版文化賞
　　　　　　　　　　　　　2008（この年）
第55回読書感想コン課題図書　2009（この年）
第57回読書感想コン課題図書　2011（この年）
第61回読書感想コン課題図書　2015（この年）
厚生省
「児童白書」発表　1963.5月
講談社
『太陽よりも月よりも』刊行　1947.8月
『父の手紙』刊行　1948.2月
『巌窟王』刊行　1950.6月
小川未明の全集刊行開始　1950.11月～
『ああ無情』刊行　1950（この年）
『青い鳥』邦訳版3件刊行　1951（この年）
『小川未明作品集』刊行　1954.6月
『少年少女科学冒険全集』刊行　1956.7月
『火星にさく花』刊行　1956.12月
第4回（昭32年）産経児童出版文化賞
　　　　　　　　　　　　　1957（この年）
『天平の少年』刊行　1958.2月
『少年少女世界文学全集』刊行　1958.9月
第5回（昭33年）産経児童出版文化賞
　　　　　　　　　　　　　1958（この年）
『だれも知らない小さな国』刊行　1959.8月
『サムライの子』刊行　1960.8月
『龍の子太郎』刊行　1960.8月
第9回（昭35年）児童文学者協会新人
　賞　　　　　　　　　　　1960（この年）
『でかでか人とちびちび人』刊行　1961.10月
『白いりす』刊行　1961.12月

第1回（昭36年）国際アンデルセン賞
　国内賞　　　　　　　　　1961（この年）
第8回（昭36年）産経児童出版文化賞
　　　　　　　　　　　　　1961（この年）
『うずしお丸の少年たち』刊行　1962.5月
『豆つぶほどの小さな犬』刊行　1962.8月
『ぼくらの出航』刊行　1962.12月
第8回読書感想コン課題図書　1962（この年）
第9回（昭37年）産経児童出版文化賞
　　　　　　　　　　　　　1962（この年）
『コーサラの王子』刊行　1963.2月
『春の目玉』刊行　1963.3月
第10回（昭38年）産経児童出版文化賞
　　　　　　　　　　　　　1963（この年）
第9回読書感想コン課題図書　1963（この年）
『シラサギ物語』刊行　1964.1月
『火の瞳』刊行　1964.2月
『ちいさいモモちゃん』刊行　1964.7月
『長くつ下のピッピ』刊行　1964（この年）
第10回読書感想コン課題図書　1964（この年）
第2回（昭39年）野間児童文芸賞　1964（この年）
『クレヨン王国の十二か月』刊行　1965.2月
『星からおちた小さな人』刊行　1965.9月
第11回読書感想コン課題図書　1965（この年）
第12回（昭40年）産経児童出版文化賞
　　　　　　　　　　　　　1965（この年）
第3回（昭40年）NHK児童文学賞
　　　　　　　　　　　　　1965（この年）
第3回（昭40年）国際アンデルセン賞
　国内賞　　　　　　　　　1965（この年）
第3回（昭40年）野間児童文芸賞　1965（この年）
『ポイヤウンペ物語』刊行　1966.2月
『けんちゃんあそびましょ』刊行　1966.7月
『秋の目玉』刊行　1966.7月
第13回（昭41年）産経児童出版文化賞
　　　　　　　　　　　　　1966（この年）
第4回（昭41年）野間児童文芸賞　1966（この年）
『シマフクロウの森』刊行　1967.2月
『天使で大地はいっぱいだ』刊行　1967.2月
第13回読書感想コン課題図書　1967（この年）
第14回（昭42年）産経児童出版文化賞
　　　　　　　　　　　　　1967（この年）
第14回読書感想コン課題図書　1968（この年）
第17回（昭43年度）小学館児童出版文
　化賞　　　　　　　　　　1968（この年）
第6回（昭43年）野間児童文芸賞　1968（この年）
『ふたりのイーダ』刊行　1969.5月
『魔神の海』刊行　1969.9月
第15回読書感想コン課題図書　1969（この年）

第7回(昭44年)野間児童文芸賞 1969(この年)
『大地の冬のなかまたち』刊行　　1970.2月
『はらがへったらじゃんけんぽん』刊
　　行　　　　　　　　　　　　1970.11月
第16回読書感想コン課題図書　1970(この年)
第10回(昭45年)日本児童文学者協会
　　賞　　　　　　　　　　　1970(この年)
第17回(昭45年)産経児童出版文化賞
　　　　　　　　　　　　　　1970(この年)
第8回(昭45年)野間児童文芸賞 1970(この年)
第17回読書感想コン課題図書　1971(この年)
第4回(昭46年)日本児童文学者協会
　　新人賞　　　　　　　　　1971(この年)
第9回(昭46年)野間児童文芸賞 1971(この年)
第10回(昭47年)野間児童文芸賞
　　　　　　　　　　　　　　1972(この年)
『燃えながら飛んだよ！』刊行　　1973.5月
第11回(昭48年)野間児童文芸賞
　　　　　　　　　　　　　　1973(この年)
第3回(昭48年)赤い鳥文学賞　1973(この年)
『モモちゃんとアカネちゃん』刊行　1974.6月
第20回読書感想コン課題図書　1974(この年)
第12回(昭49年)野間児童文芸賞
　　　　　　　　　　　　　　1974(この年)
第21回(昭49年)産経児童出版文化賞
　　　　　　　　　　　　　　1974(この年)
『霧のむこうのふしぎな町』刊行　1975.10月
第13回(昭50年)野間児童文芸賞
　　　　　　　　　　　　　　1975(この年)
第5回(昭50年)赤い鳥文学賞　1975(この年)
『小さなぼくの家』刊行　　　　　1976.2月
『白赤たすき小○の旋風』刊行　　1976.8月
『チッチゼミ鳴く木の下で』刊行　1976.9月
第22回読書感想コン課題図書　1976(この年)
第6回(昭51年)赤い鳥文学賞　1976(この年)
第9回(昭51年)日本児童文学者協会
　　新人賞　　　　　　　　　1976(この年)
『街の赤ずきんたち』刊行　　　　1977.10月
第23回読書感想コン課題図書　1977(この年)
第15回(昭52年)野間児童文芸賞
　　　　　　　　　　　　　　1977(この年)
第17回(昭52年)日本児童文学者協会
　　賞　　　　　　　　　　　1977(この年)
『夜のかげぼうし』刊行　　　　　1978.3月
『安野光雅の画集』にボローニャ国際
　　児童図書展大賞　　　　　　1978.4.1
第24回読書感想コン課題図書　1978(この年)
第8回(昭53年)赤い鳥文学賞　1978(この年)
『花ぶさとうげ』刊行　　　　　　1979.3月

『なきむし魔女先生』刊行　　　　1979.5月
『おかあさんの生まれた家』刊行　1979.10月
『ひろしの歌がきこえる』刊行　　1979.12月
第25回読書感想コン課題図書　1979(この年)
第17回(昭54年)野間児童文芸賞
　　　　　　　　　　　　　　1979(この年)
第26回(昭54年)産経児童出版文化賞
　　　　　　　　　　　　　　1979(この年)
第28回(昭54年度)小学館児童出版文
　　化賞　　　　　　　　　　1979(この年)
『歌々川をわたれ』刊行　　　　　1980.2月
「青い鳥文庫」創刊　　　　　1980(この年)
第13回(昭55年)日本児童文学者協会
　　新人賞　　　　　　　　　1980(この年)
第18回(昭55年)野間児童文芸賞
　　　　　　　　　　　　　　1980(この年)
第29回(昭55年度)小学館児童出版文
　　化賞　　　　　　　　　　1980(この年)
第5回(昭55年)日本児童文芸家協会
　　賞　　　　　　　　　　　1980(この年)
第9回(昭55年)児童文芸新人賞 1980(この年)
『窓ぎわのトットちゃん』刊行　　1981.3月
『かれ草色の風をありがとう』刊行 1981.12月
第28回(昭56年)産経児童出版文化賞
　　　　　　　　　　　　　　1981(この年)
第4回(昭56年)日本の絵本賞 絵本
　　にっぽん賞　　　　　　　1981(この年)
第6回(昭56年)日本児童文芸家協会
　　賞　　　　　　　　　　　1981(この年)
『ハッピーバースデー』刊行　　　1982.5月
『はるかな鐘の音』刊行　　　　　1982.12月
『少年たち』刊行　　　　　　　　1982.12月
第28回読書感想コン課題図書　1982(この年)
第20回(昭57年)野間児童文芸賞
　　　　　　　　　　　　　　1982(この年)
第29回(昭57年)産経児童出版文化賞
　　　　　　　　　　　　　　1982(この年)
第31回(昭57年度)小学館児童出版文
　　化賞　　　　　　　　　　1982(この年)
『友情のスカラベ』刊行　　　　　1983.8月
第21回(昭58年)野間児童文芸賞
　　　　　　　　　　　　　　1983(この年)
第23回(昭58年)日本児童文学者協会
　　賞　　　　　　　　　　　1983(この年)
第13回(昭59年)児童文芸新人賞
　　　　　　　　　　　　　　1984(この年)
第8回(昭59年)日本児童文芸家協会
　　賞　　　　　　　　　　　1984(この年)
『少年少女児童文学館』刊行　　　1985.10月～
『ママの黄色い子象』刊行　　　　1985.12月

『少年時代の画集』刊行　　　　1985.12月
第23回（昭60年）野間児童文芸賞
　　　　　　　　　　　　　1985（この年）
第8回（昭60年）日本の絵本賞 絵本
　　にっぽん賞　　　　　　1985（この年）
第24回（昭61年）野間児童文芸賞
　　　　　　　　　　　　　1986（この年）
『ルビー色の旅』刊行　　　　　1987.3月
『ルドルフとイッパイアッテナ』刊行 1987.5月
第11回（昭62年）日本児童文芸家協会
　　賞　　　　　　　　　　1987（この年）
第25回（昭62年）野間児童文芸賞
　　　　　　　　　　　　　1987（この年）
『夏休みだけ探偵団』刊行　　　1988.5月
第34回読書感想コン課題図書　1988（この年）
第26回（昭63年）野間児童文芸賞
　　　　　　　　　　　　　1988（この年）
『パパさんの庭』刊行　　　　　1989.7月
ミドルティーン向け文庫創刊ラッ
　　シュ　　　　　　　　　1989（この年）
第35回読書感想コン課題図書　1989（この年）
第18回（平1年）児童文芸新人賞 1989（この年）
『眠れない子』刊行　　　　　　1990.3月
『ムーミン谷の彗星』刊行　　　1990.6月
『走りぬけて、風』刊行　　　　1990.6月
第36回読書感想コン課題図書　1990（この年）
第13回（平2年）日本の絵本賞 絵本
　　にっぽん賞　　　　　　1990（この年）
第1回（平2年）ひろすけ童話賞　1990（この年）
第37回（平2年）産経児童出版文化賞
　　　　　　　　　　　　　1990（この年）
『おさるのまいにち』刊行　　　1991.5月
第37回読書感想コン課題図書　1991（この年）
第13回（平3年）路傍の石文学賞 1991（この年）
第29回（平3年）野間児童文芸賞 1991（この年）
第31回（平3年）日本児童文学者協会
　　賞　　　　　　　　　　1991（この年）
『アカネちゃんのなみだの海』刊行　1992.4月
『ぼくの・稲荷山戦記』刊行　　1992.7月
第38回読書感想コン課題図書　1992（この年）
第14回（平4年）路傍の石文学賞 1992（この年）
第2回（平4年）椋鳩十児童文学賞
　　　　　　　　　　　　　1992（この年）
第30回（平4年）野間児童文芸賞 1992（この年）
第8回（平4年度）坪田譲治文学賞
　　　　　　　　　　　　　1992（この年）
『ディズニー名作ライブラリー』刊行
　　　　　　　　　　　　　　1994.10月
『松谷みよ子の本』刊行開始　　1994.10月

『宇宙のみなしご』刊行　　　　1994.11月
第40回読書感想コン課題図書　1994（この年）
第32回（平6年）野間児童文芸賞 1994（この年）
『ディズニーブック』など刊行 1995（この年）
第41回読書感想コン課題図書　1995（この年）
第33回（平7年）野間児童文芸賞 1995（この年）
第42回（平7年）産経児童出版文化賞
　　　　　　　　　　　　　1995（この年）
第42回読書感想コン課題図書　1996（この年）
第2回（平8年）日本絵本賞　　1996（この年）
第34回（平8年）野間児童文芸賞 1996（この年）
第43回（平8年）産経児童出版文化賞
　　　　　　　　　　　　　1996（この年）
『少年H』刊行　　　　　　　　1997.1月
『痛快 世界の冒険文学』刊行開始 1997.10.16
第43回読書感想コン課題図書　1997（この年）
第30回（平9年）日本児童文学者協会
　　新人賞　　　　　　　　1997（この年）
第35回（平9年）野間児童文芸賞 1997（この年）
第44回（平9年）産経児童出版文化賞
　　　　　　　　　　　　　1997（この年）
『つるばら村のパン屋さん』刊行 1998.2月
第44回読書感想コン課題図書　1998（この年）
第16回（平10年）新美南吉児童文学賞
　　　　　　　　　　　　　1998（この年）
第20回（平10年）路傍の石文学賞
　　　　　　　　　　　　　1998（この年）
第27回（平10年）児童文芸新人賞
　　　　　　　　　　　　　1998（この年）
第45回（平10年）産経児童出版文化賞
　　　　　　　　　　　　　1998（この年）
「えほん世界のおはなし」刊行 1999.3月
「全国訪問おはなし隊」キャラバンス
　　タート　　　　　　　　　1999.7月
第45回読書感想コン課題図書　1999（この年）
第32回（平11年）日本児童文学者協会
　　新人賞　　　　　　　　1999（この年）
第46回（平11年）産経児童出版文化賞
　　　　　　　　　　　　　1999（この年）
第9回（平11年）椋鳩十児童文学賞
　　　　　　　　　　　　　1999（この年）
「全国訪問おはなし隊」が福岡に　2000.8.5
第46回読書感想コン課題図書　2000（この年）
第10回（平12年度）けんぶち絵本の里
　　大賞　　　　　　　　　2000（この年）
第16回（平12年度）坪田譲治文学賞
　　　　　　　　　　　　　2000（この年）
第18回（平12年）新美南吉児童文学賞
　　　　　　　　　　　　　2000（この年）

第29回（平12年）児童文芸新人賞
　　　　　　　　　　　　　2000（この年）
第33回（平12年）日本児童文学者協会
　新人賞　　　　　　　　2000（この年）
第47回（平12年）産経児童出版文化賞
　　　　　　　　　　　　　2000（この年）
『国際版ディズニーおはなし絵本館』
　刊行　　　　　　　　　　　2001.9月
「全国訪問おはなし隊」キャラバン全
　国一巡　　　　　　　　 2001（この年）
子どもの読書推進活動が活発化 2001（この年）
第47回読書感想コン課題図書 2001（この年）
第30回（平13年）児童文芸新人賞
　　　　　　　　　　　　　2001（この年）
第39回（平13年）野間児童文芸賞
　　　　　　　　　　　　　2001（この年）
第48回（平13年）産経児童出版文化賞
　　　　　　　　　　　　　2001（この年）
第50回（平13年度）小学館児童出版文
　化賞　　　　　　　　　 2001（この年）
第6回（平13年）日本絵本賞 2001（この年）
『あらしのよるに』完結　　　2002.2.27
第48回読書感想コン課題図書 2002（この年）
第12回（平14年）けんぶち絵本の里大
　賞　　　　　　　　　　　2002（この年）
第31回（平14年）児童文芸新人賞
　　　　　　　　　　　　　2002（この年）
第42回（平14年）日本児童文学者協会
　賞　　　　　　　　　　　2002（この年）
第49回（平14年）産経児童出版文化賞
　　　　　　　　　　　　　2002（この年）
『青い鳥文庫fシリーズ』創刊　2003.5.15
第49回読書感想コン課題図書 2003（この年）
第14回（平15年）ひろすけ童話賞
　　　　　　　　　　　　　2003（この年）
第41回（平15年）野間児童文芸賞
　　　　　　　　　　　　　2003（この年）
第50回（平15年）産経児童出版文化賞
　　　　　　　　　　　　　2003（この年）
第52回（平15年度）小学館児童出版文
　化賞　　　　　　　　　 2003（この年）
「全国訪問おはなし隊」5周年 2004.8.23
第50回読書感想コン課題図書 2004（この年）
第14回（平16年）けんぶち絵本の里大
　賞　　　　　　　　　　　2004（この年）
第33回（平16年）児童文芸新人賞
　　　　　　　　　　　　　2004（この年）
第51回（平16年）産経児童出版文化賞
　　　　　　　　　　　　　2004（この年）
第9回（平16年）日本絵本賞 2004（この年）

『にじいろのさかな』100万部に 2005（この年）
第51回読書感想コン課題図書 2005（この年）
第10回（平17年）日本絵本賞 2005（この年）
第15回（平17年）けんぶち絵本の里大
　賞　　　　　　　　　　　2005（この年）
第38回（平17年）日本児童文学者協会
　新人賞　　　　　　　　2005（この年）
第52回（平17年）産経児童出版文化賞
　　　　　　　　　　　　　2005（この年）
『トモ、ぼくは元気です』刊行　2006.8月
『霧のむこうのふしぎな町』新装版 2006.9.10
子ども向け政治関連本　　 2006（この年）
第52回読書感想コン課題図書 2006（この年）
第16回（平18年）けんぶち絵本の里大
　賞　　　　　　　　　　　2006（この年）
第16回（平18年）椋鳩十児童文学賞
　　　　　　　　　　　　　2006（この年）
『瀬戸内寂聴おはなし絵本』刊行
　　　　　　　　　　2007.7.10〜12.27
全国訪問おはなし隊に菊池寛賞 2007.12月
『100万回生きたねこ』発売30周年
　　　　　　　　　　　　　2007（この年）
第53回読書感想コン課題図書 2007（この年）
第23回（平19年度）坪田譲治文学賞
　　　　　　　　　　　　　2007（この年）
第36回（平19年）児童文芸新人賞
　　　　　　　　　　　　　2007（この年）
第40回（平19年）日本児童文学者協会
　新人賞　　　　　　　　2007（この年）
第54回（平19年）産経児童出版文化賞
　　　　　　　　　　　　　2007（この年）
『青い鳥文庫 GO！GO！』創刊 2008.3.14
第54回読書感想コン課題図書 2008（この年）
第13回（平20年）日本絵本賞 2008（この年）
第18回（平20年）けんぶち絵本の里大
　賞　　　　　　　　　　　2008（この年）
第18回（平20年）椋鳩十児童文学賞
　　　　　　　　　　　　　2008（この年）
盲学校に大活字本寄贈　　　　2009.4.23
『CDえほん まんが日本昔ばなし』刊
　行　　　　　　　　　　　　2009.10.7
第19回（平21年）けんぶち絵本の里大
　賞　　　　　　　　　　　2009（この年）
第56回（平21年）産経児童出版文化賞
　　　　　　　　　　　　　2009（この年）
第58回（平21年度）小学館児童出版文
　化賞　　　　　　　　　 2009（この年）
CD「日本昔ばなし」第2集販売　2010.6.17
「佐藤さとるファンタジー全集」刊行 2010.9月
『夏の記者』刊行　　　　　　2010.10月

第56回読書感想コン課題図書　2010(この年)
第20回(平22年)けんぶち絵本の里大
　賞　　　　　　　　　　　2010(この年)
第43回(平22年)日本児童文学者協会
　新人賞　　　　　　　　　2010(この年)
第50回(平22年)日本児童文学者協会
　賞　　　　　　　　　　　2010(この年)
第57回(平22年)産経児童出版文化賞
　　　　　　　　　　　　　2010(この年)
第59回(平22年度)小学館児童出版文
　化賞　　　　　　　　　　2010(この年)
『動く図鑑 MOVE』刊行　　　2011.7月
第27回(平23年度)坪田譲治文学賞
　　　　　　　　　　　　　2011(この年)
第40回(平23年)児童文芸新人賞
　　　　　　　　　　　　　2011(この年)
第44回(平23年)日本児童文学者協会
　新人賞　　　　　　　　　2011(この年)
第51回(平23年)日本児童文学者協会
　賞　　　　　　　　　　　2011(この年)
第58回(平23年)産経児童出版文化賞
　　　　　　　　　　　　　2011(この年)
沢木耕太郎が児童書出版　　　2012.3月
『みさき食堂へようこそ』刊行　2012.5月
第58回読書感想コン課題図書　2012(この年)
第22回(平24年)けんぶち絵本の里大
　賞　　　　　　　　　　　2012(この年)
第45回(平24年)日本児童文学者協会
　新人賞　　　　　　　　　2012(この年)
第59回読書感想コン課題図書　2013(この年)
第23回(平25年)けんぶち絵本の里大
　賞　　　　　　　　　　　2013(この年)
第37回(平25年)日本児童文芸家協会
　賞　　　　　　　　　　　2013(この年)
第60回(平25年)産経児童出版文化賞
　　　　　　　　　　　　　2013(この年)
「アナ雪」ブーム　　　　　　2014.3.14
「モモちゃん」刊行50年　　　2014(この年)
トーベ・ヤンソン生誕100年　　2014(この年)
第60回読書感想コン課題図書　2014(この年)
第61回読書感想コン課題図書　2015(この年)

講談社絵本新人賞
第1回(昭54年)講談社絵本新人賞
　　　　　　　　　　　　　1979(この年)
第2回(昭55年)講談社絵本新人賞
　　　　　　　　　　　　　1980(この年)
第3回(昭56年)講談社絵本新人賞
　　　　　　　　　　　　　1981(この年)
第4回(昭57年)講談社絵本新人賞
　　　　　　　　　　　　　1982(この年)

第5回(昭58年)講談社絵本新人賞
　　　　　　　　　　　　　1983(この年)
第6回(昭59年)講談社絵本新人賞
　　　　　　　　　　　　　1984(この年)
第7回(昭60年)講談社絵本新人賞
　　　　　　　　　　　　　1985(この年)
第8回(昭61年)講談社絵本新人賞
　　　　　　　　　　　　　1986(この年)
第9回(昭62年)講談社絵本新人賞
　　　　　　　　　　　　　1987(この年)
第10回(昭63年)講談社絵本新人賞
　　　　　　　　　　　　　1988(この年)
第11回(平1年)講談社絵本新人賞
　　　　　　　　　　　　　1989(この年)
第12回(平2年)講談社絵本新人賞
　　　　　　　　　　　　　1990(この年)
第13回(平3年)講談社絵本新人賞
　　　　　　　　　　　　　1991(この年)
第14回(平4年)講談社絵本新人賞
　　　　　　　　　　　　　1992(この年)
第15回(平5年)講談社絵本新人賞
　　　　　　　　　　　　　1993(この年)
第16回(平6年)講談社絵本新人賞
　　　　　　　　　　　　　1994(この年)
第17回(平7年)講談社絵本新人賞
　　　　　　　　　　　　　1995(この年)
第18回(平8年)講談社絵本新人賞
　　　　　　　　　　　　　1996(この年)
第19回(平9年)講談社絵本新人賞
　　　　　　　　　　　　　1997(この年)
第20回(平10年)講談社絵本新人賞
　　　　　　　　　　　　　1998(この年)
第21回(平11年)講談社絵本新人賞
　　　　　　　　　　　　　1999(この年)
第22回(平12年)講談社絵本新人賞
　　　　　　　　　　　　　2000(この年)
第23回(平13年)講談社絵本新人賞
　　　　　　　　　　　　　2001(この年)
第24回(平14年)講談社絵本新人賞
　　　　　　　　　　　　　2002(この年)
第27回(平17年)講談社絵本新人賞
　　　　　　　　　　　　　2005(この年)
第28回(平18年)講談社絵本新人賞
　　　　　　　　　　　　　2006(この年)
第29回(平19年)講談社絵本新人賞
　　　　　　　　　　　　　2007(この年)
第30回(平20年)講談社絵本新人賞
　　　　　　　　　　　　　2008(この年)
第31回(平21年)講談社絵本新人賞
　　　　　　　　　　　　　2009(この年)

こうた　　　　　　　　　事項名索引　　　　　　　　　日本児童文学史事典

第32回（平22年）講談社絵本新人賞
　　　　　　　　　　　　2010（この年）
第33回（平23年）講談社絵本新人賞
　　　　　　　　　　　　2011（この年）
第34回（平24年）講談社絵本新人賞
　　　　　　　　　　　　2012（この年）
第35回（平25年）講談社絵本新人賞
　　　　　　　　　　　　2013（この年）
第36回（平26年）講談社絵本新人賞
　　　　　　　　　　　　2014（この年）
第37回（平27年）講談社絵本新人賞
　　　　　　　　　　　　2015（この年）

講談社児童文学新人賞
　第1回（昭35年）講談社児童文学新人
　　　賞　　　　　　　　1960（この年）
　第2回（昭36年）講談社児童文学新人
　　　賞　　　　　　　　1961（この年）
　第3回（昭37年）講談社児童文学新人
　　　賞　　　　　　　　1962（この年）
　第4回（昭38年）講談社児童文学新人
　　　賞　　　　　　　　1963（この年）
　第5回（昭39年）講談社児童文学新人
　　　賞　　　　　　　　1964（この年）
　第6回（昭40年）講談社児童文学新人
　　　賞　　　　　　　　1965（この年）
　第7回（昭41年）講談社児童文学新人
　　　賞　　　　　　　　1966（この年）
　第8回（昭42年）講談社児童文学新人
　　　賞　　　　　　　　1967（この年）
　第9回（昭43年）講談社児童文学新人
　　　賞　　　　　　　　1968（この年）
　第10回（昭44年）講談社児童文学新人
　　　賞　　　　　　　　1969（この年）
　第11回（昭45年）講談社児童文学新人
　　　賞　　　　　　　　1970（この年）
　第12回（昭46年）講談社児童文学新人
　　　賞　　　　　　　　1971（この年）
　第13回（昭47年）講談社児童文学新人
　　　賞　　　　　　　　1972（この年）
　第14回（昭48年）講談社児童文学新人
　　　賞　　　　　　　　1973（この年）
　第15回（昭49年）講談社児童文学新人
　　　賞　　　　　　　　1974（この年）
　第16回（昭50年）講談社児童文学新人
　　　賞　　　　　　　　1975（この年）
　第17回（昭51年）講談社児童文学新人
　　　賞　　　　　　　　1976（この年）
　第18回（昭52年）講談社児童文学新人
　　　賞　　　　　　　　1977（この年）

　第19回（昭53年）講談社児童文学新人
　　　賞　　　　　　　　1978（この年）
　第20回（昭54年）講談社児童文学新人
　　　賞　　　　　　　　1979（この年）
　第21回（昭55年）講談社児童文学新人
　　　賞　　　　　　　　1980（この年）
　第22回（昭56年）講談社児童文学新人
　　　賞　　　　　　　　1981（この年）
　第23回（昭57年）講談社児童文学新人
　　　賞　　　　　　　　1982（この年）
　第24回（昭58年）講談社児童文学新人
　　　賞　　　　　　　　1983（この年）
　第25回（昭59年）講談社児童文学新人
　　　賞　　　　　　　　1984（この年）
　第26回（昭60年）講談社児童文学新人
　　　賞　　　　　　　　1985（この年）
　第27回（昭61年）講談社児童文学新人
　　　賞　　　　　　　　1986（この年）
　第28回（昭62年）講談社児童文学新人
　　　賞　　　　　　　　1987（この年）
　第29回（昭63年）講談社児童文学新人
　　　賞　　　　　　　　1988（この年）
　第30回（平1年）講談社児童文学新人
　　　賞　　　　　　　　1989（この年）
　第31回（平2年）講談社児童文学新人
　　　賞　　　　　　　　1990（この年）
　第32回（平3年）講談社児童文学新人
　　　賞　　　　　　　　1991（この年）
　第33回（平4年）講談社児童文学新人
　　　賞　　　　　　　　1992（この年）
　第34回（平5年）講談社児童文学新人
　　　賞　　　　　　　　1993（この年）
　第35回（平6年）講談社児童文学新人
　　　賞　　　　　　　　1994（この年）
　第36回（平7年）講談社児童文学新人
　　　賞　　　　　　　　1995（この年）
　第37回（平8年）講談社児童文学新人
　　　賞　　　　　　　　1996（この年）
　第38回（平9年）講談社児童文学新人
　　　賞　　　　　　　　1997（この年）
　第39回（平10年）講談社児童文学新人
　　　賞　　　　　　　　1998（この年）
　第40回（平11年）講談社児童文学新人
　　　賞　　　　　　　　1999（この年）
　第41回（平12年）講談社児童文学新人
　　　賞　　　　　　　　2000（この年）
　第42回（平13年）講談社児童文学新人
　　　賞　　　　　　　　2001（この年）
　第43回（平14年）講談社児童文学新人
　　　賞　　　　　　　　2002（この年）

第44回（平15年）講談社児童文学新人
　賞　　　　　　　　　　2003（この年）
第46回（平17年）講談社児童文学新人
　賞　　　　　　　　　　2005（この年）
第47回（平18年）講談社児童文学新人
　賞　　　　　　　　　　2006（この年）
第48回（平19年）講談社児童文学新人
　賞　　　　　　　　　　2007（この年）
第49回（平20年）講談社児童文学新人
　賞　　　　　　　　　　2008（この年）
第50回（平21年）講談社児童文学新人
　賞　　　　　　　　　　2009（この年）
第51回（平22年）講談社児童文学新人
　賞　　　　　　　　　　2010（この年）
第52回（平23年）講談社児童文学新人
　賞　　　　　　　　　　2011（この年）
第53回（平24年）講談社児童文学新人
　賞　　　　　　　　　　2012（この年）
第54回（平25年）講談社児童文学新人
　賞　　　　　　　　　　2013（この年）
第55回（平26年）講談社児童文学新人
　賞　　　　　　　　　　2014（この年）
第56回（平27年）講談社児童文学新人
　賞　　　　　　　　　　2015（この年）

講談社出版文化賞〔絵本賞〕
『ルリユールおじさん』が話題に　2007.9月
第40回（平21年）講談社出版文化賞
　〔絵本賞〕　　　　　　2009（この年）
第41回（平22年）講談社出版文化賞
　〔絵本賞〕　　　　　　2010（この年）
第42回（平23年）講談社出版文化賞
　〔絵本賞〕　　　　　　2011（この年）
第43回（平24年）講談社出版文化賞
　〔絵本賞〕　　　　　　2012（この年）
第44回（平25年）講談社出版文化賞
　〔絵本賞〕　　　　　　2013（この年）
第45回（平26年）講談社出版文化賞
　〔絵本賞〕　　　　　　2014（この年）
第46回（平27年）講談社出版文化賞
　〔絵本賞〕　　　　　　2015（この年）

校定新美南吉全集編集委員会
第5回（昭56年）日本児童文学学会賞
　　　　　　　　　　　　1981（この年）

江東区立城東図書館
ろう学校生徒への読み聞かせ開始
　　　　　　　　　　　　1979（この年）

香柏書房
『魔法の庭』刊行　　　　　　1946.11月

光文社
『小説三太物語』刊行　　　　1951.11月
『母のない子と子のない母と』刊行　1951.11月
『二十四の瞳』刊行　　　　　1952.12月
『あくたれ童子ポコ』刊行　　1953.12月
『山のトムさん』刊行　　　　1957.10月
第9回読書感想コン課題図書　1963（この年）

高文堂出版社
第11回（昭62年）日本児童文学学会賞
　　　　　　　　　　　　1987（この年）
第13回（平1年）日本児童文学学会賞
　　　　　　　　　　　　1989（この年）

神戸新聞総合出版センター
第24回（平12年）日本児童文学学会賞
　　　　　　　　　　　　2000（この年）

小梅童話賞
第1回（平5年）小梅童話賞　1993（この年）
第2回（平6年）小梅童話賞　1994（この年）
第3回（平7年）小梅童話賞　1995（この年）
第4回（平8年）小梅童話賞　1996（この年）
第5回（平9年）小梅童話賞　1997（この年）
第6回（平10年）小梅童話賞　1998（この年）
第7回（平11年）小梅童話賞　1999（この年）
第8回（平12年）小梅童話賞　2000（この年）
第9回（平13年）小梅童話賞　2001（この年）
第10回（平14年）小梅童話賞　2002（この年）

晃洋書房
第34回（平22年）日本児童文学学会賞
　　　　　　　　　　　　2010（この年）

国際アンデルセン賞
「国際アンデルセン賞」制定　1955.12月
「龍の子太郎」国際アンデルセン賞佳
　作賞　　　　　　　　　　1962.9月
国際アンデルセン賞受賞　　1980（この年）
国際アンデルセン賞受賞　　1984（この年）
まど・みちおが国際アンデルセン賞
　　　　　　　　　　　　1994（この年）
『びくびくビリー』刊行　　　2006.9月
上橋菜穂子が国際アンデルセン賞　2014.3.24
IBBYオナーリスト展　　　2015.8.4～23

国際アンデルセン賞国内賞
第1回（昭36年）国際アンデルセン賞
　国内賞　　　　　　　　1961（この年）
第2回（昭38年）国際アンデルセン賞
　国内賞　　　　　　　　1963（この年）
第3回（昭40年）国際アンデルセン賞
　国内賞　　　　　　　　1965（この年）

こくさ　　　　　　　　　　事項名索引　　　　　　　　日本児童文学史事典

第4回（昭42年）国際アンデルセン賞
　　国内賞　　　　　　　　1967（この年）
第5回（昭44年）国際アンデルセン賞
　　国内賞　　　　　　　　1969（この年）
第6回（昭46年）国際アンデルセン賞
　　国内賞　　　　　　　　1971（この年）
第7回（昭48年）国際アンデルセン賞
　　国内賞　　　　　　　　1973（この年）
国際アンデルセン賞受賞図書展
　「国際アンデルセン賞受賞図書展」巡
　　回展示　　　　　　　　1987（この年）
国際科学技術博覧会
　「本—それはこどもの夢を育む源」展
　　　　　　　　　　　　1985.7.17～08.16
国際子ども図書館
　子どもと本の議員連盟第2回総会　1994.10.26
　国際子ども図書館準備室発足　　1997.1.1
　国際子ども図書館推進議員連盟最後
　　の総会　　　　　　　　　　2000.3.31
　国際子ども図書館開館　　　　　2000.5.5
　国際子ども図書館全面開館　　　2002.5.5
　『日本の絵本美術館』刊行　　　2009.3.23
　「世界をつなぐ子どもの本」開催　2011.8.6
　アーサー・ビナードが講演　　　2014.6.3
国際子どもの本の日
　国際子どもの本の日　　　　　　1996.4.2
国際児童図書選定顧問会議
　第1回国際児童図書選定顧問会議
　　　　　　　　　　　　1975.10.14～15
国際児童図書評議会
　第1回IBBY（国際児童図書評議会）開
　　催　　　　　　　　　　　　1953.10月
　「国際アンデルセン賞」制定　　1955.12月
　JBBY設立　　　　　　　　1974（この年）
　国際理事に日本人　　　　　　1978（この年）
　「第20回IBBY世界大会」開催要項発
　　表　　　　　　　　　　　　1986.5.30
　「第20回IBBY世界大会」開催　1986.8.18～23
　IBBY東京大会　　　　　　　1986（この年）
　国際子どもの本の日　　　　　　1996.4.2
　「子供時代の読書の思い出」講演
　　　　　　　　　　　　　　1998（この年）
　IBBY創立50周年記念大会　　　2002.10月
国際児童年
　「戦争体験の記録」募集　　　　1979.1月
　「児童図書まつり」　　　　1979.3.15～04.8
　「世界と日本の10,000点児童図書フェ
　　ア」　　　　　　　　　　　1979.5.4～06

「親と子の楽しい児童書フェア」
　　　　　　　　　　　　　1979.5.21～08.31
「世界の布の絵本・さわる絵本展」
　　　　　　　　　　　　　1979.7.26～08月
　企業が児童書寄付　　　　　　1979.11月
　「国際児童年」　　　　　　1979（この年）
国際児童文学館
　「大阪国際児童文学館」開設　　1984.5.5
　第18回（平6年）日本児童文学学会賞
　　　　　　　　　　　　　1994（この年）
　大阪国際児童文学館、見直し報道　2001.6月
　国際児童文学館が大阪へ　　　　2010.5.5
国際児童文庫協会
　国際児童文庫協会発足　　　　　1979.6.1
国際選挙管理委員会委員長
　国際理事に日本人　　　　　　1978（この年）
国際デジタル絵本学会
　国際デジタル絵本学会設立　　　2001.2.15
国際日本児童図書評議会
　「国際アンデルセン賞受賞図書展」巡
　　回展示　　　　　　　　1987（この年）
国書刊行会
　第26回（平14年）日本児童文学学会賞
　　　　　　　　　　　　　2002（この年）
　第28回（平16年）日本児童文学学会賞
　　　　　　　　　　　　　2004（この年）
　「フーさんシリーズ」刊行開始　2007.9.20
国土社
　第5回（昭33年）産経児童出版文化賞
　　　　　　　　　　　　　1958（この年）
　第11回読書感想コン課題図書　1965（この年）
　第12回読書感想コン課題図書　1966（この年）
　第14回読書感想コン課題図書　1968（この年）
　第15回（昭43年）産経児童出版文化賞
　　　　　　　　　　　　　1968（この年）
　第15回読書感想コン課題図書　1969（この年）
　第16回読書感想コン課題図書　1970（この年）
　第18回読書感想コン課題図書　1972（この年）
　第19回読書感想コン課題図書　1973（この年）
　第22回（昭48年度）小学館児童出版文
　　化賞　　　　　　　　　　　1973（この年）
　第20回読書感想コン課題図書　1974（この年）
　第1回（昭51年）日本児童文芸家協会
　　賞　　　　　　　　　　　1976（この年）
　第6回（昭51年）赤い鳥文学賞　1976（この年）
　第24回読書感想コン課題図書　1978（この年）
　第25回（昭53年）産経児童出版文化賞
　　　　　　　　　　　　　1978（この年）

— 428 —

第29回読書感想コン課題図書　1983（この年）
『電話がなっている』刊行　　　　　1985.5月
第3回（昭60年）新美南吉児童文学賞
　　　　　　　　　　　　　　1985（この年）
第32回読書感想コン課題図書　1986（この年）
『さんまマーチ』刊行　　　　　　1987.10月
「てのり文庫」創刊　　　　　　　　1988.7月
第12回（昭63年）日本児童文芸家協会
　賞　　　　　　　　　　　　1988（この年）
第1回（平3年度）けんぶち絵本の里大
　賞　　　　　　　　　　　　1991（この年）
第10回（平4年）新美南吉児童文学賞
　　　　　　　　　　　　　　1992（この年）
第21回（平4年）児童文芸新人賞　1992（この年）
第39回読書感想コン課題図書　1993（この年）
児童図書十社の会設立20周年会　　1994.2.1
第42回読書感想コン課題図書　1996（この年）
第9回（平11年度）けんぶち絵本の里
　大賞　　　　　　　　　　　　1999（この年）
第49回読書感想コン課題図書　2003（この年）
第33回（平15年）赤い鳥文学賞　2003（この年）
第52回読書感想コン課題図書　2006（この年）
第53回読書感想コン課題図書　2007（この年）
第55回読書感想コン課題図書　2009（この年）
第57回読書感想コン課題図書　2011（この年）
第59回読書感想コン課題図書　2013（この年）
第60回（平25年）産経児童出版文化賞
　　　　　　　　　　　　　　2013（この年）

こぐま社
こぐま社創立　　　　　　　　1966（この年）
第15回（昭43年）産経児童出版文化賞
　　　　　　　　　　　　　　1968（この年）
第24回読書感想コン課題図書　1978（この年）
第33回（昭59年度）小学館児童出版文
　化賞　　　　　　　　　　　1984（この年）
『ブータン』刊行　　　　　　　　　1995.3月
『くっついた』刊行　　　　　　　　2005.8月
「しろくまちゃん」点字版刊行　　　2009.7月

国民図書刊行会
『にじが出た』刊行　　　　　　　　1946.4月
「幼年ブック」創刊　　　　　　　　1947.1月
「日本の子ども」と「チャイルドブッ
　ク」合併　　　　　　　　　　1949.10月

国民文化祭児童文学賞
第1回（平1年）国民文化祭児童文学賞
　　　　　　　　　　　　　　1989（この年）

国立上野図書館
児童文学文庫開設　　　　　　　　1967.10月

国立極地研究所
『南極から地球環境を考える』刊行
　　　　　　　　　　　　　2014.10〜12月

国立国会図書館
「国立国会図書館所蔵児童図書目録」
　刊行　　　　　　　　　　　　1971.6月

国立仙台病院
「小児病棟文庫」開設　　　　　1984.6.13

国立博物館平成館
「ブックスタート国際シンポジウム」
　開催　　　　　　　　　　　2000.11.4

子ども
「月刊子ども」創刊　　　　　　　1986.10月

子ども世界絵本と幼低学年童話賞
第1回（昭52年）「子ども世界」絵本と
　幼低学年童話賞　　　　　　1977（この年）
第6回（昭57年）「子ども世界」絵本と
　幼低学年童話賞　　　　　　1982（この年）
第7回（昭58年）「子ども世界」絵本と
　幼低学年童話賞　　　　　　1983（この年）
第8回（昭59年）「子ども世界」絵本と
　幼低学年童話賞　　　　　　1984（この年）
第9回（昭60年）「子ども世界」絵本と
　幼低学年童話賞　　　　　　1985（この年）
第10回（昭61年）「子ども世界」絵本
　と幼低学年童話賞　　　　　1986（この年）
第11回（昭和62年）「子ども世界」絵
　本と幼低学年童話賞　　　　1987（この年）
第12回（昭63年）「子ども世界」絵本
　と幼低学年童話賞　　　　　1988（この年）
第13回（平1年）「子ども世界」絵本と
　幼低学年童話賞　　　　　　1989（この年）
第14回（平2年）「子ども世界」絵本と
　幼低学年童話賞　　　　　　1990（この年）
第15回（平3年）「子ども世界」絵本と
　幼低学年童話賞　　　　　　1991（この年）
第16回（平4年）「子ども世界」絵本と
　幼低学年童話賞　　　　　　1992（この年）
第17回（平5年）「子ども世界」絵本と
　幼低学年童話賞　　　　　　1993（この年）
第18回（平6年）「子ども世界」絵本と
　幼低学年童話賞　　　　　　1994（この年）

子どもたちに聞かせたい創作童話
第23回（平12年度）子どもたちに聞か
　せたい創作童話　　　　　　2000（この年）
第24回（平13年度）子どもたちに聞か
　せたい創作童話　　　　　　2001（この年）

第25回（平14年度）子どもたちに聞かせたい創作童話	2002（この年）		子どもの家	
第26回（平15年度）子どもたちに聞かせたい創作童話	2003（この年）		『つるのとぶ日』刊行	1963.7月
第31回（平21年）子どもたちに聞かせたい創作童話	2009（この年）		第2回（昭42年）日本児童文学者協会短篇賞	1967（この年）
第32回（平22年）子どもたちに聞かせたい創作童話	2010（この年）		第7回（昭42年）日本児童文学者協会賞	1967（この年）
子どもたちに聞かせたい創作童話 椋鳩十児童文学賞20回記念「ジュニア文芸賞」（平23年）	2011（この年）		子どもの館	
第33回（平24年）子どもたちに聞かせたい創作童話	2012（この年）		「子どもの館」創刊	1973.6月
第34回（平25年）子どもたちに聞かせたい創作童話	2013（この年）		子どもの樹	
			「子どもの樹」創刊	1954.10月

子どもと科学読物
科学読み物研究会　　　　　　　1968.4月

子ども読書推進フォーラム
「子ども読書推進フォーラム」　2003.10.25

子ども読書年
「子ども読書年」フォーラム　　1998.12.8
「子どもの本ワールド」　　　　2000.7.20
各地で「子ども読書年」　　　　2000（この年）

子ども読書年記念フォーラム
「子ども読書年」フォーラム　　1998.12.8

子ども読書の日
「子ども読書活動推進法」成立　2001.12.5
「子ども読書の日」スタート　　2002.4.23
「子どもの読書活動推進フォーラム」2005.4.23
盲学校に大活字本寄贈　　　　　2009.4.23

子ども図書館シリーズ
『てんぷらぴりぴり』刊行　　　1968.6月

子どもと読書
親子読書地域文庫連絡会　　　　1970.4.12
「親子読書」創刊　　　　　　　1971.8月
「親子読書」が「子どもと読書」と改題　　　　　　　　　　　　　1983.4月

子どもと本の議員連盟
子どもと本の議員連盟設立　　　1993.12.9
子どもと本の議員連盟第2回総会　1994.10.26

子どもと本の出会いの会
子どもと本の出会いの会発足　　1993.3.10

子どもと文学
『子どもと文学』刊行　　　　　1960.4月

こどもの青空
「こどもの青空」発刊　　　　　1947.7月

こどものくに
「こどものくに」発刊　　　　　1967（この年）
第37回（昭63年度）小学館児童出版文化賞　　　　　　　　　　　　　1988（この年）

コドモノクニ
「黒柳徹子のコドモノクニ」放送開始　2015.4.15

こどもの城
「第20回IBBY世界大会」開催　1986.8.18～23

こどものせかい
「こどものせかい」創刊　　　　1955（この年）

子どもの読書活動推進フォーラム
「子どもの読書活動推進フォーラム」2005.4.23

子どもの読書活動の推進に関する基本計画
「子どもの読書活動の推進に関する基本計画」　　　　　　　　　　　2002.8.2

子どもの読書活動の推進に関する法律
「子ども読書活動推進法」成立　2001.12.5
「子ども読書の日」スタート　　2002.4.23
文字・活字文化推進機構創立記念総会　　　　　　　　　　　　　　2007.10.24

こどもの読書週間
「こどもの読書週間」開催　　　1959.4.27～5.10
第16回こどもの読書週間　　　　1974.5.1～14
第17回こどもの読書週間　　　　1975.5.1～14
第20回こどもの読書週間　　　　1978.5.1～14
第23回こどもの読書週間　　　　1981.5.1～14
第24回こどもの読書週間　　　　1982.5.1
「子どもの読書推進キャンペーン」1983.5.1
第26回こどもの読書週間　　　　1984.5.1～14
「読書推進キャンペーン」　　　1985.5.1
第28回こどもの読書週間　　　　1986.5.1～14
第35回こどもの読書週間　　　　1993.5.1
第36回こどもの読書週間　　　　1994.5.1
第38回こどもの読書週間　　　　1996.5.1
第39回こどもの読書週間　　　　1997.5.1
こどもの読書週間　　　　　　　1999.5.1～14
日販が全国で読み聞かせ会　　　2003.4.23

第46回こどもの読書週間	2004.4.23〜05.12
第49回こどもの読書週間	2007.4.23〜05.12
「おはなしマラソン読み聞かせキャンペーン」	2007.4.27

子どもの読書推進会議
「第1回上野の森子どもフェスタ」	2000.5.2
「ブックスタート国際シンポジウム」開催	2000.11.4
「第2回上野の森親子フェスタ」	2001.5.3〜05
「第3回上野の森親子フェスタ」	2002.5.3
「第4回上野の森親子フェスタ」	2003.5.3
「第5回上野の森親子フェスタ」	2004.5.3〜05
「第6回上野の森親子フェスタ」	2005.5.3〜05
「第4回子どもの本まつりinとうきょう」	2006.9.16〜18
第8回上野の森親子フェスタ	2007.5.3〜05
第5回子供の本まつりinとうきょう	2007.9.15
「第9回上野の森親子フェスタ」	2008.5.3〜05
「第10回上野の森親子フェスタ」	2009.5.3〜05
「第11回上野の森親子フェスタ」	2010.5.3〜05
「第12回上野の森親子フェスタ」	2011.5.3〜05
「第14回上野の森親子フェスタ」	2013.5.3
「第15回上野の森親子フェスタ」	2014.5.3〜05

こどもの読書推進キャンペーン
「子どもの読書推進キャンペーン」	1983.5.1
「こどもの読書推進キャンペーン」実行委員会が本を寄贈	1989.5.1

こどもの図書館
児童図書館研究会	1953（この年）

こどものとも
「こどものとも」刊行始まる	1956.4月
「ぐりとぐら」刊行	1963.12月
第42回（平5年度）小学館児童出版文化賞	1993（この年）
「こどものとも復刻版」刊行	1996（この年）
「絵本原画の世界」	1998.4
『ぐりとぐらとすみれちゃん』刊行	2003.10.10
「ぐりとぐら」150刷	2004（この年）
「こどものとも」50周年	2005（この年）

子どもの本のみせナルニア国
教文館に子どもの本の店	1998（この年）

子どもの本・ひまわり館
「'90東京ブックフェア」	1990.7.19〜23

子どもの本・百年展
「子どもの本・百年展」開催	1965（この年）

子どもの本まつりinとうきょう
「第3回子どもの本まつりinとうきょう」	2005.10.8
「第4回子どもの本まつりinとうきょう」	2006.9.16〜18
第5回子供の本まつりinとうきょう	2007.9.15

コドモノハタ
「コドモノハタ」創刊	1946.4月

子供の広場
「子供の広場」創刊	1946.4月
『兄の声』刊行	1946.4月
「少年少女の広場」終刊	1950.3月

こどもの本
「こどもの本」創刊	1975.10.1

子どもの本世界大会
「1986年子どもの本世界大会」実行委員会発足	1984.6.7
「1986年子どもの本世界大会」概要発表	1985.5.23

こどもの本総合フェア
「こどもの本総合フェア」	1991.6.20

子どもの本棚
「子どもの本棚」創刊	1969.8月
「子どもの本棚」創刊	1971.7月

子どもの本フェア
「子どもの本フェア」	1995.8.25

子どもの本フェスティバルinおおさか
「子どもの本フェスティバルinおおさか」	2003.11.22

子どもの本ブックフェア
「子どもの本ブックフェア」	1994.7.23
「子どもの本ブックフェア」	1997.8.1
「'98こどもの本ブックフェア」京都で開催	1998.7.25
「'98こどもの本ブックフェア」名古屋で開催	1998.8.1
「子どもの本ブックフェア」	2000.6.8
「2000年子どもの本ブックフェア」	2000.7.28
「子どもの本ブックフェア」	2003.6.11
「子どもの本ブックフェア」	2004.7.25
「子どもの本ブックフェア」開催	2005.7.24〜26
「子どもの本ブックフェア」	2006.8.31

子どもの本ベストセラー
「子どもの本ベストセラー100選」	1976.4.15〜07.15

こども　　　　　　　　　　　　　事項名索引　　　　　　　　　　　日本児童文学史事典

「子どもの本ベストセラー150選」
　　　　　　　　　　　1979.6.10〜08.31
子どもの本ロングセラー・リスト
　『子どもの本ロングセラー・リスト』
　　発行　　　　　　　　　　　　　1980.10月
子どもの本ワールド
　「子どもの本ワールド」　　　　　2000.7.20
こどものまど社
　「こどもペン」創刊　　　　　　　1947.11月
子ども文庫助成事業
　「子ども文庫助成事業」開始　1975（この年）
こどもペン
　「こどもペン」創刊　　　　　　　1947.11月
子供マンガ新聞
　世界文化社創業　　　　　　　　　1946.2月
ゴブリン書房
　『宇宙からきたかんづめ』刊行　2011.11月
　第61回読書感想コン課題図書　2015（この年）
ゴマブックス
　『レインボーマジック』刊行　2006.9〜11月
　子ども向け政治関連本　　　　2006（この年）
　ファンタジー・シリーズの刊行相次
　　ぐ　　　　　　　　　　　　2007（この年）
　『ビースト・クエスト』刊行　　　2008.2.1
径書房
　『『ちびくろサンボ』の絶版を考える』
　　刊行　　　　　　　　　　　　　1990.8月
小峰書店
　小峰書店創立　　　　　　　　　　1947.6.18
　「こどもの青空」発刊　　　　　　1947.7月
　『赤い鳥童話名作集』刊行　　1951（この年）
　第4回（昭32年）産経児童出版文化賞
　　　　　　　　　　　　　　　1957（この年）
　第7回（昭35年）産経児童出版文化賞
　　　　　　　　　　　　　　　1960（この年）
　第9回読書感想コン課題図書　1963（この年）
　第11回読書感想コン課題図書　1965（この年）
　『おばあさんのひこうき』刊行　　1966.9月
　第13回読書感想コン課題図書　1967（この年）
　第16回（昭42年度）小学館児童出版文
　　化賞　　　　　　　　　　　1967（この年）
　第4回（昭42年）国際アンデルセン賞
　　国内賞　　　　　　　　　　1967（この年）
　第5回（昭42年）野間児童文芸賞　1967（この年）
　第15回読書感想コン課題図書　1969（この年）
　『戦争児童文学傑作選』刊行　　 1971.9月〜
　第17回読書感想コン課題図書　1971（この年）

第23回（昭49年度）小学館児童出版文
　化賞　　　　　　　　　　　1974（この年）
『まほうのベンチ』刊行　　　　　1975.12月
第21回読書感想コン課題図書　1975（この年）
第22回読書感想コン課題図書　1976（この年）
第23回読書感想コン課題図書　1977（この年）
第7回（昭52年）赤い鳥文学賞　1977（この年）
『砂の音はとうさんの声』刊行　　1978.2月
第24回読書感想コン課題図書　1978（この年）
第25回（昭53年）産経児童出版文化賞
　　　　　　　　　　　　　　1978（この年）
第2回（昭54年）日本の絵本賞　絵本
　にっぽん賞　　　　　　　　1979（この年）
『ひろしまのピカ』刊行　　　　　1980.6月
第26回読書感想コン課題図書　1980（この年）
第27回（昭55年）産経児童出版文化賞
　　　　　　　　　　　　　　1980（この年）
第3回（昭55年）日本の絵本賞　絵本
　にっぽん賞　　　　　　　　1980（この年）
第27回読書感想コン課題図書　1981（この年）
『ごめんねムン』刊行　　　　　　1982.10月
第32回（昭58年度）小学館児童出版文
　化賞　　　　　　　　　　　1983（この年）
第30回読書感想コン課題図書　1984（この年）
小峰広恵賞創設　　　　　　　　　1986.2月
『はだかの山脈』刊行　　　　　　1986.12月
第32回読書感想コン課題図書　1986（この年）
「てのり文庫」創刊　　　　　　　1988.7月
『月夜に消える』刊行　　　　　　1988.7月
第34回読書感想コン課題図書　1988（この年）
第11回（昭63年）日本の絵本賞　絵本
　にっぽん賞　　　　　　　　1988（この年）
第35回（昭63年）産経児童出版文化賞
　　　　　　　　　　　　　　1988（この年）
第6回（昭63年）新美南吉児童文学賞
　　　　　　　　　　　　　　1988（この年）
第13回（平1年）日本児童文学学会賞
　　　　　　　　　　　　　　1989（この年）
第13回（平1年）日本児童文芸家協会
　賞　　　　　　　　　　　　1989（この年）
第38回（平1年度）小学館児童出版文
　化賞　　　　　　　　　　　1989（この年）
第36回読書感想コン課題図書　1990（この年）
第37回（平2年）産経児童出版文化賞
　　　　　　　　　　　　　　1990（この年）
第39回（平2年度）小学館児童出版文
　化賞　　　　　　　　　　　1990（この年）
第37回読書感想コン課題図書　1991（この年）
第39回読書感想コン課題図書　1993（この年）

- 432 -

第23回(平5年)赤い鳥文学賞　1993(この年)
第40回(平5年)産経児童出版文化賞
　　　　　　　　　　　　　1993(この年)
児童図書十社の会設立20周年会　1994.2.1
『銀色の日々』刊行　　　　　1995.11月
『ギンヤンマ飛ぶ空』刊行　　 1995.12月
第42回読書感想コン課題図書　1996(この年)
第14回(平8年)新美南吉児童文学賞
　　　　　　　　　　　　　1996(この年)
第36回(平8年)日本児童文学者協会
　賞　　　　　　　　　　　 1996(この年)
第43回読書感想コン課題図書　1997(この年)
第44回読書感想コン課題図書　1998(この年)
第31回(平10年)日本児童文学者協会
　新人賞　　　　　　　　　 1998(この年)
第45回(平10年)産経児童出版文化賞
　　　　　　　　　　　　　1998(この年)
第4回(平10年)日本絵本賞　 1998(この年)
第45回読書感想コン課題図書　1999(この年)
第28回(平11年)児童文芸新人賞
　　　　　　　　　　　　　1999(この年)
第46回読書感想コン課題図書　2000(この年)
第40回(平12年)日本児童文学者協会
　賞　　　　　　　　　　　 2000(この年)
第47回読書感想コン課題図書　2001(この年)
第48回(平13年)産経児童出版文化賞
　　　　　　　　　　　　　2001(この年)
第6回(平13年)日本絵本賞　 2001(この年)
第48回読書感想コン課題図書　2002(この年)
第26回(平14年)日本児童文芸家協会
　賞　　　　　　　　　　　 2002(この年)
第32回(平14年)赤い鳥文学賞 2002(この年)
第42回(平14年)日本児童文学者協会
　賞　　　　　　　　　　　 2002(この年)
第49回(平14年)産経児童出版文化賞
　　　　　　　　　　　　　2002(この年)
『魔女の絵本』刊行　　　　 2003.10月
第49回読書感想コン課題図書　2003(この年)
第21回(平15年)新美南吉児童文学賞
　　　　　　　　　　　　　2003(この年)
第27回(平15年)日本児童文芸家協会
　賞　　　　　　　　　　　 2003(この年)
第50回読書感想コン課題図書　2004(この年)
第20回(平16年度)坪田譲治文学賞
　　　　　　　　　　　　　2004(この年)
『綱渡りの男』刊行　　　　 2005.8月
ファンタジー小説の翻訳相次ぐ 2005(この年)
第51回読書感想コン課題図書　2005(この年)
第52回読書感想コン課題図書　2006(この年)

第11回(平18年)日本絵本賞　2006(この年)
第30回(平18年)日本児童文芸家協会
　賞　　　　　　　　　　　 2006(この年)
ファンタジー・シリーズの刊行相次
　ぐ　　　　　　　　　　　 2007(この年)
第53回読書感想コン課題図書　2007(この年)
第54回(平19年)産経児童出版文化賞
　　　　　　　　　　　　　2007(この年)
第26回(平20年)新美南吉児童文学賞
　　　　　　　　　　　　　2008(この年)
第38回(平20年)赤い鳥文学賞 2008(この年)
第41回(平20年)日本児童文学者協会
　新人賞　　　　　　　　　 2008(この年)
第55回(平20年)産経児童出版文化賞
　　　　　　　　　　　　　2008(この年)
小峰書店に梓会出版文化賞　　2009.1.20
『ヒックとドラゴン』刊行　　2009.11月
第55回読書感想コン課題図書　2009(この年)
第33回(平21年)日本児童文学学会賞
　　　　　　　　　　　　　2009(この年)
第49回(平21年)日本児童文学者協会
　賞　　　　　　　　　　　 2009(この年)
第56回(平21年)産経児童出版文化賞
　　　　　　　　　　　　　2009(この年)
『アリクイにおまかせ』刊行　2010.5月
第56回読書感想コン課題図書　2010(この年)
第28回(平22年)新美南吉児童文学賞
　　　　　　　　　　　　　2010(この年)
第57回読書感想コン課題図書　2011(この年)
第21回(平23年)椋鳩十児童文学賞
　　　　　　　　　　　　　2011(この年)
第59回読書感想コン課題図書　2013(この年)
第53回(平25年)日本児童文学者協会
　賞　　　　　　　　　　　 2013(この年)
第60回読書感想コン課題図書　2014(この年)
第61回読書感想コン課題図書　2015(この年)

小峰書店編集部
第7回(昭35年)産経児童出版文化賞
　　　　　　　　　　　　　1960(この年)

小峰広恵賞
小峰広恵賞創設　　　　　　 1986.2月

こりす文庫
日本語文庫「こりす文庫」開設 1983(この年)

【さ】

埼玉県越谷市
　「あいのみ文庫」開設　　　1981（この年）
彩流社
　第32回（平20年）日本児童文学学会賞
　　　　　　　　　　　　　　2008（この年）
サウンドセンサー絵本
　『サウンドセンサー絵本』　　1997.10月
さ・え・ら書房
　さ・え・ら書房創立　　　　1948.8.15
　第5回（昭33年）産経児童出版文化賞
　　　　　　　　　　　　　　1958（この年）
　第13回（昭41年）産経児童出版文化賞
　　　　　　　　　　　　　　1966（この年）
　第14回（昭42年）産経児童出版文化賞
　　　　　　　　　　　　　　1967（この年）
　第19回読書感想コン課題図書　1973（この年）
　「中国の古典文学」刊行　　　1976.11月
　第24回（昭52年）産経児童出版文化賞
　　　　　　　　　　　　　　1977（この年）
　第25回（昭53年）産経児童出版文化賞
　　　　　　　　　　　　　　1978（この年）
　第31回読書感想コン課題図書　1985（この年）
　第48回（平13年）産経児童出版文化賞
　　　　　　　　　　　　　　2001（この年）
　第50回（平15年）産経児童出版文化賞
　　　　　　　　　　　　　　2003（この年）
　第52回読書感想コン課題図書　2006（この年）
　第54回読書感想コン課題図書　2008（この年）
　第55回読書感想コン課題図書　2009（この年）
　第58回読書感想コン課題図書　2012（この年）
　第60回読書感想コン課題図書　2014（この年）
作品社
　第28回（平16年）日本児童文学学会賞
　　　　　　　　　　　　　　2004（この年）
朔北社
　第28回（平16年）日本児童文芸家協会
　　賞　　　　　　　　　　　2004（この年）
桜井書店
　第3回（昭29年度）小学館児童出版文
　　化賞　　　　　　　　　　1954（この年）
札幌市
　ふきのとう文庫開館　　　　1982.6.6

三一書房
　『日本児童文学大系』刊行　　1955.5月〜
　『浮浪児の栄光』刊行　　　　1961.10月
　『少年小説大系』刊行　　　　1986.3月〜
　『海野十三全集』刊行　　　　1988.6月
産経児童出版文化賞
　第1回（昭29年）産経児童出版文化賞
　　　　　　　　　　　　　　1954（この年）
　第2回（昭30年）産経児童出版文化賞
　　　　　　　　　　　　　　1955（この年）
　第3回（昭31年）産経児童出版文化賞
　　　　　　　　　　　　　　1956（この年）
　第4回（昭32年）産経児童出版文化賞
　　　　　　　　　　　　　　1957（この年）
　第5回（昭33年）産経児童出版文化賞
　　　　　　　　　　　　　　1958（この年）
　第6回（昭34年）産経児童出版文化賞
　　　　　　　　　　　　　　1959（この年）
　第7回（昭35年）産経児童出版文化賞
　　　　　　　　　　　　　　1960（この年）
　第8回（昭36年）産経児童出版文化賞
　　　　　　　　　　　　　　1961（この年）
　第9回（昭37年）産経児童出版文化賞
　　　　　　　　　　　　　　1962（この年）
　第10回（昭38年）産経児童出版文化賞
　　　　　　　　　　　　　　1963（この年）
　第11回（昭39年）産経児童出版文化賞
　　　　　　　　　　　　　　1964（この年）
　第12回（昭40年）産経児童出版文化賞
　　　　　　　　　　　　　　1965（この年）
　第13回（昭41年）産経児童出版文化賞
　　　　　　　　　　　　　　1966（この年）
　第14回（昭42年）産経児童出版文化賞
　　　　　　　　　　　　　　1967（この年）
　第15回（昭43年）産経児童出版文化賞
　　　　　　　　　　　　　　1968（この年）
　第16回（昭44年）産経児童出版文化賞
　　　　　　　　　　　　　　1969（この年）
　第17回（昭45年）産経児童出版文化賞
　　　　　　　　　　　　　　1970（この年）
　第18回（昭46年）産経児童出版文化賞
　　　　　　　　　　　　　　1971（この年）
　第19回（昭47年）産経児童出版文化賞
　　　　　　　　　　　　　　1972（この年）
　第20回（昭48年）産経児童出版文化賞
　　　　　　　　　　　　　　1973（この年）
　第21回（昭49年）産経児童出版文化賞
　　　　　　　　　　　　　　1974（この年）
　第22回（昭50年）産経児童出版文化賞
　　　　　　　　　　　　　　1975（この年）

第23回（昭51年）産経児童出版文化賞
　　　　　　　　　　　1976（この年）
第24回（昭52年）産経児童出版文化賞
　　　　　　　　　　　1977（この年）
第25回（昭53年）産経児童出版文化賞
　　　　　　　　　　　1978（この年）
第26回（昭54年）産経児童出版文化賞
　　　　　　　　　　　1979（この年）
第27回（昭55年）産経児童出版文化賞
　　　　　　　　　　　1980（この年）
第28回（昭56年）産経児童出版文化賞
　　　　　　　　　　　1981（この年）
第29回（昭57年）産経児童出版文化賞
　　　　　　　　　　　1982（この年）
第30回（昭58年）産経児童出版文化賞
　　　　　　　　　　　1983（この年）
第31回（昭59年）産経児童出版文化賞
　　　　　　　　　　　1984（この年）
第32回（昭60年）産経児童出版文化賞
　　　　　　　　　　　1985（この年）
第33回（昭61年）産経児童出版文化賞
　　　　　　　　　　　1986（この年）
第34回（昭62年）産経児童出版文化賞
　　　　　　　　　　　1987（この年）
第35回（昭63年）産経児童出版文化賞
　　　　　　　　　　　1988（この年）
第36回（平1年）産経児童出版文化賞
　　　　　　　　　　　1989（この年）
第37回（平2年）産経児童出版文化賞
　　　　　　　　　　　1990（この年）
第38回（平3年）産経児童出版文化賞
　　　　　　　　　　　1991（この年）
第39回（平4年）産経児童出版文化賞
　　　　　　　　　　　1992（この年）
第40回（平5年）産経児童出版文化賞
　　　　　　　　　　　1993（この年）
第41回（平6年）産経児童出版文化賞
　　　　　　　　　　　1994（この年）
第42回（平7年）産経児童出版文化賞
　　　　　　　　　　　1995（この年）
第43回（平8年）産経児童出版文化賞
　　　　　　　　　　　1996（この年）
第44回（平9年）産経児童出版文化賞
　　　　　　　　　　　1997（この年）
第45回（平10年）産経児童出版文化賞
　　　　　　　　　　　1998（この年）
第46回（平11年）産経児童出版文化賞
　　　　　　　　　　　1999（この年）
第47回（平12年）産経児童出版文化賞
　　　　　　　　　　　2000（この年）
第48回（平13年）産経児童出版文化賞
　　　　　　　　　　　2001（この年）
第49回（平14年）産経児童出版文化賞
　　　　　　　　　　　2002（この年）
第50回（平15年）産経児童出版文化賞
　　　　　　　　　　　2003（この年）
第51回（平16年）産経児童出版文化賞
　　　　　　　　　　　2004（この年）
第52回（平17年）産経児童出版文化賞
　　　　　　　　　　　2005（この年）
第53回（平18年）産経児童出版文化賞
　　　　　　　　　　　2006（この年）
第54回（平19年）産経児童出版文化賞
　　　　　　　　　　　2007（この年）
第55回（平20年）産経児童出版文化賞
　　　　　　　　　　　2008（この年）
第56回（平21年）産経児童出版文化賞
　　　　　　　　　　　2009（この年）
第57回（平22年）産経児童出版文化賞
　　　　　　　　　　　2010（この年）
第58回（平23年）産経児童出版文化賞
　　　　　　　　　　　2011（この年）
第59回（平24年）産経児童出版文化賞
　　　　　　　　　　　2012（この年）
第60回（平25年）産経児童出版文化賞
　　　　　　　　　　　2013（この年）
第61回（平26年度）産経児童出版文化
　賞　　　　　　　　　2014（この年）
第62回（平27年度）産経児童出版文化
　賞　　　　　　　　　2015（この年）

三康文化研究所付属三康図書館
　三康図書館が児童図書の一般公開を
　開始　　　　　　　　1979（この年）

三省堂
　第7回（昭58年）日本児童文学学会賞
　　　　　　　　　　　1983（この年）
　『あまんきみこセレクション』刊行　2009.12.10

三省堂書店
　「夏休み大児童書フェア」　1981.7.11～08.10

サンマーク出版
　第4回（昭56年）日本の絵本賞　絵本
　　にっぽん賞　　　　　1981（この年）
　第21回（平23年）けんぶち絵本の里大
　　賞　　　　　　　　　2011（この年）

サンリオ出版
　「詩とメルヘン」創刊　　　　1973.5月

【し】

汐見台文庫
　汐見台文庫誕生　　　　　　　　1971.11.20
四季節出版社
　『日・中・韓 平和絵本』刊行開始　2011.4.1
しぐなる
　「しぐなる」創刊　　　　　　　　1954.9月
至光社
　「こどものせかい」創刊　　1955（この年）
　「おはなしのえほん」刊行開始　1963（この年）
　「国際版絵本」刊行開始　　1967（この年）
　第4回（昭42年）国際アンデルセン賞
　　国内賞　　　　　　　　　1967（この年）
　第16回（昭44年）産経児童出版文化賞
　　　　　　　　　　　　　　1969（この年）
　第35回（昭63年）産経児童出版文化賞
　　　　　　　　　　　　　　1988（この年）
　第37回（平2年）産経児童出版文化賞
　　　　　　　　　　　　　　1990（この年）
　第2回（平4年度）けんぶち絵本の里大
　　賞　　　　　　　　　　　1992（この年）
　第4回（平6年度）けんぶち絵本の里大
　　賞　　　　　　　　　　　1994（この年）
　第43回（平8年）産経児童出版文化賞
　　　　　　　　　　　　　　1996（この年）
ジー・シー・プレス
　第34回（昭62年）産経児童出版文化賞
　　　　　　　　　　　　　　1987（この年）
静岡県伊東市
　ワイルドスミス絵本美術館開館　　1994.3.5
実業之日本社
　「赤とんぼ」創刊　　　　　　　　1946.4月
　第3回（昭31年）産経児童出版文化賞
　　　　　　　　　　　　　　1956（この年）
　『銀色ラッコのなみだ』刊行　　　1964.2月
　第10回読書感想コン課題図書　1964（この年）
　第11回（昭39年）産経児童出版文化賞
　　　　　　　　　　　　　　1964（この年）
　『シラカバと少女』刊行　　　　　1965.12月
　『肥後の石工』刊行　　　　　　　1965.12月
　第11回読書感想コン課題図書　1965（この年）
　第3回（昭40年）NHK児童文学賞
　　　　　　　　　　　　　　1965（この年）
　第3回（昭40年）野間児童文芸賞　1965（この年）

　『まるはなてんぐとながはなてんぐ』
　　刊行　　　　　　　　　　　　　1966.11月
　『あるハンノキの話』刊行　　　　1966.12月
　『海の日曜日』刊行　　　　　　　1966.12月
　第12回読書感想コン課題図書　1966（この年）
　第15回（昭41年度）小学館児童出版文
　　化賞　　　　　　　　　　1966（この年）
　第6回（昭41年）日本児童文学者協会
　　賞　　　　　　　　　　　1966（この年）
　『ヤン』刊行　　　　　　　　　　1967.9月
　第13回読書感想コン課題図書　1967（この年）
　第14回（昭42年）産経児童出版文化賞
　　　　　　　　　　　　　　1967（この年）
　第4回（昭42年）国際アンデルセン賞
　　国内賞　　　　　　　　　1967（この年）
　『ああ！ 五郎』刊行　　　　　　1968.4月
　『海へいった赤んぼ大将』刊行　　1968.7月
　『みどりの川のぎんしょきしょき』刊
　　行　　　　　　　　　　　　　　1968.12月
　『ゲンのいた谷』刊行　　　　　　1968.12月
　『天文子守唄』刊行　　　　　　　1968.12月
　第15回（昭43年）産経児童出版文化賞
　　　　　　　　　　　　　　1968（この年）
　『終りのない道』刊行　　　　　　1969.4月
　『浦上の旅人たち』刊行　　　　　1969.6月
　『教室二〇五号』刊行　　　　　　1969.6月
　『最後のクジラ舟』刊行　　　　　1969.11月
　『ぼくがぼくであること』刊行　　1969.12月
　第15回読書感想コン課題図書　1969（この年）
　第2回（昭44年）日本児童文学者協会
　　新人賞　　　　　　　　　1969（この年）
　第7回（昭44年）野間児童文芸賞　1969（この年）
　『わが母の肖像』刊行　　　　　　1970.3月
　『空中アトリエ』刊行　　　　　　1970.3月
　第16回読書感想コン課題図書　1970（この年）
　第19回（昭45年度）小学館児童出版文
　　化賞　　　　　　　　　　1970（この年）
　『母と子の川』刊行　　　　　　　1971.10月
　『まぼろしの巨鯨シマ』刊行　　　1971.11月
　『風と木の歌』刊行　　　　　　　1972.5月
　『うみのしろうま』刊行　　　　　1972.10月
　第10回（昭47年）野間児童文芸賞
　　　　　　　　　　　　　　1972（この年）
　第19回（昭47年）産経児童出版文化賞
　　　　　　　　　　　　　　1972（この年）
　第5回（昭47年）日本児童文学者協会
　　新人賞　　　　　　　　　1972（この年）
　第11回（昭48年）野間児童文芸賞
　　　　　　　　　　　　　　1973（この年）

第20回（昭48年）産経児童出版文化賞
　　　　　　　　　　　　　　1973（この年）
第22回（昭48年度）小学館児童出版文
　化賞　　　　　　　　　　1973（この年）
第20回読書感想コン課題図書　1974（この年）
第5回（昭51年）児童文芸新人賞　1976（この年）
児童全集の刊行相次ぐ　　　1993（この年）
『昆虫顔面図鑑』刊行　　　　　2010.6.11

市電文庫わかめ号
「市電文庫わかめ号」誕生　　1972（この年）

事典まつり
「事典まつり」　　　　　　　　1978.4.1〜

児童演劇
「児童演劇」創刊　　　　　　　1948.12月

児童憲章
児童憲章制定　　　　　　　　　1951.5月

児童雑誌
児童雑誌の大判化　　　　　1953（この年）

児童書展示会
第15回児童書展示会　　　　　　1990.5.9

児童図書館
大学に児童図書館開設　　　　　1987.5月

児童図書館研究会
児童図書館研究会　　　　　1953（この年）

児童図書室
「児童図書室」創刊　　　　　　1948.4月

児童図書十社の会
児童図書十社の会設立20周年会　1994.2.1

児童図書出版協会
「児童図書に強くなる研修会」　 1983.7.11

児童図書推薦
児童図書推薦の開始　　　　　　1951.11月

児童図書推薦展覧会
児童推薦図書展覧会　　　　　　1946.9月

児童図書選択事業
児童図書選択事業開始　　　　　1947.9月

児童図書増売運動
子どもの図書ベストセラー100選　1977.3.10

児童図書展
「児童図書展」　　　　　　　　1995.7.29

児童図書展示会
「'97児童図書展示会」　　　　　1997.8.8

児童図書に強くなる研修会
「児童図書に強くなる研修会」　 1983.7.11

児童図書日本センター
児童図書日本センター創立　1958（この年）

児童図書福祉審議会
児童図書推薦の開始　　　　　　1951.11月

児童図書まつり
「児童図書まつり」　　　　1979.3.15〜04.8

児童の権利に関する宣言
「国際児童年」　　　　　　1979（この年）

児童福祉白書
「児童白書」発表　　　　　　　1963.5月

児童福祉法
児童福祉法公布　　　　　　　　1947.12月

児童文学研究
「原始林あらし」発表　　　　　1950.5月
「児童文学研究」創刊　　　　　1950.5月
日本児童文学学会設立　　　　　1962.10.6
「児童文学研究」創刊　　　　　1971.10月

児童文学者協会
日本児童文学者協会創立　　　　1946.3.17
「日本児童文学」創刊　　　　　1946.9月
児童図書選択事業開始　　　　　1947.9月
第1回全国文集コンクール開催　　1952.4月
「火の国」創刊　　　　　　　　1953.6月

児童文学者協会児童文学賞
第1回（昭26年）児童文学者協会児童
　文学賞　　　　　　　　　1951（この年）
第1回（昭26年）児童文学者協会新人
　賞　　　　　　　　　　　1951（この年）
第2回（昭27年）児童文学者協会児童
　文学賞　　　　　　　　　1952（この年）
第2回（昭27年）児童文学者協会新人
　賞　　　　　　　　　　　1952（この年）
第3回（昭28年）児童文学者協会児童
　文学賞　　　　　　　　　1953（この年）
第3回（昭28年）児童文学者協会新人
　賞　　　　　　　　　　　1953（この年）
第4回（昭29年）児童文学者協会児童
　文学賞　　　　　　　　　1954（この年）
第4回（昭29年）児童文学者協会新人
　賞　　　　　　　　　　　1954（この年）
第5回（昭30年）児童文学者協会児童
　文学賞　　　　　　　　　1955（この年）
第5回（昭30年）児童文学者協会新人
　賞　　　　　　　　　　　1955（この年）
第6回（昭31年）児童文学者協会児童
　文学賞　　　　　　　　　1956（この年）

第6回(昭31年)児童文学者協会新人
　　賞　　　　　　　　　1956(この年)
第7回(昭32年)児童文学者協会児童
　　文学賞　　　　　　　1957(この年)
第7回(昭32年)児童文学者協会新人
　　賞　　　　　　　　　1957(この年)
第8回(昭34年)児童文学者協会児童
　　文学賞　　　　　　　1959(この年)
第8回(昭34年)児童文学者協会新人
　　賞　　　　　　　　　1959(この年)
第9回(昭35年)児童文学者協会児童
　　文学賞　　　　　　　1960(この年)
第9回(昭35年)児童文学者協会新人
　　賞　　　　　　　　　1960(この年)

児童文学資料研究
　　第23回(平11年)日本児童文学学会賞
　　　　　　　　　　　　1999(この年)

児童文学創作集団
　　「亜空間」創刊　　　　　1981.7月

児童文学に関する国際会議
　　児童文学に関する国際会議　1964.6月

児童文学批評の会
　　「季刊児童文学批評」創刊　1981.9月

児童文学評論
　　大阪新児童文学会　　　　1968.9月

児童文学ファンタジー大賞
　　第1回(平7年)児童文学ファンタジー
　　　　大賞　　　　　　　1995(この年)
　　第2回(平8年)児童文学ファンタジー
　　　　大賞　　　　　　　1996(この年)
　　第3回(平9年)児童文学ファンタジー
　　　　大賞　　　　　　　1997(この年)
　　第4回(平10年)児童文学ファンタ
　　　　ジー大賞　　　　　1998(この年)
　　第5回(平11年)児童文学ファンタ
　　　　ジー大賞　　　　　1999(この年)
　　第6回(平12年)児童文学ファンタ
　　　　ジー大賞　　　　　2000(この年)
　　第7回(平13年)児童文学ファンタ
　　　　ジー大賞　　　　　2001(この年)
　　第8回(平14年)児童文学ファンタ
　　　　ジー大賞　　　　　2002(この年)
　　第9回(平15年)児童文学ファンタ
　　　　ジー大賞　　　　　2003(この年)
　　第10回(平16年)児童文学ファンタ
　　　　ジー大賞　　　　　2004(この年)
　　第11回(平17年)児童文学ファンタ
　　　　ジー大賞　　　　　2005(この年)
　　第12回(平18年)児童文学ファンタ
　　　　ジー大賞　　　　　2006(この年)
　　第13回(平19年)児童文学ファンタ
　　　　ジー大賞　　　　　2007(この年)
　　第14回(平20年)児童文学ファンタ
　　　　ジー大賞　　　　　2008(この年)
　　第15回(平21年)児童文学ファンタ
　　　　ジー大賞　　　　　2009(この年)
　　第16回(平22年)児童文学ファンタ
　　　　ジー大賞　　　　　2010(この年)
　　第17回(平23年)児童文学ファンタ
　　　　ジー大賞　　　　　2011(この年)
　　第18回(平24年)児童文学ファンタ
　　　　ジー大賞　　　　　2012(この年)
　　第19回(平25年)児童文学ファンタ
　　　　ジー大賞　　　　　2013(この年)
　　第20回(平26年)児童文学ファンタ
　　　　ジー大賞　　　　　2014(この年)
　　第21回(平27年)児童文学ファンタ
　　　　ジー大賞　　　　　2015(この年)

児童文芸
　　「児童文芸」創刊　　　　1956.8月

児童文芸家協会
　　日本児童文芸家協会発足　1955.5.7

児童文芸新人賞
　　第1回(昭47年)児童文芸新人賞　1972(この年)
　　第2回(昭48年)児童文芸新人賞　1973(この年)
　　第3回(昭49年)児童文芸新人賞　1974(この年)
　　第4回(昭50年)児童文芸新人賞　1975(この年)
　　第5回(昭51年)児童文芸新人賞　1976(この年)
　　第6回(昭52年)児童文芸新人賞　1977(この年)
　　第7回(昭53年)児童文芸新人賞　1978(この年)
　　第8回(昭54年)児童文芸新人賞　1979(この年)
　　第9回(昭55年)児童文芸新人賞　1980(この年)
　　第10回(昭56年)児童文芸新人賞
　　　　　　　　　　　　1981(この年)
　　第11回(昭57年)児童文芸新人賞
　　　　　　　　　　　　1982(この年)
　　第12回(昭58年)児童文芸新人賞
　　　　　　　　　　　　1983(この年)
　　第13回(昭59年)児童文芸新人賞
　　　　　　　　　　　　1984(この年)
　　第14回(昭60年)児童文芸新人賞
　　　　　　　　　　　　1985(この年)
　　第15回(昭61年)児童文芸新人賞
　　　　　　　　　　　　1986(この年)
　　第16回(昭62年)児童文芸新人賞
　　　　　　　　　　　　1987(この年)

第17回（昭63年）児童文芸新人賞
　　　　　　　　　　　　1988（この年）
第18回（平1年）児童文芸新人賞　1989（この年）
第19回（平2年）児童文芸新人賞　1990（この年）
第20回（平3年）児童文芸新人賞　1991（この年）
第21回（平4年）児童文芸新人賞　1992（この年）
第22回（平5年）児童文芸新人賞　1993（この年）
第23回（平6年）児童文芸新人賞　1994（この年）
第24回（平7年）児童文芸新人賞　1995（この年）
第25回（平8年）児童文芸新人賞　1996（この年）
第26回（平9年）児童文芸新人賞　1997（この年）
第27回（平10年）児童文芸新人賞
　　　　　　　　　　　　1998（この年）
第28回（平11年）児童文芸新人賞
　　　　　　　　　　　　1999（この年）
第29回（平12年）児童文芸新人賞
　　　　　　　　　　　　2000（この年）
第30回（平13年）児童文芸新人賞
　　　　　　　　　　　　2001（この年）
第31回（平14年）児童文芸新人賞
　　　　　　　　　　　　2002（この年）
第32回（平15年）児童文芸新人賞
　　　　　　　　　　　　2003（この年）
第33回（平16年）児童文芸新人賞
　　　　　　　　　　　　2004（この年）
第34回（平17年）児童文芸新人賞
　　　　　　　　　　　　2005（この年）
第35回（平18年）児童文芸新人賞
　　　　　　　　　　　　2006（この年）
第36回（平19年）児童文芸新人賞
　　　　　　　　　　　　2007（この年）
第37回（平20年）児童文芸新人賞
　　　　　　　　　　　　2008（この年）
第38回（平21年）児童文芸新人賞
　　　　　　　　　　　　2009（この年）
第39回（平22年）児童文芸新人賞
　　　　　　　　　　　　2010（この年）
第40回（平23年）児童文芸新人賞
　　　　　　　　　　　　2011（この年）
第41回（平24年）児童文芸新人賞
　　　　　　　　　　　　2012（この年）
第42回（平25年）児童文芸新人賞
　　　　　　　　　　　　2013（この年）
第43回（平26年）児童文芸新人賞
　　　　　　　　　　　　2014（この年）
第44回（平27年）児童文芸新人賞
　　　　　　　　　　　　2015（この年）

詩とメルヘン
　「詩とメルヘン」創刊　　　　1973.5月

信濃教育会出版部
　『樹によりかかれば』刊行　　1976.9月
自分流文庫
　手話落語絵本『みそ豆』刊行　1998.8月
島秀雄記念優秀著作賞
　フレーベル館100周年　　　　2007.3月
ジャイブ
　ポプラ社がジャイブを買収　　2006.4.26
石神井保険相談所
　保健所文庫「おひさま文庫」開設
　　　　　　　　　　　　1982（この年）
集英社
　「おもしろブック」創刊　　　1949.9月
　「月刊少女ブック」創刊　　　1951.9月
　「幼年ブック」改題　　　　　1958.1月
　第2回（昭38年）国際アンデルセン賞
　　国内賞　　　　　　　　1963（この年）
　第28回読書感想コン課題図書　1982（この年）
　第29回読書感想コン課題図書　1983（この年）
　第31回読書感想コン課題図書　1985（この年）
　ミドルティーン向け文庫創刊ラッ
　　シュ　　　　　　　　　1989（この年）
　第39回（平4年）産経児童出版文化賞
　　　　　　　　　　　　1992（この年）
　『子どものための世界文学の森』刊行　1994.3.18
　第10回（平6年度）坪田譲治文学賞
　　　　　　　　　　　　1994（この年）
　第17回（平13年度）坪田譲治文学賞
　　　　　　　　　　　　2001（この年）
　『マドンナ絵本シリーズ』刊行開始　2003.11.26
　「ランプの精」刊行開始　　　2004.12月
　星の王子さま、翻訳出版権消失　2005.1.22
　第22回（平18年度）坪田譲治文学賞
　　　　　　　　　　　　2006（この年）
　第12回（平19年）日本絵本賞　2007（この年）
　第55回読書感想コン課題図書　2009（この年）
　第56回読書感想コン課題図書　2010（この年）
　第26回（平22年度）坪田譲治文学賞
　　　　　　　　　　　　2010（この年）
　第59回読書感想コン課題図書　2013（この年）
集英社インターナショナル
　第52回読書感想コン課題図書　2006（この年）
　第60回読書感想コン課題図書　2014（この年）
集英社文庫コバルトシリーズ
　ミドルティーン向け文庫創刊ラッ
　　シュ　　　　　　　　　1989（この年）

自由国民社
- 第3回（平9年）日本絵本賞　　　1997（この年）
- 第8回（平10年）けんぶち絵本の里大賞　　　　　　　　　　　　　1998（この年）
- 「中山千夏の絵本」刊行開始　　　2004.10月
- 第52回読書感想コン課題図書　2006（この年）
- 第11回（平18年）日本絵本賞　　2006（この年）

自由国民社ホームページ絵本大賞
- 第1回（平9年）自由国民社ホームページ絵本大賞　　　　　　　1997（この年）
- 第2回（平10年）自由国民社ホームページ絵本大賞　　　　　　1998（この年）

出版文化産業振興財団
- 「第4土曜日は、こどもの本の日」　　　　　　　　　　　　　　　1998（この年）
- 読み聞かせ活動盛ん　　　　　　1999（この年）
- 「第1回上野の森子どもフェスタ」　　2000.5.2
- 「第2回上野の森親子フェスタ」　2001.5.3～05
- 「第3回上野の森親子フェスタ」　　　2002.5.3
- 「第4回上野の森親子フェスタ」　　　2003.5.3
- 「第5回上野の森親子フェスタ」　2004.5.3～05
- 「第6回上野の森親子フェスタ」　2005.5.3～05
- 「第4回子どもの本まつりinとうきょう」　　　　　　　　　　　　2006.9.16～18
- 第8回上野の森親子フェスタ　　2007.5.3～05
- 第5回子供の本まつりinとうきょう　2007.9.15
- 「第9回上野の森親子フェスタ」　2008.5.3～05
- 「第10回上野の森親子フェスタ」　2009.5.3～05
- 「第11回上野の森親子フェスタ」　2010.5.3～05
- 「第12回上野の森親子フェスタ」　2011.5.3～05
- 被災地支援活動発足　　　　　　　2011.6.17
- 「第14回上野の森親子フェスタ」　　　2013.5.3
- 「第15回上野の森親子フェスタ」　2014.5.3～05

主婦と生活社
- 『ポケットコニーちゃん』刊行　　1997.12月
- 『おしりかじり虫うたとおどりのほん』刊行　　　　　　　　　　　　2007.9月

主婦の友社
- 『オオトリ国記伝』刊行開始　　　2006.5.24
- ファンタジー・シリーズの刊行相次ぐ　　　　　　　　　　　　　2007（この年）
- 『ちいさなあなたへ』刊行　　　　　2008.3.7

主婦の友出版S.C.
- 第4回（昭46年）新美南吉文学賞　1971（この年）

旬報社
- 第59回読書感想コン課題図書　2013（この年）
- 第60回（平25年）産経児童出版文化賞　　　　　　　　　　　　　2013（この年）

春陽堂書店
- 『与謝野晶子 児童文学全集』刊行　　　　　　　　　　　　　2007.8.1～12.1

ジョイフルえほん傑作集
- 『かさ』刊行　　　　　　　　　　1975.6月

障害者差別の出版物を許さない、まず『ピノキオ』を洗う会
- ピノキオ回収騒動　　　　　　1976.11.24～

小学1年生
- 『小学5年生』『小学6年生』休刊　2009.10.23

小学4年生
- 『小学5年生』『小学6年生』休刊　2009.10.23

小学5年生
- 『小学5年生』『小学6年生』休刊　2009.10.23

小学6年生
- 『小学5年生』『小学6年生』休刊　2009.10.23

小学館
- 第4回（昭32年）産経児童出版文化賞　　　　　　　　　　　　　1957（この年）
- 『少年少女世界名作文学全集』刊行　1960.5月
- 第8回（昭36年）産経児童出版文化賞　　　　　　　　　　　　　1961（この年）
- 第9回（昭37年）産経児童出版文化賞　　　　　　　　　　　　　1962（この年）
- 第12回（昭38年度）小学館児童出版文化賞　　　　　　　　　　　1963（この年）
- 第11回（昭39年）産経児童出版文化賞　　　　　　　　　　　　　1964（この年）
- 第20回（昭46年度）小学館児童出版文化賞　　　　　　　　　　　1971（この年）
- 『はんぶんちょうだい』刊行　　　　1974.9月
- 第24回（昭50年度）小学館児童出版文化賞　　　　　　　　　　　1975（この年）
- 第25回（昭53年）産経児童出版文化賞　　　　　　　　　　　　　1978（この年）
- 『ジャンボコッコの伝記』刊行　　　1979.2月
- 第28回（昭54年度）小学館児童出版文化賞　　　　　　　　　　　1979（この年）
- 『トラジイちゃんの冒険』刊行　　　1980.3月
- 『光と風と雲と樹と』刊行　　　　　1980.3月
- 第29回（昭55年度）小学館児童出版文化賞　　　　　　　　　　　1980（この年）
- 第5回（昭55年）日本児童文芸家協会賞　　　　　　　　　　　　1980（この年）
- 『東京どまん中セピア色』刊行　　　1981.9月
- 第28回読書感想コン課題図書　1982（この年）
- 第11回（昭57年）児童文芸新人賞　　　　　　　　　　　　　　1982（この年）

『つむじ風のマリア』刊行　　　　1983.8月
第22回（昭59年）野間児童文芸賞
　　　　　　　　　　　　　　1984（この年）
第31回（昭59年）産経児童出版文化賞
　　　　　　　　　　　　　　1984（この年）
第33回（昭59年度）小学館児童出版文
　化賞　　　　　　　　　　　1984（この年）
第7回（昭59年）日本の絵本賞　絵本
　にっぽん賞　　　　　　　　　1984（この年）
第31回読書感想コン課題図書　1985（この年）
第32回（昭60年）産経児童出版文化賞
　　　　　　　　　　　　　　1985（この年）
第35回（昭63年）産経児童出版文化賞
　　　　　　　　　　　　　　1988（この年）
第37回（昭63年度）小学館児童出版文
　化賞　　　　　　　　　　　1988（この年）
「お話宝玉選」絶版・回収　　　　1989.6.1
第35回読書感想コン課題図書　1989（この年）
『パレット文庫』創刊発表　　　　1991.4.17
地図の本の刊行相次ぐ　　　　1992（この年）
児童全集の刊行相次ぐ　　　　1993（この年）
第40回（平5年）産経児童出版文化賞
　　　　　　　　　　　　　　1993（この年）
『21世紀こどもクラシック』刊行開始
　　　　　　　　　　　　　　　1994.11月
『一日一話・読み聞かせ　おはなし
　366』　　　　　　　　　　　1995.10.25
『ぼくたちのコンニャク先生』刊行　1996.2月
『21世紀こども英語館』刊行　　 1996.10.30
第2回（平8年）日本絵本賞　　1996（この年）
第43回（平8年）産経児童出版文化賞
　　　　　　　　　　　　　　1996（この年）
第6回（平8年）けんぶち絵本の里大賞
　　　　　　　　　　　　　　1996（この年）
『世界の名作』刊行開始　　　　　1997.9.19
第46回（平9年度）小学館児童出版文
　化賞　　　　　　　　　　　1997（この年）
第7回（平9年）けんぶち絵本の里大賞
　　　　　　　　　　　　　　1997（この年）
第47回（平10年度）小学館児童出版文
　化賞　　　　　　　　　　　1998（この年）
第8回（平10年）けんぶち絵本の里大
　賞　　　　　　　　　　　　1998（この年）
第15回（平11年度）坪田譲治文学賞
　　　　　　　　　　　　　　1999（この年）
第48回（平11年度）小学館児童出版文
　化賞　　　　　　　　　　　1999（この年）
第5回（平11年）日本絵本賞　1999（この年）
第9回（平11年）けんぶち絵本の里
　大賞　　　　　　　　　　　1999（この年）

ファンタジー・ブーム　　　　2001（この年）
第11回（平13年）けんぶち絵本の里大
　賞　　　　　　　　　　　　2001（この年）
第48回（平13年）産経児童出版文化賞
　　　　　　　　　　　　　　2001（この年）
第50回（平13年度）小学館児童出版文
　化賞　　　　　　　　　　　2001（この年）
小学館創立80周年　　　　　2002.3月〜06月
第51回（平14年度）小学館児童出版文
　化賞　　　　　　　　　　　2002（この年）
第7回（平14年）日本絵本賞　2002（この年）
『ダレン・シャン』300万部突破　2003（この年）
ファンタジー・ブーム続く　　2003（この年）
第8回（平15年）日本絵本賞　2003（この年）
「ダレン・シャン」シリーズ完結　　2004.12.17
『チャレンジミッケ！』刊行開始　　2005.12.20
第10回（平17年）日本絵本賞　2005（この年）
「世界名作おはなし絵本シリーズ」刊
　行開始　　　　　　　　　　　2006.11.29
第52回読書感想コン課題図書　2006（この年）
第12回（平19年）日本絵本賞　2007（この年）
第13回（平20年）日本絵本賞　2008（この年）
「くらべる図鑑」刊行　　　　　　　2009.7.8
『小学5年生』『小学6年生』休刊　2009.10.23
第55回読書感想コン課題図書　2009（この年）
第58回（平21年度）小学館児童出版文
　化賞　　　　　　　　　　　2009（この年）
「せいかつの図鑑」刊行　　　　　2010.3.16
「NEO POCKET」刊行開始　　　　2010.6月
「図鑑NEO+」刊行　　　　　　　2011.6.17
「キッズペディア」刊行　　　　　 2011.11月
第58回読書感想コン課題図書　2012（この年）
第59回（平24年）産経児童出版文化賞
　　　　　　　　　　　　　　2012（この年）
第61回（平24年度）小学館児童出版文
　化賞　　　　　　　　　　　2012（この年）
『くふうの図鑑』刊行　　　　　　2013.2.22
「入門百科+」創刊　　　　　　　2013.7.19
第59回読書感想コン課題図書　2013（この年）
第23回（平25年）けんぶち絵本の里大
　賞　　　　　　　　　　　　2013（この年）
『よのなかの図鑑』刊行　　　　　2014.2.28
「図鑑NEO」新版刊行　　　　　　2014.6.18

小学館児童出版文化賞
第1回（昭27年度）小学館児童出版文
　化賞　　　　　　　　　　　1952（この年）
第2回（昭28年度）小学館児童出版文
　化賞　　　　　　　　　　　1953（この年）

しよう　　　　　　　　事項名索引　　　　　日本児童文学史事典

第3回(昭29年度)小学館児童出版文
　化賞　　　　　　　　　1954(この年)
第4回(昭30年度)小学館児童出版文
　化賞　　　　　　　　　1955(この年)
第5回(昭31年度)小学館児童出版文
　化賞　　　　　　　　　1956(この年)
第6回(昭32年度)小学館児童出版文
　化賞　　　　　　　　　1957(この年)
第7回(昭33年度)小学館児童出版文
　化賞　　　　　　　　　1958(この年)
第8回(昭34年度)小学館児童出版文
　化賞　　　　　　　　　1959(この年)
第9回(昭35年度)小学館児童出版文
　化賞　　　　　　　　　1960(この年)
第10回(昭36年度)小学館児童出版文
　化賞　　　　　　　　　1961(この年)
第11回(昭37年度)小学館児童出版文
　化賞　　　　　　　　　1962(この年)
第12回(昭38年度)小学館児童出版文
　化賞　　　　　　　　　1963(この年)
第13回(昭39年度)小学館児童出版文
　化賞　　　　　　　　　1964(この年)
第14回(昭40年度)小学館児童出版文
　化賞　　　　　　　　　1965(この年)
第15回(昭41年度)小学館児童出版文
　化賞　　　　　　　　　1966(この年)
第16回(昭42年度)小学館児童出版文
　化賞　　　　　　　　　1967(この年)
第17回(昭43年度)小学館児童出版文
　化賞　　　　　　　　　1968(この年)
第18回(昭44年度)小学館児童出版文
　化賞　　　　　　　　　1969(この年)
第19回(昭45年度)小学館児童出版文
　化賞　　　　　　　　　1970(この年)
第20回(昭46年度)小学館児童出版文
　化賞　　　　　　　　　1971(この年)
第21回(昭47年度)小学館児童出版文
　化賞　　　　　　　　　1972(この年)
第22回(昭48年度)小学館児童出版文
　化賞　　　　　　　　　1973(この年)
第23回(昭49年度)小学館児童出版文
　化賞　　　　　　　　　1974(この年)
第24回(昭50年度)小学館児童出版文
　化賞　　　　　　　　　1975(この年)
第25回(昭51年度)小学館児童出版文
　化賞　　　　　　　　　1976(この年)
第26回(昭52年度)小学館児童出版文
　化賞　　　　　　　　　1977(この年)
第27回(昭53年度)小学館児童出版文
　化賞　　　　　　　　　1978(この年)

第28回(昭54年度)小学館児童出版文
　化賞　　　　　　　　　1979(この年)
第29回(昭55年度)小学館児童出版文
　化賞　　　　　　　　　1980(この年)
第30回(昭56年度)小学館児童出版文
　化賞　　　　　　　　　1981(この年)
第31回(昭57年度)小学館児童出版文
　化賞　　　　　　　　　1982(この年)
第32回(昭58年度)小学館児童出版文
　化賞　　　　　　　　　1983(この年)
第33回(昭59年度)小学館児童出版文
　化賞　　　　　　　　　1984(この年)
第34回(昭60年度)小学館児童出版文
　化賞　　　　　　　　　1985(この年)
第35回(昭61年度)小学館児童出版文
　化賞　　　　　　　　　1986(この年)
第36回(昭62年度)小学館児童出版文
　化賞　　　　　　　　　1987(この年)
第37回(昭63年度)小学館児童出版文
　化賞　　　　　　　　　1988(この年)
第38回(平1年度)小学館児童出版文
　化賞　　　　　　　　　1989(この年)
第39回(平2年度)小学館児童出版文
　化賞　　　　　　　　　1990(この年)
第40回(平3年度)小学館児童出版文
　化賞　　　　　　　　　1991(この年)
第41回(平4年度)小学館児童出版文
　化賞　　　　　　　　　1992(この年)
第42回(平5年度)小学館児童出版文
　化賞　　　　　　　　　1993(この年)
第43回(平6年度)小学館児童出版文
　化賞　　　　　　　　　1994(この年)
第44回(平7年度)小学館児童出版文
　化賞　　　　　　　　　1995(この年)
第45回(平8年度)小学館児童出版文
　化賞　　　　　　　　　1996(この年)
第46回(平9年度)小学館児童出版文
　化賞　　　　　　　　　1997(この年)
第47回(平10年度)小学館児童出版文
　化賞　　　　　　　　　1998(この年)
第48回(平11年度)小学館児童出版文
　化賞　　　　　　　　　1999(この年)
第49回(平12年度)小学館児童出版文
　化賞　　　　　　　　　2000(この年)
第50回(平13年度)小学館児童出版文
　化賞　　　　　　　　　2001(この年)
第51回(平14年度)小学館児童出版文
　化賞　　　　　　　　　2002(この年)
第52回(平15年度)小学館児童出版文
　化賞　　　　　　　　　2003(この年)

第53回（平16年度）小学館児童出版文化賞	2004（この年）	湘南書房	
第54回（平17年度）小学館児童出版文化賞	2005（この年）	『谷間の池』刊行	1945.12月
第55回（平18年度）小学館児童出版文化賞	2006（この年）	小児病棟文庫	
第56回（平19年度）小学館児童出版文化賞	2007（この年）	「小児病棟文庫」開設	1984.6.13
第57回（平20年度）小学館児童出版文化賞	2008（この年）	少年画報	
第58回（平21年度）小学館児童出版文化賞	2009（この年）	「少年画報」創刊	1948.8月
第59回（平22年度）小学館児童出版文化賞	2010（この年）	少年クラブ	
第60回（平23年度）小学館児童出版文化賞	2011（この年）	「少年クラブ」「少女クラブ」休刊	1962.12月
第61回（平24年度）小学館児童出版文化賞	2012（この年）	少年倶楽部	
第62回（平25年度）小学館児童出版文化賞	2013（この年）	「峠の一本松」発表	1945.11月
		「漂流記」発表	1945.11月
第63回（平26年）小学館児童出版文化賞	2014（この年）	少年写真新聞社	
第64回（平27年）小学館児童出版文化賞	2015（この年）	少年写真新聞社創業	1954（この年）
		『子ども大冒険ずかん』刊行	2011.2.28
		『きもち』刊行	2013.9月
		少年写真ニュース	
		少年写真新聞社創業	1954（この年）
		少年少女	
		「たまむしのずしの物語」発表	1948.2月
		「少年少女」創刊	1948.2月
		「生きている山脈」発表	1949.4月～1950.10月
		「少年少女」廃刊	1950.12月
		「坂道」発表	1951.6月
小学時代		少年少女学習百科大事典編集部	
「小学時代」創刊	1975.3.6	第5回（昭33年）産経児童出版文化賞	1958（この年）
小学時代5年生			
「小学時代5年生」創刊	1976.9.6	少年少女の広場	
小学六年の学習		「少年少女の広場」終刊	1950.3月
学習研究社が創立	1946.4月	少年少女の本	
少国民絵文庫		『クローディアの秘密』刊行	1969（この年）
『ニッポンノアマ』刊行	1947.3月	少年ブック	
少国民世界		「少年ブック」創刊	1960.1月
「少国民世界」創刊	1946.7月	少年文学	
『サバクの虹』刊行	1947.1月	早大童話会が会誌改称	1953.9月
少国民の友		少年文学の旗の下に	
「昔の学校」発表	1945.11月	早大童話会が会誌改称	1953.9月
少女		少年文芸作家	
「少女」創刊	1949.2月	少年文芸作家クラブ	1966.6月
少女クラブ		少年文芸作家クラブ	
「少年クラブ」「少女クラブ」休刊	1962.12月	少年文芸作家クラブ	1966.6月
少女倶楽部		少年文庫	
「石臼の歌」発表	1945.9月	『あしながおじさん』刊行	1950.12.25
少女ブック		『青い鳥』邦訳版3件刊行	1951（この年）
「月刊少女ブック」創刊	1951.9月	『森は生きている』刊行	1953.2月
「少女ブック」休刊	1963.5月		

しよう　　　　　　　　　　事項名索引　　　　　　　　日本児童文学史事典

『風にのってきたメアリー・ポピンズ』刊行　　　　　　　　　1954.4月
『ピーター・パン』刊行　　　　1954.10月
『床下の小人たち』刊行　　1956（この年）
『名探偵カッレくん』刊行　1957（この年）
『ツバメ号とアマゾン号』刊行　1958（この年）

晶文社
　第13回（平3年）路傍の石文学賞　1991（この年）

昭和出版
　昭和出版（ひかりのくに）創業　1946.1月
　『太鼓の鳴る村』刊行　　　　1946.10月

女子パウロ会
　第1回（平3年度）けんぶち絵本の里大賞　　　　　　　　　　　1991（この年）

書肆ユリイカ
　『木馬がのった白い船』刊行　　1960.3月

書肆楽々
　第37回（平16年）日本児童文学者協会新人賞　　　　　　　　2004（この年）

信山社
　第7回（昭58年）日本児童文学学会賞
　　　　　　　　　　　　1983（この年）

新児童文化
　「新児童文化」復刊　　　　　1946.8月

じんじん製作委員会
　第23回（平25年）けんぶち絵本の里大賞　　　　　　　　　　　2013（この年）

新人文学
　「新人文学」創刊　　　　　　1953.7月

新生出版
　第36回（平1年）産経児童出版文化賞
　　　　　　　　　　　　1989（この年）

新星書房
　『ビルの山ねこ』刊行　　　　1964.4月
　第14回（昭40年度）小学館児童出版文化賞　　　　　　　　1965（この年）

新地書房
　第36回（平1年）産経児童出版文化賞
　　　　　　　　　　　　1989（この年）

新潮社
　「銀河」創刊　　　　　　　　1946.10月
　『ジローブーチン日記』刊行　　1948.5月
　『世界の絵本』刊行　　　　　1949.11月
　『少年の日』刊行　　　　　　1954.6月
　『夜あけ朝あけ』刊行　　　　1954.6月
　『坪田譲治全集』刊行　　1954（この年）

『ささぶね船長』刊行　　　　　1955.11月
第3回（昭31年）産経児童出版文化賞
　　　　　　　　　　　　1956（この年）
第8回読書感想コン課題図書　1962（この年）
第9回読書感想コン課題図書　1963（この年）
第12回読書感想コン課題図書　1966（この年）
第13回読書感想コン課題図書　1967（この年）
第16回読書感想コン課題図書　1970（この年）
第18回読書感想コン課題図書　1972（この年）
第20回読書感想コン課題図書　1974（この年）
第21回読書感想コン課題図書　1975（この年）
第22回読書感想コン課題図書　1976（この年）
第23回読書感想コン課題図書　1977（この年）
第27回読書感想コン課題図書　1981（この年）
第33回読書感想コン課題図書　1987（この年）
第5回（平1年度）坪田譲治文学賞
　　　　　　　　　　　　1989（この年）
第42回（平7年）産経児童出版文化賞
　　　　　　　　　　　　1995（この年）
『天の瞳』刊行　　　　　　　　1996.1月
「子供時代の読書の思い出」講演
　　　　　　　　　　　　1998（この年）
第46回読書感想コン課題図書　2000（この年）
第50回読書感想コン課題図書　2004（この年）
第30回（平18年）日本児童文学学会賞
　　　　　　　　　　　　2006（この年）
『くちぶえ番長』刊行　　　　　2007.7月

新読書社
　第28回（平16年）日本児童文学学会賞
　　　　　　　　　　　　2004（この年）

新日本出版社
　新日本出版社創立　　　　　　1957.2.21
　『鯉のいる村』刊行　　　　　1969.12月
　第8回（昭45年）野間児童文芸賞　1970（この年）
　『ぼくらは機関車太陽号』刊行　1972.12月
　第18回読書感想コン課題図書　1972（この年）
　第2回（昭47年）赤い鳥文学賞　1972（この年）
　『龍宮へいったトミばあやん』刊行　1973.8月
　第19回読書感想コン課題図書　1973（この年）
　第20回読書感想コン課題図書　1974（この年）
　『算数病院事件』刊行　　　　　1975.7月
　第21回読書感想コン課題図書　1975（この年）
　『潮風の学校』刊行　　　　　　1978.3月
　第25回読書感想コン課題図書　1979（この年）
　第26回読書感想コン課題図書　1980（この年）
　第27回読書感想コン課題図書　1981（この年）
　『まなざし』刊行　　　　　　　1982.1月
　『とうさん、ぼく戦争をみたんだ』刊行
　　　　　　　　　　　　　　　1983.8月

- 444 -

第29回読書感想コン課題図書　1983（この年）
第16回（昭58年）日本児童文学者協会
　　新人賞　　　　　　　　1983（この年）
『銀のうさぎ』刊行　　　　　1984.12月
『のんびり転校生事件』刊行　1985.12月
第31回読書感想コン課題図書　1985（この年）
第18回（昭60年）日本児童文学者協会
　　新人賞　　　　　　　　1985（この年）
第32回読書感想コン課題図書　1986（この年）
『ぐみ色の涙』刊行　　　　　　1987.6月
第33回読書感想コン課題図書　1987（この年）
第21回（昭63年）日本児童文学者協会
　　新人賞　　　　　　　　1988（この年）
第35回読書感想コン課題図書　1989（この年）
第38回読書感想コン課題図書　1992（この年）
第40回読書感想コン課題図書　1994（この年）
第6回（平8年）けんぶち絵本の里大賞
　　　　　　　　　　　　　1996（この年）
第43回読書感想コン課題図書　1997（この年）
第44回読書感想コン課題図書　1998（この年）
第45回読書感想コン課題図書　1999（この年）
第19回（平13年）新美南吉児童文学賞
　　　　　　　　　　　　　2001（この年）
第41回（平13年）日本児童文学者協会
　　賞　　　　　　　　　　2001（この年）
第48回読書感想コン課題図書　2002（この年）
『ビジュアルブック』シリーズ刊行
　　　　　　　　　　　　　2004.10月〜12月
第50回読書感想コン課題図書　2004（この年）
第51回読書感想コン課題図書　2005（この年）
第52回読書感想コン課題図書　2006（この年）
第54回読書感想コン課題図書　2008（この年）
第15回（平22年）日本絵本賞　2010（この年）
第57回読書感想コン課題図書　2011（この年）
巨大イカの本刊行　　　　　　　2013.6月
第59回読書感想コン課題図書　2013（この年）

新日本童話教室
　　童話教室開講　　　　　　1965（この年）
新評論
　　第7回（昭49年）新美南吉文学賞　1974（この年）
新風舎
　　第34回（平13年）日本児童文学者協会
　　　新人賞　　　　　　　2001（この年）
　　第15回（平17年）けんぶち絵本の里
　　　賞　　　　　　　　　2005（この年）
　　第17回（平19年）けんぶち絵本の里大
　　　賞　　　　　　　　　2007（この年）

新・北陸児童文学賞
　　第1回（平1年）新・北陸児童文学賞
　　　　　　　　　　　　　1989（この年）
　　第2回（平2年）新・北陸児童文学賞
　　　　　　　　　　　　　1990（この年）
　　第3回（平3年）新・北陸児童文学賞
　　　　　　　　　　　　　1991（この年）
　　第4回（平4年）新・北陸児童文学賞
　　　　　　　　　　　　　1992（この年）
　　第5回（平6年）新・北陸児童文学賞
　　　　　　　　　　　　　1994（この年）
　　第6回（平7年）新・北陸児童文学賞
　　　　　　　　　　　　　1995（この年）
　　第7回（平8年）新・北陸児童文学賞
　　　　　　　　　　　　　1996（この年）
　　第8回（平9年）新・北陸児童文学賞
　　　　　　　　　　　　　1997（この年）
　　第9回（平10年）新・北陸児童文学賞
　　　　　　　　　　　　　1998（この年）
　　第10回（平11年）新・北陸児童文学賞
　　　　　　　　　　　　　1999（この年）
　　第11回（平12年）新・北陸児童文学賞
　　　　　　　　　　　　　2000（この年）
　　第12回（平13年）新・北陸児童文学賞
　　　　　　　　　　　　　2001（この年）
　　第13回（平14年）新・北陸児童文学賞
　　　　　　　　　　　　　2002（この年）
　　第14回（平15年）新・北陸児童文学賞
　　　　　　　　　　　　　2003（この年）
　　第15回（平16年）新・北陸児童文学賞
　　　　　　　　　　　　　2004（この年）
人民文学
　　『八郎』刊行　　　　　　　1952.4月
新曜社
　　第9回（昭60年）日本児童文学学会賞
　　　　　　　　　　　　　1985（この年）
　　第14回（平2年）日本児童文学学会賞
　　　　　　　　　　　　　1990（この年）
　　第31回（平19年）日本児童文学学会賞
　　　　　　　　　　　　　2007（この年）

【す】

瑞雲舎
　　『むらの英雄』刊行　　　　2013.4月

すえもりブックス
「子供時代の読書の思い出」講演
　　　　　　　　　　　1998（この年）
　IBBY創立50周年記念大会　2002.10月

すずき出版
　第40回（平5年）産経児童出版文化賞
　　　　　　　　　　　1993（この年）

鈴木出版
　鈴木出版創立　　　　1954.1.29
　「こどものくに」発刊　1967（この年）
　第4回（平6年度）けんぶち絵本の里大
　　賞　　　　　　　1994（この年）
　第5回（平7年度）けんぶち絵本の里大
　　賞　　　　　　　1995（この年）
　第52回（平17年）産経児童出版文化賞
　　　　　　　　　　　2005（この年）
　第16回（平18年）けんぶち絵本の里大
　　賞　　　　　　　2006（この年）
　第53回読書感想コン課題図書　2007（この年）
　第56回読書感想コン課題図書　2010（この年）
　第20回（平22年）けんぶち絵本の里大
　　賞　　　　　　　2010（この年）
　第57回読書感想コン課題図書　2011（この年）
　第60回読書感想コン課題図書　2014（この年）

鈴木書店
　第57回（平22年）産経児童出版文化賞
　　　　　　　　　　　2010（この年）

すずらん文庫
　「すずらん文庫」開設　1973（この年）

すその文庫
　「すその文庫」開設　1965.12.19

スニーカー文庫
　ティーンズ向け文庫が好調　1989（この年）
　ミドルティーン向け文庫創刊ラッ
　　シュ　　　　　　1989（この年）

スマトラ子ども支援チャリティ・原画販売
　「東京国際ブックフェア」　2005.7.7～10

【せ】

星雲社
　第35回（平23年）日本児童文学学会賞
　　　　　　　　　　　2011（この年）

生活百科刊行会
　第1回（昭29年）産経児童出版文化賞
　　　　　　　　　　　1954（この年）

青弓社
　第28回（平16年）日本児童文学学会賞
　　　　　　　　　　　2004（この年）
　第37回（平25年）日本児童文学学会賞
　　　　　　　　　　　2013（この年）

盛光社
　第15回（昭41年度）小学館児童出版文
　　化賞　　　　　　1966（この年）
　第16回（昭42年度）小学館児童出版文
　　化賞　　　　　　1967（この年）
　『道子の朝』刊行　　1968.10月
　『ほろぴた国の旅』刊行　1969.3月
　「月刊絵本」創刊　　1973.5月

静山社
　『ハリー・ポッターと賢者の石』刊行
　　　　　　　　　　　1999.12月
　『ハリー・ポッターと秘密の部屋』刊
　　行　　　　　　　2000.9.14
　「ハリー・ポッター」表現問題　2000.11月
　『ハリー・ポッター』ブーム　2001（この年）
　『ハリー・ポッターと炎のゴブレッ
　　ト』刊行　　　　2002.10.23
　『ハリー・ポッターと不死鳥の騎士
　　団』刊行　　　　2004.9.1
　『ハリー・ポッターと謎のプリンス』
　　刊行　　　　　　2006.5.17
　『ハリー・ポッターと死の秘宝』刊行　2008.7.23
　『アンデルセン童話名作集』刊行　2011.11月

青少年読書感想文コンクール
　青少年読書感想文コンクール始まる　1955.11月

青少年によい本をすすめる運動
　「青少年によい本をすすめる運動」
　　　　　　　　　　　1988.12.7～15

青少年文化懇親会
　第1回推薦図書発表　1947.12月

青年会館
　「1986年子どもの本世界大会」概要発
　　表　　　　　　　1985.5.23

成美堂出版
　『よみきかせおはなし絵本』刊行
　　　　　　　　　　　2006（この年）

誠文堂新光社
　第6回（昭34年）産経児童出版文化賞
　　　　　　　　　　　1959（この年）

絵本・童話の選び方指南書　1967（この年）
第32回（昭60年）産経児童出版文化賞
　　　　　　　　　　　　　　1985（この年）
世界絵文庫
　『家なき子』邦訳版刊行　　1951（この年）
　『青い鳥』邦訳版3件刊行　1951（この年）
世界と日本の10,000点児童図書フェア
　「世界と日本の10,000点児童図書フェ
　ア」　　　　　　　　　　1979.5.4～06
世界の絵本展
　「世界の絵本展」「翻訳本とその原書
　展」　　　　　　　　1986.10.24～11.9
世界のこども
　「世界のこども」創刊　　　　1948.3月
世界の子ども
　第5回（昭33年）産経児童出版文化賞
　　　　　　　　　　　　　　1958（この年）
世界の布の絵本・さわる絵本展
　「世界の布の絵本・さわる絵本展」
　　　　　　　　　　　1979.7.26～08月
世界文化社
　世界文化社創業　　　　　　　1946.2月
　「ワンダーブック」創刊　　1968（この年）
　知育絵本の刊行相次ぐ　　　1997（この年）
　『絵本版 世界の名作』刊行　　2001.4月
　『ワンダーブックお話傑作選』刊行
　　　　　　　　　　　　2007.7～08月
世界理想社
　第7回（昭58年）日本児童文学学会賞
　　　　　　　　　　　　　　1983（この年）
世田谷親子読書連絡会
　「世田谷親子読書連絡会」発足　1972.12月
セーラー出版
　第2回（平8年）日本絵本賞　1996（この年）
　第47回読書感想コン課題図書　2001（この年）
　第11回（平18年）日本絵本賞　2006（この年）
　第53回読書感想コン課題図書　2007（この年）
全国学校図書館協議会
　全国学校図書館協議会誕生　　1950.2.27
　青少年読書感想文コンクール始まる　1955.11月
　「学校図書館年鑑」創刊　　　1956.11月
　『図書委員ハンドブック』刊行　1960.5月
　『ぼくの見た戦争』刊行　　　2003.12月
全国学校図書館指導者研修会
　第1回全国学校図書館指導者研修会開
　催　　　　　　　　　　　　　1955.2月

全国共通図書カード
　図書カードに一本化　　　　　2005.10.1
全国共通図書券
　図書カードに一本化　　　　　2005.10.1
全国児童文学同人誌連絡会
　全国児童文学同人誌連絡会（季節
　風）　　　　　　　　　　　1978.10.28
　「季節風」創刊　　　　　　　1984.7月
全国文集コンクール
　第1回全国文集コンクール開催　1952.4月
全国訪問おはなし隊
　「全国訪問おはなし隊」キャラバンス
　タート　　　　　　　　　　　1999.7月
　「全国訪問おはなし隊」が福岡に　2000.8.5
　「全国訪問おはなし隊」キャラバン全
　国一巡　　　　　　　　　2001（この年）
　子どもの読書推進活動が活発化　2001（この年）
　「全国訪問おはなし隊」5周年　2004.8.23
　全国訪問おはなし隊に菊池寛賞　2007.12月
善勝寺
　「日切こども図書館」開設　　1984.8月
千人社
　第6回（昭56年）日本児童文芸家協会
　賞　　　　　　　　　　　　1981（この年）
先天性四肢障害児父母の会
　『さっちゃんのまほうのて』刊行　1985.10月
セント・ニコラス研究会
　第11回（昭62年）日本児童文学学会賞
　　　　　　　　　　　　　　1987（この年）

【そ】

創育
　第38回（平1年度）小学館児童出版文
　化賞　　　　　　　　　　　1989（この年）
草炎社
　『へんしん！ スグナクマン』刊行　1983.11月
　第30回読書感想コン課題図書　1984（この年）
　第33回読書感想コン課題図書　1987（この年）
　第41回読書感想コン課題図書　1995（この年）
　第44回読書感想コン課題図書　1998（この年）
　第47回読書感想コン課題図書　2001（この年）
そうえん社
　第58回読書感想コン課題図書　2012（この年）

そうけ

第41回（平24年）児童文芸新人賞
　　　　　　　　　　　　　2012（この年）
第59回読書感想コン課題図書　2013（この年）

創元社
　『世界少年少女文学全集』刊行　　1953.5月
　『かもしか学園』刊行　　　　　　1956.7月
　第12回（昭63年）日本児童文学学会賞
　　　　　　　　　　　　　1988（この年）
　『動物の見ている世界』刊行　　2014.11.6

創作絵本新人賞
　第1回（昭49年）創作絵本新人賞　1974（この年）
　第2回（昭50年）創作絵本新人賞　1975（この年）
　第3回（昭51年）創作絵本新人賞　1976（この年）
　第4回（昭52年）創作絵本新人賞　1977（この年）
　第5回（昭53年）創作絵本新人賞　1978（この年）
　第6回（昭54年）創作絵本新人賞　1979（この年）

創作ファンタジー創作童話大賞
　第1回（平9年）創作ファンタジー創作
　　童話大賞　　　　　　　　1997（この年）
　第2回（平10年）創作ファンタジー創
　　作童話大賞　　　　　　　1998（この年）
　第3回（平11年）創作ファンタジー創
　　作童話大賞　　　　　　　1999（この年）
　第4回（平12年）創作ファンタジー創
　　作童話大賞　　　　　　　2000（この年）

草思社
　『マザーグースのうた』刊行　　　1975.7月
　第28回（昭56年）産経児童出版文化賞
　　　　　　　　　　　　　1981（この年）
　第44回読書感想コン課題図書　1998（この年）
　『子ども版 声に出して読みたい日本
　　語』刊行開始　　　　　　　　2004.8.6

増上寺
　三康図書館が児童図書の一般公開を
　　開始　　　　　　　　　　1979（この年）

増進堂
　『牛荘の町』刊行　　　　　　　　1946.8月

早大童話会
　「びわの実」創刊　　　　　　　　1951.7月
　早大童話会が会誌改称　　　　　　1953.9月
　「世界児童文学良書百五十選」発表　1954.1月

草土文化
　「戦争体験の記録」募集　　　　　1979.1月
　第25回読書感想コン課題図書　1979（この年）
　第33回読書感想コン課題図書　1987（この年）
　第5回（昭62年）新美南吉児童文学賞
　　　　　　　　　　　　　1987（この年）

『学校へ行く道はまよい道』刊行　1991.7月
第5回（平6年）ひろすけ童話賞　1994（この年）
いじめ問題の本の刊行相次ぐ　1995（この年）

ゾーオン
　第12回（昭63年）日本児童文学学会賞
　　　　　　　　　　　　　1988（この年）

そしえて
　『草の根こぞう仙吉』刊行　　　　1978.2月
　第16回（昭53年）野間児童文芸賞
　　　　　　　　　　　　　1978（この年）

育てる会
　大阪国際児童文学館、見直し報道　2001.6月

ソニー・マガジンズ
　『アパラット』刊行　　　　　　2002.12月
　『にいるぶっくす』創刊　　　　　2004.4月

ソフトバンククリエイティブ
　『ラビリンス』刊行　　　　　　　2006.9.1

空とぶオートバイ・読書感想文コンクール
　「空とぶオートバイ・読書感想文コン
　　クール」　　　　　　　　　　2002.7月

【 た 】

第2すずらん文庫
　「第2すずらん文庫」開設　　1981（この年）

第一法規出版
　第31回（昭57年度）小学館児童出版文
　　化賞　　　　　　　　　　1982（この年）

泰光堂
　第1回（昭29年）産経児童出版文化賞
　　　　　　　　　　　　　1954（この年）
　『そらのひつじかい』刊行　　　　1956.4月

大地書房
　『ノンちゃん雲に乗る』刊行　　　1947.2月

大日本絵画巧芸美術
　「たのしい・しかけえほん」シリーズ
　　刊行　　　　　　　　　　1976（この年）

大日本図書
　「学校図書館年鑑」創刊　　　　1956.11月
　第8回（昭36年）産経児童出版文化賞
　　　　　　　　　　　　　1961（この年）
　第14回（昭42年）産経児童出版文化賞
　　　　　　　　　　　　　1967（この年）
　『てんぷらぴりぴり』刊行　　　　1968.6月
　第14回読書感想コン課題図書　1968（この年）

第6回(昭43年)野間児童文芸賞　1968(この年)
『ぽんこつマーチ』刊行　　　　1969.5月
第15回読書感想コン課題図書　1969(この年)
『あかちゃんが生まれました』刊行　1970.5月
『マヤの一生』刊行　　　　　　1970.10月
第16回読書感想コン課題図書　1970(この年)
第3回(昭45年)新美南吉文学賞　1970(この年)
第1回(昭46年)赤い鳥文学賞　　1971(この年)
第18回読書感想コン課題図書　1972(この年)
『野ゆき山ゆき』刊行　　　　　1973.3月
『きつねみちは天のみち』刊行　1973.9月
第11回(昭48年)野間児童文芸賞
　　　　　　　　　　　　　　1973(この年)
第21回読書感想コン課題図書　1975(この年)
第22回(昭50年)産経児童出版文化賞
　　　　　　　　　　　　　　1975(この年)
『北風をみた子』刊行　　　　　1978.3月
第24回読書感想コン課題図書　1978(この年)
個人全集ブーム　　　　1979.5月〜1982.3月
『校定新美南吉全集』刊行　　　1980.6月
第5回(昭56年)日本児童文学学会賞
　　　　　　　　　　　　　　1981(この年)
第28回読書感想コン課題図書　1982(この年)
第12回(昭57年)赤い鳥文学賞　1982(この年)
第30回読書感想コン課題図書　1984(この年)
第32回読書感想コン課題図書　1986(この年)
第33回(昭61年)産経児童出版文化賞
　　　　　　　　　　　　　　1986(この年)
第34回(昭62年)産経児童出版文化賞
　　　　　　　　　　　　　　1987(この年)
「てのり文庫」創刊　　　　　　1988.7月
第14回(平2年)日本児童文学学会賞
　　　　　　　　　　　　　　1990(この年)
第37回読書感想コン課題図書　1991(この年)
第38回読書感想コン課題図書　1992(この年)
第16回(平4年)日本児童文学学会賞
　　　　　　　　　　　　　　1992(この年)
『日本児童文学大事典』刊行　　1993.10月
第41回読書感想コン課題図書　1995(この年)
第42回読書感想コン課題図書　1996(この年)
第44回読書感想コン課題図書　1998(この年)
第46回読書感想コン課題図書　2000(この年)
第47回(平12年)産経児童出版文化賞
　　　　　　　　　　　　　　2000(この年)
第31回(平13年)赤い鳥文学賞　2001(この年)

太平出版社
『青い目のバンチョウ』刊行　　1966.5月
第10回(昭56年)児童文芸新人賞
　　　　　　　　　　　　　　1981(この年)

大和出版
第20回読書感想コン課題図書　1974(この年)

高岡メルヘンの会
第48回(平13年)産経児童出版文化賞
　　　　　　　　　　　　　　2001(この年)

高橋書店
第4回(昭50年)児童文芸新人賞　1975(この年)

タカラ
ポプラ社がジャイブを買収　　　2006.4.26

宝島社
第33回(平5年)日本児童文学者協会
　賞　　　　　　　　　　　　1993(この年)
いじめ問題の本の刊行相次ぐ　1995(この年)
星の王子さま、翻訳出版権消失　2005.1.22

宝塚ファミリーランド童話コンクール
第1回(昭58年)〔宝塚ファミリーラン
　ド〕童話コンクール　　　　1983(この年)
第2回(昭59年)〔宝塚ファミリーラン
　ド〕童話コンクール　　　　1984(この年)
第3回(昭60年)〔宝塚ファミリーラン
　ド〕童話コンクール　　　　1985(この年)
第4回(昭61年)〔宝塚ファミリーラン
　ド〕童話コンクール　　　　1986(この年)
第5回(昭62年)〔宝塚ファミリーラン
　ド〕童話コンクール　　　　1987(この年)
第6回(昭63年)〔宝塚ファミリーラン
　ド〕童話コンクール　　　　1988(この年)
第7回(平1年)〔宝塚ファミリーラン
　ド〕童話コンクール　　　　1989(この年)
第8回(平2年)〔宝塚ファミリーラン
　ド〕童話コンクール　　　　1990(この年)
第9回(平3年)〔宝塚ファミリーラン
　ド〕童話コンクール　　　　1991(この年)
第10回(平4年)〔宝塚ファミリーラン
　ド〕童話コンクール　　　　1992(この年)
第11回(平5年)〔宝塚ファミリーラン
　ド〕童話コンクール　　　　1993(この年)
第12回(平6年)〔宝塚ファミリーラン
　ド〕童話コンクール　　　　1994(この年)
第13回(平7年)〔宝塚ファミリーラン
　ド〕童話コンクール　　　　1995(この年)
第14回(平8年)〔宝塚ファミリーラン
　ド〕童話コンクール　　　　1996(この年)
第15回(平9年)〔宝塚ファミリーラン
　ド〕童話コンクール　　　　1997(この年)
第16回(平10年)〔宝塚ファミリーラ
　ンド〕童話コンクール　　　1998(この年)
第17回(平11年)〔宝塚ファミリーラ
　ンド〕童話コンクール　　　1999(この年)

竹書房
ファンタジー小説の翻訳相次ぐ 2005（この年）
玉川大学出版部
第24回読書感想コン課題図書　1978（この年）
第33回（平21年）日本児童文学学会賞
　　　　　　　　　　　　　　　2009（この年）
多摩平児童図書館
多摩平児童図書館開館　　　　1966.8.24
たろう（同人誌）
第2回（昭44年）日本児童文学者協会
　新人賞　　　　　　　　　　1969（この年）
短歌研究社
第3回（昭45年）新美南吉文学賞　1970（この年）

【ち】

地域文庫運動
地域文庫運動が隆盛　　　　1971（この年）
小さい仲間
「小さい仲間」創刊　　　　　　1954.7月
小さい旗
第1回（平1年）新・北陸児童文学賞
　　　　　　　　　　　　　　　1989（この年）
第11回（平12年）新・北陸児童文学賞
　　　　　　　　　　　　　　　2000（この年）
小さな絵本美術館
小さな絵本美術館開館　　　　1990.11.3
小さな童話大賞
第1回（昭59年）「小さな童話」大賞
　　　　　　　　　　　　　　　1984（この年）
第2回（昭60年）「小さな童話」大賞
　　　　　　　　　　　　　　　1985（この年）
第3回（昭61年）「小さな童話」大賞
　　　　　　　　　　　　　　　1986（この年）
第4回（昭62年）「小さな童話」大賞
　　　　　　　　　　　　　　　1987（この年）
第5回（昭63年）「小さな童話」大賞
　　　　　　　　　　　　　　　1988（この年）
第6回（平1年）「小さな童話」大賞
　　　　　　　　　　　　　　　1989（この年）
第7回（平2年）「小さな童話」大賞
　　　　　　　　　　　　　　　1990（この年）

第18回（平12年）〔宝塚ファミリーラ
　ンド〕童話コンクール　2000（この年）

第8回（平3年）「小さな童話」大賞
　　　　　　　　　　　　　　　1991（この年）
第9回（平4年）「小さな童話」大賞
　　　　　　　　　　　　　　　1992（この年）
第10回（平5年）「小さな童話」大賞
　　　　　　　　　　　　　　　1993（この年）
第11回（平6年）「小さな童話」大賞
　　　　　　　　　　　　　　　1994（この年）
第12回（平7年）「小さな童話」大賞
　　　　　　　　　　　　　　　1995（この年）
第13回（平8年）「小さな童話」大賞
　　　　　　　　　　　　　　　1996（この年）
第14回（平9年）「小さな童話」大賞
　　　　　　　　　　　　　　　1997（この年）
第15回（平10年）「小さな童話」大賞
　　　　　　　　　　　　　　　1998（この年）
第16回（平11年）「小さな童話」大賞
　　　　　　　　　　　　　　　1999（この年）
第17回（平12年）「小さな童話」大賞
　　　　　　　　　　　　　　　2000（この年）
第18回（平13年）「小さな童話」大賞
　　　　　　　　　　　　　　　2001（この年）
第19回（平14年）「小さな童話」大賞
　　　　　　　　　　　　　　　2002（この年）
第20回（平15年）「小さな童話」大賞
　　　　　　　　　　　　　　　2003（この年）
第22回（平16年度）「小さな童話」大
　賞　　　　　　　　　　　　　2004（この年）
第23回（平17年度）「小さな童話」大
　賞　　　　　　　　　　　　　2005（この年）
筑摩書房
第2回（昭30年）産経児童出版文化賞
　　　　　　　　　　　　　　　1955（この年）
『ミノスケのスキー帽』刊行　　1957.7月
『ゲンと不動明王』刊行　　　　1958.9月
第8回読書感想コン課題図書　　1962（この年）
第9回読書感想コン課題図書　　1963（この年）
第13回読書感想コン課題図書　 1967（この年）
第15回読書感想コン課題図書　 1969（この年）
第17回読書感想コン課題図書　 1971（この年）
第18回（昭46年）産経児童出版文化賞
　　　　　　　　　　　　　　　1971（この年）
第18回読書感想コン課題図書　 1972（この年）
『ぽっぺん先生の日曜日』刊行　1973.3月
『光車よ、まわれ！』刊行　　　1973.4月
『校本宮澤賢治全集』刊行開始　1973（この年）
第20回（昭48年）産経児童出版文化賞
　　　　　　　　　　　　　　　1973（この年）
『ぽっぺん先生と帰らずの沼』刊行　1974.3月

『生きることの意味』刊行　　　　1974.12月
第12回（昭49年）野間児童文芸賞
　　　　　　　　　　　　　　1974（この年）
第21回（昭49年）産経児童出版文化賞
　　　　　　　　　　　　　　1974（この年）
第4回（昭49年）赤い鳥文学賞　1974（この年）
第21回読書感想コン課題図書　1975（この年）
第15回（昭50年）日本児童文学者協会
　賞　　　　　　　　　　　　1975（この年）
第22回（昭50年）産経児童出版文化賞
　　　　　　　　　　　　　　1975（この年）
第22回読書感想コン課題図書　1976（この年）
第23回（昭51年）産経児童出版文化賞
　　　　　　　　　　　　　　1976（この年）
第24回読書感想コン課題図書　1978（この年）
第2回（昭53年）日本児童文学学会賞
　　　　　　　　　　　　　　1978（この年）
第26回（昭54年）産経児童出版文化賞
　　　　　　　　　　　　　　1979（この年）
第10回（昭55年）赤い鳥文学賞 1980（この年）
『遠い野ばらの村』刊行　　　　 1981.9月
第27回読書感想コン課題図書　1981（この年）
第28回読書感想コン課題図書　1982（この年）
第20回（昭57年）野間児童文芸賞
　　　　　　　　　　　　　　1982（この年）
第29回（昭57年）産経児童出版文化賞
　　　　　　　　　　　　　　1982（この年）
『ぽたぽた』刊行　　　　　　　1983.9月
第29回読書感想コン課題図書　1983（この年）
第30回（昭58年）産経児童出版文化賞
　　　　　　　　　　　　　　1983（この年）
第30回読書感想コン課題図書　1984（この年）
第22回（昭59年）野間児童文芸賞
　　　　　　　　　　　　　　1984（この年）
第31回（昭59年）産経児童出版文化賞
　　　　　　　　　　　　　　1984（この年）
第31回読書感想コン課題図書　1985（この年）
第32回（昭60年）産経児童出版文化賞
　　　　　　　　　　　　　　1985（この年）
第3回（昭60年）新美南吉児童文学賞
　　　　　　　　　　　　　　1985（この年）
『元気のさかだち』刊行　　　　1986.4月
第32回読書感想コン課題図書　1986（この年）
第33回（昭61年）産経児童出版文化賞
　　　　　　　　　　　　　　1986（この年）
『とまり木をください』刊行　　 1987.6月
第34回読書感想コン課題図書　1988（この年）
第26回（昭63年）野間児童文芸賞
　　　　　　　　　　　　　　1988（この年）

第36回（平1年）産経児童出版文化賞
　　　　　　　　　　　　　　1989（この年）
第36回読書感想コン課題図書　1990（この年）
第38回読書感想コン課題図書　1992（この年）
第14回（平4年）路傍の石文学賞 1992（この年）
第39回（平4年）産経児童出版文化賞
　　　　　　　　　　　　　　1992（この年）
地図の本の刊行相次ぐ　　　　 1992（この年）
第39回読書感想コン課題図書　1993（この年）
第40回読書感想コン課題図書　1994（この年）
第41回読書感想コン課題図書　1995（この年）
第43回読書感想コン課題図書　1997（この年）
第44回（平9年）産経児童出版文化賞
　　　　　　　　　　　　　　1997（この年）
『完訳 グリム童話集』刊行　　　1999.10月
第45回読書感想コン課題図書　1999（この年）
第48回読書感想コン課題図書　2002（この年）
第29回（平17年）日本児童文学学会賞
　　　　　　　　　　　　　　2005（この年）
「ちくま評伝シリーズ」刊行開始　2014.8.25
トーベ・ヤンソン生誕100年　2014（この年）

千葉児童文学賞
　第1回（昭34年）千葉児童文学賞 1959（この年）
　第11回（昭44年）千葉児童文学賞
　　　　　　　　　　　　　　1969（この年）
　第18回（昭51年）千葉児童文学賞
　　　　　　　　　　　　　　1976（この年）
　第19回（昭52年）千葉児童文学賞
　　　　　　　　　　　　　　1977（この年）
　第20回（昭53年）千葉児童文学賞
　　　　　　　　　　　　　　1978（この年）
　第21回（昭54年）千葉児童文学賞
　　　　　　　　　　　　　　1979（この年）
　第22回（昭55年）千葉児童文学賞
　　　　　　　　　　　　　　1980（この年）
　第23回（昭56年）千葉児童文学賞
　　　　　　　　　　　　　　1981（この年）
　第24回（昭57年）千葉児童文学賞
　　　　　　　　　　　　　　1982（この年）
　第25回（昭58年）千葉児童文学賞
　　　　　　　　　　　　　　1983（この年）
　第26回（昭59年）千葉児童文学賞
　　　　　　　　　　　　　　1984（この年）
　第27回（昭60年）千葉児童文学賞
　　　　　　　　　　　　　　1985（この年）
　第28回（昭61年）千葉児童文学賞
　　　　　　　　　　　　　　1986（この年）
　第29回（昭62年）千葉児童文学賞
　　　　　　　　　　　　　　1987（この年）

第30回（昭63年）千葉児童文学賞
　　　　　　　　　　　　1988（この年）
第31回（平1年）千葉児童文学賞 1989（この年）
第32回（平2年）千葉児童文学賞 1990（この年）
第33回（平3年）千葉児童文学賞 1991（この年）
第34回（平4年）千葉児童文学賞 1992（この年）
第35回（平5年）千葉児童文学賞 1993（この年）
第36回（平6年）千葉児童文学賞 1994（この年）
第37回（平7年）千葉児童文学賞 1995（この年）
第38回（平8年）千葉児童文学賞 1996（この年）
第39回（平9年）千葉児童文学賞 1997（この年）
第45回（平16年）千葉児童文学賞
　　　　　　　　　　　　2004（この年）
第47回（平18年）千葉児童文学賞
　　　　　　　　　　　　2006（この年）
第48回（平19年）千葉児童文学賞
　　　　　　　　　　　　2007（この年）
第49回（平20年）千葉児童文学賞
　　　　　　　　　　　　2008（この年）
第56回（平26年度）千葉児童文学賞
　　　　　　　　　　　　2014（この年）

ちびくろサンボ問題
「ちびくろサンボ」問題　　　1988.12月～
『「ちびくろサンボ」の絶版を考える』
　刊行　　　　　　　　　　　1990.8月

チャイルドブック
「チャイルドブック」創刊　　　1949.4月
「日本の子ども」と「チャイルドブック」合併　　　　　　　　1949.10月
第21回（昭47年度）小学館児童出版文化賞　　　　　　　　1972（この年）
ひさかたチャイルド創立　　　1981.4.7

チャイルド本社
第11回（昭57年）児童文芸新人賞
　　　　　　　　　　　　1982（この年）
第31回（昭57年度）小学館児童出版文化賞　　　　　　　　1982（この年）

チャリティ・ブック・フェスティバル
「第6回上野の森親子フェスタ」　2005.5.3～05
「第12回上野の森親子フェスタ」　2011.5.3～05
「第14回上野の森親子フェスタ」　　　2013.5.3
「第15回上野の森親子フェスタ」　2014.5.3～05

中一コース
中一誌の宣伝開始　　　　　　1986.1.16

中一時代
中一誌の宣伝開始　　　　　　1986.1.16
『中一時代』休刊　　　　　　1990.11.2

中央公論社
「少年少女」創刊　　　　　　1948.2月
『小さな町の六』刊行　　　　1949.4月
『風船は空に』刊行　　　　　1950.3月
『木かげの家の小人たち』刊行 1959.12月
『子どもと文学』刊行　　　　1960.4月
第7回（昭35年）産経児童出版文化賞
　　　　　　　　　　　　1960（この年）
第1回（昭36年）国際アンデルセン賞
　国内賞　　　　　　　　1961（この年）
第8回読書感想コン課題図書　1962（この年）
第9回読書感想コン課題図書　1963（この年）
第10回読書感想コン課題図書　1964（この年）
第19回読書感想コン課題図書　1973（この年）
第22回読書感想コン課題図書　1976（この年）
第1回（昭60年度）坪田譲治文学賞
　　　　　　　　　　　　1985（この年）
第38回読書感想コン課題図書　1992（この年）
第22回（平10年）日本児童文学学会賞
　　　　　　　　　　　　1998（この年）

中央公論新社
第27回（平15年）日本児童文学学会賞
　　　　　　　　　　　　2003（この年）
星の王子さま、翻訳出版権消失　2005.1.22
第29回（平17年）日本児童文学学会賞
　　　　　　　　　　　　2005（この年）

中央出版社
『花を埋める』創作集　　　　1946.9月
『和太郎さんと牛』刊行　　　1946.9月
『牛をつないだ椿の木』刊行　1976.5月

中京大学文化科学研究所
第24回（平12年）日本児童文学学会賞
　　　　　　　　　　　　2000（この年）

ちゅうでん児童文学賞
第1回（平10年）ちゅうでん児童文学賞
　　　　　　　　　　　　1998（この年）
第2回（平11年）ちゅうでん児童文学賞
　　　　　　　　　　　　1999（この年）
第3回（平12年）ちゅうでん児童文学賞
　　　　　　　　　　　　2000（この年）
第4回（平13年）ちゅうでん児童文学賞
　　　　　　　　　　　　2001（この年）
第5回（平14年）ちゅうでん児童文学賞
　　　　　　　　　　　　2002（この年）
第6回（平15年度）ちゅうでん児童文学賞
　　　　　　　　　　　　2003（この年）
第7回（平16年度）ちゅうでん児童文学賞
　　　　　　　　　　　　2004（この年）

第8回（平17年度）ちゅうでん児童文
　　学賞　　　　　　　　　2005（この年）
第9回（平18年度）ちゅうでん児童文
　　学賞　　　　　　　　　2006（この年）
第10回（平19年度）ちゅうでん児童文
　　学賞　　　　　　　　　2007（この年）
第11回（平20年度）ちゅうでん児童文
　　学賞　　　　　　　　　2008（この年）
第12回（平21年度）ちゅうでん児童文
　　学賞　　　　　　　　　2009（この年）
第13回（平22年度）ちゅうでん児童文
　　学賞　　　　　　　　　2010（この年）
第14回（平23年度）ちゅうでん児童文
　　学賞　　　　　　　　　2011（この年）
第15回（平24年度）ちゅうでん児童文
　　学賞　　　　　　　　　2012（この年）

中部音楽創作連盟
　第12回（昭54年）新美南吉文学賞
　　　　　　　　　　　　　　1979（この年）

中部トーハン会
　「2000年子どもの本ブックフェア」　2000.7.28

中部日本放送制作班
　第6回（昭48年）新美南吉文学賞　1973（この年）

汐文社
　汐文社創業　　　　　　　　1976（この年）
　第29回（平3年）野間児童文芸賞　1991（この年）
　第4回（平6年度）けんぶち絵本の里大
　　賞　　　　　　　　　　1994（この年）
　第53回（平18年）産経児童出版文化賞
　　　　　　　　　　　　　　2006（この年）
　第55回読書感想コン課題図書　2009（この年）
　第59回読書感想コン課題図書　2013（この年）
　第60回読書感想コン課題図書　2014（この年）

朝文社
　第20回（平8年）日本児童文学学会賞
　　　　　　　　　　　　　　1996（この年）

長編児童文学新人賞
　第1回（平14年）長編児童文学新人賞
　　　　　　　　　　　　　　2002（この年）
　第2回（平15年）長編児童文学新人賞
　　　　　　　　　　　　　　2003（この年）
　第6回（平19年）長編児童文学新人賞
　　　　　　　　　　　　　　2007（この年）
　第7回（平20年）長編児童文学新人賞
　　　　　　　　　　　　　　2008（この年）
　第8回（平21年）長編児童文学新人賞
　　　　　　　　　　　　　　2009（この年）
　第9回（平22年）長編児童文学新人賞
　　　　　　　　　　　　　　2010（この年）
　第10回（平23年）長編児童文学新人賞
　　　　　　　　　　　　　　2011（この年）
　第11回（平24年）長編児童文学新人賞
　　　　　　　　　　　　　　2012（この年）
　第12回（平25年）長編児童文学新人賞
　　　　　　　　　　　　　　2013（この年）
　第13回（平26年）長編児童文学新人賞
　　　　　　　　　　　　　　2014（この年）
　第14回（平27年）長編児童文学新人賞
　　　　　　　　　　　　　　2015（この年）

長篇少年文学
　「長篇少年文学」創刊　　　　1953.4月

【つ】

土屋児童文庫
　土屋児童文庫が閉庫　　　　1996.2月

つなん出版
　第29回（平17年）日本児童文学学会賞
　　　　　　　　　　　　　　2005（この年）

つのぶえ
　第15回（平16年）新・北陸児童文学賞
　　　　　　　　　　　　　　2004（この年）

坪田譲治文学賞
　第1回（昭60年度）坪田譲治文学賞
　　　　　　　　　　　　　　1985（この年）
　第2回（昭61年度）坪田譲治文学賞
　　　　　　　　　　　　　　1986（この年）
　第3回（昭62年度）坪田譲治文学賞
　　　　　　　　　　　　　　1987（この年）
　第4回（昭63年度）坪田譲治文学賞
　　　　　　　　　　　　　　1988（この年）
　第5回（平1年度）坪田譲治文学賞
　　　　　　　　　　　　　　1989（この年）
　第6回（平2年度）坪田譲治文学賞
　　　　　　　　　　　　　　1990（この年）
　第7回（平3年度）坪田譲治文学賞
　　　　　　　　　　　　　　1991（この年）
　第8回（平4年度）坪田譲治文学賞
　　　　　　　　　　　　　　1992（この年）
　第9回（平5年度）坪田譲治文学賞
　　　　　　　　　　　　　　1993（この年）
　第10回（平6年度）坪田譲治文学賞
　　　　　　　　　　　　　　1994（この年）

第11回（平7年度）坪田譲治文学賞
　　　　　　　　　　　1995（この年）
第12回（平8年度）坪田譲治文学賞
　　　　　　　　　　　1996（この年）
第13回（平9年度）坪田譲治文学賞
　　　　　　　　　　　1997（この年）
第15回（平11年度）坪田譲治文学賞
　　　　　　　　　　　1999（この年）
第16回（平12年度）坪田譲治文学賞
　　　　　　　　　　　2000（この年）
第17回（平13年度）坪田譲治文学賞
　　　　　　　　　　　2001（この年）
第18回（平14年度）坪田譲治文学賞
　　　　　　　　　　　2002（この年）
第19回（平15年度）坪田譲治文学賞
　　　　　　　　　　　2003（この年）
第20回（平16年度）坪田譲治文学賞
　　　　　　　　　　　2004（この年）
第21回（平17年度）坪田譲治文学賞
　　　　　　　　　　　2005（この年）
第22回（平18年度）坪田譲治文学賞
　　　　　　　　　　　2006（この年）
第23回（平19年度）坪田譲治文学賞
　　　　　　　　　　　2007（この年）
第24回（平20年度）坪田譲治文学賞
　　　　　　　　　　　2008（この年）
第25回（平21年度）坪田譲治文学賞
　　　　　　　　　　　2009（この年）
第26回（平22年度）坪田譲治文学賞
　　　　　　　　　　　2010（この年）
第27回（平23年度）坪田譲治文学賞
　　　　　　　　　　　2011（この年）
第28回（平24年度）坪田譲治文学賞
　　　　　　　　　　　2012（この年）
第30回（平26年度）坪田譲治文学賞
　　　　　　　　　　　2014（この年）
第31回（平27年度）坪田譲治文学賞
　　　　　　　　　　　2015（この年）
津山児童文化の会
　第7回（昭58年）「子ども世界」絵本と
　幼低学年童話賞　　　1983（この年）
鶴書房
　『三太の日記』刊行　　　　　1955.1月

【て】

ティーンズハート講談社X文庫
　ミドルティーン向け文庫創刊ラッ
　シュ　　　　　　　　　1989（この年）
てのり文庫
　「てのり文庫」創刊　　　　　1988.7月
出前紙芝居大学
　「第1回出前紙芝居大学」開催　1999.3月
てらいんく
　第44回（平16年）日本児童文学者協会
　賞　　　　　　　　　　2004（この年）
　第35回（平17年）赤い鳥文学賞 2005（この年）
　第40回（平19年）日本児童文学者協会
　新人賞　　　　　　　　2007（この年）
　第48回（平20年）日本児童文学者協会
　賞　　　　　　　　　　2008（この年）
　第27回（平21年）新美南吉児童文学賞
　　　　　　　　　　　　2009（この年）
　第23回（平25年）椋鳩十児童文学賞
　　　　　　　　　　　　2013（この年）
てんぐ
　第6回（昭48年）日本児童文学者協会
　新人賞　　　　　　　　1973（この年）
　第2回（平2年）新・北陸児童文学賞
　　　　　　　　　　　　1990（この年）
点訳絵本文庫
　点訳絵本の「岩田文庫」創設　1984（この年）

【と】

東亜春秋社
　『さくら貝』刊行　　　　　1945.10月
東京学芸大学児童文学研究会
　「あかべこ」創刊　　　　　1952.8月
東京国際ブックフェア
　「東京国際ブックフェア」　2005.7.7～10
東京子ども図書館
　「東京子ども図書館」発足　　1974.1.31
　「おはなしのろうそく」出版開始　1974.1月
　E・コルウェル講演会開催　　1976.10月
　東京子ども図書館新館　　　1997.11.26

第49回（平26年度）東燃ゼネラル児童
　　　文化賞　　　　　　　　2014（この年）
東京書籍
　　第17回（昭52年）日本児童文学者協会
　　　賞　　　　　　　　　　1977（この年）
　　第1回（昭52年）日本児童文学学会賞
　　　　　　　　　　　　　　1977（この年）
　　第27回（昭55年）産経児童出版文化賞
　　　　　　　　　　　　　　1980（この年）
　　第4回（昭55年）日本児童文学学会賞
　　　　　　　　　　　　　　1980（この年）
　　第15回（平3年）日本児童文学学会賞
　　　　　　　　　　　　　　1991（この年）
　　3D図鑑刊行　　　　　　　　2012.4月
　　『信じられない現実の大図鑑』刊行　2014.7月
東京創元社
　　第2回（昭30年）産経児童出版文化賞
　　　　　　　　　　　　　　1955（この年）
　　第7回（昭35年）産経児童出版文化賞
　　　　　　　　　　　　　　1960（この年）
　　第49回（平14年）産経児童出版文化賞
　　　　　　　　　　　　　　2002（この年）
　　『アンドルー・ラング世界童話集』刊
　　　行開始　　　　　　　　2008.1.30
東京都江戸川区
　　初の「読書科」設置　　　　2012.4.1
東京都公立図書館長協議会児童図書館研究会
　　キーツ氏を囲む会開催　　　1973.1.20
東京都品川区立図書館
　　入院児童へのサービス開始　　1982.8月
東京都世田谷区
　　「山の木文庫」開設　　　　　1973.5.4
東京都練馬区
　　いわさきちひろ絵本美術館開館　1977.9.10
東京都目黒区
　　第31回（昭59年）産経児童出版文化賞
　　　　　　　　　　　　　　1984（この年）
東京都立日比谷図書館
　　都立日比谷図書館に子ども室完成　1957.10.3
　　キーツ氏を囲む会開催　　　1973.1.20
東京ブックフェア
　　「'90東京ブックフェア」　　1990.7.19〜23
とうげの旗
　　第1回（昭41年）日本児童文学者協会
　　　短篇賞　　　　　　　　1966（この年）
　　第6回（昭41年）日本児童文学者協会
　　　賞　　　　　　　　　　1966（この年）

東西文明社
　　第4回（昭32年）産経児童出版文化賞
　　　　　　　　　　　　　　1957（この年）
童心会図書館
　　童心会図書館開設　　　　　1964.1月
童心社
　　童心社「よいこの十二か月」シリーズ
　　　化　　　　　　　　　　　1957.4月
　　童心社創立　　　　　　　　1957（この年）
　　第8回（昭36年）産経児童出版文化賞
　　　　　　　　　　　　　　1961（この年）
　　『いないいないばあ』刊行　　1967.4月
　　第13回読書感想コン課題図書　1967（この年）
　　第16回読書感想コン課題図書　1970（この年）
　　第17回（昭45年）産経児童出版文化賞
　　　　　　　　　　　　　　1970（この年）
　　『ねしょんべんものがたり』刊行　1971.11月
　　第17回読書感想コン課題図書　1971（この年）
　　『オイノコは夜明けにほえる』刊行　1972.8月
　　『月夜のはちどう山』刊行　　1972.11月
　　第21回（昭47年度）小学館児童出版文
　　　化賞　　　　　　　　　　1972（この年）
　　第19回読書感想コン課題図書　1973（この年）
　　「おばけえほん」シリーズ　　1974.7月
　　『おしいれのぼうけん』刊行　1974.11.1
　　第21回読書感想コン課題図書　1975（この年）
　　『雪ほっこ物語』刊行　　　　1977.2月
　　第23回読書感想コン課題図書　1977（この年）
　　第15回（昭52年）野間児童文芸賞
　　　　　　　　　　　　　　1977（この年）
　　『おかあさんだいっきらい』刊行　1978.3月
　　『アフリカのシュバイツァー』刊行　1978.9月
　　第24回読書感想コン課題図書　1978（この年）
　　第1回（昭53年）日本の絵本賞 絵本
　　　にっぽん賞　　　　　　　1978（この年）
　　『じいと山のコボたち』刊行　1979.5月
　　『フォア文庫』創刊　　　　　1979.10月
　　第25回読書感想コン課題図書　1979（この年）
　　『おれたちのはばたきを聞け』刊行　1980.6月
　　第3回（昭55年）日本の絵本賞 絵本
　　　にっぽん賞　　　　　　　1980（この年）
　　第27回読書感想コン課題図書　1981（この年）
　　第14回（昭56年）日本児童文学者協会
　　　新人賞　　　　　　　　　1981（この年）
　　第30回（昭56年度）小学館児童出版文
　　　化賞　　　　　　　　　　1981（この年）
　　第29回（昭57年）産経児童出版文化賞
　　　　　　　　　　　　　　1982（この年）
　　「14ひきのシリーズ」刊行　　1983.7月

『おおきく おおきく おおきくなあれ』
　　　　　　　　　　　　1983（この年）
第29回読書感想コン課題図書　1983（この年）
第6回（昭58年）日本の絵本賞　絵本
　にっぽん賞　　　　　　　1983（この年）
第30回読書感想コン課題図書　1984（この年）
第34回（昭60年度）小学館児童出版文
　化賞　　　　　　　　　　1985（この年）
第8回（昭60年）日本の絵本賞　絵本
　にっぽん賞　　　　　　　1985（この年）
第32回読書感想コン課題図書　1986（この年）
第9回（昭61年）日本の絵本賞　絵本
　にっぽん賞　　　　　　　1986（この年）
第34回読書感想コン課題図書　1988（この年）
第35回読書感想コン課題図書　1989（この年）
第37回読書感想コン課題図書　1991（この年）
第14回（平3年）日本の絵本賞　絵本
　にっぽん賞　　　　　　　1991（この年）
ベトナム戦争の本が話題に　　1992（この年）
第38回読書感想コン課題図書　1992（この年）
『やまからにげてきた ゴミをぽいぽ
　い』刊行　　　　　　　　　　1993.2.5
古田足日の全集刊行　　　　　　1993.11月
児童全集の刊行相次ぐ　　　　1993（この年）
第39回読書感想コン課題図書　1993（この年）
『フォア文庫愛蔵版』刊行　　　　1994.1月
児童図書十社の会設立20周年会　　1994.2.1
第40回読書感想コン課題図書　1994（この年）
第4回（平6年度）けんぶち絵本の里大
　賞　　　　　　　　　　　1994（この年）
第41回読書感想コン課題図書　1995（この年）
第5回（平7年度）けんぶち絵本の里大
　賞　　　　　　　　　　　1995（この年）
『怪談レストラン』刊行開始　1996.7月〜10月
『あかちゃんの本』1000万部突破
　　　　　　　　　　　　1996（この年）
第2回（平8年）日本絵本賞　1996（この年）
第45回（平8年度）小学館児童出版文
　化賞　　　　　　　　　　1996（この年）
第43回読書感想コン課題図書　1997（この年）
第3回（平9年）日本絵本賞　1997（この年）
第44回読書感想コン課題図書　1998（この年）
第45回（平10年）産経児童出版文化賞
　　　　　　　　　　　　1998（この年）
第4回（平10年）日本絵本賞　1998（この年）
「第1回出前紙芝居大学」開催　　1999.3月
『おはなしポケット』刊行　　　　1999.9月
第45回読書感想コン課題図書　1999（この年）
第5回（平11年）日本絵本賞　1999（この年）

第46回読書感想コン課題図書　2000（この年）
紙芝居関連事業が相次
　ぐ　　　　　　　　　　2001.9月〜12月
『くれよんのくろくん』刊行　　　2001.10月
第48回読書感想コン課題図書　2002（この年）
第12回（平14年）けんぶち絵本の里大
　賞　　　　　　　　　　　2002（この年）
第7回（平14年）日本絵本賞　2002（この年）
第49回読書感想コン課題図書　2003（この年）
第32回（平15年）児童文芸新人賞
　　　　　　　　　　　　2003（この年）
第43回（平15年）日本児童文学者協会
　賞　　　　　　　　　　　2003（この年）
第8回（平15年）日本絵本賞　2003（この年）
童心社から戦争体験集　　　　　　2004.3月
第50回読書感想コン課題図書　2004（この年）
ファンタジー小説の翻訳相次ぐ　2005（この年）
第51回読書感想コン課題図書　2005（この年）
第10回（平17年）日本絵本賞　2005（この年）
童心社創業50周年　　　　　　　2006.12月
第52回読書感想コン課題図書　2006（この年）
『いないいないばあ』40周年　2007（この年）
第53回読書感想コン課題図書　2007（この年）
『しっぱいにかんぱい！』刊行　　2008.9月
『じごくのそうべえ』100万部突破
　　　　　　　　　　　　2008（この年）
フォア文庫30周年　　　　　　2008（この年）
第55回読書感想コン課題図書　2009（この年）
第56回読書感想コン課題図書　2010（この年）
第20回（平22年）けんぶち絵本の里大
　賞　　　　　　　　　　　2010（この年）
『日・中・韓 平和絵本』刊行開始　2011.4.1
第57回読書感想コン課題図書　2011（この年）
ロングセラー記録更新　　　　2012（この年）
第58回読書感想コン課題図書　2012（この年）
第22回（平24年）けんぶち絵本の里大
　賞　　　　　　　　　　　2012（この年）
「怪談オウマガドキ学園」刊行　　2013.7.1
第18回（平25年）日本絵本賞　2013（この年）
第46回（平25年）日本児童文学者協会
　新人賞　　　　　　　　　2013（この年）
第60回（平25年）産経児童出版文化賞
　　　　　　　　　　　　2013（この年）

東大・比較文化研究第22輯
　第8回（昭59年）日本児童文学学会賞
　　　　　　　　　　　　1984（この年）

透土社
　第14回（平2年）日本児童文学学会賞
　　　　　　　　　　　　1990（この年）

東都書房
　『コタンの口笛』刊行　　　　　1957.12月
　『風の中の瞳』刊行　　　　　　1958.8月
　第1回（昭33年）未明文学賞　1958（この年）
　第5回（昭33年）産経児童出版文化賞
　　　　　　　　　　　　　　1958（この年）
　『谷間の底から』刊行　　　　　1959.9月
　第7回（昭35年）産経児童出版文化賞
　　　　　　　　　　　　　　1960（この年）
　第8回読書感想コン課題図書　1962（この年）
　『若草色の汽船』刊行　　　　　1963.6月
　第1回（昭38年）野間児童文芸賞 1963（この年）
　第9回読書感想コン課題図書　1963（この年）
　第10回読書感想コン課題図書 1964（この年）
　『青いスクラム』刊行　　　　　1965.8月
　『水つき学校』刊行　　　　　　1965.12月
　『草の芽は青い』刊行　　　　　1966.1月
　第12回読書感想コン課題図書　1966（この年）
　第15回（昭41年度）小学館児童出版文
　　化賞　　　　　　　　　　1966（この年）
　第5回（昭42年）野間児童文芸賞 1967（この年）
　第9回（昭46年）野間児童文芸賞 1971（この年）

東燃ゼネラル児童文化賞
　第44回（平21年度）東燃ゼネラル児童
　　文化賞　　　　　　　　　2009（この年）
　第45回（平22年度）東燃ゼネラル児童
　　文化賞　　　　　　　　　2010（この年）
　第46回（平23年度）東燃ゼネラル児童
　　文化賞　　　　　　　　　2011（この年）
　第47回（平24年度）東燃ゼネラル児童
　　文化賞　　　　　　　　　2012（この年）
　第48回（平25年度）東燃ゼネラル児童
　　文化賞　　　　　　　　　2013（この年）

どうぶつ社
　第48回（平13年）産経児童出版文化賞
　　　　　　　　　　　　　　2001（この年）

同朋社出版
　地図の本の刊行相次ぐ　　　1992（この年）

東北電力夢見る子供童話賞
　第1回（平4年度）東北電力夢見る子供
　　童話賞　　　　　　　　　1992（この年）

東洋館出版社
　いじめ問題の本の刊行相次ぐ　1995（この年）

童話
　「童話」創刊　　　　　　　　1946.5月
　第1回（昭39年度）「童話」作品ベスト
　　3賞　　　　　　　　　　1964（この年）
　第2回（昭40年度）「童話」作品ベスト
　　3賞　　　　　　　　　　1965（この年）
　第3回（昭41年度）「童話」作品ベスト
　　3賞　　　　　　　　　　1966（この年）
　第4回（昭42年度）「童話」作品ベスト
　　3賞　　　　　　　　　　1967（この年）
　第5回（昭43年度）「童話」作品ベスト
　　3賞　　　　　　　　　　1968（この年）
　第6回（昭44年度）「童話」作品ベスト
　　3賞　　　　　　　　　　1969（この年）
　第7回（昭45年度）「童話」作品ベスト
　　3賞　　　　　　　　　　1970（この年）
　第8回（昭46年度）「童話」作品ベスト
　　3賞　　　　　　　　　　1971（この年）
　第9回（昭47年度）「童話」作品ベスト
　　3賞　　　　　　　　　　1972（この年）
　第10回（昭48年度）「童話」作品ベス
　　ト3賞　　　　　　　　　1973（この年）
　第11回（昭49年度）「童話」作品ベス
　　ト3賞　　　　　　　　　1974（この年）
　第12回（昭50年度）「童話」作品ベス
　　ト3賞　　　　　　　　　1975（この年）
　第13回（昭51年度）「童話」作品ベス
　　ト3賞　　　　　　　　　1976（この年）
　第14回（昭52年度）「童話」作品ベス
　　ト3賞　　　　　　　　　1977（この年）
　第15回（昭53年度）「童話」作品ベス
　　ト3賞　　　　　　　　　1978（この年）
　第16回（昭54年度）「童話」作品ベス
　　ト3賞　　　　　　　　　1979（この年）
　第17回（昭55年度）「童話」作品ベス
　　ト3賞　　　　　　　　　1980（この年）
　第18回（昭56年度）「童話」作品ベス
　　ト3賞　　　　　　　　　1981（この年）
　第27回（平2年度）日本童話会賞 1990（この年）

童話館出版
　第45回（平10年）産経児童出版文化賞
　　　　　　　　　　　　　　1998（この年）

童話教室
　「童話教室」創刊　　　　　　1947.1月
　「童話教室」終刊　　　　　　1949.3月

童話作品ベスト3賞
　第1回（昭39年度）「童話」作品ベスト
　　3賞　　　　　　　　　　1964（この年）
　第2回（昭40年度）「童話」作品ベスト
　　3賞　　　　　　　　　　1965（この年）
　第3回（昭41年度）「童話」作品ベスト
　　3賞　　　　　　　　　　1966（この年）

第4回（昭42年度）「童話」作品ベスト
　　3賞　　　　　　　　　1967（この年）
　第5回（昭43年度）「童話」作品ベスト
　　3賞　　　　　　　　　1968（この年）
　第6回（昭44年度）「童話」作品ベスト
　　3賞　　　　　　　　　1969（この年）
　第7回（昭45年度）「童話」作品ベスト
　　3賞　　　　　　　　　1970（この年）
　第8回（昭46年度）「童話」作品ベスト
　　3賞　　　　　　　　　1971（この年）
　第9回（昭47年度）「童話」作品ベスト
　　3賞　　　　　　　　　1972（この年）
　第10回（昭48年度）「童話」作品ベス
　　ト3賞　　　　　　　　1973（この年）
　第11回（昭49年度）「童話」作品ベス
　　ト3賞　　　　　　　　1974（この年）
　第12回（昭50年度）「童話」作品ベス
　　ト3賞　　　　　　　　1975（この年）
　第13回（昭51年度）「童話」作品ベス
　　ト3賞　　　　　　　　1976（この年）
　第14回（昭52年度）「童話」作品ベス
　　ト3賞　　　　　　　　1977（この年）
　第15回（昭53年度）「童話」作品ベス
　　ト3賞　　　　　　　　1978（この年）
　第16回（昭54年度）「童話」作品ベス
　　ト3賞　　　　　　　　1979（この年）
　第17回（昭55年度）「童話」作品ベス
　　ト3賞　　　　　　　　1980（この年）
　第18回（昭56年度）「童話」作品ベス
　　ト3賞　　　　　　　　1981（この年）
同和春秋社
　第3回（昭31年）産経児童出版文化賞
　　　　　　　　　　　　　1956（この年）
童話屋
　『葉っぱのフレディ』刊行　1988.10月
　第35回（昭63年）産経児童出版文化賞
　　　　　　　　　　　　　1988（この年）
　第20回（平2年）赤い鳥文学賞　1990（この年）
　環境問題の本の刊行相次ぐ　1992（この年）
　子ども向け絵本が大人に人気　1998（この年）
　「みんなのうた絵本」刊行開始　2006.5月
　『葉っぱのフレディ』10周年　2008（この年）
徳島県鳴門市
　大学に児童図書館開設　　　1987.5月
読書運動通信
　「読書運動通信」創刊　　　1965.11月
読書科
　初の「読書科」設置　　　　2012.4.1

読書推進運動
　『よみきかせおはなし絵本』刊行
　　　　　　　　　　　　　2006（この年）
読書推進キャンペーン
　「読書推進キャンペーン」　1985.5.1
徳間書店
　ミドルティーン向け文庫創刊ラッ
　　シュ　　　　　　　　　1989（この年）
　徳間書店が児童書参入　　　1994（この年）
　『ごきげんなすてご』刊行　1995.1月
　第41回読書感想コン課題図書　1995（この年）
　第46回（平11年）産経児童出版文化賞
　　　　　　　　　　　　　1999（この年）
　第47回（平12年）産経児童出版文化賞
　　　　　　　　　　　　　2000（この年）
　ファンタジー・ブーム　　　2001（この年）
　第48回（平13年）産経児童出版文化賞
　　　　　　　　　　　　　2001（この年）
　第49回（平14年）産経児童出版文化賞
　　　　　　　　　　　　　2002（この年）
　ファンタジー・ブーム続く　2003（この年）
　第46回（平18年）日本児童文学者協会
　　賞　　　　　　　　　　2006（この年）
　第53回（平18年）産経児童出版文化賞
　　　　　　　　　　　　　2006（この年）
　第55回（平18年度）小学館児童出版文
　　化賞　　　　　　　　　2006（この年）
　第55回読書感想コン課題図書　2009（この年）
　第56回（平21年）産経児童出版文化賞
　　　　　　　　　　　　　2009（この年）
　『ゴハおじさんのゆかいなお話』刊行　2010.1月
　第57回読書感想コン課題図書　2011（この年）
　第58回（平23年）産経児童出版文化賞
　　　　　　　　　　　　　2011（この年）
　第59回（平24年）産経児童出版文化賞
　　　　　　　　　　　　　2012（この年）
　第60回（平25年）産経児童出版文化賞
　　　　　　　　　　　　　2013（この年）
　トーベ・ヤンソン生誕100年　2014（この年）
　第60回読書感想コン課題図書　2014（この年）
徳間文庫パステルシリーズ
　ミドルティーン向け文庫創刊ラッ
　　シュ　　　　　　　　　1989（この年）
図書館問題研究会
　ピノキオ回収騒動　　　　　1976.11.24〜
栃木県那須郡那珂町
　いわむらかずお絵本の丘美術館設立　1998.4.25

トッパン
　第1回（昭29年）産経児童出版文化賞
　　　　　　　　　　　　　1954（この年）
トナカイ村春季号
　第3回（昭45年）日本児童文学者協会
　　新人賞　　　　　　　　1970（この年）
トーハン（東販）
　ヤングアダルト出版会設立総会　1979.7.26
　「5月5日こどもに本を贈る日」1987.4.30〜05.3
　「5月5日こどもに本を贈る日」　1989.4.1
　「こどもの本総合フェア」　　　1991.6.20
　「'94明日をみつめる子供のための優良
　　図書展示会」　　　　　　　1994.5.16
　「トーハン大阪支店こどもの本ブック
　　フェア」　　　　　　　　　1994.8.9
　「トーハン名古屋支店子どもの本ブッ
　　クフェア」　　　　　　　　1994.8.26
　「子どもの本フェア」　　　　　1995.8.25
　「子どもの本ブックフェア」　　1997.8.1
　「'98こどもの本ブックフェア」京都で
　　開催　　　　　　　　　　　1998.7.25
　「'98こどもの本ブックフェア」名古屋
　　で開催　　　　　　　　　　1998.8.1
　「子どもの本ブックフェア」　　2000.6.8
　「子どもの本ブックフェア」　　2004.7.25
　「子どもの本ブックフェア」開催
　　　　　　　　　　　　2005.7.24〜26
　朝の読書2万校突破　　　　　　2005.8.10
　「子どもの本ブックフェア」　　2006.8.31
　『ミリオンぶっく』配布　　　　2006.12.8
富山県射水市
　射水市大島絵本館設立　　　　　1994.8月
富山県大島町
　大島町絵本館開館　　　　　　　1994.8月

【な】

長崎市子ども文庫
　「長崎市子ども文庫」制度開始　1975.7.10
長野県飯山市
　斑尾高原絵本美術館開館　　　　1995.2月
長野県岡谷市
　小さな絵本美術館開館　　　　　1990.11.3
長野県軽井沢町
　絵本の森美術館開館　　　　　　1990.7月

長野県作文教育研究協議会
　第28回（昭56年）産経児童出版文化賞
　　　　　　　　　　　　　1981（この年）
長野県上水内軍信濃町
　黒姫童話館開館　　　　　　　　1991.8.10
長野県立図書館
　PTA母親文庫開始　　　　　　　1951.1月
名古屋市
　メルヘンハウス開店　　　　　　1973.4月
名古屋市立図書館
　ピノキオ回収騒動　　　　　　1976.11.24〜
夏休み大児童書フェア
　「夏休み大児童書フェア」　1981.7.11〜08.10
鳴門教育大学付属図書館
　大学に児童図書館開設　　　　　1987.5月

【に】

新潟県中越地震
　『マリと子犬の物語』刊行　　　2007.11月
新潟児童文学
　第14回（平15年）新・北陸児童文学賞
　　　　　　　　　　　　　2003（この年）
新美南吉記念館
　新美南吉記念館開館　　　　　　1994.6.5
新美南吉児童文学賞
　第1回（昭58年）新美南吉児童文学賞
　　　　　　　　　　　　　1983（この年）
　第2回（昭59年）新美南吉児童文学賞
　　　　　　　　　　　　　1984（この年）
　第3回（昭60年）新美南吉児童文学賞
　　　　　　　　　　　　　1985（この年）
　第4回（昭61年）新美南吉児童文学賞
　　　　　　　　　　　　　1986（この年）
　第5回（昭62年）新美南吉児童文学賞
　　　　　　　　　　　　　1987（この年）
　第6回（昭63年）新美南吉児童文学賞
　　　　　　　　　　　　　1988（この年）
　第7回（平1年）新美南吉児童文学賞
　　　　　　　　　　　　　1989（この年）
　第8回（平2年）新美南吉児童文学賞
　　　　　　　　　　　　　1990（この年）
　第9回（平3年）新美南吉児童文学賞
　　　　　　　　　　　　　1991（この年）

にいみ　　　　　　　　　　　事項名索引　　　　　　　　日本児童文学史事典

第10回（平4年）新美南吉児童文学賞
　　　　　　　　　　　1992（この年）
第11回（平5年）新美南吉児童文学賞
　　　　　　　　　　　1993（この年）
第12回（平6年）新美南吉児童文学賞
　　　　　　　　　　　1994（この年）
第13回（平7年）新美南吉児童文学賞
　　　　　　　　　　　1995（この年）
第14回（平8年）新美南吉児童文学賞
　　　　　　　　　　　1996（この年）
第15回（平9年）新美南吉児童文学賞
　　　　　　　　　　　1997（この年）
第16回（平10年）新美南吉児童文学賞
　　　　　　　　　　　1998（この年）
第17回（平11年）新美南吉児童文学賞
　　　　　　　　　　　1999（この年）
第18回（平12年）新美南吉児童文学賞
　　　　　　　　　　　2000（この年）
第19回（平13年）新美南吉児童文学賞
　　　　　　　　　　　2001（この年）
第20回（平14年）新美南吉児童文学賞
　　　　　　　　　　　2002（この年）
第21回（平15年）新美南吉児童文学賞
　　　　　　　　　　　2003（この年）
第22回（平16年）新美南吉児童文学賞
　　　　　　　　　　　2004（この年）
第23回（平17年）新美南吉児童文学賞
　　　　　　　　　　　2005（この年）
第24回（平18年）新美南吉児童文学賞
　　　　　　　　　　　2006（この年）
第25回（平19年）新美南吉児童文学賞
　　　　　　　　　　　2007（この年）
第26回（平20年）新美南吉児童文学賞
　　　　　　　　　　　2008（この年）
第27回（平21年）新美南吉児童文学賞
　　　　　　　　　　　2009（この年）
第28回（平22年）新美南吉児童文学賞
　　　　　　　　　　　2010（この年）

新美南吉童話賞
第1回（平1年）新美南吉童話賞　1989（この年）
第2回（平2年）新美南吉童話賞　1990（この年）
第3回（平3年）新美南吉童話賞　1991（この年）
第4回（平4年）新美南吉童話賞　1992（この年）
第5回（平5年）新美南吉童話賞　1993（この年）
第6回（平6年）新美南吉童話賞　1994（この年）
第7回（平7年）新美南吉童話賞　1995（この年）
第8回（平8年）新美南吉童話賞　1996（この年）
第9回（平9年）新美南吉童話賞　1997（この年）
第10回（平10年）新美南吉童話賞
　　　　　　　　　　　1998（この年）
第11回（平11年）新美南吉童話賞
　　　　　　　　　　　1999（この年）
第12回（平12年）新美南吉童話賞
　　　　　　　　　　　2000（この年）
第13回（平13年）新美南吉童話賞
　　　　　　　　　　　2001（この年）
第14回（平14年）新美南吉童話賞
　　　　　　　　　　　2002（この年）
第15回（平15年）新美南吉童話賞
　　　　　　　　　　　2003（この年）
第16回（平16年）新美南吉童話賞
　　　　　　　　　　　2004（この年）
第17回（平17年）新美南吉童話賞
　　　　　　　　　　　2005（この年）
第18回（平18年）新美南吉童話賞
　　　　　　　　　　　2006（この年）
第19回（平19年）新美南吉童話賞
　　　　　　　　　　　2007（この年）
第20回（平20年）新美南吉童話賞
　　　　　　　　　　　2008（この年）
第21回（平21年）新美南吉童話賞
　　　　　　　　　　　2009（この年）
第22回（平22年）新美南吉童話賞
　　　　　　　　　　　2010（この年）
第23回（平23年）新美南吉童話賞
　　　　　　　　　　　2011（この年）
第24回（平24年）新美南吉童話賞
　　　　　　　　　　　2012（この年）
第25回（平25年）新美南吉童話賞
　　　　　　　　　　　2013（この年）
第26回（平26年）新美南吉童話賞
　　　　　　　　　　　2014（この年）
第27回（平27年）新美南吉童話賞
　　　　　　　　　　　2015（この年）

新美南吉文学賞
第1回（昭43年）新美南吉文学賞　1968（この年）
第2回（昭44年）新美南吉文学賞　1969（この年）
第3回（昭45年）新美南吉文学賞　1970（この年）
第4回（昭46年）新美南吉文学賞　1971（この年）
第5回（昭47年）新美南吉文学賞　1972（この年）
第6回（昭48年）新美南吉文学賞　1973（この年）
第7回（昭49年）新美南吉文学賞　1974（この年）
第8回（昭50年）新美南吉文学賞　1975（この年）
第9回（昭51年）新美南吉文学賞　1976（この年）
第10回（昭52年）新美南吉文学賞
　　　　　　　　　　　1977（この年）
第11回（昭53年）新美南吉文学賞
　　　　　　　　　　　1978（この年）
第12回（昭54年）新美南吉文学賞
　　　　　　　　　　　1979（この年）

第13回（昭55年）新美南吉文学賞　　　　　1980（この年）
第14回（昭56年）新美南吉文学賞　　　　　1981（この年）
第15回（昭57年）新美南吉文学賞　　　　　1982（この年）
第16回（昭58年）新美南吉文学賞　　　　　1983（この年）

西村書店
第6回（平13年）日本絵本賞　　2001（この年）
『アンデルセン童話全集』刊行　　2011.8月
『オクサ・ポロック』刊行　　　　2012.12月

日切こども図書館
「日切こども図書館」開設　　　　1984.8月

日大一高研究紀要
第11回（昭62年）日本児童文学学会賞　　　1987（この年）

ニッサン童話と絵本のグランプリ
第1回（昭59年）ニッサン童話と絵本のグランプリ　　1984（この年）
第2回（昭60年）ニッサン童話と絵本のグランプリ　　1985（この年）
第3回（昭61年）ニッサン童話と絵本のグランプリ　　1986（この年）
第4回（昭62年）ニッサン童話と絵本のグランプリ　　1987（この年）
第5回（昭63年）ニッサン童話と絵本のグランプリ　　1988（この年）
第6回（平1年）ニッサン童話と絵本のグランプリ　　1989（この年）
第7回（平2年）ニッサン童話と絵本のグランプリ　　1990（この年）
第8回（平3年）ニッサン童話と絵本のグランプリ　　1991（この年）
第9回（平4年）ニッサン童話と絵本のグランプリ　　1992（この年）
第10回（平5年）ニッサン童話と絵本のグランプリ　　1993（この年）
第11回（平6年）ニッサン童話と絵本のグランプリ　　1994（この年）
第12回（平7年）ニッサン童話と絵本のグランプリ　　1995（この年）
第13回（平8年）ニッサン童話と絵本のグランプリ　　1996（この年）
第14回（平9年）ニッサン童話と絵本のグランプリ　　1997（この年）
第16回（平11年）ニッサン童話と絵本のグランプリ　　1999（この年）
第17回（平12年）ニッサン童話と絵本のグランプリ　　2000（この年）
第18回（平13年）ニッサン童話と絵本のグランプリ　　2001（この年）
第19回（平14年）ニッサン童話と絵本のグランプリ　　2002（この年）
第20回（平15年）ニッサン童話と絵本のグランプリ　　2003（この年）
第21回（平16年度）ニッサン童話と絵本のグランプリ　　2004（この年）
第22回（平17年度）ニッサン童話と絵本のグランプリ　　2005（この年）
第23回（平18年度）ニッサン童話と絵本のグランプリ　　2006（この年）
第24回（平19年度）ニッサン童話と絵本のグランプリ　　2007（この年）
第25回（平20年度）日産 童話と絵本のグランプリ　　2008（この年）
第26回（平21年度）日産 童話と絵本のグランプリ　　2009（この年）
第27回（平22年度）日産 童話と絵本のグランプリ　　2010（この年）
第28回（平23年度）日産 童話と絵本のグランプリ　　2011（この年）
第29回（平24年度）日産 童話と絵本のグランプリ　　2012（この年）
第30回（平25年度）日産 童話と絵本のグランプリ　　2013（この年）
第31回（平26年度）日産 童話と絵本のグランプリ　　2014（この年）

日書連
「子どもの本ベストセラー100選」　　1976.4.15〜07.15
子どもの図書ベストセラー100選　　1977.3.10
「子どもの本ベストセラー150選」　　1979.6.10〜08.31
『子どもの本ロングセラー・リスト』発行　　1980.10月
「児童図書に強くなる研修会」　　1983.7.11

日販
岩波書店と福音館書店が提携　　1976.4.23
「世界と日本の10,000点児童図書フェア」　　1979.5.4〜06
「児童書1万点フェア」　　1982.5.1
「子どもの読書推進キャンペーン」　　1983.5.1
「読書推進キャンペーン」　　1985.5.1
読書推進運動を展開　　1988.5.3
「本と遊ぼうこどもワールド」　　1988.5.3〜

「本と遊ぼうこどもワールド」
　　　　　　　　　1989.6.13.〜08.23
「本と遊ぼうこどもワールド」　1991.7.1
日販がボローニャ国際児童図書展に
　出展　　　　　　　　　　1993.4.15
日販がボローニャ国際児童図書展に
　出展　　　　　　　　　　1994.4.7
'95ボローニャ国際児童図書展　1995.4.6
「児童図書展」　　　　　　　1995.7.29
「'97児童図書展示会」　　　　1997.8.8
「第33回日販よい本いっぱい文庫」贈
　呈式　　　　　　　　　　1997.12.10
「本と遊ぼう！ 子どもワールド'98」1998.8.19
「本と遊ぼう！ 子どもワールド
　2000」　　　　　　　　　2000.8.19
日販が全国で読み聞かせ会　　2003.4.23
「本と遊ぼう こどもワールド」 2003.7.19〜28
「本と遊ぼう こどもワールド2004」 2004.8.6
「本とあそぼう子供ワールド」2005.7.30〜08.8
「おはなしマラソン読み聞かせキャン
　ペーン」　　　　　　　　2007.4.27
第43回日販よい本いっぱい文庫　2007.12.7

日販よい本いっぱい文庫
「第33回日販よい本いっぱい文庫」贈
　呈式　　　　　　　　　　1997.12.10
第43回日販よい本いっぱい文庫　2007.12.7

日本アンデルセン親子童話大賞
　第1回（平3年度）日本アンデルセン親
　　子童話大賞　　　　　1991（この年）
　第2回（平4年度）日本アンデルセン親
　　子童話大賞　　　　　1992（この年）
　第3回（平6年度）日本アンデルセン親
　　子童話大賞　　　　　1994（この年）

日本アンデルセン協会
　日本アンデルセン協会　　　1980.11.15

日本イギリス児童文学会
　日本イギリス児童文学会　1971（この年）

日本エディタースクール
　第25回（平13年）日本児童文学学会賞
　　　　　　　　　　　　2001（この年）

日本絵本賞
　第1回（平7年）日本絵本賞　1995（この年）
　第2回（平8年）日本絵本賞　1996（この年）
　第3回（平9年）日本絵本賞　1997（この年）
　第4回（平10年）日本絵本賞　1998（この年）
　第5回（平11年）日本絵本賞　1999（この年）
　第6回（平13年）日本絵本賞　2001（この年）
　第7回（平14年）日本絵本賞　2002（この年）

『ぼくの見た戦争』刊行　　　2003.12月
第8回（平15年）日本絵本賞　2003（この年）
第9回（平16年）日本絵本賞　2004（この年）
第10回（平17年）日本絵本賞　2005（この年）
第11回（平18年）日本絵本賞　2006（この年）
第12回（平19年）日本絵本賞　2007（この年）
第13回（平20年）日本絵本賞　2008（この年）
第14回（平21年）日本絵本賞　2009（この年）
第15回（平22年）日本絵本賞　2010（この年）
第16回（平23年）日本絵本賞　2011（この年）
第17回（平24年）日本絵本賞　2012（この年）
第18回（平25年）日本絵本賞, 第20回
　（平26年）日本絵本賞
　　　　　2013（この年）,2014（この年）

日本演劇教育連盟
　『脚本集・宮沢賢治童話劇場』刊行
　　　　　　　　　　　1996.9月〜10月

日本おとぎ文庫
　あかね書房創立　　　　1949（この年）

日本親子読書センター
　日本親子読書センター創立　　1967.4月

日本学校図書館学会
　日本学校図書館学会発足　　1997.12.6

日本紙芝居協会
　日本紙芝居協会設立　　　　1946.10月

日本教育画劇社
　教育画劇が創立　　　　1946（この年）

日本教育紙芝居協会
　日本紙芝居協会設立　　　　1946.10月

日本教養組合
　児童図書の推薦・配給事業おこる
　　　　　　　　　　　　1947（この年）

日本近代文学館
　「日本児童文学展」開催　　　1973.4月

日本近代文学館児童文学文庫
　児童文学文庫開設　　　　　1967.10月

日本倶楽部
　海外初の「日本児童図書展示会」
　　　　　　　　　　　　1981.11.5〜07

日本国際児童図書評議会
　JBBY設立　　　　　　1974（この年）
　「1986年子どもの本世界大会」実行委
　　員会発足　　　　　　　　1984.6.7
　「1986年子どもの本世界大会」概要発
　　表　　　　　　　　　　　1985.5.23

「第20回IBBY世界大会」開催要項発
　　表　　　　　　　　　　　　1986.5.30
「東京国際ブックフェア」　　2005.7.7〜10
被災地支援活動発足　　　　　2011.6.17
「世界をつなぐ子どもの本」開催　2011.8.5

日本子どもを守る会
「戦争体験の記録」募集　　　1979.1月

日本こどもの本学会
第1回（昭53年）日本の絵本賞 絵本
　　にっぽん賞　　　　　　1978（この年）
第2回（昭54年）日本の絵本賞 絵本
　　にっぽん賞　　　　　　1979（この年）
第3回（昭55年）日本の絵本賞 絵本
　　にっぽん賞　　　　　　1980（この年）
第4回（昭56年）日本の絵本賞 絵本
　　にっぽん賞　　　　　　1981（この年）
第5回（昭57年）日本の絵本賞 絵本
　　にっぽん賞　　　　　　1982（この年）
第6回（昭58年）日本の絵本賞 絵本
　　にっぽん賞　　　　　　1983（この年）
第7回（昭59年）日本の絵本賞 絵本
　　にっぽん賞　　　　　　1984（この年）
第8回（昭60年）日本の絵本賞 絵本
　　にっぽん賞　　　　　　1985（この年）
第9回（昭61年）日本の絵本賞 絵本
　　にっぽん賞　　　　　　1986（この年）
第10回（昭62年）日本の絵本賞 絵本
　　にっぽん賞　　　　　　1987（この年）
日本こどもの本学会創立総会　1988.7.2
第11回（昭63年）日本の絵本賞 絵本
　　にっぽん賞　　　　　　1988（この年）
第12回（平1年）日本の絵本賞 絵本
　　にっぽん賞　　　　　　1989（この年）
第13回（平2年）日本の絵本賞 絵本
　　にっぽん賞　　　　　　1990（この年）
第14回（平3年）日本の絵本賞 絵本
　　にっぽん賞　　　　　　1991（この年）
第15回（平4年）日本の絵本賞 絵本
　　にっぽん賞　　　　　　1992（この年）

日本作文の会
第1回全国文集コンクール開催　1952.4月
第32回（昭60年）産経児童出版文化賞
　　　　　　　　　　　　　1985（この年）
戦後50年記念企画　　　　　1995（この年）

日本児童図書出版協会
「優良児童図書展」開催　　　1958.6月
「こどもの本」創刊　　　　　1975.10.1
「児童図書まつり」　　　1979.3.15〜04.8

海外初の「日本児童図書展示会」
　　　　　　　　　　　　1981.11.5〜07
中国初の「日本児童図書展」　1985.6.1〜10
「本—それはこどもの夢を育む源」展
　　　　　　　　　　　　1985.7.17〜08.16
「世界の絵本展」「翻訳本とその原書
　　展」　　　　　　　1986.10.24〜11.9
「'90東京ブックフェア」　1990.7.19〜23
阪神淡路大震災被災地に児童書を寄
　　贈　　　　　　　　　　　1995.1月
「第4土曜日は、こどもの本の日」
　　　　　　　　　　　　　1998（この年）
「わが社のロングセラー展」　2007.12.31〜
『2013年版児童図書総目録』公開　2013.4月

日本児童図書センター
伊藤忠記念財団が助成　　　　1976.1月

日本児童図書展
中国初の「日本児童図書展」　1985.6.1〜10
「日本児童図書展」　　　　　1994.8.5

日本児童図書展示会—世界と日本のこどもの本10,000点フェア
海外初の「日本児童図書展示会」
　　　　　　　　　　　　1981.11.5〜07

日本児童文学
日本児童文学者協会創立　　　1946.3.17
「子供たちへの責任」発表　　1946.9月
「児童文学者は何をなすべきか」発表　1946.9月
「日本児童文学」創刊　　　　1946.9月
「日本児童文学」復刊　　　　1952.4月
「日本児童文学」復刊　　　　1955.8月
『トコトンヤレ』刊行　　　　1956.2月
第9回（昭35年）児童文学者協会新人
　　賞　　　　　　　　　　　1960（この年）
第2回（昭44年）新美南吉文学賞　1969（この年）
第1回（昭54年）「日本児童文学」創作
　　コンクール　　　　　　1979（この年）
第2回（昭55年）「日本児童文学」創作
　　コンクール　　　　　　1980（この年）
「日本児童文学」創刊300号記念論文
　　（昭56）　　　　　　　1981（この年）
第3回（昭56年）「日本児童文学」創作
　　コンクール　　　　　　1981（この年）
第4回（昭57年）「日本児童文学」創作
　　コンクール　　　　　　1982（この年）
第5回（昭58年）「日本児童文学」創作
　　コンクール　　　　　　1983（この年）
第6回（昭59年）「日本児童文学」創作
　　コンクール　　　　　　1984（この年）

第7回（昭60年）「日本児童文学」創作
　コンクール　　　　　　　1985（この年）
第8回（昭61年）「日本児童文学」創作
　コンクール　　　　　　　1986（この年）
第9回（昭62年）「日本児童文学」創作
　コンクール　　　　　　　1987（この年）
第10回（昭63年）「日本児童文学」創
　作コンクール　　　　　　1988（この年）
第11回（平1年）「日本児童文学」創作
　コンクール　　　　　　　1989（この年）
第12回（平2年）「日本児童文学」創作
　コンクール　　　　　　　1990（この年）
第13回（平3年）「日本児童文学」創作
　コンクール　　　　　　　1991（この年）
第14回（平4年）「日本児童文学」創作
　コンクール　　　　　　　1992（この年）
第15回（平5年）「日本児童文学」創作
　コンクール　　　　　　　1993（この年）
第16回（平6年）「日本児童文学」創作
　コンクール　　　　　　　1994（この年）
第17回（平7年）「日本児童文学」創作
　コンクール　　　　　　　1995（この年）
第18回（平8年）「日本児童文学」創作
　コンクール　　　　　　　1996（この年）
第19回（平9年）「日本児童文学」創作
　コンクール　　　　　　　1997（この年）
第1回（平10年）「日本児童文学」作品
　奨励賞　　　　　　　　　1998（この年）
第2回（平11年）「日本児童文学」作品
　奨励賞　　　　　　　　　1999（この年）
第3回（平12年）「日本児童文学」作品
　奨励賞　　　　　　　　　2000（この年）
第4回（平13年）「日本児童文学」作品
　奨励賞　　　　　　　　　2001（この年）
第5回（平14年）「日本児童文学」作品
　奨励賞　　　　　　　　　2002（この年）
第6回（平15年）「日本児童文学」作品
　奨励賞　　　　　　　　　2003（この年）
第7回（平16年）「日本児童文学」作品
　奨励賞　　　　　　　　　2004（この年）
第8回（平17年）「日本児童文学」作品
　奨励賞　　　　　　　　　2005（この年）
第9回（平18年）「日本児童文学」作品
　奨励賞　　　　　　　　　2006（この年）
第10回（平19年）「日本児童文学」作
　品奨励賞　　　　　　　　2007（この年）
第11回（平20年）「日本児童文学」作
　品奨励賞　　　　　　　　2008（この年）
第1回（平21年）「日本児童文学」投稿
　作品賞　　　　　　　　　2009（この年）

第2回（平22年）「日本児童文学」投稿
　作品賞　　　　　　　　　2010（この年）
第3回（平23年）「日本児童文学」投稿
　作品賞　　　　　　　　　2011（この年）
第4回（平24年）「日本児童文学」投稿
　作品賞　　　　　　　　　2012（この年）
第5回（平25年）「日本児童文学」投稿
　作品賞　　　　　　　　　2013（この年）

日本児童文学会
　「児童文学研究」創刊　　　　1971.10月

日本児童文学学会
　日本児童文学学会設立　　　　1962.10.6
　『児童文学事典』刊行　　　　1988.4月

日本児童文学学会賞
　第1回（昭52年）日本児童文学学会賞
　　　　　　　　　　　　　1977（この年）
　第2回（昭53年）日本児童文学学会賞
　　　　　　　　　　　　　1978（この年）
　第3回（昭54年）日本児童文学学会賞
　　　　　　　　　　　　　1979（この年）
　第4回（昭55年）日本児童文学学会賞
　　　　　　　　　　　　　1980（この年）
　第5回（昭56年）日本児童文学学会賞
　　　　　　　　　　　　　1981（この年）
　第6回（昭57年）日本児童文学学会賞
　　　　　　　　　　　　　1982（この年）
　第7回（昭58年）日本児童文学学会賞
　　　　　　　　　　　　　1983（この年）
　第8回（昭59年）日本児童文学学会賞
　　　　　　　　　　　　　1984（この年）
　第9回（昭60年）日本児童文学学会賞
　　　　　　　　　　　　　1985（この年）
　第10回（昭61年）日本児童文学学会賞
　　　　　　　　　　　　　1986（この年）
　第11回（昭62年）日本児童文学学会賞
　　　　　　　　　　　　　1987（この年）
　第12回（昭63年）日本児童文学学会賞
　　　　　　　　　　　　　1988（この年）
　第13回（平1年）日本児童文学学会賞
　　　　　　　　　　　　　1989（この年）
　第14回（平2年）日本児童文学学会賞
　　　　　　　　　　　　　1990（この年）
　第15回（平3年）日本児童文学学会賞
　　　　　　　　　　　　　1991（この年）
　第16回（平4年）日本児童文学学会賞
　　　　　　　　　　　　　1992（この年）
　第17回（平5年）日本児童文学学会賞
　　　　　　　　　　　　　1993（この年）

第18回（平6年）日本児童文学学会賞
　　　　　　　　　　　　　1994（この年）
第19回（平7年）日本児童文学学会賞
　　　　　　　　　　　　　1995（この年）
第20回（平8年）日本児童文学学会賞
　　　　　　　　　　　　　1996（この年）
第21回（平9年）日本児童文学学会賞
　　　　　　　　　　　　　1997（この年）
第22回（平10年）日本児童文学学会賞
　　　　　　　　　　　　　1998（この年）
第23回（平11年）日本児童文学学会賞
　　　　　　　　　　　　　1999（この年）
第24回（平12年）日本児童文学学会賞
　　　　　　　　　　　　　2000（この年）
第25回（平13年）日本児童文学学会賞
　　　　　　　　　　　　　2001（この年）
第26回（平14年）日本児童文学学会賞
　　　　　　　　　　　　　2002（この年）
第27回（平15年）日本児童文学学会賞
　　　　　　　　　　　　　2003（この年）
第28回（平16年）日本児童文学学会賞
　　　　　　　　　　　　　2004（この年）
第29回（平17年）日本児童文学学会賞
　　　　　　　　　　　　　2005（この年）
第30回（平18年）日本児童文学学会賞
　　　　　　　　　　　　　2006（この年）
第31回（平19年）日本児童文学学会賞
　　　　　　　　　　　　　2007（この年）
第32回（平20年）日本児童文学学会賞
　　　　　　　　　　　　　2008（この年）
第33回（平21年）日本児童文学学会賞
　　　　　　　　　　　　　2009（この年）
第34回（平22年）日本児童文学学会賞
　　　　　　　　　　　　　2010（この年）
第35回（平23年）日本児童文学学会賞
　　　　　　　　　　　　　2011（この年）
第36回（平24年）日本児童文学学会賞
　　　　　　　　　　　　　2012（この年）
第37回（平25年）日本児童文学学会賞
　　　　　　　　　　　　　2013（この年）
第38回（平26年）日本児童文学学会賞
　　　　　　　　　　　　　2014（この年）
第39回（平27年度）日本児童文学学会
　賞　　　　　　　　　　　2015（この年）

日本児童文学学校
　童話教室開講　　　　　　1965（この年）

日本児童文学作品奨励賞
　第1回（平10年）「日本児童文学」作品
　　奨励賞　　　　　　　　1998（この年）

　第2回（平11年）「日本児童文学」作品
　　奨励賞　　　　　　　　1999（この年）
　第3回（平12年）「日本児童文学」作品
　　奨励賞　　　　　　　　2000（この年）
　第4回（平13年）「日本児童文学」作品
　　奨励賞　　　　　　　　2001（この年）
　第5回（平14年）「日本児童文学」作品
　　奨励賞　　　　　　　　2002（この年）
　第6回（平15年）「日本児童文学」作品
　　奨励賞　　　　　　　　2003（この年）
　第7回（平16年）「日本児童文学」作品
　　奨励賞　　　　　　　　2004（この年）
　第8回（平17年）「日本児童文学」作品
　　奨励賞　　　　　　　　2005（この年）
　第9回（平18年）「日本児童文学」作品
　　奨励賞　　　　　　　　2006（この年）
　第10回（平19年）「日本児童文学」作
　　品奨励賞　　　　　　　2007（この年）
　第11回（平20年）「日本児童文学」作
　　品奨励賞　　　　　　　2008（この年）

日本児童文学者協会
　日本児童文学者協会創立　　1946.3.17
　小川未明が日本児童文学者協会会長
　　に　　　　　　　　　　1949（この年）
　童話教室開講　　　　　　1965（この年）
　『戦争児童文学傑作選』刊行　1971.9月〜
　「戦争体験の記録」募集　　1979.1月

日本児童文学者協会賞
　第1回（昭36年）日本児童文学者協会
　　賞　　　　　　　　　　1961（この年）
　第2回（昭37年）日本児童文学者協会
　　賞　　　　　　　　　　1962（この年）
　第3回（昭38年）日本児童文学者協会
　　賞　　　　　　　　　　1963（この年）
　第4回（昭39年）日本児童文学者協会
　　賞　　　　　　　　　　1964（この年）
　第5回（昭40年）日本児童文学者協会
　　賞　　　　　　　　　　1965（この年）
　第6回（昭41年）日本児童文学者協会
　　賞　　　　　　　　　　1966（この年）
　第7回（昭42年）日本児童文学者協会
　　賞　　　　　　　　　　1967（この年）
　第8回（昭43年）日本児童文学者協会
　　賞　　　　　　　　　　1968（この年）
　第9回（昭44年）日本児童文学者協会
　　賞　　　　　　　　　　1969（この年）
　第10回（昭45年）日本児童文学者協会
　　賞　　　　　　　　　　1970（この年）

第11回(昭46年)日本児童文学者協会賞　　　　　　　　　　1971(この年)
第12回(昭47年)日本児童文学者協会賞　　　　　　　　　　1972(この年)
第13回(昭48年)日本児童文学者協会賞　　　　　　　　　　1973(この年)
第14回(昭49年)日本児童文学者協会賞　　　　　　　　　　1974(この年)
第15回(昭50年)日本児童文学者協会賞　　　　　　　　　　1975(この年)
第16回(昭51年)日本児童文学者協会賞　　　　　　　　　　1976(この年)
第17回(昭52年)日本児童文学者協会賞　　　　　　　　　　1977(この年)
第18回(昭53年)日本児童文学者協会賞　　　　　　　　　　1978(この年)
第19回(昭54年)日本児童文学者協会賞　　　　　　　　　　1979(この年)
第20回(昭55年)日本児童文学者協会賞　　　　　　　　　　1980(この年)
第21回(昭56年)日本児童文学者協会賞　　　　　　　　　　1981(この年)
第22回(昭57年)日本児童文学者協会賞　　　　　　　　　　1982(この年)
第23回(昭58年)日本児童文学者協会賞　　　　　　　　　　1983(この年)
第24回(昭59年)日本児童文学者協会賞　　　　　　　　　　1984(この年)
第25回(昭60年)日本児童文学者協会賞　　　　　　　　　　1985(この年)
第26回(昭61年)日本児童文学者協会賞　　　　　　　　　　1986(この年)
第27回(昭62年)日本児童文学者協会賞　　　　　　　　　　1987(この年)
第28回(昭63年)日本児童文学者協会賞　　　　　　　　　　1988(この年)
第29回(平1年)日本児童文学者協会賞　　　　　　　　　　1989(この年)
第30回(平2年)日本児童文学者協会賞　　　　　　　　　　1990(この年)
第31回(平3年)日本児童文学者協会賞　　　　　　　　　　1991(この年)
第32回(平4年)日本児童文学者協会賞　　　　　　　　　　1992(この年)
第33回(平5年)日本児童文学者協会賞　　　　　　　　　　1993(この年)
第34回(平6年)日本児童文学者協会賞　　　　　　　　　　1994(この年)
第35回(平7年)日本児童文学者協会賞　　　　　　　　　　1995(この年)

第36回(平8年)日本児童文学者協会賞　　　　　　　　　　1996(この年)
第37回(平9年)日本児童文学者協会賞　　　　　　　　　　1997(この年)
第38回(平10年)日本児童文学者協会賞　　　　　　　　　　1998(この年)
第39回(平11年)日本児童文学者協会賞　　　　　　　　　　1999(この年)
第40回(平12年)日本児童文学者協会賞　　　　　　　　　　2000(この年)
第41回(平13年)日本児童文学者協会賞　　　　　　　　　　2001(この年)
第42回(平14年)日本児童文学者協会賞　　　　　　　　　　2002(この年)
第43回(平15年)日本児童文学者協会賞　　　　　　　　　　2003(この年)
第44回(平16年)日本児童文学者協会賞　　　　　　　　　　2004(この年)
第45回(平17年)日本児童文学者協会賞　　　　　　　　　　2005(この年)
第46回(平18年)日本児童文学者協会賞　　　　　　　　　　2006(この年)
第47回(平19年)日本児童文学者協会賞　　　　　　　　　　2007(この年)
第48回(平20年)日本児童文学者協会賞　　　　　　　　　　2008(この年)
第49回(平21年)日本児童文学者協会賞　　　　　　　　　　2009(この年)
第50回(平22年)日本児童文学者協会賞　　　　　　　　　　2010(この年)
第51回(平23年)日本児童文学者協会賞　　　　　　　　　　2011(この年)
第52回(平24年)日本児童文学者協会賞　　　　　　　　　　2012(この年)
第53回(平25年)日本児童文学者協会賞　　　　　　　　　　2013(この年)
第54回(平26年)日本児童文学者協会賞　　　　　　　　　　2014(この年)
第55回(平27年)日本児童文学者協会賞　　　　　　　　　　2015(この年)

日本児童文学者協会新人賞
第1回(昭43年)日本児童文学者協会新人賞　　　　　　　　　　1968(この年)
第2回(昭44年)日本児童文学者協会新人賞　　　　　　　　　　1969(この年)
第3回(昭45年)日本児童文学者協会新人賞　　　　　　　　　　1970(この年)
第4回(昭46年)日本児童文学者協会新人賞　　　　　　　　　　1971(この年)

第5回（昭47年）日本児童文学者協会
　新人賞　　　　　　　　　1972（この年）
第6回（昭48年）日本児童文学者協会
　新人賞　　　　　　　　　1973（この年）
第7回（昭49年）日本児童文学者協会
　新人賞　　　　　　　　　1974（この年）
第8回（昭50年）日本児童文学者協会
　新人賞　　　　　　　　　1975（この年）
第9回（昭51年）日本児童文学者協会
　新人賞　　　　　　　　　1976（この年）
第10回（昭52年）日本児童文学者協会
　新人賞　　　　　　　　　1977（この年）
第11回（昭53年）日本児童文学者協会
　新人賞　　　　　　　　　1978（この年）
第12回（昭54年）日本児童文学者協会
　新人賞　　　　　　　　　1979（この年）
第13回（昭55年）日本児童文学者協会
　新人賞　　　　　　　　　1980（この年）
第14回（昭56年）日本児童文学者協会
　新人賞　　　　　　　　　1981（この年）
第15回（昭57年）日本児童文学者協会
　新人賞　　　　　　　　　1982（この年）
第16回（昭58年）日本児童文学者協会
　新人賞　　　　　　　　　1983（この年）
第17回（昭59年）日本児童文学者協会
　新人賞　　　　　　　　　1984（この年）
第18回（昭60年）日本児童文学者協会
　新人賞　　　　　　　　　1985（この年）
第19回（昭61年）日本児童文学者協会
　新人賞　　　　　　　　　1986（この年）
第20回（昭62年）日本児童文学者協会
　新人賞　　　　　　　　　1987（この年）
第21回（昭63年）日本児童文学者協会
　新人賞　　　　　　　　　1988（この年）
第22回（平1年）日本児童文学者協会
　新人賞　　　　　　　　　1989（この年）
第23回（平2年）日本児童文学者協会
　新人賞　　　　　　　　　1990（この年）
第24回（平3年）日本児童文学者協会
　新人賞　　　　　　　　　1991（この年）
第25回（平4年）日本児童文学者協会
　新人賞　　　　　　　　　1992（この年）
第26回（平5年）日本児童文学者協会
　新人賞　　　　　　　　　1993（この年）
第27回（平6年）日本児童文学者協会
　新人賞　　　　　　　　　1994（この年）
第28回（平7年）日本児童文学者協会
　新人賞　　　　　　　　　1995（この年）
第29回（平8年）日本児童文学者協会
　新人賞　　　　　　　　　1996（この年）

第30回（平9年）日本児童文学者協会
　新人賞　　　　　　　　　1997（この年）
第31回（平10年）日本児童文学者協会
　新人賞　　　　　　　　　1998（この年）
第32回（平11年）日本児童文学者協会
　新人賞　　　　　　　　　1999（この年）
第33回（平12年）日本児童文学者協会
　新人賞　　　　　　　　　2000（この年）
第34回（平13年）日本児童文学者協会
　新人賞　　　　　　　　　2001（この年）
第35回（平14年）日本児童文学者協会
　新人賞　　　　　　　　　2002（この年）
第36回（平15年）日本児童文学者協会
　新人賞　　　　　　　　　2003（この年）
第37回（平16年）日本児童文学者協会
　新人賞　　　　　　　　　2004（この年）
第38回（平17年）日本児童文学者協会
　新人賞　　　　　　　　　2005（この年）
第39回（平18年）日本児童文学者協会
　新人賞　　　　　　　　　2006（この年）
第40回（平19年）日本児童文学者協会
　新人賞　　　　　　　　　2007（この年）
第41回（平20年）日本児童文学者協会
　新人賞　　　　　　　　　2008（この年）
第42回（平21年）日本児童文学者協会
　新人賞　　　　　　　　　2009（この年）
第43回（平22年）日本児童文学者協会
　新人賞　　　　　　　　　2010（この年）
第44回（平23年）日本児童文学者協会
　新人賞　　　　　　　　　2011（この年）
第45回（平24年）日本児童文学者協会
　新人賞　　　　　　　　　2012（この年）
第46回（平25年）日本児童文学者協会
　新人賞　　　　　　　　　2013（この年）
第47回（平26年）日本児童文学者協会
　新人賞　　　　　　　　　2014（この年）
第48回（平27年）日本児童文学者協会
　新人賞　　　　　　　　　2015（この年）

日本児童文学者協会短篇賞
第1回（昭41年）日本児童文学者協会
　短篇賞　　　　　　　　　1966（この年）
第2回（昭42年）日本児童文学者協会
　短篇賞　　　　　　　　　1967（この年）

日本児童文学者協会評論新人賞
第4回（平21年）日本児童文学者協会
　評論新人賞　　　　　　　2009（この年）
第5回（平24年）日本児童文学者協会
　評論新人賞　　　　　　　2012（この年）

にほん　　　　　　　　　　　　　事項名索引　　　　　　　　　　　日本児童文学史事典

日本児童文学創作コンクール
第1回 (昭54年)「日本児童文学」創作コンクール　　　　1979 (この年)
第2回 (昭55年)「日本児童文学」創作コンクール　　　　1980 (この年)
第3回 (昭56年)「日本児童文学」創作コンクール　　　　1981 (この年)
第4回 (昭57年)「日本児童文学」創作コンクール　　　　1982 (この年)
第5回 (昭58年)「日本児童文学」創作コンクール　　　　1983 (この年)
第6回 (昭59年)「日本児童文学」創作コンクール　　　　1984 (この年)
第7回 (昭60年)「日本児童文学」創作コンクール　　　　1985 (この年)
第8回 (昭61年)「日本児童文学」創作コンクール　　　　1986 (この年)
第9回 (昭62年)「日本児童文学」創作コンクール　　　　1987 (この年)
第10回 (昭63年)「日本児童文学」創作コンクール　　　　1988 (この年)
第11回 (平1年)「日本児童文学」創作コンクール　　　　1989 (この年)
第12回 (平2年)「日本児童文学」創作コンクール　　　　1990 (この年)
第13回 (平3年)「日本児童文学」創作コンクール　　　　1991 (この年)
第14回 (平4年)「日本児童文学」創作コンクール　　　　1992 (この年)
第15回 (平5年)「日本児童文学」創作コンクール　　　　1993 (この年)
第16回 (平6年)「日本児童文学」創作コンクール　　　　1994 (この年)
第17回 (平7年)「日本児童文学」創作コンクール　　　　1995 (この年)
第18回 (平8年)「日本児童文学」創作コンクール　　　　1996 (この年)
第19回 (平9年)「日本児童文学」創作コンクール　　　　1997 (この年)

日本児童文学長編児童文学新人賞
第13回 (平26年度) 日本児童文学長編児童文学新人賞　　　　2014 (この年)

日本児童文学展
「日本児童文学展」開催　　　　1973.4月

日本児童文学投稿作品賞
第1回 (平21年)「日本児童文学」投稿作品賞　　　　2009 (この年)
第2回 (平22年)「日本児童文学」投稿作品賞　　　　2010 (この年)
第3回 (平23年)「日本児童文学」投稿作品賞　　　　2011 (この年)
第4回 (平24年)「日本児童文学」投稿作品賞　　　　2012 (この年)
第5回 (平25年)「日本児童文学」投稿作品賞　　　　2013 (この年)

日本児童文学評論新人賞
第1回 (平15年) 日本児童文学評論新人賞　　　　2003 (この年)
第2回 (平17年) 日本児童文学評論新人賞　　　　2005 (この年)
第3回 (平19年) 日本児童文学評論新人賞　　　　2007 (この年)

日本児童文芸家協会
「児童文芸」創刊　　　　1956.8月

日本児童文芸家協会賞
第1回 (昭51年) 日本児童文芸家協会賞　　　　1976 (この年)
第2回 (昭52年) 日本児童文芸家協会賞　　　　1977 (この年)
第3回 (昭53年) 日本児童文芸家協会賞　　　　1978 (この年)
第4回 (昭54年) 日本児童文芸家協会賞　　　　1979 (この年)
第5回 (昭55年) 日本児童文芸家協会賞　　　　1980 (この年)
第6回 (昭56年) 日本児童文芸家協会賞　　　　1981 (この年)
第7回 (昭57年) 日本児童文芸家協会賞　　　　1982 (この年)
第8回 (昭59年) 日本児童文芸家協会賞　　　　1984 (この年)
第9回 (昭60年) 日本児童文芸家協会賞　　　　1985 (この年)
第10回 (昭61年) 日本児童文芸家協会賞　　　　1986 (この年)
第11回 (昭62年) 日本児童文芸家協会賞　　　　1987 (この年)
第12回 (昭63年) 日本児童文芸家協会賞　　　　1988 (この年)
第13回 (平1年) 日本児童文芸家協会賞　　　　1989 (この年)
第14回 (平2年) 日本児童文芸家協会賞　　　　1990 (この年)
第15回 (平3年) 日本児童文芸家協会賞　　　　1991 (この年)
第16回 (平4年) 日本児童文芸家協会賞　　　　1992 (この年)

第17回（平5年）日本児童文芸家協会
　賞　　　　　　　　　　1993（この年）
第18回（平6年）日本児童文芸家協会
　賞　　　　　　　　　　1994（この年）
第19回（平7年）日本児童文芸家協会
　賞　　　　　　　　　　1995（この年）
第20回（平8年）日本児童文芸家協会
　賞　　　　　　　　　　1996（この年）
第21回（平9年）日本児童文芸家協会
　賞　　　　　　　　　　1997（この年）
第22回（平10年）日本児童文芸家協会
　賞　　　　　　　　　　1998（この年）
第23回（平11年）日本児童文芸家協会
　賞　　　　　　　　　　1999（この年）
第24回（平12年）日本児童文芸家協会
　賞　　　　　　　　　　2000（この年）
第25回（平13年）日本児童文芸家協会
　賞　　　　　　　　　　2001（この年）
第26回（平14年）日本児童文芸家協会
　賞　　　　　　　　　　2002（この年）
第27回（平15年）日本児童文芸家協会
　賞　　　　　　　　　　2003（この年）
第28回（平16年）日本児童文芸家協会
　賞　　　　　　　　　　2004（この年）
第29回（平17年）日本児童文芸家協会
　賞　　　　　　　　　　2005（この年）
第30回（平18年）日本児童文芸家協会
　賞　　　　　　　　　　2006（この年）
第31回（平19年）日本児童文芸家協会
　賞　　　　　　　　　　2007（この年）
第32回（平20年）日本児童文芸家協会
　賞　　　　　　　　　　2008（この年）
第33回（平21年）日本児童文芸家協会
　賞　　　　　　　　　　2009（この年）
第34回（平22年）日本児童文芸家協会
　賞　　　　　　　　　　2010（この年）
第35回（平23年）日本児童文芸家協会
　賞　　　　　　　　　　2011（この年）
第36回（平24年）日本児童文芸家協会
　賞　　　　　　　　　　2012（この年）
第37回（平25年）日本児童文芸家協会
　賞　　　　　　　　　　2013（この年）
第38回（平26年）日本児童文芸家協会
　賞　　　　　　　　　　2014（この年）
第39回（平27年）日本児童文芸家協会
　賞　　　　　　　　　　2015（この年）
日本児童文芸家協会　創作コンクール
　第3回（平2年）〔日本児童文芸家協会〕
　　創作コンクール　　　1990（この年）

　第4回（平3年）〔日本児童文芸家協会〕
　　創作コンクール　　　1991（この年）
　第5回（平4年）〔日本児童文芸家協会〕
　　創作コンクール　　　1992（この年）
　第6回（平5年）〔日本児童文芸家協会〕
　　創作コンクール　　　1993（この年）
　第7回（平7年）〔日本児童文芸家協会〕
　　創作コンクール　　　1995（この年）
　第8回（平9年）〔日本児童文芸家協会〕
　　創作コンクール　　　1997（この年）
　第9回（平11年度）〔日本児童文芸家協
　　会〕創作コンクール　1999（この年）
　第10回（平13年度）〔日本児童文芸家
　　協会〕創作コンクール　2001（この年）
　第11回（平15年）〔日本児童文芸家協
　　会〕創作コンクール　2003（この年）
　第12回（平18年）〔日本児童文芸家協
　　会〕創作コンクール　2006（この年）
　第13回（平20年）〔日本児童文芸家協
　　会〕創作コンクール　2008（この年）
日本児童文芸家協会　創作コンクールつばさ賞
　第14回（平22年）〔日本児童文芸家協
　　会〕創作コンクールつばさ賞　2010（この年）
　第15回（平24年）〔日本児童文芸家協
　　会〕創作コンクールつばさ賞　2012（この年）
日本児童文芸家協会創作作品募集
　第1回（昭63年）日本児童文芸家協会
　　創作作品募集　　　　1988（この年）
　第2回（平1年）日本児童文芸家協会創
　　作作品募集　　　　　1989（この年）
日本児童文庫
　「日本児童文庫」発刊　　　　1953.12月
日本児童文庫刊行会
　第6回（昭34年）産経児童出版文化賞
　　　　　　　　　　　　1959（この年）
日本出版クラブ
　被災地支援活動発足　　　　2011.6.17
日本出版取次協会
　「第4土曜日は、こどもの本の日」
　　　　　　　　　　　　1998（この年）
日本書籍出版協会児童部会
　「こどもの読書週間」開催　1959.4.27～5.10
日本書店商業組合連合会
　「第4土曜日は、こどもの本の日」
　　　　　　　　　　　　1998（この年）
日本青年館
　「児童図書に強くなる研修会」　1983.7.11

日本綴方の会
　日本綴方の会発足　　　　　　　　1950.10月
日本動物児童文学賞
　第1回（平1年）日本動物児童文学賞
　　　　　　　　　　　　　　1989（この年）
　第2回（平2年）日本動物児童文学賞
　　　　　　　　　　　　　　1990（この年）
　第3回（平3年）日本動物児童文学賞
　　　　　　　　　　　　　　1991（この年）
　第4回（平4年）日本動物児童文学賞
　　　　　　　　　　　　　　1992（この年）
　第5回（平5年）日本動物児童文学賞
　　　　　　　　　　　　　　1993（この年）
　第6回（平6年）日本動物児童文学賞
　　　　　　　　　　　　　　1994（この年）
　第7回（平7年）日本動物児童文学賞
　　　　　　　　　　　　　　1995（この年）
　第8回（平8年）日本動物児童文学賞
　　　　　　　　　　　　　　1996（この年）
　第9回（平9年）日本動物児童文学賞
　　　　　　　　　　　　　　1997（この年）
　第10回（平10年）日本動物児童文学賞
　　　　　　　　　　　　　　1998（この年）
　第11回（平11年）日本動物児童文学賞
　　　　　　　　　　　　　　1999（この年）
　第12回（平12年）日本動物児童文学賞
　　　　　　　　　　　　　　2000（この年）
　第13回（平13年）日本動物児童文学賞
　　　　　　　　　　　　　　2001（この年）
　第14回（平14年）日本動物児童文学賞
　　　　　　　　　　　　　　2002（この年）
　第15回（平15年）日本動物児童文学賞
　　　　　　　　　　　　　　2003（この年）
　第16回（平16年）日本動物児童文学賞
　　　　　　　　　　　　　　2004（この年）
　第17回（平17年）日本動物児童文学賞
　　　　　　　　　　　　　　2005（この年）
　第18回（平18年）日本動物児童文学賞
　　　　　　　　　　　　　　2006（この年）
　第19回（平19年）日本動物児童文学賞
　　　　　　　　　　　　　　2007（この年）
　第20回（平20年）日本動物児童文学賞
　　　　　　　　　　　　　　2008（この年）
　第21回（平21年）日本動物児童文学賞
　　　　　　　　　　　　　　2009（この年）
　第22回（平22年）日本動物児童文学賞
　　　　　　　　　　　　　　2010（この年）
　第23回（平23年）日本動物児童文学賞
　　　　　　　　　　　　　　2011（この年）
　第24回（平24年）日本動物児童文学賞
　　　　　　　　　　　　　　2012（この年）
　第25回（平25年）日本動物児童文学賞
　　　　　　　　　　　　　　2013（この年）
　第26回（平26年）日本動物児童文学賞
　　　　　　　　　　　　　　2014（この年）
　第27回（平27年）日本動物児童文学賞
　　　　　　　　　　　　　　2015（この年）
日本童話会
　日本童話会創立　　　　　　　　　1946.2月
　「童話」創刊　　　　　　　　　　1946.5月
日本童話会賞
　前期第1回（昭28年度）日本童話会賞
　　　　　　　　　　　　　　1953（この年）
　前期第2回（昭29年度）日本童話会賞
　　　　　　　　　　　　　　1954（この年）
　前期第3回（昭30年度）日本童話会賞
　　　　　　　　　　　　　　1955（この年）
　後期第1回（昭39年度）日本童話会賞
　　　　　　　　　　　　　　1964（この年）
　第2回（昭40年度）日本童話会賞　1965（この年）
　第3回（昭41年度）日本童話会賞　1966（この年）
　第4回（昭42年度）日本童話会賞　1967（この年）
　第5回（昭43年度）日本童話会賞　1968（この年）
　第6回（昭44年度）日本童話会賞　1969（この年）
　第7回（昭45年度）日本童話会賞　1970（この年）
　第8回（昭46年度）日本童話会賞　1971（この年）
　第9回（昭47年度）日本童話会賞　1972（この年）
　第10回（昭48年度）日本童話会賞
　　　　　　　　　　　　　　1973（この年）
　第11回（昭49年度）日本童話会賞
　　　　　　　　　　　　　　1974（この年）
　第12回（昭50年度）日本童話会賞
　　　　　　　　　　　　　　1975（この年）
　第13回（昭51年度）日本童話会賞
　　　　　　　　　　　　　　1976（この年）
　第14回（昭52年度）日本童話会賞
　　　　　　　　　　　　　　1977（この年）
　第15回（昭53年度）日本童話会賞
　　　　　　　　　　　　　　1978（この年）
　第16回（昭54年度）日本童話会賞
　　　　　　　　　　　　　　1979（この年）
　第17回（昭55年度）日本童話会賞
　　　　　　　　　　　　　　1980（この年）
　第18回（昭56年度）日本童話会賞
　　　　　　　　　　　　　　1981（この年）
　第19回（昭57年度）日本童話会賞
　　　　　　　　　　　　　　1982（この年）

第20回（昭58年度）日本童話会賞
　　　　　　　　　　　　1983（この年）
第21回（昭59年度）日本童話会賞
　　　　　　　　　　　　1984（この年）
第22回（昭60年度）日本童話会賞
　　　　　　　　　　　　1985（この年）
第23回（昭61年度）日本童話会賞
　　　　　　　　　　　　1986（この年）
第24回（昭62年度）日本童話会賞
　　　　　　　　　　　　1987（この年）
第25回（昭63年度）日本童話会賞
　　　　　　　　　　　　1988（この年）
第26回（平1年度）日本童話会賞　1989（この年）
第27回（平2年度）日本童話会賞　1990（この年）
第28回（平3年度）日本童話会賞　1991（この年）
日本読書組合「学級文庫部」
　日本読書組合「学級文庫部」発足　1947.10月
日本図書館協会
　「読書運動通信」創刊　　　　　　1965.11月
　日本図書館協会が講演会を開催　　1995.4月
日本図書センター
　『ジュニア文学館 宮沢賢治』刊行　1996.3月
　『さんすうだいすき』復刊　　　　2012.2月
日本図書普及株式会社
　図書カードに一本化　　　　　　　2005.10.1
日本人形劇人協会
　「日本人形劇人協会」発足　　　　1967.3.3
日本の絵本賞（絵本にっぽん新人賞）
　第5回（昭57年）日本の絵本賞 絵本
　　にっぽん新人賞　　　　　　1982（この年）
　第6回（昭58年）日本の絵本賞 絵本
　　にっぽん新人賞　　　　　　1983（この年）
　第7回（昭59年）日本の絵本賞 絵本
　　にっぽん新人賞　　　　　　1984（この年）
　第8回（昭60年）日本の絵本賞 絵本
　　にっぽん新人賞　　　　　　1985（この年）
　第9回（昭61年）日本の絵本賞 絵本
　　にっぽん新人賞　　　　　　1986（この年）
　第10回（昭62年）日本の絵本賞 絵本
　　にっぽん新人賞　　　　　　1987（この年）
　第11回（昭63年）日本の絵本賞 絵本
　　にっぽん新人賞　　　　　　1988（この年）
　第12回（平1年）日本の絵本賞 絵本
　　にっぽん新人賞　　　　　　1989（この年）
　第13回（平2年）日本の絵本賞 絵本
　　にっぽん新人賞　　　　　　1990（この年）
　第14回（平3年）日本の絵本賞 絵本
　　にっぽん新人賞　　　　　　1991（この年）
　第15回（平4年）日本の絵本賞 絵本
　　にっぽん新人賞　　　　　　1992（この年）
日本のこども
　「日本の子ども」と「チャイルドブッ
　　ク」合併　　　　　　　　　　1949.10月
日本の子どもの文学展
　日本の子どもの文学展開催　　　　1985.10月～
日本標準社
　『本のチカラ』刊行　　　　　　　2007.5月
　『なんでもただ会社』刊行　　　　2008.4月
日本文芸家協会
　「少年文学代表選集」刊行　　　　1962.1月
日本・ベトナム紙芝居交流の会訪日団歓迎・交流会
　紙芝居関連事業が相次ぐ　　　　　2001.9月～12月
日本ペンクラブ
　被災地支援活動発足　　　　　　　2011.6.17
日本放送出版協会
　第20回（昭48年）産経児童出版文化賞
　　　　　　　　　　　　1973（この年）
　第25回読書感想コン課題図書　1979（この年）
　第49回読書感想コン課題図書　2003（この年）
　第50回読書感想コン課題図書　2004（この年）
　第51回読書感想コン課題図書　2005（この年）
　第56回読書感想コン課題図書　2010（この年）
日本民話の会
　「日本民話の会」設立　　　　　　1969.6.15
日本民話の会学校の怪談編集委員会
　『学校の怪談大事典』刊行　　　　1996.4月
日本野鳥の会
　第40回（平5年）産経児童出版文化賞
　　　　　　　　　　　　1993（この年）
日本ユネスコ協会連盟
　「ユネスコ・ライブラリー100」開始
　　　　　　　　　　　　1979（この年）
入院児童サービス
　入院児童へのサービス開始　　　　1982.8月
ニューファンタジーの会
　第14回（平2年）日本児童文学学会賞
　　　　　　　　　　　　1990（この年）
ニューヨーク児童図書展示推進委員会
　海外初の「日本児童図書展示会」
　　　　　　　　　　　　1981.11.5～07
楡出版
　第41回（平4年度）小学館児童出版文化賞
　　　　　　　　　　　　1992（この年）

『西の魔女が死んだ』刊行　　　1994.4月
　第13回（平7年）新美南吉児童文学賞
　　　　　　　　　　　　　1995（この年）
　第28回（平7年）日本児童文学者協会
　　新人賞　　　　　　　　1995（この年）
　第44回（平7年度）小学館児童出版文
　　化賞　　　　　　　　　1995（この年）

【ぬ】

ぬぷん児童図書出版
　第26回読書感想コン課題図書　1980（この年）
　「海外児童文学通信」創刊　　　1984.9月
　第31回読書感想コン課題図書　1985（この年）
　第34回読書感想コン課題図書　1988（この年）

【ね】

猫手大賞
　第1回（昭60年）猫手大賞 童話部門
　　　　　　　　　　　　　1985（この年）
　第2回（昭61年）猫手大賞 童話部門
　　　　　　　　　　　　　1986（この年）
　第3回（昭62年）猫手大賞 童話部門
　　　　　　　　　　　　　1987（この年）
　第4回（昭63年）猫手大賞 童話部門
　　　　　　　　　　　　　1988（この年）

寝屋川子ども文庫連絡会
　「寝屋川子ども文庫連絡会」発足
　　　　　　　　　　　　　1972（この年）

ねりま地域文庫読書サークル連絡会
　「ねりま地域文庫読書サークル連絡
　　会」発足　　　　　　　1969.6.15

【の】

農山漁村文化協会
　第48回読書感想コン課題図書　2002（この年）
　『ぼくの庭にきた虫たち』刊行　2009.2月
　第56回（平21年）産経児童出版文化賞
　　　　　　　　　　　　　2009（この年）
　第22回（平24年）けんぶち絵本の里大
　　賞　　　　　　　　　　2012（この年）
　第23回（平25年）けんぶち絵本の里大
　　賞　　　　　　　　　　2013（この年）

野間児童文芸賞
　第1回（昭38年）野間児童文芸賞 1963（この年）
　第2回（昭39年）野間児童文芸賞 1964（この年）
　第3回（昭40年）野間児童文芸賞 1965（この年）
　第4回（昭41年）野間児童文芸賞 1966（この年）
　第5回（昭42年）野間児童文芸賞 1967（この年）
　第6回（昭43年）野間児童文芸賞 1968（この年）
　第7回（昭44年）野間児童文芸賞 1969（この年）
　第8回（昭45年）野間児童文芸賞 1970（この年）
　第9回（昭46年）野間児童文芸賞 1971（この年）
　第10回（昭47年）野間児童文芸賞
　　　　　　　　　　　　　1972（この年）
　第11回（昭48年）野間児童文芸賞
　　　　　　　　　　　　　1973（この年）
　第12回（昭49年）野間児童文芸賞
　　　　　　　　　　　　　1974（この年）
　第13回（昭50年）野間児童文芸賞
　　　　　　　　　　　　　1975（この年）
　第14回（昭51年）野間児童文芸賞
　　　　　　　　　　　　　1976（この年）
　第15回（昭52年）野間児童文芸賞
　　　　　　　　　　　　　1977（この年）
　第16回（昭53年）野間児童文芸賞
　　　　　　　　　　　　　1978（この年）
　第17回（昭54年）野間児童文芸賞
　　　　　　　　　　　　　1979（この年）
　第18回（昭55年）野間児童文芸賞
　　　　　　　　　　　　　1980（この年）
　第19回（昭56年）野間児童文芸賞
　　　　　　　　　　　　　1981（この年）
　第20回（昭57年）野間児童文芸賞
　　　　　　　　　　　　　1982（この年）
　第21回（昭58年）野間児童文芸賞
　　　　　　　　　　　　　1983（この年）
　第22回（昭59年）野間児童文芸賞
　　　　　　　　　　　　　1984（この年）
　第23回（昭60年）野間児童文芸賞
　　　　　　　　　　　　　1985（この年）
　第24回（昭61年）野間児童文芸賞
　　　　　　　　　　　　　1986（この年）
　第25回（昭62年）野間児童文芸賞
　　　　　　　　　　　　　1987（この年）
　第26回（昭63年）野間児童文芸賞
　　　　　　　　　　　　　1988（この年）
　第27回（平1年）野間児童文芸賞 1989（この年）
　第28回（平2年）野間児童文芸賞 1990（この年）
　第29回（平3年）野間児童文芸賞 1991（この年）

第30回（平4年）野間児童文芸賞　1992（この年）
第31回（平5年）野間児童文芸賞　1993（この年）
第32回（平6年）野間児童文芸賞　1994（この年）
第33回（平7年）野間児童文芸賞　1995（この年）
第34回（平8年）野間児童文芸賞　1996（この年）
第35回（平9年）野間児童文芸賞　1997（この年）
第36回（平10年）野間児童文芸賞
　　　　　　　　　　　　　　1998（この年）
第37回（平11年）野間児童文芸賞
　　　　　　　　　　　　　　1999（この年）
第38回（平12年）野間児童文芸賞
　　　　　　　　　　　　　　2000（この年）
第39回（平13年）野間児童文芸賞
　　　　　　　　　　　　　　2001（この年）
第40回（平14年）野間児童文芸賞
　　　　　　　　　　　　　　2002（この年）
第41回（平15年）野間児童文芸賞
　　　　　　　　　　　　　　2003（この年）
第42回（平16年）野間児童文芸賞
　　　　　　　　　　　　　　2004（この年）
第43回（平17年）野間児童文芸賞
　　　　　　　　　　　　　　2005（この年）
第44回（平18年）野間児童文芸賞
　　　　　　　　　　　　　　2006（この年）
第45回（平19年）野間児童文芸賞
　　　　　　　　　　　　　　2007（この年）
第46回（平20年）野間児童文芸賞
　　　　　　　　　　　　　　2008（この年）
第47回（平21年）野間児童文芸賞
　　　　　　　　　　　　　　2009（この年）
第48回（平22年）野間児童文芸賞
　　　　　　　　　　　　　　2010（この年）
第49回（平23年）野間児童文芸賞
　　　　　　　　　　　　　　2011（この年）
第50回（平24年）野間児童文芸賞
　　　　　　　　　　　　　　2012（この年）
第51回（平25年）野間児童文芸賞
　　　　　　　　　　　　　　2013（この年）
第52回（平26年度）野間児童文芸賞
　　　　　　　　　　　　　　2014（この年）
第53回（平27年度）野間児童文芸賞
　　　　　　　　　　　　　　2015（この年）

のら書店
第36回（平1年）産経児童出版文化賞
　　　　　　　　　　　　　　1989（この年）
『日本のむかしばなし』刊行　1998.10月
『世界のむかしばなし』刊行　2000.9月
第55回（平20年）産経児童出版文化賞
　　　　　　　　　　　　　　2008（この年）

第58回（平23年）産経児童出版文化賞
　　　　　　　　　　　　　　2011（この年）
第23回（平24年）ひろすけ童話賞
　　　　　　　　　　　　　　2012（この年）
第59回（平24年）産経児童出版文化賞
　　　　　　　　　　　　　　2012（この年）

ノンフィクション児童文学賞
第1回（昭60年）ノンフィクション児
　童文学賞　　　　　　　　1985（この年）
第2回（昭62年）ノンフィクション児
　童文学賞　　　　　　　　1987（この年）

【 は 】

梅花児童文学
「梅花児童文学」創刊　　　　　1991.7月
梅花女子大学児童文学会
「梅花児童文学」創刊　　　　　1991.7月
俳句
『子ども版 声に出して読みたい日本
　語』刊行開始　　　　　　　　2004.8.6
白水社
第9回（昭37年）産経児童出版文化賞
　　　　　　　　　　　　　　1962（この年）
第10回読書感想コン課題図書　1964（この年）
第12回読書感想コン課題図書　1966（この年）
第34回読書感想コン課題図書　1988（この年）
第43回読書感想コン課題図書　1997（この年）
第46回読書感想コン課題図書　2000（この年）
第51回読書感想コン課題図書　2005（この年）
第52回読書感想コン課題図書　2006（この年）
第55回読書感想コン課題図書　2009（この年）
第56回読書感想コン課題図書　2010（この年）
白泉社
「月刊 絵本とおはなし」創刊　1979（この年）
第7回（平9年）けんぶち絵本の里大賞
　　　　　　　　　　　　　　1997（この年）
第8回（平10年）けんぶち絵本の里大
　賞　　　　　　　　　　　　1998（この年）
『すきまのおともだちたち』刊行　2005.6月
『つみきのいえ』刊行　　　　2008.10.16
博報堂おはなしキャラバン
キーツ氏を囲む会開催　　　　1973.1.20
函館児童雑誌コレクション
第35回（平23年）日本児童文学学会賞
　　　　　　　　　　　　　　2011（この年）

本と遊ぼう こどもワールド
　「本と遊ぼうこどもワールド」　　1988.5.3～
　「本と遊ぼうこどもワールド」
　　　　　　　　　　　　　1989.6.13.～08.23
　「本と遊ぼうこどもワールド」　　　1991.7.1
　「本と遊ぼう！ 子どもワールド'98」1998.8.19
　「本と遊ぼう！ 子どもワールド
　　2000」　　　　　　　　　　　2000.8.19
　「本と遊ぼう こどもワールド」　2003.7.19～28
　「本と遊ぼう こどもワールド2004」　2004.8.6
　「本とあそぼう子供ワールド」2005.7.30～08.5

パッ！ と短編童話賞
　第1回（平10年）パッ！ と短編童話賞
　　　　　　　　　　　　　　　1998（この年）

ハート出版
　第55回（平20年）産経児童出版文化賞
　　　　　　　　　　　　　　　2008（この年）

花
　第12回（平13年）新・北陸児童文学賞
　　　　　　　　　　　　　　　2001（この年）

花書院
　第34回（平22年）日本児童文学学会賞
　　　　　　　　　　　　　　　2010（この年）

母と子の読み聞かせ児童図書大展示会
　「本と遊ぼうこどもワールド」
　　　　　　　　　　　　　1989.6.13.～08.23

母の友
　「母の友」創刊　　　　　　1953（この年）
　福音館が60周年記念出版　　　　2012.6月

浜屋・よみうり仏教童話大賞
　第1回（平1年）浜屋・よみうり仏教童
　　話大賞　　　　　　　　　1989（この年）
　第2回（平2年）浜屋・よみうり仏教童
　　話大賞　　　　　　　　　1990（この年）
　第3回（平3年）浜屋・よみうり仏教童
　　話大賞　　　　　　　　　1991（この年）
　第4回（平4年）浜屋・よみうり仏教童
　　話大賞　　　　　　　　　1992（この年）
　第5回（平5年）浜屋・よみうり仏教童
　　話大賞　　　　　　　　　1993（この年）
　第6回（平6年）浜屋・よみうり仏教童
　　話大賞　　　　　　　　　1994（この年）
　第7回（平7年）浜屋・よみうり仏教童
　　話大賞　　　　　　　　　1995（この年）
　第8回（平8年）浜屋・よみうり仏教童
　　話大賞　　　　　　　　　1996（この年）
　第9回（平9年）浜屋・よみうり仏教童
　　話大賞　　　　　　　　　1997（この年）
　第10回（平10年）浜屋・よみうり仏教
　　童話大賞　　　　　　　　1998（この年）

早川書房
　第14回読書感想コン課題図書　1968（この年）
　『ハリネズミの本箱』創刊　　　2002.10.11
　第51回（平16年）産経児童出版文化賞
　　　　　　　　　　　　　　　2004（この年）

原書房
　『オックスフォード 世界児童文学百
　　科』刊行　　　　　　　　　　1999.2月

ばるん舎
　『おばあちゃん』刊行　　　　　　1982.9月

パレット文庫
　『パレット文庫』創刊発表　　　1991.4.17

パロル舎
　第21回（平9年）日本児童文芸家協会
　　賞　　　　　　　　　　　1997（この年）
　第27回（平10年）児童文芸新人賞
　　　　　　　　　　　　　　　1998（この年）

番町書房
　第12回読書感想コン課題図書　1966（この年）

【ひ】

東日本大震災被災地支援活動「子どもたちへ「あしたの本」プロジェクト」
　被災地支援活動発足　　　　　　2011.6.17

ひかりのくに
　昭和出版（ひかりのくに）創業　　1946.1月
　第5回（昭31年度）小学館児童出版文
　　化賞　　　　　　　　　　1956（この年）
　第9回（昭35年度）小学館児童出版文
　　化賞　　　　　　　　　　1960（この年）
　第13回（昭39年度）小学館児童出版文
　　化賞　　　　　　　　　　1964（この年）
　第14回（昭40年度）小学館児童出版文
　　化賞　　　　　　　　　　1965（この年）
　『新きょうのおはなしなあに』刊行　1997.5月
　第8回（平15年）日本絵本賞　2003（この年）
　第14回（平16年）けんぶち絵本の里大
　　賞　　　　　　　　　　　2004（この年）
　『辞書びきえほん』刊行開始　　　2008.2月

ヒカリノクニ
　昭和出版（ひかりのくに）創業　　1946.1月

ひかりのくに昭和出版
　第18回（昭44年度）小学館児童出版文
　　化賞　　　　　　　　　1969（この年）
ひくまの出版
　第28回読書感想コン課題図書　1982（この年）
　第30回読書感想コン課題図書　1984（この年）
　第7回（昭59年）日本の絵本賞　絵本
　　にっぽん賞　　　　　　1984（この年）
　第32回読書感想コン課題図書　1986（この年）
　第34回読書感想コン課題図書　1988（この年）
　第36回読書感想コン課題図書　1990（この年）
　第39回読書感想コン課題図書　1993（この年）
　第42回読書感想コン課題図書　1996（この年）
　第44回読書感想コン課題図書　1998（この年）
　第45回読書感想コン課題図書　1999（この年）
　「空とぶオートバイ・読書感想文コン
　　クール」　　　　　　　　2002.7月
　第48回読書感想コン課題図書　2002（この年）
　第54回読書感想コン課題図書　2008（この年）
被災地の子どもたちに本を送る運動
　本を送る運動代表決まる　　1995.3.8
ひさかたチャイルド
　ひさかたチャイルド創立　　1981.4.7
　第34回（昭60年度）小学館児童出版文
　　化賞　　　　　　　　　1985（この年）
　第12回（平1年）日本の絵本賞　絵本
　　にっぽん賞　　　　　　1989（この年）
ピースボート
　第52回読書感想コン課題図書　2006（この年）
扉創刊号
　第4回（平4年）新・北陸児童文学賞
　　　　　　　　　　　　　1992（この年）
ピーターパン賞
　『オオトリ国記伝』刊行開始　2006.5.24
日野市多摩平児童図書館
　日野市多摩平児童図書館開設　1971.4.10
日の丸
　「幼年ブック」改題　　　　1958.1月
ひまわり文庫
　ひまわり文庫発足　　　　　1971.7月
白夜書房
　『風の名前』刊行　　　　　2008.6月
表現社
　第20回（平8年）日本児童文学学会賞
　　　　　　　　　　　　　1996（この年）

評論社
　評論社創業　　　　　　　　1948（この年）
　『チョコレート工場の秘密』刊行
　　　　　　　　　　　　　1972（この年）
　第25回読書感想コン課題図書　1979（この年）
　第28回読書感想コン課題図書　1982（この年）
　第29回（昭57年）産経児童出版文化賞
　　　　　　　　　　　　　1982（この年）
　第29回読書感想コン課題図書　1983（この年）
　第31回読書感想コン課題図書　1985（この年）
　『ふたつの家のちえ子』刊行　1986.5月
　第24回（昭61年）野間児童文芸賞
　　　　　　　　　　　　　1986（この年）
　第2回（昭61年度）坪田譲治文学賞
　　　　　　　　　　　　　1986（この年）
　第33回読書感想コン課題図書　1987（この年）
　「てのり文庫」創刊　　　　1988.7月
　第34回読書感想コン課題図書　1988（この年）
　第36回読書感想コン課題図書　1990（この年）
　第37回読書感想コン課題図書　1991（この年）
　第14回（平3年）日本の絵本賞　絵本
　　にっぽん賞　　　　　　1991（この年）
　第39回読書感想コン課題図書　1993（この年）
　第40回読書感想コン課題図書　1994（この年）
　第45回読書感想コン課題図書　1999（この年）
　第46回読書感想コン課題図書　2000（この年）
　『指輪物語』ブーム　　　　2001（この年）
　第47回読書感想コン課題図書　2001（この年）
　『「中つ国」歴史地図』刊行　2002.2月
　第48回読書感想コン課題図書　2002（この年）
　第7回（平14年）日本絵本賞　2002（この年）
　ロアルド・ダールコレクション　2005.4月
　『クロニクル 千古の闇』シリーズ刊行
　　開始　　　　　　　　　　2005.6月
　アンデルセン生誕200年　　2005（この年）
　『びくびくビリー』刊行　　2006.9月
　第53回読書感想コン課題図書　2007（この年）
　第54回読書感想コン課題図書　2008（この年）
　第57回（平22年）産経児童出版文化賞
　　　　　　　　　　　　　2010（この年）
　第58回読書感想コン課題図書　2012（この年）
　第61回読書感想コン課題図書　2015（この年）
ビリケン出版
　第6回（平13年）日本絵本賞　2001（この年）
広島市こども図書館
　広島市こども図書館開館　　1980.5月

広島テレビ放送
第18回（昭46年）産経児童出版文化賞
1971（この年）
ひろすけ童話賞
第1回（平2年）ひろすけ童話賞　1990（この年）
第2回（平3年）ひろすけ童話賞　1991（この年）
第3回（平4年）ひろすけ童話賞　1992（この年）
第4回（平5年）ひろすけ童話賞　1993（この年）
第5回（平6年）ひろすけ童話賞　1994（この年）
第6回（平7年）ひろすけ童話賞　1995（この年）
第7回（平8年）ひろすけ童話賞　1996（この年）
第8回（平9年）ひろすけ童話賞　1997（この年）
第9回（平10年）ひろすけ童話賞　1998（この年）
第10回（平11年）ひろすけ童話賞
1999（この年）
第11回（平12年）ひろすけ童話賞
2000（この年）
第12回（平13年）ひろすけ童話賞
2001（この年）
第13回（平14年）ひろすけ童話賞
2002（この年）
第14回（平15年）ひろすけ童話賞
2003（この年）
第15回（平16年）ひろすけ童話賞
2004（この年）
第16回（平17年）ひろすけ童話賞
2005（この年）
第17回（平18年）ひろすけ童話賞
2006（この年）
第18回（平19年）ひろすけ童話賞
2007（この年）
第19回（平20年）ひろすけ童話賞
2008（この年）
第20回（平21年）ひろすけ童話賞
2009（この年）
第21回（平22年）ひろすけ童話賞
2010（この年）
第22回（平23年）ひろすけ童話賞
2011（この年）
第23回（平24年）ひろすけ童話賞
2012（この年）
第24回（平25年）ひろすけ童話賞
2013（この年）
第25回（平26年度）ひろすけ童話賞
2014（この年）
第26回（平27年度）ひろすけ童話賞
2015（この年）
びわの実学校
「びわの実学校」創刊　　　1963.10月

「びわの実学校」廃刊　　　1994.1月
びわの実
「びわの実」創刊　　　　　1951.7月
『川将軍』刊行　　　　　　1951.11月

【ふ】

ファンタジーブーム
ファンタジー・ブーム　2001（この年）
ファンタジー・ブーム　2002（この年）
フィールド・エンタープライジズ・インターナショナル
第24回（昭52年）産経児童出版文化賞
1977（この年）
風濤社
ロングセラー記録更新　　2012（この年）
フェリシモ童話大賞（（平3年））
フェリシモ童話大賞（平3年）　1991（この年）
フォア文庫
『フォア文庫』創刊　　　　1979.10月
『フォア文庫愛蔵版』刊行　1994.1月
『おはなしポケット』刊行　1999.9月
フォア文庫30周年　　　　2008（この年）
ふきのとう文庫
ふきのとう文庫開館　　　　1982.6.6
第13回（平15年）けんぶち絵本の里大賞
2003（この年）
福音館書店
福音館書店創立　　　　　　1952.2月
「母の友」創刊　　　　　　1953（この年）
『風ぐるま』刊行　　　　　1955.2月
「こどものとも」刊行始まる　1956.4月
『あかつきの子ら』刊行　　1956.4月
第4回（昭32年）産経児童出版文化賞
1957（この年）
第7回（昭35年）産経児童出版文化賞
1960（この年）
「世界傑作絵本シリーズ」刊行開始
1961（この年）
『いやいやえん』刊行　　　1962.12月
「日本傑作絵本」刊行開始　1962（この年）
『エルマーのぼうけん』刊行　1963.7月
「ぐりとぐら」刊行　　　　1963.12月
『三月ひなのつき』刊行　　1963.12月

第10回（昭38年）産経児童出版文化賞
　　　　　　　　　　　　　　1963（この年）
第1回（昭38年）野間児童文芸賞 1963（この年）
第10回読書感想コン課題図書　1964（この年）
『ももいろのきりん』刊行　　　　　1965.7月
『まえがみ太郎』刊行　　　　　　1965.12月
第11回読書感想コン課題図書　1965（この年）
第12回（昭40年）産経児童出版文化賞
　　　　　　　　　　　　　　1965（この年）
第3回（昭40年）国際アンデルセン賞
　　国内賞　　　　　　　　　　1965（この年）
『セロひきのゴーシュ』刊行　　　　1966.4月
『ぐるんぱのようちえん』刊行　　 1966.12月
『絵本と子ども』刊行　　　　　1966（この年）
第12回読書感想コン課題図書　1966（この年）
第13回（昭41年）産経児童出版文化賞
　　　　　　　　　　　　　　1966（この年）
『だいくとおにろく』刊行　　　　　1967.2月
『くまのパディントン』刊行　　　 1967.10月
第4回（昭42年）国際アンデルセン賞
　　国内賞　　　　　　　　　　1967（この年）
『二年間の休暇』刊行　　　　　　　1968.4月
『くしゃみくしゃみ天のめぐみ』刊行 1968.8月
第15回（昭43年）産経児童出版文化賞
　　　　　　　　　　　　　　1968（この年）
第1回（昭43年）日本児童文学者協会
　　新人賞　　　　　　　　　　1968（この年）
『寺町三丁目十一番地』刊行　　　　1969.3月
「かがくのとも」創刊　　　　　1969（この年）
第16回（昭44年）産経児童出版文化賞
　　　　　　　　　　　　　　1969（この年）
『ロボット・カミイ』刊行　　　　　1970.3月
『ちょうちん屋のままッ子』刊行　 1970.12月
第17回（昭45年）産経児童出版文化賞
　　　　　　　　　　　　　　1970（この年）
『トンカチと花将軍』刊行　　　　　1971.2月
『小さなハチかい』刊行　　　　　　1971.5月
『もりのへなそうる』刊行　　　　 1971.12月
『くらやみの谷の小人たち』刊行　　1972.6月
『こぐまのくまくん』刊行　　　　　1972.6月
『大きな森の小さな家』刊行　　　　1972.7月
『銀のほのおの国』刊行　　　　　 1972.11月
「子どもの館」創刊　　　　　　　　1973.6月
『ことばあそびうた』刊行　　　　 1973.10月
第7回（昭48年）国際アンデルセン賞
　　国内賞　　　　　　　　　　1973（この年）
第20回読書感想コン課題図書　1974（この年）
第21回（昭49年）産経児童出版文化賞
　　　　　　　　　　　　　　1974（この年）

岩波書店と福音館書店が提携　　　1976.4.23
『TN君の伝記』刊行　　　　　　　 1976.5月
『少年動物誌』刊行　　　　　　　　1976.5月
『わたし』刊行　　　　　　　　　 1976.10月
『流れのほとり』刊行　　　　　　 1976.11月
第14回（昭51年）野間児童文芸賞
　　　　　　　　　　　　　　1976（この年）
『はじめてのおつかい』刊行　　　　1977.4月
『お父さんのラッパばなし』刊行　　1977.6月
『ふくろう』刊行　　　　　　　　 1977.11月
「年少版こどものとも」創刊　　 1977（この年）
第23回読書感想コン課題図書　1977（この年）
第2回（昭52年）日本児童文芸家協会
　　賞　　　　　　　　　　　　1977（この年）
『スッパの小平太』刊行　　　　　　1978.4月
第24回読書感想コン課題図書　1978（この年）
第1回（昭53年）日本の絵本賞 絵本
　　にっぽん賞　　　　　　　　1978（この年）
『はるにれ』刊行　　　　　　　　　1979.1月
『ニムオロ原野の片隅から』刊行　　1979.8月
『にほんご』刊行　　　　　　　　 1979.11月
第2回（昭54年）日本の絵本賞 絵本
　　にっぽん賞　　　　　　　　1979（この年）
『花吹雪のごとく』刊行　　　　　　1980.7月
第26回読書感想コン課題図書　1980（この年）
『ズボン船長さんの話』刊行　　　　1981.7月
『イギリスとアイルランドの昔話』刊
　　行　　　　　　　　　　　　 1981.11月
第4回（昭56年）旺文社児童文学賞
　　　　　　　　　　　　　　1981（この年）
『落穂ひろい』刊行　　　　　　　　1982.4月
『おおやさんはねこ』刊行　　　　　1982.7月
『はなのあなのはなし』刊行　　　 1982.10月
第29回（昭57年）産経児童出版文化賞
　　　　　　　　　　　　　　1982（この年）
『ゆかりのたんじょうび』刊行　　　1983.8月
第29回読書感想コン課題図書　1983（この年）
第13回（昭58年）赤い鳥文学賞 1983（この年）
第30回（昭58年）産経児童出版文化賞
　　　　　　　　　　　　　　1983（この年）
第30回読書感想コン課題図書　1984（この年）
第13回（昭59年）児童文芸新人賞
　　　　　　　　　　　　　　1984（この年）
第33回（昭59年度）小学館児童出版文
　　化賞　　　　　　　　　　　1984（この年）
第6回（昭59年）路傍の石文学賞 1984（この年）
『魔女の宅急便』刊行　　　　　　　1985.1月
『絵で見る 日本の歴史』刊行　　　 1985.3月
『夜の子どもたち』刊行　　　　　　1985.9月

「たくさんのふしぎ」創刊　1985（この年）
第23回（昭60年）野間児童文芸賞
　　　　　　　　　　　　　1985（この年）
第34回（昭60年度）小学館児童出版文
　化賞　　　　　　　　　　1985（この年）
第8回（昭60年）日本の絵本賞 絵本
　にっぽん賞　　　　　　　1985（この年）
第33回読書感想コン課題図書　1987（この年）
第10回（昭62年）日本の絵本賞 絵本
　にっぽん賞　　　　　　　1987（この年）
第36回（昭62年度）小学館児童出版文
　化賞　　　　　　　　　　1987（この年）
『昆虫記』刊行　　　　　　　　1988.7月
第34回読書感想コン課題図書　1988（この年）
第11回（昭63年）日本の絵本賞 絵本
　にっぽん賞　　　　　　　1988（この年）
第35回読書感想コン課題図書　1989（この年）
第12回（平1年）日本の絵本賞 絵本
　にっぽん賞　　　　　　　1989（この年）
第36回（平1年）産経児童出版文化賞
　　　　　　　　　　　　　1989（この年）
『ふるさとは、夏』刊行　　　　1990.7月
『まがればまがりみち』刊行　　1990.12月
第36回読書感想コン課題図書　1990（この年）
第13回（平2年）日本の絵本賞 絵本
　にっぽん賞　　　　　　　1990（この年）
第37回（平2年）産経児童出版文化賞
　　　　　　　　　　　　　1990（この年）
第14回（平3年）日本の絵本賞 絵本
　にっぽん賞　　　　　　　1991（この年）
第38回（平3年）産経児童出版文化賞
　　　　　　　　　　　　　1991（この年）
第40回（平3年度）小学館児童出版文
　化賞　　　　　　　　　　1991（この年）
『ままです すきです すてきです』刊
　行　　　　　　　　　　　　1992.2.15
『アンデルセン童話集』刊行　　1992.3月
『番ねずみのヤカちゃん』刊行　1992.5月
第15回（平4年）日本の絵本賞 絵本
　にっぽん賞　　　　　　　1992（この年）
『半分のふるさと』刊行　　　　1993.5月
『魔女の宅急便その2』刊行　　1993.6.30
ピーターラビット生誕100周年　1993（この年）
第39回読書感想コン課題図書　1993（この年）
第31回（平5年）野間児童文芸賞　1993（この年）
第9回（平5年度）坪田譲治文学賞
　　　　　　　　　　　　　1993（この年）
『ゆびぬき小路の秘密』刊行　　1994.4月
第27回（平6年）日本児童文学者協会
　新人賞　　　　　　　　　1994（この年）

第32回（平6年）野間児童文芸賞　1994（この年）
第41回（平6年）産経児童出版文化賞
　　　　　　　　　　　　　1994（この年）
『日本の昔話』刊行　　　　　　1995.10.1
第41回読書感想コン課題図書　1995（この年）
第1回（平7年）日本絵本賞　　1995（この年）
第42回（平7年）産経児童出版文化賞
　　　　　　　　　　　　　1995（この年）
「こどものとも復刻版」刊行　　1996（この年）
『ぐりとぐら』100刷　　　　　1996（この年）
第25回（平8年）児童文芸新人賞　1996（この年）
第43回（平8年）産経児童出版文化賞
　　　　　　　　　　　　　1996（この年）
エルマーがポケット版に　　　　1997.5月
第43回読書感想コン課題図書　1997（この年）
第3回（平9年）児童文学ファンタジー
　大賞　　　　　　　　　　1997（この年）
第44回（平9年）産経児童出版文化賞
　　　　　　　　　　　　　1997（この年）
「絵本原画の世界」　　　　　　1998.4月
第4回（平10年）日本絵本賞　1998（この年）
『クマよ』刊行　　　　　　　　1999.10月
第45回読書感想コン課題図書　1999（この年）
第46回（平11年）産経児童出版文化賞
　　　　　　　　　　　　　1999（この年）
第46回読書感想コン課題図書　2000（この年）
第47回（平12年）産経児童出版文化賞
　　　　　　　　　　　　　2000（この年）
第49回（平12年度）小学館児童出版文
　化賞　　　　　　　　　　2000（この年）
『コールデコットの絵本』刊行　2001.5月
『ネコのタクシー』刊行　　　　2001.5月
福音館書店創立50周年　2001.10月〜2002.5月
第47回読書感想コン課題図書　2001（この年）
第48回（平13年）産経児童出版文化賞
　　　　　　　　　　　　　2001（この年）
『新版・ピーター・ラビットの絵本』
　刊行　　　　　　　　　　　　2002.10月
第31回（平14年）児童文芸新人賞
　　　　　　　　　　　　　2002（この年）
第35回（平14年）日本児童文学者協会
　新人賞　　　　　　　　　2002（この年）
第49回（平14年）産経児童出版文化賞
　　　　　　　　　　　　　2002（この年）
第51回（平14年度）小学館児童出版文
　化賞　　　　　　　　　　2002（この年）
『ユウキ』刊行　　　　　　　　2003.6月
『ぐりとぐらとすみれちゃん』刊行　2003.10.10

第19回（平15年度）坪田譲治文学賞
　　　　　　　　　　　　2003（この年）
第52回（平15年度）小学館児童出版文
　化賞　　　　　　　　　2003（この年）
『ごきげんいかが がちょうおくさん』
　刊行　　　　　　　　　　　2004.6月
「ぐりとぐら」150刷　　　2004（この年）
第50回読書感想コン課題図書　2004（この年）
第10回（平16年）児童文学ファンタ
　ジー大賞　　　　　　　2004（この年）
第14回（平16年）椋鳩十児童文学賞
　　　　　　　　　　　　2004（この年）
第34回（平16年）赤い鳥文学賞　2004（この年）
第44回（平16年）日本児童文学者協会
　賞　　　　　　　　　　2004（この年）
第53回（平16年度）小学館児童出版文
　化賞　　　　　　　　　2004（この年）
第9回（平16年）日本絵本賞　2004（この年）
『ハッピーノート』刊行　　　2005.1月
『ぐらぐらの歯』刊行　　　　2005.11月
「うさこちゃん」誕生50年　2005（この年）
「こどものとも」50周年　　2005（この年）
第51回読書感想コン課題図書　2005（この年）
『おでかけばいばいのほん』刊行　2006.10.15
第35回（平18年）児童文芸新人賞
　　　　　　　　　　　　2006（この年）
第39回（平18年）日本児童文学者協会
　新人賞　　　　　　　　2006（この年）
石井桃子100歳　　　　　　　2007.3.10
『ちょっとだけ』刊行　　　　2007.11.15
第17回（平19年）けんぶち絵本の里大
　賞　　　　　　　　　　2007（この年）
第17回（平19年）椋鳩十児童文学賞
　　　　　　　　　　　　2007（この年）
第54回（平19年）産経児童出版文化賞
　　　　　　　　　　　　2007（この年）
第56回（平19年度）小学館児童出版文
　化賞　　　　　　　　　2007（この年）
第54回読書感想コン課題図書　2008（この年）
第55回（平20年）産経児童出版文化賞
　　　　　　　　　　　　2008（この年）
『魔女の宅急便』完結　　　　2009.10.15
第55回読書感想コン課題図書　2009（この年）
第14回（平21年）日本絵本賞　2009（この年）
『ムカシのちょっといい未来』刊行　2010.6月
第56回読書感想コン課題図書　2010（この年）
第57回（平22年）産経児童出版文化賞
　　　　　　　　　　　　2010（この年）
第57回読書感想コン課題図書　2011（この年）

第22回（平23年）ひろすけ童話賞
　　　　　　　　　　　　2011（この年）
福音館が60周年記念出版　　　2012.6月
第58回読書感想コン課題図書　2012（この年）
第59回読書感想コン課題図書　2013（この年）
第60回（平25年）産経児童出版文化賞
　　　　　　　　　　　　2013（この年）
第60回読書感想コン課題図書　2014（この年）
第61回読書感想コン課題図書　2015（この年）

福島正実記念SF童話賞
第1回（昭59年）福島正実記念SF童話
　賞　　　　　　　　　　1984（この年）
第2回（昭60年）福島正実記念SF童話
　賞　　　　　　　　　　1985（この年）
第3回（昭61年）福島正実記念SF童話
　賞　　　　　　　　　　1986（この年）
第4回（昭62年）福島正実記念SF童話
　賞　　　　　　　　　　1987（この年）
第5回（昭63年）福島正実記念SF童話
　賞　　　　　　　　　　1988（この年）
第6回（平1年）福島正実記念SF童話賞
　　　　　　　　　　　　1989（この年）
第7回（平2年）福島正実記念SF童話賞
　　　　　　　　　　　　1990（この年）
第8回（平3年）福島正実記念SF童話賞
　　　　　　　　　　　　1991（この年）
第9回（平4年）福島正実記念SF童話賞
　　　　　　　　　　　　1992（この年）
第10回（平5年）福島正実記念SF童話
　賞　　　　　　　　　　1993（この年）
第11回（平6年）福島正実記念SF童話
　賞　　　　　　　　　　1994（この年）
第12回（平7年）福島正実記念SF童話
　賞　　　　　　　　　　1995（この年）
第13回（平8年）福島正実記念SF童話
　賞　　　　　　　　　　1996（この年）
第14回（平9年）福島正実記念SF童話
　賞　　　　　　　　　　1997（この年）
第15回（平10年）福島正実記念SF童話
　賞　　　　　　　　　　1998（この年）
第16回（平11年）福島正実記念SF童話
　賞　　　　　　　　　　1999（この年）
第17回（平12年）福島正実記念SF童話
　賞　　　　　　　　　　2000（この年）
第18回（平13年）福島正実記念SF童話
　賞　　　　　　　　　　2001（この年）
第19回（平14年）福島正実記念SF童話
　賞　　　　　　　　　　2002（この年）
第20回（平15年）福島正実記念SF童話
　賞　　　　　　　　　　2003（この年）

ふくた　　　　　　　　　　　事項名索引　　　　　　　　　日本児童文学史事典

第21回（平16年）福島正実記念SF童話
　　賞　　　　　　　　　　2004（この年）
第22回（平17年）福島正実記念SF童話
　　賞　　　　　　　　　　2005（この年）
第23回（平18年）福島正実記念SF童話
　　賞　　　　　　　　　　2006（この年）
第24回（平19年）福島正実記念SF童話
　　賞　　　　　　　　　　2007（この年）
第25回（平20年）福島正実記念SF童話
　　賞　　　　　　　　　　2008（この年）
第26回（平21年）福島正実記念SF童話
　　賞　　　　　　　　　　2009（この年）
第27回（平22年）福島正実記念SF童話
　　賞　　　　　　　　　　2010（この年）
第28回（平23年）福島正実記念SF童話
　　賞　　　　　　　　　　2011（この年）
第29回（平24年）福島正実記念SF童話
　　賞　　　　　　　　　　2012（この年）
第30回（平25年）福島正実記念SF童話
　　賞　　　　　　　　　　2013（この年）
第31回（平26年）福島正実記念SF童話
　　賞　　　　　　　　　　2014（この年）
第32回（平27年）福島正実記念SF童話
　　賞　　　　　　　　　　2015（この年）

福武書店
第5回（昭57年）日本の絵本賞 絵本
　　にっぽん賞　　　　　　1982（この年）
第6回（昭58年）日本の絵本賞 絵本
　　にっぽん賞　　　　　　1983（この年）
第31回（昭59年）産経児童出版文化賞
　　　　　　　　　　　　　1984（この年）
第9回（昭61年）日本の絵本賞 絵本
　　にっぽん賞　　　　　　1986（この年）
『空色勾玉』刊行　　　　　　1988.8月
第34回読書感想コン課題図書　1988（この年）
第22回（平1年）日本児童文学者協会
　　新人賞　　　　　　　　1989（この年）
『お引越し』刊行　　　　　　1990.8月
第1回（平3年）椋鳩十児童文学賞
　　　　　　　　　　　　　1991（この年）
第20回（平3年）児童文芸新人賞　1991（この年）
第38回（平3年）産経児童出版文化賞
　　　　　　　　　　　　　1991（この年）
『カレンダー』刊行　　　　　1992.2月
『夏の庭』刊行　　　　　　　1992.5月
第38回読書感想コン課題図書　1992（この年）
第15回（平4年）日本の絵本賞 絵本
　　にっぽん賞　　　　　　1992（この年）
第39回読書感想コン課題図書　1993（この年）
第22回（平5年）児童文芸新人賞　1993（この年）

第26回（平5年）日本児童文学者協会
　　新人賞　　　　　　　　1993（この年）
第40回（平5年）産経児童出版文化賞
　　　　　　　　　　　　　1993（この年）

福田出版
福田出版に社名変更　　　　　1978（この年）

冨山房
第16回読書感想コン課題図書　1970（この年）
第17回読書感想コン課題図書　1971（この年）
第21回（昭49年）産経児童出版文化賞
　　　　　　　　　　　　　1974（この年）
第33回（昭61年）産経児童出版文化賞
　　　　　　　　　　　　　1986（この年）
第34回（昭62年）産経児童出版文化賞
　　　　　　　　　　　　　1987（この年）
第4回（平6年度）けんぶち絵本の里大
　　賞　　　　　　　　　　1994（この年）
第3回（平9年）日本絵本賞　1997（この年）

冨山房インターナショナル
第53回（平18年）産経児童出版文化賞
　　　　　　　　　　　　　2006（この年）

フジテレビ出版
恐竜ブーム　　　　　　　　　1993.7月

富士見書房
『ドラゴンランス』刊行　2002.5月～11月

婦人と暮らし
第1回（昭57年）「婦人と暮らし」童話
　　賞　　　　　　　　　　1982（この年）
第2回（昭58年）「婦人と暮らし」童話
　　賞　　　　　　　　　　1983（この年）
第3回（昭59年）「婦人と暮らし」童話
　　賞　　　　　　　　　　1984（この年）
第4回（昭60年）「婦人と暮らし」童話
　　賞　　　　　　　　　　1985（この年）
第5回（昭61年）「婦人と暮らし」童話
　　賞　　　　　　　　　　1986（この年）
第6回（昭62年）「婦人と暮らし」童話
　　賞　　　　　　　　　　1987（この年）

婦人と暮らし童話賞
第1回（昭57年）「婦人と暮らし」童話
　　賞　　　　　　　　　　1982（この年）
第2回（昭58年）「婦人と暮らし」童話
　　賞　　　　　　　　　　1983（この年）
第3回（昭59年）「婦人と暮らし」童話
　　賞　　　　　　　　　　1984（この年）
第4回（昭60年）「婦人と暮らし」童話
　　賞　　　　　　　　　　1985（この年）

第5回（昭61年）「婦人と暮らし」童話
　　　賞　　　　　　　　　　1986（この年）
　　第6回（昭62年）「婦人と暮らし」童話
　　　賞　　　　　　　　　　1987（この年）
双葉社
　　ミドルティーン向け文庫創刊ラッ
　　シュ　　　　　　　　　1989（この年）
フタバ書房
　　岩崎書店誕生　　　　　1945（この年）
二見書房
　　第14回読書感想コン課題図書　1968（この年）
プチグラパブリッシング
　　第11回（平18年）日本絵本賞　2006（この年）
復刊童話
　　『アンデルセン童話集』刊行　　1992.3月
ブック・グローブ社
　　第14回（平2年）日本児童文学学会賞
　　　　　　　　　　　　　1990（この年）
ブックスタート
　　「ブックスタート国際シンポジウム」
　　　開催　　　　　　　　　　2000.11.4
　　ブックスタートの試験的開始　　2000.11.7
　　日本版「ブックスタート」開始　2001.4月
　　子どもの読書推進活動が活発化　2001（この年）
ブックローン出版　→　BL出版を見よ
ぶどう社
　　第46回（平18年）日本児童文学者協会
　　　賞　　　　　　　　　　2006（この年）
ブリティッシュ・カウンシル
　　「ブックスタート国際シンポジウム」
　　　開催　　　　　　　　　　2000.11.4
フレーベル館
　　「キンダーブック」再刊　1946（この年）
　　『たたかいの人』刊行　　　　1971.6月
　　『かちかち山のすぐそばで』刊行　1972.11月
　　「キンダーブック」創刊　1972（この年）
　　第20回（昭48年）産経児童出版文化賞
　　　　　　　　　　　　　1973（この年）
　　第7回（昭48年）国際アンデルセン賞
　　　国内賞　　　　　　　1973（この年）
　　第25回読書感想コン課題図書　1979（この年）
　　第28回（昭54年度）小学館児童出版文
　　　化賞　　　　　　　　1979（この年）
　　第12回（昭57年）赤い鳥文学賞　1982（この年）
　　「ウォーリー」シリーズ刊行　　1987.12月
　　『いたずらおばあさん』刊行　　1995.9月
　　『フレーベル館のこどもずかん』刊行
　　　開始　　　　　　　　　　1996.6月
　　第18回（平8年）路傍の石文学賞　1996（この年）
　　第43回（平8年）産経児童出版文化賞
　　　　　　　　　　　　　1996（この年）
　　第45回（平8年度）小学館児童出版文
　　　化賞　　　　　　　　1996（この年）
　　『ワイルドスミスのちいさな絵本』刊
　　　行　　　　　　　　1997.2月～04月
　　第44回（平9年）産経児童出版文化賞
　　　　　　　　　　　　　1997（この年）
　　「いつもいっしょによみたいね」2003（この年）
　　『おともださにナリマス』刊行　2005.5月
　　『アンパンマン』5000万部突破　2006（この年）
　　第52回読書感想コン課題図書　2006（この年）
　　第36回（平18年）赤い鳥文学賞　2006（この年）
　　第55回（平18年度）小学館児童出版文
　　　化賞　　　　　　　　2006（この年）
　　フレーベル館100周年　　　　2007.3月
　　第54回読書感想コン課題図書　2008（この年）
　　第55回（平20年）産経児童出版文化賞
　　　　　　　　　　　　　2008（この年）
　　第56回読書感想コン課題図書　2010（この年）
　　第57回（平22年）産経児童出版文化賞
　　　　　　　　　　　　　2010（この年）
　　第61回読書感想コン課題図書　2015（この年）
ブロンズ新社
　　第11回（平7年度）坪田譲治文学賞
　　　　　　　　　　　　　1995（この年）
　　第22回（平12年）路傍の石文学賞
　　　　　　　　　　　　　2000（この年）
　　第22回（平24年）けんぶち絵本の里大
　　　賞　　　　　　　　　　2012（この年）
　　第18回（平25年）日本絵本賞　2013（この年）
　　第62回（平25年度）小学館児童出版文
　　　化賞　　　　　　　　2013（この年）
文学教育
　　「文学教育」創刊　　　　　1951.10月
文化出版局
　　第25回（昭53年）産経児童出版文化賞
　　　　　　　　　　　　　1978（この年）
　　第2回（昭54年）日本の絵本賞　絵本
　　　にっぽん賞　　　　　1979（この年）
　　第15回（昭57年）日本児童文学者協会
　　　新人賞　　　　　　　1982（この年）
　　第5回（昭57年）日本の絵本賞　絵本
　　　にっぽん賞　　　　　1982（この年）
　　第34回読書感想コン課題図書　1988（この年）
　　『いわしくん』刊行　　　　　1993.11月

文教大学図書館
「あいのみ文庫」開設　　1981（この年）

文藝春秋
第10回読書感想コン課題図書　1964（この年）
第15回読書感想コン課題図書　1969（この年）
第19回読書感想コン課題図書　1973（この年）
第27回読書感想コン課題図書　1981（この年）
第30回読書感想コン課題図書　1984（この年）
第32回読書感想コン課題図書　1986（この年）
第36回読書感想コン課題図書　1990（この年）
『アンネの日記 完全版』出版　　1994.4月
第52回読書感想コン課題図書　2006（この年）
第57回読書感想コン課題図書　2011（この年）
第60回（平23年度）小学館児童出版文化賞　2011（この年）

文芸春秋新社
『迷子の天使』刊行　　1959.6月

ぶんけい創作児童文学賞
第1回（平3年）ぶんけい創作児童文学賞　1991（この年）
第2回（平4年）ぶんけい創作児童文学賞　1992（この年）
第3回（平5年）ぶんけい創作児童文学賞　1993（この年）
第4回（平6年）ぶんけい創作児童文学賞　1994（この年）
第5回（平7年）ぶんけい創作児童文学賞　1995（この年）
第6回（平8年）ぶんけい創作児童文学賞　1996（この年）
第7回（平9年）ぶんけい創作児童文学賞　1997（この年）

文渓堂
『極悪飛童』刊行　　1992.12月
『クラスメイト』刊行　　1993.12月
『青春航路ふぇにっくす丸』刊行　1993.12月
第3回（平5年度）けんぶち絵本の里大賞　1993（この年）
『うっかりウサギのう〜んと長かった1日』刊行　　1994.2月
第23回（平6年）児童文芸新人賞　1994（この年）
第34回（平6年）日本児童文学者協会賞　1994（この年）
第19回（平7年）日本児童文芸家協会賞　1995（この年）
第44回（平9年）産経児童出版文化賞　1997（この年）

第46回（平9年度）小学館児童出版文化賞　1997（この年）
第8回（平10年）椋鳩十児童文学賞　1998（この年）
第17回（平11年）新美南吉児童文学賞　1999（この年）
第30回（平12年）赤い鳥文学賞　2000（この年）
第49回読書感想コン課題図書　2003（この年）
第56回読書感想コン課題図書　2010（この年）
第20回（平22年）けんぶち絵本の里大賞　2010（この年）
第57回読書感想コン課題図書　2011（この年）

文研出版
第19回読書感想コン課題図書　1973（この年）
第20回読書感想コン課題図書　1974（この年）
第21回読書感想コン課題図書　1975（この年）
第22回読書感想コン課題図書　1976（この年）
『もこ もこもこ』刊行　1977（この年）
第23回読書感想コン課題図書　1977（この年）
第27回（昭53年度）小学館児童出版文化賞　1978（この年）
第25回読書感想コン課題図書　1979（この年）
第26回（昭54年）産経児童出版文化賞　1979（この年）
『キャベツくん』刊行　　1980.9月
第27回読書感想コン課題図書　1981（この年）
第4回（昭56年）日本の絵本賞 絵本にっぽん賞　1981（この年）
第28回読書感想コン課題図書　1982（この年）
第29回読書感想コン課題図書　1983（この年）
第15回（昭61年）児童文芸新人賞　1986（この年）
第9回（昭61年）日本の絵本賞 絵本にっぽん賞　1986（この年）
第33回読書感想コン課題図書　1987（この年）
第36回読書感想コン課題図書　1990（この年）
第6回（平2年度）坪田譲治文学賞　1990（この年）
第40回読書感想コン課題図書　1994（この年）
第23回（平6年）児童文芸新人賞　1994（この年）
第41回読書感想コン課題図書　1995（この年）
第6回（平8年）けんぶち絵本の里大賞　1996（この年）
第43回読書感想コン課題図書　1997（この年）
第44回読書感想コン課題図書　1998（この年）
第45回読書感想コン課題図書　1999（この年）
第46回読書感想コン課題図書　2000（この年）
第24回（平12年）日本児童文芸家協会賞　2000（この年）

第47回読書感想コン課題図書　2001（この年）
第11回（平13年）けんぶち絵本の里大
　　賞　　　　　　　　　　2001（この年）
第48回読書感想コン課題図書　2002（この年）
「いつもいっしょによみたいね」2003（この年）
第49回読書感想コン課題図書　2003（この年）
第50回読書感想コン課題図書　2004（この年）
第51回読書感想コン課題図書　2005（この年）
第52回読書感想コン課題図書　2006（この年）
第53回読書感想コン課題図書　2007（この年）
第54回読書感想コン課題図書　2008（この年）
第55回読書感想コン課題図書　2009（この年）
『ココロのヒカリ』刊行　　　　2010.8月
第15回（平22年）日本絵本賞　2010（この年）
第39回（平22年）児童文芸新人賞
　　　　　　　　　　　　　　2010（この年）
第57回読書感想コン課題図書　2011（この年）
第58回読書感想コン課題図書　2012（この年）
第59回読書感想コン課題図書　2013（この年）
第18回（平25年）日本絵本賞　2013（この年）
第24回（平25年）ひろすけ童話賞
　　　　　　　　　　　　　　2013（この年）
第60回読書感想コン課題図書　2014（この年）
第61回読書感想コン課題図書　2015（この年）

【へ】

平凡社
　　第1回（昭29年）産経児童出版文化賞
　　　　　　　　　　　　　　1954（この年）
　　「冒険小説北極星文庫」刊行　1956.11月
　　第3回（昭31年）産経児童出版文化賞
　　　　　　　　　　　　　　1956（この年）
　　第5回（昭33年）産経児童出版文化賞
　　　　　　　　　　　　　　1958（この年）
　　第8回読書感想コン課題図書　1962（この年）
　　第20回読書感想コン課題図書　1974（この年）
　　「冒険小説・北極星文庫」刊行　1986.11月
　　第21回（昭63年）日本児童文学者協会
　　　　新人賞　　　　　　　　1988（この年）
　　第38回（平3年）産経児童出版文化賞
　　　　　　　　　　　　　　1991（この年）
　　『100人が感動した100冊の絵本 1978-
　　　　97』刊行　　　　　　　1999.1月
　　『この絵本が好き！』刊行　　2003.3月
　　第31回（平19年）日本児童文学学会賞
　　　　　　　　　　　　　　2007（この年）

碧天舎
　　第14回（平16年）けんぶち絵本の里大
　　　　賞　　　　　　　　　　2004（この年）
別冊太陽編集部
　　『この絵本が好き！』刊行　　2003.3月

【ほ】

宝雲舎
　　『貝殻と船の灯』刊行　　　　1946.5月
冒険活劇文庫
　　「冒険活劇文庫」創刊　　　　1948.8月
冒険小説・北極星文庫
　　「冒険小説北極星文庫」刊行　1956.11月
　　「冒険小説・北極星文庫」刊行　1986.11月
萌樹舎
　　第34回（昭62年）産経児童出版文化賞
　　　　　　　　　　　　　　1987（この年）
法政大学出版局
　　第1回（昭29年）産経児童出版文化賞
　　　　　　　　　　　　　　1954（この年）
　　第32回（平20年）日本児童文学学会賞
　　　　　　　　　　　　　　2008（この年）
宝文館書店
　　『なかいながいペンギンの話』刊行　1957.3月
萌文書林
　　第32回（平20年）日本児童文学学会賞
　　　　　　　　　　　　　　2008（この年）
ぼくら
　　「ぼくら」創刊　　　　　　　1955.1月
北陸児童文学賞
　　第1回（昭38年）北陸児童文学賞 1963（この年）
　　第2回（昭39年）北陸児童文学賞 1964（この年）
　　第3回（昭40年）北陸児童文学賞 1965（この年）
　　第4回（昭41年）北陸児童文学賞 1966（この年）
　　第5回（昭42年）北陸児童文学賞 1967（この年）
　　第6回（昭43年）北陸児童文学賞 1968（この年）
　　第7回（昭45年）北陸児童文学賞 1970（この年）
　　第8回（昭46年）北陸児童文学賞 1971（この年）
　　第9回（昭47年）北陸児童文学賞 1972（この年）
　　第10回（昭48年）北陸児童文学賞
　　　　　　　　　　　　　　1973（この年）
北隆館
　　福田出版に社名変更　　　　1978（この年）

保健所文庫
保健所文庫「おひさま文庫」開設
1982（この年）

星の都絵本大賞
第1回（平3年）星の都絵本大賞　1991（この年）
第2回（平5年）星の都絵本大賞　1993（この年）
第3回（平7年）星の都絵本大賞　1995（この年）
第4回（平9年）星の都絵本大賞　1997（この年）
第5回（平11年）星の都絵本大賞　1999（この年）

北海道上川郡剣淵町
けんぶち絵本の館開館　　　　　1991.8.1

北海道けんぶち絵本の館
けんぶち絵本の館開館　　　　　1991.8.1

北海道児童雑誌データベース
第35回（平23年）日本児童文学学会賞
2011（この年）

北海道児童文学
第3回（平3年）新・北陸児童文学賞
1991（この年）

北海道新聞社
第39回（平2年度）小学館児童出版文化賞　　　　　　　　　　　　1990（この年）
第16回（平18年）けんぶち絵本の里大賞　　　　　　　　　　　　2006（この年）

ほのぼの童話館創作童話募集
第1回（昭58年）ほのぼの童話館創作童話募集　　　　　　　　1983（この年）
第2回（昭59年）ほのぼの童話館創作童話募集　　　　　　　　1984（この年）
第3回（昭60年）ほのぼの童話館創作童話募集　　　　　　　　1985（この年）
第4回（昭61年）ほのぼの童話館創作童話募集　　　　　　　　1986（この年）
第5回（昭62年）ほのぼの童話館創作童話募集　　　　　　　　1987（この年）
第6回（昭63年）ほのぼの童話館創作童話募集　　　　　　　　1988（この年）
第7回（平1年）ほのぼの童話館創作童話募集　　　　　　　　1989（この年）
第8回（平2年）ほのぼの童話館創作童話募集　　　　　　　　1990（この年）
第9回（平3年）ほのぼの童話館創作童話募集　　　　　　　　1991（この年）
第10回（平4年）ほのぼの童話館創作童話募集　　　　　　　　1992（この年）
第11回（平5年）ほのぼの童話館創作童話募集　　　　　　　　1993（この年）
第12回（平6年）ほのぼの童話館創作童話募集　　　　　　　　1994（この年）
第13回（平7年）ほのぼの童話館創作童話募集　　　　　　　　1995（この年）
第14回（平8年）ほのぼの童話館創作童話募集　　　　　　　　1996（この年）
第15回（平9年）ほのぼの童話館創作童話募集　　　　　　　　1997（この年）
第16回（平10年）ほのぼの童話館創作童話募集　　　　　　　　1998（この年）
第17回（平11年）ほのぼの童話館創作童話募集　　　　　　　　1999（この年）
第18回（平12年）ほのぼの童話館創作童話募集　　　　　　　　2000（この年）
第19回（平13年）ほのぼの童話館創作童話募集　　　　　　　　2001（この年）
第20回（平14年）ほのぼの童話館創作童話募集　　　　　　　　2002（この年）

ポプラ社
ポプラ社創業　　　　　　　　　1947（この年）
『新日本少年少女文学全集』刊行
1957（この年）
「怪盗ルパン全集」刊行　　　　1958（この年）
「少年探偵・江戸川乱歩全集」創刊　1964.8月
第10回読書感想コン課題図書　　1964（この年）
『車のいろは空のいろ』　　　　　1968.3月
第14回読書感想コン課題図書　　1968（この年）
第17回（昭43年度）小学館児童出版文化賞　　　　　　　　　　　　1968（この年）
第1回（昭43年）日本児童文学者協会新人賞　　　　　　　　　　　1968（この年）
第6回（昭43年）野間児童文芸賞　1968（この年）
『くまの子ウーフ』刊行　　　　　1969.6月
「椋鳩十全集」刊行　　　　　　　1969.10月
『るすばん先生』刊行　　　　　　1969.10月
『おかあさんの木』刊行　　　　　1969.12月
第15回読書感想コン課題図書　　1969（この年）
『かたあしだちょうのエルフ』刊行　1970.10月
第16回読書感想コン課題図書　　1970（この年）
第17回（昭45年）産経児童出版文化賞
1970（この年）
第19回（昭45年度）小学館児童出版文化賞　　　　　　　　　　　　1970（この年）
第17回読書感想コン課題図書　　1971（この年）
第18回（昭46年）産経児童出版文化賞
1971（この年）
第1回（昭46年）赤い鳥文学賞　　1971（この年）
第18回読書感想コン課題図書　　1972（この年）

- 484 -

第19回(昭47年)産経児童出版文化賞
　　　　　　　　　　　　　　1972(この年)
第19回読書感想コン課題図書　1973(この年)
第2回(昭48年)児童文芸新人賞　1973(この年)
「ねずみくんのチョッキシリーズ」　1974.8月
『巣立つ日まで』刊行　　　　　1974.10月
第23回(昭49年度)小学館児童出版文
　　化賞　　　　　　　　　　 1974(この年)
『雪と雲の歌』刊行　　　　　　1975.7月
第21回読書感想コン課題図書　1975(この年)
第8回(昭50年)日本児童文学者協会
　　新人賞　　　　　　　　　 1975(この年)
第22回読書感想コン課題図書　1976(この年)
第6回(昭51年)赤い鳥文学賞　1976(この年)
第23回読書感想コン課題図書　1977(この年)
第1回(昭52年)「子ども世界」絵本と
　　幼低学年童話賞　　　　　 1977(この年)
『それいけズッコケ三人組』刊行　1978.2月
「青葉学園物語」シリーズ刊行　　1978.4月
第24回読書感想コン課題図書　1978(この年)
第1回(昭53年)日本の絵本賞　絵本
　　にっぽん賞　　　　　　　 1978(この年)
第7回(昭53年)児童文芸新人賞　1978(この年)
「小さなおばけシリーズ」刊行　　1979.2月
個人全集ブーム　　　　　1979.5月〜1982.3月
第25回読書感想コン課題図書　1979(この年)
第26回読書感想コン課題図書　1980(この年)
第27回(昭55年)産経児童出版文化賞
　　　　　　　　　　　　　　1980(この年)
第3回(昭55年)旺文社児童文学賞
　　　　　　　　　　　　　　1980(この年)
第27回読書感想コン課題図書　1981(この年)
第4回(昭56年)日本の絵本賞　絵本
　　にっぽん賞　　　　　　　 1981(この年)
『どろぼう天使』刊行　　　　　1982.1月
『北の天使南の天使』刊行　　　1982.2月
「十二歳シリーズ」刊行　　　　1982.12月
第28回読書感想コン課題図書　1982(この年)
『じゃんけんポンじゃきめられない』
　　刊行　　　　　　　　　　　1983.10月
『初恋クレイジーパズル』刊行　1983.10月
『すきなあの子にバカラッチ』刊行　1983.11月
『好きだった風　風だったきみ』刊行　1983.12月
第29回読書感想コン課題図書　1983(この年)
第12回(昭58年)児童文芸新人賞
　　　　　　　　　　　　　　1983(この年)
『とべないカラスととばないカラス』
　　刊行　　　　　　　　　　　1984.2月
『六年目のクラス会』刊行　　　1984.11月

第30回読書感想コン課題図書　1984(この年)
第14回(昭59年)赤い鳥文学賞　1984(この年)
第17回(昭59年)日本児童文学者協会
　　新人賞　　　　　　　　　 1984(この年)
第31回読書感想コン課題図書　1985(この年)
第32回読書感想コン課題図書　1986(この年)
『つまさきだちの季節』刊行　　1987.7月
「かいけつゾロリ」シリーズ　　1987.11月
『えっちゃんとこねこムー』刊行　1987.11月
第33回読書感想コン課題図書　1987(この年)
第10回(昭62年)日本の絵本賞　絵本
　　にっぽん賞　　　　　　　 1987(この年)
第16回(昭62年)児童文芸新人賞
　　　　　　　　　　　　　　1987(この年)
第34回読書感想コン課題図書　1988(この年)
第35回読書感想コン課題図書　1989(この年)
第18回(平1年)児童文芸新人賞　1989(この年)
第36回読書感想コン課題図書　1990(この年)
「ますだくん」シリーズ　　　　1991.11月
第37回読書感想コン課題図書　1991(この年)
第14回(平3年)日本の絵本賞　絵本
　　にっぽん賞　　　　　　　 1991(この年)
第1回(平3年)椋鳩十児童文学賞
　　　　　　　　　　　　　　1991(この年)
第1回(平3年度)けんぶち絵本の里大
　　賞　　　　　　　　　　　 1991(この年)
第38回(平3年)産経児童出版文化賞
　　　　　　　　　　　　　　1991(この年)
『やさしく川は流れて』刊行　　1992.1月
環境問題の本の刊行相次ぐ　　　1992(この年)
第38回読書感想コン課題図書　1992(この年)
第15回(平4年)日本の絵本賞　絵本
　　にっぽん賞　　　　　　　 1992(この年)
第2回(平4年度)けんぶち絵本の里大
　　賞　　　　　　　　　　　 1992(この年)
『うそつきト・モ・ダ・チ』刊行　1993.12月
第39回読書感想コン課題図書　1993(この年)
第3回(平5年)椋鳩十児童文学賞
　　　　　　　　　　　　　　1993(この年)
児童図書十社の会設立20周年会　1994.2.1
『地獄堂霊界通信ワルガキ、幽霊にび
　　びる！』刊行　　　　　　　1994.10月
『ズッコケ三人組と学校の怪談』刊行
　　　　　　　　　　　　　　1994.12月
第40回読書感想コン課題図書　1994(この年)
第16回(平6年)路傍の石文学賞　1994(この年)
第32回(平6年)野間児童文芸賞　1994(この年)
第41回(平6年)産経児童出版文化賞
　　　　　　　　　　　　　　1994(この年)

第41回読書感想コン課題図書　1995（この年）
第1回（平7年）日本絵本賞　1995（この年）
第28回（平7年）日本児童文学者協会
　新人賞　1995（この年）
第5回（平7年度）けんぶち絵本の里大
　賞　1995（この年）
『学校の怪談大事典』刊行　1996.4月
第42回読書感想コン課題図書　1996（この年）
第43回（平8年）産経児童出版文化賞
　　　　　　　　　　　　　1996（この年）
『ステレオサウンド・ピアノ・カラオ
　ケえほん』刊行　1997.5月
第43回読書感想コン課題図書　1997（この年）
第3回（平9年）日本絵本賞　1997（この年）
第44回（平9年）産経児童出版文化賞
　　　　　　　　　　　　　1997（この年）
『せかいのポップアップえほん』刊行
　　　　　　　　　　　　1998.2月〜09月
第44回読書感想コン課題図書　1998（この年）
第4回（平10年）日本絵本賞　1998（この年）
米でベストセラーの絵本版　1999.9月
『怪盗紳士』刊行　1999.11月
第45回読書感想コン課題図書　1999（この年）
第9回（平11年度）けんぶち絵本の里
　大賞　1999（この年）
『幼児のためのよみきかせおはなし
　集』刊行　2000.10月
第46回読書感想コン課題図書　2000（この年）
第10回（平12年）椋鳩十児童文学賞
　　　　　　　　　　　　　2000（この年）
第29回（平12年）児童文芸新人賞
　　　　　　　　　　　　　2000（この年）
『ちいさなおはなしえほん』刊行　2001.5月
第47回読書感想コン課題図書　2001（この年）
第11回（平13年）けんぶち絵本の里大
　賞　2001（この年）
第31回（平13年）赤い鳥文学賞　2001（この年）
第6回（平13年）日本絵本賞　2001（この年）
『総合百科事典 ポプラディア』刊行　2002.3月
第48回読書感想コン課題図書　2002（この年）
第12回（平14年）けんぶち絵本の里大
　賞　2002（この年）
第7回（平14年）日本絵本賞　2002（この年）
『仮名手本忠臣蔵』刊行　2003.10月
『かいけつゾロリとなぞのまほう少
　女』刊行　2003.11月
『ぼくの見た戦争』刊行　2003.12月
第49回読書感想コン課題図書　2003（この年）

第13回（平15年）けんぶち絵本の里大
　賞　2003（この年）
第13回（平15年）椋鳩十児童文学賞
　　　　　　　　　　　　　2003（この年）
第8回（平15年）日本絵本賞　2003（この年）
「ズッコケ三人組」シリーズ完結　2004.12月
第50回読書感想コン課題図書　2004（この年）
第9回（平16年）日本絵本賞　2004（この年）
ポプラポケット文庫創刊　2005.10月
第51回読書感想コン課題図書　2005（この年）
第15回（平17年）けんぶち絵本の里大
　賞　2005（この年）
第15回（平17年）椋鳩十児童文学賞
　　　　　　　　　　　　　2005（この年）
第21回（平17年度）坪田譲治文学賞
　　　　　　　　　　　　　2005（この年）
第23回（平17年）新美南吉児童文学賞
　　　　　　　　　　　　　2005（この年）
第29回（平17年）日本児童文芸家協会
　賞　2005（この年）
第45回（平17年）日本児童文学者協会
　賞　2005（この年）
ポプラ社がジャイブを買収　2006.4.26
第52回読書感想コン課題図書　2006（この年）
ポプラ社創業60周年　2007.3月
第53回読書感想コン課題図書　2007（この年）
第12回（平19年）日本絵本賞　2007（この年）
第18回（平19年）ひろすけ童話賞
　　　　　　　　　　　　　2007（この年）
第47回（平19年）日本児童文学者協会
　賞　2007（この年）
第54回読書感想コン課題図書　2008（この年）
第38回（平20年）赤い鳥文学賞　2008（この年）
第55回読書感想コン課題図書　2009（この年）
第14回（平21年）日本絵本賞　2009（この年）
第19回（平21年）けんぶち絵本の里大
　賞　2009（この年）
第25回（平21年度）坪田譲治文学賞
　　　　　　　　　　　　　2009（この年）
第42回（平21年）日本児童文学者協会
　新人賞　2009（この年）
林真理子が児童書出版　2010.12月
第56回読書感想コン課題図書　2010（この年）
第20回（平22年）椋鳩十児童文学賞
　　　　　　　　　　　　　2010（この年）
第50回（平22年）日本児童文学者協会
　賞　2010（この年）
『神沢利子のおはなしの時間』刊行　2011.3月
第16回（平23年）日本絵本賞　2011（この年）

第35回（平23年）日本児童文芸家協会賞	2011（この年）
第58回読書感想コン課題図書	2012（この年）
第17回（平24年）日本絵本賞	2012（この年）
第22回（平24年）椋鳩十児童文学賞	2012（この年）
第28回（平24年度）坪田譲治文学賞	2012（この年）
第52回（平24年）日本児童文学者協会賞	2012（この年）
第59回（平24年）産経児童出版文化賞	2012（この年）
第59回読書感想コン課題図書	2013（この年）
第62回（平25年度）小学館児童出版文化賞	2013（この年）
「アナ雪」ブーム	2014.3.14
第61回読書感想コン課題図書	2015（この年）

ポプラズッコケ文学賞

第1回（平20年）ポプラズッコケ文学賞	2008（この年）
第2回（平21年）ポプラズッコケ文学賞	2009（この年）
第3回（平22年）ポプラズッコケ文学賞	2010（この年）

ポプラズッコケ文学新人賞

第2回（平24年）ポプラズッコケ文学新人賞	2012（この年）
第3回（平25年）ポプラズッコケ文学新人賞	2013（この年）
第4回（平26年）ポプラズッコケ文学新人賞	2014（この年）
第5回（平27年）ポプラズッコケ文学新人賞	2015（この年）

ポプラポケット文庫

ポプラポケット文庫創刊	2005.10月

ほるぷ出版

ほるぷ出版創立	1969（この年）
『ちゃぷちゃっぷんの話』刊行	1975.4月
出版社が子ども館贈呈	1975.7.10
第1回国際児童図書選定顧問会議	1975.10.14～15
『虹のたつ峰をこえて』刊行	1975.12月
『日本児童文学大系』刊行	1977.11月
「事典まつり」	1978.4.1～
『青い目の星座』刊行	1980.1月
『高空10000メートルのかなたで』刊行	1980.2月
第26回読書感想コン課題図書	1980（この年）
第27回読書感想コン課題図書	1981（この年）
第30回読書感想コン課題図書	1984（この年）
第13回（平2年）日本の絵本賞 絵本にっぽん賞	1990（この年）
第37回（平2年）産経児童出版文化賞	1990（この年）
『ユックリとジョジョニ』刊行	1991.3月
『風の城』刊行	1991.10月
第37回読書感想コン課題図書	1991（この年）
第38回（平3年）産経児童出版文化賞	1991（この年）
第39回（平4年）産経児童出版文化賞	1992（この年）
第41回（平4年度）小学館児童出版文化賞	1992（この年）
第41回読書感想コン課題図書	1995（この年）
第3回（平9年）日本絵本賞	1997（この年）
『ヒギンスさんととけい』刊行	2006.3月
第52回読書感想コン課題図書	2006（この年）
第16回（平23年）日本絵本賞	2011（この年）
『さんすうだいすき』復刊	2012.2月
第58回読書感想コン課題図書	2012（この年）
第60回読書感想コン課題図書	2014（この年）
第61回読書感想コン課題図書	2015（この年）

ボローニャ国際児童図書展

『安野光雅の画集』にボローニャ国際児童図書展大賞	1978.4.1
『小人たちの誘い』にエルバ賞	1982.3.6
『あさ One morning』刊行	1985（この年）
日販がボローニャ国際児童図書展に出展	1993.4.15
日販がボローニャ国際児童図書展に出展	1994.4.7
'95ボローニャ国際児童図書展	1995.4.6
『いつでも会える』刊行	1998.11月

本—それはこどもの夢を育む源

「本—それはこどもの夢を育む源」展	1985.7.17～08.16

本の学校

本の学校設立	2012.3.1

翻訳本とその原書展

「世界の絵本展」「翻訳本とその原書展」	1986.10.24～11.9

本屋大賞

『鹿の王』に本屋大賞	2015.4.7

【ま】

毎日児童小説
　第1回（昭26年）毎日児童小説　1951（この年）
　第2回（昭27年）毎日児童小説　1952（この年）
　第3回（昭28年）毎日児童小説　1953（この年）
　第4回（昭29年）毎日児童小説　1954（この年）
　第5回（昭30年）毎日児童小説　1955（この年）
　第6回（昭31年）毎日児童小説　1956（この年）
　第7回（昭32年）毎日児童小説　1957（この年）
　第8回（昭33年）毎日児童小説　1958（この年）
　第9回（昭34年）毎日児童小説　1959（この年）
　第10回（昭35年）毎日児童小説　1960（この年）
　第11回（昭36年）毎日児童小説　1961（この年）
　第12回（昭37年）毎日児童小説　1962（この年）
　第13回（昭38年）毎日児童小説　1963（この年）
　第14回（昭39年）毎日児童小説　1964（この年）
　第15回（昭40年）毎日児童小説　1965（この年）
　第16回（昭41年）毎日児童小説　1966（この年）
　第17回（昭42年）毎日児童小説　1967（この年）
　第18回（昭43年）毎日児童小説　1968（この年）
　第19回（昭44年）毎日児童小説　1969（この年）
　第20回（昭45年）毎日児童小説　1970（この年）
　第21回（昭46年）毎日児童小説　1971（この年）
　第22回（昭47年）毎日児童小説　1972（この年）
　第23回（昭48年）毎日児童小説　1973（この年）
　第24回（昭49年）毎日児童小説　1974（この年）
　第25回（昭50年）毎日児童小説　1975（この年）
　第26回（昭51年）毎日児童小説　1976（この年）
　第27回（昭52年）毎日児童小説　1977（この年）
　第28回（昭53年）毎日児童小説　1978（この年）
　第29回（昭54年）毎日児童小説　1979（この年）
　第30回（昭55年）毎日児童小説　1980（この年）
　第31回（昭56年）毎日児童小説　1981（この年）
　第32回（昭57年）毎日児童小説　1982（この年）
　第33回（昭58年）毎日児童小説　1983（この年）
　第34回（昭59年）毎日児童小説　1984（この年）
　第35回（昭60年）毎日児童小説　1985（この年）
　第36回（昭61年）毎日児童小説　1986（この年）
　第37回（昭62年）毎日児童小説　1987（この年）
　第38回（昭63年）毎日児童小説　1988（この年）
　第39回（平1年）毎日児童小説　1989（この年）
　第40回（平2年）毎日児童小説　1990（この年）
　第41回（平3年）毎日児童小説　1991（この年）
　第42回（平4年）毎日児童小説　1992（この年）
　第43回（平5年）毎日児童小説　1993（この年）
　第44回（平6年）毎日児童小説　1994（この年）
　第45回（平7年）毎日児童小説　1995（この年）
　第46回（平8年）毎日児童小説　1996（この年）
　第47回（平9年）毎日児童小説　1997（この年）
　第48回（平10年）毎日児童小説　1998（この年）
　第49回（平11年）毎日児童小説　1999（この年）
　第50回（平12年）毎日児童小説　2000（この年）
　第51回（平13年）毎日児童小説　2001（この年）

毎日新聞科学環境部
　第59回読書感想コン課題図書　2013（この年）

毎日新聞社
　青少年読書感想文コンクール始まる　1955.11月
　第2回（昭30年）産経児童出版文化賞
　　　　　　　　　　　　　　　　1955（この年）
　第9回読書感想コン課題図書　1963（この年）
　第10回読書感想コン課題図書　1964（この年）
　第13回読書感想コン課題図書　1967（この年）
　第17回読書感想コン課題図書　1971（この年）
　第24回読書感想コン課題図書　1978（この年）
　いわさきちひろ没後20周年　1994（この年）
　第42回読書感想コン課題図書　1996（この年）
　第50回読書感想コン課題図書　2004（この年）
　第51回読書感想コン課題図書　2005（この年）
　第56回読書感想コン課題図書　2010（この年）
　第59回読書感想コン課題図書　2013（この年）

毎日童話新人賞
　第1回（昭52年）毎日童話新人賞　1977（この年）
　第2回（昭53年）毎日童話新人賞　1978（この年）
　第3回（昭54年）毎日童話新人賞　1979（この年）
　第4回（昭55年）毎日童話新人賞　1980（この年）
　第5回（昭56年）毎日童話新人賞　1981（この年）
　第6回（昭57年）毎日童話新人賞　1982（この年）
　第7回（昭58年）毎日童話新人賞　1983（この年）
　第8回（昭59年）毎日童話新人賞　1984（この年）
　第9回（昭60年）毎日童話新人賞　1985（この年）
　第10回（昭61年）毎日童話新人賞
　　　　　　　　　　　　　　　　1986（この年）
　第11回（昭62年）毎日童話新人賞
　　　　　　　　　　　　　　　　1987（この年）
　第12回（昭63年）毎日童話新人賞
　　　　　　　　　　　　　　　　1988（この年）
　第13回（平1年）毎日童話新人賞　1989（この年）
　第14回（平2年）毎日童話新人賞　1990（この年）
　第15回（平3年）毎日童話新人賞　1991（この年）
　第16回（平4年）毎日童話新人賞　1992（この年）
　第17回（平5年）毎日童話新人賞　1993（この年）
　第18回（平6年）毎日童話新人賞　1994（この年）

第19回（平7年）毎日童話新人賞 1995（この年）
第20回（平8年）毎日童話新人賞 1996（この年）
第21回（平9年）毎日童話新人賞 1997（この年）
第22回（平10年）毎日童話新人賞
　　　　　　　　　　　　　　1998（この年）
第23回（平11年）毎日童話新人賞
　　　　　　　　　　　　　　1999（この年）
第24回（平12年）毎日童話新人賞
　　　　　　　　　　　　　　2000（この年）
第25回（平13年）毎日童話新人賞
　　　　　　　　　　　　　　2001（この年）
第26回（平14年）毎日童話新人賞
　　　　　　　　　　　　　　2002（この年）

マガジンハウス
『夏のこどもたち』刊行　　　　1991.1月
第17回（平7年）路傍の石文学賞 1995（この年）

牧書店
『斎田喬児童劇選集』刊行　　　1954.12月〜
第1回（昭29年）産経児童出版文化賞
　　　　　　　　　　　　　　1954（この年）
第2回（昭30年）産経児童出版文化賞
　　　　　　　　　　　　　　1955（この年）
第3回（昭31年）産経児童出版文化賞
　　　　　　　　　　　　　　1956（この年）
第6回（昭34年）産経児童出版文化賞
　　　　　　　　　　　　　　1959（この年）
『大空に生きる』刊行　　　　　1960.4月
第7回（昭35年）産経児童出版文化賞
　　　　　　　　　　　　　　1960（この年）
第10回（昭38年）産経児童出版文化賞
　　　　　　　　　　　　　　1963（この年）
第11回（昭39年）産経児童出版文化賞
　　　　　　　　　　　　　　1964（この年）
第11回読書感想コン課題図書 1965（この年）
第12回（昭40年）産経児童出版文化賞
　　　　　　　　　　　　　　1965（この年）
第3回（昭40年）国際アンデルセン賞
　　国内賞　　　　　　　　　1965（この年）
第5回（昭40年）日本児童文学者協会
　　賞　　　　　　　　　　　1965（この年）
第13回（昭41年）産経児童出版文化賞
　　　　　　　　　　　　　　1966（この年）
第15回読書感想コン課題図書 1969（この年）
第17回読書感想コン課題図書 1971（この年）
第4回（昭46年）日本児童文学者協会
　　新人賞　　　　　　　　　1971（この年）
第18回読書感想コン課題図書 1972（この年）
第5回（昭47年）新美南吉文学賞 1972（この年）
『じろはったん』刊行　　　　　1973.10月

第20回読書感想コン課題図書 1974（この年）
第7回（昭49年）日本児童文学者協会
　　新人賞　　　　　　　　　1974（この年）

牧書房
『ツバメの大旅行』刊行　　　　1955.5月
『リンゴ畑の四日間』刊行　　　1956.5月
『孤島の野犬』刊行　　　　　　1963.12月
『銀の触覚』刊行　　　　　　　1964.6月
第16回（昭44年）産経児童出版文化賞
　　　　　　　　　　　　　　1969（この年）
『グリックの冒険』刊行　　　　1970.2月
『むくげとモーゼル』刊行　　　1972.1月
『冒険者たち』刊行　　　　　　1972.5月
『百様タイコ』刊行　　　　　　1972.9月

斑尾高原絵本美術館
斑尾高原絵本美術館開館　　　　1995.2月

松下電器
企業が児童書寄付　　　　　　　1979.11月

松の実文庫
「松の実文庫」開設　　　　　　1967.6月

松原市子ども文庫連絡会
「松原市子ども文庫連絡会」発足　1972.9月

松本記念児童図書館
「松本記念児童図書館」開館　　1985.11.3

まひる書房
「えほんのくに」創刊　　　　　1947.5月

まほろば・童話の里浜田広介記念館
浜田広介記念館開館　　　　　　1989.5.25

豆の木
「豆の木」創刊　　　　　　　　1950.3月
『彦次』刊行　　　　　　　　　1950.3月

豆の木文庫
豆の木文庫開館　　　　　　　　1970（この年）

丸善出版
『南極から地球環境を考える』刊行
　　　　　　　　　　　　　　2014.10〜12月

漫画王
「漫画王」創刊　　　　　　　　1949.1月

【み】

三笠書房
『赤毛のアン』刊行　　　　　　1952（この年）
第26回読書感想コン課題図書 1980（この年）

三起商行
　第2回（平4年度）けんぶち絵本の里大
　　賞　　　　　　　　　　　　1992（この年）
ミキハウス
　第37回（昭63年度）小学館児童出版文
　　化賞　　　　　　　　　　1988（この年）
未見社
　小峰書店創立　　　　　　　1947.6.18
ミシマ社
　第58回（平23年）産経児童出版文化賞
　　　　　　　　　　　　　　2011（この年）
みすず書房
　星の王子さま、翻訳出版権消失　2005.1.22
三十書房
　『白い帽子の丘』刊行　　　　1958.6月
　『少年のこよみ』刊行　　　　1963.11月
みちを文庫ライブラリー
　みちを文庫開設　　　　　　1951（この年）
未知谷
　第25回（平13年）日本児童文学学会賞
　　　　　　　　　　　　　　2001（この年）
三越百貨店
　児童推薦図書展覧会　　　　　1946.9月
光村教育図書
　第49回（平14年）産経児童出版文化賞
　　　　　　　　　　　　　　2002（この年）
　『1つぶのおこめ』刊行　　　2009.9月
　第55回読書感想コン課題図書　2009（この年）
　第56回（平21年）産経児童出版文化賞
　　　　　　　　　　　　　　2009（この年）
　第57回（平22年）産経児童出版文化賞
　　　　　　　　　　　　　　2010（この年）
　第58回（平23年）産経児童出版文化賞
　　　　　　　　　　　　　　2011（この年）
　第59回（平24年）産経児童出版文化賞
　　　　　　　　　　　　　　2012（この年）
光村図書
　「飛ぶ教室」創刊　　　　　1981（この年）
みつわ印刷
　盲学校に大活字本寄贈　　　　2009.4.23
ミドルティーン
　ティーンズ向け文庫が好調　1989（この年）
　ミドルティーン向け文庫創刊ラッ
　　シュ　　　　　　　　　1989（この年）

港の人
　第31回（平19年）日本児童文学学会賞
　　　　　　　　　　　　　　2007（この年）
ミネルヴァ書房
　第24回（平12年）日本児童文学学会賞
　　　　　　　　　　　　　　2000（この年）
未明文学賞
　第1回（昭33年）未明文学賞　1958（この年）
　第2回（昭34年）未明文学賞　1959（この年）
　第3回（昭35年）未明文学賞　1960（この年）
　第4回（昭36年）未明文学賞　1961（この年）
　第5回（昭37年）未明文学賞　1962（この年）
三弥井書店
　第23回（平11年）日本児童文学学会賞
　　　　　　　　　　　　　　1999（この年）
宮城県立美術館
　「絵本原画の世界」　　　　　1998.4月
宮沢賢治記念館
　宮沢賢治記念館開館　　　　　1982.9.21
明日をみつめる子供のための優良図書展示会
　「'94明日をみつめる子供のための優良
　　図書展示会」　　　　　　1994.5.16
未来社
　第13回（平1年）日本児童文学学会賞
　　　　　　　　　　　　　　1989（この年）
ミリオンぶっく
　『ミリオンぶっく』配布　　　2006.12.8
民主紙芝居集団
　民主紙芝居集団結成　　　　　1948.3月
民話の会
　「民話の会」発足　　　　　1952（この年）

【む】

麦
　「麦」創刊　　　　　　　　　1953.1月
　「ツグミ」発表　　　　　　　1953.12月
椋鳩十記念（伊那谷童話大賞）
　第1回（平7年）椋鳩十記念 伊那谷童話
　　大賞　　　　　　　　　　1995（この年）
　第2回（平8年）椋鳩十記念 伊那谷童話
　　大賞　　　　　　　　　　1996（この年）
　第3回（平9年）椋鳩十記念 伊那谷童話
　　大賞　　　　　　　　　　1997（この年）

第4回（平10年）椋鳩十記念 伊那谷童
　　　話大賞　　　　　　　1998（この年）
　　第5回（平11年）椋鳩十記念 伊那谷童
　　　話大賞　　　　　　　1999（この年）
　　第6回（平12年）椋鳩十記念 伊那谷童
　　　話大賞　　　　　　　2000（この年）
　　第7回（平13年）椋鳩十記念 伊那谷童
　　　話大賞　　　　　　　2001（この年）
　　第8回（平14年）椋鳩十記念 伊那谷童
　　　話大賞　　　　　　　2002（この年）
　　第9回（平15年）椋鳩十記念 伊那谷童
　　　話大賞　　　　　　　2003（この年）
　　第10回（平16年）椋鳩十記念 伊那谷童
　　　話大賞　　　　　　　2004（この年）
椋鳩十児童文学賞
　　第1回（平3年）椋鳩十児童文学賞
　　　　　　　　　　　　　　1991（この年）
　　第2回（平4年）椋鳩十児童文学賞
　　　　　　　　　　　　　　1992（この年）
　　第3回（平5年）椋鳩十児童文学賞
　　　　　　　　　　　　　　1993（この年）
　　第4回（平6年）椋鳩十児童文学賞
　　　　　　　　　　　　　　1994（この年）
　　第5回（平7年）椋鳩十児童文学賞
　　　　　　　　　　　　　　1995（この年）
　　第6回（平8年）椋鳩十児童文学賞
　　　　　　　　　　　　　　1996（この年）
　　第7回（平9年）椋鳩十児童文学賞
　　　　　　　　　　　　　　1997（この年）
　　第8回（平10年）椋鳩十児童文学賞
　　　　　　　　　　　　　　1998（この年）
　　第9回（平11年）椋鳩十児童文学賞
　　　　　　　　　　　　　　1999（この年）
　　第10回（平12年）椋鳩十児童文学賞
　　　　　　　　　　　　　　2000（この年）
　　第11回（平13年）椋鳩十児童文学賞
　　　　　　　　　　　　　　2001（この年）
　　第12回（平14年）椋鳩十児童文学賞
　　　　　　　　　　　　　　2002（この年）
　　第13回（平15年）椋鳩十児童文学賞
　　　　　　　　　　　　　　2003（この年）
　　第14回（平16年）椋鳩十児童文学賞
　　　　　　　　　　　　　　2004（この年）
　　第15回（平17年）椋鳩十児童文学賞
　　　　　　　　　　　　　　2005（この年）
　　第16回（平18年）椋鳩十児童文学賞
　　　　　　　　　　　　　　2006（この年）
　　第17回（平19年）椋鳩十児童文学賞
　　　　　　　　　　　　　　2007（この年）

　　第18回（平20年）椋鳩十児童文学賞
　　　　　　　　　　　　　　2008（この年）
　　第19回（平21年）椋鳩十児童文学賞
　　　　　　　　　　　　　　2009（この年）
　　第20回（平22年）椋鳩十児童文学賞
　　　　　　　　　　　　　　2010（この年）
　　第21回（平23年）椋鳩十児童文学賞
　　　　　　　　　　　　　　2011（この年）
　　第22回（平24年）椋鳩十児童文学賞
　　　　　　　　　　　　　　2012（この年）
　　第23回（平25年）椋鳩十児童文学賞
　　　　　　　　　　　　　　2013（この年）
　　第24回（平26年）椋鳩十児童文学賞
　　　　　　　　　　　　　　2014（この年）
椋鳩十文学記念館
　　椋鳩十文学記念館開館　　　1990.6.16
ムーシカ文庫
　　「ムーシカ文庫」開設　　　　1965.4月

【め】

明治書院
　　第7回（昭49年）日本児童文学者協会
　　　新人賞　　　　　　　　1974（この年）
　　第16回（昭51年）日本児童文学者協会
　　　賞　　　　　　　　　　1976（この年）
　　第1回（昭52年）日本児童文学学会賞
　　　　　　　　　　　　　　1977（この年）
　　「寺子屋シリーズ」刊行開始　2009.8.25
明治生命子ども文庫
　　「明治生命子ども文庫」開設　1976.4月
メディアファクトリー
　　環境問題の本の刊行相次ぐ　1992（この年）
　　ファンタジー・ブーム続く　2003（この年）
メルヘンハウス
　　メルヘンハウス開店　　　　1973.4月

【も】

盲人情報文化センター
　　「わんぱく文庫」開設　　　1981（この年）
MOE
　　「月刊 絵本とおはなし」創刊　1979（この年）
　　「モエ（MOE）」誕生　　　　1983.11月

『サマータイム』刊行　　　　　1990.7月
第44回(平7年度)小学館児童出版文
　　化賞　　　　　　　　　1995(この年)
文字・活字文化振興法
　文字・活字文化推進機構創立記念総
　　会　　　　　　　　　　2007.10.24
文字・活字文化推進機構
　文字・活字文化推進機構創立記念総
　　会　　　　　　　　　　2007.10.24
もみの木文庫
　土屋児童文庫が閉庫　　　　1996.2月
森林(もり)のまち童話大賞
　第1回(平14年度)森林(もり)のまち
　　童話大賞　　　　　　2002(この年)
　第2回(平17年度)森林(もり)のまち
　　童話大賞　　　　　　2005(この年)
　第3回(平21年)森林(もり)のまち童
　　話大賞　　　　　　　2009(この年)
　第4回(平24年)森林(もり)のまち童
　　話大賞　　　　　　　2012(この年)
文部科学省
　「子どもの読書活動推進フォーラム」2005.4.23
　朝の読書2万校突破　　　　2005.8.10
文部省
　学校図書館協議会設置　　　1948.7月

【や】

八重洲ブックセンター
　「親と子の楽しい児童書フェア」
　　　　　　　　　　　　1979.5.21〜08.31
訳林出版社
　『日・中・韓 平和絵本』刊行開始　2011.4.1
八坂書房
　星の王子さま、翻訳出版権消失　2005.1.22
八ヶ岳小さな絵本美術館
　「八ヶ岳小さな絵本美術館」開館　1997.7.12
柳井市立図書館
　「いぬいとみこ記念文庫」開設　1996.3.15
山と溪谷社
　第51回読書感想コン課題図書　2005(この年)
山梨大学附属図書館
　「紙芝居・むかしといま」開催　2004.1.22〜31

山の木書房
　『柿の木のある家』刊行　　　1949.4月
山の木文庫
　「山の木文庫」開設　　　　1973.5.4
弥生書房
　『キューポラのある街』刊行　1961.4月
　第2回(昭37年)日本児童文学者協会
　　賞　　　　　　　　　　1962(この年)
ヤングアダルト出版会
　ヤングアダルト出版会設立総会　1979.7.26

【ゆ】

佑学社
　第7回(昭59年)日本の絵本賞 絵本
　　にっぽん賞　　　　　　1984(この年)
　第11回(昭63年)日本の絵本賞 絵本
　　にっぽん賞　　　　　　1988(この年)
　第35回読書感想コン課題図書　1989(この年)
　第36回読書感想コン課題図書　1990(この年)
　第38回読書感想コン課題図書　1992(この年)
　第41回(平6年)産経児童出版文化賞
　　　　　　　　　　　　1994(この年)
邑書林
　第12回(平8年度)坪田譲治文学賞
　　　　　　　　　　　　1996(この年)
優良児童図書展
　「優良児童図書展」開催　　　1958.6月
　「本と遊ぼうこどもワールド」　1988.5.3〜
ユネスコ・ライブラリー
　「ユネスコ・ライブラリー100」開始
　　　　　　　　　　　　1979(この年)
ゆまに書房
　第19回(平7年)日本児童文学学会賞
　　　　　　　　　　　　1995(この年)

【よ】

よいこのくに
　「よいこのくに」創刊　　　1952(この年)
葉祥明美術館
　「葉祥明美術館」開館　　　　1990.5月

幼年生活
　第22回（昭60年度）日本童話会賞
　　　　　　　　　　　　1985（この年）
幼年ブック
　「幼年ブック」創刊　　　　1947.1月
　「幼年ブック」改題　　　　1958.1月
洋々社
　第30回（平18年）日本児童文学学会賞
　　　　　　　　　　　　2006（この年）
よこはま文庫の会
　「よこはま文庫の会」発足　1972.10月
読み聞かせ
　国際児童文庫協会発足　　　1979.6.1
　ろう学校生徒への読み聞かせ開始
　　　　　　　　　　　　1979（この年）
　読み聞かせで『つりばしゆらゆら』
　　　　　　　　　　　　1999（この年）
　読み聞かせ活動盛ん　　1999（この年）
　日販が全国で読み聞かせ会　2003.4.23
　「おはなしマラソン読み聞かせキャン
　　ペーン」　　　　　　　　2007.4.27

【ら】

落語絵本
　手話落語絵本『みそ豆』刊行　1998.8月
らくだ出版
　第19回（昭47年）産経児童出版文化賞
　　　　　　　　　　　　1972（この年）
　「月刊絵本の世界」創刊　　1973.7月
　第34回（平17年）児童文芸新人賞
　　　　　　　　　　　　2005（この年）
らんか社
　『ストライプ』刊行　　　　1999.6月

【り】

立正佼成会
　佼成出版社設立　　　　　　1966.8月
　「いもとようこの絵本シリーズ」刊行
　　　　　　　　　　　　2010.10月
リブラン創作童話募集
　第1回（昭63年）リブラン創作童話募
　　集　　　　　　　　　1988（この年）

第2回（平1年）リブラン創作童話募集
　　　　　　　　　　　　1989（この年）
第3回（平2年）リブラン創作童話募集
　　　　　　　　　　　　1990（この年）
第4回（平3年）リブラン創作童話募集
　　　　　　　　　　　　1991（この年）
第5回（平4年）リブラン創作童話募集
　　　　　　　　　　　　1992（この年）
リブリオ出版
　『はなはなみんみ物語』刊行　1980.2〜11月
　第27回（昭55年）産経児童出版文化賞
　　　　　　　　　　　　1980（この年）
　第28回読書感想コン課題図書　1982（この年）
　第34回（昭62年）産経児童出版文化賞
　　　　　　　　　　　　1987（この年）
　『十一月の扉』刊行　　　　1999.9月
　第47回（平12年）産経児童出版文化賞
　　　　　　　　　　　　2000（この年）
琉球新報児童文学賞
　第1回（平1年）琉球新報児童文学賞
　　　　　　　　　　　　1989（この年）
　第2回（平2年）琉球新報児童文学賞
　　　　　　　　　　　　1990（この年）
　第3回（平3年）琉球新報児童文学賞
　　　　　　　　　　　　1991（この年）
　第4回（平4年）琉球新報児童文学賞
　　　　　　　　　　　　1992（この年）
　第5回（平5年）琉球新報児童文学賞
　　　　　　　　　　　　1993（この年）
　第6回（平6年）琉球新報児童文学賞
　　　　　　　　　　　　1994（この年）
　第8回（平8年）琉球新報児童文学賞
　　　　　　　　　　　　1996（この年）
　第9回（平9年）琉球新報児童文学賞
　　　　　　　　　　　　1997（この年）
　第10回（平10年）琉球新報児童文学賞
　　　　　　　　　　　　1998（この年）
　第11回（平11年）琉球新報児童文学賞
　　　　　　　　　　　　1999（この年）
　第12回（平12年）琉球新報児童文学賞
　　　　　　　　　　　　2000（この年）
　第13回（平13年）琉球新報児童文学賞
　　　　　　　　　　　　2001（この年）
　第14回（平14年）琉球新報児童文学賞
　　　　　　　　　　　　2002（この年）
　第15回（平15年）琉球新報児童文学賞
　　　　　　　　　　　　2003（この年）
　第16回（平16年）琉球新報児童文学賞
　　　　　　　　　　　　2004（この年）

りろん　　　　　　　　　　　　事項名索引　　　　　　　　　　日本児童文学史事典

第17回（平17年）琉球新報児童文学賞	2005（この年）	第2回（昭38年）国際アンデルセン賞国内賞	1963（この年）
第18回（平18年）琉球新報児童文学賞	2006（この年）	第3回（昭38年）日本児童文学者協会賞	1963（この年）
第19回（平19年）琉球新報児童文学賞	2007（この年）	『マアおばさんはネコがすき』刊行	1964.2月
第20回（平20年）琉球新報児童文学賞	2008（この年）	『ぴいちゃあしゃん』刊行	1964.3月
第21回（平21年）琉球新報児童文学賞	2009（この年）	『桃の木長者』刊行	1964.3月
第22回（平22年）琉球新報児童文学賞	2010（この年）	『あほうの星』刊行	1964.9月
第23回（平23年）琉球新報児童文学賞	2011（この年）	第11回（昭39年）産経児童出版文化賞	1964（この年）
第24回（平24年）琉球新報児童文学賞	2012（この年）	第13回（昭39年度）小学館児童出版文化賞	1964（この年）
第25回（平25年）琉球新報児童文学賞	2013（この年）	第2回（昭39年）野間児童文芸賞	1964（この年）
第26回（平26年）琉球新報児童文学賞	2014（この年）	第4回（昭39年）日本児童文学者協会賞	1964（この年）
第27回（平27年）琉球新報児童文学賞	2015（この年）	『チョコレート戦争』刊行	1965.1月

理論社

『荒野の魂』刊行	1959.10月
『風と花の輪』刊行	1959.11月
『とべたら本こ』刊行	1960.4月
『赤毛のポチ』刊行	1960.7月
『山が泣いてる』刊行	1960.8月
『考えろ丹太！』刊行	1960.10月
『山のむこうは青い海だった』刊行	1960.10月
第3回（昭35年）未明文学賞	1960（この年）
『ぼくは王さま』刊行	1961.6月
『ぽけっとにいっぱい』刊行	1961.6月
『ぬすまれた町』刊行	1961.11月
『北極のムーシカミーシカ』刊行	1961.11月
『ちびっこカムのぼうけん』刊行	1961.12月
『東京のサンタクロース』刊行	1961.12月
第1回（昭36年）日本児童文学者協会賞	1961（この年）
『あり子の記』刊行	1962.3月
「きりん」版元を移す	1962.4月
『ドブネズミ色の街』刊行	1962.10月
『巨人の風車』刊行	1962.10月
第11回（昭37年度）小学館児童出版文化賞	1962（この年）
第9回（昭37年）産経児童出版文化賞	1962（この年）
『星の牧場』刊行	1963.11月
『せんせいけらいになれ』刊行	1965.4月
『うみねこの空』刊行	1965.5月
『目をさませトラゴロウ』刊行	1965.8月
第3回（昭40年）NHK児童文学賞	1965（この年）
第3回（昭40年）野間児童文芸賞	1965（この年）
第5回（昭40年）日本児童文学者協会賞	1965（この年）
『柳のわたとぶ国——二つの国の物語』刊行	1966.1月
『宿題ひきうけ株式会社』刊行	1966.2月
『八月の太陽を』刊行	1966.8月
『雪の下のうた』刊行	1966.10月
『あのこ』刊行	1966（この年）
第12回読書感想コン課題図書	1966（この年）
『ヒョコタンの山羊』刊行	1967.6月
『王さまばんざい』刊行	1967.6月
『ベロ出しチョンマ』刊行	1967.11月
第13回読書感想コン課題図書	1967（この年）
第7回（昭42年）日本児童文学者協会賞	1967（この年）
『二年2組はヒヨコのクラス』刊行	1968.4月
『ちょんまげ手まり歌』刊行	1968.11月
第14回読書感想コン課題図書	1968（この年）
第15回（昭43年）産経児童出版文化賞	1968（この年）
第17回（昭43年度）小学館児童出版文化賞	1968（この年）
第8回（昭43年）日本児童文学者協会賞	1968（この年）
『ボクちゃんの戦場』刊行	1969.12月
第18回（昭44年度）小学館児童出版文化賞	1969（この年）

— 494 —

第9回(昭44年)日本児童文学者協会賞	1969(この年)	第11回(昭53年)日本児童文学者協会新人賞	1978(この年)
『赤い風船』刊行	1971.4月	個人全集ブーム	1979.5月〜1982.3月
『海辺のマーチ』刊行	1971.9月	『フォア文庫』創刊	1979.10月
第17回読書感想コン課題図書	1971(この年)	第25回読書感想コン課題図書	1979(この年)
第18回(昭46年)産経児童出版文化賞	1971(この年)	第26回読書感想コン課題図書	1980(この年)
第20回(昭46年度)小学館児童出版文化賞	1971(この年)	第3回(昭55年)日本の絵本賞 絵本にっぽん賞	1980(この年)
『地べたっこさま』刊行	1972.2月	『ピラミッド帽子よ、さようなら』刊行	1981.1月
第18回読書感想コン課題図書	1972(この年)	『安全地帯』刊行	1981.1月
第10回(昭47年)野間児童文芸賞	1972(この年)	第30回(昭56年度)小学館児童出版文化賞	1981(この年)
第19回(昭47年)産経児童出版文化賞	1972(この年)	工藤直子少年詩集が刊行	1982.1月
第5回(昭47年)日本児童文学者協会新人賞	1972(この年)	『ひげよ、さらば』刊行	1982.3月
『ぽんぽん』刊行	1973.10月	『椋鳩十の本』刊行	1982.6月
『兎の眼』刊行	1974.6月	第28回読書感想コン課題図書	1982(この年)
第14回(昭49年)日本児童文学者協会賞	1974(この年)	『どきん』刊行	1983.2月
第7回(昭49年)日本児童文学者協会新人賞	1974(この年)	『家族』刊行	1983.2月
『おとうさんがいっぱい』刊行	1975.5月	第29回読書感想コン課題図書	1983(この年)
『ウネのてんぐ笑い』刊行	1975.7月	第23回(昭58年)日本児童文学者協会賞	1983(この年)
『マキコは泣いた』刊行	1975.12月	『ともだちは海のにおい』刊行	1984.6月
第13回(昭50年)野間児童文芸賞	1975(この年)	第30回読書感想コン課題図書	1984(この年)
第22回(昭50年)産経児童出版文化賞	1975(この年)	第8回(昭59年)日本児童文学学会賞	1984(この年)
第8回(昭50年)日本児童文学者協会新人賞	1975(この年)	『東京石器人戦争』刊行	1985.4月
『お菓子放浪記』刊行	1976.1月	『海のコウモリ』刊行	1985.5月
『闇と光の中』刊行	1976.2月	『昔、そこに森があった』刊行	1985.9月
『兄貴』刊行	1976.10月	第31回読書感想コン課題図書	1985(この年)
『日本宝島』刊行	1976.10月	第14回(昭60年)児童文芸新人賞	1985(この年)
第22回読書感想コン課題図書	1976(この年)	第25回(昭60年)日本児童文学者協会賞	1985(この年)
第25回(昭51年度)小学館児童出版文化賞	1976(この年)	第32回(昭60年)産経児童出版文化賞	1985(この年)
第5回(昭51年)児童文芸新人賞	1976(この年)	『国境』三部作刊行	1986.2月〜
『朝はだんだん見えてくる』刊行	1977.1月	『白鳥のふたごものがたり』刊行	1986.4月
『優しさごっこ』刊行	1977.7月	『我利馬の船出』刊行	1986.6月
第23回読書感想コン課題図書	1977(この年)	第32回読書感想コン課題図書	1986(この年)
第10回(昭52年)日本児童文学者協会新人賞	1977(この年)	第10回(昭61年)日本児童文学学会賞	1986(この年)
第15回(昭52年)野間児童文芸賞	1977(この年)	第16回(昭61年)赤い鳥文学賞	1986(この年)
		第26回(昭61年)日本児童文学者協会賞	1986(この年)
『太陽の子』刊行	1978.9月	第33回(昭61年)産経児童出版文化賞	1986(この年)
		第35回(昭61年度)小学館児童出版文化賞	1986(この年)

『あたしをさがして』刊行 1987.9月
『のんカン行進曲』刊行 1987.12月
第33回読書感想コン課題図書 1987（この年）
第34回（昭62年）産経児童出版文化賞 1987（この年）
第36回（昭62年度）小学館児童出版文化賞 1987（この年）
『のぞみとぞぞみちゃん』刊行 1988.2月
第18回（昭63年）赤い鳥文学賞 1988（この年）
『ざわめきやまない』刊行 1989.3月
『つめたいよるに』刊行 1989.8月
第35回読書感想コン課題図書 1989（この年）
第13回（平1年）日本児童文学学会賞 1989（この年）
第22回（平1年）日本児童文学者協会新人賞 1989（この年）
『グッバイバルチモア』刊行 1990.12月
第36回読書感想コン課題図書 1990（この年）
第12回（平2年）路傍の石文学賞 1990（この年）
第20回（平2年）赤い鳥文学賞 1990（この年）
『カモメの家』刊行 1991.11月
第1回（平3年度）けんぶち絵本の里大賞 1991（この年）
『まど・みちお全詩集』刊行 1992.9月
第38回読書感想コン課題図書 1992（この年）
第30回（平4年）野間児童文芸賞 1992（この年）
第32回（平4年）日本児童文学者協会賞 1992（この年）
第39回（平4年）産経児童出版文化賞 1992（この年）
『これは王国のかぎ』刊行 1993.10月
第39回読書感想コン課題図書 1993（この年）
第15回（平5年）路傍の石文学賞 1993（この年）
第40回（平5年）産経児童出版文化賞 1993（この年）
第4回（平5年）ひろすけ童話賞 1993（この年）
『フォア文庫愛蔵版』刊行 1994.1月
児童図書十社の会設立20周年会 1994.2.1
第16回（平6年）路傍の石文学賞 1994（この年）
第41回（平6年）産経児童出版文化賞 1994（この年）
「東京都平和の日」 1995.3.10
アイヌへの表現問題 1995.12月〜
第17回（平7年）路傍の石文学賞 1995（この年）
第1回（平7年）児童文学ファンタジー大賞 1995（この年）
第33回（平7年）野間児童文芸賞 1995（この年）
『裏庭』刊行 1996.11月
「宿題ひきうけ株式会社」新版 1996.12月

寺村輝夫著書累計1500万部突破 1996（この年）
第42回読書感想コン課題図書 1996（この年）
第25回（平8年）児童文芸新人賞 1996（この年）
第19回（平9年）路傍の石文学賞 1997（この年）
『カラフル』刊行 1998.7月
第44回読書感想コン課題図書 1998（この年）
第20回（平10年）路傍の石文学賞 1998（この年）
『おはなしポケット』刊行 1999.9月
第45回読書感想コン課題図書 1999（この年）
第46回（平11年）産経児童出版文化賞 1999（この年）
第46回読書感想コン課題図書 2000（この年）
第22回（平12年）路傍の石文学賞 2000（この年）
第49回（平12年度）小学館児童出版文化賞 2000（この年）
第11回（平13年）椋鳩十児童文学賞 2001（この年）
第48回読書感想コン課題図書 2002（この年）
第18回（平14年度）坪田譲治文学賞 2002（この年）
第49回（平14年）産経児童出版文化賞 2002（この年）
『バーティミアス』刊行 2003.12月
第49回読書感想コン課題図書 2003（この年）
第50回（平15年）産経児童出版文化賞 2003（この年）
『ゴーレムの眼』刊行 2004.11月
第9回（平16年）日本絵本賞 2004（この年）
『ホームランを打ったことのない君に』刊行 2006.1月
『シルバーチャイルド』刊行開始 2006.4月
『ルリユールおじさん』が話題に 2007.9月
ファンタジー・シリーズの刊行相次ぐ 2007（この年）
第53回読書感想コン課題図書 2007（この年）
第12回（平19年）日本絵本賞 2007（この年）
第25回（平19年）新美南吉児童文学賞 2007（この年）
第54回（平19年）産経児童出版文化賞 2007（この年）
『魔術師ニコロ・マキャベリ』刊行 2008.11月
フォア文庫30周年 2008（この年）
第54回読書感想コン課題図書 2008（この年）
第24回（平20年度）坪田譲治文学賞 2008（この年）
第39回（平21年）赤い鳥文学賞 2009（この年）

第56回（平21年）産経児童出版文化賞
　　　　　　　　　　　2009（この年）

【ろ】

ろう学校幼稚部
ろう学校生徒への読み聞かせ開始
　　　　　　　　　　　1979（この年）
路傍の石文学賞
第1回（昭54年）路傍の石文学賞　1979（この年）
第2回（昭55年）路傍の石文学賞　1980（この年）
第3回（昭56年）路傍の石文学賞　1981（この年）
第4回（昭57年）路傍の石文学賞　1982（この年）
第5回（昭58年）路傍の石文学賞　1983（この年）
第6回（昭59年）路傍の石文学賞　1984（この年）
第7回（昭60年）路傍の石文学賞　1985（この年）
第8回（昭61年）路傍の石文学賞　1986（この年）
第9回（昭62年）路傍の石文学賞　1987（この年）
第10回（昭63年）路傍の石文学賞
　　　　　　　　　　　1988（この年）
第11回（平1年）路傍の石文学賞　1989（この年）
第12回（平2年）路傍の石文学賞　1990（この年）
第13回（平3年）路傍の石文学賞　1991（この年）
第14回（平4年）路傍の石文学賞　1992（この年）
第15回（平5年）路傍の石文学賞　1993（この年）
第16回（平6年）路傍の石文学賞　1994（この年）
第17回（平7年）路傍の石文学賞　1995（この年）
第18回（平8年）路傍の石文学賞　1996（この年）
第19回（平9年）路傍の石文学賞　1997（この年）
第20回（平10年）路傍の石文学賞
　　　　　　　　　　　1998（この年）
第21回（平11年）路傍の石文学賞
　　　　　　　　　　　1999（この年）
第22回（平12年）路傍の石文学賞
　　　　　　　　　　　2000（この年）
第23回（平13年）路傍の石文学賞
　　　　　　　　　　　2001（この年）
論創社
星の王子さま、翻訳出版権消失　2005.1.22

【わ】

ワイルドスミス絵本美術館
ワイルドスミス絵本美術館開館　1994.3.5

わが子におくる創作童話
第1回（昭55年）わが子におくる創作
　童話　　　　　　　　1980（この年）
第2回（昭56年）わが子におくる創作
　童話　　　　　　　　1981（この年）
第3回（昭57年）わが子におくる創作
　童話　　　　　　　　1982（この年）
第4回（昭58年）わが子におくる創作
　童話　　　　　　　　1983（この年）
第5回（昭59年）わが子におくる創作
　童話　　　　　　　　1984（この年）
第6回（昭60年）わが子におくる創作
　童話　　　　　　　　1985（この年）
わかば子ども文庫
「わかば子ども文庫」開設　　　1967.8月
わくわく文庫
宇都宮信用金庫の「わくわく文庫」開
　設　　　　　　　　　　　1989.4月
わだつみ会
第9回読書感想コン課題図書　1963（この年）
ワンダーブック
「ワンダーブック」創刊　　1968（この年）
わんぱく文庫
「わんぱく文庫」開設　　　1981（この年）

【英数】

21世紀の教育をひらく学校図書館フォーラム
「21世紀の教育をひらく学校図書館」2001.3.26
B・B
第24回読書感想コン課題図書　1978（この年）
BBYP
BBYP第2回総会　　　　　　1980.2.18
BIB世界絵本原画展
『ふしぎなたけのこ』世界原画展グラ
　ンプリ　　　　　　　1967（この年）
BL出版
第4回（昭32年）産経児童出版文化賞
　　　　　　　　　　　1957（この年）
第7回（昭35年）産経児童出版文化賞
　　　　　　　　　　　1960（この年）
第10回（昭38年）産経児童出版文化賞
　　　　　　　　　　　1963（この年）
第20回（昭48年）産経児童出版文化賞
　　　　　　　　　　　1973（この年）
BL出版設立　　　　　　　　1974（この年）

第12回（昭57年）赤い鳥文学賞　1982（この年）
「くまのアーネストおじさん」シリーズ　1983.3月
第32回（昭60年）産経児童出版文化賞　1985（この年）
第34回（昭62年）産経児童出版文化賞　1987（この年）
絵本ジャーナル「PeeBoo」創刊　1990（この年）
第1回（平3年度）けんぶち絵本の里大賞　1991（この年）
第38回（平3年）産経児童出版文化賞　1991（この年）
第2回（平4年度）けんぶち絵本の里大賞　1992（この年）
第3回（平5年度）けんぶち絵本の里大賞　1993（この年）
第1回（平7年）日本絵本賞　1995（この年）
第45回（平10年）産経児童出版文化賞　1998（この年）
第46回（平11年）産経児童出版文化賞　1999（この年）
『おじいちゃんのおじいちゃんのおじいちゃんのおじいちゃん』刊行　2000.7月
「ぞうのエルマー」シリーズ　2002.4月
『ほんとうのことをいってもいいの？』刊行　2002.5月
第49回（平14年）産経児童出版文化賞　2002（この年）
第7回（平14年）日本絵本賞　2002（この年）
『カロリーヌ　プチ絵本』　2004.4〜09月
第22回（平16年）新美南吉児童文学賞　2004（この年）
第10回（平17年）日本絵本賞　2005（この年）
『あかりをけして』刊行　2006.8月
『おへそのあな』刊行　2006.9月
第53回（平18年）産経児童出版文化賞　2006（この年）
第17回（平19年）けんぶち絵本の里賞　2007（この年）
第54回読書感想コン課題図書　2008（この年）
第56回読書感想コン課題図書　2010（この年）
『地球をほる』刊行　2011.9.1
第58回読書感想コン課題図書　2012（この年）
第60回読書感想コン課題図書　2014（この年）
第61回読書感想コン課題図書　2015（この年）

IBBY　→　国際児童図書評議会を見よ
JBBY　→　日本国際児童図書評議会を見よ
JICC出版局
　第25回（平4年）日本児童文学者協会新人賞　1992（この年）
JOMO童話賞
　第24回（平5年）JOMO童話賞　1993（この年）
　第25回（平6年）JOMO童話賞　1994（この年）
　第26回（平7年）JOMO童話賞　1995（この年）
　第27回（平8年）JOMO童話賞　1996（この年）
　第28回（平9年）JOMO童話賞　1997（この年）
　第29回（平10年）JOMO童話賞　1998（この年）
　第30回（平11年度）JOMO童話賞　1999（この年）
　第31回（平12年度）JOMO童話賞　2000（この年）
　第32回（平13年）JOMO童話賞　2001（この年）
　第33回（平14年）JOMO童話賞　2002（この年）
　第34回（平15年）JOMO童話賞　2003（この年）
　第35回（平16年度）JOMO童話賞　2004（この年）
　第36回（平17年度）JOMO童話賞　2005（この年）
　第37回（平18年度）JOMO童話賞　2006（この年）
　第38回（平19年度）JOMO童話賞　2007（この年）
　第39回（平20年度）JOMO童話賞　2008（この年）
JULA出版局
　『金子みすゞ全集』刊行　1984.2月
　第8回（昭59年）日本児童文学学会賞　1984（この年）
　第17回（平5年）日本児童文学学会賞　1993（この年）
　第44回（平9年）産経児童出版文化賞　1997（この年）
　第30回（平13年）児童文芸新人賞　2001（この年）
　「ブータン」シリーズ30周年　2013（この年）
JX-ENEOS童話賞
　第40回（平21年度）JX-ENEOS童話賞　2009（この年）
　第41回（平22年度）JX-ENEOS童話賞　2010（この年）
　第42回（平23年度）JX-ENEOS童話賞　2011（この年）
　第43回（平24年度）JX-ENEOS童話賞　2012（この年）

第44回（平25年度）JX-ENEOS童話賞
　　　　　　　　　　　　2013（この年）
第45回（平26年）JX-ENEOS童話賞
　　　　　　　　　　　　2014（この年）
第46回（平27年）JX-ENEOS童話賞
　　　　　　　　　　　　2015（この年）

KADOKAWA
「アナ雪」ブーム　　　　　 2014.3.14
『鹿の王』刊行　　　　　　 2014.9.25
第60回読書感想コン課題図書　2014（この年）
『鹿の王』に本屋大賞　　　　2015.4.7

M・L・バッチェルダー賞
『ひろしまのピカ』刊行　　　1980.6月

NHK児童文学賞
第1回（昭38年）NHK児童文学賞
　　　　　　　　　　　　1963（この年）
第2回（昭39年）NHK児童文学賞
　　　　　　　　　　　　1964（この年）
第3回（昭40年）NHK児童文学賞
　　　　　　　　　　　　1965（この年）
第4回（昭41年）NHK児童文学賞
　　　　　　　　　　　　1966（この年）

NHK出版
『ヒストリアン』刊行　　　　2006.2.24

NHKスペシャル制作班
巨大イカの本刊行　　　　　　2013.6月

PeeBoo
絵本ジャーナル「PeeBoo」創刊
　　　　　　　　　　　　1990（この年）

PHP研究所
『坂をのぼれば』刊行　　　　1978.3月
第1回（昭53年）旺文社児童文学賞
　　　　　　　　　　　　1978（この年）
第26回（昭54年）産経児童出版文化賞
　　　　　　　　　　　　1979（この年）
第27回読書感想コン課題図書　1981（この年）
第28回読書感想コン課題図書　1982（この年）
第5回（昭57年）日本の絵本賞 絵本
　　にっぽん賞　　　　　　1982（この年）
第29回読書感想コン課題図書　1983（この年）
『ねこのポチ』刊行　　　　　1986.6月
第33回読書感想コン課題図書　1987（この年）
第39回（平4年）産経児童出版文化賞
　　　　　　　　　　　　1992（この年）
第41回（平4年度）小学館児童出版文
　　化賞　　　　　　　　　1992（この年）
第40回読書感想コン課題図書　1994（この年）

第18回（平6年）日本児童文芸家協会
　　賞　　　　　　　　　　1994（この年）
第6回（平7年）ひろすけ童話賞 1995（この年）
第42回読書感想コン課題図書　1996（この年）
第9回（平10年）ひろすけ童話賞 1998（この年）
第10回（平12年度）けんぶち絵本の里
　　大賞　　　　　　　　　2000（この年）
第47回読書感想コン課題図書　2001（この年）
第12回（平13年）ひろすけ童話賞
　　　　　　　　　　　　2001（この年）
第13回（平15年）けんぶち絵本の里大
　　賞　　　　　　　　　　2003（この年）
『ライオンボーイ』刊行開始　 2004.2月
第51回読書感想コン課題図書　2005（この年）
第16回（平17年）ひろすけ童話賞
　　　　　　　　　　　　2005（この年）
第17回（平18年）ひろすけ童話賞
　　　　　　　　　　　　2006（この年）
第56回読書感想コン課題図書　2010（この年）
『できかた図鑑』刊行　　　　2011.3.15
第58回読書感想コン課題図書　2012（この年）
第17回（平24年）日本絵本賞　2012（この年）
『空のふしぎ図鑑』刊行　　　2013.11.12

PTA母親文庫
PTA母親文庫開始　　　　　　1951.1月

RFIDタグ
「くらべる図鑑」刊行　　　　2009.7.8

SLBA　→　学校図書館図書整備会を見よ
SLBC　→　学校図書館ブッククラブを見よ

TBSブリタニカ
第11回（昭57年）児童文芸新人賞
　　　　　　　　　　　　1982（この年）

tupera tupera
第18回（平25年）日本絵本賞　 2013（この年）
第24回（平26年）けんぶち絵本の里大
　　賞　　　　　　　　　　2014（この年）

日本児童文学史事典
　―トピックス 1945-2015

2016年5月25日　第1刷発行

編　集／日外アソシエーツ編集部
発行者／大高利夫
発　行／日外アソシエーツ株式会社
　　　　〒143-8550 東京都大田区大森北1-23-8 第3下川ビル
　　　　電話 (03)3763-5241(代表)　FAX(03)3764-0845
　　　　URL http://www.nichigai.co.jp/
発売元／株式会社紀伊國屋書店
　　　　〒163-8636 東京都新宿区新宿3-17-7
　　　　電話 (03)3354-0131(代表)
　　　　ホールセール部(営業)　電話 (03)6910-0519

電算漢字処理／日外アソシエーツ株式会社
印刷・製本／光写真印刷株式会社

不許複製・禁無断転載　　　　《中性紙三菱クリームエレガ使用》
〈落丁・乱丁本はお取り替えいたします〉
ISBN978-4-8169-2599-3　　　Printed in Japan,2016

本書はディジタルデータでご利用いただくことができます。詳細はお問い合わせください。

中高生のためのブックガイド
進路・将来を考える

佐藤理絵監修　A5・260頁　定価（本体4,200円＋税）　2016.3刊

学校生活や部活動、志望学科と将来の職業との関連性、大学入試の小論文対策まで、現役の司書教諭が"中高生に薦めたい本"609冊を精選した図書目録。「学校生活から将来へ」「仕事・職業を知る」「進路・進学先を考える」「受験術・アドバイス」に分け、入手しやすいものを中心に紹介。

児童文学書全情報2011-2015

A5・1,070頁　定価（本体18,500円＋税）　2016.3刊

2011〜2015年に刊行された児童文学書・研究書10,000点の目録。「研究書」は1,000点をテーマ別に分類。「作品」は2,600人の著者・訳者によるのべ8,200点を内容紹介付きで収録。「全集・アンソロジー」600点も収載。

子どもの本シリーズ

児童書を分野ごとにガイドするシリーズ。子どもたちにも理解できる表現を使った見出しのもとに関連の図書を一覧。基本的な書誌事項と内容紹介がわかる。図書館での選書にはもちろん、総合的な学習・調べ学習にも役立つ。

子どもの本 日本の名作童話 最新2000
A5・300頁　定価（本体5,500円＋税）　2015.1刊

子どもの本 現代日本の創作 最新3000
A5・470頁　定価（本体5,500円＋税）　2015.1刊

子どもの本 世界の児童文学 最新3000
A5・440頁　定価（本体5,500円＋税）　2014.12刊

子どもの本 日本の古典をまなぶ2000冊
A5・330頁　定価（本体7,600円＋税）　2014.7刊

子どもの本 楽しい課外活動2000冊
A5・330頁　定価（本体7,600円＋税）　2013.10刊

データベースカンパニー
日外アソシエーツ　〒143-8550　東京都大田区大森北1-23-8
TEL.(03)3763-5241　FAX.(03)3764-0845　http://www.nichigai.co.jp/